盘

赵江

著

顶尖技术人才争夺内幕

上 PAN HUO

SPM
南方传媒

广东人民出版社

·广州·

图书在版编目（CIP）数据

盘活：顶尖技术人才争夺内幕：上、下册 / 赵江

著. -- 广州：广东人民出版社, 2025. 2. -- ISBN 978-

7-218-18489-0

Ⅰ. I247.5

中国国家版本馆 CIP 数据核字第 202510KD67 号

PANHUO: DINGJIAN JISHU RENCAI ZHENGDUO NEIMU（SHANG、XIA CE）

盘活：顶尖技术人才争夺内幕（上、下册）

赵 江 著

出 版 人：肖风华

责任编辑：王庆芳　于晨洋

责任技编：吴彦斌　赖远军

出版发行：广东人民出版社

地　　址：广州市越秀区大沙头四马路 10 号（邮政编码：510199）

电　　话：（020）85716809（总编室）

传　　真：（020）83289585

网　　址：http://www.gdpph.com

印　　刷：广东鹏腾宇文化创新有限公司

开　　本：787 毫米 × 1092 毫米　1/16

印　　张：76.75　　**字　　数**：1130 千

版　　次：2025 年 2 月第 1 版

印　　次：2025 年 2 月第 1 次印刷

定　　价：138.00 元（上、下册）

如发现印装质量问题，影响阅读，请与出版社（020-85716849）联系调换。

售书热线：（020）85716863

人物表

秦茱萸　●　男，31岁，博士，曲解前男友，广德集团常务副总裁兼品牌战略官，集团旗下德立技术有限公司联合创始人、总裁

曲　解　●　女，29岁，博士，秦茱萸前女友，方杰科技集团首席科学家、董事长特别助理，集团旗下方正电梯股份有限公司（以下简称方正电梯）董事总经理，后因故卸任，该职由项清楚接任，后嫁陈可期

袁若德　●　男，55岁，广德集团创始人、董事长兼总裁

常在情　●　女，51岁，袁若德妻，常掌柜中医馆医师

袁仁美　●　女，28岁，袁若德、常在情之女，梁仁良妻，广德集团副董事长，兼集团旗下德来服装厂厂长，后被免职

梁仁良　●　男，31岁，袁仁美夫，大学金融系本科毕业，广德集团旗下德福毛织厂厂长，为追款滞留境外，后被免职

梁嘉兴　●　男，1岁，梁仁良、袁仁美之子（小名兴兴）

袁仁贵　●　男，22岁，袁若德、常在情之子，美国留学

袁甲芳　●　女，45岁，袁若德堂妹，广德集团财务总监、首席财务官

常在理　●　男，47岁，常在情胞弟，常掌柜中医馆第六代传人，张雯夫

张　雯　●　女，46岁，医学博士，常掌柜中医馆医师，方杰科技集团旗下方正电梯股东（与方珍关系密切），常在理妻

常　爽　●　女，21岁，常在理、张雯之女，英国留学

韦　素　●　女，52岁，农村小学退休老师，梁仁良母亲

尹　擎　●　男，26岁，袁若德司机，复员军人，代紫萱夫

黎锦官　●　男，56岁，广德集团物资采购供应中心总经理（内务总管，保

安、保洁、食堂、仓库等，人称官叔）

马赛鹰 ● 男，38岁，广德集团旗下德强五金机械有限公司总经理，教授级
高工，后任集团旗下德立技术有限公司副总裁

曹东风 ● 男，44岁，广德集团旗下德来服装厂副厂长、厂长

祝业祺 ● 男，56岁，广德集团旗下德福毛织厂常务副厂长、厂长（人称
祺叔）

高 蔷 ● 男，39岁，广德集团旗下德行物流配送中心总经理，后为解除集
团资金链危机，按袁若德授意筹资买断德行物流配送中心，创立
德记物流股份有限公司，为企业法人

代紫萱 ● 女，26岁，广德集团旗下德来服装厂设计师，江汉纺织大学本科
毕业，后任广德集团旗下德福毛织厂车间主任、副厂长，尹擎
妻，丁紫岚表姐

丁紫岚 ● 女，20岁，德来服装厂员工、业余模特队队长（曾辞职，后回
归），参加上海高定周，模特带货，后任广德集团驻新疆石河子
泰戈长绒棉织造厂特派联络员，代紫萱表妹

尤其芬 ● 女，23岁，常在情外甥女，广德集团旗下德立技术有限公司总经
理助理兼专车司机，莫如师女友

季黄鹏 ● 女，25岁，广德集团董事长助理、董事会秘书，与老乡、同学黄
匠军喜结连理，后卷入企业竞争，被人利用，引咎辞职

莫如师 ● 男，27岁，博士，广德集团旗下德立技术有限公司工程师（计算
机编程及云计算专家）、副总经理，秦茱萸同门师弟，与尤其芬
一见钟情，后为情侣

牛仔酷 ● 男，25岁，博士，广德集团旗下德立技术有限公司高级工程师，
秦茱萸同门师弟

甘 果 ● 男，26岁，博士，广德集团旗下德立技术有限公司高级工程师，
秦茱萸同门师弟

蓝 君	男，44岁，梁仁良表哥，新加坡海蓝资本证券分析师，犀利牛基金创始人之一，后掌舵该基金
阿勒泰戈	男，47岁，新疆石河子泰戈棉纱厂（后更名为泰戈长绒棉织造厂）厂长，后与广德合作，实现强势扩张
阿布都尔提	男，26岁，理工科硕士，新疆石河子泰戈棉纱厂（后更名为泰戈长绒棉织造厂）厂长助理，毕业于江汉纺织大学机械设计制造及自动化专业
陈豪杰	男，61岁，方杰科技集团创始人、董事长
方 珍	女，56岁，陈豪杰妻，香港居民
陈可铭	男，32岁，陈豪杰长子，方杰科技集团副董事长兼总裁，后任集团董事长，方正电梯董事长，秦茱萸初中、高中同学
贺 喜	女，30岁，陈可铭妻，大学数学系本科毕业，方杰科技集团资金管理中心总经理（财务总监）
陈可期	男，29岁，陈豪杰次子，小方正（早年间的香港方正电梯有限公司）实际控制人，后携企业回归方杰科技集团，任集团副董事长、副总裁，方正电梯副董事长
陈可元	女，26岁，陈豪杰女，秦茱萸女友，精密机械与精密仪器专业硕士研究生肄业，休学打理家族企业，任方杰科技集团旗下佳杰五金制品有限公司总经理（后卸任），任集团副董事长、副总裁，后出走
施 润	女，41岁，陈豪杰远房亲戚，集团董事长助理
包 乐	男，29岁，理工科硕士，陈豪杰专职司机
叶馨菊	女，25岁，香港居民，陈可期前女友，小方正合伙人，因陈可期执意将企业迁回内地并入家族，愤而散伙撤资
冼 赫	男，48岁，方杰科技集团旗下方正电梯总工程师，因与曲解理念不合，在叶馨菊挑唆下辞职
姚国泰	男，58岁，方杰科技集团旗下佳杰五金制品有限公司副总经

理，方杰集团元老

李才智　男，46岁，方杰科技集团旗下奇杰通信设备有限公司总经理，后任方正电梯董事副总经理、常务副总裁（方珍娘家亲戚，方珍子女的表舅）

杜　仲　男，44岁，方杰科技集团旗下伟杰建筑工程有限公司总经理，后整体并入方正电梯，任方正电梯董事副总经理

卢占祥　男，41岁，方杰科技集团旗下俊杰电子有限公司总经理，后任方正电梯董事副总经理

何青黛　女，27岁，陈可元大学同学、闺蜜，先后任方杰科技集团首席联络官、集团旗下佳杰五金制品有限公司总经理助理、副总经理、总经理，后嫁武孔

周佛礼　男，37岁，博士，陈可元砸重金，经猎头公司挖掘的高端人才，任方杰科技集团旗下佳杰五金制品有限公司副总经理，后调入集团旗下方正电梯，接替冼赫任总工程师

武　孔　男，28岁，陈可元亲临人才招聘会看中，任方杰科技集团旗下佳杰五金制品有限公司工程师，受集团委派率队到德国某企业进修，学成归来进入集团旗下方正电梯，任副总工程师，后与何青黛成婚

项清楚　男，39岁，博士，数控机械专业顶尖专家，此前在某跨国公司任职，后由秦茉黄举荐及牵线，陈可元动用猎头成功引进，以技术入股方式成为方正电梯股东，后接替曲解任方正电梯董事总经理兼首席技术官

汪雄壮　男，45岁，方正电梯第六车间主任，原架给你五金货架模具厂老板，后被陈可元整厂收购，员工59人，12名技术骨干并入佳杰五金，其余分配到伟杰建筑（后整体并入方正电梯）

斌　哥　男，48岁，五花马水库山庄发廊理发师

王祖望　男，41岁，王鹅精密组件厂厂长（原为方杰科技集团旗下佳杰五

金制品有限公司总经理，出场即递交辞职信，带走一批核心技术骨干，含樊老靓、黄匠军师徒），该厂为李鹈与蓝君联手创办（以下简称王鹈精密）。此后随潮流将厂长统称为总经理

魏　玲　女，37岁，王祖望妻（育有二子）

李　鹈　女，33岁，德国某跨国公司高级白领。原在新加坡与蓝君是同事，后举家移民德国。在德国某商学院进修时与王祖望结识，并引荐王祖望与蓝君结识，进而聘请王祖望实操王鹈精密

游海洋　男，61岁，德国某跨国企业高级专家，受GGY项目中心委派，负责衔接王鹈精密相关事宜，包括样品检查验收、执行项目分包合同等，后为李鹈的合伙人

樊老靓　男，44岁，王鹈精密高级技工，绰号"鬼手靓"

黄匠军　男，27岁，王鹈精密高级技工，樊老靓徒弟（人称匠仔），后娶老乡、同学季黄鹂为妻

夏　令　男，25岁，王鹈精密技术员

苏　杭　男，56岁，新加坡客商，方正电梯老主顾

钱　万　男，32岁，深圳"万能猎服务社"法人，资深猎头

阿　肥　男，40来岁，河埔市红星照相馆老板

目 录 （上册）

第一章

1

上午，广府大街71号，广德集团总部。

广德集团新落成的总部大楼位于河埔市中心繁华地段。

集团财务总监袁甲芳身着职业套装，面色严肃，手持一叠报表，急匆匆穿过长长的走廊，来到楼道尽头。

董事长助理季黄鹏从办公桌前起身，亲热招呼：芳姑！

袁甲芳向其颔首示意，尔后径直推门进入，看到堂哥袁若德的背影。广德集团董事长袁若德在阔大的办公室窗前伫立，对着手机吼：什么？陈可铭到了洛杉矶，和秦茱萸在一起？有没有搞错？

袁甲芳听出电话那头是袁若德儿子袁仁贵，袁若德口中的秦茱萸，正是广德集团追踪多时、急欲"猎聘"的技术大神。

这件事袁甲芳是清楚的。按袁若德部署，在美国留学的袁仁贵成立了猎头公司，利用课余时间为家族企业网罗人才。数月前，袁若德告诉袁仁贵：从可靠途径获悉，在美国留学和工作六年余的本市"资深才子"秦茱萸，似有回国发展意向，他的专业正好符合广德集团发展方向，为企业正在实施的转型升级所急需。因此，广德集团欲实施定向揽才，全力"挖"回秦荣萸。

袁仁贵：爸，没错！我刚在咖啡厅撞上。秦荣萸身边还有个女的。等下我拍个照，发邮件给您。

袁若德神色焦虑：你看你！又慢人一步！至今没约上人家见面。我早说过这回"定向猎人"务必成功，你总搞不掂！

袁仁贵：那人整天神出鬼没，根本约不到。

袁若德：陈可铭咋约到了？人家予取予求咋总能如愿？

袁仁贵：他俩同学！秦荣萸跟陈家早有渊源，这个您知道的，咱家跟他八竿子打不着，顶多算河埔市老乡，但这样的老乡以百万计。爸，陈可铭横插一杠子，我估计咱这边没戏！

袁若德沉吟片刻，一字一顿：不可拱手相让！要去抢！听见没有？我的意思你懂不？继续跟踪！务必联系上。

袁若德挂了电话，疾步踱到办公桌前，机械地落座在椅子上，脑子里紧急思考着儿子在洛杉矶发现的情况，内心很不安：陈可铭在美国约见秦荣萸意欲何为？不用说也是在打秦荣萸的主意。

袁甲芳面露难色：袁董，德福毛织厂已无资金可予拆借。

袁若德颇觉意外，抬头瞪视袁甲芳：为什么？

原来，广德集团旗下的德强五金机械厂技术改造项目到了关键时刻，急需追加投资。袁若德欲从集团旗下的服装、毛织两个厂调配资金，以保证德强五金机械厂技改项目顺利进行。

袁甲芳欲言又止，袁若德追问：到底什么情况？

袁甲芳：我也刚知道，毛织厂资金紧张。此前发现过端倪，我催阿良（袁若德女婿梁仁良）按规定报送本季度财务报表，他借故推托，阿美（袁若德女儿袁仁美）也从中拦着，说毛织厂财务她心里有数，晚些报无碍。

袁若德对执掌毛织厂的女婿梁仁良早有不满，但未声张。这时他端出六亲不认的脸色：集团财务官是你，不是别人。

袁甲芳小声儿说：是，我不该迁就他们。我猜测，毛织厂资金或被挪用，否则不会出现这种情况。

袁若德：挪用？谁干的？

袁甲芳"吭吭哧哧"：两口子……不好分辨是谁。

袁若德生气道：各厂独立核算！怎么不好分？到底是谁？

这时，袁仁贵又把电话打过来，因是国际长途，袁若德立刻抓起手机接听：爸，即使没有陈可铭插一杠子，秦茱萸也已被多家猎头公司盯死，暗中展开争夺。我们条件不占优，希望渺茫，我在这儿蹲着也徒劳。要不，我先回旧金山……

袁若德腾地站起来，离开办公桌，大步踱到窗户跟前，语气坚定：零希望也要争取！决不可轻易黄掉！听见没有？你老实给我待在洛杉矶，不要动！我明天飞过去。

袁仁贵：啊？爸您要过来？可您……您来也没辙呀！能不能见到他我保证不了哦，秦茱萸牛哄哄的谁都不见！

袁若德在办公室踱着步子，眉头紧蹙：你继续盯着，别再走眼啦！他跟陈可铭在一起，你也可以上去打招呼，不必顾忌嘛！好，等我到了再说。挂了。

惊闻袁若德将亲自赴美，袁甲芳显得惴惴不安：你要去美国？集团转型到节骨眼儿上，眼下事务纷乱如麻……

袁若德横她一眼：哪个重要？有抢人重要吗？

少顷，袁若德像想起什么，示意袁甲芳坐下，他自己也坐回办公桌前的椅子上，向袁甲芳面授机宜：你莫声张，先私下查查，毛织厂为何资金紧张，问题出在哪儿。眼下情况不明，不要正面起冲突。五金厂急需的资金，你想办法从其他公司调配。

袁甲芳点头，接着汇报集团总部搬迁事宜：袁董，德行物流的老房子做集团总部，已按你的要求装修完毕，本周即可交付使用。基本上以简朴为原则，杜绝铺张，除了财务中心按相关安保规定做精装修外，其他一律简装。这个关我把得超级严。

袁若德点头：好！阿芳，我不在家期间，你替阿美多担待些，尤其财务这一块，你自己拎清楚并把关定夺，这实质等于减轻阿美的负担。有需要紧急处置的事情，你打我手机。

知道了，你放心。袁甲芳转身离去。

袁若德摁开桌上对讲机：阿鹏，立即给我订一张机票，越快越好，中国香港至美国洛杉矶。

季黄鹏：好的。袁董您一人去吗？

袁若德"嗯"了一声，抬手在满桌文案中翻拣。

季黄鹏：袁董，原拟明天上午召开的董事会……

袁若德头也没抬：取消。

桌上电话铃响，袁若德关闭对讲机，顺手拿起话筒。

2

晚上，美国洛杉矶某咖啡店。

恰值人少时分，咖啡店内外都很安静。

方杰科技集团总裁陈可铭独自坐在靠窗位置看手机，忽闻有人轻喊一声：铭兄！他抬头向门口望去，见老同学秦荣萸携女友应约而至。他从椅子上一跃而起，大步迎上前。数年不见，两个老同学情不自禁热烈拥抱，尔后近距离互相端详。

秦荣萸指着女友向陈可铭介绍：她是……曲解。

陈可铭向老同学的女友伸出手：曲解博士你好！早闻芳名！

曲解礼貌大方地与陈可铭握手：陈老板好！

陈可铭正面迎视曲解，万分惊艳：哎哟，阿荑女友原来是位爆表级美人胚子，颜值炸天女博士！

秦荛荑一脸坏笑，像是默认了，曲解娇嗔地白他一眼。

三人相对而坐。陈可铭起身，毕恭毕敬：多谢老同学携女友赏光！两位博士大驾屈尊，陈某深感荣幸。

秦荛荑跟着起身按住陈可铭的肩膀：坐坐坐！可铭大老板，你才大驾屈尊！就为请我俩吃顿饭，千里万里专程飞过来。

曲解惊讶：哟，怎敢破费陈老板的金贵时间。

陈可铭点头，口气亲切：嘿嘿，想老同学，就过来了。

秦荛荑：我们半大小子时就在一起，初中、高中同学六年呢。

服务生上前咨询。陈可铭：菜已点好，喝点什么？

秦荛荑：三杯蓝山吧。

曲解面带微笑：看得出，你们"哥俩好"！

见陈可铭又想站起来，秦荛荑赶紧打预防针：铭兄，咱不是生意谈判，别太正式啊！别弄出许多规矩，轻松随意就好。

陈可铭掏出名片，双手捧至曲解面前，动作依然"正式"。

曲解接过名片，见上面写着：陈可铭，方杰科技集团副董事长、总裁。再看名片背面，赫然排列着一长串子公司名：佳杰五金制品有限公司、伟杰建筑工程有限公司、俊杰电子有限公司、奇杰通信设备有限公司。出于礼貌，她从包里拿出一个精致夹子，仔细把名片装入其中，笑着说：贵集团商业版图强大，陈老板前程无量！

陈可铭谦虚道：承蒙抬举！还望曲解博士不吝赐教。

陈可铭转向秦荛荑：我爸问你好！他一直以来都很惦记你。

秦荛荑：多谢杰叔！我也挺想他老人家的。你回去代我问候你爸你妈好啊！当然还要问候我嫂子和我那两个小侄儿。杰叔身体还好吧？还像以前那样一忙起来就熬通宵？

陈可铭摇头：早就熬不了啦！老爸身体本来还过得去，但太操劳，属于"过劳派"，眼见一年不如一年。唉，现在企业越做越大，越大越不好做，但不做大又不行。做企业就是这样，做着做着就发现，除了做大做强做优，别无他途了，只剩下自古华山一条道儿了。去年年初，老爸正式把企业交棒给我，由我担一部分，老爸倒是不像以前那么辛苦了。

秦茱萸点头：杰叔一直在培养你，你接班是早晚的事。

陈可铭打开随身携带的黑色皮箱，从中取出包装精致的两款夏季情侣套装，男式含衬衫、西裤、马甲和领带，女式含连衣裙、小外套和披肩。他双手捧着，在秦茱萸眼前展开：老同学，些少手信，不成敬意，还望笑纳。

秦茱萸撇嘴：铭兄还是这么传统！大老远拎东西不嫌累赘。

陈可铭把女装递给曲解，语气亲切：这是新品！它的主原料是中国丝绸，它的工艺来自我们陈氏的合作厂家，一间有近30年历史、始终使用陈氏机械的服装厂，其产品75%出口欧洲。

秦茱萸一听，睁大眼睛细看标签，念道：德来服装厂……

曲解接过女式套装，用手指轻捻连衣裙用料，其温润细腻的手感立刻让她心仪，忍不住说：料子真好，有点儿像我家乡的丝绸。

陈可铭：曲解博士若喜欢，我们还有其他颜色，我回去再给你……

曲解赶紧说：不必，这颜色我很喜欢，工艺款式更是无敌……

秦茱萸凑过来，拎起连衣裙一角，放在鼻下嗅，边嗅边耸鼻头：馨气扑鼻！爆款无疑！

陈可铭：它的科技含量在于，将提神醒脑功能及赏心悦目外观，建立在绿色环保、无毒无害及有利于人体健康基础上。

秦茱萸：这服装体现人家的工艺水平，还是你家的机械水平？

陈可铭：两者相得益彰，缺一不可。当然，没有先进机械很难体现工艺，先进机械是产品的基石、核心及决定要素。

秦茱萸：我知道，你家厂子早年就是机械行业龙头，这一块发展至今，恰好适合融入更多的人工智能，这也是现代科技趋势……

陈可铭闻听此言，一激动，"噌"地站了起来：所以，阿荑老弟！我代表我老爸和陈氏，以诚挚恳切的心情和务实的态度，专程来美礼聘你，恭请你回来，咱们一起干！请务必赏脸啊！

秦荑莫急忙站起来，又去按陈可铭的肩膀：嗨，有事打电话就行，再不济发个传真或邮件，何苦大老远专门跑一趟？

陈可铭笔直坐着，一脸严肃：你现在不比当年了！如今你是响当当的大牌、大神、大咖！我不来怎么搬得动你啊？

秦荑莫心怀歉意：铭兄，多谢抬举！恐怕要让你失望了，我的团队手头正在做一个专利项目，显然离不开。

陈可铭殷切地说：你可以带项目、带团队回来，方杰集团全额投资。阿荑，回来帮我吧！咱哥俩一起打拼，你做集团常务副总裁，做军师，大事你挑头，大主意你拿！你来陈氏，你就是陈氏的主心骨。还像当年在学校一样，我什么都听你的！

秦荑莫摇头，有些伤感：回不到那时候啦！同学年代结束啦！如今牵一发动全身，轻易挪动不了。对不起了铭兄！

陈可铭沉吟道：阿荑，你来美国不少年头了，该考虑回去了。

秦荑莫凝眉，语气认真：是啊，六年了！其实我无时无刻不在想着回去。可是，除了我的项目，还有她（指曲解）尚未毕业。回去的事目前不在考虑之列，还是等等看吧。

陈可铭把目光转向曲解：哦，弟妹哪里人？

秦荑莫纠正道：没结婚呢，哪来的"弟妹"！

陈可铭笑道：女友就是弟妹了！准老婆，结不结婚无妨。

曲解闻言脸"唰"地红了，羞赧不已，低头掩嘴而笑。

秦荑莫赶紧解围：她是苏州人，打算博士毕业后留美工作。

陈可铭不知是恭维还是由衷，对曲解赞不绝口：没承想，曲解博士原来是姑苏美女！怪不得你刚才说那衣料有点儿像你家乡的丝绸。不出所料，其原料正是苏杭丝绸。

秦茱萸对这话很受用，端起咖啡杯子与陈可铭碰了碰。

陈可铭打探曲解专业，秦茱萸语带戏谑：哎呀别提！她那专业很烧脑，等着吧，不出几年，好端端的女孩就能显出老态。

陈可铭眨眨眼，露出几许狡黠："烧脑"专业无疑是好专业。再者，巾帼运筹帷幄，别有洞天，可遇不可求！

曲解静静地坐着，略带矜持，不置一词。

陈可铭发现，曲解脸上总是保持着一抹淡淡的笑容，模样儿清纯，说话柔声柔气，举止典雅，把一个高知（高级知识分子）女性宠辱不惊的人文涵养显现得淋漓尽致。显然，她与老同学秦茱萸一样是不可多得的顶尖人才。这个发现令他产生意外惊喜，进而不顾唐突，一迭连声地"劝喻"曲解毕业后不要留在美国工作，要加盟陈氏，和秦茱萸一道，"夫妻双双把家还"。这话引得含了一口咖啡在嘴里的秦茱萸差点儿笑喷，他忍住不喷，结果被呛住了。

陈可铭开出优厚条件，秦茱萸知道陈氏是真心的。为表达谢意，同时又不拂老同学面子，秦茱萸答应一年后曲解博士毕业，再做考虑，只要回国发展，陈氏定为首选。

3

下午，广府大街71号，广德集团总部袁若德办公室。

袁若德在办公室边看书，边等待女儿袁若美。

秘书季黄鹂轻手轻脚走进来，替袁若德的茶杯续水。

袁若德冲季黄鹂扬扬下颌，示意她看看书中用粗粗的红笔圈画出的一段。季黄鹏凑近细看，但见红圈内是这样一段文字：知识经济时代来临。决定一个企业长期竞争力的骨干要素是人才，人才就是财富。当下，一流的人工智能、数字技术人才市场价值最大，商业周期最长。

季黄鹏会心而笑，明知故问：这一段很重要吗？

袁若德：当然。明天起，在总部办公楼大门正面电子屏滚动播放三天。

这时，办公室的门"咣当"一声被推开，已有三个月身孕的广德集团副董事长兼德来服装厂厂长袁仁美，旋风般闪进父亲袁若德的办公室，劈头就问：爸，您要去美国？

袁若德听见女儿进屋，头也没抬，匆匆收起书籍，又把手机、钥匙等零碎东西抓在手里，答非所问：跟我走，去德强。

袁若德边说话边往外走，袁仁美紧跟在父亲身后。袁若德扭头交代季黄鹏：叫黎锦官跟我去趟德强。

袁若德司机尹擎驾驶的宾利轿车从树荫下开过来，停在广德集团总部大楼门口。袁若德、袁仁美父女从楼里走出，分别从两边钻进汽车后座。尹擎发动汽车，广德集团物资采购供应中心总经理黎锦官从大楼西侧疾步跑出，向后座的董事长点头招呼，迅速坐进副驾驶位置。

汽车穿过繁华街巷，向广德集团旗下德强五金机械厂开去。

袁若德：官叔，从现在起，集团在物质保障方面要向机械厂倾斜，对其他厂大力缩减，不要手软。你弄个具体计划给我。

黎锦官态度坚决：明白！袁董您放心。

袁若德：你打电话给高蔷，叫他到德强机械厂会合。

好！黎锦官立即掏出手机，拨通高蔷的电话。

不知袁若德做出什么暗示，尹擎启动按钮，车内一道玻璃缓缓升起，将汽车的前座和后座分为两个音频隔绝的空间。

袁若德侧对女儿：咱拟定的高端技术人才招募，阿贵（袁仁贵）那边似有眉目，我得亲自去一趟，志在必得。

袁仁美急切劝阻：爸，我建议您这趟美国行暂缓！您看，集团总部要搬迁，机械厂要技术改造，大事要事成堆。说好听点是内部调整，说不好听是企业走到十字路口。这个节骨眼儿上您怎么离得开？请大神的事可以往后放放啊！

袁若德：不可！抢人这事儿，说白了就是抢滩智力资源！所以，揽才是头等大事、头等要事。

袁仁美：爸，揽才又不是救火，看把您急得！您不会走火入魔了吧？

袁若德不禁露出一丝苦笑：走火入魔都揽不到啊！

袁仁美对老爸赴美揽才很反感，但拐弯抹角不直说：爸，我还是不想……不希望您去美国。您看，咱几间厂子办得好好的，理应集中精力物力财力，保持良好势头。眼下，还是盘活存量为主，投入增量为辅，量力而行。

袁若德：你这是"一亩三分地"思维，农民式满足，不可取。阿美，我早说过，我们做厂（经营工厂），一定要有大工业思维。我们做得不一定大，但做强做优是不二法门。

袁仁美稍许直白：爸，您招贤纳士为何舍近求远？

袁若德扭脸盯视女儿：舍近？你指舍了谁？

袁仁美仓促掩饰：哎呀算了！爸，为个秦茱萸，至于劳您大驾？广德走到今天靠的是咱们自己，不是靠哪个大神。

袁若德诧异道：你知道秦茱萸？

袁仁美把自己的手机打开，杵在老爸眼前。袁若德见手机屏幕上出现一段短信，接过细看：秦茱萸，帅爆男，约30岁，未婚，清华某学院学生会主席，毕业后赴美留学，曾被所在美国高校选作校际运动会旗手，两年前博士毕业。科技大神，名列多家猎头公司榜单之首。姐，此人是爸指名要"猎"的，你咋怪我呀？

原来是儿子袁仁贵发给他姐的。袁若德把女儿的手机还给她，郑重告诫：阿美，你说得不错，咱家企业走到今天靠的是自己，但"自己"这俩字不能狭隘理解。像秦茱萸这样的重量级复合人才，顶级技术大拿，可遇不可求！现在不是我们猎不猎的问题，而是能不能猎到手的问题。

袁仁美：爸，您这回亲自出马，想必秦茱萸那小子插翅难逃。

袁若德听得出来女儿口气酸溜溜，她一直反对向外延揽人才，父女俩在这个问题上认知差距很大。女儿刚才说舍近求远，那个"近"当然是指女婿梁仁良，袁若德心知肚明。女儿一门心思推举老公，希望他在集团获重任、挑大梁，袁若德本来觉得这个理所当然，但后来察觉女婿不是做实业的料，接手毛织厂近两年，不温不火，看不出有多大作为，刚才又从袁甲芳处获悉毛织厂资金链紧张，心里更是打了问号。他曾对女儿挑明：究竟能否扛重担，还需假以时日，经历考察、培养和实际操作冶炼。怎奈女儿对这话听不进。

袁若德思忖片刻，郑重交代：阿美，家里摊子大，事情多，我不在这几天，由你全权负责。具体事由各厂各部门去办，各司其职，你只要统揽面上的事情就好，不必过于劳神劳力，别累着身子，伤了胎气。另外，你把大宝路21号的房子腾出几套，做专家公寓吧，生活用品什么的要配套齐全。

袁仁美秀眉微蹙：爸，人还没见影儿呢，干吗急着腾房子？

袁若德看着窗外：先备着吧，免得到时候手忙脚乱。

袁仁美不敢直说，小声儿发牢骚：劳民伤财。

袁若德猛地侧脸，盯着女儿问：你说什么？

袁仁美：爸，您交办的事我一定落实，哪怕这件事巨不划算。

其实，袁仁美心里正犯嘀咕，爸要出远门了，研究和交代重要事情，就没想过喊上阿良啊！这话已经到了喉咙口，她硬把它憋了回去。眼见德强机械厂快到了，她觉得还是先拣重要的说：爸，既然远道赴美，您也趁机好好休息放松一下。公司有我，您放心好了！袁仁美说完做个鬼脸。

袁若德笑着点点头，又特意叮嘱：阿美，这期间我叫尹擎跟着你，给你帮把手，你不要自己开车了！

4

上午，南城区君子兰高尔夫球场。

艳阳高照，天空湛蓝，绿草如茵。

梁仁良从头到脚都是耐克，尤其是那身宝蓝色耐克运动服装，把他高大匀称的身材、生机勃发的青春胴体衬托得恰到好处，加上那标致的五官和平滑的肌肤，无论往哪儿一站，都是一道抢眼风景。他身边的人喜欢把一些网上搜罗来的经典赞美词像帅爆、高富帅、帅炸天等，轮番儿往他身上堆。仔细对照，这些洪水泛滥般的"赞"仿佛量身定制，鲜少夸张成分。

梁仁良打球很专注，早已大汗淋漓。他用力地打出一杆后，掏出毛巾擦汗，趁便抓起手机。恰好，表哥蓝君刚从新加坡给他发来一则短信，内容挺重要，叫他尽快与一个人见面，此人名叫王祖望，见面的时间地点也都预定好了。

梁仁良念道：21日（下周三）中午12点，河埔市西城区七仙女温泉酒店上官园中餐厅22号房。

梁仁良立即给表哥发短信：君哥，王祖望是什么人？

蓝君回短信：你们河埔市人，最近刚从方杰集团辞职。

梁仁良：从方杰辞职？君哥，你远在新加坡，怎么认识王祖望？我跟他同在河埔市，没听说过这个人。

蓝君故弄玄虚：穷在闹市无人问，富在深山有远亲。

梁仁良有些意外：王祖望很富有？不会，富豪榜中没这个人。

蓝君：人家隐形，不张扬不炫耀。

梁仁良刨根究底：可他到底啥货色？有啥可炫的干货？

蓝君：王祖望会与你详谈，事关入股事宜。你有任何问题都可问在当面。此事切勿声张，尽量减少手机联络。

关掉手机，梁仁良仰脸儿眺望蓝天，心下嘀咕：王祖望，近在咫尺的家伙，他为何从方杰辞职？怎么搭上了我表哥蓝君？还想入股？

5

下午，德强五金机械制造厂。

袁若德、袁仁美父女和黎锦官赶到德强五金机械制造厂，该厂总经理马赛鹰在厂门口迎候。

这时，德行物流配送中心总经理高蔷，驾车恰好赶到。一行人在马赛鹰引领下直接向不远处的铸造车间走过去。

袁若德等人围站在一个巨大的数控机床旁，听取技术员的例行汇报。技术员指着庞大机械的各个部位，打着不同手势进行详细说明，技术改造（简称技改）效果明显，智能部分获得极大增强，但这只是初步的，下一步即将实施的核心技术攻坚才是关键。

袁若德听了汇报神色凝重，交代马赛鹰：机械厂技改，是集团近期的核心要务。机械厂现有工程技术人员要全部到位，集中技术力量。核心技术人才还可以外聘外借，不要怕花钱。我已交代官叔，重点保障机械厂技改资金。

马赛鹰郑重点头：好，明白！

袁若德领着一行人离开车间，到马赛鹰办公室落座。机械厂总经理助理尤其芬（袁若德妻子常在情的外甥女）给众人倒茶。

袁若德：机械厂技改势头良好，现在到了重要关口，急需加大资金投入。前段时间已从服装厂拆借了一部分，显然不足，我计划从毛织厂调拨，但现在看来毛织厂资金似有问题。高蔷，从你们物流先拆借一部分，你看怎样？

坐在父亲身边的袁仁美刚把一杯热茶捧在手上，不经意间，惊悉"毛织厂资金似有问题"，十分诧异，不由把探询的目光投到老爸脸上。不会是老爸的托词吧？毛织厂资金有什么问题？

高蔷：袁董您只管吩咐。短期资金拆借多少问题都不大，长期的话，我叫会计再核算一下，力争满足集团所需。

袁若德感觉满意，点点头：本来准备明天开董事会，明确集团近期部署和各厂分工。但因阿贵在美国就招揽技术人才的事摸到点线索，我临时决定今晚飞美。所以，相应未定事宜等我回来再说。现在找你们几位碰头，是想先把几件要紧事确定和交代一下。你们谈下情况吧。

黎锦官汇报：关于集团总部办公楼搬迁事宜，目前全部准备工作已经完毕，拟于本周六也就是后天正式搬迁。各部门对腾挪总部办公楼做研发基地都很赞成，也非常配合。总部办公新址——德行物流公司院内一栋四层高的旧楼房，总建筑面积4200平方米，也已装修完毕，一楼原是车库，现仍做车库不变，二楼到四楼全部做办公用房，条件比不上原办公楼，但够用了。

高蔷：袁董，一楼车库有点小问题。我那长途车队基本不分昼夜，大型客货车有60余辆，噪声相当大，怕是有点儿吵。

袁若德：吵就吵吧！将就点。就这么定了。

袁若德转脸交代黎锦官：集团的牌子要在搬迁前一刻挪过来。另外，你按这个字样做块新牌，挂在原处。

袁若德说着，从包里掏出一张纸条递给黎锦官。黎锦官打开纸条，见上面用毛笔楷体写着：广德集团科技研发中心。像是什么大人物题的字，但当着众人他不好问，只点头应诺道：好。

袁若德：按照计划，官叔侧重总部那边的"搬出"，高蔷侧重物流这边的"迁入"，你们俩要衔接好。还有问题吗？

黎锦官和高蔷异口同声地回答：没问题！

袁仁美接着汇报：关于集团拟成立德立技术公司事宜，前期事务很多，老板亲自抓，我手下的筹备小组也算得力，目前主要工作已大体就绪。土地投标方面，资料报备、登记注册等已顺利完成，就在等开标。不过，中标与否，不敢说有把握。

袁若德"嗯"了一声：土地投标最不让人省心。政府放出来的那块地位置好，争夺激烈。好在我们有备份，万一中标无缘，德立技术公司先在机械厂挂牌，阿鹰你要做两手准备。

马赛鹰点头：明白！不过……

马赛鹰显然有话说，众人都把目光投在他脸上，但见他浓眉紧锁：袁董，您现在去美国可不是时候啊！家里这摊子……大事要事扎堆，每一天都是关键期，许多事情要现场拍板，耽搁不得。此时不比平时，您这当家人不在，我等六神无主。

袁若德低头沉吟，其实，他何尝不是经过艰苦的两难权衡，最终义无反顾：我不在，由阿美总负责。这期间集团所有事项，都由她拍板定夺，你们各位对她要多加配合。再者，我去美国是远了点，但人还是活的呀！有事可以打电话给我。

高蔷神情焦虑：袁董，您在那边要待多久？
袁若德：不久，我快去快回！

6

黄昏时分，美国洛杉矶临街一家通信设备超市。

陈可铭在超市内观看琳琅满目的洋品牌产品，准备购买手机配件，这时手机铃骤响，他边掏手机边步出超市：润姨，有事啊？

方杰科技集团董事长助理施润用办公室座机给陈可铭打越洋电话：阿铭，你快回来吧！厂里出事了……

陈可铭乍一听，神情陡然严峻，把手机贴紧耳朵。

施润用手遮捂着话筒，向陈可铭简要通报情况。方杰集团旗下的佳杰五金制品厂（内部称厂，外部称有限公司，后简称佳杰五金厂）总经理（厂长）王祖望，偕同包括副总经理（副厂长）在内的两名高管和8名高级技工，总共11人集体辞职。事先没任何征兆，也没透露半点儿信息，于下班前5分钟向施润递交直接写给陈豪杰董事长的辞职信。

陈可铭很震惊，急赤白脸地问：为什么？什么理由？

施润秀眉紧蹙：没啥理由，说要自己创业。

陈可铭气愤：创业？王祖望创业？他早不创业晚不创业，偏这时创业？集团出钱送他去德国进修，这不刚回来不久吗？他学到东西不为集团出力，为他自己创业？

施润扯开嗓门儿：他良心被狗吃了呗！如今不是人人讲狼性吗？像王祖望这种披着羊皮的狼，你识他不透啊！

陈可铭气得胸口发堵，强忍着，缓和口气：你劝他先不要辞，别把事情做绝，凡事好商量！有任何问题等我回来再说。

施润一口回绝：没用！那家伙去意坚决，跟鬼勾了魂、神摄了魄一样！半句劝都听不进。人家翅膀硬了，不想给你干了，就这么简单。别看他平常笑眯眯的，这回真变脸，十足笑面虎！

陈可铭：润姨，别狼啊虎的，你先问他为何拉走这么多人？

施润心烦得使劲儿闭一下眼睛：我当然问了！我说你自己要走也罢，拉走这么多骨干是何居心？存心搞垮佳杰啊？他狡辩说他没拉任何人，是那些人自己要跟他走的。还说不会加盟别的厂家，尤其是方杰的竞争对手，只是自己做点小本生意而已。听那意思倒像他有恩于东家了。

陈可铭愈觉事态严重。王祖望本人和他拉走的几名高管和高级技工，都是公司出资培训出来的重要骨干，他们集体辞职离岗，使工厂措手不及，这分明是故意的，是恶意的！就算他们不直接加盟竞争对手企业，给方杰带来的损失也难以估量。他一脸狐疑地问：广德有没有可能插手？搞赤裸裸的挖墙脚？

施润老辣：哎呀可铭，什么赤裸裸不赤裸裸的！人家犯得着瞒你吗？挖就挖了，公开挖的，你拿他咋地？

陈可铭心情焦虑：这事我爸知道不？

施润：不知道。他在高尔夫球场，我没见到他人。你还是赶紧回来，免得工厂停产局面失控。

陈可铭：那好，润姨，先不告诉我爸！我这就买返程机票，最迟后天到家。你们正常处理公司事务，至少明天一天不能有事，想办法拖到后天。工厂那边，我给姚国泰打电话，叫他先稳住。

挂掉施润的电话，陈可铭平复一下心情，躲到僻静处，用手机拨通佳杰五金制品厂副总经理姚国泰的电话：泰叔，王祖望辞职，还拉十个人跟他一起走掉了。

姚国泰大为惊诧，陡地抬高了嗓门儿：什么，王祖望辞职？没听说呀！还拉走十个人？这啥时候的事儿？

陈可铭蹙眉：是啊泰叔，连您也蒙在鼓里。他们刚刚向施润提交辞职信。厂里现在情况怎么样？

姚国泰沙哑的嗓音透出焦虑：这会儿多数人都下班了，厂里没什么异常。王祖望搞什么鬼，瞒着我闹这一出！还有人跟他跑？都谁？我倒瞧瞧是哪几个浑蛋玩意儿！

陈可铭：泰叔，施润等下会把辞职名单发给您。您今晚务必与各车间骨干通个气儿，稳定大家情绪，保证明天正常生产。

姚国泰：那我开个紧急会议，向大家打声招呼吧。

陈可铭：不用开会，免得张扬，您还是私下打招呼吧，挨个儿电话通知就好。稳着点儿，方寸不要乱。

姚国泰：你放心！我这就去办。你还在美国吗？

陈可铭：在，准备订机票，最迟后天返回。

7

下午，德来服装厂厂长袁仁美办公室。

袁仁美正在看报表，老公梁仁良猛地推门而入。袁仁美惊讶：嗯……什么事？

梁仁良把一摞报关单往桌上一拍，顺手拉出袁仁美办公桌对面的椅子，一屁股坐下，神色慌张，满脸气呼呼的样子：你们这个城市……哦，我说的是河埔市，我真是怕了它啦！

袁仁美横老公一眼，诘问：什么叫"你们这个城市"？你不是这个城市的？你哪儿的？有事说事！

梁仁良自知理亏，赶紧解释：我不是这个意思！我是说，河埔市海关与河埔市企业本是同根生，但关键时候就指望不上！我有批进口原料被深圳海关扣了，想请本市海关帮忙通融一下，孰料人家根本不理这茬！咳，这都什么规矩呀……

袁仁美拿起桌上的报关单细看一阵，眉头拧了起来：这么说，毛织厂那批进口原料被深圳海关扣了？

梁仁良翻翻眼皮儿：可不是嘛！连合同也扣了！人家说单子填写不实，申报品名与备案凭证数量不符。

袁仁美瞪视丈夫：那赶快核准，重新填单及重新申报啊！

梁仁良垂头嗫嚅道：深圳海关要罚款……

袁仁美眉头紧蹙：罚款也得抓紧处理！扣几天了？

梁仁良支支吾吾：一个多月……快、快两个月了吧。

袁仁美一听急了，"噌"地站起来：快两个月了？哎呀你……你早说呀！你藏着掖着拖着，损失的是真金白银！

梁仁良也腾地站起来，口气强硬：你别嚷嚷了行不？你吓着我儿子啦！医生说你现在是非常时期，情绪要平和，免得动了胎气！我不过为了儿子暂时报喜不报忧，天能塌吗？

袁仁美语气缓和：你报不报忧，那忧都存在，你逞什么能啊！人人像你这样，岂不坏事呀？说不定把工厂都拖垮了！你处理不了，早告诉我，我来处理嘛！

梁仁良梗着脖子抬杠：谁把工厂拖垮啦？我整天没白没黑鞍前马后的，贼辛苦好不好？一条命都恨不能搭在厂里，你不说点好话也罢，咋还抹黑我呢！

袁仁美很生气：毛织厂效益下滑，这"黑"用我抹呀？

梁仁良耷拉着眼皮儿，一副死猪不怕开水烫的模样，不吱声儿了。

其实，最先发现异常的是德福毛织厂副厂长祝业祺，他私下给袁仁美打过电话，透露说毛织厂货物被海关扣押已一个月有余，不知何故，梁仁良厂长不让别人管，他自己也不去处理。袁仁美闻讯，本打算抽空到德福毛织厂了解情况，不承想梁仁良自己闯过来，事情也说不清楚，只会胡乱搪塞。

袁仁美狐疑地盯着梁仁良：你派谁去海关处理了？祺叔最有经验，你咋不叫祺叔……

梁仁良不耐烦地截断说：厂里一大堆事呢，他哪顾得上！

袁仁美沉吟着，走到饮水机前为老公接了杯水，端到梁仁良面前，自己重新坐回椅子上。她在考虑老公没有处理这方面事务的经验，自己是否要亲自去趟海关。

梁仁良跟着坐下，口气软了点：我不是也急嘛！你以为我故意拖着？我是怕爸知道了不高兴，不敢公开，想私下处理而已。谁知这事儿挺复杂，几次派人都搞不定！

袁仁美没好气：阿良，以后别这样了，见了爸像老鼠见了猫。

梁仁良一脸委屈：我现在见你都像老鼠见了猫！

袁仁美瞪眼：你来劲儿了是吧？单子留下，我叫人去处理。

梁仁良打躬作揖：老鼠谢过猫！

说完，梁仁良"咣当"一下起身离座，冲袁仁美肚子做个飞吻动作，转身大步离去，把袁仁美的视线牵出老长。

梁仁良走出袁仁美办公室，顺手带上门，仰天吁一口气，回头冲袁仁美办公室自言自语：等我儿子生下来，谁怕谁呀！

8

晚上，香港启德国际机场。

尹擎驾车送袁若德赶到香港启德国际机场。进入候机大厅，办好登机手续，尹擎把机票、登机牌递到袁若德手中，热情叮嘱：袁董，您单独出门，自个儿当心啊！

袁若德微笑：老江湖了！别的不会，就会走南闯北。

袁若德随后示意，与尹擎两人移步至一个稍僻静的角落。

袁若德旁顾左右，感觉相对安全，从包里掏出一把某银行保险箱的钥匙，轻轻塞进尹擎手心，郑重告诉他：本匙仅此一把，绝无第二把，今后，凡我本人不在本地，均由你保管，乃至可以动用。当然，要绝对保密，不得向任何人泄露。

尹擎知道，自己的老板袁若德是个胸有丘壑、眼光独到的人。老板早年创业稍有起色，就开始建立"后备金"。此后工厂风风雨雨，时兴时衰，他对积攒"后备金"的执着从没变过，或多或少历年都有。"后备金"分两部分，一部分是现金（含外汇），一部分是黄金。随着工厂越开越旺，业务繁杂，人手增加，花费多、开销大，他能省即省，压缩生活费之类的"私人用度"，投入"后备金"。有些项目明摆着有投就有赚，能赚快钱、赚大钱，他不动心，死捂"后备金"，让它只进不出。家里未设保险柜，"后备金"始终存放在银行。尹擎从部队复员回来，应聘进入广德，自第二年担任袁若德专职司机起，就开始接手这项"私人工作"——拿着袁若德的私章跑银行存款，一应手续全由他办理（银行凭私章代办），他对该项业务了如指掌。可是，钥匙一向都在袁若德手里，尹擎并没见过，保险箱开启和上锁都由银行专业人员操作。今天老板要登机飞美了，竟把钥匙交到他手中。他甚至没敢把手心中这把色泽金黄、造型奇特的钥匙多瞄一眼，立刻紧紧攥住，条件反射般地意识到事关重大。

尹擎学老板，内紧外松地打趣：金银财宝到手。

袁若德神色随意，语气调侃：金银财宝湿湿碎（广东话：微小琐碎不足挂齿）。里面主要是广德的重要文件，包括历史性原件，以及一些私人物件如遗嘱之类。

尹擎俊朗的面庞顿时不可抑制地僵硬起来，说话音量很小，蚊子般"哼唧"，但咬字清晰：袁董，我回去转交给美姐（袁仁美）。

袁若德坚决地摇头，一字一顿：不要！

尹擎反应快，嗓门喑哑：我回去转交给常姨（常在情）。

袁若德还是坚决地摇头，毫不含糊：不要！

尹擎紧张，一副不知所措的样子。

袁若德紧盯地面，目光似乎正对着尹擎的脚尖：尹擎，这是我亲手交给你的，只能由你保管，不可以转交他人，"他人"包括天王老子。任何转交都是不负责任的，也是无效的。记住，这件事情我只认你，不认第二人。

尹擎下意识地点头。这事儿太突然，他感觉泰山压顶般沉重，但很快明白自己身负信任和重托，责无旁贷。他"唰"地来了个标准立正姿势（等于用脚敬礼），用口型无声地回答：是！

袁若德神色凝重："后备金"啥用途知道不？

尹擎一脸蒙，使劲儿摇头。

袁若德进一步压低嗓门儿，像说悄悄话：我想，聘请专业人才进入广德。一直以来，我就有这心愿。我有本事拉起（创立）广德，却没本事把它办成百年老厂，心有余而力不足，这个我有自知之明。办厂需要人才，需要顶尖人才。办厂越往后走，越需要人才治厂。没有人才的厂家大概率没有未来。

尹擎点头，但觉手心发烫，将钥匙攥出了汗。

两人并肩沿着候机大厅往里走，袁若德叮嘱尹擎：我不在家期间，你连人带车去服装厂吧，就在阿美身边上班好了，一是帮她开车，二是帮她处理杂务。她身子日渐沉重（指怀孕），还要打理工厂，我真放心不下，你多照看她点。

尹擎最后把行李箱递到袁若德手上：袁董您放心！我知道怎么做。一路顺风，早点回来，到时我来接您。

袁若德向尹擎摆摆手：好，你回去吧。

9

上午，翡翠巷6号，德行物流老楼房。

季黄鹂驾车赶到德行物流老楼房，这里即将成为广德集团新的总部办公楼。该楼没有电梯，她从员工嘴里打听到黎锦官在四楼，不顾自己穿着高跟鞋，"噌噌噌"地爬上四楼。

黎锦官正在向一群人布置办公区域的具体位置划分，听到有人喊他，忙转过身。季黄鹏已来到他跟前，香汗涔涔，有些小喘息：官叔，老板办公室空间太小，挪不开身子！

黎锦官笑道：阿鹏过来啦！你说啥，老板办公室太小啊？

季黄鹏：是啊官叔！老板有时想事儿，深度思考什么的，喜欢来回走动，那么小的地方他怎么踱得开步子啊？

黎锦官摊开两手：老板自己定的，没办法呀！

说着话，两人来到二楼东头。

季黄鹏四处察看，灵机一动：官叔，要不把我那间房腾出来吧，中间打通就好。我另外找地方安个办公桌就行。

黎锦官摇头：提过，老板否了。

哎呀那怎么办？季黄鹏急了，忽然眼睛一亮，指着身旁拐角处一间北向大房：官叔，不如把这间换给老板！正好在会议室旁边，他参加会议也方便。这会儿老板不在，官叔您做主呗！您先斩后奏，他回来也没话说。

黎锦官一口回绝：那可不敢！别的事打个马虎眼也罢，公司总部腾挪之事，老板对着图纸一点点抠的！每平方米的用处他都有数。这间北向大房老板有交代，另有他用。

见季黄鹏一脸无奈，很失望的样子，黎锦官接着说：阿鹏，先按计划搬过来吧，以后找机会调整，好不好？

季黄鹏很不情愿地点头：好吧，官叔您忙先。随后转身离去。

袁若德的办公室设在二楼东南角，面积不足20平方米，只有一张老式办公桌和一把油漆斑驳的旧椅子，另外有一套简易沙发和茶几。整层楼只在最西头有一个公用洗手间，显然不方便。袁仁美心疼老爸，对这种安排非常不满，一度想提出异议，其实也不是没有其他地方可选。但袁若德铁心进行二次创业，端出破釜沉舟架势，看样子不会因为任何人的反对而改变。袁仁美犹豫良久，还是将自己的意见咽了下去，隐忍未发。

季黄鹂不知情，跑过来与黎锦官协商，自然徒劳。

10

下午3点，河埔市政府办公楼会议中心3B室。

市政府有关部门召开政策发布会，与会者大都是本市企业负责人。广德集团代表是袁仁美、马赛鹰，两人并排而坐。

进入发言讨论环节时，袁仁美扬扬手中文件，与马赛鹰窃窃私语：马总，这个"金八条"对我们来说可是"及时雨"，很解渴啊！

马赛鹰一听袁仁美把"实体经济八条"说成"金八条"，哑然失笑：好政策不怕晚，何况它来得正是时候。

袁仁美一本正经：你们回去组织相关人员讨论一下，把政策精神吃透，对下一步的谈判或许有利。

马赛鹰点头：好，我自己先把它倒背如流。

原来，河埔市根据广东省制定的"实体经济八条"，相应制定了切合本市实际的"实体经济八条"。省、市两级政府先后出台的"八条"，对实体经济来说无疑是一场及时雨。在用地方面给予实体经济扶持，优惠幅度很大。广德集团申报成立德立技术有限公司需要扩大用地，"实体经济八条"正好适用，且条条都对广德这样的制造业相当有利，因而在袁仁美嘴里成了"金八条"。

会议5点半结束，人们各自提着大包的文件和经验材料离席。袁仁美和马赛鹰并肩走出会议室。

阿美，你别开车了，我送你回去！马赛鹰口气中不无关切。

袁仁美摇头：不用，我另有点事，你先回。

马赛鹰笑道：我记得你说过，超级讨厌开车。

袁仁美咧咧嘴：是啊，巨讨厌！不是没办法嘛。

马赛鹰：那你自个儿当心，路上慢着点！

袁仁美微笑颔首。目送马赛鹰的车飞驰而去，她脸上的笑容倏地消逝，几许忧郁爬上眉梢。她抬腕看表，打电话给德福毛织厂副厂长祝业祺，叫他在厂里等着，她马上过来接他同去海关。

祝业祺手拎文件袋等在路旁，袁仁美驾车而至，摇下车窗玻璃招呼道：祺叔，材料带齐了？

祝业祺扬扬手中的文件袋：带齐了，都在这里！

袁仁美示意他上车，二人赶往深圳皇岗海关。

路上，祝业祺简要地向袁仁美介绍了情况，其实他知道的情况并不多，也不全面。大致情况是海关近期全面调查外资厂经营状况，德福毛织厂与一家外资企业合股的公司合同被海关查扣。因合同被查扣，1000余吨进口原材料也被挡在关外进不来了。

袁仁美知道，一般情况下，海关查扣企业合同很正常。因合股那家外资厂属于来料加工，合同必须要冲销（也叫核销），进口原料与出口成品在数量上要相等，否则，海关就有理由认为企业用进口材料制作的产品未完全出口，而是将其中部分做了内销。也就是说，企业实际经营情况与合同上的"两头在外"（"两头"指的是原材料进口和产品出口）不符，这当然不允许。至于企业是否真的做了内销，以及到底是销售环节还是其他环节的衔接出现问题等等，海关通常不容置辩，不会在第一时间听取厂家解释。即使听取了厂家解释，也要先查扣合同及货物，尔后再逐项走流程加以核实确认。

祝业祺对此事大惑不解：我提醒过梁厂长几次，说我人脉熟一些，又懂流程，还是我去处理，可他死活不同意！不知什么原因。唉，他的想法我真是不懂！结果呢，越拖越麻烦，小事拖成了大事，弄不好会导致连锁反应，局面失控。

袁仁美忧心忡忡，摇头说：阿良他是不知轻重啊！

11

早上，益利大街9号，方杰集团总部施润办公室。

刚上班，方杰科技集团资金管理中心总经理贺喜（陈可铭妻）就疾步走到施润办公室门口，敲门后进入，正好迎面拦住准备到董事长陈豪杰办公室汇报的施润。

贺喜柔声问道：润姨，王祖望等人辞职的事您没跟我爸说吧？

施润语气傲慢：没呢。这不正准备去汇报。

贺喜似乎松了口气：我爸他心脏不行，不能受刺激。

施润扯扯嘴角：昨晚没汇报，不等于今天不汇报啊。昨天不汇报是因为不是上班时间，今天不汇报就没理由啦。你知道的，董事长不定期来办公室，今天赶巧来啦！

贺喜急忙劝阻：润姨，我爸一向器重王总，就是那个王祖望，决不会想到他辞职，谁辞职都没有他辞职对我爸打击大！这事太突然，我爸心脏不好……

施润很不耐烦，粗暴地打断贺喜的话：董事长脾气你了解还是我了解？公司出了事，我们又瞒报，两事相加，岂不更让他受刺激？

贺喜：润姨求你，还是暂时缓缓，过了今天再说吧。

施润不屑：知情不报，把辞职信扣在我手里超过24个小时，董事长怪罪下来，我担当得起吗？

贺喜上前拉住施润：润姨，可铭说了，他回来由他汇报……

施润唬起脸儿，甩掉贺喜的手，一吼一吼地说：他汇报不汇报是他的事！我是董事长助理，我只对董事长负责！丧失"第一时间"就是刻意瞒报！你懂吗？对我而言是不可承受之重，对你而言有没有责任，那我就不知道了。

贺喜被施润呛得哑口无言，呆呆地愣在原地。

施润看也不看贺喜一眼，径直往外走去。贺喜很尴尬地追在施润后面，继续恳求：润姨，明天再汇报好不好？只晚一天……

施润更加不由分说，昂首挺胸，"噌噌噌"地沿着走廊，径直往楼道最东头的董事长陈豪杰办公室走去。

贺喜眼睁睁地看着施润进入家公陈豪杰办公室，深感无奈。她黯然转身，往走廊另一头走去，顺楼梯而下，匆匆走回资金管理中心自己的办公室，犹豫片刻，抓起电话。

12

晚上，深圳皇岗海关办事大厅。

皇岗海关办事大厅内灯火辉煌，人群熙攘，办事者并不比白天少，其中几个窗口排着长队。

袁仁美挺着孕肚，在大厅内取号、排队，与祝业祺两人分别从一个窗口转到另一个窗口，一步步与海关办事人员交涉，说明事情原委，回答各种疑间，递补材料、填单和补办手续。当然，最少不了的是逐项交罚款。

情况汇总后，袁仁美才知道这批进口原料被海关查扣，完全是梁仁良处置不当造成的。他其实不明白，合同被扣导致的原料被拦在关外，看似事情不大，实际上却非常严重，严重就严重在它所带来的连锁反应，及一系列不良后果。如果让祝业祺处理，凭他的经验早就可以解套放行了。

袁仁美和祝业祺在海关办事大厅转悠了几个小时，相关手续终于办得差不多了，此时夜已深，袁仁美不禁打起哈欠。二人在大厅内继续徘徊，等到最后一道手续完成，这才松了口气。

祝业祺建议返程由他开车，好让袁仁美在车里休息一下。袁仁美摇头。以前无论是到深圳还是到广州办事，连夜驱车赶回都是惯例，但这次为了安全，袁仁美决定留深过夜。她招呼祝业祺：祺叔，咱人困马乏，附近找个酒店住一晚算了，明早再回。

祝业祺非常赞同：好哇，你是两个人身子沉重，明早走吧。祝业祺说着，未敢怠慢，立刻拿出手机联系酒店。

袁仁美也趁机拿出手机，拨通梁仁良的电话：阿良，我和祺叔仍在海关，事已办得差不多，但时间晚了，准备明早回去。

梁仁良连声赞叹老婆辛苦，叮嘱她在外注意安全。

翌日一大早，袁仁美步履匆匆地走出宾馆房间，乘电梯到一楼大厅，祝业祺已在总台办好了退房。

袁仁美驾车载祝业祺往回返。路上，袁仁美预感这件事会带来麻烦，特意叮嘱祝业祺：祺叔，回去后，你们要向原料供应商做好解释和安抚工作，避免产生误解。

祝业祺答应道：阿美你放心！我会叫人做好善后调解……话音未落，袁仁美手机铃响，袁仁美边驾车边接听电话，原来是德福毛织厂车间主任代紫萱打来的，说厂里出事了。

袁仁美大惊，立即拨打梁仁良手机，不料他的手机竟打不通。袁仁美冲祝业祺说：祺叔，快，打梁仁良电话！

祝业祺这时也刚接到代紫萱电话，得悉噩讯，脱口就说：这可真是按下葫芦浮起瓢啊！

袁仁美开始寻路调整方向，掉转车头，紧急赶往德福毛织厂。

祝业祺：阿美，梁厂长手机关机！

袁仁美神情急躁：拨他办公室座机！拨通为止！

13

黄昏，美国洛杉矶某宽阔街道。

秦茱萸把自行车骑得飞快，曲解熟练地坐在自行车后座，手揽秦茱萸的腰，脸靠在其背部。微风吹动两人的头发，两张青春面庞洋溢着满满的幸福。这是两人难得的轻松时刻。

骑至某家电影院，门厅处已有人进出，秦茱萸把自行车停放好，抬腕看表，离电影开映还有点儿时间，他拉着曲解的手，走到一处僻静过道，向曲解抛出一句情话：你今天很漂亮！

曲解"扑哧"而笑：这么蹩脚！从哪个电影学来的？

这还用学？秦茱萸说着，与曲解深情对视，热烈拥吻。不知过了多久，两人紧贴着的身体终于分开。

秦茱萸：明天我回旧金山了，下次见面可能又得N个月后。另外，除了陈可铭，还有一家来自我家乡的公司，老板通过其在美国留学的儿子找我，但我抽不出空，还没跟他见面。

曲解：他们都是上市公司？

秦茱萸：不，家族企业，都没上市。

曲解有些不以为然，探询秦茱萸态度：你觉得呢？

秦茱萸口气认真：专业对口、待遇优厚，这个不用说了，重要的是，我感觉家乡近年变化很大，他们瞄准世界最前沿、最尖端的东西，大力投入，自身科技水平年年上台阶。

曲解拿出针砭时弊的口吻：你有家乡情结！骨子里还未摆脱"小农"痕迹！来美国多年，学富五车，你那眼界也没见打开啊！

秦茱萸懒懒应付：民族的就是世界的。

曲解：你的家人都移民澳大利亚了，你没考虑去澳大利亚发展？

秦茱萸摇头：没考虑，从来没这打算，回国是首选。

曲解笑了：爱国青年，杠杠的！

秦茱萸也笑了：一语中的。

曲解终于摊牌：家族企业格局小，我看不宜做首选。

秦茱萸顿了顿，觉得此时此刻迁就一下曲解也无妨，便顺着她的话说：当然，现在还谈不上"选"，等你毕业再说吧！眼下，我除了一门心思做手里的项目，就是等你毕业。

曲解故意刺他：等不等无所谓啊！

正在这时，秦茱萸收到陈可铭发来的短信：阿萸，我因家中急事，需提前赶回，现已来到机场。人在江湖身不由己，不好意思！请代我问候曲解博士！方杰集团盛邀你和曲解博士以及你的团队加盟之事，永久有效。万望老弟垂注！

秦茱萸会心而笑，把短信给曲解看过后，复信：铭兄，当了总裁日理万机，来有踪去无影不甚安宁。OK！曲解和我祝你一路顺风，咱后会有期。代我们问候杰叔及你的家人。

曲解：这次真得感谢他！

秦茱萸：感谢谁？

曲解：陈可铭啊！要不是他来美国，你会猴急马跳从旧金山跑来洛杉矶呀？说是来看我，其实是为跟老同学见面而已。

秦茱英纠正道：确实来看你，顺便与老同学见面。

两人故意打嘴仗，打完了，脉脉含情地对视，再次热烈拥吻。

电影院内音乐响起，两人手牵手进入影院，背影轻快。

14

上午，德福毛织厂厂长梁仁良办公室。

员工刚上班不久，听见三楼厂长办公室传出阵阵嘈杂声，部分人循声聚拢在厂长办公室窗下，仰头窥视，狐疑不安。

袁仁美驾车下了高速，进入河埔市城区，恨不能仍把时速保持在100公里，但显然不可能。任凭她和祝业祺心急火燎，时速也只能在60公里区间内。车一进厂，袁仁美动作迅猛地关引擎熄火，推开车门，闪出车外，拔腿冲向三楼。

祝业祺向围观员工打手势，员工们陆续回到各自车间。

办公室内人头攒动，一众供应商、营销商团团围住厂长梁仁良，向他索要货款，夹杂着唾骂声一片。

有人说：你老丈人拔根毛就够我们吃的，何必克扣我们这点小银两！

还有人说：姓梁的仗着袁家势力大，欺负我们小货商，今天不能便宜你！

有人指着梁仁良鼻子骂：你个软蛋！在家吃软饭就好，当什么冒牌厂长！钱都在你老婆手里吧？你憋不憋屈呀？

梁仁良显然没见识过这种场面，手足无措，完全招架不住。不管他开口说什么，都会招来一波一波的谩骂，逼他立即给岳父袁若德或老婆袁仁美打电话，叫他们向毛织厂转账还货款。

袁仁美手捂腹部，头冒虚汗，"呼哧呼哧"喘匀了气，挤了进去。

人们见袁仁美来了，暂时噤了声。数秒钟后，有个年轻供应商说：哟，大当家的来了，那就快打款吧！众人跟着嚷嚷起来，要求速还货款，有人吼着说工厂已停工，损失怎么算？怎么赔？

袁仁美自带气场，和颜悦色：各位老板，对不起了！今天劳烦大家亲自上门催款，不好意思啊！德福毛织厂作为广德集团旗下企业，一向信誉卓著，口碑良好，从无亏欠，这一点毋庸置疑。但是，毛织厂作为原材料进口商，与数家乃至数十家生产厂商形成上下游产业链，交集环节众多，且环环相扣，一环出错即累及整个链条。我们目前正在核查，看哪个环节出了问题……

众商家稍事安心，闹哄哄的办公室暂时静了下来。

有个经销商挑头说：核查是你们的事，我们现在只要货款！

后面有人伸长脖子说：别啰唆，立马打款！

袁仁美信誓旦旦：毛织厂的财务归我管，我可以负责任地向大家保证，货款决不会再行拖欠，保证尽快打款！决不会亏待各位供应商、营销商，决不会失信于各位合作伙伴！

当即有人呛白：说的比唱的好听！什么决不失信，你们已经失信了！要不我们来干啥？你当我们闲得慌啊？

袁仁美耐着性子，反复保证：给我五天时间，好不好？五天之内我定将资金调拨到位，打入各家账户。

袁仁美好话说尽，又明确了打款日期，照理说众商家没有理由再闹。孰料有人还是不买账，铁了心地要德福毛织厂立马打款，货款不到手决不罢休。其他人亦跟着起哄，反正来都来了，不把钱弄到手等于白来。

车间主任代紫萱钻出人群，躲到一边悄悄给尹擎打电话。

众人不依不饶步步紧逼，不但骂夫妇俩，连广德集团也骂：

广德不是喜欢装牛逼吗？靠克扣别人发家，黑心黑牛逼！

广德为啥不诚信？金玉其外败絮其中！只好拿我们垫背！

袁仁美深受刺激。德福毛织厂拖欠部分货款而已，区区小事，不难解决，她本人正待着手解决，怎么就扯上了广德集团？当着她的面，对广德不满，连广德一起骂，这是合作伙伴吗？竞争对手也没这么骂的！这伙人受谁挑唆？难道将广德集团在河埔市几十年的口碑毁于一旦，才达目的？

有人又骂：姓梁的早就说三天还款、七天还款，说了N遍。现在又说五天还款，我信你个鬼！

有人接着骂：外强中干的货色还搁这儿装蒜！你们这一窝子良心都被狗吃了！

袁仁美本能地感觉梁仁良与这些人的关系糟糕透顶，人家对他没半点儿好感，不然咋会这样不讲情面、不肯通融呢？

双方对峙，局面僵持，什么难听话都有，什么难看表情都有。混乱中，袁仁美虽然没有看到哪张熟悉面孔，但她坚信其中必有人是多年合作伙伴，怎么突然翻脸不认人了？哪根神经搭错了？连累广德集团名誉受损，连累老爸名誉受损，决不可容忍！同时为了震慑，袁仁美冲到窗户前，声色俱厉道：你们要再逼我，我就跳楼！人死了，看你们找谁要钱！

众商家惊愕。梁仁良骤然崩溃，发狂般哭喊着冲上去：阿美千万不要！千万……你们别逼啦！再逼要出人命啦！我老婆她……她有孕在身啊……

15

下午，福寿花园红星照相馆。

下午4时许，照相馆老板阿肥见王祖望走进来，热情招呼：来啦？

来啦！王祖望"嘿嘿"一笑，顺手递给他一条简装"红双喜"香烟。

阿肥接过香烟很高兴：哟，王总今儿手阔（此前每次来都是两盒）！是不是有好事呀？

王祖望：等下我的几个兄弟要过来，借你宝地，我们开个小会，不超过一个小时，不影响你营业。

红星照相馆老板与王祖望是老街坊，同在福寿花园，40来岁，为人和善。他此前已经听说王祖望弄了一班人辞职创业，表示支持：没问题！你们开会尽管开，咱互不耽误。茶水我负责。

说着话，阿肥殷勤地张罗着烧水泡茶。

王祖望熟门熟路，一掀布门帘，进入照相馆里面的套间。

樊老靓、黄匠军师徒肩并肩走进来，其他人则从不同方向陆续来到红星照相馆。很快，人到齐了。

这是王祖望等11人从方杰集体辞职后，第一次召集会议。

原来，王祖望在德国进修时，与李鹏合作，在境外注册成立了王鹏精密组件有限公司（以下简称王鹏精密），法人王祖望，占股55%，李鹏占股25%，蓝君占股10%，另外还有10%的股份，是蓝君留给表弟梁仁良的。董事长、总经理（厂长）由王祖望一肩挑。

在照相馆一张铺着方巾的小圆桌上，王祖望宣布：我早就说过，王鹏精密是一个全员持股公司。现在，我们已经成功脱离方杰科技集团，先后完成了辞职手续，大体顺利。在这个即将迈入新征程的伟大转折之际（王祖望"扑哧"一下笑了，他没想到自己竟然煽情到使用"伟大"这个词，其他人显然心领神会，跟着笑），我将自己的股份析出一部分，分给各位。其中，樊老靓、黄匠军师徒各持3.5%，其他员工人手均持1.3%。

众人热烈鼓掌，人人脸上洋溢着欢欣鼓舞的神色。

技术员夏令年轻嘴快：耶！生平头一回有了股份。

樊老靓逗他：你多大呀？二十出头，就好意思说"生平"？

夏令"嘿嘿"傻笑：二十郎当岁小股东！小股东……

王祖望：公司股份的份额配置就这样定了，入股方式不拘一格。可以技术入股，可以资历（含在方杰工作年限）入股，以及其他方式等。原则上是等公司有了收益再说。

这是个皆大欢喜的局面。"收益"还用愁吗？王祖望手中那份境外巨无霸项目分包合同，就是最大底气。人人摩拳擦掌，甚至把远行的行当都收拾好了，对方一旦来电召唤，大伙儿拔腿就可以出发了。

夏令：凭手艺，走天涯，风狂雨骤都不怕。

王祖望：王鹕精密由方杰科技脱胎而来，目前是个空壳，除了在座11个人，其他一无所有。但是，11人均为五金行业的精兵良将，掌握先进技术和先进工艺，堪称技术工艺大咖，尤其是樊老靓、黄匠军师徒，是咱这支队伍的中坚力量，顶梁柱，也是王鹕精密的最大资产、创业本钱。

樊老靓摆手：别这样说！咱们11人各有所长。

黄匠军：王总，咱这支队伍攥成两只拳头还有富余。

王祖望浓眉紧蹙，不无感叹：拉起这支队伍殊属不易。但是，艰难的万里长征咱终于还是勇敢迈出了第一步。这一步，是决定命运的一步，是脱离方杰这个大靠山自己单干的一步，这也意味着今后咱的命运掌握在自己手上了。开弓没有回头箭，咱也不想回头，只想义无反顾往前奔。

黄匠军笑着接话：兄弟齐心，其利断金。

樊老靓：咱有境外合作方，这不也是靠山吗？

夏至：是啊！单干是相对的，咱不算真正意义的单干。但不管怎样，咱是给自己干，再苦再累也心甘情愿呗。

王祖望神色凝重，说出来的话颇有大将风度：总之，有没有靠山，靠自己都是第一位的，都是前提。没有靠自己这一条，泰山也靠不住。王鹕精密的成立，标志着咱从此以后不屈居人下，不依赖谁，不挂靠谁，不看谁脸色，更不听命于谁。咱凭本事吃饭，凭金刚钻揽瓷器活，凭实力闯市场，凭胆魄战江湖！咱走到哪儿，都是挺直腰杆的"爷"！这日子爽吧？

16

上午，德福毛织厂厂长梁仁良办公室。

袁仁美动静太大，惊呆众人。梁仁良死死抱住袁仁美，声泪俱下：老婆……你别犯糊涂……

厂长办公室内寂静片刻，供应商们发现老公把老婆抱住了，跳楼"风险"不存在了，又开始蠢蠢欲动，有人扯着喉咙喊：我们只要货款，不要你命，你跳什么楼啊！你吓唬谁啊？

很快有人附和：做贼心虚！你心不虚跳个鬼呀跳！

有人揭露：跳楼回家跳！咋好意思在厂里跳？作秀是吧？

有人起哄：要跳也轮不着你！好汉做事好汉当，该梁厂长跳！从三楼跳下去，梁厂长不是可以练轻功健身吗？

有人刻薄讽刺：这出双簧演得恶心死了！你们不是心怀鬼胎吧？不是鬼胎就是怪胎，正好我儿子天天玩游戏打妖怪！

有人歹毒："跳楼秀"别拣三楼！三楼跳下去能死人啊？

就在这当口，尹擎驾车赶到毛织厂。他三步并作两步蹿上三楼，站在厂长办公室门口，目光炯炯，威严地吼了声：让开！

人们一看，来了个青年男子，一米八的个头，浓眉大眼，身姿挺拔，浑身肌肉块，天生一介武夫猛士，威风凛凛。有人认识他，知道他是这家公司老板的专职司机尹擎；还有人知道他在特种部队当过兵，经过系统的擒拿格斗专业训练，一看就身手不凡。人们下意识地噤了声，闪开一条道。

俗话说为母则刚。尹擎知道袁仁美的性子，那是为夫则刚。他端出以暴制暴、大杀四方架势，两腿生风，箭步跨至窗口处，扯住袁仁美的手就往外走。众人一看他们要走，这不有逃离的意思吗？立刻又骚动起来。尹擎停下脚步，怒目横扫，原本俊朗的面孔抹上一层凶巴巴的神色，冲着众人断喝：你们干什么？哪个敢动？楼下有几百个工人，我随便叫几个上来，伺候你们满地找牙！

人群中有人质疑：你又不是老板，说话管屁用！

尹擎扭脸面向发出声音的方向，目光如炬：那你上来试试。

人群中有人斗胆吼道：你们拖欠货款还有理吗？

尹擎咬着牙：拖欠货款没理，闯我工厂胡闹更没理！

人群怒气爆发，数条嗓子齐齐乱吼：你们没理在先！你们违背合同！你们不守信用！你们不拖欠货款我们会上门吗？你们广德有啥了不起！如今法治社会还敢恃强凌弱……

祝业祺在旁边吼了一句：美姐说了，五天内解决。

尹擎质问：美姐说五天内解决，你们不聋不哑，听不懂吗？

人群哑了几秒，有人吼：听得懂，信不过！

尹擎神色严峻，说话掷地有声：这个简单，今后凡是信不过我广德的，赖在此地不撤离的，一律解除合约，终止合作！等下祝业祺副厂长带保安上来登记，谁先撤，先给谁解决货款并保留合作渠道；谁后撤，后给谁解决；继续胡闹者一律不解决！我反过来还要告你破坏工厂生产秩序，一告一个准，保你赔掉裤子。等着法院见吧！美姐，我们走。

尹擎说完，不由分说地牵着袁仁美的手，护着她往外走。

梁仁良跟跄几步跟上去：等等……我……等等我！

有人不甘心，大声喊道：五天等不及呀！三天行不行？

有人带着哭腔：我昨天已经被上家罚款了……

尹擎拉着袁仁美，从容不迫地下楼，走到车前，扶她坐上副驾驶位，帮她系好安全带，安顿妥当，"啪"地锁住车门，回头对梁仁良说：梁厂长请留步，祺叔配合你善后。

尹擎绕至驾驶位，"啪"地开启车门钻进去，侧脸儿叮嘱：美姐你坐好！载着袁仁美一溜烟儿离去。

第二章

1

傍晚，京墨大街49号，常掌柜中医馆。

忙碌一天的医馆内依然有不少求诊者逗留，中医馆医师常在理、张雯夫妇通常要在晚上7点左右才能关门停诊，8点前能吃上晚饭，就算是比较轻松的一天。

这天在中医馆VIP室做常规理疗的是方珍。她是方杰集团董事长陈豪杰之妻，香港居民，随夫长住河埔市。早年看病求医都是专程返香港，近因年迈体弱，不堪两头跑，便选定常掌柜中医馆，定期做保健性常规理疗，聘请中医馆医师张雯兼任她的私人医生，两人来往密切。

这天，方珍正在做理疗，忽接儿媳贺喜电话：妈，您在中医馆吗？爸在发火……火气很大，我怕他心脏受不了！

方珍惊讶：何事发火？

贺喜压低嗓门儿，口气愈发急促：公司出了事，这回蛮严重的！佳杰五金总经理等11人集体辞职，甩手走了！爸担心五金厂要瘫掉。妈，您快回来吧，我一个人弄不了……

方珍不悦，口气急躁：哪有那么快！我会飞呀？你先把药拿出来，把水备好，叫你爸及时吃下去！懂不懂？

贺喜也急了，四下里胡乱顾盼：我不知爸的药放哪儿啊！

方珍声色俱厉：不是给你说过吗？在客厅茶几右下角抽屉左边的黄锦缎小盒子里！这么大的事你都记不住！

贺喜直奔客厅茶几：好的好的！妈，我这就找……

张雯一听电话提到吃药，立即停止手下的推拿动作，顺手关掉紫外线灯，柔声问道：家里有事啊？

方珍叹口气：唉，还不是公司烂事！你说这老头子，一把年纪，心脏又差，还跟年轻人一样动怒发火！这么大几个厂子，哪能没事呢？不是天天有事就是三天两头有事。你不知道他年轻的时候，一天能发一百次火！真是一辈子不得消停。

张雯：有可铭总裁在一线处理，陈老板还不放手啊！

张雯指的是陈豪杰和方珍的长子陈可铭。他连续数年活跃在公司顶层，已经部分接了老爸陈豪杰的班，不久前更是正式接棒，出任方杰科技集团总裁。

方珍：可铭去了美国。这才刚去几天，老头子就顶不住了。

张雯知道，公司的事方珍从不参与，但老公的身体她不能不管，且管得细致周到，于是催她赶紧回去，语气关切：有您在陈老板身边照应，会好一些。

方珍点头，匆匆更换衣服，收拾随身物品。

张雯驾车，送方珍回家。平时也是这样，方珍由家人驾车送到中医馆，理疗完毕，再由张雯驾车送回家，这成为她们心照不宣的固定模式。

2

傍晚，美国洛杉矶国际机场，灯光璀璨。

袁仁贵在机场闸口处接到老爸袁若德，兴奋不已：爸！

袁若德见到儿子很高兴，不经意间展露一脸笑容：阿贵。

父子俩久别重逢，本以为相谈甚欢，谁知三句话不离本行：爸，您这一来可好，省得我一人瞎猫乱撞了。

袁若德呛白道：找人靠线索，你以为靠人多啊？

袁仁贵拖着老爸的行李箱，与袁若德并排走出机场大厅，步入一段平行电梯，袁仁贵叹道：这事怪我不敏感，做不到鼻子像狗，腿脚像猫。线索倒有，却弄到一条断一条。

袁若德神色疲惫，强打精神说：不是不敏感，可能我们出手慢了。我这回来，无论如何要找到秦茱萸，动作要快！再慢就真的把人弄丢了！人丢了，技术就丢了，专利就丢了！而那正是我们需要的。我此行美国，主要目的归结为八个字"猎智揽才，技术合作"，具体目标是秦茱萸。

两人步出平行电梯，继续往机场外面走。袁仁贵心里着急，接着话茬说：爸，我知道您对这事抱很大希望，花小半年心血了，说啥也不能白费。但老实讲，怕还是会白费。

一辆的士驶过来，袁仁贵伸手截住，拉开后排车门让老爸坐进去，自己坐进副驾驶位，用英语向的士司机说明目的地。这时，袁若德手机响，袁仁美打来的：爸，您平安到啦？

袁若德：到了到了！我刚打开手机，正要往家打电话呢！我和阿贵已坐在的士里……

袁仁美：我妈要和阿贵说话。

袁若德：好好好！说着把手机递给儿子。

袁仁贵接过老爸的手机：妈，我是阿贵，刚在机场接到老爸。

常在情：哦，儿子！我知道你能干。你那边还好吧？

袁仁贵：挺好的！哎呀，您问八百遍了。

常在情：这回可以和你爸一起待几天了。我叫你爸带了你喜欢吃的……

袁仁贵：好，知道了。妈，有我守着老爸，您放一百个心啊！

的士驶过洛杉矶繁华路段，穿过一条较狭窄的陋巷，在一栋普通公寓前停下，袁若德、袁仁贵父子从车内钻出。

袁仁贵犹豫：爸，您还是别挤我这儿了，旁边就有酒店。

袁若德挥挥手：将就下吧，又没人认识咱。

袁仁贵掀开的士后备厢，拎出父亲的行李，两人前后脚地走进公寓大门，爬四层楼梯。袁仁贵拿出门卡开门，两人进入房间。袁若德仰脸儿四处看了看，空间狭窄，靠墙摆着一张上下铺，窗下有钢管做腿的简陋桌椅，袁若德疾步走进洗手间方便，同时四下察看，但见洗浴设施还算完备。

袁仁贵坏笑：爸，您不是说形象是生产力吗？咋到美国就不讲形象了呢？您堂堂一个广德集团老板，猫在公寓里……

袁若德：讲形象要看人、看地儿啊！这个可以灵活掌握嘛。

袁仁贵继续坏笑：爸，要在国内，您这么干可就掉价啦！

袁若德：国内当然不行，惹猜测的事儿咱不干。

袁仁贵：爸，那您早点睡吧，倒倒时差。

袁若德坐在床边，招手示意儿子也坐下来。袁仁贵知道父亲想跟自己说说话，便拉出椅子坐下，父子俩面对面。

袁若德热切地打量儿子，许久不见，乍一见面好像怎么也看不够。嘴上问：功课紧张不？学校伙食怎么样？每天坚持打球不？

袁仁贵：您跟我妈一样，逮住老生常谈的问题问八百遍！我的回答千篇一律，功课能对付，伙食还可以，打球能坚持。

袁若德郑重其事：我交代你办的事……

袁仁贵打断说：不就当猎头吗？也说八百遍啦。

袁若德耐心说：阿贵，为家族企业物色高端人才是当务之急，不可掉以轻心！这事呀，直接关系咱家企业未来发展方向。

袁仁贵垂着脑袋，有点儿心思沉重的样子：我知道。

袁若德：你呀，还是认识不足，一点信心都没有。我早跟你说过，你一人就是一个猎头公司，要抓紧进入当地留美、留英同学会，和同学多交往，建立广泛人脉，使自己耳聪目明。对学生领袖、行业翘楚、学霸尖子什么的，包括在同学中有威望、有影响力、有号召力的那些人，都要当成目标。

袁仁贵抬起脸儿：爸，您送我出国留学，不就是培养我当人才吗？怎么还要物色别的人才？

袁若德：我需要的人才不止你一个，而是二十个、二百个。

袁仁贵惊讶：哇，胃口超大！那好，我干脆猎他两千个！

袁若德：要哇！学富五车的统统都要！就怕你没那本事。

袁仁贵耸肩，做怪相，调皮地向老爸伸手。

袁若德撇嘴，假装不解：什么？

袁仁贵：猎头经费呗！别说猎人才，猎个蠢才也要钱哪！在美国这个到处讲钱的地方，您不会让我空手套白狼吧？

袁若德猛一扬手，"啪"地打在儿子手上：少不了你的！不过，初期经费有限，你主要靠拿奖，多猎多拿，猎到的人越优秀，你拿奖越多。就说秦茱萸吧……

一提秦茱萸，袁仁贵就头大，他语气急切：前期各种咨询、意向表明和条件洽谈都在网上进行，网址清晰，联系通畅。后来不知为啥，他发邮件内容含糊，说他打算迁到学校隔壁一个住宅区，具体哪个住宅区、哪条街、多少门牌号，没说。我多次发邮件去问，没见答复，我琢磨不妙，原来他更换了网址。更糟糕的是，他手机始终关闭。种种迹象表明他在有意躲我们，想甩开我们。他这次回到洛杉矶会陈可铭，我还是从其他渠道获悉的，同时还弄到个线索，他女朋友在洛杉矶。

学校隔壁？袁若德扭脸儿看向窗外，神情警觉，忽然眉毛一扬，冲着袁仁贵嗓音提高八度：这不是线索吗？

3

　　黄昏，西苑北街3号别墅，陈豪杰家。

　　西苑北街邻近市郊，房屋不像市中心那样密集，人和车相对稀疏。这一带属于早期商业住房用地，自建房较多，大都是亲朋之间几家人的别墅连在一起建的。独立别墅较少，像陈豪杰家这样的四层半近千平方米的豪华独立别墅，就显得有些鹤立鸡群，明眼人一看就知道是所谓大户。近年来，别墅越建越高，有五六层甚至七八层的，自带电梯。"大户"越来越多，陈氏别墅也就流于一般了，至少在外观上不再那么起眼。

　　3号别墅是自建房，样式老了点，但空间阔大，坚固实用。陈豪杰、方珍夫妇住二楼，大儿子陈可铭、贺喜夫妇带着俩孩子住四楼。三楼整层220平方米（含三个卫生间）是留给二儿子陈可期的，但多数时间空着。陈可期长住香港，即使从香港回河埔市办事或谈生意，也只住宾馆，不回家住，后来拍拖（谈恋爱）有了对象，就更不回家住了。老两口也看开了，房子住不住是儿子的事，给儿子留房子是父母的事。儿子可以不住，父母不可以不留。

　　女儿陈可元的住房早先已经买好（彼时她正读大一），一栋小型独立别墅，家人口中的"元屋"，离家不远。在给女儿买房时，陈豪杰、方珍夫妇多了个心眼——老二确实不愿与父母同住的话，3号别墅三楼留给孙子住也未尝不可。于是，给老二陈可期也买了一栋与女儿一样的小型独立别墅，家人口中的"期屋"，空在那里，陈可期住不住都是他的。

3号别墅院子很大，里面花木扶疏，满目葱茏翠绿。正南面是假山鱼池和名贵盆栽，西北面是数棵荔枝树、桂圆树，都有20多年树龄，长得高大茂盛，树形美观，是陈豪杰日常打太极拳的地方。环绕周边的散步小径，是陈可铭一有空就陪老爸溜达并私密交谈之处。东侧有四个停车位，正北面有一个篮球架和半个篮球场，角落处还有鸡舍和几畦菜地。小孩们常在院子里玩捉迷藏。

　　方珍未进家门，就听见陈豪杰在吼：要走都走，想走几个走几个，一个不留！全都给我滚！

　　紧接着是儿媳贺喜的声音：爸，集团上下都知道，王祖望是您最信任的人，您一手将其培养提拔起来，对他委以重任。

　　陈豪杰猛然又吼：我真是瞎了眼啊！还以为谁都可能辞职，唯王祖望没可能、没理由辞职！

　　贺喜柔声安抚：爸，您多次说，天要下雨娘要嫁人，由他去呗！我不信他离开方杰能发多大财。自己作死，自生自灭。

　　方珍进门换鞋，故作轻松：不是一条心，早走早好。

　　陈豪杰绕着客厅地毯走来走去，犹似困兽，挺着身板儿继续吼：公司花22万元送王祖望去德国培训，学的都是公司急需的前沿技术，谁料他技术学到手立马拍屁股走人！眼都不眨！喂不熟的白眼狼！早知如此，我培训别人啊……

　　方珍息事宁人：好了好了！别跟他一般见识。

　　陈豪杰满腹憋屈，心中的块垒堵得他几乎喘不过气来：我投重金，进口顶尖的数控机床和成套设备，又派王祖望去国外学习和掌握先进技术，以实现自动化程度和生产效率的提高，这些步骤环环相扣，是集团的重大部署。现在可好，部署打乱，计划泡汤……

　　方珍连拉带拽带哄，终于把陈豪杰搀扶到沙发上坐下。

　　陈豪杰不顾心前区隐隐作痛，继续吼道：还有那班小人，跟着姓王的跑，不顾在方杰多年的情分！方杰到底哪里亏欠他们了？

　　其实，陈豪杰已经忍了很久。施润告诉他王祖望等11人集体辞职，他非常震惊、恼怒，甚至傻眼，坐在椅子上半天回不过神来。王祖望如此决绝，如此不义，令方杰蒙受重大损失，后患多了去。虽说其严重程度尚待专业评估，但陈豪杰直觉就是四个字：难以估量。他在公司没吱声儿，回家后大光其火。

贺喜走到方珍身边，小声儿说：妈，可铭已到洛杉矶国际机场，预计明天中午到香港，您看香港那边……

方珍向贺喜使眼色，又摇一下头。贺喜领会这意思是不要涉此话题，赶紧闭上嘴。方珍绕到沙发后面，动作熟练地拍打陈豪杰背部，又按张雯教给她的穴位方向，依次轻推。顺着推拍节奏，方珍嘴上振振有词，捏腔拿调，像戏台唱戏似的：

走走走，随便走，缘分已尽咱分手！

走走走，随便走，天高地阔你自由！

走走走，随便走，诚信不足非朋友！

走走走，随便走，我不闭门不留寇……

陈豪杰眉头紧蹙，嗓音喑哑：唉……行啦！

这时，贺喜收到陈可铭从美国发来的短信，立刻躲进餐厅过道细看：你跟我爸说，做生意讲究货如轮转，办厂子一样讲究货如轮转，有来的就有走的，有进的就有出的。像活水一样川流不息，呈现出动态而不是静态。王祖望去意已决，我意放弃挽留，只在集团内部发通报，讲明情况，稳定员工即可。他们给企业带来的损失肯定难免，我建议暂不做评估，暂不做追究，集中精力善后及了断，无碍大局。你再跟爸强调一下，咽下这口小气，更大的气即可避免。另外天降福音，HQ111地块方杰中标了！刚刚公布。

贺喜兴奋异常，跑回客厅，蹲在家公陈豪杰面前，喜形于色：爸，可铭发来短信，有好消息！哎呀我太激动了……另外他决定提前回来，现在人已在洛杉矶机场等候登机了。

方珍对贺喜卖关子不满：好消息？啥好消息？

贺喜脱口而出：HQ111地块方杰中标了！

哦？或许太过意外，陈豪杰张开的嘴半天没合拢，方珍替老公拍背的动作也下意识停止，两人都直愣愣地盯着儿媳贺喜的脸，好像她脸上的笑容可疑，是真是假需要认真辨识。

贺喜把陈可铭发来的短信从头到尾念了一遍，接着口齿伶俐地补充道：爸，可铭此前还说，他已交代佳杰五金厂副厂长姚国泰，工厂由他全权负责。泰叔够冷静，牢牢"钉"在厂里组织生产，跟啥事也没发生一样。这两天厂内平静，没有引发动荡，没有发现员工中有负面情绪，也没有跟风辞职苗头，生产和生活秩序正常，预判中的最糟糕情况即辞职风潮没有出现。

屋子里安静下来。佳杰五金厂稳住了，让人松了口气。尤其土地"中标"这个好消息，来得太是时候了！

陈豪杰不再出声儿，脸色也由铁青、苍白缓缓转至正常。但他似乎特别疲劳，喘气儿不匀，整个身体垮垮塌塌地陷在沙发里。方珍已把"救心丹"攥在手心好半天了，不停地观察陈豪杰的脸色和举动。医生交代过，"救心丹"可不吃尽量不吃，可少吃一次尽量少吃一次。陈豪杰慢慢呷一口方珍递到手上的水，耷拉着的眼皮儿渐渐抬起，混浊的双目也慢慢有了神。

方珍吁口气，药不用吃了，重新收起。

4

上午，德来服装厂厂长袁仁美办公室。

尹擎驾车从毛织厂出来：美姐，送你回家休息一下吧！

袁仁美：不回家，去服装厂。

尹擎：美姐，董事长行前交代，他出差美国期间，我就跟着您了，您上下班由我接送，您自己别开车了啊！

袁仁美：好的，辛苦你尹擎！

尹擎笑盈盈地：不辛苦美姐！

说话间，车至德来服装厂。袁仁美回到自己办公室，喊来副厂长曹东风，商量事情。梁仁良忽然一头撞进来。袁仁美惊异：咦，你咋过来了？毛织厂那边处理好了？

梁仁良有气无力地接话：祺叔在，不用我。

梁厂长！曹东风笑着与梁仁良打招呼，尔后借故离去。

袁仁美恼怒地瞥丈夫一眼：你惹的祸，让祺叔去顶？

梁仁良颓唐地坐在沙发上，话也懒得说。

袁仁美起身走到饮水机前，想给他接杯水，然后叫他好好交代事情的来龙去脉。梁仁良从沙发上一跃而起，迫不及待地从后面抱住袁仁美，一副哭腔：哎呀你吓死我了！你跳什么楼啊？可怜我儿子，小心脏还没长成，在娘肚子里就饱受惊吓……

袁仁美使劲儿扒开梁仁良的手，摆脱他的搂抱：讨厌！走开！你不是紧张我，是紧张你儿子，没良心的东西！

梁仁良松开手，煞有介事：谁说的？我最紧张老婆，其次才是儿子！你看，骇得我每根头发都竖起来了，现在还没倒！

袁仁美数落梁仁良，如连珠炮一般：阿良，这件事搞得这么蹊跷，到底咋回事？你明明没有经历过合同被扣这种事，海关你也不熟悉，为何不让祺叔去处理？就是让代紫萱出面处理也比你强！现在好了，被人家成群结队堵上门来追款！托你的福，广德头一回发生这种事，我也是头一回见识！影响多恶劣……

梁仁良连推带搂地把妻子按在沙发上坐下，自己也一屁股坐在妻子身边，低头嘟囔道：我没想到事态这么严重！我也没想到会导致连锁反应！我不过不想让祺叔插手而已，他屁大点事都向爸汇报！毛织厂许多事我这个厂长还不知道，爸就知道了！还有代紫萱，一个小小的车间主任，整天想着爬上枝头做凤凰，跟那个尹擎眉来眼去的！我怕他们联手打小报告……

阿良！袁仁美忍不住截断梁仁良的话，耐着性子说：公司是爸的，工厂是爸的，爸掌控全局，所有事情都有权知道啊！祺叔是副厂长，向爸汇报工作有什么错？你来毛织厂之前，人家祺叔多年来都是这样做的，为啥非说是针对你的？代紫萱跟尹擎是情侣，谈恋爱不是一天两天了，人家年轻人不能拍拖呀？你这人疑心重，跟谁都搞不来，什么毛病啊？爸对你很信任，很放手，你没做见不得人的事，没必要这么处心积虑防他。

梁仁良不服气：他们从来没在爸面前说过我一句好话，只会歪曲事实！他们不是真心帮我，是存心监视我。

袁仁美越发不悦，蹙着眉头：怎么没帮你？要不是代紫萱给尹擎打电话，尹擎及时赶来，今天这局面你能收拾吗？

梁仁良眨眨眼睛：这事儿细思极恐！我现在还脊背发凉！怎会有这么多不讲理的人！那些供应商没一个好鸟，历史上就喜欢跟毛织厂过不去，趁乱揩油水，与他们合作真是倒了血霉……

什么历史上？你懂个屁历史！袁仁美愤然打断梁仁良：毛织厂历史上人缘很好，何曾发生过你今天闹的这一出？先做朋友，再做客户，给你说多少遍了，你还不懂吗？做企业无非做好两件事，一是把产品做好，二是把客户做成朋友，做成一辈子的朋友（制造企业之"客户"含供应商，往往也是生产制造者，两者为环环相扣的产业链上下游关系，非通常意义中的产品使用者即"终端"客户），这是我们袁家做厂的重要心得和经验，你根本没领会！你为人处世失范，治厂失准，连续捅娄子！

梁仁良深深垂下脑袋，闷声不响，像低头认罪似的，心里却愤愤然，非常不服，哼，一点儿鸟事戴这么大帽子！

袁仁美见不得丈夫这副窝囊样儿，气又不打一处来：你给毛织厂丢脸，给爸丢脸，还好意思说历史？毛织厂之前好好的，你来之后开始走下坡路，再这样搞下去难保不滑向亏损边缘……要说毛织厂历史，这倒是活生生一段！

梁仁良忍气吞声，不吭声儿，心里自我劝慰，唉，夫妻怄气，关门拌嘴，算了！此时此刻惹老婆生气不符合自己利益。

过了一会儿，梁仁良转以央求口气：好了阿美，别生气了，你生气影响我儿子。可怜我儿子，还没出生就被怨气给熏到了。我浑蛋！我该死！在这敏感时刻我一人伤俩！阿美，你千万别跟我一般见识，你轻松点儿，愉快点儿，老公这厢求你了！

袁仁美仍然板着脸，几次想骂老公叫他闭上臭嘴，但也醒悟到要顾及胎儿，便努力平复自己的情绪。

梁仁良见妻子态度缓和下来，赶紧提及实质话题：得想办法把这事儿摆平，万一给爸知道了，我……我哪有好果子吃嘛！

袁仁美忧心忡忡：摆平不难，不让爸知道，难！

梁仁良腾地从沙发上跃起：这么说，爸一定会知道？

袁仁美抬眼看向窗外，重重吁一口气：且不说祺叔，也不说尹擎或代紫萱，单是芳姑那一关就肯定过不了！她绝对会第一时间给我爸打电话，把全部责任归咎于你。你以为瞒得住啊？

妻子的话引得梁仁良心事重重，他低眉耷眼，嘴巴抿得铁紧。

袁仁美斜眼瞪视梁仁良，恨铁不成钢：爸对你的能力本来就有看法，又闹这么一出，更把你看低一眼，你咸鱼难翻身！

梁仁良不服：做厂子，出点意外是常态，谁能打包票哇？

袁仁美厉声诘问：出意外是常态，你处理不好也是常态？

梁仁良嘴硬：人家杀上门，事先不通知，怎么处理？

袁仁美真生气了。自己多次为如何在老爸面前瞒夫之过而犯愁，他倒好，一副无辜样儿！无赖样儿！她咬着牙：一点突发事件都处理不了，要你干吗？你搞不定就让位！

梁仁良使劲儿翻白眼：我倒想让位，谁上呢？

袁仁美狠狠呛白道：四条腿的没有，两条腿的大把！

梁仁良被噎得说不出话，腮帮子上一小团肌肉上下蹿动。

5

下午，广州市某科技大学校园门口，一辆白色路虎越野车飞驰而至，刚在树荫下停稳，下课铃响了。

一天的课程结束，校园内人群熙攘，各个运动场都挤满了学生，到处蒸腾着青春气息。

陈可元身穿淡黄色套裙，从三楼拾级而下，像一朵淡黄色的花，轻盈地飘出研究生教学楼。她抬眼向"老地方"——校门外一处绿荫遮蔽的弯道看去，但见她熟悉的车停在那里，她嘟嘴吹了声响亮口哨，加快脚步奔路虎车而去。

白色路虎的车主是方杰科技集团首席联络官何青黛，她是专程从河埔市来广州接陈可元回家的。

何青黛是陈可元读理工大学本科时的同学，两人同系同班同专业同宿舍，关系亲密。说来讨巧，她俩是那一届那一班仅有的两名女生，因而得以占据一间四人宿舍，这件事让她们庆幸和窃笑了许久。其实这种情况并不出奇，人家有的班只有一名女生或一名女生也没有呢！她们那专业对女生而言太过冷僻和偏门——精密机械与精密仪器专业。听听这名字，男生都不乐意考，帅哥靓仔大都挤到时髦的计算机专业和金融专业了，再次也是国际贸易专业。

两人有个共同的口头禅：不幸，我遇到了你。

有天晚上两人拌嘴。陈可元说：我真纳闷，你说你个窈窕淑女学什么不好，偏学机械，邪门！你不是脑子有问题或性格有缺陷吧？

何青黛反唇相讥：你才脑子有问题性格有缺陷！家里那么有钱，守着金山银山，吃喝花销不愁，还来学这苦逼行当！

陈可元：我家是干这个的，我学这个顺理成章。哪像你呀，学这个纯粹为了到男孩扎堆的地方，找男朋友方便。

何青黛急吼吼反驳：瞧你心眼儿多歪！我情窦未开好不好？

陈可元：算了，懒得扯没用的。都说制造业是苦逼行业，咱俩不幸"误入歧行"，只能惺惺相惜了。

何青黛可怜兮兮：本来就苦逼，再撞上你，这辈子只能端苦逼饭碗，苦海无边回头不见岸了。

陈可元：你苦是吧？等下买两斤糖好了，我掏钱。

何青黛咧嘴而笑：这差不多！德芙榛仁巧克力加法国红葡萄酒。

陈可元豪爽：行，今晚管你够！

本科毕业后，两人一起考研，陈可元考上了，何青黛没考上（天知道她是否故意的，她多次透露说想早点工作早点赚钱）。经陈可元引荐，何青黛作为机械技术员进入方杰集团，薪水不低。按陈可元的意思，何青黛先不要做专业工作，不要一头扎到工厂底层去，而是先在集团跑跑面，宏观了解集团全貌，熟悉整个员工队伍（含各路高管、专家及技术人员等），建立起系统人脉，以后伺机再从事专业技术工作不迟。方杰集团全盘采纳陈可元意见，首席联络官职位即为何青黛专设。

何青黛从驾驶位钻出，边用手机打电话，边扬着脖子在人群中搜寻陈可元，未见人影儿，她低头专注于手机：我在广州呢！哦，吃饭？那可没时间！接上人立刻就回，回去还有事呢……

陈可元从背后猛拍何青黛肩膀，把何青黛吓一跳。

陈可元斜眼逼视何青黛：给情人甲打电话？

何青黛自嘲一笑，摇头：不知他是甲乙丙丁哪一个！

陈可元一脸揭老底神色：对情感要实施有效管理，不能泛滥。回去拿大数据统计一下，编个号，利于动态联络。

何青黛撇嘴：拜托，是恋人不是犯人好不好？你搞搞清楚啊！又不是坐监编什么号！

陈可元一本正经：以后但凡有机会，我建议修改民法，像何青黛这样的青葱玉女，同时段正宗情人不得超过一打，否则可定罪。

何青黛狡猾地向上翻白眼：什么罪？

陈可元咬咬嘴唇，灵机一动：占有他人情感资源罪！

何青黛"扑哧"一下笑出声：这是啥罪名？

陈可元迅速改口：脚踏12只船罪！

何青黛：欲加之罪，也得像个罪！愿打愿挨的事，与"罪"不搭界。姜太公钓鱼愿者上钩，古往今来没听说鱼钓多了有罪啊！

陈可元：你别嬉皮笑脸！这是道德罪好不好？

何青黛忽然收敛笑容，神色焦虑，顺手揽住陈可元的腰，往车跟前推：上车上车！快快快！佳杰五金厂出事了，连你大哥都被从美国紧急召回来了。

陈可元一听，睁大了眼睛：啊？出什么事了？

何青黛：你别急啊！没什么大不了，有几个家伙辞职。

陈可元目光犀利：辞职？谁？几个人？

何青黛：佳杰五金总经理王祖望。公司送他到德国进修深造，学成归来不久，冷不丁地，诱拐十名技术骨干集体辞职。就是说，厂里能挑大梁干活的人，都跟他一起跑掉了。

6

中午，美国旧金山。艳阳高照，海水湛蓝。

袁若德、袁仁贵父子循迹从洛杉矶追到旧金山，无心观赏旧金山美丽的海滨景色及蔚为壮观的海湾大桥，更无心游览包括硅谷在内的整个旧金山湾。走在旧金山某条大街上，感觉有些茫然。路遇一间街头咖啡馆，两人在一张露天小圆桌旁落座。

袁仁贵从包里掏出一张旧金山地图，在桌上摊开，又拿出放大镜，俯身于地图上仔细查阅，嘴上说：爸，秦茱萸就读的这所大学半径近两公里，四个校门，其"隔壁"概念涵盖方圆数公里，在这么大范围内找一个人，大海捞针哦。

袁若德语气坚定：就是大海捞针，也要把秦茱萸"捞"到手！把他连人带技术"捞"回河埔市，"捞"回广德。

袁仁贵很为难：总得锁定个小一点的地盘……

袁若德：把"隔壁"和"住宅区"加起来，不会有很多个，此其一；其二，四个大门不会平均使用，要找出其中最常用的两个。

哇！老爸果然精明！袁仁贵惊喜：您看，附近……也就是"隔壁"，相对集中的住宅区有两个，与学校的南大门、北大门斜对着。OK！就锁定它了！

袁若德鼓励道：好，有收获，不用气馁啦。

袁仁贵吐吐舌头，又夸张地做了个摇头晃脑动作，嘴上牛哄哄的：就算旧金山有大海那么大，我也要整它个蛛丝马迹出来！

照片呢？袁若德伸出手。

袁仁贵从包里取出秦茱萸的照片：幸亏我有心，从早期的网络资料上下载了他的照片，放大处理后保存起来。您看，多清晰！

袁若德撇嘴：自我批评不深刻，自我表扬不含糊。

袁若德认真端详照片后，叫儿子收好。父子俩打的直奔市郊，在秦茱萸曾经就读的某个大学校园附近下了车，在学校北大门外徘徊良久，随后又步行向学校南大门走过去。

经过观察，他们确认学校最大的门就是正南门，由此进出的人员最多。天色将晚，他们进入路边一家小咖啡店，找了个靠窗位置坐下来。透过咖啡店玻璃窗，恰与南大门对个正着，还可以看到距学校南大门最近的某住宅区进出通道。

袁仁贵先点了两杯热咖啡，接着问：爸，来份肯德基套餐？

袁若德两眼直视窗外，心不在焉。袁仁贵又问一遍，袁若德回过神来含糊地点头。袁仁贵笑道：爸，您咋不配个望远镜呢？

袁若德和袁仁贵在学校南大门外守候通宵，没有收获。

袁仁贵疑惑道：兴许咱弄错了，他很可能走北大门！

袁若德边揉眼睛边说：好，吃完东西即刻转移，目标北大门。

袁若德、袁仁贵走出咖啡店，从学校南大门绕向北大门。袁仁贵说：爸，咱这样守株待兔，似乎看不到转机。

袁若德神色果决：既然没有更好的办法，咱只能用笨办法呀。要有耐心和韧性，继续蹲守，不要动摇。

天亮后，为节省体力，也为了打持久战，父子俩改变策略并迅速分了工：白天轮流，晚上并肩。上午，袁若德到袁仁贵租住的房子睡一会儿，下午，袁仁贵再回房睡一会儿。

傍晚再次来临。袁若德和袁仁贵两人围着大学南、北两个校门，一趟一趟转圈子，貌似闲逛，四只眼睛却骨碌碌乱转。他们横下一条心，走得再累，心情再闷，也不到街边便利店或咖啡店小坐了，以免遮蔽视线，遗漏线索。两人只将饮料和热狗拿在手里，渴了就喝上几口或饿了就啃上几口。进出校门的戴眼镜年轻中国男性，均被他们热切"扫描"过，几无遗漏。

袁仁贵担心老爸身体吃不消，几次提醒他回去休息，袁若德死活不肯，说是父子俩并肩逛街，很有情趣，不觉得累。

袁仁贵急了，猛地停下脚步，站在原地一动不动，口气凶巴巴：爸，咱在旧金山街头"狩猎"已近50个小时，您这年龄，就是钢筋铁骨也扛不住。现在已是下半夜，我最后一次跟您协商，两条路您选一条，要么我一人蹲守，要么我罢工！

袁若德返回来拉住袁仁贵胳膊：别耍小孩子脾气，走吧……

袁仁贵甩掉老爸的手，绝情地说：我不走！我退出！

袁若德：阿贵，现在没有别的办法，守株待兔是唯一选项。

袁仁贵赌气：徒劳，白忙活，毫无意义！

袁若德和颜悦色：阿贵，咱的举动看似盲目性很大，其实目标明确，那就是寻求技术合作，借此为工厂导入新业态，实现二次创业。所以，吃这点小苦头不算啥呀！

见儿子仍然气哼哼的，袁若德不作声了。当着儿子的面，他换之以轻功步伐，稳稳向后退去，退了五六步远，迅速左右扫描几眼，确认地势平坦，没有行人，熟练地拉开马步，架起双臂，摆出几个漂亮的太极拳造型，做出几个潇洒的太极拳动作。以此为"开场白"，完成了热身，接着便耍起全套正宗"袁家拳"真功，两臂凭空扇得"呼呼"响，两腿凭空踢得"唰唰"动。他炫功力、秀肌肉，以这种方式劝儿子不必为老爸担心。

大爱无言。袁仁贵愣在那里，眼眶湿润。

7

夕阳西下，时近黄昏，何青黛驾车由广州向河埔市飞驰。

陈可元坐在副驾驶位上，向何青黛详细询问王祖望等人辞职事由，何青黛边开车边陈述基本情况。

何青黛：要说那个王祖望，还真有名堂！

陈可元：他啥名堂？啥来头？搞清来龙去脉没有？

何青黛：来头倒没啥来头，但他本人懂技术，又惯于搞技术垄断，关键技术、关键岗位都是他的人，申报技术专利及知识产权保护之类，从来不让别人插手。当初，泰叔对外派培训名单有异议，认为远非"选优"，其中有人根本不是那块料。王祖望私下走了你大哥的门路，巧舌如簧，泰叔意见被否。

陈可元：哦，他跟我大哥关系好？

何青黛：也不是。你大哥对他睁只眼闭只眼而已，能哄则哄，能依则依，他是技术大拿，怕他撂挑子不干。再者，你大哥笃信"用人不疑"，这一点被王祖望看透和利用。

陈可元：他在总经理任上干几年了？

何青黛：少说有四五年了，此前还干过几年副总经理。

陈可元扭脸儿看向窗外，轻轻点头，自言自语：他靠方杰集团完成了技术、资本和人脉积累，翅膀硬了。

何青黛：是啊，过河就拆桥！最可恨的是他拐走的十个人，都是方杰"一线重臣"，个个技术超一流！其中有一对师徒，不但是厂里的顶梁柱，而且在整个河埔市都赫赫有名！

陈可元紧盯何青黛：他们叫什么名？

何青黛滔滔不绝：师傅叫樊老靓，绰号"鬼手靓"，再高端精密的机械到他手里没有搞不掂的！徒弟叫黄匠军，曾多次在全省"能工巧匠"大赛中拔得头筹。由这师徒俩带出的徒弟有百十来人，每年都包揽全市机械类专业赛事的团体冠军，那真叫绝！

陈可元秀眉紧蹙：是否怠慢他们了？薪水奖金待遇跟不上？

何青黛：哪里！谁敢怠慢他们！全厂上下拿他们当宝贝，捧在手里还怕化了。他们享有绝对尊重和绝对权威。

陈可元神色凝重：王祖望提没提过加薪或别的要求？

何青黛肯定地说：没有，加薪晋爵之类的要求统统没提过。他真要提什么要求，你大哥定会酌情考虑。换言之，不是企业未能满足他的要求导致他辞职，而是他为辞职早已处心积虑。

陈可元心里不是滋味：这么说，他们是有计划、有预谋、按步骤展开行动的。可见姓王的心机很深！

何青黛：是啊，这正是问题焦点。方杰对他们（包括全体员工）再好，也抵不过王祖望与"鬼手靓"是结拜兄弟啊！有个段子在厂里流传很久，我是前不久才听说——"鬼手靓"师徒经常被人"挖"，手段五花八门，可谓不择手段，"鬼手靓"总是一句话把人顶回去：你那点钱算个鸟！对方立马将"那点钱"几何级翻倍，且没有封顶的意思。"鬼手靓"急了，再冒出一句：我们兄弟是一辈子的情分，你想拿钱亵渎，真是搞笑。此后再也不理人家了。

陈可元勾着脑袋，琢磨着这件事的严重性。她是学机械的，深知樊老靓、黄匠军师徒之类顶尖工艺人才对制造业的价值。工艺技术、手感和经验是需要点滴积累、实际操作冶炼和日积月累沉淀的，远非一日之功。他们的离去，对佳杰五金厂来说如同"剜肉"，花大钱也难以修补，时间更赔不起。

何青黛尖锐指出：此事远不止"剜肉"受损那么简单，主要是工艺人才断层，对佳杰五金的战略升级造成重大打击。

陈可元表示认同：嗯，你这判断靠谱。她抬起头，目视前方，深有感触地说：推己及人，不难得出结论——人与人之间的情分，值钱；谁能获得他人信任，谁赢。

何青黛右手脱离方向盘，朝陈可元伸出大拇指。片刻之后，她收回大拇指，摇头撇嘴：信任这个东西，不是单向度的，而是信任和被信任双向度起作用的，包括作用和反作用，像一枚硬币的两个面。比如，王祖望获得你大哥的信任，又辜负你大哥的信任，一枚硬币的两个面他都占了，所以他赢。

陈可元凝神：被你信任的人不想对得起你的这份信任，确实起反作用。所以，哪些该信任，哪些不该信任，得拎清楚，预判和重视来自信任对象的反作用，这比信任本身更重要。

话题一扯开来，车内气氛变得沉重。陈可元郑重交代：对樊老靓、黄匠军师徒的辞职因由调查一下，看看有没有更深层次的原因，摸清情况后，不惜代价劝其回归。我就不信，他王祖望有本事把人拐走，我陈可元没本事把人拉回。

何青黛诧异：这事儿你想插手？你哪有时间？

陈可元不语，心事重重的样子，凝神看向车外。

何青黛喜笑颜开：哎呀，有好消息！忘记向你发布了。

好消息？陈可元斜眼睥视何青黛。

这时，何青黛驾车驶下高速，进入城区，至闹市中心，道路两旁霓虹灯强烈闪烁。她收敛笑容卖关子：好消息和坏消息是前后脚飞来的，这好消息呀，它不早不晚来得正是时候！一时间让人不知该高兴还是该纠结。

陈可元急得咬牙，要不是何青黛在开车，她的拳头肯定不分轻重擂上去了。这时忽然开悟，何青黛这家伙明摆着在恶搞！哪有什么实质性"好消息"，随她胡咧咧，不用上她当。这一想又不急了，扭脸儿看向窗外，以讥笑口气激将道：咋呼半天，子虚乌有！接着编！你有瞎掰乱扯天分，我很看好。

何青黛这回真笑：HQ111地块方杰中标啦！你爸、你哥和整个方杰集团大半年（严格说是两年）心血投入终于没白费！

陈可元秀目微弯：真的？哦，万幸！

8

中午，西城区郊外七仙女温泉酒店。

王祖望驾驶黑色雅阁轿车出城，上高速，风驰电掣，向坐落在西城区远郊的七仙女温泉酒店疾驶。

中午11时许，王祖望驶入酒店停车场，泊好车，手拎一只微型保密文件箱，径直走进上官园中餐厅22号包房。服务员跟进来，咨询喝什么茶，王祖望答声"熟普"，拉出椅子准备落座。这时手机铃响，一看是他老婆魏玲打过来的，急忙接听。对方语气很冲：祖望你咋回事？我在大门口等半天了！

王祖望跺脚：哎哟！只顾开车赶路，忘给你打电话了！

魏玲：赶路？你赶哪个路？

王祖望解释：阿玲，今天看不成房了，明天再说吧。今天约到梁仁良，在七仙女温泉酒店见面，我刚赶到。

魏玲抱怨：你早说呀！我好不容易才请到假。

王祖望走到窗户跟前，口气稍有不悦：我倒想"早说"，可我半小时前才收到对方回复，立马上路都怕赶不及。你以为姓梁的好约呀？我通过关系拐几道弯才约到。咱现在要找人家牛逼大户融资，当然人家说了算，人家日理万机……

魏玲截断：我呸！现在是个人都日理万机！说完赌气挂掉电话。

王祖望转身，赫见一位大帅哥站在门口，此人高挑俊逸，气宇轩昂，显然就是梁仁良了！王祖望十分尴尬，自己与老婆的对话肯定被他听到耳朵里了！他急忙驱身上前，堆着一脸笑，与梁仁良握手：梁厂长吧？幸会！

梁仁良：不好意思，搅扰了祖望兄向嫂夫人做行踪汇报。

王祖望"嘿嘿"干笑：准备搬出方杰集团，在找房子。

两人在椅子上落座，服务员进来倒茶。王祖望示意服务员不用再进来了，并起身把门关上，甚至把窗户内层的薄纱白窗帘也拉上，使偌大的包间显得静谧私密。

王祖望殷勤地套着近乎：梁厂长，请用茶！最近忙吧？

梁仁良无心作答，口气随意：不忙不闲。

王祖望口若悬河：梁厂长，你现在是我等钦慕的对象啊！听你表哥说，本来呢，你与我一样草根出身，祖上几辈都是吃瓜群众，家庭和社会地位垫底，以你我之身段，出人头地渠道狭窄。现如今，你翻盘了！逆天了！时髦说法是逆袭成功、摇身一变高大上了！啧啧，不是什么人都能入赘豪门的……

梁仁良本来挺受用，也习惯了接受来自各个方向尤其同龄人的"羡慕嫉妒恨"。但"入赘"这个话他显然不爱听，又不好直言，胡乱应付道：豪什么门！也就大户而已。

王祖望：梁厂长傍上大户，有大靠山，身价高了，起点高了，咱俩是天壤之别了！你对老哥我可要罩着点啊！

"傍上"这话梁仁良更不爱听了。他苦笑一下，自嘲自谴以正视听：我的草根烙印会自动消失啊？不会！证实自身价值还得靠自个儿用双手双脚打拼。

王祖望的脸色陡然严峻，他当然听得出来，梁仁良实际暗指他王祖望的草根烙印不会自动消失。他拎壶斟茶，略加掩饰，小心翼翼说：我早从蓝君那里知道了梁厂长的威水史（广东话：风光的过去）！梁厂长自带光环，狂甩别人几条街，不用证实给谁看！

梁仁良有些心事重重：说难听点，姻亲斗不过血亲，被踢出局的可能性如影随形。所以，咱哥俩本质上还是平起平坐。

其实，这才是梁仁良埋在心底的话，平时决不吐露。

王祖望仗义执言：梁厂长，像你这样的金融科班，正宗金融硕士，在国内外都是俏销品！是未来能成大气候的人！当然话说回来，你一个热血汉子，不甘心一辈子在老丈人羽翼底下而已。

这话又戳中梁仁良痛点，他自顾自地坐着，不搭腔了。他不仅在家族企业经营方面没有决策权，在生活中也仿佛低老婆一等，常常被老婆吆来喝去；出席任何社交活动，他的位置都在老婆身后，他很不喜欢这种感觉，尤其在新鲜劲儿过后。更要命的是，不仅近虑多多，远忧才真正扎心！他和老婆就算玩命干，厂子最终还是袁家儿子的，再往远处讲是袁家孙子的。他这个女婿又算老几？能分多大点羹？

王祖望显然不愿放过任何吹捧加蛊惑的机会：梁厂长，咱们跟你表哥蓝君联手，干票大的！以进军PC（私募）行业为突破口，进军资本市场！即便做实业，也要引入金融思维……

打住啊！梁仁良紧蹙眉头，很不耐烦：PC不PC的，不关你事，你别瞎掺和！干票大的还是小的要从实际出发，充分酝酿，做详细方案。眼下八字没一撇。祖望兄，时间有限，咱开门见山，怎样合作说吧！只抖干货，其他皆省。

王祖望竖起大拇指：爽！方案我带来了。王鹚精密组件有限公司，简称王鹚精密，我从德国回来之前已注册完毕。王祖望说着，拎出自己随身带的文件箱，从中取出文件袋，再从袋中抽出一摞子文件，双手递给梁仁良。

梁仁良接过文件，大体瞄几眼，并不打算细看，因为带回去自有专业人士帮他审阅。文件无非包括商业（项目）计划书、主营业务板块、融资方案、股权结构及股东名单等。股东有四个：王祖望、李鹚、蓝君、梁仁良。

王祖望见梁仁良把目光落在"李鹚"这个陌生名字上，赶紧披露详情：我隆重推介一下李鹚。她曾是你表哥蓝君在新加坡的同事，后随父母移民德国并入德籍，她的父亲是机电专家，移民前已在德国某企业供职多年。她本人属移民二代，为融入当地文化多次回炉深造，毕业于德国曼海姆商学院，精通英语、德语和汉语。正是通过她的引荐，我才有缘结识贵人——蓝君。

梁仁良这才知道，原来表哥蓝君对王祖望并不熟悉，是通过李鹚介绍认识的。业内有句话叫"不熟不做"，无论涉及人还是涉及行业、行当，基本遵循该套路。不过，表哥如此看好王祖望并决定向其投资，除了李鹚这个因素外（这层关系不属于"不熟"），也许跟王祖望手中握有境外GGY项目的分包合同有关。表哥眼光不会错！这么一想，他释然了。

王祖望补充道：我在德国进修期间，李鹚对我很照顾，她多次表示想跟我一起在中国大陆施展才华。

梁仁良面现坏笑：这么说，你在德国取到真经了？

王祖望听出梁仁良话里有话，脸色不由暧昧，但这只是一瞬间的事，此刻哪还顾上理这茬！他急着挑明：老哥我对梁厂长你，可谓久逢知己，掏心掏肺无话不说。

梁仁良低头沉吟。近年来，自己内心确实很不安分，总在蠢蠢欲动，曾无数次盘算如何寻机另立山头。眼下似乎时机成熟，但还是不能明目张胆地做，这个分寸他得把住。

王祖望热切地说：梁厂长，在河埔市，你和我绝对是先驱组合。我正式邀请你出任王鹚精密董事长，我干总经理。在目前的股东构成中，百分之百你说了算。总之，大方向你拿，具体事我干。

梁仁良坚决摇头：不可！董事长及法人均与我无涉！股东也不可用实名！你去找变通办法。原则上我不露面，你们自己干！

王祖望义正词严：不管从哪个角度讲，董事长都非你莫属！你一定要当，不必推诿，推诿也没用。

梁仁良瞪眼：你傻呀？董事长及法人要登录工商信息，那我岂不暴露？你觉得以我目前的身份，能暴露吗？能背着袁家另搞一套吗？除非你想逼我离开袁家。

王祖望点头表示明白。其实，他最明白的是自己嘴上说请梁仁良担任王鹣精密董事长及法人，纯属客套。

两人随后约定，在未来20个工作日内，伺机择日，双方各自带齐证照，到本市南城区君子兰高尔夫球会所313房会面并正式签署系列文件，届时，将由梁仁良代表犀利牛基金，向王鹣精密做天使轮投资1100万元。

梁仁良起身，从上衣内兜取出一张银行卡：这里有60万元，是我个人的入股款，你收好。我受表哥蓝君委托，今天第一次与你见面洽谈，看来基本顺利。表哥叫我转告你：技术团队要稳住，一旦项目中心召唤，要立即拉得出去，这个很关键。另外，你手里的工艺专利申报要抓紧推进。

王祖望双手接过那张小小的银行卡，激动而又热切地说：多谢梁厂长！多谢君兄（蓝君）！犀利牛基金慧眼超群！我带兄弟们玩命干，保证给梁厂长和君兄长脸！通过参与GGY这个超级巨无霸项目分包，不出两年，最长三年，咱赚它个盆满钵满！

这话对梁仁良并没多大吸引力，他摆摆手抽身就走。王祖望冲他背影急喊：吃个饭吃个饭！菜都点好了……

梁仁良头也不回：我回厂里吃。

9

凌晨4点半，按照与河埔市交警支队协调好的时间（物品装车一小时，5点半出发），广德集团总部开始搬迁。

德行物流总经理高蔷带着一支庞大车队，总计28辆重型卡车，在广德集团簇新的办公大楼前一字儿排开20辆，另外8辆在大门外的马路上首尾相接列成队，远看颇为壮观。

搬迁总指挥黎锦官，将集团下属各公司抽调来的百余名青年员工分配到各个部门，帮助总部搬家。同时制定了"谁家孩子谁家抱"的搬迁原则，要求总部各职能部门的办公设备及用品不一定自己搬，但一定要自己看管，严加保护，不得丢失，以此前的造册登记为准，搬迁完成后要逐项查对核实。

袁仁美在马赛鹰、尹擎陪同下，在办公楼楼顶四处眺望，心生感慨。总部要离开了，这栋簇新的办公楼将有新用途了！老爸为"二次创业"大刀阔斧，广德集团将再返艰辛老路，风雨兼程难得安宁了！是凶是吉是祸是福未知数超多。袁仁美心里默默祈祷：上苍保佑，保佑我广德经此一役重回巅峰！

上午11时许，黎锦官乘电梯来到办公楼顶楼，走到袁仁美身边，向她汇报说，所有办公用具基本搬上车了，各路人员也都随办公物品登车就绪，现在只待老板莅临挂牌现场。

袁仁美心思沉重，"嗯"了一声，继续凝神向远处眺望。黎锦官催促道：阿美，移步下楼吧！

袁仁美收回思绪，转身向电梯间走过去，马赛鹰、黎锦官等人跟在她身后。来到一楼，袁仁美为首的广德集团一众成员，各在不同方位，全体面向大门肃立。黎锦官一声令下，四名保安员身着整洁制服，包括威武的帽子和锃亮的皮靴，在众人的注目礼下，将广德集团科技研发中心的新牌子挂了上去。

袁仁美向黎锦官递个眼色，黎锦官扯着喉咙喊：出发！

车流滚滚，向德行物流大院方向进发。因计划周密，安排妥当，组织保障有力，加上所用车辆都是德行物流自己的，相对浩繁的总部搬迁工作完成得十分顺利，鲜少纰漏。

袁仁美、马赛鹰等人最后离开广德集团总部大楼，又最先抵达设在德行物流的新办公区，但见广德集团有限公司的牌子早已悬挂在大门正中。高蔷站在大门口，急切地迎接他们。袁仁美知道，为了将这栋老楼翻新，尽快投入使用，高蔷已带人连续加班一个星期了。电源早已布好，网线即时开通，总部各部门翌日就能恢复日常工作。她微笑着向高蔷点头：高总辛苦！高蔷粗声大嗓：我不辛苦！美姐辛苦。

袁仁美的新办公室在二楼，正待爬楼梯上去，尹擎从后面追上来，一把扶住袁仁美胳膊。袁仁美扭脸儿笑问：有这么严重？

尹擎"嘿嘿"一笑：美姐，你穿高跟鞋……

袁仁美嗔怪：穿什么鞋也不影响爬二楼啊！

马赛鹰恰好走到楼梯口，不由分说地支持尹擎：扶一下扶一下！又转脸对袁仁美说：你一双腿载俩人，不要提供保护啊？

袁仁美撇嘴：拿我当大熊猫了。

袁仁美临时召集黎锦官、马赛鹰、高蔷、袁甲芳等几名高管在办公室开会，研究和布置下步工作。袁甲芳提出财务部有两个套间，办公室需加装一道铁门。正在这时，祝业祺为海关罚款的事打来电话，袁仁美顿觉头绪繁多，秀眉拧紧，点头说知道了，挂上电话继续开会，直到天色大黑，会议才散。

晚上7时40分，袁仁美在新的总部办公楼忙了一整天仍未下班，大量的工作是各种衔接，需要拍板定夺。她抬腕看看表，用桌上座机拨通袁若德的手机：爸，我在新办公室给您打电话！线路不错，很清晰。总部搬迁顺利完成，您放心好啦。

袁若德在电话那头笑道：我闺女辛苦！大家伙儿辛苦！

袁仁美：爸，您那边进展怎样？啥时回来？

袁若德：你这傻闺女！我刚出来，板凳还没坐热，就问啥时回去！别说出来找人，就是出来玩也没这玩法呀。

袁仁美：又不是自家板凳，还想坐热？出去就是坐冷板凳的！

袁若德：那倒是，我闺女有见地！

袁仁美接着汇报了"金八条"，说上面（指政府）已将文件精神做了传达，政府在工业用地方面实施优惠，这回，对实体企业扶持力度蛮大。袁若德闻讯感觉欣慰，叮嘱道：扩大用地的事要抓紧，每个环节都不能有疏漏，要为新公司（指拟成立的德立技术有限公司）的注册做好一切准备。袁仁美应诺。

挂了电话，袁仁美下楼，赫见尹擎在等自己，很过意不去：哎呀尹擎！害你久等！我该早点儿下来，可能我不习惯。

尹擎：美姐您这么辛苦，我多等会儿有啥呀！

10

晚上，西苑北街3号别墅，陈豪杰家。

华灯初上，河埔市大街小巷中的车辆川流不息。何青黛驾驶白色路虎驶入陈家院内，尚未停稳，陈可元已跳下车，三步并作两步进入别墅内灯光通明的一楼客厅，边换鞋边报到：爸，妈，我回来了！接着扫视客厅，逐一招呼在座者：哥，嫂，润姨，秦叔，阿乐。何青黛将"白虎"熄火，跟着进了屋。

贺喜小声儿说：妈不想参会，上楼去了。

陈豪杰向女儿扬扬下颌，示意她坐下，尔后以惯性的不紧不慢语气说：小元，今天叫你回来是因为有个事。佳杰五金总经理王祖望等11人集体辞职，事先没打招呼，厂子陷入群龙无首局面。你大哥是提前从美国回来的，今晚咱碰个头。

好，知道了爸。陈可元说着，在贺喜旁边的沙发上坐下，贺喜顺手给她倒了杯茶。

施润首先汇报：佳杰五金一直是集团主营业务，近年投资拉动，重金购进一批大型现代机械，其中高端进口机械占70%，硬件上了台阶。作为配套措施，工厂全额出资送王祖望等人脱产参加技术培训，其中王祖望到德国进修一年零八个月，另四人（含黄匠军）到北京某高校学习一年半。如今他们陆续学成归来。本指望他们大展拳脚，不料在这当口儿，王祖望等11人集体辞职。

施润顿一下接着说：按照集团前年制定的方案，佳杰五金自动化程度提高，综合实力跃升，人工缩减，成本降低，将在随后较长时间内获得长足发展，业绩倍增。产品质量达到或超过欧洲水平，以后接单就有资格做选择，淘汰低端订单，不再搞来者不拒。王祖望辞职将这一切打乱，我们措手不及，没准备，没备份，没后手，工厂连正常生产都堪忧。

姚国泰满腹忧思：对这起突发事件我有责任，我失察了。王总一向爱搞小圈子，这是不争的事实。他手下那帮人受他唆使，精心伪装，头天上班干活还好好的，没有任何人表现任何不想干的苗头！真是知人知面不知心。

贺喜接话说：王祖望为首的那伙人，早就密谋跳槽了，只是我们蒙在鼓里。怪只怪我们，以为没发生过什么矛盾龃龉，都是自己人。他们外出进修期间全厂对其翘首以盼，结果盼来的是翻脸不认人。从来拿他们当骨干，结果干成"骨灰级"叛将。

陈可元接茬更尖锐：公司上下，对他们太依赖、太迁就、太纵容，缺少有效监督和制约，结果导致其为所欲为。他们玩的这出釜底抽薪，完全是与佳杰为敌的做法，此事性质恶劣。

陈可铭不同意陈可元这个"定性"：王祖望那帮人想创业而已，并没跑到竞争对手那里去，说人家以佳杰为敌，言过其实了。

陈可元依然尖锐：从自省角度看，集体辞职是现象，根本上还是我们的企业文化、企业精神出了问题。

陈可铭不耐烦：别扯那么远，先说眼前怎么办吧。

陈可元：大哥，我们随便就让人捏住了工厂七寸，这很危险。老话说害人之心不可有，防人之心不可无。

陈可铭不屑：防人之心是什么企业文化？我们方杰怎么可能有这样的企业文化？再说，现在空谈文化有什么用？王祖望拍屁股走人，我们得找人顶上去，这才是当务之急。

陈可元：民俗文化，乡规民约，亦为企业文化的一部分。比如，当初的进修培训名单，由王祖望一手拟定，大哥你作为总裁，没想过要掺点沙子，也没想过征询一下泰叔意见。集团上下见你这个态度，也就乐得睁只眼闭只眼了。

陈可铭不悦：企业中的任何问题我都有责任，这个毋庸赘言。

陈可元一针见血：佳杰五金厂顶尖技术工艺人才齐刷刷走掉，等于把我们的技术"家底"一锅端了！企业多年的技术积累就此化为乌有。我们不仅无端端蚀掉大把米，更糟糕的是，工厂技术人才培训要重启，重金买回的先进机械要趴窝。这岂不意味着佳杰五金厂将倒退十年八年？

陈可铭：见异思迁乃人之本性，看待人家的主观意愿要客观。

陈可元面色严峻：他们主观意愿和动机如何不重要，重要的是后果，这就是离心离德、重创方杰！

贺喜急忙打圆场：是啊，王祖望是小人行为。

施润同仇敌忾：要我说，应该起诉王祖望！那家伙长了一身反骨！

气氛严峻，没人接话了。偌大客厅，一时间变得鸦雀无声。

陈可元：方杰留不住人，大哥难辞其咎！

陈可铭：瞎掰！你有够没有？专把矛头对准我是吧？

陈豪杰劝阻女儿：小元，管理责任包括总裁责任，另当别论，今天不谈这个，还是集中商议下一步怎么做。

陈可元：爸，长期以来，集团对人才重视不够，管理不科学，这是根子上的问题。解决不好的话，危害很大，这是无法回避的。

陈可铭瞪着陈可元：你人在学校，对工厂两眼一抹黑，轮到你说三道四了？你读书读傻了吧？在一线打拼的人倒没你这个"马后炮"能耐了？工厂是你干的还是我干的？

陈可元避开大哥锋芒，声气儿柔和：人在学校，不等于对工厂两眼一抹黑。比如，王祖望带走的人里面有对师徒，是出了名的工艺大拿，能工巧匠。这对宝贝被拐走，不仅是集团损失中的重要部分，而且短期内不可弥补！

陈豪杰面向陈可铭：哪对师徒？叫什么名？

陈可铭气哼哼地摇头：集团万把人呢，谁知道她指哪对师徒。

陈可元：师傅樊老靓，绰号"鬼手靓"，徒弟黄匠军，人称"匠仔"。这对师徒是电镀冲压五金模具、电容生产制造方面的工艺权威，业内无人不知、无人不晓。大哥居然不知道他们，还真应了老话，墙内开花墙外香。

陈可铭横了妹妹一眼，不搭腔了。他本来就生气，生王祖望等人的气，现在又生妹妹的气，嫌她吹毛求疵，胡乱指责，存心捣乱。同时，对她张口能叫出一对师徒的名字乃至绰号感到诧异，那对师徒名声很响么？王祖望为何从未谈起过？姚国泰也没汇报过！陈可铭气不打一处来，狠狠横了姚国泰一眼。

确实，除了姚国泰，在座者没有熟悉樊老靓和黄匠军的。但是，这对师徒在姚国泰眼里不过普通员工而已，与集团老板、公司决策层有什么干系？技术牛逼者在公司大有人在，如今谁不靠技术吃饭、谁不靠技术养家糊口呢？

陈可元：如果我们对员工队伍多一些了解、关心和支持，王祖望兴许带不走这么多人……

陈可铭愤而打断陈可元的话，厉声驳斥：你站着说话不腰疼！方杰集团员工福利是最好的，员工稳定性是最高的，还要怎样关心？给他们每人请个保姆吗？

陈豪杰：好了，不要吵！出个王祖望，不必全盘否定。

陈可元从沙发上一跃而起，语调平静：爸，我经过冷静思考，决定自己干！请将佳杰五金厂全权交给我，我来干。

陈豪杰和陈可铭来不及反应，面面相觑，又不约而同地把目光投向陈可元，不认识了似的盯着她，神情犯傻。在座所有人的眼光也齐刷刷聚焦在陈可元脸上，对她的自告奋勇相当不适应。

陈可元笔直地站在那里，像个将军：工厂有难，匹夫有责！

此前，谁也没把工厂事务与陈可元关联在一起，两者从不搭界。没想到，这个读了小20年书，正经事没做过几件，正经岗位没待过几天，个性很是乖张跋扈的小妮子，忽然一夜间长大并跳将出来了！然而，做厂这件事不是闹着玩儿，更遑论佳杰五金机械制造是方杰集团的核心主业。

陈可铭摇头，语气坚决：不要不要！小元，这不妥。你硕士在读，半年后毕业，再说早有留学计划，全家都支持你赴美或赴德读博。厂子暂时有困难，你不用管，今天叫你回来是爸想叫你多了解情况，帮忙出个主意。

陈可元不由分说，信誓旦旦：爸，大哥，眼前情况已令我无心向学。我决定办理休学，到佳杰五金担纲主事。虽然这是意料之外的、被迫和权益性的，属于"急就章"，但符合我的专业乃至人生方向。我肯定能干好，请相信和支持我。

何青黛不知接收了什么信号，猫着腰，脚步贼轻地溜出客厅。

陈可铭双目圆睁，大声训斥：陈可元你吃错药啦？你抢班夺权啊？那么大个厂，你凭啥担纲主事？

陈可元看也不看大哥一眼，只翻白眼：凭我是陈可元。

屋子里突然寂静下来，连喘气儿的声音都听不见了。

陈可元面对陈豪杰：爸，这回呀，女儿我索性替您搞一锤定音，就这着吧，OK了！这件事我自作主张，自负全责。我现在就去佳杰五金厂视察！我连夜走马上任！缺了王屠夫只能吃带毛猪？我还偏不信了！泰叔，我们走。

姚国泰听到陈可元招呼自己，立即起身，准备跟着她走，同时向陈豪杰、陈可铭瞥去一眼，并看他们有没有阻拦自己的意思。

陈可铭断喝一声：小元，你等等……陈可元哪里肯听，仰脸挺胸向门口走去，狠狠甩掉拖鞋，蹬上皮鞋，闪身门外，冲着树荫遮蔽的暗处大喊：何青黛你死哪儿去了？

白色路虎的两道车前灯"唰"地亮起，接着喇叭"嘀嘀"轻响，陈可元和姚国泰两人分头钻进车里，"白虎"一溜烟儿跑了。

11

凌晨3点多，美国旧金山，袁若德和袁仁贵散漫地走在某大学北大门附近，突然从背后传来一声断喝：STOP（站住）！

夜阑人静，这突兀的声音清晰而又刺耳。

袁若德和袁仁贵不约而同地猛然转身向后，循声瞪大了四只眼睛，直勾勾地盯住通往某住宅区的一个要道。但见灯亮处，门卫拦住一个头发蓬乱、架着近视眼镜的瘦高个儿，一道强烈的手电筒光束在瘦高个儿身上晃过，那架势好像不许他进入住宅区。

有情况……袁仁贵手卷喇叭筒，对袁若德耳语：快往回走，靠近！说完拔腿往后跑，袁若德跟着跑过去。

是让他"站住"吗？瘦高个儿惊抬头，无法判断"站住"这件事是怎么回事，此前他一直是勾着脑袋的。他寻思是不是走错了路？摸错了门？还是出了别的什么问题？他稀里糊涂的模样儿令门卫感觉可疑，发出更威严的质问：WHO ARE YOU（你是谁）？WHAT ARE YOU DOING HERE（你在这里干什么）？

OH I'M LIVING HERE（哦，我就住这里）.

说时迟那时快，袁仁贵跑到瘦高个儿身后，微喘着，以一口纯正的美式英语问道：请问，你是秦荣薁博士吗？

我……瘦高个儿更惊讶了，转过身来，神情木讷：你……袁仁贵大喜过望，一把抓住秦荣薁的胳膊，手劲儿特别足，仿佛怕他飞了：可找到你啦！

袁仁贵的举动把瘦高个儿吓一跳，本能地挣脱开胳膊。

袁若德跟着跑过来，向儿子使眼色，意思是别生拉硬拽。袁仁贵会意，继续使用英语，口气变得文质彬彬：秦哥，我们来自中国广东河埔市。这位是我的父亲袁若德。

秦荣荑依然一脸错愕，但听说是老乡，下意识地点点头。

袁若德与秦荣荑握手，面色和蔼：你好！秦荣荑博士。

袁仁贵以下颌指指路边：要不，我们借一步说话吧！

秦荣荑会意，扭头瞥瞥住宅小区的门卫，但见门卫愣在原处，狐疑地瞪视他们，仿佛他们的举动更加可疑。

三人移步，来到旁边一株高大的梧桐树下。

袁若德态度亲切：请不要误会，我们远道而来，是来求见你的。因联系方式不畅，在此时此地意外撞见，很冒昧，望海涵！

秦荣荑释然，彻底清醒了，瘦削的面庞露出一丝坦然神色，语气仍有些结巴：哦，知……知道！此前在……网上联系过……你们就是河埔市的袁先生啊？

袁仁贵再次唐突地握住秦荣荑的手，脸上绽开憨憨的笑容：是啊秦哥！跟你联系的人是我，今天终于与你打了照面。秦哥，附近有家中餐馆，不打烊，咱去吃点热乎的好不好？

见秦荣荑没有反对的意思，袁若德趁机说：天快亮了，一起去餐馆小酌吧！吃完就散，不多耽误你时间。

秦荣荑点头。袁仁贵拦住一辆的士，三人上了车。拐过三四个街口，来到唐人街，就近选了间红瓦尖顶中餐馆，进屋落座。

蓬头垢面的秦荣荑显然饿了，兼之饭菜可口，吃得狼吞虎咽。为了不令他尴尬，袁若德和袁仁贵也借口这家餐馆用料地道，味道正宗，陪着他大快朵颐一番。

吃饱了，心情恬适，周身舒畅，人轻松了，话也就多了。

秦荣荑用纸巾抹抹嘴，苍白而又不乏疲惫的脸上渐渐透出红润：你们来得真巧！巧得不能再巧喽！

袁氏父子互递一个眼神儿，会心而笑。

秦荣荑轻叩脑门儿：刚才我一下蒙了，不过回住处（新租的）拿个烟，有必要"站住"吗？这口令与我有关吗？

想起刚才被门卫拦住的一幕，几个人都笑了。袁仁贵大笑：秦哥你真幽默！其实问你干什么，很简单的一道问答题呀，你就说拿烟呗，保证100分，顺利通过。

秦茱萸苦笑：拿烟不需要计算，无法对答如流。

袁仁贵深感庆幸：难怪门卫盘问你，原来你搬到新地方，还没怎么住过。你们在实验室猫几天，不吃饭不睡觉啊？

秦茱萸认真回顾，掐指算了算：确实，有三四天没怎么合过眼了，吃饭么，大多由助手在街头买回来。

袁若德：搞科研沉浸在实验室里，仿佛与整个世界不相干了，一回到人间烟火之境倒无法适应。不过这倒成全我们啦！众里寻你千百度，蓦然回首，正在灯火阑珊处。哦，上天眷顾！

秦茱萸面对袁若德问道：您来旧金山探亲？看儿子啊？

袁仁贵一拍大腿：NO！我爸是专程来找你的！邀你合作的！

秦茱萸的眼睛在镜片后面扑扑直闪，明白了对方来意，脸色顿时严肃起来，急忙做出解释，态度非常明确：近期无意回国发展，完全没有这方面的计划。即使（若干年后）回国，也会首选同在河埔市、与他本人交情深厚的方杰集团，这是既定目标。对袁氏父子的盛情好意，他心领了，再三表示感谢。

袁仁贵一听这话，顿时焦虑起来，急切地说：秦哥，我爸是有诚意的！我们袁家是有诚意的！请你……

秦茱萸摇摇头，接着又摆摆手，从座位上站了起来，他觉得话说明白了，也就毋需赘言了。

袁若德跟着站起来，不失时机地拿出折中建议，态度诚恳：他乡遇故知，没有理由失之交臂啊！谨提请秦博士拨冗，在我们离开旧金山之前，再小聚一回，面对面侃侃家乡河埔市近况，那变化大了去呀！你在国外有些年头了，像我这样来自生产一线的信息，或许对你有用。我个人希望，对你的研发课题有所裨益。

秦茱萸眼睛一亮，欣然同意。双方商定翌日晚上还在"老地方"（刚用过餐的这家餐馆）再聚一次，并互相留下电话号码。

袁仁贵鬼精，变戏法似的摸出两条烟，递给秦茱萸：秦哥，不用回住处拿烟了，叫车直接送你回实验室。

12

晚上，齐贤路内街15号，袁若德家。

袁若德家是一栋三层半双联别墅，800多平方米，袁若德夫妇及儿子袁仁贵（尚在国外留学）住一边，女儿女婿住另一边。别墅两边互相独立，中间不连通，但院子和大门是统一的，吃饭也在一起。家中雇有保姆，人称荷姨，50岁上下，非常能干，厨艺好，还把偌大一栋别墅里里外外收拾得井井有条。

吃完晚饭，从父母家挪几步回到自己家，梁仁良想尽办法逗妻子开心：阿美，你目前的座右铭只有三个字——不生气。

袁仁美一听又是老生常谈，一点儿也提不起兴趣。

梁仁良一脸巴结：无论是工作还是生活中出现失误，都由我负责，千错万错都是我的错。你一定要置身事外，安心养胎。

梁仁良照例把袁仁美扶到沙发上坐稳，然后对着她的肚子向儿子喊话：喂，神童我儿，你好！今天过得开心吗？又长大一点点吗？你好棒哦！爸爸妈妈的亲子胎教课程现在开始啦！预备——好，一家三口共同进入愉快成长模式！

梁仁良笔直地站在袁仁美对面，像唱诗班里的领诵者，拖腔拉调地喊：开心！喊完这两个字，他冷不丁地做了个搞怪动作，看上去很滑稽，袁仁美忍俊不禁，"扑哧"一下笑出声来。

梁仁良又喊：微笑！他紧接着扮小丑，手舞足蹈，动作笨拙。

梁仁良再喊：幸福！他上前拥吻妻子，从嘴唇吻到后脖颈儿。

梁仁良最后喊：快乐！旺旺旺！他在地板上快速爬行。

袁仁美一直微合双目养神，这时被丈夫情绪感染，忘记烦恼。

梁仁良故意绷紧面孔，一本正经：今后但凡有人追根溯源，梁仁良、袁仁美夫妇的儿子为什么绝顶聪明？标准答案如下：那是因为其父母对孕育新生命责任感超强，实施严格而又科学的胎教，全套完整教案由父亲梁仁良主导设计及实施。

袁仁美：谁说的？我也参与设计了！

梁仁良轻轻坐在妻子身边，很贴心地说：阿美，爸一直都不信任我，这个你是知道的，你不知道的是我这个位置有多难做！我不能处处依赖你，什么事都离不开你，整天吊在你裤腰带上。时间长了，怕你也觉得我是累赘！我儿子大了也看不起他爸！我必须独立和成熟起来，奋发努力，做出成绩来证明自己。

袁仁美低眉耷眼，没作声，但老公这些话她显然不反感。

梁仁良趁机又提换车的事。此前他几次跟袁仁美软磨硬泡，力图说服妻子同意他换车，把现在开的皇冠轿车换成巡洋舰越野车，说他本人个头大，而皇冠车空间矮小，他坐在驾驶位腿伸不直。更重要的是，不开越野与年龄不符，给人看不起。

袁仁美迁就道：没说不换呀。只是往后拖段时间，待集团几件大事忙过，再说吧。

梁仁良伸手揽住妻子的腰，推心置腹：阿美，我现在最想证明的，就是你的眼光没错，我天生就是袁家乘龙快婿！当然，我还要向爸证明，有其翁，必有其婿，我梁仁良不愧是他袁若德的嫡系！老话说，不是一家人，不进一家门儿！我梁仁良无论从外表长相，还是从骨子里的天赋本事，都是给袁家加分的！我跟我老婆阿美是天造地设珠联璧合的一对儿！

袁仁美把梁仁良推开：哎呀少来！你不肉麻能死啊？

梁仁良神情肃穆，语气激昂：下面，容我禀报详情。长期以来，我诚然以袁氏为荣，也许永远以袁氏为荣，这是总的基调，但我仍然有个梦想，这就是有一天，袁氏以我为荣。

袁仁美诧异地盯着梁仁良：袁氏以你为荣？

梁仁良亢奋：对！我为袁氏争光的最佳途径和所能抵达之理想终端，就是袁氏以我为荣，这一天必将到来。

袁仁美毫不客气地揭梁仁良短板：你呀，野心贼大，本事贼小！理论上一套一套的，实际做起事来就另一回事。我劝你还是脚踏实地做实事，积累实践经验，把毛织厂……

梁仁良像裁判似的做出"暂停"手势：好了打住！咱有约，在家不谈工作。胎教结束，现在开始孕妇指南课程。

梁仁良说着站起来，熟练地从书架上取出一本巨厚的书，两手捧着递给袁仁美，书的封面上印着"孕妇指南"四个大字。袁仁美并无兴趣，胡乱翻两页就放下了。

晚上临睡前，夫妻俩并坐床头扯点闲话，有时为找乐子还斗几句嘴。通常情况下，梁仁良把与妻子扯闲篇当作尽义务，之后就开始看他的书了，旁若无人。有一次，袁仁美使性子，冷不丁抢过他手中的书，扔出去好远。梁仁良一点也不生气，神态儒雅，面容亲切，语气"高大上"：不看书，怎样用资本听得懂的语言与资本对话呢？怎样用市场看得懂的行动与市场对接呢？袁仁美瞪视老公，很不屑的样子，心里却暗生佩服。还有一次，袁仁美坐在床头好好的，突生烦恼，一巴掌"啪"地打掉梁仁良手中的书，逼视他：我现在要求你看我，不看书！梁仁良秒懂，涎着脸：看你就看你！当我不会看？拿你当书看，别具风情和滋味。

夫妻亲热，套路娴熟。

袁仁美自行躺好，昏昏欲睡，梁仁良仍要看会儿书。《滚雪球：巴菲特和他的财富人生》，是梁仁良的枕边书。还有《货币战争》之类的书籍，家里堆得到处都是。书看多了，梁仁良说话用语都仿教科书：婚前，两人在性格爱好上大异其趣是可以的，婚后则不可以。

梁仁良的话，看似对袁仁美是很好的催眠，实际上影响深远。

13

上午，广深高速，何青黛驾车由河埠向广州飞驰，送陈可元回学校办理休学手续。两人心情都不平静，一路热聊。

陈可元坐在副驾驶位，略觉焦虑，一边翻看手中资料，一边抱怨：办个休学手续这么麻烦，今天务必搞掂啊！

何青黛不肯苟同：这算啥麻烦？跑多两趟而已，你全盘接手佳杰五金才是真麻烦！那么大个厂子，400多号人呢！

陈可元故作轻松：以后时间少了，没空压马路了。

何青黛：新官上任三把火。你考虑好没有，烧哪三把火呀？

陈可元撇嘴：一把火都烧死人了，还烧三把火！救火差不多！我呀，新官上任灭旧火！

何青黛坏笑：新官上任搞搞震（广东话：捣乱）！不是烧火是灭火。

陈可元：旧火至少有三把，我不灭掉它，它会烧死我。

何青黛：此新官非彼新官。你打算灭哪三把旧火呀？

陈可元拧着眉头：头一茬当然是我充大头，亲自顶上去啦！第二茬是找人才！走了11个，不得找回来11个呀？何况走的那些人都是超级技工，一个顶俩的。第三茬是替姓王的擦屁股，他把厂里很多工作都按下来，捂住不办，比如减岗分流……

何青黛很意外，不由感佩：哟，你这两天两夜没闲着呀！

陈可元吁口气：我倒想闲会儿，奈何时间贵如油。

何青黛直言：人才不好找！现成的不现成的都不好找。

陈可元自行纠正口误：我说错了，不是找人才是抢人才！要以救火般的心态，百米冲刺的速度，去抢人！去夺才！

何青黛面现愁容：抢人才？你这思路对头！自从王祖望那小子拐跑一帮技术骨干，工厂就跟熄火似的，让人想想都心灰。

陈可元：你查一下，最近省市范围内，哪里有人才招聘会。

何青黛：好。要不我还是去车间干吧，顶上一个算一个。

陈可元苦笑：女汉子出山，地覆天翻。

何青黛：你才女汉子呢！我本淑女，温文尔雅，秀外慧中。

陈可元：多谢粉黛淑女！你搞两肋插刀，心意我领了。你的角色定位我已想好，不要在集团总部"漂"着了，你来佳杰五金吧，我掌舵，你当我副手。

何青黛目视前方，调节中气，吹出一长串响亮的口哨，那口哨的旋律好像是《爱你爱不够》。

陈可元开始叹气：唉，不知道这算不算家门不幸。

何青黛：家门好好的，你自己不幸而已！被逼上梁山没退路了。

陈可元蹙眉，深表不满：那不是什么梁山！是我从小生活的地方好不好？我在那间工厂长大的好不好？

何青黛瞥陈可元一眼：我知道你在工厂长大！我还知道你在工厂玩大呢！这有啥新鲜的。

陈可元陷入回忆：我妈怀我八个月了，还在厂里做事，我在娘胎里每天都听机器响，机器轰鸣声就是我的胎教。后来我会走会跑了，每个车间、每个角落都有我疯跑过的痕迹。上学以后，我爸在厂收发室专门给我弄张小桌，作业都在那儿写，从小学到大学，每年寒暑假都在厂里度过，名曰"实习"。工厂有我全部的童年和青少年记忆。所以，我爸常把"你个厂妹"挂在嘴边。

何青黛：哈哈！"厂妹"现在成厂长了。

陈可元：工厂很小，破破烂烂，我爸当个所谓厂长，天天把我和我哥扔厂里不管，只顾忙他的去。我和我哥流落在工厂各个车间，哪个旮旯都钻进去过，闭眼也不会走错。我哥初中起开始住校，厂里就剩我了。我乖巧听话，工人们更愿意接纳我一些，容留我趴在某个角落工作台上写作业，还会弄个木墩子让我坐。

何青黛：车间噪声那么大，打雷似的，怎么写作业？

陈可元：起先躲在门口收发室写，后来待腻了，就到处乱窜。那时小，喜欢到人多的地方。我从小就不怕吵，噪声再大也影响不了我，很专注，很有定力，可能就是那会儿练的。

何青黛一脸恍悟：你在工厂那个大染缸里染上了工业基因。

陈可元点头：是啊！现在回想起来，那时在工厂也没觉得枯燥，听见机器轰鸣反而身心愉悦。从没想过利用假期去哪儿游逛游逛，现在也不想。有同学拉我泡酒吧歌厅星巴克什么的，我顶多去一两次，见识过了，就再没兴趣了。还是习惯"泡"工厂，待在厂里浑身舒服，样样自在。你说怪不怪？

何青黛笑道：当然怪啦！你在工厂待魔怔了，得了工厂震耳欲聋环境依赖症。不过话说回来，你这是在工厂镀金啊！

陈可元瞥一眼何青黛：在工厂镀金？嗯，倒像这回事！你看，我小学毕业那年，不到13岁，我爸开始带我参加各种会议，此前只带我哥，这时增加了我。叫我坐角落，只带耳朵不准出声。我所谓"参加"就是旁听，尤其是旁听董事会，规规矩矩一次不落。开头听不懂，云里雾里，后来听多了，似懂非懂，不懂也懂。

何青黛：难怪呀！此前你是没有直接参与工厂经营管理，但你老爸办厂的酸甜苦辣，你比谁都清楚，你受到的工业熏陶和濡染挺深厚的。有一次，我听杰叔（陈豪杰）当着很多人的面说，小元领悟能力强，对工厂运行流程及各个环节烂熟于心，她有工业天赋，商业嗅觉灵敏。

陈可元撇嘴：咦，这话我都没听过。你看我爸，夸我都是背后的，悄悄的；骂我都是当面的，公开的。

何青黛：那当然，怒其不争呗！

陈可元佯嗔地瞪了何青黛一眼：去你的！你才不争。

何青黛：杰叔这么放心把工厂交给你，不是没有道理的。

陈可元：严肃纠正啊！"放心"谈不上，交给我很勉强、很纠结。毕竟还差半年毕业，硕士学位唾手可得，休学……委实可惜。

何青黛固执道：你从小被杰叔当作做厂坯子来培养，又叫你选学精密机械专业，你天生这块料，天生该做厂。

陈可元：不幸言中，也就这个命了。

14

傍晚，美国旧金山。同是沿海，旧金山的风一年到头都是冰凉冰凉的，与中国南方温润柔和的风大相径庭。

夕阳映照，袁若德、袁仁贵父子提前来到红瓦尖顶中餐馆。

袁仁贵带了两瓶正宗茅台酒。这是留学在异国他乡的后生仔们流行做法——喝茅台解乡愁，茅台象征着"家"——当然前提是有相当的经济实力。实力差点儿的，喝仿茅台，茅台赝品也行。

秦茱萸步屐匆匆，带着助手莫如师，踏着钟点赶来。

袁若德躬身迎接：秦博士惜时如金啊！幸会！

秦茱萸客气道：幸会！接着向袁氏父子介绍莫如师。

莫如师比秦茱萸矮半头，眼睛乌黑发亮，嘴唇红润，头发浓密，肤色白皙，看上去血气方刚。袁仁贵恭维道：哟，莫莫莫……莫如师！名字高大上，人也高富帅，秦哥团队卧虎藏龙！

莫如师笑道：减掉中间那个"富"字，基本符合事实。

众人哄笑，其实最应该减掉的是那个"高"字。

寒暄后落座，四人面对面。袁若德拿出自己的名片，分别递给秦茱萸、莫如师，嘴上来了句客套话：请多指教。

秦茱萸手捧名片细看。忽然想起自己手机已关闭多时，便顺手将手机打开。一看有几十个未接来电，信箱中的短信也已爆满。他吁了口气，深感无奈，重新关闭手机。

袁仁贵咋呼：秦哥，原来你受到"围猎"，难怪狡兔三窟。

秦茱萸苦笑：被人像兔子样追赶，滋味不好受。

袁仁贵起身给秦茱萸倒酒：多少人羡慕，求之不得呢！

秦茱萸有点儿顽皮地咧咧嘴，耸耸肩：东躲西藏是现象，实质是处处受碾压，我的好些灵感经常为此不翼而飞。

袁仁贵笑道：喝点茅台压压惊，今天咱不用东躲西藏啊。

秦茱萸顺手拿起茅台酒瓶子，在手掌中把玩一下：嗯，好酒！

袁若德、袁仁贵父子互看一眼，意思是秦茱萸对茅台酒似有偏好，这个发现蛮有价值，至少今天押宝押对了。

刚上来一道菜，袁若德、袁仁贵父子即迫不及待地向秦茱萸敬酒，口口声声"他乡遇故知"。秦茱萸也有点急切，像八辈子没喝过酒尤其是茅台酒，一碰就干。结果，第二道菜还没上来，几乎空着肚子就接连干了三杯，四人都有些面红耳赤。

袁仁贵忍不住好奇：秦哥，按你的预测，人工智能照目前势头发展下去，最终能超过人的智能吗？

秦茱萸笑了：这个有争论。人工智能是对人的意识、思维的信息过程模拟。可像人那样思考，但终归不是人的智能。

袁若德对秦茱萸说：秦博士，有机会得您科普，真是幸运！

秦茱萸用纸巾擦擦嘴，真的来了番科普："人工智能"（Artificial Intelligence，英文缩写为AI）一词，早在1956年DARTMOUTH学会上就提出了。这是计算机科学的一个重要分支。

袁若德、袁仁贵父子殷勤地向秦茱萸让菜敬酒，秦茱萸也不客气，来者不拒。又一杯酒下肚，秦茱萸接着说：几十年来，人工智能在理论和技术上日益成熟，应用领域不断扩大，不难设想，未来人工智能带来的科技产品，将会是人类智慧的"容器"。

袁若德拱手抱拳，由衷地说：秦博士及贵团队不愧是科技界大牛，佩服之至！承蒙秦博士不吝赐教，我们受益良多啊！

秦茱萸谦恭地摆摆手，笑道：袁董过奖！

袁若德：不好意思！说好只叙乡情不谈其他，这会儿聆听秦博士高见，受秦博士感召，我怕要食言了！

秦茱萸客气道：老乡相聚，谈什么都无妨啊！

袁若德：多谢秦博士海涵！在国内，推动机械装备智能化、连续化、自动化及高效安全，逐步实现装备结构、制造技术升级换代，成为整个行业的要求，也是我们广德集团的内需。我们多年以开发具有自主知识产权的高端机械设备为方向，追求新技术应用，提高制造水平，这个过程从未间断。

秦茱萸礼貌性地点点头，表示明白。

借着酒劲儿，双方热聊，许多话听上去都有试探意味。

袁若德：高技术本是另一领域，与我等粗人不搭界。但我开厂数年，深知高技术、新技术有用。我必须要用，不用没出路。我来美国找秦博士，希望与你共事，与你合伙，通过你，实现技术研发与工厂生产联姻。

秦茱萸很包容：抢占技术高地，突破核心技术，大势所趋。

袁若德：门外汉如我，斗胆发个问，秦博士你手头的研发项目，预计还需要多长时间可完成？

秦茱萸低头沉吟一阵：这个……不好说。顺利的话兴许一两年内能有眉目，不顺利的话，三年五载甚至更长时间也搞不定。当然，项目本身没问题，因为它方向好。另外，项目中有两三个分支已初获成功，可即时投入应用。

袁若德重重点头：我们一起干吧！我一定倾尽全力，支持和资助你手头的研发项目最终见分晓，最终获得成功。

秦荣萸掂量着此言分量，略显木讷。稍停，他不无客气地冒出两句官话，接着道出心声：袁老板慷慨解囊，我等不胜感激！不过，未知能否承受其重，我们不敢当喔！

又一杯酒下肚，袁若德补充说：我们广德，寄望于由秦博士领衔即将到来的新一轮技术升级和产业转型，加快数控技术落地。你的软优势和我的硬优势联手，打出一张战略合作牌，前景广阔。

秦荣萸下意识地摇了摇头，嘴唇抿得铁紧，不置可否。

袁仁贵察觉到秦荣萸的矜持，急忙插科打诨：实验室是你们自己租用的，还是校方无偿提供的？

秦荣萸苦笑，一脸无奈：当然租用，这里没有"无偿"一说。尽管是母校的实验室，租金也很昂贵，没半点儿优惠。曾想与校方合作，但不确定因素过多，校方合作意愿不强。

袁若德：你目前所在公司在资金方面支持力度如何？

莫如师抢着插话：我们是合作关系，资金支持有限，甚至谈不上。对方只购买技术成果。成果出来前支付基本费用，成果出来后进行抵扣，同时还有苛刻的时间限定。

袁仁贵直言快语：资金不充足的话，难免受局限。

秦荣萸耸耸肩：数控系统研发，需运用多门类新兴学科、交叉学科和发展最快的学科，具一定难度，需一定周期。我们面临的现实难题是实验室租约将在两周后届满，需要另觅地方。

袁仁贵：秦哥，恕我冒昧，原来你们这样夜以继日、争分夺秒地待在实验室，是租期将满啊？或者你们考虑租金昂贵，想抢在某个时间节点之前完成实验做出成果？

秦茱萸眉头微蹙，一脸忧思：各种因素都有。有人愿意向我们提供实验室，但合作条件苛刻，比如，实施技术买断，不得与任何第三方进行任何形式的合作等。我对此很反感，合作也就无法成立。当然，我们有项技术的研究攻关已到最后阶段，一旦成熟，应用范围广阔。

袁仁贵瞅准机会，打开了第二瓶茅台，动作麻利而又熟练，殷勤地为秦茱萸、莫如师斟上，也给老爸和自己斟上。

酒到酣时情方浓。袁若德拿过自己的黑皮夹子，从中取出一张十万美元支票，微笑着递向秦茱萸：初次见面，些少手信（礼物），不成敬意！

秦茱萸大感意外，面孔陡然板得铁紧，坚决推辞：无功不受禄，不要不要！袁董不必客气。

袁若德笑容可掬：拿去吧！我也是刚听说你们实验室要续租，就当我帮你垫付一下租金好了。长期来讲，我们广德愿意资助你和你的团队；短期来讲，愿你们早日完成手头项目。

秦茱萸把支票塞回袁若德手里：袁董，多谢您好意！但我们的合作并未成立，我只是说可以考虑。老实说，恐怕离您的愿望还差十万八千里。实验室租金我们自己可以解决。

袁若德依然面带微笑：这点钱湿湿碎，是无偿支援，与合作与否无关。你们也知道，咱家乡那块有个习俗，只要听到乡音，无论在天南地北哪个角落都有认同感。

几杯酒下肚，莫如师脸色红扑扑的，这时忍不住打趣：有钱能使鬼推磨，有情也能使鬼推磨呀！

秦茱萸继续推辞：袁董，抱歉！您还是收回吧。

袁若德哈哈大笑，语带幽默：有磨只管推，管他是人是鬼，能把磨推好，就算牛一回。咱乡里乡亲的，就不必生分啦！

秦茱萸与莫如师对视一眼，稍有犹豫，依然婉拒：乡亲是乡亲。您看，酒也喝了，饭也吃了，您这心意和情分我们也都领了。至于资助，恐怕无以为报……还是不要这样！

袁若德不急不恼，语气温和：别见外呀秦博士！你身在国外就是游子。老话说，穷家富路，意思是不出门、不走动时，日子穷点不打紧，出门挪窝时，就尽量不要手头窘迫。手握盘缠出门不难，何况这是来自家乡的手信。

袁仁贵凑上前，把老爸手中的支票硬塞进秦荣荑手中，用流利英语说中国俗语：老乡见老乡，两眼泪汪汪。我爸诚心诚意，用粤语讲是一片真心可对天。秦哥你拿着吧，兴许用得着。

秦荣荑的面孔渐渐松弛下来，不再板得那么紧了。

袁仁贵一不做二不休，再用流利英语朗读中国古诗：红豆生南国，春来发几枝；愿君多采撷，此物最相思。

桌上气氛缓和，没那么尴尬了……唉，钱这东西。

袁若德牵引节奏，言归正传：请问秦博士，您及团队手头的项目是哪方面的？可以透露一下大致方向吗？

秦荣荑简略概括道：总体方向是精密机械自动控制系统。具体说嘛，目前是数字技术在精密机械自动控制方面的应用。

袁若德释然。别的他不懂，自动控制系统他懂，广德各厂缺的正是这一块。他深深点头：哦！明白。

秦荣荑低头沉吟：现成的技术倒不是没有，尤其是数字技术这块，应用得好，可大幅提高机床的精密程度和自动化水平。他（指莫如师）手头有项专利技术分支，半成熟状态……

袁若德兴奋：太好了！秦博士，这真是天意！我们很对路！我渴望与你们合作！半成熟状态乃至萌芽状态的技术，方向好，统统都好！你们来广德吧！我为你们提供整栋科研大楼，你们边进行新技术研发，边开展新技术应用实验，真的再好不过！当然，这是双向选择，还望秦博士明鉴。

袁仁贵在一旁加油添醋：天作之合！天造地设！天助我也！

秦荣荑若有所思，冲袁若德伸出大拇指：袁老板热衷于技术孵化，眼光前瞻，见解独到！超级牛！

袁仁贵迅速端酒杯说酒话：大千世界芸芸众生，咱们是不是王八看绿豆对上眼了？这杯干了！

四人举杯，扬脖豪饮，动作出奇一致。

15

晚上，西苑北街3号别墅，陈豪杰家。

夜阑人静，陈豪杰家二楼书房灯光柔和。陈豪杰身着睡衣，戴一副老花镜，坐在沙发上翻阅集团财务报表。长子陈可铭坐在他身旁，同样身着睡衣，手持HQ111地块详尽地形图及开发方案草图，桌面上还堆放着其他文字资料。

陈可铭把图推到一边，蹙眉试探着问：爸，把佳杰五金厂交给小元，任她由着性子胡闹，您真放心啊？

陈豪杰头也没抬：怎么是胡闹？大谬！我看这是血性担当。就当小元临危受命好了！老实说，我深感欣慰。

陈可铭难掩担忧：以她目前能力，万一驾驭不了……

陈豪杰很不满，斜眼瞥着儿子：不是还有你嘛！

陈可铭不吱声儿了。他知道老爸主意已定，没有回旋余地了。既然这样，他只能与老爸持同一立场。他"吭哧"一下，正式表态：爸，我明白您的心意，您培养小元不止十年八年，她在很多方面得您真传。佳杰五金她要做，就交给她做吧，没问题！

陈豪杰侧脸儿问儿子：阿黛（指何青黛）你熟吧？就是小元安插到集团总部，当首席联络官那个？

陈可铭点头：熟啊！小元同学，大学毕业就来方杰了。

陈豪杰刨根究底：此人够聪明，与小元关系很铁吧？

陈可铭若有所思：那当然！闺蜜，心腹，耳目，死党，军师，脑残粉，再加未来伴娘。还有更绝的呢，她懂机械。

陈豪杰：嗯，人才难得！我意重用。

陈可铭搪塞：可以提高薪水，待遇上……

陈豪杰直截了当：我指的不是待遇。你考虑一下给她安排个实职，佳杰五金副总，辅佐小元，如何？

陈可铭想了想，惯性反对，忍不住力谏：按理说是不错，阿黛独当一面，可帮小元减轻压力。问题是，谁都知道她跟小元如影随形、沆瀣一气，小元刚接手厂子，就把她安排到重要位置，人家会觉得她靠裙带关系上位，事事与老板串通。厂里那些元老，像泰叔他们也未必服气呀。

陈豪杰不以为然：看你说的！沆瀣一气，好像她们做了多少坏事！听说阿黛技术上有一套，以前王祖望经常请她到厂里帮忙，说她有手到病除的本事，年轻员工背后喊她什么"技术控"。

陈可铭苦笑：她呀，花名多着呢！何首席，何首乌，怎么喊她都答应，自认那些花名统统是褒义。

陈豪杰：阿铭，你要敢用人啊！五金机械行业向由男性主导，唯咱厂有两朵金花，你拿她们当奇兵，派用场，有何不可？

陈可铭收敛笑容：奇兵？奇葩吧！那个阿黛未经铺排和过渡，直接重用，是否过急？厂里像她这样的优秀员工很多，咱得照顾全厂员工的心理预期。要不，还是给她个总经理助理。

嗯。陈豪杰点头，不再坚持自己的意见。

陈可铭：叫阿黛先干个一年半载，我保证奇葩……

什么奇葩？陈豪杰老伴儿方珍从主卧室洗漱间出来，边走边问，同时用一条大毛巾往湿漉漉的头发上擦拭。

你宝贝女儿陈可元呗！陈豪杰抬眼从眼镜上方瞥老伴儿一眼，装作漫不经心：她办了休学，到佳杰五金当总经理。

方珍手持风筒站在梳妆镜前，正准备吹干头发，乍听女儿休学，心里"咯噔"一下，转身瞪视陈豪杰：休学？咋回事？

陈豪杰语气淡然：姓王的不是辞职不干了吗？总得有人干，厂子是一个萝卜一个坑。小元顶上去，就这回事。

方珍嗓音猛然提高八度：你……你想把女儿推下火坑？

陈豪杰听了这话很不高兴，驳斥老伴儿：自家厂子怎么是火坑？小元早晚不得做厂啊？我的衣钵她不继承谁继承啊？

方珍不依不饶地嚷嚷：辞职几个人而已，就没人干了？都死光了？小元书读得好好的，还有半年毕业拿学位，然后去美国读博。这时叫她休学，不是一切都砸了？

陈豪杰"嘘"了一声：小声点儿！你吼什么。

方珍：她学业未成，不可惜吗？不荒废她吗？半年都等不得呀？你搞一辈子厂子，自己累死活该，为何拉女儿垫背……

陈豪杰辩解：不是我！是她自己要休学好不好？

陈可铭赶紧站起来，走到母亲身边，柔声哄劝：妈，您先别急，别急别急！这事还没最后定，好商量嘛……

方珍气不打一处来：这啥时候的事儿？谁出的馊主意？

陈可铭语气平和，像唱歌似的：妈，没人出馊主意啊。那晚您在楼上，我们在楼下开会，商量怎么处理王祖望辞职这个事儿。小元自动请缨，说要亲自摆平。她显然成熟多了，说话有理有据，成竹在胸，一副力挽狂澜的架势，令人刮目呢。大伙儿都很看好她，觉得小元行，非她不行。

看在儿子的份儿上，方珍心情平复下来，不再吼了。她其实心里明白，佳杰五金厂11人集体辞职后厂子快顶不住了，小元这丫头是真心想为家里分忧，想替老爸和大哥到工厂去顶一顶。唉，真是难为了女儿！可怜的女儿！

陈豪杰态度软下来，向老伴儿招手，示意她坐到跟前来。方珍趿拉着拖鞋，"噌噌"儿走到沙发前坐下，背对老伴儿，她使劲把脸儿一扭，头发上的水珠子甩了陈豪杰一脸，陈豪杰下意识地伸手往脸上抹了一把，没有作声。

陈可铭紧挨母亲坐下，想尽快息事宁人。

方珍嗓门儿没那么冲了，但还在嘟囔：做厂谈何容易！小元又没干过，什么经验、什么门道都没有，你们岂不是难为她吗？好事小元没份儿，厂子搞不定，擦屁股的事轮到小元了？

陈豪杰知道自己说什么老伴儿都反感，便向儿子使眼色。

陈可铭会意，向母亲认真禀报：妈，小元天资聪颖，小时候就有大将风度，拿个硕士博士学位对她不难，以后机会多的是！眼下工厂需要人，就当小元提前去一线实习吧，增强实干能力对她有好处，反正她早晚要过这个关。

这倒是实话，方珍听了心里熨帖，立马接上儿子话茬：是啊，小元早慧，不满六岁上学，学习成绩一向拔尖，从读大学到读研，教授们都青睐她，认定她禀赋优异，有稀世之才。就算这话夸张了点儿，但拿个硕博学位确实不愁。不过……方珍说着又面现愁容：中断学业，这代价好大！生生把小元葬送了。

陈豪杰：孩子大了，自有主意，自拿主张，谈不上葬送。

这话又把方珍惹恼了：你眼里只有厂子，哪有孩子！要不是你那厂子烂事多，会拖累我女儿啊？我女儿凭啥给你干？

陈可铭伸手揽住母亲肩膀，尽力安抚她：妈，这还真不是爸的主意。小元那性子您知道的，吃软不吃硬的倔驴子，认死理儿。她有心做厂，那就王八吃秤砣——铁了心，没人拦得住。就算您亲自劝她，她也不会回心转意不办休学的。

唉！方珍不由得深深叹气。她心里其实明白，小元当年考大学，精密机械专业非她所爱，但她受老爸影响太深，视厂如命，才选了这个大多女孩子唯恐躲之不及的专业。本科毕业那年，小元就曾想进厂做事，不热心考研，是家人硬逼她走硕博之路的。别看小元女孩子家家的，却自幼性子刚烈，比她那两个哥哥都犟牛。当妈的对此再清楚不过。现在厂子有难处，小元休学进厂仿佛顺理成章，这事显然无法挽回。

陈豪杰把财务报表及各种方案递还给儿子，意思是今晚工作就到这儿了，下步规划得空再商讨。陈可铭立即将报表、文件和地形图收拢叠齐，装进自己的黑色文件包，细心锁好拉链，从沙发上起身，面对父母和颜悦色：爸，妈，时间不早了，快歇着吧。我上楼了。晚安！说完离去，轻轻带上房门。

这就是和儿子住在一起的好处。老两口有什么心事排解不开，或两人脾气都上来了争吵不休，儿子就会出现。儿子一出现，再难堪的局面也能收拾，再大的难题也迎刃而解。至少，儿子在身边，老人最怕的坏情绪就被一点点赶跑了，心境自然而然舒坦了，不会为某个事某句话纠结发堵闹心梗了。

16

下午，美国旧金山，红瓦尖顶中餐馆。

秦茱萸携助手莫如师、牛仔酷、甘果一行四人，应约再次来到"老地方"，与袁若德、袁仁贵父子见面。

袁氏父子先期而至，热情迎候。莫如师向袁氏父子介绍牛仔酷和甘果，众人握手寒暄。异国他乡遇故人，说中文，气氛亲切。

袁仁贵嘴快：多谢秦哥带兄弟们赏光！

秦茱萸：哪里，他们自己跟来的！我兄弟想沾我老乡的光。

几个人哑然失笑。尚未落座，秦茱萸就瞥见桌面赫然摆着两瓶茅台酒，区别于上回的500毫升装，这回是700毫升装的！他大睁两眼，振奋而又得意地向同伴介绍：你们看，袁董拿的是顶级茅台！我老乡不是吹的吧？管你们喝过瘾。

众人围观。可不是吗？700毫升装茅台长这样！又高又胖。

袁仁贵开瓶倒酒，动作娴熟：各位大哥放开喝！尽兴而归。

这家中餐馆很地道，几个凉盘几道硬菜不一会儿就上了桌。

秦茱萸：袁董父子真是热情，谢了！我们不客气了。

酒过三巡。袁若德面对秦茱萸，目光如炬，言辞恳切：秦博士，回国发展吧！回家乡发展吧！

秦茱萸礼貌地点点头，意思是明白你意思，但没吱声。

袁若德：我非常渴望与你联手创业，当然对我来说是二次创业了。我的目标是导入现代高技术，比如数字技术。其实我不懂这些，只是从阿贵那里听到些皮毛，鹦鹉学舌。总体思路是向高端机床领域发力，向高技术引领下的新业态发展，摆脱产业链中低端宿命，摆脱核心零部件的进口依赖。

秦茱萸附和：加强科技制造，缩减能耗制造，是未来趋势。国内有几个实力不俗的厂家，也叫我回去合作，我们多次考虑过回国发展，但目前条件不成熟，还有很多掣肘。再者……秦茱萸瞥莫如师一眼，莫如师立马接话：秦博士女友正在美国读博，一年后毕业，她是我们团队的一员，想待她毕业后一并做打算。

袁若德拿起酒瓶，亲自为秦茱萸斟酒。秦茱萸显然很有些酒量，兴许他酷爱茅台，来者不拒，越喝越清醒，袁氏父子倒显得不是他对手，莫如师等人的酒量好像也有限。

袁若德：我斗胆请教秦博士，你们手头项目想必难度大，耗时长，资金方面有缺口，对吧？匡算缺口有多大？再者，暂无技术成果做抵扣，与现有合作方解除合约，需要多少资金？

秦茱萸与莫如师、牛仔酷、甘果交换眼色，尔后低下头，粗略心算后答复：匡算的话100万美元吧，可能还打不住。

袁若德：我有意参与你们手头的项目，向其注资。

秦茱萸等人都有些愣怔，将目光聚焦在袁若德脸上。

袁若德：注资该项目，有几成把握？

秦茱萸：至少六成，最多……七成。当然，不排除失败。

袁若德其实早已洞悉，头脑飞转，缄默思考。

秦茉萸态度坦诚：该项目风险大，非业内人士基本不碰。因为，项目死掉了，不知怎么死的，钱没了，莫名其妙没的。

莫如师补充：项目风险体现在多个方面，且呈现不可逆性。目前看，对项目风险怎样评估都不为过。

哈哈！袁若德朗声而笑：别的东西也许会让我发蒙、发怵，唯独风险不会。20多年来，我没有一天不与风险相伴。号称没有风险、零风险的事情，我反倒觉得有诈，会却步。

秦茉萸等人不约而同看着袁若德，很受感染。

秦茉萸开诚布公：袁董，正如您所说，您对数字技术并不在行，加之我们目前从事的研发多学科交织，很复杂，做此项投资可能得不偿失，真金白银打水漂儿是大概率的事。

袁若德很掏心：技术我不懂，技术的重要性我懂。我做厂以来，吃了很多没技术的亏，吃亏吃得心绞痛！痛定思痛，才晓得做厂是吃技术饭的行当。投资新技术不一定赚，但没新技术一定亏！

秦茉萸禁不住冲袁若德伸出大拇指。他是由衷的，他想不到袁若德这样痴迷和信奉技术，且是高端技术。

袁仁贵"嘿嘿"赔着笑：我爸这辈子做厂，做成了技术信徒。他逼我将学校学的东西向他现买现卖。比如，我校有人研究平台，平台服务与行业需求深度结合，形成一系列可视化产品……秦茉萸打断说：我们不做平台，只做数控技术应用。

袁若德击节：我就是你数控技术应用最好的平台。

接着，袁若德拿出合作方案（另有两份备案），郑重承诺——将以2亿元人民币的首期投资规模，创办德立技术有限公司，秦茉萸作为创始合伙人，以人才和技术入股，占比10%，广德集团作为出资方，占比90%。此后连续3年，秦茉萸股份占比每年按5%递增，终至秦茉萸占比25%，广德集团占比75%。不分AB股，不搞"同股不同权"，一视同仁。届时，广德集团在逐年收缩其他低端产能基础上，集中人力物力财力，开启4个亿规模的二期投资。

袁仁贵恰到好处地补充：秦哥，该自动化技术公司将成为集团核心业务、主打方向，您团队成员的待遇均高于同业，将依据技术成就分享激励股。另外，咱家乡政策环境好，支持力度大，初创高科技公司在税赋方面可获大幅减免。

以上内容秦荣莫都听明白了，不论从哪个角度讲，条件都是优厚的。合作暂且谈不上，但袁若德倾心于智能制造，决意走数字化技术之路，这一点是明白无误的。广德集团可谓优质平台，尤其是它的企业宗旨，不仅为秦荣莫所认可，而且恰恰可为秦荣莫及其团队的核心技术、专利技术提供用武之地。加之袁若德直率豪爽、朴素真诚的个性，以及其求贤若渴的态度，令秦荣莫十分感佩。秦荣莫端起酒杯，没跟任何人碰，自己一饮而尽。

袁若德、袁仁贵父子互看一眼，大为诧异，这是什么喝法？敬自己一杯？还是给自己壮胆？袁仁贵趁机端起酒杯向莫如师等人示意，众人学秦荣莫，谁也不碰，自己干了。

袁若德习惯性地拿出一言九鼎的语气：这样吧秦博士，我先给你解决200万美金。如何用，你自己定。阿贵负责落实。

秦荣莫一听，解决200万美金？这不是及时雨吗？他扭头扫一眼同伴，霎时陷入意外惊喜和疑惑，有点儿不知所措。

袁若德：其实，我们近年在技术咨询方面所花费用，数目不菲。囿于技术人才欠缺导致的盲目性，大都花不到点子上。

秦荣莫：不不不，袁董！你这个……这个太（他把"轻率"两个字咽了下去）……不太合适！请收回成命。

袁若德：资助你的项目，我是自愿的，这个钱不要你还。我谨希望你和你的团队摆脱目前境遇，专注于项目研发。

秦荣莫：啊？我秦某何德何能，受不起……受不起……

袁若德：你有技术，我有厂，咱俩很搭对。这点我认准了，你与我合作是互利的，是相互成就的，是最好的出路。我定不亏待你，定要成全你。反之你也一样。咱们摽在一起干吧！至于怎么个干法，何种合作形式，好商量，不拘一格。

袁仁贵"啪"地击掌，大呼小叫：这不绝配吗？

莫如师口吃：摽……摽在一起干……

袁仁贵：就是绑定啊！生死相依，荣辱与共。

秦茱萸终于缓过神来，面带苦笑：嘿嘿，阿贵贤弟不无浪漫！老实说，咱们才认识几天，萍水相逢哦……

袁仁贵：我们对你慕名已久！我们对你一见钟情！

袁若德也笑了，冲儿子摆摆手，意思是别光顾着耍嘴皮子。他注视秦茱萸，目光坦诚：秦博士，我举全厂之力，支持和成就你的课题（包括专利技术）研发，我的意见请你考虑。

莫如师细致打探：敢问，"全厂之力"是什么数字概念？

袁仁贵抢着提醒老爸：莫博士要量化概念。

袁若德：广德集团已走过27年发展历程，旗下目前有3家工厂和1家物流公司，整体效益可以。相关资料我叫阿贵发你邮箱。

牛仔酷：有租赁和借贷吗？哦，我的意思是，租借是下策。

袁若德：牛博士洞察力了得！广德各厂的厂房全部自有。目前没有任何租赁、借贷和抵押，流动资金充裕。

秦茱萸：我们是个团队，属同一技术分支，团队各小组都有细分的研究和开发领域，既相互独立又环环相扣。手头项目大都侧重实际应用，成熟一项应用一项。除手头项目外，还有4—6项技术储备。所以，我不可能单独回去。

团队更好！袁若德脱口而出，接着问：你们团队有多少人？

秦茱萸：团队核心层连我7人，其中2名助手是在读博士。非核心层包括外围单项合作者，总共20至30人。

袁若德面泛红光，由衷赞叹：实力很强哦！都是中国人吧？有没有广东人？有没有河埔人？

秦茱萸愣了愣：都是中国人。除了我，没有广东及河埔人。

袁仁贵端杯劝酒：我们都有一个家，名字叫中国。干杯！

为呼应袁若德的坦诚，秦茱萸尽力表述得更明确一些：我们是搞精密机械制造和自动控制的，这是整个团队的基座。近年随着计算机技术发展，数字技术在机械行业的研发应用成为我们的底盘，也就是高端机械、精密机床的数字化自动控制以及最新智能技术的梯级应用等。

袁若德大喜过望，郑重表明来意：广德集团高度评价和认同秦茱萸博士团队的技术价值、团队价值及专业抱负。我专程来美，诚邀贵博士团队垂注并加盟广德集团。

秦茱萸满怀顾虑：引进一个科研团队，不是小事来着。袁董，恕我直言，你是工厂，不是科研院所，是否……（他临时把"养得起"3字咽了下去）有必要养一个科研团队？

众人面面相觑，桌上一片静谧。

袁若德面色和煦，他何尝不明白秦茱萸言下之意，郑重表示：非常有必要！完全养得起！我做厂小三十年了，年复一年蓄水聚力（广东人以水为财），眼下"水位"还是可以的。我的目标是有朝一日引进和依傍高科技人才，建实验室，推动技术研发，凭借自有技术实现蜕变，跳龙门！

秦茱萸心绪复杂，与莫如师四目相对，答不出话来。

袁若德语气诚挚：我一向认为，产、学、研一体是最科学的经济结构，也最有前途。当然我这里有局限，只能产、研一体。我是生产一线出身，深谙技术的作用。我不是靠技术发家的，但要靠技术做大做强做优。我搞产研一体尚无经验，但我相信能够成就与我合作的科研团队。

秦茱萸凝视袁若德，回味他的话，感受其分量。

袁若德口若悬河：秦博士，我向你兜底，拥有自己原创的核心技术，是我的梦想。哪怕这核心技术只具一点点、一丢丢不可替代性，也值得我倾全部身家去争取。不然，嘿嘿……做厂做死做活，前景都是暗的，受制于人啊！

秦茱萸面露笑容，但眉头是拧着的：袁董不仅实力雄厚，信心也雄厚！不过，我这块儿，怎么跟你说呢？我们手上课题是源头上的，这意味着没有先例，需要无限次试错。这个很残酷。

袁若德：我是外行。但在我们河埔市，提倡原始创新，追求攻克和掌握核心技术，这个理儿我是知道的。失败难免，大不了百战百败，但不等于归零，至少提供了参照和借鉴，可以接着干。一百完了不是还有两百吗？咱们千战不殆。

这话令秦茱萸等人震惊，他们发现袁若德并非十足外行。

袁仁贵一面殷勤地倒酒让菜，一面调侃老爸：我爸为啥不怕失败？因为失败多啦！他的每一点成功都由失败打地基，所以成功很坚实。嘿嘿，他败得起！他输得起……

秦茱萸抓耳挠腮：敢情，你们袁氏父子这是铁心要干成啊！

袁若德笑容满面，敞开肺腑：铁心与你合作，不惜代价。

袁仁贵：是啊秦博士！我们殷切期待由您领衔，带领团队回河埔市发展，以广德为平台和后盾，大展宏图！

秦茱萸扫视莫如师等人后，轻轻点头，表示会认真考虑。

袁若德、袁仁贵父子开始新一轮劝酒。甘果在旁很少说话，袁仁贵侧重逮住他，单独与他碰了好几杯。

临别，秦茱萸对袁若德咬耳朵：袁董，给我时间考虑。这样吧，不多耽误你们，三天后我答复您。

第三章

1

晚上，西苑北街3号别墅，陈豪杰家。

陈可铭从父母房里出来，乘电梯上了四楼，见妻子贺喜已带孩子睡了，自己蹑手蹑脚进入洗手间，洗漱完毕轻轻上床。浅睡中的贺喜睁开眼睛：怎么，爸妈刚才吵架了？

陈可铭：没有，只为小元休学的事，妈不开心。

贺喜：快到手的学位拿不到手，别说妈，我也觉得惋惜。

陈可铭打哈欠：厂子爆雷，没办法嘛。

贺喜：爸妈都心疼女儿，高度一致，没啥好吵的。

陈可铭一脸无奈：是啊！为小元，他们二老心意一致，不会真吵，但凡真吵一定是为阿期。提不得阿期，一提就吵！

陈豪杰、方珍次子陈可期（陈可铭胞弟，陈可元胞兄），自幼被外公外婆带到香港抚养，在那里读书长大。成年后接手由外公外婆创办的香港方正电梯有限责任公司（主要为几个国际大品牌做代工）。外公外婆近年相继过世，陈豪杰、方珍夫妇多次赴港，要求陈可期回内地发展，参与家族企业。一来有利于方正电梯由代工向制造转型，二来家人团聚，一起做事，一起生活。陈可期犹豫不定，多次摇摆。方珍为此很伤心，后悔当初把年幼的儿子送往香港。两地虽相隔不远，但随着时间推移，父子、母子乃至兄妹之间的感情越来越淡。陈氏别墅中的三楼，整层都是给陈可期的，但他从没住过。虽说家中电梯是陈可期亲自选的世界顶级名牌并主持了安装（那时外婆和外公还在世），但他跟这个"家"基本没什么来往。老二的疏离，成为方珍心中最大的块垒和隐忧。

陈可铭、贺喜夫妇闲话几句，熄灯准备睡了。

忽听楼下隐约传出争吵声，两人不由得竖起耳朵。陈可铭索性掀被子下床，把门打开，这时听得分明，老两口真在吵架！

贺喜睡眼惺忪：小元休学做厂的事不是摆平了吗？

陈可铭急忙披衣：又为陈可期勾起伤心事呗！为阿期吵了20年，还没吵够！你先睡，我下楼看看。

陈可铭乘电梯下到二楼，听见屋里传出的争吵声还挺大，他轻轻推门而进，口气戏谑：爸，妈，这么晚了，还激情难抑呀？

方珍立刻搬救兵，向儿子"控诉"道：你爸他，就是天底下最绝情的那种人！我早说过，除他找不出第二个……

陈豪杰背着双手在屋里踱步，难按心头之烦躁，摇着头说：不可理喻！跟你没得倾（广东话：没得谈）！

陈可铭脸堆笑容：妈，绝情不绝情要看对象。爸对谁绝情啊？

方珍悲愤难抑：对我儿子呗！

陈可铭坐到母亲身边，递上耳语：妈，爸对您不绝情就行啦！

方珍老泪盈眶：对孩子绝情，就绝了我的希望，更可悲啊！摊上这么个爸，我儿子有家回不得……

刚才，陈可铭离开房间后，陈豪杰与方珍相对枯坐一阵，无语。陈豪杰念及老伴儿腰椎颈椎都不好，不能久坐，便劝她早点休息。方珍不知怎么想起二子陈可期的女朋友，气不打一处来：阿期搵（广东话：找）个女仔，十足女妖精！陈豪杰生怕老伴儿又勾起伤心事，忙给她递上纸巾，劝慰道：唉，阿期自己中意就好，我们也没法子……方珍转而把气撒到老公身上，"噼里啪啦"甩出一串指责：你不是本事大吗？你咋会没法子？陈家万事不是你说了算吗？怎么单对阿期缩起乌龟脖子？

陈豪杰眉头紧蹙：是你儿子找对象，不是我！妖精不妖精是我叫他选的？我吃饱撑的？

方珍愤愤然：我给你说，这个女妖精你非得给我拦住！别像当年阿期去香港那样，你该拦不拦……这话显然戳到陈豪杰痛处，他脸色阴郁下来，气急败坏：你这人讲理吗？当初是谁叫阿期去香港的？是你爸你妈！扯不上我！

方珍翻出旧怨：是你第一个同意的！你巴不得儿子去继承他外公外婆的家产！现在你想赖？

陈豪杰争辩：我没赖，是你赖！你爸你妈疼爱外孙，让他继承家业，我为啥同意？还不是为了成全老人心愿！现在老人过世，你后悔了，赖上我了！啥理儿都你占！

方珍忍不住放声啜泣：儿子离开父母，大半生无归宿！你连这个都看不透！

陈豪杰反唇相讥：有阿期在膝下承欢，对他外公外婆不是慰藉吗？这个你看透了？

方珍抹泪：谁知道儿子就此生分了？阿期到底还认不认这个家呀……

陈可铭故意大惊小怪：哎呀，爸，您咋不跟妈说呀？

陈豪杰诧异：嗯，说什么？

陈可铭喜形于色，模拟招投标现场，以唱标人的腔调庄严宣告：本次招投标经过39轮激烈竞标，HQ111地块顺利拍出。现在我宣布最终结果，广东方杰科技集团中标！

方珍睁大泪眼：中哪个标？

陈可铭：HQ111地块由方杰集团揽入怀中！那幅地块是非常好的工业用地，堪称宝地，多少厂家商家对它垂涎欲滴。爸早就看中了，其中一个主要原因是它与集团旗下的伟杰建筑工程公司相邻，几乎接壤，因而志在必得。

陈可铭说完，自己哈哈大笑，补充说：花落方杰！

陈豪杰喜形于色：是啊老太婆，这好消息还没通报你呢！

陈可铭语气温和：妈，HQ111地块投标成功，意味着方正电梯回迁有望，阿期回归有望。您知道这是爸专为老二投的，您知道近年来爸为此费尽心血。妈，别跟爸吵了，啊？

方珍点头，那地老头子带她看过，她感觉心里一块石头落地。

原想劝解一番，但屋里安静下来，显然用不着了。陈可铭离开父母房的时候，瞥见母亲破涕为笑。

2

上午，翡翠巷6号，广德集团总部袁甲芳办公室。

桌上电话铃骤响。袁甲芳：你好！广德集团财务中心。

一个熟悉的声音传出：阿芳，是我。

袁甲芳一听，袁若德从美国打来国际长途，立即把话筒紧贴耳朵，神情专注：哦，袁董！

袁若德：两三百万美元，近期可否备好？

袁甲芳：可以。你在美国要用啊？

袁若德：正在与一个科研团队接洽，准备先盘下他们手里的项目，再盘下整个团队。此事尚在意向阶段，不一定能谈妥，钱也不一定在美国用，但要先备好。一旦谈成，急需用于购买实验设备，不少关键设备需要进口，需用外汇。

袁甲芳：这个没问题。

袁若德：阿贵账户里目前有多少钱？

袁甲芳：约120万元。

袁若德：你按规定额度继续往里打钱吧。

袁甲芳：好，你放心。我趁便给你说下，毛织厂一直不配合集团财务监管，要财权，搞独立，小动作不少。有迹象表明，他们最近连续出状况，很不寻常。我怕这样下去殃及池鱼。

袁若德：你想办法先顶着，其他我回去再说。

袁甲芳：嗯，好的。你啥时回来？

袁若德：估计快了。对方的时间、节奏我们掌控不了，只能跟，不好催，促成靠耐心。一旦谈毕，我连夜飞返。

袁甲芳：你在外注意安全。代我问候阿贵。

3

上午，佳杰五金厂。

陈可元和何青黛身着工装，头戴安全帽，在佳杰五金厂区内到处转，悄悄儿从车间大型机床前走过。四只眼睛骨碌碌乱瞄，把员工忙碌的身影以及各个车间乃至厂区角角落落瞄了个遍。

何青黛自嘲：就算微服私访，也用不着这样偷偷摸摸。

陈可元：什么微服私访！调查研究好不好？

何青黛撇嘴：行，人家是任前公示，你是任前侦察。

陈可元眨眨眼："任前侦察"？这说法可以，有准确度，还真是这么回事。说到侦察我想起来了，你机票买好没有？

何青黛：买了，周三（翌日）的飞机，香港直飞汉堡。

原来，有人反映王祖望辞职之前有撬单行为，陈豪杰对此很介意，叫女儿陈可元派人彻查。陈可元对父亲的意图心领神会，立即做出精心安排，委派何青黛前往德国，调查撬单之事并评估此事对佳杰五金造成的隐性伤害。

说着话，两人拐进工厂库区，看见几名工人正在将刚下线并包装好的机械搬运入库。两人伫足，远远看着。

何青黛：小元，按照你拟订的人才计划，我查了招聘会信息，近期就有一个。深圳市将举办一场综合性高端人才招聘会，涵盖各个行业，据说规模为历年最大，咱们参不参加？

陈可元：当然参加！这还用问吗？

此前，陈可元拟定了三项"备忘录"：一是聘请猎头公司实施定向招募，高薪延揽高端技术人才，尤其是交叉学科的复合型人才；二是线上线下投放大量招聘广告，覆盖面尽可能宽广，地毯式搜刮急需的技术人才，但凡"急需"专业，招聘无上限；三是必要情况下她将亲自到人才市场主持招聘。

何青黛：三周后，河埔市也有一场招聘会。咱市的人才市场是主办方，为企业精心打造雇主品牌形象，全面展示企业实力与风采，在场馆建设和布置上下足了功夫，彰显了水平，运营很规范，足见政府在服务企业方面是有诚意和决心的。

陈可元：哦，政府给力，调动资源，那就不一样啦！招聘日我亲自去。你去跟姚国泰商量下，立即报名，摊位要租面积大的，不要小的；要最醒目的，不要犄角旮旯的；标语横幅内容要吸睛，让人过目不忘。你跟他说别怕花钱。要是人才还没走到你的摊位，就被别的厂家拦腰抢跑，你还招聘个鬼呀！

何青黛点头：明白。

陈可元：以后不要叫我小元了，叫老元。你带头！

老元？这么别扭！何青黛憋一脸坏笑，使劲儿撇嘴讽刺：二十郎当岁妙龄女子叫老元？你咋不叫元老啊？

陈可元想了想，点头认同：元老也行，更显得我老成持重。

自此，"元老"就叫开了。不知道有没有人觉得别扭，只知道后来越叫越顺嘴，越叫越理所当然，仿佛她天生就是元老。提及陈可元很多人不认识，提起元老无人不晓。此为后话。

两人边往前走，边商量事情，偶尔与路旁几个工人打招呼，人家不太搭理，可能不认识，不知道这俩女工友是哪来的。陈可元冷不丁"哎哟"一声，脚步急煞，像遭雷击似的定在原地。

何青黛吓一跳：怎么啦？

陈可元抬腕看表，连声嚷道：哎呀！我妈在家等我呢！我忘了这茬，完了完了……陈可元向何青黛挥手，让她自处，自己转身向车库跑去，驾驶"黑虎"风驰电掣赶回家中。

方珍站在客厅外侧穿衣镜前整理发型，忽然听见车响，知道女儿的车进了院子。几秒钟后，陈可元毛手毛脚一头撞进屋里。方珍诧异：干吗呀？猴急马跳的？

陈可元一看母亲这架势，并没有等得不耐烦，始知没有耽误，暗中吐吐舌头，脸上堆满笑容：妈，宁愿车等人，不能人等车，尤其不能让您老多等一分钟。所以，用我的猴急马跳，换来您的从容不迫，值当啊！嘿嘿！

方珍：难得顺便搭我一程，就弄出这么大套好听话！

陈可元一本正经：送老妈理疗是咱家头等大事，顺便不顺便都得认真落实。本丫头我，就是这方面的模范。

方珍在镜子里瞥女儿一眼：省省吧，学会显摆了！

陈可元站在母亲身后，面对穿衣镜：妈，不是女儿我恭维您啊，您确实光彩照人。这年龄嘛，看上去……最多也就不惑。

方珍不买账：臭丫头！没大没小是吧？

陈可元扮小白兔：我是您的小棉袄！小棉袄！小棉袄……

方珍撇嘴，不无伤感：女孩子大了要嫁人，指不上你！

母女俩出门，上车。陈可元的车是一辆黑色路虎，与何青黛同时买的。本来两人都喜欢白色，那咋区分呢？为吓阻何青黛，陈可元善意提醒："白虎"两字在广东语里的意头不太好。孰料何青黛中气十足邪不可干：我又不是广东人，我意头很好！陈可元只好割爱，买了黑色的。此前两人经常拼车，陈可元多数情况下会挤进何青黛的"白虎"，自己的"黑虎"常在家里趴窝。现在情况变了，她由上学改为上班了，特意把"黑虎"开到4S店好好保养了一番。

陈可元一边开车，一边与母亲聊天：妈，您要是指不上我，那可没指望了！您不会跟我说，指望您儿媳妇吧？

方珍不喜欢这个话题：那要看是哪个儿媳妇了。你呀，最好识趣点，别戳老妈痛点。

陈可元"扑哧"而笑：天下老妈和天下媳妇，共同的痛点。

方珍也笑了：我女儿以后当了人家媳妇，但愿没这痛点。

陈可元热情洋溢：妈，您女儿我，不嫁就算，万一要嫁，严格限定在方圆50公里区域内，外围男性一律不考虑。怎么样？指得上吧？小棉袄始终在您眼皮底下，不跳出您的如来佛手心！

方珍敏感道：50公里区域内？有目标了？

没有！这不过是远期规划。陈可元嬉皮笑脸，接着补充：邻家男孩若有合适的，那更是首选，离如来佛近啊。

车至常掌柜中医馆大门处，张雯大夫从里面迎了出来。方珍正待下车，陈可元抢着说：妈，我休学手续已办妥，执掌佳杰五金的事董事会已通过，您别节外生枝啊！

方珍心如明镜：肉麻半天，就这一句真话，就这一个目的。

妈，拜！陈可元笑靥如花，嘴甜如蜜，顺带向张雯大夫点头致意，尔后手按电动车窗关闭键，脚踩油门，驾车呼啸而去。

4

早晨，齐贤路内街15号，袁若德家。

一大早，袁仁美在家里连续打出两个电话，一个是打给尹擎的，叫他不要来家接她了，直接去德来服装厂参加会议，她坐梁仁良的车随后就到；另一个是打给祝业祺的，叫他在会上着重谈从海关捞回合同的事，债务问题会上不谈，会后直接向她汇报。

这个会由袁仁美亲自召集，目的是研究解决德福毛织厂货款拖欠问题，消除负面影响。事实上，袁仁美从服装厂调拨机动资金，已经将毛织厂拖欠货款这个窟窿填补上了。开这个会只是为供应商追讨货款之事定个调，统一口径，借此澄清责任，为丈夫梁仁良开脱。袁仁美认为这样一来，不管什么人通过什么渠道向老爸袁若德汇报，都不会搅乱视听。

打完电话，袁仁美和梁仁良双双来到隔壁父母家。

走在前面的袁仁美与母亲常在情打招呼：妈，早晨！

妈，早晨！梁仁良紧接着与岳母打招呼，然后细心地替妻子搬好椅子，服侍她稳稳当当坐下，自己才在旁边落座。

常在情一身职业妇女装扮，性格稳重，为人平和，处事干练。见女儿女婿进门，习惯性地微笑着说：好，吃饭。

保姆荷姨端粥过来，袁仁美和梁仁良向荷姨点头，算是招呼。

常在情边吃饭边问女儿感觉怎么样，这个话她每天都问。袁仁美每天的回答千篇一律：挺好的！

袁仁美问母亲：我爸有电话吗？他啥时回来？

常在情：电话是有，啥时回来说不清，估计还得待一阵。

梁仁良：妈，我预感爸这回亲自出马定有重大斩获！没准能猎到相当厉害的稀缺人才、顶尖人才。

常在情不以为然，揭老底似的说：唉，想儿子就说想儿子呗，非要说到那边找人才！知道不？你爸现在和你弟天天腻在一起，两人还睡上下铺呢。要说斩获，这就是了。

袁仁美摇头：妈，这个您没掐准。爸是真的去找人才，他是发自内心的！指名道姓要找海归秦荣荑，别的他还看不上。

常在情：你爸是早有这个心思，现在快闹成心病了。

梁仁良：真够难为爸的，要么找不到人，要么找的人不能用。

袁仁美下意识地与母亲常在情互看一眼，娘儿俩都发觉涉及敏感话题了，再把目光投向梁仁良，果见他低头吃饭，不再搭腔，一副心事沉重的样子。饭桌气氛有些沉闷。

常在情又开始老生常谈，劝女儿多吃，强调孕妇营养对胎儿发育的重要性。袁仁美笑着说：妈，您一个劲儿劝，我一个劲儿吃，到时胎儿过大生不下来，您负责啊？

常在情：这个责我负！胎儿发育越好，生养越容易。

袁仁美和梁仁良到底年轻，每次都比长辈先吃完饭，他们嘴一抹，与母亲招呼一声，双双走出院子。梁仁良的车是一辆凯迪拉克黑色越野，他扶妻子在副驾驶位坐好，替她系上安全带，动作麻利地发动车子，一溜烟儿跑了。

路上，袁仁美叮嘱梁仁良，等下在会上不说话或少说话。

梁仁良边驾车边扭脸儿向妻子抛个媚眼：当然。

5

上午，佳杰五金厂前院大操场。

早上刚上班，佳杰五金厂召开全员（400多人）大会，副总经理姚国泰主持。方杰科技集团总裁陈可铭亲自到会。

陈可元郑重其事地换上了全新行头。一身簇新的厂服令她显得十分干练，加上几分老成，此前的学生装扮全然褪去，一点痕迹没留。最搞笑的是，陈可元与何青黛原本都是女孩子惯有的披肩发，此时全部剪成短发，把陈可铭都看愣了。

何青黛亦步亦趋，同样穿着厂服，显得飒爽英姿。

陈可铭走上简易主席台，郑重宣布：经方杰科技集团董事会研究决定，陈可元（未说明她是陈豪杰之女、陈可铭之妹，但无人不晓）任佳杰五金厂厂长（总经理），集团首席联络官何青黛任该厂厂长（总经理）助理。

姚国泰带头鼓掌，场下掌声跟着响起来，挺热烈的。

陈可元在人们好奇的目光和可劲儿的掌声中，落落大方地走上主席台中央，对着麦克风发表"就职演说"。首先是感谢，她将方杰集团创始人及董事长陈豪杰、方杰集团总裁陈可铭、方杰集团董事会及佳杰五金厂全体员工统统感谢了一遍。其次是表态，她说自己才疏学浅，缺乏经验，执掌有21年光荣历史的佳杰五金深感压力巨大、责任巨大。然而，有董事长、董事会和全厂干部员工的支持，自己定当不负信任和嘱托，竭尽全力，带领大家拼搏，推动工厂全面建设上台阶，为集团贡献利润，为员工谋求福祉。

就职演说内容简短，陈可元说话声音清晰好听，人们毫不吝啬地又给予她热烈掌声。

陈可元不忘推介何青黛：总经理助理何青黛想必大家熟悉，她是我的学妹，大学本科学的是精密机械自动控制专业，毕业后即来到方杰集团，在集团首席联络官任上三年多，工作非常出色。她比我资格老，比我经验多，我很尊重她的意见。

姚国泰代表全体员工欢迎陈可元总经理、何青黛总经理助理的到来。他热情介绍说：陈总（指陈可元）不仅高学历、高智商，还是高颜值哟（台下发出一片善意笑声）！更重要的是，她与佳杰五金缘分匪浅，对厂子感情很深。老员工都知道她与佳杰五金相伴而生、相伴而长，论"资历"属元老级呀（台下再次有人发笑）！佳杰五金是方杰科技集团创办的第一间工厂，方杰集团是在由它奠定的坚实基础上发展壮大起来的，佳杰五金是集团的骄傲！如今，我们完全有理由相信，在陈总领导下，佳杰五金很快即可恢复元气，再上台阶，再攀高峰。

姚国泰抬高嗓门儿：最后，让我们再次鼓掌，热烈祝贺陈可元总经理、何青黛总经理助理来佳杰五金走马上任！

员工非常捧场，掌声热烈，气氛活跃。

原定半小时的会，实际用时40分钟。出乎意料的是，员工们（尤其是青年员工）多次给予热烈鼓掌，不知道是因为台上站着的两位美女十分养眼，还是因为认准了女领导和气，即便冒火发狠，也没男领导那种凶神恶煞相。也有员工不随大流，不鼓掌，心里犯嘀咕：青葱女孩做厂？这是要佳杰五金好看……

没人提及王祖望，也没人关心辞职消息。人心是否安定下来尚未可知，但群龙无首状态悄然结束。

6

入夜，美国洛杉矶某大学校园内。

街头灯光璀璨，校园内渐渐由喧嚣变得沉寂。

曲解坐在学校宿舍的写字台前，习惯性地打开电脑邮箱。这时，收到秦茱萸发给她的邮件，商量回国之事。她对秦茱萸的想法很不赞成，"啪啪啪"回复邮件：此前我们说好，暂不考虑回国之事。你这么快就心血来潮改变主意了？

秦茱萸回复：亲爱的，我非心血来潮，而是经过慎重考虑。

曲解：我不能说你轻率，只能说你思乡情切。不然，来自你家乡的那些个名不见经传的民企，哪能把你心神搅乱。

秦茱萸：技术需要平台，要么存量平台，要么增量平台。从你我目前情况看，存量平台更有利，因为不用分散精力，只需专注技术领域，这就有利于扬长避短。

曲解：问题是，国内民企这个平台仍处粗放阶段，历史较短，规则疏漏，水平有限，就连"民营企业"这名称也是近年才有的，以前叫"个体户""私企"。至少目前看，它处处跟不上趟，不具备好的前景，更遑论对现代尖端科技的发展有利。

秦茱萸：他们非常看重技术这一块，气魄很大，不遗余力。综合实力也不错，不可小觑。他们给我的感觉是，自从掘到第一桶金，就开始琢磨技术突破，以前积攒实力就是为了今天技术突破。他们追求技术犹似古人追求秘方。

曲解：想不到，砸钱这种伎俩，清高如你照样受用啊！

秦茱萸：受用的是我的团队和手头项目，不是我。我该吃地瓜还是吃地瓜，该吃方便面还是吃方便面。

曲解：人家砸钱筑巢，你这只"凤"还愁吃吗？兴许，地瓜换成鹅肝，方便面换成鱼翅，你还是受用啊。

秦茱萸：你说筑巢，我想起来了。那老板痴迷技术到什么程度？说出来怕你不信！他居然把刚建好的集团总部大楼，据说那是一栋甲级写字楼，全部腾出，用作技术研发基地，准备在里面建国际标准实验室。而且，这是在我没有答应与其合作的情况下，在他麾下没有科学家和技术团队的情况下……苍天可鉴哟！现代版破釜沉舟。在这个花花世界，人的意志品质还是值得看重的。

曲解秀眉微蹙：你脑筋转得太快了！我深感震惊和忧虑。

秦茱萸：亲爱的，相信我！这是新情况……

好了，毋需劝谕。我不想讨论此事，也不想改变主意。曲解匆匆打出最后一行字，下线关机。

7

上午，德福毛织厂会议室。

梁仁良驾车载着袁仁美，开往德福毛织厂。

袁仁美表面轻松，心情却不爽。她想抢在老爸回国之前，为老公开脱。她两眼目视前方，对梁仁良宣布：我帮你把屁股擦干净不是为了你，是为我爸！我不想让老爸为你的不成器而失望。你记仔细，若有下回绝对杀无赦！

梁仁良扭脸儿瞥瞥袁仁美：哎哟老婆！这么漂亮温柔的面孔，吐出这么狠辣恶臭的话，非常扭曲和不协调！

袁仁美瞪眼：为你挡箭会流血，那血是狠辣还是恶臭？

梁仁良死皮赖脸：哎哟老婆！咱俩穿一条裤子，你流血我岂不肉痛？我本意是心疼你的美好形象，怕它有损嘛。

梁仁良泊好车，夫妻俩前后脚走进会议室，参加会议的祝业祺、代紫萱、黎锦官和尹擎均已在会议室就座，桌面上摆放着毛织厂上报的纸质"合同解扣实施方案"，人手一份。

副厂长祝业祺首先汇报：与我们德福毛织厂合作的上下游厂家共有七家，其中两家去年下半年以来经营不善，濒临倒闭边缘。自从我厂合同（含进口原料）被海关查扣，那两家厂就断供了，立刻喘不过气来，没有任何抗风浪能力。它一停产，殃及其他厂，致使下游多个厂家违约。

车间主任代紫萱插话：德福毛织厂合同（含进口原料）被海关查扣，是整个事件的导火索，多米诺骨牌效应就此形成。

祝业祺点头：是啊！德福毛织厂产生的4000万元债务（拖欠各供应商的货款），以及下游多个厂家违约，形成的总成本十分高昂。一些厂家把气撒到我们德福身上，可以理解。

会议室内气氛压抑，人人垂着脑袋，默不作声。

袁仁美点将：紫萱，你说具体点儿。

代紫萱：好的美姐。合同被海关查扣，我们立即就有一批货（原料）进不了关。没有原材料就无法按订单进行生产，不生产就无法履行产品销售合同，也拿不到销售款。拿不到销售款就无法向原材料供应商支付货款。原材料供应商不仅加紧催货款，还立即停止了供货。工厂运作都是一环套一环，进货（原料）不顺，交货（产品）也必然不顺，合同的正常履行就没了保障。

代紫萱顿了顿，接着说：本来，及时派人到海关交涉，提供各种规范数据和相关证明，配合海关厘清不明朗环节，促使海关对厂家的申报予以采信，事情不难解决。我两次准备带报关员去海关沟通，但不知为何厂里不让去，因而拖延了时间，这种拖延不知道是不是有意为之。

代紫萱的汇报令梁仁良非常生气，最后一句话更是戳到他痛处，什么叫"有意为之"？我呸！一个小小的车间主任，刚被调到厂部帮助工作半年而已，就以为她是谁了！敢把厂长不放在眼里！他脸色阴郁，嘴巴抿得铁紧，低头看方案，憋着火。

代紫萱没有注意到梁仁良的脸色，自顾自地补充说：合同连带进口原料被海关查扣不是一件单纯和孤立的事情，它所带来的连锁反应极其严重。这就注定了解决此事须分秒必争，每拖延一分钟都会导致成本增加。

会场鸦雀无声。其实，代紫萱指出的问题大家都懂，它以前不是问题，更不是什么新问题。

袁仁美当然也懂，但她断不乐见代紫萱往根子上捅。眼见问题摆得差不多了，算是搞了"群言堂"，袁仁美一锤定音：毛织厂上报的方案我看了，觉得可行。就按该方案，五天内将拖欠货款全部付清，不可食言。祺叔将亲自到海关交涉，尽快将合同"捞"回。今后要接受教训，对报关员加强培训，对产业链上下游的动态掌握要更加得力。最后我强调一点，哪个环节出问题，就解决哪个问题，不随意扩大化，不搞风声鹤唳。

散会后，众人离席，祝业祺留下来，单独对袁仁美汇报：阿美，财务总监袁甲芳对我厂财务状况很不满，已经两次提出警告了。我担心，你从服装厂调拨的4000万元，毛织厂的窟窿是填上了，但袁甲芳马上会查，我们怎么跟她打这个圆场……袁仁美截断说：祺叔，这件事我来处理。具体情况你先不要跟芳姑讲，她要问的话，就说已经处理完毕。还有啥不清楚的，叫她直接来问我好了。

祝业祺不无沉重地点点头：好的。

袁仁美：另外海关那边，要抓紧，快些搞定。

祝业祺：好的。昨天我又去了，估计罚款（包括被查扣货物在海关的场地费等）数额在100万至150万元之间，我们缴交罚款之后，10个工作日内合同将可退还。

祺叔，你多费心啊。袁仁美说着，忽然想起什么：咦，那天来厂追款的商户，我咋一个都不认得？

祝业祺叹口气：唉，阿良已经换掉几茬了！有些供应商跟我们是多年合作关系，但阿良他不念旧，一言不合就跟人家搞掰。

噢！袁仁美表情和心情一样复杂：祺叔，还有市场拓展方面，阿良他没有经验，我怕去年出现的工厂吃不饱（产能大，订单少）问题，今年卷土重来，那可麻烦呀！

祝业祺低头沉吟一阵，说出自己的想法：阿美，这个你放心，因为有紫萱！她很能干，你是知道的。

是啊，多亏紫萱！袁仁美点头。没人比袁仁美更清楚，代紫萱才26岁，却有八年工龄，是毛织厂"老员工"了。近年来，她几次带人开辟国际市场尤其欧洲市场，都满载而归。

祝业祺直言：阿美，拟定提拔代紫萱当副厂长有小半年了，这才把她调到厂部帮助工作的。可是，阿良他一直压住不办。我怕再拖下去伤了积极性，不太好。

袁仁美：祺叔，我知道了。

8

周日大清早，西苑北街3号别墅，陈豪杰家。

家中保姆已备好早餐。陈可元携何青黛在餐桌左侧并排入座，等待早餐后向父亲陈豪杰和大哥陈可铭汇报相关情况。

陈豪杰、方珍及陈可铭、贺喜前后脚下楼。何青黛毕恭毕敬挨个儿招呼：陈董、珍姨早上好！总裁、喜姐早上好！

陈豪杰微笑着向何青黛摆手：坐吧坐吧！

陈可元：爸，阿黛昨夜才下飞机。

陈豪杰微微点头：何小姐辛苦！本次德国行，有收获吧？

何青黛婷婷地站了起来：收获很大，陈董！

陈豪杰摆手，示意她坐下。何青黛顺从地重新坐回椅子上。

众人围桌而坐。陈可铭的小孩由保姆领着到了另一房间。25分钟后，全家用餐完毕，方珍、贺喜先行离去。

何青黛的汇报内容大致如下：

她带领一个两人小组，昼夜兼程，足迹远涉德国，连续追查五天。经采取多种方式，运用各类手段，通过不同途径，最终发现，佳杰五金在德国的一位重量级客户，维护关系成本逐年走高，尤其近半年来，仅经王祖望之手，就为给他送礼花费十多万欧元，这笔钱均由陈可铭总裁签字审批。可惜，该重要客户及订单现已流失！初步判断被王祖望假借方杰名义从中截留了。

陈可铭很生气，厉声追问：订单流失，确认王祖望所为？

何青黛点头，肯定地说：是的总裁。抢客户、抢订单就是抢钱。对工厂来说，甚至抢钱都不怕，最怕抢客户、抢订单。

陈可元：王祖望为辞职单干预谋已久。阿黛在德国发现，有个叫李鹏的，是王祖望同伙，两人共同在境外注册了公司，这才有了手握订单、率众辞职的底气。目前研判，他们辞职不是为了投靠广德，是想自己另起炉灶。

陈可铭脸色阴郁，扪心自问，他从未想过要防范王祖望。

陈可元补充道：工厂高级雇员贪污、私吞及其他作弊行为，对工厂肯定有伤害，但不一定致命。而截留客户和订单，特别是截留重要客户、大额订单，就有"一招致命"之恶果。佳杰目前不缺订单，但与一些重要客户的关系仍需修复。

陈可元这番话绝非危言耸听。一家人心情灰暗，陷入沉默。

陈可铭以左手在后脖颈儿处用力揉搓颈项，乱抓头发茬，仿佛后脖颈儿处那团乱麻要再乱一点才好。他非常懊恼，恨自己瞎了眼，多年来拿王祖望当兄弟、朋友乃至知己，结果信任和重用的是个白眼狼！他苦笑着说：什么人遭人恨？喂不熟的白眼狼。

陈可元跟着苦笑：白眼狼人人恨。但恨又如何？将其乱棍暴打一顿？没用啊！也不解恨啊！

陈可铭叹气：唉，怪我眼拙，看不透人。我记得姓王的跟我说过，他是大屁股老草鸡踩上西瓜皮，滑哪儿是哪儿。我只当开玩笑，没在意。谁知他真是大屁股老草鸡，拍屁股就走！还拐走那么多人。为工厂带来无妄之灾，遗祸无穷。

陈豪杰同样深深懊悔。当年，送王祖望到德国深造是自己拍板定下来的，那时耳边就有不同意见。有人劝他说，姓王的又不是你儿子，干吗在他身上舍这么大本？他充其量是个外人，天生跟你不是一条心。眼下好像一条心，以后呢？谁敢保证人心不变啊！现在回想起来，此乃忠言，自己却听不进，从内心真拿王祖望当儿子待，从未想过花重金栽培他究竟划不划算。

被人背叛、被人辜负的感觉充塞在胸间，令陈豪杰痛苦异常。什么"不是儿子胜似儿子"，纯扯淡！这种鬼话害人不浅！他压抑着自己的悔痛心情和不良情绪，慢条斯理地说：天要下雨娘要嫁人，由他去吧！只要他不投奔广德，不领一帮骨干为姓袁的效力，就构不成方杰的心腹大患。

这件事应对至此，算是告一段落。

陈豪杰突觉心脏不舒服，抬手欲捂胸口，陈可铭眼尖，大喊一声"妈"！方珍闻声从别的房间奔过来，到固定位置取药，贺喜跟在方珍身后，麻利地将一杯温开水端到老爸面前。这是家人固定的程式化动作，非常熟练，配合紧密。陈豪杰服药后，心前区的憋闷感立刻得到缓解。他长叹一声，吐出自己的深重忧虑：这回呀，唯愿佳杰渡过难关，不要断送在王祖望手里。

陈可元信誓旦旦：爸您放心！佳杰有我，谁也断送不了！

9

晚上，美国洛杉矶某出租公寓。

晚上11点，秦茱萸发的一条短信终于出现在袁若德手机屏上，此时，袁若德、袁仁贵父子已经苦等了三天。袁仁贵激动地扑到老爸跟前，凑上去，两个脑袋抵在一起，四只睁大的眼睛盯着小小的手机屏：袁董晚上好！因女友持不同意见，回国事宜只好搁置。对不起了！望见谅。

三天来，袁若德、袁仁贵父子如坐针毡，终于等来一个最差的结果。此时此刻，霜打的茄子都比这父子俩快活。

袁若德思考片刻，及时回复：我理解！谨望秦博士与女友多多沟通，兴许有转机。有劳秦博士多费心！

后来，双方又通过一两次电话，秦茱萸表示很为难：袁董，我非常敬重您，您是实在人，不玩虚的。但回国发展的事情牵一发动全身，有没有转机，何时有转机，不知道。至少在女友毕业前，我可能回不去，对不起啊！

袁若德非常耐心：秦博士，我在洛杉矶有些业务，仍需待段时间。你那边无论有没有转机，都希望保持联系。

袁仁贵诧异地盯着老爸，有啥业务啊？明摆着谎言……

秦茱萸爽快答应：当然啦！袁董，只要您在美国，我都会与您保持联系。您忙先。迟些日子吧，我再给您打电话。

电话在双方"哈哈哈"的客套笑声中，挂了。

情急之下，袁仁贵的语气竟带了些谴责意味：爸，您从来不是游手好闲之人！您从来惜时如金！为了秦茱萸，您……您打算在洛杉矶当闲云野鹤呀？广德您不要了？

袁若德笑道：这傻小子！见不得你爸当闲云野鹤？

袁仁贵一听就知道老爸仍在说假话，他心里比谁都急。

过了两天，秦茱萸再发短信：袁董晚上好！我这边出了点小状况，耽误您了，不好意思！我非常不想辜负您，但合作仍无法成立，望您有心理准备。建议您先回国，我这里一旦尘埃落定，定当及时答复。也许未来我们仍有其他方式展开合作。

袁若德回复：秦博士，我还是等你！等你有了明朗的意见，我再回去不迟。再者，前次说过，广德集团簇新的办公大楼已腾出，准备做技术研发中心。我这次来美，带有考察当地先进设备、购置相关实验仪器的任务。你知道，我们父子俩都不懂行，所以还望秦博士拨冗，指教一二。

秦茱萸：哦，买设备？这事含糊不得！我……我想办法。

袁仁贵抢过老爸的手机：秦哥，我是阿贵。我备了酒，专等酒逢知己一醉方休那一刻。

秦茱萸：好，我一定找你讨酒喝去！

这次联系之后，又等了六天，一丝信儿也没有。

袁仁贵极度灰心：爸，我看这事黄了，铁定黄了！放弃吧！咱不做无用功，也就不用花冤枉钱了。

袁若德凝眉思考，没作声。

袁仁贵急赤白脸：爸，您别琢磨了。人家话是委婉，态度明确。秦茱萸不是一个人，他女朋友不回他也没法回。他俩只要有一个在美国混得好，就不会考虑离开，何况人家双双混得好。

袁若德：看来，论地球引力，东半球和西半球不相伯仲。

袁仁贵：爸，您确定回程，我订机票。

袁若德：阿贵，气可鼓，不可泄，再等等吧。

袁仁贵：还等啥？时间不是钱啊？没转机，再等也白瞎！

袁若德语气笃定：有时候，转机是等来的。

袁仁贵拗不过老爸，唉声叹气：可惜了咱的宝贵时间。小时候，我多次目睹您因了某个时间的浪费而肉痛，大发雷霆。

袁若德微笑着点头，气定神闲，肉痛的表情不复存在。

袁若德、袁仁贵父子除了观赏旧金山夜景及蔚为壮观的海湾大桥，还在包括硅谷在内的整个旧金山湾闲逛，手机一刻也不敢离身，且随时竖起耳朵。其间两次约秦苿荑见面，秦苿荑答应得特别爽快，想必他本人很乐于见面，却因种种缘故未能赴约。

袁仁贵断定希望为零，欲回学校去了。出门之前，他郑重建议老爸放弃。袁若德摇头，神色坚毅，再次祭出口头禅：零希望也不妨争取一下嘛，万一不是零希望呢？

袁仁贵眉头紧蹙：能争取就不是零希望，零希望就没有争取空间。零希望不就等同于零价值吗？为零价值努力，越努力越徒劳，又是何苦。爸，是时候当机立断了，止损要紧！

袁积德沉吟道：是不是零希望还存在变数，还有待确认。

袁仁贵急了：咱都等到这份儿上了，人家还是不摆咱！就算您拿200万美元，也没见人家动心呀！人家以技术换资金方式可以多方融资，不会对某个工厂企业产生路径依赖。

袁积德心态平静，说出的话带点儿抽象：所谓零希望只是一种预测预判，可能有水分，并不绝对，更遑论零价值。许多事情开始时都是看不到价值的，尤其是潜在价值，很难洞见。所以，要学会并且习惯从零开始，从零突破，在看不到价值的情况下去争取和挖掘价值，明白吗？

袁仁贵小声嘀咕：您还有心玩一套哲理，弄一套虚幻……

袁若德：你说什么？

袁仁贵早已闪身门外，不见了踪影。

10

晚上，福寿花园B栋21楼2112号，王祖望家。

王祖望在规定时间内搬出了方杰集团住宅楼。

河埔市南城区福寿花园位于市中心繁华地段，B栋21楼2112号，是王祖望、魏玲夫妇早年购置的一套三居室的商品房，此前一直放租。王祖望辞职后即收回，全家人搬到这套房子居住，算是正式安了家。原想在附近再选购一套房子，作为新公司办公用房，后考虑王祖望很快将带领团队到境外做项目，为节省开支放弃购房，拿自家住房当作公司临时办公室，过渡一下。

黄昏时分，王祖望、魏玲夫妇带着两个分别从学校和幼儿园接回的孩子，乘电梯上到21楼。王祖望掏出钥匙，打开2112号房门。但见屋内收拾得挺整洁，一应生活物品均摆放就位。搬家公司和家政清洁都是王祖望亲自联系和操持的。

六岁的大儿子仰着小脸儿问：爸爸，这是我们的新家吗？

王祖望：是啊，我们的新家！以后就住这里哦。

说着话，王祖望和妻子互看一眼，两人似乎都感觉满意。魏玲手脚麻利地安排大儿子写作业、小儿子玩玩具，自己一头钻进厨房，烧水、做晚餐，像以往一样开始忙碌起来。

晚上9点来钟，魏玲带两个孩子洗漱完毕，准备睡觉了，王祖望突然收到来自德国的一份电传，内容让他大吃一惊。

按照原来计划，由王祖望迅速组建一支精干技术团队，带往项目所在地之一（初定卡塔尔），参与分包项目。此刻情况有变，对方要求王祖望团队暂留国内，生产出优质的产品样品，尔后携带经专家检验合格的样品赴卡塔尔。

这一来王祖望傻眼了。他手抓订单（暂且在李鹏手上），拥有超棒的技术团队，却并无工厂，临时挂靠有条件的厂家显然来不及，在国内怎么做？这不措手不及吗？

魏玲安置好小孩，穿着睡衣来到客厅，很想放松一下，赫见王祖望脸色不对，急忙走到丈夫跟前：怎么了？

王祖望心情很差，眉头紧锁，勉强向妻子说明情况。

魏玲颓然坐在沙发上，扭脸儿看着阳台外面黑乎乎的夜空，两眼发直。唉，丈夫为了创业，酝酿了这么久，考虑得这么细密，计划得这么周全，又刚把家安置好，按理说也该万无一失了！至少，项目能够顺利展开，公司能够步入正轨，团队能够就此一搏，家庭经济状况也可稳定下来。这一切，原先都以为很有把握呢！孰料，人算不如天算，形势说变就变。

魏玲转脸问丈夫：你离开方杰是不是太匆忙了？太急了？怎么不考虑给自己留后路呢？眼下一点余地也没了。

王祖望沉着脸，没搭腔。魏玲对他辞职的事一直颇有微词。

魏玲：李鹕叫你辞职你就辞职，谁知那人靠不靠谱。

王祖望从阳台折回屋内，哑着喉咙冲妻子吼了一句：废话！我不辞职，那项目（含订单）算我的还是算方杰的？

魏玲呛道：一个职，辞掉是爽，接下来的事就没那么爽了。

王祖望横妻子一眼，心说女人就是喜欢马后炮！往深处一想，原来她不只对辞职不满，对李鹕也不满啊！真是难缠！他辞职容易吗？且不说他在方杰身居要职，公司花钱送他到境外进修，单说他带着团队辞职，就是个大难关。幸运的是天时地利人和，没把这个职辞出问题来。他懒得跟老婆啰唆这些。

王祖望拿手机走到阳台上，连夜与身在德国的李鹕联系。电话打通后，终获确认：该项目有四大股东即四家合作方，事无巨细均需协调，流程严谨，手续烦琐，操作环节时有反复，进程相对缓慢。既然投资方坚持先看到合格样品再决定下一步，我们（王鹕精密）作为制造方只能据此跟进。

挂掉电话，德国方面又发来一份电传，是样品图纸。王祖望一看就来气，把图纸狠狠扔在桌上。

变更后的计划对王祖望很不利，等于逼迫他及团队必须在国内先迈出实质性的一步，即生产出合格样品。这一步本来不难，放在佳杰根本就是小菜一碟！然此一时彼一时，今不比昔。

王祖望隐约直觉：投资方在国内耳目很多，是否听到什么风声，察觉他辞职了？此前他申报项目的身份及背景都是佳杰五金厂。唉，他重重地叹口气，对计划变更很是愤愤然。投资方吹毛求疵、颠三倒四的习性，每每令项目承包方无所适从，这一点他体会尤其深。他固然离开了方杰，但团队和技术都在手里，到卡塔尔大可将样品成品一气呵成，犯得着把一个环节拆分成两个？与那些远在德国的洋人真是掰扯不清。

眼下棘手问题是，到哪里去生产样品？方杰肯定不行，广德肯定也不行，这些现成的平台只能眼巴巴看着，不能用。找人代工也行不通，达不到技术质量标准。唯一可行的路子是找间不知名小厂，租借其厂房和相应机械设备，自行采购原料（优质钢材），自行制造样品。好在样品量不大，可以速战速决。

王祖望想来想去总算有点头绪，知道如何下手了。可是，这事仍让他沮丧不已，加上愤懑和不解。从来都不起眼的、湿湿碎的"样品"生产，竟成了一件"卡脖子"的事！原想辞职后拍屁股一走了之，现在一时半会儿走不了啦！接下来该何去何从？夫妻俩思前想后，一夜无眠。

王祖望打定主意，在拿到天使投资前，电传内容暂不透露。

11

夜晚，齐贤路内街16号，袁仁美家。

夜阑人静。袁仁美和梁仁良各着睡衣，并坐床头，例行着"夫妻夜话"。梁仁良习惯性地将枕头妥妥地放置在妻子后腰部，让她靠得舒服些，又帮她把被子盖到腰际。

袁仁美：有件事，先给你吹个风……

嘿嘿，梁仁良皮笑肉不笑：公司但凡有事，都靠老婆吹风。

袁仁美面色严肃：爸这回去美国招贤纳士是舍了本的，不管成功与否，他回来后，集团都将整合资源，成立新公司——德立技术有限公司，把现有的德强五金机械厂并入其中。这是董事会年初拟订的计划。这事还没宣布，你不要对外讲。

梁仁良心里顿觉酸溜溜的，一来他对自己（袁氏唯一的女婿）迟迟不能进入集团核心层积怨已深，二来他对集团的重资产方向难以苟同。他怪腔怪调地说：哦，难怪呢！

袁仁美诧异，扭头盯着梁仁良：难怪什么？

梁仁良一脸恍悟：难怪爸为觅才揽将，亲自出马且不惜代价，原来要成立新公司！成立新公司有必要瞒我吗？

袁仁美一脸认真：爸想做高端机械，这是他的夙愿。他坚信，只有掌握先进技术，才能掌握产业先机。成立德立，就是想走高技术之路，把德立做成百年企业、百年品牌。爸有个口头禅，做厂要有恒星心态，流星心态不适合做厂。

"哦哟哟"！梁仁良猛抽一口气，嘴巴夸张地嘟成椭圆的鸭蛋形：爸想做高端机械行业的头部企业？

梁仁良这副表情和腔调让袁仁美很不适：你抽风啊？

嘿嘿！梁仁良立刻老实了，赔着笑脸：逗你开心呢。

袁仁美板着脸：给你说正经的，你别痞里痞气。

梁仁良蹙眉，做出无限不解的样子：做厂而已，没必要跑那么远找人才，舍本逐末嘛！眼下有你有我，还要找哪个人才？以后阿贵留学回来，再带个女友，人才够多的啦！

袁仁美摇头：你呀，有点自知之明好不好？

梁仁良：我的自知之明是天将降大任于斯人也！别说一个厂，十个八个厂也能搞掂。不就做百年吗？我搭上一辈子，够吧？

袁仁美撇嘴：大言不惭！毛织厂你做好啦？货款的事，你闹出这么大动静，快成丑闻了！我怕拖累广德，被迫替你擦屁股！这屁股还没擦干净，你咋又牛上了？

梁仁良将手臂温柔地搭在妻子肩膀上，用手轻捏她的后脖颈儿，很有节奏，类似按摩：老婆，我告诉你，以芝麻大点的事情论成败是短视的。我梁仁良不鸣则已，一鸣惊人！我的后发优势恰恰在于宏观层面的理论导向，非常棒，想听不？

袁仁美被老公吊起胃口：听听无妨。

梁仁良口若悬河：像爸这样舍近求远觅人才，定有盲目成分。不说那人才到底是不是块料、技术成色如何，单说那人才跟你是不是一条心，就很难透析和辨别。一条心最好，那叫走运，但走运的概率通常超低。不一条心现象则很普遍、很本质，最后导致赔了夫人又折兵。往大处说误国误民，往小处说误厂误家。

袁仁美：一条心还是不一条心，这些人文的东西懒得讨论，我最注重的是工厂选用人才，首要标准是适用。像人穿鞋子一样，合适的才是最好的。可适用人才从哪来？让人头痛。

梁仁良：自己培养啊！培养自己人啊！嗨，这么简单的道理！

袁仁美鄙夷：不是什么人都能培养出来的，有那么些人，他就是不堪造就。比如你吧，有没有培养价值？难说呢。

梁仁良：有没有培养价值都得培养！培养了就有价值！你爸多年来一直在培养你，对不？如今你有没有价值？价值连城啊！这就是培养的结果。像我这样起点高、悟性高的人，潜力股，更适合高级培养。事实上，我的价值当不在你之下。

袁仁美：拜托，你这个自视甚高的毛病可以改改吗？

梁仁良脖子一拧：不可以！自视甚高不是什么毛病，是自信！

袁仁美知道，老公自诩人才，为自己迟迟未进集团核心层耿耿于怀，抱怨怀才不遇。他主张轻资产，不放过任何机会兜售自己的轻资产理念。他对集团的重资产方向很难苟同，鄙薄做品牌。她不想跟老公无休止地争辩：好，你没毛病，你牛掰！

梁仁良继续口若悬河：你刚才说到品牌。不能简单说做品牌不好，这个不能一概而论，但一哄而上就堪虞了。眼下，全国人民都在做品牌，我们有必要跟风吗？一个品牌后面，是成千上万死掉的重资产企业。为什么死掉？随波逐流呗。辣椒做成老干妈，成了称霸市场的独角兽，你再做第二个就没活路了，哪怕你把辣椒做成仙丹。做品牌就是千军万马过独木桥，要扫平别人成就自己。唉，重资产方向的残酷性，你认识不足。

袁仁美眨眨眼，强打精神：广东人有句老话，不熟不做。像我们广德，做厂出身，做厂起家，断难轻易改弦易辙。

梁仁良沉浸在自己的憧憬中，语气亢奋：不能简单说重资产不好，但时间精力消耗大，综合成本高，盈利能力弱，投入产出比非常不划算。相反，金融就不同了，轻资产就神奇了！

袁仁美略觉不耐烦：哎呀又来！三百六十行，行行出状元。

梁仁良神秘兮兮：金融是"百业之王"，是三百六十个行业中的状元行业。金融的力量，资本的力量，摧枯拉朽！

袁仁美感觉眼睛快睁不开了，没搭腔。梁仁良用胳膊捅捅妻子：咦，你不搞否定之否定了？困了？

袁仁美打了个长长的呵欠：我没否定你啊！

梁仁良急忙帮妻子把垫在后腰的枕头抽掉，扶她慢慢躺下，又情不自禁在她肚腹部轻轻抚摸几下，嘴上嘀咕：说到关键问题你就困！算了，我儿子也困了，你带他好好睡。儿子晚安！

12

中午，旧金山南端，硅谷一栋写字楼内。

莫如师三步并作两步从写字楼顶层飞奔而下，在大厅迎面撞上刚从外面走进来的曲解和她的几位同学，那些同学清一色男性。

曲解眼尖：咦，如师！你咋在这儿？

莫如师猛地煞住脚步，冲曲解憨笑：嘿嘿曲姐！我来送图纸检测。你……你来硅谷了？咦，没听秦哥说起呀！

曲解笑着向她的同学介绍莫如师：这位靓仔是我学弟莫如师，他在旧金山做项目。接着向莫如师介绍她的几位同学。

莫如师向众人拱拳：各位大咖大牛大佬好！

曲解一位同学回敬道：大咖大牛大佬备胎好！

还有一位同学诧异道：请问靓仔，你到底如师还是不如师？

众人善意哄笑。寒暄过后，曲解的同学先上楼了，曲解对莫如师说：学校组织三天的实习课，我们昨天过来的。

莫如师坏笑：秦哥没来看你呀？他每次都比兔子跑得快。

曲解噘嘴：没告诉他！你回去也别说啊。

莫如师大惑不解：啊？那为啥呀？

曲解低头沉吟一下，仰脸儿对莫如师莞尔一笑，转身上楼。

莫如师忽地睁大眼睛，像想起什么不得了的事情，伸手拦住曲解：曲姐！先别走！我……莫如师扭头四顾，见大厅里不断有人走过，生怕曲解抬腿走掉，索性一把揽住她后腰，半推半劝，表情神秘：咱去门口，我有好消息告诉你，真的！

曲解有些不情愿，又不好拒绝。两人走到写字楼门外，站在一处绿茵茵的草坪上，头顶着树荫。莫如师绘声绘色"禀报"好消息，语气有点小激动：

曲姐，有家国内私企，哦，现在叫民营企业，家族式的，专程从国内来"挖"秦哥！他们听说秦哥领衔的项目到了"临门一脚"阶段，愿意先拿200万美金做项目投资，收益双方分成，各自占比多少由秦哥酌定。你看，巨划算！

曲解讥讽道：200万美金就把你们砸晕了？

莫如师咧开嘴笑：砸死也行啊！节骨眼儿上，首要的是实力而不是态度。嘿嘿，实力加分，实力万岁。

曲解不屑：其实，愿意给你们砸钱的大有人在，何必舍近求远？挖秦茱萸的也不止他们一家，你们不会对此动心吧？

莫如师：曲姐，在本地融资要花大量时间精力，更糟的是对方条件苛刻，还易变，这个你是知道的。每次谈判都很艰苦，真正谈拢不容易。现在有人携资金主动找到我们，条件宽松，那还管它啥来头呢？我们的想法是，尽快把手头项目搞出来，避免出幺蛾子，避免胎死腹中，其他嘛，再说，好说。

曲解冷静地提醒道：项目并非铁板钉钉必定成，可能没收益。即使有收益，获利周期也相对较长。

莫如师亢奋：失败他也认！他分担！国内这家民企有意思！搞不成的话，他们没有一分钱回款要求。这个我们也纳闷儿，不知道对方出于什么考量，好像在赌什么似的。

曲解：他们是什么人？懂技术吗？

莫如师：老板叫袁若德，50来岁，看上去很精明，听说办厂起家，靠技术发家。不过，他那个技术，层次肯定比较低，不然心急火燎跑美国干吗？口口声声到美国来找"高人"。

为"高人"这个说法，莫如师禁不住掩嘴窃笑。见曲解听得认真，莫如师接着说：他的企业应该是中国大陆改革开放以来崛起的，旗下有服装、毛织、机械制造等好几家工厂，近年向高端机械转型。他们很醒目，瞄准了"智能制造"，说是为企业向智能制造转型"爬坡越坎"（莫如师又想笑，忍住了），不远万里跑美国"挖"人才，通过人才"挖"前沿技术，追求自动控制方面的数字技术应用。

哦！曲解眉宇间露出释然神色：这家企业在定位上很特别。现在都在搞跨界，他们这一步跨得很大呀！

莫如师点点头，接着绘声绘色地把姓袁的老板和他儿子守株待兔、夜擒秦哥、乡音引路、茅台套餐的交往过程简述一遍，最后强调：据我推测，对方目标很清晰，就是为了技术应用。以此为基石，为方向性路径，逐渐向核心技术、高技术发力，能发力到什么程度就发力到什么程度，反正认准它了。

曲解对这件事终于整体上清晰了。老话说精诚所至，金石为开。袁氏父子一靠诚意，二靠全新的合作模式，三靠企业本身的经济实力、经营理念及未来发展前景。也许，这些东西打动了秦茉荑。秦茉荑和他的团队显然认为，广德集团是一个有未来的企业，这一点至关重要。为何说广德集团有未来？因为他们推崇技术，以技术为驱动，追求主流工艺水平，走的是一条攀登之路。这正是双方的不谋而合之处。

莫如师一脸窃喜加坏笑，以手掩嘴，凑近曲解透露机密：袁老板以十万美金做手信呢！说是垫付实验室租金，应个急。

曲解淡然一笑：果然豪横！你们可以打土豪了。

莫如师：秦哥几度推辞，对老板说，您出手阔绰，未必能解决问题，您还是拿回，别到头来失望。你猜那老板怎么说？他说，阔绰与否不重要，重要的是好钢要用在刀刃上。

曲解"哦"了一声，关切追问：那钱你们收了吗？

收啦！莫如师唱歌似的：老板加老乡的心意，却之不恭！

曲解眉宇间透出焦虑：如师，你觉得双方有可能签约吗？

莫如师挠头：这个，很难判断哦，要看秦哥。

13

上午，香港中环，陈可期家。

陈可铭、贺喜夫妇受父亲陈豪杰委托，手持HQ111地块中标文书，专程到香港陈可期家。主要目的是借投地中标这个东风，与陈可期商谈并敲定方正电梯（陈可期名下企业）由香港回迁至河埔市的具体事宜。

临行前，陈家按惯例准备了大量新鲜蔬菜，装了满满四个大纸箱及多个编织袋，把陈可铭座驾、双牌（同时挂蓝色粤字头和黄色港字头车牌，可在内地和香港两地通行）越野车"巡洋舰"宽大的车尾厢填得一丝儿空隙也没了。方珍还要把一小包菜塞进去，陈豪杰在一旁忍不住唠叨：这菜吧，是你亲手种的不错，带几次新鲜一下也就算了，可你带八百回了，也不嫌多余！

方珍不屑：嫌多余的是你，不是我儿子。

陈豪杰：香港什么没有？你大包小包谁稀罕似的。

方珍一脸自豪：香港什么都有，就是没有我种的新鲜菜。

陈豪杰：再新鲜的菜也经不起放，带这么多他哪吃得及？

方珍较真儿：放冰箱可吃一星期！就怕吃不到他嘴里。

陈豪杰一听，话又不投机了，又快牵涉到二子陈可期的女友叶馨菊了，又要惹一肚子火了……他赶紧闭上嘴巴。

陈可铭轻车熟路，一路飞驰，过海关十分畅顺。轿车驶过九龙，穿越海底隧道，进入港岛，钻进一处连片高楼大厦的地下车库。陈可期事先已安排了几名工人，在车库等待卸车。

陈可铭、贺喜夫妇乘电梯上到27楼。

陈可期早已拉开大门，站在门口：哥！嫂！

兄弟俩表情都很矜持，甚至有些僵硬。贺喜笑容可掬地环屋打量，但见正面墙上的正中位置，悬挂着一幅镶嵌在玻璃镜框中以富贵牡丹为背景的菊花图，"馨香若菊"四字非常醒目。

落座后，几乎没有一个字的寒暄客套，陈可铭手持地块中标文书等一摞子相关资料，告知陈可期投标拿地成功的喜讯。其实早在电话里通报过，陈可期对此也早已一清二楚。

陈可铭语气振奋，夹带着炫耀：根据国家相关规定，土地使用权是按不同"类别"设置的，使用年限不同，住宅用地70年，商业用地40年，综合用地和工业用地50年。咱这地块是工业用地，50年，半个世纪呢！

贺喜接着说：阿期，方正公司在香港现有的地址和规模都不变，悉数改造后，建成海外销售部，那是很棒的。

陈可期轻飘飘地说：哥，回去跟爸说，回迁之事再缓缓。

陈可铭闻言错愕：地都到手了，还缓什么缓？

贺喜也万分惊讶。陈可期这短短一句话，对陈家来说不啻于王炸。她知道家公陈豪杰早就与二子陈可期谈好了，回迁已是铁板钉钉的事了。若非陈可期答应回迁，方杰干吗花两年时间这么辛苦地投标拿地？现在地已到手，换了别人，连夜做方案都嫌来不及，他倒来个"再缓缓"！这……这太难理喻了。

陈可铭：阿期，此前你回迁意向明确，态度坚决，现在怎么变了？咱们做厂，不能出尔反尔，说变就变……陈可期蹙着眉头打断：没说要变，是说仍在考虑中。哥，迁厂不是小事，不可冒失，我总要考虑充分嘛。

陈可铭生气道：你考虑几年了！还要怎样充分？

贺喜一看兄弟俩要起争执，赶紧打圆场：再考虑一下也好！二弟，要不你们回去看看那地？亲眼看一看，方案也好做。

陈可期没有回应。显然，他连看地也不积极。

陈可铭"气哼哼"地抬手指向门外：你可以考虑个没完没了，可那地等得起吗？超出开发时限政府将收回，方杰白花钱不说，两年多的心血努力就全打水漂儿了。爸妈为了你……

陈可期最不喜欢听"爸妈为了你"之类的话，也许听得太多，他很不耐烦，急火火地打断陈可铭的话：上项目搞开发，是地老天荒的事，不是排队抢白菜，也不是抢房炒房短平快。

贺喜面带微笑，和善地说：是啊，从长计议比较好。

陈可铭耐着性子，力图说服老二：比之香港，家乡地价便宜，人工便宜，各类成本总价低，对企业发展是有利的……

陈可期：那地我不用，集团旗下那么多公司，都可以用嘛，不是非我不可。反正那地的产权是方杰的，给谁用都一样啊！

陈可铭急得冒火：那地给集团旗下其他公司，你没地，不就迁不成了吗？你是成心不想迁了吧？方正本身的不可持续，你不需要正视吗？现在地拿到手了，恰可借此机会，一劳永逸，使方正的问题得到解决。你想清楚，过了这个村再没这个店。

说到实质问题，即方正电梯遭遇的不可持续困境，陈可期感觉沉重，闷头坐在那里，不吭声儿了。

近年来，方正电梯因多种原因，在香港处于停滞状态，不但发展空间受掣肘（没地），而且因多年代工，命脉掌控在别人手中，缺乏自有品牌，没有定价权，加之人工越来越昂贵，利润空间被不断压榨，困难重重，再这样下去将难以为继。经验丰富的陈豪杰看出老二在工厂运营方面亦存软肋，欲整合家族资源，将方正电梯迁回河埔市，助推其上台阶，实现永续经营。

陈可铭很担心，老二表面犹豫不定，实际上会不会变相拒绝？回去怎么跟爸妈说呢？简直太让他们失望了！想到两个老人痛心疾首的模样儿，陈可铭于心不忍。可老二偏不这么想！

陈可期走进厨房，准备看看水烧开没有，好为哥嫂冲咖啡。这时，就听见厨房里传出叶馨菊撒娇的声音：阿期，你家兄妹三个，我家只有我一个哟。

陈可铭、贺喜夫妇这才知道，原来叶馨菊也在家，只是没出来打招呼。她总归没过门，对哥嫂视而不见也说得过去。

陈可期：你嫁过来，兄妹不就多了吗？

叶馨菊蹭到陈可期身上：不是亲兄妹，不算！一奶同胞才算。

陈可期竖起食指堵在嘴唇上：你小声点儿！

叶馨菊的嗓音一点也没小：再说啦，你自幼在香港长大，对内地不熟，你去那里办厂，不是明摆着给人占便宜吗？多少人在等着揩你油水沾你光啊？伸着脖子去挨宰你傻呀？

这些话真真切切地传进陈可铭、贺喜耳朵里，两口子坐在客厅沙发上面面相觑，很不自在。

陈可期急了：好好好！咱们先不讨论这个……

叶馨菊嗲声嗲气：阿期，你已成人，不是小孩子啦！姻亲才是最重要的亲属，在直系亲属中排位第一哦！其他那些可远可近、可有可无的，不必看得太重。

陈可期知道叶馨菊这话是有意说给哥嫂听的，恨不能捂住她的嘴：阿菊，水还没烧好吗？快给哥嫂冲咖啡呀……

叶馨菊故意大声：反正我爸妈不同意我离开香港。我们过得好好的，干吗跑那么远？送上门去给人欺负，我不干！

听到这话，陈可铭冒火，腾地站起来，冲厨房方向厉声喝问：谁欺负你啦？

叶馨菊端着两杯咖啡走了出来，一脸假笑：哎哟哥！嫂！你们从河埔过来了？难得上门呀，还生上气了？实不相瞒，方正一个小厂，欺负到门上来的人多了！我和阿期司空见惯，不往心里去就是了。嘿嘿，我指的是外人。

陈可期从叶馨菊手里接过一杯咖啡，递到陈可铭手上：哥，你先叫人弄个详细方案，然后再商量呗！

陈可铭本想说商量到猴年马月，又硬生生把这话咽下去了。

14

上午，德来服装厂厂长袁仁美办公室。

袁仁美坐在办公桌前，推开眼前资料，拿起座机话筒，正要拨号，抬眼往门口看了看，感觉门没关好，遂把电话话筒放回原处，起身走到门口，认真把门关上，顺手锁住，再回到办公桌前，给老爸袁若德打国际长途电话。

电话很快拨通了，袁仁美柔声问：爸，您还好吧？

袁若德：哦阿美！我这边都好啊，放心放心。

袁仁美：事情顺利吧？

袁若德：顺利谈不上，可以说不太顺。对了阿美，大宝路的房子收拾好没有？专家公寓兴许要派上用场。

袁仁美：这么说，您那边还是有眉目了？

袁若德斩钉截铁：有没有眉目都要把房子腾出来。深挖洞广积粮，东方不亮西方亮，撒大网总能找到人嘛！

袁仁美：好，我立马落实。您放心！

袁若德斟酌着说：我这边呢，眼下还难说，还得加把劲儿。

袁仁美调皮地说：爸，我寻思着怎样帮您加把火！

袁若德笑道：隔着太平洋呢！你那远火我够得着啊？

袁仁美不苟同了：那可不是！现在可是网络时代、地球村了，做事论秒计。要钞票不？一个键的事！隔八个太平洋也能秒至。

袁若德开心：打钱过来我欢迎，最好的助推剂也就它了！

袁仁美：爸，两件事跟您汇报下。一是HQ111地块投标失利，那地被方杰抢去了。唉，争不过方杰！您不知道，唱标时，方杰疯狂加价，暴力抢夺，非要吞下那地不可，嚣张得很！

袁若德若有所思：哦！不出所料。方杰准备办新厂，好像做电梯，这个我知道，市里早先通报过。

袁仁美语气酸溜溜：方杰要办电梯厂？胃口挺大，越来越大！难怪四处鲸吞！哼，小心哪天吞不下，砸在手上。

袁若德沉吟片刻：阿美，咱没地了，只能启动备用方案。你跟马总商量下，将德强机械核心车间（机床先进，噪声小）搬入原总部办公楼一、二两层，便于日后的新技术实验和应用。

袁仁美：明白。再有就是毛织厂车间主任代紫萱提拔为副厂长，此前早就定了，因故（梁仁良背后作梗，这话袁仁美没直说）耽搁。她在厂办帮助工作已半年多，各方反映都不错。这两天我在想，不如我替您签字，提拔她到任吧！

袁若德：好哇，这事儿你自己办就好，你全权落实！

袁仁美：爸，您注意劳逸结合，不要太辛苦！早点回来。

袁若德：我会注意。你自己也是，要当心哦！另外你舅（指常掌柜中医馆法人常在理）定期给你检查，你要配合点，特殊时期避免出状况，顺顺当当才好。

袁仁美：爸，我好着呢，您放心！

15

子夜，福寿花园B栋21楼2112号，王祖望家。

晚上12点，王祖望刚刚熄灯躺下，突然接到何青黛发的短信，通知他，佳杰五金陈总（陈可元）此刻正在他家楼下，叫他立刻下楼，有要事面谈。

王祖望这一惊非同小可，翻身而起，把窗帘扒个缝，向楼下窥探。但见单元门口停着两辆车，车牌他熟悉，都是方杰集团的。

原来，陈可元几次托人带话，约见王祖望。王祖望避而不见，他选择蛰伏，刻意躲避陈可元和来自方杰的任何人。

迫于无奈，何青黛经网络"搜索"，首次动用了一家私人侦探社。这家侦探社在深圳罗湖区，名头很响，叫"万能猎服务社"（以下简称"万能猎"），社长叫钱万。何青黛头一回与其打交道，对"万能猎"其他情况知之不多，但钱万社长的霹雳手段真叫她领教了。钱社长亲自出马（事后获悉"万能猎"仅此一人），竟在翌日傍晚将王祖望藏匿之处"精准"锁定。何青黛按他提供的定点位置，包括小区门牌号等，将王祖望堵在家中。

王祖望只看见车，看不见人，不知道陈可元此刻是否在车里，总之被她堵门，无疑传递出插翅难逃的意思，让他心惊肉跳。他以前似乎见过陈家那位小姐，只是从未近距离打过照面，更没搭过话，倒是对其骄横跋扈早有耳闻。听说，正是她接替了自己的位子，任佳杰五金总经理，想必是个狠角色——想跟谁见面就能把谁"逮"个正着。眼下，他当真被她掐住，躲无处躲。

王祖望忐忑不安地在屋里踱着步子，思来想去，不见，后患无穷；见了，她能吃了我呀？所以，即便来者不善，也只能硬着头皮去见。怎么个见法呢？与其被他不太熟悉的陈可元吆来喝去，不如主动与她哥陈可铭约定时间，陈可铭或比陈可元好说话。

王祖望抓起手机，拨通老下属、佳杰五金副总经理姚国泰，叫他向总裁陈可铭转达信息，约定两天后晚上8时整，与佳杰五金的新老板陈可元在保密情况下见面。唯一条件是：双方都不带人，若有其他任何第三人在场，谈话都无法进行，想从他王祖望嘴里套出什么有用东西也就徒劳。见面地点由方杰酌定。

姚国泰丝毫不敢怠慢，立即打电话请示陈可铭。

陈可元在车里接到大哥陈可铭的电话，已是凌晨1点多。大哥告诉她王祖望同意面谈，她鄙夷地扯扯嘴角，对王祖望敢作不敢当、躲躲藏藏的做派，内心十分厌恶。鉴于对方要求保密，陈可元觉得见面地点定在自家五花马水库避暑山庄比较好。

陈可铭认为可行。他当然知道，这次面谈之所以重要，是因为关系到把王祖望辞职带给方杰的损害降到最小。找王祖望清算旧账不是目的，揭发他利用方杰高管的身份撬单并叫他把单吐出来也不是目的，真正目的是阻止王祖望投靠广德袁氏，堵死王鹈精密与广德集团的合作之路。

姚国泰电话回复王祖望：见面地点定在五花马水库避暑山庄水榭台6号别墅。

陈可元手机通知何青黛"撤吧"，随后打了个长长的呵欠。

在驱车回家路上，何青黛气呼呼咒骂：与王祖望这种小人打交道，不是折磨人嘛！他躲在被窝里倒舒服，害得本姐半夜三更不得安宁！要不是为了找他算账，老死不相往来！

16

傍晚，美国旧金山硅谷。

按照莫如师说的地址，秦茱萸踩单车向硅谷飞奔，很容易就找到曲解所在的写字楼。他停下来，站在楼下拨通曲解的电话。

秦茱萸：来了旧金山也不知会一下，害得我病情加重。

曲解很意外：你病了？什么病啊？看医生没？

秦茱萸：我不是来看你吗？你就是医生啊！

曲解：我是医生？完了，你确实病了，发烧烧糊涂了。

秦茱萸：相思病！找你开解药。

曲解恨得咬牙：莫如师那小子一肚子坏水！你们混在一起坏上加坏！好了，这回来硅谷实习时间短，就不见了。

秦茱萸反驳：一日不见如隔三秋，咱几日没见了？

曲解抬高嗓门儿：你不许过来啊！我替你把这个时间省了。

秦茱萸嘻嘻窃笑：我已经来了，在你楼下。

曲解哭笑不得：你们……不是嘴巴贼快！就是飞毛腿贼快！

挂了电话，曲解更衣下楼，见面就问：你哪来的时间？

秦茱萸笑道：看你，我永远有时间。你天天在楼里闷着，也该出去吹吹海风了。今晚目标海滨大道，你意如何？

曲解：我意如何不重要，你意如何才是正宗。

秦茱萸：意见蛮大！说吧，目标何方？今晚按你的意思来。

曲解：我的意思是你今晚不要过来……

说着话，曲解熟练地坐上秦茱萸的自行车后座。

秦茱萸回头，一字一顿：不想我？

曲解把脸儿扭向一边，故作赌气状：不想！

秦茱萸目视前方，开始蹬车，路上没什么行人，他立马加速，把自行车蹬得飞快，路边高大的椰子树"呼呼"地向后退去。

曲解：你干吗呀？骑慢点儿！

秦茱萸：我受刺激了！动如脱兔不可控了……

曲解双手环抱秦茱萸腰部，脸贴在他背上，抿嘴偷笑。

到了滨海大道，两人下了车，凭栏依偎，长时间热吻。

海风挺大的，秦茱萸用自己的风衣包裹住曲解，两人凭栏向大海远处凝神眺望。曲解态度平和，口气温润：阿萸，如师上次来，顺便跟我说了有关情况，我对你的想法有了初步了解和理解……秦茱萸兴奋地打断她说：知我者曲解也！

曲解莞尔一笑：你已经瞄准合伙人了，光"知"你不行了！

秦荣黄：聪明！找机会，我带你见见那个老板好不好？

曲解摇头：这次不见了，以后没准儿天天见呢。

秦荣黄：老板叫袁若德，这人确实有魄力，有眼光，有很强的前瞻能力，能看到未来五年、十年甚至更长远的目标，据此做出相应规划，比如，要配置多少资源、外聘多少人才等。

曲解：如师说，与你接触的那家企业很草根。

是啊！秦荣黄眯缝着眼睛，盯着海边浪花：那家企业，那家企业所在的河埔市，河埔市所在的中国大陆，都曾经具有非常显著的草根性。然而，俱往矣！今非昔比了。

曲解顺着秦荣黄的目光：你想去天涯海角，随你便吧。

秦荣黄纠正道：那是我家乡，不是天涯海角。

曲解有些委屈：对我而言就是天涯海角。

秦荣黄扭脸儿凝视曲解：咱俩近，天涯海角就不远。

曲解神情忧虑：咱俩怎么近呢？

秦荣黄认真严肃：你以前就没有打算向抽象思维、抽象研究方向发展，相反，你更倾向于具象的技术应用。

曲解：是啊！以前是，现在也是。

秦荣黄：高攀是人之惯性，世界500强具有永恒的光环。但对个人和团队而言，是否同时具有通用及合适性，人们考量不多。到国内一家民企，看似低就，实则不然。

曲解点头，缄默着，意思显然是等着秦荣黄继续说。

秦荣黄：据我看，有些平台不见得大，却坚韧得多；实验室条件不见得好，技术应用却具象得多；各类资源不见得丰富，却扎实得多；资金不见得雄厚，却规范得多（国内民俗崇尚"落袋为安"，我未能免俗）；或许还有一定的人事权。你手握有钱、有人这两条，就可以按你自己的近中远期规划，组建科研团队，吸引和带动更多同好，形成梯队，壮大实力，转化更多科研成果，进行更多应用实验，成功一项即可投入市场一项，这些都看得见摸得着。你想，比之你做一名教授或研究员单枪匹马，力量不是大得多吗？

这番话令曲解深受触动。她抬眼，炽热地凝视秦茱萸。

秦茱萸微笑：上述想法是初步的，未经深思熟虑。

见曲解没有反驳的意思，秦茱萸收敛笑容，神色渐趋严肃：我窃以为，无论是你的个人气质还是技术强项，都适合跻身于实业，做领军人物，不适合单打独斗。明白我意思吗？说白了，就是你屁股后面要有人马、有团队。你这人适合带队，天生鸡头式，而非凤尾式。你比我更接地气。

闻听此言，曲解再次低头缄默。

秦茱萸：看来，曲解需要正解。我对你的劝解就是正解。

把你能的！曲解说着，抬手狠狠擂打秦茱萸一下，接着陷入凝重：你这一套用到我身上，不啻是个巨大的方向性转变。此前我不曾有过回国进民企的概念，这方面一丝一毫的想法都没有，真的！美国两家大公司我都没上心，仍在寻觅更适合我的公司。

秦茱萸：爱情的力量，可以解释这种转变。

曲解撇嘴：美得你！我没发现爱情有这种力量。

秦茱萸耸耸肩：那就怪我爱得不够！导致曲解无解。

曲解：我不想眼睁睁看着你思念成疾，影响大好前程，愿意为达成你的心愿尽点义务。我谨认为，可以尝试。

秦茱萸兴奋莫名，手舞足蹈：曲解见解，高人一筹！在国内民企比翼双飞，这种令人无限憧憬的事叫我摊上啦！

曲解秀目流盼，她从没见过秦茱萸这样得意忘形。

本次约会无心插柳柳成荫。这对情侣最终达成共识，尽管这"共识"成色不足，只能算大同小异：秦茱萸的意见是自己先走一步，曲解学成后立即归国，两人在河埔市会合，并在那里成家立业。曲解的意见是"有条件同意秦茱萸先回去看看"，至于她自己，毕业后视情况而定，特别是已伸橄榄枝的公司，有待与人家好说好散。秦茱萸反对"视情况而定"，强调说袁老板再三表示对曲博士虚位以待。曲解反唇相讥说对她虚位以待的地方多了去。秦茱萸让步，但热切希望她"嫁茱萸随茱萸"。曲解迟疑着勉强答应：你这么恋土恋乡，我只能有样学样。

秦茱萸十分受用：爱我所爱，曲解正解。你刚才说以后没准儿天天见呢，这话高瞻远瞩！咱们完婚后，在河埔可不是天天见嘛！

曲解羞涩：我说过嫁你啦？还追到河埔去嫁你？

秦茱萸两手扳住曲解双肩，让她与自己鼻息相闻：说过N次！言之凿凿，你忘了？那现在再说一次，再说N次！

其实，不等曲解开口，秦茱萸已经捧起她的脸儿亲吻上去，两人互相堵着对方的嘴，什么话也说不成了，连呼吸都不太自主。这是两人热吻时间最长的一次。与热吻比起来，语言算啥嘛，什么N次不N次的，啰唆。

曲解仍想在回国发展问题上留点余地，郑重地说：过日子靠的不是高瞻远瞩，人不能禁止事物发生变化。

秦茱萸不想留后路，一脸斩钉截铁：事物变化禁止不了，态度模棱两可是绝对禁止的。再者，曲解是谁？真君子一枚。君子一言驷马难追，你我皆无反悔空间。

第四章

1

上午9点，益利大街9号，方杰集团总裁陈可铭办公室。

陈可铭在自己办公室召开董事扩大会，伟杰建筑工程公司总经理杜仲、俊杰电子公司总经理卢占祥、奇杰通信设备公司总经理李才智、佳杰五金公司总经理陈可元、佳杰五金公司副总经理姚国泰、集团资金管理中心总经理贺喜、集团董事长助理施润等人与会。

陈可铭开宗明义：今天会议内容非常重要，但依然是短会，不超过一小时。请各位集中精力，关闭手机。

陈可铭有个习惯，每遇重大事项，总要先学习政府文件，对标文件精神，以此为基础进行谋篇布局。这是他从父亲陈豪杰那里得来的所谓"真传"之一。他说：河埔市政府相关文件提出，我市以"工业稳增长，产业优结构"为基石，出台多项举措，精准有效地保障重大项目的要素需求，为重大项目落地保驾护航。

陈可铭接着宣布：HQ111地块项目名称正式确定为"方正电梯扩建工程"，并以此向有关主管部门做了报备。市政府为推动更多重大制造业项目落地，将"方正电梯扩建工程"列入高端装备制造项目清单，给予政策倾斜，在土地、金融及空间布局等方面优惠幅度很大。非常庆幸啊！

陈可元冷不丁插了句话，嗓门儿分贝还挺高：方杰赶上好时候、好政策、好风口，值得加倍珍惜。

陈可铭接着说：各位，接照集团董事长陈豪杰的战略意图，方正电梯项目将是方杰科技集团未来发展的新引擎。对董事长个人来说，也是他此生全部作为的"压舱石"、扛鼎之作、封顶之作。董事长的整体构想是举全集团之力，加速切入新领域，夯实产业优势，形成更多产出增量，持续为集团的百年大业奠基。

陈可铭最后说：目前，集团多个矛盾纠集，每个矛盾都很突出，但仍要抓主要矛盾，即抓住方正电梯项目这个牛鼻子，其他就相对好办。项目是关键，牵一发动全身。即日起，伟杰建筑展开前期筹备，尔后全力投入该项目。集团旗下各兄弟公司要积极支持，努力配合，凡涉该项目事项，一律开绿灯。

接着，杜仲手持"方正电梯扩建工程"建筑规划方案（该方案事先已摆放在桌上，与会者人手一份）站起来，热切地说：现将基建方案（草拟稿）发给各位，恭请在座老总们百忙中过目、出招，不吝赐教。可铭总裁的意思是，方正电梯，百年大计，稳扎稳打，不遗余力。

众人安静下来，不约而同地翻开规划方案。其实不用细看，重要的东西就那么几条。现有建筑规划方案除了基建部分外，一期工程总共有三栋现代化标准厂房、六个自动控制车间（不含其他附属车间及仓储用房），规模宏大，品质要求高。

陈可铭向陈可元扬扬下颌：说你的事吧！

陈可元：佳杰五金原定的员工减岗分流计划，主要目的是加强技术岗位，减少行政岗位，当时已经公布了，王祖望怕得罪人，久拖不办，现在成了"后遗症"。

姚国泰：王祖望留下手尾的事多啦，远不止这些。

杜仲一拍大腿：佳杰五金减岗分流员工，可以来我公司。我们承建方正电梯，三年内工期排满，属于满负荷运作。当然，我们将有所选择，按老规矩择优。

陈可元笑了：杜总所谓"择优"，无非是年龄优势，这个我们理解。泰叔，具体情况你讲讲吧。

姚国泰手持一份资料：初步计算，分流员工40至60人不等，年龄大都在35岁上下。小元……哦不，陈总决定原计划不变，只是额外划了条线，46岁以上员工不分流。考虑到这个年龄再去学习新技术、适应新岗位，不太合适，也不现实。

陈可元额外划的这条线，好像正中杜仲下怀，他朗声说：好哇，我全包！

陈可铭拍板：这事你们两家协调，衔接好，就这么定了。

散会后，陈可铭示意陈可元留下来。陈可元一看大哥脸上那副焦虑样儿，心里就明白，八成在二哥陈可期那里碰了什么壁。兄妹俩将门一关，在高度保密情况下"私聊"。

陈可铭从香港回来后确实心情很差，对老二陈可期不无失望。他忧心忡忡，张口就骂：你说那姓叶的什么玩意儿？

陈可元故作轻松：大哥，姓叶的微不足道，先说姓陈的吧。

陈可铭叹气：姓叶的很强势，处处占上风。

陈可元：姓陈的若起内讧，人家可不占上风嘛！

陈可铭不无焦虑：阿期跟家里总是不一条心！你看，方杰上下都在动，唯阿期按兵不动。咱这边各种要素齐备，单等"法人"东风，但"法人"迟迟不至。这样闹下去，整个方杰骑虎难下。

陈可元听大哥这么说，跟着动了气：做厂的人，需要杀伐决断。我二哥确实肉头！黏黏唧唧的，凡事自己没主意，啥都听那姓叶的，啥事都弄不过她！平时说话都不算数，回迁这么大的事，二哥怕是更难拿捏呀！

陈可铭深深叹息，喃喃自语：近年来，爸对阿期的方正电梯厂顺利回迁殚精竭虑，要多上心，有多上心！单说为他拿地的事，就操老鼻子心了。爸身体又不好，对意料之外的事承受力有限。阿期他对老爸的苦心很不理解，也不配合，态度叽叽歪歪，忽冷忽热没个准头，他那鬼心思与爸的思路总是对不上！

陈可元火了：二哥真沉得住气！他到底想不想干？不想干算了，我们自己干！只会干得更好！爸有备案，你知道吗？

看你说的！陈可铭瞪起眼睛，厉声嗔怪：排斥老二，拂了爸妈心意，让他们这辈子都不开心，干得再好有意义吗？岂不越干越糟？备案只是做最坏打算（陈可期独立于家族企业之外），破釜沉舟。真到那份儿上，以爸妈这年纪，能承受啊？

陈可元始觉老爸不易，用心良苦；始觉大哥不易，左右为难。她垂着脑袋，有气无力：哥，这事还是趁早向爸原原本本汇报，赶早不赶晚。

2

中午，德来服装厂职工食堂。

开饭时间，德来服装厂职工食堂熙熙攘攘。成衣车间挡车工、德来服装厂业余模特队队长丁紫岚吃完饭，抹抹嘴，眯眼四处张望，见副厂长曹东风坐在饭堂一角，立即端碗蹭了过去。

丁紫岚明眸皓齿，兴奋中略带羞涩：曹厂，跟你说件事呗！

曹东风往嘴里扒一口饭，冲丁紫岚翻一眼，点头。

丁紫岚特意压低嗓门儿：有一家省级模特队招人，我被录取了！我要做职业模特儿了！

曹东风睁大两眼：什么？省级模特队……没听说过呀！

丁紫岚抑制不住内心的亢奋，笑容灿烂：人家省级模特队的星探瞄上我了，说我天赋条件好，天生的模特料子！

曹东风十分老成地笑了笑，委婉提醒道：天生的？不是吧！要不是大老板美姐（袁仁美）一手组建业余模特队，替你们找来教练，厂里还出资送你们脱产培训，你哪是什么模特料子啊？你懂T台走秀啊？业余才刚刚上道，就想做职业的了？

丁紫岚感情淳朴：那倒是哦！美姐是我们的大贵人。我想，美姐她一定乐意我有个好前程，她不会反对的。

曹东风忽觉有必要提醒丁紫岚：你现在翅膀硬了，舍得离开美姐了？你以为离开美姐就有好前程了？

丁紫岚眉飞色舞：当然不舍得离开美姐啦！不过，到省级模特队挣得多，他们承诺，比在厂里做收入高很多呢！

曹东风推开饭碗，紧盯着丁紫岚的脸，追问：高多少？

丁紫岚一脸天真直率：少说两倍，做得好还不止呢。跟人家比起来，我进德来服装厂几年了，待遇却没多大提高。

曹东风沉吟几秒钟，态度诚恳：这样吧，我考虑给你们业余模特队增加工资，每月增加150至200块，待我跟美姐商量下。

丁紫岚摇头：不要。何必拖累厂里？

曹东风：300块！怎么样？总之我代表服装厂诚意挽留你。

丁紫岚：曹厂，我要的不是加薪，是比较……光明的前途。

曹东风狐疑：你啥意思？在德来服装厂前途不光明？

丁紫岚急忙摆手：当然不是！德来服装厂是我的起步之地，它赋予我良好的人生开端，它成就了我呀！

曹东风：那你说，除了加薪，还要怎样前途光明？

丁紫岚无限向往：适合我的栖身和发展平台呗！一直以来，我都向往上海高定（服装高级定制）周，那是T台走秀的至高点。有它加持，我的潜能释放就可以最大化！曹厂，你是知道的，以往由我这个模特队队长带货，市场有多火爆。

曹东风：那是咱厂新推的靓款爆品！以为单凭你个人魅力呀？

丁紫岚笑容妩媚，自豪不加掩饰：靓款爆品只要穿在人身上，就与个人魅力相得益彰，相互赋能，这叫"靓款爆品+"。试问，靓款爆品穿你身上行不？别弄成垃圾品呀！

放肆！曹东风气得噎住：你怎么……不讲理呀？

丁紫岚硬刚：靓款爆品要穿对人，这不是理吗？

曹东风瞪眼爆粗：没有德来厂这块招牌，你个人魅力个屁！嫌德来服装厂笼子小，装不下你这只金凤凰是吧？我告诉你丁紫岚，这叫有眼不识泰山！以后没有后悔药吃。

丁紫岚唱歌似的：我当然没这么想啦！你怎么想随便好了。

苦口婆心半天，丁点儿效果不见，曹东风急赤白脸：我说小姑奶奶！你别在仙境漂流了，要食人间烟火呀！我知道，你一直以来都向往参加大牌走秀，尤其是上海高定周T台走秀，老实说你也具备这个实力，你醉心于上海高定周也没错，但厂里没有高定类订单啊！这样，我答应你，但凡德来服装有高订单，我第一个派你参加上海高定周。我说话算数。

丁紫岚淡淡一笑：那得猴年马月，本小姐青春不再啦。

曹东风把心一横：你放心，不用猴年马月，牛年之前搞定！

丁紫岚眨眨眼：今年不是牛年吗？

曹东风勉强挤出笑容：嘿嘿，我说的是下一个牛年。

丁紫岚脸上笑容更加妩媚：多谢曹厂！去不了上海高定你也是我领导！是我哥们！我不管走到哪儿都是你铁粉！

曹东风低头思忖片刻，神色严肃：丁紫岚，我提醒你啊，什么省级模特儿队，全称是啥？他们有正规营业执照吗？

丁紫岚毫不掩饰自信，一脸心安理得：当然有（执）照，非常正规！我跟人家合同都签啦！一签三年呢！

曹东风：合同都是一年一签，鲜有签三年的。看看，骗子吧？

丁紫岚“扑哧”而笑：哪能是骗子呀！曹厂你真逗。

曹东风拧眉：这事儿跟你表姐说了没？她同意吗？

丁紫岚：没说，千万别跟她说。你同意就行呗！

曹东风口气坚决：那可不行！绝对不行！你是你表姐带进厂的，现在你要走，怎能瞒她呢？现在就给她打个电话！

丁紫岚噘嘴：我的事跟她不相干，不要她管！

你姐处处护着你，不要她管要谁管？曹东风说着，态度愈发严肃：丁紫岚，咱厂正在筹办年度服装展，届时将举行新品发布会，全厂上下已为此忙乎两个多月，你们业余模特队即将派上大用场，这些你都知道啊！养兵千日用兵一时，关键时候你开溜……

丁紫岚重开笑颜：曹厂，咱厂这么大，也不缺我一个人啊！

曹东风想不到，一向儿积极活泼、单纯听话的丁紫岚，忽儿变得这么固执！他脸色发青，低头寻思要狠狠训斥她一顿，叫她打消辞职念头：丁紫岚，服装展办得好坏，直接关系到明年的订单，我不同意模特队任何成员辞职，你趁早死了这份心！

你现在说不同意有啥用啊？不如高抬贵手，落个好！丁紫岚说完，一个婀娜转身，蝴蝶一样旋出饭堂。

曹东风腾地站起来，扯着嗓子吼：你回来！咱们的劳动合同受保护，其他合同无效！你回来我跟你说……

人没回来，只听见丁紫岚留下的“咯咯咯”笑声由近而远。

3

晚上8点，五花马水库避暑山庄水榭台6号别墅，陈可元、王祖望如约见面。

五花马水库避暑山庄位于河埔市西南60公里处，是陈豪杰28年前参与投资兴建的，起先他是大股东，后由他全资收购，持股100%。"五花马"成为方杰大本营，集团年会每年都在此隆重召开。

陈豪杰非常喜欢这处距五花马水库七八公里的避暑胜地，取名"五花马"也算蹭了水库"热度"，闻名遐迩，收益非常好。多年来，不断有人建议陈豪杰借机向第三产业转型，谓之服务业来钱快。陈豪杰婉拒，他的口头禅是"我只懂点制造，其他不懂"。他在企业内部经常强调制造行当需砸重金，资金分散不得。

王祖望即使不算方杰元老，也算是半个元老、"准元老"，对方杰老巢五花马再熟悉不过。他不需要服务员指引，径直进入位置隐秘的水榭台6号别墅。赫见陈可元迎面而立，杏目圆睁，冷脸瞪视他，奢华靓丽的别墅内弥漫着剑拔弩张的气氛。

王祖望硬着头皮，就近拉张椅子坐下去。

陈可元胡乱把自己砸到王祖望对面椅子上，先声夺人：佳杰出钱，送你去德国进修深造……王祖望早有准备，冷不丁截断对方：陈小姐……哦不，陈总！今天我来，就是想通知你，在德国的培训费用我可全额退回。我不欠谁的！我与方杰从此两讫。

陈可元愣了一瞬，此前她没见过这个人，此刻他一开口，嗓音竟带有磁性！而且没承想，他的态度如此强硬和决绝！陈可元也不是吃素的，立即抛出狠话：学费吐出来事小，订单退回来事大！你在德进修期间上下其手，暗中抢走佳杰的客户和订单！你知道这是行业大忌、为同业所不齿吗？

王祖望急忙澄清：这就冤死我啦！德国客户是我朋友引荐的！我本人又花半年时间及大量心血，拉人情、套近乎、送礼等，建立起亲密关系，赢得对方信任。换言之，靠我人格魅力……

没有佳杰你魅力个屁！陈可元痛爆粗口，打断王祖望的话，一针见血挑明：你王祖望身为佳杰五金的高级雇员，拿着公司高薪，享受公司为你支付的高额学费，所做工作理应代表公司，岂是你个人行为！所有的时间成本公司均有份，包括送礼在内的花费总计70余万元亦由公司支出，你从自己腰包掏过一分钱吗？

王祖望想不到一个花枝招展的妙龄女孩，竟当面爆粗口，强势压人！原本以为方杰财大气粗，对丢失某个客户某个订单不会太在意，孰料陈家二代中杀出来的这员女将，揪住他不放。他垂着脑袋，嘴上支支吾吾，口气软下来：佳杰对我有恩，这我承认，但我也为佳杰付出了14年的青春年华。

陈可元连发四问：付青春年华不是你自愿的？你来也好走也罢不是你自己选择的？腿长你身上归别人使唤？谁稀罕你绑你？

王祖望：我的意思是，我付出青春年华也算对得起方杰。

陈可元：你付青春年华？企业不是同样付出成长岁月？

王祖望心情复杂，不吭声儿了。

陈可元又说：你给我好的创意，我给你好的薪水，这就是我们的关系，所谓劳资关系，也是我们关系的本质。没有这个，咱们还有什么相干呢？各在各的人生轨道上运行而已。那我们的关系就很宏观了，与普罗大众一样，并行不悖和谐社会。

王祖望忽然有点儿烦。陈可元跟她哥哥陈可铭一样，喜欢围着劳资关系喋喋不休，而王祖望正是不满足于拿工资，他想的是"全员持股，人人是股东"，说白了就是赚钱大家分。正是这个富有感召力的企业理念，帮助他拉起了创业团队。他后来又进一步提出"做合伙人，不做打工仔"，成功地将樊老靓、黄匠军师徒"收编"。但与眼前这个陈老板根本不在一个频道上，话哪说得拢？

陈可元：别忘了，辞职前一天你也还是佳杰五金的员工！无论你摇身怎么变，这一点都抹不去。

王祖望被噎得不知说什么好，耷拉着脑袋，缄默了好一会儿。

陈可元不依不饶，继续甩重话：人家与你交往，看在你是佳杰五金代理人的份儿上，否则会把订单交给你吗？你有工厂吗？充其量一个皮包公司而已，皮条客而已。

王祖望解释：接订单的不是我，是我朋友。

陈可元：你朋友？李鹂是吧？你们狼狈为奸，不择手段，假佳杰之名把订单抢走，以为神不知鬼不觉。事实上我告诉你，那订单她李鹂能不能拿得稳，还另当别论。

王祖望听了这话很震惊，又很生气，什么狼狈为奸不择手段？他们把李鹂也瞄上了？这手伸得太长了！但他不敢与陈可元对视，更不敢在自己羽翼未丰之际跟她叫板，眼下这口气他强迫自己忍了：陈老板，做生意就是做生意，讲究和气生财哦！请你体恤一下我们打工的！我们也是人，也要生存。

陈可元扭过脸去，背朝王祖望：你以拉皮条为生，我无权干涉，但德国方面的订单不是你的，是方杰的，你无权处置。

王祖望：那个巨单不是给我的，是给境外某联合体的，王鹂精密是很小一个分支……王祖望猛然缄默，咽口唾沫，把已经涌到喉咙口的"王鹂精密只是分包其中一个重要零部件"这句话死死压了下去——商业机密！万不可泄露。

陈可元尖锐：总归王鹂精密有份儿，对吧？你那一份是方杰的！

王祖望心情复杂。此前谈妥的输出是工艺加劳务，现在对方要求输出工艺、劳务加样品，这就等于王祖望团队必须携带合格样品才能赴卡塔尔参与项目。若在方杰，"样品"这碟小菜不足挂齿，但脱离方杰就另当别论了。这种现实困境他当然不肯向陈可元透露半分，只想把一味追单的陈可元应付过去。

陈可元见王祖望无话可说，转过脸来，进一步刺他：明人不做暗事。你好歹在佳杰多年，知道广德是方杰的头号竞争对手，为什么还明里暗里向其投怀送抱？你什么意思？

王祖望硬着头皮，嗫嚅着说：对不起！我不明白你说什么。王鹣精密虽小，却凭本事吃饭，何曾向谁投怀送抱。真实情况是客户对产品品质要求极端苛刻，未来选择与谁合作，只能看谁的产品达标，无论方杰还是广德……

陈可元一听王祖望将方杰和广德相提并论，气不打一处来：你还装可怜、装无辜？你端着佳杰碗里的，瞅着广德锅里的，吃里扒外，算你狠！但你想过后果吗？

王祖望惴惴不安，使劲儿摇头，意思是没想过后果，不希望有不良后果。他嗓音小下来，蚊子哼唧般自我辩白：人在江湖，身不由己。我若对老东家有怠慢处，决非有意为之。

陈可元勃然大怒，手指王祖望，话像鞭子：怠慢？你何止怠慢啊？你忘恩负义，是佳杰的罪人！是江湖首恶！

这话说得！王祖望心中愤懑，垂头黑脸不吱声儿。

陈可元：你自己要走也罢，为何把技术骨干都拐走？

王祖望分辨：他们自有金刚钻，到哪儿都不愁揽瓷器活，即使不跟我走，也可能跟别人走，这在任何企业都是寻常事，怎能怪罪于我？老话说人往高处走……

陈可元鄙夷：你是高处？哪点高？高多少？

谅他王祖望没法儿回答，陈可元接着补刀：你弱爆了好不好？碾压你不是小菜一碟吗？你分分钟可被人掐死、踩死。

话越说越狠！王祖望心情阴郁，感觉受不了，心说陈可元果然不是陈可铭，不好对付，软硬不吃，唬她求她都没鸟用！再也懒得多看她一眼。算了，好男不跟女斗！他安慰自己。

陈可元觉得达到了一物降一物的目的，有意将口气缓和了些，但她撂下的话仍咄咄逼人，足够让王祖望肉跳心惊：境外客户订单的分包部分，你要么还给佳杰，要么与佳杰合作，这是我给你的两条路。总之不可独吞，更不可经你手与广德扯上干系。你今天必须发誓，发毒誓！

方杰集团与广德集团作为河埔市两大竞争对手，多年来势如水火，最了解这个情况的莫过于王祖望。为求自保，不使王鹣精密沦为两大集团恶斗的牺牲品，他唯唯诺诺，不断点头。

陈可元一针见血：你现在手持巨额订单，与过去不同了，投奔广德的可能性随时存在！假如你助纣为虐，那就走着瞧了！方杰将诉诸法律，状告王鹣精密以不正当手段窃取方杰技术和订单，同时申请财产保全，你首先会遭到冻结。你的新公司刚成立即陷入诉讼，不可能进入生产过程，该官司足可打到订单逾期，叫你人财两空。我并不想说，有我佳杰在，你王祖望立锥之地堪虞，我只想说，一个背叛佳杰的人，不会受到佳杰善待！

王祖望态度彻底软下来，掏心掏肺：万望陈小姐见谅！不不不，万望陈可元老板网开一面。我们几兄弟只是想自己做，摆脱打工仔身份而已，别无邪念。方杰是行业巨头，是我们心里永远的母公司，我们多年来仗其势、沾其光。我的团队尤其我本人，对方杰始终感恩，即使独立出来，对母公司仍有很强的业务依赖，不会与老东家方杰抢单。

陈可元心情恶劣：感恩个屁！口是心非。

王祖望言之凿凿：陈老板，以后万一用得着，叫我们打下手，您吱一声，我们二话不说招之即来，愿效犬马之劳。

陈可元暗自"呸"了一声，心说我信你个鬼！以后用得着？我现在用得着，你不是卷铺盖跑路了吗？招呼都不打，挟公司重要技术骨干陪你"叛逃"，陷公司于危难之中，这笔账还没清算呢！她按捺住脾气，连声假笑：公司不是一直在重用你吗？

王祖望索性敞开心扉坦言：我个新生小微企业，老老实实守在自身技术这个细分领域，即自己的一亩三分田，做自身擅长的零部件制造。眼前这个境外大单，我们充其量只是有份儿，客户青睐和选择我们，我们没理由拒绝而已。断不敢挟单搭上广德，与广德楚河汉界拎不清。万望陈老板高抬贵手！

陈可元板着脸，耷拉着眼，看也不看王祖望。

王祖望哑巴好一阵，调整思路，为避免矛盾不可调和，他自我诅咒，发下毒誓：我与广德素无干系！无论过去、现在还是将来皆如此！我王祖望若投奔广德，天打雷劈不得好死……

陈可元未加理会，扭头走了出去。其实，她一晚上等的就是这个毒誓。何青黛幽灵般闪现在门口，接应陈可元，同时冲王祖望撂下一句重话：你不投奔广德，不拿境外大单与广德做交易，那就既往不咎！诚如你说，方杰与你两讫！

一名随行保安置身隐秘处，用望远镜对准6号别墅门窗观察动静，分分秒秒不曾错过，在陈可元身影从房内飘出的一刹那，立即打出手势，"白虎"即时发动，三名剽悍男子从远处飞奔而至，簇拥陈可元，登上"白虎"和另一辆车，绝尘而去。

王祖望幡然醒悟，自己与佳杰掰得太狠、崩得太彻底了！简直结下深仇大恨了！这决不是他本意。他想的是为自己和几个兄弟找出路、奔前程，没想过以开罪方杰为代价啊！

4

清晨5点，美国旧金山，袁仁贵就读学校的住宿之处。

天未亮，袁仁贵被一阵急促的手机铃声惊醒。他睡眼惺忪，眼睛半天睁不开，胡乱伸手抓过手机，一看是老爸打来的，他猛地掀开被子，坐了起来：爸，怎么了？

袁若德语气四平八稳：阿贵，秦博士来电话，同意合作。

什么？同意合作？袁仁贵条件反射般咋呼，他没睡醒，但脑子反应快，两眼忽睁老大，惊喜若狂，手捂手机使劲儿压低嗓音：爸，您……您说什么？同意了？真同意了？

袁若德：你准备一下吧，7点赶到红瓦尖顶中餐馆。我从公寓这边出发，也是7点赶到。那个酒，你换大容量装呗！

袁仁贵一掀被子跳下床：OK！

双方第三次在红瓦尖顶小餐馆见面。袁若德和儿子袁仁贵先到一步，秦荣荑与莫如师随后赶到。没有过多寒暄，双方正式签约。

时钟指向8点，签约顺利完成。四个人不约而同站了起来，袁若德与秦荣荑、袁仁贵与莫如师，四双手紧紧握在一起。

袁若德：多谢秦博士！屈尊广德，扛科技大旗，广德以你为荣！这下好了，我们广德必将获得无可争辩的人才和技术优势。

秦荣荑脸上露出难得的笑容：多谢袁董！我们这份合同，袁董和广德集团付出了极大诚意，情透纸背。

仿佛完成一项重大仪式，双方都轻松下来。秦荣荑卷起合同急欲离去，袁仁贵张臂拦截：咦，来餐馆不就餐呀？

秦荣荑茫然摇头：没……没这计划呀！

袁若德笑容和煦：秦博士，我猜你们通宵未眠，没错吧？咱趁便小酌一下，一来稍事休息，二来聊表庆贺，好不好？

莫如师揉揉眼睛：可不，一晚没睡。他转身面对秦荣荑，小声儿说：秦哥，反正回去也得找吃的，就地解决算了。

袁仁贵扭脸儿冲服务台大喊一声：服务员，拿酒杯来！然后变戏法似的掏出一瓶大容量（1000毫升）茅台酒，一脸喜气：秦哥，总量控制，仅此一瓶，喝完就撤，决不占用您太多时间！

袁若德打圆场：仅此一瓶！仅此一瓶！

秦荣荑会心而笑：旧金山的茅台，敢情都藏到你那儿去啦！

四人互相谦让着，重新坐下来。

几杯酒下肚，袁若德聊起以前缺技术，受制于人，吃了很多暗亏，一肚子苦水，神情很是羞赧：不瞒你说秦博士，像我们这样的民企，都有一部野蛮生长"野史"。我们民企的成长史就是一部任人宰割史，以及石头缝儿里的挣扎史，一把血泪呀！

袁仁贵抢着说：这也没办法！一个不掌握核心技术的经济体，就是小羔羊，不宰割你宰割谁呀。

秦茱萸和莫如师都点头，表示理解。

袁仁贵：我爸那代人，以及他麾下的企业，就是长期在全球产业链低端赚取微薄血汗钱的中国制造业的小小缩影。我爸很不甘心，近十多年来一直在谋求转型升级、提质增效。

秦茱萸深深点头，眯缝着眼睛与袁若德对视。

袁若德推心置腹：一直以来，广德始终在实施"价值重塑战略"，进入新世纪，更是将其确立为未来30年的战略方向。因为创业本身是条不归路，创业者一辈子都在创业路上。二次创业门槛更高，风险更大，要看得更准，追得更急。

秦茱萸深以为然，感觉很投机，听得越发认真了。

袁若德看向窗外：与20年前相比，毕竟不可同日而语啦！当下，广德不仅要整合旗下企业的资源和有生力量，赋能德立技术，而且把公司总部（一年前启用）最好的楼宇腾了出来，做研发中心，可设多个试验室。这一块，就由秦博士你领衔了！

秦茱萸笑道：袁老板这是剑走偏锋啊！

袁仁贵给各人斟上酒，咧嘴笑道：咱喝个"一家亲"！干杯！

袁若德：我们对曲解博士的专业造诣早已了然于胸，感佩之至！这次来美没有机会见到她，非常遗憾。但我郑重宣布，广德将为曲解博士专设"首席科学家"之职，虚位以待。

秦茱萸咧开嘴傻笑：那好，我这里就"买一送一"啦！

袁仁贵多喝了几杯，面红耳赤，也不知他到底胜不胜酒力，就听见他添油加醋瞎咋呼：秦博士，作为正式合同的补充，咱们的口头协议也正式达成啦！内容极为丰富，条件极为友好。从现在起，广德即进入臂膀张开、望眼欲穿状态，掰着手指数日子，等待曲解博士踏上河埔土地那一天。届时，别搞接风洗尘了，直接举办一场盛大的成亲拜堂酒会好了！

袁若德大为赞同，带头鼓掌，莫如师跟着鼓起掌来。

秦茱萸双颊泛起红晕：敢问袁老板，任何企业都有自己的生存法则。像您这样资历不深、规模不大、实力谈不上雄厚的私企，想改弦更辙走高技术之路，难度系数不小。高技术谁都需要，却不是谁都敢碰。老弟我绝无他意，谨望袁兄小心驶得万年船。

袁若德：多谢秦博士良言！我会谨慎驾驶。

此前，秦茱萸开出200万美金价码，是有点小私心的，那就是吓阻袁若德，让他知难而退，不要再纠缠、再枉费心机了。除了浪费时间精力财力，别无所获，何必呢？大家就此散了，互不伤害，互不拖累，依原来路径各自奔忙，这才是两利选择。

孰料，200万（美金）这个数字并没有惊到袁若德，他表情恬淡。他或许并不认为秦茱萸是"狮子大开口"，当然也不会认为此数合情合理。他怎么想，无人知晓。这时听见他巧妙地转移话题：秦博士学养深厚，善意深厚，老兄我非常敬佩！

秦茱萸：袁老板这趟美国行，砸下重金，回去怕要勒紧裤腰带了……

袁若德笑着摇摇头：不用。嘿嘿，没到那个份儿。

莫如师忍不住抢着打趣：区区200万美金，在袁老板那里不过九牛一毛。

秦茱萸不无尴尬，心里却觉踏实，嘴上调侃：哦，这么说，我有眼不识袁大泰山！井底之蛙！井底之蛙……

袁若德：向智能方向投资，一定能形成技术财富。

秦茱萸面色刻板：理论上是这样。实际上呢，不是我泼冷水，很多技术并非一蹴而就，尤其高技术，研发周期长，可能连续几年都没有利润，企业往往耗不起。

袁仁贵：是啊，很多企业死在黎明前，就是这个原因。

袁若德沉吟片刻，神色自若：我们广德没有这个问题。但我想知道，技术研发可不可以递进式，成功一点应用一点？

当然可以！秦茱萸脱口而出，态度振奋，眼睛放光。

袁仁贵来劲儿了：合作成立，酒由小弟我包啦，清一色茅台！

秦茱萸口头答允两个月内回国（此内容合同中未列明），直奔河埔市，与民营企业广德集团建立合伙人关系，以灵活方式共同创业。双方均很慎重，签署了《事业合伙人战略生态构建框架》及其附则。秦茱萸的五名高级助手中有三人愿意追随秦茱萸回国，他们是软件工程师（均具博士学位）莫如师、牛仔酷、甘果。由于这三人同样有自己的助手，因此以秦茱萸为首的回国团队总人数有小20人。

5

下午，翡翠巷6号，广德集团总部袁甲芳办公室。

袁甲芳正埋头看账，有人敲门，她一句"请进"话音未落，袁仁美已走进来：芳姑，您找我？

袁甲芳抬头：哦，阿美！快坐。

袁仁美不大情愿地在袁甲芳办公桌对面坐下来。

袁甲芳口气亲切：最近感觉怎么样（指其有孕在身）？

袁仁美低头自视，十分矜持：还好。

袁甲芳直奔主题：阿美，毛织厂有4200万元去向不明。

袁仁美猛地抬起头来：哦，您是说货款吧？前段时间他们因合同被海关查扣，导致资金周转不灵，现已妥善解决。

袁甲芳顿了顿，口齿格外清晰：我说的不是货款。那批货款不是你给填平了吗？我指的是另外4200万元，去向不明。

惊愕之下，袁仁美睁大了眼睛，直视袁甲芳：什么？

袁甲芳尽量使语气平静：集团财务经多方审核，初步确认毛织厂近期有漏洞的资金好几笔，总额在8000万元左右。

袁仁美极度震惊，脸色骤变。这个过程很短，几乎只是一刹那，她很快恢复冷静，语气针锋相对：芳姑，眼下既不是年中，也不是岁尾，连季度财报都没到点，为何突击审核毛织厂财务？

袁甲芳：集团回笼资金，进行集中调配，用以支持德强机械厂技改项目，这是袁董亲自部署和交代的。别的厂均已落实，唯独毛织厂，不但无资金可调，且自身头寸紧张。此前毛织厂从未出现过这种情况，我也是头回遇到。你觉得这正常吗？

袁仁美：毛织厂最近出了点状况，有客观原因在里面，我还没来得及向袁董汇报。服装厂也一样啊，连续两个季度订单骤减，市场有变化，一些新情况需要综合评估及考量。您向各厂抽水（意指向各厂抽调资金）我不反对，但财务审核可以往后推推嘛。

袁甲芳口气缓和：行吧，我叫人收手。阿美，有些情况我只是先跟你通个气，并非要追究什么，你不要误解啊！当然，最迟半年财报之前，要弄个清爽，每笔账都要厘清，不可含糊。

袁仁美胡乱点点头，心情复杂。她知道袁甲芳一向绵里藏针，寸步不让，跟这人没什么好说的。这时手机骤响，对方是曹东风，说话嗓门儿大、语气冲：美姐，丁紫岚要辞职，怎么劝都不听！不知她抽了什么风，也不告诉她姐……

丁紫岚？袁仁美从椅子上站起来，冲袁甲芳点点头，意思是自己告辞，接着蹙眉往外走，本想问问丁紫岚为何辞职，后觉多余，转而直接问曹东风：你意如何？

曹东风说话带气：我的意见是辞就辞！放她走！

袁仁美：没办法留吗？

曹东风：硬留也能留，不是有合同嘛！但她人留心跑，整天闹别扭，就会影响别人，弄得大家都不安心。这事没必要拖，以后但凡要走人，一律立马放！她没心干，我也没心叫她干。

挂掉电话，袁仁美的心情一时间雪上加霜。

6

中午，深圳罗湖区群英路99号。

从河埔市驱车到深圳市罗湖区，40来分钟。

这是位于深圳罗湖区闹市中的一间小阁楼，背阳，大白天的光线不太明亮。因事先已电话联系，社长钱万迎在门前。

隔着车窗玻璃，陈可元秒瞥钱万一眼，忽觉诧异，又瞥去第二眼。但见此人长得五官周正，身材匀称，高高挑挑，精精瘦瘦。想象中的"猎头""侦探"类人物，似应个头不高，贼眉鼠眼，带点儿萎靡……然而，钱万仪表堂堂，腰杆笔直。

钱万面带笑容，殷勤招呼：欢迎大驾光临！

何青黛：我们找钱万社长……钱万点头哈腰：鄙人正是。

何青黛惊讶：哦，你就是钱万？

钱万：你是何青黛何小姐？咱们在电话里已经很熟啦！

何青黛手指陈可元：这是佳杰五金陈老板，电话里说过。

钱万急忙从随身携带的黑色皮包中拿出自己的名片，两手捧着，分别递给陈可元、何青黛，字正腔圆地自报家门：钱万。

陈可元扫视名片，但见"资深猎头"几个硕大黑体字映入眼帘，倒把"钱万——万能猎服务社社长"这个名字和头衔淹没在名片首尾印着的公司名称及联系电话之中。

何青黛飞快地往屋里瞟了一眼，面带职业性笑容：钱社长，你不会告诉我，原来你是光杆司令，社长社员由你一身兼呀？

钱万非常谦恭：正是。做猎头，单打独斗，不需人多。

陈可元与何青黛互看一眼，不无失望。原以为是个正牌公司，谁知是这种野路子的！门口没有挂牌，也没有宽敞点的办公室。

钱万把客人让进屋里：请坐请坐！请问二位美女喝点什么？

陈可元语气傲慢：我们时间不多，只有20分钟。

钱万：时间就是金钱，这是深圳名言。陈老板限时20分钟，我是理解的，但谈生意还是要坐下来。

陈可元、何青黛勉强在一张看着还算干净的沙发上落座。

何青黛：上次合作（指钱万成功捕捉到王祖望行踪）感觉还不错。今天我陪老板上门，一来表达谢意，二来探寻一下还有没有其他合作机会。钱社长可介绍一下贵社业务范围。

钱万目光睿智：在"猎"人方面，我社万能。

陈可元下意识地与何青黛交换眼色，两人心里同时犯了鄙夷：为赚点可怜的钱，这家伙大言不惭，牛皮吹破天。

陈可元心说既然来了，与这种不靠谱的家伙周旋也不是坏事，至少洞穿他有哪些伎俩。她态度矜持：钱社长，机械制造业高端人才相对稀缺，我们寄望于贵公司的专业网络和渠道能够奏效。你也不必客套，直接谈价就好。但我有言在先，若搞滥竽充数须加倍赔偿。

钱万：陈老板，这个你绝对放心。有句话叫"贵买贵卖"，我们为贵公司物色高端人才可谓精挑细选，优中择优，千里万里挑一。我可以保证，佳杰花多大价钱，均物有所值。

陈可元：我不知道你对佳杰五金是否了解、了解多少。

钱万口若悬河：佳杰五金厂，河埔市五金机械行业龙头，产品范围涉及电镀冲压五金模具、电容制造、新能源、自动化设备等多个领域。其中注塑车间是后期建成的全自动化车间，无作业员，由流水线流入加工区统一包装。专业水平一流。2001年被评为国家级高新技术企业。

陈可元闻言惊诧，心说如今猎头成了精！眼前这小子比佳杰人还了解佳杰！她好奇地问：你们猎头公司有侦探业务？

钱万：当然啦！不侦不探怎么猎呢？

陈可元整理思绪，端起大公司派头：诚如你刚才所说，以佳杰五金之名声地位，即使坐等，人才也会慕名而至。当前我们主动出击，明夺暗抢齐上，是为了对人才实施"精准打劫"，不管人在何方，都可引来为我所用。价钱好商量。

钱万同样大肆摆谱：真正的人才是极其抢手的。陈老板想必知道，"人才饥渴症"是社会现象，本市一些无名之辈，我指的是大量中小型企业，为找人才到处"挖墙脚"，不惜与人结怨，那才叫不吝血本呢。所以，抢夺人才并非大集团、大公司专属，有时甚至得放下身段，与小公司抢人，还不一定能抢到。

屋里很安静，仿佛这个狭小空间只够钱万一人唱独角戏。

钱万继续摆谱：如果你们是真心揽才，真心用才，而不是做样子的，不是充门面的，不是随大流人云亦云的，不是可有可无的，而且肯出钱，我倒可以帮到你们。

屋里仍很安静，陈可元掐准钱万有一肚子料水，会倾力游说，不会挤牙膏似的说一半留一半——揽生意不靠嘴皮子吗？

钱万果然竹筒倒豆子，抑扬顿挫，不管对方爱不爱听：肯出钱和不肯出钱，是基于价值认知不同。真正的人才是千金难求的。尽管在人才招聘方面有个市场价，有个公约数，但还是因人而异，因才而异，"一刀切"的思维方式招不到优秀人才。人才市场不是菜市场，容不得斤斤计较、讨价还价。

陈可元站起来，准备离开。何青黛紧跟着站起来，向钱万点头告辞。钱万反应快：这样吧，两位美女，你们既然大老远跑来一趟，我也不想让你们白跑，浪费你们的宝贵时间。

钱万说着话霍地站起，笔挺的身板显得居高临下：你们运气好，今天赶巧了。深圳这边有两场招聘会，你们有兴趣的话，我可以安排。当然，你们是后插进来的，收费比较高。

陈可元伫足，眼睛看向门外：什么招聘会？

钱万：今天下午4点，罗湖区有个面试会，应聘者总共20来位，清一色行业顶流，参会企业近百家。今晚8点，福田区有个"智能制造技术论坛"，参会企业需买门票。这实际上也是招聘会，每张门票可获取12份高端人才应聘材料。

何青黛盯着钱万：你们是猎头公司还是中介公司？

钱万：两者性质上没更多分别，业务上有交叉，我们都做。

陈可元转身：罗湖区面试会谁举办的？

钱万：深圳市人才协会牵头，联合本市两家综合性龙头企业及罗湖区政府有关部门，共同举办。

陈可元眼神犀利：你这信息从哪里来？

钱万诡谲一笑：嘿嘿，我做这行，当然有广阔"线人"啦！

陈可元：你的"线人"广阔到涵盖政府相关部门？

钱万不笑了，一本正经：当然。那里又不是禁区。

陈可元瞥何青黛一眼，意思是拿钱。

何青黛立即从手提包里掏钱夹，一边斜眼睨视钱万：多少？

7

晚上，齐贤路内街16号，袁仁美家。

梁仁良晚饭在外应酬，很晚才回家。

他走进卧室，见妻子袁仁美静静地躺在床上，似乎已经熟睡，便一头钻进洗手间洗漱，尔后轻手轻脚爬上床。正待关灯，忽听妻子说：装成若无其事的样子，何必呢？

梁仁良吓一跳，察看一下背朝自己躺着的妻子，确认那怪腔怪调是她发出的：哟，没睡呀？跟我说话呢还是梦游呢？

袁仁美依然躺着一动不动：你瞒着我到底干了多少好事？

梁仁良嬉皮笑脸：我干的好事多啦，你指哪一件？

袁仁美纠结许久，再也憋不住，决定与丈夫摊牌：你挪用资金干吗瞒我？你不知道集团有规定么？动用一千万元以上要经过我这个副董事长批准，动用两千万元以上要经过董事长，也就是我爸批准。你既不经批准也不报备，擅作主张，真够胆呀！

梁仁良释然，原来是为这事儿。其实他早有防备，关键时候可拿表哥蓝君做挡箭牌。他口气轻飘地说：哎呀，为朋友公司做个担保，这有什么可瞒的？它又不是鱼翅，我悄悄吞进肚里。

袁仁美身体蠕动，梁仁良眼疾手快，帮助妻子翻身，使她不太费力地转过身来。她逼视丈夫：朋友公司？哪个朋友？

梁仁良：普通朋友。你别大惊小怪啊，谁没个朋友！

袁仁美口气严厉：我有权知道这朋友是谁，你给我说清楚。

梁仁良蹙起眉头，颇不情愿：表哥的朋友呗，还能是谁。

蓝君？袁仁美惊讶道：怎么，他从新加坡来河埔市了？

梁仁良：没有，他在河埔市注册成立了一家金融公司。

袁仁美更惊讶了：他在河埔市有公司？我怎么不知道？

梁仁良胡乱应付：我也是前不久才知道的。正应了老话，万事开头难嘛。他要不是遇到难处，也不会急着找我，对不？

袁仁美很敏感，也很尖锐：他成立公司，你拿资金做什么？

梁仁良：他做网上金融，又是异地公司，需要有人担保。

袁仁美不那么好蒙，她毫不客气地揭穿：什么担保！你是不是拿去参股了？要么拿去放贷了？

梁仁良只好坦白：嗯，这是一笔过桥贷款，以25天为期限。

袁仁美紧急追问：现在过去几天了？

梁仁良嬉皮笑脸：哎呀就剩五天了，五天后资金全部回笼。就这点事，干吗跟你说？你不怕操心受累，我还替你怕呢！

袁仁美板起脸：你不经过我，没有这个权限！

梁仁良不高兴了，仿佛受到天大冤屈：你提拔代紫萱当副厂长，不是也没经过我吗？你弄个反对我的人到我身边、当我副手，这几个意思呀？我这个厂长在你眼里不就是摆设吗？

袁仁美嘴巴张了张，没说出话来。

梁仁良不依不饶：这事后果严重你知道不？立马就产生误导了！那代紫萱以为她是谁，就像上面有人撑腰，更嚣张了！我这个厂长的话她想听就听，想不听就不听！你老公我，在外面受这种窝囊气，我说过一个"不"字没有？

袁仁美神情冷峻：一码归一码，挪用资金的事先说清楚。

梁仁良不胜其烦：你就跟袁甲芳说是你批准的不完了吗？

袁仁美：你连招呼都不打，芳姑一提这事我当场蒙圈！

梁仁良出溜一下钻进被子里，背对妻子，伸手拉灭台灯，嘴上叽叽歪歪发出怨声：一点小事，半夜三更不得消停！

袁仁美一看，老公是真生气，且气得不轻，没法再跟他掰扯了。她知道他与芳姑一向儿不对付，两人搭话从未超过三句。袁仁美悻悻然，动作笨拙地自己躺好，怎奈睡意全无，两眼大睁。

过了十来分钟，梁仁良突然翻过身来，轻轻地搂住妻子：好了，咱们矛盾不过夜！我信守承诺，何况你怀着我崽。

袁仁美紧绷着脸儿，无动于衷，仍在想着4200万元的事。

梁仁良：老婆，不，老板！我向你赔罪认错！你提拔代紫萱，是从工作需要出发，我不该小肚鸡肠。虽说我确实不看好她，也应顾及身份，宽宏大量，以工作大局为重。

袁仁美仍不理他，也不动，像木头人似的。

梁仁良声线柔和：老婆，不管是厂里的事还是家里的事，你都是对的，你老公我都是错的，惹你生气就是我最大的错！你气坏了身子、气坏了儿子，我自己都无法原谅自己！老婆，你宰相肚里能撑船，船里睡着咱儿子，千万别跟我一般见识……

梁仁良见妻子仍不吭声儿，索性坐起来，隔着被子，手搭妻子腹部，哭腔哭调：儿子啊，你还没出生，老爸就为你忍辱负重……

呸！袁仁美愤然打断老公：篓子是你捅的，你忍个屁的辱啊？屁股是我擦的，你负哪门子重啊？

梁仁良惊喜交集：当然靠你……力挽狂澜啦！

梁仁良趁势继续与儿子对话：儿子啊，要记住，咱家最了不起的是你妈！要是没有你妈，哪有你呀是吧？有你妈罩着，将来你那个前程远大得很哦！老爸我是提不起来的臭豆腐，就别提了。

袁仁美用胳膊撑着身子动了动，梁仁良一看妻子想坐起来，赶紧趋前，搂住她的腰，细心帮她靠床头坐好，前搭被子后塞枕头，自己仍坐回床的中间位置，与妻子呈面对面架势。

袁仁美直视老公：阿良，这不是闹着玩的！你在玩火知道吗？你掉进火坑爬不出来、危在旦夕知道吗？

梁仁良坦诚地迎视老婆：不能这么说。富贵险中求，这是颠扑不破的真理。我承认有风险，但这与一般意义的"玩火"是两码事。我早说过，像我们这样的传统制造业，必须向资本市场进军。

袁仁美拧一下脖子：你不用指望说服我。先说眼前燃眉之急，爸很快就回来了，你捅的这个资金窟窿怎么办？

梁仁良一脸诚恳：阿美，你要相信我！爸是不信任我的，如果你也不信任我，那我还有什么意思啊？

袁仁美：爸怎么不信任你？你不要主观臆测、想入非非！

梁仁良语气更诚恳了：我的意思是，爸对我的能力没有信心，所以我特别想做出成绩给爸看，进而改变集团上下对我的看法。我其实想为爸争光来着，想在广德集团建功立业来着。想到我们的儿子，我浑身都是动力和激情！

袁仁美：阿良，一切要从实际出发！咱是制造业不是金融业，这个你能改变吗？再说你急什么？就算你想试水金融，也来日方长啊。你不跟我商量就把钱划出去，袁甲芳那儿你怎么应付？即使五天内回款，那20天的空档期也会被追究和处罚。你动不动手拍胸脯说价值才华什么的，除了让人笑掉大牙，什么好也落不下。

梁仁良沉默一阵，脸色严肃，一字一顿：阿美，我错了！错在没跟你打招呼。我私心作怪，不忍心看着你这般劳心劳力。

袁仁美毫不领情：行了少来！你让我省心了吗？

梁仁良表态，斩钉截铁：我明早给蓝君打电话，叫他缩减两天，三天之内把款打回来。说到这儿，梁仁良语调转为兴奋：不管五天还是三天，反正25万至30万元我们赚到手了！

袁仁美一本正经：有些钱，是不可以赚的。

梁仁良：此言差矣！世上哪有不可以赚的钱？是钱都可以赚。

袁仁美吁一口气，不无疲惫地闭上眼睛。她本想劝说丈夫以后不要随便挪用毛织厂款项，免得做顺手了，想收都收不住！后又念及他确实偶尔为之，再说此事牵涉到蓝君，也就作罢。

梁仁良顺势爬到床头，把妻子搂在怀里，在她耳边喃喃细语：阿美，你情绪不佳，神情萎靡，这模样儿让我看着心疼。人家女人有身孕都不干活了，你呢？一天也没歇过！你很需要安心养胎，不能过劳过累伤了胎气。一切有我呢，啊？你不用担心。

8

中午12点，深圳罗湖区群英路99号。

陈可元彻底收住脚步，掉头回到刚才的椅子上，重新坐下。

何青黛知道陈可元有新的想法，立即跟着回头坐下。

钱万愣了一秒，随后喜出望外，屁颠屁颠地转身走到桌前，抓起桌上茶具准备泡茶，动作娴熟。

陈可元抬腕看看表，冲钱万摆手，意思是不用泡茶。

钱万指着消毒柜信誓旦旦：你看陈老板，我这儿的茶杯都是直接从消毒柜拿的，另外一次性的茶杯也有，放心用。

何青黛：不用不用！我们车里有水。你坐下谈事吧。

钱万停手，规规矩矩坐下来，像等待什么重大宣布似的。

陈可元：钱社长，12点半了，你叫三份盒饭吧。

钱万腾地站起来：好哇好哇！两位美女想吃什么？马路对面有家店，罗湖区最著名的鸽庄，我做东……

陈可元有些不耐烦：快餐盒饭！听得懂吧？

何青黛帮腔：什么鸽庄不鸽庄的，你打电话叫盒饭就行。

好好好！钱万拿起手机，到门口叫盒饭去了。

何青黛朝陈可元挤眉弄眼：这家伙，不算太讨厌。

陈可元回之以耳语：讨厌不讨厌，要看事成事不成。

钱万兴冲冲回到屋里：盒饭十分钟送到。

坐吧！钱社长。陈可元惯性地招呼一声，说完她自己禁不住哑笑，怎么搞成喧宾夺主了，这是人家的地盘。

钱万又规规矩矩坐下来，不卑不亢，看上去蛮有修养的样子，坐是坐，站是站，举止不含糊。

何青黛将桌上一个红包推到钱万面前：钱社长，这里面是2000元，我老板给你的手信，一点小心意。还望日后能够合作。若你帮我们揽到所需人才，必有重酬。

钱万：当然，我不会辜负你们的信任。

陈可元：钱社长，萍水相逢，信任谈不上。看在首次合作还算顺利的份儿上，我愿意在你这儿赌一把，给你下单。当然，我不知道你的"万能猎"到底有没有高端人才资源、人才信息。我们是工厂，对人才要求很苛刻，因为都要在一线干活，掺不得半点儿水分，更不能是水货。

何青黛：你最好给我们透个底，你手头究竟有哪个层次的人才？你的人才信息准确度有多高？如果你手头没有合适的人才资源，别瞒我们，我们也不难为你，看菜下单就行。

钱万：我手头的人才资源是顶级的，信不信由你。还是我刚才那句话，你们找到我"万能猎"，是你们运气好。

盒饭送过来了，三个人一人一份，各吃各的。

陈可元："万能猎"门面不大，胃口大，海口大，领教了！

钱万很绅士地笑了：干猎头这行，不靠夸海口吃饭。凭借靠谱的信息渠道，顶级稀缺的人才资源，"万能猎"深藏陋巷难掩光芒，总有天南地北的客户慕名而来，满意而归。

何青黛"扑哧"一下笑得喷饭：光芒？听上去够酸。

陈可元：钱社长，能否从下午参加面试会的20来位应聘者中，择优引荐一两个，我们搞定向面试。

钱万脱口而出：正好有几个海龟（归）！清一色男性，仅从履历看，专业造诣深厚，事业成就突出。

陈可元：其中最拔尖的……钱万明白陈可元的意思，迫不及待地抢着说：有个精密机床设计及工艺专家，34岁，北京985高校博士毕业生，此前在英国某机构做博士后研究，为本次应聘专程回国。他是20来位应聘者中最拔尖的，非常抢手，据我所知五六家大公司都瞄上了他，他的个人信息两天前才刚刚披露一小部分。

何青黛：叫什么名？

钱万：周佛礼。周到的周，佛教的佛，礼节的礼。

何青黛：具体学的什么专业？

钱万：本科是机电工程与自动化专业，硕博专业我没记住。

何青黛：你给他们发地址，叫他们立刻来你这儿面试。

钱万眨眨眼，以为听错了：现在？来我这儿面试？

陈可元：钱社长，面试嘛，不拘一格。如果你能把人请到你这儿来，由我优先面试，立马就能体现你合作的诚意，还能折射"万能猎"的光芒。当然，我不白占这个先机，引荐价按双份（引荐一个人给两个人的钱）给付。你看如何？

钱万迟疑：不过，优先面试……以前没这做法……

何青黛嘴快：以前有过引荐价按双份给付吗？

钱万张口结舌：哦……这个这个……

何青黛：我老板没有亏待你，还会有犒赏。你看着办。

钱万忙不迭地说：那我……我……我与他们联系下看看，不知道……陈可元截断：你去联系吧！我们在这儿等。

钱万拿着手机到门外打电话去了，陈可元与何青黛互看一眼，双双坏笑，笑的是钱万这么精明的人，也有窘迫露怯的时候——事情有些棘手，钓饵相当丰厚，心痒痒得什么都不想丢，利弊权衡，六神无主，偶尔弄出一脸傻相。

钱万在屋外来回踱着步子，勾着脑袋，捂着手机话筒打电话，不知道打了几个。陈可元与何青黛坐在屋里，一会儿窃窃私语，一会儿翻出纸笔填写东西，一会儿竖起耳朵倾听外面动静。半小时过去了，电话还在打，两人不由得嘀咕：这啥迹象？人家应聘者不听钱万的招呼吗？

忽然，钱万疾步闪进屋里，嗓音很冲：OK啦！

钱万坐下来，一脸如释重负的模样儿，咽口吐沫，绘声绘色：陈老板，何小姐，你们运气好！周佛礼现在准备到公交车站，路上不塞的话，赶到我这儿需40到50分钟。

果然，不到一小时，周佛礼满头大汗地赶到"万能猎"。钱万从门口把他迎进屋：我隆重推荐，周佛礼博士，理科大神。

周佛礼中等身材，不胖不瘦，厚厚的眼镜片挡不住一双睿智的眼睛，目光随。真是人如其名，周佛礼生得非常周正，明眼人一看便认定这是大帅哥一枚！他另外还给人一个强烈印象——学富五车的人是啥样儿的？看周佛礼便知道。

在钱万引荐下，陈可元、何青黛热情与周佛礼握手。

陈可元不屑于等待周佛礼介绍自己姓甚名谁，当即拍板聘用，叫周佛礼"明天上班"。

明天？不行不行！周佛礼边说边摇头：我手头仍有些工作要做，有些事情要办，明天恐怕不行。

陈可元直视周佛礼：什么时候行？

周佛礼的眼睛在厚厚的眼镜片下眨了眨：两周就行。

好。陈可元觉得无须多言，一锤定音。

何青黛忍不住扯陈可元袖子，意思是必要的初试、复试不可省略，人家大牌公司仅面试就有七轮，咱得按章出牌。

陈可元轻轻地吐出一个字：免！

何青黛撇嘴，心下嘀咕，仅凭手中资料及一面之缘，元老就以为捕获一员"爱将"？这个姓周的究竟有几把刷子还是未知数！但嘀咕归嘀咕，她动作神速，立马拿出一只硕大厚实的牛皮纸袋，双手捧着，递给周佛礼，脸上端着一副不苟言笑、公事公办的职业表情：周博士，幸会！河埔市佳杰五金制品有限公司欢迎你！工龄从你到工厂报到之日起计算，享受全部福利，你头一个季度（三个月）的薪水，可以自己填。

周佛礼乍一看，那硕大厚实的牛皮纸袋像空的，出于礼貌用双手接过，打开来一看，里面装着两张薄薄的纸片，从中抽出，但见其中一张是印刷精美的Offer（录用函），另一张是空白支票。

何青黛补充：关于薪资，集团财务内定有上限，当然这个不公开。

十分钟不到，面试结束，周佛礼走了。

钱万盯着陈可元愣神儿。他凭本能，知道那支票定有上限，但陈可元这个动作不可谓不豪横！没等他回过神来，何青黛用食指和中指夹着一只厚墩墩的红包杵在他眼前：这是我老板给你的"牵线搭桥费"，你收好。

晚上8点，钱万引路，陈可元与何青黛马不停蹄地赶到深圳福田区文化馆阅览室，买好门票，进入会场，参加"智能制造技术论坛"。该论坛十分私密，现场摆了两圈高档沙发，没有任何文字悬挂，服务员仅一人，负责给人们倒茶。来者均由手机短信联络，招聘和应聘双方端对端。主办方安排的所谓技术论坛，是企业老板、行业大咖与应聘者的深度互动。

这时，工作人员向陈可元派发应聘者材料，共计12份。陈可元认真浏览材料后，感觉有所斩获，当场勾选了四名工程师，其中两名有海外留学背景。他们属于"意向人才"（基本符合条件且本人有意愿），后续还有些考评流程需要跟进，每个环节都有严格的筛选和审核条例。

陈可元与何青黛咬耳朵：不知道这四人在不在现场，今晚我就不跟他们打照面了，这件事以后由你接手。

陈可元起身离场，何青黛和钱万跟着走出来。

陈可元面对钱万：后会有期。说完扭头就走，卷起一股小风。何青黛匆匆往停车场方向追去，还不忘回头冲钱万做鬼脸：碰上我老板，你才运气好！

9

上午，东城区大宝路21号。

尹擎驾车开往东城区大宝路，袁仁美坐在车的后排。

车至大宝路21号，进入地下车库。泊好车，两人乘电梯上22楼，见代紫萱带着几名女工已等在门口。

袁仁美先打招呼：哦，紫萱，你们早就到了？

代紫萱笑着说：美姐，我们也刚到。

说着话，代紫萱与尹擎甜蜜对视，算是打了招呼。

袁仁美拿出钥匙开门，众人跟在她身后进屋。代紫萱等人手脚麻利，分头去开窗透气，接着简单分工，每人负责一摊，开始清理房间。这是一套220平方米的房子，四房四卫，厅很大，双阳台，空调、热水器、洗衣机及厨房设施等，一样不缺。因房子是全新的，搞卫生不费劲儿，稍稍收拾一下就显得清洁亮丽。

袁仁美到各个房间看了看，寻思缺不缺什么。尹擎一直跟着她，不离左右。袁仁美招呼尹擎：走，到对面去看看。

尹擎跟着袁仁美走出屋，尹擎细心地顺手把房门带上了。袁仁美拿出钥匙又打开另一个单元房。这一套面积稍小，150平方米，格局大致相似，装饰也一样。这两套房门对门，共用一个电梯。两人走到南向的大阳台，视线开阔，周边区域（城市中心区一个小角落）的城市风景一览无余。微风习习，感觉舒畅。

袁仁美凭栏伫立，凝视远方：我爸以前多次说，要将大宝路21号的房子作专家公寓。可一直没找到专家，这房也就空着。

尹擎站在袁仁美身后，同样远眺楼群：袁董先知先觉，习惯于早下手。前些年，关于招募人才的事八字还没一撇，他就想到筑巢引凤。美姐你看，装修精美，装备齐全，清一色标配，只需搞搞卫生就可入住。这样好的巢，何愁引不来凤！大神大咖入住是迟早的事呀。袁董在很多事情都很前瞻，不服不行。

袁仁美深有同感：是啊，老爸跟我们不同，我们是走一步看一步，有时连一步都看不好，他是走一步看三步，一步比一步准和稳。前些年工厂扩张，忙得焦头烂额，人人累个贼死，老爸却有闲心跑出去"逛夜市"。记得我妈还跟我数叨过，说你爸这几晚怎么老是踏着点儿出去？以前相对象也没这么准点儿呀！

尹擎掩嘴而笑：常大夫跟我也说过，叫我盯着你爸点。

袁仁美：其实老爸就是约了中介，夜逛房市。几处房子都是那时买的。像大宝路21号，整栋楼买的，价格超级平（广东话：便宜）。

尹擎点头：可不！抄底价！白菜价！袁董能掐会算，现在再也没那个价啦！房子买回后倒是搁置了一段时间，貌似浪费，谁料它随后赶上几波涨价行情呢！回头看，终归巨划算。

袁仁美这时想到，房子挺宽敞，即便不富余，也断不会挤迫，但听老爸后来几次电话中的口气，他引回来的可能不止一两个、两三个人，可能是个团队。多大规模的团队？暂不清楚。她急忙向尹擎求证：你看这房总共能住几个人？

尹擎信口道来：一个加强排。

袁仁美惊讶，回头盯着尹擎：一个加强排是几个人？

尹擎很认真、很专业地回答：常规排30人，加强排35到40人，或在常规排基础上翻一倍。

袁仁美忍不住笑了：骗人吧？一个加强排有那么多人？

尹擎也笑了：没骗你美姐。

10

上午10点半，南城区君子兰高尔夫球会所313房。

约定的时间到了，王祖望手提密码箱，带领团队骨干樊老靓、黄匠军师徒及青年员工夏令（技术员兼驾驶员），一行四人，驱车来到本市南城区君子兰高尔夫球会所313房，与梁仁良会面签约。

一路上，赞成与广德集团合作的樊老靓、黄匠军师徒劝说王祖望，谓之双方合作至少可解燃眉之急，即生产出合格样品。

王祖望头摇得像拨浪鼓：那可不敢！千万不能！说白了，咱王鹣精密不能与广德有任何瓜葛！

樊老靓和黄匠军面面相觑，这什么道理？

王祖望见师徒俩一头雾水，只好如实说明情况：不是我不想与广德合作，是迫于方杰高压。你们不知道他们两家是冤家对头吗？佳杰新任老总陈可元，是个有恃无恐的女恶煞呀！提起她让人不寒而栗，现在惹她就是找死！咱只有一条道，那就是躲得起。另外，与梁仁良是私人联系，也得保密。

王祖望一行与梁仁良先后脚抵达君子兰高尔夫球会所。众人见面寒暄握手，梁仁良笑对樊老靓：久闻大名！

樊老靓客气地点点头，面孔板正，没有开口。

黄匠军笑着接话：梁少大名，在业界如雷贯耳。

梁仁良对这话很受用，笑着自谦：鄙人来河埔时间不长，新晋粤商一枚，有赖本地各位大佬包涵担待，多罩着点儿。

王祖望：彼此彼此！王鹣精密拥有梁总，蓬荜生辉！

黄匠军：梁少真金白银，堪当王鹣精密大任，是我们的靠山啊。

梁仁良笑容满面：承蒙抬举，不胜荣幸！

众人进入313房，打发了服务员，关紧了房门。双方各自带齐相关证照和资料，正式签署了系列文件。梁仁良个人投资60万元，成为王鹈精密组件有限公司原始股东之一。梁仁良因故不便露面，其私人股份由表哥蓝君代持。同时，蓝君授权梁仁良，代表犀利牛基金向王鹈精密做天使轮投资1100万元。

梁仁良对表哥引荐的王祖望团队十分信赖，出于加强沟通增进了解联络感情的想法，他盛邀该团队参访广德旗下的德强五金机械厂，并表明由他本人亲自牵线和安排接待。

站在一边的樊老靓劈头盖脸来了句冷飕飕的话：不必！

梁仁良满腹热情被打压下去，笑容僵在脸上，困惑不已。自己完全出于好意，这伙人怎么不领情呢？他隐约意识到王祖望对广德集团不太感冒，亦无心合作，不知是何道理。

一应手续很快履行完毕，会面签约结束。梁仁良动作潇洒地挥手告辞，王祖望跟着他走到院子里。梁仁良猫腰钻进自己的凯迪拉克越野，在王祖望等人的注目礼中一溜烟儿离去。

送走梁仁良，王祖望返回屋内，细心地将所有文件从头到尾重新过目一遍，收进密码箱锁好。他吐出一口长气，抬头扫视几个人，一字一顿说：钱有了，剩下的，就是开辟革命根据地了！

众人心领神会，冲王祖望点头。

王祖望领着几人出门上车，交代夏令：去大背头小五金街。

夏令打开车载导航，驶出高球会所，掉头赶往郊外。

11

清晨，美国旧金山国际机场。

老爸要回国了。袁仁贵租了辆二手轿车，亲自驾驶，送老爸到旧金山国际机场。不知为什么，袁仁贵这趟车开得比较慢，他想与老爸在车上聊聊，老爸却叫他专心开车。

候机楼内人影幢幢。袁仁贵把时间掐得挺准，刚刚办妥登机牌等一应手续进入候机室，就远远看见登机口已有不少人在排队，快要开闸了。袁若德心情大好，容光焕发。此行美国，和儿子一起实施"定向猎人"终获成功，他感觉很满意，此时更加归心似箭。

父子俩在距闸口不远处站定，依依惜别。

袁若德语重心长：阿贵，从广德目前状况看，成绩单算得上亮丽，但要往深处看，往远处看，则危机四伏，最主要的危机来自掐不准时代脉搏、跟不上时代潮流及缺乏前瞻举措。全球机械制造业的自动化、智能化，正在飞速发展，不可逆转。像咱广德这样的传统制造业，必须顺应这个形势和潮流，重新定义行业先机，重新定义工厂主业。

袁仁贵：爸，您这话说过八百回了，我听得耳朵起茧、倒背如流。但您这么辛苦，让我心里不是滋味。我是真的想早点回去，帮把手也好，您就不必样样操心、事必躬亲了。

袁若德板起面孔：胡说！老老实实给我完成学业！你想想，咱家搞的制造这行当，要不要追逐世界顶尖技术？不追逐也可以，那就等着被人家拥有顶尖技术者吃掉，这是早晚的事。我一贯强调，广德的商业版图不一定要做大，但一定要做强，在做强的基础上做大。如何做强？技术立身，吃技术饭。不说一定要追逐高精尖，但它至少是方向。对技术含量低的产品要果断摒弃，坚决淘汰。

袁仁贵固执己见：爸，新开一家实业公司（指德立技术）不是开玩笑的，不是轻而易举的，您的二次创业只会更加艰巨。我姐又怀孕了，千头万绪您一人顶，我怕您吃不消。再说，我回去不等于不学了，可以边干边学嘛。

袁若德嗓音喑哑，但喝斥儿子的声音很严厉：还胡说！不是任何地方都有一流师资和前沿科技的！你现在身处前沿科技的海洋，要给我好好浸泡！你想"干"是吧？还怕将来没你干的？到时你不干也得把你揪出来干！可是眼下，你必须沉下心来"学"！要饱学！读书要专心，学业要扎实，可不敢三心二意呀！

袁仁贵垂下脑袋，故意不看老爸，其实他是不敢看，因为眼眶中噙满泪水：爸，您已经打拼几十年了，身体过度透支。不信是吧？您对着镜子睄（看）下，头上早染厚霜，花白一片！我不过想帮把手，减轻您一点儿劳累，不等于放弃学业，我可上网课。

袁若德伸手搭在儿子肩膀上，眼神慈爱：不怕！老爸我牛着呢！等你学了技术、长了本事再回来，老爸我就如虎添翼啦！

袁仁贵继续牢骚：你早点生我啊！早五年也好，我岂不早就完成学业，可以和您一起回去做事了……

袁若德用力拍拍儿子肩膀，顺手把他搂近了些，两人肩并肩，脑袋抵脑袋，共同将目光投向候机楼玻璃窗外的空阔辽远：阿贵，按我的设想，你学成后不必急着回来，而是踏踏实实留在这儿。未来，广德将在美国旧金山湾区设立办事处，发展好的话，还将设置一两个分公司。总之，你出来学习，不是蜻蜓点水镀个金，不是拿到文凭学位拍屁股走人，眼光可以放宽放长远。

袁若德顿了顿，接着说：阿贵，现在开始，境外这一摊子由你挑头，你全权负责。换言之，你的岗位在旧金山湾区一带。未来，广德产品闯国际市场，这个活你干。你明白了吗？未来50年要靠你挑大梁啊！你的角色位置注定了你必须从现在起确立接力棒思维，确立百年企业思维。

袁仁贵轻轻点头，青春俊逸的面庞浮现出凝重神色：爸，我明白您的构想、您的布局。

袁若德看看表，时间不早了，佯装笑脸：好了，回去吧！

袁仁贵把行李箱拉杆递给父亲，十分不舍：爸，您多保重！

袁若德进入闸口，返身向儿子，也向旧金山挥手：再见！

12

晚上，广德集团员工宿舍楼代紫萱住房。

代紫萱接到曹东风副厂长电话，惊悉表妹丁紫岚辞职，气愤不已，特意把丁紫岚叫到自己屋里，不顾男友尹擎在座，见面就劈头盖面开骂：紫岚你疯了？为何辞职？你发哪根神经啊？

丁紫岚的脸"唰"地红了。她料到表姐对自己辞职会强烈反对，但当着尹擎（自己未来姐夫）的面，开口就骂，半点情面不留，让她很不适应，慌不择言：我……不想干了呗！

代紫萱声色俱厉：你不想干了？你想吃饭不？

丁紫岚犯倔：换个地方，照样有饭吃。

这话呛得代紫萱气更不打一处来：没服装厂你吃个屁！

尹擎坐不住了，好言相劝：紫萱，别这样说嘛！遇事好好商量，别急呀！紫岚她这么大了，有自己的想法了……

代紫萱手指丁紫岚脑壳：自从我把你带进德来服装厂，厂里亏待过你没有？你心里没数吗？你经海选，从普通员工成为厂业余模特队成员，自此在人堆里露了脸儿。厂长（袁仁美）见你聪明伶俐，身材好，有心栽培你，又拨专款送你去接受专业模特训练，培养你当了业余模特队队长。你咋头脑发热把这些都忘了呢？你咋不感恩、不知足呢？

丁紫岚扭扭捏捏，试图分辩：感恩归感恩。但我这么年轻，哪能满足呀！姐，不管做哪行，都想做到头部，T台走秀的头部就是上海高定。到上海高定周走秀，是我的梦想。人往高处走么，姐你……你还是不理解我。

代紫萱：你还往哪个"高处"啊祖宗？美姐已做安排，下个季度选送两名员工到广州学习服装设计，你是其中之一。美姐特意叮嘱厂办负责人，把你列入专业服装设计师培养名单。

尹擎接着劝：是啊紫岚！你身材超棒，形象好，个性活泼，大家都喜欢你，厂里也重点培养你，你要珍惜！厂里送你学服装设计意味着什么你知道吗？意味着你服装设计、服装模特一身兼，T台走秀穿自己设计的服装，进而对服装有更深刻的理解。这是锦上添花，推你步步上台阶，走"大师"的路哟！

丁紫岚浅浅一笑，态度固执：我文化低，学不了服装设计，当不了什么大师。我知道你们关心我，也知道美姐好意。可是，人家承诺，到省级模特队继续发掘我的才华，助我高定周T台走秀，让我收入翻倍。这机会好难得，多少人挤破脑袋呢！我要放弃的话，会后悔一辈子的。

尹擎也急了：紫岚，你留在厂里，和表姐在一起不好吗？

丁紫岚嘟嘴：人家想到外面闯闯，开阔眼界，见见世面嘛。

代紫萱：有工厂这么好的平台，你长长本事再出去闯啊！

尹擎：美姐和袁董都一贯主张，青年员工要有一技傍身。

丁紫岚秀眉微蹙：姐、擎哥，在工厂做，做到头又能咋地？我这个业余模特不还是在车间当车工吗？天天面对流水线，枯燥郁闷。工资是死的，活计也是死的，想多挣几个钱就得靠加班。有时不想多挣也得加班，因为要赶单，每人有定量，做不完不行。反正横竖是往死里做。要是没别的机会，我也没怨言。现在不是有机会了吗？你们咋就不想放我一马呢？

代紫萱拿出最大耐心，苦口婆心：紫岚，省级模特队到底怎样，你并不清楚，多少人挤破脑袋什么的，你是道听途说！据尹擎查询了解，并没有什么省级模特队，都是临时挂靠，打着省的招牌而已。并且，人家主要不是服装模特，不是T台走秀，而是车模，配合车展的，可一年才有几回车展。

丁紫岚神采飞扬：姐，我们可以参加全国各地的车展！哪儿有车展我们就去哪儿，都是些大城市哦！等于免费饱览祖国大好河山。更重要的是，车模收入是模特儿行业中最高的。等我赚了钱，去上海高定走秀更有资本了！可以年年去。

代紫萱：你鬼迷心窍了，学会钻钱眼儿了！车模大都是临时招聘、临时组合，谈不上专业性，淘汰率高。何况你这么单纯，没见过啥世面，一个人跑到广州大城市，工作没稳定性可言，社情复杂，你应付得了吗？

丁紫岚翻白眼：姐，看你说的！好像离开服装厂就是地狱。

代紫萱又气又急：紫岚，你翅膀还没硬，就这么胆大妄为，这么不听话！你脑子有问题呀？你中了哪门子邪呀？

丁紫岚把脸儿扭向一边：姐，你有男朋友了，你当然不走，可我什么都没有！我为什么不能走？我不要你管！

丁紫岚一门心思辞职，压根不听劝，姐妹俩争执不休。尹擎坐在一旁干着急，拼命向代紫萱使眼色，叫她别发火。

丁紫岚情急之下吐露实情：我就知道你不会同意，但我去意已决。为杜绝夜长梦多，我与对方已正式签约。姐，你不用再为我的事费心了，徒劳无功，我自己的事自己做主就好。

啊？你……代紫萱极为震惊，用手指冲丁紫岚脑壳狠狠戳点一下，气得不知说什么好。尹擎夹在中间挺为难，不知道该劝哪一个，其实哪一个也顾不上搭理他。

正僵持着，代紫萱手机铃响，原来是厂长梁仁良打来的，喑哑的声调透出几许严厉，既不问她在哪儿，也不问她在做什么，只叫她立刻到他办公室去一趟。

代紫萱大觉意外，下意识地看看手表，已是晚上9点10分。这么晚了，厂长亲自打电话召见，怕没什么好事。她与尹擎互看一眼，立即达成默契，尹擎骑摩托车先送代紫萱到毛织厂厂部，回头再送丁紫岚回服装厂宿舍。

13

晚上，庙前街小银翘茶餐厅。

施润驾驶自己的爱车，一辆黑色"亚洲龙"，导航庙前街小银翘茶餐厅，在河埔市南城区繁华街道上疾驶。

正在等红灯，手机铃响，施润瞥一眼手机屏，用蓝牙连接：小元……陈总，我在开车，快到"小银翘"了。

陈可元的声音传出来：好，润姨你慢开。我的意思简单。对樊老靓和黄匠军本人就不追究了，虽然他们没良心。方杰待他们不薄，几次把珍稀的进修培训资源用在他们身上，花了血本。多年来，他们在方杰都是最吃香的人。没有想过报答，反而一夜间翻盘，死心塌地跟王祖望跑！

施润"嗯"了一声，表示听清楚了。她理解陈可元的心情，樊老靓和黄匠军甩手一走，佳杰五金立马面临工艺困境，工艺水平下降了N个档次。一直以来，厂里的顶尖资源都是那师徒俩把控的，他们不干了，厂里重新培养工艺人才没那么快，但机床日夜轰鸣，哪里等得及！这件事任谁都难以接受，施润每想起来，心头怒气也是一蹿一蹿的。

陈可元：润姨，咱要与王祖望掰掰腕子，不能便宜他！利用季黄鹂笼络黄匠军，争取把那对师徒夺回来。好吧？看你的了。

施润刚"嗯"了一声，陈可元又紧急补充道：润姨，即使不为夺回黄匠军，鉴于季黄鹂的广德"董秘"身份，这条人脉也有长期价值。你们今天不用谈太多，每次见面都不用谈太多，点到则止。她本人的态度也不重要（毕竟此前接触不多，哪有好态度呢），咱不在乎一时半会儿，在乎长远。你别怕花钱，要加大资金和感情投资，使关系可持续。辛苦你润姨！挂了。

施润目视前方：明白！小元……陈总，你放心！

"亚洲龙"穿过一个十字路口，施润远远看见小银翘茶餐厅的醒目招牌，这是她最熟悉的地方了。

施润与季黄鹂的姑妈都是小银翘茶餐厅的股东之一。

十多年前，施润与季黄鹂的姑妈曾是河埔市南城区业余美声合唱团的骨干成员，两人相互熟悉。季黄鹂小时候常被姑妈带着参加活动，也就从小认识施润。那时的"润姨"乌发垂鬓，嗓音甜美，是季黄鹂眼里漂亮又和善，特别容易亲近的一个人。

季黄鹂先到的，见施润进屋门，赶紧起身给她让座：润姨！

施润一阵风样卷过来，在季黄鹂对面位置一屁股坐下，笑容妩媚：阿鹂，好久不见！哎哟你又长高了，又长漂亮了！

季黄鹂很羞涩，被施润盯得不好意思，笑着低下头。

施润笑道：阿鹂呀，你可是我看着长大的哟！真是女大十八变。现在出落成大姑娘了，出息了，我真为你高兴！

季黄鹂仰起笑脸：嘿嘿，我在润姨眼里全是好的。

施润：阿鹂，听你姑妈说，黄匠军是你们安徽六安市老乡，你跟他有联系吗？有他最近的消息吗？

季黄鹂笑答：我们是老乡，还是同学呢！呦，他不在方杰吗？您咋问我呀润姨，该我问您才对。

施润脸上的笑容不见了：他已辞职，不在方杰了。

季黄鹂很惊讶：啊？在方杰干得好好的，干吗辞职？

其实，季黄鹂对黄匠军从方杰辞职、追随王祖望成立新公司一事早已知情，只是刻意置身事外，不肯对施润过多透露真实情况而已。这样做并非针对施润，而是习惯性地站在广德立场，对方杰有所防备。施润是方杰的人，自不例外。

眼见季黄鹂一脸茫然的样子，施润不大相信，但她当然不肯放过季黄鹂。为深入了解王祖望的王鹅精密公司情况，尤其是相关的樊老靓、黄匠军师徒情况，季黄鹂这条"人脉"不可或缺。施润和颜悦色：阿鹂，咱边吃边聊，今天点的都是你喜欢吃的哟。

季黄鹂微笑附和：谢谢润姨！

施润：你知道吗阿鹂，你老乡……哦，你同学黄匠军，是远近闻名的技术大牛！工艺大牛！佳杰五金包括润姨，都舍不得他离开，希望劝回他。佳杰张开双臂欢迎他和他师傅回归，待遇将大幅提高。好不好阿鹂？你一定要帮把手。

季黄鹂当然知道这不是小事，她不想惹自己一身腥，摇摇头，委婉地说：润姨，很抱歉！这个忙我恐怕帮不上，就算帮也没把握。您也知道，匠军他是个死心眼儿！什么事都听师傅的，不会听我这个老乡的。能否重回方杰，全凭他师傅樊老靓拿主意。

施润坦率：哦，没关系，这事儿不急，润姨也不勉强你。阿鹂，请你转告黄匠军一句话好不好？佳杰对樊老靓、黄匠军师徒，永远不计前嫌，永远当作自己人；佳杰的大门，永远对他俩敞开！

季黄鹂极其爽快：好的润姨，我一定转告。

施润低头沉吟一阵，抬头凝视季黄鹂，眼神和蔼：阿鹂，不瞒你说，润姨受托代表佳杰，争取黄匠军和他师傅回归，其间免不了与他们保持联系，也就免不了偶然请你出个面，到时你可别嫌麻烦啊！你看行吗？

季黄鹂碍于情面，又想到方杰以优厚条件劝返黄匠军和他的师傅，说明很看得起他们。人家珍视人才、挽留人才而已，不存恶意。再说，这事与广德无关，便热情答应了施润：好的润姨。

14

　　晚上，德福毛织厂厂长梁仁良办公室。

　　代紫萱敲门进入：梁厂长，您找我有事啊？

　　梁仁良劈头盖脸骂道：我有鸟事找你？你自己干的好事！

　　代紫萱只觉脑袋"嗡"的一声，蒙掉了，不知道自己犯了什么事，惹得梁厂长脸色这么难看，说话这么难听。

　　梁仁良从椅子上腾身而起，指着代紫萱的鼻子：代紫萱！你以为你是谁？你以为你老几？要不要翻翻你家的族谱啊？

　　代紫萱进门就遭到梁厂长指责，站也不是，坐也不是，夹在梁仁良办公桌和桌前的椅子之间（她本以为可以像平时谈工作那样坐下去的），像个木桩子一样呆呆伫立。

　　梁仁良继续大声喝斥，唾沫星子几乎喷到代紫萱脸上：你个打工妹，竟然凭手段爬上副厂长高位，我说你恬不知耻都是轻的！哼，没有毛织厂，你是不是还在家里煮饭？你手摸良心想想，毛织厂为栽培你花多少钱！你当上副厂长竟忘乎所以，不知自己姓啥了！我告诉你，这个副厂长可以叫你当，也可以不叫你当！

　　代紫萱心里很难受，她从没想过，当了副厂长就要挨骂，挨骂是因为自己当了副厂长。这个副厂长不是她自己要当的，更谈不上什么恬不知耻的"手段"。当不当副厂长，她想的都是安守本分，把自己的工作干好。

　　梁仁良口若悬河，厉声数落代紫萱的种种不是，恨不能把所有脏水都往她头上泼，甚至觉得怎样说重话也不解恨。代紫萱很想辩解，怎奈梁仁良根本不容她说话。她不想看梁仁良那张脸，不知不觉低了头，强迫自己冷静下来，这才总算听明白了。

　　原来，梁仁良对代紫萱的指责主要集中在两个方面，一是说她外出揽业务不老实，谎报业绩；二是说她这个副厂长刚上任就查账，是否吃了豹子胆。代紫萱迅速理出了头绪，显然，头一个"错"是表面的，因为业绩有数据，一是一，二是二，所谓"谎报"很牵强；后一个"错"才是实质问题。

代紫萱回想起来，自己去查账遭到会计拒绝，说没有厂长授权，不可以随意查账，任何人都不得逾矩。代紫萱说我这个副厂长分管财务，并非随意查账，今后所有账目都要经过我。会计很强势，没把代紫萱放在眼里。她前脚刚离开，会计后脚就给梁仁良打了电话。难怪呢！原来是自己查账捅了马蜂窝。

尹擎送走丁紫岚后，返回毛织厂厂长办公室，在门外听到梁仁良雷霆震怒，大光其火，训斥代紫萱，似乎是为了查账的事，扬言要开除她。他悄悄拿出手机拨通了袁甲芳。

袁甲芳接到尹擎电话，二话不说，开车赶到毛织厂，来到二楼梁仁良办公室，推门就问：大晚上的，怎么了？

梁仁良和代紫萱见袁甲芳破门而入，都有些意外。

梁仁良以下颌指指代紫萱：你问她！

袁甲芳瞪视梁仁良：我问你呢！

梁仁良：代紫萱带人参加广交会，回来后说自己开发市场如何有功，意向订单将有多少多少，欧洲即将有个大单云云。结果呢，哪有什么大单，小单也没有，业务全被她搞砸！如果纵容她这种虚假行为，我毛织厂下半年就喝西北风好了！

袁甲芳不动声色：为这事呀？好商量嘛！祝业祺上周汇报过，欧洲大单可能比预定时间晚一点到，没说不到啊！更没说大单小单都飞了啊！尚无定论的事，需假以时日，不可武断。

梁仁良咬牙切齿：总之有水分！我毛织厂不允许这种浮夸作风存在，不允许把有可能的事情说成有把握的事情。代紫萱的业绩不足以采信，我要求她做深刻检讨。如果检讨不过关，拟做开除处理。尔后在集团发通告，以示警戒。

梁仁良心里明白，开除一个刚刚提拔的副厂长，无异于打脸（谁提拔的打谁的脸）之举，事实上是做不到的，同时毛织厂的脸面也不会好看。但是，不威慑，不足以根绝后患。他必须放出这个风，搞坏其名声，灭掉其气焰，叫代紫萱以后老实点。

袁甲芳深感梁仁良不知深浅，耐心劝喻：阿良，不要发这么大火嘛！你当厂长要有涵养，要有当厂长的样子。

梁仁良对袁甲芳一向儿有点儿怵，对她不敢不买账，但此刻正在气头上，说话也不客气：厂长应该是什么样子，我不知道啊！

袁甲芳猛地拉一把椅子，一屁股坐上去，跷起二郎腿：那我教你！积善成德，以德立身，知道吗？这是广德集团的宗旨。你按这个宗旨做人做事，善待员工，善待客户，善待合作商，善待亲朋，总而言之，从善如流，那就是厂长的样子。

梁仁良眨眨眼，气哼哼的，却一时语塞。

袁甲芳：代紫萱不满17岁进厂，跟着阿美艰苦创业，是毛织厂第一批员工，吃苦耐劳，业绩年年增长，被厂里选优当上车间主任。她对毛织厂有贡献，你对她要客气点知道吗？

梁仁良当仁不让：芳姑，服装厂即将召开新品发布会，厂业余模特队拟担重任，就在这节骨眼儿上，代紫萱表妹丁紫岚作为业余模特队队长，突然甩挑子不干，闹起辞职来了，在服装厂爆了个大雷，不信你问曹东风！我也是刚听说的，对此忍无可忍。这对表姐妹是典型的喂不熟的白眼狼！对白眼狼还客气什么！

袁甲芳很痛心，深感梁仁良心胸狭隘，意气用事。她双眉紧蹙：阿良，说你不懂事，你还嘴硬！辞职就是白眼狼？怎么能这样荒唐呢？你以为妹妹辞职是姐姐授意的？一人辞职骂两人是白眼狼，这不纯属臆测吗？再者，妹妹辞职姐姐凭什么受牵连？广德有这规矩吗？

梁仁良针锋相对：广德没有这规矩。可是，广德也没有哪条哪款规定说，代紫萱倚老卖老，可以挑战厂长的权力啊！我是没有参加工厂创办，可毛织厂现任厂长是我，我这个厂长绝非徒有其名！我在其位谋其政，不接受任何干涉。

袁甲芳从椅子上站起来，一字一顿，以正视听：代紫萱没有挑战厂长权力，不要随便戴高帽。她作为分管财务的副厂长，若对账目心里没谱，怎么开展工作呀？

梁仁良脸色铁青：副厂长的工作应在厂长领导之下，而不是擅作主张，更不是背着厂长另搞一套！

袁甲芳痛斥梁仁良：梁仁良我告诉你，集团旗下各厂主管财务的副厂长都是双重领导，行政上归厂长领导，业务上归上级财务总监领导，也就是归我领导，懂吗？毛织厂是独立核算，但仍在集团监管之下，你想搞水泼不进，怕没这权力，也没这能力。你有气冲我来吧，是我叫代紫萱查账的，查完之后直接向我汇报。这不，我正要来找她，问她进程如何呢。

袁甲芳说完，一把扯住代紫萱，"噜噜噜"走了出去。

梁仁良气得说不出话来：你……你们……

除了岳父袁若德，梁仁良本来不怕谁，后来不知为何，偏偏怕了袁甲芳，仿佛她手里捏有紧箍咒。

15

上午，方杰竞投中标地块，编号HQ111。

这天阳光明媚。陈可期携叶馨菊、冼赫及一名司机，驱车自香港赶到河埔市看地。他们凭借导航，按图索骥，直奔HQ111地块。此行私密，不事声张，没有通知任何人。

这幅地块肉眼看上去十分阔大，约三分之二的地面呈一马平川状，相当平整。该地"前身"，是四村交界的大片丘陵山地，政府征用后，其中两个村集体动迁，推平了大小山头七座，填平了两条山涧及数条大小沟壑，使土地最终连成片。早期，HQ111地块是河埔市政府储备用地，后实施土地招标，明确定位为工业（制造业）用地。方杰集团作为该市制造业50强企业，连续三年利润规模位列全市三甲，参与投地自然占有先机。

此行"看地"，陈可期是真看。车一停，他就自顾自地跳下车，摘下墨镜，大步流星地往前走出百十来米，看了东边看西边，见一个高点的土坡，疾步冲上去，举目四处眺望。

大老远跑河埔市看地，叶馨菊很不情愿，拗不过陈可期好说歹说、生拉硬拽，勉强跟着上了车，一路戴着墨镜假寐，像睡死过去似的。下车伊始，她即用手在鼻子底下扇风，嘴上嘀咕：什么味儿呀？冼赫紧跟在她身边，时不时伸手搀扶她一下。站在土坡上的陈可期老远冲她喊：叫你不要穿高跟鞋嘛！叶馨菊没好气，立即扯着喉咙回敬一句：谁知道这路不是人走的呀！

陈可期向叶馨菊招手：来来来！这边这边！

叶馨菊由冼赫一路护着，上了高坡，来到陈可期身边。喘匀了气，歇了歇脚，叶馨菊像发现新大陆似的，扯着喉咙嚷嚷：哎哟，就这块地呀？没见人烟呀！是不是乱坟岗子呀？

陈可期：别瞎说！这一带此前是良田，农民世代在此种水稻。政府以高额补偿征用的，家父以孤注一掷方式投到手的。

叶馨菊气不打一处来：你说的比唱的好听！有用吗？叫你请风水师，你不请！我们听风水师的还是听你的？

陈可期迎风伫立，轻轻吁口气，一言不发。

叶馨菊抑制不住厌恶，手指不远处几个小粪坑：哎呀，分明一个埋死猪死狗死老鼠的地方！当地人怕是忌讳，避之唯恐不及，也就骗骗咱们这些傻冒儿港商！唉，虽说外人不知内情，但明眼人都知道，这种不毛之地哪里适合建厂呀！

陈可期忍不住说："五通一平"是由政府按标准完成的。

叶馨菊凸显自己是行家，口无遮拦：此地虽是熟地，但地块太大，不适合方正。在此建厂，光是基建部分就得砸多少钱啊？这钱砸的是无底洞啊！到时候，厂子还没见影儿，钱没了！阿期你想想，摊子铺这么大，原料供应商、水电、人工等固定成本每年稳步增长，我怕方正承担不起，也怕你驾驭不了。

冼赫笑着插话：叶总意思是，方杰打头，方正居后。

叶馨菊接着说：是啊！阿期，你大哥胃口大，叫他先投钱先做，领着方杰冲锋陷阵好了，不要啥事都拽上我们。方正在背后予以支持和协助，是可以的。

陈可期与冼赫互看一眼，都没吱声。陈可期几次欲言又止。唉，掰扯不清，由着她了。每回都这样，叶馨菊不抱怨、不牢骚的事儿，几乎没有。陈可期曾多次私下里安抚冼赫：阿菊她就爱发点小脾气，算了，别跟她计较啊。

叶馨菊多方质疑，百般挑剔，怎么看都不顺眼、不满意，继续叨叨咕咕：阿期，你老爸优先考虑的绝对不是方正，而是方杰，这个还用怀疑吗？叫方正拿钱，壮大方杰，这应该是他老人家的本意。当然，成天琢磨怎样把钱从别人兜里掏出来，塞进自己兜里，这是人之常情，可以理解……陈可期火了，猛地截断：你少来！怎么越说越离谱？

冼赫打圆场，手指不远处几栋低矮铁皮房：陈总、叶总，这里风凉，咱吹半天了。要不往前走走，去前面看下？

陈可期点头，慢慢下了土坡。一行人漫无目标地往前走着，来到低矮铁皮房附近，那些铁皮房显然是仓库。

叶馨菊眼尖，最先看见铁皮房上有白色油漆喷写的四个字：伟杰建筑。她惊叫：哟！伟杰咋在这儿呀？

陈可期等人很快就看清楚了。方杰旗下的伟杰建筑有限公司与HQ111地块相邻，在450至600米长的地段，仅有一道弯弯曲曲的简易钢丝网相隔。叶馨菊立刻开始咋呼：哟，不看不知道！这是啥布局呀？未来，两家厂必有利益矛盾，方正作为"外来的"，肯定是吃亏的一方。人家都是嫡出，唯方正是庶出，谁会向着方正？说穿了，这不是布下一个口袋阵，方便挤压和吃掉方正吗？哎呀我不幸言中，谁都觊觎方正这块肥肉，想一口吞掉为快。

陈可期板着脸，一言不发，眼睛看向别处，自顾自地慢慢往前走。冼赫又充和事佬，向叶馨菊使眼色，意思是跟上。

叶馨菊气急败坏，嘴巴特别碎：要我看，你爸和你哥在下一盘大棋，不过左手倒右手而已。阿期，你咋开不了这个窍呢？

陈可期不加理睬。一行人走走停停，漫无目标地兜转。不看吧，拿地是大事；看吧，越看越想捂紧自己的口袋。

走着走着，叶馨菊突然抛出个重磅问题：这幅地，产权是谁的？是方杰的，还是方正的？

嗯？陈可期猛地意识到这是个问题！他回头与叶馨菊、冼赫对视，三人大眼对小眼，都是蒙的。

叶馨菊斩钉截铁：这个决不能含糊！要尽快明确下来。换言之，不确权，我们不来！这地跟我们没关系！方正没钱，也没胃口，吞不下这地。方正与方杰从此不搭界！

看到最后，叶馨菊决定祭出"拖"字诀。她一板一眼地说：这件事是方杰主导的，方杰打算怎么建就怎么建好了，叫他们先投先建，我们乐见其成。方杰手长！本事大！它真若大慈大悲可以做慈善，不必拉方正垫背。我们不急。

叶馨菊声声抱怨，终于把陈可期心思搅乱，神情萎靡。

16

下午，翡翠巷6号，广德集团总部。

袁若德回国。尹擎驾车到广州白云机场接机。老板事先叮嘱他独自到机场，不要叫任何人同来。

尹擎老远就越过人群，看见并向袁若德招手。走到跟前，互看一眼算打了招呼，尹擎习惯性地接过袁若德手里的行李箱。没有嘘寒问暖，那些东西显得生分和多余。其实，大老远归来，万里高空落地，只要看见对方就安心了，就一切尽在不言中了。

尹擎驾车从机场直接开到广府大街71号，这里是已搬迁一空的原公司总部大楼。袁若德坐在车里，透过车窗凝视公司大门，再细看大门两侧分别竖挂的牌子，其中一块牌子写着广德集团德立技术大厦，感觉很欣慰，轻轻说了声"走吧"。

尹擎驾车在院子里兜了一圈，随后开往翡翠巷6号，德行物流大院，进入集团公司新的总部。

袁仁美、梁仁良、马赛鹰、高蕾、黎锦官、季黄鹏等人在大门口迎接，人人喜笑颜开：老板回来了！

众人簇拥着袁若德，进入他的新办公室。袁若德四下瞄了几眼，感觉布置得整洁朴素，相当实用，很满意。大家七嘴八舌议论说，新老办公楼其他方面区别不大，就是没电梯，感觉很不习惯。有人说如今爬楼梯好像回到解放前！有人说爬楼梯爬得小腿肚子痛，就当减肥好了！还有人说爬楼梯是龟速，不符合现代社会的效率原则。立即有人附和：是呀，电梯速度按秒计。

热闹一阵，到了饭点，大家一起下楼，移步到设在一楼附楼的公司餐厅一个小包间，为老板接风洗尘。

借吃饭之机，袁若德向大家简要通报了此行美国的收获，介绍秦荣荑的时候，如数家珍，欣喜之情溢于言表。他说：秦荣荑本人是数控机械专家，较早开始专注于智能制造，他的团队亦由工程运动控制领域和机械设备控制领域顶尖人才组成，目前谈好意向的有六人。另外还有个人，即秦荣荑女友曲解，博士在读，两人都在美国著名高校及硅谷浸润多年，学识渊博，掌握多项前沿科学知识及全球资讯，具国际视野。一年后，曲解博士毕业，将追随男友秦荣荑回国，进入广德，这个已经说好了。

难能可贵啊！黎锦官笑着说，说完带头鼓起掌来，其他人跟着"噼里啪啦"拍手，气氛热烈。

袁若德表示，接下来的工作重点，首先是秦荣荑团队的安置，以及对该团队的使用，包括岗位设置等；其次是实验室内置的完善及相关试验设备购置；最后是德立技术整体资源和人员配置，包括将德强五金并入德立技术等。这些事项牵涉面广，具有一定复杂性，急需妥善安排。各公司要顾全大局，认真配合，为优化集团内部结构调整集智集力。

第五章

1

上午，河埔市人才招聘市场。

陈可元来到河埔市规模首屈一指、发展相当成熟的人才招聘市场，立刻被喧嚣的声浪裹挟着，被汹涌的人群冲撞着，伸长脖子挤了半天，才看见"佳杰"两个字。何青黛领着一班工作人员已经先到，招聘摊位也布置停当，但仍为一些琐事忙个不停。

陈可元放眼一看，佳杰五金厂占据一个醒目位置，周边张贴着五颜六色的广告，其中几幅广告内容是这样的：

毋需任何借口，青春就是拼搏的理由。

垂注我们，加入我们——这是我们的热盼。

无志便无财，无胆即无产，无为亦无功。

在面试官身后的白色墙壁上，有一帧墨迹清晰的标语，那是用一尺见方的粉色纸，一张纸上写一个字，打横排列，极为吸睛：寻找愿意和我一样为理想而努力拼搏的人加入我的战队，做我的客户，做我的同事，做我的员工，做我的朋友——你粉我，我宠你！你我同行，共进双赢。

陈可元信步上前，端坐在面试官位置上，神情严肃。

何青黛领着几名员工在陈可元身后忙碌着，不时说些闲话。有个人说：这么多企业招聘，咱们被淹没在里面了，怎么办？另一人接话：是啊，要是有招聘诀窍就好了。何青黛高度概括道：自古华山一条路，那就是高薪，此外没有任何诀窍。就算有诀窍，也得以高薪为基础。

陈可元加入议论，向身后甩了句：何首席聪明绝顶！

何青黛与另一员工挤眉弄眼，蹑手蹑脚地把一张A4纸贴到墙上，那纸正对着陈可元后背，上面写着四个字：老板坐镇！

别的企业摊位后面坐着的是工作人员，大不了是企业"高层"，像人力资源总监（HR）、部门经理、副总经理等，而佳杰五金摊位后面坐着的是老板，陈可元现场拍板、现场确定录用与否，不用回去"研究"，引得技术骨干和各类人才蜂拥而至。最终，不知道是因为佳杰五金标榜的待遇优厚，还是因为"老板坐镇"，总之极具吸引力。佳杰五金在人才市场的现场招聘大获成功。

一天的招聘快要结束了，人困马乏之时，一个青年男子匆匆赶到，排在队伍末尾。终于轮到他时，他很有经验似的，用双手向陈可元递上自己的应聘资料。

陈可元接过一沓子资料，迅速扫视，头也没抬，嘴上的话是千篇一律老调重弹：对从业者的职业技能，方杰要求很高。我们目前最缺的是机械自动控制工程师和现场设备调试工程师。

青年男子：我恰恰是符合你们方杰职业技能要求的人。对职业技能要求不高的企业，我还看不上眼。

陈可元耷拉着眼皮：你看得上眼看不上眼无关宏旨。

青年男子自知在应聘环节，自己的态度应该恭敬些，他赶紧陈述自身优势及应聘理由，诸如陈氏是实力雄厚的大公司，自己慕名而来等，末了刻意补上一句：不瞒你说老板，我目前薪水较低，只能养活自己，我想找一份能养活两个人的工作。

陈可元闻言诧异，什么叫"养活两个人的工作"？她抬眼打量面前这位材料登记姓名武孔、时年28岁的青年男子，但见他个头不高，皮肤黝黑，瘦瘦的，很精干，看上去倒像他的名字，孔武有力，一双不大的眼睛黑白分明，尤其那对眸子，闪烁着非常炽烈的青春光芒。陈可元复又低头，目光落在应聘资料上，嘴上不咸不淡地问：你的意思不就是薪水高点儿吗？直说就好，干吗拐个弯？养活两个人还是八个人，那不是你自己的事吗？

武孔似乎有些不好意思，"吭哧"着没答出话来。

陈可元好奇：不过，你刚才说要养活两个人，那个人是谁？

武孔口齿清晰：我奶奶，我必须要养活她！

陈可元睁大眼睛：你奶奶？你养活你奶奶？你爸妈……呢？

武孔垂下头，似乎不想说，又不能不说：他们不养。

陈可元来了劲儿，刨根究底：那就怪了，他们为什么不养？

武孔低下头，憋了半天，才发出像蚊子哼哼似的声音：他们嫌弃奶奶，不想管她，经常给她气受，让她挨饿……所以，我来管，我来养。有我在，奶奶能过上好点的日子。

陈可元没再多想，心里已经打定主意，要成全这个叫武孔的青年，给他一份"养活两个人的工作"。她从应聘资料中发现武孔竟然有副高级技术职称（工程师），不由窃喜。同时又有些疑惑，他条件不错，为啥薪水低呢？有没有其他猫腻？武孔好像明白陈可元的心思，补充说此前多家大企名企对他表示了明确的用人意向，但一听说他提出的附加条件，即带着奶奶应聘需要一间住房，便开出极低薪水，以示婉拒。陈可元打斜里瞥何青黛一眼，意思是天上掉馅饼了还愣着干什么。

何青黛趋前，以手捂嘴，附在陈可元耳边提醒道：元老，你有同情心我理解，但考虑我厂实际需要，感觉此人还是差了点……见陈可元未置可否，何青黛坚持己见：他有副高职称是不错，可他来自普通高校，既非958，也不是211（指国内重点高校），关键是他带有累赘还弄得冠冕堂皇，我意暂缓录用。

我真的有技术！我有绝活儿！那个叫武孔的青年大声说。

何青黛吓一跳。咦，这人耳朵挺尖，竟然听到了自己不想让他听的话。

何青黛不理他，再次附陈可元耳边：做备选吧。

备个屁呀！何青黛你个有眼无珠的东西！陈可元心里恨得直骂。但她没表现出来，和颜悦色地问武孔：你有啥绝活儿呀？

武孔：多啦！机械专业内的技术我差不多算"全天候"，主流技术是机械自动控制及数字化抛光，擅长传授技艺，经我手带出来的数字化抛光人才不下20人，他们中的相当部分都是师傅了。

何青黛斜斜地瞥武孔一眼，心说这家伙不惜口出狂言。

陈可元：听起来你以抛光专家自居呀！你做什么抛光？

武孔：主要是机械抛光，另外像化学抛光、电解抛光、超声波抛光、流体抛光、磁研磨抛光等也都做过。

陈可元转过脸儿，以极小音量对何青黛说：办理入职手续。叫他先做车间调度，三个月后再重新配岗。

何青黛会意，但极不情愿，琢磨着如何再次建言以阻止陈可元……陈可元火了，冲何青黛瞪眼：还啰唆？

何青黛终于乖了，面向应聘者扯喉咙大喊：武孔！

武孔立马应了声"到"！两眼放光，站得笔直。

何青黛手持"入职登记表"，一脸没好气：过来填表！

2

黄昏，齐贤路内街16号，袁仁美家。

常在情下班回家，习惯性地问荷姨：他们还没回来？

荷姨知道女主人嘴里的"他们"指的是住隔壁的女儿女婿：仁美回来啦！人进屋小半天了，没见开灯。

常在情不放心，抬腿走到隔壁，听到里面很安静，不像有人。她推门而进，赫见客厅大沙发中蜷缩着一团黑影，她直觉那是女儿袁仁美：咦，阿美，咋不开灯？你不舒服啊？

常在情说着话，抬手"啪啪啪"把灯全部打开，快步走上前察看女儿有何不妥。独自坐在沙发上的袁仁美急忙用手遮挡面部，好像怕灯光刺到眼睛似的，其实她是想掩饰自己的落寞神情，换作一副正常模样儿，免得母亲大惊小怪。

原来，袁仁美正为老公梁仁良与集团财务闹矛盾的事烦心。

头天晚上，梁仁良向枕边的妻子袁仁美告状，一脸怒不可遏：那个袁甲芳，以为她是谁？竟跑到我办公室教训我！给代紫萱当挡箭牌！那个代紫萱，以为她是谁？当副厂长不到半个月，就狗仗人势不把我这个厂长放眼里……

袁仁美无奈：你这不骂我吗？代紫萱是我提拔的。

梁仁良急忙解释：我不是这个意思……

袁仁美：阿良，咱们要用代紫萱这样的人，她是功臣。

梁仁良：阿美，就算代紫萱有功，但她有忠吗？她知道袁甲芳可以一手遮天，不惜投靠，虚报业绩。你想想，这俩女流关系不清不楚，沆瀣一气，不定逮住什么机会，完全可以与你我分庭抗礼。功臣变奸臣，你我怎么办？

袁仁美不无嗔怪：有事说事，别乱猜测。

梁仁良委屈：我夹在她们中间，很难做的……

袁仁美息事宁人：好了好了！明天我问一下，我去摆平。

梁仁良卖乖，心里并不想让妻子过问及插手：算了！你不用管，这点小事劳我夫人大驾，害我心疼，再者我也没面子。

话是这样说，梁仁良心里还是恨得牙根痒：我反对在公司拉帮结派，搞小圈子。哼，以后我有的是机会治她们！

常在情坐在女儿身旁，打量她脸色，感觉她情绪不佳，顺手摸她额头：

有没有不舒服？哪里不舒服？

袁仁美挤出笑容：没有不舒服！就是累点儿，想歇会。

看看，又累成这样！你这孩子真是不让人省心啊！常在情开始絮叨：给你说多少次了，你现在情况特殊，不比平时，不能玩命似的做事！就算你自个儿身体没垮掉，对胎儿也不好……

袁仁美撒娇：呀呀妈！成天胎儿长胎儿短的。

常在情虎着脸儿：明天跟我去医院，做产前例行检查。

袁仁美急了：明天哪有空！新品发布会正筹备，一大堆事呢！

常在情毫不让步：新品发布会？你先把胎儿发育状况给我发布好！这事没得商量，必须去！你现在一人吃饱两人不饥，不能由着你的性子来，要迎着我外孙的需求来。

袁仁美倏地产生了挤压感，让她憋闷得慌，简直喘不过气来。她低头看着自己日渐隆起的腹部，发觉这小东西来得真不是时候！为了他的到来，天下烦恼事都撵到自己头上。

常在情抬高嗓门儿：听见没有？说话！

袁仁美万般无奈：听见了妈！明天跟您去产检，行了吧？

常在情关切地盯着女儿：你看你这样子，全是焦虑！好多天都没见你笑过一回！现在你爸回来了，你好歹把那些杂务给我放下！抽空欣赏一下古典音乐，算是胎教。

袁仁美有气无力地点点头。

常在情起身向门外走去，忽又顿住脚步，回头瞪视女儿：我去弄音乐会门票，到时你一定要去。听见没有？

袁仁美低眉耷眼，苦笑着发牢骚：我耳朵又不聋……

3

上午，佳杰五金厂。

为办各种手续及安排食宿，何青黛带着武孔在厂区内跑了几个地方，把挂在胸前的工作牌照、门禁卡、饭卡等都领到手了，再安排一下住宿就基本差不多了。

武孔对青春靓丽的何青黛颇具好感，缠着她打听企业各种有关事项。何青黛对武孔不屑：你这人挺啰唆，一路嘴巴没停过！做好本职工作就行，别打听那么多没用的。

武孔仍套近乎：阿黛，你在方杰做几年了？我想讨教……

何青黛猛然停住脚步，回头盯着武孔：咦，你叫我什么？

武孔满脸堆笑，唱歌似的：阿黛呀！

何青黛板起面孔，口气很冲：阿黛是你叫的？别人都叫我何首席，你凭什么特殊？我告诉你，就算你是靠技术吃饭的，毕竟刚入职懂吗？你得放规矩点！放尊重点！不可造次！

武孔"扑哧"一下，更加忍俊不禁，被何青黛生气时的小模样儿逗得乐不可支，心说一个称呼而已，扯得上规矩、尊重还有造次什么的吗？"何首席"是什么官？至于当成宝吗？哪有"阿黛"来得亲切！但转念一想，自己是"新来的"，确实不可造次，他赶紧以手掩嘴，强行收敛笑容：好的，何首席！

当然，那是以前的叫法，现在是何助理了。何青黛说完，懒得再看武孔一眼，转身自己往前走，昂首挺胸。

武孔跟在何青黛后面，毕恭毕敬：我对方杰集团"公司文化"两眼一抹黑，还望何首席，不，何助理多多指教！

何青黛不耐烦：每个人都叫我指教，我有三头六臂呀？自己去摸索、自己去学！不要什么事情都想走捷径！

武孔规规矩矩：是，何助理！可是，如我之流学渣，迫切需要高人指点，何助理提携新人责无旁贷呀！

何青黛翻几下白眼：你是学渣？抱歉！大凡学渣之流，均可自行退出。公司有严谨退出机制，没有出钱养学渣义务。

武孔语气亢奋：若得何助理青睐及亲授，学渣秒变学霸。

何青黛嗤之以鼻：我有义务帮你完成学渣变学霸吗？你给我钱啦？你到底是骡子是马，明日车间遛遛。你好自为之吧！

武孔温情脉脉：阿黛，不，何助理！听陈老板说你还没有男朋友，可以考虑我吗？我可以先说一声我爱你吗？

何青黛大为诧异，还有这么厚颜无耻的人啊？见面不过三秒，就敢侈谈什么爱不爱的！癞蛤蟆想吃天鹅肉想疯啦！如今，此类小流氓还真是不鲜见了呀！脸皮厚过猪皮！何青黛胃泛酸水，强忍着不肯流露，不屑跟癞蛤蟆一般见识。

见对方毫不动容，没任何反应，武孔又说：我第一次见你，就对你有感觉……有好感！你呢，你没感觉吗？

何青黛终开金口：又没发红包，能有什么感觉？

武孔诧异：区区红包，岂可与爱情相提并论！

何青黛杠上：区区爱情，岂可与红包相提并论！

武孔也杠上：红包烂大街，爱情独一份！

何青黛死掐：说反了。爱情烂大街！红包才独一份！满街男女卿卿我我，没人争也没人抢；红包但凡敢冒头，必定疯抢！

武孔温情脉脉：阿黛，我真的想对你说声爱……我爱你！

何青黛毫不掩饰自己的鄙夷：在我听来，没有比"我爱你"更烂的字眼了！吐这话的人不是超级傻逼就是超级骗子。

武孔好像中邪了，深情款款：阿黛，我爱你！

何青黛面无表情：你是不是见人就说我爱你呀？

武孔：没有！从来没有！我对你一见倾心！一见钟情！

何青黛摆摆手：我先声明，绝无谴责你的意思。但你好歹也是一堂堂男子汉，如此轻薄下作犯贱，我……叹为观止。

武孔脸不变色心不跳：爱的表达，媲美人世间一切美好事物。

何青黛愣了愣，正眼看武孔，忽然不知道该说什么。

两人前后脚地默默往前走了一阵。何青黛看也不看武孔，语气正儿八经：武孔，玩笑归玩笑。你刚来，努力工作是唯一选项，少玩没用的！陈老板很器重你，你得发挥聪明才智，用工作成绩证明自己，体现自身价值，为佳杰五金做贡献。

武孔：我的工作态度和爱情态度一样，死心塌地。

何青黛：那好，你就死心塌地干活挣钱吧！能给工厂带来利润的人，就是帅哥靓仔人才外加钻石级！到那时，你想爱谁爱谁。

武孔：我不想爱谁，只想爱你！

何青黛杏眼圆睁，极度蔑视：你狗皮膏药黏着我呀？你觉得我是软柿子好捏呀？你色胆包天存心欺负我呀？

武孔掏心掏肺：阿黛，我是真的爱你！真爱金不换。

何青黛：真爱就给真金，不给真金何来真爱？真爱个屁呀！

武孔脸上闪过一丝失望：太太太……太俗不好吧！

何青黛杏眼瞪得更大了：你敢说姐我俗？

武孔支支吾吾：我是说，漂亮妹仔爆粗口……不好听。

何青黛反唇相讥：好听顶屁用！你说好听的，也没见你得道成仙啊！顶用的只能是钱。每天出门不出门都一样花钱，吃饭睡觉拉屎放屁样样花钱，买个厕纸也要钱啊！这个世界没有什么事是不需要钱的。所以我需要钱，需要多多的、大大的红包！

武孔语带嘲讽：金钱堪比美容霜，钱多脸上放红光。

何青黛眼珠往天上翻：不幸言中！有人说钱能搞掂的事都是小事，我呸！人世间就是钱的事搞不掂。

武孔老实接话：这倒是哦，钱难搞。

何青黛：那就看你有没本事了，有本事钱不难搞。

武孔张口结舌，傻愣愣地看着何青黛。但见一抹浅笑挂在她俏丽的脸庞上，妩媚动人。可她那张俏嘴，简直奇臭无比！因为她张嘴就谈钱，三句话里面出现的钱字决不少于三次。谈钱或许没错，错在她不是派（给）钱是要钱还理直气壮。所以，只要她张嘴，听上去就像喷粪。武孔终于感觉到不投机、不投缘了，有些心灰意冷，暗自打起退堂鼓。为了面子上过得去，他硬挤笑容自嘲：有钱男子汉，无钱汉子难。

何青黛想到自己的身份和责任，说话有板有眼：武孔，你带着奶奶找工作，对用人单位提出分外要求，本来是不合规矩的，此前你供职的单位压低你薪水，不是毫无道理。工厂是生产单位，不担负养老义务。但你有幸遇到陈老板，她对你十分体恤。如果你不好好干可就对不起她，这个你懂的。

武孔：我懂我懂！我当然会努力工作奋力拼搏报答……

何青黛再也懒得搭理他。

4

下午，河埔市东郊大背头小五金街。

王祖望一行四人驱车来到大背头小五金街。这里有家小五金厂因经营不善拟转手，他们前来实地察看。

这是一栋地处远郊、位于城乡接合部的老式旧厂房，生产设施及各种条件都异常简陋，是名副其实的"破烂不堪"。好处是租金便宜，水电有保障，不知名，不招摇，利于保密（一防方杰，二防同行业人士）。王祖望很忌讳被人盯上，人多嘴杂是非多。再者，同业都知道他带人跳槽了，名声在外了。他另立门户、重建山头，稍有不妙迹象就会传出去，有人等着看笑话。谁愿意看到他王祖望好、看到王鹬精密好呢？他决心静悄悄的，不冒头，不张扬，干了再说，干出样子再说。

樊老靓一直紧蹙眉头，明显不满意，但嘴上没说什么。他知道，王祖望和夏令开车四处"踩点"已经好几天了，在多个旧厂房及弃用房屋之中转悠，再三比较权衡，从十来个"点"中挑出两家小厂备选，其中较受青睐的就是眼前这个没有正规厂名的作坊式小厂。该厂属于街道办，一直做小五金，员工不足20人，据说是为解决当地无业人员就业问题。厂房不大，院子倒挺大，两个车间外加一个简易工棚，拥有几台落后机床，看上去操作都费力。工作平台粗糙，产品质量可想而知。他们并非常年开工，只是根据订单多寡轮班上岗，三天两头停工待料，最终无以为继。唉，王祖望选择此地也属无奈。若没有"样品"这个拦路虎，弟兄们断不会"沦落"至此。

王祖望看出樊老靓心思，附他耳旁小声说：权宜性短租而已。现有机床及附属生产设备落后，我另外再想想办法。只要"样品"生产出来，咱立马拍屁股走人。

樊老靓想想也是，郑重点头。黄匠军等人在一旁听了，跟着点头。谁不知道设备先进、条件好的地方租金高，租不起呢？王鹬精密刚起步，需要用钱的地方多了去。

王祖望征询同伙意见：若无其他问题今天可以签约。租金方面，签一年和签三年相差一个点（百分点），签一年和签五年相差两个点。

樊老靓沉吟片刻：最多签一年，犯不着省下那一个点。

王祖望点头认可：好，那就这么定了。

王祖望一行与大背头小五金街道居委会正式签约时，对方告知，现在行情有变，要求两年起租，否则不租。

王祖望与樊老靓交换眼色，咬牙签下为期两年的租赁合同。

一件"大事"尘埃落定，王祖望稍觉踏实。地方再落后、再贫瘠、再丑陋，对王鹬精密来说也是根据地般的存在。王祖望不禁产生豪情，出口成章："梧高凤必至，花香蝶自来。"

王祖望以他带有磁性的嗓音向大家说明：王鹬精密组件厂是公司正式名称，这个不变。眼下租用的厂房，还是沿用老地名，毋需更名，以减少麻烦。另外呢，把工棚拆掉，新建一间业务洽谈室。可以没有厂长办公室，业务洽谈室必须有。

众人点头表示明白。

王祖望眼神充满蛊惑：大背头小五金街，我们来了！

5

上午，翡翠巷6号，广德集团总部袁甲芳办公室。

袁若德走到办公楼三楼最东头，进入财务总监袁甲芳办公室。袁甲芳正在等他，给他泡了杯绿茶，放在茶几上，关上房门。两人在茶几两边的靠椅上相对而坐。

袁若德接过袁甲芳递上的季度财报，按惯例逐项翻阅审批。其实，袁甲芳与他保持着即时沟通，几个主要数据他心里都有数，此时只需宏观浏览一下，将其他关键数据细看一遍，在该签字的地方签字，审批即完成。

除了审批财报，就是与袁甲芳密谈了，这同样是惯例。袁若德通常情况下只带耳朵，让袁甲芳有足够的时间"竹筒倒豆子"。

袁甲芳向袁若德汇报，音量如同耳语。

她对其他方面的工作简略带过，仅就梁仁良和毛织厂，着重谈两件事。一是供应商追货款，闹得很不愉快，虽经袁仁美善后、妥处，但集团声誉显然受到影响，广德历史上从未闹过如此乌龙；二是毛织厂账上4200万元去向不明，此事已私下告知袁仁美，但多天过去了，袁仁美处置情况始终不详。总之，梁仁良做厂有一段时间了，对工厂业务仍然生疏，比如海关那套进出口流程他根本不懂，也不问，倒觉海关吹毛求疵，对人家很不屑。结果人家海关一查扣（毛织厂合同及进口货物被海关查扣之事，袁甲芳已第一时间向袁若德汇报过），他傻眼了！怂了！一介草包原形毕露。其他方面也一样，知之不多胆子大，摆出一副"万事通"架势，好像天底下没有他搞不定的事。袁甲芳直言不讳说自己对梁仁良做事不踏实这一条很头痛，碍于阿美的面子，明明看到问题苗头，也无法下手加以防范，更无法解决。

袁若德：去向不明款项是否经阿美审批过？

袁甲芳：哪里！阿美根本不知道，我跟她通气时她还不信。

袁若德不无沉重地点点头：好，再摸下情况。

袁甲芳：实在不行，把阿良撤下算了！祝业祺可以上，代紫萱做副手，毛织厂完全可以搞好，至少比现在好。阿良呢，在集团总部安个虚职，对集团和他本人都有好处，他不用太过操心劳累，可腾出更多精力照顾家庭，对阿美和孩子都好。

袁若德摇头，认为不可。撤掉梁仁良等于打击袁仁美。他深知女儿心意，想方设法推举老公，要求老爸重用女婿。当初，让梁仁良执掌毛织厂她都嫌"低配"了，"屈才"了。袁甲芳则相反，她对起用梁仁良执掌毛织厂本来就有看法，有意见，现在感觉越来越差，意见越来越大了。显而易见，这一矛盾未来有可能加深。眼下只能淡化，不能强化，更不宜激化。

袁若德脸色凝重，语气温和：暂时不动吧，维持现状就好。阿美正在孕期，多一事不如少一事。你不要急，再等等看。

袁甲芳对自己的意见被否决很不满，从靠椅上站起来，居高临下：德哥，每到关键时刻你总犯儿女情长！

袁若德伸手挠挠头顶，好像他的头顶不早不晚偏在这个时候发痒，又煞有介事地端起杯子呷口茶，趁便轻轻吁口气，故作潇洒：养儿女，图的不是儿女情长吗？

磨蹭一会儿，袁若德叫袁甲芳打电话：叫阿鹏上来一下。

季黄鹏迅速从二楼爬上三楼，敲门后进入。

袁若德交代她：告诉梁仁良，我这个时差还没倒过来，觉得很疲劳，叫他今晚陪我去泡个温泉，顺便帮我捶捶这把老骨头架子。你在七仙女订个房，9点至11点吧！

好的袁董！季黄鹏领命而去。

6

晚上，益利大街9号，方杰集团总部员工宿舍。

陈可元在姚国泰、何青黛陪同下看望武孔的奶奶。

此前，陈可元向集团申请两套住房，经陈可铭特批，顺利解决。两套住房不在同一栋楼，在一个院子。

陈可元问：周佛礼哪天报到？

何青黛：明天。他回国不久杂事多，如今手尾全搞定。

陈可元又问：泰叔，周佛礼那房收拾好没有？

姚国泰未及答话，何青黛抢着说：收拾得超好！泰叔找的人是行家，把那房整得像个新房！每个角落都干净清爽。

姚国泰笑了：拾掇房子不是小事，可不得找行家嘛！

陈可元：那好，顺便去看一下吧。

一行人来到为周佛礼安排的住处。姚国泰用钥匙打开房门。三楼，一房一厅，朝南有个较大阳台，厨卫齐备，空调、洗衣机都有。

陈可元：房子好像小了点。他确定一个人来？

何青黛：是啊。他老婆在深圳上班，孩子在深圳上学，他说暂不考虑家属随迁，他自己抽空两边跑吧。

陈可元：给他配辆车。泰叔，您负责落实这件事。

姚国泰：好的。有房有车，周专家该安心了。

一行人转而来到武孔住处。武孔对陈可元心存感激。在她悉心关照下，集团腾出一套A型（大于B型）夫妻房，即带炉灶和洗手间的单间，安排给武孔。武孔多次想向陈可元当面道谢，这会儿见她亲自来到员工宿舍，挺激动，忙着搬凳子拿杯子。

武孔的奶奶满头银丝，身材瘦削，腰弯背驼，一看就是干了一辈子农活的乡村妇女。老人很慈祥，见人就笑。

陈可元拉着老人的手：奶奶，您老好啊！

武孔奶奶听力不错：跟我孙子在一起，好着呢！

姚国泰、何青黛跟着上前，与武孔奶奶握手问好。

陈可元：我们来看看您！这几天，生活还习惯吧？

武孔奶奶：习惯习惯！跟我孙子在一起，习惯着呢！

何青黛将手中拎着的一只硕大果篮在奶奶眼前晃了一下，放到桌上：奶奶，这是我们陈老板特意给您买的食品，都是适合老人的奶粉、饼干和水果，您留着慢慢吃啊！

武孔奶奶脸上的皱纹笑开了花：那敢情好！其实我早就认识陈老板了，虽说今天是头回见面。武孔呀，天天跟我念叨，说陈老板是大好人！多谢陈老板！多谢这位漂亮姑娘和这位先生！

众人都笑了，他们惊异于武孔的奶奶很会表达。

武孔奶奶：不瞒你们说，我孙子啥都好，就是夜里睡得少。

何青黛以为是失眠，很惊讶：他有这毛病啊！很严重吗？

武孔奶奶：每晚看书到后半夜，扶我起夜（上厕所）再上床后，他才肯睡，头一挨枕就起鼾。唉，欠觉哇！

陈可元：他看什么书啊？

武孔奶奶：我哪里懂哟！摊得满桌都是……以前他爸骂他书虫子、书呆子，嫌他整天傻坐，不出去干活，挣不到钱。

武孔站在一旁傻笑。好像有奶奶在，轮不着他说话似的。

姚国泰手机铃响，接完电话向陈可元打声招呼，因事离去。

陈可元随意往桌面一瞄，见桌角堆放着厚厚一摞书，其中好几本已被翻烂，她走到桌前，顺手拿起一本，见是《数控原理与数控机床（第二版）》，再拿起一本，是《数字经济概述》。陈可元抬头斜瞥何青黛，何青黛也在瞥她，两人莫名其妙互瞪一眼。

又寒暄一阵，陈可元与武孔的奶奶道别：老人家您多保重！以后生活中有啥困难就跟我说啊！能帮上忙的我一定帮。

武孔的奶奶笑意盎然，脸上的皱纹又像开花一样。

陈可元径直走到门外，何青黛和武孔紧随其后。行至走廊一端，陈可元伫足，三人面对面站定。

陈可元：武孔，跟你商量个事。佳杰五金需要壮大技术队伍，需要理工类精兵强将，还需要储备研发力量。请你介绍你的同学、老师、老乡和其他熟人（同业者）来我厂应聘。

武孔惊讶，以为陈可元口误：老师？

陈可元点头确认：对，老师，我们非常欢迎老师。怎么，你觉得老师不可以到企业工作吗？

武孔急忙摇头：不是不是！我没这意思。

陈可元：与你年龄和专业水平相当的，我们来者不拒，其他相关专业也可考虑。薪水一定是最好的，保你同学满意。你推介成功一人，奖你2000元，甚至更多，视人才价值（综合评估）而定。若推介成功高端技术人才，比如你同学后来读了硕士博士，有中级以上职称，都算高端，奖你4000元。OK？

武孔喜笑颜开：我同学有中级以上职称的大把呀！硕士博士也不少！特别是我老师，桃李满天下，那人脉了得！不过……武孔蹙眉挠头：他们大都有很好的工作岗位，没理由跳槽啊！

陈可元斩钉截铁：找出理由，把他们挖过来！

武孔瞪大两眼：找出理由……挖过来？

陈可元：对！我刚才说过了，薪水一定是最好的。我保证，你推介过来的人会因此感谢而不是埋怨你。

武孔眨着眼睛，转念一想这主意不错，使劲儿点头。

临别，陈可元调皮地冲武孔做个鬼脸：希望你奶奶跟着你有肉吃、有福享！希望你们祖孙俩生活愉快！

何青黛鹦鹉学舌般接话：希望你们祖孙俩在佳杰温暖的怀抱中，笑口常开，日子一天比一天好！

武孔向陈可元深深鞠了一躬，身子弯成90度，半天不直起来。他没说什么感谢的话，谨以这个动作表达由衷的谢意。

返回路上，陈可元坐在"白虎"副驾驶位上，与何青黛有一搭没一搭地扯起闲篇：这个单身理工男……似乎对你有好感。

何青黛冷笑：哼，对我有好感者，他连末位都排不上。

陈可元：别呀！建议你排到第一位。

何青黛高傲十足：那怎么可能！癞蛤蟆想吃天鹅肉。

陈可元摇头：你凭良心说，武孔是癞蛤蟆吗？

何青黛轻打方向盘：比癞蛤蟆好不了多少。

陈可元：他心地善良。这优点一个顶100个。

何青黛鄙夷：有点孝心而已，不值当这么抬举。我奶奶早过世啦，不然我比他更孝顺。就他那颜值，纵有孝心，又能帮他贴多少金、抹多少粉、加多少分？

陈可元揭穿：孝是民族文化，不是用来贴金抹粉加分的，我说你这书白读！又不是明星圈粉，为啥把长相放第一位？

何青黛：一个大活人站在面前，你得把他从头看到脚吧？你读一万本书，这个动作也没法儿省呀！

陈可元摇头：完了，对象没找到，文化没了，审美浅薄了。

何青黛："貌"就是文化！最重要的文化，还要什么文化！美貌就是资源，就是资本。一万年以后还是需要美貌，丑陋终归不为人所待见。如今大众创业万众创新，全员拼颜值。本姐我如此青春靓丽，读不读大学都价值连城。

陈可元：没有文化垫底的"貌"有多大价值？随着生物技术和医疗科技发展，满大街的人都酷毙帅呆，没稀缺性了，美貌也就丧失了资源、资本属性。还价值连城呢，我呸！

何青黛：你别打压我自信！

陈可元：用得着我打压吗？你去外面看看，妹仔个个貌若天仙，分分钟秒杀你。你不想被碾压？那就要摒弃以貌取人。

何青黛翻白眼：我这不是学你嘛！你喜欢的人，首先是有用的人！

陈可元：废话！你喜欢没用的？

何青黛：我的意思是，有本事的人才配喜欢有本事的人，没本事的人只配喜欢废物。这就是"门当户对"内涵。

陈可元嫌何青黛嘴碎：你意思，人家武孔没用？

何青黛恣意发挥：除了家世，男女双方的本事和能量、修为和学养、素质和颜值都要对等，迥异不行，差距过大也不行。

陈可元：说你胖你还喘上了！人家武孔说不定比你有用呢！

何青黛扭扭捏捏，吐露心声：武孔专业没得说，一级牛！可嫁人不是嫁专业。那家伙各方面条件都麻麻地（广东话：一般），出身贫寒，父母不赡养老人，家风够呛。

陈可元刺她：看一个人，平时看皮囊，就是你说的颜值，关键时看内瓤，就是人心。出身贫寒不是他的错，不思进取才是。武孔没背景没后台，靠自己矢志进取，努力程度超过常人。小心啊，人家很抢手的，手快有手慢无！

7

下午，市繁华街道。

梁仁良正在开车，手机响，一看是妻子打来的，赶紧接听，传出袁仁美急促的声音：阿良，晚上你要陪爸去泡温泉吗？

梁仁良没好气地"嗯"了一声。眼下来自妻子那里的任何信息反馈，只要无关乎儿子，他都漫不经心。

袁仁美细心叮咛：爸问你啥事你都如实说，要坦白哦！

梁仁良敏感，蹙眉反问：坦白？什么东西要坦白？

袁仁美耐住性子：我的意思是对爸要坦率点，他是长辈嘛！不管谈什么，公司的家庭的个人的事，都不要遮遮掩掩。

梁仁良听出妻子话中有话，更反感了，口气很冲：什么东西遮遮掩掩？有什么可遮掩的？凭什么要遮掩？我违法了吗？没见法院派传票啊！我违章了吗？没见交警派罚单啊！

袁仁美被噎得不知说什么好，愣着，电话也不挂。

梁仁良本来心情忐忑，不知刚从美国回来的岳父，急匆匆地要跟他谈什么，妻子的一番话更让他冒火，他粗鲁地答了声"行了，我开车呢！"就要挂掉电话，忽然又想到仍揣在妻子肚子里的儿子，赶紧平息怒火，换了一副柔和腔调：阿美，你今天好奇怪耶！你没受啥刺激吧？

袁仁美怒怼：你才受刺激呢！

梁仁良：好好好！是我受刺激，我受了很大刺激！行了吗？你乖乖歇着，安心在家等我，好不好？不要惊吓到我儿子。

梁仁良说完这话，不等对方反应，猛地挂掉电话，憋着一腔怒火，一脸愤恨地瞪视前方。

8

上午，佳杰五金厂车间、会议室。

陈可元、姚国泰、何青黛、武孔等人头戴安全帽，在佳杰五金厂逐车间、逐岗位进行实地检查。

陈可元意识到，缺少技术骨干和非技术人员分流，这两个看似矛盾的棘手问题（前者要增员，后者要减员），对自己构成考验。缺少技术骨干是王祖望等人辞职直接导致的，实施减岗分流是上年度根据工厂机械化程度提高而确定下来的，已经发了通告，王祖望怕得罪人，将此计划按住，迟迟未动。

自从佳杰五金厂贴出告示，宣布实施上年度制订的减岗分流计划，便引发员工不满，议论纷纷。

有人说：我们是皮球吗？踢来踢去！

又有人说：早就知道，"公主"当老板没好果子吃！她高高在上惯了，根本不了解下情，哪会体恤员工？认倒霉吧！

还有人说：刚当几天老板就长本事了？真有本事，把全厂人都减掉呗！都炒掉呗！你个光杆司令办个鸟的厂！

更有人半开玩笑半咒骂：陈姓女巫，不讲情面！

有些难听话不一定立马传到陈可元耳朵里，但她并非完全不知情。她不无纳闷，集团不裁员、不减薪，只是调整部分工作岗位，可谓尽了最大努力。员工不但不领情，还意见这么大，这啥原因？带着种种问题，陈可元在副总经理姚国泰等人配合下，钉子样钉在厂里，铁腕稳定正常生产秩序。

一行人离开车间，来到厂会议室，陈可元召集管理层开会，研究"减岗分流，人岗匹配"事宜。分析形势，制定切实可行的措施。

姚国泰一度犹豫，建议减岗分流最好暂时不搞，难度太大了！员工很怕减岗，很排斥"挪窝"，减岗分流历来是老大难。他担心该项工作匆匆上马，弄不好有损陈可元的威信。有些话他不好直说，但意思很明白，那就是新厂长刚上任，尚无建树，先干得罪人的事，费力不讨好。

武孔意见不同，他认为这项工作此前没有按计划实施，已经造成贻误，当时通告都发了，又不执行，显得儿戏，给员工造成朝令夕改的误觉，加上老总带头跳槽，带来很大的负面影响。所以，这就不是简单地增加或减少几个人的问题，而是佳杰五金能否拨乱反正、焕发生机的问题。

何青黛瞥武孔一眼，心说这小子还真有见解！而且跟自己想的一样！她说：工作都有难度，得罪人的事没人乐意做。但这项工作前任（王祖望）不敢搞，现任也不敢搞，那还搞啥呀？畏手畏脚成了佳杰五金的习气，嘿嘿，这传统好。

姚国泰：有员工反映，王祖望带人跑路，导致人心浮动，这时再拿员工开刀，踢皮球……就有撒气整人之嫌。

武孔补充说：可以给员工讲清楚，是人岗匹配，不是踢皮球，更不是整人。如果不懂技术的人占据了技术岗位，真正懂技术的人就进不来，进来也没岗位、没平台，没法施展。

姚国泰苦着脸儿：有员工说新厂长刚出校门，没在工厂做过，言必称"技术"，以为很时髦。只有不懂技术的人，才盲目膜拜和神化所谓"技术"。其实在车间一线干活，熟手好过生手。

武孔笑道：陈总是科班哟！恰是机械制造类专业。说她不懂别的有可能，说她不懂技术，那就很荒谬了。

何青黛很不客气：我最讨厌倚老卖老！员工了解厂长有个过程，但新厂长老厂长终归是厂长，新员工老员工终归是员工。

姚国泰蹙眉：一项工作连锁反应，陈总肩上担子不轻哟。

陈可元：差异，是很多人不愿正视、极力抹杀的。觉得自己跟别人差不多，跟很多人都差不多，不拔尖也不垫底，随大流，是"大多数"中的一员，因而很满足，日子过得滋润。我们佳杰五金要打破这一藩篱，客观正视差异。

何青黛："大多数"当然好，可以有效避免"枪打出头鸟"厄运。

陈可元接着说：人员分流采取自愿原则，不强行拉郎配。愿意去方杰旗下各兄弟厂的，可以去；愿意留在佳杰五金厂的，可以留。对确有特殊情况的，个案处理。

姚国泰：估计愿意留的人多。因为与兄弟厂相比，早期建厂的佳杰五金距市中心区最近，家属上班和小孩上学方便。

陈可元：但是，留的人有个条件，要参加技术考核。技术不过关的要重新回炉培训，考核合格才可重新上岗。培训期间工资照发，但奖金和补贴这一块就没了。我主张，自己的员工自己培养自己用。好吧，大的原则就这样了，具体做法你们研究。

姚国泰仍然感觉为难：陈总，我们这么大个厂，工种门类多，不是所有的活都是技术活，也不是啥活都有不得了的技术含量……陈可元截断：泰叔您说得对，技术活不是百分之百，厂里还有很多力气活。但这并不矛盾，不需对立。制造技术是佳杰五金立厂之本，力气活不是主流，所以要在全厂倡导学习和掌握技术，倡导各个工种门类都向相关技术渗透，是谓"技术+""力气+"。

会议室很安静，人们尽显沉思状，琢磨着陈可元这位新晋厂长的治厂理念。姚国泰更有感触，换了厂长，是不一样啊！

散会后，何青黛虎着一张脸儿，私下对陈可元说：这项工作我牵头，我搞定！黑脸我来唱，元老你不用管了。

翌日，佳杰五金厂召开全厂员工大会。

何青黛在会上宣布实施减岗分流计划。她耐心做出解释：各位工友，随着佳杰五金制品厂机械化和自动化程度提高，需要缩减部分人工。通常情况下，人工岗位的减少意味着裁员。解决这个问题，方杰集团没有万全之策，但可以保证不裁员、不减薪，全部在集团内部调整消化解决。部分员工可转岗到奇杰通信设备厂，另一部分员工可转岗到伟杰建筑工程公司。

何青黛顿了顿，接着说：下一步，佳杰五金将以轮训方式实施全员培训。在我厂新近做出的几项硬性规定中有这样一条：员工22至28岁者，一律分期脱产培训六个月，其中择优10%"加培训"六个月。参加培训越多越受重用。以后各车间重用的就是这批人。

大会结束后，厂里仍有不同意见、不同声音，仍然刺耳。

有人说：我工龄20年，再干20年退休，谁有资格培训我呢？还有人说：技术不足经验补。经验考核不？我肯定满分，也得加薪哦！更有人抬杠：劳动光荣！没说脑力劳动光荣体力劳动不光荣啊！没说非技术工种不光荣啊！厂里出台这计划那计划，按劳付酬体现公平才是好计划！

陈可元交代武孔：机器换人谈不上，那是未来。我个人倒很向往，但眼下能力水平条件都达不到。尽管如此，我们不能往相反的方向走啊！定岗定编要按生产需要，而不是按人情需要。所以，定岗要专，冗员要减。你配合泰叔（姚国泰）抓这项工作，务必短期内按计划完成，然后向集团汇报。

武孔认真点头，表示明白。他大展身手，实施严格的专业细分，量化管理，按技定岗。

陈可元叮嘱何青黛：技术员工的岗位配置，你要依赖武孔，他比你懂行，何况你脱离一线日久。你俩再下车间摸摸底。不要怕听难听话，从中析出事实部分，工作才有针对性。

摸底分析后，武孔与何青黛连续加班两个通宵。武孔起草、何青黛先交姚国泰过目，后报陈可元同意，佳杰五金再发通告：

各位工友，现代制造技术日新月异，劳动者学习和掌握核心技术、技能是大势所趋，永无止境。我厂以现代制造技术见长，注重设备更新换代，当然不可逆潮流而动。操作高精尖机械设备靠的是过硬技术而不是一身腱子肉。因此，佳杰五金要求全员吃技术饭、吃技能饭，在新技术应用方面年年上台阶。

一、我厂实施"减岗分流"计划是形势发展的客观要求，人岗匹配、技岗匹配，宁缺毋滥。工作经验很宝贵，但不可取代技术，尤其是新一代信息技术及其他相关技术。下一步将以技术、技能水平定岗定编定薪，技高者涨薪，技低者转岗，绝无通融。为我厂产品高品质、运营高效率提供技术保障。

二、有鉴于此，与"减岗分流"计划同步，全厂将举办一场技术竞赛（自愿申请转岗者免），要把有技术的和没技术的、技术好的和技术差的，进行量化区分和排名，差异化标注和对待，杜绝大锅饭。这场技术竞赛将非常严苛并设置了末位淘汰环节，恐怕有人将流下英雄泪。

9

晚上，七仙女温泉酒店"山中山仙池"。

季黄鹏安排的是一个独立温泉池，位居七仙女温泉酒店最边缘，也就是大山的高深处，被人称作"山中山仙池"。

这是河埔市最著名的珍稀含氡苏打温泉，在整个岭南地区闻名遐迩。泉水富含偏硅酸、锂、溴、硒、铜、锶等多种珍贵矿物质和微量元素，周边古树环绕，青翠欲滴，富含芬多精和负离子，还有人工栽种的"宫粉红梅"，花开娇艳，层层染染，幽静悦目。早年间，这里曾是袁若德携亲朋、客户常来之地，后随造访者增多，需预约轮候，袁若德便很少来了。

袁若德和女婿梁仁良同泡"山中山仙池"，这还是头一回。

两人脱掉衣服，仅着内裤，试了试水温，入池而坐。

袁若德绕了个大弯：阿良，我去美国之前，叫财务从各厂调剂资金，支援德强五金机械技术改造，怎么没见毛织厂出手啊？

梁仁良支支吾吾：爸，毛织厂一向回款较慢，这您是知道的，现有很大一部分货款尚未收回，我……我也没办法。通常到年底情况会有所改善，我……我想到那时可以调剂资金……

袁若德直言：财务查账，发现毛织厂有笔款子去向不明。

梁仁良：哦，爸，您指的是8200万元那笔款子吗？

袁若德心里暗暗吃惊，不是袁甲芳说的4200万元，而是8200万元啊！他不动声色，轻轻点头：嗯，是吧。

梁仁良低着头，不敢正视岳父，更不敢不吐露实情：爸，蓝君盘下一个大项目，但头寸不宽余，叫我帮他应个急，我拿去做过桥贷款了，时限25天。现已到期，该款近两日可回笼。

听到"蓝君"这个名字，袁若德心里有数了，紧绷着的神经稍稍松弛。他当然知道，梁仁良表哥蓝君是女儿女婿的"红娘"，现为新加坡海蓝资本证券股东兼资深分析师。他双目微闭，似乎泡在温泉水里很乏力，思绪渐渐飘远。

女儿袁仁美24岁那年，只身到新加坡考察服装市场，在飞机头等舱与蓝君邻座，两人攀谈，十分投机。袁仁美对蓝君渊博的金融知识非常佩服，蓝君获悉袁仁美是做服装厂的，也很感兴趣。两人相约到新加坡后，翌日一起喝早茶。蓝君带着表弟梁仁良赴约，袁仁美一下子被梁仁良吸引（她婚后承认对他一见钟情）。梁仁良仪表堂堂，身材酷炫，气质超棒，与蓝君一样金融科班出身，拥有硕士学位（彼时追随表哥在狮城金融行业打临工），每涉金融话题必定谈吐不俗，而那正是袁仁美当时的兴趣所在。这个"早茶"持续了四个小时，三人攀谈内容天文地理无所不包，非常尽兴。此后，梁仁良义务为袁仁美当了几天向导，帮助她完成了狮城的市场考察，甚至临阵发挥，充当义务模特，袁仁美挑选的几十上百套男装样品都在他身上试过。袁仁美以服装专业的挑剔眼光，围着梁仁良转了N圈，原想挑出各类样品在领口设计、袖口制作等方面的缺陷，谁知连人带衣看了个遍，也没挑出什么缺陷。老话说人凭衣服马凭鞍，在梁仁良这里却反过来了，衣服凭人！什么衣服穿到他身上都成了好衣服，更不用说精美时装套在他身上显现出的神奇效果。他的身材比例符合0.618黄金分割点，仅这一条就狂甩别人几条街，非一般俊男靓仔可比。此后不久，女儿带男友见父母，梁仁良一进门，袁若德、常在情夫妻就惊艳：哟，大帅哥一枚！半年后，女儿与梁仁良走进婚姻殿堂，梁仁良结束了在新加坡的游荡生活，归国后正式进入袁氏。女儿婚后的小日子过得不错，夫妻恩爱，很快就要"提拔"老爸老妈当外公外婆了。

袁若德：阿良，放贷过桥，不论时间长短，都要如实禀报集团财务。尤其是你，要带头支持袁甲芳的工作呀。

梁仁良：爸您说得对！我太疏忽了！保证下不为例！

袁若德：这笔过桥款回笼到账后，你第一时间向我报告。

梁仁良：好的好的！爸您放心！我一秒也不会耽误。

在温泉水中浸泡十来分钟，梁仁良已面红耳赤，他热情洋溢地说：爸，我给您按摩按摩，顺便搓搓"面条"吧？

袁若德同样细汗涔涔：好！主要是后背，自个儿够不着。

梁仁良为岳父按摩很认真，但搓背却不敢下重手，袁若德几次叫他"使点劲儿"，但搓来搓去没发现什么"面条"。

山风吹袭，星辰闪烁，气温凉飕飕的，空气中极高的负离子沁人心脾。把身体浸泡在略高于体温的水温中，等于享受美好大环境包裹下的体贴小环境，畅快无比。两人泡了近半个小时，上来了。移出十来步远，进入设施齐全的精美小木屋休息。

袁若德两眼微合，舒展地躺在实木睡床上，身搭浅色毛巾被，安静而又惬意。换了别人，会以为老板想小憩呢，那可大错特错！梁仁良知道，岳父看上去漫不经心的，其实正在思考问题，包括他这个女婿的所谓"问题"。他躺在岳父身边另一个实木睡床上，拼命转动脑筋，揣摩岳父的种种用意。

果然，岳父又开始问话，尽管语气听上去挺随和：阿良，你刚才说蓝君盘下一个大项目，什么项目啊？

梁仁良忽然想到妻子"要坦白、不要遮掩"的话，这话大有深意。要讲老辣，他哪是岳父对手！与其被动等待岳父审东问西，不如自己主动掏出干货，"亡羊补牢"为时不晚。蓝君的"项目"是投资王祖望，干脆把王祖望从方杰辞职另组公司、下一步极有可能与方杰抗衡的事，向岳父和盘托出吧，万一岳父感兴趣呢！

梁仁良清清喉咙：爸，您不在家期间，方杰好像遇到点麻烦。

袁若德"嗯"了一声，那意思是姑且说来听听。

梁仁良发觉岳父愿意听，来劲儿了，像讲故事似的，将他所知道的情况向岳父娓娓道来。方杰毕竟是广德的老对手，从知己知彼角度，花时间八卦一下也是值得的。袁若德时不时地"嗯"一声，那意思是让女婿继续说。

梁仁良谈到两个重要信息：一是李鹈与蓝君曾是新加坡同事，后随家族移民德国，王祖望在德国进修期间获得李鹈的多方关照，建立起良好私交，王鹈精密便是由两人名字中各取一字合成。据悉，公司不大，注册资金仅为人民币1000万元。后通过李鹈引荐，王祖望结识了蓝君。二是被王祖望"拐跑"的人都是技术骨干，无一例外。其中有对师徒是行业大咖，名声在外，工艺水平了不得！

袁若德口气和蔼：阿良，王鹈精密现有哪些人，你弄个名单。

梁仁良满口应承：好的，我回去立刻弄。

女婿能够如实说明情况，袁若德稍觉欣慰。换个角度，女婿这个当表弟的，出手帮表哥"救急"，当属人之常情，兴许还包括了他对表哥做媒"牵红线"之举的报答。这样看来，此事至少在目前是不宜苛责和追查的。另外让他感兴趣的是，老对手方杰竟有一批重要的技术骨干集体辞职，这事值得重视。一般情况下，方杰所"失"正是广德所"得"的机会。他暗自忖度一阵，决定翌日开个闭门会，好好议一下如何利用这件事。

两人穿好衣服，尹擎已经等在门外。袁若德和梁仁良分头钻进车里。汽车一溜烟地离开七仙女，驶向自家别墅。

袁若德仰头往后靠着，双目微合，身体舒展，精神放松。

来的时候可不是这样。女婿冒天下之大不韪，擅自挪用款项，这在任何公司、企业（经济体）都是严重问题，无论牵涉任何人，即使不算"罪"不可赦，也应严肃追究照章查处。袁若德也不例外，对此高度警惕。约女婿同泡温泉，目的就是追查资金去向。当然，他采用温和方式，加强了目的隐蔽性而已。

孰料歪打正着，牵出一个蓝君，又牵出一个王祖望及其团队，以及王鹈精密组件厂。袁若德断定佳杰为此事付出的代价不轻，至少，骨干队伍分化了，技术力量削弱了。如果将王祖望团队揽至广德麾下，那就更正中下怀。进一步说，这件事契合了袁若德"导入新业态"的深层次思考及当下策略，在抢人才、抢渠道、抢客户及抢市场方面，完全可以为广德利用。

汽车进入院子大门，梁仁良手轻脚快地闪身下车，跑到岳父一边，殷勤地替岳父拉开车门。

袁若德钻出车子，站得笔挺，这是他的招牌动作。他手拍女婿肩膀，严肃中不乏亲切：明天上午你到我办公室，我叫上马赛鹰和季黄鹂，开个闭门会，有些事需要深入研究一下。

10

晚上，益利大街9号，方杰集团总部员工食堂。

方杰集团员工食堂热闹非凡，五张圆桌铺上了白色台布，还摆有酒杯，除了平时的四菜一汤以外，又加了道硬菜，这道硬菜是广东传统大盆菜，"盆"有脸盆那么大，内装菜肴多为卤水拼盘，其中有九节虾、白切鸡、发财猪手、秘制烧鹅等，满满当当，撑死牛的量。每桌还有瓶装啤酒和霍山矿泉水各一箱。

傍晚6时，佳杰五金厂减岗分流员工47人，乘坐一辆大巴，来到集团员工食堂，参加陈可元老板举行的钱行加餐。

姚国泰坐在主桌C位，红光满面，他站起来宣布：请各位坐好了！今天是个特殊日子，佳杰五金减岗分流员工有幸来到集团员工食堂，参加陈可元老板特意为大家举办的欢送饯行加餐。我谨代表分流员工，向陈总表示衷心感谢！

众人热烈鼓掌。有年轻后生仔在人群中乱吼：多谢陈总！陈总威水（广东话：厉害）！陈总好叻（广东话：聪明、能干）！

陈可元静静地坐在最边上的一桌，位置很不起眼，她身边是何青黛、武孔及几位前来陪餐的车间主任、副主任。他们统一身着佳杰五金厂工作服，与员工别无二致。

姚国泰故意慢吞吞地，说话挤眉弄眼：大家都看到了，我桌上这一摞红包，别急啊，都有份。每人2000块钱"分流补贴"，这是陈总向集团申请的一笔困难补助。毕竟有些人转岗到其他公司，上班路途远了，在通勤方面有个适应过程。

在众人自发鼓掌的热烈气氛中，何青黛、武孔开始发放红包。人人面露笑容，下意识地翘首以待。

姚国泰见红包发放完毕，大声问：有没有发漏的？

众人你看我、我看你，没有发现发漏的。

姚国泰挥舞手臂：好，各位工友自便啊！开吃！开喝！

食堂里欢声笑语热闹非凡，人人端杯举箸，大快朵颐。

约莫过了个把小时，姚国泰又从座位上站起来，语气轻松愉悦：工友们，大家饭吃得差不多了，酒水喝得差不多了，我们请陈可元老板给大家说几句话，算是临别寄语，好不好？

好！众人异口同声，不约而同鼓起掌来。

陈可元从座位上站起，面带微笑，一身工装把她衬托得身材窈窕，看上去像邻家小妹。当然，她一开口，气场毕现，邻家小妹痕迹荡然无存。她说：从眼前看，好端端的搞什么"减岗分流"计划，硬把大家赶出"舒适区"，非常不近人情。我可以负责任地告诉大家，这不是我的立场，我并不热衷这样做。大家都知道方杰有个"目标一致，利益一致"原则，就是说，以牺牲员工利益为代价的事情和以牺牲工厂利益为代价的事情一样，永远不是方杰首选。但是，从长远看，又必须这样做，舍此别无他选。利益有长期和短期之分、宏观和微观之分、点和面之分，需要辩证地看待和对待。"减岗分流"计划有利于方杰的长远发展。

陈可元顿了顿，接着说：我们搞制造，取不得巧。若说有捷径，只能是自古华山一条道——将聪明才智用到掌握先进技术上，对前沿应用技术一路狂追。谁热衷于技术，谁技术好，佳杰五金就认谁！就奖谁！此前的奖金数额，仅在一定的工资区间内浮动，即以工资为参考。以后我要拉大级差，按倍数级、几何级确定奖金额度。我说到做到。当然，在座各位将离开佳杰，我就先在佳杰摸索经验好了，但愿日后能在集团推广开来，惠及各位。

这话谁都听得明白。多数人醒目，自发鼓掌，还有人混在人堆里不冒头，只把一吼一吼的叫好声传出来。

陈可元笑容可掬：有人骂我不讲情面，我认为骂得好！骂到要害处！可以继续骂。我做厂，只讲合法合规，怎么能讲情面呢？讲情面有损工厂利益呀！长此以往，量变到质变，性质变了，工厂垮了。到那时，我发不出工资奖金给你们，只给你们发"情面"，你们要不？谁要？举手。

食堂内一片窃窃私语，夹杂着笑声，没人举手。

11

晚上，齐贤路内街16号，袁仁美家。

梁仁良回到家，赫见妻子袁仁美竟没睡，甚至还没洗漱，衣着整洁，连睡衣都没换上，坐在那里像个木雕似的。

袁仁美早已听见门外车响，知道老爸和老公回来了。见丈夫进门，她借助暗淡的灯光，神情紧张地盯着他的脸。

梁仁良故作不悦：你这么晚都不睡觉！我儿子也睡不成。

袁仁美呛白：你儿子的妈都没睡，你儿子凭什么睡？

梁仁良手脚麻利地换鞋更衣，一屁股坐到袁仁美身旁，绘声绘色："山中山仙池"名不虚传！泡得我浑身……

袁仁美截住丈夫话头，一声断喝：言归正传！

梁仁良不急不恼，沉浸在自己的思绪中，故意慢吞吞：我本来想着吧，爸要问起款子的事，我随便弄个由头蒙混过去算了，反正近一两天就回款了。比如，就说那笔款项是用来牵头组织毛织品国际展览会并参展的，后来仔细琢磨，参展有成规，环环紧扣，需要多人参与准备工作，后续事务繁多，很难统一口径。这个谎显然不好编，容易露馅儿。万一露馅儿，以后就不好做了……

袁仁美指着丈夫鼻子：你呀你，贼胆包天！当着爸的面就敢撒谎瞎编！幸亏你没编，是吧？你到底编了没有？

梁仁良：编啥呀编！反正走投无路，我……只好如实说了。

袁仁美狠狠剜了丈夫一眼：你怎么说的？

梁仁良顺势搂住妻子的肩膀：哎呀老婆，少安毋躁！关键时刻，你对我的强势高压和殷切叮嘱共同起了作用！我索性对爸竹筒倒豆子，来了个知无不言、言无不尽！

梁仁良越说越兴奋，抑制不住内心狂喜：嘿，爸那头脑，绝非一般人可比！就说那笔款子吧，他老人家绝对明察秋毫！不是将重点放在"为什么挪用"上，这个层次太浅，而是侧重追查挪用到哪里去了？干什么用了？力图从蛛丝马迹中有所发现。发现什么呢？有无可资利用的部分。你看，是不是入木三分？据我分析，下一步搞资本运作，有戏！

丈夫这番话令袁仁美大大松了口气，不管怎么样，总算没有当面起冲突，有惊无险。她绷紧的神经松弛下来，浑身瘫软，无力地仰靠在沙发上。其实她心里清楚，老爸懂得"看"人，人和钱比，人重要。许多事情不是想处理就能处理的，无奈之下只能选择欲擒故纵，延后以察。老爸有很多策略性的东西，老公不懂。

梁仁良脸上眉飞色舞，心里却憋着气。别人不知道，他梁仁良最清楚不过，老丈人袁若德，那纯粹一个笑面虎！表面上啥也不追究，背地里却在毛织厂安插一个眼线——提拔代紫萱任毛织厂副厂长并且私下查账。梁仁良感受到威胁，脊背发凉。

袁仁美冷眼一瞥，见梁仁良一副神神叨叨的样子，不禁愤愤然：你只管自个儿得意，可怜我，纵有三魂七魄也被你给吓飞！说毕，自顾自地上床，和衣而卧。

梁仁良神情洒脱，嘴巴贴近妻子耳垂，呈现出真正的"咬耳朵"状，声调极其轻柔，仿佛妻子肚子里的儿子，也不能让他听见：把重资产做轻，这是方向，也是你和我的目标及担当。当然，这事急不得，要有计划有步骤，从容实施。

在袁仁美听来，梁仁良的话总是耐嚼的。事后寻味，简直太有道理了！老公是有智慧的人，虽说年轻阅历浅，但在他熟悉的、专业的领域，巨聪明！巨牛！

老爸终究比老公老辣。但老公也不是吃素的。这么想着，袁仁美感觉事态平衡了，心态平稳了，美美地睡着了。

12

下午，花茶街8号"期屋"。

"期屋"是陈豪杰早些年赠送二儿子陈可期的独栋小别墅。

陈豪杰、方珍在长子陈可铭及伟杰建筑工程公司总经理杜仲陪同下，到"期屋"察看，准备重新装修一下。

一进屋，方珍惊讶：哟，挺干净的。

陈可铭：听说您二老要来，杜总昨晚叫人打扫过了。

方珍十分欣喜：杜总有心哦！房子保养得不错。

这是新房子，空置几年了，看上去大都完好，除个别地方装修风格有点落伍，没有更多不妥，连前后院的花草都郁郁葱葱。

杜仲：珍姨放心！装修方案已经发到香港了，陈可期老板和他女友正在看，等他们的回复意见一到，即可开工。当然，无论是设计方案还是装修质量都要让他满意。

方珍：好啊！他们喜欢就好。你们按年轻人的眼光装修和布置，他们就挑不出毛病。唉，终于要回来住了！

一行人在沙发上落座。陈豪杰交代要换个门锁。

陈可铭：爸，杜总派人考察了市场在售的多款锁型，经多方比对，选定一款智能门锁，性能好，使用方便。

陈豪杰、方珍夫妇都很感兴趣：智能门锁？

杜仲从柜子里拿出一个包装精致的纸盒，打开来演示：陈董、珍姨，这款智能门锁是创新产品，内含微量新科技。简单说，仅有一把钥匙，房屋主人用这把钥匙即能开门。如果换了人，就需要用这把钥匙加另外两种方式，如指纹、语音等，总共三个动作才能开门，少一个动作也不行。该锁销售方可提供原匙加配服务，即有几位主人配几把钥匙，需凭身份证。

陈豪杰：嗯，制锁厂家在防盗方面很用心思。

方珍附和：安全性能好，就用这款吧！

陈可铭和杜仲互看一眼，这事就定下来了。

陈豪杰有感而发：比之半路出家、半瓶子醋，专业人士更可靠，因为干什么琢磨什么。谁不深度打磨自己吃饭的家伙什儿呢？谁不长期深耕自己看家的行当呢？万金油就比不上了。不是说万金油不好，是说术有专攻更好。

杜仲由衷点头：陈董说得对！哪个行当都得凭本事吃饭。

陈豪杰：电梯厂基建，你们什么时候动工？

杜仲：择了吉日，下月28日。电梯厂项目基建工程建筑方案已组织专家多次研究和修改，基本成熟，仍在做最后完善。

陈豪杰点头默认。他接着说："筑巢引凤"的思路，同样适合家族企业，所谓练好内功，要以HQ111地块做"强磁场"，吸引更多的人才、更多的资金、更多的资源在此集聚，借此促使集团各个公司形成深度捆绑关系，也就是形成拳头。

陈可铭和杜仲都认真倾听着，时不时点头表示明白。

陈豪杰：杜总你担子不轻。集团这一步迈出去，你们伟杰建筑是集团最先接手项目的，是第一梯队，是打先锋的，一定要打响，争取开门红。好不好？你去忙吧！

好的陈董，您放心！杜仲说完，带人离去。

此前，陈可铭已经向老爸汇报，上次香港行无功而返，陈可期和他女友叶馨菊对工厂回迁的态度还是模棱两可，即使投地成功，也没见打动他们。陈豪杰不觉得意外。他知道，投到了地，不等于立马就能改变叶馨菊的态度，更不等于万事大吉。

陈豪杰面对陈可铭：问题实质是啥？

陈可铭一脸蒙，直愣愣地看着老爸，等他明示。

陈豪杰呷一口茶，语气沉稳：叶馨菊不是对地块不满，而是对陈氏不满，对方杰不满，对方正回迁的路径和方向不满，所以处心积虑防范，千方百计阻挠，排斥任何方式的合作。她骨子里是想让方正独立，与方杰切割。至于工厂如何做大做强做优，她不懂，也不想懂。又怕吃苦，又怕吃亏。

方珍插话：既然防贼样防着陈氏，为啥偏跟我儿子拍拖？我儿子不姓陈吗？可见姓叶的长副坏心肠。

陈可铭：妈说得对！姓叶的骨子里自私狭隘，难得改，有她从中作祟，咱平白多了麻烦。我准备择日再去，拿上杜总的基建方案，跟阿期好好谈，力争早日促成。

陈豪杰摆手：你们不用去了，我和你妈去。

说着话，陈豪杰冲门口喊了声包乐，包乐应声进屋。陈豪杰转脸问老伴儿方珍：到点了吧？包乐送你去。

方珍从沙发上起身：哦哟，可不是到点了嘛！

包乐驾车送方珍到常掌柜中医馆做理疗，屋里只剩父子俩。

陈豪杰：我们不必跟叶馨菊小家子气计较。此事转机当在老二阿期身上，我们多点信心，多点耐心，他一定会回来。

陈豪杰被自己的话感动，由衷地笑了，笑出一脸很深的皱褶：游子归来，老怀甚慰。嘿嘿，你不懂。

陈可铭感受着浓浓的、浓得化解不开的父爱，体验着人世间最真挚却总是难以言表的父子情，两眼湿润。他起身往老爸杯子里续了些热水，双手捧给老爸，举止无限温柔，嘴上说：爸，有您在，大树参天，福泽后世，我们照着做就是了。

不对！陈豪杰口气严厉：我在和不在，你们都要有自己的想法和做法，敢作敢当，能做能当。

在和不在？陈可铭没想过这个，忽觉话题沉重，垂下头。面对辛劳一辈子、呕心沥血打下家族企业这个"江山"，自个儿身体机能却全面衰弱的老爸，不由得暗生怜悯；想到大自然规律不可抗拒，又暗生恐惧。

陈豪杰知道此话触到儿子痛处。实际上，关于"在和不在"的话题总能触到人的痛处，那是人生最隐秘、最本质的痛处。只是，不能因为触到痛处就不触，触不触，它都客观存在，无可回避。陈豪杰拍拍儿子肩膀，刻意将语气婉转了些：大树总是指望小树早日参天，像小树指望大树永远参天一样。大树的指望是现实的，小树的指望就很虚幻了。阿铭，你不小了！不要习惯和满足于做小树，觉得做小树舒服。下一步你弟回来，方杰人丁旺了，商业版图大了，你是带队伍的人，要有大树思维了。

陈可铭抬头迎视老爸，见老爸眼中透出无限爱意、无限希冀。

陈豪杰稍作寻思，语气委婉地补充道：老树参天能有几天？往多处说，两万天有吗？小树要接着参天才行啊！

父子俩都做出寻常而又漫不经心的样子，其实内心激荡。

13

上午，翡翠巷6号，广德集团总部袁若德办公室。

袁若德召集梁仁良、马赛鹰、季黄鹏开闭门会，研究吸纳王祖望团队，充实德强机械厂事宜。

梁仁良先介绍了王祖望团队从方杰辞职的大致情况。为显摆自己"消息灵通"，他说得有鼻子有眼，好像他是当事人。末了，他漫不经心补了一句：听说王祖望带走的人中有对师徒，名声挺大的，曾是方杰重要骨干。

马赛鹰一听，两眼陡然发亮：啊？梁总，你说的那对师徒叫什么名？是不是樊老靓、黄匠军？

梁仁良胡乱点头。其实，具体姓名他并没记住。

马赛鹰抑制不住意外惊喜，自言自语：樊老靓、黄匠军师徒离开佳杰了？这是好事啊！佳杰再想培养出这样的人才，难喽！

袁若德面向马赛鹰：哦，你跟他们熟啊？

马赛鹰亢奋不已，亮起嗓门儿"爆料"：那俩宝贝是业界名人，顶尖高手，工艺超炫！近两年名声爆棚，如雷贯耳呀！

在座几个人都把目光投向马赛鹰。

马赛鹰将樊老靓、黄匠军师徒的背景和前景逐个儿"抖出"。

樊老靓是技能大师，绰号"鬼手靓"，40来岁，广州某技工学院大专毕业，在五金机械行业浸润20多年，用"能工巧匠"来形容都觉词不达意，他已经"匠"成鬼斧神工了！有他在，老板购置具国际先进水平的高端机床机械毫无顾虑，只要交给"鬼手靓"就行了，他眼都不带眨的，凭借那双鬼手统统玩得转。

徒弟黄匠军是华南理工大学科班出身，某县中考、高考"双料状元"，在校期间即有高端机械类书籍译著，再复杂的产品说明书及图纸类文件均可直接翻译。平时肯学肯干好钻研，深得樊老靓欢心，把自己多年积累的丰富实践经验甚至不传之技艺，毫无保留地传授给他。师徒俩整日形影不离，感情甚笃。近年两人合作弄出个大成果——首创五金件及系列配件某个铸造工艺，在市里获了重奖。不过，具体内容说是涉专利，一直保密。

袁若德问：他们是哪里人？

马赛鹰低头想了想：樊老靓不清楚，黄匠军是安徽六安的。

梁仁良：安徽六安？那不是我老乡吗？也是阿鹂老乡。

季黄鹂迎着梁仁良的目光，点头。

袁若德凭借灵敏的市场嗅觉，断定一个"抢人才""挖团队"的机会来到手边。他立即交代马赛鹰，动用关系，寻找渠道，甚至可以不惜代价，把王祖望团队揽至广德。

季黄鹂半晌没吱声儿，这时犹豫着说：袁董，可能性不大。

袁若德狐疑地看了看季黄鹂，那意思是何以这么肯定？

马赛鹰抢过话头补充道：该师徒深得业界青睐，是各路猎头的首猎对象。方杰待其不薄，一直当大神供着，照理说他们不会离开方杰，方杰也不会放人。目前看来，只能是王祖望本事大了。

说者无心，听者有意。马赛鹰一句"王祖望本事大"，对袁若德颇具启发。王祖望拉人（每个人无疑都经他长期考察、反复掂量）出走方杰，另立山头，一定有某个"硬核实力"在手，否则断难迈出这一步。袁若德若有所思：嗯，内里有乾坤。

马赛鹰这时想起，自己曾与对方打过交道，碰过壁，不禁愤愤然：那两人（指樊老靓、黄匠军）难伺候着呢！一般人跟他们没得比，他们对一般人就看不上眼。通常联系不上，即便联系上了，他们也爱搭不理，一句"没空"就把人打发了。

袁若德笑道：又有本事又好伺候，那就是完人了，咱们上哪儿去找这样的完人啊？咱们只找匠人。

马赛鹰也笑了：那倒是。

季黄鹂瞥瞥袁若德，细声细气开了口：我去联系下试试。

袁若德扭脸儿面向季黄鹂：你有线索啊？

季黄鹂双颊绯红，含蓄地冲袁若德点点头，没明说。袁若德想到他们是老乡，也就没再追问。

这时，季黄鹂手机铃响，她起身走到门外。

袁若德交代梁仁良：阿鹂若能联系到他们，你尽快安排与王祖望洽谈，我们目标明确，就是将其团队揽至广德，开出优厚条件，吸引力要到位。看他们合作意向如何，再说吧。

季黄鹂接完电话，匆匆步回屋内，语气急促：袁董，我联系了黄匠军，他刚刚电话回复，王鹏精密手握境外一个大型综合项目的分包合同（可能是其中很小的一个子项目），原计划组队后全体飞往境外，但项目中心（设在德国）提出新的要求，即参与项目之前先拿出合格样品，图纸已打过来了，之后再进行下一步。这个变化出乎他们意料。

哦？袁若德看着季黄鹂：你是说，他们无法生产样品？

季黄鹂点头：他们脱离了方杰，自己没有生产平台，样品的事本来不大，却让他们进退两难。

马赛鹰：可以来广德做呀！生产样品小菜一碟嘛。

季黄鹂：他们说不考虑广德。

梁仁良和马赛鹰不约而同发问：为什么？

季黄鹂：不知道。

袁若德沉吟片刻：阿鹂，你继续与他们保持联系。如果他们有意合作，广德一定让利，利润大头肯定是王鹣精密的。

季黄鹏：好的袁董，明白。

闭门会的效果超出预期。袁若德通盘审视这件事后，产生新的想法，包括直接联系蓝君，通过他控股王鹣精密。当然，目前时机未到，这层意思只能暂埋心底。此事对方杰是个打击，利用得当或有益于广德，但鹿死谁手难说。

14

晚上，河埔市繁华大街。

陈可铭正在开车，手机铃响，一看是秦茱萸打来的，很惊奇，两人平素都是发短信联系，很少打国际长途，他立刻按紧了耳塞：阿萸！

秦茱萸：可铭兄，你在忙吗？

陈可铭：不忙不忙！怎么，你这会儿得闲啊？

秦茱萸：我要回国啦！回河埔市！现在我们几个人已抵洛杉矶国际机场，准备登机……陈可铭惊讶中带着兴奋：哦！好啊好啊！终于回来了！这次回来，是临时的还是……秦茱萸对陈可铭推心置腹：可铭兄，我及我的团队确定回国发展，已经与广德集团签约……陈可铭听得分明，但他宁愿自己听错了，猛地打断秦茱萸的话：什么？你和谁签约？等下……我把车停下……

秦茱萸这才知道陈可铭在开车，顿住，等他停好车。

陈可铭把车停在马路牙子上，为信号清晰些，他钻出车外：阿萸，你……你们……和谁签约？长约短约？

秦茱萸口齿清晰：我和我的团队这次回来，就不走啦！我们已签约加盟广德集团，与其展开合作。可铭兄，你是知道的，对我而言，回国发展是基本方向，此前一直在等待和寻觅机会，伺机而动。恰好这时，偶遇广德这个比较靠谱的跳板。与其说我是毅然决定回国，不如说是顺其自然。

陈可铭灵魂叩问：这么说是我不靠谱了？

秦茱萸急忙分辩：不是不是！可铭兄，绝对不是……

陈可铭：我找你在先啊！我一直在等你签约啊！

秦茱萸：对不起！可铭兄真对不起了！嗯，怎么说呢？有道是近乡情怯。我等尚无建树，必须先找跳板，这块跳板当然不能是方杰。贸然杀上朋友家门，倒是有了好的平台，对我有利。但实际操作起来，成败不定，闪失难免，弄不好的话，就可能伤及乡情友情及同学之谊，这是我不可承受之重。

陈可铭：但我仍觉难以置信，也很难接受。怎么会这样？阿萸，还是别开这种玩笑。行吧，回来就好！咱们见面详谈。

秦茱萸口气认真：没开玩笑。可铭兄，以后咱们离得近了，要合作的话有很多方式，不拘一格。好吧？

陈可铭忽而心急火燎，忽而唉声叹气。方杰与广德因历史积怨，势不两立，水火不容。这个怎么跟秦茱萸说呢？原以为能有机会坐下来谈，孰料还没来得及，广德就抢先与秦茱萸签约了！

秦茱萸：可铭兄，回头见！我挂电话了啊！

陈可铭：不管啥情况，你回来了，给你接风洗尘的当然是我！这样吧，告诉我航班号，我去机场接你……

秦茱萸：可铭兄，不劳你来接，你忙你的，别费这个神了啊！广德那边已有安排。我落地后倒下时差，定会抓紧时间去见你，拜见杰叔（陈豪杰）。咱们见面再聊。

挂了电话，陈可铭漫无目标地仰起脸儿，对天发呆，万分沮丧，半天回不过神儿。

15

下午，广州白云国际机场。

秦荥荑率团队回国，袁若德郑重其事，亲自到机场迎接。

在美国时，秦荥荑当袁若德面答应两个月内回国。后在多次电话联系中，秦荥荑表示要尽量缩短在美逗留时间，尽快回国，力争将两个月减少为一个月。最终，他率团队第24天就回来了。

袁若德获悉秦荥荑携团队已到洛杉矶机场，等待登机，很动容，眼眶湿润——他真的回来了！他说一不二，守信用，尊重别人。

广德有辆顶配宾利，平时不怎么动用，这回被开了出来，由梁仁良驾驶，袁仁美坐副驾驶位，袁若德坐后排，后排另一座位是留给秦荥荑的。尹擎驾驶奔驰越野尾随在后，车里坐着马赛鹰、高蔷。黎锦官驾驶保时捷卡宴跟在最后，车里坐着季黄鹂。

五月的广州，蓝天白云，风和日丽，花团锦簇，车水马龙。

秦荥荑一行六人步出机场闸口，袁若德疾步趋前，与秦荥荑热烈拥抱。之后，两人脸儿对脸儿，相互凝视两秒，竟然一句话没说。莫如师走到两人身边，笑着打招呼：袁董你好！

袁若德脸上笑开花，与莫如师、牛仔酷、甘果等人握手，嘴上一迭连声：欢迎欢迎！欢迎莫博士！牛博士！甘博士！

秦荥荑介绍后面跟着的两名技术员：这是大熊，这是阿毛。

梁仁良"扑哧"一下笑了：这不大熊猫吗？

袁若德介绍道：这是我女儿袁仁美，女婿梁仁良。这几位是集团高管马赛鹰、高蔷、黎锦官、季黄鹂，还有尹擎。

秦荥荑、莫如师等人与前来迎接的人们握手。

袁仁美：我爸每天都在等你们！天天掐着手指头算日子。

梁仁良戏谑道：你们可把我爸等苦了！等出焦虑症啦！

秦茱萸：嘿嘿我们也是。天天盼回国，盼来广德。

袁若德声调高亢：现在，我们回家！

马赛鹰等人分头帮着秦茱萸及团队成员拿行李。

黎锦官手指停车方向，招呼道：请各位移步跟我来。上车后，我们先去宿舍放行李，然后去宿舍隔壁楼下茶楼，袁董亲自安排了下午茶，给大家准备了上好的陈皮普洱。

在黎锦官指引下，秦茱萸坐进宾利，与袁若德并排。

袁若德：秦博士，一路辛苦！安顿下来后先好好补个觉。

秦茱萸：在飞机上睡了，现在一点儿不困，精神很足！

袁若德：有几套位居市中心的房子，是公司自有物业，已经收拾好了，水电费由公司全包，你们可以先安个简单的家。总之，委屈你们了，不好意思啊！当然这一定是暂时的。

秦茱萸很诚恳：袁董，我们刚回来，生活方面一切从简，都是年轻人，不必太讲究。我们在美国租的都是一套房，或上下铺，或打地铺，足够了，完全住得下。

袁若德：回到家来了，哪里还要上下铺、打地铺！已经安排好两套房，门对门，很方便，就不要变了。

秦茱萸不好再坚持了。来到大宝路21号，秦茱萸才知道袁董口中的"两套房"，共八间卧室，厨卫和洗衣机齐备。按照安排，秦茱萸、甘果住一套房，其中客厅当作会议室；莫如师等人住在对门另一套房，每人一间卧室。每个房间都有空调、书桌及衣柜。

其实，大宝路21号整栋楼都是广德集团的物业。袁若德早年即有一个梦想，这就是建自己的"专家公寓"，为此而积极置备房产。一晃，小20年过去了，延聘专家的事一直没着落，既苦于缺时间精力，又受其他因素制约。所以，21号整栋用以出租。

袁若德：眼下，广德正集中资金上新厂、上项目，拿不出应该给你们的安家费。我欠你们的，这笔账我会记上。

秦茱萸：袁董，您太客套了。生活方面绝对无忧，明天可以投入工作了。要不这样，下午茶就不喝了，现在还有时间，我们先去公司主要工作场所看看好不好？

莫如师：好啊，吃晚饭时喝晚茶，连在一起搞定它。

梁仁良笑道：知道早茶和下午茶，没听说晚茶呀！

莫如师咧咧嘴：嘿嘿，我们经常喝夜茶。

这话把大家都逗笑了，气氛轻松活跃。

马赛鹰：袁董的意思是请你们先休息，把生活安顿好再说。

秦茱萸：顺便看一看，等于休息了！

袁若德拗不过他们，打个手势，全体驱车来到广府大街71号。

在美国时，秦茱萸就知道广德集团将总部办公楼（据说是一栋崭新的六层写字楼）腾出，更名为"德立技术大厦"。现在，大厦映入眼帘，比他们预想的要好，流线型外观颇具现代气息。地面六层，地下一层（车库）。进入大楼里面，但见内饰典雅秀逸，设计感很强，是典型的现代写字楼格局。

马赛鹰向众人介绍楼层布局，一行人边走边看。

袁若德告诉秦茱萸，德立技术并非空架子，而是以德强五金机械厂做基础，下一步重点是走科技创新成果转化应用之路。你看，大厦一、二两层准备作为实验车间，将德强五金机械厂的两个核心车间搬过来，上面四层为技术研发中心（含实验室）。

秦茱萸频频点头，表示深度认同。

一行人来到四楼。秦茱萸的办公室同样是套房，与一间会议室相连，有独立卫生间。秦茱萸惊讶：哟，太奢侈了！这间房可做实验室。黎锦官指指头顶：楼上五、六两层是实验室。

接着，一行人来到翡翠巷6号，进入公司总部刚搬入的一栋老楼房里。黎锦官介绍说：这里是广德旗下的德行物流公司，老板是高蔷。说着话，黎锦官把高蔷推到前面：这是高总！他很低调哦，平常轻易不露面。高蔷笑出一脸尴尬：不好意思！

秦茱萸发现，袁若德办公室面积比自己的办公室面积小，心里很不安。众人笑着告诉他，袁董的女儿袁仁美、女婿梁仁良的办公室，均比董事长办公室面积大，设施阔绰。

莫如师由衷地说：袁董是干事业的人，不讲排场。

秦茱萸抬眼扫视，但见袁若德办公室墙上并排悬挂着两帧书法条幅，镶嵌在玻璃框中，十分醒目，一帧写着"积善成德"，另一帧写着"躬行德范"，字体苍劲娟秀，十分醒目。

把工厂做好即大德大善——秦茱萸脱口而出。这话引发共鸣，袁若德等人深深点头。

这时，黎锦官把一直跟在后面的尤其芬推到前面来，笑着介绍说：秦博士，她叫尤其芬，大家喊她阿芬。集团为您及团队配备了专车，是一辆大霸王七座面包车，阿芬为专职司机。

尤其芬羞羞答答地向秦茱萸鞠了一躬：秦总，请多关照！

秦茱萸还没来得及答话，莫如师嘴快：这么漂亮的小妹给我们开车啊！那……我们岂不天天想坐车？

第六章

1

　　黄昏时分，西苑北街3号别墅，陈豪杰家。

　　陈可元驾车回到家中，泊好车进入客厅，瞥见大哥陈可铭坐在沙发上发呆，顺口问道：哥，啥事儿不爽？

　　陈可铭低眉垂眼，懒得搭理，他正为秦茱萸的事懊恼不已。

　　见大哥没精打采，陈可元耸耸肩，自己上二楼房间取东西。

　　陈豪杰、方珍夫妇从楼上慢慢走下来，在餐桌旁落座，其他人赶紧跟着坐上自己的位置。平时这个时候，一家人围坐一起有说有笑，其乐融融，这会儿却没人出声。

　　陈豪杰见陈可铭神情不对，问道：怎么了？

　　陈可铭妻子贺喜小声儿说：他同学秦茱萸回来了。

　　陈豪杰：秦茱萸回来了？好哇！我们不是正等他吗？

　　陈可铭摇头，长叹一声，向老爸如实禀报：他来不了啦！听说广德搞先下手为强，德叔亲自去美国挖他，在旧金山即签了约。我因提前回国，签约慢了一步，煮熟的鸭子飞了。

陈豪杰一听"广德"两个字，气不打一处来，"啪"地把筷子拍在桌子上，大光其火：又是老袁头！这个老菜鸟！啥事他都要抢个先！抢钱、抢项目、抢订单，现在又抢人！不择手段，岂有此理！这老东西处心积虑跟我过不去！

贺喜在一旁跟着发牢骚，为家公帮腔：是啊，广德人就是不地道！秦茱萸这人也是！可铭专程去美国找他，讲明了的，结果呢，好不容易把他等回来，他却跟别人签约了！我看他没把可铭放在眼里，也没把方杰放在眼里。

正在二楼阳台上的陈可元惊叫：啊？秦茱萸！他回来啦？

陈豪杰、陈可铭循声往楼上瞥去，尔后莫名其妙对视一眼。

陈可元自二楼飞身而下，面颊绯红，轻轻在餐桌旁落座。

陈豪杰追问：老袁头凭什么想挖谁就挖谁？想挖谁就得谁？他跟秦茱萸有什么关系呀？难不成他有魔法？

陈可铭也是满腹问号，事情怎么会弄成这样？自己专程赴美铩羽而归，袁若德跟脚而去却马到功成。他越想越窝囊，嗓门儿低沉：具体情况还不清楚，见了面才知道。我约了秦茱萸，明晚在他住处附近一个路边店，先打个照面再说。

近段时间以来，为二子陈可期对厂子回迁态度暧昧一事，陈豪杰很是闹心。这会儿又听说秦茱萸人回来了，却被广德抢走了，很生气，眉头紧蹙，交代陈可铭：你再跟他谈，跟他深谈，请他来方杰！他是你发小，从来只跟陈家关系好，有袁家什么事？只要他肯来，职位待遇什么都好说，比他袁若德强一百倍！

方珍忍不住插话：强就强呗，咋说一百倍？口无遮拦！

陈豪杰一脸沮丧：气话呗！提起老袁头我气不打一处来呗。

陈豪杰一家欣赏秦茱萸，很有些年头了。

秦茱萸是大队党支部书记的儿子，自幼学习成绩好，勤劳，能吃苦，爱帮助别人。其父因意外去世后，其母独自把他和弟弟抚养成人。中考时，他是当年闻名四里八乡的状元郎，又于18岁那年成为全村、全镇乃至全县第一个考上清华大学的人，并以"双科学霸"身份获美国某常青藤学校全额奖学金，留学美国并于26岁那年获得博士学位，之后在美国一家研究机构从事科技研发。他弟弟也很优秀，在澳大利亚留学和工作，如今带着老母亲定居在那里。秦荣英是不可多得的人才。基于这种价值洞见，方杰集团率先向秦荣英发出招贤邀请。不承想，半路杀出个程咬金，袁若德后发先至，拦路抢劫，把秦荣英拐跑了。

这顿饭，草草了事，谁都没吃好。

陈豪杰、方珍离开餐桌。陈可元急忙逮着陈可铭，小声儿问：哥，秦荣英他现在人在哪儿？

陈可铭没好气：刚才不是说了吗？在广德！

陈可元又问：哥，你前段时间去美国找他，没找到啊？

陈可铭板着脸，抿着嘴，不开腔，腾地起身，抬腿就走。

陈可元急忙拦住：你不会因为他去广德就不理他了吧？

陈可铭瞪眼：谁说的？已约他吃饭，时间还没定下来。

陈可元高兴得快跳起来，拼命忍着，假装无所谓：吃饭我也去。

陈可铭紧蹙眉头，很不耐烦：我们是男生聚餐，没女生！

哥，有个女生更正式啊！就这么定了。OK！

2

傍晚，木棉红酒店宴会厅。

为欢迎秦荣英博士团队到来，以及双方正式签约，袁若德在木棉红酒店高规格摆了六桌酒，女儿袁仁美、女婿梁仁良、集团高管及各厂车间正副主任悉数参加，部分班组长也参加了。

宴会厅正面墙上，挂着大红的横幅，上面贴着用白纸精心剪辑的楷体字：秦荣荑博士及团队加盟广德集团签约仪式。

袁若德致欢迎词，热情洋溢，表达自己由衷的喜悦：秦荣荑博士团队加盟广德集团，是广德有史以来最大的喜事！最大的好事！最大的福事！让我们以最热烈的掌声，表达最诚挚的欢迎！

人们热烈鼓掌，气氛欢快祥和。

袁若德：任何工厂都不能没有人才，人才是第一生产力。我们做厂，最大愿望是工厂可持续发展，做百年老厂。那么，吸纳和倚靠专业人才，培植人才队伍，就是实现愿望的不二之选。老话说，持技发家，仗剑走天下。秦荣荑博士团队的加持，不仅使广德拥有了核心技术团队，更为广德拥有独家核心技术奠定了坚实基础。我们持技建厂，仗技走天下，路子更宽广了。

袁若德顿了顿，接着说：自古以来，人丁兴旺都被视作家族财富的基本要素和根基。所以，家族财富的构成，人力资本在前，产业资本在后，本末倒置就丧失了对事物本质的认知。我自己就有体会，将工厂急需解决的问题列举出来的话，千头万绪一大串，全都火烧眉毛。但有了人才，让专业人士去做，那就不一样了。一个家族是这样，一个工厂企业、一个经济体也是这样。没有人力资本的延续，产业资本就呈现坐吃山空状态。

秦荣荑接着致答谢词：感谢袁若德董事长热情洋溢的欢迎词，感谢广德集团各位同仁亲临欢迎宴会！很庆幸，我和我的团队千里迢迢来到广德大家庭。从此以后，广德就是我们的根据地，就是我们的家园，我及我的团队将与广德同仁荣辱与共了！我们将以更好的精神面貌，更昂扬的斗志，更多的时间精力，集中智力资源，做更落地的技术研发和应用，助力德立技术乃至广德腾飞。

秦荣荑：东西方文化差异巨大，但也有共性。譬如，东西方文化都认为，世上一切都以"财富"形式体现，包括精神财富和物质财富。形态不尽相同，甚至二元对立，但其财富属性无可否认，这是事物本质。财富无谓褒贬，很中性。袁若德老板乘改革开放东风，秉持实业发家理念，创办数家工厂，是最典型的创造财富、实业兴邦之举，令人钦佩！

秦茱萸：刚才袁董提到人丁兴旺，我认为说得非常好。一个工厂企业，像一个人一样，是有基因、有成长史、有当下、有未来的。工厂企业要与人一样拥有健全基因，才能走得久远，才可持续，才有望做百年老厂。

秦茱萸接着宣布，在与自己的多位老师进行深入沟通后，遵从老师指引，广泛联络了同学、同事、旧识及老友新朋等，已有七人（均具理工科硕士、博士学位）愿意回国，加入德立技术。其中有一位重量级信息技术及自动控制双料专家，名叫项清楚。

袁若德闻之大喜，带头鼓掌，全场响起热烈掌声。

袁若德、秦茱萸分别致辞后，共同走上事先摆好的条形桌，在众人见证下，庄重地完成了签约。两人紧紧握手。

掌声又起，欢声笑语一片。

马赛鹰眉飞色舞：袁董识才、惜才、揽才及用才，这是广德之幸啊！这下好了，由秦茱萸博士领衔的德立技术，起点高，就算一时半会当不了独角兽，也能迅速登上河埔市龙虎榜！

梁仁良脸上挂着几许冷笑，说话阴阳怪气：马总，野心大了点吧？好像凭一己之力就能搞行业洗牌似的。

一直冷着脸儿的袁仁美，开口也带火药味儿：总有厂家号称自己是独角兽，其实这个世界独角兽不多。即使当上独角兽，时间也不长，因为很快就有盖帽角色出现，抢走独角兽桂冠。

梁仁良：对抗企业周期（指兴衰交替），是企业共同的难题。巨无霸企业都无可奈何。所以，头脑不能膨胀。

因为都在主桌，这些议论袁若德当然听到了。女儿女婿两口子当众唱双簧，起反调，泼冷水，袁若德心生不悦。但他此刻懒得理他们，顾不上这点小插曲，眉头都没皱一下，高举酒杯站起来，声音洪亮：秦茱萸博士团队加盟，德立技术成立，广德如虎添翼——三喜临门！今晚大家要不要多喝几杯呀？

众人欢呼：要！要！要！

莫如师被热烈气氛感染，趁乱吼了声：秦博士有酒量哦！

袁若德面庞红润，两眼放光：现在我提议，大家共同举杯，放量畅饮，以表欢欣。干杯！

接下来，向秦茱萸敬酒的人很快排成了队。

3

晚上，沉香街27号，陈可元家。

晚上9点，何青黛洗漱完毕，穿一袭藕白色睡衣，抬腿来到隔壁陈可元房间，一推门竟没推开，门从里面锁了。咦，这么早就睡了？不会呀！何青黛觉得奇怪，轻轻敲门。

陈可元的声音从里面传出来：别敲了，我睡了。

何青黛：太阳从西边出来了？夜猫子要早睡早起了？

陈可元：晚安！

何青黛悻悻然，回了句"晚安"，转身回到自己房间。

这是小型独栋别墅，楼高三层，简称"元屋"。陈可元大四那年，老爸陈豪杰觉得女儿大了，可以有独立空间了，特意购置这套房产赠送女儿。陈可元自此搬出了陈家大宅。何青黛是陪着陈可元一起搬进来的。一楼有两间带独立卫生间的卧室，两人便只住一楼，楼上基本空置。"乔迁"当晚，为庆祝"独立自由"，两人整晚没睡，吃喝嬉闹八卦至天明，在杯盘狼藉中酣睡十多个小时。陈可元读研后住校，每周回来度周末，这栋房子始终由何青黛坚守。

晚上11时许，何青黛在房里哼小调做琐事，磨蹭半天终感疲惫，上床躺下，正待拉灭台灯，陈可元发来短信：我有男神了！

何青黛的瞌睡一下被惊跑，回复短信：谁？

陈可元：我睡不着！你快过来。

何青黛：刚才已道过晚安，我瞌睡来了，马上入梦。

陈可元：我男神光芒四射，我陷入万丈柔情。两分钟之内你不过来，我就去敲你门，叫你睡！

何青黛揉眼翻身下床，仍是一袭藕白色睡衣，趿着拖鞋。

走进陈可元的房间，赫然见她端坐沙发上，脸放红光，床铺纹丝未动，茶几上没有水，也没有酒，可见她就这么干坐着，坐了几个小时。还装困说"晚安"呢，假模假样跟真的似的！

何青黛一屁股栽进沙发：你真有男神了？重磅花边新闻！

陈可元扭脸儿冲何青黛傻笑，笑得很好看，很妩媚。

何青黛眨眨眼，鄙夷道：虚拟的？梦游里的？

陈可元：秦茱萸。

何青黛注视陈可元：刚从国外回来那个博士？

陈可元深深点头：秦茱萸，秦博士，我的男神，我的爱！

何青黛抬手挠挠后脑勺：有一种号称"爱"的东西，来势汹汹，火山爆发式，海啸灾难式。你要不要来点清醒剂？

陈可元：视爱若灾——你这是嫉妒我吗？

何青黛：不幸言中。连人家长啥样还没记住，就爱得山崩地裂了？

陈可元急了：我跟他是青梅竹马！我小时候他经常来我家！他倒没瞥过我几眼，但好歹也混了个脸熟。告诉你，我大哥陈可铭在秦茱萸的影响、带动和帮助下，学习成绩"唰唰"往上蹿，一跃成为班里的"二学霸"。这是我全家人都知道的铁的事实！

何青黛认真了：这么说，你没梦游啊？你没发神经啊？

陈可元两眼微合：我好爱他……

何青黛瞥瞥陈可元，发现她简直快哭了，她怕是被自己的爱感动了！情不自禁说：哎呀妈呀！春心萌动是这副模样！你今晚咋回事儿？你真爱呀？一爱就这么烈、这么爆？

陈可元喃喃自语：你不知道他优秀到什么程度……

何青黛摆手：我不关心这个。我关心的是，他这年龄还是单身吗？他符合做你男神条件吗？他知道你爱他吗？

陈可元摇头，溢满眼眶的泪水顿时被摇落，大串大串晶莹的泪珠洒下来，说话喉咙哽咽：但愿他没女友……

何青黛顿生同情，倾力安抚：你看你！还哭上了。那博士刚回来，你咋就一夜间爱得不可自拔了呢？就算他有女友……那不等于还没老婆吗？

陈可元万分委屈：万一他有女友，而且那女友……

何青黛紧追着问：那女友怎么了？

陈可元憋了半天，憋出俩字儿：出色。

何青黛大大咧咧：你还怕对方出色？要讲出色你陈可元无出其右好不好？说白了，你男神是单身！假如你真拿他当男神的话，机会还是有的。

陈可元：唉，我早出生几年就好了。

何青黛：哎哟你想到哪儿去了！完了，我发现你是真爱——脑子不灵光了！爱令智昏了！

陈可元吁一口气，不说话了。

何青黛：以前我们讨论过，真爱都是单方面的，是内在的、原生态的、刻骨铭心的。咱还得出结论，单向的爱才是真爱，双向的爱只存在于幻想中。换言之，双向的爱大都不真实。

陈可元懒得说话，倒是愿意听何青黛在耳边喋喋不休。

何青黛：有人一辈子没爱过，只等着别人来爱，等着被爱。我觉得这是很幼稚的。被追容易，被爱难。是否被爱，天知道。收获对方的真爱，像撞大运似的，要有好命才行。

陈可元坐在那里死鱼样一动不动，也不发出丁点儿声响。

何青黛絮絮叨叨：很不幸，你爱上人家了！怎么办？从喷发和释放爱的过程中享受快乐？这哪儿够啊？不行！那个姓什么的海归博士，得早点通报他，他被我家元老爱上了。

何青黛扭头瞥瞥陈可元，见她陷入某种情绪那副可怜样儿，故意刺她：我看你今晚难熬，要不我打电话给你男神？

陈可元：哎呀无聊死了。你又使坏是吧！超讨厌！

4

清晨，东郊大背头小五金街，王鹈精密组件厂。

大背头小五金街是一条老街，建筑低矮，房屋陈旧，远看真是其貌不扬。周边不远处是大片农田，空气清新。

王鹈精密组件厂正式挂牌。

这天，全体员工来到大背头小五金街，迫不及待地在厂区和车间转了一圈。地方不算小，却很空阔，很快就转完了。

夏令从车尾厢取出王鹈精密厂的宝贝"家当"——专业定制的一帧红色横幅，双手抱着走进车间。众人接过来，自动分工，七手八脚往车间主墙正面位置处悬挂。一时没找到梯子，就用桌子、凳子叠摞起来。不一会儿，上书"专注工艺，从一而终"八个闪着金光楷体字的横幅就挂好了，看上去雄浑夺目。

夏令又从车尾厢取出王鹈精密厂的另一宝贝"家当"——专业定制的四个长方形玻璃镜框，每只镜框均以竖排书写着两个黑体字——匠人、匠心、匠工、匠品。众人又自动分工，七手八脚将玻璃镜框往车间另一面墙上悬挂，一溜儿横向排列，异常整齐，与车间主墙上的横幅正面相对，看上去遒劲爆棚。

布置得差不多了，人们感觉不错，兴致高昂起来。大背头小五金街，王鹣精密来了！这条破旧老街诞生了新厂，这个陌生角落来了群达人，一改衰败景象，显示出生机活力！

王祖望面对横幅，以他带有磁性的嗓音问道：厂子虽小，但我们是它的主人！大家愿不愿意当它的主人？

全员面对横幅，扯着喉咙齐齐吼道：愿意！

王祖望举起右手：我发誓，当自己的主人！掌握自己的命运！

其他人皆举右手：我发誓，当自己的主人！掌握自己的命运！

文化的力量，心气儿的凝结，也许并不总是看不见摸不着的。

条件简陋，没椅子可坐，但天空正蓝，阳光正好。王祖望指着车间外一处草坪示意，大家集中于草坪上，席地而坐。

王祖望先发感慨：城市郊区的最大特点是空气清新呀。

有人附和：是啊，这里可以少"吃"点汽车尾气。

王祖望照例发问：王鹣精密的企业文化是什么？

众人惯性回答：专注工艺，从一而终。

王鹣精密的企业文化是公司成立当天就确定了的，以"专注工艺，从一而终"为宗旨，以工艺标准化为精髓。主要意思是一辈子只专注做一件事，全员遵循丝毫不走样的标准流程上岗，个个敢于自我标榜"品质达人"，人人以"品质偏执狂"为傲。

王祖望清清喉咙，郑重其事地向大家公布GGY项目中心发来的电传，像摊牌似的：老实说，这段时间我一直为样品之事发愁，说是忧心如焚也不夸张。公司弱小，起步维艰，人家说啥就是啥，王鹣精密只能接受现实。所以，厂房租赁事宜搞掂以后，其他相关手续也大体完备，今天，我们王鹣精密组件厂正式挂牌了。这些都是权宜之计，是下策，但不这样做还能咋地？

众人惊悉电传内容，感到突然，面面相觑，原来是这样！没人当面吐槽或抱怨，但心情压抑，挟带着迷茫。

王祖望阐明公司所处形势：项目发包方要求我们拿出样品并且检验合格，尔后才能正式参与项目。这与我们当初谈好的意向不同，这个变化我们始料未及。所以，拿出合格样品成为当务之急，否则无法迈出"下一步"。今天大家都看到了，大背头小五金街空间大，但原厂生产设备落后，不经改造基本用不上。

王祖望顿了顿，接着说：为尽快拿出合格样品，我意兵分两组，一组就地进行设备改造，改成一台用一台；另一组广泛物色并洽购合适设备及原材料。资金方面，有犀利牛基金的首轮天使投资，目前问题不大。

会上很快形成两种不同意见，相持不下。

樊老靓、黄匠军师徒主张联系广德集团，或加盟或合作，借助其旗下德强五金机械厂这一优质平台，生产出合格样品没问题。

王祖望当即否定，他一脸苦相，表示自己并非不动心，只是迫于方杰压力，不敢走这一步。他接着向全体员工如实讲明来自方杰的高压，语调相当闷骚：方杰和广德素有积怨，孰是孰非掰扯不清，这个浑水我们蹚不得。别说与广德合作，假如我们胆敢与广德交往，也会受到方杰毫不留情的追杀。即使扯不上什么官司，也会惹一身腥，那就直接影响我们来之不易的境外项目参与资格了。

樊老靓坚持自己的主张，他慢条斯理地说：凡事讲个开门红。我们作为新厂，开局必稳妥，首仗须打赢。我们没有生产线，又必须在规定时间内拿出合格样品，这是眼下主要矛盾，解决不好，王鹅精密不死定了？这比对付来自方杰的封杀要严峻得多。

王祖望：你们有所不知，方杰财大气粗手段多，不好惹！来自方杰的封杀肯定会让我们死得更快。

黄匠军：我们有难处，找兄弟厂家帮忙是惯常做法。

夏令：咱刚成立几天，哪有什么兄弟厂家哟！

樊老靓声援爱徒：所谓兄弟厂家，不过是指同行同业厂家。

黄匠军忧思重重：设备问题不是开玩笑的！不解决设备，没有最起码的生产线，其他都谈不上，都不靠谱，都白搭。

草地上鸦雀无声，每个人都有些郁闷，神情凝重。

樊老靓试图说服王祖望：借助德强五金生产样品，要不了多长时间，一旦完成，我们立即全体飞德国或中东参与项目。这是一锤子买卖，不留后患。以后他们两大集团之间爱怎么掰扯，与我们就无关了，我们不需要顾虑这么多。

黄匠军：是啊王总，咱已脱离方杰，没理由怕他们呀！

王祖望苦笑：无知者无畏，方杰有多少手段你们不知道。

樊老靓：实在不行的话，我们搞迂回吧，我和匠军先去德强机械做样品，整个团队下一步怎么走视情况而定。

王祖望还是反对，继续说明事情原委：老靓的意思我明白，侧翼发力，搞神不知鬼不觉。可是，此类障眼法很难奏效，单凭老靓和匠军在本市的鼎鼎大名，稍有风吹草动都会传到方杰。兴许你们头天去，方杰第二天就找我兴师问罪了。你们不知道，方杰老板的千金陈可元，两只眼睛跟鹰眼一个模样！

没听说过。几个人用眼神互相打探，依然弄不清所指。

黄匠军：哦，陈可元我见过，她不在念书吗？

王祖望：不念了。她爸把佳杰五金厂交到她手上了。

夏令很好奇，紧盯着问：丫头片子当老板，会很凶吗？

王祖望点头：又凶又蛮，看谁都不对眼！尤其不待见我们这帮辞职者，随时准备将王鹣精密一棍子打死。以后不管什么情况，你们也别去招惹她，很难缠！

樊老靓和黄匠军互看一眼，不吭声儿了。他们做一百个梦也想不到，新生的王鹣精密虽不至"出师未捷身先死"，却"迎头遇上拦路虎"，专跟王鹣精密过不去。王鹣精密生辰八字不吉，并未招谁惹谁，却天生就有了克星。

商量到最后仍未拿出办法。王祖望万般无奈，拿起手机，欲致电李鹣说明情况。樊老靓摆手拦住他，沉吟道：还是立足于自己想办法解决，不要轻易惊动发包方。这样吧，不找广德，可找另一厂家。我以前有个工友，后来自己开厂，我请他帮忙试试。

樊老靓的话此刻显得一言九鼎，众人眼巴巴地看着他。

原来，樊老靓此前曾到多家工厂帮助解决过技术难题，在行业内熟人多，其中有位姓汪的工友，曾是河埔市某著名大厂的高管、股东，经逐渐积累和发展，实力增强，独立创业，变身为架给你五金货架模具厂老板。

王祖望点头，认为这办法可行。

随后进行分工。王祖望继续负责筹措资金，保持与GGY项目中心以及蓝君犀利牛基金的联系；樊老靓、黄匠军师徒负责联系代工厂家；同时要做两手准备，找到理想的代工厂家最好，如遇障碍，就要准备自行生产，夏令负责联系原材料主要是优质钢材供应商；其他人除了对现有设备进行整修维护外，还可广泛联系亲戚朋友，看看哪里有合适的精密机床可供租赁。

5

晚上，京墨大街49号，常掌柜中医馆VIP诊室。

约定的日子，袁仁美自己驾车赶到常掌柜中医馆VIP诊室，舅舅常在理已等她多时。每次都是这样，常在理手头再忙，也要保证袁仁美的时间，把其他就诊者临时安排给姐姐常在情和妻子张雯。他们一家子在这方面配合得天衣无缝。

常在理：早跟你说了，要注意休息……

袁仁美噘嘴：哪能休息呀？不休息都忙得要命！

常在理：你现在是两条命！还想都搭上啊？

袁仁美：舅，不知怎么搞的，我最近总觉得累，还觉得烦！不像以前，再怎么忙都不累，也不烦。

　　常在理：那当然。以前你怀过孕吗？现在不是特殊嘛！

　　袁仁美叹气：唉，搞不清楚身累还是心累！早知受这罪……

　　常在理示意袁仁美先伸出舌头，后伸出胳膊，再后抬起腿，仔细看过她的舌象、摸过她的脉象、看过她脚踝后，初步做出诊断：大人胎儿都还正常。不过阿美，你有心火，脚踝也有点儿肿，显见休息不好，太过操心劳累。

　　袁仁美：舅，有办法降火吗？

　　常在理：这不是头痛医头、脚痛医脚的事儿。除了适当休息，保证睡眠，没有别的什么好办法。你现在是非常时期，不可以像以前那样事事亲力亲为了，你那好强的心气儿得收敛些了。当然，你管那么大个厂呢，有些事想省心也省不了。

　　袁仁美：在家里，没人能够说个话，我有时真是憋得慌。

　　常在理：跟你妈唠唠呗！母女连心，有啥不能说的。

　　袁仁美：那可不敢！啥事也不能跟我妈说，跟我妈说就等于跟我爸说。别看他们两个各干各的，其实穿一条裤子！

　　常在理笑了：他们老夫老妻，穿一条裤子有啥错！

　　袁仁美满腹委屈：那我就孤立了。

　　常在理示意袁仁美爬到小床上，取仰卧位，而后开始帮她按摩腰椎两侧和腿脚各穴位，接着话头说：人家老夫老妻，你们小夫小妻，生态平衡，何来孤立？

　　一直以来，袁仁美有什么心里话都愿意跟舅舅说，两人倾谈总是推心置腹，袁仁美对舅舅的话也总是言听计从。

　　袁仁美心里有气，眼神鄙夷：老爸迷信外人，到处搜罗所谓"人才"，弄一大堆"空降兵"，把公司搞得杂乱不堪，往自个儿眼睛里揉沙子。一想到这个，我就头大。阿良是个急性子，老想做出成绩，证明他的价值，证明他是"人才"，可他没经验，难免捅娄子。袁甲芳偏又跟他过不去，抓住阿良一点儿毛病，吹毛求疵，无限放大。老爸就搞突袭式追究，弄得阿良压力山大。

袁仁美先是向舅舅讲了老公梁仁良私自挪用款项的问题，谈到老公梁仁良近期惹的一些麻烦，有些事他难圆其说，导致她老是提心吊胆，怕老爸对老公有看法。

常在理为袁仁美出谋划策：有管账的，就要有管那个管账人的，这是铁律。阿美，咱对事不对人啊，毛织厂的账一定要有人监管。这种事情尤其需要防微杜渐，不能问题堆积起来了才去想办法。阿良经验欠缺，你在这方面要留心。

袁仁美：舅，阿良想做金融，不安于做实业，跟我爸的方向相悖，但两人都对基金感兴趣，最近老是关注基金动向。我就不明白了，那基金跟我们没关系，掺和人家干啥？

常在理：基金没啥不好，现在做什么事都要钱哪。

袁仁美接着向舅舅讲了老爸袁若德新的战略，提出收缩战线，有意将服装厂和毛织厂合并，腾出资金，用到德立技术，搞什么智能机械制造。不知为啥，老爸近年来对轻工业的兴趣不断减弱，对重装备、重资产非常痴迷，走火入魔。阿良说了，如今重资产方向人家都唯恐避之不及呢。

常在理：你爸是个危机感很强的人，注重未雨绸缪。追求技术，尤其核心技术，这个……我看没错。位居产业链下游，肯定是不甘心的，也是有瓶颈的。你爸这些年一直在往中游、上游走。当然，想要走通并不那么简单。所以，他也艰难，也在摸索，你理解不理解都应多支持点儿。

袁仁美：服装是我拿手的，毛织是阿良在打理，即使技术含量相对低，终归是我们的强项。搞智能机械和智能科技应用，对我们而言是弱项，只能依赖外界力量，也就是他引进的人才。那人才归根结底是外人，不是家人，可信度堪虞。

常在理：这是你的角度。你爸的角度可不是这个理儿！

袁仁美长舒一口气：舅，这几个穴位您一拍一个准，好管用哦！我觉得浑身轻松，哎呀轻松多了！

常在理：废话！舅是干啥的。

临别，常在理语重心长：阿美，你对老爸的企业转型战略和人才战略不理解，也不赞同。你对老公的一些做法不放心，也不放手。与至亲的人在许多问题上想法做法不一致，确实闹心。你有时想与老爸摊牌，有时想与老公摊牌，又怕把关系搞僵，只好自己压抑着。这就是你为什么老是感觉累的原因。你呀，听舅一句话，把心放宽，好好养胎，要说百年大计，这才是。

6

　　深夜，丹参街荣记大排档。

　　陈可铭不死心，向秦荥萸索要住址后，想尽办法单独约见他，并于周六晚上12时许，直接把车开到秦荥萸住所楼下。

　　秦荥萸穿好衣服，怕打扰他人休息，轻手轻脚下楼，钻进陈可铭车里，上车就说：铭兄，别走远，就近找个地儿吧。

　　陈可铭：放心，不到十分钟车程。

　　车至丹参街，陈可铭熟门熟路，在荣记大排档拣个边角位，与秦荥萸相对而坐。当晚人不多。

　　陈可铭掏出自己带的一瓶飞天茅台酒，往桌上一放：好家伙，真是时过境迁了！单独见你要靠暗号了。

　　秦荥萸"嘿嘿"一笑：刚回来，不摸头绪，打乱仗而已。

　　陈可铭：老实跟你说，我肠子悔青了，只差捶胸顿足。

　　秦荥萸故意逗他：我不回来你肠子好好的，我回来你肠子悔青了，那我到底要不要回来？

陈可铭忍不住追究：何以选择毫无故交的袁氏？

老袁追得紧啊！秦茱萸脱口而出，说完瞥一眼陈可铭，见其一脸凝重，自己也轻松不起来了。他想了想，认真回答：掏实话，老袁这人靠谱。他一不世俗，二不锱铢必较。他是开厂、做实业的，利益交换，算计精明，对他都是应有之义。他哪一点打动我呢？我认真思考过这个问题。他这个人，得失取舍间重感情，讲义气，够朋友，但这些都在其次，主要还是他热衷于制造，对制造行业的升级迭代锲而不舍，对机械智能化这一块非常痴迷，铁心追逐，这就与我的研发和应用方向契合。

陈可铭步步紧逼：你的意思是陈氏与你不契合？

秦茱萸挠挠头，赶紧告饶：绝无此意！

陈可铭极力劝说秦茱萸退出广德，转入方杰。他向秦茱萸详细介绍方杰准备扩建电梯厂，强调说，那将是本市重装行业的顶流。

秦茱萸摇头：不瞒你说，可能性为零。凡事有个先来后到。你呢，肩上担子重，时间紧，就别在这件小事上枉费心思了，没意义。我呢，眼下虽然不能到杰叔手下效力，但日后也许会有别的合作机会和方式。铭兄，风物长宜放眼量。

陈可铭一脸不悦：别讲什么日后！只讲眼鼻子底下。

秦茱萸十分体谅：要不这样，咱堤内损失堤外补好不好？我女友曲解，你还记得不？

陈可铭心不在焉：知道，上次在美国见了，爆款美女！

秦茱萸信誓旦旦：把曲解弄到你那里！说服她加盟方杰。

陈可铭满腹狐疑，抛出连串问号：你女友不是在读博吗？她啥时毕业？她啥专业？她能跟你比吗？

秦茱萸端出很认真的神情：铭兄，给你透个底。我们同专业，曾经同一个课题组，这方面不能说她比我牛，顶多与我齐肩吧，但论综合素质，她比我牛N倍！真的，绝无戏言！她不需要我抬举！她头脑缜密，具有非常复杂的逻辑处理能力和动手能力。这方面我相形见绌，对她只能望其项背。

陈可铭将信将疑：真的假的？你给我画大饼吧？

秦茉萸；有名有姓大活人，不是大饼。

陈可铭：明年毕业？那还得等啊！老实说我等不及。再者，她毕业要是不回来呢？岂不又泡汤？

秦茉萸笑道：那就看你了。你肯定有办法，不用我教。

陈可铭：我有办法，别人也会有。你女友这么优秀，盯上她的人能少吗？我能抢到手吗？轮得到我吗？不靠谱！

秦茉萸：铭兄，想要人，就别打退堂鼓。

陈可铭其实有备而来：要不这样，咱们修订规则，你女友，当然是首屈一指的，方杰拟重金引进！你另外再帮我引荐三到五个顶尖人才好不好？我可以预付定金。

秦茉萸笑了：诚意可鉴。不过，够贪婪的啊！

陈可铭：你失信在先，得认罚！

秦茉萸：人才倒是有，但不知人家意向如何。

陈可铭：我不看人家意向，只看你意向，只依靠你的号召力、影响力、感召力。只要你有意向，啥事儿办不成？

秦茉萸：替我吹牛没用。大凡人才，主心骨强着呢！人家自个儿有人生规划，不太轻易为外人左右。

陈可铭急了：阿萸，这忙非得你帮！就当帮老弟一把。这样，你每引荐一名人才，奖励你个人十万元，当场兑现。集团有这个机制，我不过提高了点额度。

秦茉萸摇头，神情凝重：这也没用。

陈可铭发觉自己有点急躁，退而求其次：要不，先把曲解定下来，先把你女友这个大宝贝定下来！她对你不是外人。

秦茉萸苦笑着，端起茶杯，将满满一杯茶全灌进肚子。

陈可铭恨不能快刀斩乱麻：15万元。哦不，20万元！引进曲解，引荐奖20万元！我有权拍这个板。当然这是个案，其他人才引荐奖仍为10万元。阿萸，你搞项目也缺资金，咱就一言为定了！

秦茱萸继续苦笑，但认真表态：我愿为铭兄两肋插刀。

两人这才感觉轻松些了，开始吃东西。陈可铭压根儿没胃口，胡乱吃点儿，做做样子而已。两人也都没心思喝酒，那瓶茅台就没有打开，陈可铭叫秦茱萸带回去，自己慢慢喝。

陈可铭：我爸听说你回来了，急着张罗请你吃饭。我说你刚回来，千头万绪够忙的了，怕没空。老爸说再忙也要给他老头子挤出点时间，他无论如何要代表方杰请你吃个饭。我家老爷子固执，这个你知道。他最近身体不太好，为阻止他亲自上阵，我好说歹说，说我代表了！既代表方杰，又代表家父。

秦茱萸郑重道：我定会找时间上门看望杰叔！怪想他的。你回去先代我向老人家问个好吧！

陈可铭点头。一看时间，已是凌晨2点，两人起身离座。临上车，陈可铭用肩膀扛扛秦茱萸：老弟，这忙你可得帮啊！方杰渴才，快渴死了，你不能见死不救啊！

秦茱萸突然想起来，向陈可铭透露重要信息：近期，曲解将随实习所在企业组织的考察团回国，参加一个国际电梯展，地点在上海。这事我是昨天才知道的。

7

下午，德来服装厂副厂长曹东风办公室。

袁仁美步履轻快，径直走进副厂长曹东风办公室。但见满屋都挂着新设计的衣服样板，琳琅满目，地上也层层叠叠摞着服装样品，唯独不见人影儿。

袁仁美四下张望：东风！东风……

美姐！曹东风应了一声，从办公室套间的屏风后面快步钻出来，手里还拎着一个板（服装样板），一脸兴奋：美姐你看，昨天才弄出来的运动款，全新"三维"人体工程裁剪设计，具有突破性！

袁仁美接过曹东风手中的板，以专业眼光前后左右翻看。

曹东风进一步详陈：能使衣物完美地契合人的身体，穿着无比舒适。还有个附带功能，就是促使运动员在运动中的表现尽善尽美。紫萱试过，一个字："棒！"两个字："超棒！"

袁仁美感觉满意，点头道：你办公室变展览室了！塞这么满，挪不开身子。要不你弄一部分板放我办公室吧。

曹东风一手拎一个板：不用不用！哪能放你办公室呀！美姐你看，设计有突破，其他环节也都跟着突破。

袁仁美受曹东风情绪感染，看着他手中的板，面露微笑。

曹东风把衣服样板挂回原处，转身从自己办公桌上拿起新品发布会计划方案，递给袁仁美：我叫设计部和营销部联合弄了个方案，已修改两次，相对完善点了，正想给你送过去呢。

袁仁美接过方案：这么快弄出来了？好，我先看看。这次新品多出十来款，发布会规模应比往年大，比往年隆重。

一阵悠扬的音乐声从窗户外面飘进来，袁仁美瞥向窗外。

曹东风笑道：紫萱正领着业余模特队排练呢！

袁仁美：东风你真是！人家紫萱现在是副厂长，不是你手下的车间主任了，毛织厂那边很忙，你别老抓她差呀。

曹东风叹气：唉，我不是没办法嘛！紫岚一走，模特队还真的缺了台柱子，无论形象气质都没人撑得起来。我这么好的服装，到了秀场也不亮眼！我生怕糟蹋了"德来"品牌，临时喊紫萱过来帮忙应个急，也就一两天，让她带带模特队几个新手。

袁仁美：这倒是个问题。以后招聘女工，长得漂亮的、身材火辣的，优先录用。你可以申请专项拨款，我特批。

曹东风"嘿嘿"傻笑：那敢情好！不过，一个服装厂，抢美女哪抢得过别人呀！像丁紫岚那种既苗条又丰腴、身材火出圈的，还真是可遇不可求，千里万里挑一！她不管套上哪一款"德来"，都像芙蓉出水！唉，紫岚她不干了，可惜了！

袁仁美这才想起自己的来意：东风，我爸的意思是今年的新品发布不要单独搞了，服装和毛织一起搞。

因为毛织厂没钱，这话袁仁美当然不会说。

曹东风大感意外，十分不解：为什么？历年都是分开搞，各搞各的！今年要一起搞，那是什么效果？

袁仁美语结。其实，老爸跟她商量的是为减少集团拨款，拟取消服装厂年度新品发布会。袁仁美不赞同，坚持说新品发布会实际等同于展销会、招商会，对产品销售大有裨益，何况这是服装厂多年惯常做法，凭此吸引大单（订单），品牌效应显著。仅为节省几个铜板就无端端取消，很不划算。由于她据理力争，老爸才放弃了取消新品发布会的念头，改为服装毛织两厂合办。

老爸袁若德从美国回来后，尚未与她去过"情理茶坊"，也就是父女俩还没深谈过。但老爸近期的一些举动，她看得到；老爸的用心，她也猜得到。老爸无非是急于实施整个集团的战略收缩，压缩服装厂和毛织厂规模，集中资源向机械制造的智能和自动化方向转型。从这个战略主张出发，当然需要开源节流，从现在起节省每一个铜板。她对此有所保留——天哪！走高技术之路，夸海口可以，真做，广德几斤几两？即便弄了个秦荣荑博士团队，未知数一大堆呢。将服装厂和毛织厂的年度新品发布会合二为一，是父女俩均做妥协的结果。事情是摆平了，龃龉仍在。

曹东风反对合办。袁仁美有苦难言，她想息事宁人，嘴上含糊道：算了东风！上面定了，就一起搞吧！

曹东风仍固执己见：集团不拨款，厂里自己拿钱办！

袁仁美：你那钱，袁甲芳早盯死了，恨不能叫你统统上交呢！

8

下午，河埔市南郊五街，架给你五金货架模具厂。

下午3点，黄匠军根据师傅樊老靓指点，乘公交车，兴冲冲地从东郊赶到南郊，面见架给你五金货架模具厂老板汪雄壮。

汪老板瘦高个儿，面孔鳖黑，说话声若洪钟，只是头发掉得厉害，头顶呈"地中海"（形容秃顶）状，看模样儿40来岁。握手的时候，黄匠军感觉汪老板的手粗糙、温热、有力。

汪老板：哦，你是老靓的徒弟，你好！你师傅咋不一起过来呀？不来看看我呀？他如今在哪儿发财？

黄匠军赶紧从提兜里拿出一包茶叶：我师傅叫我问候你！特意给你带了包茶叶，信阳贤山白龙潭毛尖，上好的雨前茶。

汪老板接过茶叶很高兴：嘿嘿！老工友老感情，谢了！

黄匠军在厂里实地看了看，架给你厂机械化程度高，硬件设施上档次，第一印象不错。可是，与汪老板交谈一番，黄匠军立即傻眼，始知该厂陷入困境，主要问题有二：一是该厂以280万欧元购置的一套精密数控机床（据汪老板说当时孤注一掷倾其所有买入），型号为XP007，员工口中的"霸王床"，因操作技术失误而损坏，在厂里"趴窝"半年了。机床太贵重，厂里没人再敢"动"了。国内没有相应配件及维修技术，需请境外厂家派人前来检修。检修是免费的，但检修人员车旅开支需厂家承担，置换新的零部件需厂家购买，综合报价不菲，工厂目前拿不出这个钱。二是随着当家机床"霸王床"的损坏，重要客户开始流失，订单日趋减少。以前有"霸王床"时，工厂满负荷开工，现在连一半都"吃不饱"，工厂处于停产边缘。

汪老板显然处于焦虑中，嘴唇起泡：你看到了，我厂机械不少。工业机器相当耗电，一旦开启，日均电费是4000到5000元，现有订单量小且价低，利润不足2000元，等于开工一天亏损一天，多开工多亏损。这样下去，厂子也撑不了几天了。

黄匠军很同情，小声应对道：真要难以为继，只能裁员了。

汪老板重重地叹了口气：唉！我这芝麻小厂裁什么员，实在挨不过就倒闭，大家都不干拉倒。其实我一天都不想熬了，只是舍不得厂里兄弟，他们跟着我吃苦几年了……

黄匠军无言以对，默默倾听汪老板诉苦。

汪老板抱着一丝侥幸，打探昔日工友樊老靓及其徒弟黄匠军手中是否有订单，最好是大订单，如能匀一部分给架给你厂应急，那就太好了！虽说"霸王床"罢工，其他机械都还可以。

黄匠军坦率道：你厂这情况，有订单也不敢给你呀！

汪老板撇嘴，眼神狡黠：有订单，那就不一样啦！

黄匠军笑了，无非先有鸡还是先有蛋。他奉承道：汪老板一看就是豪杰！架给你厂一看就是大发大旺的厂子！你再熬一阵，说不定逮着什么机遇就风生水起啦！

汪老板头一回露出笑容，脸上皱纹很深，看上去挺苦涩。

黄匠军好奇：但我不明白，汪老板你家底不厚，咋舍得掏大钱买这庞然大物？"霸王床"听着好，几百万欧元废掉了！

汪老板把黄匠军拉一边，与他交头接耳：实话跟你说，像咱这做五金件的小厂，来活少，来钱慢，不定哪天做不下去就得关门！我想尝试一下别的路子，做某个大品牌高端精密机床国内总代理，转手赚点大的。孰料搞砸了！唉……

临别，黄匠军向汪老板拱手抱拳：汪老板留步。您的意思，我回去一定向我师傅转达。祝贵厂早日盈利！

汪老板：盈利？想都别想！早一天止损就烧高香了。

黄匠军回来，第一时间向王祖望和樊老靓如实说明情况，末了谈到自己的看法：汪老板那厂子咱别指望了，帮不上什么忙，他自己都焦头烂额。汪老板忧心忡忡，也在到处找路子。

樊老靓问：你刚才说那台坏掉的机床，叫什么霸王？

黄匠军："霸王床"！厂里工人嫌那台进口机床洋名儿拗口，不好记，其实也就是两个英文字母加一串阿拉伯数字，他们不喜欢而已，自己给机床起个土名，算是昵称吧，倒挺响亮。

王祖望极度失望，焦灼中更觉迷茫。下一步究竟怎么走？

实在走不通的话，只能向李鹋发电传说明情况了，请她出面与GGY项目中心交涉——王鹋精密的工艺技术强项毋庸置疑，但苦于没有平台。样品在国内做难免延误，不如出境再做。

其实，王祖望心里并非完全没有底气。业内皆知，别说集中王鹋精密这支工艺技术力量（一个顶俩、一个顶仨）难于登天，就是一次性找到11名熟练工，也困难。GGY项目中心某些人，不会揣着明白装糊涂，如此不识货吧？

9

夜晚，美国洛杉矶某高校学生宿舍。

曲解端坐电脑前，收看秦茱萸发来的邮件：亲爱的，你最近好吧？我回来后一切都好，比预想的好，已安置就绪。广德"筑巢"不遗余力，部分硬件设施初具世界先进水准，当然很不完善，更不配套。下步打算采购几款尖端试验设备，请你帮忙留意。

曲解回复邮件：这忙可以帮。你发个清单过来，我先看看。有些需要定向采购，有些需要货比三家。

秦茱萸：辛苦你了！另外告诉你个花边新闻：为你的事，老同学陈可铭预付人才定金，拟给20万元，叫我揣兜里呢！

曲解：这么说，你20万元把我卖了？

秦茱萸：咋地？你想卖200万元？

曲解：我想把你卖了，2万块。

秦茱萸牛哄哄秒回：你有路子卖我，20块也行。

曲解没回复。

秦茱萸：为说清事情原委，我现在态度庄严。老同学陈可铭设立"人才引荐奖"，最高等级额度为20万元。若我成功引荐你进入他的家族企业——方杰科技集团，这20万元我就可以揣兜里了！

曲解：你替我签下卖身契，我要谢谢你吗？

秦茱萸：这笔钱是颁发给引荐者的，不是给人才本人的。至于人才本身价值几何，那就涉商业机密了。比如你吧，老同学没准儿在后面加N个零，加到你惊骇为止。

曲解：你几个意思啊？你再贫我下线了……

秦茱萸：别呀！我只有一个意思，我的中心意思……希望你快点回来，回到我身边！至于拿奖啥的，我没那胆也没那兴趣。要拿也等你回来，你拿。你管我饭就好。

曲解：好，接着贫！反正今天你闲得慌。

秦茱萸仍未猜准对方心思，还是顺着自己的思路：这样吧，我叫老同学拿着他的钱靠边站！叫他滚远点，能滚多远滚多远！休想玷污我们。我的女神不沾铜臭，再者她本无价！

曲解：好不容易收个邮件，想听的话半个字没有。

秦茱萸恍悟，忙不迭地表露心迹：大量甜言蜜语，多到无从说起，它们在我肚子里指数级膨胀、发酵，快要沤烂了！你想听哪段？我把它抠出来！一抠一大堆……

曲解：哪句也不想听！人在天边，虚无缥缈。现在感觉没有以前那么好，怪怪的，不知怎么回事。

秦荣荑表达思念：受得一年相思苦，盼得一天"凤还巢"。

曲解又没回复。

秦荣荑知道她要下线了，抢着发出如下文字：方杰建新厂，于你是个机会。制造业的沉浮，从来与国运相连。特种设备行业（包括重型装备制造业）涉及国家产业竞争核心。需要你的地方，你来就对了。你是大国女工匠，我为你骄傲。

10

下午，河埔市庙前街，小银翘茶餐厅。

这是一次普通的下午茶。约见地点是季黄鹂安排的。为避人耳目，她特意在小银翘茶餐厅预订了一个最靠里面的套间，还刻意错开营业高峰，将时间定在下午4点半。

刚刚下午3点，季黄鹂第一个赶到。她未着职装，以一款时尚摩登的休闲装代之，一改在写字楼里的刻板形象，清纯靓丽本色显露无遗。她进门看见洁白的台面上摆着五套精美茶具，感觉很满意。

黄匠军紧接着赶到，与季黄鹂几乎前后脚。他面相憨厚，装扮朴素，粗看不甚起眼，只是这会儿与平日不同，一袭阿迪版运动装把他1.79米的身高衬托得格外匀称，胳膊腿外露部分全是肌肉疙瘩，朝气外溢，无须细看已帅出高逼格。

两人用眼神打了招呼，随后轻手轻脚，径直推开虚掩着的房门，进入套间，在角落处一个双人沙发上并排落座。两人脸对脸，深情对视片刻，黄匠军先开口：阿鹏，你还好吧？

季黄鹏含情脉脉：我很好啊！你呢？

黄匠军心事重重：不太好。前几天我去架给你五金货架模具厂联系生产样品事宜，想租赁其设备，结果没弄成。

季黄鹏：什么架给你五金厂？没听说过啊！

黄匠军：做五金货架的，简称架给你厂，这类小厂多如牛毛。

季黄鹏笑了：小厂就小厂呗，哪会多如牛毛！这么说，生产样品的事还没着落啊？

黄匠军摇头：没有。本来很简单一件事，现在搞复杂了，我们缺设备。架给你厂倒有台挺先进的进口高端机床，叫"霸王床"，可惜坏掉了。唉！坏在那帮不懂技术的人手里。

季黄鹏：你说技术我想起来了，我们广德秦博士及专家团队懂技术呀！可以请他们帮忙看看呀……

黄匠军猛地扭头，瞪大眼睛看着季黄鹏：咦，对呀！我咋没想到呢！"霸王床"兴许能修，万一修复了呢……

季黄鹏：秦博士他们很厉害的哟！

黄匠军一高兴，揽季黄鹏入怀。两人缠绵，再也不谈公司的事。好不容易约会一次，还是公私兼顾的，两人约好提前一小时到，这一小时多珍贵啊！两人卿卿我我，忘了时间。

梁仁良走到套间门口，无意间听到里面传出季黄鹏娇嗔的声音：匠军哥瞧你！你好坏……

匠军哥？喊得那叫亲切！梁仁良狐疑地煞住脚步，接着听见黄匠军的声音：我每天都想你！真的……

季黄鹏：那你来广德吧，我可以引荐，好歹咱们在一起。

黄匠军：现在不行！以后再看机会。真的阿鹏……

梁仁良冷不丁推门而进，一点儿声响都没有，把季黄鹏和黄匠军结结实实吓一跳，两人条件反射般霍地从沙发上站起来。

季黄鹏露出职业性笑容：嘿嘿，梁总您来这么早！

梁仁良直视季黄鹏，打趣道：是你早，不是我早。

季黄鹏被盯得不好意思：干吗这样看我呀？

梁仁良转脸儿看着黄匠军，眼神满是探询：你们早认识？

我们是老乡加同学。黄匠军羞涩而又老实地点头，接着赶紧转移话题：梁总，上次见面太匆忙，太拘谨，没敢问您大名。

梁仁良口气自嘲：大什么名，小的梁仁良。

梁仁良？黄匠军默念着，突然激动起来，向前跨了一大步：哎呀，您就是梁仁良啊？您母亲是韦素老师？

梁仁良比黄匠军更诧异：咦，你认识我妈？

黄匠军两手一拍，庆幸不已，热情地向梁仁良伸出双手：梁总，我是韦素老师的学生啊！我正想找机会登门拜见您呢。

梁仁良被动地伸出手来，与黄匠军相握：嗯？哦！

原来，黄匠军在教师节前夕从同学处得到韦素老师的手机号，发短信祝她教师节快乐，韦素得知黄匠军在河埔市工作，很高兴，顺便告诉他：儿子梁仁良两年前从新加坡回国并在河埔市成家立业，现在快有孩子了，你们以后可以多联系。

季黄鹏同样惊讶：梁总，原来您是韦素老师的儿子呀？

梁仁良糊涂了：什么情况？你们都认识我妈？

季黄鹏笑容灿烂：我也是韦素老师的学生！

黄匠军在旁帮腔：阿鹏是后来转学到我校的，只待了一年。

季黄鹏迫不及待：匠军哥，梁总是我们广德老板袁若德的女婿。

哦？原来这样！黄匠军很惊喜：我有眼不识泰山呀！

梁仁良眼珠子转了转，故意摇头晃脑：我妈教的学生怎么都带黄啊？你们两位黄上加黄，岂不是"双黄"？

季黄鹏：梁总诙谐！不愧是重点大学金融专业高材生！

梁仁良：我不是诙谐是眼毒！一眼识破你俩有"双黄"之缘。

黄匠军憨声憨气：咱农村出来的人，天生对"黄"情有独钟，土地是黄的呀！金秋金黄意味着丰收，谁都喜欢收割季！

梁仁良眼珠子继续转：其实何止"双黄"，还要加我"一黄"！为啥？我是学金融的呗！属淘金、炼金、冶金专业人士，金秋金黄加金融——不黄也黄！沾金带黄！

这话引得季黄鹂"咯咯咯"猛笑：梁总牛！沾上"黄"没有不牛的！

黄匠军也被逗得"嘿嘿"发笑：咱仨不愧是六安老乡！

梁仁良指着季黄鹂：你别笑岔气啦！随后也跟着笑起来。

这时，王祖望、樊老靓相携而至。众人见面，客气寒暄。王祖望：你们笑什么？刚才我听见你们说谁和谁是老乡？

梁仁良：这是广德集团董事长（兼董事会）秘书，季黄鹂。

王祖望一听，来者是广德集团董秘，颇觉意外，事先没说她要来啊！王祖望立刻想打退堂鼓：幸会幸会！不好意思啊，我临时有点事，就先告辞了。你们坐！你们聊！

梁仁良一把拽住他袖子：怎么，要走啊老兄？这不仗义吧？

王祖望坚持要走。除了梁仁良，他不想与广德集团任何人发生联系，尤其那女孩还是董事长兼董事会秘书，他唯恐躲之不及。

关键时刻，黄匠军说：王总，阿鹂是我老乡，又是小学同学，她是来会我的。人老实本分，不会给咱添什么麻烦，这个我能担保。如今大家时间都宝贵，难得一起坐坐。你看，梁总大忙人都拨冗来了，咱哪能拂人家面子哟。

樊老靓忍不住插一嘴：嗯，既来之则安之。

王祖望又犹豫一下，勉强坐下来。

梁仁良惊异于黄匠军的机灵。季黄鹂怎么是来会他的呢？人家是来参加《收购要约》洽谈的。

此前，岳父袁若德调阅相关资料，又经多方了解后，对王鹅精密，尤其是樊老靓、黄匠军师徒很看好。他授意女婿梁仁良：这些人既然不在方杰干了，可以来广德。你草拟一份《收购要约》，条件尽可能优厚。你带季黄鹂去跟他们谈吧！

梁仁良获得岳父袁若德授权，正式向王祖望团队提出收购要约。他不失谦恭地向王祖望等人拱手抱拳，语气热情洋溢：广德敞开大门招贤纳士，以优厚条件全员礼聘王总团队。

王祖望面带客气笑容，摇头婉拒，同时用手轻轻挡住梁仁良递过来的《收购要约》，既不接手，也不打算看，嘴上一迭连声地说：容当后议！容当后议！

梁仁良很意外，这是拒绝吗？

梁仁良再提动议：《收购要约》你先看看吧！

王祖望想也不想即用力摇头，表示无意看。

梁仁良万万想不到，他代表广德提出的收购动议，条件优厚到恍若天上掉馅饼，竟遭王祖望拒绝。匪夷所思！不可理喻！他很生气。好你个王祖望！吊起来卖是吧？想与广德大集团平起平坐是吧？你以为你是谁！要不是岳父袁若德看好樊老靓、黄匠军师徒，你王鹅精密白送，广德也不要！

季黄鹂热情插话：王总，你们眼下不是要生产样品吗？何不来广德做？质量有保证，价格优惠。

王祖望浓眉紧锁，还是不为所动，很坚决地摇着头。

樊老靓黑着脸，坐在旁边一声不吭。黄匠军与师傅的心情一样，对王祖望的做法很不理解。人家广德主动伸援手了！但凡正常人都知道，请广德代工万事大吉。可王祖望不知咋回事，现成的解决方案不敢用，现成的路不敢走。以前没有发现他胆子这么小啊！

其实，王祖望何尝不想请广德代工！但他此前接到李鹅从德国打来的电话，听她口气不复以往的轻松，反而带着焦虑，说话急促：祖望，电传中有句话你注意到没有？王祖望懵懂：什么话？李鹅：不建议代工。王祖望不耐烦：代不代工、外不外包是我的事，与项目中心无关，我把样品做出来就是。李鹅断然否定：不是。你把"不建议"理解为不可以、不允许才对。王祖望哑巴了，尽管他心里一直在冒火。李鹈：祖望，GGY项目庞大，参与方众多，关系微妙，个中复杂一言难尽。有些事，不是我或蓝君可以左右的，你照章行事就好。

梁仁良不禁烦躁：那就奇了怪了！你究竟想怎样？

整场洽谈，王祖望始终拐弯抹角地搪塞、推托，虚与委蛇。其实他内心顾虑重重，压力很大。他不接广德抛出的橄榄枝，还有另一层考虑，这就是他手握境外项目分包合同，随时准备出境，不想与广德有瓜葛，更不想被广德套住。

王祖望不断向梁仁良表歉意，赔不是：万望梁总多多包涵！我自有苦处，不方便透露。

梁仁良很不屑，懒得再细问缘由，再问也白搭，王祖望语焉不详，像个精明市侩。梁仁良以犀利牛基金撤资相威胁。王祖望死猪不怕开水烫。两人终究无法谈拢，险些反目。

11

上午，广府大街71号，德立技术大厦。

袁若德一早就赶到德立技术大厦，与秦茱萸等人会合。

这天安排了秦茱萸博士团队（主要有莫如师、牛仔酷、甘果等）对自家企业的考察，时间为半天，走马观花式。袁若德亲自陪同，同行的还有梁仁良、马赛鹰、高蔷、黎锦官、袁甲芳、季黄鹂、尹擎、尤其芬等人。

袁若德：外行看热闹，内行看门道。今天，秦茱萸博士团队将从宏观层面对广德有个总体概念，客观评估。

秦茱萸：心仪已久！今天终于可以一睹各厂风采。

袁若德指着德立技术大厦一楼：德强机械厂只搬过来一小部分，大部分没搬。这都是相对贵重的机床，暂时放置在德立技术大厦首层，预留了二层和三层。

马赛鹰补充说：原厂址未动，日后准备扩充车间。

黎锦官：现在准备出发，大家可以上车了。

一行人来到德来服装厂，曹东风在厂门口热情迎接：袁董好！大家好！欢迎秦茱萸博士团队亲临我厂考察指导！

秦茱萸与曹东风握手，曹东风笑着说：袁仁美厂长特意交代我，好好接待，陪同考察，认真汇报和虚心听取意见。

一行人来到电脑横机车间，工人们正在紧张有序地操作。

秦茱萸等人都是数控机械专家，对服装厂的主要机械设备，一看就知道处于什么水平。对其基本的机械性能还算满意，但指出总体水平不高，达不到中等，技术水平受限等。

袁若德指着一排排电脑横机，向秦茱萸介绍：早年，德来服装厂的机械设备，均从方杰集团旗下佳杰五金厂购买，后来我们有了德强机械厂，就不买他的了。后建的德福毛织厂，主要生产设备都是我们自己制造的。

秦茱萸点头：创建德强机械厂，足以证明袁董胆识。

马赛鹰：方杰不乐意看到我们这样做，两家就此结下梁子。

秦茱萸：哦！现在跟他们还有业务来往吗？

马赛鹰：没有了，好多年都没有了。

秦茱萸：袁董，广德方向很好。按这个方向发展，我们有很多标杆。比如瑞士ABB，机器人业界的先驱，率先提供先进的数字化解决方案，包括互联数字化技术、一流的协作机器人技术以及创新的人工智能研究，借以提升机械性能和能源利用率。

袁若德等人频频点头。

秦茱萸：近年来，随着自动化、智能化潮流迅猛发展，机器人在世界各大产业中的应用越来越普及，全球制造业的机器人化趋势不可逆转，这样一个时代必将到来。其实现在已经可以感觉到，它离我们越来越近了。从一些传统企业中可以看到，机器人替代人类工作的比例持续上升，从部分替代向完全替代推进，其中涵盖的智能技术、自动控制技术日益成熟，应用日益广泛。

袁若德等人边走，边看，边听。貌似闲聊，实则触及的话题都很实际，秦茱萸的国际视野及前瞻技术目标令人耳目一新。

秦茱萸侃侃而谈：我们搞机械的，对先进机床情有独钟，因为那些看似庞大笨重的家伙，像战士手中的枪和炮，像农民手中的锄和镰，须臾不离。机械性能先进，操作便捷，效率高，是我们永恒的追求，导致我们染上"职业病"——机械狂。

袁若德笑道：工厂欢迎机械狂！广德欢迎机械狂啊！

秦茱萸：袁董您也不简单！有一分钱就要拿来买机器，买机床，买与之相匹配的先进技术。领着企业逐步挣脱产业链低端，经多年积累，构成广德今天的框架格局和厚重实力。

袁若德：我们做厂，有切身体会呀！做哪行，就要追踪哪行的前沿、尖端技术。这话说起来简单，做起来复杂，费钱费力吃苦受累，能否做成还没把握。但不这样做又不行，技术上受制于人，早晚被人"卡脖子"，一次次地卡，不卡死不算完。

马赛鹰笑着插话：做厂就是这样，只有掌握技术才能立于不败之地，得过且过的话，不如不做，做也做不活。

秦茱萸：技术的研发应用是可持续之路，也是无止境之路。今天实地看了，心里更有数了。现有机械设备完全可以进行数字技术改造，投资小，见效快，借此提升综合效率。

袁若德思忖片刻，深深点头。

谈到研发和技改资金，秦茱萸做了大体估算。袁若德嘱咐他列出设备购置及应用技术清单等，以备下一步做出预算。

莫如师见尤其芬走在人群后面，故意放慢脚步，蹭到她身边：阿芬，听说你在服装厂工作过？

是呀！尤其芬怕惊动别人，压低了声调，但她那银铃般的嗓音令莫如师痴迷：你什么都会呀？你这么能干呀！

尤其芬脸上倏地飞起红晕：谢谢莫老师夸奖。

莫如师：我夸你一下你就谢我，那我以后每天夸你！

尤其芬脸更红了：可我……没什么可夸的呀！

莫如师：你自己都不知道吧？你可夸的地方简直多了去！等下我发微信给你，暂时先列举100条吧！

尤其芬"扑哧"一下笑了，赶紧以手捂嘴：谢谢莫老师高看！

黎锦官抬腕看看表，凑近袁若德耳畔，小声儿询问：时间不太充裕了，去毛织厂要不要改天？

袁若德关切地问：秦博士，累了吧？要不今天就到这儿？

秦荣英正在兴头上：不累不累！去毛织厂看下。

黎锦官挥臂做上车手势，一行人鱼贯登车，向毛织厂奔去。

毛织厂副厂长祝业祺在厂门口迎候大家。厂长梁仁良借口有事，回到自己办公室，再也不露面了。一行人依次进入毛织厂各车间，边转边听取祝业祺讲解，对毛织厂基本情况了然于胸。接着考察了广德集团旗下的德行物流公司及新的集团总部办公区。

黎锦官提醒道：袁董，明天周四，例行的高管季度培训日。

袁若德：正好。官叔，通知所有高管，明天上午9点到四楼会议室集中，请秦荣英博士给大家讲一课。

秦荣英摆手：不要讲什么课了吧，大家交流一下就好。

袁若德：不不不，还是正式讲一讲！秦博士您放开讲。

12

下午，大背头小五金街，王鹅精密组件厂。

一辆装满钢材的大货车缓缓驶入，坐在副驾驶位上的夏令向厂内招手，王祖望等人迎出来，七手八脚搬卸钢材。

夏令将货单交给王祖望，嘴上说：一级品，出厂价。

王祖望接过货单看了看，多少松口气。生产平台有了，原材料也到位了，急需解决的问题只剩下机床设备了。现有机床显然不行，一是严重老化，都是上家淘汰、不知转了几道手的，充其量只能勉强运转；二是性能差，精密度更差，靠它生产很难达到工艺要求；三是自动环节全面缺乏，操作费劲，效率低下。当然，花大钱进行机械改造乃至改弦更张，那就是另一回事了。

樊老靓、黄匠军等人想尽办法，欲使三台老旧机床起死回生。他们在车间鼓捣了好几天，为机床做了全套常规保养，更换了部分零配件，该上油上油，该打蜡打蜡，清洗擦拭，把机床整得油光锃亮。之后，三台老旧机床终于正常开启，轰隆作响，噪声巨大，但总算可以进行样品试生产了。樊老靓、黄匠军和其他员工围着机床忙得满头大汗，操作却很不顺畅。先是发现机床工序不全，后又发现仍有相当一部分零配件看似没问题，实际损耗严重，必须更换。样品试生产被迫停下来。

时值中午，几个人挪到车间外面，在大门口左侧一棵老榕树底下，有人蹲着，有人坐着，边歇边等饭。样品试生产受阻，人人心头蒙上阴影，无不消沉。这时快餐送来了，一人一份盒饭，打开冒着热气，质量好坏不论，热乎挡饿就好。

王祖望急得嘴起燎泡，催促大家想办法。平时吃饭，大家热衷于热聊，插科打诨扯闲篇，此时却没人搭腔。

王祖望意识到大伙儿情绪不高，他提醒自己，越是在困难情况下越要沉住气，要内紧外松。稍停片刻，他和颜悦色，拣众人感兴趣的话题，即自己做（创业）和打工的区别，慢条斯理地说：以前咱们打工，就是死做。活是定量的，多做多得，少做少得，不做不得，这个逻辑合乎情理，人人向往多做多得。

夏令边吃边说：像我这种，只能选择趁年轻多做多得呀！

王祖望点头：多做多得有个前提，那就是人要年轻，还要有好身体，包括脑瓜子灵，眼力好，臂力强，腰椎韧，体力棒，缺一样就没得做，硬做就会玩完！

有位员工接话："多做"意味着什么？常与劳累劳损挂钩。身体透支是有代价的，弄一身病得花钱去治。

夏令：少做或不做，身体倒是不透支了，钱从哪儿来呀？

樊老靓摆手：别扯这些没用的！有这嘴皮子工夫，不如讨论一下机床方面的问题。咱现在选择自己做了，要做好才行啊！

王祖望笑着点头：老靓说得对！王鹅精密诞生在咱们手里，一定要把它做出名堂，不给自己留退路。

樊老靓：目前看，现有机床还是不堪用，得另想办法。

黄匠军一直闷头吃饭，半晌没吱声，这时抬起头来，试探着说：王总，汪老板的"霸王床"性能先进，怎么说也比咱这三台老旧机床好很多，简直好N个档次！可惜趴在那里。

王祖望：可惜也没办法！他们不敢修，我们不会修。我正在找朋友咨询，看看本市有没有便宜点的二手机床。

黄匠军：我倒有个主意，请会修的人来修呗！万一能修好呢？我们就可以租借了，比买其他二手机床划算多了。

樊老靓很感兴趣：这倒是！找外援帮忙修复，应个急也好。

王祖望满腹狐疑：找谁？谁会修？

黄匠军：找我老乡呗！听说她公司，就那个广德集团，最近引进一个

"海龟"团队，都是机械行业技术大拿，数控领域顶尖高手。我老乡说，区区"霸王床"，多大个事儿呀，天王老子床也难不住他们！在他们手里，越是高端机床越玩得溜。

夏令打趣：哪来的天王老子床啊？你老乡有意思！

王祖望眨眨眼：你老乡？广德那个董秘？叫季……什么？

黄匠军笑道：季黄鹏，我老乡，我同学。

樊老靓非常赞成："霸王床"万一能修好，我们拿出样品就是分分钟的事！不仅我们可以用，还算帮了我那工友汪老板的大忙，那么名贵的机床不趴窝了，对他和他的架给你厂是天大好事！

王祖望：哦，你老乡说没说修理费用是多少？怎么算？

黄匠军挠挠后脑勺：这个她没说。我想，看在老乡份儿上，他们那么大公司，在费用方面不会太计较、太抠门吧？

夏令：事到如今，顾不上砍价了，死马当作活马医呗。万一能修复，咱就不用在那三台老掉牙的机床上费工夫了！

王祖望紧绷着的面孔松弛下来，一直垂着的脑袋稍稍抬起，甚至苦笑了一下：好吧！匠军，联系一下你老乡季黄鹏。你可以强调一下，修理费从优。我厂虽小，不会随便占人便宜。

少顷，王祖望补充：大家注意，这事绝对保密！

13

下午，佳杰五金厂总经理陈可元办公室。

桌上座机铃响，陈可元心不在焉地拿起话筒。

大哥陈可铭打来的：小元，今晚吃饭人多，客人大都是海龟，人家知识分子很斯文，你要注意形象、注意影响，不要……

陈可元不耐烦：哥，吃个饭而已，什么要不要的！

陈可铭生怕妹妹搅局，得罪秦荣萸不说，还可能得罪他女友，偷鸡不成蚀把米。他耐着性子，向陈可元强调说，秦荣萸这年龄能没女朋友吗？人家拍拖多年了！你别去添乱啊！

陈可元无所顾忌，大声问：谁是他女朋友？

陈可铭没好气：你嚷什么呀？人家女朋友在美国！

陈可元不屑，狡黠地笑了：在美国？那不鞭长莫及？

陈可铭蹙眉，压低嗓门儿正告陈可元：秦荣萸的女友叫曲解，在美国读博。待她一年后博士毕业，两人即结婚。

陈可元想了想，语气蛮横：结婚？那不可能！

陈可铭：小元，别闹了！要不，今天的晚宴你别来了！反正也没你啥事。你最好与秦荣萸保持距离。

陈可元：哥，你不知道吗？我从小就钦慕你同学秦荣萸！

陈可铭：你再怎么钦慕，也是八百年前的事，时过境迁了！你不可以随心所欲，横插一杠子，搅扰人家的正常生活。

陈可元委屈：你眼里，人家怎样都正常，我怎样都不正常。

陈可铭：小元，我再叮嘱你一遍，不可意气用事。你想想，方杰现在缺高端人才，你把关系搞僵，集团损失就大了。

陈可元：示爱不是示威，咋把关系搞僵？

陈可铭：你好意思示什么爱？你"小三"知道吗？

陈可元倒没生气，在电话中娓娓道来：哥，我做事有分寸，你不用气急败坏。秦荣莫15年前就是我偶像，我少女时代就暗恋他。谁让你老把他带到家里来的？他后来出国留学，我仍是他骨灰级铁粉钢粉脑残粉。多年来，他始终是我心仪的人，我关注他的一举一动（网上）。曾打算硕士毕业后追随他去美国留学。现在他回来了，当然是我的良缘提前到了。

陈可元把电话挂了，陈可铭还愣怔着。

就看今晚能否对上眼了——这话陈可元没说。

14

傍晚，东城区五花马水库山庄宴会厅。

陈可铭尽同学、地主之谊，宴请秦荣莫及其团队。

莫如师、甘果、牛仔酷各自带领自己的小组成员应邀悉数入席，陪同的还有尤其芬。众人互递名片，热情寒暄。

秦哥！你回来了？陈可元闯进屋，笑靥如花。

陈可铭事先向秦荣莫介绍过家人近况，其中包括小妹陈可元。但陈可元乍一出现在眼前，印象中那个不起眼的小土妞竟然变成一个水灵灵的大姑娘，秦荣莫还是觉得意外和惊喜：这……这是小元吗？哎哟，长这么大了？长这么漂亮了？

陈可铭在一旁笑道：不是说女大十八变嘛！

陈可元甫见秦荣莫，即为他的成熟英俊所倾倒，多少回梦里见过，与真人差不多！她将一双水汪汪的眼睛笔直投向他，热情地向他伸出手，嘴上调皮道：小元再变，秦哥也忘不了！

两人礼节性握手之后，分别多年的陌生感顿时消失，秒变"资深"好友。本来有个机动位置，可能是陈可铭特意安排的，但陈可元根本不屑什么机动位置，她自己搬把椅子加塞到秦荣英身旁，然后叫服务员把摆放在机动位置上的碗筷挪过来。她尚未坐下，即喧宾夺主，大方地向主桌上的客人们做自我介绍：方杰科技集团旗下佳杰五金厂厂长（总经理）、陈可铭胞妹、秦荣英大哥的青梅竹马——陈可元，外号元老，请各位多关照！

秦荣英笑道：青春年华，哪来的元老？

陈可铭：她出生于方杰元年，自称方杰元老。大言不惭呗！

秦荣英调侃：我杰叔不简单啊！一年缔造两个新事物。

众人忍俊不禁，爆笑一片，气氛轻松活跃。

陈可元：可见，我为方杰而生。天将降大任于斯人也。

邻桌不知谁吼了句：元老，你要关照我们大伙儿呀！

陈可元扭身向邻桌吼声方向挥手示意。

晚宴开始。在陈可铭的开场白"欢迎老同学秦荣英博士及其团队光临方杰集团"后，宾主共同举杯，一饮而尽。

陈可元：今天在座嘉宾为清一色理工男，是我们佳杰五金厂很多妙龄女工的崇拜对象，我代表她们，敬各位一杯！

人们热烈响应，纷纷举杯与陈可元相碰。眨眼工夫，两杯酒喝下肚。青春气息被点燃，饭桌上热闹起来。

秦荣英被逗乐了：我啥时跟你青梅竹马呀？你个小屁孩儿，长得没桌子高，一头黄毛，鼻涕拖老长……

陈可元：小屁孩儿时代就在一起，不是青梅竹马是什么？

秦荣英：你出落成大美女，没人敢跟你青梅竹马了！

陈可元义正词严：秦哥，历史不容抹杀哟！

谈笑间，陈可元委婉地表达了如下意思：秦荣英与陈可铭是同班同学

（初一开始到高中毕业共六年，秦苿黄是寄读生），陈可元少女时代即倾心于秦苿黄，那时情窦初开，一见秦苿黄就脸红心跳，然后躲起来，躲得远远的。后来秦苿黄到北京上大学及出国留学，两人就"失散"了。

忙乱应酬间隙，陈可铭不忘给大家打预防针：跟小元喝酒得悠着点儿，她小时候是个人来疯，长大后是个酒来疯。

陈可元早已盘算好，要跟秦苿黄斗酒，她有备而来，带武孔赴宴，叫武孔开车。在许多人喝得面红耳赤，陷入微醉状态时，陈可元从背后搂住秦苿黄双肩，两人脑袋抵脑袋，不知她事先是否示意，聪明的武孔抢拍下这张珍贵照片。

秦苿黄挣脱出陈可元的臂膀，不失客气而又由衷：小元真是越长越美，美得不像话了！

陈可元火上浇油道：你被我美晕了？

秦苿黄笑眯眯的：我被你雷到了！

陈可元飘飘然：何以见得呀？交杯酒为证好不好？

几杯酒下肚，秦苿黄的酒瘾上来了，更贪杯了。交杯酒算什么？秦苿黄基本上来者不拒，与陈可元交杯痛饮尤其爽快。谁知这一交杯，就连续交了数杯，仍未满足，两人铆足了劲儿，摆开架势大肆斗酒。要不是陈可铭阻拦，还会"交"下去。

莫如师看得吐舌，打趣道：酒神遇酒仙，眉眼笑弯弯。

桌上的人大都陷入欢乐乃至微醉状态。陈可元很多下意识亲近秦苿黄的动作，尤其在众人起哄下喝交杯酒的情形，都被武孔拍了下来。武孔不仅受托于陈可元，而且他自己也很好奇和热情，随手拍个不停。他拍下的大量照片，距离近，角度好，画面清晰而又温馨。

陈可铭像消防员似的，不停地灭火、擦屁股及消除影响：小元习惯我行我素，别理她！别当真……别拿她当回事……

酒劲儿上来了，陈可元对秦苿黄好感强烈，不能自持：秦哥，我一见到你，脑袋瓜就死机！

秦茉萸头脑清醒，说话不无警示：小元，你秦哥我如今心有所属！我结婚时一定请你吃喜糖！

陈可元哪在乎这些，压根不理这个茬。但尽管如此，她还是在听到秦茉萸亲口说自己早有女友并且准备结婚之后，心情沮丧。为掩盖自己的失落，她不惜继续与秦茉萸斗酒，加大了量，把秦茉萸也灌得差不多了。

陈可元似乎很有些酒量（此前从未表现出来过，也没人注意到这一点），在酒桌上穷追猛打的同时，竟然还没忘记向秦茉萸索取手机号。秦茉萸酒后大大咧咧，自然乐于把自己的手机号通报给陈可元。趁着场面闹哄哄，众人不大留神之机，陈可元又勾着脑袋与秦茉萸窃窃私语，问他住址。

久违多年后的第一次见面，陈可元毫不掩饰地表达了自己对秦茉萸的爱慕，将自己与秦茉萸青梅竹马这层关系公之于众，致使这段埋藏了多年的单相思公开化。至于别人信不信、别人当真还是当假，就不是她关心的事了。她还获得了秦哥的联系方式和住址，还与他拍了亲密照……她那张青春靓丽的面庞浮现出大有斩获的得意神色，掩饰不住。

秦茉萸团队成员都知道秦老大有正牌女友，眼前却突然冒出个"青梅竹马"！这女孩也不忌讳，公开表明对秦老大有意思！可惜了，这个早过时了的"青梅竹马"……莫如师不禁对秦茉萸挤挤眼：你同学的妹妹，很有意思啊！牛仔酷跟着给予评价，听不出是好评还是差评：这事是有那么点儿意思！秦茉萸甚觉尴尬，不停地解释：不是……不是这个意思！不好意思……

在座者无不开心，个个笑意盎然。陈可铭除外。

15

上午，翡翠巷6号，广德集团总部四楼会议室。

上午9时，集团高管齐聚四楼会议室。

袁若德：又到了季度学习日，今天座无虚席，可见大家都渴望学习和提高。今天请集团新任副总裁、德立技术首席执行官秦荣荑博士，以他的专业造诣、丰富资讯和宏观眼光，给大家介绍机械行业发展现状、趋势及前景，分析讲解相关前沿技术，帮助大家开阔视野。今天这堂课价值高，还免费。好，大家欢迎。

掌声骤响，气氛热烈，热切的求知欲洋溢在人们脸庞。

袁若德补充：课后，大家可以带着问题与秦博士沟通。

秦荣荑根本不用准备，很多内容张口即来。他侧重讲了两点，一是现代企业需要依据大数据做决策；二是机械制造行业的数字技术应用及自动化水平提高。围绕这两个内容，他在黑板上画了很多符号，力图一次性把全产业链现状及发展趋势分析透。

秦荣荑：现代企业做决策，大数据是好帮手。据我了解，一些规上（规模以上）企业都在精心谋划和悄然启动转型，正是依赖通过大数据对趋势性的东西有了基本判断，以此为依据，定位企业目标。民企在这方面理应更灵活，走在前面。广东人讲"手快有手慢无"，很有道理。

秦荣荑依据一个行业数据机构发布的数据报告，围绕机械行业基本面、生长性、未来五年趋势及互联网在机械行业的渗透这几个方面，逐一进行阐述。他特别强调，五金机械及模具行业自动化、人工智能化是未来发展方向，有巨大延展空间。

秦荣荑：眼下存在问题是行业集中度低，面临新一轮洗牌——优胜劣汰。通俗讲，大的厂家更大，强的厂家更强，优的厂家更优，小、弱、劣的厂家相应只会更小、更弱、更劣，乃至退出市场。这就是马太效应，强者恒强。

袁若德以点题方式做结束语：转型升级这个东西大家都不陌生。为何升级？说白了，不升级就等着被人蚕食。因为你不升人家升，人家升了以后就会挤压你不升的。你还以为四平八稳的小日子挺好过，又没招惹谁，结果温水煮青蛙，舒舒服服地死了。对广德这样的传统行业，转型升级是一场血拼。是血拼着活，还是舒服着死？看似二选一，其实没得选。你没选择退，你只选了不进，悲哀的是，不进与退天然捆绑，天然画等号。

课堂一片寂静，甚至听得见呼吸声。

袁若德：我对秦博士做实业如同逆水行舟，不进则退的观点深以为是。现代很多学科尤其是交叉学科，我们不懂，但不能以不懂为由充耳不闻，敬而远之。无论懂不懂、喜欢不喜欢，我们对科学性、知识性、前瞻性的东西都不能不涉猎，不能不学。构成潮流的东西往往蕴含着先进性，昭示着方向，比如数字技术。假如我们不懂也不愿意懂，那就自欺欺人。有人说用不着，但万一用得着呢？因为不懂，所以巴不得它用不着。

袁若德站起来：今天这堂课，角度新颖，知识点多，但愿能引领大家刮起头脑风暴。

袁若德顿了顿：下面，布置一下相关工作。我先向大家宣布，河埔市工商联和政府有关部门共同举办的"河埔金秋国际毛衫节"，为我市品牌活动之一，两年一届，已连续举办三届，今年是第四届。广德是历届毛衫节发起单位和赞助商之一，今年依然如此，继续打造知名度，擦亮德来和德福这两块牌子。集团这项工作由代紫萱担纲，目前她已代表广德进入组委会。各厂要积极配合。

坐在前排的梁仁良，一听很不高兴，当场垮下脸来。他想不到，这种代表集团出头露脸且与毛织厂业务紧密相关的事，却甩开他这个毛织厂厂长，一丁点儿风没透，直接就宣布起用代紫萱！那丫头片子从头到脚一介草根，从工人堆里爬上来的，难不成广德需要草莽治厂？他对代紫萱一向没好感，更因为她不听招呼！兴许她没把他梁仁良放在眼里！想到此，他恨得牙根痒。

同样坐在前排的袁仁美插话：听说方杰退出毛衫节赞助。他们也曾是多年的发起单位和赞助商，今年不知何故退出。

袁仁美的言外之意是广德不要做冤大头。方杰虽然不赞助了，但仍参加毛衫节中的"高端精密机械展"板块，他们白得便宜。

袁若德：广德不退。集团谋求转型升级，但对传统业务这一块不能丢，至少三年之内不能丢。规模上不扩张了，提质增效仍是重点，不可松懈。另外还有什么困难，你们说说。

袁若德向袁甲芳递眼神，袁甲芳发言：金秋十月收获季节，人们热切期待第四届"河埔金秋国际毛衫节"盛大启幕。两个月前，本应将赞助款向组委会打过去一部分，昨天组委会打电话来咨询，我才知道，这笔款尚未如期拨付。明天是截止日期。

袁甲芳这是不点名指责梁仁良了。梁仁良低着头，一声不响。这笔款他确实没有如期拨付，袁甲芳确实在两个月前当面向他交代过这件事，他情知理亏，装聋作哑不吱声拉倒。

袁若德：这不是小事，你赶快协调一下。

袁甲芳：好，我等下回去立即安排落实。

祝业祺发言：与前几届不同，本届国际毛衫节规模空前，规格更高，涵盖全产业链上下游企业，兼顾流行趋势演绎和应用展示，业内人士都寄望于国际毛衫节能够成为我市机制性平台。

祝业祺接着说：德福毛织厂是业界龙头，连续多年在河埔市毛织行业排行前三甲。然而，业内都知道，广德正在艰苦转型，将资源倾斜于机械制造，人才也向机械制造集中。尽管如此，袁董仍决定，本届毛衫节德福毛织厂依然打头阵，借此维系老客户，避免外界猜测，消除诸多不利因素。

黎锦官：是啊，组委会已多次以不同方式向袁董表示感谢。袁董目光高远，顾全大局，带领广德积极参与毛衫节，我个人由衷佩服，保证做好自己分内的工作。

袁若德：大家各就各位，按计划实施。下课。

16

下午，上海浦东国际机场。

新世纪的大上海，许多地标建筑都挂上了巨大的红色条幅，上面写着"2012年上海中国国际电梯展"。曲解随实习所在的世界500强某企业，从美国飞抵上海观展。

陈可铭秘密买了两张机票，与秦荬荑一起赶赴上海。

曲解此前已发邮件告知，他们一行六人乘坐国际航班凌晨1时许抵沪，有专人专车接送（集体行动，不方便私人接机），翌日上午，全体参加电梯展开幕式，尔后赶往瑞士ABB工业园区（位于上海康桥）洽谈商务。本次行程共计六天（后两天到苏州），在沪期间活动安排紧凑，基本无暇其他。后经秦荬荑反复争取，曲解费心费力协调，才硬生生挤出一点"私人"时间。双方约好，开幕式当晚（抵沪第二天）8时在上海锦江饭店见面，共用晚餐。

下午4时许，秦荬荑、陈可铭抵沪。在上海浦东国际机场，两人各携一只简单的旅行包，边走边交谈，神情轻松。正待走出闸口，忽见陈可元、何青黛从左前方迎面走过来，向他们招手。两人这一惊，真是非同小可。秦荬荑以为眼花：咦，这不小元吗？

陈可元笑靥如花：是啊秦哥！我们是来上海国际电梯展观展的。你们也来观展吗？巧遇啊！

原来，陈可元窃取了大哥的航班信息，特意乘坐比他们早到的航班抵沪，然后猫在机场等候他们，具体说是等候秦荬荑。

陈可铭很生气，暗中训斥陈可元：你又搞事？

陈可元翻翻大眼睛，一副无所谓的样子，根本不理大哥那茬，只跟秦荬荑套近乎：秦哥，我们一起活动吧，我对上海比较熟。

陈可铭一把拽过陈可元胳膊，让她面对自己，打算严肃正告她，叫她立即离开！还没开口，陈可元突然向他努嘴，使眼色，陈可铭顺着她眼珠转动的方向看去，越过人群，恍惚看见二弟陈可期！定睛细看，陈可期携女友叶馨菊及两名随行人员进入大厅，正向自己所在的闸口方向走过来。他紧拽陈可元的手下意识地松开。

这种场合下的不期而遇，每个人都无心理准备，猛一打照面，竟不知所措。陈可铭仓促招呼：阿期！你们过来参展啊？

陈可期闻声睁大眼睛，突然发现大哥一行，不无尴尬，胡乱点头：嗯？哦，哥……小元……你们也来了？

陈可铭顾不上与陈可元生气了，脸色恢复正常：阿期，来来来！正好，我介绍一下，这位是我同学秦荣莫博士，重磅海归。这位是我二弟陈可期，在香港从事电梯业，为国际品牌电梯做代工。之前我预估他会来，果然来了！

秦荣莫与陈可期握手，同时打量他：咱们见过？

陈可期对秦荣莫倒不陌生：小时候你常来我家，找我哥。

陈可元挤上前，对秦荣莫说：我二哥从小在香港，很少回来，连我都很难见到他哦，所以你对他不太熟悉。

秦荣莫笑对陈可期：你长高了！比你哥还高，很出息哟！

陈可铭接着介绍：何青黛，集团首席联络官，人称"何首席"。

秦荣莫打趣道：不是何首乌啊？

陈可元嘴快：不出所料！外号何首乌。

陈可铭：阿黛兼任佳杰五金总经理特别助理，人称"何特助"。

何青黛终于说上话：秦博士见笑。鄙人绰号超多，除了何首席、何首乌、何特助，还有何白虎呢，您觉哪款顺嘴就叫哪款好了。

秦荣莫诧异：何白虎？这是什么出处啊？

陈可铭偷笑一声，抢着答：因开一辆白色路虎车得名。

秦荣莫不吝点赞：何白虎威武！

陈可铭不屑于介绍叶馨菊，对她视而不见。陈可期知道上次在香港自己家里弄得不太愉快，也就不指望大哥了，自己向秦荣莫介绍说：这是我女友叶馨菊。

秦荼萸客气地向叶馨菊点头致意。

陈可元一看叶馨菊也来了，顿觉败兴。她对叶馨菊素无好感，起先是不对付，互不搭理，后来竟成死对头，开口必没好话。陈可元当着二哥陈可期的面都敢骂叶馨菊，叫她"闭嘴"，不管什么场合都不忘给她难堪。原因说来简单。陈可元认定叶馨菊是个"离间分子"，不论她有心还是无意，客观上总是发挥着巨大的"离间"作用。正是由于她的阻挠，二哥陈可期明知自己的企业因多种原因备受掣肘，宁愿半死不活地拖着，也不愿与家族企业合作，不愿回家乡寻求更大的发展空间。

陈可元知道，老爸陈豪杰、老妈方珍非常想念二儿子，但两位老人每次去香港陈可期家，却坐不住，待不久，与儿子匆匆见上一面即慌忙打道回府，就是因为叶馨菊从中作祟。两位老人只是不愿明说，怕惹得儿子与家人更加生分。

陈可元对叶馨菊有个评价：她一闪亮出现，能把人呛个半死；她一张嘴说话，能把人噎个半死。她那副嗲声嗲气、忸怩作态、故意在陈可期面前撒娇的样子，她全身名牌珠宝、衣着百般暴露的装扮，她生怕人家不知道她用的是兰蔻，喷的香水量恨不能熏出九里远的陋习，都让人不爽和厌恶。

叶馨菊最怕陈可元，只要陈可元在场，叶馨菊都老老实实的，躲在陈可期身旁，不敢造次。但凡陈可元不在，那就是叶馨菊的天下，骄横跋扈，说一不二。她早就在扯陈可期袖子，陈可期也早就明白她的意思，那就是赶快离开。

陈可铭面对秦荼萸：没承想，来中国国际电梯展观展，亲朋齐聚上海滩，我家兄妹仨来齐了。

秦荼萸笑道：行业盛会，共襄盛举，这是好兆头！

陈可铭转脸向弟陈可期、妹陈可元隆重推介秦荼萸的女友曲解博士，称她是机械行业顶尖人才，智能制造方家。他本人和秦荼萸博士这次上海行，正是为了会见曲解，她随实习企业从美国飞上海观展。此前已约好，陈可铭将于翌日晚在锦江饭店宴请曲解。

陈可铭为营造良好气氛，招呼道：明晚你们几个都过来吧！正好，陈氏三兄妹集体迎接曲解，也给咱们秦博士长长脸！

陈可元点头，欢欣雀跃。陈可期噎嗫着，扭头瞥瞥叶馨菊。

陈可铭心情转靓，态度变得热情：曲解乘坐的航班今夜才能抵沪，咱们现在正可忙里偷闲。走走走，去外滩找个好地儿，咱三兄妹陪秦博士喝小酒，吃上海本帮菜。

陈可期借口女友身体不爽，匆匆离去，临走前，答应参加翌日晚大哥陈可铭在锦江饭店为曲解张罗的聚餐。

陈可期与女友一离开，陈可铭就觉得没必要扎堆了，立马驱赶陈可元：小元，我与秦博士还有事，你们忙你们的去吧！

陈可元：我来上海，忙的就是会见秦博士呀！

陈可铭虎着脸儿：小元，你别当跟屁虫嘛！

陈可元：当秦博士的跟屁虫，我引以为荣哦。

陈可铭：苍蝇似的黏人！讨不讨人嫌？烦不烦？

何青黛帮腔：大哥，我们只是顺便与秦博士一起吃个饭。我保证，饭后立马闪人，闪得影子都不剩！

陈可元与何青黛一唱一和，陈可铭拗不过，又不好当着秦茱萸的面与她们翻脸，只好气鼓鼓忍着，任由陈可元"胡闹"。

何青黛拦一辆的士，四人向外滩方向南京路赶去。

第七章

1

上午，翡翠巷6号，广德集团总部会议室。

为收购王鹳精密事宜，袁若德召集梁仁良、袁甲芳、马赛鹰、黎锦官、季黄鹂第二次开闭门会。

据梁仁良汇报，《收购要约》被王祖望当场拒绝。

黎锦官感觉意外：还有这么不识抬举的？

众人面面相觑，唯独袁甲芳反而开心，扯着嗓子说：拒绝？哼，我还不想收购他呢！那帮人根本不值广德出价。

梁仁良：听我表哥蓝君说，王祖望手握一个境外巨无霸项目分包合同，原计划直接出境参与项目，但发包方临时动议，也就是临时加了个塞，要求王鹳精密先在国内生产出样品，检验合格后再进行下一步。

袁若德：这么说，王祖望需要拿合格样品做敲门砖。

梁仁良：这一变化令王祖望措手不及，他们根本没条件生产样品！请人代工也够呛，除了广德，没有合适厂家给他代。另外，听说发包方对产品品质要求很高，基本上是欧盟标准。

马赛鹰经验丰富，附和道：客户临时要求王祖望拿出样品，主要还是信不过！需要通过样品检验其工艺实操水准。可见，样品对王祖望来说，不仅等同于境外项目敲门砖，还等同于整个团队的入境身份证，成败在此一举。

袁若德点头：马总看问题老到。

黎锦官：此时广德出手，敞开大门招贤纳士，以优厚条件全员接纳王祖望团队，客观上不啻于拉王祖望一把！何况他们急需拿出样品，简直就没有比借助广德平台更好的选择了。照理说，王祖望当求之不得、感到庆幸才对。

梁仁良：阿鹏邀其到广德生产样品，同样遭拒。莫名其妙！

袁若德和马赛鹰互递一个会心的眼神，条件反射般想到必定是方杰从中作梗，否则很难解释王祖望的诡谲做法。

梳理各方零散信息，终于搞清楚了。王鹈精密原本拥有优质项目渠道，突然一个小变化——项目发包方要求就地生产样品，导致困境：一是囿于方杰压力，不敢公开与广德合作，遑提加盟广德；二是找不到合适的样品代工方，这个情况又不敢向外透露；三是规定时间内做不出合格样品，王鹈精密将陷于穷途末路。

马赛鹰：成也项目败也项目，王鹈精密栽在这个项目上了。

袁若德斟酌一下，重新定调：整体收购走不通，就走分化路子好了，把吸纳重点放在樊老靓和黄匠军这对师徒身上……

梁仁良抢着说：爸，黄匠军不是现成的吗？

袁若德和其他人都看着梁仁良，不明白"现成的"是什么意思。梁仁良赶紧解释：黄匠军和阿鹏在拍拖……他们是一对呀！

季黄鹏立刻羞红了脸，猛地把头深深埋下去，咬着嘴唇，喃喃嗔怪道：梁总，别……别当着这么多人……

梁仁良笑道：这里没外人呀！你是幸福拍拖，不是地下情。

袁若德睁大眼睛：这倒是新情况！阿鹏，没听你说起嘛。

不等季黄鹏回答，梁仁良又抢着说：前几天我妈打电话来说的，嘿嘿，这情况我也刚知道。

袁若德眼神疑惑：你母亲认识阿鹂？

梁仁良细述原委。来自安徽农村的黄匠军，和季黄鹂一样，都曾是梁仁良母亲韦素（小学老师）的学生。季黄鹂是从别的学校转学到六安市的，只在学校待过一年，因不同届不同班，互相都不认识。若干年后，大家在同一个城市打拼多时，也从无来往。去年教师节，黄匠军给韦素发短信祝贺节日，这才知道包括韦素老师的儿子在内，在河埔市有三个老乡加同学。

袁甲芳：正寻思黄匠军是何方大神，原来是安徽六安的。

梁仁良：是啊！我们安徽六安地杰人灵，人才辈出。

袁若德面对梁仁良，脸色欣喜：这么说，黄匠军和季黄鹂都是你母亲的学生！这不是巧事一桩、好事一桩吗？你们在一起有没有老乡见老乡两眼泪汪汪啊？

这话把大家都逗乐了。马赛鹰挥手断言：梁总哪会泪汪汪啊！快得儿子了，高兴还来不及！

黎锦官接话说：难怪我信息不灵光，总是有疏漏，原来有人对我搞封锁。说到底，不是老乡不好办事哟。

季黄鹂羞涩，满脸通红：官叔……

袁甲芳跟着凑趣：官叔，您这大内总管自己没摸清楚嘛！员工生辰八字、籍贯学历、婚恋交友、相互关系……

黎锦官：阿鹂，拍拖不是做地下工作，阳光点儿呗！你越阳光，大伙儿越支持、越帮衬，声声祝福，推波助澜！

季黄鹂深深点头，笑容妩媚：好的官叔！

袁若德问季黄鹂：你们谈多久了？哦，我没别的意思，我是想问问你对他是否足够了解？你们目前进展到哪一步了？

季黄鹂依然羞涩：以前我对他不了解，现在……

袁若德见季黄鹂找不到合适的语言描述，心里立时猜出八九分，笑着说：现在双方已经很了解，我知道啦！

梁仁良向马赛鹰、黎锦官挤眉弄眼："二黄"一见如故，相见恨晚！不管了解不了解，反正如胶似漆啦！

"二黄"？众人把目光聚焦在梁仁良身上。

梁仁良神气活现：黄匠军，季黄鹂，两人都带"黄"，一黄加一黄，不是"二黄"嘛。金黄色的缘分，像金黄色的阳光，金黄色的油菜花，金黄色的向日葵……

黎锦官唱歌似的附和：大凡金黄，日久天长……

大家都笑了，"二黄"有意思！真是好事儿，真有好戏。

袁若德思忖片刻，感觉黄匠军这小伙子人不错，鼓励季黄鹂大胆追求爱情，并热情许诺：你们喜结良缘时，我要送份厚礼。

季黄鹂非常感激，起身向袁若德鞠躬：多谢袁董！

季黄鹂的羞赧和紧张逐渐打消：袁董，囿于方杰的打压，广德引入樊老靓和黄匠军师徒的可能性很低，很渺茫。

袁若德面色严肃：是啊，方杰失去的，断不肯让广德得到。

季黄鹂：匠军跟我说，佳杰五金副总姚国泰，曾受佳杰五金老板陈可元委托，带着重礼，两次夜访"鬼手靓"，极尽诚意，开出优厚条件，劝其回归方杰，不要跟着王祖望混了，均遭婉拒。我想方杰不会死心，仍会有后续动作。

袁若德点头：这么说，方杰"劝返"也绝非易事。

季黄鹂接着"爆料"：前不久，匠军他师傅樊老靓凭借老关系，联系了一家工厂——架给你五金货架模具厂，想借用其生产设备。意外发现该厂有一台价值280万欧元的数控精密机床，他们自称"霸王床"，据说是该厂倾其所有进口的一套高端机械设备，指望拿它赚大钱。孰料，技术不到位，使用时不慎损坏了，在厂里"趴窝"已半年。机床太贵重，厂里没人敢"动"。国内没有相应配件及维修技术，需请境外厂家派人前来检修。检修是免费的，但检修人员交通食宿费用需工厂承担，置换新的零配件也需购买，工厂目前拿不出这个钱。想请我们派专家帮他们检修。

季黄鹂瞥见袁甲芳疑惑的眼神，赶紧补充一句：检修费用，购买零配件费用等，均由王鹏精密出。

梁仁良大为不忿：樊老靓我见过，那老东西本质上就是个榆木疙瘩，很不开化！以为我堂堂广德会求到他门上！

袁若德蹙眉：阿良，别这样说。秦茱萸团队和樊老靓师徒若能结合，德立技术可就软硬兼备、如虎添翼了！

梁仁良面现恍悟样子，立即改口：爸，还是您嗅觉灵敏！真要结合，慢说广德，单是德立技术就堪当行业霸主！

袁若德叮嘱：招贤的事情，一时半会急不得，要耐心做工作，拿出充分的诚意，精诚所至金石为开嘛。王鹏精密初创，算是初生牛犊吧，无论去不去境外，眼下他们有难处，广德能帮就帮把手，好不好？阿鹏你刚才说，他们想请广德帮忙修机床？

季黄鹂使劲儿点头：是啊袁董！

袁若德：待我与秦博士商量下。这事谁负责联系呀？

季黄鹂自告奋勇：袁董，我可以试试。

众人都把目光投向季黄鹂，那意思是你有门路？季黄鹂含羞带笑，冲大伙儿点头。大伙儿转念一想，这还用问吗？

袁若德：那好，阿鹏你先运作一下，阿良协助。

2

傍晚，上海南京路大象酒店老丰阁品珍轩。

陈可铭等人来到南京路大象酒店，此处距外滩步行十分钟。酒店为他们预留了角落位置一张铺着洁白台布的四方桌。陈可铭、何青黛分别坐在秦荣荑左右手，陈可元坐在秦荣荑对面，两男两女围桌相对，惬意温馨而又恬静。

陈可铭开场白：想不到能在上海小聚，很开心！都是家人亲人没外人，所以不做应酬。酒是自备的，咱只管小酒伴良宵。

秦荣荑盯着陈可铭摆放在桌上的一瓶一公斤装轩尼诗X.O，大为疑惑：咱们刚下飞机，你这酒从哪儿弄的？

陈可元笑着说：他存放这里的，刚才路过酒柜顺手拎来。

秦荣荑恍悟：哦，我当铭兄会变魔术。

何青黛：总裁在多家酒店食肆存有佳酿，秦博士尽管畅饮。

陈可铭不无炫耀：以轩尼诗为代表的正宗葡萄汁精酿，符合男士养生理念，也符合女士美容理念，X.O意指50年以上年份，这个意头好。我们生意人混江湖，讲意头。阿荑老弟，今晚反正有空，一醉方休，不耽误明天与曲解博士相会。

秦荣荑：我喝洋酒不太行，它后劲儿大，半醉方休好了。

或因陈可铭是该店老主顾，他的这一桌明显享受了"特事特办"待遇，两个服务员围着转，五分钟不到，几道冷菜就上了桌。

陈可铭举杯：万里长空彩虹飞架，阿荑老弟将与女友曲解鹊桥相会，心情难免有点小激动。我呢，有意聘请曲解博士加盟方杰，心情同样忐忑中带点小激动。好吧，为上海外滩的美妙际遇，为美妙际遇昭示的精诚合作，干杯！

这话说得！秦荣荑哈哈大笑。众人捧场，齐刷刷举杯干了。

酒一下肚，话就多了。秦荣荑随口问道：小元还在读研？

陈可铭摇头：哪里！她休学，回方杰了，现在在集团上班。

何青黛笑道：她如今的身份是佳杰五金厂的老板。

哦？秦荣荑不由睁大了眼睛：休学是什么道理？

陈可元耸耸肩，扯扯嘴角：没道理，逼上梁山而已。

陈可铭突然一拍脑袋，面对秦荣荑：我想起来了！就是咱们在美国见面那会儿，我突然接电话，说公司炸雷了，集团旗下佳杰五金厂前任总经理带数名技术骨干辞职，形成该厂管理层和技术层双重空当，我被迫提前回国。

秦茱萸本来问得有口无心，谁知竟牵出这么一桩"大案"！他顿觉兴趣浓厚：问题挺严重啊。后来怎样？愿闻其详。

陈可铭又举杯：咱把这杯干了，我来讲讲情况。

陈可铭粗略介绍了陈可元几个月前休学回企业的情况，最后强调说：小元临危受命，挑起总经理重担。老实说，本来我对她不太看好，但老爸念及她是在佳杰五金厂泡大的，有股初生牛犊不怕虎的劲头，选择相信她，任她放手去博。没承想，小元接手厂子之后，大刀阔斧，迅速稳定住局面。眼下仍有不少棘手问题，但她不畏难，不退缩，逼着自己出策略、出办法。总之开局不错，目前看厂子有风生水起势头。

秦茱萸闻言感慨：哟！士别三日当刮目相看。

何青黛接着将陈可元大大粉饰一番：学霸中断学业，当属人生悲剧，但陈可元就有这种扭转乾坤的本事，她先把悲剧变成悲喜剧，再把悲喜剧变成喜剧。她的强势做派常常产生奇效，让人羡慕嫉妒恨。佳杰五金厂有今天这个局面，殊为不易。

陈可元不满：何首乌，咱身陷危机，还有心吹牛？

何青黛翻白眼：吹什么牛？英雄本色，该牛自牛。

秦茱萸借肯定何青黛之机，点赞陈可元：阿黛所言极是。小元是谁？方杰旗下的女杰！秉性坚韧，不会谈危色变。

何青黛尖起嗓门儿咋呼：方杰旗下的女杰——这定位绝呀！

陈可元斜何青黛一眼：你看你，给鼻子就上脸！

陈可铭面露笑容：我家女杰不止一个，当然，以小元为首。

陈可元面对秦茱萸，语气诚恳：秦哥，办厂搞制造做实业，是我家的家传，自从大哥接了老爸的班，已是两代人投身此业。作为传统制造业，在未来战略方向的研判方面，我哥还行，我是弱项。好想听听你的高见，还望不吝指教。

气氛良好，几个人继续碰杯喝酒。

秦茱萸：举例说，曲解这次随见习企业回国观展之余，将重点考察全球工业机器人四巨头之一的瑞士ABB集团。ABB曾诞生过多项重大技术，并率先将它们投入商业应用。早在1994年，ABB即进入中国机器人市场，是第一家在华开展本土研发、生产、系统集成和服务全价值链业务的跨国机器人供应商，在上海康桥建有大型机器人工业园区。你们可以考虑派人观摩学习。

陈可铭等继续把目光聚焦在秦茱萸身上。

秦茱萸：为学习借鉴先进技术，你们还可访问全球最佳平台，首个在中国运行的国际公共云服务——微软Azure企业云。

陈可元吐露内心深处的忧虑：对机械制造行业来说，自动化程度越高，人工岗位越少，两者形成反比。工人们对这种相悖的关系不大理解，只想保自己的饭碗，其他都不想。

何青黛：可不！越是先进的东西，起步时阻力越大。

秦茱萸直言：解决冗员就是止损，将转型升级的代价最小化，这是传统制造业的必经阵痛，舍此没有其他选项。

陈可元：请教秦博士，像方杰这样的企业如何转型升级？

秦茱萸：宏观来讲，发展生产型服务业兴许是一条路，有助于解决就业。制造业已经不具备就业主力大军的地位了，或者说曾经具备，或将丧失。像美国，坐头把交椅的数十家企业，曾经都是传统制造业，现在均变身为数据企业、高科技公司。所以，制造业和生产型服务业不需对立，是你中有我、我中有你的关系。

陈可元很兴奋：秦哥布施的干货，让我等受益匪浅，谢谢啦。

秦茱萸故作一本正经状：我这儿当然没水货！

陈可铭见大家只顾说话，忘了吃喝，便充当起劝酒劝菜的角色。他发现，谈到企业当下的经营状况，谈到机械的结构原理和自动化原理，以及机械行业的前世今生及未来远景等，秦茱萸和小元共同语言特别多，原来他们竟属"同行"！只不过秦茱萸所学偏重软件，陈可元、何青黛所学偏重硬件而已。

陈可元情不自禁：秦哥，你是我偶像！我是你铁粉！

秦茱萸笑了：小元，你也是我偶像啊！我是你钢粉！

何青黛"哈哈哈"一阵狂笑：你们俩互为偶像，简称"互殴"。

陈可铭：什么叫"互殴"？有出处吗？

何青黛好不容易止住笑："偶"与"殴"谐音呀！

陈可元面孔涨得通红：偶像是单向的，互偶（互殴）是双向的，意指互为偶像。这是我和阿黛专用语，没啥来处出处。

秦茱萸感觉到，陈可元看自己的眼光始终是灼热的。也许他自己喝了不少酒，斗胆直视对面的陈可元，不吝赞赏：我倒可以贡献点"出处"，小元明明可以靠脸蛋颜值吃饭，靠家大业大吃饭，却偏偏选择靠置身工厂一线打拼吃饭。

陈可元笑逐颜开：对呀！我就是喜欢打拼，喜欢战胜对手王者归来的感觉。知我者，秦哥也！

陈可铭恍悟：还真是互偶（互殴）啊？不怕人作呕啊？

四人话题广泛，交谈甚欢，忽儿粉饰太平，忽儿杀伐决断，全无禁忌。尤其秦茱萸谈到数字技术投入商业应用的前景，陈可铭等人兴趣浓厚，以至成为热门话题。大家都没有时间概念了，直至小半夜方尽兴而归。

3

上午，德福毛织厂厂长梁仁良办公室。

梁仁良伏案，面对桌上一摞稿纸凝神发愣，脑子挺乱，自己都不知道在思考什么……这时有人敲门，梁仁良头也没抬：请进。

毛织厂副厂长祝业祺手持一份传真，急匆匆走进来，面带喜色：梁厂长，意向单子来了！得赶紧把代紫萱喊回来！

梁仁良抬起头，不无愣怔地盯着祝业祺：把谁喊回来？

祝业祺：代紫萱！代副厂长啊！

梁仁良脸一黑：祺叔看你！来个意向单子，大惊小怪的。

祝业祺用手比画"六"，神色机密：梁厂长，60万欧元哟！这个德国客户此前一直与毛织厂有合作，但近两年不知把订单转到哪儿去了。可能兜转一大圈，还是觉得我们好！这不，今早刚收到的传真，邀我厂派人前往德国洽谈签约。

梁仁良十分不解，说话没好气：又是代紫萱！祺叔，签个约而已，为啥非要派她？没她，咱毛织厂运转不了啦？

祝业祺：省费用啊！至少不用带翻译。

梁仁良顿觉祝业祺脑袋瓜不灵：哎哟，带什么翻译嘛，当地请一个呗！签完约拉倒，一拍两散，互不拖累。

祝业祺急了：梁厂长，你真不知道行情啊？当地请翻译，那费用可是驴打滚翻倍呀！更关键的是，那翻译拿了钱又嫌钱少（他不会嫌钱少不要这个钱，但终究还是嫌钱少而心有不忿），他翻译的时候就不一定向着你，他一句话"呛"了对方，或暗怼人家，合同就有可能签不成，你还云里雾里呢。

梁仁良低头寻思，这么复杂！

祝业祺：梁厂长，代紫萱出马，到手的单子通常不会飞掉，这个是有把握的。此前她在服装厂当车间主任……梁仁良截断：等下等下！她什么伎俩？为啥她经手的单子不会跑掉？

祝业祺蹙眉：还要啥伎俩？她外语那把刷子就够了！

梁仁良：祺叔，坐坐坐！就咱俩，你给我吹吹（牛）呗！

祝业祺在梁仁良办公桌对面椅子上坐下来：吹啥？

梁仁良诡谲一笑，轻松戏谑：爆料啊！嘿嘿，刺激点的。

祝业祺跟着笑了：哎哟，梁厂长今儿真是有空啊！

梁仁良单刀直入：代紫萱啥背景？农村出来的，没正规文凭，没资源人脉，打工谋生而已。像她这样的女工，咱广德哪间厂子不是成堆成堆的？她没伎俩咋上位呀？

祝业祺：那你不了解，湖南妹子的血性不啻于男子汉。就说文凭吧，当年她初中毕业考护校没考上，躲在家里大哭一场。不是她学习不努力，而是天天放学后忙着喂牛、猪、鸡鸭等农家活计，没空写作业。后随年龄增长，她成为家中半个劳力，课余下地劳动不分农忙农闲，一年到头起早贪黑，从春播到秋收没有农活是她不会干的。后来她考上当地一所私立商用英语学校，不包分配，不被认可（国家不承认学历），学期3年，学费昂贵。她爸心疼女儿，表示砸锅卖铁也要供她去读。她知道这机会来之不易，刺破食指写下血书，内容是"我要成才"4个字。她把血书制成书签，夹在书里每天看一遍。其实，看或不看，这四字她已刻骨铭心。

梁仁良：哦，是有点狠劲儿！但这又如何？

祝业祺知道梁仁良的言下之意，单凭这个，能让她飞上枝头做凤凰吗？他吁一口气，接着说：紫萱她在私立商用英语学校求学期间，没有逛过县城，没有K歌观影，没有买漂亮衣服及化妆品，一次也没有，她对这一切"绝缘"。她爱美，但唯"成才"是她心里的至美。她知道自己底子差、基础薄，将时间最大化地用来学习，回回考试第一，是校里的学霸。与此同时，她参加了国家承认学历的成人自学考试。3年下来，总计11门课程她考过了8门。1997年前后，她毕业了，随南下打工大潮来河埔市打工。每天工作劳累，时常要加班，居住条件差，人多嘈杂，她竟然挤出时间，一举考试通过了成人自学考试剩下的3门课程。与她一起打工的姐妹说她"读书读至疯魔"。

祝业祺说到这里停住，意思是梁厂长不想听就不说了。

梁仁良表示同情：唉，为个文凭搏命，值不值当？

祝业祺：阿美厂长是了解代紫萱的，你可以问问阿美。

梁仁良不耐烦：代紫萱在我手下，又不是在阿美手下。

祝业祺：当年，毛织厂新购一条先进生产线，安装说明及设备包装全印着外文，急需招聘翻译。代紫萱前来应聘，没有通过面试。主要因为她非科班，手中文凭顶多算中专（还无据可查），实际水平难以界定。厂里重金购进设备，哪敢托付给一个稚嫩女孩！叫她回去等通知。代紫萱灵机一动，将面试官随手放在桌上的安装说明书当场翻译出来。厂里终于同意给她三个月试用期。毛织厂这条生产线，最终由代紫萱独立挑起翻译大梁，成功通过调试，顺利投产。后来，由阿美厂长拍板，把代紫萱招进德来服装厂。

梁仁良若有所思，难怪呢，代紫萱抱上阿美大腿。

祝业祺：梁厂长，刚才我说了，代紫萱此前在服装厂无论当普工还是当车间主任，咱毛织厂经常借调她，参与境外客户的商务洽谈，成功率高。她的专业能力突飞猛进，英语实际应用水平超过专业八级，每每关键时刻能派上用场。可她并不满足，咬牙恶补工商业专用术语，自我定下硬性"指标"，每天背熟200个生僻词，不达标不吃饭不睡觉。此后，她又利用业余时间同时报读了两所大学的两个专业，面壁三年，相继获得大学专科和本科文凭。尤其是在华南师范大学读的本科（共16门课程），全班160多名毕业学员中，仅有12人获得学士学位，代紫萱便是那凤毛麟角中的十二分之一。

梁仁良：听你这么说呀祺叔，代紫萱是个好学的角儿。

祝业祺：她知道企业用人，不唯文凭不是不要文凭，文凭和学位是人才的基本"估值"。所以你看她，鲸吞知识胃口奇大！

梁仁良故作为难状：她目前在"河埔金秋国际毛衫节"组委会，那一摊子够她忙的，近期没法儿脱身呀！祺叔，集团内还有没有其他合适人选？要不您再找找呗！我就不信了，咱广德这么大，还能没有个把懂外语的？

祝业祺推心置腹：梁厂长，除了紫萱，还真的没有。外语专业大学生倒能找到，但商业常识、谈判技巧和临场经验总是相对缺乏，更谈不上对咱毛织厂强项、优势及产品的了解和推介，怕成事不足败事有余。60万欧元哟！万一黄了岂不肉痛。

梁仁良无话可说。祝业祺说得对，很客观，也很现实。

静默一阵，梁仁良想不出什么有效办法，犹豫道：非得现在去吗？等毛衫节结束……祝业祺大摇其头：那可来不及！收到传真连夜启程都嫌晚呢。

梁仁良没精打采：好吧，我想办法。

4

子夜，上海大酒店。

上海大酒店位于外滩附近，陈可铭一行从南京路大象酒店出来，漫步十来分钟就到了。他们各自拿钥匙对号奔向自己的房间，此时已近子夜1点。

陈可元洗漱完毕，换上漂亮衣服，对镜妆容，精心自赏一阵，百般挑剔一番，好在没发现大毛病，终于感觉满意，嘴上哼起小调，类似河南豫剧：花木兰我羞答答……施礼拜上……

她走到床头，拿起座机话筒，轻轻拨通秦茱萸房间，同时瞥瞥腕上手表，差十分钟凌晨2点。电话铃响了好几声，秦茱萸始惊醒。

陈可元嗓音温柔：秦哥，我是小元。

秦茱萸随手摁亮床头台灯：小元……咋还没睡？

陈可元嗓音更温柔了：有事，请你开门！

秦茱萸迷迷瞪瞪，以为天亮该起床了：好的，你等下。

秦茱萸翻身下床，一面往身上套衣服，一面打开房间大灯，赫见床头柜上的小闹钟时针指向2点，他以为看错了，抓起闹钟放在眼鼻子底下细看，确认是凌晨2点而不是他以为的早上七八点。他相信小元这个点上门一定有要紧事，急忙向门口走过去，脚步跌跌撞撞。他刚将房门拉开一条缝儿，还没看清什么，陈可元已像一条滑溜的小鱼，从门缝中挤了进来。

秦茉萸本能地开口追问：哎哎哎小元……啥事儿……

陈可元闪进屋后，把身体塞在秦茉萸和门之间，用屁股把门抵上，反手将门锁死，这才开口：秦哥，我想跟你谈谈。

秦茉萸使劲儿揉眼睛：现在是不是半夜三更？

陈可元：我跟你谈的事儿，比较适合半夜三更。

这话秦茉萸听得分明，迅速从沉睡乃至微醉的状态中清醒，视线投在陈可元身上，看着她长发披肩，衣裙飘柔，身姿翩跹，像只彩色蝴蝶落到沙发上，很淑女地入坐，很规矩地开口：秦哥，从今天起，我就是你女朋友了。

秦茉萸彻底清醒，两眼圆睁：啊？小元你说什么？你……你傻呀？我老秦八百年前就有女朋友啦！哪能轮到你呀！

陈可元：你八百年前的女朋友就是我，咱俩青梅竹马。

秦茉萸眉头拧得铁紧：想听真话不？你个小姑娘大闺女，圣洁纯情，不谙世事，哪里入得了老秦我的法眼。

陈可元含情脉脉：我不是最优秀的，但我是最爱你的。

秦茉萸狡黠一笑，语气戏谑：优不优秀爱不爱，都不重要。重要的是……你没资格呀！你是最没资格的那一个。

陈可元扑闪着眼睛：没资格？爱你还要资格？

秦茉萸神情诡异，那样子显然是默认。为了吓阻陈可元，迫使她却步，秦茉萸挖空心思。

我没资格谁有资格？陈可元不服，一脸的犟劲儿：哼，我陈可元没资格，世上就没人有资格！天王老子也没资格！

话是这样说，但"资格"这提法还是让陈可元心里犯虚。

秦茉萸觉得这玩笑有点儿过，不值得当回事，随即松弛下来，疲惫地往床沿一坐，胡乱应付：你家买一送一呀？我跟你哥同学，跟他妹就得青梅竹马呀？我可不想占这便宜！

陈可元：我知道，除了我，你还有别的女人——曲解，留美女博士，高智商高品位高颜值，你在美国的情侣，对吧？

秦茱萸对陈可元的前半句话很不认同，什么叫"除了"……睡意袭来，他使劲儿翻白眼，生怕眼皮儿一搭犯糊涂：知道还问！我老秦早就不是单身狗了！你趁早摒弃杂念。

陈可元神色严肃：把她吹掉！

秦茱萸又被吓醒：什么？小元，你莫名其妙呃！

陈可元异常严肃：以后你会知道，我并非莫名其妙。

秦茱萸：你……你异想天开呀你？你搞笑！

陈可元：我说把她吹掉！慢说一个曲解，十个曲解也要吹掉！统统吹掉！这是因为，我陈可元非秦茱萸不嫁！

秦茱萸两眼睁大，不无反感地瞪视陈可元：我说傻妞，你发高烧呢？还是酒喝高了？跑我这儿满嘴胡话……不嫌丢人啊？

陈可元不理那茬：因此，你秦茱萸有义务非陈可元不娶。

秦茱萸：你个鬼精丫头，盯上我算是走眼啦！自我回来咱们才见几次面啊，你就又嫁又娶的，把人牙笑掉。

陈可元：笑是可以的，把牙笑掉就不划算了。这样吧，我给你个正当理由——你本大才子，我本小佳人，绝配。

秦茱萸不禁笑了：这是啥破理由！比我有才的多了去啦！实话告诉你，我们德立技术那帮工程师个个都是顶尖人才，还有双博士学位的！明儿我给你引荐几个，供你择优筛选。

陈可元：你说的那些才子跟我不是青梅竹马，可惜！

秦茱萸板正面孔：跟我青梅竹马的人多啦，你排不上队！

陈可元翻翻白眼：排什么队呀！我插队就是了。

秦茱萸眉头拧成疙瘩：小元，你怎么这么死心眼儿呢？

陈可元：秦哥，这话你说对了，我对你就是死心眼儿！

秦茱萸这下真生气了：你以为你是谁！从未入过我的法眼！我跟你从不搭界，更没爱过你好不好？

陈可元：甭管我是谁，我爱你就好。我有爱的权利，可以为爱做主。

秦茱萸气呼呼质问：你有爱的权利，我有不？

陈可元把脸儿扭向一边，眼睛上翻，勉强吱了声：当然。

秦茱萸面孔板得铁紧，说话呛人：那好，我行使爱的权利，我爱曲解，我忠于爱情，决不移情别恋！

陈可元不为所动，笃信以理服人：从我认识你的第一天起，就认定你和我是情侣！你舍弃我才叫移情别恋！

秦茱萸异常严肃，被迫祭出撒手锏：恋不恋的，对我老秦已是过去时啦。我和曲解现为事实婚姻，此事不可逆。

陈可元一脸的凛然不可犯：我和你是事实初恋，年份久远，更具历史纵深，比事实婚姻珍贵得多、管用得多。

秦茱萸为打压陈可元的嚣张劲儿，说话愈发带刺：你早恋，那是毛病！你单相思，与我无关！你自作多情，与我无涉！你自己的情感问题自己去解决，别打扰我……拜托！

陈可元：我结缘于你，这个意志坚不可摧。

秦茱萸：我绝缘于你，这个意志同样坚不可摧。秦茱萸说着，摇头苦笑，接着又嘟囔一句：现在女孩子求偶……

陈可元厉声打断：谁求偶？人家求爱好不好？

秦茱萸：你懂爱？那好，我再说一遍，我不爱你。

陈可元翻白眼：这个我不在乎。我爱你就行。

秦茱萸气结，竟有这么脸皮厚、不讲理的人！他喉咙发干，反唇相讥：你爱谁谁，我也不在乎！反正我不爱你，确实不爱，百分之百不爱，永远不爱。信不信由你。

陈可元极尽鄙夷：你一句"不爱"像有多大分量似的，像能把我和你的关系打回原形似的，你扪心自问，有这能耐吗？

秦茱萸沉思片刻，确认讲道理方式行不通，遂改为攻击方式：陈可元小妹，建议你把自个儿早恋和单相思的对象数一数，有没有一打？我又算老几！即便你贵为有钱人家的千金，假如我不想被你玩弄于股掌之上呢？

陈可元的聪明劲儿这时体现得格外充分，她才不会钻进秦茱萸设下的套，去追究"有没有一打"呢！全是扯淡！她锥子般立足问题实质，不气不恼，百毒不侵：有道是江山易改禀性难移，爱你就是我的禀性。我是在爱你的情愫中长大的，这份情愫滋养了我的生命。我对你的爱远远超过曲解。她离开你不会死，我会。

为正视听，秦茱萸直白宣告：即便如此，我依然选择曲解。她不会寻死觅活，证明她是真爱，像我对她是真爱一样；你呢，动辄以死相逼，浅薄又虚伪，令人厌恶！令我厌恶！

陈可元一字一顿：我以爱的名义保证，你一定会重新选择！你必须重新选择！因为只有陈可元才是秦茱萸最好的选择。

秦茱萸讽刺：你横行霸道，还好意思以爱的名义？

陈可元控制噪声，掏心掏肺：没有爱，宁愿死！你不爱我，不娶我，我宁愿死！死算不算横行霸道？

秦茱萸讥讽：哦，还要爱你，还要娶你，我劝你不要变态到这种程度。

陈可元：那就看你有没有本事阻止我变态了。

秦茱萸的耐心到了极限：小元，老夫早已不是翩翩少年，对漂亮女孩看不上眼了！你看，你这么近地坐在我眼前，咱俩鼻息相闻，可我一点感觉也没有，一丝一毫也不动心，这就是老朽表现，你的曼妙青春我消受不起。放弃吧小元！这是秦哥我对你最掏心窝子的话，不要为我一介无趣老朽，浪费你大好的青春时光。

陈可元笑靥妩媚：无趣老朽，我的至爱！

秦茱萸大为惊吓：你这不是虐我吗？你咬死我不松口了？

陈可元一脸俏皮，锋芒与柔软并存：秦哥言重了！哪儿来的虐和咬死？分明是两情相悦，温柔绑定。

秦茱萸双眉倒竖：你发高烧说胡话，简直疯了！

陈可元神情坦然：不幸言中。不疯魔不成活……

秦茱萸痛苦不堪，边摇头边自言自语：疯子……元老！

少顷，秦荣荑从床沿上站起来，向前走两步，近距离正面瞪视陈可元数秒钟，像不认识她、需要重新审视她一样，发现她的小脸憋涨得通红，忽然忍俊不禁，"扑哧"一下笑出声来。这一笑，他整个人清醒了，随即"哈哈哈"一阵开怀大笑，乐不可支，无法抑制：好啦好啦，别闹了！你今天确实喝多了！你没有这个酒量，以后别逞能了！别把玩笑开这么大……

陈可元腾地站起来，横眉怒目：谁跟你开玩笑？扯淡！今天算正式约会，标志着我们的婚恋关系正式成立。我和你适配度超高，齐活了！

秦荣荑一句"什么标志……"还没出口，陈可元的身影已闪出门外，不见了。

5

周日下午，河埔市华润超市。

季黄鹂在华润超市闲逛，被挂在醒目处的一件天蓝色格子男式衬衫吸引。她趋前取下来细看，领子袖子看个遍，爱不释手，再仔细翻看商标价格，觉得太贵，放回原处。

站在不远处的施润，恰好把这一幕看在眼里。她也是利用周末逛超市的，偶然撞上季黄鹂，过来打招呼：阿鹂！这么巧。

季黄鹂吓一跳，转脸儿见是施润，赶紧喊了声润姨！

施润笑盈盈地问：这是男式服装柜哦，你给谁买衣服啊？

季黄鹂支吾：没买没买……我帮老乡看看有没有合适的。

施润：你老乡最近很忙啊？连买衣服的时间都没有。

季黄鹏强作笑脸，胡乱点头。她不想过早地把自己与黄匠军拍拖的事儿泄露出去，尤其是施润，虽熟悉，毕竟是方杰的人，没有哪家公司会对辞职员工抱有善意，她敬而远之好了。她引开话题，绘声绘色：是啊，我老乡他们一点空都抽不出来，为找合适的生产设备，周边工厂都跑遍啦！

施润：找设备？他们接到单啦？单大不大？要不方杰帮把手吧！我们设备最先进，这个你知道的啊！

季黄鹏摆手：不是不是！他们没接单，只是想做样品。

哦，做样品。施润若有所思：在哪家工厂啊？

季黄鹏平静下来，不再显得慌乱：那厂很小，藉藉无名，叫什么架给你……架给你五金货架模具厂。

施润做了个手势，把服务员喊过来，指着货架上那件天蓝色格子男式衬衫：包起来吧！

季黄鹏不无惊喜：润姨也喜欢这件衬衫啊？哎呀，咱俩审美眼光差不多！我也觉得它款式、用料都特别好。

施润笑容满面，热情洋溢：阿鹏，我送给你的！小小心意。我知道你喜欢，希望你老乡也喜欢！

季黄鹏急忙摇头摆手：不要不要！润姨别这样！我老乡不不不……不一定喜欢，我要问问他再说。

施润：别客气阿鹏！我送你的，你不要，那就见外了！

服务员一手拎着包装精美的衬衫盒子，一手拎着印刷精美的纸袋，走过来。施润双手接过，一股脑儿塞到季黄鹏手中，动作热情到强硬程度。不容季黄鹏推辞，施润做了个潇洒的"拜拜"手势，跟服务员一起向收银台走去。

两人分手后，季黄鹏拎着衬衫走在回宿舍的路上，心怀小小喜悦，脚步轻盈。忽然想起来王祖望说过，不要把他和团队的行踪向外界透露半分。季黄鹏当时还不明白，这是要提防谁呢？匠军哥后来告诉她，方杰旗下的佳杰五金厂来了个新老板，陈氏千金，年龄不大，手段狠辣，明里扬言，暗里放风，口口声声要打压王祖望。迫于无奈，羽翼未丰的王鹏精密与同行业中的几家大厂都保持着距离，许多活计陷入地下或半地下状态。

季黄鹂仔细回想，刚才自己不小心向施润泄露了架给你厂，以及生产样品的事……她心里有些惊吓，忐忑不安，非常后悔。越是遮遮掩掩，越容易露馅儿。袁老板交代，修理"霸王床"的事要抓紧运作，可自己尚未开始动作，方杰的人就嗅到味道了。她暗自发誓，绝对下不为例！以后见了施润，关于公司的事儿，关于匠军和他们团队的事儿，尤其是关于广德和王鹏精密之间的关系，这些敏感内容半个字不提。

6

傍晚，上海锦江饭店。

秦茱萸和陈可铭并肩走进锦江饭店大堂，边走边窃窃私语。陈可铭：他们都提前到了，咱俩现在只需专候曲解。

秦茱萸：铭兄，吃个家常饭就好，别太隆重其事。

陈可铭：曲解博士万里之遥飞回，咱怎么隆重都不为过。

秦茱萸担忧：曲解很敏感，弄不好会惊到她。

陈可铭知道秦茱萸指的是陈可元搅局，他也正为此事难堪。得罪秦茱萸倒在其次，得罪曲解，损失可就大了。他浓眉紧锁，不无焦虑：小元这死丫头！油盐不进的料！烦人！

两人在饭店大堂一个角落处站定，面面相觑，彻底没辙。陈可铭心怀侥幸：今晚我弟阿期和他女友也在场，小元跟他女友不对付，互不搭理，这种气氛下也许小元会收敛。

秦茱萸点头：但愿吧！

曲解乘车而至，秦茱萸和陈可铭迎上前去。

陈可铭礼节性与曲解握手之后，分别往秦茱萸和曲解两人脸上扫一眼，热情撺掇道：久别重逢拥抱一下！话音甫落，他顺手猛推秦茱萸一把，力图让两人亲近，但曲解羞涩，机灵地躲开了。秦茱萸显得木讷，似乎也没有拥抱的冲动。

曲解面带微笑，身姿娉婷，在秦茱萸和陈可铭的簇拥下进入餐厅包房，陈可期及女友、陈可元、何青黛等不约而同站起来，目光齐刷刷投在曲解身上，仿佛向她行注目礼。

陈可铭热情介绍：这位是留美博士曲解，秦茱萸女友。

曲解含笑点头，轻松愉快中不乏矜持。陈可铭接着将众人逐一向曲解做介绍，曲解始知在座者都是陈可铭老板的家人。

寒暄过后刚刚坐下，菜还没上来，陈可期的一名助手突然推门而进，脚步急促地走进来，蹲在陈可期身边，向他递送一份资料，说是在展览会现场最新截获的，过于复杂，未能看懂。陈可期不悦，小声儿呵斥：看不懂跟我说干什么？请人看去啊！

曲解听见了，本能地想替那位慌乱的助手解围，顺嘴说"我看看"，陈可期仍在生气，不太情愿地把资料递给曲解。

这一看，就发现了问题，该款电梯技术性能差，在国外已接近淘汰。陈可期大惊，将信将疑的目光投在曲解脸上，一眨不眨。

秦茱萸发现了异常，捅捅曲解胳膊：什么事？

曲解顾不上搭腔，只指着资料上密密麻麻的技术参数对陈可期细做解释：你看，仅在官网官宣上做了充实，内部设计及核心参数少有变更，就是俗话说的换汤不换药。这种没有前沿技术支撑、接近淘汰的产品，建议不要沾，挺吃亏的。

陈可期脸色陡变，用力把资料向助手劈头盖脸甩去，助手从地上捡起资料，讪讪地退了出去。

何青黛：别光顾着你俩咬耳朵，给点机会让大家敬酒。

没人响应何青黛的热情，没人举杯。

陈可期觉得很没面子，转脸对曲解表示歉疚：不好意思！在您面前献丑了！不瞒您说，我的企业人才匮乏，这是老问题了。

曲解出于专业敏感，毫不客套：电梯行业技术发展快，反应稍慢都可能落伍。落伍意味着什么？你病树，人家万木春！

陈可期深以为然：所言极是。多谢曲解小姐！

曲解笑道：我直言了，还望陈老板海涵。

陈可期面孔依然板着，话却出自真心：鄙人对您仰慕之至！

趁着陈可期和曲解热聊之机，陈可铭附在秦茱萸耳旁，跟他咬耳朵：我二弟陈可期有个特点，那脸上啊，永远没有一丝笑容，他在爸妈面前都几乎没笑过。当然也没有愤怒、激动之类，小元形容她二哥是"面部表情缺乏症"。他不但没笑脸，甚至没话，寡言少语那种，尤其在陌生人面前，跟哑巴没两样。他这种个性，天知道是怎么做企业的，又能把企业做成什么样。

其实，陈可铭向秦茱萸介绍陈可期还是蛮保守的，只说一半，另一半丝毫也没透露，那就是任何场合只要陈可期在座，都是沉闷的，他的不苟言笑个性形成"消极气场"，每每影响和压抑一片。为什么会这样？不清楚。

出了段小插曲，酒席气氛被搞僵了，大家不约而同拘谨起来，一晚上都没能再度活跃。酒席中规中矩，潦草结束。陈可铭事后感觉因祸得福——陈可期无意间的碾压，迫使陈可元收敛。

不管怎样，陈可元与何青黛在酒桌上合演的双簧，还是造成了后果：秦茱萸微醉，丧失了与曲解单独约见的机会。

7

下午，翡翠巷6号，广德集团总部袁若德办公室。

天气阴沉沉的，刚下班天就黑了。随着人们鱼贯而出，喧嚣声退去，办公楼里渐渐变得空荡起来。袁若德办公室仍亮着灯，他与袁甲芳、马赛鹰正在关门密谈。

自从王祖望团队拒绝《收购要约》，袁若德权衡了很久，最终认定控股王鹈精密是个比较好的路子。尤其当他获悉蓝君的犀利牛基金目前是王鹈精密的控股方，便考虑取而代之。

袁若德：王祖望拉人组团脱离方杰，并非莽撞之举，而是有底气、有后手的，是组合拳中的一环。眼下尚看不到王鹈精密的价值，但其潜在价值毋庸置疑，我们对此要有洞见。

马赛鹰非常认同：袁董说得极是。王鹈精密的工艺水平，我们短时间内难以企及，这就是他们的价值嘛，这个不会误判。德立技术初创，正需要顶级工艺与顶级技术研发适配。

袁若德：通过可靠的私人渠道获悉，王祖望手中的分包合同，是境外一个巨无霸项目（代号GGY）的分支。如果广德实现控股，就不只是为双方合作打下基础，而是直接参与项目。据此，可为德立技术开辟更加广阔的市场空间。

袁甲芳：明白。参与合作即参与抢单，通过抢单实现合作。

经过慎重磋商，袁甲芳、马赛鹰均赞同控股王鹈精密。

这时，季黄鹏拨通袁若德手机：袁董，梁厂长有事找您。

袁若德：嗯，好。我这儿没事了，阿鹏你下班吧。

不一会儿，梁仁良推门而进。见袁甲芳、马赛鹰在座，愣怔一瞬，开口直接谈工作：爸，能把代紫萱从毛衫节组委会抽回来吗？德国一家老客户发来意向单，需要她去一趟，面商签约。

袁若德冲梁仁良扬扬下颔：哦！你坐吧！

岳父叫坐，梁仁良不好不坐，勉强坐了下来。本来他是很不待见袁甲芳的，见她在场就想溜。

袁若德：去趟德国，估计来回要几天？

梁仁良：洽谈顺利要五六天吧，不顺利的话就难说了，有时候几轮谈下来都搞不定。60万欧元，对毛织厂来说算大单，所以我寄望于签约，哪怕多谈几个回合。

袁若德思忖片刻：行吧，明天我叫阿鹂给组委会打个招呼，代紫萱撤回，叫祝业祺去顶几天好了。

那您忙先！梁仁良说着站起来，赔着笑脸准备离去。

袁若德向他摆摆手：你坐你坐！正好有事。

梁仁良规规矩矩重新坐下，等待岳父大人"发落"似的。

袁若德：王祖望不愿被广德收购，我考虑对其控股。

梁仁良眨眨眼，不无惊诧：控股王鹣精密？

袁若德十分肯定地点点头。

袁甲芳：袁董的意思，将你挪用出去即将回笼的8200万元拆分，其中5200万元收回毛织厂入账，另外3000万元控股王鹣精密。

马赛鹰神色机密，且很有耐心：梁厂长，袁董看问题肯定比我们深远。"嘿嘿"！王祖望拒绝被收购，袁董将计就计。谋求控股，不仅能将王祖望团队揽入麾下，且可能赢来德国方面的客户、人脉、渠道以及一个境外项目分包巨单。业内都知道，且不说"单"后延伸的项目，就凭这个"单"，即可保障一家小型工厂常规运作十年以上，一家中型工厂高速运转五年以上。

哦！梁仁良闻言振奋，频频点头。他灵机一动，趁势撺掇道：爸，您既然考虑控股王鹣精密，为何不考虑参股犀利牛基金？犀利牛才是真正的大金主。

袁若德：两者不同。王鹣精密搞制造，与广德同行当。

梁仁良再爆猛料：爸，按照蓝君远期规划，犀利牛基金将与袋鼠基金组建联合体，创建另一只规模更大的基金，目前正在进行框架磋商，很快即进入报备阶段。我建议，广德借此机会大举进军资本市场，走轻资产之路，推动集团上它个大台阶！

马赛鹰和袁甲芳都直愣愣地看着梁仁良。

梁仁良咽了口涎沫，口吐莲花：不说远期，先说眼前的吧。犀利牛基金紧跟世界潮流，在精选企业专属产品体系中最具特色产品的基础上，自行设计研发、重磅推出一款涵盖主要方向的信托精品，简称"五个金手指"——个人高端授信、家族财富管理、高端保险、海外资产配置和PE（私募）股权投资。

梁仁良目光灼灼，扫视众人后继续他的天花乱坠：犀利牛基金为企业家客户提供专业的综合化服务及特色端对端解决方案，帮助企业家群体即创造社会财富的带头人，过好周期关、杠杆关、传承关。我建议广德对此予以关注，其实，轻（资产）重（资产）是可以并举的。

马赛鹰和袁甲芳互相观望，缄默不语。

梁仁良口气殷切：爸，咱不妨走出一步，试试水也好。

袁若德摇头，慢条斯理地告诫女婿：不管进军哪个市场，都要有强大的资金储备、人才储备、组织和技术储备，广德目前并不具备这些条件。金融再好，我们不懂，更不熟，又没有专业队伍，那就是雷区。广德还是搞制造比较拿手。

袁若德态度委婉，但实际上是拒绝了。

梁仁良不无郁闷，资金储备他不敢妄言，人才储备不是现成的吗？他梁仁良金融科班出身，完全可以领衔集团的资本运作，还要什么人才储备？岳父号称重视人才，却对他视而不见，真是见了鬼！也难怪，岳父他自己不懂金融，就谈不上拥抱金融，谈不上重用金融人才。唉，自己怀才不遇，徒唤奈何。

聪明的梁仁良感觉话不投机，立即转移话题。他依然保持着亢奋的情绪，冲岳父伸出大拇指，为岳父"擦鞋"（俗指讨好）：爸，控股王鹣精密的构想，体现了您的先见之明。您这不等于放大招了吗？这招厉害！体现您的深谋远虑，高人高见！

袁若德面色严肃：阿良，我提醒你啊！毛织厂是独立核算，但不是独立王国，重要事项需向董事会报备。资金用度方面，于公，要服从集团财务总监的督查监管和统一调度；于私，即使权益性地助蓝君一臂之力，也至少要与阿美商量。

梁仁良点头如啄米：好的！我明白了。爸您放心！

袁若德：阿良，我知道你一直想做小贷（小型信贷）公司，这个动议不是不可以在集团内部研讨论证啊！有理有据达成共识就好，避免头脑发热。这样吧，你按自己的想法，弄个金融方案出来，上会（董事会）讨论。

梁仁良惊喜莫名：好的！我这就起草方案。先弄个框架出来，然后叫人打印，再后上会备选。

事情反转，情势演变，这一切始料未及，梁仁良由连日来的泰山压顶焦灼不安，转为大喜过望！他当然明白，岳父的本意是抢人、抢单、抢工艺技术，为公司做战略储备，不是为了解救他梁仁良，尽管他需要解救。不管怎样，这笔数千万的巨账毕竟被冲掉了，他梁仁良一下解脱了。

梁仁良心情很亮，出了岳父办公室，他一边往车库方向走，一边拖腔拉调哼着京剧段子：你斗大的汉字不识一个呀……

8

上午，上海大酒店。

在头天晚上的饭桌上，大哥陈可铭向秦茱萸诉说企业缺乏顶尖人才的苦恼，陈可元听在耳朵里。大哥似觉心里不踏实，怕夜长梦多似的，通过秦茱萸催促曲解签约。

曲解的"综合实力"明摆着，所有人都看在眼里，包括颜值、学识、专业能力及性格气质等，无一不出类拔萃！天呐，原来这个尤物是顶级厉害角色！自己是她对手吗？陈可元产生自我怀疑，感觉到压力。自信心受挫对于她是开天辟地头一回，天外有天、人上有人，她算有了切身体会。当然，她不服。出于本能，陈可元暗做手脚。她给老爸陈豪杰打电话，要求老爸出面，阻止大哥陈可铭与曲解签约，理由含糊不清。

陈豪杰无条件袒护女儿，致电长子陈可铭：签约之事暂缓。

陈可铭接到老爸陈豪杰的电话，立刻知道是陈可元在背后捣鬼，他在电话急辩：爸，天赐良机，错过不再！几家跨国公司都在跟曲解博士接触，我们动作慢了就……陈豪杰打断说：嗨，秦茱萸都回来了，你还怕她跑了不成？

陈可铭：她回来也轮不着咱啊，广德早把橄榄枝伸给她啦！

陈豪杰生气道：广德胃口这么大？都给它！我们不要了！

陈可铭耐住性子：爸，我回去再跟您细说好不好？这次不妨先签个意向，借此付点定金，做一步是一步……陈豪杰截断：阿铭，你明知小元有不同意见嘛，你们不要兄妹斗气。

陈可铭：小元很自私！对曲解博士缺乏起码的尊重……陈豪杰固执道：我说过了，待对方毕业再签约不迟。好了，就这样。

陈可铭垂头丧气，又很不甘心，他抓起床头电话，拨通陈可元房间，劈头盖脸呵斥：小元，你怎能这样胡闹哇？我跟你近在咫尺，有事你不跟我说，偏要打电话回去惊动老爸，你懂不懂事啊？曲解是秦茱萸引荐的，她也是冲着秦茱萸才决定回国来咱河埔市的，她不是本地人，选择这个方向很不容易的你知道吗？

陈可元佯装无辜，有气无力地说自己不知情，一头雾水，还说大哥一句"胡闹"把她惊得够呛。

陈可铭深知妹妹陈可元秉性，耍滑头功夫一流，但仍极力争取事情转机，耐心列举曲解实力：曲解博士那专业，正好跟咱对口，没见你二哥一有机会就请教她吗？

陈可元闭着眼睛：大哥，今天我不舒服，想睡会儿。

9

下午，广府大街71号，德立技术大厦秦荥荑办公室。

最近两天，梁仁良情绪高昂。听说秦荥荑从上海回来了，第一时间找上门来。这是他头一回（也是最后一回）进秦荥荑办公室。

梁仁良笑容满面：秦博士，早就听闻你对时间很吝啬，单独约你一次还真不容易！我前后约了不下四次啦，哈哈！

秦荥荑笑答：我昨天刚从上海回来。梁总今天有空啊？

梁仁良在茶几旁与秦荥荑对坐，收敛笑容：秦博士，不瞒你说，我早就想跟你私下沟通沟通了。你知道，我是学金融的，从专业角度讲，我们广德在金融方面是太落后时代啦！

秦荥荑：学金融、做金融，当然好啦！不过我是不懂的。

梁仁良一拍大腿：你不需要懂啊，我懂就行啦！一个集团公司，并不需要人人都懂金融，有个挑头的人，就可以做起来。

秦荥荑认真想了想：金融科技本质上是一种技术驱动的金融创新活动，但无论如何创新，不能忘记金融属性，不能违背金融运行的基本规律……梁仁良截断：看看，你咋会不懂！

秦荥荑：理论上知道一点儿，很肤浅，实践上纯粹盲人摸象。

梁仁良：所以呀，咱俩合作，前景光明。

秦荥荑：哦，梁总，你是说你私人做吗？

梁仁良颇不耐烦：哎呀，私人做干吗跟你说呀？

秦荥荑态度明确：但公司目前不宜涉足金融哦！不好把摊子铺得太大，需集中资金搞技术研发和现有机械的技术改造。

梁仁良把脖子一梗，很是自负：公司怎么就不能做啊？交给我做就好啦！丝毫也不影响你们的技术研发和机械改造。

秦荥荑低头寻思一阵，态度诚恳：强产品，弱资本，企业就缺了翅膀；强资本，弱产品，企业则缺了信仰。用老百姓的话说是钻钱眼儿里了，用袁董的话说是蹚了雷区。梁总，这两者需好好权衡，弱产品、弱品牌与袁董的百年老厂理念不符。

梁仁良笑了，皮笑肉不笑，颇带讥讽：哎呀秦博士，我真服了你！企业明天在哪儿还不知道，就把百年操心上啦！

秦荥荑觉得两人话不投机，推托道：梁总，这事个人说了不算，得经过董事会。要不，你还是请示袁董吧。

梁仁良颇不耐烦：我知道你说了不算，但你要同意我的意见，站在我这一边啊！你这一票至少要投给我呀！

秦荥荑苦笑：公司没有安排大家投票表决，我去哪投票？

梁仁良眉头皱起来了，神色极端严肃：唉，我说你这人真是死脑筋！会上暂未安排投票表决，会下却要广泛征求意见嘛。袁董已经交代，就开辟金融板块事宜，将在集团内部组织充分论证，在达成共识基础上择时做出决策。所以，我先跟你个别交换一下意见，由我牵头做金融，你看如何？

秦荥荑思索片刻：梁总，金融板块的盈利模式，你意采用哪一种？

梁仁良自信满满：路径大众化呀！无非做信贷，即集资与投资的循环往复。其他旁门左道的东西，我是不搞的。

秦荥荑沉凝一会儿：这种金融攫取方式将不可持续。

梁仁良讥笑：用词不当吧？分明互利互惠，咋叫攫取？虽然我不搞旁门左道，但也不可乱戴帽子。可见，秦博士在金融方面认知欠缺，需要补课啊！

秦茱萸有意弥合分歧，含蓄地点点头。

梁仁良双眉紧蹙：制造业是重资产，大体属于"慢生意"。这年头，"慢"就等于半死不活。相反，创新金融产品层出不穷，来钱快，我们再不搞就落后啦！

秦茱萸神反应：金融投资是门"快生意"，但鄙人不懂，更不擅长，提不出有用的意见，请梁总多包涵。

梁仁良：我说过了，不需要你懂，只需要你投赞成票。

秦茱萸笑着摇摇头：不会对不懂的东西投赞成票。

梁仁良：这么说你是不赞成我喽！

秦茱萸：哪里！我对事不对人。

梁仁良越发不耐烦，脸色阴沉：我再说一遍，生意不用你插手，你表个态就行。这么简单的事。

秦茱萸很为难，对梁仁良拉票式逼迫表态的做法，也有些反感。他知道，"家族实力"是梁仁良的口头禅，这一点特别啱袁若德、袁仁美父女的心水（广东话：心思）。也正是这一点，客观上起到一叶障目效果。他斟酌好一会儿，口气委婉地说：梁总，对于金融，我本人包括我的团队，清一色门外汉，胡乱表态既徒劳，又恐干扰集团决策，还是不要勉为其难了吧。听袁董的，袁董拍板就好。

梁仁良不悦，翻了秦茱萸几眼，心说这家伙占着茅坑不拉屎，连个响屁都不放！既不说同意，也不表异议，口口声声"听袁董的"，废话！这用得着你说嘛！在国外混个博士表面光鲜，其实还是老榆木疙瘩——不开窍！

梁仁良的本意是游说秦茱萸，让他支持由自己牵头，在广德集团开辟金融板块业务。秦茱萸的意见岳父很看重，有他这一票，会增加自己的筹码。谁知秦茱萸刻板、不灵活，两人一句也谈不拢，简直没得谈！梁仁良起身离去，弄得椅子"叮咣"乱响。

10

上午，益利大街9号，方杰集团总部一楼大门口。

从上海回来后，陈可元意识到阻止方杰聘用曲解是当务之急，决定第一时间找大哥理论，与大哥摊牌。

上午9时许，刚上班不久，方杰集团总部大楼前的花园小广场十分安宁。陈可元驾驶黑色路虎呼啸而至，她尚未熄火，即打电话给大哥陈可铭，说有要事，约他下楼见面，占时十分钟。

陈可铭抬腕看表，又伸脑袋从窗户往楼下看了看，放下手中尚未审阅完毕的合同，套上衣服，匆匆下楼。陈可元摇下车窗，在车内对大哥命令式地喊：上车！

陈可铭箭步跨上汽车副驾驶座，关上车门，板着面孔。

陈可元：大哥，你想把曲解弄到方杰是吧？我反对！我坚决反对！咱丑话说在前啊，决不允许曲解跨进方杰半步！

陈可铭诧异：你……你匪夷所思！人家得罪你啦？

陈可元没好气：没有！

陈可铭更诧异了：她跟你前世有冤、后世有仇？

陈可元更没好气：没有！

陈可铭：奇葩怪异！你不认识人家，人家也不认识你，咋就碍你事儿了？你看人家不顺眼是吧，人家还没正眼儿瞧过你呢！人家喝洋墨水，你土鳖，你俩从不搭界，没理由结梁子！

陈可元嚷嚷道：在美国好端端的，非要回来！烦死人！

陈可铭：人家的去向，你说了算？瞧你这蛮横样儿！

陈可元诡辩：我没说我说了算，我不过烦！我不能烦吗？

陈可铭耐性子：人家曲解是追着秦苿英回来的，是一门心思进广德，和秦茱萸在一起的！人家压根儿没打算来方杰。我费老鼻子劲儿想把她弄进来，可人家最终来不来……还有变数！

陈可元：她答不答应来不重要，问题是你没善罢甘休啊！你不是还在费老鼻子劲儿，继续揪住她不放吗？我请你立马放手！必须放手！

陈可铭：现在八字没一撇，你跳出来阻止纯属多余。

陈可元：哥，天下人才多了去！你凭啥死盯那尊恶神？

陈可铭用手指头点着陈可元鼻子：人家一个海归博士，到你嘴里就成了"恶神"，你器量这么狭小？这么容不得人……

陈可元急赤白脸打断：除了她，全世界的人我都容好不好？她来跟我抢秦茱萸，我凭什么容她？

陈可铭使劲儿眨巴眼睛，以为自己听错了：你说什么？

陈可元把脸儿扭向一边：秦茱萸是我的。

陈可铭把陈可元的身体扳正，直视她眼睛：说清楚！

陈可元摆脱大哥的手，垂着头，耷拉着眼皮儿，躲避大哥的目光：哥，我从小就喜欢秦茱萸……从你把他带来咱家写作业开始，我就喜欢他！秦哥从小到大都是学校的学习尖子，学霸，凭这一条他就是我的偶像。那时我就知道，以他为偶像的女生不在少数，我是其中之一。但我真的爱他！他对我是个勾魂摄魄的存在……

陈可铭很生气：谁信你的鬼话！那会儿你才几岁？情窦未开的丫头片子，爸要知道你早恋，不打断你的腿！

陈可元：哥，方杰不聘用曲解，她就可能留在美国……

陈可铭：你懂个屁！人家广德早就给曲解留好位置了，我是（他本来想说"通过秦茱萸的关系"）硬把她从广德手里拐过来的！广德抢走秦茱萸，你还嫌方杰损失不大呀？

陈可元始而一愣，后又恢复强势：她怎能跟我秦哥相提并论？

陈可铭：他俩同专业、同学历，就连阅历也大同小异，几次进入同一课题和项目组……陈可元再也听不进去了，蛮横截断：就算她回来，秦茱萸也是我的！

陈可铭：有没搞错？你公然抢人家男友！亏你想得出！几次在一块喝酒，我由着你闹腾一下算了，你还真的没完没了啊？

陈可元：她抢我男友好不好？我青梅竹马还是她青梅竹马？

陈可铭指着妹妹鼻子：你青梅竹马是吧？人家秦荼荑说过中意你吗？人家要中意你，为啥在美国跟曲解拍拖好几年？

陈可元：这不婚前吗？谁和谁都可以拍拖。

陈可铭：那你和人家秦荼荑拍拖过一天吗？

陈可元：我不是年龄不够吗？

陈可铭垂头丧气：行，你就胡搅蛮缠吧……

陈可元：大哥，我就这点破心思，你不帮我算了，别背后使坏！我是你妹，你忍心弄个情敌过来挤兑我呀？你把她安在眼鼻子底下，忍心看着她跟我争夺呀？虽然我不怕争夺，但我介意的是你是我哥不是她哥！哥，你好好想想……

陈可铭彻底明白了妹妹的心思。他很纳闷，小元此前没有谈过恋爱，何以一夜间就把恋爱谈得如火如荼了？这不是血脉偾张、一时冲动吗？不行！不能看着她这样胡搅蛮缠下去。陈可铭拿出极大耐心：小元，人家秦荼荑和曲解谈婚论嫁好几年，一旦学业完成就洞房花烛了，你别去打人家主意了好吗？你想废掉人家正牌女友，那是做梦啊！徒劳无功不说，你半路杀出，横刀夺爱，这角色不大光彩，凭你小元的身份也犯不着！还拉我跟你一起棒打鸳鸯，叫我这脸往哪儿搁？以后跟老同学还能见面吗？

陈可元喃喃自语：我跟秦荼荑才是鸳鸯！我真的爱他……

陈可铭：脸皮够厚的！你受啥刺激了？以前不这样啊！小元，好男人多的是，没必要吊死在秦荼荑这一棵树上。

哥，求你了！陈可元快哭了：我受的最大刺激是你不帮我！

陈可铭很不适应陈可元的软弱。在家人面前一向骄横跋扈的妹妹，啥时这么软弱过？看来她是真的喜欢秦荼荑，喜欢到严重程度！陈可铭按捺着心头郁结，尽力好言相劝：你这么闹，想过结局吗？这事儿对于你绝无光明可言！到头来弄个自讨没趣，为亲朋好友贡献一桩茶余饭后的笑柄而已。

陈可元断然驳斥：不可能！即便可能我也不在乎。

陈可铭低头沉吟片刻，神情焦虑，猛地抬腕看看表：哟，十分钟早过了！我还有个会，没空陪你玩！

陈可元央求道：哥！事关小妹幸福……

陈可铭神情严肃：小元，你现在和我一样做厂了，你这辈子的幸福注定要与工厂兴衰捆绑了。一事当前，首先要考虑方杰利益，一味拨弄个人小算盘是不可理喻、不可救药的！

陈可元伶牙俐齿：方杰利益包括方杰人的利益。方杰人的个人幸福小算盘都打得好，方杰利益大算盘才能打好。大算盘小算盘是相互作用的，不是相互取代的。

陈可铭狐疑地转转眼珠子，拉开车门跳下车，用力把车门关上，跑步跨上台阶，头也不回地撂下一句：回家再说！

陈可元呆呆地看着大哥远去的背影，尔后猛抽一张纸巾，横擦一把眼泪，狠踩一脚油门，驾驶黑虎呼啸而去。

11

上午，翡翠巷6号，广德集团总部小会议室。

袁若德召开董事扩大会。

在座者有董事会成员袁仁美、秦荣英、马赛鹰、曹东风、祝业祺，高蔷、黎锦官，非董事会成员梁仁良、袁甲芳，董事会秘书季黄鹏，董事长助理尹擎。

袁若德开场白：今天的董事扩大会只有一个议题，即深入研讨，集思广益，确立广德集团新形势下的战略方向，具体包括在开辟技术研发的同时，是否开辟金融板块。董秘阿鹏前日已做通知，想必各位经过了深思熟虑。

袁若德扫视会场，接着说：当前形势变化很快，金融业出现某些颠覆性改革，有人认为这给企业提供了机会，集团内部也一直存在做金融的强烈呼声（主要是梁仁良及背后支持他的袁仁美，这层意思袁若德埋在肚子里，没有明说）。有鉴于此，今天就发扬民主了。请各位陈述利弊，为集团的战略定位把关。高见也好，拙见也罢，尽可畅所欲言。

秦茱萸：金融是个古老行业，如今接入互联网，可以说焕发了青春。所以，不是说不能做金融。但我认为，做金融一是有前提，二是有难度。所谓前提是必须在政策法规的框架内跳舞，自选动作不多，还要时时追踪政策法规的变化，使自己随之而变。换言之，做金融要具备某种软实力，这就是对政策法规非常高的关注度和非常强的领会融通能力。所谓难度是必须有专业团队，有深厚人脉，有市场洞察力，有大数据分析驾驭能力等。我们广德是制造业出身，做实业的，目前看不具备这样的条件。

袁仁美的意见与秦茱萸相左：条件不能说完全没有，阿良是正宗金融科班出身，论专业应该不差。至于团队，可以招聘嘛！有了好的平台还愁没有人才？我觉得这都不是问题。

梁仁良紧接着发言：改革开放以来，人们在经济生活实践中形成一种共识，这就是"有条件要上，没有条件创造条件也要上"，这已是一句老话了，想必在座各位都是清楚的。

会场静默，大家面面相觑。祝业祺和曹东风互看一眼。

袁若德向众人扬扬下颌，一个个点名：祺叔，赛鹰，东风，高蔷，锦官，各抒己见，都说说！

祝业祺：我个人意见还是集中精力，把厂子办好。别说办厂，就是置个家也得集中精力呀！弄个厂子谈何容易，像毛织厂，从无到有，从小到大，已经浸透两代人汗水了吧？既然做厂，就得"王八吃秤砣铁了心"，有个做百年厂的样子。今天东一下明天西一下，整天心里嘣嘣跳，谁受得了？我反正就中意死心塌地办厂。做别的，你们另请高明好了，这个别跟我商量。

曹东风：广东有句老话，叫作不熟不做。金融我不熟哦，想做也做不了，心猿意马的事我也不想做，不如沉下心来做我的服装。

高蔷：金融这东西看上去人人都能做，不就做钱的生意吗？一万加一万肯定是两万，一万乘一万肯定是一亿，谁不会算账数钱呢？其实呀，这家伙门槛高着呢！不是硬门槛，是软门槛。正像秦总说的，你得有专业，有软实力。搞跨界，不能乱跨，得掂量掂量自个儿有没有那个金刚钻。

袁仁美：把金融和实业对立起来，这种理念我是不认可的。

黎锦官：时髦的东西我从来不反对，但激进跟风的人里面从来没有我。我觉得做事不能分心，分心会惹麻烦。

高蔷笑着说：跟风方面官叔是个老后进！

袁仁美面对黎锦官：官叔，您拿金融当时髦，银行的广告您总听过吧？您不理财，财不理您啊！

黎锦官笑道：金融不时髦，以金融为业就时髦啦！

马赛鹰神情严肃：集团核心业务始终是机械制造，近年亦开始向自动化和人工智能方向转型，也就是说，像我们这样由轻工业起家的企业，从未满足现状，一直在向价值链上游延伸，向重装制造业进军，这一块应该是集团的主轴。目前看，恐怕拿不出多少精力和财力物力做金融了。所以我意见还是量力而行。

梁仁良慷慨陈词：敢不敢迈出这创新的一步，恰恰是我们集团是否保持活力的佐证。我们不要死抱着存量不放，要敢于做增量。大不了，以毛织厂和服装厂做股权质押，当然不用全部，仅以其80%的资产做股权质押就够了！资金方面应该没问题。

袁仁美听了这话很不满，狠狠斜梁仁良一眼，坚决予以纠正：服装和毛织这两块，是集团赖以发家的根基，从无放手的打算。做金融也好，做其他也好，不可以打它们的主意！

秦茱萸再次强调：金融行业有众多细分领域，既要有独当一面的专才，又要有很强的互补机制。所以，涉足金融业不是件简单事，非有超棒的团队、超专业的理念以及超规范的平台不可。

梁仁良急了：我没说要单枪匹马去干。可是，大家这方面的认识相当保守，缺乏前瞻性，显然不利于集团走创新之路。时代发展了，我们的脑子要跟得上趟。别人拥抱资本市场都嫌来不及，而我们竟然拒绝进入资本市场，与时代潮流背道而驰，这分明是狭隘和短视的，是小家子气，是做不大、走不远的。

会场静默下来，没人发言了，但两种意见已经泾渭分明。

梁仁良按捺不住自己的心浮气躁，接着补充道：制造业利润薄，这是不争的事实。重资产发展路径，只会让我们背负沉重的负担，是谓负重前行，不可承受之重。

秦茱萸笑了笑，面呈大度神色：金融不是坏东西，但它是双刃剑，发展好就好——这个难度较大，发展不好是很糟糕的。

袁若德：我个人意见，广德永远不会放弃实业，决不动摇。所谓制造业利润薄，不可一概而论，关键还是技术含量，产品品质，这是值得我们持续发力之处。

不做金融，董事扩大会的意见一面倒。梁仁良脸色铁青，产生强烈的格格不入的感觉，恨不能起身离席，拂袖而去。

秦茱萸发言：广德集团实力雄厚，特别是软实力，像眼光、胆魄、建高技术制造业的强烈意愿等。我们加盟广德深感荣幸。那么，既然来到企业，就要遵从企业运营规则，这一点与科研院所不同。基于这一点，我决定，德立技术研发力量从现在起一分为三，莫如师的一组、牛仔酷的三组从现有项目中剥离，侧重于应用技术，先行研发，成熟一个投放市场一个。集团旗下各工厂可充"样板田"，率先应用，谋求完善，继而推广。我和甘果的二组维持不变，继续原项目研发和攻关。

兴许人人都在头脑中掀起波澜，会议室内极端安静。

袁若德向众人透露：秦博士领衔的研发团队一向侧重开发基础性工业制造软件，功底扎实，根基牢靠。目前，秦博士已将手头一项接近成熟的突破性数控技术带到德立技术，正待开拓应用领域，马赛鹰已做好承接准备。

在座者并非都懂技术，但听了袁若德这番话，情不自禁鼓起掌来。确立广德"技术起家，技术发家"的定位，以滚动发展方式打开局面，进而彰显广德集团的整体技术优势，成为共识。

袁若德脸上泛出一层薄薄的红光，激情四溢：百年老厂哪家不是依赖核心技术站稳脚跟并最后取胜？品质赢天下，这个没错，但品质是个笼统概念，没有具体量化指标就没有品质。所以，我认为真正构成灵魂的是"核心技术"四个字。我们做厂的，若与核心技术绝缘，那就离死不远。秦茱萸团队擅长自动控制技术，以工业智能化为研究方向，这就表明他们位居机械行业科技前沿。我坚信，由秦茱萸团队引领广德未来方向是明智的。接下来要举集团之力，深度匹配，全平台支持。

众人对老板袁若德的"技术战略"由衷赞成，会议在掌声中结束。袁仁美和梁仁良坐在那里没动，也没鼓掌，两人并不掩饰，走出会议室时面色阴郁。

12

下午，北城区白玉兰高尔夫球会所"贵宾吉祥"套房。

陈可元驱车来到北城区白玉兰高尔夫球会所，用手机拨通陈豪杰：爸，我到了。您在打球还是在休息？

陈豪杰"嗯"了一声：在老地方。

陈可元直奔老地方——会所"贵宾吉祥"套房。推门而进，见父亲一人独坐包房，顺口问：包乐呢？

陈豪杰：你不有事吗？我叫他回去了。

陈豪杰猜到女儿有要紧事，不然不会这样心急火燎地"求见"。为与女儿说话方便，他特意支开了秘书兼司机包乐。女儿进门后，他即向服务员做个手势，意思是抓紧上菜。

父女俩一起吃饭，开吃即开谈：爸，我有点小麻烦。

陈豪杰习惯了女儿的开门见山，用小勺往嘴里送口汤：说。

陈可元：自从秦茉萸从美国回来，我得知他仍未婚，就感觉这是天意。以前我年龄小，他没把我放眼里，现在我长大了，他好像开始正眼瞧我了！可见，老天爷最终把他留给了我！

陈豪杰专心用小勺喝汤，头也没抬：麻烦在哪儿？

陈可元：麻烦在于他虽未婚，却有女朋友了！

陈豪杰抬头看着女儿，不禁笑了：嗯，我家小元未曾拍拖，初涉情场，就遭遇强劲情敌了。

陈可元低头饮汤：爸，您别讲笑，我没心情。

陈豪杰有意逗女儿：你那情敌是何方神圣啊？

陈可元：就是我从上海给您打电话说的那个……曲解！

陈豪杰恍悟：噢，原来她是你情敌！

陈可元简要说了曲解大致情况，最后强调：半年后她将毕业并从美国回来，这就意味着……陈可元把后半句话"情敌太强，一场残酷的面对面厮杀不可避免"堵在喉咙口，咽了下去。

陈豪杰很是心疼：你怕她？

陈可元不服气：我怕她？搞笑！她怕我才对！

陈豪杰：还说不怕？看你那愁眉苦脸的样子！

陈可元：谁愁眉苦脸啦？我只是不喜欢曲解而已。

陈豪杰侧脸儿盯着女儿：秦茱萸真值得你爱？

陈可元：当然。非他不嫁！

陈豪杰：哟，这才几天？闪婚秒嫁也没这个速度！

陈豪杰思忖片刻，口气慎重：人呢，倒是不错，以前我们也熟悉，知道他自幼学业优异。不过，他后来到美国这些年，有何变化就不得而知了。尤其是前不久，你大哥专程去美国找他，他却置方杰盛情于不顾，决然加盟广德，意欲何为，咱们不知情啊！难道他不知道广德是方杰的老对手、死对头吗？

陈可元噘嘴：爸，这问题复杂，咱先不讨论好不好？人不错、人优秀，您认可这个就行了呗！不然也不会派大哥追到美国去聘请他，对吧？爸，肥水不流外人田，不能让别的女人把他拐走！

陈豪杰琢磨着：别的女人……你是说那个叫曲……

陈可元嘴快：曲解！爸，您跟大哥交代下，不许他把曲解弄进方杰！不许引狼入室！不许毁我幸福……

陈豪杰逗女儿：这么凶？数一下，你一口气说了几个“不许”？

陈可元做怪相：您女儿我很温柔哦！好了，除了上述三个“不许”，剩下的事情我自己搞掂。

陈豪杰：你的意思我明白了，待我跟你大哥商量下。

13

上午10时许，广府大街71号，德立技术大厦。

季黄鹂来到六楼，见两道玻璃门都紧紧关闭，只好按响门铃。

莫如师穿着工作服，步履匆匆地走了出来。

季黄鹂笑了：莫老师，又是你！我这是第三次上门啦！

莫如师一看是季黄鹂，知道她来意，下意识地往后退，恨不能退到门里面去，同时赔着笑脸：季秘书，不好意思，非常抱歉！今天还是没空啊，真的没空！

季黄鹂生怕莫如师转身走掉，急忙趋前一步：莫老师，袁董亲自交代，本周一定要安排专家们去常掌柜中医馆做中医体检。

莫如师想尽快打发季黄鹂：嘿嘿，知道知道！改天再说……

季黄鹂收敛笑容：莫老师，请你务必转告秦总，今天无论如何要去常掌柜！这件事已经三番五次往后推，不能再拖了！实话告诉你，袁董已经先到了，此刻他正在那里等你们！

啊？莫如师又惊讶又为难，搓着两只手，琢磨这事该咋办。

季黄鹂板起面孔：莫老师，我知道你们非常忙碌，但要知道，袁董也是惜时如金的人！你们不去，他不是白等了吗？

莫如师：不不不……不好意思季秘书……我们这几天到了节骨眼儿上，很关键！秦哥和甘果昨夜3点多还没睡……

季黄鹂眨眨眼，灵机一动：阿芬昨天跟我说了，你们最近忙得晨昏颠倒，很辛苦！特别是你，让她心疼死了！

这话显然很有"杀伤力"，莫如师春心荡漾，脸上泛出青涩温情的微笑，很快又难为情地垂下头，似想掩盖自己的内心。

季黄鹂看出莫如师态度软下来，继续煽风点火：莫老师，阿芬早已把车开到楼下候着了，你们不下楼，她有多失望！而且，不管是她还是我，请不动你们，在袁董那里都不好交差！你忍心让我俩被袁董训斥无能吗……

等等……季秘书！我跟秦哥说一下，我这就去说！莫如师心急火燎地退了回去，顺手把自动玻璃门关了，一猫腰闪进走廊拐弯处。

10分钟后，季黄鹂手机出现莫如师发的短信：遵旨。

20分钟过去，秦茱萸领着团队成员走出实验室。一帮人稀稀拉拉的，步伐机械，脸上没什么表情，准确地说是呆若木偶。他们似乎对原有节奏被打乱十分不适，走出大门，又被久违了的大白天的阳光刺得睁不开眼。

尤其芬驾驶的面包车立刻发动，轻轻驶近。

莫如师坐上副驾驶位，向尤其芬展露笑脸，异常亲切。

14

下午，毛织厂厂长梁仁良办公室。

广德集团董事（扩大）会否定了梁仁良组建信贷公司的草案，决定不涉金融板块，令梁仁良很受打击。想到自己连日来苦心孤诣，为组建信贷公司绞尽脑汁，拿出这个充满创意的草案，却受到那帮不懂金融、只会在车间噪声中卖苦力的人合力压制！

就连当家人岳父袁若德，也不知晓和体谅他运用所学所长为集团创收的本心。会后，岳父把他拉到一边（倒是顾及他的面子），殷殷叮嘱：阿良，金融过去不是、现在不是、今后也不会是我们考虑的方向。你经手做过和仍在做的几单，不论成败，即刻收手，集中全部精力经营毛织厂。

梁仁良事后回味，这是岳父对他下了死令，欲堵死他的路。唉，鸿鹄志，成泡影，令他耿耿于怀，万念俱灰。

下午，梁仁良接到表哥蓝君电话，情绪得以改变。

蓝君告诉梁仁良，犀利牛基金已拿到中国香港地区、美国的券商牌照，可以大范围扩展业务了，名正言顺了。下一步的目标定位是，做亚洲尤其中国领先的服务新经济的金融机构。

梁仁良十分振奋：表哥，恭喜呀！基金牌照办下来了，你的心愿达成了，可在新加坡大展拳脚了，我真替你高兴！

蓝君：不囿于新加坡哟！下步我考虑将河埔市纳入业务板块，正好你和王祖望都在那里，可以先摸清情况……

梁仁良叹气：唉呀表哥别提了！我正窝着火！袁氏丈人，充其量也就是个小工厂主，特别狭隘！老头年纪本不算太老，孰料是个标准的老古板！老顽固！我这个现成的金融人才，他视而不见，不信任，不认可，更不重用。弄来个博士团队搞研发，貌似挺前沿的，一到金融这块就不前沿了，就守旧了，真是怪异！

蓝君：怎么，跟你老丈人不对付？

梁仁良：我提议在集团开辟金融板块业务，由我牵头，我打包票稳赚不赔。结果他召集董事会给否了！不可理喻！

蓝君沉吟道：哦！原来这样……

梁仁良：这两天我寻思着，这事没完！既然老头眼里只有外人，对我不买账，那就对不起了，我一不做二不休，另闯江湖、另辟天地，不需跟他绑在一起。我干金融绰绰有余，凭一己之力照样能干出成绩，到时候惊掉他下巴好了。

蓝君：野心不小！但是阿良，眼下你得把毛织厂做好。

梁仁良：毛织厂能值几个钱？像这样的厂子，方圆数公里内随便抓，一抓一大把，少说成百上千家。唉，重资产门槛低，跟轻资产（庞大资本版图）没得比。

蓝君：它在你手里不能发展了？有本事做大做强它呗！

梁仁良顿了顿，接着说：那车间就不是人待的地儿，我听到机器轰隆乱响就烦！脑袋瓜子就死机，没法儿思考。工人日复一日劳作，白汗累成黑汗，杨柳小腰磨成水桶腰，每天累成狗，然后指着我发的那点薪水过活。厂里有无利润，工资都不敢拖欠哪怕一天半天的，跟他们打交道真是令人沮丧！

蓝君口气严厉：毛织厂不论价值几何，不论你烦不烦，都是你手里的筹码，是你的"家底"，你只有它呀！没它你岂不两手空空？你想白手起家？那我告诉你，白手起家是白日梦！对绝大多数人来说虚无缥缈。你不是绝大多数人中的一个？

梁仁良卡壳，不吭声儿了。

蓝君意犹未尽：没有两代三代人积累沉淀下来的"家底"，就像空中楼阁，未来决不可期。

梁仁良嘟囔：有很多人是一代就翻盘了！暴发了！

蓝君加重语气：阿良，不可意气用事！你根基不牢，要稳住阵脚。广德做厂起家，看重实业，当然是依赖老本行的。他们对金融不熟悉，不敢碰，并非不可理解。你不要操之过急，你真要有心，还是好好做你老婆的工作，凡事她支持，你才好办。有个同盟军不比你单枪匹马好哇？

梁仁良：是啊表哥，这点我想的跟你一样！有阿美在，有广德在，毛织厂就湿湿碎啦！

蓝君告诉梁仁良，近期将组建一个赴德商务考察团，为基金拟投资的中东某国一个项目探路。德国方面负责接应的是李鹤。该团由蓝君亲自牵头并带队，王祖望是成员之一（起初因样品之事走不开，后觉机会难得，决定参团）。另外尚余一个名额，询问梁仁良可否随行。考察团一个半月后出发，为期20天。

梁仁良说需要征询妻子袁仁美意见，稍后答复。其实，最主要是征询岳父袁若德的意见，这层意思他没说。

蓝君授意梁仁良对王祖望提供必要帮助。投资计划及额度不变，但要促成王祖望尽快做出合格样品，以便尽快实施分包项目合同，借此保障基金与王鹤精密利润分摊。上述步骤环环相扣，每一环都出不得纰漏。

梁仁良对王祖望没好感，对王鹤精密也瞧不上眼，尤其对王祖望的不识抬举非常不解，也不忿。仅仅看在表哥面子上（他猜测表哥是看在李鹤的面子上，硬赶王祖望这只老笨鸭上架），他答应抢在王祖望出境前，督促他拿出样品。

15

上午11时，京墨大街49号，常掌柜中医馆。

关于专家团队定期体检、进行中医经络保健按摩和上保健课事宜，反复商量，秦茱萸始终不同意。几个回合下来，季黄鹂有点蒙，向袁若德汇报说此事搞不掂。袁若德只好亲自出面做工作。

这天为落实专家体检，袁若德全程陪同。

季黄鹂指着常在情、常在理姐弟，向大家介绍说：这位是袁董夫人，常在情大夫。这位是袁董小舅子，常在理大夫，常掌柜中医馆掌门，亦是常氏家族第六代传人。专家们纷纷与两位大夫握手。

季黄鹂指着张雯介绍说：这位是常在理大夫的太太张雯大夫，留美医学博士。专家们纷纷与张雯大夫握手。

季黄鹂转而指着秦茱萸、莫如师等，向大家介绍说：这位是秦茱萸博士、莫如师博士、牛仔酷博士、甘果博士以及他们的团队成员，清一色精密机械自动控制专家。

秦茱萸：今天有幸与常在理、常在情、张雯三位大夫见面，很高兴。常掌柜迄今已绵延百余年，传至第六代，很了不起！我们非常仰慕，非常敬佩。我们为袁董夫妇拥有这样好的家世、这样渊博的文化底蕴、这样牛气的人文资源而自豪。

话音甫落，众人"噼里啪啦"热烈鼓掌。

莫如师调侃道：常掌柜中医馆，也就是个常氏家庭联合体嘛！

季黄鹂又介绍说：尤其芬是常在情、常在理姐弟的外甥女。

莫如师闻言，霍地睁大了眼睛，看看这个，瞅瞅那个。

牛仔酷调侃：乖乖！常氏家庭联合体又快扩容了！又要壮大了！中医、西医和精密机械自动控制等，兼收并蓄。

甘果冲莫如师扬扬下巴：可不！又要增加核心成员了。

起先还有人懵懂，这下全明白了，屋里响起善意的笑声。尤其芬红着脸跑向屋外，莫如师急忙向大家打躬作揖，求饶似的。

牛仔酷摸着自己的后脖颈儿说：最近脖子总是僵硬，发酸，不知啥毛病，也不知该看中医还是该看西医。

这话把大家都逗乐了。莫如师猛地拍一下巴掌：哎呀！你正好近水楼台先得月了——百年老店第六代传人在此，对付你这点小毛病还不手到病除。

常在理补充说：我和我姐是家传中医，我老婆是学西医的，所以，我们常掌柜现在可以说是中西医结合。

甘果调侃：除了脖子，别的毛病还有吗？这里都能收拾。

牛仔酷继续掐着后脖颈儿：中医经络保健按摩？是不是太奢侈啊？

气血、穴位、经络、疏通什么的，常在理接着讲了一堆专业术语。

季黄鹂与常在理大夫协商公司专家定期做保健按摩，定时上保健课的安排，说这件事是袁董亲自交代的。

常在理非常赞成公司设置这样的机制。他指出，像秦苿萸团队这样每日伏案的脑力劳动者，腰、肩、颈等部位容易疲劳，容易导致劳损及其他疾病。每周进行一次保健按摩是非常必要的。

专家团队代表莫如师答复：不可能抽出这么多时间。

常在理只好让步，提出每月一次，莫如师回复还是婉拒。常在理提出每两个月一次，回复依然是婉拒。常在理没辙，摊开两手说：专家们这么吝啬时间，那就不做好了。没人接他话茬，此事缺乏共悟，不了了之。

常在理向高知们上了一堂为时30分钟的保健课，针对性极强。中医是治未病……听课的人中有个毛头小伙子问：未病不就是没病吗？没病都要治，有病岂不该杀？

这话引得满堂哄笑。常在理也跟着大家笑，随后收敛笑容：中医的"治"，涵盖"调理"之意。人的身体在丧失健康之前，有很多症状、状态都指向疾病，都在中医的"治未病"范畴。

袁若德笑问专家们感觉如何。莫如师抢着说：集团面临艰苦转型，袁董日夜操劳，还为我们的健康操心，大家很感慨，都说袁董厚意当涌泉相报。

袁若德摆手：健康是大事件，我做些工作不足挂齿。你们的健康状况，直接与广德集团的财富状况挂钩，两者成正比，休戚相关。我本人和广德集团对此严重关切，理所当然啰！

说着话，袁若德与秦荼荑并肩走出常掌柜，黎锦官随后。

袁若德：秦博士，近期已有数位专家博士陆续从国外回来，加入德立技术，官叔安排好了食宿及其他琐碎事务，你看还缺什么？

秦荼荑笑道：官叔安排周到细致，眼下什么也不缺。要说缺，就缺时间了。时间得省着花，不乱花。

袁若德：这是你的口头禅，我知道，我也赞成。

秦荼荑：嘿嘿，今天这个时间，就花得多了点。

袁若德摆手：不多不多！老实说秦博士，常掌柜迄今已绵延百余年，自有其看家本事和拿手绝活。你们做些检查和保健很有必要。常掌柜是中医体检，主要靠号脉看舌象等，不做过多的仪器检查，尊重各位专家身体数字（各项指标）隐私。今天干脆，黎叔，去请常大夫过来，咱们趁便敲定算了。

常在理应声从屋里出来，匆匆走到院子里。

几个人面对面站着。袁若德一锤定音：达成一致挺难，但我们必须达成一致。常大夫，广德专家团队体检及保健事宜，交给你了，日后由你全权负责。原则上每季度保健一次，每半年体检一次。具体时间由季黄鹂安排。这事就这么定了。

常在理点头应承。秦荼荑神情木讷，没点头也没摇头，那样子好像急于返回实验室。

16

晚上8时许，西苑北街3号别墅，陈豪杰家。

陈可铭从上海回来后，像往常一样，与老爸陈豪杰坐在二楼书房。陈可铭简述在上海的情况，包括顺利会见曲解、与老二陈可期及女友不期而遇、小元携何青黛悄悄追到上海等。

陈豪杰：秦茱萸女友叫什么名来着？哦……对，曲解。

陈可铭笑了：老爸记性还是可以的，超群！

陈豪杰：曲解实习的那家公司什么背景，你先查一下。

陈可铭：查过了。那是机械制造行业头部企业，有百多年历史，世界500强之一。据秦茱萸说，曲解和那家公司已达成初步意向，博士毕业后即加入该公司。

陈豪杰：这么说，不是要不要的问题，而是要不要得到的问题。

陈可铭把话题转到陈可元身上，说她跟秦茱萸套近乎纯属捣乱，让方杰的揽才计划落空不说，还得罪人，弄得大家尴尬，以后都不好见面了，尔后提醒道：爸，小元找您谈过是吧！您别听她摆乌龙！您不是选女婿，不是招驸马，不能由着她性子来！

陈豪杰：那难说。你妹要是真爱，可不就是选女婿嘛！

陈可铭急了：曲解也是真爱！秦茱萸也是真爱！人家双双是真爱。秦茱萸不止一次表明他是事实上的有妇之夫……

陈豪杰皱着眉头打断儿子：这不重要。

陈可铭哑了，呆呆地看着老爸，心说还有什么比这更重要？

陈豪杰本来为女儿陈可元排斥曲解，反对长子陈可铭与曲解签约，但他很快转过弯儿，觉得这事不那么简单。陈可铭据理力争，尤其向老爸晓之以方正电梯的利益。越往深处谈，事情性质越清晰：到底是拒绝曲解帮助陈可元夺得秦茱萸呢，还是接纳曲解帮助陈可期发展方正电梯呢？二选一，陈豪杰陷入矛盾纠结。

陈可铭：听秦茱萸说，曲解原是自动化机械专家，拿到硕士学位后曾在美国一家企业工作三年，后又带着实践中的问题去读博，成为数控专家。现在人家是两栖型、复合型人才，十分稀缺，对阿期的电梯厂来说专业对口，更是打着灯笼难找！

陈豪杰：这事不简单啊！不是小算盘，而是一盘大棋！其实，你们在上海给我打电话，我就一直在考虑这个事儿。权衡再三，我认为不管从哪个角度讲，陈氏都必须重金礼聘曲解。这方面，你的意见对，但你阻止小元追求秦茱萸，这个不对。你不要埋怨小元，爱上一个人，这本身没什么错。我们内部矛盾纠结，主要是对这个问题没有看准，没有想透。

一盘大棋？陈可铭恭敬地看着老爸，等待他的老谋深算。

陈豪杰：我分析过，它包含几个重要的节点，一来关系到小元的个人幸福，据我了解，她确实爱秦茱萸，因此，家族有义务也有责任促成这件事；二来关系与阿期的电梯专业对口，对企业未来发展至关重要；三来关系到我们与广德的人才抢夺，已输一局，不能再输，不吃馒头也要蒸（争）口气。其中核心问题，也是核心利益——试想，假如老天爷肯帮忙，愿意成人之美，小元与秦茱萸喜结连理，那么，方杰与广德的人才争夺就无输可言，相反，方杰以一搏二，反败为胜，是大赢家。

经老爸条缕分析，提纲挈领，陈可铭顿觉心眼儿透亮。他对老爸如此深刻地洞察此事利弊关系，佩服得五体投地，激动地从沙发上站起来：爸，您洞若观火，一箭三雕！

不！一箭一雕而已。陈豪杰摇头否定儿子"点赞"，摆手叫他坐下，进一步点拨他道：抓住秦茱萸，就这一"雕"。抓住了一荣俱荣，抓不住一损俱损。做好一举三得，做不好三举无一得。

陈可铭点头：明白！此事环环相扣。

从自身角度，陈可铭深以为然；从他人角度，陈可铭诚惶诚恐，尤其想到老同学秦苿苿与女友曲解之间早已鹣鲽情深，他又为难了。他低头沉吟一阵，决定老老实实向老爸端出真相：爸，问题是秦苿苿和曲解很难分开！他们是真正的两厢情愿，小元是一厢情愿，两者的差距可谓天壤之别！

陈豪杰摇头，并不认同：大家都未婚，先来和后到没啥本质区别，爱上一个人怎么也构不成罪过。你不要以为见不得人，不要怕得罪人，不要觉得惹一身腥没法收拾。小元虽无优势，你也不要上来就把她的机会掐死呀！静观其变也好。

陈可铭认真"消化"老爸的意见，心里又敞亮了些。

陈豪杰：从大局来说，曲解这样的专家是稀缺人才，为企业所急需。方杰理应动用有效资源，对秦苿苿和曲解这两名高端人才实施"曲线抢劫"，揽至麾下。从小元个人来说，是眼睁睁看着曲解进入广德、与秦苿苿在一起好，还是将她重金礼聘至方杰，对整件事情加以干预好？是失控好，还是把控好？

陈可铭频频点头，觉得长辈考虑问题远比晚辈成熟N个层次。

陈豪杰向陈可铭招手，陈可铭懂事地凑到老爸跟前，像承欢膝下似的，父子俩鼻息相闻。陈豪杰对儿子耳提面命：感情这东西，无法独立于利益之外，它本身就是利益。好的感情就是利益最大化。你要养成习惯，处理儿女私情首先考量利益。

陈可铭彻底领悟了老爸的意思：爸，儿开悟了，如醍醐灌顶。感情就是利益。好的感情就是利益最大化。

陈豪杰：撇开小元，单看方杰利益大局，拢住曲解，就拢住了秦苿苿一半，为日后延揽秦苿苿提供可能性。我们最主要的目标还是秦苿苿及其团队。方正电梯非常需要他们。

陈可铭深深点头。

陈豪杰：这件事呀，好合，非我力所能及；好分，当可迂回作为——拆分秦苿苿和曲解，不是我们本意，但广德独揽这对高端人才违背方杰意志，伤害了方杰利益。你去美国礼聘秦苿苿在先啊！老袁头（袁若德）拦路抢劫，我想起来就窝火。

陈可铭：好！方杰只需把曲解套牢，不用再做其他无用功了。儿女私情方面，无论哪个走向都对方杰有利。

这回轮到陈豪杰点头了，他对儿子这番话十分赞同：我们顺手牵羊地给小元（抢夺秦茱萸）争取时间，提供空间，创造机会，也算没辜负她，大小利益都兼顾到了。

闲坐一阵，陈豪杰面色凝重，声音小而私密：尽人事，听天命。剩下来的，就看小元造化了。

第八章

1

上午，市繁华街道，袁若德座驾奥迪车内。

早上一上班，尹擎驾驶"奥迪A8"一溜烟儿地来到专家宿舍楼下，秦荣荑已等在路边，车门自动打开，袁若德招手示意，秦荣荑上车，两人并排坐在车后座。每当有重要的、私密性强的事情（大多为公事，也包括私事）需要商量，他们都采取这种方式。

车一启动，尹擎即按下电钮，车厢中间玻璃自动升起，车后座形成相对封闭的空间，有利于袁若德与秦荣荑商量工作。

袁若德向秦荣荑简要介绍了从方杰辞职的王祖望团队，包括团队拥有很强的技术骨干，团队手握境外分包订单，以及王祖望拒绝与广德合作、眼下正在自行找地方生产样品等情况。

秦荣荑蹙眉：既然不合作，没必要关注他呀！

袁若德：起先不合作，现在又找上门来。他们急于拿出样品，四处联系代工事宜。在一家五金厂看中一台精密机床，九成新，因使用不当，操控系统损坏了。想请广德派专家帮忙看看，评估确认可否修复、修复成本及综合性价比后有无修复价值。

秦茱萸爽快：这个没问题，评估一下，举手之劳。

袁若德：这家厂名字叫架给你五金货架模具厂，听说基础还不错，至少他那老板懂得打造金刚钻——花巨额外汇买回一台高端精密机床，可惜技术力量不行，时髦说法叫技术弱爆。

秦茱萸笑了：袁董赶时髦！我跟不上节奏哦，很受伤。

袁若德：说反了吧？我为了跟上你们年轻人的节奏才赶时髦的。

秦茱萸：那个什么架给你厂，我们啥时候去看？

袁若德：尽快吧！我叫季黄鹂协调，与对方联系好后通知你。另外，如果你派人去的话，叫马赛鹰一起去看看吧。对那台进口机床做个评估，如果有价值，比如修复不困难、立马能上手使用，广德可考虑购买，用来充实德立技术。

秦茱萸略作思考，点头表示同意。涉及设备和技术，他都很上心，加上袁若德对这件事很重视，他觉得自己理应支持配合。转念又想，有机会去兄弟（同行业）工厂实地走走，呼吸一下新鲜空气，对整天闷在实验室的同事来说是好事一桩。

秦茱萸：袁董，为稳妥起见，我带人去，反正花时间不多。

哦，那太好了！袁若德笑出一脸皱纹，接着叮嘱：秦博士，咱们不是明察是暗访，注意保密。王祖望的老东家方杰集团威胁他们，不许他们与广德有任何业务交往。估计王祖望有什么把柄在人家手上，或有什么不传之秘，不然怎会脱离了方杰还怕方杰呢。

秦茱萸点头：明白。

2

周日晚上，西苑北街3号别墅，陈豪杰家二楼书房。

按家族惯例聚餐，陈可铭的孩子分别从幼儿园和学校回来了，在一楼嬉戏，平时安静的别墅此时显得人声喧闹。

饭后，陈豪杰在二楼书房喝茶闲坐，一面等着女儿陈可元。陈可元最近在厂里忙得不可开交，没能赶回来吃饭，陈豪杰约她饭后"私聊"。不一会儿，他听见陈可元的车进了院子，几分钟后，就见女儿裙裾忽闪，飘进书房，卷进一股小风。

陈豪杰示意女儿把门关上，不等她坐稳，直视她眼睛，开门见山：丫头，我再问你一遍，你喜欢秦茱萸？

陈可元不假思索：喜欢呀！当然喜欢！

陈豪杰的目光有审视意味：不是一时冲动？

陈可元：当然冲动！肯定冲动！但不是一时，是一世。

陈豪杰神情严肃：我希望你是认真的，这事不可儿戏！

陈可元庄重地伸出右手，大拇指勾住小指头，中间三根手指笔直竖立：我对天发誓，我爱秦茱萸！

陈豪杰示意女儿坐下，又问：秦茱萸爱你吗？

陈可元轻轻坐在老爸对面，老老实实摇头：不知道。

陈豪杰：这么说，你爱他是定数，他爱你是未知数。

陈可元眨眨眼，神色坦然：未知数构成挑战，我喜欢挑战。

陈豪杰：你想过没有，你的事成事件了！

陈可元不解：事件？什么事件？

陈豪杰：灰犀牛事件呗！

陈可元"扑哧"而笑：恋个爱而已，就惹上灰犀牛了！

陈豪杰神情严肃：它已经和必将对方杰构成持续性重大影响。

陈可元不笑了，勾着脑袋：爸，轻重我拎得清。

陈豪杰佯作轻松：你那三个"不许"，是不是可以废掉啦？

陈可元撇嘴：废掉这三个，我还有100个呢！

陈豪杰：我和你大哥分析了一下，除了帮你，我们没别的选择。但即使帮你，老实说你的成功概率也不大。现实很残酷，不以你的意志为转移，你再多的"不许"也没用。

陈可元有些迷茫：既然成功概率不大，帮不帮也没意义了。

陈豪杰开诚布公：帮不帮，不取决于成功概率大小，帮是铁定的。但即使帮，也只能打外围战，起不了决定作用。

为掩饰自己心事重重，陈可元撒娇：我快绝望了。

陈豪杰：小元，你想过没有，不是方杰伸出橄榄枝，曲解才回国；是曲解决定回国与秦茱萸成婚，方杰才有机会向她伸橄榄枝，这是基本事实。方杰与曲解签不签约，对事情没丝毫影响。不签这个约，曲解照样回国嫁人。你以为呀！

陈可元对老爸的话心悦诚服，陷入少有的焦虑。

陈豪杰摆摆手，呷一口茶：这么说吧，方杰不招揽曲解，曲解立马就到秦茱萸身边了，只差举办婚礼了，你哪还有机会？你爱谁谁，没用。你要知道，这件事本与方杰不搭界，压根儿轮不着我们考虑接纳人家与否，充其量不过是你大哥单方面的想法，纯属迫不得已，已经丢掉秦茱萸，退而求其次，想抓住曲解。她的到来，对方杰而言是歪打正着自动送上门来的天赐良机，我们没理由放弃。这就注定方杰面临的其实是另外一个问题，即能不能将曲解抢到手？倘若方杰不作为，或做了无用功，那就形成两个"成全"，首先成全广德，据说广德早就对她虚位以待，广德拥有秦茱萸、曲解这两位重量级人才，如虎添翼；其次成全秦茱萸和曲解，人家成双成对。那时别说老爸，天王老子也帮不了你！

陈可元几乎屏住了呼吸，随后使劲儿点头，这么浅显的道理自己怎么想不透呢？真是犯晕冒傻气！还是老爸深谋远虑！

陈豪杰进一步晓以利弊：换言之，方杰拒绝曲解，你得不到秦茱萸；方杰接纳曲解，你尚有机会，最后一线机会。

陈可元：爸，道理我懂，我也确实改变了此前的想法。不过，面对曲解和躲避曲解，都是我的痛！据说她很优秀，至少喝的墨水比我多，在其他许多方面也出类拔萃，我怕她一回国就提出结婚，我怕秦茱萸对她真有感情，我怕他们……

陈豪杰撇嘴，截住女儿话头：我丫头从小就没怕过什么，长大了也是天不怕地不怕的，怎么这会儿变得胆怯心虚、前怕狼后怕虎啊？难道这就是爱情魔力？

陈可元：哎呀爸您搞笑！还爱情魔力呢，不嫌肉麻！

陈豪杰严肃道：小元，你追求爱情，我不反对，反对也没用，我不如顺应天性和人性。这个世界，没有人不被情感蒙蔽、不被感情欺骗，有些蒙骗是终生的。不要问为什么。不为什么，高级动物的高级秉性而已。

陈可元：爸，我知道您的意思，一个人来到世上，没被骗过，等于没来过。被别人骗，被自己骗，被老天爷骗，一样不少。

陈豪杰很满意，深深点头：我闺女和我心有灵犀。

陈可元：爸，您答应了帮我！这事对于我真比天王老子还大！

陈豪杰点头，心里是有底的。陈家上下对此统一了认识，决定正式出手，重金礼聘曲解，阻止她回国后直接进入广德，为帮助陈可元抢夺秦茱萸争取时间、提供空间、创造机会。进一步说，为方杰抢夺秦茱萸埋下伏笔。这件事已经演变为"爱情+"，形成"曲线抢劫"格局。诚如长子陈可铭所言"小元占上风，秦茱萸迟早跑不掉；小元不占上风，方杰彻底歇菜"。从本质上说，工厂需要人才，女儿追求爱情，这两件事呈正相关性，具有连带利益。

转念想到女儿刚才说这事儿比天王老子还大，陈豪杰不禁有些醋意，酸溜溜地说：是啊，相比之下你老子我倒微不足道了！将来没准儿呀，我女婿才是家中大神！

陈可元：哎呀爸，人家不是那个意思嘛！陈可元急了，一边撒娇，一边做出两手叉腰横眉怒目状，接着擂起两只拳头，变了腔调：哪个家伙敢冒充家中大神？吃我老拳！看我不捶扁他……

陈豪杰撇嘴，毫不留情地揭女儿的短：在我面前凶巴巴，捶扁这个捶扁那个，秒杀一切的样子，时髦说法是装酷。在人家面前呢？就变成小绵羊了，变成小羊乖乖了。

陈可元嬉皮笑脸：我在您面前才是小羊乖乖呢！在人家面前，尤其在您那个未来女婿面前，我是母夜叉！

陈豪杰仰脸儿看着天花板，继续揭发女儿：什么母夜叉，糊弄别人去吧！提起"秦茱萸"仨字，不知多温柔呢！

陈可元佯装生气：爸，我不理您啦！下楼找吃的，我饿了！

陈豪杰冲女儿背影发牢骚：陪爸说会儿话，五分钟不到就闪人！

陈可元早已旋风般卷下楼梯，没影儿了。

3

下午，南郊五街，架给你五金货架模具厂。

午后阳光明媚，花红草绿，秦茱萸带人考察架给你五金货架模具厂，以及那台未知根底的精密机床，照例是尤其芬开车。

秦茱萸站起来，手扶座椅，面向众人：今天特意安排大家放松一下。具体放松方式嘛，去本市一家五金厂考察设备。据说该厂位于郊区，车程一个半小时。咱们初来乍到，有机会到周边走走看看，还是挺惬意的，大家尽兴观景吧。

莫如师热烈响应：走马观花，开阔视野，很有裨益。

秦荣英对马赛鹰说：马总，在河埔市周边转转，我们团队还是头一回，你给介绍介绍呀，天文地理世俗人情啥的。

马赛鹰笑道：岂敢在专家面前班门弄斧，惭愧呀！我还是三句话不离本行。这个架给你厂子不大，位置偏远，在河埔市南郊，我没去过，也没听说过。这件事是黄匠军通过季黄鹂牵线的。阿鹂对我说，那个小厂竟然直接用外汇购置了一台高档精密机床，起个土名叫"霸王床"。我一听单价，乖乖！我们德立技术目前没有机床能与它媲美。

牛仔酷：厂小野心大，想剑走偏锋、一招制胜。

马赛鹰：他们倒想走捷径。可惜呀，没有技术哪来捷径。

莫如师坐在副驾驶位，由衷赞叹：阿芬开车技术不错呀！

尤其芬被夸得不好意思，脸红红的：哪里呀莫老师！

秦荣英打趣道：他哪里是老师？"莫"就是不，明明不是老师，不如老师，不比老师，不要妄称老师。

莫如师反驳："如"是如同之意，姓莫的如同老师，等同老师。

尤其芬对两位专家崇拜不已，笑着说：哎呀，好深奥！好玄妙！听你们争辩蛮有意思哟。

莫如师逗她：是他有意思，还是我有意思？

尤其芬不无羞赧：都有意思！"莫"字本来就有双重意思！

季黄鹂也忍不住笑了：阿芬好聪明！

尤其芬：鹂姐你知道吗？天天和专家一起混，连我都进步啦！

一路颠簸，满目风尘，架给你五金货架模具厂到了。

秦荣英等人鱼贯下车。汪老板由黄匠军陪着，亲自迎接秦荣英一行。双方握手寒暄，十分客气。季黄鹂和黄匠军热情充当双方的"中介"，逐一介绍。其实事先已介绍过，多少有耳闻，乍一见面，相互间都叫得出名字。马赛鹰最后一个下车，季黄鹂隆重推介：这位是德立技术副总马赛鹰，本地人，业内大佬。汪老板赶紧与马赛鹰握手：马副总，欢迎大驾光临！

秦茱萸：不揣冒昧，登门造访，请汪老板海纳。

汪老板：不不不！秦博士您是大牌专家，还有莫博士、牛博士，我们请都请不到啊！听说广德派专家前来商谈"霸王床"修复事宜，我和厂里伙计们都很期待哟！

季黄鹂笑道：汪老板知道广德？

汪老板撇嘴：靓女你这话说得！广德是业界龙头，大名响当当，河埔市哪个不知哪个不晓嘛！这边请！这边请！

汪老板领着客人进入厂房内，总共四个车间，工人们正在生产线上进行流水作业，忙而不乱，但机械轰鸣的声音相当大，显然没有降噪设备。在这种高分贝车间里干活，工人交流一般靠打手势，很少说话。围着工厂转一圈，不到20分钟。

走出车间，在内走廊里，噪声立即小了。

马赛鹰：有幸到汪老板的厂子参观学习，受教良多呀！

汪老板：你们大厂大佬亲临我这小厂小店，屈尊啦！

莫如师满腹狐疑：汪老板，你们说的那台损坏了的"霸王床"在哪个车间？怎么没看见啊？

是啊，"霸王床"在哪儿？众人都把目光投向汪老板。

汪老板抬手挥了挥：跟我来！

众人尾随汪老板，沿着内走廊向另一方向走过去。原来，"霸王床"在第五车间，因机床损坏，整个车间关闭。两名工人打开车间大门，揭掉一幅巨大的油性罩布，赫见静卧车间中央的一台硕大机床露出真容。汪老板指着机床说：就是它了！

秦茱萸、莫如师、牛仔酷三人一看，眼睛"唰"地直了！

汪老板自我戏谑道：嘿嘿，洋名我们不懂，念起来拗口，干脆管叫它"霸王床"，算是中式简称吧，顺口又好记。

汪老板接着做了番简单介绍，说"霸王床"由欧洲进口，具体是哪国制造的他记不清楚了，好像是意大利。

秦茱萸、莫如师、牛仔酷三人围着"霸王床"，细看产品标签（印有英、法、西班牙三国文字），是意大利出产的精密数控机床，型号为XP007，出厂时间是2000年，不由窃喜。三人交流了一个心照不宣的眼神，未动声色。

三人借故移步至门外，聚在拐角僻静处，窃窃私语。

牛仔酷大为感慨：架给你厂这种老旧残破小厂子，以为它只配苟延残喘呢，孰料它藏龙卧虎，竟有这样一台高端精密数控机床！这种机床设计理念前瞻，材料性能优异，稳定性好，故障率低，简直超棒巨牛！不明白怎么坏在他们手里。

莫如师：不识货，不懂操作，暴殄天物，可惜了！

牛仔酷神色机密：它超级先进，超级尖端，在世界范围内可能领先20至30年。估计河埔市不会有第二台，省内也鲜见。

莫如师以手捂嘴，对秦茱萸耳语：眼下被损坏部分属于操控系统，问题不大，到老牛手里，一两天搞定。

秦茱萸看牛仔酷一眼，牛仔酷郑重点头。

秦茱萸使个眼色，三人转身回到车间内走廊。正听见马赛鹰与汪老板在交谈。马赛鹰：此前，我们德强机械厂上马了几个技改项目，先进性倍数提升。所以呢，我们考虑可以通过技术手段帮你修复这台机床。汪老板千恩万谢：那敢情好！请问修理费要多少？马赛鹰：这个要回去向老板汇报，尔后答复你。

因汪老板正好背对着秦茱萸等人，秦茱萸冲马赛鹰高抬两手，做了个暂停手势。马赛鹰会意。

秦茱萸：汪老板，贵厂的XP007，即你们口中的"霸王床"，修复起来费时费力费钱，这个不言而喻。关键问题是技术配套没解决，技术跟不上的话，它很容易再次损坏。

汪老板眨眨眼，眉头拧成疙瘩，他显然没考虑到这一层。

秦茱萸指着不远处：你们先谈，我去那边打个电话。

秦茱萸拨通袁若德手机，简要说了暗访架给你厂情况，意见是与其修复，不如直接购买"霸王床"。袁若德欣然同意。

秦茱萸挂了电话，快步走回来，对马赛鹰耳语：意大利机械设备产业发达，居世界先进水平。马赛鹰点头。

秦茱萸转身：汪老板，你们有没有出售"霸王床"的打算？我已建议广德老板考虑购买。

马赛鹰立即明白了秦茱萸的意思，接着亮明意向：汪老板，广德有意买下"霸王床"。作为趴窝半年、不堪使用的二手设备，请考虑给个友情价，打五折吧。

汪老板本来挺高兴，这台坏掉的"霸王床"竟然有人想买！真要卖出"霸王床"，他的厂就活了，他本人也轻松了。但一听对方报价，惊得张大了嘴：啊……什么？拦腰砍半？那"霸王床"九成新啊！你们亲眼看到的，它九成新……九成新哟！

马赛鹰很老练，立刻端出不屑细谈架势，转身就走。走出几步又回头向秦茱萸等人挥手，那意思是上车。

离开工厂，秦茱萸在返回的车里定调：只要相关原始资料（包括图纸）完备，德立技术可以购买。你们按这个原则再去谈。

4

晚上，苏州南园宾馆忆江南咖啡厅。

曲解接到秦茱萸电话，得知陈可铭为与她见面签约，已专程由广州飞抵苏州，在她下榻的南园宾馆恭候多时。她大为惊讶，人已来了，怎么办？她对方杰集团的穷追猛打"真是服了"，凭直觉也领会了陈可铭的诚意。在各项安排已十分紧张的情况下，她决定在离境前夕挤时间与陈可铭见面。

晚上9时许，曲解风风火火地从苏州高新技术开发区赶回住处苏州南园宾馆，见陈可铭已端坐在事先约好的忆江南咖啡厅。双方极尽客套，握手寒暄。

陈可铭：不好意思！劳烦曲博士大老远赶过来。

曲解：不远，高新区距宾馆很近。咦，你才大老远赶来呀！

甫一落座，陈可铭即开宗明义，总共只有简短的几句话：方杰科技集团不满足于现有的河埔市装备制造业龙头地位，拟运用集团多年沉淀和积累，集中优势资源，向顶尖制造发力，新建一座国内领先的现代化电梯制造厂，将其打造成"智能制造"基地，借此走出河埔市，积极参与国际市场竞争。

曲解认真倾听，没有作声。

陈可铭：曲博士，这是一件"从无到有"的事，在一张白纸上画最新最美的图画。我们急缺您这样挑大梁的人，急缺您这样的定海神针……曲解"扑哧"一下笑了，急忙以手掩嘴：嘿嘿，哪敢称定海神针呀，陈总裁谬奖！

陈可铭没笑，一脸真诚：曲博士你回来吧！加入我们吧！你在方杰必将大有用武之地。

曲解非常坦诚：说老实话，你们建现代化新厂，搞重装制造，这种重大产业平台，秦茱萸和他的团队最合适不过。

唉！陈可铭重重叹了口气：也就前后脚的事，广德即得手，抢跑了秦茱萸及其团队。我与秦茱萸失之交臂，痛心不已！我们全家都为这事儿追悔莫及！现在我们只有你了，指望你了！曲博士，新厂由你牵头，可与秦茱萸展开合作。

曲解见陈可铭一副痛心疾首的样子，点头表示理解。

陈可铭：方杰经过近两年的不懈努力，终于成功拿到了地。彼时，HQ111地块竞争激烈，我们一度心里没底，但我老爸锲而不舍，志在必得，所以集团上下不遗余力，像追星一样追地，运用"近水楼台"之利，做足功夫，最终将该地收入囊中。

曲解：陈总裁，近水楼台之利，指的是什么？

陈可铭：方杰旗下的伟杰建筑公司与HQ111地块相连，方杰另有个公司与伟杰建筑相连。换言之，它们连成片。早在政府进行"五通一平"时，我们就已着手筹划基建图纸了。

曲解微笑着，捧了个场：哦，方杰好风水，又得上天眷顾；方杰好眼光，前瞻性地做了各种准备。

洽谈时间未超过20分钟，双方口头达成三项协议，以此为主要内容签署了《就职意向书》：一是曲解毕业后即加盟方杰集团，不再考虑其他选项；二是合作方式借鉴和对标秦荣英与广德集团，在这一现成模式基础上，曲解的权限、平台和待遇将高于和大于秦荣英，为的是促进良性竞争；三是进退机制灵活，方杰不列硬性条款，以曲解的意愿为主。

为联系方便，两人互留了电子邮箱地址。

陈可铭随身拎了一只轻薄的黑皮箱，二尺见方，二寸厚，一看就是专门装文档的。他从中取出一个厚实的大牛皮纸袋，小心翼翼地放在桌面：曲博士，这是《方正电梯建设规划纲要（草案）》和基建图纸，十分粗糙，纰漏难免，想请你帮忙看看。

曲解意外：你们按规划专家的意见就好，不需要我看吧？

陈可铭又从黑皮箱里取出一个小牛皮纸袋，小心翼翼地摞在大牛皮纸袋上面，拱手作揖：拜托拜托！请你一定帮忙看看。这是一点辛苦费，三万美金，不成敬意！请曲博士笑纳。

曲解面色严肃：总裁现在就给我派活儿，是想套住我呀？

陈可铭：我……我觉得你已经是方杰的人啦！嘿嘿！

曲解低头寻思这件事，要不要与秦荣英商量一下。

陈可铭狂轰滥炸：曲博士，以你的事业情怀和专业追求，对一个即将诞生的新厂，一定不会袖手旁观！一定会急工厂所急！能帮把手，且帮把手；能予孵化，且予孵化，把它当作你的用武之地，拿它练练手吧！哦，我的意思是，往小里说，鄙人陈某是你男友秦荣英的同学；往大里说，方正电梯零起步之际，你神兵天降，堪当顶梁柱。曲解曲博士，给个面儿吧……

曲解断然否定：顶梁柱不敢！戴高帽不敢！

陈可铭拱手抱拳，一脸真诚：顶流专家！当之无愧。

曲解端起咖啡，慢慢抿了一口。

陈可铭把大小牛皮纸袋放回黑皮箱里，手脚麻利地锁住（不是暗锁是明锁），再将黑皮箱双手捧着：这个方便携带。

曲解从陈可铭手中接过黑皮箱，看着轻飘，拎着发沉。

陈可铭心满意足，乘坐夜航班机，返回河埔市。

飞机刚一落地，陈可铭就哼着小调，顺手给秦茱萸发了条短信：阿萸，就职意向书签了，效果出奇好！多亏你牵线搭桥，这一步来之不易！多谢你啊！

秦茱萸使劲儿揉眼睛，将信将疑：真签了？

签了签了！陈可铭短信回复得飞快：阿萸，刚下飞机那一瞬，知道我最想干什么吗？想放声高歌！就唱咱高中时爱唱的那首《你是我的太阳》，保证荡气回肠！

秦茱萸对着手机屏忽然有些傻眼。在美国时就与袁若德说好"买一送一"的，广德高看、重视和真心聘用曲解，他是感觉得到的。现在好了，他碍于可铭兄的面子，把这事儿置诸脑后，不遗余力地协助陈可铭实施"定向揽才"计划，将曲解拱手引荐给方杰，曲解又爽快地签了约！这样一来，对曲解虚位以待一年之久的广德只能扑空。他何颜面对袁若德呀？倘若袁若德知道事情原委，尤其是与他"抢才"的是方杰，是老对手陈家，肯定很难接受。唉，闯祸了！秦茱萸万分歉疚，无比自责。

想到陈可铭的短信还没复，秦茱萸拿起手机拨通陈可铭：铭兄，你捕捉人才使了多少手段？列了多少条令人怦然心动条款？对人才优厚到什么程度？你不说我也能想象出来。我真服了你啦！祝贺你对曲解成功实施"拦路抢劫"。

陈可铭万分庆幸：我把《方正电梯建设规划纲要（草案）》和基建图纸

都给了曲解一份，她答应帮忙审阅。这下好了，有她参与把关，提供专业意见，简直不要太爽！

秦茱萸犯傻，"吭吭"一阵没说出话来。

陈可铭：开头她有顾虑，怕被我们这边绊住……秦茱萸截断：曲解猜得不错，你可不就是想牢牢钩住她，叫她脱不得身嘛！但我知道她很忙，拿不出大块时间帮你。

陈可铭：哪敢奢望大块时间，零碎时间给方正就不得了啦！实话跟你说，真正打动曲解的就是一件事——方杰拟举集团之力，打造一座国内领先的现代化电梯制造厂，挑战乃至打破电梯制造业的外资外企垄断地位。

秦茱萸：你是不是跟她说过"向顶尖制造发力"这个话？

陈可铭：说了！你怎么知道？咦，你神啦！

秦茱萸：你可忽悠到点子上了！她就吃这一套。

陈可铭兴奋得调门高了八度：阿萸，不是忽悠是真的呀！你得感谢我才对，是我半路截胡，把她从"500强老外"手中抢回来的。

陈可铭越兴奋，秦茱萸越忐忑，怎么跟广德说呢？许下的承诺就是欠下的债，这话不假。秦茱萸下意识地跺脚，为自己糊涂爽约内疚，更为自己夹在广德和方杰之间不安。

5

上午，南郊五街，架给你五金货架模具厂。

马赛鹰、季黄鹂和牛仔酷，加上开车的尤其芬，一行四人再次前往架给你厂，与汪老板洽谈购买"霸王床"一事。

汪老板早早地等候在他的办公室，准备与广德方面的人认真洽谈，力促成交。他思量再三，不想放过这次机会了。上回秦博士说，技术配套问题不解决，"霸王床"的问题就没法解决，这话很在理。所谓"技术配套"无非是技术人才，老话说买得起马配得起鞍。但架给你厂难就难在这一块，现成人才没有，培训来不及，外聘要花大钱。唉，可以倾其所有买高端设备，难得倾其所有请高技术人才，请得来也留不住。设备不会走，人才说走就走！当初他急得连续数天嘴起燎泡，但也不能到大街上绑个人才回来呀！近日他广泛征询了亲友和工友的意见，大家异口同声：无论价格好歹，把"霸王床"处理掉，比砸在自己手里强，早处理早解脱。

这时，黄匠军应约而至。汪老板热情让座倒茶：小黄这么早？快坐！喝茶喝茶。

黄匠军：汪老板你更早啊！

汪老板又是一副自认倒霉、垂头丧气的样子：唉，早也没用！小黄，广德是你引荐来的，等下你要帮我说几句好话哟！

话音甫落，马赛鹰一行人到了。

汪老板热情与客人握手、让座并亲自倒茶。

众人喝着茶，随意闲聊了一阵。

汪老板很愿意与马赛鹰等人推心置腹，好好聊聊。他回顾购置"霸王床"的经历，几度伤心感怀，眼泛泪光。

汪老板追求"弯道超车"、跨越式发展，毕16年积累之功，孤注一掷地投入机械设备更新换代，拟以此带动全厂改头换面，向中高端机械制造发力。厂里原本聘有一个机械行业的高级专家，"霸王床"就是他一手操办买回来的。不承想，他为孩子留学全家移民，审批一通过就走了，宁愿交合同违约罚款（数额不菲）。他走得这么急，厂里自然没人接得上手，一个月不到，这台昂贵机床就转不动了。

汪老板不甘心，给厂里两名技术员下死命令：停止手头其他工作，专门研究"霸王床"，限期重新启动。两名技术员花了十来天时间，研究图纸和说明书，还从网上搜集了大量资料，依葫芦画瓢，强行开机试运行，结果三两下就弄坏了。全厂员工眼巴巴地看着机床剧烈抖动，听着机床怪异轰鸣，几分钟后彻底熄火。无论人们再怎么骂它熊，再怎么哄它乖，它都不动弹了。

汪老板肉痛不已，欲哭无泪。员工个个长吁短叹。

黄匠军坐在一旁很是局促，他心里特别希望双方能谈拢，想帮着说上几句好话，又不知该帮广德还是该帮汪老板。这时正好有个空当儿，在座者都没吱声，黄匠军说：汪老板是有心人，自从买回"霸王床"，厂子一度兴旺，订单和产品交付的数量是上年同期的两倍左右。拥有好家伙什儿，就能多接单、接好单。

汪老板：匠军这话说出铁打的事实。"霸王床"只要操作得好，你们都不知它有多威风！所以，"霸王床"这样超贵的进口精密机床，仅仅使用数月，哪有半价出售的道理？

季黄鹂帮腔："霸王床"再好，它现在也是坏的呀！

汪老板："霸王床"能被广德专家相中，证明它是好东西！

马赛鹰坚持半价，理由充足："霸王床"不予修复，接近报废；予以修复，费用昂贵。需要更换的很多零配件国内没有，一些关键部件不仅要联系厂家供货，而且价格奇高。大体匡算，修复机床的成本与购买机床不相上下。再者，即便费九牛二虎之力修好，也是老蚌生珠，活力不足。汪老板还是折价卖吧！你看，它趴窝在这儿，又占地方，又没效用。

汪老板咬着牙：我同意卖！但你们出价也要讲理呀！

牛仔酷补刀：同意买，就是理呀！接过你这烫手山芋，后续怎么处理还是疑问。万一修不好呢？这个可能性是存在的。

汪老板笑道：广德技术远超我们，怎会修不好？不是我吹的，"霸王床"到了你们手里，叫它重新转起来易如反掌！

牛仔酷摇头：这个包票打不了。技术上哪有易如反掌这回事呀？我们买"霸王床"是冒风险的，万一买回去还是趴窝，拿去当破烂卖，还得倒贴人家搬运费。挨老板骂是小事，公司的钱打水漂儿，按规定要从经办员工薪水中扣除。

汪老板一听，话是说得玄乎，也不是完全不在理。他眉头紧皱，牙关紧咬，使劲儿点点他那无比沉重的脑袋，用念悼词般的腔调说：我就自认倒霉，不划算到家吧！压价二成，按购买价的八折转让给你们。超级秒杀价！超级良心价！

汪老板面孔扭曲，好像退让了一万步，其状堪比吐血割肉。

孰料，马赛鹰等人好像一点儿也没被打动，坚持价格砍半。

汪老板彻底犯了难。自己如此有诚意，还是谈不拢，让他万般泄气，又百思不解——广德自己提出来要买，却又端出可买可不买的架势；广德自己派人来谈，却又还价杀价毫不留情。

洽谈无果，马赛鹰等告辞。双方都闷闷不乐。

此后，马赛鹰又在电话中与汪老板洽谈了两次，汪老板开头还支支吾吾，像有商量余地，后来竟油盐不进，仿佛掐准广德一定会让步，与马赛鹰杠上了，坚持八折的喊价，不松口。

第四次电话洽谈时，汪老板突然大变脸，劈头就来了句"我希望你们不要搞大厂霸凌！"马赛鹰吓一跳，谈个生意，何故扣这么大帽子？汪老板接着连珠炮般地说："霸王床"我不卖了，也不修了。我现在打算卖架给你厂，马总是否有意接盘？

马赛鹰直接愣住：什么？你的意思是把厂子卖了？

汪老板语调亢奋，甚至带了些莫名的兴奋：对呀！咱们都不用死磕"霸王床"了，广德有兴趣的话，可以整体收购架给你厂，价钱好商量。我这人好说话，你是知道的……

马赛鹰一口回绝：除了"霸王床"，其他免谈。

汪老板不急不躁，像大佬似的，态度从容而又爽快，再也没了此前讨好卖乖的口气，说话硬邦邦：马总，我们已经起草好全盘出售架给你厂要约，具体方案细节也已拟好，广德若有意做收购方，可来签约，无意就算了。

原来，方杰集团有个叫施润的，自称董事长助理，前几天把电话打到汪老板手机上，不知她是怎样弄到手机号的，直接约谈购买"霸王床"事宜，强调说不用修复，方杰购买后自行搞定，同时问他除了"霸王床"还有什么要卖的，卖什么都可以谈。

6

上午，翡翠巷6号，广德集团总部办公楼前广场。

艳阳高照，花团锦簇，广德集团总部办公楼前广场彩旗飘扬，锣鼓喧天。德来服装厂、德福毛织厂联袂举办年度新品发布会，线上线下同步进行，精彩纷呈，热闹异常。现场悬挂多幅显示屏，滚动播映着新品样品，美轮美奂。

上午9点，袁若德在袁仁美陪同下来到现场，但见人声鼎沸，声浪嘈杂。代紫萱从人群中挤出，一脸喜色地迎上前，笑得眼睛眯成一条缝，咧开的嘴半天没合拢：袁董，美姐，接了个140万欧元的毛织品大单（外贸订单）！

袁若德与代紫萱握手，嘴上说：祝贺你！大家辛苦了！

袁仁美兴致很高，向代紫萱伸出大拇指：紫萱，牛！你干脆叫紫牛算了，别叫紫萱了。

袁若德凑趣：红得发紫，可不叫紫牛嘛！

代紫萱红扑扑的脸蛋这时更红了：老板牛，我们才跟着牛。

袁仁美很开心，用手捧着肚子笑，代紫萱也笑得合不拢嘴。

袁仁美喊来黎锦官：官叔，今晚在总部食堂加个餐吧，多烧两个菜，另外每桌摆一瓶红酒、一盆水果和一盘糖果。新品发布会工作人员都参加，让那帮年轻人开心就好！

黎锦官大声应承：好哇！加两个硬菜，一个红烧肉，一个油焖大虾。全是红的，红红火火好意头！

袁仁美私下与黎锦官咬耳朵交代：官叔，记我私人账上。

黎锦官非常默契，深深点头。

袁若德和袁仁美等人在临时搭起的红色主席台入座，父女俩窃窃私语。袁若德看着代紫萱的背影，侧脸儿对女儿袁仁美说：紫萱确实能干！你还记得她的"名言"吗？

袁仁美点头：当然记得，她说"我没有背景，只有背影"。父女俩相视而笑，脑子里不约而同地闪现出当年代紫萱到服装厂应聘的情景。

袁若德：紫萱，下一步集中精力筹办"河浦金秋国际毛衫节"，其中的"精密机床展"板块，德立技术将有新产品推出，我意把这块列为重头戏。你抓紧与马总（马赛鹰）衔接一下。

高音喇叭响起男女主持人激情悦耳的"官宣"：广德集团旗下德来服装厂、德福毛织厂年度新品发布会，现在开始！

新品发布会主持人由曹东风、代紫萱担任，两人盛装（均为自产新品）出现在临时舞台上，吸引了所有人的目光。

让袁仁美最高兴的是常爽（常在理之女）从英国回来了，她是利用暑假回国探亲的。袁仁美拉她参与了创意设计，结合她在英国接受T台走秀培训及多次参加"时装秀"的经验，大胆革新。

常在理埋怨女儿：阿爽，一个人，时间总量是有限的，兴趣太过广泛容易耽误学业。

常爽：爸，T台走个秀而已，至于耽误什么吗？非此即彼，非白即黑，这个有点儿绝对哦。

新品发布会上，常爽和代紫萱领头的业余时装模特队联袂走秀环节大受欢迎，掌声不绝，其青春阳光的形象、珠联璧合的表演以及中西合璧的走秀风格，非常吸睛。在德来服装厂业余模特队的配合下，德来服装厂、德福毛织厂新品发布会大获成功，不仅现场接获不少订单，而且临时安置在现场的六部咨询电话均被打爆。

新品发布会在左右两边分设服装和毛织两大板块，各板块又设置了女装、童装、休闲装和户外运动装等细分区域，展示了从针织到梭织，从面料到服装等多品类、多维度产品。其中40余套原创和定制服装，选购了苏州盛泽镇的流行面料，吸纳了常爽从英国引进的时尚元素，应用了秦茱萸团队的最新自动化技术，形成精品系列。新品发布会设置了精品对接、时尚秀场（T台走秀）及开放论坛等诸多环节，来宾反响热烈，积极参与互动。

新品面料优越实用，设计新颖前卫，制作工艺精良，形成"德来""德福"两大品牌效应，具有极大冲击力，圈粉无数。

更加注重产业链的细分和交易，从帮助行业企业找准痛点到提供一站式、一对一的高质量服务，从供应链集成创新巡展到提供跨界融合洞悉产业未来的大平台，实现蜕变。

展示了其采用的德国3D面料扫描仪，只要将面料一扫描，经过数据处理，几分钟内即可看到该面料制作成服装后的3D效果图，非常直观。一些防盗拉链、3D面料扫描仪等高科技产品亮相。

代紫萱领衔模特队走秀。

多份购销合同现场签约。

7

晚上，南郊五街，艇仔粥大排档。

陈可元在施润、何青黛陪同下约见汪老板，来到南郊五街。

施润电话约见，地点在架给你厂旁边。晚上8时许，汪老板趿拉着拖鞋，哼着小曲，只身一人兴冲冲赴约。

走到熟悉的艇仔粥大排档，汪老板被齐刷刷围坐在预订桌位的三位艳妆美女吓了一跳。天啊，今晚不是谈生意吗？不是谈"霸王床"买卖吗？竟至于美女一次性出动三位！这是哪出美人计？

施润起身，试探性地打招呼：请问是汪老板吗？

汪老板点头哈腰：正是正是！鄙人姓汪，架给你厂的。

施润：我是给你打电话的施润。你请坐！

汪老板条件反射般，职业性应酬道：哦！施助理你好！

三位美女六只眼睛从不同方向扫视汪老板，见他穿得邋遢点儿，人很魁梧。汪老板有些局促，惴惴坐下，手脚不知往哪儿放。

施润：汪老板，听说你有意出售"霸王床"？

汪老板缓过神来，点点头，反问：你们从哪儿得到消息的？

施润不无傲慢：这个没必要告诉你。想必你知道，你以前的老工友樊老靓是方杰集团前员工。

汪老板：知道知道！老靓的徒弟来我这几次啦，先是想租借"霸王床"，后又带过来一个买主，想购买"霸王床"。你们若晚来一步，咱们就没得谈啦！嘿嘿，我的意思是广德集团也有人想买，在出价方面……施润截断他的话：听说"霸王床"是坏的，早已不堪用。你想拿它变现，恐怕值不了几个钱。

汪老板一听就急了：江湖传言不可信！"霸王床"是坏了，但毛病不大，只要有专业人士专业技术，修复它是小儿科。

施润：问题是你既没有专家，也没有技术。

汪老板：人家广德有啊！好几个博士都来我厂看过。

正经谈起生意，汪老板十分老到，起先的戒备之心也忽地一下飞了。这时反倒觉得对方心虚，一个女士出来谈生意，生怕上当受骗被诮，还带上两个女伴壮胆。嘿嘿，那就别怪他姓汪的不客气了，两家出价，价高者得。他嗫嚅一阵，开始试探：施助理，你你你……我斗胆问下，你当得了家吗？

施润鄙夷：开什么玩笑！当不了家还来你这旮旯地儿。

汪老板捏准美女不懂机械，开始大吹嘘：美女呀，你们有所不知，"霸王床"是吸单床，是吸引高端订单的霸主！业内人士都知道，一个厂子，有没有"霸王床"那是天壤之别！以前我没有"霸王床"，只能捡别人剩下的订单过日子，人恨不得累死，利润呢，薄如纸呀，那是真的苦！苦不堪言……

何青黛：汪老板下手果断。我知道有些厂家以租用为主。

汪老板中气十足：我本来也想租的，但人家只售不租。没办法，我咬牙跺脚勒裤带，只差砸锅卖铁。把这个霸里霸气的家伙买回来，神一样供在那里，20多天过去了，我还跟做梦一样，不敢相信，这么个高贵无比的庞然大物，此前见都没见过，现在当真属于我啦？我能做下这开天辟地的事啊？

汪老板顿了顿，继续"王婆卖瓜"：不瞒你们说呀美女老板！自从"霸王床"落户我厂，那订单如雪片飞来！我全部人马日夜加班三班倒，赶工赶得天昏地暗，来钱那叫快！我的员工擦一把汗数一把钱。我敢说，河埔市行业大鳄，比如贵公司方杰和广德，现有先进机床都不一定能超过我的"霸王床"……

就在汪老板信口开河的空当儿，他手机铃响，他掏出手机看了看，说声不好意思，起身走开，到一边接电话。

陈可元暗示何青黛：他不老实！你先砸他一下。

何青黛轻蔑地撇撇嘴：狗眼看人低……

汪老板接完电话，转回座位，一脸红光，好像"霸王床"又有新买主似的。何青黛用食指和中指夹着一只厚墩墩的红包杵在他眼前：这是我老板给你的"咨询费"，你收好。

汪老板诧异，却并不妨碍他迅速伸出双手，接过"咨询费"，哟，沉甸甸的。他明白，这意思是叫他如实披露信息。

陈可元：你厂多少人？平均多大年龄？

汪老板：连我在内共59人（暂未招女工）。平均年龄嘛，30不冒头。你去我厂看看，清一色年轻后生！精壮小伙！除了我老点……陈可元截断：你贵庚？

汪老板摸摸后脑勺：今年45。

陈可元：45不老，为啥闹"地中海"（秃顶）呢？

施润和何青黛互看一眼，使劲儿忍住笑。

汪老板不无尴尬：嘿嘿，揾食艰难嘛。

陈可元：你以为有"霸王床"揾食就不艰难了，就一劳永逸了，对吧？其实一劳永逸的事情不多。比如擦屁股，要一次一次擦，每天擦，不能指望擦一次就一劳永逸再也不擦。

汪老板哑然失笑，美女说话这么粗糙！真让他刮目。他大度地接下话茬：美女说话就是讲究！我那时只想一飞冲天……

陈可元：汪老板，"霸王床"是坏的，修要花钱，不修是废铁。架给你厂即使不是提不起来的豆腐，也入不了方杰之眼。今晚机会难得，希望不要我们前脚走，这事后脚就黄了。

汪老板：当然当然！不要走嘛美女老板，生意要慢慢谈嘛！价钱好说！就算跳楼价，血亏到底，也不等于没有议价空间……汪老板强行把后半句话咽下去了，那话是"还没使撒手锏呢，还没到火候呢，美女谈生意咋就没个耐心呢"。

施润：汪老板，如果你有意出售架给你厂的话，议价空间也许……

何青黛：方杰与架给你厂有没有生意做，看的是心情。

汪老板急了：美女美女！美女老板！生意肯定有得做！好商量嘛！我……

不瞒你们说呀，我厂里这些兄弟跟我干几年了，最长八年了，厂子若能卖个好价，遣散费给他们多分些……

陈可元漫不经心：谁说要遣散？你的人全部留下。

汪老板有点像老江湖犯傻，对自己的耳朵也不相信了，心里祈祷着千万别听错：美美美女你说什么？人……人你也要？

陈可元轻轻点头，点得很不坚定，似乎随时可能变摇头。

汪老板冲陈可元伸出两只大拇指，那意思是你已经点头了，不可以反悔，不可以不算数：美女老板！你真是慧眼！你真是豪横！你你你……你要人，那价就好谈了。

陈可元：汪老板不嫌弃的话，带上你全部人马去我那里吧！薪水方面，应该比架给你厂高出两到三成，"五险一金"齐全，福利有保障。你本人呢，有个车间主任职位空缺，相信你能胜任。

陈可元说完，站起来就走，施润也立马站起来跟着走了，何青黛冲汪老板做个鬼脸：听见没？我老板金口玉牙不带重复的。说完，何青黛往前走两步，转身又撂下一句：具体事宜润姨与你接洽，她会带公司法务（大公司配置的司法工作人员）过来签约。

三位美女卷起一阵香风远去。汪老板一句"我有眼无珠！不好意思谢谢啦"已到喉咙口，竟没机会说出。他开始蒙圈——心里滋味太多，来不及消化。唯一反应过来的是，她们故意不介绍在座美女姓甚名谁，有厂大欺客味道。

8

上午，翡翠巷6号，广德集团总部袁若德办公室。

接到季黄鹂电话通知，上午11时，秦茱萸、袁仁美、马赛鹰、袁甲芳前后脚地推门进入袁若德办公室，各自落座。

袁若德面窗而站，听到动静，从深度思考中回过神来，转身走回自己办公桌前，示意马赛鹰开始汇报。

马赛鹰："霸王床"明明是二手设备，且目前为损坏状态，对方却喊价八折，接近一手出厂价，岂有此理！

众人定定地看着马赛鹰，等着他细说因由。

马赛鹰顿了顿，接着说：现在情况更是匪夷所思。原先我们判断，架给你厂虽说没到濒临停产地步，但"霸王床"毕竟占压资金，受此拖累，求购意愿应该很强烈才对。广德是大企名企，出手阔绰，既能卖个好价，脸上又有光，何乐不为。但奇怪的是，除了第一次洽谈对方态度还可以，第二次、第三次就没有积极性了，非常不配合，态度越来越强硬，不知哪来的底气。

袁仁美鄙夷：啥底气不底气的，姓汪的不识抬举。

马赛鹰：我看他骨子里是不想卖，只想修复。但根本找不到人来修！苦于没技术、没条件，还要大把贴钱。

袁若德：没技术就吃亏，以前我们吃过很多这方面的亏。

马赛鹰：架给你厂，全部价值就在于拥有那台"霸王床"，所以，整体收购工厂意义不大，完全没必要。

袁甲芳：我赞成马总的意见！买机械设备又不是买菜，还搞捆绑销售！这些人想钱想疯了，恨不能捆绑裤子来卖。

袁仁美：我也赞成只买机床，不买厂。

秦茱萸："霸王床"是新世纪（2000年）面世的新机型，推出市场的时间不长。设计前卫，材料高端，性能优越。据我们初步分析，融入其中的某项尖端技术，短期内具有不可撼动的先进性。目前不仅在河埔市，在省内也属顶尖机床。

袁若德大感兴趣：听了你们介绍，我感觉性价比超高。

秦茱萸思忖片刻，说话似耳语：那个工厂我们实地看了，其技术力量薄弱显而易见。他们不懂"霸王床"先进在哪里，也摸不准损坏程度。其实，主要损耗就是操控系统中一个小小的控制器程序，被人为弄乱了，另外还有其他一些连带损耗。这个是保密的，没有跟他们明讲。以德立技术现有能力，令其"满血复活"不难，交给牛仔酷就好。修复不需花什么钱，之后即可为我所用。

袁仁美有些不耐烦，话锋尖锐：区区一个"霸王床"，怎么谈不下来呢？问题是不是出在我们自己身上？商务谈判讲究技巧，各种功夫都要做足，正如老话说"功夫在诗外"。

马赛鹰当然听得出来，这是质疑他的商务谈判能力，指他不擅运用谈判技巧。他低着头，没吱声儿。

袁若德寻思着这件事如何迅速搞定。在商务谈判方面，集团管理层许多人都弱于袁仁美，不行的话，下一步叫阿美去参加洽谈，这样把握性大一些……这时，办公桌上对讲机铃响，袁若德面向对讲机"嗯"了一声。

季黄鹂推门而进。她手持一份资料，双手递给袁若德：袁董，这是按照您知己知彼的要求，经多种途径搜集整理的架给你厂相关资料，大体情况与我们预估相吻合，但是可惜……

袁若德接过季黄鹂手中资料：嗯？可惜什么？

季黄鹂急切地汇报说：刚刚得到消息，方杰已完成对架给你厂的收购，正式签署了收购协议。

马赛鹰：啊？这怎么可能！啥时候的事呀？

季黄鹂：两小时前。

架给你厂被方杰横插一杠子，抢先收购，这消息不啻于雷炸！举座皆惊。半路杀出程咬金的事，在眼鼻子底下发生了。

马赛鹰脑子里立刻闪现出汪老板那副神气活现的样子，气不打一处来，极端失望：怪不得姓汪的趾高气扬，我硬吃不透他葫芦里装的什么药，原来他巴结上了别的买主！

袁仁美一直板着面孔：这么说，我们没戏了？

季黄鹂：嗯，我们晚了一步。

袁仁美心情烦躁，忍不住甩句牢骚：三番五次谈不妥，这不贻误商机了？以为僵在那里对手会怕呢！这下好了，枉费时间精力。

一屋人都有些傻眼，心下惴惴。架给你厂不是什么香饽饽，方杰先于广德出手抢购，无非为了"霸王床"。要不就是买卖双方瞒着广德演双簧，意在抬高"霸王床"价格。

袁若德盯着季黄鹂：方杰怎么知道"霸王床"？

季黄鹂心下惴惴，不无自责。她知道这事怪自己一时失言，让无孔不入的施润获得信息。施润是何等精明的人，具有捕捉蛛丝马迹的超能力。季黄鹂多次叮嘱自己，与施润碰面，说话要格外小心，但还是被她钻了空子。眼下，广德这个亏是吃定了。面对袁董追问，季黄鹂做无辜状，摇摇头。

袁若德仍盯着季黄鹂问：这件事，方杰是谁主导的？

季黄鹂：陈可元，陈氏千金，方杰的公主派头头。此人前不久为接手佳杰五金厂而休学，现在是该厂老板。

袁若德此前未曾听闻：公主派？

季黄鹂点头：是啊！听匠军说，陈可元很善于培植自己人，她接手佳杰五金后很快就成势了，有一帮人围着她转，人称公主派。最近一直在暗中与架给你厂接触，尔后闪电般收购架给你厂，彻底阻断王祖望团队与之合作之路。

袁若德恍悟，方杰与王祖望不对付，横插一杠子，剑指王鹅精密。他下意识地瞥女儿袁仁美一眼，意即莫要错怪马赛鹰。事情清楚了，架给你厂游刃在方杰和广德之间，渔翁得利。马赛鹰谈不拢很正常，换了别人同样谈不拢。

季黄鹂很快意识到，这件事是自己和黄匠军共同联系的，无法超脱事外。为解脱自己，她语气急促，接着透露道：方杰实际上并不需要架给你厂，仅仅因为获悉王祖望急欲借助架给你厂的平台，尤其是借助"霸王床"生产样品，便玩儿釜底抽薪。个中原因说复杂，也简单——王祖望拐走顶尖技术骨干令佳杰受创。同时，方杰一直怀疑和指责王祖望抢走客户和订单，为此备受困扰。打击和瓦解王祖望及其团队，断其后路，阻止其在河埔市立足，自然是方杰的不二之选，为此布下大网。

时针指向下午1时。原本准备开半小时的会，结果用了一个半小时。

袁若德：占用大家时间了。黎锦官安排食堂留了饭。

9

晚上，沉香街27号，陈可元家。

何青黛站在酒柜前，上下瞄几眼，扭头问：来杯香槟？

陈可元瘫坐在沙发上：你自己喝吧，我喝酸奶。

算了，我也喝酸奶。何青黛说着，转身走到冰箱前。

陈可元接过何青黛递到手上的酸奶，插上吸管，闭眼慢嗫。

何青黛把自己撂进沙发：汪雄壮那帮人，怎么安排？

陈可元：汪雄壮？谁是汪雄壮？

何青黛：汪老板呗！你在南郊五街收购的厂子，那个块头高大、说话咋呼的"地中海"汪老板。

陈可元：哦，汪雄壮——这名儿一听就壮阳。

"哈哈哈"！"哈哈哈"！两人不禁放声坏笑，直笑得前仰后合。

笑累了，安静下来。陈可元：我已交代武孔，叫他协助润姨安排汪雄壮的人，并向集团报备。这事你别插手了。

何青黛点头：那好。按技定岗，这个武孔最拿手。

陈可元：我认为，武孔可以做你男神。

何青黛龇牙咧嘴：哟，派发男友——老板有这义务？

陈可元：那要看是哪个老板。谁让你闺蜜是老板呢。

何青黛：这福利巨好！超好！我被你甜到了。

陈可元：我不是有意撮合，是怕你嫁不出去，成老姑娘了，我还得收留你。再说我也不忍心叫你单打独斗。你何青黛是个天才女汉子，也需要三个桩、三个帮啊！这个懂不？

何青黛撇嘴：你自个儿还单打独斗呢，操心我嫁不嫁的！

陈可元白何青黛一眼：搞好佳杰五金的不二法门是什么？是对人才的吸引和占有，是谓求财先求才。

何青黛两眼圆睁：姓武的小子也算人才？有没搞错？

陈可元蹙眉：你嚷嚷什么？武孔那人品，打着灯笼难找。

何青黛故意口气轻薄：人品究竟如何，以后还要找机会考验，反正我不急，我心无旁骛，我肩负重任，专务正业。

陈可元：什么季节开什么花，什么年龄说什么话。恋爱结婚生子是花季少女最大的正业。你连这个也参不透？

何青黛哑口无言。女孩找男友可不是正业吗？只是具体到某个人，妈的，个个都是扶不起来的阿斗，好男友难寻啊！

陈可元：要是我闺蜜都嫁不出去，我怕更难嫁。

何青黛：看你说的！你给我弄套婚房，我明天就嫁。

陈可元两手一摊：没男神你婚房个屁呀？

何青黛：谁没男神？姑奶奶我等下打电话，喊十个八个男友过来，清一色帅哥靓仔！你慧眼识珠帮我敲定一个算了。

陈可元：想娶你的人排着队，这不奇怪，你兜里有钱啊！

何青黛：我在你眼里没颜色吗？你这审美不靠谱！

陈可元：一百分的颜值，能撑一千天而已。可是人生有三万天。你靠狗屁的颜值吃饭，肯定会饿死。

何青黛仰脖看天花板：像我这种炸天颜值，管三万天绰绰有余，80岁来场热恋，90岁来场热吻，100岁仍是顶流美女。

陈可元：阿黛，相信我，女人的信仰就是找个好老公。有人说女人不需要男人，男人是痛苦的根源，这是极端荒谬的！找个好男人做老公，是女人一辈子最重要、最伟大的事业。

何青黛：我明白你的意思，靠颜值饿死，靠男人撑死。

陈可元：老实交代，你对武孔不来电吗？

何青黛鄙夷：瞧他那蠢样儿！没钱没本事加上没皮没脸，一看就不良心，二看就不灵光，三看就不会来事儿。如此愚钝的男人，还来电呢，我躲他八丈远都来不及。

陈可元：你就是嘴巴硬，我还不知道你！

何青黛翻白眼：姑奶奶我不吃人家的不嘴软，不拿人家的不手短。嘴巴硬，用来骂男人正好。

陈可元一脸不屑：不来电就当路人，犯不着骂。

何青黛：不骂甩不掉呀！有人又黏又贱，绿头苍蝇，非得骂他癞蛤蟆王八蛋，肚子里全坏水，脑子里全白日梦。

陈可元：要是我，不会这么骂。

何青黛诧异：你怎么骂？

陈可元坐直身子，双手叉腰，秀目圆睁，端出骂街架势：小贱人你听好，姑奶奶我喜欢明媒正娶。你真有这贼心贼胆，就不要口惠而实不至，要拎大把彩礼，直接给我上门提亲！

何青黛：你这是骂呀？分明是想委身于他！

陈可元：委身于一个爱你的人，吃亏啦？

何青黛：爱我的人多了去，委身给哪个，我得挑挑呀！

陈可元：爱你的人实际没那么多，可能很少，甚至没有。

何青黛：你贬我上瘾啊？

陈可元眼神睥睨：男人看女人，女人看男人，都用不得孙悟空的火眼金睛，如果用，每人都是妖怪；也用不得放大镜，如果用，每人都是王八蛋。还是雾里看花，朦胧美就好。我提醒你啊，抓紧与武孔修好，早日共结连理枝。

何青黛高傲十足：下嫁这种事，本姐目前尚未考虑。

陈可元：下嫁？未必吧！请正确评估。

何青黛不屑：他高攀我，我下嫁他。不就这回事吗？

陈可元一脸认真：我看出来了，武孔很中意你。

何青黛扭扭捏捏，私下吐露心声：武孔他别的还好，就是个子矮矬矬的，人没长开，墩墩实实一团，看着不舒服。

10

中午，翡翠巷6号，广德集团总部袁若德办公室。

中午12时许，公司员工大都下班，到食堂吃饭去了，季黄鹂轻手轻脚走进袁若德办公室：袁董，美姐15分钟后过来。

袁若德埋首翻阅文档及报表，头没抬，轻点下颌表示知道了，接着叮嘱季黄鹂：你去吃饭吧。

过了一会儿，袁仁美风风火火走进老爸办公室，卷进来一股风。袁若德抬头看着女儿，不无埋怨：看你！叫你走路慢一点！

袁仁美故作愁眉苦脸样儿：我这不是急嘛！

袁若德推开桌上的文档，起身给女儿倒水，袁仁美拦住：不喝不喝！刚喝过舅妈煲的营养糖水。

袁若德怕女儿累着：那好，先坐下歇会儿……

歇什么呀我忙着呢！袁仁美说着，扯过椅子斜靠在椅背上：爸，您亲自引进几个海归，我看够了，不必再引进了。尤其企业管理层，决不可再进人！秦博士说他又联络了十几二十名海归，准备充实德立技术，这想法出发点也许好，但操之过急。

袁若德对女儿一吐肺腑：顶尖人才可遇不可求，德立技术很需要高端技术人才。秦博士联络的海归都是专才，过来后专做技术及研发，不进管理层。实话给你说阿美，依老爸心愿，宁愿用一个厂去换一个人，不够的话用两个厂。

袁仁美：爸，这太极端！您对所谓技术人才估值过高。

袁若德：抢技术人才要掐尖去抢，抢掐尖技术人才即抢未来。

袁仁美想起老公梁仁良对她说过，豢养"吞金兽"也许有用，但那或需10年、20年，工厂在那之前早已死翘翘了，因为赔不起这种时间损耗。道理很简单，假如科技增量不能立马换来经济增量，规模扩大而规模效益出不来，对多数中小微民企来说就耗不起！硬要附庸科技风雅、附庸AI（人工智能）风雅，只会导致血亏。

想到这儿，袁仁美使劲儿摇头：掐尖技术人才？好听而已，代表不了未来。爸，您想带厂子转型，往技术密集型方向走，我不反对，但咱得量力而行。那掐尖技术咱一时用不上，短期内无法产生经济成效，烧钱却立马要开始，等于豢养一堆吞金兽。

袁若德嗔怪：这是什么话？秦茉黄及其团队是搞应用科学、应用技术的。仰仗他们，我们在新技术应用方面就可先走一步。咱们办厂这些年，不是深有体会吗？

袁仁美一脸的痛心疾首：爸，先走一步不等于先赚一步，相反等于先赔一步。老实说，无底洞式出血，厂子承受不起。厂子需要回血，需要持续性回血！由于"吞金兽"的压榨，其他两间厂资金短缺，处处受掣肘，举步维艰。爸，表面光鲜、华而不实的那些技术套路，咱是真的玩不起。"吞金兽"不好养，养不起。别指望它贡献利润，它能不挤兑兄弟厂家，不压榨和吞没兄弟厂家的利润，就烧高香了。

袁若德没吱声儿。厂子当然要回血，他明白女儿的苦心。

袁仁美退而求其次：爸，您有没有考虑过，叫阿良到德立技术，既充实其领导力，又为他本人下一步进入董事会铺路。您看，秦茱萸轻易就进入了董事会，阿良却还游离在董事会之外。

袁若德当然知道，女儿对董事扩大会形成的意见不满，为女婿梁仁良抱屈。他眼盯桌面，思考片刻，斟酌道：阿良本身业务已很吃重，下个月还要出国考察。

袁仁美特意压低嗓门儿，但吐字格外清晰：爸，德强五金机械厂并入德立技术后，企业内部的龙头老大就易人了！德立技术成为广德一哥，集聚了广德一半以上资产。德立技术虽有合伙人，但从严格意义上说它仍是广德的全资子公司。对方是以人才和技术入股的，这诚然是很受吹捧的软实力，却并不能直接产生收益，体现其价值亦需假以时日。所以，我恳请您考虑，德立技术不能都交到外人手里，不能全用外人。老话说举贤不避亲……我的意思是在德立技术给阿良安个实职，副职也行，排名在马赛鹰之前。

袁若德摇头，婉转地说：阿良不懂技术，硬要安插到德立，不太合适。还是叫阿良专心把毛织厂做好，沉在工厂一线，积累实际工作经验，不要过早漂浮到面上，对他是有好处的。

袁仁美坚持道：既然集团决定暂时不做金融，那就在其他领域给阿良更大的平台呗，别把大平台都给外人啊！以阿良之才华，区区一个毛织厂，根本施展不开。

袁若德对女儿这番话很不认同，女婿在毛织厂不是施展不开，而是根本没做好，财务管理尤其混乱，多次受到袁甲芳批评且反复对他表达不信任。然而，袁若德此刻不想谈论这个严肃话题，故意轻描淡写地说：暂时不动，以后再说吧。下一步还有别的考量，需要通盘谋划一下。

袁仁美明显不高兴：爸，您老说企业缺人才，我咋觉得并不缺人才呢！现成的人才，闲之不用，大材小用，这是问题所在。

袁若德默默倾听着，没有答话。

袁仁美拧眉：用人，技术（包括特点、优长、绝技等）只是要素之一，不是全部。懂不懂技术，阿良都是自家人。我也不懂技术，也是外行，难道您连我也弃用吗？事情本质在于，内行是外人，外行是自己人，爸，您选哪个？究竟什么样的人价值连城，您心里有谱吗？

袁若德当然知道女儿所指。外来的，内生的，这两个要件难道非要水火不容、非要二选一吗？这决不是他的立场。他见女儿情绪激动，赶紧摆手平息事端：容我再考虑一下，别急，啊？

袁仁美很失望，隐隐感觉到老爸在对女婿的使用上还是不放手。阿良能力强，素质好，又肯干，老爸不会看不到，却偏偏对他信任度不高，到底啥原因啊？她想起老公梁仁良的话——科技赋能，话是好听，实际上有误区。科技增量并不必然带来经济增量，更不会立马为工厂带来效益。多数情况下，在科技增量带来好处之前企业早已死翘翘了。

袁仁美痛觉老爸上了些年纪，无可抑制地落伍了，这么浅显的道理咋看不透呢？人不年轻了，咋倒回头热衷好高骛远呢？她耐着性子开导老爸，不仅把老公梁仁良的意思复述一遍，还顺带附了句时髦流行语——理想丰满现实骨感。她特意强调：爸，您这把年纪还当"技术粉"啊？盲目粉技术不是什么宏图大略，而是老套加幼稚的做法，代价超大，大到不要命的程度。广德务实起家，还应务实发展，丢掉"务实"，广德将无以为继。

袁若德怔怔地看着女儿，惊讶于她婚后变化大，快成雄辩家了，说话一套一套的，或许，这得益于梁仁良吧。

袁仁美感觉嘴皮子发干，转身就走，袁若德急喊：你回来！

袁仁美伫足。袁若德从桌上拿起一张A4纸：这是季黄鹂刚收到的电传，方杰董助施润发来的，你看看。

袁仁美从父亲手中接过电传细看，内容如下：

> 广德季黄鹂秘书并转德立技术秦茱萸博士：方杰收购架给你厂之后，始知秦博士曾想购买"霸王床"，与原厂家有过多次接洽。方杰有意玉成此事，愿派代表与秦博士洽商转让"霸王床"事宜。为示诚意，方杰特意置备了优惠大礼包。

电传落款是方杰集团董事长特别助理施润。

袁仁美本能地反对与方杰扯上瓜葛。她对刚"出山"的陈可元不太了解，对方杰却是太了解啦！她从小受父亲影响，知道方杰与广德两家是竞争对手，恩怨情仇久矣！她早已习惯视方杰为虎患，退避三舍，条件反射般默念"防人之心不可无"。她冷笑一声：哼，还"玉成此事"，说的比唱的好听！

袁仁美向父亲建言：姑且不论"霸王床"好还是不好，这里面猫腻多啦！我反对从老冤家方杰手中购买！方杰那帮比狗鼻子还灵的家伙，稍有风吹草动就抢先下手，坑挖得比谁都深，套下得比谁都狠，咱此前领教得少吗？陈可元转手"霸王床"无非想赚一笔，赚翻最好，难不成秦博士想成全她呀？

11

上午11点，佳杰五金陈可元办公室。

何青黛脚上的高跟鞋"啪啪啪"敲击着办公室走廊的地面，武孔紧跟在她身后，来到陈可元办公室。何青黛趾高气扬，尖起嗓门儿喊：元老，我奉命把武孔抓来了!

陈可元埋首看报表,闻言猛抬头:武孔这么好抓呀?

何青黛惊见施润、周佛礼、汪雄壮都在座,立马噤了声。

陈可元冲武孔扬扬下颌:坐吧!今天找你有点事。

武孔本来笑嘻嘻的,这时收敛笑容,中规中矩:好的陈总!

陈可元逐一手指在座者:我介绍下,这位是周佛礼周博士,这位是施润施董助,这位是汪雄壮汪老板。

武孔立马上前,与周佛礼等人握手:请多指教!

陈可元:刚进门的这位,是武孔武才子。

何青黛掩嘴而笑。武孔小心翼翼地坐回椅子上。

陈可元:武孔,经周博士亲自牵线联系,集团在境外开辟的员工培训点落实了。公司派员赴德国培训,准备叫你带队。

武孔一听,这是好事呀!但很快就面现忧虑:陈总,我走不开呀!这你是知道的……陈可元截断:厂里已做安排,你奶奶的事由何首乌负责,她在茉莉花老人公寓帮你搞定了房间。

啊?武孔不无讨好地瞥了何青黛一眼。

武孔似乎还有点左右为难:陈总,你说茉莉花?怎么选这家?住不起呀!我之前了解过,它清一色单间套房,软硬设施完备,服务规范,综合条件在本市首屈一指,但太过高档和奢侈,收费昂贵,不是我这样的人能……

何青黛截断:元老特批,由厂里给予补贴,不用你管。

武孔惊喜,冲何青黛露出笑脸,忽又腾地站起,冲陈可元深深鞠躬:陈总关爱下属,武某万分感激!多谢了!

陈可元语气严肃:武孔,我先给你交个底。眼下,我们急不可耐地忙着以"输血"方式到处找人才、抢人才,实属迫不得已,下一步要把培养人才纳入企业发展战略最重要的一环。等你学成归来,我要开办培训基地,建立定向培训机制,为工厂"量身定培"人才,同时实施分批分期全员培训,借此实施内部造血。这一块暂由你牵头,你任重道远哦!

武孔庄严承诺：承蒙陈总抬爱、陈总信赖，小生我赴汤蹈火在所不辞！陈总把工作交代给我，请放一百个心。

陈可元示意何青黛安排工作午餐，何青黛领命而去。

陈可元把手中报表还给汪雄壮：59名蓝领，全是干活好手，汪老板精挑细选过的，是不一样啊！

汪雄壮站起来，双手接过报表：这方面陈总放心！我老汪没多大料水，唯独看人的本事是有的。

周佛礼在旁打趣：看人？这是大本事哟！多少目光老辣者，最终折戟在看人不准上，追悔莫及。看人看走眼，往大里说误国，往小里说误民，往长里说误子孙，往短里说误事。

汪雄壮：周博士高见！到底是墨水喝得多、世面见得多！我个区区小工厂主大夸海口，其实眼拙。我看人只看一个侧面，就是能干活、肯干活，其他不看，也不会看。

施润面对陈可元：陈总，可铭总裁批示，接收架给你厂的员工后，全部安排到伟杰建筑，他们那里需要人。武孔很会钻空子哟，他不知使了什么招，硬从59人里挑出7人（包括汪老板），留给佳杰五金。我想问下，这是你的意思吗？

陈可元一听，就知道是何青黛的意思，立马点头。

施润：那好，我回去跟总裁说一声。

武孔下意识地耸耸肩，又赶紧冲施润拱手作揖。

陈可元：汪老板，你的人是香饽饽哟！

汪雄壮摸摸自己的后脑勺：陈总是香奈儿！到你麾下，我们这帮只会抡大锤的咸鸭蛋、臭豆腐自然变成香饽饽了。

汪雄壮对悍然收购架给你厂的老板陈可元佩服得五体投地。

为啥说悍然收购呢？因为人家不还价，卖家喊多少给多少，一分钱的价也没还。汪雄壮自知他喊的价是溢价，不是实价。推高售价的底气有二：一是有"霸王床"，二是有两个买家，当然价高者得。起先为碰上三位美女三个冤大头，暗中窃喜。后来一打听，乖乖！人家啥来头、啥派头、啥奔头？连人带厂"一锅端"。借此，他汪雄壮时来运转——不是逮着"溢价"占了多大便宜，而是领着兄弟们跟陈可元（及她背后的方杰）干，三生有幸。

此后，汪雄壮见陈可元一回，就冲她竖大拇指一回，满脸堆笑，口吐莲花：陈小姐大老板！比我等精明多啦！

周佛礼对汪雄壮耳语：老汪，你买"霸王床"，还真是有眼力见儿！它的先进性至今仍突出，几百万欧元没白花。

汪雄壮深以为然：是啊！要不是"霸王床"，谁会多瞥我一眼！也引不来广德和方杰两只大鳄垂青，更遑论溢价收购架给你厂！

周佛礼：前些年，行业内形成一股风潮：造不如买，买不如租。那时的主流说法是，自研自产自销链条长、耗时长、耗资多，时间精力资金都耗不起，效果又不确定，干吗要吃力不讨好呢？买人家现成的，肉眼可见，买来可用，效果可靠。同样是真金白银砸下去，短平快的东西往往不吃亏，至少不吃大亏。

汪雄壮自嘲：对呀，我很认同这些理念。我是跟风的，睁眼瞎，很盲目。买"霸王床"呢，纯属意外，当时我厂的工程师极力建议我买。我抱侥幸心理，买回来会用就行。结果呢，机械原理不通，核心器件不懂，没有技术支撑，用都用不好，好机床硬给用坏了。我厂那工程师后来移民了，我可把他骂得不轻。

周佛礼点头：可见，先进机械对先进技术有依赖性。不想被人"卡脖子"，还是得走技术路线。

汪雄壮"嘿嘿"一笑，自嘲道：先进技术的重要性谁都知道，可做不到哇！技术研发没有即时利益，不能当天变现当天买饭。没有技术只有力气的芸芸众生，也得结结实实一天吃三顿饭，少吃一顿饭都恨得咬牙。所以，我等小厂俗人不敢沾手技术，更不敢高攀高技术，怕一旦陷进去，底裤都赔掉。

施润：有长期利益呀！拥有一项技术专利，几代人受益。

汪雄壮：长期利益不敢奢望，长期贴钱是眼睁睁的事儿。比如，搞技术的人要养起来。从上学开始养到博士、博士后，再养到从技术研究到技术应用，一直养到那技术变出钱来。新技术层出不穷，旧技术被淘汰，周而复始无止境。不停地研究开发及更新重来，就要不停地养着。不论国家养、地方养，还是家庭养、个人养，总之要养。什么了不起的技术不靠砸钱呀！

陈可元点头认同：也是，好东西成气候，大都概率小，可望而不可即。有医药世家的秘方，几代人保密不外传呢。

汪雄壮咽口唾沫：对对对！梦寐以求求不到。

这时何青黛发来短信，陈可元招呼众人去酒楼吃饭：周博士，你过来这段时间，我还没机会好好请你吃个饭，今天补上啊！正好连汪老板、武孔一起请了。我很荣幸，能请到你们三位大咖大神，阿黛已经安排好地方了。一辆车足够，咱们坐汪老板的车（北京吉普，俗称"北京大屁股"）去吧！

汪老板急忙摆手：不好意思！我的车经常拉货……

陈可元笑道：今天就拉资深吃货。走吧！

12

子夜时分，翡翠巷6号，广德集团总部饭堂。

时值"雨水"节气，南方潮湿，黎锦官亲自安排厨房师傅给专家们做宵夜，喝去湿靓汤。专家们动作迅速，吃喝完毕陆续离开，秦茱萸和黎锦官坐在最边儿上，边吃边聊。结果忘了时间，炊事员都离开了两人还在聊，天蒙蒙亮了仍在聊。

黎锦官：秦博士，你们难得过来吃宵夜！

原来，黎锦官"讲古"，谈到广德发展历程，谈到袁若德发家史，秦荣萸很乐意听。

刚起步，没得选，什么来钱做什么。直到做不下去了，不来钱了，就不做了，转行做别的。嘿嘿，那时只讲生存，只想吃饱肚子。讲发展那是后来的事了，手里有点钱了。

秦荣萸笑道：倒也是，发家史就是创业史，创业史就是发家史。袁若德是个机械狂，对机械痴迷到废寝忘食的程度。当然，他知道没有技术匹配，机械只是废铁，所以机械狂同时也是技术狂。

有个经验，或对袁若德是刻骨铭心的，他逢人就说"技术是个'卡脖子'的东西"，说得咬牙切齿，腮帮子上一小团肌肉上下直跳。

袁若德决心往产业链上游跨两步——投资技术，甚至核心技术。此前他多年来只跨一步——投资机械设备，不断用高端设备"武装"自己。打造数控技术生态。

能源、资源呢？不比技术重要吗？

能源、资源重要，但获取渠道相对多，一时半会儿卡不了谁的脖子。唯有技术和专利，立马就能在市场上一剑封喉，全覆盖！全挤压！令竞争对手不是苟延残喘，就是死翘翘。

随着实力增强，陈豪杰大力拓展业务，开始制造纺织机械，广德因而成为其客户，服装厂和毛织厂均购买佳杰五金厂出产的机械设备。

一辈子做配角，甘心吗？眼下是时候上位做主角了。

袁若德想参股佳杰五金，陈豪杰怕他搞技术偷窃，先是各种推托，后来坚决拒绝。袁若德很失望，很不甘心，暗中积聚力量，自己创办了德强五金机械厂，跨进机械制造行业。两年后，真叫他搞成了，不再购买佳杰五金的任何一款机械设备，百分之百自产自营自销。随着业务关系的终止，一切关系都终止了。大体就是这样。

陈豪杰这人热衷搞一家独大，见不得别人好，无法容忍袁头与自己平起平坐，发现对方有这个苗头，定要出手碾压。早些年，他曾在收购企业方面尝到甜头，随后几个业务板块都是通过收购发展起来的。广德旗下几个厂，他也曾起意收购呢。

德强五金最初做纺织机械，后来集中财力，向高端机械渗透，向数控机械拓展，并将其确立为集团主业。现在的制造能力与方杰有得一比，两家不分伯仲。

秦茉莫了解到袁若德一路坎坷，坚韧顽强，百折不挠，执着于自己的梦想，从心底里对他十分敬佩。

袁若德靠运输红砖发家。早年，18岁的袁若德被生产队选作拖拉机手，生产队兴办起两座红砖窑，烧制红砖，供应深圳。他天天早出晚归，开着后挂拖车的拖拉机，把红砖从河埔市运往深圳。他非常能吃苦，风雨无阻地运送红砖，饥一顿饱一顿，毫无怨言。

先是陆运，但量小，加之后来有竞争，争相压价。苦恼间喝酒，恰遇台风，大量船舶停靠在港湾处避风，他产生一个念头：何不搞水运。"大风一刮，把人的视线刮远了。"他始觉不敢想象，后敢饮头啖汤，租了条货船搞水运。租来的这条船九成新，性能不错，船东是祝业祺和黎锦官，祝业祺还兼着船老大。自此，运量像驴打滚似的"噌噌"往上增长，生意日隆。两个月后，袁若德拿出所有积蓄，将租用的这条船买了过来，自己做了船东。说来也怪，那些个年月，市场需求像无底洞似的，供应再多也不够，买家天天催命般催货。旧的买家还没满足，新的买家又排着队地找上门来。最后形成了"抢货"局面，谁的预付款先到账，先给谁供货。袁若德灵机一动，宣布自己打算建个船队，专事水上运输。祝业祺和黎锦官觉得袁若德本事大、气魄大，愿意跟着他干。不久，袁若德以货船做抵押，向银行贷款，陆续购置了三艘货船，其中一艘大型、两艘中型，运力呈几何级翻倍。这时不单贩运红砖了，其他建材也运，几乎包揽了所有建材门类。那时虽不懂什么"私人定制"，但本能地感觉用户需求至上，用户需要什么就贩运和供应什么，"要啥给你弄啥"。

黎锦官和祝业祺均为广德集团股东。

袁若德早期有个外号叫"机器狗"。据说，有一次袁若德动用家中压箱底的钱买机器，妻子常在情生气了，脱口骂道"你个机器狗，没理可讲！"袁若德当时愣了愣，随后爆笑：你这个骂，很动听啊！我是机器狗……是机器狗！常在情气得翻白眼，哎哟，骂人骂到点子上了！把对方骂服了！她想不到自己还有这个本事，随即消了气，又连骂数声机器狗。

从那以后，"机器狗"绰号就叫响了，成了袁若德专利，从家里叫到厂里。厂里没人当面叫，背后叫得响当当。

黎锦官还顺带讲了个笑话：有一次，袁若德只身一人去采购机械设备，如果选购最高档次的，返程将没钱买卧铺车票，如果选购次一等的，就不必把钱花得精光，手头会宽裕许多。他一咬牙，买了最好最贵的。回来买了张站票，从沈阳一路站到广州，腿脚都肿成了大萝卜，三天后两脚挨地还疼。他抚摸机床，动作温柔，满眼爱意，百般疼惜，像讨了个老婆回来似的。

谈到方杰，秦茱萸问：官叔，他们两家企业不来往吗？

黎锦官：早年来往很密切！可以说你中有我、我中有你。唉，就因我们广德办了机械厂，关系就难搞了。

两家企业早年开始即有生意交集，但仅局限于生意来往。方杰集团的员工工作服，由广德集团承制；广德集团的毛织厂，从建厂开始就购买方杰集团佳杰五金厂的毛织机械。两家本来合作得很好，后来袁若德发现陈豪杰对自己实施技术封锁，连机械保养维修都要找他们的人，配零件更不用说，万一他们不供零配件，借口说没有，自己就得停产。处处受掣肘，多年来憋一肚子气，为不掌握核心技术而深受刺激，决心自己办机械厂，向产业链上游发力。其实，向全产业链发力的梦他也做过。

那时都年轻，陈豪杰绰号是"豪哥"，袁若德绰号叫"袁头"。豪哥的江湖地位一直在袁头之上，人们每每说到方杰和广德这两家企业，往往都是先豪哥，后袁头。当年起家，陈豪杰先走了半步，袁若德亦步亦趋，紧随其后，在纺织行业产业链上居下游位置，生产服装和毛织品均依赖方杰的机床设备。曾经有一年，袁若德代表广德向方杰赠送了一面锦旗，上书九个金色大字"最佳机床设备供应商"，这面锦旗至今还在，就挂在方杰一个会议室的正面墙上。

"豪哥"很生气，我有机械厂，你又办一个，抢我饭碗咋地？你规矩用我的机械不好吗？以前这些年不都是这样合作的吗？发展至后来，两家企业就形同陌路了。

建立毛织机械厂后，摆脱了别人控制，增强了技术实力，袁若德尝到甜头，痴迷技术和装备，欲罢不能，又瞄上了数控机床，向智能制造转型。他不远万里到美国去找你，就这目的。

袁若德头脑灵活，洞悉时代变迁，理想是做百年企业。从德来服装成立的第一天起，袁若德就关注企业的未来。决不为眼前利益出卖未来——这是广德集团（含前身）成立之际，时年20岁出头的袁若德为其确立的核心价值观。在完成原始积累后，他怀揣百年老店梦想，立足当下，珍视未来，一步一个脚印，倾力打造企业的诚信文化、未来文化，带领广德集团强势崛起。

袁若德的精明之处在于他审时度势，较早认识到向产业链上游延伸是明智的。上游和下游的区别在于"上高下低"，技术含量高、门槛高、利润高就是上游，反之就是下游。高门槛意味着高壁垒，不好进，很多人被拦在门外。一旦进去了，意味着高利润。

秦茉荑：我也发现，袁董对技术含量高的东西上心。

在移动互联网的冲击下，各个传统行业都将发生显著的商业模式改变，"价值重塑"成为传统企业的战略选择。他带领企业一直在转型，包括转行业、转业务、转发展模式等，向产业链上游延伸，不停地寻找和拓宽自家企业在市场中的空间和位置。他的脑子里没有故步自封这个概念，他的行动也从来没有桎梏。

袁若德制造情结浓厚，将集团核心业务逐渐从服装、毛织等轻工行业转向机械制造业，越来越热衷和迷恋重装备制造，在对机械制造引进人才、实施技术改造、引进人工智能等方面大力投资。为集中精力做机械，袁若德对服装厂和毛织厂从半放手到完全放手，交由女儿女婿打理已两年有余。

黎锦官：不知道什么事触动了袁董的敏感神经，他对用机器制造机器产生极大兴趣，还张口闭口说人家英国早就这么干上了。

哦！秦茉萸会心地点点头，继续静听，不轻易打断。

黎锦官：那时服装厂来钱快，毛织厂后来居上，利润甚至超过服装厂。三年后，我们有了比较雄厚的资金积累，两间工厂完全可以倍数扩大，就是说，同等规模的厂可以再建两至四间，或者异地开建分厂。但袁董突发奇想，要办机械厂，摆脱对方杰纺织和毛织机械的依赖。当时我们一不懂，二不敢，但袁董坚持，我们虽不大乐意但也同意，同心同德是广德的企业文化精髓嘛！

黎锦官：机械厂就这样上马、投产了，全是袁董一手经办的。像孕育一个孩子，一手"拉扯"着机械厂从无到有，从小到大，从弱到强。说实话，直到这时我才明白，袁董这是带着企业往产业链上游走，像爬坡一样，困难重重但曙光在前。反之，固守下游、固守低端是短视和不可持续的，没有良好前景。

秦茉萸用力点头，由衷夸赞：像袁董这样的实干家，创业中期就开始挖掘产业价值，探索产业路径，了不起！广东人形容一个人不盲目，是怎么说的？

黎锦官笑了：醒目。

秦茉萸：哦，对对对，醒目！醒目……

13

下午，正官街，茉莉花老人公寓。

武孔终于等到何青黛从办公室出来，对她点头哈腰赔笑。

何青黛瞥他一眼，立刻把目光移开：车在那边。

好的。多谢何助理！武孔说着，屁颠屁颠地跟在何青黛身后。然后钻进何青黛的"白虎"，向正官街飞驰而去。路上，两人一句话也没说，何青黛专心开车，武孔想说话又不敢说。

来到茉莉花老人公寓，一名工作人员迎上来，领两人上到三楼，用钥匙打开门。何青黛对工作人员说：明天上午9点，我们送老人过来正式入住。老人年纪较大，需要妥善照顾，希望你们做好相应准备工作，尤其是备足开水，保持地面干燥，避免湿滑。

工作人员职业性承诺：我们有完整服务程序。放心！

工作人员离去。何青黛对武孔说：你看看吧，有什么问题可以提出来，今天还有时间，叫公寓方面抓紧解决。

好好好！武孔答应道。其实，他一进门眼睛就飞快地将房间睃了一遍，强烈直觉太高档，想必收费很贵。要在以前，他根本不用看，惊吓之余掉头就跑。此刻跟着何青黛，他按捺住自己的感受，假装斯文，做出四下观望的样子。

这是一套东南向单间，厨卫齐全，光照明亮，通风良好，整洁有序，对标拎包入住酒店，几乎没有什么欠缺。

武孔很不好意思：何助理，我奶奶这辈子没住过这么好的房子，连我都感觉像做梦一样，真是托佳杰五金老板的福啊！

何青黛"嗯"了一声，懒得搭理。

武孔更不好意思了：何助理你看，我刚来，对厂里没啥贡献，要不咱换个地方吧！我知道有收费便宜的……何青黛很不耐烦，厉声截断：换什么换！又没叫你掏腰包！

武孔被噎得哑口无言。原想打探价钱贵到什么程度，想想还是算了，尽管他心里很介意、很不情愿欠下人情债。

何青黛讽刺：荷包太瘪的话，当然贪便宜，与"贵"绝缘。

武孔一脸尴尬，甚至有些无地自容。

何青黛用双手按席梦思：你试下，软硬度适合老人不？

不错不错！很合适！武孔在床的另一头用手按席梦思，同时嗫嚅着说：何助理，我不知怎么感谢陈总厚爱，心里不安。

何青黛有点不高兴：我为你的事跑了整整一天呢！事情不大，却很烦琐，可怜我跑细两条腿，没见人感谢我。

武孔拱手作揖：当然感谢何助理啦！我最感谢的人就是何助理你呀！我来厂第一天，哦，从那天开始，我就特别感谢你！

何青黛鄙夷：你所谓感谢，放空炮而已。

说着话，何青黛觉得累，顺便坐在床沿上。武孔跟着在床头坐下来，两人形成犄角。武孔信誓旦旦：决不放空炮！我一定要拿出实绩报答佳杰五金厂！决不愧对厂里给予的补贴……何青黛抬手就往武孔后脑勺敲了一下：什么工厂补贴？哪家厂子有这项开销？那是人家陈总自掏腰包好不好？你以为呀！

哎哟！武孔惨叫一声，用手捂住脑袋被敲处，痛得龇牙咧嘴。何青黛是用手指关节敲击的，力度挺大。武孔心里很是感动，也顾不上痛了：哎哟，原来是陈总私人掏钱……你没告诉我呀！当然不怪你。我蠢我蠢！我蠢货！

何青黛低头看着自己的脚尖，一副懊丧模样儿：我就说嘛，好不容易有个男同事，还是蠢货，真是倒八辈子霉！

武孔憋屈半天了，这会儿变得牛哄哄：真当我蠢货呀？那好，赶紧订机票！本蠢货远走高飞，你眼不见为净好了。

何青黛撇嘴：没有我替你解除后顾之忧，你远走高飞个屁！

武孔不知怎么产生了报复心态，得理不饶人：你贪天之功啊？是人家陈总替我解除后顾之忧的好不好？

何青黛气得面孔涨红，猛地抬臂用手指狠戳武孔脑门，武孔头一偏，躲开了。何青黛一不做二不休，一把掐住武孔胳膊上一块软肉。武孔又被掐痛了，因为胳膊下面的软肉特别容易掐过劲儿，导致一片青瘀乌紫也说不定。他"嗷嗷"叫着，跳将起来，顺手扳住何青黛双臂，钳子似的卡住，意思是叫你再动手掐人！谁知用力过猛，竟把何青黛整个人从床沿上拉拽起来，扯进自己怀里，又怕她趔趄摔倒，下意识地将她紧紧搂住，这一来与何青黛的俏脸贴了个正着。武孔深受刺激，不知怎么就狠狠地吻起她来，比她掐他还要用力。

这一疯狂举动，占有了何青黛的初吻。

原来，爱是要用力气的！爱是要拼血气的！

男人的气息，女孩子沾不得！一沾就受污染，包括感染和濡染。

冲动过去，两人都惊呆了！此前，他们之间虽有些暧昧，最严重表现不过打打掐掐而已，并没有确定"关系"，实际上除了是同事，没有任何别的"关系"，谁知一激动，就"关系"上了！两人都是有文化的人，懂得荷尔蒙，甚至懂得农民用来形容牲口的"发情"之说，但他们这会儿感谢荷尔蒙，觉得它是好东西！虽然它不算关键也不算要害，顶多充当个"爱情+"。

何青黛起初疑心武孔是个"老手"，与异性接吻可以这样果决、这样娴熟吗？像在哪儿操练过的！转而一想不对，他硬把她从床边拽起，站着吻她。原来，他够老实的。

武孔低着头，像犯了错误的男生，手足无措，不敢直视何青黛，但嘴里说出的话却深情款款：阿黛，我坦白，我喜欢你！我爱你！我不是最好的，但生得再平凡，也是限量版。

何青黛直觉这话软中带硬。打量他这副笨拙和傻呵呵的样子，发现他不是果决是青涩，不是娴熟是乱来，这个贼胆大的野小子！她眨眨眼，呛白道：你是限量版？谁不是？

武孔一脸调皮捣蛋相：多莉（克隆羊）不是，它可以批量。

何青黛无心开玩笑，语带嘲讽：武孔，你是不是急着脱单？我觉得吧，你这年龄，脱贫比脱单更紧迫！

武孔立马明白了何青黛的意思，反唇相讥：这两个概念并不对立。究竟谁更紧迫？与先有鸡还是先有蛋一样，世界迷局，见仁见智。依我看，有爱一切不成问题，没有爱一切无济于事。

何青黛发现武孔并不口拙，这令她刮目，但仍强硬回击：以爱为跳板，用来脱贫致富……武孔截断：跳板？亵渎了吧！爱是滋养生命的万灵丹，何止用来脱贫致富。

何青黛认真瞥武孔一眼：谋爱与谋生一样艰难，没有谁会更轻松。你先谋生去吧，尔后再谋爱。

这话说得！似乎找不出破绽，武孔也认真注视何青黛。

针尖对麦芒之后，两人忽然有了共同发现：世上有没有真爱，非得携手一试才知道。人家说得天花乱坠，跟自己没半毛钱关系。是真是假，反正得爱。以身试爱，难脱窠臼。

14

晚上，齐贤路内街16号，袁仁美家。

晚上11时许，袁仁美洗漱完毕，身着睡衣坐在沙发上。

梁仁良跟着钻进洗手间，三下五除二就洗毕出来了。他手持风筒，轻轻坐在妻子身边，帮她吹头发，动作温柔。这是老婆怀孕以来由老公承包了的众多活计之一。

广德决定不涉金融板块，令梁仁良万念俱灰。袁仁美为老公谋职未成功，非常失望。两口子心情都不好，满腹牢骚。

袁仁美将老爸的企业改革构想向老公简单吹了吹风，核心意思是追求"技术升级"，为此将不惜代价，包括收缩现有产业等。

梁仁良一听就不满，口气轻蔑：那人才不要成本啊？人才首先是人，养人要花大钱。那技术想升级就升级呀？高技术要高投入，技术密集要建立在资本密集基础上。

袁仁美明白老公的意思是广德缺乏资金实力，支撑不起技术升级。她解释说：战略主张而已，具体怎么升，量力而行。

梁仁良撇嘴：还"战略主张"呢，拉大旗有什么用！咱区区一个私企，领着几百近千号人混碗饭吃而已，有今天没明天的。难道要像国企那样搞五年计划吗？要不要现实点啊！

轮到袁仁美撇嘴了：看你说的！私企咋就有今天没明天？老爸可不这么想！他想的是代代传承，我跟他想的一样。

梁仁良提出自己的思路，千方百计说服妻子：塞翁失马，焉知非福。阿美，我建议，将服装和毛织两间厂都交给我管，完全没问题啊！一切相关事务都交给我打理，名正言顺。这样你可以腾出来，安心待产，趁便思考一下金融业务，我觉得这才是最好的安排。

袁仁美：爸说企业正在艰难转型，暂不考虑涉金融板块。

梁仁良：集团暂不考虑做，我们可以自己做呀！这并不矛盾。别说办厂、做企业，如今做哪个行当都需要头脑灵活，如果做成老话说的"死脑筋"，那就惨了。

袁仁美：你头脑太活了！活过头，脱离实际。

梁仁良：说你死脑筋吧，你还不承认！人类的聪明才智只有不足够、不充分的份儿，哪有"过头"之说。"智能"这个概念，像浩瀚无垠的宇宙一样，没有穷尽。

梁仁良给妻子袁仁美讲述资本的力量：资本真是神奇，最神奇的是资本的流动和运作，让一元变十元、百元。可见，真正的高手会玩空手套白狼。我知道你不喜欢这个词，一说空手套白狼就反感。那我们换个说法。现有资源要盘活，按偶数倍计算，实现价值提升，靠什么？靠资本。资本运作模式就是最好的商业模式，其作用就是使你充分把握机会，并把机会的价值充分释放。

梁仁良：阿美，世间万物都在发展，都在变化。家里自从有了我这个新生力量，不就具有多栖发展的条件了吗？为何对此视而不见，坚持固守老路？做厂弊端很多。重资产，等于押宝在机械设备及相关技术上。设备和技术本身都有折旧，需更新迭代，所以要不停地投入，包括人员技术培训。再者，有订单，机床设备才是宝，否则就是一堆废弃了的铁疙瘩，扔都没处扔，只能当废铜烂铁卖掉。再再者，谁更新迭代快，订单就落谁手。总之，不仅投入是无底洞，且资金回笼慢，这个漫长过程是有变数的，是很煎熬的。轻资产的最大特点就是资金回笼快，做一单赚一单。

袁仁美：没有稳赚不赔的生意，没有做一单赚一单的轻资产。

梁仁良：哎呀你还别不信！先把轻资产概念搞懂再说。

袁仁美：我家做厂起家！家里几间厂全是我爸一砖一瓦千辛万苦创办起来的，连我和我弟也搭上了自己的青春，接着还要搭上自己的人生。到我们姐弟这儿已经是两代人了，哪能说不做就不做？

梁仁良：是靠做厂起家，这个我不否认，也没法儿否认。但德立技术引进合伙人之后，那厂还单纯是咱家的吗？

袁仁美睁大了眼睛：什么？

为给妻子提个醒儿，梁仁良拿出极大耐心：知道"合伙"是什么概念吗？跟找对象谈恋爱一模一样，有蜜月，有反目成仇。不一样的是，对象尚可和平"休"掉，比如协议离婚，一张纸搞掂。合伙人却没法儿轻易"休"掉，想掰只有打官司，赔上重金。所以，"合"在酒桌上，"掰"在法庭中，这就是残酷现实。要么一方被伤到一蹶不振，再也爬不起来；要么两败俱伤，双双失魂落魄退隐江湖，躲入角落苟延残喘。

这番话在袁仁美听来，有如醍醐灌顶。

梁仁良温柔地搂着妻子肩膀，让她靠得舒服些，在她耳边轻言细语：对"合伙"这件事，你要有深刻洞察和透彻理解啊！

袁仁美本来不满父亲袁若德重用秦茱萸，听了梁仁良这番话，更加剧了她的不满情绪。她终于知道，老公与老爸的企业理念完全不合、老公与家族企业格格不入。两相对比，她觉得老爸老了，趋于保守，不合时宜，跟不上时代节拍。而老公作为后起之秀，新锐企业家，未来前程不可限量。不妨让他历练，允许他失败。假以时日，总是越来越成熟嘛！经痛苦纠结，她决定站在老公一边。

袁仁美身心疲倦，依偎在老公怀抱中，眯着眼睛说：找个时间，咱俩跟爸好好谈谈。

梁仁良：你要跟爸强调一下，你老公我是高净值人士，与私人银行打交道的。近年来，几大国有银行纷纷办起了私人银行，你知道为什么？

袁仁美：现在有个说法，产业优先，金融赋能。

梁仁良摇头：NO！究竟谁优先？这个不绝对，此其一；其二，金融不是谁的附属物，而是独立体系，有时起决定性作用。

梁仁良：不搞带有"冲动性"的盲目扩张，走轻资产路线，应该是未来经营者，也就是我们这代人的主流思考方向。

梁仁良：资产是死的，资本是活的，这就是资产与资本的本质区别。重资产尤其死，是死沉死沉的死包袱！

袁仁美摇头，很不认同：照你说法，工厂全是死的？钞票才是活的？太绝对了！没有工厂哪来工业化？工厂有问题可以解决问题，死水一潭的工厂亦可盘活，越盘越活。总之，重资产不等于必死，轻资产不等于必活。

梁仁良：当然，目前厂子是盈利机器。可是，就算厂子是大肥猪，也经不起天天吐血。你以为呀！

夫妻俩时而抬杠，扯皮拉筋，时而想到一处，引发共鸣。

其实，袁仁美对老公梁仁良是由衷赏识、由衷赞佩的。她觉得一定要为老公帮把手，助推他成功跨界，由实业界脱身，投身金融界，由土里土气的老板变身为投资人，乃至做"云投资"，像蓝君那样操盘于国际资本市场，学以致用，大展身手，功盖河埔市。彼时情景，令她憧憬不已。

15

上午，佳杰五金厂会议室。

佳杰五金厂按照最新制订的员工培训计划，启动了首期赴德培训（集团拨有专款，但主要经费由各厂自筹）。培训队伍出发前夕，陈可元亲自做动员。从全厂遴选出来的21名优秀青年员工，坐满了会议室，群情激奋，热气腾腾。

姚国泰：现在，请陈总讲话，大家欢迎。

"哗"！掌声雷动。青年员工鼓起掌来很有特色，那就是欲把房顶掀翻。陈可元站在桌前，忍俊不禁（只是一刹那，尔后笑容倏地消失），她摆手示意，让大家停歇：我不夸你们有劲儿，只慕你们吃得饱，一顿不吃五碗饭，拍巴掌绝对没这个力度……掌声刚落，笑声又起。会议室里的气氛有点诡异，像青春悸动、荷尔蒙爆棚，冲淡了工作场所惯有的严肃。

陈可元开宗明义：各位工友，良好的人才梯队是建厂之本。一个工厂有没有比较靠谱的当下和未来，要看它有没有人才，它的人才队伍是否齐整，它的人才结构是否合理。所以，佳杰五金厂在我手里，要不遗余力地进行人才梯队建设，打牢人才基础。我们的目标是培养和建立起训练有素的产业团队，打造产业团队中的翘楚、精英！将人才资源向人力资本转变。

陈可元问道：大家知道老工友樊老靓和他徒弟黄匠军吧？

人群中有人喊：方杰之方家！佳杰之杰作！

陈可元感觉满意，频频点头：嗯，方杰之方家，佳杰之杰作——这个定位很好，很精确！樊老靓是佳杰五金厂元老，工艺大拿，拥有数项变态发明。黄匠军是科班出身，又秉承师傅独家传授工艺秘籍，俨然行业中的出类拔萃者。两人珠联璧合，形成五金机械制造行业的"工艺王炸"！

陈可元停顿片刻，接着说：我非常尊崇他们，他们是高级技能人才的代表，是工匠精神的代表，是不可多得的顶尖人才。他们曾受公司委派多次参加各类培训，其间发奋钻研，积累了大量工艺数据，沉淀了大量操作规范，形成了独门独创的"看家本事"。今天我想向你们强调的是，在佳杰，要对标樊老靓、黄匠军师徒。谁技高一筹谁吃香！谁才高八斗谁喝辣！

"哗"！掌声又起。伴随而起的还有满屋子的"嗡嗡"声，人们交头接耳，咧嘴咂舌。"吃香喝辣"这词不只惹人发笑，还勾人食欲。

陈可元神色坚毅，语调铿锵：如今，这对师徒已经不在佳杰服务了。佳杰"走宝"，令人痛心。幸有在座各位，令我无比骄傲！你们是从全厂员工中海选出来的，是优中选优的，本身有非常好的底子，是堪可造就之才。佳杰五金既能培养出一个樊老靓，就能培养出20个樊老靓；走了一个樊老靓，还有20个樊老靓！长江后浪推前浪，经过专业学习和培训，在座各位青年才俊必将为自己的高成长性奠定基础，必将成为我厂未来的技术尖子、技术骨干，成为当之无愧的后起之秀、时代先锋。

"哗哗啦啦"！"叽叽呱呱"！会议室再次响起热烈掌声。

陈可元：目前，智能制造技能人才短缺。进入互联网、大数据时代，工业机械在自动化方面迭代非常快，对人才的要求亦水涨船高，复合型人才方为适用人才。换言之，不想落伍，只有加强学习和接受培训。我们的母公司方杰集团出于战略考虑，决定利用现有渠道，推出"人才培优梯队"计划，强化智能科技方面的培训，为此拨出专款。你们幸运地成为该计划首批受益者，暂名"武孔梯队"，赴德国学习培训。

掌声持续，气氛热烈。

陈可元顿了顿，话锋一转：学习和掌握新技术，是一件艰苦的事情，甚至可能要绞尽脑汁，要掉头发，要脱层皮。希望你们克服困难，学有所成，回来挑重担、扛大梁，为佳杰五金厂的高质量发展做出应有贡献。

武孔带头鼓掌，大家才反应过来，原来陈可元已经讲完了，人已坐下去了，还以为可以津津有味继续听呢。人们跟着拼命鼓起掌来，还有人互相击掌，击得山响。要不是陈可元此时紧绷着脸儿，相当严肃，大家恨不能跳起来欢呼，没准儿还会愣头青似的吼几嗓子，诸如"老板牛逼""老板万岁"之类。

武孔代表培训员工发言。主要是表决心，其中包括"取不回真经愧对老板、愧对佳杰""学不出个门道来誓不为人""掌握不到两把刷子就钻地缝"云云，很贴切地表达了员工心声。谁不愿意学习深造、提升优化自己呢？而且是到德国（机械制造强国）学习，是公派学习，是带薪学习。哎呀妈呀，这不是典型的公司投资个人受益吗？简直不要怀疑被天掉馅饼砸中！

16

下午，翡翠巷6号，广德集团总部袁若德办公室。

下班前，季黄鹏轻手轻脚进入袁若德办公室，向袁若德汇报秦荣奕和马赛鹰的意见反馈。此前，袁若德叫季黄鹏将施润发来的电传内容转达秦荣奕和马赛鹰，征求他们的意见。

季黄鹏：袁董，秦博士和马总两人都认为"霸王床"不可多得。对方（佳杰陈可元）愿意转手实属幸运，即使开价高点也能接受，总之机不可失。他们俩的短信回复我已发您手机。

哦。袁若德若有所思，从书桌上抬起头来：你把施润的电传拿过来。季黄鹏应声而去。

袁若德打开手机。

秦荣奕发的短信：袁董，电传内容知悉。与"霸王床"同类型的机床设备当然也有进口渠道，但价格昂贵，我觉得不划算。"霸王床"原装进口，目前九成新，不幸沦为"二手货"，在价格上对我们是个机会。机床本身高度精密，技术性能先进，这点无可挑剔，至少在两三年甚至三五年之内，我们没有渠道获得比"霸王床"更具性价比的机床了。它买回来修复（成本不高）后立马可用。至于能不能立马带来可观收益，这一点眼下还难说，但对德立技术的后续技术应用有莫大好处，这是肯定的。

马赛鹰：袁董，电传内容已阅。广德与方杰虽已多年未接触过了，但方杰通过这件事主动示好，向广德抛出橄榄枝（尽管摸不清对方意图和底价），我觉得还是能接受的，毕竟"霸王床"是个好东西。倘若对方认定"霸王床"奇货可居，狮子大开口，那就是另一回事了。我觉得也不奇怪，有充足的心理准备与之砍价。

季黄鹂把施润的电传拿过来了，轻轻放在袁若德案头。

袁若德问：阿鹂，这事你怎么看？

季黄鹂脱口而出：我们广德，有秦博士这样的技术权威，也就有了不受其他意见左右的本钱。

袁若德在电传上批示：是否接手，秦总全权酌定。

季黄鹂拿起董事长批示过的电传，转身欲退出。袁若德喊住她，补充道：阿鹂，不考虑价格。你把我这个意见口头转达他们。

季黄鹂当然明白这意思是不惜代价：好的，袁董。

第九章

1

子夜，南郊五街，架给你厂车间。

陈可元抽调佳杰五金的精兵强将组成技术小组，到架给你厂修复"霸王床"。同时委托施润联络季黄鹂，通过季黄鹂秘密邀请樊老靓、黄匠军师徒参与修复"霸王床"技术攻关。但樊老靓不知何故没来，黄匠军只身一人来了。

原以为一天半天可以搞定，谁知连续工作40多个小时，"霸王床"还在趴窝。陈可元问何青黛：周佛礼什么时候回来？

何青黛：他带人参加市里的一个培训，三天后回来。

陈可元：广德的秦博士不是答应派人来帮忙吗？

何青黛：他们近两天日程排满，来不了。要来只能下周。

陈可元急了，与何青黛一起来到架给你厂，有督战意味。此时已是子夜12点。仍见佳杰五金几名技术人员正在现场查阅国内外技术资料，研究措施方案，一片忙碌。

当有人介绍在场的黄匠军时，陈可元很高兴，热情趋步上前与黄匠军握手：多谢黄工！抽空来帮忙。

黄匠军本有些惴惴不安，但见昔日东家好像并无芥蒂，反倒蛮亲切蛮爽快的样子，也就少了尴尬，客气道：陈老板好！陈可元问起王祖望，黄匠军回答说他近期将赴德国考察，正在忙着办手续及其他琐事。陈可元又问起樊老靓，黄匠军不好直说（樊老靓不屑于为老东家帮忙），只说师傅身体不大舒服。

陈可元与何青黛在车间内外转了几圈，又围着"霸王床"高大的身躯，上下左右近距离打量。陈可元从技术人员手上要过图纸，退到车间一角，在较亮的灯光下细看。

何青黛有些不耐烦：为这点破事花这么多时间，不值。

陈可元悄悄儿问：还没看出门道？亏你还是机械专业出身！汪雄壮砸锅卖铁买"霸王床"，你当他吃饱了犯撑？

何青黛：若非好高骛远，不自量力，我想不出其他理由。

陈可元对何青黛咬耳朵，话音分贝近乎零：掌握与"霸王床"配套技术，可生产高端发射架，必要时，什么都能发射。

何青黛霍然恍悟，失声咋呼：哟！汪雄壮还有这一手！

嘘！陈可元将食指竖在嘴唇上，挤眉弄眼。

何青黛禁不住感叹，嗓门儿压低了：架给你厂碰上你这个年少眼毒的，价值翻番，还真没法儿小觑。

"年少眼毒"是大学期间何青黛给陈可元戴的高帽，听上去像是诅咒，但后来多次被证明它在陈可元身上有洗刷不掉的印迹，乃至成为陈可元的标签。陈可元对此倒不反感，每每回怼何青黛：我有这本事，你有吗？

为不耽误佳杰五金第二天的工作，陈可元叫何青黛回去休息。何青黛不肯：别支开我呀！吃苦受累时，我不陪你谁陪你？

陈可元佯装发火，硬把何青黛给逼回去了。她自己在架给你厂蹲了大半夜，熬得两眼通红。

陈可元呈连轴转状态，高度亢奋加上焦虑，连续两晚未眠，黎明时感觉一阵头重脚轻，两腿不听使唤，被脚下堆放的工具杂物绊了一下，猝不及防摔倒在地，当场晕厥。

有人大吼：有没有创可贴？快！其他人手忙脚乱，到处找，还真的翻出了创可贴，好在额头流血不多。又有人吼：不能乱搬动，先抬到沙发上躺下再说！几个人轻手轻脚地将陈可元抬到一张木沙发上。黄匠军紧急拨打季黄鹏电话，语气惊慌：陈可元摔了！

尚在梦乡中的季黄鹏迷迷糊糊：什么摔了？谁呀？

黄匠军：方杰的陈可元！可能太过疲劳，她在车间被绊倒，摔了一跤，挺重的！头磕破了，人也晕了！

季黄鹏清醒了：哎哟，这么不小心啊？好，我打个电话……季黄鹏第一时间致电秦茱萸。秦茱萸大惊：阿鹏，你赶快开车过来，我们去厂里看看。季黄鹏动作非常麻利，开车来到秦茱萸住所楼下。两人紧急赶到架给你厂。

秦茱萸冲进车间，一把抱住晕厥的陈可元，但见她小脸儿煞白，唇无血色，额头一侧鼓起一个大大的青包，幸运的是磕破处创面不大，三张创可贴即止住了血。他心疼不已，急切呼唤：小元！小元……没有回音。秦茱萸急切地向周围发问：是不是低血糖？她有没有什么病啊？比如基础病？

你才有病！你才有基础病！陈可元忽然吼了一声，像在梦中与人吵架，两眼随即睁开，双眸又大又亮，还带着怒气。

哟，你醒了？秦茱萸和在场的人都松了一口气，这才发现陈可元一双秀目充满倦色，眼白处布满血丝。

秦茱萸忍不住训斥：小元你疯了？有必要搞通宵吗？

陈可元一脸茫然和无辜：以前我经常搞通宵啊。没事啊！

秦茱萸讽刺道：还嘴硬！现在的小丫头都爱逞能……

陈可元终于发觉自己原来躺在秦茱萸怀抱中，幸福地闭上眼睛，恨不能再次晕过去。她弄出一副筋疲力尽的样子，口中喃喃：自己没技术，束手被人虐！但凡有一点办法，我们哪会……

秦茱萸依然把陈可元紧紧搂在怀里，继续连嘲讽带训斥：我早就知道你元老是个玩命的角儿……听说你把大家伙儿折腾一夜，还听说跟你干活最倒霉，不累死也累个半死。

陈可元心里偷笑，两眼紧闭，嘴上自嘲：累死也值嘛……

秦茱萸嗔怪：一个女孩子，这么毛手毛脚、草莽粗糙！

陈可元：我学机械的，粗糙其表，细腻其里。

秦茱萸点头：这倒是。你用情于机床，乃我同党。

这话令陈可元心花怒放，盯着秦茱萸的眼睛问：如果"霸王床"无法修复，你们要不要？

秦茱萸：当然要。本来就不需要你们修复，心意领了。

2

下午，河埔市莲花山会所咖啡厅"晴朗"包间。

下午4时许，应女儿袁仁美、女婿梁仁良要求，由尹擎驾车，袁若德准时到莲花山会所咖啡厅"晴朗"包间。

袁仁美、梁仁良早已恭候在此，见老爸进门急忙起身迎接：爸！袁若德摆手，示意身子沉重的女儿不用站起来。

其实，袁若德正准备找女儿女婿认真谈谈，恰好女儿女婿主动提出要求，也算不谋而合。为与女儿女婿长谈、深谈，袁若德做足了准备。他早就认为需要好好谈谈了，开诚布公，不留手尾，把问题谈透，把分歧摆上桌面，找到解决办法，达到同心同德。

袁仁美先声夺人：爸，今天只谈公事不谈家事。

袁若德笑着点头：谈什么都好！今天时间大把，敞开谈。

此前，袁若德洞察女婿梁仁良无心经营企业，本来就不在行，也不想在行，说穿了只是个挂名厂长而已，厂里的工作一直都是副厂长祝业祺和代紫萱在抓。袁若德试探性地提出个建议，即女婿梁仁良离职深造，报读清华大学总裁班或长江商学院，攻读现代企业管理专业，同时将彼得·德鲁克所著《创新与企业家精神》一书送给他。不料，梁仁良想也不想即一口回绝。他以"边干边学"为由，拒绝离职深造，愿意继续留在毛织厂。这样一来，袁若德原拟提拔副厂长祝业祺或副厂长曹东风接任厂长的打算就落空了。面对父亲的提议，袁仁美又产生误解，感觉父亲打算支开梁仁良，是为了给秦茱萸腾地方。父女矛盾加深。

袁若德与女儿女婿长谈，推心置腹：阿美，阿良，一直以来，我都想向产业链上游拓展，曾经想过收购某小型机器人公司，研发制造服装和毛织专用机器人，提高生产效率，削减人工成本，这是未来方向。自从引进秦茱萸及其团队，我们就不用收购别人了，自行推动集团整体转型。

袁若德：我早说过，我们不是居安思危，是居危思危。最大的"危"来自人选。企业安危的临界点只有一个，那就是掌舵、拍板、挑担子的人选得好不好。选个能扛事的肩膀，至关重要。

袁若德推心置腹：人对人的争夺是永恒的，像人对人的培养是永恒的一样。人对优秀的人、对人的优秀部分之争夺，永恒且激烈。当下，企业对年轻人尤其优秀年轻人的争夺已到了刀光剑影的地步，各类企业概莫能免。

见女儿沉思，袁若德补充：所谓优秀，包括人品和才华。

爸，您的心意我们知道，但您别拿"人才"两字来压我们啊！就算我是庸才，也是您女儿；就算阿良是蠢才，也是您女婿。

袁若德眸眼看茶杯：这当然是考虑和解决问题的要素之一。

袁仁美不依不饶，再吐重话：我们不是人才，可哪个人才像我们这样对广德忠贞不二？您重用外人，弃用自己人，这究竟算哪门子经营之道？

袁若德笑了，带着一丝苦涩：谁说我女儿女婿是庸才蠢才啊？你们明明是忠将良才，是我的左膀右臂，是企业栋梁。我怎么会弃用自己人呢？老爸在你眼里原来是个傻子啊？傻到家啦！

袁仁美、梁仁良夫妇与老爸袁若德交换意见，表示总体上同意结构改革方案，但需要做些修正：宁愿收缩服装厂，也要保住毛织厂。袁若德惊讶于女儿一夜间改变了态度（她原先是赞成收缩毛织厂的，一是舅舅劝解开导，二是通过母亲常在情，袁仁美获悉袁甲芳掌握的账目情况对梁仁良不利，毛织厂账目一直存在问题，趁着撤并，也好进行一次梳理），袁仁美想搞壮士断腕，痛弃服装厂，以此换取毛织厂的保留。她打感情牌，声泪俱下，回顾毛织厂浸透自己心血，舍不得撤并。硬要撤并，她的半条命就没了。

梁仁良在毛织厂不想挪窝，也有不愿动毛织厂账目的私心。

袁若德：阿良，杠杆率过高风险也高，你想过没有？

梁仁良：做股权质押比较稳妥，属量力而行，风险可控。

袁若德：有句老话说，不成功则成仁。所以这回呀，广德要破釜沉舟，背水一战。

梁仁良：爸，破釜沉舟这个话，听上去有点惊心动魄，容易引发人心惶惶。老话说船大不好调头，咱广德集团这么大，我觉得还是稳健发展比较妥当。

袁若德：我也想稳健。但是，即使我们立即开始行动，也已经算晚的了，属于后知后觉了。所以，转型迫在眉睫，是谓逆水行舟，不进则退，不以我们的意志为转移。我们做企业，要有点先知先觉，不能百分之百后知后觉，更不能对此心安理得。

袁仁美赌气道：爸，咱做厂、做生意，有个行话叫"晚得不如早得，早得不如现得"。您现在热衷搞那些看不见摸不着、您自己又不懂的所谓技术，啥时候才有"产出"？啥时候才能变现？能不能变现？能变多少？可否抵销成本？全是问号。

袁仁美：老实说，有的人就是"抽水机"！来广德目的就是从广德抽水。

袁若德：早期是需要抽水，我有准备，砸上数亿没问题。中后期，其自身具有的虹吸（资金、人才、技术等）效应，必将产生作用，为广德的发展带来乘数效应。

梁仁良：爸，您为秦茱萸砸钱在所不惜，这个我们理解。问题在于，秦茱萸有可能不是向外虹吸，而是向内虹吸，虹吸广德。

袁仁美：是啊爸，您太理想化。

袁仁美顿了顿，抢着又说：除了看见他们烧钱，别的啥也看不见！爸，您眼中的秦茱萸团队，实际是个吞金兽！掰着指头算，从规划设计、人才引进到设施器材购置，从地板到天花板，从纸上运筹到项目落地，每个环节都写着"烧钱"两个字，是个烧钱黑洞！烧钱无底洞！不知道他们打算烧多久？得多少钱才养得起这只不劳而获的吞金兽？咱有那么多钱可烧吗？

这话说得！袁若德很生气，想发飙，但想到女儿即将临产，他忍住了，强行咽下浊气，低眉耷眼没吱声儿。

袁仁美越说越气：爸，德立技术这么高的预算，狮子大开口，明摆着欺负我们不懂行！为什么纵容他们？

袁若德：阿美，不要我们他们的，都是广德的嘛！

梁仁良"嘿嘿"傻笑，口气柔和，极力调节气氛：爸，要不咱直接购买技术好不好？比养人划算。

不待袁若德搭腔，袁仁美又抢着开口，有些话似乎已憋了很久，必欲一吐为快：爸，咱好端端的，为什么折腾？为什么要向那个高深莫测的所谓"工业自动化"转型？为转型把企业拖累得半死不活！转型听着时髦，但您想过没有，好听的话不能当饭吃，万一把企业"转"死了呢？

袁若德按捺住性子，嗓音尽量小：德强机械厂的技改项目原本是企业"老大难"，咱不是兴师动众调拨资金大力攻关吗？总是得不到有效解决。秦茱萸一来，只派莫如师带着几个人，4个工作日搞定80%。我们眼中的大难题，在人家手中是小菜一碟，这个巨大反差，不是事实吗？

袁若德顿了顿，紧接着补一句：人家是烧钱了，但人家手到病除了呀！我们以前烧多少钱？不是经常零效果吗？阿美，咱们只要不搞自欺欺人，不会看不到这一点。

袁仁美：爸，自从秦博士来了广德，您就开始胳膊肘朝外拐了！

袁若德：何出此言？你和阿良是我的左膀右臂，是公司的栋梁和未来。我多次说过，做人做事要有胸襟。把外人与家人对立起来，完全没这个必要。既然引进来了，就是"自己人"。

既然谈不拢，气氛又不好，多说无益，袁若德决定结束谈话。他慢慢站起来，面对梁仁良轻声问：阿良，那笔4200万元抵押款回笼后，犀利牛基金与毛织厂再无交集了吧？

梁仁良急忙摆手道：没有没有！再没有了！

袁仁美愕然，睁大两眼冲梁仁良追问：什么犀利牛基金？

袁若德这才知道，女婿参与的这只基金，女儿并不知情。

3

晚上，东城区五花马水库山庄水钻台1号别墅。

晚上8点，秦茉莫携莫如师、牛仔酷、季黄鹂，尤其芬开车，准时抵达东城区五花马水库山庄水钻台1号别墅，应邀与方杰派出的代表洽商转让"霸王床"事宜。具体时间地点是由施润与季黄鹂共同商定的。方杰代表是谁，施润一直未吐露，问急了就说还没定。

甫见陈可元，秦茉莫的惊讶不啻于见到外星人。他万万没想到，方杰派出的商务洽谈代表竟是陈可元！他只好硬着头皮跟她面对面坐下来，等待开谈。其实，他没想到的事儿多了，陈可元哪里是方杰派出的，这事儿整个是她谋划的。

何青黛极尽夸张之能事，刻意指出：陈总亲自来谈，体现方杰诚意，同时表明方杰上下对此事都极为重视。

陈可元春风满面，笑靥优雅：欢迎各位！首先，请允许我在专家面前充大牛，有不周之处还望包涵。你们是我请来的"接盘侠"，但愿我们既能取得合适的洽谈结果，又能共度一个美好的夜晚！

开场白有甜蜜蜜味道。陈可元随后转入正题：佳杰整体收购架给你厂之后，始知有一台数控精密机床，型号XP007，土称"霸王床"，此前曾被广德秦博士看中。我本人也看过了，"霸王床"对于佳杰同样为稀罕物。出于对秦博士的仰慕和敬重，我经慎重考虑，决定转让"霸王床"。价格可予腰斩，即以半价让渡广德。

秦茱萸一听很高兴，嘉许的话脱口而出：那好哇！

何青黛挑起气氛：大家是不是感到意外惊喜？

众人纷纷响应：是啊，意外惊喜！

牛仔酷：意外+！惊喜+！大大意外加大大惊喜！

陈可元洞悉了秦茱萸及广德方面的态度反馈，她索性一不做二不休，再次主动砍价：我呢，喜欢好事做到底。这样吧，我意就以三分之一价格，友情出让给秦博士好了。谨愿以此为开端，双方未来合作可期。

此言一出，满座哗然。众人互相交换着眼神，好像求证是否听错了，但陈可元口齿清晰，听错的可能性为零呀。洽谈至此，远非什么"优惠大礼包"，几乎是半卖半送。这可把广德的人高兴坏了！当然只是暗自高兴，脸上不敢显露，怕到手的鸭子飞了。

陈可元扫视众人，利用对方急欲表达感谢之机，开始讨价还价，提出两个价码：当然，我有两个小小的额外要求。

众人的目光全部聚焦在陈可元脸上，细思之下，犯起嘀咕，到底是商人，哪会做亏本买卖！这不，开始漫天要价啦！

陈可元神色从容，说话不紧不慢：第一，方杰与广德两大集团合作是个好兆头，据此，我们有理由对未来合作寄予厚望，此事意义重大。为示庆贺，以参与本次商务洽谈者为主，各出十人组成团队，搞一次梦幻联谊活动。第二，方杰做事不留手尾，秉持这一传统风格，"霸王床"将在原厂由佳杰负责修复，运转如常后以崭新之面貌转手广德。另外，全套图纸我都带来了，你们今天就可以先拿回去。

这就是陈可元的"讨价还价"？她提出的两个"价码"太友好啦！众人立刻心知肚明。不知谁挑的头，广德的人"噼里啪啦"鼓起掌来。

牛仔酷一听可以先拿回图纸，非常庆幸，嘴上却不无客套：图纸不急着拿吧，你们修复"霸王床"用得着。

陈可元情绪亢奋：不用不用！我们用不着。

莫如师对方杰的人，具体说对陈可元大有好感，对联谊活动也兴趣浓厚，急吼吼地问：梦幻联谊是什么联谊呀？

陈可元：喜欢的话，搞一场舞会；不喜欢的话，看一场电影。

莫如师得意忘形，快嘴快舌：喜欢喜欢！都喜欢都喜欢！舞会我们喜欢！电影我们也喜欢！

陈可元同样嘴快：那就舞会加电影，好好消遣一下，OK？

秦茱萸斜莫如师一眼：哪有那么多时间！选一项就好。

最终大家七嘴八舌选择舞会。对广德的几个专家来说，舞会差不多是几百年前的往事啦，大大久违啦！再者，跳舞是需要合作的，这个寓意很好，意味着同行同业既有竞争，也有合作，唯愿广德与方杰的合作日益紧密。出于这种考虑，又架不住莫如师等人咋呼，秦茱萸对舞会态度勉强，但还是同意了。

本次商务洽谈性质变了，没有锱铢必较，只有皆大欢喜。

大家只顾高兴，把陈可元"小小要求"中的第二项忘了，直到洽谈结束，全体起身离座向门外走去，也没人提及。这倒是陈可元愿意看到的结果，忘记了等于默认了，没有异议了。她是学机械的，出于专业本能，通过"霸王床"的修复检阅技术队伍的小心思，于她而言是根深蒂固、任何情况下都不会忘记的。

待所有人分别上了车，陈可元凑近秦茱萸，以耳语般的音调说：秦博士若对"霸王床"的修复施以技术援手，我将非常感谢。

秦茱萸爽快答应：没问题呀。

4

傍晚，市繁华大街，梁仁良座驾内。

梁仁良驾车载妻子袁仁美离开莲花山咖啡厅东山屋，驶入回家之路。袁仁美关闭车窗玻璃，厉声追问犀利牛基金是怎么回事？梁仁良支吾着答不上来，情急之下只好实说：犀利牛……是蓝君的……回……回家再给你说。

梁仁良与妻子袁仁美在车上大吵一架，这情形鲜见。

袁仁美很生气：自从你接手毛织厂，搞得一塌糊涂！

梁仁良大为不服：谁说的？什么叫一塌糊涂？毛织厂效益翻番，不是我一手创造出来的啊？怎能昧着良心说瞎话？

袁仁美从包里翻一摞账本，甩到梁仁良腿上：说瞎话？你自己看吧，究竟是谁昧着良心！谁的良心被狗吃了！

梁仁良条件反射般扭脸瞥瞥袁仁美：你查我？

袁仁美越想越生气，海关扣押合同的事，供应商上门追款的事，一件件帮他摆平，现在倒好，更奇葩的事发生了，竟然联手蓝君，发起成立犀利牛基金。

梁仁良：我好歹是厂长，有点自主权吗？我自己赚的钱，抽出那么小的一部分做投资，纯粹是发挥专业优势，利用所长。我难道不是为了企业，不是为我们这个家？你以为那一捆捆钞票吞进我肚子里啦？

梁仁良咽口吐沫：没及时跟你说，不是因为你现在情况特殊吗？维护你的好心情、好情绪，维护我儿子的智商发育，有什么错？等生下孩子再说，不过早几天晚几天的，有什么关系？

袁仁美：多瞒一天是一天，多瞒一年是一年，这才是你实质做法。我算看出来了，你胆子贼大！

梁仁良蹙眉：不是瞒不瞒的问题。你不懂金融，我一两句话又说不清楚……

袁仁美瞪眼：要不是我不懂金融，你转移资金能频频得手啊？

梁仁良心下暗暗吃惊，但他早有防备，那就是打死不承认，他装出愤怒的样子：这话说重了啊！谁转移资金？

5

午夜，五花马水库山庄君临发廊。

这天晚上11时20分，何青黛受陈可元指使，驾驶佳杰五金的一辆大霸王面包车，悄然开到德立技术公司楼下，实施经过周密策划的"修理计划A"。

季黄鹏来到实验室，轻手轻脚走到秦荬荑面前，笑容可掬：秦总，陈可元老板派的车已到楼下，想接你们去"做头"，也就是理发、刮胡子及头部按摩之类的形象料理。来回路途加形象料理在一小时内搞掂。

秦荬荑神色疲倦，半天没反应过来，随后连连摇头，意思是没有这个时间，不考虑了。

季黄鹏生怕秦荬荑听不进自己的话，转身走掉，语气加重，语速加快：

秦博士，我们很快要与以陈老板为首的方杰年轻人搞一次联谊活动，形象非常重要。如果我们的人一律胡子拉碴的，只怕到时会吓到对方。

嗯？这话引起秦荣荑关注，不认识了似的看着季黄鹂。

莫如师在一旁听得分明，疾步蹿过来：阿鹂，我刚才听你说要搞什么"形象料理"？

季黄鹂：是啊是啊！理头发，刮胡子，修边幅。

莫如师：啊？这太及时啦！我这头发早就成了长卷毛！

牛仔酷和甘果闻声跟着走过来，异口同声地恭维季黄鹂想得周到。季黄鹂赶紧声明：不是我，是人家陈可元老板！

秦荣荑心里清楚，又是陈可元在耍鬼心眼！鬼把戏多多！

施润向季黄鹂通风报信后，何青黛又与季黄鹂里应外合，终于在甩开尤其芬、使用方杰车辆的情况下，把惯于"泡实验室"的秦荣荑、莫如师、牛仔酷和甘果四人一锅端地拉到五花马水库山庄君临发廊，带他们"泡发廊"。

以短平快为原则，刨去路途，店内时间确定为55分钟。这是陈可元事先"买通"首席理发师斌哥和他手下的几位理发师傅，精确约定的——以分钟计时，可缩短，不可延长，要求误差在5分钟之内。

季黄鹂指着何青黛向大家做介绍：这是陈可元老板派来接你们的何青黛——何副总。

莫如师等人纷纷上前与何青黛握手，人人笑逐颜开。莫如师调侃：何副总，敢情你们方杰全是美女呀？

晚上11时40分，"修理计划A"准时开始实施。

一向儿不修边幅的四位男子汉，自诩"理工男"，崇尚自然生态，以面色惨白毫无血色、眼睛眯缝胡子拉碴为标配。但这一晚情况逆转，"理工男"们瞬间秒变，被修理得像四个奶油小生。

秦荣荑等焕然一新，光鲜形象前所未有，旁人看着都钦慕。

当他们被何青黛引领到巨大的穿衣镜前时，四人瞪大了八只眼睛，他们习以为常的邋遢模样儿不见了，镜子里出现的"形象"他们根本不认识！好家伙，要在身上掐一把，有痛感，才能验明正身。哇噻，他们从来不知道自己原来可以这样英俊！这样酷毙帅呆！一个个的简直……称得上盖世压群的小鲜肉！市场价奇高呢！这等形象若在白天出门，管保圈粉一大片乃至引发尖叫，人们会第一时间上网"人肉"（搜索）：这群单身狗是何出处？其中有几个钻石王老五？我要粉他！当他铁粉、钢粉、脑残粉、死忠粉！

陈可元驾驶黑虎尾随而至，躲在暗处察看。她对"修理计划A"实施顺利，基本做到神不知鬼不觉感到满意。她闪了一下车灯。

何青黛接收到陈可元的信号，向斌哥使个眼色，悄然退出发廊。其实，她退不退出发廊那四个人也顾不上，他们个个都为自己从未有过的、空前崭新的形象而新奇不已，自我感觉好到爆棚。他们的眼睛似乎与穿衣镜发生了粘连，半晌舍不得挪开，已经挪开又瞥回来，还是多看几眼比较爽。

何青黛钻进陈可元的车，黑虎静悄悄闪离。

首席理发师斌哥像变魔术似的，从他阔大的工作服兜里掏出四只精致的盒子：这是我老板送给各位帅哥的，一人一只。

众人接过一看，天啊，吉列刮胡刀！世界名牌，贼贵！

斌哥笑盈盈的，口齿清晰：我们老板原想给每位派张贵宾年卡，又怕贵人多忘事，决定免了这些庸常琐事，不劳各位费心了。你们的"做头"事宜由我店总承包，一月一次，专车接送，时间成本低，费用全免。

四人互看一眼，最令人动心的无疑是时间成本低，时间经济。

秦茱萸：你老板是谁？哦，我没别的意思，只想聊表谢忱。

斌哥笑答：五花马水库山庄老板就是我老板啊！

莫如师嘴快：不用问，美女老板陈可元呗！

大家这才发现，陈可元派来的另一美女何青黛幽灵般消失。

牛仔酷眯缝着眼睛：听说，接我们来的那个美眉，是陈可元老板的闺蜜！她这行踪有点儿像野蜜、靓妖、女鬼啊！

甘果批驳：那么可人的女孩子，不要说人家是鬼嘛！

莫如师凑趣：野蜜、靓妖和女鬼都蛮可爱的！

代替何青黛开车的是斌哥。斌哥驾车将秦荣英等人原路送回，一路悄无声息，像什么事也没发生过。

6

晚上，齐贤路内街16号，袁仁美家。

回到家，梁仁良下车就向袁仁美赔罪，袁仁美不理他。

梁仁良感到事态严重，躲进洗手间，给蓝君连发三条短信，劈头就说：第一条：我老婆跟我吵架，这情形鲜有！第二条：我老丈人对基金一事似乎心有芥蒂，我老婆对此事也是耿耿于怀，尽管父女俩矛盾日深，我的处境也艰难。第三条：我倒是让她哄她，回屋后立即赔罪，但效果为零。

袁仁美越想越气，真是奇葩！老公竟然瞒着自己，联手蓝君发起成立犀利牛基金。

临睡前，袁仁美收到蓝君发来的短信，告知事实经过，自揽责任，为梁仁良开脱。照蓝君的说法，梁仁良完全无辜。

袁仁美埋怨老公：家里有事在家里解决，你干吗跟蓝君说？你这人喜欢亮家丑是吧？你自己没说清楚，怪谁呀！

梁仁良点头如啄米：是是是！我早点说清楚就好了。

梁仁良千哄万哄，声泪俱下。

袁仁美终于心软，不忍再揪住老公过错不放，重要的是不想得罪蓝君，她板着脸训斥：以后，不可以背着我做任何事！尤其财务，那是企业命脉、企业天条，绝对不可私自触碰，不可越权违背！绝对下不为例！

梁仁良拱手作揖：你老公我铭记在心，感激涕零！

袁仁美"气哼哼"地甩了句"看在儿子份儿上饶你一回"，不理他了。

不知道过了多久，夫妻缠绵。梁仁良趁机就赴德之事征询妻子意见，袁仁美想也没想就点头说同意，但又补充说这事需经老爸批准。梁仁良撒娇：老婆你批准，我才心安。老爸是否批准，那是公事公办，我悉听尊便就是。

7

上午，广府大街71号，德立技术大厦一楼金属切削车间。

10时许，秦荣英从楼上下来，径直走到金属切削车间。马赛鹰和牛仔酷两人正站着说话，立刻趋身迎上前。

秦荣英抬腕看表：快到了吧？

马赛鹰：快了！已进入广府大街，还有十来分钟。

秦荣英往四周看了看，见工人们手持各种工具，正在摩拳擦掌等待装卸"霸王床"，一块准备放置机床的阔大地面已经打扫得油光锃亮。他调侃：接个机床而已，又不是接新娘子。

马赛鹰：可不是新娘子吗？牛博士说要隆重迎接！

牛仔酷羞报而笑，一时答不出话来。

秦荣英：我先申明一下，"霸王床"没有修复，还是坏的。

牛仔酷瓮声瓮气：交给我好了，三天内修复。

秦荣英与牛仔酷交换了个心照不宜的眼神。其实，他们的目的根本不是修复"霸王床"（他们眼里的修复环节不足挂齿），而是参照"霸王床"，借鉴其先进部分，糅进自己的新技术，研发制造新的工业机床，为德立技术打造拳头产品。

马赛鹰兴奋不已：霸王遇上牛博士，哪里还敢称霸！

秦茉荑：马总，你可不要高看牛博士、低看"霸王床"哟！

马赛鹰唱歌似的：我统统高看！

牛仔酷向秦茉荑进言：秦头，从汪老板那里回来后，我们研究了该款机型相关资料，以及"霸王床"全套原始图纸。总体感觉，"霸王床"诚然先进，但因制造于上世纪末，时代局限无可避免。单以操控系统为例，在自动控制尤其数字化方面存在严重缺陷，这就给我们带来了机会。我考虑运用自有技术，给它设计加装一个附属装置，增强其功能，这是第一步。

秦茉荑沉吟片刻，表示认同：你是说，增加一个附属装置，弥补"霸王床"短板，整体性能会更理想一些。

牛仔酷：对！在这之后，我想尝试TRR数控系统新技术的嵌入，这是第二步。这个相对复杂，但非常必要，前景看好。

秦茉荑点头道：嗯，你接着说。

牛仔酷：总之，有了"霸王床"原机，对我们很有利。接下来，我们可以拿它作为样机和牵引，加以模仿借鉴，实施技术改造，不排除部分核心部件的拷贝与复制，重新设计制造一款自动化程度更高的精密机床。这个可以与"霸王床"改造同步进行。

马赛鹰：秦博士，德福机械脱胎于纺织行业，并入德立技术之前以制造电脑横机为主，设备先进，技术成熟。如果牛博士及其小组承揽新机床设计的话，我再组织部分技术力量予以配合。德立技术完全有条件自行制造超高精度工作母机。

秦茉荑点头：德强机械的老基础、老底子，雄厚扎实，加上牛仔酷小组的TRR数控系统新技术，条件确实具备，项目可行性强，可以考虑上马。待我向袁董汇报后，再进行商议。

这时外面有人喊：全体各就位！起重机一号，预备！

工人们手持器械，"呼啦啦"奔向车间外，按分工进入各自工位。

秦茉荑、马赛鹰、牛仔酷迅速移步至车间门口，但见两辆巨型货车装载着"霸王床"，披红挂绿，运送过来。前一辆车正面挂着一朵直径半米的绸缎大红花，后一辆车正面挂着两只金丝线蝴蝶结，精巧喜庆，架势夸张。秦茉荑嘴角露出笑容，心说陈可元真有心，把"霸王床"拆分为两个部分，包裹得严严实实，保护工作很到位。到底是学机械的，有机床情结。

马赛鹰向牛仔酷挤眉弄眼：新娘到了，你上啊！

8

晚上，广州天河区丁紫岚租住公寓。

代紫萱和尹擎一下班就赶到公交车站，晚饭都没顾上吃，心急火燎地搭上大巴车，赶到广州天河区丁紫岚住处。

两天前，丁紫岚打电话告诉表姐代紫萱，她怀孕了，很害怕。代紫萱一听，血往头上涌，惊愕得说话结巴：你你你！你……你怀孕了？你怎么会怀……丁紫岚不耐烦：人家不小心呗！代紫萱急火攻心，痛斥表妹：不小心？这是不小心的事吗？你个女孩子凭什么不自重？凭什么跟人家上床？凭什么……电话那边挂了。

代紫萱和尹擎商量，先把丁紫岚接回河埔市，联系医院打胎，然后安排她住进代紫萱的房间，就近照顾她。待她调养好身体，坚决叫她返回服装厂，不许独自留在广州了。

丁紫岚见表姐和擎哥专程来广州看自己，神情有些惊慌，嘴上发着牢骚：咋跑广州来了？也不说一声。代紫萱见表妹披头散发，面色憔悴，病恹恹的样子，十分心疼，急忙把她扶到床上，让她斜倚床沿坐着，尹擎把枕头塞到丁紫岚腰部，让她靠得舒适些。

原来，丁紫岚不是怀孕了很害怕，而是人流（人工流产）手术没有做好，出血过多，让她害怕。她给表姐打电话，是想让表姐寄点钱过来，怎奈话不投机。

代紫萱压住心头不悦，开口问表妹男方是谁，是不是恋爱关系，丁紫岚摇头，一脸无所谓。代紫萱觉得表妹举止轻佻，厉声质问：不以结婚为目的为什么上床？

丁紫岚耸耸肩：有避孕措施啊，谁知会怀孕。

代紫萱恼怒：我没问你避孕如何失败，我问你为什么跟不三不四的男人上床？

丁紫岚犟嘴抬杠：姐，不恋爱不结婚不等于不三不四！人家正常男人，我正常女人，正常男女上床很寻常。

代紫萱发飙：那"正常男人"有家室吗？

丁紫岚不屑：这与上床有毛关系？代紫萱被噎得说不出话来。

尹擎息事宁人：不要吵，咱慢慢商量，找出解决办法就好。

姐妹俩都顾不上理他，双双成杠精，争吵了大半夜。

事实上，自从河埔一别，姐妹俩就生分了，对许多事情的想法和做法都不一样了。代紫萱听说，只要有男人插进来，女人们就会从亲密无间变得格格不入，亲姐妹之间也难逃这一窠臼。这是真的吗？她非常后悔，千不该万不该由表妹单飞。早知今日，当初就该铁腕拦截。

代紫萱听说表妹已做过手术，但手术做得不太好，气不打一处来：紫岚，你三岁小孩呀？谁叫你跑陋巷小诊所做手术的？那地方靠谱吗？人流虽不是大手术，但小手术也是手术啊！得到正规医院。你长这么大没做过手术，你真是不知轻重。你能长得娉婷玉立，凭的是家人呵护。你不知珍惜！你胆子贼大！随随便便就把自己"交"出去了！先是莫名其妙怀孕，后是胡乱做手术，弄得出血不止！你这样作践自己，是疯了还是傻了？

尹擎觉得代紫萱这话挺伤人，急忙向她使眼色。

丁紫岚哽咽着说：不是想尽快私了吗？谁想张扬啊！

代紫萱狠狠呛白：怕张扬你别怀孕啊！

尹擎打圆场：紫岚，你姐气头上说气话，你别在意啊！我们是来接你回河埔的，你姐帮你联系好了医院，术后调养也安排好了，只是没想到你抢着做了手术。既然手术不太成功，咱还是立马回河埔，到医院做个全面检查，避免留下后遗症。

丁紫岚：谢谢擎哥……我不回河埔。

代紫萱和尹擎互看一眼，十分惊诧。代紫萱又想发火，甚至想咆哮。尹擎以手势阻止代紫萱，委婉地说：紫岚，如果你是真的恋爱了……丁紫岚截断：没有没有！恋什么爱？扯不上！我喜欢广州！它是国际大都市，无尽繁华，在文化和价值观方面十分包容和海涵，我就要留在广州嘛！

这是几个意思啊？代紫萱和尹擎又互看一眼，百思不解。

其实，丁紫岚那张脸摆明了就是一个意思：留下的钱越多越好，吐出的废话越少越好，留钱走人，越快越好。

尹擎拿出足够的耐心：紫岚，你太单纯了！你不知道，花花世界鱼龙混杂，什么人都有喔！一个女孩子很难辨别良莠的！你一人留在这里，你姐和我都不放心，我们一起回去吧！

丁紫岚斩钉截铁：我说过了，这个问题不讨论。

代紫萱吼着问：你现在这个样子，考虑婚姻没有？

婚姻？丁紫岚诧异不已，好像听到天方夜谭，尖起嗓门儿反驳：我这么年轻，扯得上婚姻吗？姐你搞笑！

代紫萱逼问：你给我说老实话，是你没考虑婚姻，还是对方不接受婚姻？男方要不要对你负责？

丁紫岚不屑：姐，咱俩相差几岁呀？都有代沟了！

代紫萱撂狠话：看你出息的！真有本事，别弄得自己出血、自己掏钱做手术啊！你非要闹得小命儿不保啊？

丁紫岚也生气了：有钱就留下两个，没钱你们请回！我小命儿保不保与你们没关系，以后我不再麻烦你们就是了……代紫萱截断：像你这种绝情的人，怎会跟别人发生爱情？

尹擎捅捅代紫萱后背，小声儿制止她：别这样说！

丁紫岚痛加反诘：谁发生爱情啦？凭什么发生爱情？

代紫萱又被噎住，与尹擎大眼瞪小眼。

丁紫岚很不耐烦，觉得累，背过身去不理他们了，嫌表姐和擎哥少见多怪。过了一会儿，她铆足劲儿地发出通牒：老实说，打这个电话我很后悔！你们走吧，赶紧走！别烦我！

代紫萱和尹擎忧心忡忡，给丁紫岚留下3500块钱，又先后到夜市和超市给她买了大包小包吃的用的，尔后离去。

在大巴车上，尹擎劝慰代紫萱：别生气了。看你，整晚都在生气，别把自个儿身体气坏了。紫岚她有自己的考虑，男方在广州，兴许会照顾她。他们离得近，相互走动方便。

代紫萱更生气了：纯粹幻想！往小里说，住院打胎不需要钱啊！对方真要对她好，不至甩手不管，紫岚也不会找我们要钱。往大里说，对方宁愿叫她打胎，也不承诺婚姻，哪里是善茬！

尹擎点头，不由得为丁紫岚捏把汗。

代紫萱心情沉重：婚姻与上床是两码子事，不再捆绑，越来越投年轻人所好。哼，还代沟呢！移风易俗追求时尚，听上去挺好，殊不知，不加甄别盲目跟风，得付血的代价。

黎明前，代紫萱、尹擎乘大巴车返回河埔。

9

上午11时，白玉兰高尔夫球场会所"贵宾吉祥"房。

包乐驾驶陈豪杰的宾利，到佳杰五金厂接到陈可元，向白玉兰高尔夫球场会所疾驰。陈可元下车，一溜儿小跑进入"贵宾吉祥"房。陈豪杰形单影只，坐在偌大的餐厅圆桌旁默默喝茶。陈可元见面就撒娇：爸，吃个午饭而已，非叫我11点到。

陈豪杰神情落寞，佯作不悦：我不说11点到，你12点都到不了，这不是我的经验教训吗？哼，现在我想见你，还得请你吃饭，还得派车接你……你个丫头片子成女大爷了。

陈可元伶牙俐齿：不是为了与老爸私聊，我哪有时间吃饭？

说着话，陈可元拉张椅子，紧挨老爸身旁落座，嘴上还不忘催促：我三两口扒完饭拉倒啊，厂里好多事儿呢！

陈豪杰：你看你！心浮气躁，猴急马跳。今天由不得你。

陈可元：您丫头我严重欠觉，私聊时间长了别怪我打瞌睡。

陈豪杰：听说你收购一个厂子，搞先斩后奏？

陈可元脖子一梗：我先下手为强，从广德手上抢来的。

陈豪杰：你收购厂子囊获"霸王床"，为的是拿它当定情物？

定情物？陈可元翻翻白眼，"扑哧"笑喷：爸您真浪漫！

陈豪杰：定情物送出去，能让对方情定方杰吗？

陈可元被老爸甩出的一连串问号轰得有点蒙圈，但她反应快，嬉皮笑脸：爸，跟您吃个饭，还得先"过审"啊？

陈豪杰：你的"情"这么贵，几百万欧元的东西拱手让出去，我倒想知道有收获吗？是不是肉包子打狗有去无回？

陈可元强词夺理：拿肉包子接着打，有去有回。

陈豪杰不容女儿喘口气：集团刚拿到地，方正刚开始建，到处要用钱，未来几年资金用度必将是紧张的，这个不难预见。我多次强调要集中资金、集中资源。

陈可元：收购个区区小厂，不值几个钱，不碍大局。

服务员以"贵宾吉祥"房专用茶具，为父女俩冲泡了一壶上好的普洱茶，之后职业性地顺手带上房门，欲离去，陈豪杰喊住服务员，说可以上菜。他发现女儿明显瘦了，不无心疼，深深叹气说：唉，还是边吃边聊吧，替你省时间。

陈可元眨眨眼，突然来了情绪：爸，您说"霸王床"是定情物，还真启发我了，您这说法好棒！靠山吃山，靠水吃水，靠机械吃机械，我这定情物别具一格，我太聪明了！我赚大了！

陈豪杰翻女儿一眼，故作不满：先别得意！

刚上来一个汤两个菜，陈可元就像饿狼，举箸狂吃。

陈豪杰：小元，今天约你私聊，聊两个问题。

陈可元扮个怪相，毫不掩饰自己的轻佻：爸，您无非又将人生经验向我倾囊相授，可我时间有限，您能简短点吗？

陈豪杰神情严肃：不好说，可能简短，也可能冗长。

陈可元撒娇：哎呀爸！天塌下来一句话也能说清楚。

陈豪杰：天塌下来并不复杂，一了百了，一句话可说清楚。但我今天跟你谈的事儿，比天塌下来复杂多了！

陈可元感觉老爸的态度不比寻常，说不定真有什么不得了的事儿！她赶紧闭了嘴，装模作样地端起杯子喝茶。

陈豪杰：第一个问题，善待曲解。

陈可元一听"曲解"两个字，立即不耐烦，毫不掩饰对这个话题的反感：爸，爱情是自私和排他的！我的爱情跟别人没关系。

陈豪杰：曲解不是别人，是你和秦茱萸关系的一部分。尊重历史和客观事实，是自我尊重的一部分。善待对手，是一种智慧。

陈可元睁大眼睛，与老爸对视，忽觉老爸的话是箴言。

陈豪杰：善待曲解，就是善待秦茉萸，就是善待你和秦茉萸的爱情，就是善待你自己。你对曲解有任何的恶意、恶念乃至恶行，都属不智，等于杀敌一千自损两千。重塑爱情关系，改变爱情格局，不是一件容易事。

陈可元听得很认真，内心亦很认同。但她不想在老爸面前一本正经，故意扯扯嘴角，一脸的调皮相：怎样善待呢？

陈豪杰：方法自己找，主意自己拿，我能给你的只是个原则。凡事都有反作用力，希望你明白这个辩证道理。

陈可元惊讶于老爸竟然谙熟"牛顿第三定律"——作用力和反作用力！她用力点头，表示自己明白了，老爸不必担心。

陈豪杰：第二个问题，追求被爱。

陈可元"扑哧"一下笑出声来：爸您真逗！您几岁啦？

陈豪杰板着脸：100岁也未必全懂。爱情这码子事儿水深哦！所谓"追求被爱"，内涵包括：如何让有本事的男人爱你，这是学问；如何让有本事的，你心仪的男人爱你，这是你的必修课。

陈豪杰顿了顿，瞥女儿一眼，观察她听进去没有，接着加重语气：爱，让人快乐；被爱，让人幸福。被爱多一分，幸福感就多一分。要丢掉"你爱对方，一定会换来对方爱你"的幻想。总之，"爱"和"被爱"是两回事。既然你"爱"了，就要做"被爱"的功课。

陈可元：这事很累人哟！

陈豪杰：别以为瓜熟蒂落，水到渠成，坐等就行。我问你，你了解男人吗？男人爱什么样的女人？

陈可元又差点儿"扑哧"而笑，老爸原来问这个！可这还用问吗？男人又不是四条腿，有什么不了解的。世人皆知，除了年轻漂亮，男人还能爱什么样的女人。陈可元忽觉老爸年轻而又摩登，务虚而又务实，抛出的问题髦而又实在。她眨眨眼，有些蒙圈，这还真是个问题呢，她从没正儿八经想过。一般逻辑是自己爱的男人一定也是爱自己的，不大可能自己爱对方而对方不爱自己，何况自己这么优秀！就说秦茱萸吧，本大小姐爱上他，对他而言难道不是上苍恩赐？他庆幸还来不及，怎么会有别的情形发生？

陈豪杰看穿了女儿心思，言简意赅：说好听点，你爱的男人不一定爱你；说难听点，你爱的男人一定不爱你。这就是你目前面临的残酷现实，你不识庐山真面目，只因身在云雾中。

陈可元脸上的调皮相不见了，她呆呆地看着手中茶杯，心生忧愤。他一定不爱我？简直天方夜谭！滑天下之大稽！老爸这种判断毫无根据，无非怕女儿吃亏，故意泼冷水罢了。

陈豪杰很有耐心：你觉得自己是出类拔萃的女孩，条件优渥，风情万种，绝无男人不爱你的道理，对吗？但我告诉你，在爱情关系里，自视甚高是不智的。尤其女孩子，高估自己在男人心目中的位置，会让对方感到不舒服，你起头就输了。

陈可元低眉耷眼：爸，您这观点我头一回听说。

陈豪杰呷了口茶，接着说：爱情是一种很玄的东西，没有什么适用逻辑，反逻辑的东西倒是不少。世上各行各业都有专家，唯独爱情没有专家，因为专家有标准，爱情没有标准。每个人都自以为懂得爱情，那是不靠谱的。没人可以对爱情大言不惭，没有爱情教科书能提供具体指引。每份爱情都是独一份，只有当事人自己体验。比如你吧，你再优秀，不等于他必定爱你；你再爱他，不等于他必定真心爱你，这都不成正比。

陈可元点头：有点意思！真心换来伤心，倒也常见。

陈豪杰掏心窝子：爱情里没有天道酬勤，并不是追求了就会在一起。有时，你追求得越是锲而不舍，他越是疏远你、逃离你。你对自己爱人的能力百倍自信，以为不惜代价定能把所爱的人追到手，恰恰错了！结果可能适得其反，对方不会因为你爱他而迁就你，反而觉得你掉价，可能更加不爱你。

陈可元惊出冷汗，直愣愣地看着老爸：爸，您吓到我啦！

陈豪杰注视女儿，眼神充满爱怜：想收获一个爱你的男人，需要潜心思考，需要一系列方法和策略，尤其需要确立"不等式"思维，不要以己度人，不要对男人的情感立场想当然。你这么单纯，对爱情的认知尚有很多盲点，需格外谨慎。你得自问，秦茱萸在已经拥有婚恋对象的情况下，凭什么掉转头来爱上你？

陈可元深以为然：哦，掉头不容易，掉包无道理。

陈豪杰寻思着把问题再点透些：小元，你现在有了深爱的男人，这是好事，这在你的人生中意义非凡。但光有爱不足够，还要有被爱，这才是一件事物的完美呈现。不幸的是，你先爱上他，而不是他先爱上你；更不幸的是你爱的人已有结婚对象，你可作为的空间有限。

陈可元听得出神，一脸专注。

陈豪杰一针见血：假如你只是想把他追到手，把他绑架到婚姻里，事情倒不复杂，办法也是有的。可是，像你这样一个聪明且条件优越的女孩子，凡事不肯将就，又受不得委屈，假如没有被爱来呼应你的爱，假如他不像你爱他那样爱你，那就不是良缘是错配。仅这一条就足够你一败涂地。你受打击程度、痛苦程度尚难评估，但是丧失了人生最重要的成功和幸福感，则可预测。

陈可元觉得老爸的话胜似箴言。她起身往老爸杯子里续水，沉浸在浓浓的父爱和极度温馨中，忘记了时间。

陈豪杰恨不能把自己的人生感受全都竹筒倒豆子般，向女儿倾倒出来，以期对她有所启发：有些女孩天生就"被爱"了，这有幸运成分，但对方并非自己所爱，仅因其伸出橄榄枝即走进婚姻殿堂，这种情况很多。有些女孩"被爱"则是后天努力的结果，因为她拥有意中人在前，幸运地被意中人所爱。你当属后者。

陈可元：爸，您这话点穴精准，女儿我聆听教诲，获益良多。

陈豪杰：小元，秦茱萸爱不爱你，有一块试金石——加盟方杰与否。这是老爸我特意为你量身定制的试金标准。

几许恍悟掠过陈可元脸庞：醍醐灌顶。

陈豪杰呷口茶，话题轻松了些：小元，个人形象方面你考虑过没有？人配衣裳马配鞍哦！

陈可元淡笑：您女儿我天生丽质！何况我具年龄优势……

陈豪杰摇头：三分天注定，七分靠打拼，容貌也一样。

陈可元面带骄矜：我颜值爆表，还打拼啥呀？

陈豪杰：皇帝的女儿也要打拼，何况你。

陈可元仿佛大梦初醒，噘嘴撒娇：您让我信心重挫……

陈豪杰毕竟老辣：艳压群芳，是女人永远的不二之选，没有这点野心，你大可回家洗洗睡了。这个世界兴许有不爱钱的男人，但不爱美的男人鲜见。

陈可元若有所思，眼睛直直盯着地板，胡乱点一下头。

陈豪杰语重心长：小元，对爱情负责，就是对自己的人生负责，若讲附加值的话，也是对工厂负责。你是做厂的，天生要注重爱情附加值。所以，肩挑重担如你，个人私生活失误不起，因为代价巨大。我希望你这方面少失误，少走歧路。你呀，天生刚性有过，柔性不足，得学会在这两者间保持平衡、保持弹性啊！不要还没开始就到了尽头。

陈可元由衷地说：爸，谢谢您跟我谈爱情真谛……

陈豪杰：不！我跟你谈的是做人真谛，是你陈可元的家业担当真谛。这是大于爱情、大于任何东西的真谛，你务必把爱情纳入这个框架之内。换言之，你是谁？你是陈可元。你是这个世界的唯一，你是成千上万同龄女孩中的独一个。你必须有很好的身份识别意识、家族意识和基业长青意识，将其融入血液里。没办法呀，这些东西对你陈可元是与生俱来。你就是你，无出其右。

陈可元咀嚼着老爸的话，点头：爸，我知道我是独角兽。

陈豪杰：小元，重要的话老爸只说一遍，希望你谨记——角色识别和家业担当，永远比情话绵绵重要，比上床重要。

10

子夜，广府大街71号，德立技术大厦一楼金属切削车间。

德立技术大厦一楼灯火通明，金属切削车间部分工人正在加班。两张临时拼接起来的桌子上架着四台大屏电脑，牛仔酷及其小组成员聚精会神地在电脑上进行设计和修改，秦苿荑和甘果等十几个人围坐在电脑旁。

这时，袁若德来到车间，他身后跟着尹擎。

秦苿荑见老板来了，起身招呼，袁若德忙打手势，示意他不要出声，免得影响大家工作。秦苿荑会意，两人并肩走到车间外面。

袁若德：今晚这么大阵仗，有玄机吧？

秦苿荑：是啊！牛仔酷为新机床设计的两个核心部件，今晚合龙。其中的技术难点能否突破，关乎新机床成败。

袁若德：阿酷真是敬业！呕心沥血哟！我听说他天天带人加班，连续多天了！这么个干法，大小伙子也撑不住哟！

秦苿荑：他壮得像牛，夜餐他一人吃两份，您不用担心。

袁若德笑了：你是撑死牛，还是累死牛？

秦苿荑反问：牛也矫情？但凡是牛，撑不死也累不死。

袁若德笑着笑着，头低下去，看向脚尖：还是心疼一下咱的牛吧！要不，别搞太晚了，明天再干。

好！秦苿荑爽快应答，接着谈起大致情况："霸王床"弄回来后，我直接交给牛仔酷，由他全权负责。马总安排了四个工人班组予以配合。"霸王床"修复对牛仔酷是小菜一碟，他们鼓捣了两个晚上加一个下午，就把"霸王床"搞得满血复活，运转流畅如新。

袁若德"啧啧"称奇："霸王床"这就起死回生啦！

秦苿荑点头："霸王床"改造与新机床设计制造是同步启动的。牛仔酷小组领衔，对"霸王床"主要部件进行精心研究，逐一确认其中的先进要素，部分破解其中的技术奥秘。为更趋完善，确定了几个技术改造要点，包括设计加装附属装置等。但目前来看，他们更热衷的是新机床设计制造，主要技术力量都放在这一块了，进展迅速，新机床初具雏形。袁董您看，就是它。

袁若德顺着秦茱萸手指的方向，远远看见一台机床矗立在车间一角，体量挺大，黑不溜秋，面目粗糙，外观不整，比变形丑小鸭还要丑，各种零部件散落一地。

袁若德并不完全外行。其实他刚一进门，秦茱萸就提到"新机床"，他一时没太留意，这会儿看在眼里，他语气兴奋：很好！秦博士你统筹得好，牛仔酷小组干得好，马总配合得好，动作快，成效大。新机床弄成后，公司要给予奖励！

秦茱萸：马总说，在我们来广德之前，德强机械搞的技术改造，有一定成果，此时正好派用场。牛仔酷打算加以运用。

袁若德一听很高兴：搞技术，既靠突破，也靠点滴积累呀！

说着话，袁若德和秦茱萸信步回到车间。

牛仔酷抬头看见他们，起身离座，迎前两步打着招呼：老板这么晚还来视察，对我们不放心呀？

袁若德：是啊，我对牛博士最不放心！你们黑白不分连轴干，半夜三更偷偷干，不但有加班费，还能混一顿宵夜。

众人闻言"哈哈"大笑。甘果抢着说：咱厂的宵夜顶呱呱！一日四餐里面，最受欢迎的是夜餐！每人两只烤鸡腿，我的最爱！

一位技术员在稍远处举手发言：白灼基围虾，我最爱！

牛仔酷跟着说：烧鹅我也爱！广东名菜，豉油鹅。

秦茱萸讥笑道：牛是吃草的，咱厂的牛却爱吃肉，只要是肉没他不爱的。如今的牛，大搞假冒伪劣，名实不符。

袁若德：爱吃肉是优点嘛！这个咱们要达成共识。明天我交代官叔，爱吃烤鸡腿是吧？爱吃基围虾是吧？爱吃豉油鹅是吧？每天保证至少供应一样。

尤其宵夜，给我做成正餐！

众人欢呼，"噼里啪啦"地拍掌。

秦荣荑随大伙一起"嘿嘿"傻笑，嘴上说：这下伪牛们高兴了！

袁若德："霸王床"学名叫什么？

牛仔酷：XP007原产国意大利。

袁若德：德立技术的新机床，与"霸王床"有可比性吗？

牛仔酷："霸王床"作为工业母机，是当代精密机床中的佼佼者，为德立技术新机床的设计制造提供了良好参照。新机床脱胎于"霸王床"，但无论设计还是制造，均不是机械仿制，更不是照搬，只是借鉴其中优良及合理部分，大面积、大纵深、全方位应用新技术包括专利技术，同时刻意规避了"霸王床"自身短板和局限。青出于蓝胜于蓝，这个比喻恰如其分。

袁若德点头：你们考虑没有，新机床叫什么名？

秦荣荑斟酌片刻：咱平常说话，谁愿意开口就是XP呀！还是"霸王"二字，比较符合中国语境。

以前的"霸王床"只是土称，土称顺嘴并且用得多了，正式名称倒被忘记了，就算没忘也不用了，嫌它拗口麻烦。时间一长，"霸王床"成为正式名称，跻身大雅之堂。众人七嘴八舌，意见一边倒，都很中意"霸王"二字，觉得它响亮。

袁若德一锤定音：那就沿用"霸王"土称，叫"霸王铣"吧。

秦荣荑打个响指：好！"霸王铣"，这名儿讨喜！铣喜谐音。

众人又"噼里啪啦"地鼓掌，情绪热烈。

秦荣荑：以"霸王铣"为开端，德立技术后续设计制造的机床，可以构成霸王系列。我们要将其打造成拳头产品，做成品牌，形成"德立技术就是霸王，霸王就是德立技术"之口碑，以此为导向，打响市场知名度，提升市场认可度，强化客户美誉度和黏度。

袁若德郑重点头：秦博士非常懂战略、懂市场！

秦荣荑微笑：我正好站在你身边，近朱者赤。

袁若德：各位同仁，"河埔金秋国际毛衫节"开幕在即。它分四个板块，即四大组团，其中的"先进机械设备展"（包括毛织机械、五金机械等）堪称重头戏，压轴板块，因其价值高，资金比重大。我决定，将"霸王铣"投入"河埔金秋国际毛衫节"试水。

众人愣了一瞬，牛仔酷最先做出反应：感谢老板信任！

秦茉荑：老板的信任、集团的信任，是我等的巨大动力！德立技术要以此为契机，研发和设计制造两不误，实现滚动式发展。

好，大家辛苦了！希望再接再厉。袁若德说罢，向大伙儿摆摆手，先行离去。尹擎紧随其后。

凌晨4时许，"霸王铣"核心部件合龙获得成功。

11

晚上，齐贤路内街15号，袁若德家。

一家人围桌吃饭，唯袁仁美缺席。

梁仁良：阿美她下班回来就感觉不舒服，说想躺一会儿。

荷姨：她说了，吃晚饭不要叫她。

吃完晚饭，袁若德、常在情夫妇移步隔壁袁仁美家，探望女儿，心里很担忧，脸上却轻松快乐，嘘寒问暖。

常在情为女儿号脉：太疲劳！不单身体，精神也太过紧张，可谓身心俱疲。你要放松，好好休息，争取短期内缓过来。

梁仁良手忙脚乱地照顾妻子，端茶递水十分殷勤。

袁仁美：爸，我有事跟你说。

好哇！袁若德在床头一张椅子上坐下来，其他人知趣地退出袁仁美卧室，常在情顺手虚掩上房门。

连日来，袁仁美心烦意乱。她的想法与老爸的想法越来越不同了，简直大相径庭了，父女俩为此已"交锋"好几次，老爸似乎总是刻意回避，说话拈轻怕重。袁仁美认为企业发展至今，已形成很好的模式，盈利势头强劲，理应趁势扩张，提高产能，狠赚它几大把。想不到，老爸偏要在这个时候搞技术升级，为此不惜引进外人、重用外人，整个集团的人事结构和生产节奏都打乱了。

袁仁美：爸，我实话实说啊！技术升级本身不是坏事，但我们广德，区区一介民企，闷声发财而已，犯不着赶时髦，就算要搞冠冕堂皇的东西，现在也不是时候。

袁若德苦笑：那什么时候才是"时候"呢？

袁仁美愣了一下，胡乱对付说：暂无时间表。

袁若德：露馅儿了吧？不是早搞晚搞，是你压根儿不想搞。

袁仁美索性认了：我是不想搞，尤其不想现在搞。

袁若德：可是，这不是想搞不想搞的问题。技术升级非搞不可，很急迫，时不我待。不搞是走不通的，是没活路的。

袁仁美：之前没搞，咱不是赚钱赚得好好的？活得好好的？

袁若德：阿美，我们办厂，不能目光短浅。

袁仁美：爸，真到没活路那天，您再说我目光短浅不迟。

袁若德不悦：那就晚了。

袁仁美：人生不满百，空怀千岁忧。爸，咱能安分点，不搞节外生枝吗？眼光何须那么长呢？

袁若德下意识抬高嗓门儿：人生是不满百，但我们做厂，要有百年老厂、百年基业的理念，不能搞捞一票完事。

话不投机，父女俩都不吭声了。干坐几分钟，袁若德起身：阿美，你现在别操心太多，好好顾惜自己的身体，静心养胎，待孩子平安生下来，咱们再慢慢商量厂里的事，不急。

袁仁美苦笑：我待产，急也是干急、白急。

看望了女儿，袁若德、常在情回到自己家。

袁若德、常在情夫妇对女儿袁仁美婚后的变化忧心忡忡。

袁仁美非常爱老公，觉得自己读书不够，老公比自己有文化，对老公非常信赖。其次是在怀孕后，不像以前那样风风火火闯劲十足了，以前是当天的事情不处理完决不善罢甘休，现在是做事节奏慢下来，有些求安稳。另外，支持老公做金融，她想的是，反正老爸坚持企业转型，那么她也不妨转型，向老公的金融方向转型。

袁若德坐在沙发上脱袜子，叹气道：女儿大了，心事重了。

常在情：怀孕期间情绪易于波动，她却有点过头，原因复杂。

常在情：老公是她自己找的，当然由她自己负责。可她硬把老公看得比天都大！整天被阿良牵着鼻子跑，别的意见听不进去。

袁若德：这孩子，优点是有主见，缺点是太有主见。

常在情：那是婚前！婚后她还有主见吗？唯梁仁良马首是瞻。

知女莫如母，常在情很少像今天这样忧心忡忡。

女儿袁仁美与她爸，自幼感情深厚，从来都是心有灵犀一点通，女儿对她爸的话不仅言听计从，而且对她爸的一个眼神或微小举动都能心领神会。20多年来，女儿一直是她爸最可心、最贴心的小棉袄，后来又成为她爸最得力的助手。可是，常在情本能地感觉到，女儿婚后的变化是明显的。自从女婿进了家门，家庭成员之间原有的关系平衡渐渐被打破了，父女间的心灵默契也被一点点撕裂开来，乃至有了缝隙。当妈的旁观者清，这是常在情不愿意看到的。

袁仁美护夫心切，认定梁仁良是天生的企业家坯子，将来必有大作为。她见不得任何人（包括老爸）看低老公，在家族中用尽各种手段为老公争地位，不惜在任何场合挺老公，维护老公面子。尤其芬告诉常在情，袁仁美惊悉毛织厂资金流堪虞，以为是老公与海关打交道没有经验，更没有外贸经验，偶然所至，忍气吞声，悄悄地从服装厂调拨资金，维持毛织厂正常生产。后与老公一起演戏，巧妙瞒过袁甲芳，使这次危机得以瞒天过海。

常在情：阿美跟我说过，两人名字中都有个"仁"字，他俩开头对此巧合有点好奇，后来就觉得是缘分、是天意。

袁若德：阿美找梁仁良，初衷也是想增强家族实力。

常在情不无指责：你呀，无原则祖护女儿，一辈子也改不了！

袁若德：我说的是实情。还有谁比我更了解女儿吗？

常在情：这孩子！什么事都跟舅舅说，不跟我说，非说我和你是穿一条裤子的，防贼一样防着我呢！

袁若德、常在情夫妇即将拥有第一个孙辈，很是期待，两人商量着给女儿女婿一个礼物。常在情几次向老公转述女儿的要求，即提拔女婿梁仁良担任集团副总裁，说这才是最好的礼物。袁若德始终不点头，实际上是拒绝。对女婿梁仁良的任用问题，他考虑过多次，反复权衡，最终决定把这个位置留给秦荣英。

话题有些沉重，夫妻俩心情都忐忑不安，又不好明说，只能默默期盼女儿平安产子，家族顺利熬过这一特殊时期。

12

上午，方杰竞投中标地块HQ111，陈可铭召开现场会。陈豪杰亲自与会，集团一众高管基本到齐。

这天是伟杰建筑在HQ111地块正式开工的日子。车行一路，只见到处张贴着红红绿绿的"开工大吉"标语，远处鞭炮声一阵阵炸响。来到事先拟定的集合地点，宾利停稳，施润从副驾驶位抢先下车，拉开后车门，搀扶陈豪杰下车。

陈豪杰站稳，抬头仰望蓝天白云，深深吸一口新鲜空气，感觉神清气爽。遂问身旁的施润：你头一回来？

施润亮开银铃般的嗓子：哪里呀！少说来过十次八次啦！

陈豪杰笑了：我知道你贪图新鲜空气，也就为了美容。

杜仲小跑着迎上前来：陈董早晨！施董助早晨！

陈豪杰：杜总，今天是你们的开工吉日，听说公司中午加餐，还杀了猪，我带一帮人来蹭饭。

杜仲伸出两个手指：杀了两头猪哇！我原想杀一头的，可铭总裁有心，他又弄来一头。我公司那帮小青年从早上开始就"嗷嗷"叫了，摩拳擦掌，准备中午拼酒拼肉呢！

陈豪杰：施润爱吃猪手，你给她搞一只就行了。

施润：不好意思杜总！猪手含胶原蛋白，女性大都爱吃。

杜仲：我懂，胶质美容。施董助两只猪手！吃一只打包一只。

陈豪杰扯起喉咙喊：包乐，你吃猪手还是猪脚？

包乐大声说：我不讲究！猪马牛羊飞禽走兽，是肉来者不拒。

陈豪杰笑对杜仲：对付这些吃货，你还说杀一口猪？

杜仲：陈董，要不要到伟杰会议室坐坐？我备了茶。

陈豪杰：今天不坐了。你那里锣鼓鞭炮的，我心脏受不了。再说你看（陈豪杰扬下巴指跟在后面的几辆车），人都来齐了，就在这附近转转看看好了！

杜仲招呼刚下车的陈可铭：托陈总裁的福，上好的猪肉……陈可元耳尖，老远听见了：哪有好猪肉？咋不喊我？

杜仲：喊了N遍！不喊谁也不能不喊美女呀！

陈可元来到眼前，何青黛跟在她身后。贺喜、卢占祥、李才智、姚国泰、周佛礼等人陆续泊好车，从各自的车里钻出来。不一会儿，就围着陈豪杰、陈可铭父子站了个半圆形圈子。

陈可铭：董事长亲临今天的现场会，大家欢迎！

众人热烈鼓掌。陈豪杰微笑着，向众人摆手示意。

陈可铭：方正电梯新厂基建规划（图纸）已向市有关部门报备，伟杰建筑今日开工。借这机会，我们开个现场会，主要内容是董事长带领大家实地看看，体验下，顺便讲讲他的战略思路。今天的会一如既往短平快。中午，老杜杀猪款待大家。

陈豪杰：今儿好天气，蓝天白云，阳光普照。我建议，咱这现场会采用游击队式，不定点，不坐，边走边看边说话，全程动态。当然，是漫步，不是大步流星。预计步行保底1000米，上限2000米，把这个会开完。你们有意见吗？

众人异口同声：没有没有！挺好挺好！

陈可元：董事长的游击队式现场会，我头回参加，吸引我的不是新鲜感，而是传说中的全程好空气。

陈豪杰：现场会还没开，就有"传说"了？

众人不约而同哈哈大笑。一行人开始沿着土路往前走。

陈豪杰：新生的方正电梯制造厂今天开建了。老杜带着他的全班人马正式杀上新战场。在方杰科技集团的经济蓝图上，必将增加光彩夺目的一笔，对方杰人而言，有开天辟地的意义。

陈豪杰：方正电梯项目受到河埔市有关部门及省、市行业协会的高度重视和鼎力支持，予以政策优惠，推出多项便利措施。所以，随着新厂上马，我们荣耀感飙升。

陈可铭：董事长是有战略眼光和战略定力的企业家，他关于以先进制造强化集团根基、优化集团内部产业生态系统的主张，极富远见卓识。既是他办厂近30年的实践经验总汇，亦是他大半生的人生智慧结晶。

陈豪杰：许多"摊子"在搭建之初都是乱的，像任何一个婴儿，出生时都是血淋淋的一样。建厂伊始，往往以不毛之地为坯子，即便实现"五通一平"，大家看到了，还是荒草萋萋呀！所以，我们得撸袖子大干了！得吃苦了！得流血流泪流汗流鼻涕，该流什么流什么了！我们要蹚要走的，就是从无到有、从小到大、从乱到治、从弱到强这条路。不是每个人都有机会参与新厂建设。方杰近30年来，像方正电梯这样大的手笔也是第一次。

陈可铭：董事长有个本能，那就是"看门槛"。只瞄高门槛，只攀高门槛。门槛越高，他兴趣越浓，追求越执着，哪怕碰得头破血流，在所不辞。

陈豪杰笑道：这个就是被逼的啦！门槛低的话，大家一哄而上，竞争激烈，血流成河哟。

陈可铭：各厂要配合，干起来再说。董事长的意思是，待香港方正电梯正式回迁后，我们再奠基，到时搞个典礼。

陈豪杰：我多次强调，"筑巢引凤"思路同样适合家族企业，正所谓练好内功。现场会各位都是方杰集团核心成员，希望大家齐心协力，推动方杰在高端装备制造业迅速崛起，开创家族企业的鼎盛期，同时开创你们个人的飞黄腾达。

13

上午，京墨大街49号，常掌柜中医馆"情理茶坊"。

早饭后，袁仁美目送老公梁仁良开车到毛织厂上班去了，自己掉头回来，钻进老爸袁若德的车，父女俩按照惯例，来到常掌柜中医馆，径直走进"情理茶坊"。

常掌柜中医馆为常氏祖传物业，总面积约440平方米，早年曾作育婴室。地面铺设的彩色釉砖及窗户上的彩色玻璃均由欧洲进口，历经百年仍无破损，色彩图案艳丽清晰。馆内摆放着全套明清款式红木家私，用料均为老挝大红酸枝及正宗海南黄花梨。

上世纪80年代末，常掌柜中医馆做过一次规模较大的改建装修，外表与普通房无异，内里大有乾坤。整个中医馆的摆设布局颇具心思，三间中医诊室在保留明清红木家具基础上，另外加进现代装潢元素、电子设备和珍稀物件，有博古通今之感。

其中"情理茶坊"是面积最大、设施最高端的一间屋，一应生活设施齐备，温馨舒适。最独特之处是运用进口隔音材料，将四壁建成标准隔音墙，连天花板都隔音，听音乐或看影视，高保真效果强烈。"情理茶坊"不对外，只供家人喝茶观影休憩。

袁若德、袁仁美父女在中医馆"情理茶坊"关门密谈，是袁氏家族的最高机密及"保留节目"，只谈厂务，不涉家务，多年秘而不宣。常在情、常在理姐弟以各种障眼法，为其提供庇佑和保护。除了正中间那张沙发是袁若德专座外，近期增加了一把可调节高度的宽大皮椅，显然是为怀孕后身体日沉的袁仁美专设。

本次密谈内容有二：一是企业战略方向和产业结构调整，收缩边缘投资，推动高技术发展（主推自动控制技术和数字技术），向机械制造产业链上游（即精密机床）转型；二是撤并毛织厂，即将毛织厂留下一个车间，并入服装厂，其余打包出售。

袁若德：阿美，关于企业战略调整，我是这样想的。广德究竟以哪个板块为核心业务？向哪个板块发力？现在到了急需解决的时候。我们面临着方向性抉择。我在美国跟阿贵也说了，咱广德，商业版图不一定做多大，但要做强，做强才有市场，有市场才能做大。所以，核心技术我最看重。

剥离非主流行当，要减少一些生产线，企业经营面收窄，业务收缩，集团至少不再向服装这一块做持续投入了，包括资金、人才的投入，得以减轻负担，集中财力发展德立技术。

袁若德首次提出撤并毛织厂的想法，即将毛织厂留下一个车间，并入服装厂，得以集中人力物力财力发展机械制造，做强德立技术，推动其向自动化、智能化方向发展。

袁若德提出初步构想，首先从调整服装和毛织厂领导入手，将梁仁良安排到服装厂任厂长，袁仁美因待产暂时退出一线（仍为集团副董事长），祝业祺和代紫萱留在厂内负责善后工作。

谈着谈着，袁仁美发现，何止第二个内容，哪个内容她都反感，都不赞成！老爸的所谓战略构想她基本是否定的。

袁仁美觉得老爸的想法不妥，手段太激进，步子太超前，风险大。她坚定地表明自己对该构想持全盘否定态度：老话说站得高看得远，我认为站得低看得清。向下游下沉为人诟病，谓之利润薄，我认为那是典型的好高骛远。人人都说上游好，自己是否做得了？人人都说下游孬，没有下游，能否吃饱饭都是问题。我们不要跟风，不追"风口"，保持现状就好。

袁仁美执着于服装和毛织这两块传统起家之业，对所谓高端制造业不感兴趣，不想冒这个险，主要是因为它的不确定性太强，企业像在刀刃上行走。好端端的企业，有20年历史积淀，为什么不稳妥发展呢？两人很难谈拢。

袁若德：秦茱英团队现有专利技术及研发方向，具有非常广阔的应用前景，非常适合我们广德。

袁仁美：爸，您说的这些我都愿相信，但可望而不可即。咱是企业，天天要盯死产销平衡、收支平衡！一旦失衡，企业的日子就很难过。咱耗不起时间也耗不起财力……

袁若德眼神坚毅：困难肯定有，危机也不排除，但这一步事关战略方向，一定要迈出去。

袁仁美：爸，怕的是稍不留神，这一步踏空或踩雷……

袁若德：阿美，有技术自信，才能行稳致远。秦茱英博士团队为广德带来了技术自信，仅这一点就是无价的。

袁若德接着提及某些前沿技术，语气激昂：人工智能、机器人、自动控制技术和云计算等，都是实实在在的前沿技术，我们将其纳入战略规划，掌握一点是一点，应用一点是一点，前景很广阔。阿美，咱要敢想啊！

袁仁美低眉垂眼：爸，从小您就告诉我要脚踏实地，一步一个脚印，不要眼高手低，现在您怎么变了？空想、幻想谁都会，有什么敢不敢的，又不是年少轻狂时。

袁仁美不想当出头鸟，不想冒险，不想折腾，想守成。她的理由是，在企业内部大动干戈，不是简单的事，绝对需要慎重。眼下自己有孕在身，面临生子哺育，至少需要一至两年时间休养生息；弟弟在美国完成学业亦至少需要两年，天时不济，人和不达，不如晚几年再说。如果非要在此时进行所谓"转型"，怕是后果难料，靠谱还是不靠谱，软着陆还是硬着陆，都说不准。

袁若德感觉女儿所言并非毫无道理，但从宏观大势来讲时不我待。袁若德主张先知先觉，前瞻，居安思危，抢饮头啖汤。

袁仁美：爸，这个我明白，但我觉得您对技术投资的纵深化估计不足，它战线长，周期长，资金回笼慢，对工厂造成拖累。

袁若德点头：你说得对，要不人们咋一窝蜂地追求短平快呢？我们选择一条路，不是因为那条路好走。

袁仁美耐着性子：好不好走不重要，怕的是走险走上悬崖！走路是为了走活，不是为了走死。

袁若德：有时走险路才有活路。

袁仁美：爸，说实话，您有条件享受生活，即俗话说的该享福了。

袁若德：嘿嘿，把工厂做好，是我这辈子能享的最大的福。

袁仁美低下头，不吭声儿了。她本来想劝说老爸，都拼命一辈子了，够了！有一双儿女，又不愁吃穿，该安稳下来，为自己留点轻松愉快的日子。这些已到嘴边的话她强行咽了下去，她痛觉自己跟老爸代沟深重，再无共同语言。

眼见意见分歧，袁若德神色凝重，垂着头，没有往深处谈。其实，他主要想谈的是梁仁良擅自挪用资金一事。彼时，袁若德对女婿的胆大妄为万分震惊！挪用款项绝非小事，此前没有任何商量，甚至没有丝毫透露，他自己悄无声息就做了，此后也没打算禀报，若不是财务追查，这件事就瞒天过海了。如果都像他这样罔顾集团规章，擅挪款项，后果不堪设想！此事无论于公（集团）于私（夫妻）都不可原谅。袁若德未动声色，及时妥善地处理了这件事，未造成不良后果，但事情性质是恶劣的。透过现象看本质，这难道不是离心离德的倾向吗？梁仁良敢做第一次，就敢做第二、第三乃至更多次，不能指望他做一次就自觉收手、从此绝缘。

广德文化认为，同心同德是企业的基本信条，是核心理念、核心价值观。大家在一个企业做事，等于在一条船上，任何人不可以有二心。一船人若有二心，不能协力抵御风浪，岂不等着翻船？何况父女两人同为舵手，除了同心同德别无选项。

袁若德收缩毛织厂，出于宏观和微观两个角度的考虑，除了顺从集团战略方向之外，还想通过此举对女婿的野心有所收束和制衡。但这样尖锐的话题怎样向女儿开口呢？眼下显然不是时候，他几次张嘴又强咽下去。

本次具体事项议而不决在他预料之中，但企业战略方向的调整面临巨大压力，前途未卜，他非常需要女儿与自己保持思想和行动上的一致，所以特意向女儿吹风。孰料，女儿的思路与他南辕北辙，且特别固执，这让他感到沉重。

这次密谈，时间不算短，却没有展开谈，也没有触及深层次问题，更没形成决策。但凡涉及梁仁良，父女间便很难谈拢，更难达成共识。袁若德体谅女儿身体日沉，正在待产，生怕刺激到她，进而伤身乃至伤胎，不再坚持围绕问题实质谈清爽。

袁若德意识到自己与女儿的办厂理念差距很大，越来越大，心情不无沉重。眼下女儿不知道是不是妊娠反应，近来心情一直不好，脾气大，看谁都不顺眼，对老爸也多有顶撞，这是此前不曾有过的。有些事即使不藏着掖着，也不好摊开来谈，更不敢激化矛盾，只能先拖过这一段再说。

父女俩都不太愉快，草草了事。

离心离德倾向，悄然落到这对心心相印的父女头上。

14

上午，益利大街9号，方杰集团总部陈可铭办公室。

一位女文员敲门进来报告：总裁，您的邮箱收到了最新邮件。

陈可铭"嗯"了一声，推开眼前图纸，打开电脑邮箱。

原来是曲解发来的：陈总裁早上好！我这里是晚上，您现在有空吗？方便的话，我们可在线上做简单交流。

陈可铭立马回复：曲博士晚上好！我这里刚上班。你在线上，我当然也要上线啊！我现在大大有空，大大方便。

曲解打字很快：陈总裁，我没有资格说三道四哟！不好意思。既然答应帮忙看规划图，实不敢马虎！有些想法不说出来，如鲠在喉，愧对你的信任。还是不揣冒昧，将我的一点想法和盘托出。不顶用的话，可弃之废纸篓。

陈可铭：曲博士，你尽管开金口，毋需任何顾虑。

曲解：我邀两名好友（均为业界专家权威），还请了我的导师，我们几个分头看了《方正电梯建设规划纲要（草案）》，尔后集中议了一次。总体感觉，方正电梯属业内后发，这就注定起点不可低，格局不可小，避免流于一般化。否则大鳄当道，泰山压顶，后来者方正，一不小心"出师未捷身先死"。

陈可铭：受教了！愿继续洗耳恭听。

曲解：陈总裁，现场我没去过，但数据告诉我，现有建厂面积小了，应该尽可能地予以扩大。幸运的是，方杰完全有条件！我以基建图纸等相关资料为线索，搜索了与地块相邻的"伟杰建筑"，它占地挺大的，差不多有HQ111地块总面积的三分之一强。如果把它并入方正电梯，那就比较理想了。

陈可铭惊讶：哦！占地那么大呀？

曲解：据业内经验，厂子建起来才知道，占地只会嫌小不会嫌大。并非无穷大，但大比小好。至于客观受限"大"不了，那是没办法的事。但凡有办法，扩大一点是一点。

陈可铭：不瞒你说曲博士，这就牵涉到亲兄弟明算账哦！

曲解犀利：有蛋糕才算账，没蛋糕算什么账啊！无论家徒四壁还是小康之家，人们首先惦记的一定不是算账，而是做蛋糕和继续做蛋糕。做蛋糕永远优先于分蛋糕。发展才是硬道理。至于先做还是先分，抑或两者同步，策略而已，就看哪样对大局有利。

陈可铭：牵一发而动全身，涉及面广，有一定复杂性。

曲解：内部利益重构，难免引发一些矛盾，这个无可回避，只能客观对待和慎重解决。问题实质在于，局部和全局孰轻孰重？答案是清晰的，以遵循行业发展规律为要义。

陈可铭：明白。只是这样一来，方杰就要大刀阔斧伤筋动骨了，整个经济形态和结构框架都要随之改变。

曲解调侃：再艰巨再复杂，有陈总裁就不怕。

陈可铭一看这个句子就笑了，自嘲道：还是胆魄不足啊。

曲解：如今分蛋糕的方式、路径比以前多了，也科学多了，合理多了，比如可以考虑股份制，化繁为简，化难为易。

陈可铭还是狐疑：建筑工程公司和电梯公司属性不同，装备各异，技术水平参差，在业务上没有交叉，它们完全是"两张皮"，硬"合"有益吗？就怕后续矛盾没法儿解决。

曲解：目前是"两张皮"，合并就是"一张皮"了。方正电梯内迁，首先要搞基建，建筑工程公司既然打头炮，何不借机将两家公司合二为一？当然这个次要，重要的是伟杰有充裕而又毗邻方正的土地。所以，利弊得失都是相对的。

陈可铭：伟杰建筑是集团旗下经济效益最好的公司之一。

曲解：那对方正更有利了，别舍不得呀！建个新厂，那是百年大计，是基石，是第一位的，其他都是派生的，尽管其资格老、效益好，亦不可本末倒置。相信经过深度调整和优化布局，一个现代化电梯制造厂拔地而起，巍然屹立，足以照亮、辐射和带动其他。

陈可铭：明白了。醍醐灌顶！

曲解：其实我个人想法，即使将伟杰建筑并入方正电梯，仍不足够，还可再扩大。当然，"再扩大"就不是当务之急了。可以走一步看一步，一步步来，急不得（太急怕你接受不了，权且不提。这是我的一点小私心）。

陈可铭：曲博士但说无妨。据我闻之，字字珠玑。

曲解：一个现代化电梯制造厂，用地狭窄的话，日后难免受到各种局限和掣肘，届时后悔就晚了。

陈可铭：方正电梯用地，谈不上狭窄吧？

曲解：那就看眼光了。眼光狭窄，现有用地就不狭窄。

陈可铭：曲博士，你的意思我完全明白了。

曲解：像电梯制造类重装备行业，是高精尖技术应用最多的领域，技术迭代非常快，除了锲而不舍地追踪科技前沿，别无二选。要克服小家子气，谨防坐井观天。井是何指呢？不敢瞄准和对标行业头部企业，那就是井。只有扩大视野，全球鸟瞰，起点高，格局大，敢于对标最先进、最顶尖、最现代化的东西，才能跳出那口"井"。我们不觊觎别人，但参照和对标必不可少。方正电梯定位，无非踩在先发者肩膀上，吃透随时代发展的先进理念和先进技术红利，把后发优势发挥到极致，后来居上，后发先至。

陈可铭：曲博士，你这意思是要向世界500强看齐了。

曲解：不看巨头看谁？

陈可铭灵光一闪，由衷认同：对标行业头部企业，才有底气参与竞争。建厂大业，打开眼界，先开眼，后开局。

曲解：陈总裁明鉴。

陈可铭：我受你启发。

曲解：陈总裁，我对贵公司了解有限，意见不很成熟，有些话也不好听，抛砖引玉，谨供参考。今天就聊到这儿吧，有些想法能与你分享很荣幸，不妥之处还望你多多包涵。

陈可铭：辛苦了曲博士！还有别的意见和建议吗？

曲解：当然还有，择机再聊。好，我下线了。

关了机，陈可铭心下暗忖：曲解可真敢想！兴许歪打正着，采纳她的建议等于送给陈可期一颗定心丸。这不一箭双雕吗？他叫工作人员将邮件下载打印，报送董事长助理施润。

15

晚上，福寿花园B栋21楼2112号，王祖望家。

晚饭后，王祖望把樊老靓、黄匠军和夏令喊到家里，根据黄匠军了解的最新情况，进一步商量样品生产事宜。

方杰陈可元将架给你厂连锅端，然后将"霸王床"转让给广德的事儿，黄匠军讲了个大概，更多真实情况他并不十分清楚。

"霸王床"这么轻易就易手了！引发王祖望团队多方猜测。

方杰收购架给你厂，不是因为看中了"霸王床"吗？怎么突然将其转让给广德？没了"霸王床"，架给你厂那个烂摊子还入得了方杰法眼吗？岂不成了烫手山芋？总之，这件事让人眼花缭乱。

黄匠军回顾整个过程，猜测说：可能因为无法修复。

樊老靓摇头：方杰有钱，想修复一定能修复，要么联系生产厂家派人，要么买技术或买懂技术的人。

夏令：是啊！方杰不是架给你厂，用钱能搞定的事儿都不是事儿。

黄匠军：我听阿鹏说，广德修复"霸王床"需两三天。

夏令：广德的技术实力有啥说的！

黄匠军以郑重口吻提出：王总，要不咱"挂靠"广德集团吧！借助其平台和技术生产样品，所有难题迎刃而解。

樊老靓立表赞成：广德咋说也比方杰靠谱！听说那个姓袁的老板人很不错。再说，匠军女友是广德的董秘，这不等于我们王鹅精密有了内线，进退自如，不作难了嘛。

夏令：季黄鹂是广德董秘，王鹅精密以后指不定要靠她罩着呀！匠军哥，你攀了高枝，可别忘了咱这帮兄弟！

黄匠军的脸"唰"一下红了：她不行……她哪儿行啊！

王祖望半天没吱声儿，这会儿开口，断然否定黄匠军的提议。理由有二，一是挂靠签约最短时间为一年，而王鹅精密等不了一年，若为生产样品在国内滞留这么长时间，岂不把境外分包项目搅黄了；二是陈可元曾私下向王祖望施压，逼他发毒誓，不与广德有任何瓜葛，尤其不可向其泄露工艺。

那怎么办？商量到最后，几人仍拿不出办法。

黄匠军急赤白脸：不"挂靠"也罢！我们向广德租借"霸王床"用一用，总可以吧？方杰管不了这么宽吧？

听到这话，王祖望眼睛陡然一亮，咦，简直正中下怀！此前怎么没想到呢？他与樊老靓交换眼神，觉得这是好办法、好路子，大可一试。借个机床而已，不必备案，利于暗箱操作，在神不知鬼不觉的情况下，王鹅精密拿出样品后即拍屁股走人。就算方杰知道了，大不了放点马后炮，伤不到谁了。

王祖望决定在保密情况下，悄悄地向广德租借"霸王床"，按天计价，租金方面让广德满意，样品生产完毕立马归还。这事从头到尾用时不长，全程保密不难做到，是最划算的路子。

由谁出面去借合适呢？当然是黄匠军。借助他与季黄鹂的老乡、同学加情侣这层关系，把握大一点。

黄匠军根据王祖望授意，起草了一份"霸王床"租赁合同，讲明王鹅精密为生产样品，紧急向广德租借"霸王床"，租期70至90天，租金方面由广德酌定，王鹈精密决不还价。

王祖望连夜写了一封致袁若德的亲笔信，言辞恳切。

信件内容主要是向广德坦言王鹈精密遇到困难，急需生产出合格样品，才能按原定项目计划往前走，就是说遇到过不去的"坎儿"了。本来参与境外分包项目，没有先拿出样品这一条，但事情后来起了变化，王鹈精密只好跟着变，不想变也得变，没法变也得变。紧急租借"霸王床"实属无奈之举，万望袁老板体恤一家初创小微企业的种种难处，允伸援手。另外，此事为我们两厂私交，请予保密，相关事宜一律杜绝外泄。多谢合作，万分感激！前期贵集团梁（仁良）总与王鹈精密洽谈收购事宜，未能成功，主要原因是王鹈精密有难言之隐，辜负了广德一番盛情美意，万望袁老板体谅和宽容，不计前嫌，在租借"霸王床"问题上高抬贵手！

王祖望叫黄匠军亲手将信函及租赁合同送达广德。

16

晚上，河埔市中心商务区鹦鹉酒店"狂蝶迷你"歌舞厅。

坐落在河埔市中心商务区的鹦鹉酒店，是该市早年的地标建筑，亦是首批五星级酒店之一。设置在酒店主楼顶层的这间歌舞厅，像它的名字"狂蝶迷你"一样，很小，但精致典雅，每一寸空间布局都体现出心思并且砸了大钱，一看就是小众化的。尤其是椭圆形的舞池，铺垫着高档楠木地板，架设着专业迷彩灯光，KTV设备清一色国际品牌，流淌出来的乐曲音色绝美，隔音墙效果一流。它那原本流光溢彩却又刻意不事张扬的小模样儿，对人极具诱惑力，迈开腿跳上台手舞足蹈一下的念头，分分钟都会从心底冒出。

尤其芬把"鹦鹉酒店"几字输入车载导航，半小时之内即把秦茱萸等人送至鹦鹉酒店大门口。一个身材高挑、浓发披肩、身着白色连衣裙的女孩子笑盈盈地迎上前来，满车人都以为她是酒店专事迎宾的礼仪小姐，没在意，就是在意也不认识。直到尤其芬轻喊一声：天呐！怎么敢当！方杰老板亲自来接咱们了！

方杰老板？在哪儿？大家抬眼向周边乱瞅，没发现目标。

欢迎秦博士！陈可元向头一个下车的秦茱萸伸出手来。秦茱萸虽不像上回商务洽谈那样乍见陈可元无比震惊和慌乱了，但仍忐忑，却还是大方地与陈可元握了手，甚至脸上现出一点儿笑意。

欢迎各位大咖！陈可元语气亲切，笑容和煦，她手戴肉色阿玛尼网状手套，不失礼貌地与广德人一一握手。

她就是方杰老板！众人目光均被陈可元吸引，无不惊艳。大家难以置信，这么个青春靓丽、活泼可爱的女孩子，像大二女生，又像礼仪小姐，竟然是佳杰五金的霸道女老板？这两个天壤之别的角色，可以在一个人身上混搭吗？简直颠覆大众"三观"（世界观、人生观、价值观），让人怀疑人生啊！

陈可元引领一行人穿过酒店大堂，乘电梯到了顶楼。但见褐色门楣上有"狂蝶迷你"几个烫金字，在霓虹灯包裹下恣意闪烁。

没有多余的话，音乐响起，舞会就算开始了，巨大的电子屏幕映现出一幕幕田园牧歌式的自然风光，像背景墙一样，为整个舞厅的气氛做了非常好的衬托。但谁先上场呢？虽说双方都是年轻人，但相互不熟悉，有些扭扭捏捏。

僵持一阵，众人忽然起哄，巴掌拍得"噼啪"乱响，要求秦博士与陈总合跳一曲《月朦胧鸟朦胧》。盛情难却，秦茱萸勉强上了场，严格说他是被喧器的声浪掀上场的。陈可元立即迎上前，堪称"闪亮登场"，确立了自己的舞伴位置。

这一对郎才女貌往那儿一站，四手交错搂腰搭肩，天呐！让人再也无法将视线移开，没有比他们更加珠联璧合的人儿啦！

陈可元天使容貌，品牌服饰，青春靓丽，灿若星光。她忌讳披金戴银，只为自己配置了一条珍珠项链，她那光洁的颈项被珍珠项链衬得像白天鹅一样有"丝滑"感。她的裙裾处缀着一圈圈蕾丝边儿，轻盈飘逸。随着舞蹈动作展现出好看的弧线，她显然是全场最博众人眼球的一个，许多人盯着她目不转睛。

秦茱萸身材偏瘦，但两腿修长，显得高大俊朗。服装不是响当当的国际大牌，却也是本地名牌——陈可铭在美国送给他的一套"德来"品牌夏季男式套装，看上去非常合体，把他的男性光芒衬托得恰到好处。他在大学时跳过交谊舞，基本步伐还是懂的，不是不会，只是跳得不好，加之多年未涉足舞厅，动作青涩生疏，不连贯。

在陈可元青春气息的熏染和冲击下，秦茱萸的木讷和愚笨态一点点消失，加之播放的是熟悉的老歌和优美的旋律，使他对音乐的理解被逐渐唤醒，他在舞池中活起来了。凭借秦茱萸超棒的身材及还算及格的舞步配合，陈可元被衬托得风情万种，尽展优长，忽而像个下凡女妖，忽而像个依人小鸟。

莫如师脱口夸赞：陈总有激情，秦老大有才情，标配！

甘果不吝溢美之词：不狗血也不鸡血，就是美爆爽翻！

牛仔酷跟着咋呼：魔女化身！眩晕我眼……哎哟我的眼！

莫如师早就按捺不住，很绅士地走到尤其芬跟前，做了个优雅的邀请动作，尤其芬略带羞涩，却十分配合。两人一搭手，竟如老搭档般，和谐移步至舞台中间，随乐起舞，蹁蹁跹跹。

一曲舞毕，甘果和牛仔酷涎着脸凑过来，甘果指着莫如师对尤其芬说：他是技术背景出身，标准理工男。

尤其芬翻翻白眼：理工男品位单调枯燥。

牛仔酷郑重引导：不是枯燥是酷炫！把他弄到手，可以共享其卓越的专业远见。阿芬小妹如此聪慧，哪舍得走宝？

尤其芬含羞带嗔瞥莫如师一眼，嗲声嗲气：他有这么好？

舞厅音乐越发悦耳，如泣如诉，仿佛在声声召唤，众人纷纷寻找舞伴，下了舞池。一时间，"狂蝶迷你"青春飞扬。

秦茱萸凑近陈可元耳朵：你气场强大，影响带动一片。

热闹中，不时有人讲笑，引众人阵阵爆笑。

莫如师与尤其芬配对起舞，脉脉含情，亦成全场亮点。

莫如师近期跟尤其芬学了些粤语，动辄模仿，鹦鹉学舌：做事轻飘飘，说话空洞洞，揶揄暗戳戳，叹茶爽歪歪，交易分分钟，盈利湿湿碎，还贷沉甸甸，友情死翘翘……还有，忘了。

秦茱萸感慨：后生仔们开口"血赚血亏"，闭口"血战血拼"，把平淡的日常生活用语演绎得登峰造极！老夫我跟不上潮流啦！

陈可元大大咧咧：老夫跟着元老，什么潮流都跟得上！

秦茱萸：老夫朽木不可雕，哪里比得元老。

第十章

1

上午，"河埔金秋国际毛衫节"盛大开幕。

下午2时许，袁若德、秦荣黄等来到毛衫节"先进机械设备展"德立技术展位现场，听取牛仔酷介绍参展情况。

崭新锃亮的"霸王刨"数控机床亮相"河埔金秋国际毛衫节"，矗立在德立技术展位中心位置。袁若德、秦荣黄等人围着它站成半圆形，兴奋之情溢于言表，你一句我一句热议，秦荣黄、牛仔酷现场解答大家提出的问题，顺势进行一般性科普。

牛仔酷介绍：外形上看，"霸王刨"与"霸王床"相差无几，整体构造的基本原理大体相同，但内里乾坤，大相径庭。这首先是因为"霸王刨"有了数字技术应用，自动控制系统提升N个档次；其次是"霸王刨"汲取了"霸王床"全部优点，修正了"霸王床"设计缺陷，其短板获得弥补，青出于蓝而胜于蓝。

秦荣黄接上话茬：数字技术的发展和应用，是革命性的。按照大数据理论，工厂、店铺等实业类经济主体，应有实实在在的量化指标，就像GDP一样，以精算而不是概算数字来标示。任何经济实体都可用数字标示其价值，使之更直观，更精确。具体说吧，百业百态，异象纷呈，各个不同经济体的实力高下怎样一目了然呢？怎样横向纵向比较呢？人们总是困惑于"没有可比性"。其实，看大数据就好了。大数据解决了这个问题，使异质的东西也有了可比性，且令人信服。大数据以实压虚，挤压弹性空间，使"实力""价值"量化、标准化。

马赛鹰笑得眼睛眯成一条缝，指着巨型机床腰部：这个关键部件可是大宝贝，原来它的成本并没我想象的那么高。

牛仔酷兴致益然，话语滔滔：当然，高技术都是追求低成本的。脱胎于"霸王床"的"霸王刨"，融进了德立技术某项数字专利，但它仍属高仿机床。在此基础上，真正实现技术突破，自主创新，要看接下来研发制造的"霸王铣"及其霸王系列机床了，我们简称其为"霸王系"。尤其值得期待的，是秦荣荑博士及辅助他的甘果小组，正在研发的高端数控机床"霸王镗"。

秦荣荑向牛仔酷打出"暂停"手势，牛仔酷赶紧熄声。

袁若德：搞制造就是搞技术。起家靠技术，发家靠技术，保家靠技术。从低技术到高技术，一步步走来。秦博士及其团队在德来服装、德福毛织两间厂搞的"技改"，成绩不俗。

秦荣荑：袁董这话堪称经典，大可收进名人名言录。

袁若德故意打岔：我说了很多话，你指哪一句啊？

秦荣荑：搞制造就是搞技术——也就这一句了。

马赛鹰捧场：金句不要多，多了不金贵。

袁若德：先是服装厂，后是毛织厂，双双升级，开启数字化智能时代，在软硬件各方面实现技术交汇，广德内部结构发生重大改变，传统工厂呈现出崭新的现代发展样貌。说白了，秦博士主导的、非常前沿的数字技术应用，简直是天降祥瑞！

几人热烈议论着，情绪高昂。尹擎悄悄走近代紫萱，以手捂嘴向她耳语：我看见紫岚了！代紫萱惊讶不已。袁若德无意中瞥见尹擎与代紫萱两人交头接耳，盯着问：怎么了？尹擎手指毛衫节的另一端：丁紫岚在那边T台走秀！

哦？袁若德向尹擎手指的方向张望。正在这时，季黄鹂手持文件夹急匆匆赶来：袁董，王祖望发来信函。

袁若德接过信函大略看了看，随手转给秦荑英。

秦荑英迅速瞄一眼：哦，他们想租借"霸王床"，生产样品。

袁若德若有所思：到底还是求上门来。

马赛鹰瞪眼：什么什么？借"霸王床"？他休想！

季黄鹂小心翼翼说：马总，租价方面，他们愿意高出市场价……马赛鹰急赤白脸打断季黄鹂，发出连串质疑：王祖望怎么知道"霸王床"易主并且修复了？谁他妈给他通风报信呀？

袁若德向马赛鹰摆摆手，意思是不要这么冲动。

季黄鹂耐心解释：马总，事情原委是，樊老靓与架给你厂汪老板是以前的工友，最早是他派黄匠军与汪老板联系租借"霸王床"的，因机床坏掉了，当时没有借成。我听匠军说，汪老板不舍得花钱请（境外）厂家派人来修，自己又没能力修，只好听任"霸王床"趴窝。后来因方杰的陈可元横插一杠子，"霸王床"易主并得以修复，王鹅精密这才追到广德来了。

马赛鹰还是不悦：方杰的陈可元不管出于什么目的，人家好歹是以友情价转让给我们的。王祖望呢，脸皮贼厚，坐享其成，"霸王床"一修好就跑来摘桃子！我凭啥借给他？

袁若德与秦荑英交换眼神，秦荑英明白这是征求他的意见。他面对马赛鹰"嘿嘿"一笑，语气柔和：马总舍不得呀！这个好办，季董秘刚才说了，对方愿出高价，那就高价呗！马总，咱们有了"霸王刨"，意味着"霸王床"的历史使命已光荣完结。

袁若德若有所思，认真点头，转而征求牛仔酷意见。

牛仔酷有所保留，一是没有"霸王床"，不可能这么短时间内制造出"霸王刨"，他委实舍不得出借；二是他改造"霸王床"计划还未来得及实施，包括附属装置（智能机械臂）的嵌入和TRR数控系统新技术的试验性应用。

秦茉苪知道牛仔酷的顾虑，点醒道：牛仔，可以派你的人随行，或你亲自出马，去王鹈精密指导"霸王床"操作。

牛仔酷顿受启发，当即表示同意租借，还借题发挥：我刚刚产生了些想法，不太成熟。简要说，"霸王床"租借出去是直接用于生产的，这个过程亦可作为新装置、新技术的应用验证过程，我们小组可以实时跟进，现场调试，逐步完善。以产品品质的优劣反馈机床性能，使随后的技术升级、机床迭代更具针对性。优异的机床性能与优异的产品品质成正比，一箭双雕。

秦茉苪点头：这思路好！我们仅仅指导对方操作，不透露相关设备和技术原理，全程保密。牛仔酷小组的TRR数控系统新技术尚未申报专利。王鹈精密不懂这个，也不一定感兴趣。

袁若德：把"霸王床"租借出去，看来不是坏事。

秦茉苪、牛仔酷表态后，大家意见趋于一致，只有马赛鹰很不情愿，愤愤然，痛发牢骚：这么名贵的高端机床，德立技术此前一台没有。凭着秦博士的面子，人家给了优惠价，我们才头一回把这宝贝弄回来，又凭专家妙手回春。在自己怀里还没捂热，就借给别人，何况这个"别人"对广德很不友好！反正我是看不上那姓王的！你们不知道，梁（仁良）总多烦他，提起他就来气！

袁若德笑道：算了马总，没必要跟他们置气。

马赛鹰气仍未消：王祖望刚刚拒绝了广德《收购要约》，把我们好心当作驴肝肺，我们接着就把先进机械租借给他，也太迁就他、太便宜他了！我的意见，大幅提高租金，叫他用着肉痛！

袁若德和颜悦色：不要吧，我们宁愿吃点亏。马总，你只好自己肉痛了！你要不想肉痛，就多造几台"霸王刨"呗！

马赛鹰表示明白老板的策略。尽管他心里还是很惋惜，却硬挤出苦涩笑容：阿鹏，老板是看在你的面子上哟！

季黄鹏不好意思：我哪有这么大面子呀马总！

袁若德当场拍板，将"霸王床"平价租借给王祖望，租期65天。

袁若德面向秦茱萸：秦博士，派个专家同"霸王床"一起到王鹏精密吧，借这机会，侧面考察一下他们的制造工艺。

秦茱萸点头：好，我安排落实。

季黄鹏：袁董，黄匠军来了，在门口，他想当面向您道谢。

袁若德热情：道谢不必。人来了？快请他过来呀！

2

晚上，西苑北街3号别墅，陈豪杰家。

7点半，天已大黑，陈可铭和陈可元的车先后开进院子。

陈可元习惯性地直着嗓子喊：妈，我回来啦！

方珍劈头盖脸地唠叨：叫你们回来吃饭，一个都叫不动！

陈可铭：妈，一堆事呢！我好不容易脱身提前赶回。

方珍：哎呀我知道，你们时间金贵，地球没你们不转。

陈可元边换鞋边问：我爸呢？

二楼书房等你们。哎，厨房给你们留了饭……方珍话音未落，陈可铭和陈可元早已三步并作两步蹿上了二楼。

陈可元：爸，我回来啦！

陈豪杰"嗯"了一声。陈可铭、陈可元围在老爸身边坐下。

陈豪杰：小元，你为了送定情物而收购厂子，变着法子向秦茱萸示好，我不反对，但你不要小聪明误大事，至少要跟你大哥商量，征求下意见嘛！

陈可铭：爸，她妄自尊大，根本不把我这总裁放在眼里。

陈可元瞪眼：谁妄自尊大？有事说事，别搞人身攻击！

陈可铭虎着脸儿：收购厂子，你有这权限吗？

陈可元：佳杰五金我没权？你有权？你想一手遮天？

陈豪杰摆手：行了！你俩见面就掐，烦不烦？小元你要虚心点，尊重你大哥的意见，以后不许先斩后奏。

陈可元脑子反应快，直奔主题：爸，先斩后奏固然不合规，但我动作稍慢就不可能有斩获。另外我想把思路掰扯得更清晰、把事情做得更有条理些。"后奏"不等于不奏。我现在就架给你厂收购事宜做简要汇报，悉听您指教及拍板定夺。

陈豪杰眯着眼，抿着嘴，专心喝茶。

陈可元口齿清晰，表达伶俐：爸，您目光老辣，一眼就看穿我向秦茱萸奉送"定情物"的把戏。要不是您看问题本质，我其实……稀里糊涂把机床转让了，并没想过"定情物"这茬，现在才明白原来这是个硬招。但是，您也只说对了一半。事实是，"霸王床"不过是个引子，我真正看中的是架给你厂那块地皮。南郊五街，位置不错。汪雄壮是本地人，建厂那幅地，是当地有关部门在极优惠的政策条件下优先给他安排的工业用地，所以，他厂子不大占地面积大。后来经营困难，他想卖厂，但没人接手。我就是这个时候出手的，厂子和土地打包买，超便宜。

陈豪杰和陈可铭互看一眼——这还是家中那个不起眼的小妮子吗？虽说小时候就猴精猴精的，没承想一夜间"老到"成这样！

陈豪杰面对陈可铭：看来，你妹有胆识哟！

陈可元大度一笑：小试牛刀而已。

屋里很安静，陈豪杰、陈可铭父子俩默默喝茶。

陈可元：再说，我看中的是那间厂子的熟练工人。厂子小，员工少，我按人头逐个摸查，全是年轻人，正宗蓝领，有机械操作经验，很发奋，很本分，没有一个捣蛋的，那个姓汪的厂长也多少有些魄力。再次，我瞅准时机，果断出手，整厂收购价比预期低45％。再再次，已经损坏的"霸王床"难以修复，据第三方评估，这价格达不到跳楼价也是吐血价。本次收购总体经济账是划算的。

陈豪杰：你上次说可以建培训基地？

陈可元非常肯定：对。稍做改造，可建培训基地或再教育中心。在方杰，员工培训这一块是短板，我觉得应该补齐。我们做厂，要全员培训，精准培训，常年轮训。至少，也算为二哥陈可期的方正电梯厂回迁打个配合。

陈可铭鄙夷：你大言不惭，好像很有眼光似的，钱从哪来？

陈可元：有项目，钱好解决，这是爸的观点，也是爸的谆谆教诲，我牢记在心。何青黛找专业公司做了咨询和匡算，用地皮做抵押贷款，靠项目本身滚动发展，额外花钱不多。

陈豪杰：你刚才说"霸王床"是坏的？到底修好没有？

陈可元：我是没修好。一是技术达不到，二是时间不充裕。

陈可铭：说来说去不是一台坏机床吗？买来没用，转手拿去忽悠人家秦茱萸。这种事只有你陈可元做得出来。

陈可元：秦茱萸好忽悠啊？我事先问过他，他说修复"霸王床"小菜一碟，果然，人家拿回去三下五除二就修好了。

陈豪杰盯着女儿，感觉她那张俊俏稚嫩的脸，与她嘴里吐出深沉凝重的话，很不搭。他轻轻吁了口气。女儿回来做厂时间不长，经历的事情挺多，也算得到锻炼，考虑和处理问题趋于缜密，显见她天赋不错，并且一天天成熟起来。

陈可铭：爸，此前员工培训都是由佳杰五金兼顾的，地方是挤了点，条件也差点，克服一下就好。我看还是由佳杰五金……陈可元厉声截断：不行！我佳杰五金不再承担集团员工培训。

陈可元这斩钉截铁的态度，令陈可铭吃了一惊。

陈可元：佳杰五金空间有限，条件有限，以前马马虎虎培训一下算了，以后呢？方正电梯员工有多少？佳杰五金承担得了吗？员工培训不是可有可无的，不可以临时拼凑，瞎对付，要做长期打算。别以为好员工、好队伍会从天上掉下来，或从社会上招之即来，甚至马路上一喊就来了，哪有这好事？也不要指望别人培训好了给你送来。员工要自己培训，即便招聘来的人才、专家、高手神圣，也要再培训，继续培训，终身培训。

陈可铭：你说的比唱的好听。培训要钱！你拿钱啊？不当家不知柴米贵，你先拎清自个儿斤两好不好？

陈可元：培训这个钱必须得拿，你别想省下这一块。

陈可铭不说话了，他懒得搭这个腔，老爸定夺好了。

陈可元尖细的嗓音不由自主提高了分贝：厂务首先是人事，人事是最重要的厂务。换句话说，做厂首先是做人，"做"就是吸纳、培养、信赖和任用。没有人，没有队伍，厂将不厂，厂将无魂。相对于铁打的工厂流水的员工，我更喜欢铁打的员工。要建百年老厂，就要建一支百年员工队伍、百年骨干队伍。像王祖望那样弃厂跑路者，越少越好。做厂的人不爱厂，那是很恐怖的事。我希望佳杰五金乃至方杰能够出现两代、三代员工家庭。

陈豪杰眨眨眼：你刚才说什么……厂魂？

陈可元：是啊！任何工厂，都应有自己的厂魂，它构成企业文化的核心。佳杰五金的厂魂是"百年厂家以人为本"。

陈豪杰嘴上没说什么，心里却很受用，女儿的一些理念他是赞成的。这时，他感觉疲惫，慢条斯理地说：我和你妈早就准备去香港阿期那里，拖了好些日子，下周终于可以成行了。我带上HQ111地块建筑方案及"期屋"新钥匙。"方正"搬迁的大致日期敲定下来，其他事就好办了。今晚就这样吧。小元你先回，开车慢点。

爸，您早点休息！陈可元先行离去。

陈豪杰交代陈可铭：小元热衷于长久之计，是好的。架给你厂的那个旧址，你顺手牵羊吧，先弄出改造方案，通盘统筹一下，往培训基地方向走。日后，集团各厂的人员培训、进修乃至技术研发那一块，都可放进去。

陈可铭点头：好的。爸，下周您和我妈又要舟车劳顿，我还是不太放心，要不我陪你们去阿期那里吧？

不用！家里这么大摊子，够你忙的。另外……陈豪杰摆手叫儿子靠近些，近乎耳语：给你交个底，我有备案，陈可期回迁，电梯厂以方正为内核；陈可期不回迁，电梯厂以佳杰五金为内核。这个先不告诉小元，你自己心里有数就好。

陈可铭郑重点头：明白。爸，最好最优的方案还是阿期回迁，于厂于家都是上上签，又遂了您和我妈多年夙愿。

陈豪杰忧思深重：你当我想做备案？不是怕万一吗？

陈可铭抬腕看看表，起身收拾桌上零碎东西，准备上楼回自己房了，突然想起什么：爸，曲解发的邮件您看了吗？

陈豪杰茫然：什么邮件？

陈可铭：咦，我叫施助理将打印件报送给您了呀！

陈豪杰打开放在桌面的文件夹，在一摞子文档中翻找出一叠A4打印纸，上面有醒目的"邮件"二字：哦，给了，我还没看。

陈可铭：在苏州时，我把《方正电梯建设规划纲要（草案）》和基建图纸都给了曲解一份，请她帮忙审阅把关，提供专业意见。近日，她从美国发回邮件，提了几条意见和建议，她说这只是初步的。其中有条建议相当大胆，也相当重要，即把与HQ111地块相邻的伟杰建筑整体并入方正电梯。

什么？陈豪杰听得分明，但出于惊奇，感觉听力不可信。

陈可铭又复述一遍，口齿清晰。

陈豪杰将邮件大致看了一遍，沉思片刻，感慨道：你们总是说大老板大手笔，跟曲解比，我的手笔就不大了。

陈可铭：曲解在业内拥有的人脉资源、获取最新技术的资讯渠道及惯性的国际化视野等，我们都欠缺。

陈豪杰一拍桌子：你一定把这个曲解给我弄来！

3

下午，"河埔金秋国际毛衫节"展厅。

广播喇叭响起播音员柔美的声音：本时段T台走秀结束。欢迎客商朋友们参观浏览毛衫节各展位精品时装。

代紫萱和尹擎老远就向丁紫岚招手，丁紫岚也看见他们了，急忙从T台一侧向表姐所在方向走过来。还没走到跟前，就见一个高个儿小伙子从人群中打横里挤出，径直杵到丁紫岚面前，先冲她点头致意，尔后毕恭毕敬地递上自己的名片。

出于礼貌，丁紫岚微笑着接过名片，粗略看了看，上面写着：新疆石河子泰戈棉纱厂厂长助理——阿布都尔提。

丁紫岚客气道：不好意思！我的名片没带在身上。

阿布都尔提：你展示的服装，太美了！

谢谢！丁紫岚职业性地笑了笑，侧身要走。

阿布都尔提：你气质极佳，与服装风格适配度很高！

丁紫岚好奇：你从新疆大老远赶来，是为了看时装秀吗？

阿布都尔提：不是。我来广东出差，顺便来河埔毛衫节看看。你在T台展示的服装，其原料正是我们新疆的长绒棉，其采用的棉纱坯布正是我厂产品。

丁紫岚恍然，原来此人是她代言的广州某服装企业上游供货商。她职业性捧场：难怪呢，那衣服穿在身上超舒适！

阿布都尔提：姐姐，可以留下联系方式吗？

丁紫岚诧异，对方竟然喊她"姐姐"！难道她显老吗？还是他眼拙？她不打算给他联系方式，只想尽快把他打发了，谁知他没有离开的意思，目光灼灼地看着她，她只好推托：我仅为企业代言走秀，一般不直接与客户打交道。如果你有业务需求，可直接与厂办或销售部负责人联系。

阿布都尔提：不是！姐姐，你误解了，我只是想……丁紫岚再也忍不住，"扑哧"一下笑出声来：我没你大，你管我叫姐？

阿布都尔提也笑了：尊称！与年龄无关。

丁紫岚好奇：你汉语流利！

阿布都尔提：我在内地读书多年，毕业于江汉纺织大学。

你是纺织业科班啊？挺牛的！好，祝你大发大旺。丁紫岚说着，抬手指指前面：我有点事，我姐我哥在那儿等我呢！

阿布都尔提会意，做个打电话手势：希望能接到你的电话。

丁紫岚急于脱身，点头应付：好的。

阿布都尔提转身消失在人群中。代紫萱和尹擎走上前来。

尹擎紧盯着问：刚才跟你搭讪那人是谁？

丁紫岚晃晃手里的名片：一个客户，新疆来的。

尹擎：他找你干吗？

丁紫岚摇头：不知道。

代紫萱不由分说地把表妹拉到一边，趁四周无人厉声质问：你疯了？刚做完手术，叫你好好休息，怎么又跑出来？

丁紫岚撇着嘴小声嘀咕：人家早就好了，没事了嘛！

代紫萱：走！跟我回去，我煲鸡汤给你补一补。

丁紫岚：哪能啊姐！下午还有两场表演呢！

4

上午，佳杰五金厂会议室。

在例行的周一早班会上，陈可元郑重宣布，任命何青黛、周佛礼为佳杰五金副总经理，汪雄壮为佳杰五金第二车间主任，即日起生效，各自走马上任。

接着，陈可元为几名新老副总做了详细分工，何青黛协助陈可元负责全厂行政管理工作。陈可元刻意强调：阿黛，明白你的角色地位吗？但凡狗不理的你都理，但凡没人管的你都管，与佳杰五金沾边儿的任何事情都在你的管辖权限范围内。总之，我在和不在你都可全权代表我，我不在的情况下你就是我了。

何青黛惊骇吐舌：天底下有这样分工的？我是你替身啊？

陈可元横她一眼：你不觉得荣幸？

何青黛撇嘴：整天在你阴影下，荣什么幸啊？人人都喜欢活成自己的样子，谁喜欢活成别人的样子啊？

这话惹得周佛礼和姚国泰都忍不住笑了。

陈可元：你以为我喜欢你这个替身啊？有替身很麻烦的，说不清谁在谁阴影下，没准儿我被你阴影了呢！

何青黛一脸无奈：那就凑合吧！谁叫咱俩难分彼此。

陈可元：哦，不行，不能便宜你这个阴影！我宣布，何青黛副总经理兼任佳杰五金厂人力资源总监，简称HR。

何青黛一脸怪相：钱没增加，活又加码。当替身的命苦！

陈可元瞪视何青黛，态度认真：人力资源体系和财务体系对任何公司都是至关重要的。HR和VC（私募）一样，都是要考察人性、看人选人的。其实和谈恋爱一样，你得会找人、会追人、追对人。

何青黛对这话很认同，不做怪相了，郑重点头。

陈可元转脸面对周佛礼，清晰交代：周副总，你负责全厂生产、业务及技术研发。你觉得怎样？

周佛礼认真地看着陈可元，神态庄重：好！

陈可元面向姚国泰，说话直爽：泰叔啊，您有些年纪了，多年辛苦劳累身体不太好。现在的年轻员工思想活跃，不像您年轻时那样单纯朴实了，管理和沟通方面亦比过去复杂，难度加大。有时还真得您出面，靠着您的德高望重才能镇得住。我意，您仍在副总经理位置上，行政管理这一块交给何青黛，您协助周佛礼抓生产，尤其是车间一线生产工序的把关。您觉得怎样？

姚国泰由衷点头：好哇好哇！

陈可元叮嘱汪雄壮：汪主任，第二车间是佳杰五金的核心车间，老员工多，大都是技术岗，设备也相对高端一些，咱们泰叔就是第二车间的老主任，一线管理经验特别丰富，对产品的生产制造流程特别熟悉，在泰叔手下，第二车间是连续多年的先进车间，员工奖金也是全厂最高的哟！泰叔之后的两任车间主任都跟着王祖望跑了，希望你接手后，珍惜泰叔打造的好底子，保持荣誉，更上一层楼。

汪雄壮：好的陈总！我一定不辜负你的信任。你放心。

5

清晨，大背头小五金街，王鹅精密组件厂。

"霸王床"运抵大背头小五金街时，王祖望激动不已，致电秦茱萸，千恩万谢。秦茱萸正在袁若德办公室，接到王祖望电话，与袁若德交换一下眼色，顺手摁下免提键：王总，这是我们广德袁老板亲自安排的，要谢就谢袁老板。

王祖望：当然当然！袁若德老板是君子之泽普惠乡里啊！我呢，公司弱小，轻如鸿毛，只能在残酷的市场竞争中钻出条缝隙，血拼求荐。广德不但不嫌弃，还雪中送炭，慷慨给予"优惠待遇"，王某万分感激！我定要择机上门叩谢袁若德老板！

秦茱萸："霸王床"是否合用、好用，还需在生产中检验……

王祖望：好用好用！一定好用！全厂员工都把它当作珍宝！

秦茱萸：还有两个好消息呢，一是袁老板准备委派牛仔酷带领一个四人专家组，坐镇大背头小五金街，协助"霸王床"操作及样品生产；二是策应贵厂样品生产急需，调拨德强五金（老厂子）刚从上海宝钢购回的部分原材料，成本价转让给王鹕精密。

王祖望闻讯，又是一番千恩万谢，亢奋不已：啊？真的吗？秦博士，广德分明是急人所急、帮人所需啊！王鹕精密受让德强五金的原材料，翌日即可开工，比原计划提前近20天，真是感激不尽！袁老板考虑和处理问题细致周到，仁至义尽，王某铭记在心，没齿不忘！秦博士请一定帮我转达啊！

王祖望顿了顿，接着以果断的语气说：不过，请秦博士转告袁老板，贵公司研发任务繁重，专家小组暂时就不必派了，一旦有问题搞不掂，我等自会专程上门讨教。

袁若德和秦茱萸两人对视，不明白王祖望葫芦里卖什么药。

秦茱萸补充说：王老板，"霸王床"在技术上仍有提升空间，比如，自动控制系统可迭代升级，性能更趋完善。

承蒙广德厚爱，真是感激不尽！王祖望又一番千恩万谢，稍顿，他再次重申专家小组不必派了，如遇难题定当上门求教。

袁若德和秦茱萸两人四目相对。哦，王祖望只借机床不借人，婉拒广德拟派出的"专家小组"，这是什么猫腻？似乎有如下可能，一是怕专家"贵"，请不起；二是王祖望很自信，觉得样品生产可以独立搞定；三是王鹕精密有不传之秘，怕外人涉足。

袁若德沉吟片刻，意识到王祖望对广德表面上感恩戴德，其实并非一味依赖，而是多有防范。他大度地点点头。

秦茱萸立即答复：可以呀！那就这么定了。

挂了电话，王祖望进入车间，员工都已各就各位。

两个巨大的红色条幅相互对应着，挂在车间正面墙上，居正中位置。每个条幅都书写八个黄灿灿的大字，醒目抢眼。

左边条幅上写着：匠人匠心，匠工匠品。

右边条幅上写着：匠心血赚，粗心血亏。

王祖望心情极好，走到樊老靓跟前热切地说：看你的了老靓！

樊老靓一边忙着手中的活，一边冲黄匠军扬扬下巴：看他的了！以前他给我打下手，现在反了，我给他打下手。

黄匠军笑容憨厚：师傅抬举！没您掌舵，一切付之阙如。

王祖望：你们师徒通力合作，才能构成完整工艺嘛！

一切准备工作就绪。技术员夏令：开机！

"霸王床"启动了。它轻快运转的声音，疏密有致，节奏分明，好似流畅而又美妙的乐章，性能无与伦比，功能强大。全厂员工围着"霸王床"，看得目瞪口呆，尔后心花怒放。

黄匠军突然想到架给你厂的汪老板，心下唏嘘，脸上的笑容渐渐变得僵硬。作为"霸王床"近期以来游走命运的全程见证者，他着实替苦主汪老板惋惜。虽说花落谁家汪老板及其手下已经不关心了，但如今"霸王床"新生这一幕幸亏没让他们看到，否则心里不知会酸成什么样、痛成什么样！将这么先进的机床以这么低廉的价格拱手让人，亏大发了！

6

夜晚，广府大街71号，德立技术大厦顶层实验室。

秦茱萸接到陈可铭电话：这么晚了，有事啊铭兄？

陈可铭语气振奋：我向你通报，方杰组建"陈氏迎亲团"，赴美迎接曲解回国，现在我正式邀请你出任"迎亲团"领队。

秦茱萸：开什么玩笑！"陈氏"包括我老秦啊？

陈可铭绘声绘色：给你说，连我老妈都吵着要去呢！"迎亲团"通过无记名投票，选举出团长陈豪杰，秘书长陈可铭，团员有陈可期、叶馨菊等。"迎亲团"成员将从中国河埔市、香港地区和英国这三个方向奔赴美国洛杉矶，到那里会合。

秦茱萸很惊讶：乖乖！这么隆重？声势浩荡煞有介事啊铭兄！不是意向书已经签了吗？还怕她跑了？亏你想得出！

陈可铭：不是我，小元搞的，她两个月前就开始精心策划了。我爸支持她，说求才揽才就要付诸真心。

秦茱萸更惊讶了，元老有这热心肠？他使劲儿眨眼，反应不过来，心里直犯嘀咕，元老没理由这么积极呀！她嫌弃和排挤曲解还来不及！她这是又要什么花招？

陈可铭：她人小鬼大，名堂多，这个你是知道的啦！她搞"迎亲团"，最开心的是我爸妈，两老不单要双双赴美，还特意准备了参加曲解博士毕业典礼时的礼物。另外，集团几名高管也被列入迎亲团名单，杜仲（伟杰建筑工程总经理）、卢占祥（俊杰电子总经理）、李才智（奇杰通信设备总经理）三人适逢在美国参加一个短期进修班，时间恰好契合，届时，他们都将就地参加曲解博士毕业典礼及相应迎亲活动。

没想到陈氏家族这么有诚意，这么隆重，要搞这么个大动作！还邀自己同行，秦茱萸毫不掩饰自己的感激：多谢杰叔！多谢铭兄！对曲解这么器重。这下曲解受宠若惊了！

陈可铭：阵容豪华，作用有限，主要还是靠你！拜托，你可要施展魅力呀！如果接不回曲解，"迎亲团"就没脸回来啦！

秦茱萸不免有些担忧：咱丑话说在前，这事儿我打不了包票！人家不一定听我的，万一弄砸别怪我。给你说实话，我回国后对她的影响就微乎其微了，吸引力有限，鞭长莫及。

陈可铭：此刻别玩伟大谦虚！我们一起去接人就好。

秦茱萸：哪里轮到我谦虚！关键是女神本人的态度。

陈可铭在电话中连声催促：我提前给你打过招呼了，你做好准备，尽快答复，我会第一时间买好机票。

秦茱萸猛然想到袁若德这边没法交代，早就答应过"买一送一"，这下岂不食言？他下意识地吐舌耸肩：什么尽快答复呀，我现在就答复，我肯定走不开，不能同行。铭兄真有心！谢了！

陈可铭吃惊：哎哟！那就遗憾了！阿萸，这事你得跟小元说，她要知道你不去肯定受打击。

秦茱萸：铭兄真有心！陈氏真有心！谢了！

刚刚挂掉陈可铭电话，袁若德信步走进来，面带笑容：见实验室亮着灯，知道你们在忙，顺便过来看看。

秦茱萸起身招呼道：袁董，正好有事找您呢。

袁若德笑道：那就来得晚不如来得巧了。

秦茱萸非常为难，这件事他一直觉得愧对袁若德，此时没法再瞒。便硬着头皮，如实告诉袁若德，方杰陈可铭"挖墙脚"有可能成功，他们不惜组建"陈氏迎亲团"，准备赴美参加曲解毕业典礼，顺便接她回国，加盟方杰。

袁若德很是意外，一时愣住了。

秦茱萸明白袁若德的心意，他是那样渴望人才，真心诚意地恭待曲解，打心底期待曲解加盟广德，自己却夸下"买一送一"海口又没能践诺，他深觉愧对袁若德：袁董，这事怪我！怪我怪我！实在对不起！您也知道，对于回国，曲解一直是摇摆不定的，美国那边也有公司对她展开频繁接触和争夺。可铭他死缠烂打，做足"打劫"功夫，硬从一家国际500强公司（两年前即向曲解抛出橄榄枝）把曲解"挖"过来……

袁若德沉吟片刻，欣然表示赞同：这是好事啊！广德固有损失，我很遗憾，但曲博士能回国就好，终究实现了"引凤回巢"嘛。她入职方杰，离你不远，你也安心了。秦博士，如果你想与陈氏一起赴美迎接曲博士，我赞成，此行可做公差，全额报销。

秦茉荑感念袁若德对自己的支持总是竭尽全力：多谢袁董大度包容！我已答复陈可铭，不去凑这个热闹了。

7

上午，香港中环，方正电梯厂陈可期办公室。

早上刚上班，陈可期接到大哥陈可铭的电话，问他参加迎亲团的事确定没有？陈可期回答说当然参加，上次不是说好了吗？陈可铭说怕有变动，最后再核实一下。陈可期忽然想起来还真有变动，赶紧补充说叶馨菊有事离不开，就不去了，他自己去。陈可铭说好，等下把具体日程安排发给你。

挂了电话，叶馨菊又变卦了，叫陈可期也不要参加迎亲团。

陈可期摆摆手：哎呀说好了的，别变了。

叶馨菊撇嘴：我就不懂了，为了那个所谓女博士，至于这么兴师动众、劳民伤财吗？她想来方杰自己不会来呀？她没腿呀？还搞什么迎亲团！咋不弄八抬大轿？真是搞笑！

陈可期：阿菊，你知道咱们急缺高端技术人才嘛！

叶馨菊：缺人才不等于缺她呀！就在上海见过一面，又没考核过，凭什么认定她是人才？她适合方正吗？你们陈家，没见过女博士呀？这么稀罕女海龟呀？我在本港任何一所大学都能找一堆来，你信不信？到街上一抓一大把，你信不信？

陈可期苦笑：阿菊看你说的！没见你抓到一个呀！

叶馨菊斜视陈可期：不要钱啊？

陈可期十分耐心：阿菊，这个钱要舍得花。听大哥说她专业能力很强，博士还没毕业，就有两家世界500强企业要她，是大哥硬抢过来的。在上海，我们不是也见证了她的专业能力吗？

叶馨菊：不是舍不得花钱，我的意思是钱不能白花。买个东西还要货比三家，引进一个大活人，怎能仓促了事？至少也要有三到五个人，比较权衡，择优录用嘛。

陈可期丧失了耐心：哪有那个时间精力！现成的人才就在眼前，为啥要放手呢？我再说一遍，咱们急缺……叶馨菊厉声截断：厂里这批货赶得这么紧，技术方面还有问题没解决，我都走不开，你怎么走得开？

陈可期：我去趟美国，三五天就回来了，耽误不了啥。

叶馨菊：阿期，你冷静想想，方正近半年日子好过吗？延误交货两次了，这次万一再延误，谁负责？谁赔款？

陈可期左右为难，脸色阴沉下来。

正在这时，总工冼赫神色焦虑、脚步匆匆地闯进来，报告说遇到技术难题，若得不到及时解决，恐怕交货期难保。他听叶馨菊说陈可期近日准备赴美，使劲儿摇头，力劝陈可期不要在这个节骨眼儿上离港。冼赫语气揶揄：阿期老板，你不参加迎亲团，那个"亲"就迎不回来了？真要这样的话，说明并不"亲"嘛！

陈可期深深吁了口气：走吧，去车间看看。

三人一起赶到车间。在一台大型机床旁，相关技术人员向老板如实汇报，某节点技术不到位，被卡了脖子。鉴于实际情况的严峻，为保交货期，陈可期感觉自己确实走不开。

陈可期打电话给大哥陈可铭，说自己焦头烂额，无法参加迎亲团了，万分遗憾。陈可铭追问缘由，陈可期简单扼要地说了下情况。方正电梯遭遇技术难题，需要联系某上游厂家，请技术大咖帮忙。这个问题解决不好，延误交货期，损失很大。这意味着他要亲自登门求教，所以脱不开身。

陈可期为迎亲团开出一张三万美元支票，以示支持。

8

上午，翡翠巷6号，广德集团总部会议室。

会议室正面墙上，投影仪打出会议主题"秦茱萸博士团队'精密机床智能化'动态规划"（简称数字技术改造）讨论会。

广德集团高管、各工厂负责人及相关技术人员悉数到会。

袁若德开场白：现在开会了。这个动态规划，上周已印发各位人手一份，大家都看到了。这是秦博士带领团队经深入调研，结合机械行业前沿技术流行趋势，提出的战略性规划。几经修改，反复调整，针对性强，技术可靠。尤其是加强了应用，可直接提高现有机械性能，提升产品质量，实现互联互通，优化产品管控，节省管理成本，无疑将推动各厂提质增效上台阶。下面，由秦博士就规划做些说明，便于大家更好地理解。

秦茱萸笑着说：规划中的部分意见有建议性质，还需进一步集思广益，请在座各位行家不吝赐教，共同完善。

规划提出两项主张，一是集团旗下各子公司名称不变，但各类产品统一以"德立"为牌子，使"德立"成为广德的品牌；二是在前德强机械厂原先技改项目基础上，进行一揽子数字技术改造（新旧机床都包括在内），实现关键性设备的互联互通，对骨干员工进行相应技术培训，旨在依靠技术的力量，大幅度提高企业自动化水平。预测总体改造完成后，当年产值可实现翻番。资金预算分三期，每期额度均在一亿至两亿元之间。第二、第三期投资在第一期投资实现盈利后启动，滚动式发展。

秦茱萸：将服装厂、毛织厂现有机械设备进行数字技术改造，效率必将大幅提升，前景非常好，可以推动两厂迅速跻身于行业前列。总之，根据广德现有条件，技术驱动是可行的。

梁仁良冷不丁插话：我考虑毛织厂暂不参与数字技术改造。

众人都很意外，把目光转向梁仁良，等待他发表"高见"。

梁仁良清清喉咙，使自己的语气尽量稳重：我们是传统行业，设备大都老旧，搞数字技术改造意义不大，还要投那么多钱！就机械设备而言，高精尖当然好，但我不想当了裤子去买。与其赶时髦、追潮流，不如安安稳稳做几年，能赚多少就赚多少。看似保守一些，但风险为零，不会搞砸，弄得最后没活路。

袁仁美接着发表意见：技术本身没错，凭技术吃饭也没错，但对某些技术（它们往往以高深莫测的面目示人）期望值过高，不惜为此孤注一掷，我指的是高预算，那就危险了。主要危险来自两个方面，一是技术具有不确定性、高迭代性，"一招鲜吃遍天"过时了，当今时代一招鲜只能吃一天（顶多吃一两年，算是烧了高香）；二是技术的不确定导致资金回笼的不确定，破坏了整个资金链的良性循环，使企业各项资金用度均缺乏保障。对任何厂家来说，没有资金保障都是可怕的，是难以为继的。

秦茱萸一听就知道，袁仁美没有接触过数字技术，对该技术一头雾水，视作"一招鲜"。他低头沉思，无言以对。

梁仁良慷慨陈词：把鸡蛋放在一个篮子里，不利于集团多元化发展。根据历史经验，放弃多元化，企业的路将越走越逼仄。这个道理其实简单。做生意讲究东方不亮西方亮，多元化是应对"人算不如天算"的有效手段，放弃多元化等于减少及阻断资金的多头来源，稍微不小心就弄成支大于收，导致厂子窒息。我目前看不到任何理由，广德需要冒"窒息"这个风险。

秦茱萸接话说：多元化同样建立在实力基础上，不是想多元化就能实现多元化。广德在多元化的能力和潜质方面，不能说完全不具备，但欠缺也明显，主要是没有足够的人才、技术、组织和资金保障。我看专业化的路子倒是更稳妥、更可行一些。

袁仁美沉浸在自己的思路中，言辞犀利：从技术改造到结构调整，再到所谓产业升级，说白了，就是剜肉、割舍。再说白了，就是挖东墙补西墙、折腾存量。

秦茱萸听出袁仁美的潜台词，意思即他的团队未给工厂带来增量，对企业没有贡献，下车伊始就伸手要钱。他很冷静，不紧不慢地解释道：不完全是。结构调整包括倾囊打造和强化优势部分。用技术手段对存量进行改造和优化，成本不高，却能够创造肉眼看得见的优质增量，且增量可观。

梁仁良佯作客观地抢着说：阿美，看你意见如何，要不这样吧，还是服装厂先做。服装厂历史深厚，财力也行，扛得住事儿。你们取得经验后，毛织厂再跟进。我的意思是以点带面，梯度推进，发现疏漏随时修正，不要一上来就全面铺开。万一出现问题呢？那就不好收场了，损失也大。

秦茱萸听出梁仁良的潜台词，是指秦茱萸团队没有历史。他不急不恼，慢吞吞地说：数字技术目前居于科技前沿，广德如果能够抢饮头啖汤的话，效益非常可观。这个我有把握。

袁仁美冷笑：咱现在有点像秀才遇到兵，有理说不清。

秦茱萸听出这话的攻击意味，仍宽容地笑着说：在选择上有个悖论，选项越多，越难定夺。可以确定的一点是，德立技术倘若不瞄准世界技术前沿，是没有前途的。

袁若德：是啊！我们要思"进"，不进则退。广德有退路吗？没有。守摊子是守不住的，年轻人更不要故步自封。

袁仁美：进和退都是相对的，以进为退，以退为进，策略而已，因时因地而异。数字技术改造是否上马，同样策略而已。

梁仁良补刀：条条大路通罗马，广德没有理由一条道走到黑。

这话把袁若德都噎住了。

袁仁美、梁仁良夫妇坚决反对规划，一唱一和，由始至终主导话语权，这样一来，直接把会议带偏了。其他人感觉不好发言，更别说提不同意见了。谁发言就等于谁与这夫妻俩直接杠上，那又何必呢？连袁甲芳态度都不明朗，未置一言。

此前或有龃龉，但都暗戳戳的，有一搭没一搭的，相互顾及情面。此刻，以"规划"为分水岭，秦荣荑团队和袁仁美、梁仁良夫妇明面上形成"两派"，两种意见针尖对麦芒，互不妥协。这个结果袁若德也没想到。会议未能就该规划可行与否形成决议。

秦荣荑非常清楚，预算暂未通过不一定是坏事，对他的团队而言还有调整空间，对董事会而言还有讨论空间。

9

上午，香港中环，陈可期家。

大清早，包乐驾驶双牌（同时挂蓝色粤字头和黄色港字头车牌，可在内地和香港两地通行）宾利轿车，载陈豪杰、方珍夫妇抵香港，直奔港岛中环，来到二子陈可期家。

陈可期的住房是他外公外婆留下来的，位置好，地段佳，寸土尺金。他自幼随外公外婆在此居住，在这里读书长大，直至接棒方正电梯厂。因楼龄较长，从外面看楼盘有些老旧，但内饰阔绰，总面积约150平方米，在香港是不折不扣的豪宅。

陈可期携女友叶馨菊在楼下迎接父母，还喊了两名员工，与包乐一起把父母带来的河埔土特产从车屁股后面搬上楼。

一家人在客厅沙发上落座。陈可期殷勤地为父母斟茶：爸，妈，一路劳顿！喝点热茶，我刚泡的。

陈豪杰：听说你在上海，见到曲解曲博士了？

陈可期：见了见了！我知道她是精密机械方面的大牛。

陈豪杰亲自从随身携带的小皮包里取出"期屋"钥匙，递给陈可期：我叫人重新装修了一下，比以前好很多。

陈可期双手接过钥匙：又装修了？可我不常回去住呀。

方珍笑着说：厂子迁回河埔，不就可以常住了吗？

陈豪杰：是啊阿期！现在万事俱备，只欠你这个东风了。基建图纸我带来了，你看看。伟杰的老杜他们已经全面开工，基建工地热火朝天。等你回来，我再搞个隆重的奠基典礼。

陈可期"嘿嘿"一笑：爸，不用等我……方珍打断儿子：看你说的！不等你等谁？阿期，方杰为方正回迁投中这么大一块地哟！你爸的意思是，回迁之事要抓紧启动。

叶馨菊抢过话茬：厂子不一定回迁啊！就算回迁也没那么快啊！里里外外都要评估，方方面面都要权衡。

陈豪杰面对儿子：还权衡什么？方正迁回河埔，发展空间更大。陈可期用力点头：爸，妈，我知道……叶馨菊尖声截断：不就一块地嘛！方杰自己可以留着用，未必非要拽上方正。

方珍皱眉：什么叫拽上方正？方正和方杰本来就是一家！

叶馨菊：方正由我们年轻人打理就好，您二老不用操心。

这什么话！方珍气结：我不操心我儿子操心谁？

陈可期赶紧息事宁人：爸，妈，我想这事还是稍缓。阿菊在香港出生长大，不愿离开故土，她觉得香港的营商环境更好一些，加上她对河埔不熟悉，所以对回迁有顾虑。

方珍好言好语，劝诫儿子：阿期，多年来，你爸一直关心你们，惦记你们，想帮你把厂子做好，把日子过好……

叶馨菊嗓门儿尖细：我们过得很好，没人比我们更好。

这话呛得方珍气结，半晌说不出话来。方珍早就洞穿叶馨菊与陈氏格格不入，凡是陈氏家族里的事，她一概不热心，但凡有家人相聚的机会，她都处心积虑地掐灭，即使做不到完全掐灭，也掐灭一个是一个。这人狭隘，小肚鸡肠，鬼心思多，容不得陈可期身边的任何人。陈可期自从交了这个女友，与家人越来越生分、隔阂，背向而行。方珍多次在打给儿子的电话中数落叶馨菊，只是没有最后撕破脸面而已。

陈豪杰的脸色也渐渐变得阴郁。上次委派长子陈可铭夫妇赴港，告知陈可期土地中标，欲敲定回迁事宜，孰料陈可期女友叶馨菊反对回迁，陈可期也随之动摇。陈豪杰起初还不信，觉得这么好的事情根本没理由拒绝。现在好了，坐实了，叶馨菊的主张占了上风，人家不稀罕集中资源抱团发展。陈豪杰原以为儿子会识大局，有主心骨，结果远不是这么回事。此事拖延下去必然打乱陈豪杰的精心部署，为整个集团带来一系列负面影响。

陈可期夹在父母和女友之间，左右摇摆。虽说变卦谈不上，但非常为难。最大的难处在于叶馨菊不仅是他女友，还是合伙人。更糟糕的是女方娘家对方正也已深度介入，股份占比不小，能量了得！否则，老二陈可期也不会如此纠结。

闲坐一阵，老两口深感失望，来时的兴奋情绪一落千丈。

陈豪杰浮想联翩。心情靓的时候容易想好事；心情差的时候容易想坏事。因员工王祖望的背叛，家族工厂遭遇危机，女儿陈可元挺身而出，曾让陈豪杰老怀甚慰。但静心考量，拖累女儿学业是不争的事实。女儿"学霸"头衔是从小戴到大的，中断其学业等于迎头砍掉她的优势，超不划算！此事在陈豪杰心里留下浓重阴影。眼下，自然不必去理会王祖望了。陈可期呢，这可是自己的亲生儿子啊！如今哪里还像儿子，比外人还生疏！这对陈豪杰和老伴儿是很大的精神折磨。仅在他幼年时缺乏陪伴而已（禁不住外公外婆带外孙到香港共同生活的强烈要求），就活生生把儿子"丢"了！若说人生有悔青肠子之事，非此莫属。陈可期对家中大事小事从不上心，不闻不问，主动跟他说点事儿，他这个耳朵进那个耳朵出，胡乱搪塞。他对家族的疏离，对亲人的疏离，老两口是感觉得到的。叶馨菊乘虚而入，把父子俩早已达成的"回迁"事宜生生搅黄。一连串儿不顺心、不遂愿之事，令陈豪杰深受打击。

方珍担心老伴儿的身体，故作从容：好事多磨！他爸，不如咱先回去，等阿期考虑好了，有了结果，再商议不迟。

包乐驾车从香港返回，刚开出不久，陈豪杰突发心梗，两眼紧闭，方珍惊叫。幸亏包乐有经验，他二话不说立即掉转车头，按导航指引，向距离最近的香港新界某医院疾驶。与此同时，方珍将随身携带的安宫牛黄丸（她在包里常年备着心梗、脑梗救星之类的药丸），及时给陈豪杰喂下一颗，争取了时间。

陈豪杰紧急住进香港新界某医院，连夜做心脏手术，实施抢救，心脏搭三根支架，捡回一命。

10

晚上，齐贤路内街15号，袁若德家。

晚饭时间，袁若德、常在情夫妇已就座，唯梁仁良、袁仁美两人缺席。

常在情：荷姨呀，去喊喊阿美和阿良，他俩真磨蹭。

荷姨应声走出房门，拐进袁仁美家，遍寻不见，只好出来到外面找，发现他们夫妻俩正站在院子西北角树荫底下说话。

荷姨：阿美，阿良，吃饭了！

好的荷姨，来了！袁仁美一面答应着，一面转身疾步往屋里走。她虽挺着肚子，脚步却轻快，不及再说什么已进入父母家。

袁氏家人吃饭，不管人多少，餐桌上总是很安静。

袁仁美见老爸快吃完了，趁机开口：爸，有件事向您禀报一下，蓝君组织了一个赴德商务考察团，由他自己率领，团员有王祖望等，阿良也想参加。您看是否可行？

哦，这事我知道。袁若德慢慢咬一口手中的馒头，喝一口碗里的粥，低头沉吟。自广德口头和书面两次提出收购要约，均遭王祖望婉拒后，袁若德苦思多时，他分析原因，得出自己的判断，那就是王祖望实质上做不了主。若撇开王祖望，直接与蓝君洽商，兴许能获得转机。他面色凝重：毛织厂交给谁？有安排吗？

袁仁美和梁仁良异口同声：安排好了！祺叔负责。

袁若德神色渐趋明朗。出于对女儿的迁就，主要是照顾女儿情绪，使她保持精神愉悦，同时考虑让女婿梁仁良离开一段时间也好，他态度不够爽快，但明确表示同意。

袁仁美和梁仁良闻言，难抑欣喜地互看一眼。

袁若德思索一阵，授意梁仁良赴德期间直接与蓝君洽谈。梁仁良心领神会，使劲儿点头应诺。稍后，袁若德强调：关于广德控股王鹅精密事宜，此番前往，务必谈妥，务必拿下。这对我们下一步的发展至为关键。这件事，当为你此行德国的首要任务。

梁仁良信誓旦旦：没问题，包我身上。爸您放心！您交代的事是务实之举，我深知其要，赴汤蹈火也要圆满完成。

袁若德：出发日期定了吗？

梁仁良唱歌似的：定了，下个月6日，也就是21天后。

11

下午，香港新界某医院单间病房。

陈可铭、陈可元紧急赶往香港，看望老爸陈豪杰。

方珍不无庆幸：好在抢救及时，措施得力，你爸手术后情况稳定，医生说恢复得不错。

这时，陈可期携叶馨菊也到医院看望父亲，一家人在医院集中了。陈可期非常内疚，也很后怕，觉得自己这个当儿子的确实不争气，让老爸担忧不说，还让老爸受刺激、生气，竟至于突然病倒，漏夜抢救，命悬一线。

陈可铭与陈可元都没与叶馨菊打招呼，甚至冷眼相对。叶馨菊自觉没趣，五分钟不到就借口走人了。

陈豪杰醒来，见儿女们都来到身边，倍感欣慰，眼睛慢慢睁大，脸上露出久违的笑容。他扫视儿女，发现人人神色都不轻松，便宽慰道：怎么个个耷拉着脸，不见一点笑容啊？

众儿女互看一眼，没人笑得出来。

陈豪杰心情奇佳，继续逗儿女们开心：你们知道的啦，岁月这把杀猪刀不是单杀哪一个人的，它是通杀。

方珍跟着心疼地"唉"了一声，扬下颌指指长子：可不是通杀嘛！你看，连可铭都有白头发了！管厂子太辛苦！

陈可铭笑着摸摸头：我不辛苦。妈，岁月不饶人呀！

方珍：阿期，你过来我看看。

陈可期走到母亲身边，低着头让她看。方珍扒拉着老二的头发，仔细察看：嗯，我儿阿期好很多，没见白头发。

念及父母对自己的牵挂，陈可期深受触动。

从医院出来后，陈可铭三兄妹到外面吃饭，陈氏兄妹三人好久没有这样坐在一起了，商谈家务及厂务，三句话不离本行。

陈可铭、陈可元向陈可期详述家族困境，包括：王祖望等人辞职并带走项目有关机密件，等于为方杰集团下一步的重大项目投标设置了障碍；佳杰五金的成套进口设备无人操作，技术人员青黄不接；秦茉英及其团队被竞争对手广德集团"抢"走，以后大凡投标均可为广德增加筹码。现在方杰只有曲解了，如能顺利聘下，当有利于下一步发展，至少能帮衬方正。

陈可期：是啊！但愿曲博士快点儿到来！迎亲团怎么安排？

陈可铭面色焦虑：爸这情况，肯定没法儿出门。迎亲团只能我带队了，尽管方杰这边忙得一塌糊涂。

陈可期非常愧疚。如果因为自己把迎亲团的事搅黄，他简直无地自容。他郑重向兄妹二人承诺，重新考虑回迁之事。其实他本人一直倾向于回迁，只是受到各种掣肘，身不由己。他表示自己回去后会尽力说服叶馨菊。

陈可铭很是体谅：我知道，你有你的难处。

陈可元：二哥，醒目点吧！在陈氏，你集万千宠爱于一身。

陈可期：你是说我吗？还是说我手里的方正？

陈可元撇嘴鄙夷道：区区方正，我根本没看上眼。

陈可铭和颜悦色：阿期，别这样想。你在爸妈心里永远是儿子，你在我和小元心里永远是兄弟。你呢……难道你眼里的父母兄妹只是生意伙伴吗？

陈可元话里有话：二哥，大主意你自己拿，不要别人拿。叶馨菊这个人啊，要么蛊惑，要么离间，她就只有这个本事。有她在，亲情必被稀释。

12

中午，京墨大街49号，常掌柜中医馆"情理茶坊"。

常在理、张雯夫妇为袁若德、袁仁美父女俩泡好茶，带上门轻轻退出。

（本次密谈主要内容只有一个，即人事安排，拟重用秦茱萸，由他出任广德集团总裁，成为集团二号人物，地位仅次于袁若德。袁仁美反对：我上次提出为阿良在德立技术安个副总裁位置，您都不同意。怎么对外人这么大方，将集团重要头衔拱手相让？）

上次董事扩大会上，秦茱萸规划受阻，袁若德痛觉秦茱萸身份地位不够分量，决定重新安排。女婿梁仁良在女儿袁仁美支持下，一直觊觎和谋求高位，这是个危险信号，且夫妻俩联手，权力过大，说话分量过重，这一局面不利于集团发展，必须改变。

袁若德：阿美，为便于长远规划、统一领导、通盘预算，我打算卸任德立技术总裁（首席执行官），让秦茱萸接任。

袁仁美一听，头皮发炸，尖声诘问：为什么是外人，不是自己人？爸，是您糊涂了，还是我听错了？

袁若德：嗨，老爸我离糊涂还远着呢！阿美，这个问题我思考很久了，绝非心血来潮，也不是权宜之计……

我反对！我坚决反对！袁仁美尖声打断老爸的话，抵触情绪强烈，开口像喷火：这事儿没得谈！爸，我不明白，您怎么会有这样的馊主意，这样的馊打算？

袁仁美犀利：您这么做，广德集团是谁的？

袁若德：我是董事长、你是副董事长，这个没变，也不会变。至于总裁嘛，首席执行官由职业经理人来做是合适的。日本企业家稻盛和夫说过，培育人才是经营者留给企业的最大资产。

袁仁美不耐烦：这个我懂，但现在扯远的没用，眼皮子底下的事还顾不上。爸，您对技术估值过高。

袁若德：我还没说完。你上次提出在德立技术给阿良安个位置，我经综合考虑，认为可行，梁仁良兼任德立技术副总裁。

为避免与女儿屡起争执，袁若德按捺着自己的性子，垂着脑袋，面色晦暗，缄默不语。

袁仁美声泪俱下，回顾服装厂不易，误认为老爸想削弱女儿女婿的业务范围，为外人秦荣英腾地方，最终让其掌控广德，不惜连弟弟也不顾及：你把位置全给外人，阿贵呢，您考虑没有？

袁若德看准秦荣英，铁心用他，这是最主要的，但其中还有另外一个重要考量，即为女婿梁仁良设障，阻止他有更多隐含野心的举动，同时也阻止女儿抱有不切实际的幻想。这是袁若德真实的想法，但这层意思不好明说，不好直说。

袁若德：阿美，你现在情况特殊，不要动气，不要一听就火，咱坐下来正是为了从长计议。考虑集团未来发展方向……

袁仁美又爆发了：不可以！我不同意！从什么方向考虑我也不同意。关于秦荣英接任总裁事宜，我拒绝讨论，您不必征求我的意见，不要企图说服我。

袁若德拿出极大的耐心：阿美，且慢回绝，咱冷静下来，慢慢斟酌一下这件事，看看可行性如何。你拒绝讨论，爸跟谁讨论呢？今天主要听取你的意见，你大可充分阐述。

袁仁美仍激烈反对，但口气稍缓和：爸，您把总裁位置交付给年轻一代的想法不是一天两天了，我都是举双手赞成的。这样做的好处显而易见，即便于您自己脱离一线，腾出时间精力，侧重做些战略性思考，为集团发展的大方向把关，又可辅佐后人，直接对其进行传帮带。这一点咱父女俩高度默契。

袁仁美清清喉咙：问题是，交付给谁？选谁来接这个班？这才是问题实质。上次我向您提出，在德立技术给阿良安个副总位置，您都不同意，现在却大方到把集团总裁的位置拱手让给外人，是不是匪夷所思？集团总裁等同于集团掌门，代表集团利益内核，承载着家族的期望，爸，您目前的考虑是否欠妥？

袁若德扬扬下颌：阿美，你先喝口茶，趁热喝。

挺着七个月孕肚的袁仁美端起茶杯，慢慢地小口呷茶。她的态度非常明确，力推丈夫梁仁良接任总裁。

袁若德对女婿梁仁良的才华基本上是认可的，但挪用资金事件使他对女婿有了戒心，他从内心里更倾向于重用秦荣英。他觉得秦荣英的才学见识远非梁仁良可比，不是袁仁美口中的"不相上下"，而是高下分明，况且秦荣英人品可靠，值得信赖。

袁若德语气诚挚：阿美，你和阿良夫妻恩爱，这是我和你妈最感欣慰的。做父母的，都希望子女幸福。但企业用人，考量是多维度的……

袁仁美不无激愤地截断老爸的话：多维度，有个主维度吧？多种矛盾，有个主要矛盾吧？自古以来，"举贤不避亲"为国人所公认、公推，此乃传统文化精髓，历朝历代笃力传承，怎么到咱家就变味儿了？就传不下去了？

袁若德语塞，非常为难。他看着女儿日渐沉重的身孕，心里想的是即便孕期过了，还有哺乳期，他不好在这个特殊时段与女儿发生任何争执，以免刺激到她、伤到她并连累小外孙。

见父亲沉默不语，袁仁美慷慨陈词：爸，秦荣英再好，他也不是您什么人，而梁仁良是您女婿啊！他再不济，总裁这个位置他也应是首选。您怎可越过他考虑外人呢？即便那外人是天才，能变成您儿子吗？能变成您女婿吗？您又不是没儿子、没女婿，难道还想认个干儿子不成？您不觉得纯属多余吗？

袁若德被这话噎得不知说什么好。

袁仁美：爸，招贤纳士说起来好听，但您引进秦荣英不觉得失策吗？他再好，再有本事，也不是您的儿女，不是您的侄儿女，连亲戚也不是。说到底，说破天，他也不是您什么人！

袁若德：他不是我什么人，却是德立技术创始合伙人啊！我们双方有基业长青的共同理念、有深度绑定的利益纽带。

袁仁美更觉父亲无理，她说话腔调阴阳怪气起来：哎呀，创始合伙人，不还是八竿子打不着吗？终究是外人，跟路人没区别。爸，您掺沙子有够没有？您内外不分，把咱家企业掺成大杂烩有啥好处？万一失控，我都不知道它以后还姓不姓袁！这是您的原意吗？是您的目的吗？

袁若德见女儿情绪激动，说话连珠炮似的，立即噤了声。不是他无言以对，而是不忍心看见女儿生气动怒。

见老爸语塞，袁仁美也冷静下来。她知道老爸从来不愿与女儿正面理论，甚至从来不愿在女儿面前大声说话。真像老妈说的：你爸他本质上是个怜香惜玉的人。

袁若德轻言细语：求才这件事，宜放眼量，不要太急功近利。

袁仁美吐槽：求才是为了用才，才求来了立马就要有实用价值。爸，咱是企业不是学校，十年树木百年树人那套，咱玩不起。

袁若德极力缓和口气，但言辞尖锐：企业搞临渊羡鱼，那不惨了？所以，企业的人才策略也不外乎培养、储备加抢夺。再者，以前聘请职业经理人是常规做法，如今是得合伙人得天下。把核心员工变成合伙人……

袁仁美愤愤然：他一没资金，二没项目，徒手来的，玩"空手道"。他怎么就成核心员工呢？

袁若德耐心劝喻女儿：阿美，我给你说过多次，真才实学就是财富，技术技能就是财富，不要说人家玩空手道。再者，没有恩怨积淀，没有情感包袱，从这个角度说，外人有外人的好处。家族企业理应做些基因改造，家庭基因的改造也势在必行。改造是为了优化、进化，不改造就会劣化、弱化。心胸狭隘就是基因弱化的表征之一。所以，从人才、知识、文化素养等方面搞混血，搞嫁接，借以实现优化，这个很必要。

袁仁美撇嘴：哎呀爸，您还说过请神容易送神难呢！

袁若德苦笑：看你！刚请来就想着送了？如今请神不容易啦！

袁仁美赔着苦笑：爸，知道不好送为啥还要请？好了，现在不说这个，反正已经请来啦！退一万步说，请何方大神大仙大咖都好，但总裁之位外人不可触碰，这是底线，不得逾越。否则，岂不是纵容外人得寸进尺？

袁若德口气婉转：用人就要虚位以待，不然人家为什么来？

袁仁美蹙着眉，一副痛心疾首模样儿：爸，咱不是上市公司，虚位以待"待"的是自家人。咱家缺人吗？您有女儿女婿，有儿子和未来的儿媳，很快还会有一群孙子辈。您想做百年老店，意味着咱家必将四世同堂、五世同堂。有什么必要虚位待外人？

袁若德耐着性子：缺人才和缺人，不是同一个概念。

袁仁美：您的意思，阿良这样天赋异禀的人倒不是人才？

袁若德立即摇头：我绝无这个意思。

袁仁美：爸，阿良是能够胜任的，您为什么不信任他、不给他一个机会呢？阿良对您的意图领会得最深，执行得最好……

袁若德截断女儿的话：我的意图就算动机百分之百是好的，也不一定百分之百对呀！你们除了领会和执行我的意图，能不能自己出点意图？年轻人要有创意，勇于提出自己的独立见解，不能人云亦云，更不能盲从。

袁仁美：爸，阿良的意图、创意还少吗？不是都让您否了吗？

袁若德：那你说对了，阿良的意图是做金融，秦茱萸的意图是做制造以及高端制造。你说我应该接纳谁的意图、否定谁的意图呢？袁若德说着，瞥女儿一眼，起身走出屋去。

袁仁美怔住。与老爸直接谈崩，这种情况鲜见。

离心离德者，亲生儿子也不能用。这是袁若德的信条，但这些精髓性的东西，他此刻只能闷在自个儿肚子里。

这场父女博弈的后果是，集团总裁继续由董事长袁若德兼任，秦茱萸被任命为广德集团常务副总裁。

13

傍晚，南星街，合欢电影院。

莫如师帮秦茉萸从食堂打了饭，拎到办公室。两人面对面坐着，边吃饭边商量修改规划的事。这时，陈可元的短信出现在秦茉萸手机上：迎亲团遇到难处，我向你提前预警并紧急求助。

秦茉萸惊讶回复：不是票已买好，下周一登机吗？怎么了？

陈可元的短信又发过来：头绪多，一下说不清。今晚8点，我开车去你公司门外老榕树下接你，见面再说。

莫如师见秦茉萸脸色不对，盯着问：怎么了？

秦茉萸一言难尽的样子，摆摆手：不管它，吃饭！

15分钟过去了，秦茉萸未回音。陈可元又发短信：事关重大，不及时妥善处理将导致灾难性后果。今晚8点不见不散！

危言耸听！秦茉萸眉毛拧成疙瘩，不无沉重地回复"好"。

华灯闪烁，秦茉萸准时登上陈可元的车，在副驾驶位还没坐稳，陈可元已加大油门，黑虎风驰电掣般向前疾驶。

秦茉萸感觉到陈可元心急火燎：去哪儿？

陈可元：找地方说话呀！

秦茉萸：在车里可以说。

陈可元：又不是特务接头，为啥在车里说？

秦茉萸心中忐忑，如实相告：小元，我时间有限。

陈可元：上了贼船，就听贼的，你别无选择。

黑虎驶入南星街合欢电影院停车场。陈可元泊好车，扭脸儿叮嘱秦茉萸：我熟门熟路，你两眼一抹黑，所以，跟着我。

秦茉萸懒得搭理，自己跳下车。未及四下观望，就被陈可元殷勤地挽住胳膊，她像热恋中的普通女孩，"挟持"男方登上影院高高的台阶。秦荣荚很不乐意，本能地将胳膊往上抬，急欲抽出，孰料陈可元早有防备，用两手卡住秦荣荚衣袖，连拖带拽。秦荣荚考虑到两人在影院门口拉拉扯扯不太像话，别人看了说不定会报警，只好随她便了。他放弃"反抗"。

电影票是影院最后一排，两人摸黑在最角落的位置落座。

陈可元附在秦荣荚耳旁，劈头就说：陪我看电影，委屈你了！

秦荣荚不好拂她意，语气委婉：元老，可以不这么闹吗？咱说好下不为例啊，不得食言！我知道商界人士最重诚信。

陈可元嬉皮笑脸：万一食言了呢？

秦荣荚惊讶地扭脸儿盯着陈可元，压低嗓门儿，口气严厉：哟，这就赖上了？我警告你，以后跟我保持距离，正常交往，不乱发短信，不私下约见，不把我玩弄于股掌之上。

陈可元将嘴凑近秦荣荚耳根，情意绵绵：你把我玩弄于股掌之上好了！我非但不反对，还跟你里应外合。

秦荣荚板紧面孔：以后不许再搞金钱绑架！

陈可元笑了：金钱能做的事，金钱都会做。金钱也只做金钱能做的事，像道德只做道德能做的事一样。

秦荣荚深深叹气：元老什么都好，就是脸皮儿贼厚！

陈可元紧贴秦荣荚：NO！当今时代，女生面皮儿再薄，裙子都在膝盖以上，香肩都露衣袖之外，肚脐眼儿一览无余，越裸越爆款。本丫头一介淑女，自愧弗如呀！

秦荣荚耸耸肩：看来，老夫我不合时宜，更不合潮流！咱俩有代沟懂吗？没有代沟也有代差，天注定，不可违。

陈可元不屑：什么代沟代差的，填平拉倒！

秦荣荚冷笑：说得轻松！深似马里亚纳大海沟，你去填试试。

陈可元笑容甜蜜：不怕。我不正在填嘛！

秦荣荚神色严肃：我问你，你是不是真心欢迎曲解？

陈可元郑重其事：我发誓，我一片真心可对天！迎亲团是代表方杰集团的，不是我个人行为，我无权儿戏。

秦茱萸不吭声了。别的不说，单是可铭兄那份心意就够厚的。

陈可元这时显得忧心忡忡，腔调嘶哑：最糟糕的情况还是出现了！我爸心脏病发，住院做搭桥手术，去不成了。我二哥陈可期原先答应参加迎亲团，后来被叶馨菊拦住，不去了。

秦茱萸大觉意外：啊？杰叔做心脏搭桥手术？顺利吗？

陈可元：手术很及时，没耽误，所以术后恢复良好。

秦茱萸语气关切：真是万幸！杰叔吉人天相，定有福报，但愿他老人家安康。实在不行，迎亲团就取消了吧。

陈可元瞪眼：取消？决不。

秦茱萸：我想起来了，迎亲团是你策划的，你不想让这个计划流产。但眼下……我真怕无端端给杰叔和铭兄增加负担。

陈可元一脸诡谲：鉴于迎亲团规格降低，连人都凑不上几个，快成空壳子了，我临时决定"救场"，亲自参加迎亲团，和大哥一起赴美，热热闹闹接回曲解。你有没有一点小感动？

秦茱萸摇头，那意思是没感动。他扫视周边，偌大的电影院，只零零星星坐了十几个人，的确利于"说话"。再看屏幕上打出的影片预告，片名为《现代工业智能》，是欧洲某机构摄制的最新纪录片。他明白了陈可元的用心，不由感慨：老实说，我对你的善解人意是有体会的。元老，像你这样的小丫头，颜值、身材都麻麻地（广东话：一般），就是智商逆天，聪明过头。

陈可元不但不领情还痛加驳斥：我颜值、身材不是麻麻的，而是杠杠的！你审美疲劳！再者，我的强项何止智商逆天，还有情商逆天，胆魄逆天，献身精神逆天。我本超女，你打着灯笼满世界找不出第二个来。

秦茱萸笑了：还超女呢，一介女妖！女鬼！白骨精！

陈可元扮鬼脸，向秦茱萸张牙舞爪：承蒙夸奖，不胜荣幸。

秦茱萸：元老，愿意听老秦一句实话吗？

陈可元：你只管开金口，吐玉言，我悉听尊便。

秦茱萸：人越有钱，越要有文化清醒，不要越有钱越妖。以后有什么事就说什么事，直白朴实，不要真假掺半。你说咱俩来影院干吗？谁都无心观影，可惜了你选的这部好片子。

陈可元一脸无辜：那好，观片吧，不说话了。

一场电影下来，陈可元一直歪靠着秦茱萸的肩臂，不曾挪开。秦茱萸如坐针毡，十分难挨，心里无数次寻思着如何婉转客气地拒绝陈可元靠近，但话总是说不出口，又不好直接推开她。时间一分一秒地过去，陈可元得寸进尺，整个上半身都依偎着秦茱萸，不惜搭上了重量。

秦茱萸绷得紧紧的身体终于坚持不住，放松下来。他正襟危坐，刻意摆明一切都不可能被接纳之意。大不了看个电影，元老喜欢闹，随她疯闹无妨。一旦曲解回来，陈可元即失去胡搅蛮缠的空间，她这么聪明的人，自会偃旗息鼓。

电影要结束了，说时迟那时快，陈可元凑近秦茱萸耳根：秦哥，我爱你！秦茱萸语气戏谑：真爱？陈可元一字一顿：真爱！爱死了！话音甫落，影院的灯"哗"地亮了。

两人随着散场的人群走到影院外面。上车之前，秦茱萸特意与陈可元面对面站着，推心置腹：小元，你非常优秀，适合找一个比我强100倍的男友，真的！你一定会发现，我在你的真命天子面前相形见绌，简直有天壤之别。你别痴迷不悟了……

陈可元杏眼圆睁：扯淡！一派胡言！比你强100倍？那是人还是鬼？谢谢你给我画的大饼！除了你，我没有真命天子！我去他的真命天子！比你强1000倍，我也踹他八丈远。

秦茱萸仰脸儿看着黑洞洞的天，心情陷入无尽的黑暗。

14

晚上，齐贤路内街16号，袁仁美家。

袁仁美下班回家似觉很累，坐在沙发上不想动。她近来总是觉得累，以前从来没这种感觉，她意识到自己身体越来越沉重了，小东西在肚子里时不时地踢几下。

梁仁良驾车进入院子，正待泊车，手机铃响，他拿起一看，是母亲韦素打来的：妈，是我！

韦素在电话那头说：儿子啊，你还好吧？

好啊好啊！一切都好！梁仁良高兴坏了，对母亲说话像唱歌似的。母子俩在电话中又说了几句，梁仁良兴奋地钻出车子，大步跨进客厅，四处张望着喊：阿美！阿美！

袁仁美一声不响，像没听见似的。梁仁良终于发现坐在沙发角落里的妻子，迅速上前，把自己的手机递给袁仁美：阿美，快！我妈打来的，要跟你说话呢！

袁仁美勉强地接过梁仁良手机，清清喉咙：妈，是我。

韦素中气很足，说话嗓门儿很亮，大体意思是她已买好车票，很快就要过来了，可以帮助照顾即将待产的儿媳妇了。

袁仁美急忙说：妈，不……不用急吧？还早呢！我现在正常上班，感觉挺好，再说家里有荷姨……

此刻的韦素似乎应了句老话，人逢喜事精神爽，说话热情洋溢：我知道你娘家有保姆，不过呀，保姆要做一大家子人的饭，还要搞卫生，肯定忙不过来。我还是早点过去帮把手吧，要讲干活，照顾大的小的，谁也没我利索呀！

袁仁美脸上勉强挤出笑容：妈，我知道您能干，不过我现在真的没事儿，阿良也在身边。要不……您迟几个月再来……

韦素斩钉截铁：不行，我一天也等不得了！我怕你没经验，身体吃亏！有我在，怎么也不能亏待我的小孙子和小孙子他妈呀！

袁仁美哑口无言，电话挂了半天，还没回过神儿。她知道，老公梁仁良对母亲一向儿顺从，那是一对非常贴心的母子。面对老公和婆母，她只能强颜欢笑。

梁仁良坐到妻子身边，口气关切：怎么，不舒服？

袁仁美追问：是你打电话让妈来的？

梁仁良兴奋：是啊！请妈来照顾你，我也放心啊。

原来，梁仁良给母亲韦素打电话，告知自己将出差境外，请母亲前来帮忙，照顾待产的儿媳。韦素高兴地答应了。

袁仁美不无埋怨：你也不跟我商量一下，就自作主张！

其实，袁仁美不想让婆母来，她琢磨着婆母最好不来，即使要来，也尽量往后拖，不该现在就来，但这些话不好直说。

梁仁良：我要出远门，不放心把你一个人留在家里嘛。

袁仁美没好气：什么一个人！我爸妈都在，还有荷姨！

梁仁良：其实你刚怀孕那阵子我妈就准备来了，一直盼着孙子早日降临，还盼着有机会搭把手，帮着照顾你。现在只是买了票，确定了启程具体时间而已，这有啥可商量的，早来几天晚来几天有什么区别呀！

袁仁美无话可说，闭上眼睛，将脑袋仰靠在沙发背上。

梁仁良见妻子不想说话，乐意让她闭目养会儿神，他转身拿条毛巾被，轻轻盖在妻子的腰腹和腿上。这时手机铃响，他赶紧蹑手蹑脚走到门口换鞋，闪出门外，顺手带上了门。

一阵汽车引擎的发动声飘进屋里，袁仁美睁开眼睛，扭头瞄向窗外，就见梁仁良的车已经开到大门口，出溜一下蹿了出去。

她很生气，一把拽掉搭在身上的毛巾被，狠狠扔到地上，尔后起身，活动活动腿脚，闷声闷气地上了二楼。

15

子夜，市偏僻街道，陈可元座驾内。

电影散场，陈可元驾车送秦茱萸返回。车至公寓前百十米处，陈可元瞅准路边一个相对僻静的旮旯地儿，将车停下。

车未停稳，秦茱萸手机铃响，陈可铭打来的：阿萸，迎亲团情况有变，有两个合同急需我本人签署，我明天起程，先后赶往北京和青岛。美国我去不成了，我的机票将作改签……

秦茱萸条件反射般瞥陈可元一眼，眉头拧紧，嘴上支吾：喔，你不去美国了？那……好……

陈可元一把夺过秦茱萸的手机：哥！怎么了？

陈可铭在电话那头顿了顿，重复了一遍签合同的事，很无奈：没想到这么不巧！计划赶不上变化。

陈可元眼都没眨，“决断”脱口而出：哥，计划不变，迎亲团由我带领。你忙你的，这边有我，我会安排妥当。

陈可铭在电话那头秒变哑巴，张口结舌，他原想告诉秦茱萸迎亲团黄了，还没想好怎么说，陈可元冷不丁跳了出来。

陈可元挂掉电话，转身冲秦茱萸耸耸肩：又减一人！

秦茱萸不认识似的盯住陈可元，心中感叹，元老这么有主见！这么果断！处变不惊，其“老到”与年龄严重不符。

陈可元做鬼脸：看我干吗？我鼻子长歪了？

秦茱萸：鼻子长歪没关系，能量正就好。今儿让我刮目，咱们元老原来有大将军范儿！敢担当，女汉子！

陈可元噘嘴：谁女汉子？这不污蔑我吗？讨厌！

秦茱萸：你呀，阴柔之中有阳刚气，集两性优势于一身。

陈可元：我不吃你这套！谁爱女汉子谁爱去，别沾我边儿。

秦茱萸坏笑：妹仔温柔典雅，秀外慧中，人见人爱！

陈可元无心接话，她低下头，像在酝酿什么东西且不断打着腹稿：秦哥你坐好，我有重要事情与你商量。

秦茱萸：迎亲团的事真是难为你哥，也难为你了！

陈可元正襟危坐：迎亲团的事敲定了，照做就是，现在翻篇。我要跟你谈的，是我向你求嫁的事。

求嫁？秦茱萸蒙了，感觉血往头上涌，这是什么野路子？

陈可元耸耸肩：是啊！你不求婚，我只好求嫁了。

秦茱萸直觉麻烦大了！他已经把"不爱你""不娶你"说了不止百遍，没用！陈可元刀枪不入，半个字也灌不进她耳朵里。

陈可元郑重地拿出一个文件夹，神色淡定：这是一份绝密文档，即我陈可元全部的个人隐私资料，内含履历表、体检表等。除了不包括财务状况，其他全都包括了。

秦茱萸：你这份文档，可以放入银行保险箱。

陈可元：当然。这是备份，给你的。

秦茱萸抗拒：我没资格接受。我对你而言什么也不是。

陈可元斩钉截铁：给你的，你就当然有了资格。

秦茱萸故作鸡贼：既然给我，为什么不包括财务状况？

陈可元坦率：这个不是我能决定的。董事会有规定，个人财务状况不得随意披露，因为它关联着工厂兴衰。

秦茱萸黔驴技穷，拿不出什么办法能够吓退陈可元，只能吓退自己了：抱歉！我土掉渣，无法接受。

陈可元：咱们设想一下，如果你娶我，陈氏家族礼金为一个亿，婚礼现场兑现；此款以你的名义设立一个基金，暂名"阿萸基金"，为支持你和你的团队从事科研项目专设，由你个人支配，与我无涉。该基金绑定方杰营收，按比例为该基金注资，每年酌情递增8%左右。关于你在集团任职、持股及享用其他各项配额等，将秉公另行安排，它一定是你意料范围外的倍数级。

秦茱萸淡漠：你主观臆想的东西，天花乱坠，与我无关。

陈可元小脸儿板正，逼视秦茱萸：这是家父提议，在方杰董事会报备了的。这是对你的高度认可和极大尊重。

秦茱萸语气略带不忿：我知道你能量大、后台硬，但我提醒你，倘若把你和你家族的意志强加于我，那就恕不奉陪了。

陈可元："阿荑基金"既支持事业，又支持幸福，这种"强加"善莫大焉！至少对你和你的事业无害，我心坦荡。

秦茱萸郑重其事：小元，对不起！咱得面对现实。你想过没有，曲解头天回来，第二天就可能拉我去登记扯证，这个顺理成章啊。你不认为这是摆在我们眼鼻子底下铁一般的事实吗？这与"娶你"这种幻觉，绝对相互排斥。

陈可元："阿荑基金"同样是铁一般的事实。我承认相互排斥，但我追求幻觉变成现实。你可以下车了。

秦茱萸毫不犹豫地拉开车门跳下车，站在车门边儿上，以后脑勺对着陈可元，甩出诘问：我是娶人，还是娶基金？

陈可元气度非凡：人和基金同娶！犯不着泾渭分明。人背后有基金，基金背后有人。这种捆绑式、复合式操作思路是明智的。

秦茱萸刺她：可以只要基金，不要人吗？

陈可元报以微笑，妩媚至极：可以呀！你高兴就好。陈家做厂信奉买一送一。你娶基金好了，人白送你。

元老，别疯了！秦茱萸说话间转身，信手一推，车门关闭。

陈可元摇下车窗玻璃：元老我笃信女大当嫁。请替我着想。

秦茱萸伫足：曲解是不是女性？她当不当婚？

陈可元生气了：曲解当然当婚！但对象是你吗？

秦茱萸也急了：我总得把事情摆平啊！

陈可元噎住了。僵持数秒，她憋不住又酸溜溜地说：诱惑你的人还挺多！你成唐僧肉了，谁都想咬一口。

秦荣薁揭穿：所以，曲解要回来，你如临大敌。

陈可元：所以，在我把"大敌"迎回来之前，你要答应我。

秦荣薁拼命镇静，平复心情。少顷，他慢慢转回身，伏在车窗上，与陈可元四目相对。虽然非常艰涩，但他还是把意思说清楚了：小元，曲解回国是冲着与我结婚来的。目前情况，这"婚"能否结成，变得难以确定了。那么，我至少得当面跟她说声对不起吧？假如事情真演变到她与我不能成婚，我至少也得求她原谅吧？我不想因为我，对任何女孩子造成打击。如果打击无可避免，也要把打击降到最低程度，否则于心何忍？

陈可元出奇冷静：那是你的事，不关我事。我谨提醒你，任何"关系"，都具排斥第三方之天性。我把曲解迎回来，是帮助我哥做厂的，不是给你做老婆的。今天我正式向你求嫁，正式向你索婚。换言之，我对你有个六字要求——限期上门求婚。

秦荣薁怔怔地看着陈可元，无言以对。突然发现她像个土匪，女土匪。

陈可元冲秦荣薁挥手，意思是叫他离开。尔后按下电钮，车窗玻璃徐徐关闭，她猛踩油门，黑虎箭般蹿出，一溜烟儿跑了。

16

上午，市人民医院妇产科。

梁仁良驾车陪妻子袁仁美到河埔市人民医院妇产科做产检。

排队，挂号、领化验单，梁仁良楼上楼下地跑。

夫妻俩坐在条椅上等待化验结果。

梁仁良怂恿袁仁美把代紫萱调离毛织厂，改任服装厂副厂长。他拿出的理由非常充分：阿美，我出差在外这阵子，里里外外全靠你自个儿操持，我还真不放心。你一向儿信任代紫萱，有她在，服装厂的事你就不要直接管了，安心待产就好。

袁仁美早就知道老公梁仁良对代紫萱抱有很大成见，简直把她看成眼中钉了。奇怪的是两人此前并无工作交集，互相也并不了解，怎么会无缘无故杠上呢？代紫萱做什么事得罪他了？前不久，袁仁美刚给祺叔打过电话，询问代紫萱在毛织厂是否适应。祺叔夸赞的话脱口而出：紫萱很能干！能独当一面！新品发布会她一手操办的，与服装厂的曹东风配合默契，效果奇佳！

袁仁美心里是有数的。她侧脸儿瞥瞥梁仁良，态度耐心，语气郑重：代紫萱是我爸亲自发掘和培植的人才。

哎呀知道，都说八百回了！梁仁良不耐烦地摆摆手，打断妻子的老调重弹：是爸亲自挑选和培养的管理人才，很有一套，很了不起！对吧？我再说一遍，代紫萱如何不重要，重要的是你必须尽快从服装厂琐碎事务中脱身，免得累坏身子。

袁仁美没表态，她实际上并不同意。她以代紫萱刚刚提拔不宜调来调去为借口，主张此事放缓。

梁仁良急了，殷殷相劝：阿美，短期看你要安心待产，中期看你要哺乳一年左右，长期看儿子的生长发育每一环都马虎不得。你做母亲的，生活不规律的话，会导致内分泌紊乱，这就直接影响了儿子，还间接影响全家。

梁仁良紧接着补充一句，口气蛮横：不要再讨论了，我坚决主张将代紫萱调离毛织厂，这事儿我说了算。

袁仁美略加思忖，难得老公梁仁良一番心意。再者，把代紫萱调离毛织厂，改任服装厂副厂长，也不是什么大不了的事。她决定自己退让，成全老公：也好，晚上回家你跟老爸说一声。

梁仁良摆手：别呀，还是你跟老爸说吧。这事儿要抓紧！你今晚就给代紫萱打个电话，算正式谈话，叫她明天开始工作交接。

袁仁美：哪有那么快！我得先跟老爸打声招呼。

梁仁良窝火：这点小事别打招呼了，咱俩定了就行了。在毛织厂做我副手，配合我，至少要我满意呀！

袁仁美瞥老公一眼：我没搞明白，你为啥逮住人家代紫萱死磕？她得罪你了？

梁仁良：我俩相克！不是前世有冤就是后世有仇，谁知道！

袁仁美嘴上答应得爽快，实际上却没跟老爸说，也没办，此事被她压下来，不了了之。

第十一章

1

下午，美国洛杉矶。

不知谁起的头，冲陈可元喊了声"陈团长"，这下好了，全体心照不宣，都以陈团长相称，陈可元的迎亲团团长身份就此坐实。迎亲团成员有贺喜、施润、何青黛，不折不扣的娘子军。另一名团员李才智恰在洛杉矶出差，他已将迎亲团在洛杉矶的行程就近安排妥当，他本人将在迎亲晚宴上与陈可元等会合。

在陈可元率领下，"陈氏迎亲团"如期抵达美国洛杉矶国际机场。这支迎亲队伍算不上"浩荡"，却堪称"多姿"。从团长到团员，个个婀娜俏丽，亮眼吸睛。李才智到机场接机，见面就说：小元，嫂子，润姨，阿黛，清一色美女让我眼花缭乱！

陈可元：表舅，眼花没问题，心不花就行。

李才智：嘿嘿，眼都花了心能不花？我心花怒放可以吧？

何青黛偷笑：李总是正人君子，方圆百十公里范围内无人不晓。

李才智手点何青黛：阿黛你损我！今晚想喝罚酒是吧？

施润：阿黛没说错呀！正人君子是有范围的。哦，难不成李总自以为走遍天下都是正人君子？那保不齐！

陈可元笑道：表舅，扪心自问，当啥不好，非要当正人君子呀？争到这头衔，只有我表舅妈感兴趣。

李才智使劲儿挠后脑勺：真是的，动这个脑筋，费这个劲，也没落个好啊！我就白辛苦一场算了。

当晚，陈可元在下榻酒店包了个宴会厅，举行迎亲晚宴。

李才智事先已着人将餐厅布置了一番，大红的"陈氏迎亲团喜迎曲解博士"横幅悬挂在正中醒目位置，厅内扎满缤纷彩带，四周升腾着一串串五颜六色的气球。

李才智亲自驾车（租用），到学校接到曲解。陈可元掐准时间，领着迎亲团成员站在餐厅门口，个个红唇皓齿，花枝招展，不用任何鲜花之类"道具"，自然而然地烘托出热烈的迎亲气氛。

曲解下车，淡妆浅笑，学生装束，朴素无华。

陈可元微笑着与曲解握手：曲博士久仰！鄙人陈可元。

曲解鹦鹉学舌：陈团长你好！鄙人曲解。

众人跟着哄笑。陈可元"团长"这个官刚当上两天，大洋彼岸的曲解就知道了，这信息传递速度了得！曲解落落大方：我收到可铭总裁的邮件，知道陈团长是陈氏千金，佳杰五金老板。劳你大驾，亲自赴美接我，让我受宠若惊！万般惭愧！

陈可元：方杰等曲博士等了一年，早就迫不及待。委派我第一时间前来接你回家，我为这一光荣任务感到荣幸。

陈可元逐一介绍迎亲团成员：这位是我嫂子，方杰集团财务总监贺喜；这位是我表舅，方杰旗下奇杰通信设备有限公司总经理李才智；这位是陈氏远亲，方杰集团董事长助理施润；这位是我闺蜜，方杰旗下佳杰五金制品有限公司副总经理何青黛。

曲解与众人握手：都是重量级大咖大仙，谢谢！谢谢！

众人走进餐厅，各自入座。陈可元和李才智分别坐在曲解身旁。李才智对曲解非常赏识，趁着服务员上菜斟酒的工夫，不停地对她介绍企业概况，对她表达热烈欢迎和殷切期待之意。

酒过三巡，象征性的，没人当真。

在女性占多数的场合，喝酒都是轻轻一碰，小小地抿一口，意思一下拉倒，没人搞"一口闷"。倒是吃菜认真，尤其是公认有营养的菜品，那可当仁不让。有道是"应酬在外，少喝酒，多吃菜"，这类流行语一定是女性创造的。

每道菜上桌，陈可元都用公筷第一个往曲解盘子里夹。贺喜见状，有感而发：人在美国，也喜欢以中国方式吃饭啊！

曲解笑对众人：你们个个沾亲带故，我这外人就很孤独了。幸亏陈团长关照我，我就来者不拒包吃包喝了。

李才智：曲博士回国寻亲，"孤独"的帽子就甩太平洋啦！

施润：是啊！听说曲博士那位男神等你等得很辛苦哦！

陈可元听了这话，心情陡地一沉，笑容僵在脸上。何青黛用胳膊肘轻轻碰她一下，又剜她一眼，她才缓过神来。

陈可元面带微笑：你们不知道吧？曲博士本硕连读，总共七年，都是学生会干部，很有魄力哟！她到美国读博，人送外号……曲解拦截：陈团长，别笑话我了！

何青黛嘴快：什么外号？还是公开一下吧！

曲解对自己大加嘲弄：在校时，不知道怎么弄的，竟然背了个"技术狂"绰号，我很不喜欢这个绰号，自认是对我的诬陷。因此，谁这么叫我，我就跟谁翻脸。因我这态度，该光荣绰号终于被洗刷掉了，但把人也得罪啦！如今在同学故交中，怕是没几个乐意与我见面了，与我这种人在一起，是一件枯燥事。

陈可元由衷地说：我倒觉得，"技术狂"并非曲解，更非恶名。像曲姐这样的女才子，此名于你并不枉然啊。

曲解绷着脸儿，故作严肃：禁止恭维！

李才智被曲解的假模假样逗笑了，笑不可抑。

曲解发现陈可元有时憨态可掬，忍不住对她说了绝没想过向任何外人说起的"实话"：比之秦苿英那样的地道学霸、科技大神，我顶多算半路出家，因我本科和硕士毕业后，曾分别在两家企业工作过两年，加起来有四年呢。当然，这两家企业都是巨无霸，但我是无名小卒，我属于那种没吃过猪肉也见过猪跑的人。

陈可元：哎哟！您有过这么好的历练，难怪呢！我倒觉得您更地道、更大神！您是……那种复合型超霸！

曲解又绷起脸儿：你吹捧很内行！可以不这么肉麻吗？

两人随即大笑，直笑得一个捧腹，一个弯腰。

陈可元心下寻思，要不是两人之间横亘着一个秦苿英，定会成为最要好的朋友：曲姐，我是由衷的！您一表人才，学贯中西，女性中的凤毛麟角，爱慕您的人多得数不过来，随便拎出哪一个都是大牛！相比之下，像我这样的人就惨啦……姥姥不疼舅舅不爱，可怜见儿的！

曲解撇嘴：什么话！整个儿说反啦！像你这样的大户千金，高颜值加高学历，高智商加高起点，再加身居高位，让人羡慕嫉妒恨还来不及，好意思在我这儿讪讪地装可怜！

陈可元很认真地问：曲博士，像您这样具有相当高的专业学术研究水准者，何不专业做研究呢？那样的话，是否更易出成果？

以前也考虑过这个方向，后来受秦苿英影响……说到这里，曲解不无羞涩：他更倾向于专业技术的实际应用，主张成熟一项应用一项。我觉得他这个方向也比较适合我。

整个迎亲晚宴亲情洋溢，温馨和谐，陈可元、李才智全程不离左右，殷勤呵护，曲解非常感动。回国进入民企工作确实不是她的首选，但为爱情，追随秦苿英回国效力仍然不失为优选。同时，报答陈氏也是她的一个重要考量。

翌日上午，陈可元为首的"陈氏迎亲团"作为毕业生旁系族人，在事先申报成功的家属区域前排位置，参加了曲解博士研究生毕业典礼，近距离见证了曲解的高光时刻。

有同学调侃曲解：迎亲这么大阵仗？把我们也迎回去吧。

曲解笑答：愿回都回！一起回。陈老板说她包机票。

在美两天，时间仓促，陈可元与曲解相处融洽，几乎无话不谈，建立了良好的私人关系，甚至可以称作友谊。曲解谈及自己身世，毫不避讳，率真坦诚。陈可元发现曲解人又靓，才又高，叠加效应，比自己"预判"优秀得多。天哪，她的秀外慧中不要甩自己几条街哟！陈可元感受到压力。

当晚登机，"迎亲团"簇拥曲解踏上返程。

2

傍晚，齐贤路内街15号，袁若德家。

袁若德、常在情夫妇举行家宴，欢迎亲家韦素的到来。

常在情为家宴做了精心准备。袁若德为示隆重，还特意邀请了两位小客人——韦素的学生季黄鹂、黄匠军。此举寓意有二，一是对亲家韦素表示尊重，维护其师生之谊；二是表明袁家将季黄鹂视同家人，爱屋及乌，对黄匠军也一样。

此前，袁若德与女儿袁仁美商量后达成共识：控股王鹈精密的想法目前看难以实现，只能退而求其次实施挖角了——招揽樊老靓、黄匠军。考虑到王祖望颇有些软硬不吃，为"拿下"此二人，袁若德决定以黄匠军为突破口。

席间，韦素谈笑风生，兴致很高，值得她开心的事太多了！首先是亲家的客气和周到，让她很受用。自己初来乍到，立马就能与儿子、儿媳及学生济济一堂，尤其是两名学生，对自己毕恭毕敬，让她很自豪。其次，亲家的殷实家境及和谐家风，她此前有耳闻，此刻是目睹，她为儿子深感庆幸。她不愧是老师，话匣子一打开，娓娓道来，什么事情从她嘴里讲出来都显得有条理、有趣。她说梁仁良自幼在农村长大，虽属"放养"，不是"圈养"，却是自己一手调教出来的，学业基础扎实，聪慧而又懂事。她的话题始终离不开自己的独生儿子如何优秀，自己的学生如何优秀，那意思是比一线大城市重点学校的学生还牛，至少毫不逊色。

韦素的健谈，以及她嘴里吐出的全是动听话，促使在座者产生超好的自我感觉，欢快气氛达到高潮，大伙儿频频碰杯。

袁仁美坐在梁仁良身边，时不时露出笑容。只有她自己知道，哪有这么多值得开心的事？强颜欢笑应付场面而已。

常在情不停地用公筷往韦素盘子里夹菜，韦素不停地点头致谢。

谈笑之间，众人从梁仁良口中获悉，季黄鹏和黄匠军已经从同学、老乡"发展"成情侣，兴奋异常，不断起哄闹腾。

袁若德面向季黄鹏和黄匠军，特意问道：什么时候喝喜酒啊？

季黄鹏立刻羞红了脸，但很受用，咧开了的嘴再也合不上。

梁仁良从旁怂恿："二黄"不要再演"双簧"啦！喜事要分享，不要暗戳戳。领证是你俩的事，喝喜酒是大家的事呀！

袁若德：拍拖（粤语"谈恋爱"）是人世间最美的一桩事儿，是阳光下的绚丽花朵，要迎风怒放。

黄匠军嗫嚅道：不知能否成功，不敢怒放。

袁若德：敢成功，就会成功；敢怒放，就会怒放。

黄匠军深受鼓舞，却仍有些拘谨：日子还没……

袁若德撺掇道：请韦老师帮你们选个黄道吉日呗！

众目睽睽之下，黄匠军和季黄鹏互递一个会意的眼神。

韦素头一回主动端起酒杯：这杯酒，我做主了，权作订婚酒。各位没意见的话，咱把它干了！

话音甫落，韦素毫不含糊地把整整一杯红葡萄酒灌下肚。

全体响应，齐刷刷举起酒杯，连不无羞涩的季黄鹂也把酒杯端了起来。袁若德一仰脖，酒干了，其他人跟着一哄而上，喝得酣畅淋漓，屋里气氛达到高潮。

韦素面色开始泛红，心情愈发亢奋。放下酒杯，她笑意盈盈不无感慨：要说酷毙帅呆萌翻，可能显不着咱们匠军，要说聪慧明智、心灵手巧、心比头发丝还细，就非匠军莫属。他做事有韧性，做人责任感强。

韦素这一夸不要紧，黄匠军顿时羞涩得抬不起来头来。

袁若德：老师就是老师，课堂上讲话讲得多，练出金口玉牙。

袁仁美立即为老爸捧场，同时也为让老公高兴：是啊，老师说话就是有分量。

整个晚上，韦素都难掩喜悦之情。她识货，知道亲家拿出来的这瓶酒是法国"拉菲"，这是真心实意款待她。不仅如此，亲家还动足心思，把她的两个学生请来，摆明对她的尊重又多了一层。她面对黄匠军和季黄鹂，索性趁热打铁：我初来河埔就遇上这茬喜事，好意头啊！要不，选吉日摆喜酒好不好？袁老板做东，我捧场，祝福新人，分享喜悦。

此话正中袁若德下怀，热烈回馈：我赞成！

这饭吃得喜气。袁若德与韦素不约而同催婚，图个喜上加喜。

3

晚上，香港启德国际机场。

晚上8时许，飞机准点降落至香港启德国际机场。曲解在陈可元率领的娘子军迎接和陪同下回国。

陈豪杰专车司机包乐等在机场闸口。陈可元指着他向曲解介绍：这位是包乐，董事长私人助理兼司机。我爸特意交代，你初来乍到，一应生活琐事由包助理提供协助。

曲解微笑着向包乐点头致意。忽听老远传来一声"曲博士"，众人循声向人群中望去，但见陈可期一路小跑，来到跟前。

陈可元斜眼瞪视：迎亲团你不去，现在来干吗？

陈可期正眼不瞧陈可元，面对曲解一脸板正：曲博士，不好意思！你……你辛苦了！我想，能不能请你到我公司帮……

陈可元厉声截断：你打劫来了？曲博士是爸和大哥请来的，凭什么帮你？你想得美！就算帮你，也是你把厂子迁回去以后的事呀！你半死不活吊在这里，谁帮得着你呀！

曲解向陈可元递过一个温和的眼神，意思是大庭广众之下，说话别这么呛人。她转脸问道：可期老板，有什么问题吗？

陈可期急不可耐：就是在上海……你看到的那款产品……

陈可元闪电般向何青黛使眼色，然后一手搂住曲解肩膀，一手扳住曲解胳膊，二话不说径直向外走，何青黛跨步上前，扳住曲解另一只胳膊。贺喜、施润等人紧急跟上去，单把陈可期甩在身后。陈可元边走边安抚曲解：曲姐别理他！他的话你别当真。他家那个姓叶的手眼通天，没啥事是她搞不定的。

陈可期在后面喊：我想请曲博士吃个饭！都备好了……

陈可元头也没回：不劳你请，我请过了。

曲解本来还想问陈可期遇到的问题是哪方面的，但陈可元嫌她二哥啰唆，不由分说，急欲摆脱，也就没法问了。

陈可期怅怅然，眼睁睁看着曲解在众人簇拥下离去。

因分乘不同的车，陈可元与曲解握手道别：曲姐，咱们现在从香港经深圳过海关，回河埔市。你的住处早已安顿好，润姨陪你，我就不陪了。明早我大哥大嫂去看你，陪你吃早餐。

曲解微笑点头：好的谢谢！陈团长你费心了。

包乐驾车，施润陪同，送曲解来到方杰集团专家公寓楼下，施润送曲解乘电梯上七楼，进入709房。

放下行李，施润逐个房间地向曲解介绍生活设施等。

这是一个三居室套房，生活设施先进、齐备且一律崭新，包括空调机、洗衣机、饮水机等，甚至咖啡机都通着电源，装好了咖啡豆，注入了饮用水，随时可一键开启，研磨新鲜咖啡。窗帘素雅，衣柜洁净，卧室中的床褥铺盖一色全棉且洗晾干爽。其中一间房布置成小会议室模样，铺在长方形条桌上的暗花台布洁白如玉，配备了电脑和激光打印机，房角有台碎纸机。整体上空气清新，无任何异味，超出一般的"拎包入住"概念。

施润把房间钥匙交给曲解，叮嘱她有什么问题可随时打电话。两人互相客气一阵后，施润离去。

曲解一口水没顾上喝，急不可耐地打开随身携带的笔记本电脑，给秦茱萸发邮件：我回来了！离你近啦……

未等秦茱萸回复，曲解再发邮件：方杰这边周到妥帖，我已在他们的专家公寓一套住房中安顿下来。

邮件发出后，足足过去半个小时，没有等到秦茱萸的回复。时差导致疲惫，曲解没关电脑，匆忙洗漱更衣，归纳处理各种生活琐碎物品。一个小时过去，曲解忙完一些杂务，回到电脑旁，再发邮件，秦茱萸仍未回复。

曲解十分纳闷。她知道秦茱萸很忙，作息不规律，正因为如此，两人商定只发邮件，不打电话，避免相互干扰。可是，她千里万里地回来了，他至于忙到连个面也不露、连个问候也没有、连个邮件也不复吗？他不渴望她吗？

曲解暗自纠结，草草洗漱睡了。

4

下午，京墨大街49号，常掌柜中医馆VIP诊室。

袁仁美定期在中医馆做保健理疗，减缓妊娠反应。

这天，她自己开车来到中医馆，浑身乏力，连理疗床都是舅舅常在理搀扶着才爬上去的。常在理帮她脱掉鞋，扒开裤脚一看，两条腿都肿胀起来，小腿和脚踝更是肿得皮肤发亮，一按一个坑，半天平复不了。常在理叹口气：怎么又搞成这样？给你说八百遍了，要注意休息。你去照镜子看，脸色有多差！

袁仁美苦着个脸：舅，你说我爸是不是变得没理性了？他执意弄个外人来深度参与公司决策，合适吗这个？

常在理做好准备工作，开始给袁仁美做穴位按摩。

袁仁美一肚子苦水，对舅舅常在理倾诉着，她夹在老爸和老公之间，不知该听谁的，不知该说服谁。在老爸袁若德面前，她替老公梁仁良说好话，历数梁仁良进入广德后的种种成绩，认为他颇有建树，应予重用。在老公梁仁良面前，她替老爸袁若德说好话，然而，老爸总是说梁仁良仍需历练。老公总是说岳父大人欠缺"举贤不避亲"的认知。

常在理：阿美，你现在是特殊时期，心情苦闷对胎儿不利。

袁仁美抑制不住地向舅舅倾诉：老爸重用外人，不重用阿良，我没法儿开心；阿良不跟我商量，直接打电话叫婆婆过来，我也没法儿开心。唉，不开心的事太多，都扎堆儿了，让人压抑！怎么人人都跟我过不去呢？

女婿梁仁良加盟广德集团后，协助袁若德做了几件大的决策，初步解决了传统行业发展的瓶颈：一是引进新材料，建立全网发货，扩张实体店，双管齐下，以自有品牌覆盖国内市场、开拓欧美市场，推进"私人订制"；二是研发新一代毛织机械，改进和革新工艺。

常在理：阿美，你爸的意思你没理解透。他多次说过，女婿梁仁良是不可多得的人才，且有功于企业，但是，缺人才，仍然是企业发展的最大瓶颈。引进和使用人才要不拘一格，否则，人才引不进、留不住。

袁仁美不愿意过多地引进外人，认为家族企业的发展应顺其自然，不应盲目赶时髦，人为"拔高"。再者，家中人丁算得上兴旺，近亲远戚众多，并不缺人。外人参进来，使企业人事复杂化，管理难度大。人心隔肚皮，外人与家人怎会一条心？

常在理受袁若德委托，婉转地向袁仁美转告实情：根据袁甲芳掌握的情况，毛织厂账目存在问题，趁着撤并，也好进行一次梳理，不留后患。这其实对梁仁良也是个保护。

舅舅这番话令袁仁美惊诧莫名，左右为难，在老爸和老公之间越加游移不定。她心里最清楚，老爸对老公不满，老公对老爸也不满。袁仁美固然对老爸充满了崇敬、钦佩和依赖，但她同时也深爱自己的老公，总想护着他。

袁仁美感慨，有时，感情是个碍事的东西，爱情和亲情有交融契合的一面，也有矛盾对立的一面，它们的共性是让人犯傻犯浑。若处理不好，矛盾会尖锐到不可调和，相互伤害。

常在理：这不正是你们年轻人口中的"相爱相杀"吗？

袁仁美最终从舅舅处得到的结论含混不清，她觉得有些事应该听老爸的，有些事应该听老公的。她心中的苦闷依然存在，让她不无怨艾的是：老爸和老公三观不合，在许多问题上尖锐对立，不等于把她架在火上烤吗？

常在理点拨：主要问题在你自己。

5

大清早，方杰集团专家公寓709房，"粤来粤顺"茶楼。

陈可铭、贺喜夫妇来到方杰集团专家公寓，乘电梯到七楼，敲响709号房门。曲解应声开门。

陈可铭两手握住曲解的手：曲解博士，辛苦辛苦！热烈欢迎！我们引颈盼望很久啦！方杰上下都对你殷切期待呀！

曲解扑闪一下眼睛：你叫我来，我马不停蹄来了！

贺喜与曲解握手，像老相识一样：曲博士，我老公很崇拜你！

曲解难为情：不敢！多有抬举，谢谢了！

陈可铭与贺喜在屋内各处转了转。陈可铭：条件一般，委屈曲博士啊！日后生活上有何不便尽管说，由施润负责。

曲解：生活琐事交代一下就行，还劳你两口子亲自跑一趟。

陈可铭笑道：怕有啥欠缺遗漏，还是亲眼看看放心。好，咱们下楼吃早餐吧，楼下有间茶楼，听说近期成了网红。

方杰专家公寓楼下"粤来粤顺"茶楼，是一个湖南人承租的，开办十来年了，早期为湖南菜馆，后来改做茶楼，专做粤式茶点，早午晚全天候营业，近年生意火爆。

落座后，陈可铭简要介绍了集团基本情况，希望曲解先休息两天，倒倒时差，得闲看看集团相关资料也行。

曲解摇头：时差不用倒，看资料今天就可开始。不过，陈可期老板昨天赶到机场，说是遇到麻烦，想叫我帮忙看一下。

陈可铭：可不是嘛！他们……唉！一言难尽。你不知道，陈可期从上海回来就成了热锅上的蚂蚁，每分钟都在煎熬。

曲解：什么事这么严重？是技术问题吗？

陈可铭：他问题多啦！四面楚歌，非一日之寒。

贺喜插话：曲博士，可期的"方正电梯"厂一向经营得不错，在电梯代工行业也算首屈一指。只是近年大环境不好，小环境也好不到哪儿去，多种因素影响吧，业绩全面下滑，亏损得厉害。唉，这事提不得，一提吧，可期他就脑壳子痛。

陈可铭接过话头：他的问题，有长远的，基础性的，也有暂时的，经济或技术上的。当然，目前看技术是首要难题。

曲解对此情况十分关注，细问因由。

陈可铭将其弟陈可期的情况大致捋了捋，贺喜偶做补充。

20年前，陈可期被外公外婆接到香港，与两位老人一起生活，由保姆带大。他深受外公外婆溺爱，与老人感情很深，却鲜少体悟父母之爱。外公外婆作为隔代人，在交流方面毕竟有些障碍，且毕生忙于生意，陪伴的时间精力都有限。陈可期自少年时代起即备尝寂寞和飘零，产生严重的孤独感。虽然生活条件优渥，无艰辛之虞，但没什么主人翁感，自理能力也差，生活上严重依赖保姆。

20年来，爸妈始终是矛盾的，他们既要照顾两位老人的感受和需求，不好妄动，又打心眼里想接回老二，刚送去就想接回来，心心念念20年。近几年，随着外公外婆相继离世，爸妈开始动用相关资源，启动接老二回家的程序。但此时接老二回家不是简单事，因为陈可期从外公外婆手中接掌了其留下的厂子，自行经营偌大的实业，牵一发而动全身。

唉，最令爸妈难受的还是老二本人不领情，体会不到父母既要成全长辈，又要呵护子孙的苦心。他根本不知道爸妈接他回家的念头从未放弃，从未改变，以为爸妈不过看中他外公外婆的资产，想取而代之，壮大陈氏而已。加之他谈了香港本地的女朋友，他女友后来成为他的合伙人，对他形成掣肘。

曲解点头，感觉陈氏父子间的关系确实有些沉重。

陈可铭接着告诉曲解，陈可期的厂子为赶货期日夜加班，怎奈本批次代工品牌新技术应用多，技术标准高，厂子一下就卡壳了，临时找不到相关专家，为此一筹莫展。

曲解低头沉吟片刻，郑重表示：可铭总裁，如果你能解决交通的话，我现在就可以过去看一下。

陈可铭与贺喜互看一眼，不约而同地咧开嘴笑，同时向曲解伸出大拇指。陈可铭吞吞吐吐，但还是把话说出了口：曲博士，不瞒你说，我弟陈可期早就盼着你能帮他了！自从在上海不期而遇，他就记住你了，觉得你能帮把手。

曲解不明白"帮把手"是什么意思。贺喜看出曲解疑惑，解释说：帮把手就是帮忙，比如帮助解决技术难题。

曲解豪爽表示：吃完饭就走，去香港。

陈可铭急忙摆手：不要不要！曲博士这么远回来，还是先倒倒时差，先休息！保重身体要紧……

曲解截断：先工作吧。有时候，工作比休息更利于健康。

贺喜由衷夸赞：你看你看，曲博士张嘴就是高见！工作比休息更利于健康，这话让我耳目一新，头脑开悟。

曲解笑着调侃：我有驾照，但没车。

陈可铭：车已配好。这是我爸为了安全，亲自做的安排。

原来，陈豪杰委派自己的专职司机包乐，驾驶公司的顶配宾利，负责接送曲解上下班，为期至少半年，方便她尽快熟悉情况进入工作。该车同时挂有广东及香港车牌，粤港直通，需要时往来香港也方便。陈可铭特意强调：曲博士，为你办理相关身份手续需要走流程，在这段时间内，你的护照要随身带上。

曲解：谢谢可铭总裁细心周到，无微不至！

陈可铭补充说：两地驾驶规则不一样。香港车辆驾驶位在右边，简称右舵，沿道路左边行驶。内地车辆驾驶位在左边，简称左舵，沿道路右边行驶，这与你在美国是一样的。另外，河埔市主要线路和上下班相关线路，包乐也会带你熟悉一下。到时，车匙第一时间送你手上。

贺喜讥笑老公：我头一回发现，你很会关心人嘛！

曲解：哪里！可铭总裁琢磨的是怎样驭人、用人吧？

贺喜一屁股坐在曲解一边，横眉冷对陈可铭：不管你怎样驭人、用人，曲博士今天也不能去香港！人家还没倒时差，甚至还没在方杰集团正式走马上任，怎么就给派上活了呢？

陈可铭：曲博士，不好意思……曲解笑着截断：我没这么讲究！昨天在机场，见陈可期老板为"货期不保"着急上火，嘴起燎泡。能帮把手，且帮把手吧。

陈可铭嗫嚅着，好像还有话说，又犹豫不定。他顾虑的是曲解初来乍到，就事赶事全压她身上，显得太过急躁。

曲解善解人意：陈总裁还有事要交代啊？

陈可铭：我爸住院期间思考很久，反复权衡，决定采纳你的建议，将伟杰建筑并入方正电梯。曲博士如果方便，请带话给阿期。请你带这个话也是董事长的意思。

6

下午，翡翠巷6号，广德集团总部袁若德办公室。

袁若德在考虑战略规划，未来方向，确定新的主营业务。他想得比较深远，与女儿女婿的急功近利形成反差。

午夜12点，尹擎手拎宵夜盒饭，敲门进入袁若德办公室。

袁若德伏案，埋首于办公桌上一大堆资料文档中，精神极为集中，头也没抬，嘴上说：我这儿没事了，你回去吧！

尹擎：袁董，现在已12点多，您也早点回去休息！

袁若德"嗯"了一声，仍伏在案前细阅文档。秦茱萸及其团队编制的《广德机械智能化规划预算》摊放在桌面醒目位置。

尹擎见自己6时为老板打来的晚餐，仍放在茶几上原封未动，十分担忧：袁董，晚饭没吃啊？

袁若德"嗯"了一声，眼皮儿也没抬。

尹擎不由分说地把盒饭打开，筷子摆好：那快趁热吃点夜宵！

袁若德抬头，扬扬下颌：你抓紧回去睡，别过来了。

尹擎细心地把夜宵放在袁若德案头一角，带上房门轻轻退出。

夜阑人静。袁若德站起来，伸伸胳膊腿，开始在房间踱步，边踱步边低头沉思。企业何去何从？几度面临着方向抉择。在拍板定夺前夕，他把自己关在办公室思考了一夜，也矛盾、纠结和斗争了一夜。黎明时分，大主意拿定。他决定走两步险棋：一是收缩服装厂，整厂打包出售；二是提名秦茱萸任集团常务副总裁。他的真实想法是自己卸任总裁，只保留董事长，秦茱萸接任总裁。这一想法因遭到女儿袁仁美痛击而放弃。

关于用人，他比任何时候都坚定。

集团内部的一场争论，促使袁若德进行了彻底反思：上次董事扩大会形成压倒性意见，明确集团不做金融，剥离枝蔓，专注主业，把自动化机械这一块做大做强。其实，制造业从低端走向高端是必然出路，这一点他看得很清楚，也是他一贯的追求。他孤注一掷，坚决放弃多元化发展路径（这就意味着放弃中短期效益，同时，整体效益亦必然收窄且可能"窄"到危险程度），以自动化、智能化为突破口，带领企业爬坡，往产业链上游走。

老实讲，不是他喜欢、偏爱这条路，而是没有更好的路。

老话说"富贵险中求"，女婿梁仁良具胆大妄为个性，倒是擅长冒险。种种现象叠加，让袁若德警醒。他意识到，女婿与自己格格不入，表面看是企业发展路径和方向的对立，其实，最根本的矛盾、最本质的分歧，还是人生观、价值观不同。女婿对岳父的雄心不理解，对岳父的经营理念不认可，否定广德现有的企业定位，蔑视广德"同心同德"的企业文化，盲目鼓吹"轻资产"，一心要"改造和优化家族企业"。秦茱萸的预算原本与他无关，他也从中作梗。无论家里还是厂里，都像有个待爆的火药桶，不得安宁。同心同德远远谈不上，家族和谐也破坏了。

袁若德断然放弃多元化发展路径，亦是遏制女婿野心的实质性动作。剩下的问题是能否说服以及如何说服女儿，减少其盲目性，这成了袁若德的心病。

他洞悉了女儿心思：保住毛织厂，等于保住梁仁良的厂长位置；保住服装厂，对梁仁良没什么好处。这件事情权且依了女儿，因为毛织厂确实浸透了女儿心血。为防止女儿女婿再有其他想法（前不久女儿提出让梁仁良担任德立技术副职，自己没同意，女儿女婿不会善罢甘休）。

早上9点，一夜未眠的袁若德召集董事会，袁仁美一半因身体不舒服、一半因赌气，此前从未缺席过董事会的她破天荒请了假。

袁若德：企业转型不是居安思危，是居危思危，生死一线。

袁若德接着提议，秦茱萸任广德集团常务副总裁。

董事会成员人手一份秦茱萸简历及专业成就等，其中还有一段袁若德的批语："但凡人才都有用，但人才须类比、细分。他们专业结构不同，认知领域不同，作用机理不同，发展方向不同，个人品行也不同。用人问题不是个单纯的问题。关键岗位用哪个人、不用哪个人，牵一发而动全身，事关企业走向，事关企业生死，堪比一场豪赌。"事先已分头审阅，会上全票通过。

关于"堪比一场豪赌"，袁若德笑着做了简单解释：嘿嘿，人是活的。大凡牵涉到用人，都有"赌"的成分。笑是笑，但袁若德内心的苦涩无人能诉。把合并后的毛织服装厂交给梁仁良，是他这辈子所做的最不情愿的事。

在袁仁美缺席情况下，广德集团董事会依然做出另外两项重要决定。一是四个月后（即完成60万欧元订单后）将服装厂打包出售，留下一个车间并入毛织厂，两厂合并后更名为毛织服装厂，服装厂员工基本不裁，全部并入毛织服装厂；二是调整袁仁美、梁仁良职务，免去袁仁美服装厂厂长职务，让她暂时脱离一线，仍为集团副董事长；梁仁良改任毛织服装厂厂长。

袁仁美本来有些窝火，但老公梁仁良高兴，因为毛织和服装这两块都归他管，毕竟权力大了，也就作罢——她没有参加董事会，但对董事会的决定表示赞成。

7

上午，广深高速公路。

包乐开着双牌宾利，来到"粤来粤顺"茶楼前。

曲解向陈可铭、贺喜夫妇摆摆手，钻进副驾驶位，向司机点头，系上安全带，宾利即启动了，向香港方向疾驰。

广深高速公路横穿河埔市，全市有三个入口进入该条高速，抵港全程在一个至一个半小时之间。宾利临近高速公路入口时，突然有人骑电动自行车横穿，包乐急踩刹车，同时腾出一只有力的臂膀，挡住曲解惯性前倾的身体。曲解尚未明白咋回事，包乐已经化险为夷。宾利从容驶入高速公路入口，迅速上了高速。

曲解反应过来，要不是包乐手脚并用，一脚猛踩刹车，一手猛地伸出护住自己，就不会这样有惊无险。她心生感激，扭头瞥包乐一眼，客气寒暄：包乐师傅，要不是你神反应，我的前额就会和前挡风玻璃亲密接触了。

包乐目视前方，聚精会神地驾驶车辆，忽听曲解跟他说话，而且说的话挺逗，不禁咧嘴笑了：嘿嘿，职业习惯吧。

曲解：包乐师傅驾驶技术了得！有你在，安全不是问题呀！

包乐：保证乘车的人毫发无损，是我本分。没吓到你吧？

曲解笑了：没有。我哪有那么胆小！

包乐点头，似乎感觉满意，坐车者不提心吊胆，是对开车者的最大肯定。他顺口说了句行话：安全驾驶，才是赢家。

曲解：请问包乐师傅贵庚？

包乐不无卖弄：你问贵庚，我正好是庚子年的。

曲解：哎哟！原来咱俩同年！我元月，你呢？

包乐老实回答：我11月，你是我姐。

曲解打趣：你以后教我开右舵车，你是我师傅。

包乐由衷夸赞曲解：曲姐，你是人中龙凤哦！

曲解：这么高看我？凭什么？当然，先谢谢你啊！

包乐：曲姐，听说你男朋友是广德的秦荣英博士？

曲解大为惊讶：哪来的消息啊？你包乐不是包打听吧？

包乐：嘿嘿，曲姐，你人还没从美国回来，你的对象大家都知道了呀！

曲解感慨自嘲：公事还没做一件，私事满天飞。

包乐：嘿嘿，曲姐，秦博士和你一样名气大。

曲解抿嘴而笑：不是名气大，是迎亲团动静太大！弄得我跟明星似的，让人指名道姓，精准杜撰，搞出许多花边新闻。

包乐：你俩天造地设，很般配。大家好羡慕哦！

曲解撇嘴：天造地设是好听话，不好听的话是臭味相投。好了，别光说我，你呢？有现任女朋友吗？

包乐使劲儿摇头：现任没有，历任更没有，统统没有。

曲解会心而笑，善意地说：看在同年同龄的份儿上，我觉得像你这样的优秀男生，理应找个好女孩，撒喜糖，成家！

包乐憨笑，兴致勃勃：好的曲姐，听你的。不过以前嘛，大家都认为郎才女貌是绝配，现在不是了。

曲解来了兴趣：哦，现在……怎么不是了？

包乐又憨笑：现在像您和秦荣英博士这样的，郎才女也才，郎貌女也貌，双双才貌俱佳，一对白富美，这才是绝配。

曲解撇嘴：瞧你一套一套的！现在夸人都玩套路。经你这么一夸，我都飘飘然了，还以为是真的呢！

包乐：不过曲姐，我有点儿好奇，你大老远从国外回来，为什么不和秦博士在一起？哦，我的意思是你怎么没去广德？

曲解心不在焉：在哪儿都一样啊！离得又不远。

那不一样哦！包乐脱口而出：广德与方杰互不对付。

曲解惊讶：不对付？你是说，他们两家关系不和？

包乐：是啊！这两个本土家族企业，本是同根生，各自都做成了行业龙头老大，殊为不易，可惜别的样样好，就是相互关系不好，历史恩怨很深，相煎特别急，势如水火。

这倒是新情况。曲解沉默一阵，淡淡地说：包乐师傅，我刚来，两眼一抹黑。你乐意的话，跟我多侃侃爆点料呗！

包乐倒是很乐意。一路谈了些大致情况。

早年，广德旗下的德来服装厂是方杰旗下佳杰五金厂的下游厂家，即方杰是广德的纺织机械供货商。或因总是囿于方杰有意无意或多或少的掣肘，广德感觉窝心，不肯安于现状了，一直谋求向产业链上游发展。袁若德那人很刚，不肯依附或臣服于别人，凭自身实力创办了德强五金机械厂，自行制造纺织机械，虽说远未达到产业链全覆盖，也基本实现了独立。这样一来，两家原本紧密的合作关系渐渐趋淡。陈豪杰与袁若德两人不和、不来往已有很多年头了，这不是什么秘密，众人皆知。

曲解：我没听出来，两家到底有啥梁子、有啥掰不开的结？

包乐：哪年哪月为哪样事结下梁子，这个我也不太清楚。倒有一次，我亲眼看见他俩在会所门口碰上了，见面就开嘴仗。陈豪杰历数袁若德种种不是，语调辛辣，大意是说你牛逼啥呀？忘了当初你跟我混，有样学样，亦步亦趋，什么好东西都是从我这儿"拿"去的！我从没怠慢过你。你翅膀一硬就甩开我，这也罢，为啥专跟我作对呢？抢我客户，蚕食我市场份额……

包乐说到这里顿住了，曲解催问：对方怎么说？

包乐：袁若德开头还赔着笑，不管真假，他一向对陈豪杰还是敬重的，但这回也恼了，回怼口气强硬，大意是说在您面前我哪敢牛逼？我办我的厂，我赚我的钱，哪里有空跟你作对？说完扭头钻进自己的车，一溜烟跑了。两人心里都有怨气，互相不忿，有意回避，此后很少见面。两家厂本来在业务上有一定互补和联动性，自这次碰面不欢而散后，就彻底脱钩了。

　　曲解听罢，心里多少有些惋惜。

　　曲解：你们对陈氏二公子陈可期怎么称呼？喊他陈老板吗？

　　包乐摇头：没人喊他陈老板啊，只称他"期哥"。他这人话少，有时根本不说话，什么都装在肚子里。

　　宾利经深圳皇岗口岸出关，经落马洲大桥，往前再走20来分钟即到香港地界。这时，包乐开车不够专心，总是情不自禁地扭脸儿瞥瞥曲解：曲博士，你笑起来特别好看！

　　曲解忍俊不禁，"扑哧"一下笑了：真的假的？

　　包乐腾出一只手，一本正经做手势：我发誓……真的！

8

　　黄昏，齐贤路内街16号，袁仁美家。

　　梁仁良提前下班回家，确认妻子袁仁美尚未回来，疾步进入母亲房间，返身轻轻锁上门，挨母亲坐在床沿上：妈！

　　韦素坐在床上叠衣服，见儿子进来，很开心，面露笑容。

　　梁仁良从贴身衣兜内拿出一张银行卡，按在母亲手心里，慎重叮嘱：

妈，这卡是您的名，密码是我生日，19820102，八位数。卡里有92万元，是儿子给您的，您保存好，您自己用，决不要向这个世界任何第三人透露。

韦素神情紧张：儿啊，哪来这么多钱？

梁仁良：妈，其他您别问了。记得不要拿卡示人。

韦素立刻恍悟，莫非，这就是人们常说的"私房钱"？眼下虽说不明就里，但可以断定这是儿子的血汗钱！她顿觉手中卡沉甸甸热辣辣的，乃至烫手！她有责任替儿子把它保管好。

迎着母亲探询的目光，梁仁良简述自己在金融行业小试身手的经历，语气间不无得意。原来，他借助表哥蓝君的基金平台，搞股权质押，放贷获利1100多万元，收获了他梦寐以求的第一桶金，尝到甜头，更加自信，也更加坚定了以金融为业的人生方向。他与母亲窃窃私语：妈，高手玩金融，中手玩资源，低手玩项目，这是行话。金融是国家核心竞争力的重要组成部分——很多人不明白这个道理。您儿子金融出身，春江水暖鸭先知。

儿子义正词严，韦素满心嘉许：我儿心比天高，才比斗大。你看你床头枕边堆放的那些书，什么《投资人十诀》《华尔街投资大亨》等，琳琅满目，妈一看就知道你功夫下得深，铁棒磨成针。我来这些天，每天都能听到"金融"俩字儿从你嘴里蹦出来，跟口头禅似的。

梁仁良咧嘴笑了。只有在母亲面前，他才笑得这么轻松。

韦素面色严峻：儿啊，你是说这卡里装着咱娘儿俩的保命钱？

梁仁良点头：可以这么说。妈，您和您未来孙子的日常生活用度阿美会妥善安排，这个您完全不用操心。这卡是您自己做应急之用的，比如您（含老家至亲）有事要用钱，又不想跟他们（袁家人）讲，就直接刷卡。我出国前会把我的身份证留给您。

韦素：身份证要傍身，随时用得着，留给我干啥？

梁仁良：我出国用护照，不用身份证。

韦素斩钉截铁：那也不行！登机前和下飞机后都要用。

好吧，我想办法再办张身份证。梁仁良说着，沉吟一阵，决定向母亲挑明一件事：妈，我这回出去，不出意外的话很快就回来了，但一切要视蓝君那边的情况而定。我们会出手几个业务动作，效果有待观察和评估，不排除……短期内回不来。妈，您多少得有点心理准备。

韦素明白儿子的意思，郑重叮嘱：你和蓝君做什么我不管，我也不懂，但你要有分寸，遇事先要考虑和顾及袁家利益，不可闹隔阂，更不可有非分之想。你看，你的小家庭很快就要添丁加口了，经不得闪失。

妈，这个我懂。梁仁良点头，语气沉稳老练：袁家埋头做实业，不会有大的发展。我跟他们不一样，我是学金融的，金融在国内是蓝海，其中很多细分区域仍是处女地，正是我这样的人大展身手之时，现在不搏更待何时。我岳父那人思想保守，观念陈旧，用人失察，枉费我的才华。现在只叫我管一个毛织厂，等着瞧，我一个动作能赚它十个毛织厂！

韦素绷紧的面容稍许放松下来，现出一抹浅笑：快当爸的人了，说话做事该稳着点儿了。妈只盼你平平安安！

梁仁良搂住母亲肩膀，满脸堆笑：放心好了妈！您安心在家，坐等您孙子出生，坐等您儿子归来。

韦素若有所思，关切地问：阿美呢？

梁仁良：刚接到她爸电话，到她爸那儿去了。

韦素：这父女俩！天天在公司碰面还不够，晚上还要碰头呀？

梁仁良：阿美对她爸，那是言听计从，忠实得跟狗似的！

韦素"扑哧"而笑：你老婆是狗，你不是狗伴侣？

梁仁良愤愤然：她对谁都无所谓，唯独对她爸，那简直呀！听不得任何人说她爸一个"不"字，即便是我，说"不"字也犯大忌。倒有一次，阿美自己说了实话，她说，对外人出手阔绰，对家人抠门吝啬，爸就是这样的人。

韦素嗔怪：做儿女的，没有理由挑父母的毛病。

梁仁良叹气：唉，我那岳父没别的毛病，他就是老了！

韦素板起面孔：老是自然规律，咋说是毛病？

梁仁良眉头紧皱，沉浸在自己的思路中：这个老菜鸟，一辈子热衷机械制造，一辈子迷信大型机床，一辈子追求重资产捆绑！唉，我看他陷身于机器轰鸣时间长了，脑子被震坏了，熏昏了，无法接受新东西，越来越跟不上趟。这个很麻烦，很不利！眼下企业决策困难重重，为啥？这就是症结所在。

韦素不肯苟同：别这样说你岳父！你还是跟他多学着点儿！

梁仁良搀扶着母亲，让她在沙发上坐下，认真交代：妈，您刚来，不熟悉情况，别管他们那些事儿，得空自个儿多歇歇。

韦素：我不是关心阿美吗？女孩子家家的，快临产了，还管这么大一摊子事、这么大一堆人，从早到晚操劳……

梁仁良使劲儿闭了闭眼睛：哎呀妈！这不幸亏有我吗？她享大福了，您不用心疼她。每次产检结果都很正常，全靠我一手打理、一手调教。当然，我耗尽心血主要是为了儿子，但享福的是她呀！她既享老公的福，又享儿子的福。

韦素撇嘴：女人怀孕很辛苦，哪像你说的光享福哇？阿美和她一家人对你不错，你也算享人家的福啦！

梁仁良目视窗外：唉，老婆作用有限！袁家那儿子毕业回来，还不挤兑我呀？那时还有我啥事儿？所以我必须尽快上位。

韦素正色道：你只管踏踏实实干，上不上位不是你考虑的。

梁仁良一脸的踌躇满志：妈，要不说您落伍呢！埋头拉车不抬头看路那是老牛！那是天生出力不讨好、挨割挨宰的料！您儿子有这么衰吗？我可不会把自己的方向盘交给别人。

韦素摇头：儿啊，你把争地位当方向，这可不好。

梁仁良：我凭自己的才华本事吃饭，又不靠裙带关系混饭，理当有相应地位。否则，我不会自己拉一支队伍自己干哪？

韦素规劝：别不自量力好不好？人家那胳膊比你大腿粗。

梁仁良撸起袖子，伸出胳膊，捏紧拳头亮肌肉：妈，您看我胳膊粗不粗？用发展眼光看，我的胳膊腿很快将今非昔比！

韦素不无疼爱地拍一掌儿子的胳膊，与儿子相视而笑。

9

中午，香港中环，方正电梯有限公司。

12时许，包乐驾驶宾利驶入寸土尺金的香港中环一条窄巷。此处滨海，海风习习，六层楼的高度即可从楼宇缝隙中看见海面。

陈可期、叶馨菊与冼赫已恭候多时。陈可期从大门口疾步趋前：曲博士大驾光临！我方正蓬荜生辉！

曲解微笑向陈可期伸出手：陈老板你好！

陈可期连忙欠欠身子，毕恭毕敬地与曲解握手。随后转身向曲解介绍叶馨菊及冼赫：这位是我女友兼合伙人，叶馨菊，哦，在上海见过。这位是总工程师冼赫，他们两位都是本地人。

曲解客气地分别与叶馨菊、冼赫握手，嘴上说：幸会！

叶馨菊妆容精致，衣着光鲜，很矜持的样子，一声儿不出。

冼赫咧嘴笑着，十分恭维：欢迎曲博士！

陈可期很认真：曲博士，咱们这是第三次见面了。

曲解点头：我到贵厂还是第一次，请多包涵！

冼赫仍然咧嘴笑：我们盼您这位大神，盼很久了！

曲解：冼总过誉。我是来学习的，来开眼界的。

陈可期：曲博士，已经为你安排好酒店，离厂子很近，隔两条马路，你是否先到房间休息一下？

曲解急忙摆手：不用啊！不需要订酒店。可铭总裁已做安排，由包乐接送，我早上过来，晚上回河埔市。

陈可期沉吟一下：哦，那这样的话，咱们先去我办公室吃饭吧！厂子这边中午都是订餐，吃一份饭。

曲解爽快地说：好啊！

陈可期：冼总，你去招呼一下包乐，喊他过来一起吃饭。另外，这几天包乐由你招呼，你要周到些。

好！冼赫应声而去。

叶馨菊与陈可期小声耳语几句，又客气地冲曲解点点头，转身离去，她的高跟鞋很有节奏地敲击着地面，发出她独有的响声。

陈可期解释：阿菊她有事先回去了，晚上赶过来。我们已在刚才说的那家酒店订房设席，宴请曲博士。

曲解：陈老板太客气了！能不能简单点，别为我破费……

陈可期面色板正：不客气，不破费，正常吃饭。

陈可期设在方正电梯厂内的办公室面积不大，但布置得精致豪华，一张硕大的老板台和一把宽大的老板椅，古色古香，一看就是高档红木。还有一张椭圆形会议桌，摆着一圈高靠背椅子。屋子一角摆有一张圆形茶几，茶几周围是几只木凳。这时，冼赫陪着包乐赶了过来，陈可期招呼几个人围着茶几相向而坐。工人送来快餐，人手一份，各自吃起来。

虽然只是初次打交道，曲解却敏锐发现陈可期与他哥哥陈可铭和妹妹陈可元性格不大一样，远没他们爽朗、活跃和阳光。陈可期脸上有一种招牌式焦虑，眉头总是微蹙着的，眼里满是愁绪，寡言少语，鲜见笑容。她突然想起来在上海的时候，她听见陈可元悄悄对秦茱萸"贬"她二哥：有发愁没发愁的事，他都一脸愁容，天生一副憨屈样儿！当时以为是玩笑话。

曲解：陈老板，货期很紧吗？

冼赫抢着说：是啊，还剩20来天，不到一个月了。

直到吃完饭，陈可期一句话没说。但他拗不过曲解的再三坚持，叫冼赫陪同曲解直接下了车间，他自己忙别的事去了。

曲解换上她自备的工装，戴上自备的安全帽和手套，一头扎进厂里，在各个车间和多台机床之间钻来钻去。

晚上6点，工厂下班时间到了。冼赫对曲解说：曲博士，原定今晚到酒店吃饭，但叶总（叶馨菊）临时有事来不了，陈总（陈可期）把酒店预订的酒席改为送餐，酒店派人送菜过来。今晚咱们还在陈总办公室吃饭。

曲解摘下沾满油污的手套朗声说：好啊！

曲解和冼赫来到陈可期办公室，还没坐下，陈可期风风火火从外面赶回来，边脱外衣边打招呼：曲博士，你辛苦了！

包乐跟着进来了。陈可期转身招呼他：包乐你坐！

冼赫抢着说：曲博士了得！一个下午解决两个技术难题。

曲解笑道：哪里！冼总工和我一起解决的。不算难题，只是图纸相对复杂，工件操作难度大一点。

冼赫：工人们都看见啦，曲博士手到病除！

说着话，酒店派人将十多个精心烹制的菜肴送上门来。陈可期、曲解等四人围桌而坐。曲解坚持不喝酒，陈可期只好把酒撤了。饭桌上依然无话，但这顿饭吃得格外实在。

晚上回到河埔市住所，曲解带着一身疲劳，打开电脑，及时给秦苿苪发邮件：今天是第三天了，仍无机会见面。怎么回到国内，还跟在美国一样远啊！我以为你会给我个惊喜，由"远在天边"秒变"近在眼前"，谁知道我眼前还是空空如也。

秦苿苪没有回复。

翌日一早还要赶往香港，曲解带着困倦和困惑，草草睡下。

一晃过去五天，曲解再次带着一身疲劳给秦苿苪发邮件：知道我回来了吗？不但没有机会见面，连音信也没有啊！

秦苿苪仍未回复。曲解一度怀疑本地网络系统有问题。

第七天晚上，曲解正待打开电脑，忽然手机铃响，恰是秦苿苪：曲解，听可铭说，你从美国回来就直接去了香港，天天下车间，天天两手油。怎么样？还适应吧？不要太劳累啊！

曲解：是啊，我在香港已经工作一个星期了。

秦苿苪：你刚回来，情况要慢慢熟悉，工作要慢慢上手，人也要慢慢认识，这些都急不得……

曲解笑了：你正好说反了！你明明知道这里的节奏啊！要快快熟悉，快快上手，快快认识，哪有"慢"字可言！

秦茉荑也笑了：你这么快就进入情况了？

曲解故作调皮：不是我进入情况，是"情况"摊到我头上了！昼夜不停，无法倾诉相思呀。

秦茉荑：你下飞机那天我正好瞎忙，没去机场接你……

曲解抢着说：哪用你接呀！方杰迎亲团那么多人呢。我听陈可元说，你正在开发一项应用技术，晨昏颠倒。

秦茉荑：我还是老样子。你哪天从香港回来？我去看你。

曲解：现在说不准，看情况可能还得几天。

为了尽快见面，两人都很努力，但约来约去，掰着手指头掐算，见面的时间地点还是弹性的，没个准谱。好在两人大度，反正人回来了，双双近在咫尺，不在乎一朝一夕。

10

黄昏，翡翠巷6号，广德总部员工宿舍楼。

袁若德授意，黎锦官亲自操办，在广德总部员工宿舍楼腾出一间建筑面积近20平方米的婚房，置备了几样日用家具电器，门窗贴着大红的"喜"字，里外洒扫一新。

这天下午，季黄鹂一下班即驾车来到袁若德家，韦素已站在门口等她。两人应袁甲芳之约，前往公司宿舍楼看新房布置并领取房屋钥匙。

韦素感觉还不错：房子旧了点，但修饰得很好，很实用。

季黄鹂感动万分，拉着袁甲芳的手，一口一个多谢芳姐！

袁甲芳笑道：别谢我呀！是老板亲自交代，官叔亲自带人落实的。你看这"洞房"，还满意吧？

季黄鹂不无羞涩，笑逐颜开：一千个满意！一万个感谢！

原来，袁若德告诉袁甲芳，季黄鹂和黄匠军两人已领结婚证，叫她在公司集体宿舍楼中给季黄鹂安排一间婚房，同时拨点经费，在公司食堂加两个菜，算是小型婚宴吧。袁甲芳随后委托黎锦官将房屋简单装饰一下。黎锦官很上心，带领几名青年员工，以"修旧如新"为标准，把个老旧房子"打扮"得无比温馨。

韦素提醒季黄鹂：别光说感谢话呀，看看还有啥需要补充的。

季黄鹂脑袋摇得像拨浪鼓：没有没有！全都齐了！韦老师，您看我们老板，对青年员工像对子女一样，工作上要求严格，生活上关心照顾，一直以来都这样。公司宣传栏上有个通栏标题——广德是我家，我们最爱她。这正是广大青年员工的心声。

袁甲芳快言快语：那你就死心塌地跟着老板干呗！

韦素微笑颔首，却并不认同：广德是我家，这话很经典，是否最爱她？那就有水分了，见仁见智吧。实际情况是有人爱，有人不爱；有人有时爱有时不爱，有人有时爱有时恨，对不对？还有人压根不爱呢！

这话真实，但话锋有些尖锐，季黄鹂赔着笑，不知如何作答，袁甲芳把脸儿扭向一边，假装没听到，心说这老太婆卖弄起来不分场合，袁家的事，轮着她来说三道四？

韦素当然知道这话袁甲芳不爱听，那又怎样？"广德是我家"是抄来的，又不是原创的，说它经典不分明是抬举吗？她够客气了，还不领情！她把目光挪向别处，不屑多看袁甲芳一眼。

季黄鹂从袁甲芳手里接过房屋钥匙，欢天喜地，对谁都笑。受她情绪感染，韦素和袁甲芳也跟着开心，顾不上其他了。

11

晚上，"粤来粤顺"茶楼"粤来粤旺"包间。

包乐驾车载着曲解往返于香港和河埔市。

曲解回国后，若说有了"同事"，那就是包乐了。两人天天在赶路途中海聊，天南地北无所不聊。当然，聊来聊去离不开方杰，以及与方杰有关的人和事。不知不觉间，两人因接触多，熟悉快，都感觉尊称不如昵称受用，曲解嘴里的"包乐师傅"变成"包乐"，包乐嘴里的"曲博士"变成"曲姐"。

这天，曲解特意对包乐说，她晚上有些事要处理，需早点回去，下午4点收工。包乐领命，准时载着曲解踏上返程。在路上，曲解对包乐说：今儿晚餐，在"粤来粤顺"茶楼解决，我买单。

专家公寓楼下的"粤来粤顺"茶楼，曲解很喜欢，一是就近省时，二是上菜之快堪比快餐店，还是省时。该茶楼除了大厅外，另有大小包房12间，其中"粤来粤美"是大包房，"粤来粤旺"是小包房。她熟门熟路地领着包乐走进预订的"粤来粤旺"小包房。

包乐一看就乐了：曲姐，你这么快就入乡随俗了！

曲解耸耸肩：老话说，兵马未动粮草先行。无论走到哪，解决吃饭都是首要问题。这里菜品丰盛，管饱。坐吧！

包乐猜到了，曲解想聊天。头一天在车上的时候，包乐无意间说起老板陈豪杰的发家史，曲解很感兴趣，撺掇说：一个大型企业集团创始人，民营企业家，肯定有精彩故事。包乐笑答：精彩不精彩不知道，就知道一路走来，步步艰辛，处处作难。当老板，耗尽心血是人生标配。曲解大为诧异：包乐，你这话是何出处？包乐不解：哪句话呀？曲解：当老板，耗尽心血是人生标配。这话挺本质！挺有意味！挺耐嚼！你得好好跟我讲讲。我知道，你肚子里有料，脑子里有见解，嘴里有金句。包乐笑喷：你吓着我啦！我充其量只能择要讲点皮毛。曲解由衷地说：我且听点皮毛。

曲解和包乐在"粤来粤旺"包房边吃饭边聊天。

包乐除了对陈豪杰女儿陈可元（读书时住校）了解不多，对其他方面事宜大都知道些，他没有保留，绘声绘色和盘托出。

早年，16岁的陈豪杰在深圳建筑工地做小工，什么苦活累活脏活都干过，赚不了几个钱。两年后的一天，他与老乡闲聚，有个在市食品站工作的老乡透露说，香港猪肉紧俏，因为生猪奇缺，全靠内地贩运。若有心做，可到湖南、广西等内地省份采购生猪，回来直接拉到食品站，检疫合格后即可收购。老乡问他敢不敢做？陈豪杰不假思索地说敢做。他头脑灵光，意识到这行有得做。为啥呢？"不愁卖"的生意岂不是好生意？打着灯笼也难找。老乡又问他会不会做？有没有驾照？陈豪杰有点傻眼，摇头说不会做，也没驾照。老乡说那算了，你还是回工地做小工吧！

孰料，陈豪杰悄悄地筹齐报名费，每晚收工后去一间临时驾校（驾驶培训点）学习驾驶。拿到驾照后，他果断辞职离开建筑工地，租借一辆二手解放牌大货车，"杀入"贩运生猪行当。

操持一个从未接触过的生意，历尽艰辛。陈豪杰肯动脑筋，上手快，短短一年时间即靠贩运生猪赚到第一桶金。更重要的是，他无意中"闯荡"了市场，明白了买卖交易、生意客户这些营商要素，种种无师自通的收获让他受益终身。每提及自己起始于贩运生猪的营商经历，陈豪杰都深有感触：当年，发现"稀缺"就好，靠拾遗补缺赚钱；当下，营造"稀缺"就好，靠核心技术（含秘方、独门绝技、金刚钻、撒手锏之类）赚钱。

包乐瞥瞥曲解，见她听得认真，接着说：方杰多次上榜河埔市综合实力50强，陈豪杰因而成为业界泰斗级存在。他在培养接班人方面特别上心，早早就把企业交给长子陈可铭，自己退居幕后。他们父子感情极好，心有灵犀，这或许是企业得以平稳交接的一个重要原因。陈豪杰虽仍挂名董事长，但多半时间不问厂务，韬光养晦，深入战略谋划和转型思考。

曲解突然问：陈豪杰的战略意图是什么？

战略意图？包乐使劲儿眨眼，又低眉沉吟：老是听他说，架构重组、资源整合，专注于重装制造什么的。

曲解豁然恍悟：这就是了。好，咱接着聊。

陈豪杰长子陈可铭，个性和善，为人憨厚，大学毕业即进入家族企业。早在其读书期间，父亲陈豪杰就把他当作接班人培养，经常让其列席集团董事会。陈豪杰欣赏长子个性沉稳，踏实肯干，勇于担当，做事中规中矩，不要滑头，不冲动不冒进，没有二杆子味儿。有一定商业素养，眼光也不错，对事物的判断比较到位。忧虑的是他欠缺魄力，处事缺手段，缺铁腕，遇到尖锐些的矛盾和问题就退缩，显得软弱。自他主理集团业务后，其父陈豪杰着重在这方面对他进行培养和扶持。陈可铭正式接班时，集团的状况是核心业务发展强劲，经济实力雄厚。但内部管理机制较弱，主要靠人治，靠一批跟随陈豪杰创业的元老支撑。

陈豪杰次子陈可期，幼时被外公外婆带到香港，在香港读书长大，毕业后即帮手打理外公外婆的方正电梯厂，主要做代工。早年的方正电梯场地局促，面积狭小，施展不开。香港中环一带寸土尺金，地价高昂难以扩张，不得不将业务重心向内地倾斜。陈豪杰的佳杰五金厂即充当了岳父母电梯厂的下游厂家，为其做配件，后做核心配件，再后发展到全部核心配件均由佳杰五金制造及提供，全包了。形成事实上的前店后厂，香港接单，河埔制造。有佳杰五金做支撑，方正电梯厂逐渐将中低端电梯品牌全部剥离，专为世界顶级电梯品牌做代工。

曲解慢慢回味着。原来，佳杰五金厂是做电梯配件起家，曾长期给陈可期外公外婆家的电梯厂做配件。

包乐的嗓门儿陡然提高：再后来就本末倒置了……

曲解两眼睁得溜溜圆：此话怎讲？

包乐：方正电梯反过来围着佳杰五金转了呗！因为做着做着，方杰（包括佳杰五金）做大做强了，成势了，而方正电梯还是老样子。以至于方正电梯所接订单根本喂不饱佳杰五金，佳杰五金被迫广开门路，另辟蹊径，盈利逐年增加。短短几年间，佳杰五金竟至反宾为主，把方正电梯甩下几条街。

曲解：嗯，再好的厂子，故步自封一成不变也要不得。

包乐接着娓娓道来，说话不紧不慢。

陈可期一度雄心勃勃，不满足于做国际知名品牌电梯代工，几欲涉猎电梯制造，包括电梯销售、安装、维修及售后服务等，向产业链上下游发力。因此，厂子规模不大，五脏俱全，技术方向始终是对洋品牌的配套和仿制。后来，或因缺少自有技术、核心技术，更缺少高技术人才，终未成功。其中还有一个原因是陈可期女友叶馨菊正式成为合伙人，她的办厂理念与陈氏格格不入，却深刻影响着陈可期。陈豪杰夫妇多次提出家族企业可参与投资，叶馨菊阻拦，她不想与陈氏家族企业有瓜葛，坚持各做各的。

陈可期外公外婆先后过世，陈豪杰拿出早就做好的方正电梯升级规划，催儿子将方正主厂区扩张至内地（祖籍河埔市），香港厂区依然保留，未来做国际展示和销售中心。陈可期本人看好此规划，愿意连人带厂一并回迁，但叶馨菊执意留在香港，反对回迁，这事便一拖再拖议而不决。不敢说叶馨菊格局小，目光浅，但她对内地、对河埔市的排斥，显然是盲目和狭隘的。

谈到老板陈豪杰夫妇与二子陈可期之间的生疏隔阂，包乐不无同情：陈董和老伴儿最大心愿是把老二迁回来，老两口为"拉"回老二锲而不舍，想了很多办法，花了不少钱，曾经几次看到希望，但至今未能如愿。多年来，这件事成为陈豪杰夫妇的一块心病，又无处倾诉，如鲠在喉。陈豪杰患有高血压、心脏病，他拖着病体奔波操持，前不久终于帮老二陈可期投得理想地块，老两口专程赴港，拟与老二敲定回迁之事，孰料老二说仍要考虑。陈董备受打击，当即病倒，急送香港某医院抢救，进了ICU，搭了心脏支架，全家人备受惊吓。后来恢复得还好，但至今仍在住院。

曲解惊讶：这么严重？没听陈可铭说起这事呀！

包乐：你初来乍到，可铭总裁不好意思说。

曲解心下琢磨着这件事，有所不解：河埔和香港距离这么近，跟眼鼻子底下差不多，又不是隔着千山万水。回迁与否很重要吗？完全是出于儿女情长吗?

包乐摇头:不光是儿女情长问题,主要是企业发展问题。方正电梯照目前架势难以永续发展,这才是陈董最为忧虑的。

包乐透露,陈可期的方正电梯到了十字路口。扩大产能没有条件,技术改造没有人才,提质升效可望而不可即,维持下去只能眼睁睁地看着其日渐萎缩。最近,刚刚遭遇一波打击:两款代理多年的洋品牌不再续约,掉头而去,而此前方正电梯为了保其续约下足功夫,花费不小,结果徒劳一场。这件事使陈可期陷入烦恼。

哦!曲解点头,觉得这才是问题实质。难怪几天来,陈可期总是闷闷不乐,尽管他极力掩饰。

包乐深深叹息:唉,关于陈可期的电梯厂内迁,是陈氏家族的"古老话题",一时半会儿说不清楚。

12

深夜,河埔市木棉红酒店。

子夜12时10分,路上人车稀少。陈可元追踪尤其芬的车,直抵秦茱萸一行的住所。秦茱萸正待下车,忽然收到陈可元短信:我在你对面木棉红酒店大堂等你,有要事相商。

秦茱萸下意识地抬眼向酒店方向看了看,不动声色,随众人一起进入电梯。进入自己住宅,他立即给陈可元发短信:你回来了?何事请讲。

陈可元:当面谈!

秦荣荑：太晚了，改天再谈吧。

陈可元：你不来我不走。我就坐在这儿，等你到天亮。

秦荣荑深知陈可元的执拗劲儿，又发短信：你犟牛啊？脾气这么臭！陈可元没搭理。十分钟后，秦荣荑再发短信：老大不小了，臭脾气该改改了。陈可元仍不回复。秦荣荑有点慌了：元老，最后再依你一次！我说话算数，最后一次！

秦荣荑轻手轻脚锁上门，独自一人下楼，横过马路，进入木棉红酒店大堂。

尤其芬在车里给朋友发完短信，正准备走，忽见秦荣荑从楼上下来了，以为他有什么事，正待摇下车窗问一声，忽见秦荣荑向马路对面走过去。尤其芬好不纳闷，咦，秦博士去酒店干吗？难道要宵夜吗？她透过玻璃向酒店张望。不像啊，宵夜一般都呼朋唤友，至少有一两个人做伴，可秦博士是一个人啊！她禁不住好奇，遂下车向酒店走过去，想一探究竟。这一看，就在酒店大堂角落处的沙发上发现了陈可元，秦博士则坐在陈可元斜对面的椅子上，两人显然在窃窃私语。尤其芬立刻隐身在暗处。

陈可元：我把曲解接回来了。说着，直直盯着秦荣荑，想看清他脸上的每一样表情、每一丝神态。

秦荣荑轻轻"嗯"了一声，表示他早已知道，不用她说。

陈可元：你弄的"规划"，广德若不用，给我，我们方杰用。

秦荣荑惊诧不已，猛地睁大眼睛：你怎么知道？

陈可元极为淡定：这个你就别问了。

秦荣荑态度认真：你们在广德安了眼线，还是搞了窃听？

陈可元使劲儿摇头：没有，绝对没有。

秦荣荑：小元，我正告你，大家都是做企业的，不是做间谍的，行为要磊落，做事要光明正大，搞小动作可不好！

陈可元非常不屑：就算做间谍、搞小动作，也不在广德搞！广德有啥搞头？我今天跟你谈的不是这个……

秦苿荑直视陈可元，等着看她再爆别的什么鬼花样。

陈可元突然变得吞吞吐吐，话也说不清爽：秦哥，我今天谈……谈的是……关于……秦苿荑语气急切地催促道：关于什么？

陈可元最终也没说出"关于"什么，因为她突然不想说了。其实，从曲解回来的那一刻起，陈可元就开始莫名紧张，也不知被什么驱动着，她事实上加强了"攻势"：秦哥，上次说的"阿荑基金"，你考虑好没有？

秦苿荑：谢谢你！我没考虑。上次就说清楚了我不会接受。

陈可元：还是请秦哥慎重考虑，慎重答复。方杰虚位以待。

秦苿荑：元老我再说一遍，你开玩笑可以，但我没时间陪你玩。

陈可元：我不是开玩笑！陈可元急得想哭：我老爸同意的！

秦苿荑：你这不胡闹吗？你不要再去惊动杰叔好不好？

我不是胡闹！陈可元真的眼圈儿红了：我爸说只要你到方杰，给你安排最好的环境条件，建最好的实验室……

秦苿荑也急了：可可可……我我我……我怎么能身分两处？你怎么能强加于我？你放过我好不好元老？咱们都是成年人了，说话做事要负责任的，不是闹着玩的……

陈可元突觉委屈，脑袋垂下去了，泪水扑簌簌滚落。

秦苿荑彻底没辙了，双眉深锁。半夜三更的，可怎样安抚陈可元，让她赶快回家，平平安安的，别再惹事儿呢……她这副凄楚可怜样儿，真不多见！恍惚间，秦苿荑头一回感觉确实委屈她了！于是，再也不忍心对她说重话、狠话。

尤其芬听不见秦博士与陈可元的交谈内容，但窥看两人神色，不难断定都是些很私密的话。自从上次参加"狂蝶迷你"的舞会，尤其芬就本能地感觉到，陈可元对秦博士好黐（广东话：缠绵、暧昧的意思）！眼下三更半夜，两人又单独约在一起，做乜嘢（广东话：干什么）？天大的事，电话也可以说呀！

尤其芬怕自己暴露，不敢继续偷窥，悄悄儿驾车跑了。

13

上午，大背头小五金街，王鹣精密组件厂。

"霸王床"安装调试完毕，王祖望带领员工试车。

此前，樊老靓与王祖望商量："霸王床"这种纯进口玩意儿，精密度高，超过我们以前在方杰用过的顶尖机床。人家广德要派专家来指导不是没道理的，那样的话，可能把握大一些。

王祖望摇头：别的不怕，就怕工艺泄露。广德那帮专家不是吃干饭的，他们只要在现场，什么东西能瞒得过？再者，请专家不便宜，咱能省则省，还是自己干吧。先试试车再说。

樊老靓一想也是。如果不是王祖望像保护秘方一样保护工艺，他樊老靓和黄匠军师徒的独家工艺就不复存在。

在夏令指挥下，员工按流程各就各位，细心配合，谨慎操作，"霸王床"轻轻运转起来，非常流畅。人人脸上现出喜色。

这批"样品"，是一组规格多样的五金套件。

从图纸上看，非常复杂，亦非常"个性化"。它们中有多边四角形、六角形、菱形、椭圆形及半方半圆形等，堪称奇形怪状。每个五金件都"别具一格"，绝非大众化产品。其中有两个中型不对称五金件，可以用"举世罕见"来形容，就是说不仅没做过，连见也没见过。这批五金套件与此前惯常做的普通五金件截然不同。制造难度首先在于它在形状上的不规则，无规律可循；其次在于它对光洁度要求奇高；最后是它的全部标准均予量化，细碎烦琐。

王祖望本能地感觉到样品生产有一定难度，但他同时又对攻克生产中的大小难题满怀信心。王鹣精密为"何方神圣"？外人有所不知。它本土初创，面世时间不长，名不见经传，在城市"黄页"中杳无踪迹。但就是这个行事低调的王鹣精密，拥有包揽任何"瓷器活"的金刚钻——独家工艺！生产有难度是吧？王鹅精密最不怕的就是生产难度。区区样品生产，几乎可以说手到擒来。换句话说，样品生产落在行业翘楚王鹅精密手中，不无幸运。

晚上，樊老靓、黄匠军仍在灯下反复研究图纸。凭直觉，樊老靓不太乐观，预感麻烦不小。他嗓音"嗡嗡"地说：这批活将按欧盟标准验收，别以为不费事儿，可能不那么好搞。

黄匠军：是啊，我们自己觉得最拿手的活，不一定符合人家的标准。欧盟标准自成体系，不知道它是按什么"标准"制定的？它依据和参照了哪个"标准"？所以我觉得有盲点。

14

黄昏，香港浅水湾必胜客西餐厅。

一个星期很快过去了，曲解将返回河埔市方杰集团总部。

临别，陈可期携叶馨菊在香港浅水湾一家西餐厅宴请曲解，答谢她连日来的辛劳。冼赫和包乐在座。

浅水湾号称"天下第一湾"，是香港最具代表性的景区。沙滩周边的连绵山脉像一条龙似的，环绕护卫着海涧，形成山环水抱之势。在笃信风水的港人眼中，浅水湾坡缓滩长，水清沙细，既是居住的风水宝地，又不乏浪漫温馨。入夜，浅水湾一带灯火辉煌，各式建筑背山面海，错落有致，将其风格迥异的轮廓倒映在海水中，衬得海岸线美轮美奂。

陈可期西装革屐，头打发蜡，皮鞋锃亮，整个装束非常正式，像等待出镜的奶油小生一样帅不可言。叶馨菊同样一身名牌，套装搭配，爱马仕香水，整个人光鲜考究而又馨香扑鼻。陈可期事先叮嘱叶馨菊，说话办事不可太不顾及他人情面。两人因而达成默契，对帮助过自己的人比如曲解，要热情不要冷淡。

陈可期与叶馨菊站在餐厅门口，迎候曲解。没想到的是，曲解穿一身工装就赴宴来了，且没有化妆，叶馨菊极为诧异，心下质疑，难道当了博士的女性可以没有女人味吗？想到自己答应过陈可期，对曲解要热不要冷，叶馨菊脸上头一回出现笑容，那笑容勉强、僵硬，倏忽即逝，但总算不咸不淡客气了一回。

寒暄后，几人在大厅一角（该餐厅未设包房）围桌相向而坐。陈可期非常绅士：曲解博士，你亲临方正电梯指导，帮助我们破解难题，摆脱困境，交货期得到保障，可期我不胜荣幸！不胜感激！今晚，我和阿菊不揣浅陋，敬备薄酒，聊表谢忱！

曲解：可期老板客气了！我不过秉持本分，略施援手，提些看法供你参考而已。重要事项都是你亲自权衡定夺的，加上冼赫总工技术把关，方正电梯理当活力满满。

全体碰杯，各自一饮而尽。

冼赫晃晃手中酒杯：这是拉菲（法国葡萄酒顶级品牌）呀！

包乐捧场：可期老板抬爱！拿这么名贵的酒，我就沾光了！

叶馨菊端杯站起来：曲博士辛苦，这杯我敬你！

曲解跟着端杯站起来：不辛苦不辛苦，谢谢叶总！

两杯酒下肚，曲解言明自己平时不喝酒，更没酒量，今天破例。但见她坐下来就手握刀叉开吃了，享用西餐她还是蛮熟练的。冼赫和包乐面面相觑。通常，主人敬酒后客人要回敬，这个礼数曲解不会不懂，但她是不拘泥这些小节呢，还是不擅长场面上的事呢，还是干脆想替陈可期老板把拉菲红酒省下来呢？

陈可期琢磨着怎样说几句感谢的话，一时又不知从哪儿说起，他索性随着曲解也拿起刀叉。众人亦开始陪着用餐。

连日来，曲解每日身着工装，在车间与相关技术人员一起，现场解决机械故障，指导技术操作，优化工艺。即使很小的技术细节，她也不肯放过，反复求证求解。她谙熟各种复杂的机械设备，对机械性能、使用价值、在同类设备中的优劣位置等辨识度很高。实践证明，她确实有些高技术手段，几天工夫就扭转了局面，生产畅顺，效率上来了，本批次订单交货期得到保障，直接为方正电梯解了围、舒了困。这种立竿见影的效果令陈可期大大松了口气。

吃得差不多了，陈可期用纸巾擦擦嘴，十分真诚地说：曲博士学养深厚，专业一流，短短几天，我切身领教了。

冼赫跟着捧场：可不！曲博士是当今少有的机械行业前沿技术大拿！特别在数控技术方面，那是首屈一指的大神大咖！我和厂里同事都佩服不已。怪不得，大老板（陈豪杰）和总裁（陈可铭）如此器重，小老板（陈可元）亲自带队赴美迎亲。

曲解笑道：冼总，你还是多喝几杯拉菲吧，少说酒话哟！

陈可期一改拘谨，鼓动道：很乐意倾听曲博士谈前沿技术。

叶馨菊口气犀利：一味追逐"前沿"，我认为不切实际。

叶馨菊在许多场合下都不忘摆谱，生怕彰显不出她的"老板"身份，她的"有钱人"身份，乃至她的"陈太"身份。她对任何人都不轻易露出笑容，对谁也都不屑于表现出友好，喜欢唱反调。她的这种突出"个性"，身边的人都清楚，也都敬而远之，只有陈可期愿意接纳她这种旁人眼里的"劣根"。她最不在乎的就是"旁人"，陈可期看她顺眼就行，旁人能怎么样，不能怎么样。

众人一笑而过，想转移话题，孰料还是三句话不离本行。

陈可期：曲博士，方正目前状况，你看有哪些问题。

曲解对方正电梯的总体情况心里有了数，但要指出问题，她肯定是保守的，不好直说又不能不说，只能抽象些，简单明了些。她表达的大意是：工厂生产模式稍嫌老旧，根基不牢。所谓根基不牢是指尖端机械设备、核心技术包括专利以及高技术人才缺乏。如今这个局面显然是方正电梯近年来鲜少向上述三个方向发力导致的。这就很容易被人釜底抽薪——订单跑了。

没人接话。在座几个人好像都在各想各的心事似的。

冼赫打破沉默：釜底抽薪是三十六计中很厉害的一计呀！

曲解意识到话题沉重，自我戏谑道：订单是最喜欢移情别恋的东西。想叫订单不打脱离，只有增强自身吸引力；想叫工厂的小命儿不攥在别人手里，只有自强。

陈可期由衷点头：曲博士这话一语中的。

曲解：其实，有些结构性矛盾、结构性制约，是没有办法破解的。工厂发展，要跟得上时代发展。土话说，要跟得上趟。陈董提出"资源整合"，就是避免与时代脱节。

听了这话，叶馨菊心里很不舒服，脸色陡然晦暗下来。她整晚置身事外，神情淡漠地坐在陈可期身边，自己吃自己喝，对他人的交谈内容不感兴趣，偶尔插个话。这时开始不淡定了，尖声说：他们搞资源整合那一套，就是看中了方正这块肥肉。

曲解不乏善意：资源整合，以利益最大化为目标，这没什么不可接受的。方正如果固守一隅，天空只有巴掌大，未来三年、五年会怎么样？叶总，你想过没有，不进则退，没有发展张力则会萎缩。方正完全有条件往上走啊！

陈可期暗中瞥叶馨菊一眼，不让她发飙，尔后抬头直视曲解，谈吐小心，语气温和：曲博士，我可以斗胆问句话吗？

曲解不假思索：可以呀！尽管问。

陈可期文质彬彬：恭请曲博士屈尊降贵，到方正电梯帮我做，待遇从优，决不逊于方杰。你可以考虑吗？

曲解笑了：哪里屈尊降贵！我个搞技术的。承蒙可铭总裁盛情，我从美国回来就是奔方杰来的。方正同属陈氏家族，我在哪块都一样啊！当然这事要按董事长和总裁吩咐去做。

陈可期：我很期待！若你同意，我会与老爸和大哥商量。

曲解：我与令尊未曾谋面，但我觉得他着眼未来，比较前瞻，对整个集团的谋划和布局周密稳妥。方正电梯若融入其中，当能更好地发掘潜力，具有更大的发展前景。

叶馨菊猛地把脸儿扭向一边。

陈可期：曲博士，我知道你此前没来过香港，这次一来呢，就钻进车间投入工作，连街边商店都没去过。今晚乘便，我们出去走走吧！我提议三个方向，一是太平山山顶，可俯瞰香港夜景；二是海洋公园，里面有亚洲最大的海洋动物园；三是维多利亚海湾，可乘坐游轮在海面兜风。曲博士，你选哪样？

曲解一头雾水，答不上来，她并不知道去哪里是好。

包乐笑道：嘿嘿，曲姐脑子里怕是没有旅游概念。

叶馨菊冷着脸说：去海湾吧，吹吹海风，咸腥湿润。

曲解很高兴：好啊！

15

晚上，翡翠巷6号，广德集团总部员工食堂。

星期六晚上，广德集团总部在公司食堂席开四围台，为季黄鹂、黄匠军举行简朴而又热闹的婚礼。

经袁若德精心策划，成功邀请到樊老靓，他为爱徒新婚大喜欣然赴宴，被奉为上宾，被特意安排在主桌就座，与袁若德相邻。

婚宴由梁仁良主持。他提议第一杯酒敬黄匠军、季黄鹂喜结良缘。众人纷纷响应，全体起立干杯。

袁若德面带笑容，热情洋溢：匠军的父母在老家，因路途较远一时未能赶过来。那么，师傅如父，爱徒如子，樊老靓师傅今天就是男方家人的全权代表了。我建议全体举杯，今天这第二杯酒啊，要敬樊老靓师傅，培养出匠军这么好的徒弟！

正装出席爱徒婚宴的樊老靓，脸上一直挂着笑容，开心不已。他没什么酒量，只是趁着高兴劲儿小喝了几口，立刻变得脸红脖子粗。大家起哄，异口同声地请老靓师傅说两句。樊老靓感觉不好推辞，站起来清清喉咙说：恭喜恭喜！恭喜匠军、黄鹂喜结良缘，早生贵子。说完就一屁股坐下了，大家还没来得及鼓掌。

樊老靓心情不错，刚坐下又站起来，说话声音憨憨的，却十分中听：匠军是我公司头一个新郎官，黄鹂是我公司头一个新媳妇，王鹅精密风水好，特别适合连理枝！

众人热烈鼓掌。袁若德接话说：广德与樊老靓、黄匠军师徒缘分匪浅，这是我们前世修来的福啊！

黎锦官站起来，高声大嗓宣布：经袁董特批，给予季黄鹂一周婚假。他们小两口将回老家度"蜜周"，车票已买好。

场上人们纷纷起哄："蜜周"太短了！不解渴呀！不过瘾呀！

樊老靓与袁若德耳语：广德是本市名企，承蒙袁老板看得起，我们匠军算是半个上门女婿，今后少不得常来常往。

袁若德：如蒙不弃，咱们相互要多走动啊！

说着话，袁若德向尹擎使个眼色，尹擎立即从包里取出一只手袋。袁若德接过手袋，从中抽出一个长方形的精致纸盒，里面装的是他从国外买回的一双超薄、超保暖、防水防湿的真皮手套，赠送给樊老靓：老靓师傅，初次见面，奉上我的一点薄礼，这是一双可全天候使用的手套。小小手信不成敬意，望您笑纳。

樊老靓似乎明白对方用意：我是靠手吃手，吃手艺饭的。

梁仁良不失时机地套着近乎：我爸的意思是，像老靓师傅您这样的能工巧匠，要格外珍惜和保护好自己的双手！您知道吗？国外有些魔术师的手，是上了高额保险的。

新郎黄匠军笑着插话：我师傅外号"鬼手靓"。

哇塞！人们惊叹不已，热烈鼓掌。

樊老靓伸出浑厚粗糙、布满老茧的手，接过纸盒，拆开包装看了看，立刻咧嘴笑了，脸上皱纹像菊花开放。不是手套材料如何新、性能如何好、使用如何舒适，而是对方如此看得起自己这双手，让他很受用。他客气道：谢谢袁老板！让您破费了！

黄匠军：嘿，我师傅这辈子也没戴过这么高档的手套。

喜酒一杯杯下肚，陌生感一点点消失。

袁若德对樊老靓推心置腹：老靓师傅，听说贵厂急欲为境外某项目生产五金件样品，我们广德有心助朋友一臂之力，但一时也帮不上什么忙。公司近期购回一台先进机床，已经租借给王鹅精密，我意免费给你们使用，待样品生产完成后归还即可。

樊老靓惊讶：袁董，您指的是"霸王床"吗？

袁若德含笑点头：正是。

樊老靓立刻端着酒杯站起来，对袁若德毕恭毕敬道：多谢袁董雪中送炭！"霸王床"为我王鹅精密所急需，样品生产全靠它！这么贵重的机床免费使用，足见袁董深情厚意！我敬您！

袁若德随之站起，按樊老靓肩膀，示意他坐下：不客气！

新郎官黄匠军和新娘子季黄鹏双双端杯，挨桌敬酒，在欢声笑语中收获声声祝福。百年好合，早生贵子——满耳良言，满屋笑脸。季黄鹏面颊绯红，目光温柔，比平时好看多了。

年轻人在另外一桌喝酒碰杯，嘻哈笑闹，气氛热烈。

婚宴结束之前，袁若德从自己西服内口袋中掏出一封信，双手毕恭毕敬地递给樊老靓：老靓师傅，我和广德对您及您的高徒仰慕已久，现借匠军大喜之日，恕我冒昧，向您发出盛情邀约。

樊老靓当场打开信封，但见里面是一封加盟邀请函和一张股权认证书。

樊老靓未及细看，把信封认真装进自己的口袋，与袁若德握手，嘴上客气道：多谢袁老板厚意！容我等回去细商。

原来，袁若德借机向樊老靓、黄匠军发出加盟邀请，拟委任他们担任新成立的德立技术公司第一车间主任、副主任，同时分别为其配置德立技术0.2%、0.1%的股份，名曰"核心岗位股"。

婚宴结束，几个后生仔嚷嚷着，要尾随新婚夫妻去闹洞房，樊老靓摆手表示自己不参加了。袁若德派车把樊老靓送回家。

樊老靓显然喝多了点，整晚情绪亢奋。他坐在灯光下，逐字逐句地看过手套使用说明书，又找出几块崭新绒布，把这双手套里三层外三层地包裹起来。尔后，他不紧不慢地拎出沉甸甸的股权认证书，仔细摊开在桌面上，盯着发呆。他几次想给黄匠军打电话，商量一下股权的事，但又考虑爱徒新婚燕尔，不好打扰，便忍住了，任凭自个儿心里闹腾。

不知过了多久，已是后半夜了，樊老靓终于把自己挪到床上，却仍无睡意。袁若德这么高看自己，高看自己的手艺（工艺），让他有了知音感觉。难怪酒桌上大家都说袁老板识才、爱才、惜才和求才，这话可没说错！袁老板意图明确，就是把他和黄匠军的工艺绝活引入广德。对于广德伸出的这一橄榄枝，樊老靓颇为动心，但考虑到样品生产出来后，王鹅精密全体人员将远赴国外承接项目。虽说他这年纪并不热衷漂洋过海，但机会难得，出去可以干票大的。因此，至少近几年是顾不上广德这边了。

樊老靓在床上辗转反侧，怀揣遗憾，大半夜未眠。

16

晚上，香港维多利亚海湾游轮。

陈可期、叶馨菊等陪同曲解登上游轮。

这天天气不错，维多利亚海湾秀逸俊美。海上微风习习，海面波光粼粼，海岸霓虹闪烁，海天星光灿烂。在游轮周边，有大大小小各式各样的船只，披着斑斓彩灯，在波平如镜的海面穿梭。一行人边观赏夜晚海景，边放松身心，很是舒畅愉悦。

叶馨菊率先走到一处船舷边，扶栏远眺，她觉得其他人应该跟在她后面，围在她身边，共同赏景。曲解上船即四处张望，出于好奇，下意识地走到另一边。陈可期和包乐自然而然地跟在她身后。走在最后面的冼赫见状，往叶馨菊所在方向走过去。

维多利亚海湾可与美国旧金山海湾媲美。

曲解红润的面庞透着淡淡的笑容：据可铭总裁交代，我回总部后有两项艰巨任务，都与方正电梯有关哦。

陈可期神情严峻：什么艰巨任务？

曲解：我将牵头，立即启动规划纲要拟制（三稿），此其一；其二，做数学模型，即以大数据建模方式，对方杰的历史、现状及走势做全面预测、预判，对盈利空间和前景做出部分前瞻性的精算。这两项工作都包括方正电梯在内。

数学模型？陈可期不甚了然：陈某才疏学浅，文科生，还望曲博士不吝赐教！你刚才说大数据建模……

曲解笑了：赐教不敢。数学模型是运用数理逻辑方法和数学语言建构的科学或工程模型，它反映的是本质的东西及其关系。关于大数据建模，以后我们有机会的话可以讨论。

陈可期蹙眉沉思，默默点一下头。

曲解：可期老板，恕我直言，做厂，搞制造，洞见先机和洞见危机是两项重要的基本功。粗放发展阶段已经过去了，中低端制造大都陷入瓶颈期。就方正目前状况看，拼存量受掣肘，拼增量更有利。从宏观定位角度说，应集中资源，包括人力物力财力，把厂子做大做强，也就是往上走，不往上走就等于走下坡路。

陈可期屏息静听，那样子好像不愿打断曲解的话。

曲解想铺垫一下，打预防针：不好意思，我说话不好听。

陈可期面无表情，语气却斩钉截铁：但说无妨。

曲解：企业要做强，有个规律性路径，哪里成本低产出高，就在哪里做。做厂跟购物一样讲究性价比。倘若方正满足于现状，排斥结构调整，那就不是做强而是强做，盲目性很大。兴许，做着做着就苟延残喘了。这个不难预见。

陈可期语气凝重：你说得对，厂子回迁利大于弊，我爸和大哥他们也是从全局角度做通盘考量的。

这话声音不大，曲解听得分明。

曲解兴致很高，畅所欲言：方正回内地，解决规模扩张的同时，亦可解决长远发展问题。说白了，企业留在香港，解决生存无忧，企业迁回河埔，解决发展无虞。另外呢，企业回迁河埔、整合家族资源，谋求更大发展，是集团利益最大化的有效途径，不要仅仅把它看作是令尊个人的夙愿。

谁说在香港不能发展？突然有人在背后吼，把曲解和陈可期都吓了一跳，包乐也不由得猛地回头，循声望去。

不知道什么时候，叶馨菊走过来了，她身边跟着冼赫。

叶馨菊鄙夷地撇撇嘴，针锋相对，言辞尖锐：不敢苟同啊曲博士！河埔市的经济发展水平怎能与香港相提并论？这岂不搞笑？厂子和人一样要往高处走，怎能像水一样往低处流？厂子迁址谈何容易！尤其是迁往内地，难上加难！内地法制不完善，手续烦琐，办事离不开托人情、拉关系、拜码头，综合成本高，得不偿失。最终，厂子的生存和发展都解决不了，鸡飞蛋打，怎么办？反正我不看好，绝对不看好！

包乐插话：叶总，有些问题以前或许存在，但后来改革了，如今营商环境好，手续简便，综合成本远远低于香港呢！

曲解语气平和：叶总，仅从制造业技术前景和行业发展趋势来看，电梯厂回迁显然是优选。具体分析利弊的话，内地有土地优势，反观香港这边，连片土地较为稀缺，地价昂贵，企业在用地、用人等方面都有一定局限，不利于长远发展。

叶馨菊翻翻白眼，恣意吐槽：我们厂子做得好好的，可以不发展啊！或者平稳发展、以后再发展，都行啊！怎样做都好过内地。我们没有你们内地人的心态，穷怕了，穷急眼了，动不动火烧火燎地图发展，好像不立马发展就立马要死……阿菊！陈可期断喝一声，阻止叶馨菊：你怎么这样讲？厂子怎能不发展？河埔已经有了地，是爸专门为我们投得的……叶馨菊气急败坏，以更高分贝的音量回击陈可期：我们没有授权任何人投地！投地不是先斩后奏、逼迫我们内迁吗？你以为投那块地安了什么好心？！

陈可期很生气：阿菊你……你怎么蛮不讲理呀？帮你投地，没叫你拿钱，反倒落你埋怨，你这是什么逻辑？

叶馨菊依然不依不饶，冲着陈可期扯开尖厉嗓门儿：天上不会掉馅饼，我就是这个逻辑！谁保证迁去河埔必定发展？有可能被拖累垮掉，还有可能被人家不明不白吞掉，这些都说不定呢！我跟你去喝西北风啊？

陈可期神情颓唐，哑巴了，眼皮儿抬也不抬，死盯海面。

叶馨菊这个态度，令曲解心下暗暗吃惊，为缓和气氛，她聪明地转移话题，语气有点像喝了酒的人那样咋咋呼呼：可期老板，像你这样受教育程度高，事业起点高，人又年轻，长得又酷炫帅爆的人，不觉得优点都被你占完了吗？我觉得你的内修和涵养，以及多年做厂积累的经验，远被低估。

陈可期诧异地瞥曲解一眼，几秒钟后，若有所思，板得铁紧的面孔松弛下来，换作一脸玩世不恭：这话我听着入耳。

叶馨菊气鼓鼓的，但一时插不上话。

曲解热情洋溢，滔滔不绝，蛊惑意味明显：可期老板，从你外公外婆算起，到你父辈，再到你和你兄妹，你家已经三代人做制造绵延百余年了。你踩在前人肩膀上，起点高，基础牢，往前再走一步，风光无限！往上再跨一步，一览众山小！陈氏三代儿女三代豪杰，敢作敢当不负韶光，倾情制造称雄一方！

陈可期被激得有些热血沸腾，不知道是因为这些话，还是因为说这话的人。此前他似乎没有什么热血沸腾的经历，也没有任何人这样跟他说过话，说过类似的话。

此时的曲解，心情特别好，气色极佳，应验了秦茉黄的一个口头禅"夸赞别人，自己好颜色"！她意犹未尽，不由分说地又冲陈可期补上一句：当干就干，当红就红，不枉当今精英！

陈可期做了个莫名其妙的手势：曲博士，你的意见很好，值得重视，它在我脑瓜里很难抹去。你对我的捧杀也很好，今后可以继续，因为我比较受用。不过我想……以后你别叫我老板了，听着生分。别人都叫我期哥。

曲解很难为情，但同意了：入乡随俗，就称阿期老板吧。

陈可期：还是你的名字好，人人都对你以"姐"相称。

叶馨菊以狐疑的眼神斜视陈可期，觉得他此刻变得古怪。

曲解郑重其事：阿期老板，陈可铭总裁托我带话，陈豪杰董事长决定，将方杰旗下伟杰建筑整体并入方正电梯。

第十二章

1

黄昏，东城区五花马水库山庄宴会厅。

方杰集团为曲解举行欢迎晚宴，排场大，规格高。集团高管、各厂负责人和员工代表悉数参加。陈可铭主持，陈可元参与策划。

宴会厅布置得花团锦簇，正面墙上巨大的显示屏滚动播出"方杰集团欢迎晚宴""曲解博士，欢迎你""曲解和我们在一起"等热情洋溢的欢迎语和各类喜庆图像。在快节奏切变的鲜花美景衬托下，入镜者全是灿烂笑脸。

秦茱萸及其团队受到盛情邀请，作为特邀嘉宾入座主桌C位，共同为曲解接风洗尘。这是曲解回国后第九天，阴差阳错，她与秦茱萸在国内终于头一回见上了面，两人座席紧挨着（不知是谁的主意）。陈可元坐在秦茱萸对面，呈半径直角。

陈可期携女友叶馨菊专程从香港赶来，他一见曲解就热情打招呼，边握手边向她递上一个喜讯：那批货赶上货期了！对方很满意。

叶馨菊打扮得珠光宝气，脚蹬六厘米高跟鞋，眼神高傲，神情高冷。出于客气，她不无敷衍地伸出冰冷的玉手，与曲解握了握。

陈可铭：各位同仁，大家晚上好！在今天这个美好的夜晚，方杰大家庭迎来了一位重磅"海龟"曲解博士。根据董事长陈豪杰授意，并由在座各位见证，方杰集团对曲解博士的加盟表示最隆重、最热烈、最诚挚的欢迎！欢迎晚宴现在开始！

掌声雷动，彩灯闪烁，美妙的迎宾曲奏响。

陈可铭：曲博士的个人履历及专业优长已发布在集团网站上，我这里就不介绍了。仅有一点需要说明。曲博士在美读博期间，受集团委托，深度参与了《方正电梯建设规划纲要（草案）》的修改制定，她邀请导师和同学共同研究，查阅了大量文献资料，收集行业相关数据，分析计算成本效益等，非常专业，见解独到，许多意见和建议都十分宝贵。此时她毕业回来，带回《方正电梯建设规划纲要》升级版，也就是第二稿。再经实地考察调研，广泛征求意见，目前正在拟制第三稿，希望大家支持配合。

陈可元瞥瞥秦茉萸，冲曲解伸出大拇指：曲博士辛苦！

在主桌就座的陈可期等人纷纷夸赞：曲博士辛苦了！

紧接着是曲解致辞。她站起来，仪态端庄，先向大家深鞠躬，而后草草说了几句客套话：感谢陈豪杰董事长！感谢陈可铭总裁！感谢方杰各位兄弟姐妹！来到方杰，我很荣幸！实际上我是为一个崭新的方正电梯而来。谨希望通过我们的青春博弈，将方正电梯从图纸上搬下来，在河埔大地傲然屹立。谢谢！

席间，秦茉萸终有机会与曲解喁喁私语：回来后感觉如何？

曲解笑了笑：总体感觉不错！当然，美中不足……

秦茉萸有口无心：不足？你指哪方面？

曲解扭脸儿看着秦茉萸，含情脉脉，心说这还用问吗？

秦茉萸反应麻木：嘿嘿，刚回来，慢慢熟悉就好了。

曲解体谅而又关切：又上新课题了？昼夜不停？

秦茉萸点头：正在开发一项应用技术，晨昏颠倒。

座位是挨在一起的，但秦茉萸和曲解两人没有多少机会私下交谈。一来大庭广众之下，气氛热火朝天，二来敬酒者吆三喝四，来回走动，生怕怠慢了谁，人人应接不暇。既然忙着应酬，就没别的空了，两人偶然搭上话，也都说的是企业现状如何、未来如何。不承想，说起各自所在的企业，两人的共同语言倒是特别多。

像秦茉萸早就对广德产生了非常深刻的认同一样，曲解在大致了解陈豪杰的发达轨迹后，对方杰取得今天的成绩亦十分感佩。秦茉萸与曲解两人不约而同地充当了"旁观者清"的角色，洞穿了广德和方杰两大集团各自的优势及劣势，两人认为应该将"强强联合"作为战略首选，以此促进企业有质的提升、有大的发展。两人对各自所在企业经营状况、人际关系大致清楚了，甚至对许多的具体事务也心知肚明，急切希望就此做些交流，但在晚宴上是不可能的。两人只能瞅准某个空当儿，相互耳语几句。

秦茉萸：资源整合，顺天理应地势，符合"强者恒强"原理。

曲解非常认同：是啊，"马太效应"是挺厉害的。

秦茉萸压低嗓门儿：他们之间可能有些历史恩怨，其中有企业文化、理念上的差异，有企业间的竞争，但更多的是猜忌和误解，又缺少沟通，拒绝交流，日积月累下来隔阂就深了。

曲解点头：芥蒂原本很小，但疙瘩没及时解开，此后就龃龉不断了。眼下只好维持现状，看看再说。

陈可铭目睹曲解对秦茉萸情意绵绵，几次三番提议说曲博士刚回来，趁还没正式上岗，你俩抽空私下聚聚吧！我派车接送。秦茉萸总是显得不知所措，表现怪怪的。陈可铭清楚，这两人客观上都忙得不可开交。

秦茉萸似乎想掩盖什么，淡化"久别重逢"应有的正常状态。他一开席就拼命喝酒，随后更是来者不拒，结果把自己喝得晕乎乎，什么聚会地点也没定下来，连下次何时见面都没提。

酒席上的陈可元根本无心喝酒，她两眼骨碌碌转，捕捉着蛛丝马迹，把秦茉萸和曲解之间的"互动"尽收眼底。秦茉萸推托搪塞之态是十分明显的，给曲解带来纳闷也是明显的。这对"昔日情侣"或有裂痕！陈可元情绪高昂，迎合了晚宴的欢声笑语。

李才智端杯走过来，微笑着向曲解敬酒。曲解借机对他耳语：李总，在美国那两天，可把你忙坏了！辛苦你啦！

李才智调侃：参加你的博士毕业典礼，可把我兴奋坏了！能第一时间与曲博士谋面，很荣幸！

曲解：明天上午有空吗？你来我办公室，正好有事求教。

李才智：当然有空啦！曲博士召见，我每天都有空！

作为欢迎晚宴的压轴"节目"，陈可铭代表方杰宣布对曲解的任用：方杰科技集团首席科学家、董事长特别助理（简称特助）。

宣布完毕，陈可铭笑着做了解释：董事长此前有助理，没有特别助理。特助一职是专为曲解博士"量身定制"的。

众人不约而同地使劲儿鼓掌，晚宴气氛热烈，达到高潮。

陈可期端起酒杯，第一个起身走向曲解：祝贺曲特助！

曲解也站起来，微笑着与陈可期碰杯，两人各自一饮而尽。

陈可期借机向曲解递话：曲姐，浅水湾倾谈，我很受启发，获益良多。这些天，我重新考虑了工厂内迁问题，意识到此前优柔寡断是错误的，贻误大好商机。我决定听从老爸召唤，将方正电梯无条件从香港迁回河埔市，迁回故土。

曲解捧场：一言既出，驷马难追哟！

2

夜晚，齐贤路内街16号，袁仁美家。

夜阑人静。梁仁良帮袁仁美按摩脚踝，动作轻柔体贴。

梁仁良建议袁仁美考虑转型，做天使投资人。

袁仁美：不，我做厂做惯了，还是做厂得心应手一些。

梁仁良：搞技术研发，听上去冠冕堂皇，但不是说钱投进去必然能研发出东西来。鸡飞蛋打是常态，通俗讲就是钱打了水漂儿。另外，大量资金沉淀，哪个厂都受不了！我不在家期间，你正好可以冷静思考，根据我的建议做出抉择。

梁仁良在资本市场不断尝到甜头，自觉长袖善舞。对资金运作走火入魔，完全无心经营实业，觉得岳父（包括妻子袁仁美）搞的那一套太传统、太老旧，费力不讨好，跟不上时代潮流。荒废时间精力不说，江河日下，频现颓势，终将被时代淘汰。他忍不住在临别前的温馨时光，依然大谈轻资产好处及重资产弊端。

梁仁良：河埔地处东南沿海，历史上没有养羊传统，就是说，咱这里不产一根羊毛，毛织厂有什么搞头？搞得过别人吗？

袁仁美下意识地点头：原料和资源优势欠缺……

梁仁良言之凿凿：照这样下去，别说做百年企业，10年都维持不了，20年内必玩完！

袁仁美生气了：能闭上你那乌鸦嘴不？

谁乌鸦嘴？梁仁良瞪眼，尔后抬起双手，极尽温和地捉住妻子双肩，与她鼻息相闻：我刀子嘴豆腐心好不好？我良药苦口好不好？我忠言逆耳好不好？阿美，我急你所急，急咱爸所急，急咱家所急！作为家族成员，我跟你一样想做百年！我这辈子，就算不全是为你，为咱儿子，我也得豁上这百十来斤啊——此心苍天可鉴！

见妻子不说话，梁仁良盯着她的脸：你有点儿小感动？

袁仁美：本来是好话，从你嘴里出来就带股馊味儿！

馊味儿？我还带骚味儿呢！你喜欢的味儿我都有！梁仁良说着，动作夸张地把妻子掀倒在床上，对她无限亲昵，爱意绵长。同时他又小心翼翼，在夫妻恩爱中不忘保护儿子。

梁仁良：做厂的、搞企业的人都知道，财务水平压倒一切！所谓技术、专业，还有艺术、才华什么的，若非直接变现，成就财富神话，那都是个屁！

袁仁美撇嘴：存疑！差评！所谓不疯魔不成活，指的就是你这种人！张口闭口离不开"变现"，偏执、狭隘、作死，一样不缺！

梁仁良嬉皮笑脸：老婆，你昨天刚做美容，今天怒容上脸，前功尽弃啦！气势汹汹不是强势，相反那是弱势。

梁仁良：重资产投资周期长，资金回笼慢，利润薄，充其量赚个辛苦钱，年复一年，看不到大的起色。不关注金融，你将会被这个世界抛弃，因为赚钱的速度很难赶上印钞的速度。巴菲特说，金融是永远的帝国。

梁仁良：巴菲特名言，真正的大钱一定是在资本市场上获取。巴菲特一辈子都没做过实业，从他身上不难发现，富人从来不是靠工厂，而是靠资本市场。眼下恰是资本市场的黄金机会，资本市场对任何人都有巨大的利益诱惑。

袁仁美：张嘴闭嘴巴菲特！他是你中学教导主任？

说到激动处，梁仁良频频点头：没错！他是行业教主、教师爷！业内人士无不对标巴菲特，关注他的一言一行。

梁仁良的主张很简单，宏观上，让妻子袁仁美与自己一起，以金融为主业，向资本市场发力，摸清投资门道（包括诀窍、捷径等），运用多种技巧，推动家族实力上台阶，成为时代赢家。微观上，叫袁仁美先尝试做"天使投资人"，小试牛刀，积累经验，再慢慢升格做大。

袁仁美笑了：升格做大？做多大？

梁仁良信誓旦旦：你将成为顶级天使投资人，大鳄基金合伙人，创始股东，投资界大咖，跻身于资本精英行列，雄踞一方！

袁仁美故意撇嘴：这就算大了？

梁仁良诧异：你以为呀！

梁仁良口若悬河：我早看出端倪了，金融政策优势明显，是对外开放高地，所以我们看问题要有资本视角。要用资本嫁接科技，是谓"资本+"；要用科技嫁接资本，是谓"科技+"。这是方向性抉择，决非权宜之计。

袁仁美对"天使投资人"云里雾里。梁仁良不厌其烦地跟她讲解，与她进行"一对一科普"，通俗说是"洗脑"，直到她感觉大抵明白了，不那么反感了，他依然喋喋不休：举个例子吧。你麾下有四家工厂，生产几十、上百种产品，销售额及利润都很可观。我一家工厂或店铺也没有，更没任何产品，只有股票、股权、期权等。问题在于，我手上这些轻资产，即以票据形式构成的"资产实力"，其价值是你全部工厂价值总和的三倍甚至五倍。你说，两相比较孰高孰低？巴菲特一辈子没有一间工厂，没有半个实体，可这并没妨碍人家成为世界巨富。

袁仁美张口结舌，答不上话，心里对老公的佩服一点点增加，佩服得五体投地。老公太热爱、太痴迷金融这个行当了！只要置身于金融业，他必能长袖善舞、游刃有余。她觉得家里应该支持他发挥专业特长，不应阻挠甚至捆住他手脚。他个大男人，为何不能拥有自己的一片天？

梁仁良安抚妻子：减少产品线、实施业务收缩之后，集团至少不再向服装这一块做持续投入了，包括资金、人才和其他各个杂项的投入。这就可以减轻负担，集中财力发展德立技术。

袁仁美斜老公一眼：你真心想发展德立技术啊？太阳从西边出来啦？

梁仁良信誓旦旦：德立技术是广德的未来之星，是集团的战略方向、主营业务、重中之重！我由衷想把它发展好，苍天可鉴！

袁仁美诧异地打量老公，好像他突然间脱胎换骨，令她不认识他了一样。

梁仁良：技术和资金缺一不可。因此，德立技术总裁非我莫属。

袁仁美：原来是要职要权！直说就好，兜这么大圈子干吗！

梁仁良摇头晃脑：我为什么要职要权？我又不是吃饱了撑的，不是为了相应的责任、义务和担当吗？不是为了老婆儿子挺身而出吗？

袁仁美撇嘴：低估你了！

梁仁良：当初，不就因为我学金融出身，金融是我强项，你才看上我的吗？现在，怎么就有理由压制我强项、掣肘我拼搏、阻止我有所作为呢？我想，你的本意一定不是捆住我翅膀，这不符合我们家庭的利益。

袁仁美低眉奂眼，不吭声儿了。

梁仁良：接下来，我口吐箴言——我们的儿子梁嘉兴很快就要降临人世，我头一回升格当爸爸，你头一回升格当妈妈，我妈升格当奶奶，咱爸咱妈升格当外公外婆。我的天！儿子出生直接改变这么多人的"人生地位"，改变家庭格局，真是厥功至伟！

袁仁美微闭双眼，很享受的样子。老公明天要出远门了，此时此刻，他说些什么并不重要，重要的是他争分夺秒的爱抚，以及他通过爱抚所表达的对她的依恋。

儿子！你好！梁仁良兴奋地趴在妻子肚子上，隔着肚皮向里呼唤，忽然高兴得哭了，嗓音哽咽：兴兴你好……

袁仁美撇嘴：你老婆这么个大活人，也没见你问声好。

梁仁良靦着脸，做出迷弟模样：天天给老婆大人请安，还稀罕这声"好"吗？也罢，老公我投降，谁让你是我的大宝贝呢！谁让你怀揣我的小宝贝呢——老婆你好！

被老公搂在怀里的感觉真好！这样一直搂着就更好了！袁仁美感觉身体麻酥酥的，头脑晕乎乎的，整个人儿飘飘然。

梁仁良：我正式决定，带血的资本，我带你玩。

袁仁美见老公一脸坏笑，撇撇嘴：资本就资本，咋还"带血"？超讨厌！我不玩，尤其不跟你玩！跟你玩还不血亏？

梁仁良对妻子掏心掏肺：爱情讲成本，感情也讲成本。人的精神空间、情感空间都有限，不是很多人误解的那样无限。有人自诩精力充沛，但再充沛也有限。为什么有些人走着走着就散了呢？不为什么，没理由，自然而然散的。一个"情"字，保持和维系它成本很高。单说时间成本、精力成本，就高得不可估量，小数怕长计嘛！

袁仁美静心想想，可不是吗？老公看问题就是透彻。

梁仁良搂住妻子，喷着热气与她咬耳朵：这回呀，我在外不管情况多复杂，你在家要沉住气，里应外合才能成事。

3

上午，香港某医院病房内，陈豪杰出院。

曲解在港一周，除了协助冼赫解决方正的技术难题，还积极斡旋，起到明显效果，陈可期铁心回迁。此事为陈豪杰送上大礼，他犹如被打了强心针一般，迅速恢复健康，准备出院了。陈可铭、陈可元兄妹专程来港接老爸回家。

陈可期赶到医院为老爸送行。与所有人的兴高采烈形成反差，他有些没精打采。陈可铭最先发现陈可期有心事，说话总是走神。趁着大家都在忙着收拾物品，陈可铭悄悄拽陈可期一把，两人前后脚来到走廊一角：阿期，你没事吧？

陈可期定定神：哦，阿菊要跟我分手，退股撤资……

陈可铭并不觉得意外。在他眼里，叶馨菊就是个搅屎棍。

原来，自从方杰"找上门来"，叶馨菊就非常抗拒，提及工厂内迁之事就想炸，三句话没说完就忍不住气势汹汹起来。后经曲解斡旋，以及方杰抛出"伟杰建筑并入方正电梯"这一撒手锏式举措，取得一定成效。叶馨菊态度软化，虽然还是模棱两可，但不炸了，愿意心平气和地商量。孰料，没过几天，叶馨菊在娘家人撺掇下态度又变了，她认为方正电梯股权尚不清晰，这种情况暂时不宜回迁。她主张在商言商，言情不言商。方正要正式与方杰举行两三轮商务洽谈，拟定最佳合作方式，每条每款都要公平合理，划定利益边界，不可逾越。"你吃掉我"的戏码大可休矣。

陈可期劝喻：回河埔以后，什么都好商量，什么都可以谈。

叶馨菊：万一谈不拢呢？岂不进退两难？无端生事，无端折腾，方正电梯不死也要脱层皮。

陈可期：方正在香港日渐式微，经营困难，走下坡路，你看在眼里，不是也很焦虑吗？我爸和我哥是为我们好，给我们寻了一条新路，我们早一天改弦更张，就早一天新生。

叶馨菊老调重弹：你口口声声"为我们好"，何以见得？我看相反，表面上为我们好，实际上想吃掉我们。把伟杰建筑并入方正，诱饵而已，说穿了还不是左手倒右手？

陈可期一听这话，非常恼火，懒得再与叶馨菊理论，斩钉截铁地宣布：方正立马启动回迁河埔事宜，我决定了。

当天，叶馨菊愤怒表态：你敢回迁，我就敢分手！同时代表娘家正式表态：无限期反对方正回迁。陈可期若一意孤行，即剥离利益关系，也就是退股撤资，同时还威胁说，几名叶家老臣（包括总工冼赫及一批企业高管和技术骨干）将一并退出。

陈可期仍想挽留，苦苦思索着有什么好办法可以劝叶馨菊回心转意。怎奈叶馨菊去意已决，一副毅然决裂的架势。此事像压倒陈可期的"最后一根稻草"，令他痛苦不堪，人像霜打的茄子，提不起精神，内迁之事再次受到冲击。面对老爸，面对家人，他万分煎熬，连日陷入挣扎。

此事陈可铭不敢向老爸透露半分，怕影响他康复。

4

晚上，河埔市繁华街道，袁若德座驾内。

袁若德晚上8点多才下班，走出办公室，尹擎驾车送他回家。

袁若德上车就把头仰靠在后座上，十分疲惫。尹擎向后视镜看了一眼，不忍打扰，又不得不汇报：老板，代紫萱想见您。

袁若德很敏感，代紫萱有事，完全可以通过尹擎转达，她想当面说，可见不是小事，点头道：那就见啊！

尹擎：她在合欢街口，等下我叫她上车。

原来，代紫萱发现毛织厂财务有问题，具体说就是梁仁良封锁财务报表一月余，同时，财务人员轮番请假，会计出纳同时在岗在位的情况不复存在。即便对主管财务的副厂长代紫萱，也一律三缄其口，非常不正常，其中绝对有问题。代紫萱急欲直接向老板袁若德汇报，连集团财务总监袁甲芳都没敢告诉。此事重大，必须绝对保密。但怎样保密呢？她和尹擎纠结了整整两天。尹擎终于想出办法，让代紫萱事先等在路口，老板若同意就直接上他的车。

车至合欢街一个僻静路口，尹擎将车停下，代紫萱本想拉开前车门，忽见袁若德在后座向她招手，便迅速闪进车后座。

代紫萱有些拘谨：打扰您了老板，不好意思！

袁若德故作轻松：怎么，尹擎这小子欺负你了？

尹擎响应老板的调侃：她欺负我差不多！

代紫萱：老板，我失职，我检讨。近一个月来，毛织厂的账簿被全都锁住，不让我看，不向我汇报，我完全掌握不了。有时我急了，叫会计或出纳口头汇报一下厂里的财务状况，但他们以各种各样的借口搪塞。我感觉他们的目的是拖延时间，为此想尽一切办法。我起先纳闷，他们在等什么呢？财务早晚要公开，财务总监芳姐早晚要查账，瞒又瞒不住，拖下去有什么好处？

代紫萱建议袁若德，暂缓对梁仁良放行，把毛织厂账目查清捋顺后，再出国考察不迟。

袁若德心情沉重，陷入两难，反复思考了一夜，经各种利弊权衡，最主要的一条是不想对待产的女儿造成影响，仍决定按原计划对女婿放行。

5

上午，益利大街9号，方杰集团总部大厦，曲解办公室。

9时许，李才智敲响了曲解办公室的门。

请进！曲解起身离座，热情迎上前，与李才智握手：李总大驾光临！你坐你坐！我这儿正好有罐雨前茶，还没开封。

李才智笑道：新茶？那我不客气哟。

曲解拎壶泡茶，嘴上调侃：李总烟酒不沾，在家是模范，平生最爱喝茶，品茗高手。你这点小九九我是知道的。

李才智哈哈大笑：见茶贪杯，以"品茗"虚名搜刮些好茶而已。

曲解将泡好的茶递上：来，这茶你尝尝。

李才智两手接过茶杯，先观茶形，后看茶色，再嗅茶气，尔后闻茶香，一连串动作下来，始点头赞叹：好茶！

曲解：李总真是茶道中人！你喜欢，这罐茶你拿去。

李才智摇头：我好茶，也不可吃着碗里的盯着锅里的呀。

曲解不由分说，把茶罐杵到李才智面前：碗里的锅里的都是你的！只限今天。拿去吧！我不懂茶，放我这儿糟蹋了。

李才智好奇：你平时喝什么？

咖啡呀！曲解脱口而出，接着补了句：咖啡提神快。

两人宛若老熟人，喝茶闲聊轻松愉快。李才智不无关切：曲博士，你从美国回来还适应吧？尤其来到河埔这小地方。

曲解笑道：可铭总裁安排周到，所以我适应挺快的。

曲解向李才智介绍了自己回来后的大致情况。

方杰集团为曲解配置了办公室和小轿车。车仍由包乐开（董事长近期在家休养，用车不多），只是车换了一辆，这辆车是配给曲解的。陈可铭的意思是曲解虽有驾照，但她刚到河埔，对城市道路不熟悉，为了安全起见，上下班暂由包乐接送。日后曲解熟悉些了，就把车给她自己开。

曲解从香港回总部后，按照陈可铭"先熟悉情况，厘清路数"的安排，由包乐陪着，在集团旗下各公司走马观花，实地察看。她将这一安排当作难得的"面上"调研机会，非常珍惜。她在察看调研中发现，方杰旗下的奇杰通信设备有限公司居然与方正地块间接相连，伟杰建筑并入方正电梯之后，奇杰通信的东南向厂区就与方正地块直接相连了。这个发现让她莫名惊喜，当时就产生了大胆的想法，但她意识到这个想法涉嫌"过于超前"，于是按捺着，强迫自己冷静下来。沉淀几天后，终于形成"将奇杰通信东南向厂区划归方正电梯"的建议。所谓"东南向厂区"，占了奇杰通信的一半墙。她找李才智，就是商量这个事。

李才智听了曲解的"动议"，低着头，茶也不喝了，眼睛盯着自己的脚尖，半晌，憋出一句诘问：曲博士，我对你还算关照吧？你对我呢，就忍心劈头盖脸动刀子呀？

曲解急着解释：不是不是！李总，我没有丝毫针对你的意思！我没有理由对你的公司动刀！我想，奇杰通信版图缩小，可以趁机借势搞数字技术升级，往"精"的方向走……

李才智：曲博士，你有权杀伐决断，我无权阻拦，但你别征求我的意见。我的意见不是秃子头上的虱子，明摆着吗？

曲解：我不是征求你意见，我是请求你支持我的意见。这事涉及方方面面，不那么简单，但你的态度我非常尊重。如果你不支持，你反对，那就趁今天在我办公室，你痛痛快快骂我一顿好了，跳起脚来骂也行，骂完之后，咱们坐下来再商量。

李才智真的站起来了，他走到窗前，双手反剪，眺望窗外，背对曲解，嘴上慢条斯理：曲博士，看你说的！你呕心沥血搞规划纲要，我凭什么骂你呀？我知道你的种种考量，都是站在方杰这盘大棋上的，有其内在逻辑。

曲解盯着李才智后脑勺，眼睛一眨不眨，发愣。

李才智：再者，结构调整是企业惯例，其中自然免不了利益调整，这就应了那句老话，"几家欢喜几家愁"。我做厂也有些年头了，深知利益调整关头，个人角度不能摆在第一位，那是大忌。小学课本里都有，大河有水小河满嘛。

曲解眼泛泪光，嘴上却说气话：谁知秃子头上的虱子……

李才智反驳：秃子头上的虱子明摆着不同意了吗？

曲解走到窗前，紧握李才智的手，嗓音哽咽，话仍俏皮：好你个李才智！有才有智，名副其实。

李才智冲曲解伸出大拇指，动作夸张：曲博士，我个人是赞成的，我非常赞成！但是，厂子我做不了主。

曲解：你赞成，我就有动力。

6

清晨，齐贤路内街15号，袁若德家。

一大早，袁若德家楼上楼下灯火通明，全家人都提前起床了，热热闹闹地为梁仁良出国考察送行。毕竟是出远门，当然要送一下，送上顺风顺水的殷切祈祝。

袁若德神情轻松，没人看出来他满腹心事。

梁仁良西装革履，倜傥潇洒，从头到脚精心修饰，头发油黑，皮带和皮鞋锃光发亮。头天下午，他专程到季黄鹂办公室，向她做了一番特别交代后，感觉诸事安排妥当，显得十分安心。

梁仁良：季董秘，我私下有点事，请你帮忙。

季黄鹂：梁总尽管交代，你吩咐的事情肯定最重要啦！

梁仁良：这是我表哥蓝君的联系方式，你收好。万一我老婆遇到难处，请你联系我表哥向她提供帮助。

季黄鹂接过梁仁良手中的卡片：好的。放心梁总！

梁仁良：阿美她好强，这个你是知道的。做厂嘛，头寸紧是常态，可她就是受不了头寸紧，头寸一紧就发飙。唉，本来生头胎就没经验，还硬要操心集团的事，我怕她弄得焦头烂额。

季黄鹂信誓旦旦：梁总你这么信任我，我决不辜负你。你交办的事，我一定全力以赴办好。我们这些人守在美姐身边，你放心。

尤其芬驾驶的双牌车已停在门口。临上车前，梁仁良先后与妻子、母亲及岳父岳母道别。他最后望了一眼妻子袁仁美及她肚子里的儿子，目光无限依恋。

尤其芬驾车到约定地点，顺利接上王祖望。然后由深圳出关，直奔香港启德机场。梁仁良、王祖望两人一起登机赴德。

7

上午，益利大街9号，方杰集团总部陈可铭办公室。

曲解手持两份文件，一份是《方正电梯建设规划纲要（第三稿）》，另一份是《扩大方正电梯建设用地的可行性报告》，进入总裁陈可铭办公室，当面向他汇报。

陈可铭伏案阅文，抬头招呼：曲博士，请坐。

曲解：陈总裁，我按你的要求做了些功课。现不揣浅陋，将规划纲要三稿和可行性报告一并呈报给你。请你百忙中过目。

陈可铭接过曲解手中的两份资料：辛苦了！

曲解在陈可铭对面椅子上坐下来：这个，可能……有些……

陈可铭见曲解欲言又止，盯着问：有些什么？

曲解：有些超前。在分寸把握上，还望总裁把关。

陈可铭：我先看下，然后转呈老爸，再后交董事会讨论审批。

曲解：流程我知道。我想就一些要点先向你澄清一下。

陈可铭微笑鼓励：知无不言啊！你近日搞调查，不为摸清家底，胜似摸清家底。我不想恭维你远见卓识，但专家从专业角度提出的看法、意见和建议，在方杰历来受器重。

曲解感受到陈可铭的诚意，打消顾虑，语气戏谑：一直以来，总裁不曾拿我当过外人，我就斗胆，言者无罪啦！

曲解所谓"澄清"实际上是强调，内容大致如下。

连日来，曲解将各厂、各车间、各条生产线乃至各个角落都走过一遍，多方倾听，悉心体验，搜集和掌握了不少一线实况。她将摸底情况进行条缕分析和梳理提炼，指出三个现存问题。一是现有管理团队对方杰集团的战略部署理解有限，对方正电梯"新引擎"的地位作用认识不足，以为还像以前一样各厂平起平坐，各自为政，缺乏拱卫方正电梯"主力军"的一盘棋思想。建议对集团的转型升级战略加大宣传力度，至少在集团内部要做到战略目标人尽皆知。二是方正电梯定位不甚明确，具体说就是数字化建设思路不清晰。数字技术的嵌入，是各类机械实现自动控制的高级阶段。当然，这件事在国内仍属前沿，成功先例不多。建议组织力量认真研究，认真谋划，克服盲动，先谋而后动。三是方正电梯建设用地规模不足。她强调说，在生产资料各要素中，土地是排在首位的，是基础性、战略性支撑。方正开局就要将这极重要的一环把握住。这个问题怎么解决呢？她认为方杰恰有优势，不难解决，提议将奇杰通讯公司划一半给方正电梯。

陈可铭认真倾听，不断点头，示意曲解接着说。

曲解补充道：据反复查证获得的可靠资讯，特种重装备行业在选址方面有几项硬性要求，一是必须进工业园，二是土地面积足够大，三是必须靠近高速公路或港口。方杰投中的HQ111地块基本符合要求。唯一遗憾是面积仅120亩，显然小了。伟杰建筑并入后，占地面积扩充至200亩，依然不够大。我认为至少需要翻一倍，才能拉开一个符合现代重装制造业要求的工厂框架。

陈可铭沉吟片刻，面色严肃：曲博士，以上你指出的几个问题及你谈的意见，我个人认为很好，很关键，也都是当务之急，其地位作用甚至比招兵买马、建设员工队伍更要靠前，都需要抓紧谋划。你刚才说先谋而后动，这是很贴切的。

曲解觉得自己要说的都说了，不无轻松地吁了口气。

陈可铭：还有个事，曲博士，恐怕还得劳烦你。

曲解：哦，总裁你说。

陈可铭向曲解透露，陈可期始终愿意将小方正内迁，他对这件事看得比较明白，一直是积极配合的态度，但阻力也不小。这个主要来自他的女友兼合伙人叶馨菊，叶馨菊及其娘家反对内迁。为施压陈可期，叶馨菊不是公然跳脚，就是背后使坏，各种手段都有。这个情况不敢告诉老爸陈豪杰，怕他病情反复。我悄悄跟你说，是想借助你的影响力。

曲解意识到，方杰上下对小方正内迁的艰辛复杂过程，是有心理和物质准备的。目前看，问题的关键在于陈可期是否真心认同方杰集团的战略方向，是否愿意担子拣重的而不是轻的挑。她感觉希望还是很大的，自己责无旁贷。

曲解：总裁的意思我明白了。我拿规划第三稿当面征求陈可期的意见，很有必要。我去香港与阿期和阿菊再谈谈吧。

陈可铭：曲博士，几次三番身负重托，辛苦你了！

8

中午，齐贤路内街15号，袁若德家。

尤其芬驾车将梁仁良和王祖望送至香港启德机场，返回河埔，顺路来到二姨常在情家，在袁家院子里泊车。

常在情在屋里喊：阿芬回来啦？进来进来！

尤其芬快步进屋：回来了二姨！我送表姐夫和王祖望一路顺利，这会儿估计他们登机了。跟您说一声啊，您放心！

常在情：顺利就好。来来来，正赶上饭点，一起吃饭。

常在情面向厨房打招呼：荷姨呀，阿芬来了，多备副碗筷。

荷姨在厨房里应声答道：好嘞！

尤其芬坐在常在情身边沙发上，接过二姨递过来的茶，还没顾上喝，就开始八卦：二姨，陈家那个千金，陈可元，您认识吧？那叫一个鸡贼！把手伸到咱的地盘了！

常在情听得分明，但觉没明白：什么？

尤其芬一脸神秘，蹭在常在情耳边，压低嗓门儿：二姨，陈家小姐行踪诡异，好像看上秦博士了，那份死缠烂打，让人恶心！

常在情大为惊讶：你说陈可元？看上谁？

尤其芬这会儿沉住气了，呷口茶，慢慢道来：陈可元看上秦茱萸秦博士啊！他俩晚上单独见面私聊，我亲眼看见的！就在秦博士住所对面，那个木棉红酒店大堂。

常在情眨眨眼睛：有这事儿？不要瞎说呀！

尤其芬急辩：真的二姨！我保证没有瞎说。

常在情：他们谈什么？

尤其芬：那我没听见。我躲在外面，他们没看见我。

常在情神情放松了些：又不知道人家为啥事，你胡乱猜呀？

尤其芬：不是，二姨，都碰上两回了！一次是两人在舞会上热舞，一次是两人半夜三更在酒店约会。再说我有直觉，我一看陈可元那眼神儿，就能猜个八九不离十。

常在情条件反射地想到，这岂不让丈夫袁若德吃亏吗？他为揽回秦茱萸花那么大心血、舍那么大本，到头来，果真被人俘获了、掳走了，成为别人尤其是那个死对头陈豪杰家的女婿，这不冤大了吗？这么想着，常在情正色道：我看，这事儿不能捕风捉影，又没什么证据。你不要到外面说啊，影响不好。

尤其芬郑重承诺：我不会跟别人说，二姨您放心。

常在情：哦，阿芬，二姨问你个悄悄话啊！你天天跟秦博士他们在一起，你对……对秦博士有好感吗？

尤其芬一听，"扑哧"而笑：二姨，您怎么问这个呀？

常在情含蓄道：不是关心你嘛！

尤其芬像唱歌似的：多谢二姨！不过我……我有人啊……

常在情无比诧异：谁呀？

尤其芬大大方方：莫如师莫博士呗！

话音甫落，尤其芬又想起什么，赶紧压低嗓门儿，像秋虫呢喃：还没有最后确定，更没公开。二姨，只有您一个人知道哦。

常在情老辣追问：是他没确定，还是你没确定啊？

尤其芬脱口而出：当然是他，我早就确定啦！

常在情：你这孩子！一向儿没心没肺，现在开窍了？

尤其芬不无羞涩，但兴致很高：是啊二姨！他让我开眼，我就开窍了！我们……正说着话，袁仁美挺着肚子，推门而进。见母亲和尤其芬咬耳朵，挺机密的样子，随口问道：阿芬又摆乌龙？八卦谁呢？

尤其芬急忙从沙发上站起来：美姐！嘿嘿，没八卦谁呀。

其实，袁仁美早在一旁听到了。这八卦似王炸，引起她极大兴趣。她向尤其芬扬下颌示意：你坐！

尤其芬扭扭捏捏，重新在沙发上坐下，但仍有些拘谨。

常在情：阿芬说，陈氏千金陈可元对秦茱萸有意。

袁仁美两手搭在一只椅背上，让椅子支撑自己的重量，站得舒服之后，故意对阿芬的八卦嗤之以鼻：落花有意，流水无情。

常在情：论条件，陈家那丫头倒是无人能敌。

袁仁美：听我爸说，秦茱萸早在美国就有对象了，快结婚了。

常在情：这个玄乎！别说快结婚了，就是结婚了又怎么样。

袁仁美转念一想，这件事倒有意思！可能并非坏事，相反，也许有利可图，继而窃喜。她早就在排挤秦茱萸，一心想把他赶走。凭她直觉，不把秦茱萸弄出广德，就无法为丈夫梁仁良的上升通道扫除障碍。现在冒出个陈可元，有她扰局，拐走秦茱萸，就没人挡梁仁良的道了。她对母亲常在情说：年轻人，相互爱慕是好事啊，理应成全他们。

常在情明白女儿的用意，多少有些犹豫，一面念及丈夫为引进人才一片苦心，一面又理解女儿想扫除障碍，为女婿谋求权位的心情。

袁仁美别有用心地问尤其芬：凭什么说陈可元属意秦茱萸啊？这事儿靠谱吗？你刚才说他俩经常私下约会？

尤其芬像唱歌似的：我撞见过一次啊。

袁仁美面色诡谲：你不是说还有一次吗？

尤其芬：那次不是我撞见的，是双方安排的商务舞会。

袁仁美推波助澜：这么说秦茱萸又多了个女友？

常在情看着女儿，想提醒她，方杰是擅长暗箱操作的，以前为抢资源、抢市场份额，百般使诈，不择手段，现在为抢人，同样会不顾廉耻。那陈可元是省油的灯？弄不好没人敌得过她！秦茱萸那个姓曲的女友，看来有麻烦了！唯愿她不至摊上最坏的结果，不要被踢出局。

碍于尤其芬在座，常在情这话埋在肚子里，没说。

9

上午，益利大街9号，方杰董事长陈豪杰办公室。

施润引路，曲解来到董事长陈豪杰办公室。

陈可铭已先到，指着曲解：爸，这是曲解博士。

陈可铭转而指着陈豪杰：这是家父，方杰集团董事长陈豪杰。

陈豪杰人如其名，精干豪爽，举止利索，看上去身体恢复得不错。他从沙发上站起来，趋前两步，握住曲解的手：曲解博士原是大美女一枚！令我方杰蓬荜增辉哟！

曲解第一次见陈豪杰，稍觉拘谨，但很快放松下来，举止矜持，笑容和煦：陈董您好！久仰！

施润在一旁提醒老板：人家不光是美女嘛！

陈豪杰：哦！美女加才女！加海龟！加……还加什么？

几个人都无声地笑了。陈可铭捧场凑趣：别说搞机械的女专家不多见，就是机械行业的女性从业者都不算多呀！

陈豪杰手指沙发：曲博士，你请坐！

曲解落座，客气道：听说董事长您抱恙坚持工作……

陈豪杰笑声爽朗：没有没有！身体已复原，我是健康人啦！老话说人逢喜事精神爽，今天与曲博士会面，我很开心！

陈可铭：曲博士，当初拉迎亲团去美国接你，就是老爸的主意，他还要亲自去呢，后来因病未能成行，还唉声叹气的。

陈豪杰不吝赞赏：顶尖人才往往选择顶尖企业。方正电梯身为行业新兵，行业排名靠后，人才有招不进、留不住之虞。老实说，我们的梧桐树还没栽好，曲博士并不嫌弃哦！你是勇敢飞进方杰大家庭的第一只金凤凰。

陈可铭为老爸捧场：金凤凰，高颜值！现在呀，不管干哪行的都拼颜值，简直不分男女，不分年龄段，全员拼颜值。

陈豪杰：当然，高颜值是珍贵资源，本身具有高价值。

陈可铭：曲博士若作方杰代言人，方杰幸甚！

陈氏父子一唱一和，根本不容曲解说话，她坐在那儿只剩微笑的份儿，拘谨一点点消失。她没想到陈豪杰如此直率、豪爽，一张瘦削而又刻有岁月沧桑的面孔，泛着朴素的辉光，没有大老板架子，没有拒人千里之外的意味，与普通老人无异。

施润悄然退出，顺手带上房门。

陈豪杰：听说曲解博士是安徽人。老话说安徽出才子，新话说安徽出才女，我们老陈家有缘结交安徽才女，幸甚！

曲解：过奖了陈董！多谢陈董高看！我刚踏进方杰，立觉春风拂面，感觉企业过往的发展十分平稳，鲜有大起大落，积淀深厚。当然我也知道，方杰面临巨变前夜。

陈豪杰：曲博士慧眼。

一份规划纲要，一份可行性报告，并列摊放在陈豪杰案头。此前他已审阅及思考了整整两天。他下意识地用手指点点桌面，直截了当问道：曲博士，这两份文字资料我都仔细看过，想当面听听你的想法，可否详细谈谈？

曲解：电梯制造属于重装备行业，在战略性新兴产业中占有一席之地。在进入许可方面门槛高、要求严、条件苛刻。同时，投资大，周期长，不仅结构和技术复杂，要素获取、要素流动也复杂。仅这几条，就令很多企业望而生畏……对！陈豪杰击节截断：曲博士的意思是，电梯制造门槛高，这一点正是我中意的。

陈可铭一本正经：我爸自早年发迹始，即钟情于装备制造，尤其是重装备、高端装备制造，一辈子乐此不疲。

曲解听闻陈豪杰老板中意"门槛高"的行当，很振奋。接着说：高技术高成本，构成了重装行业的高门槛，也构成了它在激烈市场竞争中的高屏障，以及企业生命的高张力。

陈豪杰直视曲解，深深点头。

曲解：我毕业前即对方杰转型升级气魄深深折服。董事长的战略选择颇具远见，当然这是基于做大做强做优实力上的。偶有条件不足，也是可以创造条件及做出弥补的。总之我的理解，对方杰而言，小打小闹不可取，平庸不可取。什么可取？放手一搏。

陈豪杰与陈可铭互看一眼，一声不响。

曲解：当前的方正电梯用地，形成一个马鞍形，看着突兀，用着别扭，削弱了空间结构的功能。建厂不是建公园，不需要九曲回廊。大型机械制造尤其需要土地一展平、厂房开阔方正。这是最有利于机械平稳运转和动态操作顺溜的，就好像行车需要路宽路平、行船需要水顺风顺一样。如果拆分奇杰通信，将其划一半归方正，即可荡平犄角旮旯，改变凹凸羁绊，消除马鞍形地势，在扩大用地方面产生1+1大于2之效。方正电梯得以拉开巨幅框架，真的"方方正正"了！它必将以大气磅礴的雄姿，跻身于顶流厂家之列。

陈豪杰与陈可铭父子不约而同紧盯曲解，等着她继续说。

曲解：我与奇杰通信李总（李才智）谈过这个问题，我们都认为，这不是有人以为的那样陷入此消彼长的泥淖，而是双赢格局。总之，在集团转型、新厂上马关键时刻，"合"胜于"分"。

屋里很安静。数分钟过去了，没人接话。

陈可铭笑着打破沉默：曲解做事踏实，工作积极主动。

其实，陈可铭想说的话还很多，只是不好意思当着曲解的面。比如，曲解来了，没人交代她这样做那样做，只是叫她先熟悉情况。她自行列出调查课题，自行归纳，针砭时弊，寻找答案。为挖掘潜能，集聚优质资源为新生的"方正"所用，她不惜花费心血，对方杰各厂经营形势做出分析，有些问题，她看得很透彻。

陈豪杰寻思，曲解其人，胆识过人！方杰何时有过此类人才？有过此类襟怀？有过此类对企业近虑远忧之洞见？

陈豪杰深藏不露，沉吟一阵，字斟句酌道：你们知识分子，比较讲究视野、格局、韧性及意志品质这些东西，这都很重要。但我们做厂搞实业的，觉得遵循客观规律才是王道。

曲解：陈董，恕我直言。不单做厂，做什么都要遵循客观规律。但是，对客观规律的认知是动态的，其中含有变量——随着时代、环境、人文乃至大自然进化而变。换言之，不是客观规律本身在变，是对客观规律的辨识和认知不会一成不变。

嗯？这话让陈豪杰睁大眼睛，下意识向曲解扫过去一眼。

陈豪杰对曲解的意见建议始终没表态，也就是未置可否。但他发现曲解这个人不简单！不说她长得如何，单说她那个头脑，在同龄女性中简直无出其右。她初来乍到，竟然对他陈豪杰的战略意图和操盘部署领会得如此深透！对于他心心念念的方杰之未来，她心领神会，理念趋同，不谋而合。她开口不多，却谈吐不俗，许多话都是他愿意听的，甚至是他想说的。与几个子女比起来，她显然是更为心有灵犀的那一个。陈豪杰再向曲解扫过去一眼，远不止刮目，而是惊为天人！

10

夜晚，流溪街慢闪酒吧。

袁若德心情很闷，与女儿的关系疙疙瘩瘩，越来越差。女儿自结婚以来，性情大变，与老公梁仁良沆瀣一气，处处与老爸作对。夫妻俩穿一条裤子无可厚非，但女儿和女婿结成"夫妻党"，与老爸日益疏离，与家族企业离心离德。

一直以来，袁若德对女婿梁仁良并不是很看好，当然更没看重，原因复杂，一言难尽。但他一直隐忍，从未有任何表露。随着时光流逝，接触多了，了解增加，尤其发现女婿总是觊觎和争夺企业内的权位，让他心生戒备，对女婿也就愈发不看好了。

袁仁美以老公梁仁良为"试金石"：老爸要是真爱女儿，就应该爱屋及乌，像疼爱女儿一样疼爱女婿，对女婿好，否则就谈不上真爱女儿。所谓"对女婿好"，当然就是信任和重用，没有之一。

在袁若德心里，女儿是女儿，女婿是女婿，两者紧密相连，但终究是两个人，不是一个人。

父女之间形成悖论，此消彼长，负相关，背道而驰，这才是问题关键。父女龃龉，影响决策，不利于企业的转型升级，这个还是次要的，关键是秦茱萸预算通不过，将直接扭曲企业发展方向。他感到左右为难，进退维谷，心情十分纠结。

子夜1时许，神情落寞的袁若德走进慢闪酒吧，他很有心，进门就向服务员递上一张尹擎的名片，尔后走到酒吧角落处，拣了个最偏的位置坐下，掏出手机致电秦茱萸：睡了？

秦茱萸：没呢！

袁若德：嘿，就知你没睡！猫实验室呢？

秦茉莸笑了：明知故问啊袁董，除了实验室还能哪儿？

袁若德：出来喝酒，叫的士司机导航流溪街慢闪酒吧。

秦茉莸：又有酒喝？敢情好！

秦茉莸走进慢闪酒吧，眼睛很不适应，因为实验室灯火通明，这里的灯光却鬼火似的昏昏暗暗，故意让人摸不着北。

袁若德心疼女儿，又找不到地方发泄心中块垒，深夜约秦茉莸到喝酒聊天。两人坐在酒吧角落位置窃窃私语，袁若德趁便征询秦茉莸意见，董事会有关决议可能要改变一下，一是保留毛织厂，收缩服装厂，整个服装厂只留一个车间，并入毛织厂。二是到中介挂牌，将服装厂整厂出让。

秦茉莸表示理解和赞同。

见袁若德眼含泪花，一副有苦难言的样子，秦茉莸十分同情，舍命陪君子般，两人你一杯我一杯地对碰，正经喝起酒来。

在慢闪酒吧，秦茉莸对袁若德推心置腹：做百年老店，保持基业长青，立于不败，永续经营——这个梦想，或曰理想，靠什么去实现？理论上说，靠核心技术，哪怕是个专利、是个独家配方。通俗地说，靠看家本事，意思是你得有自己的金刚钻，而且这金刚钻最好是独一份。

袁若德深以为然，认真点头。

秦茉莸：加强科技制造业，缩减能耗制造业，这是方向。所以，德立凭借现有技术，价值无可估量，拥有此技术的人，其价值也无可估量。广德建立起研发团队，提供更新、更尖端的技术，附加价值服务，这本身就是一项永不干涸的滚滚财源。

袁若德点头。

秦茉莸笑着说：前不久我去了趟五花马水库山庄，觉得这个山庄名字取得很有些意思。

袁若德：哦，你去那儿啦？那是方杰的老窝老巢。

秦茉莸：借题发挥吧。人没有我有，人有我优，反正我就是胜人一筹，我的功夫就下在这儿。也就是说，我只喂好自己的五花马，磨好自己的青锋剑。我百年就磨这一剑，心无旁骛，矢志不移。可想而知，我的五花马、青锋剑雄霸行业顶端，堪当世界一流，人奈我何！我不百年谁百年？

这话正中袁若德下怀，他情不自禁脱口说：嗯，专利万岁！

两人举杯相碰，尽情畅饮。

袁若德苦笑：如今都想短平快，觉得百年磨一剑是傻逼。

秦荣荑笑道：骂别人傻逼者，最后可能发现自己是傻逼。

话说至此，两人不约而同大笑起来。

秦荣荑补充道：一些外围的、花哨的东西，有时也起作用，也能带来效益，但是往往迷惑人的双眼，产生严重误导，让人陷入本末倒置泥淖而不自知。模仿之路、赝品之果，作用终归有限，不会长久，这个需要洞穿。

袁若德附和：是啊，做厂，真是人生的一场修炼。

人在什么时候头脑最清醒？醉酒之前。

秦荣荑沾酒就"话痨"的特点又表现出来了，这时就听见他信口道来：像广德这样的重资产制造业，须有强烈危机感，战战兢兢而不是挺胸昂首，如履薄冰而不是如履阳光大道。即便是阳光大道，也得承受凄风苦雨、山呼海啸之蹂躏。老实说，没有哪个商业模式永恒，再大的帝国也可能一夜崩盘。

袁若德深以为然：秦博士灼见！甚是甚是！

秦荣荑掏心掏肺：袁董，咱是地道民企，即使在日子过得不错的时候，也要始终保持自我颠覆、自我革新和快速迭代的动力。这样才能保持活力，活下去，活好，活百年。

袁若德击节：你这话说到我心坎儿里！

秦荣荑笑道：英雄所见略同啊。

袁若德端起酒杯：碰一个！我不自量力，先干为敬。

两人说话投机，都有些忘乎所以，把酒当成了水。

两人在小酒吧坐到天亮。不胜酒力的袁若德喝醉了，有"酒神"之誉的秦荣荑同样喝得酩酊大醉。见两人都趴在桌子上，叫也叫不醒，酒吧服务员打电话给尹擎，尹擎驾车紧急赶到，与服务员一起，连背带扶带拽，将两人逐一弄到车内，接回。

11

上午，香港中环，方正电梯叶馨菊办公室。

曲解、陈可期、叶馨菊三人面对面交谈。

叶馨菊设在方正电梯厂内的办公室与陈可期一样，面积不大，满屋中式设施，古典雅致，不失豪华。一张硕大的老板台和一把宽大的老板椅，古色古香，一看就是高档红木。还有一张椭圆形会议桌，摆着一圈高靠背椅子。门窗都关着，但厂区噪声还是隐隐传进来。

叶馨菊坐在自己的老板椅上，始终板着面孔，毫不掩饰她对曲解的冷漠、厌恶和鄙夷，只差一句话了：怎么又来了？烦死个人。

陈可期拿出几瓶矿泉水，热情地递到曲解手上一瓶：喝点水！

曲解欠起身子，双手接过水：谢谢！

叶馨菊碍于面子，终于开口打招呼，话带揶揄：曲博士最近闲得慌啊？这回来香港，是不是打算多玩几天？

曲解不知隐情（叶馨菊已向陈可期亮明态度，拒绝回迁），但能感觉到叶馨菊态度不大友善。她并不介意，因为自己受托而来，不好计较。她笑着说：不玩了，听听你们二位的意见，我就回去了。陈总裁要召开董事会审批纲要，我得抓紧做准备。

叶馨菊不再搭话，专注欣赏自己十根手指上的指甲油。

曲解客套：叶总办公室与陈总一样啊，豪华气派。

叶馨菊：当然，举案齐眉嘛！

曲解热情洋溢地为方正电梯规划纲要（三稿）重点部分做解说。陈可期时不时地点点头，叶馨菊则将脸儿扭到一边，几乎背对曲解。

这时，曲解手机铃响，她说了声不好意思，走出办公室。

陈可期真生气了，趁曲解走出办公室接听手机的空当儿，口气很冲地呵斥叶馨菊：大家商谈工作，你摆个臭脸给谁看？

叶馨菊：不想看就不看啦！我没请她来看！

陈可期发飙：我请她来的，你给我点面子不行吗？

咦，这点小事，就值得他陈可期光火？叶馨菊大为反感。为了一个外人，他竟然骂自己"摆臭脸"！她这张脸，是她全部身家、生活品质乃至社会地位的缩影，是她人文品位的象征。且不说天生丽质，单说复合使用的多款国际顶级化妆品，每一款都价值连城！有谁骂过她这张青春靓丽恍若真仙的脸？凭什么要给别的女人好脸色？她腾地站起来，居高临下地瞪视陈可期，面孔扭曲，声色俱厉撂下重话：征求什么意见？意见就是反对回迁！谁爱迁谁迁，方正不迁！我劝你不要再搞事！

曲解接完电话从外面进来，不见了叶馨菊身影，以为她去洗手间或处理别的什么琐事，没有在意。转脸一看，陈可期脸色不对，小心翼翼问：阿菊她……有提修改意见吗？

陈可期使劲儿平复心情，面色恢复平静。他很在意曲解的感受，不希望在她面前暴露矛盾：阿菊她一时也提不出像样的意见。先谈我个人的想法吧，基本上代表她了。

曲解把按下录音键的手机放在桌面靠近陈可期的位置。

陈可期：规划纲要属于顶层设计，曲博士主导的第三稿，以智能制造为方向，定位准确，目标清晰，可操作性强，体现了专业洞见，比之前两稿完美很多。我个人完全同意。

曲解等着陈可期继续说，谁知他说完了。

曲解关闭手机录音键，笑着调侃：不录了，可以扯点闲篇了。

陈可期神情轻松下来：唉，这阵子，跟做梦似的。

曲解很掏心地说：阿期老板不愧是做厂世家子弟，从小跟着做厂的外公外婆，在工厂长大。老爸也是做厂的，少不了常常对你耳提面命。你经历了工业熏陶和濡染，深谙做厂真谛，当然不会以小作坊、小车间、小厂家为满足。据我臆测，干票大的，越做越强，是陈氏梦想，也是你的梦想。

陈可期深深点头，他显然很乐意倾听。

曲解：阿期老板，当初，陈豪杰董事长决定将伟杰建筑并入方正电梯时，亲口对杜仲说，老杜，手心手背都是肉。方正电梯是股份制，不会让哪个人吃亏，不会让哪个厂吃亏，不会让大家吃亏。最近，我把这个话转达给李才智，李总出于对董事长的敬佩，不仅赞成拆分他的厂子，还大气地表示，众人拾柴火焰高，方杰重点打造方正电梯，我们跟着添砖加瓦就好。

曲解顿了顿，接着说：阿期老板，你是知道的，做厂需要接力，需要一代两代甚至数代人的血性接力。

陈可期坐在椅子上一动不动，曲解这番话他听得真切。

曲解站起来，准备告辞，她淡淡地笑着，语气亲切：你爸妈为你真是操碎了心！尤其你爸，为儿子长远计，耗费毕生精力，不断壮大基业，夯实根基。眼下又在耄耋之年，集中全部财力人力物力，创办大方正，为你的人生奠基，为子孙后代造福。我作为外人，旁观者清哟。好，我回河埔，不耽误你们时间了。

陈可期起身欲拦：不要不要！吃完午饭再走。

曲解俏皮道：这顿饭欠着，到河埔补回来。

12

上午，大背头小五金街，王鹣精密组件厂。

德国客户方委派的样品验收小组一行三人（皆为专家和技术员），在组长游海洋带领下，自北京飞抵广州，再乘车至河埔市，下榻于市迎宾馆。翌日上午，验收小组专程赶到大背头小五金街王鹣精密组件厂，展开样品检查验收。

樊老靓负责接应。他本来要派夏令驾车到机场迎接验收小组，但对方早已有言在先，婉拒接机、接车，并一再表明来去行程均由他们自行搞定，决不麻烦厂家。樊老靓只好领着全厂员工在工厂大门口列队迎接。

德国专家游海洋，人称游教授，常驻中国北京某德资企业，亦多次到中国南方接洽商务，对中国国情十分熟悉，除了不懂中文，在其他多个方面算得上"中国通"。验收小组中的技术员是一位印度裔帅哥，任游海洋私人助理兼翻译，精通中文。验收小组中的V专家是奥地利人，不苟言笑，与人交流只谈业务，不涉其他，在任何场合都是一丝不苟的做派。

樊老靓和夏令热情接待游海洋一行。樊老靓自我介绍：我是王鹣精密组件厂高级工艺师樊老靓。受老板王祖望委托，本次样品验收由我负责接洽和送检，以及配合验收小组各项相关工作。

樊老靓指着夏令介绍：这是我厂技术员夏令。

游海洋点头，分别与樊老靓、夏令握手。

夏令向游海洋鞠躬，满腔热情地说：热烈欢迎游组长率验收小组光临！游组长辛苦了！各位专家辛苦了！请多关照。

游海洋一行没什么客套话，也没什么验收之外的琐事，下车伊始，就在樊老靓、夏令陪同下，径直来到成品车间。走在后面的印度裔技术员，手拉巨大的拉杆箱，里面装满专业检验器具。

樊老靓指着整齐码在工作台上的五金件，信心十足地说：这是王鹣精密按合同为德国客户定制生产的优质样品。

验收小组V专家搬起一件五金样品（重达七公斤），认真端详一番，摇头：樊先生，这（样品）恐怕不符合我们的要求。

樊老靓一惊，以为翻译有误：不符要求？指的是哪方面？有没有搞错？这不可能……决不可能！

樊老靓严肃地向V专家陈述：这批样品，我们是完全按照合同要求做的。之前，多次发样品图片给贵公司验证，贵公司相关部门反馈的信息均为合格，没有不同意见。

游海洋和技术员闻声迅速聚拢过来，验收小组三人围着那件七公斤重的五金样品，近距离仔细查看，仿佛要把样品看穿。游海洋打个手势，技术员立即拿出自备的特殊放大镜、测量仪等简易检验器具，递到游海洋手上。

樊老靓慌不择言：游组长，你们也看到了，我厂选料严格，工艺严谨，生产流程规范……NO！游海洋用特殊放大镜查看样品，直截了当说：我们承认，这批样品的工艺相当出色！但是，生产样品的机械装备（即所谓工业母机）与整条生产线不配套，不达标。所以在我们看来，样品不合格是大概率的事。

原来，进厂伊始，游海洋及验收小组对王鹣精密组件厂生产线简陋就颇觉意外，除了"霸王床"是高端品牌货，就没有其他像样的机械设备了，各种生产部件像东拼西凑的，很不完整。第一印象不好，对其整体概况自然也不满意。游海洋与V专家互看一眼，十分肯定地说：我和我的验收小组认为，王鹣精密生产的样品流于粗糙，存在瑕疵，尤其达不到高精色度，它的不合格是确凿无疑的。我们不能将其带回。

刹那间，樊老靓头脑发蒙，心里打鼓，想不到游组长竟如此刻板，他觉得有必要解释清楚。但见他神色严峻，一字一顿：游教授，我厂以工艺技术完善著称，我们精心生产制造的这批五金样品，与世界范围同类产品相比，其高光洁度首屈一指，无可挑剔。

游海洋还没答话，V专家抢着说：OK！这个无异议，我们认同。但是，我们对五金件的要求不仅具有无可挑剔的高光洁度，还要具有无可挑剔的高精色度，两者不可偏废。

高精色度？樊老靓猛地哑了，大感不解。他扭头瞥瞥夏令，夏令同样一脸蒙。其实，王鹕精密全员都有些傻眼，不知所措。

游海洋冲樊老靓点头，表示认同V专家的意见，随后强调：我们项目要的是极致产品，这在合同中是阐明了的。

为证明样品完全符合"极致产品"的要求，樊老靓再次据实申辩：第一，该批样品是王鹕精密按照贵公司认可的样品图纸，专门定制生产的，未曾有丝毫走样；第二，样品所用型材（原材料）是由上海宝钢按特殊型材标准（一般认为具最高标准、顶尖标准属性），特地为本合同提供的；第三，王鹕精密在样品生产中应用了独家特殊工艺。

樊老靓话落，成品车间内鸦雀无声，弥漫着紧张空气。

这时，V专家招手，把大家叫拢，他弯着腰，脸快贴到样品上了，不无耐心地说：你们看，外侧面抛出来的光泽是这个色度，边角面抛出来的光泽是另一个色度，对不对？两者差别细微，但毕竟肉眼可见。我们要求产品表面的高精色度一丝不差！肉眼不可见、仅仪器可见的差别都不允许存在。

不必吹毛求疵吧！这话差点儿从夏令嘴里脱口而出，幸亏他咬紧牙关，把这话死死堵在喉咙里了。他定定神，强迫自己语气尽量婉转：游组长，各位专家，该批样品数量多，体积大，规格各异，工艺复杂，倘若没有王鹕精密的独家特殊工艺，是很难成功制造的。再说，它是完全符合标准的工程建筑产品，而不是艺术品。我们认为毋需拿艺术品的要求……

V专家不高兴了，毫不客气地截断夏令的话：NO！我们要的产品就是艺术品！你们认为工程建筑产品可以粗糙于艺术品吗？你们认为微乎其微的差别可以忽略不计吗？NO！这绝非甲方（客户）理念。很抱歉，这批样品无法通过检验，我们不能收。

这一来，双方僵持不下，场面极为尴尬。

游海洋问：刚才你们说的独家特殊工艺，有资料吗？

樊老靓与夏令互看一眼，摇头：没有。

夏令补充说：这个……属厂家商业机密，通常秘而不宣。

樊老靓心里暗暗着急，他悄悄走到车间外面，躲在一处角落，拨通王祖望手机：王总，德国专家将样品判死刑了！

王祖望一头雾水：什么死刑？判谁死刑？

樊老靓：样品呗！验收小组认定样品不合格！拒绝验收。他们毫不留情，目前看没有回旋余地。岂有此理！

王祖望蒙逼。他挂掉樊老靓的电话，立即拨通游海洋手机。

很快，电话那头传来游海洋的声音，分贝很高，近乎咆哮：王！我不明白你怎么回事？当初，你和李鹏信誓旦旦，拿出各种图片及数据，证明你们能生产出世界上最好的产品。结果呢，样品诚然算不上低劣，但好不到哪儿去，差强人意，我很失望！

樊老靓恰站在游海洋身边，觉得耳膜被震得生疼。

王祖望：游教授息怒！辜负了您的厚望，耽误了您的宝贵时间，不好意思！我回去一定认真处理。我们可以重新来过，直到样品合格为止，不合格誓不罢休。我向您保证……

游海洋：你又"保证"？你的保证一文不值！真没想到，你们如此无视GGY项目的重要性！自行降低产品的质量标准……

王祖望：不不不！GGY项目的重要性我们非常清楚，亦极端重视产品质量。请再给我们一次机会，定会让您满意！

游海洋思忖片刻，又与V专家和技术员交换眼色，郑重地说：考虑到王鹏精密在部分工艺环节有出色表现，允许你们再行试产。这样吧，40个工作日内，也就是六周后，你们务必将重新生产的样品送达北京，我和我的小组将再次进行检验。

樊老靓见游海洋和王祖望通话结束，立即招呼道：游组长，各位专家，工作半天了，坐下歇歇脚吧！请移步至我厂业务洽谈室，我们备有上好的河埔乌龙茶……这边请!

游海洋点头。一行人随着樊老靓手势指引,进入车间旁边新建的业务洽谈室,面积约40平米,窗明几净。房子门楣上方挂着一块酱紫色檀木横匾,上面镌刻着"陋室香茗"四个字,室内摆放着一张阔大的长方形会议桌,桌边围着一圈简易办公椅。成套茶具摆在桌面上,茶已泡好,水汽袅袅,沁出茶叶清香。

几人围桌,松松散散地坐了下来。

樊老靓边给客人倒茶,边介绍:乌龙茶属于红茶类,这款茶名叫"鸭屎香",本地特产。这是雨前茶,香气浓郁。

游海洋呷了几口茶,怒气渐消,扭头对他的两个同伴说:广东茶楼遍地,这是与北京的典型区别。广东人好茶,这个我是知道的。没有睡觉的地方可以,没有喝茶的地方不行。

大家喝着茶,感觉轻松了些。夏令正好坐在印度裔帅哥旁边,两人用汉语交谈。正可谓三句话不离本行,围绕"高精色度",两人有一搭没一搭地聊些共性的东西,比如抛光。这是金属件制造加工的普遍性痛点。抛光操作时,需要工人像舞弄绣花针那般细心,拐弯处、抹角处手感要好,手力要均匀,甚至呼吸都要平稳,不能轻一下重一下、长一下短一下,关键时候还要屏住气,使用轻功,像举枪瞄准轻轻击发——击发动作轻得像没有这个动作一样。

日光、月光、天光、灯光、波光甚至咸水或淡水的反光等,都可能对不锈钢产品的光泽产生影响和反作用力,这种受多种因素影响和制约的光泽进入人的视线,更是千变万化。

谈及项目个性,夏令十分尖锐:本项目在普遍性痛点基础上,更增加了一大难点,即产品没有统一规格型号,形状各异,或可用奇形怪状来形容——方的不方,圆的不圆,犄角弧线多,间距不均等,厚薄不分明,前后不对仗,左右不工整,导致制造环节超出常规技术和工艺标准,绝非一般厂家力所能逮。

印度裔技术员说话直白:我们承认,制定高光泽度、高精深度量化标准是有难度的。正因如此，你们王鹅精密才能从众多实力不俗的厂家中脱颖而出。你们是有秘籍（优势）的，这个我们清楚，本次"样品"不合格，出乎各方意料。我个人分析原因，要么我们对你们工艺水平的评估存在偏差，要么你们留有后手。

13

晚上，深圳罗湖区群英路99号，万能猎服务社。

陈可元约见钱万，独自驱车赶往深圳罗湖区。

自从钱万大海捞针般精准"猎获"周佛礼这位重量级技术大咖，成功引荐给方杰，陈可元即对钱万刮目相看。对他高超的侦探手段和"猎人"能力十分赏识，认为此人可用，与钱万建立了单线联系。作为报答，再次给他"派单"：掌握广德动向。

钱万接获来自陈可元的大单，感激涕零。他眼中的陈可元是佳杰女掌门，背后有方杰强大靠山，与她合作简直前程似锦。手中这个"单"堪称重磅，重就重在它未设期限，不设期限意味着久远，意味着长期合作。他丝毫不敢怠慢，使出浑身解数，把专业特长发挥得淋漓尽致，屡有不菲斩获。

陈可元驾驶黑虎在深圳中南大道飞驰，行至某个大十字路口星巴克门店前骤停，等在路边的钱万老练地拉开前车门，箭步跨上黑虎副驾驶座，顺手"砰"地将车门关闭。黑虎"嗖"地一下重新上路，继续向前飞驰，很快隐没于闹市车流之中。

陈可元：你要不要考虑在河浦市开个分社？

钱万摇头：不用。我做这行来无影去无踪，不声张不招摇。

陈可元：我时间有限，不能老是过来。

钱万：我可以过去呀！今天也许误会，我以为你来深圳有事，谁知你专程找我来的。以后不劳你大驾了，我去河埔。

在车里，钱万向陈可元"爆料"，内容有四：

一是黄匠军迎娶广德董秘季黄鹂之后，王鹈精密与广德走得很近。种种迹象表明，经王祖望默许，樊老靓已悄悄与广德勾搭上了，双方已有业务来往。陈可元闻言不悦，翻翻白眼，看向别处，心下嘀咕：哼，王祖望他敢？

二是王鹈精密生产的样品质量不合格，未能通过验收，王祖望团队接下来何去何从堪虞。如果他们真到走投无路的份儿上，不排除其死抱广德大腿，公然与其合作的可能。陈可元对这个信息很上心，刻意追问：不合格？确定吗？钱万点头：百分之百确定。陈可元窃喜，这下好了，分化瓦解王鹈精密的机会来了。

三是广德集团拟做重大结构性调整。主要是关闭德来服装厂，该厂眼下有境外订单，仍在生产，拟在四个月订单完成后打包挂牌出售。新订单已不再接，其他外围工作也已截止。

陈可元：嗯，这倒是"干货"，说具体点儿。

钱万侃侃而谈：广德集团拟做结构性调整，是基于该集团现状。为腾出资金，突出主业，重点发展德立技术，袁若德决定收缩战线。原计划撤销毛织厂，但女儿袁仁美和女婿梁仁良反对，袁若德无奈妥协（据悉目前父女关系紧张），改为卖掉服装厂，仅保留服装厂一个重要车间，并入毛织厂。

嗯。陈可元点头，神色不无凝重。

钱万眉飞色舞，但仍掌握着分寸：德来服装厂员工人心浮动，自不待言，蹊跷的是毛织厂也好不到哪儿去。因为毛织这一块是梁仁良在打理，那小子根本无心工厂事务，眼下他人在国外。据悉，袁仁美为服装厂的事多次流泪，又不能不做该厂管理层和骨干员工的思想工作，劝大家转到毛织厂，接受新岗位。她还交代副厂长曹东风提前准备了部分遣散费，留待适时发放。服装厂部分老员工称已接到相关通知。

陈可元边听边皱眉，倒不是觉得钱万爆"坏料"啰里啰嗦，将压抑传递给她，而是联想到秦茱萸会有麻烦，不由得有些心烦。

钱万观察陈可元神色，发现广德一堆糗事并没引起她幸灾乐祸，他立即言简意赅地爆出第四块"猛料"：秦茱萸团队集体攻关，某项自动控制技术获得突破，目前进入应用实验阶段，处于保密状态。据悉，他们不打算公开。

陈可元似乎发现亮点，这个亮点让她两眼陡然发亮。她从大学时代起就是"自动控制技术"发烧友，痴迷自动控制技术多年。

钱万：原拟应用于服装机械。遗憾的是，服装厂拟关闭，广德不得不改变计划，包括出售技术套利。

陈可元扭脸儿瞥钱万一眼，以行家口吻说：出售技术套利应该不是好的选项，因为该技术同样可应用于广德毛织机械。

钱万态度恭敬：理论上是这样，实际上有些技术或许不具通用特性，所以服装和毛织看似并蒂莲，实则血脉各异。不过话说回来，这是德立技术首批研发成果，其投入应用或可引发行业震动，不可小觑。特别在河埔市，广德的龙头位置更有保障了。

陈可元不动声色，目视前方，心下暗自寻思，打起自己的算盘。现实生意中，直接实施技术购买是笨办法，不好操作。对方要么狮子大开口，叫你亏血本，要么干脆不卖，叫你干着急。反正技术在他手里，他可以吊起来卖。你想获得技术，只能战术迂回，搞"打包"式采购。也就是旁顾左右而言他，不动声色地把买面包改为买面包机——那技术在面包机里随面包出售。无非多花钱、花冤枉钱而已，典型的有舍才有得，不舍不得。这个套路陈可元谙熟而又拿手，运用过几回，不曾失手。

本次"接头"结束，整个爆料过程均在车内完成，相当安全保密。陈可元觉得满意，从包里拿出一张支票，用两根手指夹着。

钱万双手接过支票，飞快地往票面上睃一眼，但见那上面的大写中文数字超出他预期，眨眼细看，括号里的阿拉伯数字清晰无误！哇噻，这串数字怎么这么可爱？简直太可爱了！他下意识地努着嘴，冲支票做个飞吻：我好惊喜哦……

陈可元神情严肃，郑重交代：给方杰做事，当然要做到最好。希望我们的合作能带给你更多惊喜。

钱万涎着脸：我的惊喜就是给钱，不给钱哪来惊喜。

陈可元立马补刀：希望我们的合作能带给双方更多惊喜。

钱万依然涎着脸：你的惊喜就是猎到人，不猎到人哪来惊喜。

陈可元闻言诧异，心说这个钱万也不是半瓶子醋啊。她咬牙甩出一句：那就有劳你了，继续挖料猎人！

此时，陈可元已驾车在深圳闹市区兜了一大圈，准备踏上回程。在罗湖区一个陋巷犄角，人少车稀，灯光晦暗，她来了一脚急刹，将黑虎停下，此处离万能猎服务社不远。

明白明白！为陈老板做事，钱某万死不辞！钱万非常识趣，表完决心迅速下车，贴身站在车门处，冲陈可元来了个深鞠躬，尔后关闭车门，笔直伫立，目送黑虎风一般离去。

14

下午，德福毛织厂电脑横机车间，广州某私家诊所。

德福毛织厂电脑横机车间，副厂长代紫萱正与技术员围在车床前查验毛织新品，手机铃响，广州某私家诊所告知，其妹丁紫岚术中大出血，经抢救化险为夷，诊所欲与病人家属面谈。

代紫萱闻讯大为惊吓，紧急请假赶往广州。在广州一个小巷里，找到这家私家诊所。

一名女大夫自称该诊所医生，听说丁紫岚的亲属来了，立即把代紫萱约到隔壁小房间。代紫萱四下瞄了屋子几眼，陡生疑虑：请问大夫，你们诊所有执照吗？女大夫立马黑脸：这什么话！没执照怎么行医？我们挂靠广州某三甲医院妇产科，长期合作，正规经营。代紫萱小心翼翼：收费有标准吧？女大夫：当然！已经很优惠的啦！你去别的医院试试，翻倍都不止。代紫萱仍将信将疑：一个小小的（人工流产）刮宫手术，怎会长时间出血？女大夫十分老辣，语带讥讽：这就要问你妹了。

女大夫态度傲慢，眼神中有毫不掩饰的鄙夷，这是因为她逮住了病人软肋——大姑娘家家的，好意思怀孕！做下这种羞于启齿的事，只能偷偷摸摸求诊所帮你处理掉，你还怀疑诊所医术？你还不想挨宰？美得你！你一肚子疑惑，欲与诊所理论，可以呀！直接吵到大街上去，诊所没义务帮你保密。你脸皮八丈厚，别来打胎呀，把孩子生下来好了。

代紫萱忍气吞声，收敛质疑态度，对女大夫赔着和气。

女大夫：你妹丁紫岚前不久在我所做了人流手术后，未按医嘱适当调养，过早投入高强度工作，子宫没有恢复好。听说她是模特，每天站立十小时以上，这对术后康复非常不利。

丁紫岚知道医生说的不全是实话。事实是上次手术很不成功，刮宫没刮干净，术后一直沥沥拉拉出血，表妹被迫到诊所复诊。

女大夫：昨天，我给她做了第二次刮宫手术。目前出血止住了，但她本身肾虚，功能衰弱，引发急性肾炎。

急性肾炎？代紫萱吓一跳，半天没缓过劲儿来。人流手术波及肾脏，引发急性肾炎，这也太离谱了！连她这个外行都开始怀疑女大夫的医疗水平了。她懒得进一步咨询，匆匆作别。

诊所设有一间观察室，仅有两张床位。代紫萱交费结账之后，来到丁紫岚床前，神色严肃：紫岚，走！我们转院。

丁紫岚紧盯代紫萱的脸：姐，医生怎么说？

代紫萱脸色平和：医生说需要到医院全面检查一下。

丁紫岚心下暗忖，病号是医生的“资源”，不会轻易推给别人。“到医院全面检查”肯定是表姐的主意。她不忍心难为表姐，边收拾衣物，边故作轻松：姐，咱去哪家医院？大医院小医院？

代紫萱：原则上还是就近。医院离这儿不远，四站路。

丁紫岚噘嘴：别太贵啊！我没那么多钱。

代紫萱：现在还管它贵不贵？病不治好咋弄啊？

丁紫岚：同样是把病治好，当然选平（便宜）不选贵。

代紫萱挥挥手：姐支援你！你别考虑这个。

代紫萱叫了辆的士，一路搀扶表妹，住进广州一家正规医院。代紫萱楼上楼下跑了多趟，办妥一应手续，又张罗着为表妹请个护工，帮助照顾几天。丁紫岚拒绝，硬说自己好胳膊好腿，要什么护工。代紫萱只好作罢。

将表妹在医院安顿好，代紫萱仍不放心，嘴上嘀咕：不行！你情况有点糟，得告诉我小姨（丁紫岚母亲），不能再瞒她了。

千万不要！丁紫岚坚决反对：你告诉我妈，我跟你决裂！

那怎么办？代紫萱与表妹对坐在床沿上，急赤白脸：你在广州，我在河埔，咋说也是两地，我够不着你，谁照顾你呀？

丁紫岚：我这么大个人，不会自己照顾自己吗？

代紫萱：你一人在这里，举目无亲，遇事没个帮衬呀！我听医生说，你这个……是小出血，不是大出血，但时间拖得太长，非常糟糕，从某种意义上说与大出血一样凶险。

丁紫岚笑了：姐，医生吓唬你，你当真啊？

代紫萱仍抱一线希望，苦口婆心劝表妹回河埔：紫岚，安心住院治疗，出院后就跟姐回河埔。告诉你啊，姐要成家了，姐的家也是你的家呀！咱姐俩好歹在一起，互相有个照应，你擎哥……哦，你姐夫是好人，定会关照你的。

丁紫岚坚定摇头，对表姐也说了掏心话：姐，我是真的喜欢广州，喜欢目前的生活。刚来时也曾忐忑不安，犹豫彷徨，甚至害怕，现在我适应了，我觉得挺好，没有后悔过。姐，你和擎哥……你和我姐夫忙好自己的事情，过好自己的小日子吧！再给我生上几个胖胖的小外甥，那多开心！

代紫萱请假时间有限，必须立马踏上返程。临别，姐妹俩眼圈都红了。代紫萱殷切叮嘱：紫岚，好好调养身体，早点康复啊！

丁紫岚眼神中充满对表姐的依恋：知道了姐！

15

晚上，方杰集团专家公寓709房。

曲解下班回到住处，顾不上其他一应琐碎的事，习惯性地坐到桌前，打开电脑，给秦茱萸发邮件：我主持的《方正电梯建设规划纲要（第三稿）》目前已编制完成，等待董事会审批。趁这机会，我把纲要发你，请指点一二，帮忙把把关。

数分钟后，秦茱萸回邮：未及细看，晚些时候回复你。

曲解这才起身洗漱，电脑开着，时不时往显示屏瞟上一眼。

不知过了多久，秦茱萸终于再次回邮：粗线条浏览了一下，整体感觉可以。但数字技术这一块阐述得不够精准，其中两个技术节点的重要参数尚不清晰，需反复斟酌。

曲解：火眼金睛如你！我想请你指点的正是这一块。

秦茱萸：我想，规划急不得，除了技术，还有多个要素多个环节集成，需咨询各方意见，修改打磨，可能弄上十几、几十稿都形不成定稿，很考验耐心哦。

曲解：不知道河埔这地方有没有本土"金标准"？

秦苿黄：据我所知没有。河埔市工业化时间短，积淀不够，又非一线城市，所以，参照外地"金标准"是通常做法。

曲解：那还是远香近臭，外地的、远处的才显得有范儿！

秦苿黄：这样你才有机会嘛。像你这样的完美主义者在企业不一定吃得开，更遑论受追捧。在你看来顺理成章的事，在他人眼里可能有如外星人般诡谲！这是丑话，但你要有心理准备。

曲解：吃得开吃不开都不重要了。已经跟你上了贼船，就算暗礁奇多，险滩密布，没一盏省油的灯，也得往前走啊。

秦苿黄：我会不会因为引你上贼船而后悔，现在还不敢说。

曲解：远的不说了，眼前的规划纲要（三稿）急着上会。

秦苿黄：我叫莫如师帮你打磨，数字技术那块到他手里，你放一百个心。另外提醒你，技术之外的东西，其重要性并不逊于技术，要舍得花时间精力打外围战。

曲解：哦，知道了。

秦苿黄殷殷叮嘱：不要觉得技术之外的东西是累赘。

曲解不耐烦：都说知道了！明白了！

这天晚上，两人都花了不少时间，网聊十分尽兴。曲解急不可耐地将满腔思念浓缩为四个字：你还好吧？

秦苿黄：老样子啊！经常昼夜颠倒，最近较少冒泡。

其间谈到婚事，曲解颇为无奈：就怪你！原来喊我回来是为了帮你同学（陈可铭）干活！我一来就掉这坑里。

秦苿黄：我早就替可铭感到庆幸，打灯笼也找不到的人被他找到了！他命真好！他们找你真是找对人了，搞规划纲要多亏有你！好吧，你就能者多劳了。谁让你专业对路呢？谁让你是事业型女性呢？谁让你是高端人才香饽饽抢手货呢？

曲解嗔怪：少贫！你才抢手货！

秦茉萸：我这种抢手货，抢到手才知道是个臭饽饽。

曲解：连你都是臭饽饽，我能香到哪儿去？再贫我关机。

秦茉萸：别别别！不是怕你累着，想让你轻松点嘛！

曲解言归正传：眼下这架势，深度捆绑，难得抽身，怎么办？

秦茉萸不由窃喜，佯装不知情：一点闲暇也挤不出吗？

曲解：拜你所赐，一来方正就被派任务，忙得晨昏不辨。你看，一个新厂上马，千头万绪，百事待举。我日程排得满满当当，时间还是不够用，不加班都不行！我是真的陷进去拔不出来了！看在你同学的面子上，不待厂子有眉目、上轨道，岂敢松口气？

秦茉萸顺水推舟：既然卷入一场硬仗，那就先干一年半载。

曲解特别无奈：只能这样了。我有点后悔……

秦茉萸：一个新厂在手上，你飞蛾扑火投身进去还嫌来不及，哪会后悔？我还不知道你？连可铭都知道你能干！

曲解心情不太爽：算了，我不需要你鼓舞士气。

秦茉萸：那咱一言为定，先干个一年半载的……邮件还没写完，手机屏出现陈可元发来的短信：刀下留情！

秦茉萸吓一跳，眉头猛地拧紧，眨眨眼，稍稍反应过来，手机回复：时值午夜，元老又做什么噩梦了？

老实说，秦茉萸不太适应陈可元喊打喊杀的所谓"个性"，对她说话办事一惊一乍、虚张声势的做派很不习惯。不是小妮子了，还这么不成熟，不老练！她老爸把这么大个工厂交到她手上，真放心啊？唉，随她恶作剧吧，懒得理她。

秦茉萸不无疲惫地叹口气，在电脑上抢着敲出最后一行字发给曲解：莫如师会直接与你联系。你要劳逸结合。我撤了。

秦茉萸手指动作神速，将电脑和手机一律关闭。

16

中午，河埔市火车站，庙前街小银翘茶餐厅。

季黄鹂和黄匠军回老家休婚假，尔后返回河埔市。

此前，袁若德特批给季黄鹂一个星期的假，使她得以和黄匠军双双回老家，拜见父母和公婆。两人把这趟假期当成"旅游结婚"，也算时髦一回。直到返程，两人那份幸福仍洋溢在脸上，似乎感觉空气都甜得像蜜。

两人走到车站出闸口，赫见马赛鹰正在人群中向他们招手！因他个子高，季黄鹂一眼就看往他那个方向。惊讶间正待迎上去，黄匠军忽然看见施润笑呵呵地站在不远处，也在向他们招手。他赶紧扯扯季黄鹂，小声儿提醒：你看，施董助！

季黄鹂当然也看见施润了，三步并作两步迎上前：润姨！

四个人不约而同地聚拢。季黄鹂：马总，您咋亲自来了？

马赛鹰面带微笑：袁董叫我来接你。

季黄鹂亮起银铃般的嗓音：哎呀，劳马总大驾，真不敢当！

马赛鹰：接新娘子是美差，沾喜气呀！

黄匠军心下忐忑，站在一旁傻笑。见马赛鹰向自己伸出手，赶紧跨上前一步，机械地与马赛鹰握手。

没想到，两辆车同来接站，广德和方杰的高管在火车站不期而遇，双方都觉意外，不无尴尬。倒是季黄鹂见过世面，待人接物十分专业，她从容淡定，落落大方：哦，我来介绍一下。这位是德立技术马赛鹰，马总，这位是方杰集团董事长助理施润。

马赛鹰与施润握手：施老板好！幸会。

施润矜持中带着俏皮：马总大人物！今日有缘照面，很荣幸。

季黄鹂：马总，润姨是我姑妈的闺蜜兼合伙人，她俩合开的小银翘茶餐厅，一直挺火的，现在成了本市网红打卡点。

施润喜笑颜开：阿鹏又给我打广告呢！这丫头，是我看着长大的，打小就聪明伶俐加高颜值。敝小店还望马总不吝赏光！

马赛鹰：网红店啊？那可要去，蹭吃蹭喝蹭热度！

这话正中施润下怀，她趁热打铁：好啊！咱现在就去蹭喜气呀！不瞒您说马总，我略备薄酒，给新婚燕尔的阿鹏小夫妻接风。马总定要大驾作陪哟，不仅给阿鹏个大面子，也令我小店蓬荜生辉！这桌喜宴喜气洋洋喜气冲天……

马赛鹰立即摆手：今天就不了！等下我还有个会。施老板，多谢你盛情，改天定去你的网红店捧场！

施润仍热情挽留：马总，您来都来了，既然……季黄鹏向施润使眼色：马总很忙，润姨别勉强了，来日方长啊。

马赛鹰面对季黄鹏：袁董交代了，你还在蜜月期，这两天休息下，不用急着上班。有需要帮忙的事给我打电话。我先回去了。

马赛鹰转向施润，与她握手道别：施老板有心，阿鹏小两口今天就交给你了。祝你的网红店兴旺发达！

施润笑容可掬：马总放心好了！喜宴结束，小两口完璧归赵。

马赛鹰驾车离去，季黄鹏拉着黄匠军上了施润的车。施润驾车一路风驰电掣，来到小银翘茶餐厅。

这是最靠里面的一间包房，房内贴着大红的"喜"字，桌上摆着鲜花，四周挂着彩色气球，布置得浪漫温馨。

季黄鹏：润姨，您故意叫我和匠军受宠若惊啊？

施润嗔怪：你在小银翘一贯受宠，惊什么惊？

季黄鹏撇嘴：您把我宠坏啦！胃口吊得越来越高。

施润：就是要吊年轻人胃口啊！看来小银翘还会大发。

黄匠军终于插上话：施助理太客气了！让您破费，不好意思。

施润笑意盎然：匠军，老实说你沾了阿鹏的光！要知道，方圆百十公里，阿鹏万里挑一！能娶阿鹏，是你的福气哟！

黄匠军心悦诚服，使劲儿点头：是是是！我好福气！

酒足饭饱，三个人脸上都泛着淡淡的油光。施润拿出一串钥匙，面对季黄鹂：这个送给你了。新婚贺礼，聊表心意。

季黄鹂摆着手，不肯接钥匙，尽管她并不明白这是什么钥匙，是车匙还是房匙，但凭直觉，她知道贵重：润姨，这个不敢！无功受禄，不敢不敢！您对小辈太宠溺了……

黄匠军一看就知道这是车钥匙，一辆广汽本田出产的两厢小轿车，总价在八万至十万元区间。该款车型主打年轻消费者，性价比超高，半年不到即冲上广州地区轿车类销冠。

施润佯作不悦：看不起你润姨，就不收，反之就收下。

季黄鹂：润姨看您说的！借我们八个胆子，我们也不敢看不起您呀！您谁呀？大名鼎鼎的方杰老板助理！

黄匠军面孔涨红，妇唱夫随：是啊，看不起谁也不敢看不起施董助！但这礼……太贵重了！晚辈受不起……

施润：不贵也不重，充其量不过为你们新婚大喜之锦，添点小花嘛。喜糖喜酒喜车，我觉得接近圆满。

季黄鹂思索片刻：匠军，恭敬不如从命。快接着！

黄匠军站起来，毕恭毕敬伸出双手……季黄鹂扯扯他衣服：先行个叩首礼吧！施润急忙拦住：不要不要！拿着。说话间把车匙塞进黄匠军手里。黄匠军捧着车匙，向施润鞠躬致谢。

青年男子看见车，尤其是私家轿车，多半都会馋得流口水，黄匠军也不例外。季黄鹂有工作配车（仅限本人工作用，搭载亲属违规），黄匠军没车，又最需要车，至少每天上下班，拉上师父樊老靓，一下就解决两人的交通问题，那该多方便！

季黄鹂：匠军你知道吗？润姨出身豪门，自身博学多识，身为方杰大员，没有架子，为人和善，实属巾帼高人！

施润丰腴的面孔泛起红润，对季黄鹂这番话显然挺受用，却旁顾左右而言他：巾帼高人？哈哈哈，阿鹏真会说话！你当董秘时间不长，也学会吹喇叭抬轿子了！当然，承蒙年轻人抬爱，我们这些过来人，才觉得自己不老。

季黄鹏嘴快：润姨本来就不老！风姿绰约，魅力不减当年！

黄匠军：是啊是啊！施董助青春永驻！

赵江 著

顶尖技术人才争夺内幕

下 PAN HUO

SPM
南方传媒 | 广东人民出版社

·广州·

图书在版编目（CIP）数据

盘活：顶尖技术人才争夺内幕：上、下册 / 赵江

著. -- 广州：广东人民出版社，2025.2. -- ISBN 978-

7-218-18489-0

Ⅰ . I247.5

中国国家版本馆 CIP 数据核字第 202510KD67 号

PANHUO: DINGJIAN JISHU RENCAI ZHENGDUO NEIMU（SHANG、XIA CE）

盘活： 顶尖技术人才争夺内幕（上、下册）

赵 江 著

出 版 人：肖风华

责任编辑：王庆芳　于晨洋
责任技编：吴彦斌　赖远军

出版发行：广东人民出版社
地　　址：广州市越秀区大沙头四马路 10 号（邮政编码：510199）
电　　话：（020）85716809（总编室）
传　　真：（020）83289585
网　　址：http://www.gdpph.com
印　　刷：广东鹏腾宇文化创新有限公司
开　　本：787 毫米 × 1092 毫米　1/16
印　　张：76.75　　字　　数：1130 千
版　　次：2025 年 2 月第 1 版
印　　次：2025 年 2 月第 1 次印刷
定　　价：138.00 元（上、下册）

如发现印装质量问题，影响阅读，请与出版社（020-85716849）联系调换。
售书热线：（020）85716863

人物表

秦荣荑　男，31岁，博士，曲解前男友，广德集团常务副总裁兼品牌战略官，集团旗下德立技术有限公司联合创始人、总裁

曲　解　女，29岁，博士，秦荣荑前女友，方杰科技集团首席科学家、董事长特别助理，集团旗下方正电梯股份有限公司（以下简称方正电梯）董事总经理，后因故卸任，该职由项清楚接任，后嫁陈可期

袁若德　男，55岁，广德集团创始人、董事长兼总裁

常在情　女，51岁，袁若德妻，常掌柜中医馆医师

袁仁美　女，28岁，袁若德、常在情之女，梁仁良妻，广德集团副董事长，兼集团旗下德来服装厂厂长，后被免职

梁仁良　男，31岁，袁仁美夫，大学金融系本科毕业，广德集团旗下德福毛织厂厂长，为追款滞留境外，后被免职

梁嘉兴　男，1岁，梁仁良、袁仁美之子（小名兴兴）

袁仁贵　男，22岁，袁若德、常在情之子，美国留学

袁甲芳　女，45岁，袁若德堂妹，广德集团财务总监、首席财务官

常在理　男，47岁，常在情胞弟，常掌柜中医馆第六代传人，张雯夫

张　雯　女，46岁，医学博士，常掌柜中医馆医师，方杰科技集团旗下方正电梯股东（与方珍关系密切），常在理妻

常　爽　女，21岁，常在理、张雯之女，英国留学

韦　素　女，52岁，农村小学退休老师，梁仁良母亲

尹　擎　男，26岁，袁若德司机，复员军人，代紫萱夫

黎锦官　男，56岁，广德集团物资采购供应中心总经理（内务总管，保

安、保洁、食堂、仓库等，人称官叔）

马赛鹰　男，38岁，广德集团旗下德强五金机械有限公司总经理，教授级高工，后任集团旗下德立技术有限公司副总裁

曹东风　男，44岁，广德集团旗下德来服装厂副厂长、厂长

祝业祺　男，56岁，广德集团旗下德福毛织厂常务副厂长、厂长（人称祺叔）

高　蕾　男，39岁，广德集团旗下德行物流配送中心总经理，后为解除集团资金链危机，按袁若德授意筹资买断德行物流配送中心，创立德记物流股份有限公司，为企业法人

代紫萱　女，26岁，广德集团旗下德来服装厂设计师，江汉纺织大学本科毕业，后任广德集团旗下德福毛织厂车间主任、副厂长，尹擎妻，丁紫岚表姐

丁紫岚　女，20岁，德来服装厂员工、业余模特队队长（曾辞职，后回归），参加上海高定周，模特带货，后任广德集团驻新疆石河子泰戈长绒棉织造厂特派联络员，代紫萱表妹

尤其芬　女，23岁，常在情外甥女，广德集团旗下德立技术有限公司总经理助理兼专车司机，莫如师女友

季黄鹏　女，25岁，广德集团董事长助理、董事会秘书，与老乡、同学黄匠军喜结连理，后卷入企业竞争，被人利用，引咎辞职

莫如师　男，27岁，博士，广德集团旗下德立技术有限公司工程师（计算机编程及云计算专家）、副总经理，秦茱萸同门师弟，与尤其芬一见钟情，后为情侣

牛仔酷　男，25岁，博士，广德集团旗下德立技术有限公司高级工程师，秦茱萸同门师弟

甘　果　男，26岁，博士，广德集团旗下德立技术有限公司高级工程师，秦茱萸同门师弟

蓝　君　● 男，44岁，梁仁良表哥，新加坡海蓝资本证券分析师，犀利牛基金创始人之一，后掌舵该基金

阿勒泰戈　● 男，47岁，新疆石河子泰戈棉纱厂（后更名为泰戈长绒棉织造厂）厂长，后与广德合作，实现强势扩张

阿布都尔提　● 男，26岁，理工科硕士，新疆石河子泰戈棉纱厂（后更名为泰戈长绒棉织造厂）厂长助理，毕业于江汉纺织大学机械设计制造及自动化专业

陈豪杰　● 男，61岁，方杰科技集团创始人、董事长

方　珍　● 女，56岁，陈豪杰妻，香港居民

陈可铭　● 男，32岁，陈豪杰长子，方杰科技集团副董事长兼总裁，后任集团董事长，方正电梯董事长，秦茱萸初中、高中同学

贺　喜　● 女，30岁，陈可铭妻，大学数学系本科毕业，方杰科技集团资金管理中心总经理（财务总监）

陈可期　● 男，29岁，陈豪杰次子，小方正（早年间的香港方正电梯有限公司）实际控制人，后携企业回归方杰科技集团，任集团副董事长、副总裁，方正电梯副董事长

陈可元　● 女，26岁，陈豪杰女，秦茱萸女友，精密机械与精密仪器专业硕士研究生肄业，休学打理家族企业，任方杰科技集团旗下佳杰五金制品有限公司总经理（后卸任），任集团副董事长、副总裁，后出走

施　润　● 女，41岁，陈豪杰远房亲戚，集团董事长助理

包　乐　● 男，29岁，理工科硕士，陈豪杰专职司机

叶馨菊　● 女，25岁，香港居民，陈可期前女友，小方正合伙人，因陈可期执意将企业迁回内地并入家族，愤而散伙撤资

冼　赫　● 男，48岁，方杰科技集团旗下方正电梯总工程师，因与曲解理念不合，在叶馨菊挑唆下辞职

姚国泰　● 男，58岁，方杰科技集团旗下佳杰五金制品有限公司副总经

理，方杰集团元老

李才智　男，46岁，方杰科技集团旗下奇杰通信设备有限公司总经理，后任方正电梯董事副总经理、常务副总裁（方珍娘家亲戚，方珍子女的表舅）

杜　仲　男，44岁，方杰科技集团旗下伟杰建筑工程有限公司总经理，后整体并入方正电梯，任方正电梯董事副总经理

卢占祥　男，41岁，方杰科技集团旗下俊杰电子有限公司总经理，后任方正电梯董事副总经理

何青黛　女，27岁，陈可元大学同学、闺蜜，先后任方杰科技集团首席联络官、集团旗下佳杰五金制品有限公司总经理助理、副总经理、总经理，后嫁武孔

周佛礼　男，37岁，博士，陈可元砸重金，经猎头公司挖掘的高端人才，任方杰科技集团旗下佳杰五金制品有限公司副总经理，后调入集团旗下方正电梯，接替冼赫任总工程师

武　孔　男，28岁，陈可元亲临人才招聘会看中，任方杰科技集团旗下佳杰五金制品有限公司工程师，受集团委派率队到德国某企业进修，学成归来进入集团旗下方正电梯，任副总工程师，后与何青黛成婚

项清楚　男，39岁，博士，数控机械专业顶尖专家，此前在某跨国公司任职，后由秦荣英举荐及牵线，陈可元动用猎头成功引进，以技术入股方式成为方正电梯股东，后接替曲解任方正电梯董事总经理兼首席技术官

汪雄壮　男，45岁，方正电梯第六车间主任，原架给你五金货架模具厂老板，后被陈可元整厂收购，员工59人，12名技术骨干并入佳杰五金，其余分配到伟杰建筑（后整体并入方正电梯）

斌　哥　男，48岁，五花马水库山庄发廊理发师

王祖望　男，41岁，王鹅精密组件厂厂长（原为方杰科技集团旗下佳杰五

金制品有限公司总经理，出场即递交辞职信，带走一批核心技术骨干，含樊老靓、黄匠军师徒)，该厂为李鹚与蓝君联手创办（以下简称王鹚精密）。此后随潮流将厂长统称为总经理

魏　玲 ● 女，37岁，王祖望妻（育有二子）

李　鹚 ● 女，33岁，德国某跨国公司高级白领。原在新加坡与蓝君是同事，后举家移民德国。在德国某商学院进修时与王祖望结识，并引荐王祖望与蓝君结识，进而聘请王祖望实操王鹚精密

游海洋 ● 男，61岁，德国某跨国企业高级专家，受GGY项目中心委派，负责衔接王鹚精密相关事宜，包括样品检查验收、执行项目分包合同等，后为李鹚的合伙人

樊老靓 ● 男，44岁，王鹚精密高级技工，绰号"鬼手靓"

黄匠军 ● 男，27岁，王鹚精密高级技工，樊老靓徒弟（人称匠仔），后娶老乡、同学季黄鹏为妻

夏　令 ● 男，25岁，王鹚精密技术员

苏　杭 ● 男，56岁，新加坡客商，方正电梯老主顾

钱　万 ● 男，32岁，深圳"万能猎服务社"法人，资深猎头

阿　肥 ● 男，40来岁，河埔市红星照相馆老板

目 录　（下册）

第一章

1

上午9点，HQ111地块彩旗招展，阵势浩荡。

方正电梯扩建工程奠基典礼隆重举行。

陈豪杰西装革履，精神抖擞，率家族成员率先来到现场。

出席奠基典礼仪式的还有集团高管、部分员工，以及客户代表、上下游配套厂家代表以及合作伙伴等。此前，陈可元提议邀请秦茱萸博士及其团队参加奠基典礼，陈可铭同意，但报到陈豪杰那里，他以一句"方杰与广德素无瓜葛"，断然否决。

在一块长方形米色花岗岩顶端，覆盖着一朵红绸扎成的大红花，花岗岩正中，以遒劲的字体镌刻着"方正电梯"四个斗大的字，字上涂着褐红色油漆，十分耀眼。花岗岩四周，围着一圈扎有红绸大花的铁锹。在悦耳的音乐声中，陈豪杰亲自为方正电梯奠基石铲下第一锹土，标志着方正电梯建设序幕正式拉开。

锣鼓喧天，鞭炮齐鸣，彩旗猎猎，群鸟飞翔。

经陈可铭协调及各方配合，另外三件事同步落下实锤。

一是方正电梯规划建设领导小组正式成立，陈可期任领导小组组长，曲解、冼赫、杜仲和卢占祥任副组长，加上方杰集团从下属各厂精心选调的两位高管（均具工程师、经济师以上职称），总共七人。领导小组下辖专家组，由总工程师冼赫领衔，聚集了两名教授级高工（工程师中的最高级别）、三名高级工程师和五名技术员，共十一人。整个架构呈现出的特点是专业互补性很强。

二是将方正电梯临时办公用房确定为原伟杰建筑一栋三层写字楼，该写字楼已抢在奠基典礼之前全部完成腾挪。

三是杜仲制定并向集团报备了"边开工边完善各类手续"的计划，带领原伟杰建筑公司全体员工，于奠基典礼前七个月即开进HQ111工地，基建工程不仅抢先了一步，而且争分夺秒，第一、第二车间轮廓初现。

铲土完毕，奠基典礼仪式也就结束了。

陈豪杰兴致很高，应了人逢喜事精神爽的老话，他不顾身体孱弱，奠基仪式结束后，在陈可铭兄妹三人及曲解、冼赫等人陪同下，在方正电梯做实地考察。此地块已完成"五通一平"，各重要节点都在按计划运作，他感觉很满意。大规模基建抢在规划纲要实施之前，如火如荼地展开了。工地上人声鼎沸，机器轰鸣。各个细分项目部的负责人全部就位履职，带领团队有条不紊地进行分片施工。各团队分工合作，齐头并进。陈豪杰精神亢奋，一大圈走下来，全然忘记自己是"戴帽"（医疗用语，如"冠心病"）之人。

陈可铭对陈可期耳语：为加强你在方正电梯的领导力，爸亲自调了两员心腹大将，伟杰建筑的杜总（杜仲）和俊杰电子的卢总（卢占祥）。这下你看，方正电梯领导小组全是高配，强将云集。你手下幕僚多多，你开心了！

陈可期耸耸肩，一扫脸上的刻板：我是没以前那么紧张了，轻松多了。方正电梯在爸眼里就是未来，自然不遗余力。

一行人各处转了转，感觉差不多了，七嘴八舌地劝陈豪杰回家休息。陈豪杰拗不过众人几次三番的催促，便乘车离去。

陈可铭、陈可元等人跟着驾车离去。

陈豪杰的座驾刚刚离去，尘埃未散，叶馨菊的车就卷土而来。陈可期眼尖，老远看见叶馨菊的身影，愣住了。

叶馨菊突然回来了！她歪着脑袋向陈可期宣布，不反对企业回迁了，不撤资了，要和陈可期一起效力方正电梯，带领全体员工把工厂做大做强做优。冼赫带头鼓掌，其他人跟着鼓起掌来。

原来，叶馨菊委托总工程师冼赫，以手机短信形式给曲解带话，大意是：曲博士，你为方正电梯厂回迁不辞辛劳，我非常理解，你是陈氏雇请的，当然向着陈氏。但你为我和我与阿期的爱情考虑过吗？你是女性，不崇尚爱情吗？河埔是陈氏大本营，阿期回河埔必然被亲情包围和淹没，爱情也就靠边站了（他的家人对我本不待见）。在商言商。我谨提请你明辨一点——自投亲情罗网必会伤及各方利益，首伤方正。

曲解同样委托总工程师冼赫，以手机短信回复：叶总，你对方正利益的精心维护，我也非常理解。在商当然言商，不可在商言情。陈氏三代人做厂，自然懂得这个。在我看来，情是不用"言"的，言不言它都在。亲情是人性内置，与生俱来，蕴藏在每个人的生命过程中。爱情最终也会演变成亲情，值得珍惜。方正回迁，是从方正本身考虑的，是方正发展的内在需要。陈氏没有理由为利益稀释爱情，也不会为利益稀释亲情。

叶馨菊面对曲解的短信回复，眼珠子骨碌碌转了几下，品味着这些话，好像没什么刺耳的，也没什么可反驳的。

叶馨菊来到热火朝天的建筑工地，一片欣欣向荣的景象尽入眼帘。她心情不错：我这个副总，也就不用免了吧？

谁有权免你呀！除非你自己不做。陈可期脱口而出，接着又说：阿菊你亲眼看到了，集团对方正电梯的支持力度可谓空前呀！

叶馨菊仰脸儿扫视天空：方正电梯荣归故里，不应被礼遇吗？关于支持力度，仍需观察耶！不可口惠而实不至。

陈可期捧她场：告诉你啊，你享受了超级礼遇！

叶馨菊的闪亮现身，为方正电梯奠基典礼平添一件喜事，是谓好事成双，喜上加喜。她私下已宣布分手，现在又公开表示复合，最开心的当然是阿期，他脸上露出几个月鲜见的笑容。

2

上午，广府大街71号，德立技术大厦秦茱萸办公室。

袁若德开场白：今天在秦总这里碰个头，限时20分钟。老规矩，先说好消息，提振士气，增斗志；后说坏消息，保持警醒，抗打击。

秦茱萸：我们在内部做了分工。莫如师小组主要负责人工智能（AI）、数字技术这一块，牛仔酷小组负责工业自动化控制技术等，甘果小组主要负责工业机器人PLC编程、工业机器人传感器视觉系统的检测及应用、触摸屏组态软件的应用等。目前突破比较快的是应用范围广、实用性强的牛仔酷小组，接下来，莫如师和甘果两个组也将有较大动作，成果可期。

马赛鹰语气激昂：我亲眼看到专家们夜以继日地工作，进行技术攻关，终于取得了不起的成绩，真是让人振奋！

秦茱萸：牛仔酷小组有项突破性自动控制技术上周已开始在服装厂、毛织厂两台老式机械投入实际操作检验。若成功应用，预计该老式机械各项性能指标将超过"霸王床"。那么，接下来可在两厂全面应用该项技术，以低廉成本对老式机械实施技术改造，生产效率将提高数倍，人工节省一半以上。

"哇噻！""哦！"在座者不由发出阵阵惊叹之声。

袁若德：德立技术在这么短的时间里即取得重大技术成果，可喜可贺！我为广德拥有秦博士及其团队感到骄傲！我们广德，要把正战略方向，勇于壮士断腕，包括收缩产品线，轻装前行，集中集团资源，向德立技术这一主营业务倾斜。

袁仁美发出不和谐音：有不少企业是双主营业务，做得也挺好。

秦茱萸：现在我们面临两个选项，一个是在自己厂家（重点是毛织厂）应用该项技术提高生产率，推动毛织产品的品质提升，全面上台阶；另一个是出售技术套利，为下一步研发积累资金。

袁仁美脸色晦暗，口气消沉：服装厂正在为欧洲订单赶货，从首批交货来看，客户很满意，表示将继续下单。若能应用先进技术，提升产品品质，服装厂效益将翻番。

没人接话，屋子里笼罩着压抑气氛，鸦雀无声。大家都明白她的意思，新技术应该首先应用于服装厂。可是，"收缩产品线"指的正是收缩服装厂，这是集团已经确定了的。

袁若德巧妙妥协：租借出去的"霸王床"很快就要收回来了。我看，新技术率先应用于"霸王床"，你们觉得怎么样？"霸王床"的先进性及市场价值均高于我们现有机械，若成功应用新技术，两者捆绑销售，效益岂不可观？

袁甲芳率先表态：这办法好，我同意！

马赛鹰频频点头：新技术应用于高端机床，更利于体现技术先进性，也使"霸王床"更加物有所值。

碰头会否定了"出售技术套利"。

3

上午，方正电梯临时会议室（原伟杰建筑会议室）。

陈可期第一次主持领导小组和专家组联席会议。

方杰总裁陈可铭也准时来到会议室。

叶馨菊在座。她刚刚获悉自己没有进入领导小组，立时黑了脸，当场就想对陈可期发飙，后顾及在座许多人是头一回见面，相互陌生，对陈可铭的处事方式也不太摸底，便按捺住了。她耷拉着眼皮儿，坐在那里生闷气，暗自寻思这是谁的馊主意？一旦明了，非得跟他（她）算账不可。

陈可期：各位，现在开会。总裁亲临会议指导，大家欢迎！

与会者鼓掌。陈可铭向大家点头致意。

陈可期：方正电梯建设规划纲要（三稿）事先已发给大家，想必都已看过。今天，请领导小组副组长曲解博士，就规划纲要的重要内容及设计思路等做些简单介绍。然后大家议一议。

曲解简要介绍了规划纲要构想。主要内容包括：全方位引进数字技术，建立数字化模块，打造智能制造生产线，建设现代化电梯制造厂；擦亮方正品牌；扩大建设用地（总规模在200亩至250亩）；兴建高度为150米的垂直电梯实验塔；一线员工全员培训上岗；进行"方正电梯"商标设计；拟定各项规章制度、奖惩条例及其他各类相关细则等。

曲解话音刚落，立马有人提出不同意见：曲博士主张的"数字技术"，对方正而言是个陌生领域。业内有句行话叫"不熟不做"，建议将这一块延后，待厂子建起来再说。

有人立即附和道："数字技术"这个东西，近来偶然听说过，好像比较时髦。但这东西靠不靠谱呢？那就不知道了。我们贸然引进，弄不好砸在手里，怕得不偿失。

曲解耐心解释：新厂建设要顺应新势，也就是大势。何为新势、大势呢？加快数字经济和实体经济的融合，加强数字信息基础设施建设，推进数字产业化和产业数字化，将新一代信息技术赋能传统产业，培育新产业、新业态和新模式。

叶馨菊：曲博士刚从国外回来，可能对西方发达国家的东西比较熟悉。可我们呢，尤其是内地，目前欠发达。"数字技术"也许是先进的，其先进性可以吹得天花乱坠，但对我们而言，却两眼一抹黑，看不见，摸不着，识不透，用不上。唯一能做的是要投入大把真金白银！我个人意见，不同意该项上预算。

总工冼赫跟着叶馨菊表态：方正电梯厂如果晚建20年，我是同意引进数字技术的。那个时候此类技术或许成熟了、普及了，不需要大幅增加预算，不需要花冤枉钱，岂不更合算？

卢占祥：可能我们骨子里还是比较传统，比较保守，数字技术咱没见过，感觉上好像离自己很遥远，不实用。

曲解继续耐心解释：不遥远，很近了！一旦错过，新厂刚建起来就注定是落后的。以后醒悟过来，想跟上潮流，增强竞争力，就得进行改造，那是要花大钱的！那是真正花冤枉钱！还贻误机遇，一步落后步步落后，什么都不赶趟，亏大发了！

杜仲提醒道：数字技术应用与否，要赶快定下来，这可不是小事，也不是单纯的某个技术，它是个相对复杂的系统，直接涉及基建前期的埋线埋管、设备联通等。

曲解：是啊，含糊不得，拖延不得。有人感觉"数字"这个东西是纸面上的，与实际生产线不搭，实则不然。新时期以来，人类生活的很多方面，开始以前所未有的速度、广度和深度承接科技力量的渗透。数字化建设正是未来方向。方正电梯作为新建大厂，应该牢牢抓住它。

会议室安静下来。陈可期瞥瞥陈可铭。

陈可铭：听了大家意见，很受启发。

陈可铭特意顿了顿：我想说的是，曲博上来方杰时间不长，除了选址一项免去外，从立项、报批送审，到申办各种手续、走各种程序等，曲博士近乎全程参与，她案头上的文字资料堆了一尺厚。规划纲要（三稿）出笼后，她认真梳理方杰旗下各厂的运行轨迹和发展历程，基本做到心中有数，在此基础上反复补充修改。从这个意义上说，规划纲要是曲博士尽职尽责、呕心沥血的产物，代表了方杰的最高水平。它诚然仍需完善，但它的产生为方正电梯勾勒出美好而又实用的蓝图，价值连城。当然，现在仍有不同意见和反对声音，这很正常。任何东西都会有优劣，有高下，指望它十全十美是不现实的。我们的目的是集思广益，博采众长，优化纲要，推动方正电梯全面建设上台阶。

陈可期：总裁说得很好，我完全同意。

叶馨菊：不要画大饼了！我的意见是量力而行，稳健发展。

陈可期宣布会议休息15分钟。

叶馨菊把陈可期叫到一边：领导小组怎么没我？

陈可期压低嗓门儿：你自己说要撤资，现在又说不撤，连我都没反应过来……

叶馨菊急赤白脸截断：巴不得我撤是吧？你们陈家对我可是安了好心！告诉你，这事我决不忍气吞声！

陈可期息事宁人：你等下，我去跟大哥商量。

陈可期转身走到陈可铭身边，与他窃窃私语。陈可铭想了想，认真答复：给她个副组长，你现在就可以宣布。

4

上午，翡翠巷6号，广德集团总部。

大清早，季黄鹂刚上班，就接到黄匠军电话，音量极小，像暗号接头似的：王老板（王祖望）昨晚从德国回来了，这会儿人刚到厂里，准备召集大家开会。

季黄鹂问：哦，梁总（梁仁良）也回来了吧？

黄匠军：不知道。

季黄鹂纳闷：昨晚谁到机场接机？看到梁总没有啊？

黄匠军：夏令去接的。

季黄鹂催促：你问问夏令啊！

黄匠军嗫嚅着：这码事儿敏感，我不好问。我是躲在厂子一个角落，悄悄给你打电话的，厂里气氛压抑……

季黄鹂扯开嗓门儿吼：这有啥不好问的！你直接问王总好了，就说我让你问的，急等答复。毛织厂的人每天在我这儿打听梁总行踪，很多事等他回来拍板拿主意呢。

黄匠军正待答话，嘴还没张开，抬眼看见王祖望大步流星地向这边走过来，他立马挂掉电话，起身迎上前。

王祖望老远就看见黄匠军在遮遮掩掩打电话，劈头盖脸揶揄道：大清早就跟老婆调情啊？昨晚没调好啊？婚假都休完了，情还没调够啊？如今年轻人营养超好，一个比一个腻歪！

黄匠军难为情地咧嘴憨笑，其实他听得出王祖望的言外之意：要不是你黄匠军休婚假不在岗，样品咋会不合格。

黄匠军硬着头皮：王总，季黄鹂让我问问你，广德毛织厂的梁仁良老板是否和你一起回来了？

王祖望蹙着眉，头也没抬：没有，他没回。好了匠军，你该收心啦！抓紧时间集中人员开会！

黄匠军：到齐了到齐了！人已基本到齐。

说着话，黄匠军跟在王祖望身后向陋室铭茶走过去，边走边抢着向季黄鹂发了一条短信：梁未回。

在确认梁仁良没有与王祖望一起回来后，季黄鹂直觉情况不妙，第一时间拨通袁若德手机：袁董，您在哪儿？我有要事汇报。

袁若德：在外面。你讲。

季黄鹂语气急促：匠军跟我说，王鹅精密老板王祖望昨晚从德国回来了，梁总没有和他一起回来。

哦？袁若德深感意外：不是说好同去同回吗？

季黄鹂支吾：是啊！也许，可能，梁总还有其他事吧。

袁若德：梁仁良什么时候回？捎话回来没有？

季黄鹂用语谨慎：具体情况不清楚，匠军说他不好多问，他们老板王祖望正在气头上，发过几次脾气了，员工噤若寒蝉……

哦？袁若德追问：啥情况？

季黄鹂旁顾左右，手捂话筒，压低嗓门儿：袁董，有个小料，目前他们严格保密——王鹅精密爆雷了！

哦？袁若德相对淡定：怎么个爆法？

季黄鹂娓娓道来：他们按合同生产的五金样品质量不合格，没能通过专家验收，据说客户方对此很不满意。现在怕就怕直接影响后续合同，那样的话王鹅精密就悬了。他们本身是项目公司，为境外某个项目应运而生的，失去项目就失去了存在意义。我猜他们做一百个梦也想不到，样品生产胸有成竹，咋会不合格呢？现在好了，即使不至于万劫不复，也已万般纠结。

袁若德：接下来他们做何打算？

季黄鹂：眼下唯一出路是重新生产样品，保质保量，重新取得客户信任。据说验收小组倒是同意他们重新生产了，但提出很多苛刻条件。所以，做出合格样品谈何容易！

袁若德听出季黄鹂语气中的忧虑，安抚道：能重做就好。

季黄鹂恨铁不成钢：雪上加霜的是，广德租借给他们的"霸王床"眼看到期……他们擅长搞空手套白狼，这下不灵光了。

袁若德本能地感觉事态严峻，同时又蕴含着机会。通俗地讲，王鹅精密爆雷，正是广德的机会，尽管这机会若隐若现。他思忖片刻，交代季黄鹂：好，我知道了。梁仁良未回的事暂不要对外讲，也不要告诉阿美，再等几天看看。"霸王床"的事也不要主动提，租期届满再说。你转告黄匠军，关于阿良的归期，有可能的话再向王祖望探探虚实。

季黄鹂：好的袁董，我会督促他，您放心。

袁若德故作轻松：阿鹂，黄匠军和他师傅樊老靓是一对特殊人才，不可多得，广德非常需要这样的工艺骨干，我本人亦非常看重他们，几欲揽入麾下，这个你是知道的。你转告匠军，广德的大门任何时候都向他们师徒敞开。

季黄鹂心存感激：好的好的！谢谢袁董！

5

中午，德来服装厂大门口。

正午的阳光直线照射下来，大地炙热。

此前，陈可元几次给秦茱萸发短信，秦茱萸均未答复，她急了，指使钱万搞"人身跟踪"。这天终于从钱万处获悉，为甄别德来服装厂设备价值，秦茱萸一行此时正在服装厂内逗留。她二话不说，径自驾车追到服装厂，把秦茱萸堵在厂里。

她的黑虎也不进门，就停在德来服装厂大门口。门卫电话通知厂办：佳杰的陈总（陈可元）来了，找秦茱萸博士。

厂办工作人员急忙向曹东风汇报，曹东风正陪着秦茱萸在车间检验机械设备，怕怠慢对方，指示门卫放行。门卫反馈：陈总说不进来了，就在大门口等待秦博士好了。

秦茱萸不满陈可元在工作时间"打扰"，急欲推托：东风，你去会会她，告诉她我不在。

曹东风立即摘下工作手套，准备去大门口。门卫又打来电话：陈总说有非常重要的事情，需要与秦博士本人面谈。

曹东风停下脚步，很为难：秦博士，您还是亲自去见陈总吧！以前她从未来过我们厂，这是头一回，怕是真有事儿。

秦茱萸对陈可元死缠烂打的功夫有一定感受，迫于无奈，也只好去见见她了。光天化日之下，还能咋样纠缠？他离开车间，慢吞吞向工厂大门走去。阳光强烈，秦茱萸眯缝起眼睛，老远就看见陈可元戴一副宽大的方框墨镜，笔直地站在大门口正中，一动不动，她那窈窕的身影在空旷处无疑显得亭亭玉立，但在秦茱萸眼中却像个门神，又像尊女煞。

陈可元偏着脑袋，透过墨镜看着秦茱萸一步步走近，神色无比高傲，无比得意。哼，不是一心防备她陈可元，不肯轻易在她面前露面吗？有本事接着逃啊！别叫她逮个正着啊！

双方见了面，没有半句客套和废话，陈可元一本正经的语气，就像对秦苿荑发布通告：秦博士，佳杰五金有意参股德来服装厂，请代为劝喻广德不要将该厂出售。

这个情况令秦苿荑大感意外，云里雾里，足足哑了两分钟，才明白所谓"刀下留情"是不要刀砍服装厂。可是，广德欲挂牌出售德来服装厂的事尚未公布，陈可元怎么知道的？难道她在广德布有眼线？他不好当面问，按捺着自己的满腹狐疑，客气地说：小元，你鼻子灵光，嗅觉灵敏啊！

陈可元撇嘴：直说好了，陈可元的鼻子比狗鼻子还灵，你想说的不是这个吗？不幸言中，鄙人别无强项，唯鼻子还行。

秦苿荑嗫嚅着：这事要回去请示老板，我做不了主……

陈可元爽朗而笑，口齿清晰：没让你做主！我只是提前通报你一下，因为我只跟你熟，当然还有其他渠道知会广德。佳杰五金不谋求控股，不参与管理，入股占比不超过49%，具体是多少由双方协商，以广德认可为准。拜！

话音甫落，陈可元已转身拉开车门，看也不看秦苿荑一眼，驾驶黑虎"嗖"的一声，箭似的离去。秦苿荑愣在原地，盯着屁股冒烟的黑虎，以及黑虎卷起的淡淡尘埃，直到看不见为止。

话没说几句，时间不过五分钟，会见结束。这让秦苿荑略觉意外和不适应，加上心有不忿：是你要见我的！见了我，扔下话，又像躲瘟疫似的避开——你个奇葩！他发现自己对陈可元的认知需要修正，她是个人物，不可轻易断言她无理取闹。

秦苿荑第一时间打电话给袁若德，说有要事，需立刻见面。

6

晚上，花茶街8号，陈可期家。

陈可期白天在工地忙碌了一整天，晚上回到"期屋"。

陈豪杰早年为儿子陈可期购置的小型独栋别墅，多年未曾入住，如今终于住进来了，成为陈可期在河埔市的新家。大哥陈可铭请了有家政经验的刘姨照顾其饮食起居。叶馨菊对这个新家也还喜欢，特意把题图为"馨香若菊"的富贵牡丹图从香港移过来，挂在"期屋"主卧正中墙壁上。

挂画的那天，叶馨菊一面欣赏刚挂好的富贵牡丹图，一面憧憬未来，有感而发：阿期，没有财产损失的婚姻，才是好婚姻。

陈可期应付道：婚姻和财产挂钩，太俗气。

叶馨菊瞪眼：你不是俗人啊？你不俗气还仙气啊？

陈可期立马退缩：好好好，你说挂钩就挂钩呗！

叶馨菊：门当户对，身家匹配，才是天造地设的一对儿。

陈可期没心情扯这些没用的。他知道叶馨菊借画显摆，故作高深，随便她了！但心里很不苟同，暗自嘀咕（只有他自己听得见）：一个半斤一个八两，身家匹配不？还得称一下？

叶馨菊见陈可期回来，轻盈地凑上前，忙着替陈可期擦汗、更衣，又替他泡茶，非常体贴。直到保姆刘姨喊他们吃饭。

草草吃过晚饭，陈可期拖着一身疲惫，坐在沙发上一动不动。叶馨菊紧贴他身边坐下来，轻声问道：要不要看电视？陈可期摇头。叶馨菊又问：今天忙坏了吧？顺利吧？陈可期点头。叶馨菊习惯了陈可期这副漫不经心、爱搭不理的样子，不无体贴地说：我就知道，扩大建厂够你受的，别把人累坏了。

谁知这一问，陈可期忽然来劲儿了：阿菊，有个情况你发现没有，曲解在管理方面堪称行家，具有压倒性领导力！我琢磨着，是不是因为她专业出身，懂技术，有底气？

这话让叶馨菊很不舒服。阿期他很少公然夸奖一个外人，这外人还是女人。她不屑：搞技术的，哪来什么领导力？

陈可期掩饰不住兴奋：我也奇怪呀！曲解与别的读书人不太一样，与书呆子更是有天壤之别。你看她几板斧下来，通盘管理指挥若定，怎么看都像做过大事的人。我看她擅长的领域不只技术，别的方面本事也不小。

叶馨菊嗔怪：你确信没看走眼？你那眼光从来不准！

陈可期又变回哑巴，懒得吱声儿了。

叶馨菊表情严峻：规划纲要我看了，很多内容都不行！

陈可期一听，两眼霍然睁大：嗯？怎么不行？

叶馨菊大肆吐槽，语气斩钉截铁：你说，咱们老实本分做电梯不好吗？搞什么"数据部"？那数据跟电梯有啥关系？以前没搞数字技术，我们电梯代工做了这些年，不是做得好好的吗？我看，这明摆着趁我们不懂骗预算。总之，规划纲要大都不切实际，不适用！我意全盘推翻重来。不行的话换人，叫冼赫带人重搞。

陈可期阻止：全盘推翻？你不要胡来！

叶馨菊厉声驳斥：方正电梯是我们的，是你和我的，为什么要听别人的？我们即使迁回河埔市，也是为自身发展，不是为了别人！更不能处处听别人的！

陈可期蹙眉：曲解不是什么别人，她是集团首席科学家，是数控机械行业专家。她起草方正电梯规划纲要是受我哥委托的，我们理应对她的意见尊重一点嘛！

叶馨菊蛮横：狗屁规划纲要，根本不值得尊重！我根本就不同意！我警告你，你也不许同意！

陈可期向她摆手：小声点！你别动不动乱嚷嚷呀！

叶馨菊急赤白脸，嗓门儿更高了：姓曲的究竟想把电梯厂建成什么样子？究竟想把工厂引向何处？

两人说着说着，就在房里吵起来了。

叶馨菊诋毁曲解：纸上谈兵，说得比唱得好听。眼高手低，好大喜功，一身的知识分子臭毛病。她干过工厂吗？

陈可期：听说干过！时间不长，约两年半。但人家专业杠杠的！我们汲取专业意见有啥不好？

叶馨菊声色俱厉：她有专业技术不假，可她那专业技术又不是独家，很难变现的！就算能变现也不知猴年马月！专业要变现才有价值！专业要为工厂带来盈利才可存在！不然那狗屁专业要它干啥？你听她的，不得喝西北风啊？

陈可期：咱搞电梯营生，本身专业性、技术性都很强，没有专业技术寸步难行。这道理你比谁都懂，要不你咋重用冼赫？

叶馨菊：阿期，别人拎不清，你自己要拎清楚啊！咱这点家底，撑不起她曲解的野心！你看她那酸样儿，全身一件爱马仕、香奈儿都没有，摆明了回国就是吃大户来着！你有义务借梯子给她往上爬吗？我有义务拉她上高位吗？

陈可期回想起来，有一次，曲解笑着对他说：阿期，男子汉大丈夫要有点野心啊！换言之，要有梦想，其实这两者是一回事。陈可期当时就明白曲解的言外之意是杜绝平庸。这话不幸击中了陈可期的痛点，他确实有守摊子倾向。此刻，叶馨菊又指曲解有野心，陈可期知道，曲解只是不甘平庸而已。

见陈可期半天不吱声儿，叶馨菊故意刺他：凡涉企业发展方向及重大技术问题，我都有自己的见解和主张，因我在电梯行业已浸润多年。不像某些墙头草，人云亦云。

陈可期瞪眼：谁墙头草？

叶馨菊狠狠回击：你呗！

话不投机，陈可期哑然，他为两人想不到一块而泄气。

叶馨菊自行平复一下情绪，缓和口气：阿期，怎么说你才能明白呢？数字技术对你来说不是同样很陌生吗？人家懂，咱不懂，咱不懂的人却要掏钱，这不勉为其难吧？到时出了问题算谁的？那规划还说要做品牌，参与国际竞争，拿什么争？争得过人家欧美品牌吗？争得过人家日本、新加坡品牌吗？

陈可期张张嘴，又把话咽下去。他垂着脑袋，不吱声儿了。

叶馨菊：阿期，我叫人查过了，目前为止，河埔市电梯行业前三甲均为合资、合作企业，市场早就被这些境外大牌瓜分覆盖了。我们这种名不见经传的厂家，刚刚易地发展，两眼一抹黑，没人正眼看我们。没等你那品牌创出来，就被人家灭了！

陈可期卡壳无语。他感觉叶馨菊的话很不入耳，但懒得与她争论，只小声嘀咕：不要这样嘛，长别人志气，灭自己威风。

叶馨菊颐指气使甩重话：那姓曲的，留美博士头衔挺高，吓唬人而已。她不自量力可以，大不了搞砸了拍屁股走人；你陈可期不自量力不可以，你将无颜面对方正！那是你外祖父母一辈子的心血。你也无颜面对咱俩几年来的青春韶光！

这话颇具分量，尤其提到外公外婆，那是陈可期内心最柔软的一块。从小到大，为了外公外婆，叫他做什么都可以。

陈可期妥协：这样吧，明天咱俩一起去工地，当面与曲解商讨一下。你把不同意的条款圈画出来，着重从节省预算角度，跟她谈谈你的想法，看她能不能按你的意见重新考虑。但我跟你说阿菊，只谈规划纲要，不要人身攻击哟。

终于，这一晚息事宁人。

7

上午，大背头小五金街，王鹣精密组件厂。

大清早，王鹣精密员工像约好似的，一个个提前赶到厂内，争先恐后扫地抹桌擦拭机床，谁也不肯怠慢。老板回来肯定要找大家"秋后算账"——样品不合格，人人在劫难逃。其实，即便老板不算账，员工心里也自有一本账：这回，王鹣精密是不是完蛋了？下一步就看老板王祖望的了！老板是厂子的主心骨，只要他发话说不完蛋，那就不完蛋。

几天来，王鹣精密组件厂笼罩在沉闷不安的气氛中。样品不合格——这是什么鬼操作？绝对不可能！打死也不信，天方夜谭也没这么"谭"的。然而，这是事实，铁板钉钉。

好家伙，旗开得胜是梦想，出师不利是事实。这一来，打乱了王鹣精密的通盘计划，发展阵脚乱了，一切都乱了！公司上下愁云惨雾，仿佛集体陷入噩梦。下一步怎么弄？还弄得成不？都是问号，简直没方向了。员工惴惴不安，只能坐地干等，等着老板回来拿主意。

王祖望脸色很难看，眼角布满血丝。他头天夜里才下飞机，第二天一早即赶到厂里。众人见老板带着一身疲惫加上焦虑，忧心忡忡，状态很差，一看就是那种热锅上的蚂蚁，人人都识趣地躲着走，低眉奄眼，默不作声。厂区静得像没人一样，一片死寂。

王祖望召集员工开会。他的"开场白"相对温和，并未出现人们想象中的雷霆震怒：各位同仁，王鹣精密走到今天，已有小半年时间了。依靠大家的心血付出，顺利完成从无到有的跨越。如果不是样品生产受挫，我们现在应该处于按合同参与境外项目、整装待发状态。那是多么意气风发的状态啊！我知道大家向往已久。眼下，样品没过关，这就带来一场始料未及的危机。情况陡然变了，形势异常严峻。好在我们争取到机会，得以重新生产样品。关于后续资金，由我想办法解决。希望大家不灰心，不抱怨，冷静研究分析，找出问题症结，对症下药，优化样品品质。我们一定要拿出最好的样品迎接二次验收，相信大家会全力以赴。

王祖望顿了顿，挨个儿扫视众人：当然，丑话说在前面，下一步，样品能否过关，直接关系到王鹣精密存亡。我们王鹣精密为项目而生，靠项目吃饭。俗话说靠山吃山，靠水吃水，我们是靠项目吃项目。失去这个项目，我们也就无以为生了。所以，项目对于我们来说是衣食父母，是命根子。样品是项目的敲门砖。样品一天不过关，王鹣精密就一天生死难卜。这个呢，想必大家心里都有数，不用我啰唆。

夏令率先发言：样品不合格，我作为技术员，负有不可推卸的责任，我向老板、向大家检讨。说实话，我到现在还是蒙的。王鹣精密人少，但都是精兵强将，没有理由做不出优质样品啊！我分析大致有这么几个原因：一是样品验收极为苛刻，在选材用料、造型工艺及光洁度等方面均找不出瑕疵，只抛出个精色度问题，事实上差异极细微；二是匠军不在（他外语好），仅靠对方带来的翻译，那个印度佬汉语水平不敢恭维，词不达意，弄得我们云里雾里；三是工艺优势未能完整体现，还是因为匠军不在，光洁度、精色度属于工艺范畴，这恰是王鹣精密最不可能出问题的地方。

夏令说到这里顿了顿，向众人扫视一圈，补充说：还有个可能是验收标准问题，境外项目的验收标准某些部分是高于国内的。所以，我也不好说人家纯属刁难，但验收标准出现差异，就不是生产商力所能逮的了。

樊老靓全程黑脸，嘴巴闭得铁紧，一言不发。

王祖望自从那天给游海洋打了电话，游海洋亲口告诉他样品不合格、未能通过验收之后，他连续几天嘴起燎泡，恨不能立马回国。当天晚上，他拨通樊老靓的电话，口气不无埋怨：老靓，样品生产重要关头，你咋把匠军放跑了？

樊老靓解释道：匠军新婚，想回老家拜见双方父母，女方公司已批了假，我不好拦呀！只能送个顺水人情……

王祖望心里的火"嗞嗞"往上冒，忍不住打断樊老靓的话：休婚假重要还是样品生产重要？不休婚假天能塌吗？样品不过关，王鹣精密的天可就要塌了！

樊老靓不悦，讥讽道：王总你这话说的，休个婚假能把天休塌了？

王祖望使劲儿咽口唾沫，按压火气：老靓，我的意思是，年轻人嘛，休个婚假产假什么的理所当然，再正常不过，可是，早休几天晚休几天问题不大。相比之下，王鹣精密是初创小厂，羽翼未丰，根基不牢，随便一点风吹草动都可能被置于死地。

樊老靓不傻，他听得出来，王祖望这是怪罪于他，好像样品验收不合格是他的责任，而他不过给了爱徒黄匠军几天婚假而已。他心生不满，脱口质问：你去国外考察不一样吗？早几天晚几天问题不大，为啥偏偏这时考察？

王祖望恼怒：考察是项目中心安排的，我敢不参加？王鹅精密不需要搭人脉啊？

樊老靓不遑多让：你明知验收小组要来，为啥不及时赶回？你搭半天人脉样品还是不合格。

王祖望强忍愤懑，缓和气氛，话音低沉：当然，主要责任在我……

樊老靓：你不用忧心窝火，不是还有转机吗？样品重做就是了。

王祖望焦虑：别的还好说，钱呢？到哪儿去找钱？这话把樊老靓彻底噎住了。样品不合格，前期筹备的钱打了水漂儿，重新生产样品就要重新筹钱。钱的事，不是什么人都能搞的事，樊老靓历来不碰，一提搞钱就退避三舍。他当然知道，人人都要花钱，连猪都要花钱，没钱猪长不大。

樊老靓本来就有不满，后来又产生不满。一是与游海洋这样吹毛求疵的人很难合作；二是对方带来的翻译不给力，令我方处于下风（当然匠军在就好了）；三是王祖望从国外回来，不问青红皂白，上来就说什么厂子没活路了，言过其实，太夸张！作为老板怎能这样沉不住气。

夏令发言之后，大家不约而同把目光投向樊老靓，想听他说几句，因为除了老板，他也是大家的主心骨，他的态度对王鹅精密也至关重要。樊老靓情知躲不过，必须表个态，他清清喉咙，尽量简短：样品搞砸了，我和大家一样，经历了最初难以置信，后来坦然接受的过程。我想说的是，王鹅精密赢得起也输得起！再大的困难，都不足以让我们妄自菲薄。王鹅精密是有金刚钻的，它倒不了！是有工艺自信的，它垮不了！

樊老靓话音甫落，众人争先恐后"噼里啪啦"拍响巴掌。

击掌这个动作，有利于人体气血流通，让人呼吸顺畅。加上击掌产生的响声，一扫死寂，振奋人心。但见人人脸上泛起鲜活气儿，眼里出现神采，表情渐趋生动。车间里那些笨重的机床，这时也变得不那么冰凉了。

樊老靓大手一摆，亮出斩钉截铁式招牌动作：搞一辈子机械，磨一辈子工艺，有啥"症结"呀？匠军上手就行了。

樊老靓似有所指，却未明说。王祖望知道这是指师徒俩独有的工艺，便不再追问。不是他不想问，而是问也白问。那工艺仅限樊老靓、黄匠军师徒掌控，两人心照不宣，从不对外多吐一字，从不对内多赘一言，连老板王祖望都是"屏蔽"对象。

王鹅精密员工也粗略知道个大概。樊老靓、黄匠军师徒独家掌握的精密五金件工艺，是在积淀多年的实践经验基础上，加以甄别梳理、提炼创新，最终形成的一种非常独特（说它独特是因为此前没有教科书所涉）的铸造、焊接等工艺（说白了是一种强烈依赖手感的工艺手法、技能）。它不是专利胜似专利，在生产线上绽放异彩，对一线工人和技术员来说堪称实用宝典。

会场气氛扭转过来了，看来大家还是有信心。王祖望心情靓了，随之顺势而为，引出另一话题：鉴于"霸王床"租期届满，接下来，重新生产样品，续租"霸王床"就是最重要的事。

夏令：不单续租"霸王床"，只要谋求外援，广德都是首选。

其实，王祖望早就为此事绞尽脑汁。他再三权衡，认为谋求与广德合作是最经济、最便捷、最现成的路子，亦是未来（假如有未来的话）发展的不二之选。此前迫于陈可元的高压，以及自己"不与广德合作"的承诺，缩手缩脚，现在顾不上了！样品不合格，直接危及王鹅精密生存！再像以前那样畏首畏尾必无活路。他决定亲自去向广德求助。多年前，他与广德老板袁若德在某个会议上远远见过，私下从无交往。眼下，幸好有黄匠军，叫他去联系见面事宜，应该是有把握的。

王祖望：续租这事电话里不好说，万一人家拒绝，就没回旋余地了，如果能请广德老板袁若德吃个饭，当面商量，那就最好不过。可人家来不来，给不给这个面儿，就难说。

夏令：还有个问题呀，万一对方趁机要挟，提高租金呢？

王祖望摇头：不会，据我所知广德没这个作风。当然，真要提高租金也属合理，我们接受，买得起马就配得起鞍。

王祖望思忖片刻：匠军，吃饭这事你去联系比较合适。

黄匠军愣了愣，很快反应过来。受托联系宴请袁若德的事，自然是因为可以走其妻季黄鹏的路子：好，我打个电话。

王祖望点头。黄匠军飞一般跑出屋，躲在一个僻静角落处，拨通季黄鹏的手机：阿鹏，嘿嘿，是我。

季黄鹏：怎么又打电话？你不用上班了？

黄匠军：嘿嘿，我老板叫我联系，请你老板吃饭的事。

季黄鹏一听就明白，这是王祖望有难处，向广德求援来了。但是，安排两个素无交集的老板见面，不是件简单的事，明里暗里需做多种算计和权衡。匠军他不谙此道，以为小事一桩，傻呵呵地应承下来。但她深知老公为人耿直，对老板的话言听计从，她不忍心让新婚丈夫碰钉子，自己能帮衬定要帮衬。她定定神，口气是公事公办，态度却非常爽快：好吧，这事交给我了，确定时间地点后通知你们。但有一条，袁董不饮酒，不许摆酒。

黄匠军喜笑颜开：阿鹏你真好！我老板说吃饭叫我作陪呢！

季黄鹏受其感染也笑了。嗔怪道：看你！八百年没吃过饭。

黄匠军认真叮嘱：这事只能办好，不能办砸哟！

季黄鹏故作俏皮：吃饭是好事，干吗办砸。

挂了电话，黄匠军喜滋滋地跑进屋，打出V手势。

样品质量分析会开毕，员工各奔岗位，筹备新一轮样品生产。

新婚燕尔的黄匠军顾不上度蜜月了，换上工作服，当天晚上就和全厂员工一起住进车间，吃住都不挪窝了。王祖望也连夜在陋室铭茶搭了个折叠床，连续数天没回家。

8

上午，方正电梯建筑工地4号铁皮工棚。

方正电梯建筑工地人来车往，陈可期驾车载着叶馨菊，经人指点，终于在某个标段处找到曲解，当时她正与总工程师冼赫及杜仲等人核对一份施工图纸。

陈可期客气道：曲解博士，阿菊对规划有些不同想法，想跟你个别交换一下意见。知道你忙，为节省你的时间，她就来了工地。多有打扰，还望包涵。

曲解立即向叶馨菊伸出手，满腔热情：叶总你好！

叶馨菊面无表情，勉强伸手与曲解相握：你好。

曲解笑容满面：叶总，你来得正好，有个喜讯正待发通报，先向你报告一声啊！A栋厂房下月3号封顶！

杜仲：第一、第二车间下月中旬开始机械安装！

曲解：规划稿仍在搜集和梳理各方意见，咱们正需要碰碰头，多做沟通啊！

叶馨菊依然肃着脸，心说谁跟你沟通，我是来"交代"的。

曲解指着不远处4号铁皮工棚，热情地说：就到二标（各施工标段排序）项目部谈吧，那里比较安静。叶总请移步。

冼赫老远看见叶馨菊来了，疾步趋前与她握手。

4号铁皮工棚内有张简陋的长条桌，以及数排凳子，是项目部专为开会用的。众人落座后，有人拎着茶壶及一次性纸杯子进来倒茶。冼赫嘿嘿笑着：条件简陋，委屈叶总了。

为赢得叶馨菊的信任，说服她支持规划纲要，尤其是说服她做品牌不做贴牌，曲解特意从抽屉里取出一份红头文件，信心满满地介绍说：适逢河埔市出台"推动智能装备产业发展"优惠措施，首次提出"变制造为智造"这一核心题旨，为企业转型指明方向……

叶馨菊毫不掩饰自己的嗤之以鼻，说话捏腔拿调：我们是生意人，不好搞这一套吧？让我特别费解的是，曲博士你并非政府官员，何以热衷于拉大红旗作虎皮呢？

曲解态度不愠不火：关注相关政策恰是企业的事，是生意人的事。政策有红利哦！

无论曲解怎样耐心阐述、说明和解释，叶馨菊都听不进，始终反对规划，两人压根儿谈不拢。曲解本来就有压力，此时更觉难堪，意识到双方的经营理念天差地别。还有让她尴尬和不安的是，她直接面对的老板始终是两个人，且其中一个对自己充满敌意。她不知道叶馨菊究竟出于何种私心，一直排挤和贬损专业意见。

叶馨菊对规划纲要整体是不满意的，其中对于做品牌这个定位更是坚决否定。她眼睛上翻，盛气凌人：此前在香港，一直做代理、做代工，驾轻就熟。如今回内地从零起步，不如先搞贴牌，做些积累，以后翅膀硬了再谈自立或品牌。

曲解面色温和，说出来的话却不遑多让：通俗地讲，做贴牌等于给人做嫁衣，这个比喻不无道理。做嫁衣起点较低，眼窝较浅，目标较短。对厂家来说，做贴牌是阻碍企业转型升级的拦路虎。继续做贴牌，不如留在香港，何必回来呢？既然回来了，要脱胎换骨，大方向明确，目标高，企业有新气象。品牌和贴牌一字之差，却是个分水岭。

陈可期试探性地问：先做一段贴牌行不行？一来厂子有盈利，二来各道工序环节经磨合走上正轨，为做品牌打下基础。

叶馨菊帮腔：退而求其次，最次最次，也不应将贴牌视作洪水猛兽，必欲一棍子打死，一刀斩断！

曲解推心置腹：两位老板，我明白你们的意思，还是舍不得放弃贴牌。我想，一个工厂，像一个人一样，有个秉性，有个惯性，不是说改就能改得了的。做贴牌做惯了，改做品牌就难了！改变惯性谈何容易！所以，我们从一开始就要避开这个弯路，直奔做品牌这个目标……

叶馨菊呛白：方正区区一个民企，没那抱负，也没那本事。

曲解顾不上计较叶馨菊打断自己的话多么无礼，说的话多么难听，保持坦诚面对：阿期老板，叶总，做品牌的方向从一开始就要坚定，工厂一开始起点就要高，而不是终日陷入做不做品牌、何时做品牌的纠结之中，那只会扰乱人心。做贴牌短期自有盈利，可以保障"现得"，但把工厂立志做品牌的那股子"昂扬之气"泄掉了，没有高标准、高追求了，得过且过了。到了某个时候再想做品牌，可能就有心无力了。

陈可期下意识地冲曲解点头，对其意见很是认同。可是，眼前呈现的局面是针锋相对，曲解为做品牌据理力争，叶馨菊为做贴牌当仁不让，一个想说服对方，一个想压服对方，双方正面硬刚，莫衷一是。陈可期夹在中间很为难。眼见叶馨菊多有冒犯，陈可期几次对曲解赔着笑脸说"不好意思"！

叶馨菊深感泄气，与曲解这样的一根筋怎么可能谈得拢？她把脸垮下来，语气蛮横：你把方正电梯当成你的了？它五脏六腑好端端的，为何要脱胎换骨？谁知你这样做是何居心？要不你找错地方了吧？我这庙太小，经不起你大卸八块随意肢解。

曲解愣住了，起先不明白叶馨菊为何屡屡拿冷言冷语呛白她，屡屡说些过头话，对她做的品牌主张多次施以阻遏，这时才发现何止于此！与其说叶馨菊反对规划纲要，反对做品牌，不如说她反对的其实是曲解其人。

够了！陈可期瞪视叶馨菊，冲她怒喝，音量很大，整个房间余音回荡。他从来没像此刻这样大动肝火，只因她的话太伤人了。

叶馨菊吓一跳，圆睁两眼看着陈可期，像不认识他似的。他啥时候这样对着她吼叫过？在别的女人面前凶她，他疯了吗？做什么鸟品牌！做得陈可期六亲不认！仅仅为这个，叶馨菊就恨不能把规划纲要和做品牌主张一棍子打死。

叶馨菊脸色难看极了，手一甩，扭头就走。

陈可期追上她，拉住她的手，连说两遍对不起！但叶馨菊很难回心转意，甩掉陈可期的拉扯，拒绝上陈可期的车，高跟鞋敲击着凹凸不平的工地，脚步趔趄。陈可期向冼赫使个眼色，冼赫驾驶自己的车将叶馨菊送回"期屋"。

叶馨菊当晚离开河埔，跑回香港。

9

下午，广府大街71号，德立技术大厦楼顶平台小茶亭。

接到秦茱萸电话，袁若德推开手中烦琐事务，赶到德立技术。

此前，袁若德了解到，方杰最近出手的一系列动作均由陈可元操盘，这与她老爸陈豪杰的为人处世风格截然不同。加之从季黄鹂嘴里听到的相关信息，以及从老伴儿常在情嘴里听到的八卦闲话，对陈可元属意秦茱萸并展开追求一事已多有耳闻。

秦茱萸将佳杰老板陈可元亲自到德来服装厂找他的事详细说了一遍，又将对方参股德来服装厂的动议和盘托出。

袁若德甫一听，不由得发出感叹：哦，又是陈可元！

秦茱萸：我也纳闷，这事儿她是怎么知道的。

袁若德：这个不重要。服装厂那么多人，谁都可能把消息放出去。重要的是，陈可元安的什么心？不排除她是好心，但她背后是方杰，方杰包藏祸心的概率很大，不能不防。

袁若德告诉秦茱萸：两家厂早年曾是同一产业链的上下游关系，后脱离，现在两家厂都已今非昔比，两大集团都有了新的主营业务，即原先的重心已转移，均属非核心业务，在这种形势下谋求恢复原有合作关系，可能性有，但可靠性不大。当然，陈可元的资金可以利用。

秦茱萸不无沉重地点点头：个中玄机，还真是耐人寻味。

袁若德郑重表态：我原则同意。你意见呢？

秦茱萸：我觉得可以谈，摸摸对方的底也好。

随后，袁若德分别打电话给袁仁美、袁甲芳，复述秦茱萸讲的情况，询问其意见。袁仁美反应快，当即表示同意，特别对"方杰保留增持股份的权力，广德保留原价回购股份的权力"一条，甚觉满意。她是生意人，懂得"利他"是利己的前提。各留后手，各有后路，接下来就剩下拼资金了。其实，从头到尾拼的都是资金，说到底还是拼资本、拼实力。

袁甲芳斟酌片刻，持谨慎赞成态度：行话说，拿到"坏钱"不如不拿钱。换言之，识别垃圾企业、垃圾投资方非常重要。当然，这回对方是方杰，情况或许稍有些特殊。我觉得可以考虑。

袁若德挂了电话，面对秦茱萸：阿美和阿芳都赞成。这么看来，德来服装厂有可能改变被出售的命运。这对阿美来说是个重磅喜讯，她会开心的，此前一直为这件事郁郁寡欢呢。

秦茱萸笑了：此事若能落地，您这个首次升格当外公的人，也等于为即将面世的小外孙送个大礼包！

多谢老弟美意！袁若德也笑了，气氛轻松不少。

袁若德低头沉吟，过了好一阵，抬起脸儿，向秦茱萸面授机宜：对方，直白说就是陈可元，能有如此上佳表现倒是出乎意料，也算难能可贵，但嘴上说和实际做不是一回事。

秦茱萸：这个我明白，我有戒备。

袁若德：你带上袁甲芳和季黄鹏一起去谈吧！她们情况熟，对方杰相对了解，但凡有猫腻，很难过她们那一关。

秦茱萸点头：好主意！我带娘子军去谈判，对方难占便宜。

袁若德接着透露：据可靠消息，方杰集团有大动作，他们拟在新购土地上兴建一个现代化大型电梯制造厂，其申请报告已经获得河埔市有关部门批准。复印的批复件（非原件）我都看到了，阵仗很大，豪哥那老家伙亲自披挂上阵。

秦苿萸惊讶：方杰这么大动静？势必对周边产生辐射哟。

袁若德：是啊，这事要拎拎，权衡一下对广德的影响。另外还有个事，季黄鹏跟我说，"霸王床"租借给王鹅精密，帮了他们大忙。现在，他们好像离不开"霸王床"了，想续租。

秦苿萸摇头：不要不要！不要续租，我早想收回。

袁若德十分意外：哦？你早想收回吗？

秦苿萸点头，非常认真："霸王床"确实是个好东西，加以升级改造的话，可以作为很好的机械工业母机。上周，德立技术组织技术力量研究"霸王床"原版图纸，通过多个国际网站搜集相关资料，在吃透其设计原理基础上，针对"霸王床"的时代缺陷，实施技术攻关，设计制造了一台具有先进数字技术内存的附属装置，为通俗好记，简称智能机械臂。"霸王床"收回后即可与智能机械臂合成，进而验证整个机床及新技术系统。倘若成功，德立技术可据此开发系列机床和相关机械，前景向好。

袁若德眨眨眼，脑筋急转弯。原来，他自己也早就打过"霸王床"的主意，即收回来之后售卖套现应急，他甚至向马赛鹰咨询过市场价。秦苿萸对此不知情，他也没必要挑明。此刻听说秦苿萸团队拟对"霸王床"做升级改造，已经自行设计制造了附属装置，接下来将进行数控新技术应用及验证，以及多项后续开发计划，立刻打消自己套现应急的念头。他内心振奋，语气高亢：哦，原来是这样！我这外行听了都惊喜不已！我……我感慨一下，像"霸王床"这种废旧机床，到了秦博士手上竟能脱胎换骨，全方位拉升……

秦苿萸笑了：不是我，是牛仔酷小组搞的。当然我们是同一系统，但细分到这一块是牛仔酷牵头。另外，"霸王床"并非废旧机床，比之国内同类型高端精密机床，它大约先进两代。

哈哈哈！袁若德大笑：原来这家伙是宝贝疙瘩，不是废铁呀！不懂行就不识货哟，当初人家送上门来还以为是累赘。"霸王床"落入广德，终因它遇上高人，秦博士等专家慧眼识珠。

秦荣荑以手捂嘴，语气不乏庆幸：老实说，我们捡漏了！捡个大漏——"霸王床"堪作我们的重要资本。

又聊了几句闲话，袁若德眉头渐渐皱紧，毕竟有件为难事摆在眼前，需要与秦荣荑商量：秦博士，据季黄鹂反映，王鹈精密目前情况不妙，样品未能通过验收，需要重新生产。这样一来，续租"霸王床"就是他们最后的救命稻草。

秦荣荑扑闪眼睛，迅速接纳这个新情况：哦，这么严重？

袁若德点头，面色有些凝重：续租"霸王床"，样品有可能过关；不续租"霸王床"，样品一定不能过关。样品这一关过不去，那个新建不久的公司必垮无疑。听说他们很挣扎。

秦荣荑：那您的意思，同意续租？

袁若德摆手：没有没有！我没拿主意，这事由你定夺。

秦荣荑低头寻思着，重重吁一口气，语速缓慢：如果时间不长，在我们能接受的范围内，倒不是不可以考虑。

袁若德：要不你确定一下，看看续租多长时间合适？

秦荣荑斟酌着：上回是三个月，这回还是三个月吧，不能再多了。彼时收回"霸王床"，对德立技术小有耽搁，还算及时。

袁若德朗声说：那好，就这么定了。

事情解决了，袁若德感觉如释重负，意犹未尽地说：嘿嘿，秦博士，你这个小小的动作，挽危船于狂澜啊！王鹈精密深陷困境无法自拔，你一出手就摆平了！

秦荣荑笑道：您是老板您定的。我不过给个参考意见。

袁若德：我问个外行话，附属装置合成的事怎么解决？

秦荣荑心里已经打定主意：有办法，您放心。

袁若德笑出一脸皱纹：我得承认，能够续租"霸王床"，我替王鹈精密感到高兴，部分原因是看在季黄鹂、黄匠军夫妇面子上。我一向看好樊老靓、黄匠军师徒，这个你是知道的。

10

上午，益利大街9号，方杰集团总部会议室。

陈可铭主持专题会议，讨论规划纲要的可行性，陈氏兄妹、集团高管和各厂负责人悉数参加，还邀请了市行业协会两名专家。

陈豪杰事先嘱托陈可铭：讨论要充分，多听听各方意见。

叶馨菊事先也向陈可期、冼赫等人发话，小方正赖以起家的正是贴牌，决不放弃贴牌。冼赫等人成为忠实的"贴牌派"。

早在会议开始前，有关做品牌还是做贴牌的争议就一直没有停歇。果然，会议刚开始，就在"品牌战略"这一块卡住了，持反对意见者不在少数。曲解坚持自己做品牌的主张，不松口，不退让，十分强硬，不惜闹掰也不妥协。

除了陈可元、李才智旗帜鲜明地支持曲解的品牌主张，其他与会者大都倾向于做贴牌，或品牌贴牌同时上。

其实，大家心里都清楚，品牌基于实力。有雄厚的矿产资源，谁不愿意创自己的牌子呢？问题在于，不用照镜子就知道自己是丑小鸭，窝棚里没矿。贴牌和品牌，一字之差，方向相反，路径迥异，从经济利益上说有长期短期之分。尽管贴牌做一天是一天，有今天没明天（人家不给订单就没得做）；品牌则相反，可以当作百年大计来做，但选择做贴牌者还是占多数。

冼赫质疑"做品牌可面对全球用户"的提法，斥为激进、离谱。方正市场开拓八字还没一撇，国内用户一家都没有，怎么可以大言不惭说要面对全球用户呢？听着挺吓人，现实中有几个人认识方正电梯？再说，电梯是公共产品，谈不上品牌忠诚度。

有人发言，半开玩笑，不无戏谑：我现在只想今年有没有饭吃，能不能撑到明年。不可能现在就想百年之事、谋百年之利。

有人问：帮人做嫁衣和为自己谋活路，相辅相成有何不妥？

有人发言，提议走折中之路：先做贴牌，待企业实力增强后再自创品牌，不失为万全之策。总之，不做贴牌，前途未卜，人心惶惶；做贴牌，既省心又安稳，收入有保证，那些折磨人的后顾之忧统统不存在了，只管抡起膀子干，干完收钱就是了。

方正电梯内部要求做贴牌的呼声很高，主要理由有二：

一是做贴牌靠"订单"吃饭。小方正多年做代工，积累了一定的人脉和渠道，客户大都是熟客，且主动找上门，做贴牌轻车熟路。这是一条现成的"财源"，到嘴的肥肉若轻易放弃，以后打着灯笼也找不到了。换个角度说，给别人做嫁衣也凭本事，没本事抢不来订单。有人想给别人做嫁衣，别人还不给他做呢！

二是做品牌靠"中标"吃饭。小方正回迁河埔，大规模新建、扩建，当然是好事，但不等于自身立马就具备了做品牌的实力。民企在招投标中多处于弱势地位，中标概率低。中不了标意味着什么？每次投标所耗费的人力物力财力打水漂儿。假如十投九不中，大量前期投入白白损耗，厂家断难承受。还有层难言之隐：不给人家做贴牌，人家回头就在市场上打压你，你去投标八面受压。

有位业界专家发言：曲解博士出于强烈的责任感和专业洞见，提出品牌主张，是有胆识的，难能可贵。方杰是我市龙头企业，经多年高速发展，综合实力雄厚。在此基础上，若能产生"方正电梯"品牌，不仅为河埔市"智能制造"增光添彩，也必然成为方杰未来几十年发展的关键增长极。

另一位业界专家发言：时值世纪交替，河埔市来料加工业经30年高速发展仍方兴未艾，而新兴装备制造业则大都处于萌芽状态。许多厂家做贴牌，那是因为自身实力弱，没得选，不得不做。做贴牌（代工）——土话说的傍大牌、傍大款，依附性成长，几乎成了"自古华山一条路"。然而，现在情况不一样了。

这位专家很含蓄，不再往下说了。

形式上是讨论规划纲要，实质上是陈氏厂家面临方向抉择。

这是一种两难抉择，对陈氏家族的经营胆略、经营眼光构成巨大挑战和严峻考验。除了叶馨菊之外，上自陈豪杰，下至陈可铭、陈可期、陈可元等，从心底里都是不愿意做贴牌的，这个想法对他们而言未必根深蒂固，却已埋藏日久，只是苦于实力不够。实力到底够不够？好像永远不够。反复权衡，纠结不已。

现在有个"外人"掺和进来了，她一来就大声吆喝"做品牌"！尽管她明明知道，在方杰这个"微环境"中，做贴牌的主张始终是占上风的，但她对此无法理解，无法容忍，更无法妥协。

这位外人固然是个"高人"，但争议仍在，且甚嚣尘上。做贴牌的意见占据主流，形成拦路虎。这个问题不解决，规划纲要难以通过。有意见温和点的，主张对规划纲要大幅度增删修改。

陈可铭：曲解博士非常值得尊重，值得信任。她主导的这份规划纲要总体上科学性、实用性都很强，做品牌并无不妥。当然，现实条件也需要充分考虑，与企业现状相匹配。我想，关于品牌预算这一块，还是再斟酌一下。

陈可铭笑着补充：做厂多年，有点小感受，刻骨铭心——有钱怎么都好办，捅出资金窟窿怎么都不好办。

陈可期没有发言。大哥陈可铭对规划中的部分内容不甚赞同，虽然没有直接表示不同意，但也绝无支持之意。这种模棱两可的态度令陈可期深感意外。加上顾及叶馨菊的贴牌主张，思前想后，他自己也陷入犹豫摇摆中。

陈可元知道大哥陈可铭的意思。做品牌是一种战略选择，万一弄得不好，势必拖累方杰。曲解是外人，可谓不当家不知柴米贵，不能放任她好大喜功，把基本盘弄得过大。加上对二哥陈可期的经营能力及小方正自身资金有限等，均存顾虑，大哥陈可铭的态度趋向保守，情有可原。

两个半小时的会，疙疙瘩瘩，未达成任何一致。

11

晚上，齐贤路内街15号，袁若德家。

夜阑人静。袁若德、常在情在卧室沙发上对坐。

袁若德低头絮语：阿情，有件事跟你说一下，很正式哦！

常在情瞥丈夫一眼：听着呢，你说。

袁若德：儿女大了，结婚成家生孩子，家庭成员日益多元，还将为我们带来两个亲家。顺应趋势，我未雨绸缪，筹建了一支基金性质的"后备金"，以备不时之需。尹擎负责具体操作，你是第三知情人。回头我叫尹擎把相关文件拿给你，钥匙也给你一把。

常在情：你自己管就行了，给我钥匙干吗？

分担呗！还能干吗。袁若德说着，起身走向洗漱间，准备冲凉（广东话：洗澡），常在情忽然想起什么，冲丈夫背影说：方杰最近有动作，不同寻常！

袁若德闻言站定，转身看着常在情，神情不无迷惘。

常在情：有人在追求秦茱萸，这事你知道不？

袁若德摇头，表示不知道，同时又假装不介意。

常在情半是惋惜半是嘲讽：你费尽心机从外面挖来、倾全力栽培重用的人，可别到头来成了别人的人！

袁若德打哈哈：你又闲吃萝卜淡操心。什么叫别人的人？

常在情加重语气：你最器重的人，到头来可能弃你而去。

袁若德驻足，双眉紧蹙：你到底指谁呀？

常在情郑重其事：你的老冤家，陈氏千金陈可元看上秦茱萸了！尽管只是苗头，但可信度高。你做一百个梦也想不到吧？

袁若德愣了一瞬，站在原地一动不动，慢慢转回身：这事儿可别臆测！

人家秦博士早有对象，只差一纸结婚证而已。

常在情：这年头，别说有对象，有老婆也挡不住。

袁若德无奈：你呀，听风就是雨，自己吓自己。

常在情忧心忡忡：唉，陈可元是方杰集团未来掌门之一！你别给自己搞出个克星。行了，你冲凉去吧！

袁若德正欲重新走向洗漱间，常在情又加重语气抢着说：男女一旦暧昧上了，就是危险信号。你花那么大功夫，不是为了给人家做嫁衣，自己落得竹篮打水一场空吧？

袁若德面色严肃：企业正在艰苦转型，女儿女婿目前状况你也知道，眼下是关键时期，你这当妈的，处事要维护大局，不可无原则八卦。稍有不慎，就可能助长离心离德。

常在情一听就不耐烦，反驳道：一边是老公，一边是女儿女婿，还有一边是人才，原则个啥呀！我除了充当墙头草、和事佬，还能干什么？难道要我在你们三国四方之间站队吗？那倒真要离心离德了。我不过提醒你，考虑一下是否失策？

袁若德微笑：骑墙派！失策指的什么？

常在情：你看你！连个话都听不囫囵。我说方杰的陈可元，对你的爱将秦茱萸有意，两人单独约会过，阿芬撞见的。

袁若德没搭腔，径直走进洗漱间，关了门。

其实，早在"霸王床"运到德立技术时，袁若德对此就已经初见端倪。那天安装完毕，袁甲芳拿着账单到袁若德办公室，袁若德眼盯账单，把季黄鹏叫到跟前询问：阿鹏，"霸王床"为何是这个价？

季黄鹏朗声禀报：佳杰五金老板陈可元亲自与秦博士谈的，她为人豪爽，直接压了两口价，就一锤定音了。

袁甲芳笑道：生意人，在谈生意的时候绝无"豪爽"一说。

季黄鹏支支吾吾：陈家小姐……陈总，对我们广德蛮客气的，对秦博士更客气，好像蛮有好感……

袁若德截住，盯着季黄鹂追问：有好感——什么意思？

季黄鹂欲言又止，拿不准该怎么说，面对老板探询的目光又不能不如实说，她低头想了想，干脆竹筒倒豆子：在我这个外人看来，他俩很相投，甫一见面即相谈甚欢，大小事情在他们嘴里都是轻松话题，从不见他们为难对方。而且吧，他俩在一起时，只互相盯着对方，旁若无人，其他人……好像入不了他们的法眼。

袁若德和袁甲芳互看一眼，琢磨这事儿是个什么走向。

季黄鹂认真补充道：不单"霸王床"，甚至包括方杰对架给你的收购，都像精心谋划过，都与陈家小姐难脱干系。正如我上次向您汇报的，方杰实际上并不需要"架给你"。当然，陈可元口口声声说，她的目的是推动广德和方杰合作。

袁若德故作轻松地笑了：这么说，她一片冰心在玉壶？

袁甲芳嘀咕：说难听点，里子是私人苟合，面子是厂家合作。

除了"霸王床"的馈赠嫌疑，还有秦茱萸的"违诺"嫌疑。曲解回国后没有兑现秦茱萸"买一送一"的承诺，她不仅没来广德，反而毫无征兆地加入了方杰。秦茱萸对此事至今也没个说法，显然有难言之隐。凭借对上述情况的分析，袁若德认定这一系列事情均由陈可元一手操控，她是真正的"幕后推手"。

洗漱完毕，夫妻上床，老话重提。

常在情不愿老公心理负担加重，乐得息事宁人：唉，就当笑话听听算了，如今年轻人咋回事咱也不清楚。

袁若德眼皮涩重，困倦不已，仍抢在临睡前对常在情说：甲芳提醒我，毛织厂的资金流向一直有问题。她几次派人去查，但阻力很大，有人欲盖弥彰，小动作不断。她退而求其次，明察变暗访。目前未查出什么，但仍在查，不想不了了之。

常在情点头。她想说的是另一件事。此前，她与外甥女尤其芬私下倾谈，问她喜不喜欢秦茱萸，尤其芬羞涩坦言，自己早就喜欢上莫如师啦！还说莫如师也喜欢她，两人的男女朋友关系已基本确定。眼见外甥女一脸天真烂漫、快乐无比的样子，常在情也就不好再提其他。常在情本想把尤其芬恋爱的事跟老公说说，见他太操心太受累，十分体恤地作罢。

12

上午，东城区五花马水库山庄水榭台6号别墅会议室。

10时许，秦茱萸由袁甲芳、季黄鹂陪同，尤其芬开车，一行四人，依时赶到东城区五花马水库山庄水榭台6号别墅。他们都是头一次来，感觉这里环境优美，设施豪华。

何青黛在别墅门口迎接他们。

陈可元携嫂子贺喜、董事长助理施润及佳杰五金副总何青黛，就参股德来服装厂事宜与秦茱萸等人进行商务洽谈。双方往桌前一坐，才发现总共八个人里面，秦茱萸是唯一男神。施润笑声爽朗：哟，秦博士这是要扮演娘子军连党代表啊！

季黄鹂和尤其芬一听，跟着就想笑，但瞥见陈可元面色严肃，便憋着没笑出来。

贺喜：久闻秦博士大名！今日得见，果真一表人才啊！

秦茱萸笑道：枉得虚名！望铭兄夫人贺喜女士多多指教。

何青黛：秦博士的远见卓识功不可没，感谢秦博士在合作事宜中的担当。接下来，希望延续"霸王床"的合作初衷及成功套路，推动佳杰五金入股德来服装的合作，促进双赢。

秦荣荑笑着点头：何副总过奖！小生诚惶诚恐。

陈可元开诚布公：佳杰五金厂参股德来服装厂，主要目的是完善产业链，即所谓"强链""补链"，由德来服装厂做佳杰五金厂的下游厂家，承接其先进的纺织服装机械，这是个双赢格局。佳杰参股后，自行定位是不谋求控股，不参与管理。

屋子里静悄悄的，似乎每个人都只带了一副耳朵。

陈可元气宇轩昂：诚如广德致力于向产业链上游迈进一步，方杰致力于向产业链下游迈进一步，路径不同，目标一致。本次佳杰参股，有望为集团盈利能力带来积极正面的影响。

贺喜插话，带有鼓动意味儿：大家众星捧月，把德来服装厂拱起来，让它做大！把"德来"品牌擦亮，让它由下而上，拉动整条产业链。德来服装有望在原来基础上更上一层楼，成为业界王者！成为河埔市服装行业的独角兽！

施润：在佳杰不参与工厂管理的大前提下，我们考虑随着工厂的全面扩张，业务量增大，决定委派一个六人业务小组，简称业务组，参与德来服装厂的具体工作。这样呢，便于双方在业务方面做垂直细分，各司其职，各尽其责，各得其利。

秦荣荑：这个可以协商，尽量协调一致，惠及双方。我个人意见，欢迎佳杰业务组到德来服装厂工作。

贺喜起身，非常正式地将一份函件双手递给秦荣荑。秦荣荑接过函件，从中抽出一张A4纸，但见上面列着业务组成员名单及简介，涵盖每个人的专业成就和岗位特长。他大致浏览了一下，顺手交给季黄鹏。季黄鹏接过名单，郑重放入随身文件袋。

秦荣荑与袁甲芳、季黄鹏交换眼色，调侃道：陈可元老板这定位让人存疑呀！佳杰五金财大气粗，怎会满足于做二股东？

陈可元：基于对广德和秦博士的信任，做二股东是明智选择。前面，我向各位汇报了佳杰参股的目的，此外，佳杰还有自己的宗旨，这就是要么不做，要做就做品牌。刚才我嫂子和润姨都讲了，我们参股，意在支持德来服装这块牌子。

秦荣英点头：那就英雄所见略同了。

以参股方式进行合作事宜，既投机又投缘，双方一拍即合。

陈可元浅浅而笑：我继续发表"英雄所见"。缺乏品牌占位，缺乏品牌造类，企业是走不远的。随着大资本大品牌进入，行业洗牌之势加剧，不做品牌没有活路，因为卖点雷同，要活也是苟活、半死不活。做品牌则有可能绝路逢生。为了争取绝路逢生这种看上去微乎其微的可能性，我愿意不惜代价。

施润巧舌如簧：秦博士，我斗胆插一句，不瞒您说，德来服装厂历史上就是佳杰五金的合作厂家，双方携手多年，构成紧密的上下游产业链，辉煌一时，风头无两。后因种种缘故导致"离婚"。随着形势发展，现在似有"复婚"迹象。今天咱碰面探讨，希望能够抓住机会，提供条件，变可能性为确定性。

秦荣英点头：施助理说的情况，我有所了解。鉴于方杰和广德有深厚历史渊源，所以，在新形势下的合作有一定基础，可谓梅开二度。合作好于对立。合久必分，分久必合，亦属常态，符合常理。今天的由分到合必将达到更高层次。做品牌需要实力，这是常识，远非发个誓做品牌，就能做品牌了。

施润语气亢奋：秦博士，听君一席话，胜读两年书。

这话惹得在座者都笑了，因为她"窜改"了老话。

秦荣英跟着淡淡而笑，但很快收敛笑容，神情庄重：广德与方杰合作，优势互补明显，好处清晰可见，可谓强强联合吧。小元，哦不，陈可元陈总颇具企业家眼光，一直在鼎力推动这件事，诚意可嘉。我本人对此非常看好、非常赞成。同时我亦获得授权，代表广德宣布，欢迎佳杰参股德来服装。

陈可元扭脸儿旁顾左右，带头鼓掌，佳杰的人跟着鼓起掌来。

贺喜：秦博士，财务方面，佳杰这边总体上由我负责，一般性账目均有专人打理，我通常不过问。这次参股德来服装，财务方面我们仅派出一名会计，双方定期进行财务磋商就可以了。

秦荣英指着袁甲芳：好的。广德这边由袁总监总负责。

袁甲芳面对贺喜：贺总，我们也组成了一个工作小组，成员多为服装厂骨干，在具体工作安排上都有对接。还望贺总多指导，您有什么指示、要求可找我，我直接对您负责。

贺喜微笑起身，与袁甲芳隔桌握手，算是完成了人事"对接"。

参股洽谈及工作沟通基本完成了，双方都很尽力，合作细节没有不同意见，洽谈十分愉快。接下来的工作，包括各项业务的具体操作和依法依规走程序等，就由双方工作组直接沟通了。在敲定工作组首轮沟通的日期后，众人都感到一阵轻松。

贺喜趁机向秦茱萸抛橄榄枝：秦博士，方杰对您的倚重由来已久啊！对您的感情一以贯之。可铭曾专程赴美，盛邀您加盟方杰，他这个心意从没变过。他回来对我说，这次未达成愿望，是暂时的，愿望只会越积淀越深厚，方杰的大门永远对秦博士敞开。

秦茱萸客气道：多谢可铭兄！多谢嫂子！

临别，陈可元诚挚寄语：接下来，方杰与广德合作仍有巨大空间。秦博士，我二哥的方正电梯已从香港回迁内地，在河埔市安营扎寨了，它被列入方杰集团未来数十年的主营业务，前途无可限量。我谨希望，你和你的团队予以持续关注和支持。

哟！陈可元这是出其不意，爆出"大料"啊。

陈可元看出众人都在"消化"她的信息，不失时机继续"抖料"：鉴于方正电梯已高调上马，由德来服装厂为其提供人力资源（包括人才和劳动力）支持，双方互补，达成深度合作。这是我们所奢望的，也是我们参股德来服装的第二个目的。

其实，陈可元还有第三个也是最重要的目的：分享秦茱萸团队的原创技术。当然这一点她深藏不露，不会透露半个字。

秦茱萸既惊异，又欣喜：可期要回来？连人带厂回来？好啊好啊！这是大好事！大喜事！人心大振的事！

贺喜面色平和，语调轻柔：振方杰，酬壮志，是家公（陈豪杰）一直以来的心愿，他怀揣宏图大略，铁心图百年，建百年老厂、百年老店！接下来，方杰合纵连横，施展拳脚，将在河埠市弄出一番很大的动静。如此看来，与各方合作也将未有穷期啊。

众人将目光齐刷刷聚焦于贺喜——这可不是泛泛而谈，她的话言简意赅，信息量大，成为本次洽谈的"压轴戏"。

13

晚上，方杰集团专家公寓709房。

连续好几个晚上，曲解拖着一身疲惫，抢在临睡前给秦荣荑发邮：在忙吗？想你！她等不及回复就眼皮儿打架，昏昏睡去，醒来已是下半夜。奇怪的是，始终没有收到秦荣荑回复，只言片语也没有。她本能地猜测他被手头项目拖住了，晨昏颠倒对他是家常便饭。尽管如此，她心里还是不大舒服。

这天晚上，曲解照样拖着一身疲倦回到住处，打开电脑，给秦荣荑发邮件：在忙吗？

不料，秦荣荑秒回复：不忙，坐等你的邮件。

曲解惊喜：搭上你的热线真不容易！

秦荣荑：我每天都在线上等你呀，未敢懈怠。

曲解：少贫！你拿这套哄女孩子去吧，哄我就免了。

秦荣荑：你不是女孩子？我还以为你是呢！

曲解：都说了，叫你少贫！

秦荣荑：我正襟危坐，等你发话。

曲解：前几天我发那么多话，你也没理呀！

秦苿荑：我身不由己你是知道的。今天向你请罪！

曲解突然觉得有好多话憋在心里，一直没机会跟他说，此刻她十指翻飞，在键盘上迅疾敲击：这里有相当部分人不懂数字技术，也不想懂，又怕花钱，非常排斥。

秦苿荑给予明确指引：不搞数字化，你那厂定位低端，起点低下，目标也不高，所以数字技术一定要上！早上早受益。网络产业应用一体化是未来趋势，具有不可逆性质。这个不要怀疑，不要犹豫，你做总体规划对此要有前瞻。

曲解：还有更难听的呢。有人说，别以为喝点洋墨水就了不起。我们在电梯（代工）行业多少年了？没那么好忽悠！

秦苿荑：冲在科技前沿的总是少数，多数人还是习惯于跟在别人屁股后面。基于对数字技术属性不甚了解，某些杂音可能会与你的规划理念长期共存，别指望它会偃旗息鼓，销声匿迹。总之，你要适应，别太过计较。

曲解忧心忡忡：家族企业，大事小事都由人家的家人说了算。有时觉得老板家的各位成员甚至亲戚、保姆等，都有特定的权力，说话都比外人有分量。

曲解没明说，秦苿荑猜到了，她可能与陈可期和他女友叶馨菊不太合拍，尤其是与那个叶馨菊不太对付。

果然，曲解发起牢骚：陈可期女友叶馨菊，对数字化这一块很不屑，多次当众质疑，认为砍掉这一块可大幅减少预算。那人派头大，颐指气使，什么都要管，懂不懂都要管，大事小事都要按她的心意来，把谁也不放在眼里。

秦苿荑：裙带关系，你说它精髓也好糟粕也罢，几千年传下来了。西方人都承认中国这个人脉关系厉害。老话说，"低头的稻子，昂头的稗子"。越成熟、越饱满的稻穗头垂得越低，而空空如也、无果实可言的稗子，却把头昂得老高，简直目中无人。

曲解：她（指叶馨菊）有钱，或有其他诸多强项，但不懂技术，因此不喜欢技术，鄙薄技术，对技术缺乏应有的敏感，习惯于脱离技术而泛谈，把种种与技术无关的要素都看得比技术本身重要。她很不喜欢听我谈技术，我也很怕与她打交道，与不懂技术的人谈技术项目合作，就像广东俗话，鸡同鸭讲。

秦茱萸真切体会到曲解的憋屈。他自己其实也有类似感触，比如他与梁仁良、袁仁美夫妇的关系，始终别扭着，原因不明。在他看来，对方蔑视技术也就算了，毕竟隔行如隔山，但他们还惯于端着高人一头的架势，仅凭这一点就让人不爽。当然，他在这个问题上相对看得开。他回邮：曲解，还是再磨合一段吧，也许情况会有所改观，柳暗花明那一刻不远了……

曲解：谁稀罕柳暗花明！我随时可以放弃。

秦茱萸：你不是狭隘之人，从不轻言放弃。

曲解彷徨无助，很伤感：种种感觉，让我不爽。他们太伤我了……我真的心灰意冷，真的沮丧，真的不想干了！

在建厂理念方面分歧很大、很尖锐。曲解深感苦恼。主要是规划纲要不被理解、不被认同，反对者众，鲜有支持她的人。特别是以叶馨菊为首的一批原厂骨干，对于做贴牌极为热衷，简直冥顽不化，这让她非常反感乃至绝望。她再次重申自己的想法，倘若方正最终选择做贴牌，她立即走人，不会犹豫，更不会彷徨。她希望秦茱萸对此要有心理准备。言下之意是，既然回国发展不顺，两人还是双双去美国打拼，凭借自身专业，在哪儿都能打出一片天。

曲解：做品牌还是做贴牌，这么大的是非，你那同学陈可铭态度竟不明朗！我这边火烧眉毛了，他照样四平八稳，真是摸不透！

秦茱萸：人家是总裁，当然不能随便说话。

曲解：好在陈家千金陈可元，你同学的妹妹，她支持我，我才不至于孤军奋战。眼下，这是我心中唯一的亮点。

曲解顺带提到陈可元，赞不绝口，说她力排众议，坚定支持规划纲要，这是曲解目前在方杰拥有的唯一同盟军。两人共鸣多，歧见少，对几个重大问题的见解相对趋同，尤其在方正电梯的建设和发展方向这个本质问题上，达成高度共识。

曲解越夸陈可元，秦苿苃越觉心惊，无言以对，他不停地打着"哈哈"：哦，是这样！有人支持你是好事……不过，你的同盟军是我，怎么可能是别人呢……当然，你的同盟军会越来越多，你只要金子般发自己的光就好……

曲解发现，越焦虑，越孤独。焦虑是因为方正电梯规划经多次修改，仍达不成共识，迟迟不能提请董事会审核；孤独是因为秦苿苃与自己的联系太少。眼下她陷于无助，极端渴望秦苿苃能伴在身边，让她有机会倾吐心中块垒。

秦苿苃听出来这话还有另一层意思：此前她曾担心过与私企三观不合，倘若真是这种情况，她没有必要继续在方杰待下去。

秦苿苃颇具耐心：我倒觉得，干跨国公司和干家族企业区别不大。走遍天下，没有见过谁不搞自己的核心圈、核心层。我们搞技术的人，吃技术饭，技术本身已足够天高地阔，假以时日，终将跻身某个核心圈层，到那时，想脱身都难。

曲解飞快回邮：但公司决策直接关系到技术的研发投入及应用前景，由不懂技术的人做技术决策，我觉得滑稽。

秦苿苃：这情况很普遍，包容一下。

曲解：自我怀疑，人家不信任，还要玩命给人家干吗？

秦苿苃：给人家干？这个定性不确切。技术需要平台，人才需要用武之地，这都需要"人家"提供。现代农民都不搞自给自足了，需要"人家"提供化肥和销售渠道等。

曲解抬杠：那你说给谁干？

秦苿苃：你这拷问太深奥……我搞技术，不搞哲学。

曲解颓唐：阿苃，你变了！以前我们的梦想是创业……

秦苿苃：诚如我多次所说，人人都创业不现实。那样的话，这个世界就没有百年厂家了。

曲解：人家做百年厂家，与你和我有关系吗？

秦荣荬：关系大了。百年厂家不是哪一个人做的，是一群人、几代人做的。你放心，莫如师小组R31专利技术已经成形，可即时投入应用。现在看来，这技术简直是为你而生，为你手上的方正电梯厂而生。你放手去做，我做你的坚强后盾。

曲解心头出现一抹亮光：谢谢你了后盾！

困倦和伤感一同袭来，曲解又发来一行字：你说你吧，明明近在咫尺，却如远在天边，这感觉很不好，它让我犯晕！思念一个人，这感觉更不好，它让我犯煎熬！

那边没有回复。

秦荣荬卡壳了。不是真没话说，而是对曲解怀有愧疚，觉得对不起她，不知该如何安慰她。他定定神，勉强敲出一行字：别拷问了！你累我也累，早点休息，择机海聊。

曲解打醒精神，温情脉脉：要不，本周日晚上，咱们找个地方见见吧！我正好有空，一起喝个咖啡看场电影都行。

秦荣荬刻意躲避：河埔这个地方……熟人较多，尤其是公共场所，冷不防就撞上了……

曲解诧异：撞上熟人怕什么？在美国不怕，回中国倒怕了？

秦荣荬被呛到了。话不投机苗头已现，再谈下去很困难。曲解冰雪聪明，一丁点儿蛛丝马迹都能捕捉到，一丁点儿变异都能察觉，他休想不露马脚。他很内疚，痛觉自己虚伪，不知自己还有没有资格安抚她。万般无奈，他支吾搪塞一阵，违心地撒了个小谎：最近挤不出时间，过段时间……我联系你……好不好？

14

下午，河埔市国贸大厦顶层旋转餐厅。

王祖望携黄匠军先到，在事先预订的一张小餐台落座。

窗外风景绝佳，河埔市风貌一览无余。王祖望心情好，大夸季黄鹂：你老婆牵线斡旋卓有成效，王某如愿以偿，得以在旋转餐厅请袁若德，这事做得多漂亮！王鹣精密真要感谢她。

黄匠军嘿嘿傻笑：我叫她联系，她当然要好好联系啦！

王祖望透过玻璃向窗外远眺。如今的饭不好请。尤其企业主之类身份敏感者，在任何场馆以任何由头请吃，都可能被对方当作鸿门宴。不是鸿门宴，又是什么宴？如今什么宴不含鸿门宴的意思在里头呢？设宴事小，找由头事大，事先得挖空心思。

王祖望心生感慨：匠军你小子好福气！娶到这么厉害的老婆！颜值火爆，才华横溢，佳人丽人牛人一身兼！你给我坦白，怎么娶到季黄鹂的？上了什么手腕？

黄匠军憨笑：我……我哪有手腕？就知道她愿意嫁我！

王祖望横黄匠军一眼，知道他肚子里即使有货也倒不出来，懒得理他，扭脸儿浏览窗外风景，浮想联翩。现代人追求短平快，没有闲心搞一回生二回熟，但不搞一回生二回熟就永远熟不了，不熟就一切谈不上。什么人熟呢？当然是发小、闺蜜、同学、老乡之类，但发小闺蜜同学老乡一来没那么多，二来分散至五湖四海，三来没什么用。能派上用场的大都是八竿子打不着的陌生人。不熟不做，这是商业法则，将陌生人变成熟人，成为当代人的日常，更是实业界人士的基础课、必修课。

黄匠军眼尖，老远看见袁若德在季黄鹂陪同下出了电梯，进入餐厅，"唰"地从椅子上站起来。

王祖望正陷入自己思绪中——开拓人脉需要钱开路，但人脉这个东西很怪，要么钱砸了路不通，要么钱砸了路反被堵死——忽被黄匠军暗扯一把，反应迅速，猛地起身迎上前去，不等介绍就两手握住袁若德的手，毕恭毕敬：袁老板，久仰！

袁若德瞥季黄鹂一眼，季黄鹂快嘴快舌：这位是王鹣精密老板王祖望，这位是广德集团……

袁若德轻声截断季黄鹂，自报家门：袁若德。

王祖望摊手指引：请请请！这边请！

四人在小餐台就座。坐下来才知道，这地方好，近距离面对面，用悄悄话的音量就行，温馨亲切，私密性强。不像大圆桌，排场是有，但双方间隔一两米，单从形式上就拉开了距离。

王祖望像等待这个见面等了很久似的，"噼里啪啦"竹筒倒豆子，开门见山讲了一大堆：袁董在河埔市大名鼎鼎，麾下广德多年雄踞行业龙头，王某对袁董仰慕已久！今日承蒙袁董厚意，拨冗屈尊小聚，王某得以拜见袁老板，十分荣幸！不胜感激！

袁若德：王老板盛情安排饭局，袁某岂敢怠慢。今天头回见面，我没带什么手信哦，惭愧！

王祖望：袁董慷慨，远非始自今日，我是直接受惠受益者。回头看，王某何德何能，竟能从广德租借到"霸王床"，对王鹣精密帮助很大，王某及全体同仁感恩在心！

袁若德：王总客气。"霸王床"是有偿租借，属正常商务往来。至于你我之间，也就君子之交淡如水，这会比较轻松。

季黄鹂向黄匠军使个眼色，离座欠身：两位老板先聊，我和匠军去拿吃的。这里是自助，我们……拣好的拿就是了。

王祖望笑着冲季黄鹂点头，心说这女孩就是有眼力见儿。

季黄鹂和黄匠军并肩走在一起，边选取食物，边说悄悄话。

季黄鹂：袁董原打算收回"霸王床"立即售卖套现，谁想，你们王鹣精密霉运当头，闹了样品不合格这一出，要续租。

黄匠军：别咒我们呀！王鹈精密再不争气，霉运也是偶然的。

季黄鹂不无忧思：唉，套现是救自己的急，续租是救别人的急。两相权衡，袁董急人所急，放弃售卖，同意续租。

黄匠军：你老板人好！摊上好老板，你前世修大福啦！

季黄鹂很骄傲，脖子一扬：谁让本姐福大运好呢！

王祖望目送季黄鹂和黄匠军夫妻亲昵的身影，心情熨帖，转脸面对袁若德：袁董，我与令婿梁仁良赴境外考察，一路收获不小。嘿嘿，梁总一表人才，既做实业又懂金融，口才又好，走到哪儿都是众人眼中的高富帅，相当有吸引力，散发着……

袁若德截断：你们原先计划一起行动，何故分开了？

王祖望拧眉思忖，心说回答袁若德的问话可不能造次呀，要有分寸呀！袁氏翁婿不太和谐，他似有察觉。那天在德国，梁仁良接了国内一个电话，不知受啥刺激，大发牢骚，语气中不乏嫌恶：哼，老头不懂金融，不涉金融，更不重用我这现成的金融人才，我还赖着干吗？对不起，不伺候了，自己做了！王祖望朦胧感觉梁仁良这回多半是负气出走。当然只是猜测，他决不会将这层意思对袁若德直说。回答袁若德问话，王祖望态度认真，不敢稍有怠慢：梁总他有一笔款子外放，将到期了，急需回笼。如今货币回笼常遇困难，不是笔笔都顺，他要亲自去督促。

袁若德：这么说，他去德国又转道意大利，是为了追债？

王祖望"吭哧"：这个……梁总没明说，我不敢确定。但梁总做事还是很慎重、很专业的，手续相当完备。况且他并非单独行动，他有表哥蓝君及其主导的基金做后盾。袁董当可放心。我们分开行动主要是……我这边有突发情况，急需回国。

季黄鹂和黄匠军端着装满食物的盘子，兴冲冲回到餐台。他们后面跟着一位服务员，端着四碗热腾腾的粥品。

王祖望赔着笑脸，打着哈哈：袁董您请用！咱边吃边聊。

袁若德点头，用小勺慢慢搅粥：你急着回来又为何？

王祖望欲言又止。样品不合格本是企业机密，不可向外透露，不可轻易示人。但他迫于无奈和压力，纠结片刻，也就全然不顾体面了：袁董不是外人，我也不怕家丑外扬，如实禀告好了。我们生产的样品质量不行，未通过验收，要重做。

袁若德不禁有些惺惺相惜：样品质量为什么不行？

王祖望放下筷子，一脸苦瓜相：生产线总体上说比较简陋，先进设备唯有"霸王床"，但擅长使用"霸王床"的黄匠军休婚假回老家去了，导致王鹅精密的工艺强项未能很好地体现。

餐台气氛一下凝重起来。黄匠军与妻子季黄鹂交换一下眼神，头一回开了口，声音很小：唉，我这婚假休的，扯了公司后腿！正如王老板说的，工厂生产的样品不合格，像学生考试不及格一样，将人心咬噬得生痛！

季黄鹂接着老公话茬：王老板是文化人，说话文绉绉的。

王祖望苦笑：实不相瞒，袁董，季董秘，王鹅精密这回遭遇的沉重打击，很致命。今天拜见袁董，想请袁董救命来着！

袁若德大笑：王总真会讲笑（广东话：开玩笑）！

王祖望急赤白脸：真心话！不是讲笑，袁董见谅！

袁若德：像王总这样有奋斗韧性的人，重做不难啊。

王祖望拱手：嘿嘿，袁董高看！袁董抬举！重做样品就要续租"霸王床"，否则，一切无从谈起。

季黄鹂妩媚而笑：袁董今天来，就是给你雪中送炭来的。

王祖望的眼睛"唰"地一下亮了：太好了太好了！

季黄鹂撇嘴卖关子：好什么呀？什么"炭"还没说……

王祖望赔着笑：送炭就送"霸王床"！袁董同意续租"霸王床"的话，我们可以提高租金。

袁若德含笑不语。季黄鹂淡然：袁董不稀罕这个。

王祖望向只顾傻傻赔笑的黄匠军使个眼神，两人一起站起来：我们以饮料代酒，敬袁董一杯！不成敬意，袁董海涵！

袁若德摆手，客气道：坐吧坐吧。商务事宜不涉其他，互不相敬，互不相欠，互助互利，公平合理就好。

王祖望扯黄匠军一起坐下，由衷地说：袁董高人高见！

季黄鹏：有求于人，才请吃；有助人之意，才吃请。基于这种通识，两位老板拨冗见面本身，"霸王床"续租的事情就不谈而妥了。租金不涨，租时三个月。广德愿助王鹕精密一臂之力，完成样品重新生产，力争通过验收。

王祖望语无伦次：我王鹕精密命不该……命不该……不该不该绝！遇上袁老板，我的贵人！您是王鹕精密的贵人！

袁若德笑了，摆手戏谑：别这样说。我嘛，不贵也不贱。

王祖望：王某斗胆，请求我贵人袁董帮人帮到底，委派专家亲临王鹕精密现场指导！我们想聘请秦苿荬博士！

季黄鹏：哟，王老板胃口大！秦苿荬博士聘金很贵的！

王祖望像打了鸡血，豪气来了：我们高薪！高薪高薪！决不亏待专家！尤其是广德的专家！

季黄鹏伶牙俐齿：我没记错的话，上回租借"霸王床"，秦博士考虑到该机床你们没用过，欲派专家前往，王老板当即拒绝……

王祖望：季董秘记性真好！那会儿我们是秘密租借，不敢张扬。当然更主要的是我本人眼拙，有眼不识泰山。

季黄鹏极敏感：为什么秘密租借？

王祖望"吭吭哧哧"：我们……从方杰脱胎而来……

黄匠军接话说：方杰的陈可元老板施压，不允许我们与广德合作。

袁若德瞥季黄鹏一眼，意思是点到为止。他思考片刻，拿起手机：这样吧王老板，我当面转达你的意思给秦苿荬博士。

电话很快拨通了。

袁若德：秦博士，王鹕精密老板王祖望提出再次租借"霸王床"三个月，我同意了。另外，人家指名道姓，高薪聘请你前往指导，时间是五到六天……王祖望在一旁听得分明，冲袁若德伸出两根手指，嘴上悄声说：两周两周！15天左右！袁若德对着手机改口：哦，不是五六天，是15天左右。秦茱萸在电话那头说：抱歉！我本人恐怕无法抽身。但可以派人，牛仔酷小组可携带配套研制的智能机械臂和TRR数控系统新技术前往。王祖望在一旁又听得分明，冲袁若德点头如啄米。袁若德：那好，就这么定了。

15

上午，白玉兰高尔夫球场。

风和日丽，绿草如茵。陈豪杰打了一阵高尔夫球，出些微汗，坐上一辆小球车，边休息，边等待长子陈可铭。为了安静思考，他客气地支开了服务人员。

从香港回来后，陈豪杰身体恢复得不错，每周两次的高尔夫球场挥杆缩减为每周一次，但毕竟可以现身球场活动筋骨了。每次小小运动一下，头脑都会格外清晰，思考问题也更深入。

方正电梯的创办，全方位改变了方杰集团的产业格局及业务板块；二子陈可期的回归，是一股生力军，密切了亲情人脉，带来家族产业百年传承的崭新布局；曲解的到来，不仅提升了集团高层的技术决策能力，而且无形中优化了陈氏家族的人际关系生态。以上种种，陈豪杰老怀甚慰。

曲解主导制的方正电梯建设规划纲要，帮助陈豪杰梳理产业现状，厘清集团核心主业，勾勒工厂发展路线图，优化架构布局，升华远景目标。总之，定位精准，层层递进，对应了陈豪杰的百年愿景。在纲要附件中，曲解建议将"奇杰通信"划一半给方正电梯，陈豪杰反复斟酌后认为可行。所有这一切，都令陈豪杰内心庆幸：天助我也！

陈可铭急匆匆赶到，陈豪杰示意他上车。陈可铭和老爸一起并排坐在小球车上，面湖临风，舒爽惬意。

陈可铭从包里掏出一张A4打印纸：爸，这是您要的曲解在会上的发言。她是口头发言，我叫人录下来，用大号字打印的。

陈豪杰接过发言稿，粗略浏览。

陈可铭从小球车尾厢取出一条白色浴巾，搭在老爸肩膀上。

曲解发言稿（根据录音整理）：

小方正的回迁，是陈氏产业的分水岭。不仅对方正，对整个方杰都是一次艰巨攀升和成功转型，是由量变到质变的必然，也是方杰的一个重要战略机遇。方正的诞生，为方杰带来"核反应堆"式聚变。

方正的领头羊地位，决定了它在方向、定位、模式、组织等方面都要做出诸多改变，困难和风险如影随形。

比如，方正要进行数字化建设。数字技术是人类智慧结晶。目前它在国内属前沿技术，但很快将呈星火燎原之势。正是历史、时代和科学技术的叠加，把方正推上前沿。方正是幸运的，幸运在时代和科技的赋能。生逢其时的方正要乘大势，借东风，敢于把目标定高一点，相应地把目光放远，胸怀放宽，器量放大，通过数字技术把精密机械自动化手臂延展伸长，来它一场翻天覆地的"升级"，未尝不可呀。

数字技术不是一张皮，随意贴上去就行，而是基础设施建设，从生产资料采购到产品售后服务，它渗透在工厂生产运营全环节、全要素中，它无所不在。因技术相对超前，当然有风险（主要风险或在投资收益周期略长），但世上没有一条路不存在风险。条条大路通罗马，条条大路有风险。保险只能在风险中求，天下太平就不需要保险。方正电梯不可错失智能终端大潮，勇于用数字技术武装，力争在新业态、新模式层出不穷的当下，免遭面世即落伍之厄运。

再比如，方正要做品牌，哪怕困难再大，风险再高。比之行业大鳄，方正诚然弱小，但踏踏实实矢志不渝地做，必然从弱到强。方正不做贴牌，哪怕好处再多，诱惑再大，因为做贴牌永远做不出头，江湖闯荡和市场游刃中无比珍贵的自主权、话语权、定价权等，想也别想。

有人提出先做贴牌后做品牌，或贴牌品牌双管齐下，这条折中之路不可取。并不是哪天想做品牌就立马可以做品牌的，品牌文化没有建立起来，创造精神先给消磨掉了，上刀山下火海之勇气泯灭掉了，哪还有动力和能力做品牌呢？走品牌之路，从一开始就不能贪图舒服、安逸和四平八稳，而是培育不屈不挠的精神，锤炼锲而不舍的队伍。一个厂家，像一个人一样，也是有基因的。各个要素单元的科学培育及组合，才能焕发强大生命力。方正要摒弃短平快的盈利思路，因为这与做百年老厂的思路相悖。

陈豪杰：这份发言稿，印发董事和高管，人手一份。

好的。陈可铭答应着，接过老爸手中的A4纸，塞回自己包里。

陈豪杰：曲解的意思是公司名和产品名统一为"方正"？

陈可铭点头：嗯，看样子她很中意"方正"两个字。她说，以方正作为品牌名，对小方正的历史也是个很好的尊重。

陈豪杰十分感慨：你看，重点产业和补充产业，以前不懂得区分，无论新项目上马还是老项目退出，各自独立，互不相干，没有把它关联起来，资源分散，形不成拳头嘛！

陈可铭笑道：那时候谁懂这个！啥赚钱做啥呗。

陈豪杰：阿铭，叫你来谈两件事，一是拆分奇杰通信设备有限公司，二是重用曲解。顺便听听你的意见。

陈可铭恢复了严肃神色：爸，您交代吧。

陈豪杰：老实说，曲解的两次建议，我起先不是很认同。后经反复权衡，包括利弊得失的算计，越琢磨越对路，现在我相当认可。先不说她的建议具一箭双雕之效，单说建议本身，无论从哪个角度讲皆符合企业转型升级方向，符合方杰集团以重装制造为主业的战略定位。我们没有理由不采纳。你意见呢？

陈可铭频频点头：爸您认可，我也赞同。

陈豪杰：阿铭，咱们当初挖曲解过来，是为了拆散她和秦茱萸，为小元争取机会，进而成全小元。现在，这个思路要修正，尤其对曲解本人的认识要修正。事实证明，曲解是人才，且不可多得。方正乃至方杰缺的就是这样的人。很幸运，我们抢到顶尖人才。实质性重用曲解，是方正内需。

陈可铭深深点头，侧耳凝神，认真倾听。

陈豪杰：对曲解的任用，我考虑了很长时间。我意安排她脱离集团总部，到方正当总经理，直接辅佐陈可期。

陈可铭点头称是：爸，我明白您的意思——曲解是良将！可大用！堪重用！既要促使她为阿期提供全面辅佐，又要让她在方正电梯建设上贡献专业优长，有所担当。

陈豪杰点头定调：此事不再议，由集团发布曲解的任职书。

陈可铭定定神，脑子飞快转动，顺着老爸的思路，立刻提出具体操作流程。包括支持曲解技术入股，占方正电梯注册资金的0.33%，此后酌情增持（增持比例由双方商定，报董事会通过后生效），还包括公司给她配置部分期权。

父子俩最后商定，方正电梯股份有限公司创始人为陈豪杰，董事长为陈可铭，副董事长兼总裁为陈可期，陈氏家族其他成员为董事，曲解为董事总经理。

陈豪杰与陈可铭咬耳朵：另外，方杰集团董事长之位我将移交给你，陈可期、陈可元任方杰集团副董事长。这项人事安排择机宣布，同期生效。当然，不宣布则不生效。你可在适当时候，以"核心机密"之名，私下向阿期和小元通报。我的初步想法是，方正电梯正式投产之日，就是你们兄妹三人上任之时。

陈可铭不同意：爸，董事长之位没必要过早移交……

陈豪杰摆摆手：就这么定吧。毋须赘言。

16

夜晚，齐贤路内街15号，袁若德家。

后半夜，沉睡中的袁若德被骤响的手机铃声惊醒，他眼睛还没睁开，手已惯性伸到床头柜，熟稔地摸到手机。

袁甲芳打来的，语气急促，腔调怪异：刚刚从私人渠道获悉，梁仁良将毛织厂做了抵押贷款，具体额度不明。已知有一笔为期90天的短期信贷，梁仁良赴德前已完成全部手续。

袁若德睡眼惺忪，条件反射般弹坐起来：什么？

袁甲芳重复了一遍，接着说：明天银行上班，我亲自去查。

袁若德半夜惊魂，周身震颤，彻底醒了：这啥时的事儿？

袁甲芳：两周前。梁仁良做得干净利落，神不知鬼不觉。

袁若德：这事阿美知道不？

袁甲芳迟疑片刻，谨慎回答：这个我不清楚，但我估计阿美应该不知情，她不会同意这样做。

袁若德禁不住心力交瘁，一身疲惫，他重新躺下，手机仍贴在耳朵上：阿芳，你先睡吧，明早来我办公室面商。

电话那边很静谧，袁甲芳一声儿不响，也不挂机。

袁若德敏感：怎么，还有事儿啊？

呃……袁甲芳欲言又止。

袁若德诧异不已，袁甲芳啥时候这样吞吞吐吐过！他判断事态严重，轻轻吐出一个字：讲！

袁甲芳担心的是袁若德整晚别想睡觉了，同时又不愿将刚刚到手的"情报"多瞒一分钟。她支支吾吾，最终还是竹筒倒豆子，和盘托出：我动用了关系，通过非正常渠道查明，梁仁良现为两只基金（其中一只属蓝君旗下）股东，此前通过基金放贷已尝获利甜头，下一步拟出手的新动作正在酝酿中，动静有多大，难说……袁若德再次从床上猛地坐起，黑暗中睁大两眼。

袁甲芳好像打算这一晚不睡觉了，在电话那头喋喋不休，言辞尖锐：金融水深，我熟悉的多位行家都不敢玩，阿良却乐此不疲，冒冒失失，很危险的！他不知天高地厚，耍"挟天子令诸侯"那一套，将广德资产玩弄于股掌之中。这回，很不希望……很怕……阿良有闪失，但也取决于他运气如何，操作得当则不幸中之万幸，任一环节失手，则毛织厂（"陪葬"两字被她咽下去）堪虞……

袁若德郑重叮嘱：阿芳，这事不要向任何人透露，包括阿美。天知地知你知我知。明白吗？

袁甲芳：放心！我嘴巴铁紧，铁棍撬不开。

袁若德觉得气氛太过严肃，淡淡一笑：肉长的东西，偏要跟铁过不去！用钢形容牙，用铁形容齿。

袁甲芳：没有血性，做不了厂！

袁若德：嗯，若论血性，你袁甲芳首屈一指，连我都比不上。所以，你当财务大管家，是广德的幸运，是我的幸运。

袁甲芳：这时候搞伟大谦虚，毫无意义。

袁若德：我跟你谦虚个啥呀？是谁和常在情串通一气，动不动说我心慈手软儿女情长，说了至少一百回？

袁甲芳：说一千回也没用啊！你天生有软肋。宠溺阿美没个底线……

袁若德：是个人，都有软肋。幸亏我这人懂得自省。

袁甲芳讥讽：你那金龟婿做的事情，轮着你自省？

袁若德语气沉重：这回，怕是真遇到坎儿了！

袁甲芳：下个月起，需逐月付（利）息。我计算了一下，毛织厂现金流将严重不足。他们眼下仍在赶订单，年底前暂且无虞。但要早做打算了，避免流动资金枯竭。

袁若德：好吧阿芳，我知道了。你快睡，别又闹失眠哟。

手机挂了，袁若德睡意全消。他掐指算了算，此时，距梁仁良飞抵德国已近两周。他双眉紧蹙，本能地抓起床头柜上的座机话筒，拨打女儿袁仁美电话，拨了一半猛然停下，看看表，时值凌晨3点，他怕惊到女儿，果断放下话筒。

袁若德躺在床上，黑暗中大瞪着两眼，各种念头在脑子里激烈打架。拿厂子做抵押贷款，在广德从无前例。这么大的事情，梁仁良竟敢自作主张，不但瞒着他这个老丈人，还瞒着老婆，这岂不是有窃取袁家财富嫌疑！换个角度想，袁仁美或许是知情的，这就更严重了。因了袁仁美暗中支持，梁仁良才有胆向毛织厂下手。他不禁要问，这两口子是何居心？

后半夜，袁若德再也无法合眼，任凭自己腮帮子上一个小小的肌肉团上蹿下跳。

第二章

1

下午，西苑北街3号别墅，陈豪杰家。

陈豪杰召开家务会，陈可铭、陈可期、陈可元按时赶回家中。陈氏"家务会"虽是"厂务会"的补充，但重要性显然首屈一指。

三兄妹在客厅闲坐，等待老爸陈豪杰从楼上下来。

陈可元：二哥，你叫叶馨菊把她那臭嘴闭一下行吗？她在外面散布消极言论，对方正有好处吗？这个败家东西！

提及女友叶馨菊，陈可期面色晦暗，垂头不语。

陈可铭皱着眉头问：她散布什么？

陈可元：骂曲解呗！说姓曲的以为她是谁！好意思在方正逞能！叫她搞规划，硬是弄出个四不像玩意儿！

陈可铭苦笑：这不奇怪。传到我耳朵里的议论也不少。比如有人说标准高得离谱，脱离工厂实际。还有人说曲博士在外漂泊多年，对国情生疏，与现实大脱离，规划纲要假大空。

陈可元：妖言惑众！赶快组织还击，引导舆情，以正视听。

陈豪杰慢慢走下楼梯。他从不让人搀扶，以免显得太衰老。

陈豪杰坐在他的老位置上，左右环视：你们刚才说什么？

陈可元笑嘻嘻的：没话找话，扯闲篇呗。

陈豪杰开场白简略清晰：今天家务会两个内容，一是审议通过方正电梯规划纲要；二是曲解的持股及任职安排。

见子女们个个侧耳静听，陈豪杰慢条斯理，掷地有声：我方杰，作为业界龙头，以交棒第二代为契机，开始二次创业。方正电梯是方杰集团的全资子公司，是二次创业的旗舰项目，代表方杰未来发展方向。自此，集团要集中资源和力量（包括人力物力财力），集中智慧，向方正电梯倾斜，把方正电梯建好。换言之，举全集团之力发展方正电梯。

陈可铭立即响应，郑重承诺：确立方正电梯为集团二次创业的旗舰项目，老爸英明。这个定位立意高远，非常精准，方杰集团未来20至30年的战略方向得以明晰。我个人衷心拥护，坚决执行，全力以赴，不负重托。

陈可元先做鬼脸后开口，语气戏谑：爸，您英明过头了吧？方杰旗下这么多厂子，为何单单选中方正电梯？方正电梯刚从外面挪回来，就成了香饽饽！我的佳杰五金呢？扎根本土少说20年了，没有功劳也有苦劳。可怜见的，如今姥姥不疼舅舅不爱……

这本是插科打诨的，但在座者都没心笑，也没工夫笑。

陈豪杰睨她一眼：卖惨？博同情？这不是小元风格呀！

陈可期清清喉咙，中规中矩说：我对爸的决策举双手赞成，绝对无条件执行。爸的方向把脉神功，二仔我由衷敬佩！

陈可元：我拥护！只要是爸的决策，我都无条件拥护！

陈豪杰很满意，不无欣慰地扫视三名子女，眼中透出无限希冀。

陈可铭接着说：企业总要发展，故步自封没有活路，没有出路——这是爸的真知灼见，亦为爸几十年实践所佐证。老话所说逆水行舟不进则退。多年来，爸带领方杰砥砺前行，经历了数次转型，数次升级，始终坚持往高端制造方向走，一路艰辛走到今天，规模呈几何级数增长，直至成为业界龙头。现将方正电梯列为方杰的核心资产，走高质量发展之路，前景非常光明！

谈到方正电梯规划，陈可元第一个表明态度，旗帜鲜明地予以肯定。她认为曲解主导的规划纲要颇具科学精神，从专业角度看无可挑剔，现有种种非议不值一驳。她特别强调：曲解的专业洞见令人信服。

陈可铭：规划纲要气魄很大，布局周全合理，可操作性强，但有个小小弊端，即过于大胆、超前，没有充分考虑现有条件，不太切合实际。下面对此有不少反映，也是我的顾虑所在。最典型的分歧有两个，一是数字技术这块，上还是不上？现在上还是以后上？二是品牌这块，做还是不做？现在做还是以后做？

屋里很安静。陈可铭补充说：曲解态度强硬，她说数字技术立马要上，不是以后上；品牌立马要做，不是以后做。否则，方正没必要建。嘿嘿，这话够狠哟。

陈可元接上大哥的话茬：曲姐跟我谈过。为何说方正电梯应运而生？因为它是时代的产物，它的高起点、高标准是时代决定的，是当代科技发展水平决定的，它必须先天性具有后发优势，否则难以立足。建个低端苟活的小厂，毫无意义，不如不建。

陈豪杰冲女儿点头，语带嘉许：嗯，接着说，拣主要的。

陈可元嬉皮笑脸：爸，我的话每句都是"主要的"呀！

陈可元一口一个曲姐，口沫四溅：曲姐坚持数字技术应用，坚持做品牌，完全基于对产业趋势的洞察和科学预见，没有任何个人动机。她的专业认知和普世见识在常人之上，胆魄和毅力亦非一般人可比。像这样一份从科学技术角度出发而制定的规划纲要，我个人认为花大钱也买不来，是真正的牛掰、盖帽！老实说，我们在座的几个，有谁像曲姐那样术有专攻，且集宽阔视野、宏大气魄、操盘经验和文化自信于一身？

陈可元刹不住话头：品牌是物质的，又是有精神内涵的，故而做品牌就是做文化，也就是曲姐主张的品牌文化。我们对规划纲要可以暂时不理解，一时看不透，但有一条我们把握住就可以了，那就是曲姐值得信任。

陈可期：规划纲要浸透曲姐心血，我很支持。但目前看困难很多。尤其是阿菊那边，一直反对，很固执，她主要是对曲姐信不过。我倒不主张大幅度增删修改，但有些部分，是否等厂子建好后视发展情况再上？建议慎重斟酌，拿捏好分寸。

陈豪杰面露愠色，语带敲打：先进技术我们不懂，对懂的人又信不过，那还干不干？怎么干？

偌大的客厅，此时鸦雀无声。

陈可元：爸，我发现曲姐这人个性很刚，骨子里有股倔犟劲儿，死认品牌之路就是明证。她为此不惜与叶馨菊死磕呢！

话说到这儿，陈可元偷偷瞥了瞥二哥陈可期。还好，二哥没表情，或者说他永远就是那一个表情，喜怒哀乐不上脸。

陈豪杰：方正电梯必须先天性具有后发优势，这个话正合我意！我认为，蕴含在规划纲要之内的战略思考，极具价值。

陈豪杰意犹未尽，手举规划纲要文本在空中晃荡几下：有了这份规划纲要，方正起步开局就赢了一半！

陈豪杰发话，击碎了所有矛盾纠结和犹豫摇摆，一锤定音。

陈可铭琢磨着老爸这番话，豪横表态：为方正电梯横空出世，雷霆万钧，后发先至，后来居上，拼了！

陈豪杰语调亢奋：方杰今后的方向是，举全集团之力，聚全集团之财，加持和赋能方正电梯，使其成为方杰的核心资产，成为方杰持久不衰的业态新引擎、利润增长点。好吧，就这样定了。另外阿期，我准备叫曲解做方正电梯总经理，你意如何？

陈可期眨眨眼睛：好啊！赞成。

此次"家务会"，陈氏家族内部达成共识，规划纲要和曲解任职一并通过。陈可期脸上还是老样子，啥表情也没有，内心却禁不住阵阵激荡。对他而言，起关键作用的两件事落下实锤：老爸先后决定将整个伟杰建筑及半个奇杰通信纳入方正电梯，这是真正的峰回路转；老爸安排曲解任职方正电梯总经理，助力陈可期。这一来，陈可期王八吃秤砣，铁心融入家族企业板块，集中资源在内地发展的意愿更加笃定。

陈豪杰慢条斯理：今晚，我请曲解博士来家里吃饭，大家当面议议，把几个重大事项一件件捋清楚，定下来。心中有数，行动才好配合。我叫包乐去接她，现在已在路上。

2

清晨，齐贤路内街15号，袁若德家。

袁若德洗漱完毕，匆匆下楼，走到餐桌旁，拿出手机拨通尹擎：等下去毛织厂，你提前半小时过来。

电话那边顿了顿，传来尹擎沙哑的声音：好！

袁若德感觉有异，随口问道：听着像没睡醒啊？

尹擎清清嗓门儿：嘿嘿，没事儿老板！待会儿见。

常在情端着两杯牛奶从厨房走出来：去毛织厂路又不远，干吗提前半小时？人家尹擎还在蜜月中呢！

袁若德恍悟：哦，你不说我倒忘了！他们领证了是吧？

常在情：上周就领了！给你说过的。

袁若德一拍脑袋：看我这记性！

梁仁良抵押毛织厂的事，眼下还不是特别清楚，却仍像炸雷，令袁若德思前想后折腾了大半夜，几乎没怎么合眼。早上起来，他心情沉重，脸板得很紧，看上去涩涩的。他不想因自己失态而过早地在家人面前"露馅"，便强装镇静。听说尹擎领证了，正好借题发挥，弄出轻松又不无懊恼的样子，嘶哑着喉咙说：尹擎这小子真是不像话！他自己低调就算了，不该怠慢人家新娘嘛！天底下哪有这个低调法！我得找他算账。

常在情：是啊！人生喜事，咋说也该正式庆贺一下。

袁若德眉头紧锁，机械地把早餐糕点往嘴里送，只觉味同嚼蜡，却又时不时地让大脑空白一下，弄出寻常样子。

常在情：尹擎当了新郎官，一天假都没请过，每天守着你、守着厂子。听说，新娘子代紫萱也没请过假。

袁若德手挠后脑勺：这事怪我！我头大，考虑不周。

常在情感觉到老公心事重重，乐得继续轻松话题：我以为你有安排呢。算了，另找时间给他们摆桌喜酒，没出蜜月不算晚。广德要是多几个像尹擎这样敬业、这样忠心耿耿的人，那可是幸事一桩，也是你老袁的福分。

袁若德像没听见似的，一声不响。过了好一会儿才做出回应，又重复说"我头大"。常在情瞥瞥老公，觉得他怪怪的。

不到半个小时，尹擎已经把车开进袁家院子。袁若德站在车窗边，径直向尹擎伸出一只手。尹擎不知道老板这个动作是何意，一脸懵逼。袁若德板着面孔：还不拿喜糖出来？

尹擎顿觉羞涩，抬手抠摸后脑勺：嘿嘿……还没买……

袁若德面色严肃：你小子！装成傻头傻脑样儿骗谁呢？以为悄悄领个证就完事了？就可以把人家紫萱据为己有了？告诉你，我们紫萱必须明媒正娶！风光出嫁！行了，念你初犯，罚你今晚摆喜酒，就在紫萱她们厂员工食堂。

说毕，袁若德钻进车里。

尹擎驾车驶出院外，他通过后视镜向袁若德递上一个笑容：摆酒不急吧！摆不摆都行，反正紫萱不在家。

袁若德：不在家啥意思？不能一个人搞蜜月旅行吧？

尹擎笑容甜蜜：她带销售部一名女助手昨晚赶到香港，今早搭机飞德国了，说是去见客户，这会儿正在飞机上。

袁若德：新婚才几天，就舍得把新娘子放跑？

尹擎：她不归我管！人家不是副厂长吗？

袁若德抬起涩重的眼皮儿，两眼泛出光亮，语气关切：好，紫萱回来我要亲自操办喜酒！你说，搞几桌？

尹擎对着后视镜吐舌做怪相，然后目视前方，聚精会神开车。

袁若德无意中发现尹擎两只眼泡是肿的，那是极度缺乏睡眠的症候，心说新郎官即便年轻，也架不住洞房花烛不夜天啊！他进而又发现与尹擎开玩笑是转移注意力、改善心情的好办法，他脑袋后仰，慢条斯理带有抨击意味地说：两口子了，来日方长，蜜月期间要悠着点，不能老是搞得通宵不睡。

尹擎顿觉羞涩：嘿嘿，没有，我和紫萱其实没有蜜月……

袁若德揪住不放：有蜜日不？

这话把尹擎逗得"扑哧"而笑：嘿嘿！那那那……那有……

3

晚上，西苑北街3号别墅，陈豪杰家。

说曹操，曹操到。包乐在门口轻喊：陈董，曲姐到了。

曲解手拎一大袋子图纸文件之类，跟在包乐后面，轻手轻脚走进屋里，迎面向陈豪杰点头问候：陈董晚上好！

陈豪杰和颜悦色：曲解博士，来来来，你请坐！

曲解挨个儿向在座其他人行注目礼。众人相互点头招呼。

陈可铭手指陈豪杰身旁的沙发位置：曲姐，你坐你坐！

曲解：老板叫我过来，我先汇报一下规划图吧。

包乐退出屋去，顺手带上房门。曲解没有忙着落座，因为她手中的图卷又大又长，不好安放。幸好她一进门就发现落地窗前摆放着一张阔大的长方形会议桌。她径直走到桌前，拿出规划图卷，动作轻柔小心，慢慢把它摊开在桌面上。

陈豪杰从沙发上站起来，走近桌子，众人跟着走过来，围桌站成一圈，目光聚焦在规划图上。

曲解温文尔雅：陈董，各位老板，关于方正电梯规划纲要，此前已分别与相关各方做过多次沟通交流，经反复修订，目前已趋完善。现在按董事长要求，我拿来图纸，更形象也更直观一些，做扼要汇报，还望各位不吝指教。

陈豪杰冲曲解扬扬下颌：曲博士，今天请你来家里，是想当面听听你的意见，而后一起商议下。这里没外人，都是自己人，你开诚布公，阐明你的规划思路就好。

好的陈董。曲解说着，从兜里掏出钢笔，用笔尖指着规划图上各种红黄蓝绿区域及各种图形符号，逐一讲解，用语通俗。

按照规划纲要，方正电梯定位为各类型高端电梯制造商，提供从咨询设计、打样、原材料供应、产品制造到安装交付等一站式产品供应及服务，为全球用户提供全要素、全流程、全套电梯解决方案。方正电梯拟设立技术研发中心、数字技术部、生产部、销售部、售后安装中心等核心部门，汇聚相关专业人才近期500名、中远期1000名。员工全员培训、持证上岗。

曲解禀明初衷：摒弃老路，走创新之路，当为方正电梯宗旨。

陈可铭：摒弃老路等于摒弃熟门熟路，这个不容易哟！

曲解热心加耐心：容易走的路，通常是下坡路，走的人多，平时容易发生拥堵。一旦风浪袭来，人们本能地跑向高处，身处凹地必然跑得慢，又容易被时代浪潮淹没。

陈可铭：看得出来，曲姐雄心很大。

曲解：个人雄心微不足道，更不足以支撑方正。但是，没有雄心也不行，既辜负了董事长的宏图大略，又无法匹配方杰的雄厚实力。还望董事长、总裁及各位老板明鉴！

一屋人都静静地站在桌边，目光聚焦图纸，没人答话。

曲解：陈董高瞻远瞩，将旧厂并入新厂，达成土地的连片使用，这招妙棋举足轻重，至为关键。旧厂为新厂提供土地及其他资源依托，新厂为旧厂提供制造范本。接下来，旧厂在递进式翻新改造后，与新厂融为一体，形成现代制造生产型工业园区。上述决策，为规划纲要奠定了坚实基础。

众人目不转睛地围图细看，边看边思索。

陈可铭双眉紧蹙，指着规划图西南角问：这块怎么空白？

曲解：哦，规划设计在此建六栋三层的庭院型独栋工业总部兼研发中心。这是一种基于前瞻的轻奢理念，眼下并非很迫切，但未来一定适用。考虑到它的预算，我觉得不大有把握，所以特意留下空白，今天趁便征求各位老板的意见。

陈豪杰想的是很好！可以搞！但他没吱声。

陈可元声援曲解：以前没钱，搞鸡零狗碎是没办法；现在有钱了，如果还搞鸡零狗碎，缺少宏观思维，境界低，格局小，那就很悲哀了。说到底，不是钱的问题，是现代工业及工业文化的问题。

众人哑然。掂量一下陈可元的话，不是没有道理。

方珍款款走进客厅。陈可铭立即介绍道：这是我妈。

陈可铭转而向老妈介绍曲解：这是曲解博士。

方珍头一回见曲解：哟，曲博士在我家可是鼎鼎大名！

曲解顿觉生疏中不乏亲切：珍姨您好！

方珍招呼道：饭点早就过了，大家入席吧！

在餐桌上，陈氏一家人对曲解尊重有加，极尽礼遇。陈可铭举杯站起来：我宣布，方正电梯规划纲要通过了！来，干杯！

啊？曲解仰脸儿看着陈可铭，惊喜莫名。全体起立干杯。

席间闲聊，曲解侃侃而谈：若对电梯行业趋势做个瞻望，必将对该行业前景持续看好。理由呢，首先基于人多地少这一国情；其次，随着国家大力发展城镇化，人口向城市聚拢，城市空间向立体发展，对电梯的需求增大。工厂自动化程度高，也需要电梯。现在全国电梯保有量（含客货梯）约200万部，每年以50万台至60万台的速度增长。电梯使用年限通常为15年至20年，到时便需更换，一年更换量5万台左右。增量和存量两者相加，市场非常广阔。

陈豪杰父子闻言频频点头。陈可铭坦言：曲解博士真是博闻卓识！瞻望国内外行业大局及市场大势，分析精准，把脉入木三分。听你一席话，让人耳目一新，头脑也清晰多了。

曲解温文尔雅：可铭总裁过奖！其实，最具远见卓识者非陈董（陈豪杰）莫属啊！方杰集团整合资源，将伟杰建筑并入方正电梯，方正电梯被确定为方杰集团未来数十年（具体说是30年）的主营业务，这一系列大动作，都是陈董在战略把控基础上的英明决策，是陈董以大气魄展开的大手笔，很了不起哦！

陈豪杰谦恭地微笑着，神情笃定：真正的牛人是曲解博士！你来方杰，建功方正，我非常欣慰！扭转乾坤靠你们年轻人啦！

曲解被夸得有些不好意思：陈董抬爱，不胜荣幸！

陈可期半天没吭声，任凭别人说得热闹，他都是一副与己无关置身事外的样子。这时，不知他哪根筋被触动，突然开口：曲解博士，你别荣幸了，我爸已经把你从集团"发配"到方正电梯了！从今天起，恐怕你与方正难脱干系了。

曲解愣住，扑闪着眼睛看向陈可期。

陈可元调侃：曲姐别误会啊！你不是下放是升迁。

曲解反应过来：是到新厂建设一线吗？我求之不得。

众人一听这话忍不住都笑了，客厅中弥漫着欢乐气氛。

陈豪杰宣布董事会决定：曲解卸任方杰集团董事长特别助理，出任方正电梯董事总经理（持技术股），集团首席科学家职位仍保留。立马生效。即日起，曲解可出席集团董事会及有权列席集团任何重要会议。

曲解一听，连连摆手，嘴上一迭声地说：不要不要！不要这样安排。方正总经理职务我考虑一下，似可接受，持股任董事就不敢当了！还没开干，受之有愧！以后吧，以后再说……

陈豪杰：曲解博士不必推辞。方正电梯诚然有它的光辉历史，但回迁意味着脱胎换骨，凤凰涅槃。正如曲博士所说，是一道分水岭，成败难卜。接下来的工作将非常艰巨，还望曲博士不辞辛劳，把这副重担挑起来。至于持股，它不单是经济考量，更是经济之外多个方面的权衡。这件事，我看就这样定了吧。

陈可铭笑道：董事长拍板定夺，不再议了。大家鼓掌祝贺。

陈豪杰带头鼓掌，其他人热烈响应。

酒过数巡，气氛良好。曲解面对陈可期：可期老弟实在太幸运了！有这么好的老爸老妈，这么好的大佬（哥）细（小）妹，这么好的家族，这么好的产业，惹人羡慕嫉妒恨呀……

陈可期急吼吼地截断：等下等下！我怎么成了"老弟"？

经询问证实，原来曲解和陈可期两人是同年生，细算月份，曲解果然比陈可期大三个多月。

陈家的保姆在一旁插话说：哟，女大三抱金砖嘛！

陈可铭纠正道："女大三"指的是三年不是三个月。

陈豪杰摇头：我看没啥区别！

陈可铭脑子急转弯：哦，明白了，"女大三"包括大三年、大三个月、大三天、大三个时辰，总之占了个"三"字，都算！

这玩笑开得有点过，曲解脸颊羞红，想钻地缝。

有曲解帮衬，陈可期产生强烈的压力减轻感觉，恍若肩上担子卸掉至少一半。他不顾自己并不擅酒，与曲解连碰几杯闷酒（没话），弄得脸红脖子粗，与平时判若两人。

曲解接连几杯酒下肚，酣畅淋漓，面色绯红。最让她欣慰的是规划纲要通过了！她觉得天都亮了！海都宽了！她心目中的方正屹立起来了！自她来到方杰，这是头一回产生成就感。最让她惊喜的是，方杰拥有陈豪杰这样一位既有宏图大略又能明察秋毫的掌舵人，真是太幸运了！方正未来可期！连日来，她内心的种种阴霾，尤其是陈可期优柔寡断个性带给她的无奈、叶馨菊骄横跋扈做派带给她的不快，统统一扫而光。

4

上午，德福毛织厂会议室。

袁若德在毛织厂召开紧急现场会议，了解运营情况及宣布两项决定。袁甲芳、祝业祺及毛织厂车间主任以上干部早已在规定时间内齐刷刷赶到。袁甲芳压低嗓门儿说：除了出差的代紫萱，人都到齐了。

袁若德落座，简单一句开场白：今天开个紧急会。

袁若德扫视众人，郑重宣布：经董事会研究决定，免去梁仁良德福毛织厂厂长职务，提拔副厂长祝业祺任德福毛织厂厂长，全面主持毛织厂工作，即日起生效。毛织厂副职及下属各部门负责人不变。希望大家一如既往，同心同德，在祝厂长直接领导下，把毛织厂经营好，借力"河埔金秋国际毛衫节"，保持良好效益，在前期生产线技术改造基础上更上一层楼。

祝业祺其实是临危受命，但这层意思袁若德没有公开说。

祝业祺是一小时前接到老板电话，通知他接任厂长，当天走马上任的。他很激动，站起来表态：感谢袁老板及董事会破格任用！说起来，我是德福的老人了，对毛织厂感情很深。祝某不才，对毛织厂贡献不大，然老板从不嫌弃，一路给予信任和提拔。承蒙老板多年来的厚待，我没二话说，以厂为家，撸袖子干就是了。我一定和毛织厂全体同仁共同努力，依托德立技术的装备改造加持，把德福毛织厂建成河埔市一流工厂。

袁若德故作轻松，眯眼儿挑剔：老祝，你本来就是副厂长，提拔为厂长，顺理成章，哪来什么"破格"任用？

众人都笑了。祝业祺跟着傻笑，随后强词夺理：嘿嘿！副厂长不止我一个，瘸子里面挑将军也轮不着我……

袁若德截断：不对呀！你说瘸子？咱这里可没瘸子！你老祝本身就是将才，论做厂，我不信有谁比你强。

袁若德边说话边摆手，示意祝业祺坐下：老祝，你是不二人选。事实上毛织厂多年来都是你在主持，担子一直压在你肩上，经验都在你脑子里。毛织厂交给你，我最放心。希望在座各位，尊重新厂长，全力支持老祝的工作，共克时艰。

祝业祺刚坐下，又站起来，毕恭毕敬：祝某枉得老板多年错爱，深感幸运，诚惶诚恐！无论毛织厂是否有恙，祝某都责无旁贷，必将全力以赴，把毛织厂建设好，不负老板信赖。还望老板及在座各位兄弟大咖多多指教！多多帮衬！

无论毛织厂是否有恙？这话说得！难道祝业祺有啥预感？会议气氛沉闷，没人刨根究底。

散会后，袁若德、袁甲芳和祝业祺在办公室关门密谈。袁若德以极私密的语气，向祝业祺通报了梁仁良将毛织厂做抵押贷款的情况，同时亮明自己的预判，梁仁良短期内不会回来。

祝业祺闻讯很震惊，却并不特别意外，他深知梁仁良做事不计后果，胆子大，擅玩弄各种伎俩，尤其对"挟天子令诸侯"兴趣浓厚，拿他老婆袁仁美做盾，没有他不敢上手的事。

祝业祺知道，老板袁若德面临两大压力：一是毛织厂被梁仁良做了抵押贷款，每月需要向银行支付利息，导致毛织厂现金流堪虞；二是由于女儿袁仁美极力反对，出售服装厂计划被迫搁置。听说佳杰老板陈可元有意参股服装厂，服装厂似可权益性获得保留，但仍从战略层面扰乱了袁若德的结构调整，也直接少了一个现金来源。上述两项叠加，德立技术二期预算显然无法满足。

三个人面色都很凝重。祝业祺郑重表示：袁董，毛织厂这一块交给我，我们开源节流，保持生产经营稳定，有办法应对，你放心！你集中时间精力考虑集团的事就好。

袁若德点头：老祝你放手干，具体事情你大胆决策。

广德资金短缺的状况，除了袁甲芳、祝业祺，其他人一律不知情。袁若德要求严格保密，由他独自想办法解决。同时，他交代袁甲芳和祝业祺，要体恤各方关切，遇事尽力安抚。

下午，袁甲芳离开后，袁若德由祝业祺陪着，将毛织厂各车间、各班组都转了一遍，了解生产进度，重点察看了毛织机械的数字技术改造及自动控制成效。他在毛织厂蹲了整整一天。天擦黑，才叫尹擎开车送他回家。

5

上午，方正电梯建筑工地。

陈可期刚上班，戴着安全帽在 A 栋厂房区域转悠，冼赫急匆匆找到他，递给他一份电传。陈可期一看，是叶馨菊从香港发来的，反对曲解出任方正电梯总经理。

陈可期拧着眉头想了想，觉得这事要尽快摆平。他立即找了个僻静地方，拨通叶馨菊手机，指望耐心说服她。

叶馨菊开口就怒气冲冲：凭什么叫曲解当总经理？她来我方正，是帮忙的还是当"托"的？

陈可期没听明白：什么当托的？

叶馨菊：你家的人，暗中托她当说客，结果给她说成功了！她凭三寸不烂之舌，把（小）方正从香港忽悠到河埔去了！不知她领到多大一笔赏钱呢！这还不够，还要给她封官晋爵吗？

陈可期火了：你胡闹！怎么乱猜呢？曲姐刚来，人和事都不熟，她侧重考虑的都是专业性问题，不涉其他。

叶馨菊也火了：你一口一个曲姐，敢情姓曲的改姓陈了？

陈可期口气严肃，有板有眼：对曲解的任用，是老爸定的，又经董事会批准，你和我都改变不了什么，我们没有这个权。

叶馨菊尖声咆哮：你个肉头！什么都听……（你家老头子的！她把这话狠狠咽下去，改了口）别人的？建议权总有吧？不同意见可以提吧？我问你，你在方正到底算老几？

陈可期很为难：除了曲解，还有谁适合当这个总经理呢？

叶馨菊：你呗！你自己兼任就行啦！关键时候你别缩起王八脖子呀！

陈可期故作恼火：你想累死我呀？

叶馨菊：你不想兼算了，可以考虑冼赫。

冼赫？陈可期蹙眉，断然否定：当好他的总工程师吧。

叶馨菊陡然抬高嗓门儿，连声怒吼：反正姓曲的不可以当总经理！我不同意！我有否决权！

陈可期息事宁人：人家曲解没惹你，你咋就容不得她呢？

叶馨菊：不是什么容不得！我从工厂大局出发，不搞任人唯亲。以她的资历，当副总经理都不够格。我才当个副总经理（小方正），为啥弄个外人来跟我平起平坐？

好说歹说，叶馨菊咬死不同意，在电话中扯着嗓门儿吼，想说服她显然没可能。陈可期十分泄气，算了，先哄着，安抚她一下吧：没人跟你平起平坐！谁敢跟你叶馨菊平起平坐呀？

叶馨菊语带谴责：你们陈家的人亲疏不分呀？胳膊肘朝外拐呀？叫姓曲的当总经理，不是分明排斥我吗？你是方正总裁，我是总经理，这才名正言顺！早知他们要夺权，我们为什么回迁？（小）方正现在迁回去了，他们过河就拆桥……

又开始胡搅蛮缠了！矛头直指陈氏了！陈可期头一回察觉叶馨菊对曲解不满是假，对陈氏不满是真。抑或对曲解不满也是真，因为曲解在她眼里是陈氏的人。陈可期懒得跟她硬杠，遂以权宜之计，含含糊糊答应再酌情考虑一下，还答应把她的意见反映给董事会，尔后不由分说，以忙为由愤然挂掉电话。

6

晚上，大宝路21号，秦茱萸宿舍。

凌晨1点，秦茱萸酣睡20多个小时后醒来。此前他在实验室猫了两天两夜没合眼，此刻仍觉头有些发沉，抬手轻拍脑袋。

甘果手拎暖水瓶，蹑手蹑脚推门而进：咦，醒了！饿不？

秦茱萸摇头，抬腕看看表，问道：他们睡了？

甘果：没呢！刚从实验室回来。

秦茱萸：那好，你去喊一下，开个组长碰头会。

甘果给秦茱萸倒了杯水，疾步走到对面房间，喊莫如师和牛仔酷：老秦叫组长碰头，你俩到他房间去一下。

甘果转身冲到楼下士多店，买回五盒方便面和五个面包。

莫如师：咦，咱四个人，你咋买五份？

甘果跑得太急，大口喘气：老秦一天没吃东西了……

秦茱萸看见吃的，垂涎欲滴：面泡上吧，边吃边开会。

秦茱萸召集组长碰头会，主要内容是安排下步工作。他清清喉咙：我们来到企业，来到工厂一线，虽保持一定独立性，但毕竟已融为一体。我们要念兹在兹，从实际出发，在加紧课题研发的同时，加强新技术应用，双管齐下，两条腿走路。袁董的意思是专利技术不卖，一律入库，成熟一项入库一项。

莫如师笑着插话：袁董搞待价而沽，绝顶聪明！

秦茱萸：那么，我们前期只能做些技术有偿服务。我的考虑是，除了我和甘果小组外，如师和阿酷你们两个小组都可积极进行技术输出，通过有偿技术服务回笼资金，这个很必要。

在座三位组长十分默契，不约而同点头。

秦茱萸：王鹈精密那个王祖望，以为把"霸王床"借到手万事大吉，真用起来才发现不是那回事！在高端精密机床操作方面，他们显然有不得要领处。此前拒绝我们派专家，现在又请求委派专家前往指导，袁董同意了，征求我意见，我也同意。阿酷你准备一下，你带小组前往王鹈精密工作一段时间。

牛仔酷：好，我们随时可以出发。

秦茱萸郑重交代：根据袁董授意，你们主要任务有三项。一是为"霸王床"装配合成智能机械臂（这是早就研究确定了的，原计划等"霸王床"还回来再装配）；二是将牛仔酷小组最新研发成果——TRR数控系统新技术应用于"霸王床"；三是考察王鹈精密独特工艺并予以价值评估（此事悄然进行，不公开）。

牛仔酷郑重点头：明白。放心好了。

秦茱萸特意强调：TRR数控系统新技术很关键，首次应用于"霸王床"，若获成功，对后续整个"霸王系"的研发制造意义匪浅，未来可与如师的R31、R32技术配套联动。你们既要大胆试，又要稳妥慎重，注意保密，别走漏风声。

牛仔酷点头：关键操作都是我的人，他人不懂，没法染指。

秦荣荑：袁董很看好樊老靓、黄匠军的工艺造诣。

牛仔酷：这个我知道。袁董曾想方设法将两人引进广德，但人事复杂，暂未成功，未来还要看情势发展。

面吃完，会也开完了。临散会，莫如师见秦荣荑两眼炯炯有神，脸颊肌肤发亮，精神抖擞，一扫倦态，忍不住揶揄：秦哥，你这人好打发！一碗泡面而已，就秒变"18岁哥哥"了！人家不知道的，还以为你偷吃了返老还童仙丹！

秦荣荑手挠后脑勺，咧嘴做饥饿状：没饱呀！我得再来碗。

牛仔酷：好睡眠才是返老还童仙丹。秦哥，等下你接着睡。

秦荣荑：还是老牛体贴。

7

上午，大背头小五金街，王鹣精密组件厂。

一大早，王祖望率王鹣精密全体员工恭候在厂门口，人人翘首以盼，阵阵欢声笑语。他们身后横架着一块大黑板，上面用彩色粉笔写着两条醒目标语：热烈欢迎牛仔酷专家小组携TRR数控系统新技术莅临王鹣精密考察指导！热烈祝贺"霸王床"增智加臂（智能机械臂）展新姿！

有人喊：来了！众人齐刷刷向前方不远处的路口望去。

一辆小轿车和一辆大型货车一前一后由远而近。

牛仔酷专家小组一行四人，清一色20来岁的毛头小伙，年龄最大的组长牛仔酷也不到30岁，尽管大家都喊他"老牛"。不等牛仔酷等人下车，王鹣精密员工一哄而上，沿小轿车的车门站成两排，形成夹道，掌声热烈。牛仔酷第一个下车，王祖望迎上去与他握手：牛组长大驾光临！欢迎欢迎！

牛仔酷：谢谢王厂长！王总多关照！

其实，两人并没见过面，仅凭直觉对号，还真对上了。

王祖望摊手介绍：这是我同事，王鹣精密全部人马都在这儿了。

牛仔酷及专家小组成员与王鹣精密员工握手寒暄。

牛仔酷微笑着"发表"开场白：我组受公司领导指派，来到大背头小五金街王鹣精密组件厂，非常高兴。虽说初来乍到有陌生感，但王厂长及各位员工这么热情，让我们感觉一见如故。我相信，双方接下来的合作一定能够成功！

王祖望：大家说，我们是不是盼星星盼月亮一样盼专家？

是！八九条喉咙连喊带叫还夹着吼，无比振奋。

王祖望：有牛仔酷专家小组携智能机械臂和数控新技术加持，我们王鹣精密一定能生产出合格样品！

夏令两眼发亮："霸王床"有新技术、新装置加持，内外兼修，全面升级，此前的"霸王床"不可同日而语了！"霸王床"更霸了！王鹣精密挟"霸王床"，那还不雄霸一方吗？

是啊是啊！八九条喉咙齐齐应答，人人脸上笑哈哈。

王祖望征询牛仔酷意见：牛组长，咱们开始卸"货"吧？

牛仔酷点头：好！

部分人涌向大货车，部分人去开吊车，还有人去取卸载器具。王祖望在后面喊：大家动作一定要轻，要抓得住拿得稳。

牛仔酷专家小组携带一软一硬两件利器：软件是TRR数控系统新技术，这是该小组自主创新初步完成的一项数字技术研发成果；硬件是德立技术为"霸王床"量身制造的附属装置，俗称智能机械臂。软件不公开（仅限小组专家自用），硬件不公开也看得见。

智能机械臂吨位不算大，总高三米半，总重不足半吨（三四千斤），是拆分并严密包裹后才装车的。搞制造的人都知道，机械机床看着笨重，其实是娇贵玩意儿，尤其高端机床，精密和娇贵程度成正比。智能机械臂自不例外，它是无价宝！是自己吃饭的家伙什儿！王鹕精密员工装卸搬运和擦拭放置都格外小心。

王祖望笑着对牛仔酷说：牛组长，你看到了吧？智能机械臂是王鹕精密员工眼中的"西施"呀！

牛仔酷忍俊不禁：西施？哈哈哈！那不成霸王西施床了？王厂长，你的人很专业，很敬业！

牛仔酷小组在王鹕精密员工大力协助下，携各类设备进场完毕。顾不上休息，牛仔酷即以他特有的平和语气宣布：王厂长，各位同仁，"霸王床"升级改造的前期工作主要由我组负责，其中包括智能机械臂与"霸王床"合成两天、整机程序调适一天、新技术应用二至四天、全流程综合测试验证一天，总共需要六至八天。

王祖望愣怔一瞬，立马点头：好的好的！听你的！牛组长，全部由你安排，全体归你指挥，你说怎么干就怎么干！

牛仔酷小组四人换上自备的工作服，开始在车间忙碌。王祖望、樊老靓、黄匠军、夏令等人获得"观战"许可，在一旁眼巴巴地看着，事实上他们一时也插不上手。谁知，这一"观战"不要紧，两眼很快就直了，专家们头一个动作竟然是把"霸王床"拆了！

天啊！好端端的、极其昂贵的"霸王床"，平时不敢乱摸乱动，精心呵护都来不及，转眼间被专家们大卸八块！这还不够，大卸完了接着小卸，直卸得七零八落。偌大车间零配件散乱遍地，专家们满手油污仍未打算停手。

王祖望脑袋瓜阵阵懵懂，使劲儿保持着脸不变色。

王鹕精密员工个个目瞪口呆。然后开始大眼瞪小眼。当然，明明心里发毛，却没人发问，除了对专家吩咐言听计从，积极干些打下手的杂活儿以外，就剩下原地傻站充愣发呆了。

专家们越是忙碌，王鹈精密员工越是煎熬，稀里糊涂一分一秒地熬。牛仔酷好像看出了众人心思，晚上下班前，眯缝着眼睛说：今天这波小操作，"有限肢解"而已，还没到技术环节。

众人一听，心里更加揪得慌，大卸八块还"小操作"？还"有限肢解"？不如把"霸王床"直接扔进炼钢炉算了！问题是，像这样"辣手摧花"之后，"霸王床"还能按原样装回去吗？还能用吗？还好用吗？大家起先就有一肚子问号，现在问号更多了。

一天下来，王祖望心里也一直在咯噔。出于对袁若德慷慨同意续租"霸王床"的感激，加上王鹈精密眼下处于非常时期，王祖望对牛仔酷专家小组寄予厚望，多方面提供便利条件，并要求员工在配合专家工作方面不得有误。既然把人家请来了，只能依赖人家，谁让人家是专家呢！你王鹈精密一堆"瘸子"加起来，也挑不出人家那样的"将军"呀！再者，"霸王床"是广德的，不是王鹈精密的，轮不着王鹈精密的人心疼。

王祖望轻咳一声，清清喉咙，一锤定音：秦茱萸博士派来的专家团队，人人有特长，个个超级棒。我们王鹈精密对牛组长领衔的专家小组无条件信任！你们尽管放手！

接下来整整三天，牛仔酷专家小组围着一堆零部件忙活。他们随身带有图纸，厚厚一摞，但不公开，多数时间锁在一只大皮夹子里，只是每当四只脑袋凑在一起时才打开，尔后关闭。

第四天，开始整机程序调适，实际上比原计划延迟了一天。

"霸王床"经牛仔酷小组改造升级，终于复原，巍然屹立。它旁边多了个"伴侣"——智能机械臂，看上去像个大雄狮似的，威风凛凛。牛仔酷直起弓了许久的腰，侧着身子后退两步，脱掉手套，对着机床扬扬下颌：可以擦拭一下。

王祖望领命似的，使个眼色，众人一哄而上，拿着早已准备好的抹布，簇拥"霸王床"（包括智能机械臂）轻轻擦拭起来。不一会儿，"霸王床"就通体贼亮，光可鉴人了。牛仔酷又对着机床扬扬下颌：可以启动。

拉开电闸，脱胎换骨后的硕大机床"霸王床"立即有序转动起来，数百个机械部位无缝连接，转动和谐，咬合流畅，运行稳定，声音轻柔甚至悦耳，一次开机成功！"霸王床"霸气复现！因为有了智能机械臂，"霸王床"霸气叠加！

这是激动人心的时刻！王鹣精密员工数双眼睛殷切聚焦"霸王床"。亲爱的"霸王床"，你在我们眼皮子底下新生了！你以前就好用，以后会更好用，越来越好用！有你庇佑，我们的样品一定能过关！大家的兴奋没法儿表达，只有龇牙咧嘴傻笑及胡乱拍巴掌。掌声不一致，很乱，但格外响亮。

牛仔酷或许感觉轻松了些，脸上笑呵呵的，说话慢条斯理：第一步完成了，明天起进入第二步，即新技术应用，这一步更为关键，希望大家密切配合。为"霸王床"赋能的工作不可能一步到位，只能随着技术发展，逐步改进升级，最终，令其具有超强的感知能力和信息化能力，综合功能愈发先进，操作运行愈发智能。总之，以"霸王床"升级迭代为契机，接下来，王鹣精密生产线将全部运用数字化技术，拉升产品品质，提高生产效率。

这回掌声一致了，车间里腾起热浪。

8

晚上，花茶街8号，陈可期家。

叶馨菊没打招呼，突然兴高采烈地从香港回到河埔家里。

陈可期吃完晚饭，刚在沙发上坐下，忽见叶馨菊推门而进，愣怔一瞬，咧嘴而笑：又给我带港产好吃的了？

叶馨菊一脸妩媚，脚步轻快，像一朵云彩飘到沙发前，一屁股坐在陈可期腿上，继而歪进他怀中，神色得意地撒着娇，也不说话。陈可期两手环抱叶馨菊腰肢，嗅着她的气息，盯着她的脸，诧异道：什么事开心成这样？

叶馨菊扭动身躯，脱离陈可期的怀抱，无比兴奋地从手提包里拿出一个牛皮纸袋，显然是一份合同文书样的东西，在陈可期眼前晃两下，又夸张地高高举起，以舞蹈动作在屋里转了两圈，尽显其窈窕身姿。原来，有个境外大型电梯企业（世界500强）向方正电梯伸出橄榄枝，要求建立合作关系，即由方正电梯为其做贴牌（代工），对方开出的合作条件非常优厚。叶馨菊手中举着的，正是合作邀请函及一份待签合同。

孰料，陈可期非但没笑容，反而面露难色，因为规划纲要的头一个重要内容就是明确做品牌，不做贴牌。他嗫嚅着，小心翼翼地说：阿菊，恐怕不行哦！规划不是讲明不做贴牌吗？新厂的标志性意义首先体现在自创品牌方面……

叶馨菊笑意盈盈：可以灵活点嘛！这个单是此前在香港洽谈多次，尔后接下的，不是现在接的，不但要做，还要做好，事关方正诚信哦。

陈可期口气温和：规划有日期，白纸黑字，没法儿灵活呀！哦，你还没吃饭吧？饿了吧？我叫刘姨给你做……

叶馨菊不耐烦地摆手，好像她吃过饭了，又好像她不屑提吃饭这回事，嗓门儿很尖，语气很冲：又来这套！那规划纯粹是不懂生意的人玩花花肠子，尽搞些没用东西！哪有生意人在自个儿头上硬悬一把达魔利斯之剑，自缚手脚的？咱一向信奉利润至上，你怎么能跟那些人一样？阿期，你看清楚哦，这单超大！利润可观！方正此前很少接到过这么大的单。

陈可期顿了顿：不做贴牌做品牌，是从方正长远考虑……

叶馨菊打着手势，厉声截断：长远个屁！

陈可期不说话了，屋子里鸦雀无声。

叶馨菊愤愤然，喘气不匀：到手的钱都要推出去？有这么做厂的吗？这厂子还不败掉吗？对方是国际大品牌，没有我叶馨菊长袖善舞，人家还看不上，这单也落不到方正头上！

陈可期低着头，眼盯地面，像在重新思考，嘴里吐出的话还是老调重弹：规划经董事会审核通过，恐怕改不了。

叶馨菊用食指点戳陈可期脑壳：你呀你！这厂子你成心做还是不做？张口闭口董事会，实际上不就是姓曲的馊主意？一个外人，啥也不是，就敢在你耳边喋喋不休，胡乱聒噪……

陈可期截断：她是方正电梯总经理！不要说人家啥也不是。

叶馨菊：谁叫她当总经理？不是跟你说了我不同意吗？

陈可期：方杰董事会正式任命的。阿菊，别闹了……

叶馨菊翻翻白眼，脑子里冒出识时务者为俊杰的念头，总经理的事权且放下，暂不计较，当务之急是接下手中大单。她口齿清晰：总经理的事情，我让你一步，就叫姓曲的占个大便宜好了！你也让我一步，赶快接下这个贴牌大单。

陈可期：我愿让你一万步！问题是没用，我无权擅作主张。

叶馨菊急了：姓曲的说什么，你左耳进右耳出算了呗，竟然奉若至宝！你才回河埔几天，脑子就进水了？比猪脑子还不灵光！

陈可期耐着性子：阿菊，以前咱做贴牌多年，没少辛苦，却没多大发展。老话说树挪死人挪活。这回，咱等于换个方式。

叶馨菊眉头紧蹙：我不跟你争，这样扯皮拉筋毫无意义！阿期，方正电梯在香港做得好好的，你非要挪地方，还非要挪回内地，我依了你。叫姓曲的当总经理，我又依了你。眼下，别说工厂腾挪，就是搬个家也需要钱啊！做厂没有资金不紧张的时候，何况我们的资金流远非以前那样充盈。真到捉襟见肘那一刻就晚了！你吃饱可以犯撑，工厂吃不住劲儿就很危险……

陈可期抬头看着叶馨菊，语气诚恳：阿菊，你为我做了很大牺牲，这个我知道。换个角度讲，你是我的女人，还是我的合伙人，不为我为谁呀？再换个角度讲，爸为了我们，不是把两间厂子都并过来了吗？陈氏上下都在围着我们转。曲解做规划，也是受我爸委托的，各方力量都在向我们倾斜。

叶馨菊见陈可期喉咙哽塞，颇为动情，也觉得光来硬的不行。她重新坐回沙发，蹭在陈可期身边撒娇：阿期，机会并不是天天有。这张到手的订单利润丰厚，咱先把它签了，做了再说好不好？这单做完，以后你爱做品牌啥的，都由你！

陈可期内心掀起波澜，他其实还是蛮动心的。叶馨菊手中的大单实属难得，要在以前，能让全厂亢奋几个月，眼下同样有巨大诱惑力，不做可惜了！可是，曲解再三强调以不做贴牌为底线，不可逾越，且开诚布公表明，方正若选择做任何形式的贴牌或代工，她将选择离开。

要人还是要单？想要人就留不下这个单，想要单就留不下这个人。他内心挣扎，面色阴郁，半天不再吱声。

陈可期忽然变得难以说动、难以驾驭和驯服，叶馨菊始料未及，很不适应。她退而求其次，将自己的想法重复一遍，要求先把手头这份合同签了，既做品牌，又做贴牌，两者兼顾一下，权当过渡，实施两条腿走路策略，以求稳妥。

陈可期仍然摇头：规划写明不做贴牌。

规划可以改的！它是活的不是死的！叶馨菊情急之下乱嚷嚷。见陈可期还是很不通融的样子，只好端出自己的"底线"，口气中不乏哀求意味：无论如何要接下并做完手头这一单，就算最后一单吧！以后你们搞品牌，我决不再有异议。好不好？

叶馨菊的耐心到了极限，瞪视陈可期足足十分钟，等待他答复。但陈可期显然没办法答复，也没打算答复。

面对陈可期这副死猪不怕开水烫的样子，叶馨菊禁不住抓狂，近乎歇斯底里：狗屁规划纲要！我根本就不同意！狗屁总经理！我根本就不同意！方正电梯明明是我们的，是你和我的，为什么要听别人的？我们即使迁回河埔也是为自身发展，不是为别人！

陈可期：曲解不是什么别人，她是集团首席科学家、技术官，是机械行业自动控制专家，又懂管理……

叶馨菊口沫横飞，其间夹着酸气：哟，她在你眼里简直风头无两呢！你被姓曲的灌了迷魂汤，迟早得被弄成脑残！这么说，我跟你没商量了吗？你确定要一意孤行吗？

就在叶馨菊跺脚，拎包甩头，急欲夺门而出的前一秒，木头样坐着的陈可期腾地站起，一把扯住她胳膊。他似乎对叶馨菊的激烈反应早有预料，眼看她要炸，抢在最后时刻妥协，嗫嚅着说：阿菊，给我点时间，我再考虑下。

陈可期把叶馨菊扳回沙发上，安抚她，好言相劝：明天，我带你与曲解博士当面协商，部分条款需重新考虑，反复斟酌，总之要对我们有利！好不好？别急阿菊，乖……

9

上午，德来服装厂袁仁美办公室。

为方便袁仁美，袁若德把开会地点安排在德来服装厂。

与会的袁甲芳、秦荬英、马赛鹰、季黄鹂、曹东风等人先后来到袁仁美办公室。屋子不很大，但坐得下。

袁若德直奔主题：方杰集团旗下的佳杰五金厂，新任女掌门陈可元——陈氏千金，可能认识她的人不多——有意参股德来服装厂。具体情况秦博士先讲讲吧。

秦荬英：陈可元是我老同学陈可铭的妹妹，五金机械专业硕士肄业，现为方杰集团旗下佳杰五金厂老板。她执掌佳杰五金时间不长，但因专业对口，她在业内算得上行家。听闻我们德来服装厂欲挂牌出售，感觉惋惜。据说她及她背后的方杰对德来服装厂都比较熟悉，以前有过业务往来。尤其是了解到德来服装厂主要生产线经数字技术改造，自动控制系统臻达顶流水平，很感兴趣，表示有意参股。上周二，我和袁总监（袁甲芳）、季董秘（季黄鹂）就此事与陈可元等进行了首轮磋商，基本达成一致。有些财务方面细节，包括股价等，就直接由袁总监把关了。

袁甲芳：我们主观上希望达成双赢格局，方杰的陈可元陈总在这方面意愿也很强。所以，在具体条款上各有妥协。据悉，方杰在河埔拿下很大一块地，集中资源新建电梯厂，若非这个原因，陈可元根本不会跟我们商量参股，她那架势是一口把德来服装厂吞掉拉倒。我倒乐意有人接盘，我们省事。

袁仁美很生气，皱着眉头：德来服装厂能不卖就不卖，没说过一定要卖。困难时候，我仍希望看到护厂热情高于卖厂。

袁仁美这一说，大家都不吭声儿了。

袁仁美事先已接到老爸电话，获悉方杰的陈可元忽然向外放风，拟参股德来服装厂。最初，她根本不敢相信，真的假的？她立刻条件反射想到秦茉荑。除了秦茉荑，广德方面没有任何人与方杰，尤其是与方杰的陈可元有瓜葛。坊间早就风传陈可元黏上秦茉荑，两人关系暧昧，想不到他们这么快就公然开始行动了，这么快就杀进德来服装厂了，这么快就露马脚了。

这还在其次。更令袁仁美满腹狐疑的是，要在以前，凡是与方杰沾边儿的事，老爸肯定二话不说一口回绝。德来服装是广德赖以起家的厂子啊！怎容外人尤其是方杰插手？这绝对不合老爸心意。这次不知何故，风向变了，老爸不但不回绝，反而很积极，亲自召集会议促成此事，这什么道理？是看在秦茉荑的面子上吗？是鼓励秦茉荑套住陈可元吗？还是怂恿陈可元向秦茉荑投怀送抱？

秦茉荑在老爸那里果然面子够大！联想自己老公梁仁良都没这么大面儿，袁仁美心里酸溜溜的。她发觉厂里人事复杂了，老爸人也老了，行事方式变得不可捉摸。

袁仁美对陈可元早有所闻，一个学生妹，以前好像见过，只是没打过交道，不熟悉。听说，她离开校门进厂门，是她老爸陈豪杰的主意，为的是把佳杰五金——曾是方杰的旗舰厂家——交到她手上。想必这个学生妹真有点本事。

陈可元"悍然参股"德来服装厂，不论什么动机，毕竟是节骨眼儿上伸出的橄榄枝，令老爸袁若德打消了出售服装厂的主意，进而淡化了袁氏父女因服装厂而起的矛盾。对于一心想把服装厂做大做强的袁仁美来说，陈可元此举不啻为救命稻草。

袁仁美知道大家都在等她表态，吁一口气，慢条斯理地说：一直以来，方杰与广德都是竞争对手，陈可元年轻，但并非完全不了解这段历史。她不受羁绊，鲜有桎梏，我很赏识。

袁甲芳：是啊！年轻人有年轻人的思考，其活力和闯劲往往为企业带来新的风气。

曹东风：德来服装厂浸透美姐心血，历来是我们广德首屈一指的优质资产，陈可元掺和进来，有坐享其成之嫌……

季黄鹂截断：别这样说，人家没空手，拿真金白银来的。

曹东风对季黄鹂打断自己的发言不满，抢着又说：我的意见是，股价再提高它一成，她嫌高可以不来。

马赛鹰：德立技术成立后，将德来服装厂选作"技改"头号项目，有多项新技术应用，推动传统行业焕发了新机。陈可元这时参股，我倒觉得她有眼光。谁参股不拣优质资产呢？我们不妨借势，令德来服装再上台阶。

袁若德：好，利在双方，就不锱铢必较了。

与会者对佳杰五金参股德来服装厂基本赞成，接着商讨佳杰五金参股后的人事、资金和技术安排等具体事项。

10

晚上，佳杰五金厂陈可元办公室。

晚上9点多，包乐驾车送曲解从公司回住处，途经佳杰五金时，见陈可元办公室灯火通明，曲解临时起意登门造访，为的是商谈员工培训事宜，及打听前不久辞职的樊老靓、黄匠军师徒。

包乐跟在曲解身后，在楼下喊：小元老板，曲姐来了。

这声音在寂静的夜晚格外刺耳，陈可元吓一跳，她来了？

陈可元本能地臆测曲解"来者不善"，心下惴惴，脑子里闪现不祥念头：这么快……堵上门兴师问罪？让人猝不及防……

何青黛嘴快：咦，这不说曹操，曹操到吗？

当时，陈可元、周佛礼、何青黛及姚国泰四人正围桌而坐，人手一份方正电梯规划纲要，细致研读，逐条讨论。周佛礼率先发言表态，对规划纲要赞不绝口，他滔滔不绝地从多个维度阐述规划纲要立意深刻、目标清晰、谋划久远及可操作性强等，甚至断言这是一份非常难得的纲领性文件……因事先没打招呼，曲解的突然现身让陈可元很不适应，她急忙站起来，硬着头皮向曲解客套让座。其他人也跟着站起来，个个面带职业性笑容。

曲解面色恬静，笑容和蔼：陈总工作繁忙，今晚打扰了！

曲博士大驾光临，佳杰五金蓬荜生辉！陈可元嘴上这样说，神情却不太自然，忽然灵机一动，指着周佛礼向曲解介绍说：这是周佛礼周博士！专家型复合人才。他刚从国外回来，加盟佳杰五金不久，现在是我厂技术掌门。

周佛礼双手抱拳，由衷地说：曲博士好！久仰久仰！

曲解先后与周佛礼等人握手，尔后从容落座，客气道：陈总，我坐坐就走，不会过多占用你时间啊。

何青黛笑容灿烂：这么晚了，曲博士还没休息啊？

曲解：你们不是在开会吗？也没休息呀！

众人咧嘴而笑，可不是嘛！彼此彼此。

曲解道明来意：方正电梯拟实施全员技术培训，这项工作需要打个提前量。我想与陈总商量下……

陈可元豪爽应承：曲姐放心，这一块交给我，由佳杰五金负责。之前，集团已就此做出安排——方正电梯全员技术培训、岗位培训与建厂同步展开。工厂开工之日，即为全员培训圆满结束之时。

曲解顿觉欣慰，脱口说道：太好了！这一块由陈总麾下的佳杰五金兜着，对方正电梯是巨大支持！这安排很及时、很到位。

何青黛笑着捧场：嘿嘿，员工培训无须曲博士费神操心了！

陈可元当场部署，方正电梯全员技术和岗位培训由姚国泰牵头，何青黛协助。她指着姚国泰向曲解介绍：泰叔是培训行家，经验丰富，掌管方杰集团培训业务10多年了，各厂有不少表现出色的年轻技工，都是他的门徒。

曲解笑对姚国泰：泰叔，这回仍有劳您亲自出马呀！

姚国泰憨笑：姚某当尽全力，曲博士放心！

曲解转而打探樊老靓、黄匠军师徒的情况。陈可元乍一听很惊讶，笑道：曲姐作风深入，刚来时间不长就了解这么多情况，连从佳杰跳槽的那对师徒都知道。

曲解：工艺是人掌握的，某些方面具有很强的不可替代性，所以，我们很需要工艺人才。即使未来使用机器人是大趋势，我们仍然需要活生生的人，尤其是技术人才、工艺人才。

陈可元诧异：那对师徒很了不起吗？是超人吗？

曲解点头：他们堪称能工巧匠，有一手工艺绝活。

何青黛抢过话头：可惜，他们跳槽了，与佳杰五金脱离了干系。这种见异思迁的人，对企业没有忠诚度，与企业格格不入。

哦！曲解从何青黛的语气中感觉话不投机，便不再提起。

陈可元用手指头点点桌面上的规划纲要，话锋一转：曲姐，按集团要求，我们佳杰五金几经讨论，对你起草拟制的这份方正电梯建设规划纲要全票赞成！举双手赞成！周博士对规划纲要评价最高，认为这简直是一份科学檄文！他与你最有共鸣。

周佛礼冲曲解伸出大拇指：曲博士远见卓识，周某佩服之至！

哦？曲解将目光转向周佛礼：何以见得呀？

周佛礼：曲博士以现代工业思维，高屋建瓴，拟制出清晰的制造规划及商业模式。比如，从建厂第一天起就考虑投标，就谋划中标，我觉得这个思路很前瞻，很到位，很本质！

曲解：对企业而言，投标是内功，中标是硬道理。

陈可元难为情似的笑道：嘿嘿，我曾以为投标很遥远。

曲解：不遥远哟！建厂和开拓市场同步，是做厂的不二法门。

何青黛边笑边自嘲：我们原本一心想的是高投入。因为……别说现代工业，五行八作都要花钱。钱的事，不是人人能搞，但人人要花。猪都要花钱，没钱猪长不大。看了规划纲要，才意识到自己一叶障目。规划纲要竟然在环境扰动小、投资和运营费用低这一块下足功夫，提出有力措施，有远见，了不起！

曲解谦虚地笑着，摇摇头：这不是个人远见，是公认的一些"行规"而已，大家心照不宣就是了。

陈可元：电梯行业"潜规则"真够多的！

曲解又笑着摇头：这不是"潜规则"，是阳谋。

几个人你一言我一语，热烈讨论起来。曲解谈到国内外科技趋势、制造业动向等，更是津津乐道，煞不住话头。其间她特别提道：小元，阿黛，你俩都是学精密机械的，对于"精密"之无止境比谁都了解，这就为我们提供了科学契机和可作为空间。

这话深深打动了在座几个人。他们脑子里转着圈儿，嘴巴却闭上了，一门心思地竖起两只耳朵。

本来说坐一下就走，结果坐了一个多小时还意犹未尽。

离开佳杰五金，曲解脚步轻快，郁闷一扫而光，心情阴转晴，整个人的精气神儿大大提振。她来方杰时间不长，但从包乐那里得知不少"内幕"。加上本次夜访，她发现很多事情更明朗了。谁说她在方杰没知音？陈可元就是。谁说她在方杰和者盖寡，陈可元就站在她一边。陈可元何许人呀？陈豪杰掌上明珠，陈氏家族重要成员，当然远不止于此。她本人自幼在工厂浸淫长大，硕士肄业即在工厂一线摸爬滚打，现为佳杰五金掌门。简直是"大牛"分量级！转念再一想，陈可元是学机械出身，与自己专业接近，曲解忽有些惺惺相惜之感。

11

黄昏，庙前街小银翘茶餐厅。

为帮王鹈精密解决资金问题，季黄鹏找施润帮忙。

施润讪笑：要不是借钱，你也不会主动约我。

季黄鹏：哪敢呀！您大忙人，不是什么人都接见的！对不起润姨！一有难处，就厚着脸皮找您来了。

施润撇撇嘴，口气泛酸：听说，王鹈精密与广德走得很近，越来越近啊！你们两家整得像亲家似的！

季黄鹏赶紧赔上笑脸，自我揶揄道：这年头，不是借钱，就是借关系，润姨您懂的。嘿嘿。

施润：当初，"霸王床"是我们方杰老板陈可元半卖半送给秦苿萸博士的，老实说，那是人家的"定情物"啊！想不到，现在被王鹈精密借去，充分利用，用得风生水起，结果只感谢广德，不感谢方杰。广德是两头得便宜，方杰是一头不落好。

季黄鹏：不是啊润姨！别人我不知道，我家匠军对方杰是有感情的，经常念着方杰的好，真的！一有困难，他首先想到向老东家方杰求助，对方杰十分依赖。这不，是他叫我来找您的，至少我们夫妻跟您走得最近，您在我们眼里从来不是外人啊。

施润终于笑了：那敢情好。匠军今天咋不来呀？

季黄鹏：他面皮薄。借钱这事儿，男人总是拉不下脸来。

施润：匠军他骨子里就是手艺人，不是生意人。

季黄鹏语带调侃：样品验收失败，对王祖望及整个王鹏精密打击很大，好像全体都蒙了。厂子初创，一个十来人的草台班子，两手握空拳，要什么没什么，徒有一腔热血加雄心壮志。突然发现一腔热血没用！雄心壮志也没用！有用的恰恰是他们没有的，那就是"物质基础"。据说，验收小组对王鹏精密最不满的就是设备简陋，认为亵渎了他们的巨无霸项目。

施润摇头：不，他们可不是草台班子！你这说法与事实相悖。王祖望任职方杰高管多年，管理上有一套，他网罗的人个个都是精兵强将。特别是你老公黄匠军和他师傅樊老靓，工艺界顶流，在机械行业大名鼎鼎。

季黄鹏：他们眼下面临困境，乐观说是暂时的，但挺不过去的话，困境就不是暂时的，而是压死骆驼的最后一根稻草。

施润言归正传：你等下，我打个电话。

施润找个角落躲起来，拨通陈可元手机压低嗓门儿：小元，季黄鹏在我这儿，她是替王鹏精密借钱来的，她本人愿做担保人。借不借？

陈可元沉吟片刻说：放长线，当然借。

施润问：利息按什么标准？

陈可元答：低息，无抵押。施润又急忙问多少额度合适，陈可元反问：他们想借多少？施润说季黄鹏扭扭捏捏，问半天才说想借200万元至300万元。陈可元说那就300万元以内。

挂了电话，施润爽快地答复季黄鹏：季董秘面子大呀！有你担保，什么事都好办。这样吧，先借220万元。我老板特意交代，低息，无抵押。明天同一时间，你带王鹈精密财务过来签约。

季黄鹏欣喜若狂，笑得嘴都合不拢，千恩万谢地离去。

12

下午，方正电梯施工现场4号铁皮工棚。

陈可期召集方正电梯领导小组扩大会，专家组全体成员及其他相关人员参加。人们陆续来到，铁皮工棚挤得满满当当。

会前，陈可期叫叶馨菊一起去开会，叶馨菊不去。

陈可期：你是领导小组副组长，不参加会不好吧？

叶馨菊：根本没必要开什么会！你在河埔别的没学到，就学到玩形式走过场！铁皮工棚热得要死，我懒得去跟他们闲扯。

陈可期：在家没事，一起去吧！听听大家意见也好，走吧！

叶馨菊咧咧嘴，耸耸肩，扭身走进里间屋，不出来了。

陈可期只身一人来到4号铁皮工棚时，参会人员都到齐了。

陈可期开宗明义：今天抢在收工之前开个小会，时间控制在20分钟内。内容就一个，叶馨菊拿回一个贴牌大单，对方是世界500强，利润挺好，我们要不要做？大家商量，拿个主意。

说着话，陈可期示意工作人员将对方发来的合作邀请函摊在桌上，供众人传阅，上面的优厚合作条件一目了然。

陈可期问杜仲：杜总，A栋厂房是否已具备开工条件？

杜仲点头：两条全新生产线均安装完毕，加上小方正部分员工已转岗到河埔，再加上迁移过来的机械设备，开工生产没问题。

总工冼赫第一个发言，支持叶馨菊：叶总争取到一份贴牌大单，殊为不易，我们承接该单天经地义。对方是业界龙头，各位都看到了，利润可观，等于为方正送来及时雨！

曲解接着发言，与冼赫的意见大相径庭：方正电梯已经确定走品牌之路，不做贴牌，希望各位能抵御诱惑。

冼赫：这次情况比较特殊，我主张特事特办，灵活变通。

曲解：做品牌还是做贴牌，两种意见本来就分歧严重，做贴牌的意见一度占上风，形成拦路虎，使规划纲要难以通过。这个问题幸得陈豪杰董事长亲自过问、主抓，才获得解决。这一局面来之不易，我们不能轻易破这个例、开这个口子。

冼赫不疾不徐再次发言，颇具权威意味：我们做厂的，一般不取极端态度，哪个有钱赚就做哪个。把钱赚到手里终归是好事。资金充裕风险小；资金短缺风险大。两者成正比。

会场鸦雀无声，人人神情严峻。

曲解发言语气委婉了些，话却依然硬：认为品牌和贴牌都可以做，想通吃。我个人认为这想法很幼稚，很短视。做贴牌没有研发投入和负担，这是有诱惑的。做品牌不但需要研发投入，还不能保证成功，这是有掣肘的。所以，一字之差天壤之别，牵一发动全身。品牌战略是个巨大转变，全厂上下要有孤注一掷的心气儿、背水一战的劲头，不给自己留后路。

冼赫眉头紧皱：公司是确立了做品牌方向，但我们有必要视贴牌为洪水猛兽吗？叶总手中的大单别人抢都抢不到，我们倒有资格弃如敝屣？方正扩建伊始，成本居高不下，处处需要用钱。此单做了就赚了！做贴牌赚的钱难道会烫手吗？

冼赫紧接着补刀：做工厂不是做情怀，什么心气儿、劲头之类缥缈的东西，不值钱，无法变现，没必要抬这么高。

曲解顶住压力，直抒己见：方正电梯铁定不做贴牌。

卢占祥附和道：做贴牌是舒服、稳赚，但受制于人，前途黯淡；做品牌是冒风险，但不敢冒风险乃是最大风险。

杜仲亦闷声闷气表态：规划定了不做贴牌，董事会也批准了，不做也罢！没必要开这个口子。

其他人陆续发言，一面倒地表示勇于壮士断腕，推掉现成的贴牌大单，心无旁骛做品牌。领导小组会形成压倒性意见：严格遵循规划，婉拒贴牌代工，坚持"品牌立厂"。

陈可期忽然发现，曲解确实有点死脑筋，一根筋，不通融。这种感受他此前没有过。当然，明面上他不好说什么。他身为老板，从不搞力排众议、一言九鼎之类，那不符合他的性格。当众人都把目光投向陈可期时，他有气无力，蚊子般小声"哼哼"：按多数人意见，遵循规划，不做贴牌。

13

早上，齐贤路内街16号，袁仁美家。

一大早，在厨房忙着做早餐的韦素，突然问儿媳袁仁美：阿美，怎么没见阿良打电话回来？他在外面还好吧？

袁仁美不以为意，浅浅一笑说：电话是没有，他忙呗！

韦素：阿美，预产期已经过去两三天了，随时可能有情况，你在家歇着吧，别去上班了，有感觉立刻送医院。

袁仁美自我感觉超好：妈，什么情况也没有啊！没任何感觉啊！服装厂有批新品下线，我去看看。

韦素还是阻拦：你看不看，那新品都照样下线，对不？

袁仁美撒娇：妈，不看哪安心啊？累不着我，你放心！

那叫尹擎开车送你一下……韦素话未说完，袁仁美已闪身门外，双手捧腹，动作稍嫌笨拙地钻进自己车里，自行驾车，嗖地一下驶出车位，又驶出院子，家中的电动大门在车后自动缓缓关闭。

袁仁美的车刚拐一个弯，老远看见代紫萱手推自行车站在马路对面，她放慢车速，摇下车窗：咦，紫萱！前天就听说你回来了，还听说你收获蛮大，不虚此行哟！

代紫萱一看是袁仁美的车，很庆幸，立马推着自行车横过马路，弯腰面对驾驶室：是啊美姐！接了几个欧洲方面的大单。

袁仁美点头：太好了！你现在去哪儿？

代紫萱支支吾吾：美姐，我想……我想找你说点事……

袁仁美把车向路边靠了靠，停车熄火，示意代紫萱进车。

代紫萱动作麻利地架好自行车，钻进袁仁美的车，坐在副驾驶位上，局促不安：美姐，不好意思！我……我有点私事儿想麻烦你……真是不好意思……

袁仁美面容亲切：哦，没关系，有事直说。

代紫萱硬着头皮，简略述说了妹妹丁紫岚近况，语速很快。

原来，代紫萱在德国时收到表妹丁紫岚信息：姐，医生高度怀疑我现在的情况是肾衰竭，又叫我住院治疗。代紫萱诧异：你不是在医院住着吗？丁紫岚见瞒不过，只好老实坦白，上次表姐送她住院，她只住两天就溜了，也没到药房取药，医生开的药方她全扔废纸篓了。她想的是自己年轻，身体底子好，小毛病扛扛就过去了。谁知后来感觉还是不好，还是小出血，没有止住的迹象，直接影响了工作，她被迫又跑去看医生。

袁仁美听说丁紫岚得了肾衰竭，大为惊骇，简直不敢相信，那么一个青春靓丽充满朝气的女孩子，怎会与肾衰竭搭界？是不是弄错了？见代紫萱一脸憔悴的样子，她深深叹息：你打算怎么办？

代紫萱觍着脸，请求袁仁美同意提前支付她半年的工资。

袁仁美似乎早就料到此事与钱有关。她思忖片刻，轻轻颔首，耳语般答复：紫萱，厂里没有提前支付工资的先例，你是副厂长，就别带头破这个例吧。我自己帮你解决好了。你先回去，下午我打钱给你。就按你半年的工资额，够不够？

够了够了！绝对够了……代紫萱慌不择言，脸上愁容不翼而飞，对袁仁美千恩万谢：多谢美姐！美姐你真好……

袁仁美不无关切：紫萱，咱们谁跟谁啊，又不是外人。需要钱讲一声就好，伸援手接济一下小事来着。倒是你表妹丁紫岚，可要当心身体哟，你叫她有病抓紧治！

回家路上，代紫萱的大脑一直在嗡嗡作响，各种念头互掐。一会儿恨表妹不懂事、不听话，一会儿对袁仁美感恩戴德。唉，幸得美姐伸援手，不然的话，真是呼天不应叫地不灵。她刻骨铭心地厘清了一件事：钱是救命、续命的，没有钱就没有命，简单如是。

14

夜晚，花茶街8号，陈可期家。

叶馨菊冲陈可期大声呵斥：你自己定不了？你这点权都没有？我早就说你是个肉头货！

叶馨菊听闻领导小组决定不做贴牌、拒绝她好不容易弄到手的贴牌大单，顿有诛心剜肉之痛。她面孔涨成紫色，双眉倒竖，大肆吐槽规划纲要，认为没有一条是满意的，与小方正做厂理念完全不合，主张全面推翻重来。

陈可期埋着脑袋坐在沙发上，像低头认罪似的：进行专家咨询是必要程序，我不好自作主张。

叶馨菊：狗屁专家！以前我们在香港靠专家了吗？不是靠自己一手一脚打拼吗？现在冒出专家，是专门拍砖抢钱的！

陈可期：阿菊，"品牌立厂"是集团确定的，是智慧结晶……

叶馨菊气急败坏：喊个"品牌立厂"口号就是智慧结晶？你把口号当饭吃了？方正电梯是喊口号走到今天的？以前我们没喊口号，做贴牌活得好好的！为何来了姓曲的，方正就容不得贴牌了？我承认，品牌是比贴牌牛逼，但谁来牛逼？我出钱她牛逼？怎么就轮着她这个傻逼、苦逼来牛逼了？

陈可期目瞪口呆，说不出话来。

每每面对叶馨菊任性、不讲理的一面，陈可期都深感头痛，更觉无奈，除了好言哄她，别无选择，他定定神：阿菊，你成为合伙人，却从未参与工厂经营，有些事不一定懂。你要相信我，放手交给我，好吗？我能把方正电梯带上正路，发展壮大……

叶馨菊气不打一处来，嗓音尖锐：你说把工厂迁回内地就迁回内地，我不是相信你、依了你吗？我不是看在你的面子上、看在我们爱情的份儿上，放手交给你了吗？

叶馨菊自觉得了理，骂声不断：姓曲的一根筋，多读几本书而已，根本不懂市场，还以为她是谁！做贴牌屈她才了是不？做品牌有面子，说出去好听是不？

叶馨菊得理不饶人：我们做的是厂子，她做的是面子，根本就是两股道上跑的车！硬挤到一股道上，那不爆了吗？

叶馨菊对陈可期在这件事情上的软弱尤其不忿：阿期，你需要一个好高骛远的人来指手画脚吗？你任凭姓曲的领着那班鸟人群魔乱舞啊？还真有几个傻逼，口口声声跟着喊"品牌立厂"，一群废物懂个屁呀！阿期我问你，你是老板还是她是老板？你搞个"一锤定音"，叫那班鸟人自动闭嘴算了呗！你倒装瘪三，八竿子打不出个屁来！你成心在姓曲的面前当闷葫芦，你什么意思啊你……

陈可期垂头丧气，更不知说什么好了。叶馨菊把鸟人、傻逼、废物都骂完了。好像除了她，全厂都是妖魔鬼怪。

叶馨菊再次尖吼：请神容易送神难！你懂不？

陈可期被呛得嘴唇哆嗦，说不出话。眼下的他内外交困，慢说几件事情叠加起来，犹如大山一般，压得他喘不过气，即便每件事单独列出来，都可以成为压倒他的"最后一根稻草"。陈可期低三下四，央求叶馨菊息怒：好了阿菊，别别别……别生气了，咱再商量下，有问题总是可以解决的……

叶馨菊嗓音陡然提高八度：姓曲的一介臭书呆子，二两真本事也没有，这样搞下去，厂子不垮掉才怪！先垮掉的肯定是你陈可期！你别拖累我啊！别拉我陪你流落街头啊！

叶馨菊与陈可期争辩，弄得陈可期六神无主，一度认为叶馨菊的说法不无道理，对要不要听她的意见举棋不定。

叶馨菊失望至极，把贴牌合同"啪"地拍在桌上，厉声通牒：陈可期我告诉你，这个单，三天之内给我接下，否则散伙！

陈可期百般挽留，再三表示除了坚持不做贴牌以外，其他大小事情都听叶馨菊的，都由她说了算。然而，叶馨菊毫不让步。本来就不同意姓曲的当总经理，每想起此事就如鲠在喉。现在好了，姓曲的篡夺总经理之位后，权柄在手，竟然凌驾于她叶馨菊之上！把她辛苦弄到手的贴牌大单拒之门外，简直反了！

撂下狠话之后，叶馨菊没有半秒犹豫，一跺脚，卷衣物走人，连夜返回香港。尽管离开家门那一瞬她伤心欲绝，却一滴眼泪也没有。为示决绝，她把挂在主卧房间墙壁正中的那幅"馨香若菊"富贵牡丹图也摘走了。

15

晚上，七仙女温泉酒店上官园中餐厅1号包间。

佳杰五金厂参股德来服装厂合同正式签署后，为商讨将顺具体合作事项，同时也为答谢，袁仁美盛情宴请陈可元。

在袁仁美看来，陈可元参股德来服装厂是需要勇气的。多年来，陈、袁两家关系不睦，陈可元此举无疑是对这种僵持关系的一个突破。另外她还有个重大发现：陈可元真心爱秦茱萸，根本不加掩饰，也掩饰不住。单凭这个，陈可元这人就是性情中人，就不讨人嫌。老爸袁若德容得下方杰的人吗？倘若秦茱萸当真与陈氏有染，恐怕在广德就很难待得住。袁仁美不顾自己即将临产，挺着笨拙身躯，亲自带着曹东风、代紫萱，同时盛邀秦茱萸作陪，在西城区七仙女温泉酒店上官园中餐厅宴请陈可元。

秦茱萸犹豫多时，他原本抽不出这个时间，手头的活正值节骨眼儿，连上厕所都少一次比多一次好，后考虑到此前与袁仁美夫妇的关系一直疙疙瘩瘩，眼下正好有机会或可做些修补，加上他自己也有意对陈可元表示感谢，于是勉强答应。

陈可元从未与袁仁美正面打过交道，但对她的鼎鼎大名早就有所耳闻。听说袁仁美有"铁防"（形容防守能力强，有铜墙铁壁意味）之誉，防外人像防贼，那么，本次参股商谈她会不会耍蛾子？请吃饭不是鸿门宴吧？陈可元不无忐忑，但想到此事务必成功，她又坚定起来。何况，对方有秦茱萸参加，她心中泛起温馨的期待。每一个与秦茱萸见面的机会，她都格外珍惜。

为在方杰内部避人耳目，陈可元决定只与何青黛两人前往。

何青黛驾驶"白虎"，搭载陈可元提前半小时上路。谁知刚出发，何青黛便接到茉莉花老人公寓电话，告知武孔奶奶身体状况不太好，或因天寒导致。陈可元果断决定掉头返回，叫何青黛去茉莉花，送武孔奶奶去医院，她自己开"黑虎",只身赴宴。

双方甫一见面,气氛就显得暧昧,时光就显得美妙。袁仁美和陈可元压根儿不用介绍,两人径直就把手握上了,接着寒暄上了。其他人不管熟不熟见没见过面,也都像久逢知己似的,热情礼貌地相互打起招呼。好像这是一场老友间的不期而遇,没人觉得局促和紧张,"商务洽谈"见面寒暄这码事,在一帮老手面前是湿湿碎,个个游刃有余。

广德人众,方杰人寡,阵势不对称,这个格局似乎有点尴尬,广德人尤其对陈可元既未带司机又未带助手,跟班随从一个没有,站在那儿显得孤零零的,感到诧异和不解。

其实,陈可元的无心之举带来了良好效果,一来显得她亲和、随意及不设防,大大消散了对方的戒备之心,甚至连隔阂感都没了,有也淡了。二来显得她是个"做主"的料、拍板的料,说话算数,把她一人搞掂,其他人和事不用搞就妥了。

全体落座,曹东风站起来,开场白简短有力:今晚的酒桌,有本市两大集团的两位重量级"千金"在座,档次超高,含金量爆棚!我等无比荣幸!小弟我今晚的任务就是陪醉,咱不醉不归啊!

席间,袁仁美象征性地喝了一小杯酒,向陈可元表达谢意,希冀双方能够展开深度合作。她说:德来服装与佳杰五金缘分深厚,这是历史证明了的。自父辈始,两个厂就是同一产业链的上下游关系,兄弟关系,不分伯仲,配合得天衣无缝。后因种种原因,两厂分开了,各自独立运作,但数年合作的历史事实不可抹杀。今天,即将开启崭新基础上的崭新合作,前程无限光明。

陈可元点头称是:分久必合,合久必分,符合历史规律;梅开二度,再续前缘,符合人文情怀。

秦茱黄高调为袁仁美和陈可元捧场:德来服装虽属劳动密集型企业,但具有良好历史积淀,产品品质有保障,为下一步的品牌之路打下坚实基础。如今,承蒙陈可元老板慧眼及抬爱,携资力挺,必将焕发青春,效益翻番。

陈可元说着客气话:实不相瞒,我二哥的方正电梯由香港迁回河埔,在内地属于初创，眼下急需人工，通俗讲需要大量劳动力。很希望广德向我们伸出援手……

袁仁美事先从秦茱萸处得到信息：随着自动化程度提高，服装和毛织厂可梯次实施减员，最终减员在500人左右。袁仁美非常爽快，承诺向方正电梯输出首批熟练员工100人，尔后根据方正电梯的发展需求，可随时进行增减及替换。

陈可元很开心，站起来向袁仁美敬酒。两人热烈碰杯后，袁仁美的酒由代紫萱代喝了。

秦茱萸谈及手头研发项目，无意中透露急需进口一款高端试验设备，他一条条列举那台设备如何好，垂涎欲滴的样子。

袁仁美略觉不悦，嫌秦茱萸不顾场合，三句话不离本行，怎么有这毛病！她脸上是笑着的，吐出的话却很硬：我们是民间投资，实力有限，预算超低，中长期项目固然好，对我们而言可望不可即。所以，秦博士及其团队手上的"高精尖"项目，我们不敢奢望更不敢全情投入。

袁仁美这番话，像一瓢冷水兜头浇下，气氛顿时凉下来，众人面面相觑，场面有些尴尬。

陈可元热切接话：我们方杰愿意考虑一下。

袁甲芳多喝了几杯，仗着酒劲儿大肆讥笑：陈总啊，你这鬼话鬼才信哟！不是套路就是坑。

陈可元一点儿也不恼，气量很大：事实已经证明和必将继续证明，我陈可元的话不妖不鬼，可信可靠。

秦茱萸圆场：生意上的事可以私聊，酒桌只图痛快，大家还是拼酒量吧！谁不服，放马过来……

席间，曹东风几度与陈可元耳语，递悄悄话，其中有个重要信息披露：知道秦博士的最爱吗？贵州茅台！他曾在美国某实验室通宵达旦工作，连续两天两夜一口饭没吃，仅以半瓶茅台酒支撑。

这个"桥段"在陈可元听来，犹如获悉"英雄出处"！她来了豪情，决定舍命陪君子，今晚就借广德的酒，挑起气氛，让秦茱萸把他喜欢的茅台喝够、喝开心。她频频举杯，变着法子与秦茱萸碰杯后一饮而尽。

陈可元忽略了酒桌上"一致对外"这个不成文的规矩，她本是众人"斗酒"的对象，招架还来不及，哪能主动向人举杯呢，哪怕那人是秦茱萸。在座的代紫萱是著名"酒仙"，广德"业余公关部"一号主力，曾在多个场合率部痛饮，横扫胆敢举杯者，在酒桌上攻城略地几无对手。仅她一人就能把秦茱萸干倒，更不用说还有曹东风。广德人对此秘而不宣。

哎呀，代紫萱不好惹！待陈可元等发觉对方威力，尤其那"酒仙"使了障眼法，祭出"后发制人"这招，某种"暗物质"起了控制作用时，已经晚了。

16

夜晚，七仙女温泉酒店上官园中餐厅1号包间。

晚上9时许，两天前提前预报的年度第4号（亦为近年最强）台风"龙翼"如期而至，屋外狂风怒吼，暴雨如注。这个时候躲在房间里喝酒，而且与愿意在一起的人一起喝酒，真是很惬意。袁仁美事先有交代：本次宴请，感谢陈可元是名义上的，灌酒（最好把陈可元、秦茱萸灌醉）是实质上的。

曹东风：秦博士好酒量！今晚暴雨助豪情，尽兴喝！

代紫萱劝酒也很有一套：秦哥，小妹敬您！为示仰慕，我连喝三杯，您虽大人大量，但喝两杯就行。我先干为敬。

秦茱萸哪肯示弱！人家小妹都喝三杯，他才喝两杯，显得太不尊重人、太不男人了！他一定要与敬酒者比拼、连喝三杯。

陈可元开头挺豪爽，后来有点怵：别喝太多呀，喝多伤身！

秦茱萸使劲儿摆手嚷嚷：没有没有！我怎么会喝多呢？喝多少都不多……来来来！这杯干了……

代紫萱面色桃红，劝酒的声音格外好听：历史反复证明，钱不是让你存入银行的，是让你买酒的。

曹东风立刻接上话茬：是啊！没酒哪有爱？酒香爱愈浓。但愿在座各位帅哥靓妹统统都是真爱！

袁仁美插话，颇有大姐范儿："真爱"或"假爱"，这玩意儿抽象，不值得纠结。大凡情感范畴这种形而上的东西，我一般不太理会。

陈可元笑道：美姐真爱缠身，甜蜜不尽，无须纠结呀！

袁仁美浅浅一笑，拿出大姐范儿：你陈可元陈老板是做厂的，是实业家，当然知道一件事情只有做实，方体现价值，心里也才踏实。如今厂家做产品，追求附加值——依我看，没有实用价值的东西也就不具典藏价值。

这话正合陈可元心水：美姐高见！小元与您心有灵犀。

秦茱萸附和：美姐就是美姐！开口就是真知灼见！

陈可元盯着秦茱萸，含情脉脉：有袁老板父女的支持，特别是有美姐撑腰，秦哥只管安心做项目，其他不用分心。

秦茱萸点头。他知道陈可元在打圆场，因而十分配合。

该说的话说了，该表达的心意表达了，袁仁美因身体沉重，客气一阵后提前离席，众人表示理解。晚宴由曹东风代为主持，继续闹闹哄哄地喝酒。曹东风本人喝酒不多，因有代紫萱这个"秘密武器"挡驾，他的任务成了"劝酒"，这恰是他的拿手戏。

不知不觉，众人频频举杯相碰，一杯接一杯地喝下去，没人想过手中的杯子是时候放下去不适合再端起来了。

曹东风不失时机地拿出四间套房的钥匙，告知众人已安排好住处，今晚为躲台风就地休息，明早返回。

秦苿萸随众起身，有些站立不稳，眼皮儿粘连，虽有笑容浮现，但僵在脸上。曹东风抢先一步拦腰扶住他，陈可元也及时挽住他一只胳膊，两人合力，把脚步踉跄的秦苿萸架到房间里，又搀扶他躺到床上，盖上毯子。几分钟工夫，秦苿萸已鼾声如雷。

曹东风一本正经地与陈可元咬耳朵，语气格外诚恳：陈总，您的房与秦博士相邻，中间小门虚掩（意即不带锁）。今晚麻烦您对秦博士多留点心，若能出手照顾一下就更好了，比如给他灌些白开水，醉酒不喝水怕有意外。劳驾啊！拜托啊！

陈可元也喝过量了，徘徊在醉和非醉边缘。听了曹东风的话，深以为然，很虔诚地点头允诺。

后半夜，屋外狂风呼啸，骤雨敲窗，各种巨响一阵盖过一阵，屋里听得分明。秦苿萸半醉半醒，但觉房间内暗香浮动，气蕴挟甜。陈可元也喝高了，忽儿迷糊忽儿醒。两人生平头一回"滚床单"，颠鸾倒凤。

第三章

1

上午，翡翠巷6号，德行物流总经理高蔷办公室。

一上班，袁若德准时抵达德行物流配送中心，进入高蔷办公室，马赛鹰、黎锦官、高蔷、祝业祺、季黄鹂等人已在等候。

袁若德召集马赛鹰等人密会，通报毛织厂被梁仁良做抵押贷款、卷款在外迟迟不归的实情，商讨应对之策。

袁若德神色凝重，简单讲了几句，话不多，却像甩炸弹：通报个情况。梁仁良去德国前，早已悄然完成了毛织厂的股权质押，套现数亿元，尔后通过蓝君的基金放贷。如今期限已到，贷出去的钱不能如期收回。我们看不到合同交割的原始文本及其他要件，只能猜测。他目前在境外追款。

震惊之下，几人你看看我、我看看你，都有点犯傻。

袁若德：梁仁良此举，无疑重创广德，陷广德于极大困境。

众人呆呆地看着袁若德，好像还在判断确信度似的。紧接着开始绞尽脑汁，琢磨着事情有无转机，盘算着下一步如何应对。

此前，袁若德已做了些工作，包括分别联系蓝君和王祖望，但蓝君始终联系不上，据悉他已回新加坡。女儿袁仁美或与他有另外的联系方式，但目前情况不便跟女儿开口。

袁若德接着约见王祖望。据王祖望讲，梁仁良到德国，根本无心考察项目，很快就脱离了集体行动，第二天就见不到人影儿了。王祖望起先也不明就里，直到梁仁良搞了个不辞而别，才向蓝君打听。当然，从蓝君嘴里获得的线索十分有限。

袁若德：大体情况就是这样。想保住毛织厂（即向银行进行赎回），必须短时间内筹资九个亿。这是唯一办法。否则，银行随时可以对毛织厂进行查封、拍卖。这不仅直接拖累德立技术二期投资，而且会使整个集团在资金链方面日趋紧张。

祝业祺思忖着说：可惜晚一步！紫萱已离开德国踏上返程。早知这样，叫她先不要回来，直接去找梁仁良，叫他人先回来。人在情况明，事情相对好办；人不在，一切都无厘头。

袁若德神情黯然，嗓音嘶哑：眼下他不一定在德国，听说在意大利，具体在哪儿不清楚。阿美都联系不上他。

大家心情都很压抑。没人搭腔，一阵缄默。

马赛鹰提出自己的思路：办法是有，不太成熟。一是商请方杰扩大德来服装厂股份，变现应急，待企业资金缓解、运作稳定后再谋求回购；二是从王祖望处收回"霸王床"，捆绑牛仔酷新技术，推出市场，快速套现。

可是，这才能套多少"现"？杯水车薪嘛。在座者心里都清楚，眼下能够"想"出来的所谓"办法"，不仅是无奈之举，而且纯属下策，解决不了根本问题。慢说九个亿，就是减半，集团也断不能短期内从流动资金中筹措。"霸王床"本身算不了什么，但终归属于变卖资产，而"变卖资产"四个字是厂家大忌。

祝业祺：我的意见，还是派人去德国，把梁仁良找回来。他所到之处总会留下蛛丝马迹的，大概率不会超出欧洲范围。

黎锦官摇头：他不回来，说明钱不在他手里。

马赛鹰：是啊，他很可能放贷放出去了。人是跟着钱跑的。

季黄鹏：他人回不回来都无济于事，抵押款回来才算数。

眼下，是时候仰赖各位大神，各显神通了——袁若德说话的口气，从来没有这么软过。

黎锦官：我考虑，在集团总部员工中做一次动员，以企业发展遭遇瓶颈为由，三个月不拿工资，共克时艰。我相信……

袁若德断然否定：不可！一来不利于保密，二来搅乱了人心。内部闹饥荒是业界大忌，一旦走漏风声，弊大于利。

未到山穷水尽地步，未雨绸缪而已。众人再次缄默。

最后决定分工：马赛鹰负责与几家业务关系密切的银行联系，申请增加贷款额度；德行物流先行垫支四千万；黎锦官拿出"家底"两千万；袁若德另寻途径筹资。综上举措，保证毛织厂流动资金充裕。祝业祺负责毛织厂正常生产，稳定人心。

其实，袁若德心里已经打定主意，采纳马赛鹰的办法，商请佳杰扩大德来服装厂持股。这办法简便实用、可操作性强。谁出面运作这件事呢？只有秦茱萸。

袁若德强调此事绝对保密，重点屏蔽袁仁美和秦茱萸及其团队。听了这话，众人互相交换一下眼神，表示认同。屏蔽袁仁美当然是因为她身体情况特殊，正值待产，不宜忧虑过甚；屏蔽秦茱萸及其团队当然是因为他们手头进行的项目攻关进入冲刺阶段，近段时间以来一直晨昏颠倒。

袁若德沉稳地说：一个工厂像一个人一样，某一个环节出问题，牵一发动全身，这个毋庸置疑，但微观处理必须有很强的针对性。身体某部位长了脓包，是只对脓包做靶向用药、靶向治疗，保住其他地方的太平无恙，还是上来就劈头盖脸搞个全身扫荡、不惜令整体瘫痪？我倾向选择前者。广德眼下这个"脓包"属商业机密，拟个案处理，以不影响其他地方开足马力、满负荷运转为前提。

2

上午，白玉兰高尔夫球场。

阳光明媚，绿草茵茵，清澈的湖水波光粼粼。

陈可铭陪父亲陈豪杰打了一会儿球，站在球场边上一小块树荫下小憩。陈可铭细心地向父亲递上毛巾，又帮他披上外套。包乐从车里拎来一张折叠圆桌和几把靠椅，摆放在一块地势稍平的草地上，又拿出几瓶易拉罐啤酒和矿泉水。

陈可铭一脸调皮样儿：爸，您是否开始指点江山？

不知从啥时起，"指点江山"成了父子间的暗号，亦是交代和商讨工厂诸项大事要事的代名词，许多重要决策都是在这种看似不经意的情景下做出的。父子俩单处时，心灵特别默契。

微风拂面，陈豪杰感觉神清气爽。他清清喉咙，语气板正：当代生活，电梯是刚需，方正电梯注定在重装（重型装备）业占有重要地位，具有广阔作为空间。所以，不是我对方正电梯情有独钟，而是从整个行业前景看，它是朝阳，是蓝海。陈氏既然选择以电梯为主业，那就没有退路了，要不惜代价了！

陈可铭：您说过，退路就是死路，我铭记在心。

陈豪杰：曲解这个人，很聪明，很含蓄，说话做事能够想到为他人留余地。关于拆分奇杰通信，她在规划纲要中没有提及，只是搞了个附件（可行性报告），把建议提出来。我知道，她这个想法其实很强烈，认得很准，咬得很死。

陈可铭抓耳挠腮，思忖片刻：她这个人，怎么说呢？可能比较单纯。首先她没顾虑，比如预算方面；其次她没包袱，比如方杰历史沿革方面；最后她没羁绊，比如复杂的人际关系方面。她得以一门心思地从技术角度考虑、从方正建设本身考虑，完全从方正利益出发，为方正的未来打算……

陈豪杰猛地截断：你说到点子上了！跟我想的一样！哦，我是说曲解跟我想的一样。

陈可铭歪歪脑袋：爸，跟您心照不宣的不是我嘛！

陈豪杰：最理想的工业用地是土地连成片，将奇杰通信并入方正电梯，可能是我们拿得出手的、最好的解决方案之一。

陈可铭：我知道。继采纳曲解的建议，将伟杰建筑整体并入方正之后，还要继续采纳和强化曲解的建议，奇杰通信不搞一分为二了，像伟杰建筑一样整体并入方正。您的这个意思我已经口头向李才智通报过了，有些前期工作他们已经展开，甚至阿期，我也及时打过招呼了。

陈豪杰眼盯湖面，目光深邃：本来这个想法不太成熟，现在看势在必行。咱们只能一不做二不休，使出成套组合拳了。

陈可铭笑道：爸，您知道我最初是啥反应吗？山重水复……不不不！山穷水尽疑无路，柳暗花明又一村！

陈豪杰立马斜了长子一眼，嫌他嘴里竟然吐出"山穷水尽"的话，不吉利，不中听，业内人士无不忌讳。

陈可铭改口分辩：我说的山穷水尽，指的是叶氏愚蠢，以为弄点退股撤资拙劣伎俩，可置方正电梯于山穷水尽地步呢。

陈豪杰对叶氏话题毫无兴趣，转脸面对儿子：你把我的想法领会到位就好，不必顾虑。回头叫贺喜组织专班人马，将集团麾下几个厂子重新估值一下，分门别类，精细量化，合理调剂，坚决集中人力物力财力等资源要素，向方正电梯倾斜。

陈可铭深以为然，点头称是：爸，您这想法好！极好！没有"之一"。您的组合拳都是实质性动作，很靠谱！我举双手赞成！衷心拥护！我这就着手全面落实，不打折扣。

陈豪杰对长子陈可铭一个磕巴都没打、爽快表示赞成的态度很是满意，且不无感慨。自己与儿子间的"父子心灵感应"纯属天生！每每在重大问题上表现默契。他抬眼眺望远处，眼神安详，心情舒缓。儿女得父辈真传，实乃人世间最值得欣慰的事。再重的担子，两肩挑好过一肩挑。

陈可铭听到身后有响动，回头看一眼：爸，李总他们到了。

李才智、卢占祥及奇杰通信两位副厂长一行四人，应召来到白玉兰高尔夫球场。老远就下了电瓶车，疾步穿过草地，来到陈豪杰身边，纷纷向董事长致意：董事长好！陈豪杰向他们点头。陈可铭招呼他们在椅子上落座。

陈豪杰：喊你们过来，是想当面听听你们意见。可铭事先已跟你们打过招呼，下面有不同意见的话可以反馈上来。

李才智：陈董，按照总裁的要求，我们近日连续开会，认真研究商榷，一致拥护集团加持方正电梯、全力打造方正电梯旗舰项目的决策。我们成立了两个小组，一个负责资产核算，一个负责安置移交。奇杰通信已于昨天正式停产。奇杰通信撤销后，其人才骨干仍是集团宝贵财富，我们定会安置好、使用好。

卢占祥：总裁叫我协助李总，做好奇杰通信的善后及与方正电梯的衔接工作。我猫在奇杰好几天了。李总他们组织工作有条不紊，又经层层动员，讲清大局和局部的关系，统一了认识，全厂员工非常配合。其中有个20来人的计算机技术班组，已经确定了方正电梯岗位配置，下周上岗。目前看一切顺利，陈董放心。

陈豪杰点头：为扩大方正用地，你们只好做牺牲了。

李才智：陈董，这一点我们非常理解。扩大用地是所有厂家梦寐以求的。方正电梯现有土地面积谈不上狭窄，但仍远远不够。常规购地成本高，周期长，且难以"连片"。奇杰通信与方正电梯地块相邻，合二为一后直接有利于方正电梯解除用地制约。

陈豪杰向李才智投去嘉许的目光。他语速缓慢，表达清晰：方正电梯开局良好，为集团上下提振了信心。撤销奇杰通信，整厂并入方正电梯，是经过深思熟虑的。我主要考虑，拿出实打实的举措，加大对方正电梯扶持力度，借此推动集团转型升级。这件事，今天就落下实锤了。具体操作流程，亟须你们好好研究，通力配合。务必稳妥，不出纰漏。

陈可铭神情严肃：奇杰通信员工按技术和专业对口原则，一分为三，即分别进入方正电梯厂、俊杰电子厂、佳杰五金厂。现有办公楼和其他用房都要抓紧腾出来。

陈豪杰轻轻颔首，接着授意：你们着手启动报备和相关流程，外松内紧（外部松散，内部紧凑），尽快实施吧。

陈可铭神情严肃：好！爸您放心。方正电梯代表方杰未来，这是您"百年老厂"理念的重要部分，也是全体方杰人的共识，立场高度一致。回头我先做个概算，报您审阅。

陈豪杰板结的面容柔和下来：锅里有，碗里才有，对吧？

李才智、卢占祥等人不约而同热情捧场：对！当然对啦！

陈豪杰：这是方杰有史以来最大的结构调整。你们能从战略层面、一盘棋思路加以领会，服从大局，很好！我安心了。方正电梯是股份制，集团财务已就个人和工厂股份占比做出详细梳理核算。做不到绝对公平，相对公平是一定能做到的。无论怎样调整，集团都不会亏待大家，请各位放心。

李才智、卢占祥等人异口同声：多谢老板！

陈可铭抬腕看表：爸，饭点到了，咱们吃饭吧，包乐已安排。

3

下午，大背头小五金街，王鹅精密组件厂。

王鹅精密厂全体员工列队工厂大门口，有说有笑地等待牛仔酷一行。约莫十来分钟，车到跟前，牛仔酷等人鱼贯下车。

王祖望像个小官僚，惯于端出公事公办架势：热烈欢迎广德集团委派的牛仔酷专家小组莅临王鹈精密厂指导生产！

牛仔酷：谢谢！谢谢！我们前来助阵，也是学习机会。

牛仔酷专家小组一头扎在王鹈精密组件厂，紧张工作了八天，主要是智能机械臂的安装及TRR数控新技术的应用，"霸王床"不只满血复活，更像"成长进步"了一样，自动化程度和精密程度同步大幅提升，王鹈精密的样品生产正式启动。

通过这段时间的工作磨合，彼此都相对熟悉了。牛仔酷惊讶地发现，樊老靓、黄匠军师徒的工艺操作除了手法特别娴熟、配合特别默契之外，还有与众不同之处——每道操作工序的时长、不同环节下手轻重等，都像有配方似的，拿捏得恰到好处。

牛仔酷知道，精密五金件制造流程说不复杂，也复杂；看似固定，也不固定。既要精准掌握，又没有量化、规范化及指南性的东西。很细微，又很要害，真正的失之毫厘差以千里。从这个角度说，樊老靓、黄匠军师徒在五金件铸造工艺上达到了一个颠覆性的高度。但不知何故，王鹈精密对此熟视无睹。

王祖望无心搞别的，只想尽快搞出合格样品，对樊老靓、黄匠军师徒的工艺提都不提，别人提及，他听着也不耐烦。

牛仔酷力图说服王祖望：磨刀不误砍柴工。王总，樊老靓、黄匠军师徒的独特工艺，若能妥善梳理并上升到理性层面，使之系统化，将很有价值。这是王鹈精密的看家本事哟！你心里本来有数，但运用不自如。为啥？你把自家的看家本事看低了。

王祖望应付道：厨师讲火候，工艺讲手感。就这么回事。

牛仔酷询问有没有相关文字资料，哪怕一鳞半爪。

王祖望摇头：没有。师徒俩的绝活就是口口相传，手手相连，心心相印，配合得天衣无缝，默契得像一个人。

牛仔酷：这么好的工艺，没有文字资料，太可惜了！光靠"心有灵犀"不行啊，不能满足于此。樊老靓、黄匠军师徒俩再能干，也不能包揽产品制造的所有环节。所以，一定要形成文字，进而实现数字化，达到可复制，可推广，可普及，这样才能体现该工艺的价值，使价值效应最大化。

王祖望撇嘴：可他们就是不想被复制呢！这是他们的宝贝家伙什儿，靠它吃饭，靠它揽瓷器活，靠它走天下。

夏令在一旁笑道：该工艺类似核心商业机密，秘而不宣，更不外传。现在"工艺配方"像"秘方"一样，是锁保险柜的东西。

樊老靓以手掩嘴，悄悄告诉牛仔酷：样品检验为啥通不过？匠军休婚假，靓、匠二缺一，所以搞不定。就这么简单！

夏令叹口气：是啊！原可一步到位，现在要走两步三步了。

牛仔酷：配方和秘方当然是核心商业机密，这个无可厚非。但没有文字资料，内部没法儿交流，更没法儿申报专利。申报专利不是拱手让人，是为了保护该工艺。同时，可收取专利费，按整体效率提升的百分比提成，何乐不为呀！

王祖望：这个，我们都不擅长，可能还是文化局限。匠军倒是能表述一点，但能否把工艺细节、要诀说清楚，还是问号。

牛仔酷：王总，不如先命个名，叫"靓匠工艺"怎么样？

王祖望略觉诧异，同时来了兴趣："靓匠工艺"？好啊！

在接下来的几天里，牛仔酷每天与樊老靓、黄匠军厮混在一起，竖着耳朵，睁大眼睛，舞弄着笔（电脑），将各种操作流程、工艺手法等摸得烂熟。晚上，他与专家小组的几个年轻人一起，反复梳理、推敲和斟酌，有些地方做了升华，初步形成文字资料。

牛仔酷建议王祖望以"BT工艺"为名，进行品名注册和专利申报。他说："BT"是"靓匠"的英文缩写，简单好记。

王祖望颇受启发，大力赞成："靓匠工艺"是个内部土称，亲切有余，但总体感觉难登大雅之堂。现在好了，咱王鹅精密的看家绝活、独门工艺，终于有了正式学名！以后，大家记住啊，统一口径，对外也好，对验收小组也好，一律以"BT工艺"相称。

夏令：好嘛，王鹣精密的不宣之秘从此有了科学代号。

智能机械臂及TRR数控新技术的成功应用，令"霸王床"实现升级迭代，加上BT工艺的科学梳理及合理运用，两项举措令王鹣精密上了大台阶，为样品过关打下坚实基础，全面提振了信心。

王祖望对BT工艺这一命名和定位非常满意，对牛仔酷充满感激，两人建立起良好的私人友谊。

4

下午，香港中环，方正电梯厂旧址（简称小方正）。

吃过晚饭，陈可期紧急赶往香港。

此前，陈可期给叶馨菊发了份电传，告诉她，老爸陈豪杰决定将方杰集团旗下奇杰通信设备公司整体并入方正电梯。此事还需经董事会最后审核，但基本已敲定。叶馨菊得知这个消息，态度有所松动，在电话中答应翌日上午在方正电梯厂旧址见面。

此时的陈可期，琐务缠身，几乎一分钟多余时间也没有。不单是他，方正电梯人人都在忙，全厂上下个个都在拼。可是，叶馨菊赌气跑了，不把她拉回来，事态很严重。陈可期拖着疲惫的身心，抽空赴港，面见叶馨菊，好言相劝。

两人来到方正电梯厂，置身旧址，人去楼空，阵阵伤感。

陈可期拼命掩饰着内心焦虑，极力讨好：阿菊，别闹了好吗？咱们是合伙人，开夫妻店的……

叶馨菊厉声截断：谁跟你开夫妻店？

陈可期挤出笑容：准夫妻！天造地设的一对儿！

叶馨菊：天造地设不如人设！人设是什么？朝可合，夕可分。

陈可期强笑的模样儿像哭：我不跟你分！咱俩哪能分呢？你明明知道我爱你，我也知道你爱我……

叶馨菊最后摊牌：我再说一遍，爱不爱不重要，搞钱重要。那单（贴牌）你接不接？

陈可期迟疑一下，老实说：接不了。

叶馨菊毫不掩饰自己的鄙夷和厌恶：接不了你来干吗？

陈可期：我来接人呀！接你回家。

叶馨菊：我家在香港，还要回哪个家？

陈可期：回河埔啊！我和你的家。

叶馨菊：我在河埔有没有家，这个我不确定。能够确定的是，姓曲的从中搅事，我和你矛盾重重，"预后"很差。

你们俩别……话说到一半，陈可期猛地打住，他原想说你们俩别互掐了好吗？转念一想，曲解没掐谁，是叶馨菊一直在掐人家，"互掐"不成立。陈可期改口：阿菊，你是聪明人，以前从未与人杠上。以你的身份地位，根本不需要与任何人杠上。

叶馨菊敏感：当我愿意杠？不是因为你吗？以前你跟我形影不离，现在你每天跟谁腻在一起？要不是你亲自交代、亲自督促，她能这么快就办理了香港和内地两地驾驶牌照？你对她屁大的事都上心，以为我不知道？装逼吧你！

陈可期觉得不可理喻：人家是来帮你的！是来帮咱们的！是为了厂子好的……

叶馨菊怒气冲冲打断：她有这么好心？

陈可期一时口拙，挣扎良久，不知说什么好，过了好一会儿才平复情绪：咱只谈方正电梯事务，与他人无涉。

叶馨菊：你与他人无涉，他人想和你好。

这是什么话！陈可期恼怒，两眼瞪得溜圆。若换了别人，他一定会大骂

"扯淡"！但现在面对的是叶馨菊。他黑着一张脸，从牙缝儿里挤出一句"无稽之谈"，欲抽身离去。转念一想，问题没解决，他不能这样走掉。他使劲儿咽口水，喉咙发干没什么口水可咽，但性子按捺住了：阿菊，你想多了。

叶馨菊嗓门儿更大了，听上去尖锐刺耳：我没想多，想的只是解恨。姓曲的有胆拒绝我的单，我就有胆与她势不两立！她做初一，别怪我做十五，否则难解其恨。

陈可期靠前一步，想拉住叶馨菊的手，被叶馨菊摆脱了。

陈可期眉头深锁，眼神憔悴：阿菊你看，为了方正，我老爸大搞腾笼换鸟，我大哥也使出浑身解数，整个方杰都将为方正电梯进行重构！家族最大的受益者却是我和你。

叶馨菊知道这是实话，但她依然撇嘴，装出不屑一顾的样子。

陈可期万分恳切：阿菊，别闹了！你脑瓜里别装那么多乱七八糟好不好？一个贴牌单子而已，至于让咱俩分崩离析吗？万事开头难。方正眼下面临大好开局，同时也面临重重困境，咱要齐心协力……

叶馨菊拧着眉头，不无讥讽：你跟谁齐心协力？跟我吗？我的话哪句你听进去了？我的意见对你全是耳边风，一刮就过无影无踪！你一口一个"人家"、一口一个"专业"，与姓曲的心有灵犀，不是已经齐心协力了吗？还要怎样齐心协力？

陈可期被噎住，喉结在喉咙口滚动，半天说不出话来。

叶馨菊语气咄咄逼人：我有我的原则和底线，不许你拿我的钱、我的厂子去讨好别人！去给别人垫背！否则我咽不下这口气。

陈可期心情沉重，彻底哑巴了。

叶馨菊进一步摊牌，态度骄横，语气决绝，发出最后通牒：有她在，我不开心，不会跟你回去！

陈可期和叶馨菊两人连续十多个小时腻在一起。陈可期一度动之以情，晓之以利弊得失，试图打动叶馨菊，促使她回心转意。怎奈叶馨菊不听劝，一再逼问：那单（贴牌）你接不接？见陈可期始终不松口，她控制不了自己的歇斯底里。

陈可期心情沮丧，头脑发胀，知道两人没法儿谈下去了，再谈也谈不拢，只会越谈越崩，话也越说越难听。本次香港行纯属徒劳，无功而返。暂且回避一下吧，阿菊也需要有个冷静期，以后再见机行事好了。他惘然若失，垂头丧气地返回河埔。

陈可期抽身而去，叶馨菊气极、恼极，绝望至无以复加。他前脚走，她及她家人后脚即紧急启动撤股撤资流程。特别是资金，翌日开始从工厂流动资金中大肆扣减。

5

上午，广府大街71号，德立技术大厦马赛鹰办公室。

马赛鹰的办公室在五楼西头。袁若德大步流星地走进来。

按照袁若德授意，马赛鹰私下打听了"霸王床"的市场价，没想到它的真实价格高得令人咂舌！马赛鹰被吓住，不敢轻信，又循多个途径探询及搜集资料加以验证，终获确认。更稀罕的是它的稀缺性，目力所及，大半个国内市场难觅其踪影。

袁若德一听，很难置信：有这么离谱吗？是否炒作？

马赛鹰使劲儿点头：千真万确！

袁若德：价格虚高，只会导致有价无市。

马赛鹰摇头：它并非价格虚高，其技术的先进和性能的优越，已为业内人士广泛认可。再者，生产厂家是面向全球照单制造、定向发售的，并非批量生产，至今仍在搞什么限量版。

哦！袁若德沉吟片刻，心下掂量着这件事的分量。

马赛鹰：说实话袁董，广德无心插柳，孰料竟"挖"到大宝！

袁若德：广德拟出售"霸王床"的这事要高度保密，尤其佳杰的陈可元，决不可向她透露半分。人家半卖半送并非没有目的，其中最可能的情况是她想与广德合作，为此投石问路。

马赛鹰叹了口气：卖"霸王床"是有些不地道、不领情，直接得罪佳杰五金和陈可元老板，听说那女孩⋯⋯可能中意秦茱萸，秦总。我听人家八卦的，嘿嘿，当不了真。

这时，黎锦官推门而进：袁董，什么事这么急？

袁若德向他点点头：你先坐。

秦茱萸紧随其后，进门也问：袁董，什么事这么急？

袁若德和马赛鹰扑哧而笑，笑得另外两人丈二和尚摸不着头脑。马赛鹰：你俩约好了？进门问的话一模一样。

四人围坐。马赛鹰忙着给每个人倒茶。

袁若德语气温和，开门见山：今天碰头，商量个事儿。"霸王床"借给王鹣精密时间不短了，本月中旬租期届满。我想，收回后即售卖，将资金集中于德立技术二期投资。

秦茱萸甚觉意外，立刻表示不赞成，头摇得像拨浪鼓：不要不要！不要卖"霸王床"！我正需要。

众人面面相觑，头一个反应是秦茱萸"不同意卖"这个态度可以理解，毕竟人家陈可元是专门冲着他而慷慨压价转让的，有馈赠成分；第二个反应是秦茱萸说他正需要，这意思是"霸王床"对他有用，而不仅是他对"霸王床"有感情。

黎锦官笑着插话：袁董多次说，广德不是断臂求生，是断臂求发展。卖"霸王床"变现，有利于广德发展，是好事呀！

袁若德接着说：秦总，我看好一切用技术来改变制造行业的团队和产品，我的企业永远需要技术支撑，此宗旨永不改变。但这次情况特殊，还望秦总忍痛割爱。

秦苿荑毫不通融，语气笃定：这不是爱不爱的问题，纯粹是、完全是利益选项，并且，中长期利益比重更大。

袁若德调侃：利益选项根子上还是爱。爱是最大利益。

秦苿荑冲袁若德苦笑一下：袁董，宏观上说您是对的，利益选项根子上还是爱。不过，谨从"霸王床"这个微观层面讲，最优利益选项是无论爱与不爱都不卖。理由有二，我给大家分析一下。

众人不无疑惑：怎么，"霸王床"另有乾坤？

秦苿荑沉吟一下，按捺住性子（他对时间非常计较和吝啬），细说缘由：诚然，"霸王床"来自佳杰陈可元的"馈赠性"转让，修复之后才发现价值被严重低估。业内人士都知道，此类复杂的标准工业设备，具体来说"霸王床"根本就是个千金不换的东西。"架给你"那间厂子的汪老板，是真的走宝了！当时机床损坏，眼睁睁看着它趴窝，百般无奈之下甩手变现，也是没办法的办法。此后机床修复如新，拿到市场出售完全可以卖高价，大赚一笔。但这样做副作用明显，至少拂了陈可元的好意，日后与她不好相见啦。长远看，她背后的佳杰乃至方杰，与广德或有业务交集，我们没必要埋下这个梗，堵死这条路。当然这个理由不重要，可以忽略。

袁若德及在座者都把目光聚焦在秦苿荑身上，一眨不眨。

秦苿荑语带兴奋：TRR数控系统新技术应用于"霸王床"初步获得成功。

秦苿荑顿了顿，呷口茶接着说：理由二，"霸王床"落入我手，可谓天上掉馅饼，而且是在正确的时间掉下正确的馅饼。"霸王床"在牛仔酷手里，成了一个很好的吸纳新系统、新技术的母机。事实上，它经过牛仔酷近段时间的不懈努力，几次迭代性技术改造，整个机床与当初的性状（性能状态）已大相径庭，效能翻了四倍。随后，更由于牛仔酷小组TRR数控系统新技术的成功嵌入——目前已完成关键数据测试和相关的试运行，"霸王床"成功实现了软件升级，愈发价值连城。此番运作处于初始阶段，后续仍具较大开发空间。倘若在此节点出售，出多高的价也吃亏。当然，TRR数控系统新技术尚未申报专利，无法获得知识产权保护，更未公开面世。这层意思不好对外人讲，是严格保密的。一来防人觊觎，二来，何必让人家（指明里暗里的竞争对手）不舒服呢。

袁若德与其他三人互看一眼，人人都有出乎意料之感。

马赛鹰嘴快，说话像连珠炮：这么说，今日"霸王床"与昔日"霸王床"没有可比性了！不可同日而语了！它迭代了！它新生了！哎呀，这可是我们自己的软件系统、自己的技术成果，与他人无关。卖不得卖不得！说什么也不卖！

屋内寂静无声，众人不约而同地眼巴巴看着秦茱萸。

秦茱萸继续透露：利用王鹣精密为境外项目生产样品的机会，TRR数控系统新技术原创技术系统将在实际应用中历经多项比对、验证。总之，只有继续深耕，才能让"霸王床"荷载的崭新技术系统不断完善，"霸王床"本身得以脱胎换骨。我在考虑，待各环节的衔接更成熟些，德立技术完全可以在仿制、改造基础上，全要素创新，制造我们自己的"霸王床"……甚至名字都想好了，叫"霸王铣""霸王刨""霸王镗""霸王钳"……

马赛鹰很激动，猛地拍起大巴掌，震得屋里"嗡嗡乱响"。

黎锦官坐在办公桌一隅，眉头深锁，忧心忡忡。他想的是毛织厂困境不抓紧解决，必拖累集团，包括拖累德立技术无疑。眼下即使没到砸锅卖铁的地步，但"霸王床"值钱，卖它变现，至少可以应个急。权宜之计，迫不得已，这层意思如何跟秦博士说清楚呢？

秦茱萸：首台机床力争年内量产并推向市场，我觉得有把握。

马赛鹰再次鼓掌，只是声音没有刚才那么热烈。

袁若德沉思片刻。关于"霸王床"的走向，在秦茱萸那里是明朗的，是准备派大用场的，应予支持。这时，黎锦官"吭哧"一声，打算说服秦茱萸，正待开口，袁若德冲他摆手制止。黎锦官如鲠在喉，却只能抿紧嘴巴，一声不响。

袁若德表示由衷赞同。他一锤定音：按秦总意见办。保留"霸王床"并由德立技术全权掌握及使用。此事集团不再议了。

秦荣萸也下意识地闭了嘴。其实，他还有一层意思没有透露，牛仔酷小组通过"霸王床"新技术调试，已介入王鹣精密所拥有的特殊工艺。这项工作意义非凡，只是需要双方合作，王鹣精密的配合度仍可提高，其价值不可低估。

6

晚上，西苑北街3号别墅，陈豪杰家。

吃过晚饭，贺喜与陈可铭分工，陈可铭在家督促孩子写作业，贺喜下楼到公婆家。作为方杰科技集团资金管理中心总经理，她必须第一时间将企业资金运作情况向家公陈豪杰汇报。

贺喜与陈豪杰分坐在茶几两端的木椅上，嗓音柔和：爸，阿期女友叶馨菊对曲解及方正电梯领导小组有意见。

陈豪杰慢吞吞呷一口茶：什么意见？

贺喜笑容恬淡：还是老问题，叶馨菊想做贴牌，来钱短平快。不能容忍曲解及领导小组与她的意见相左。

陈豪杰：方正电梯有规划纲要，不能姓叶的说了算吧？

贺喜：叶馨菊以前说一不二惯了。

陈豪杰很不高兴：她从未参与工厂经营，凭啥说一不二？

贺喜：从根子上说，她是对小方正回迁不满。区区一个贴牌单子，接不接无碍大局，她只是找个发泄由头而已。

这话可没说到点子上，陈豪杰心下嘀咕。姓叶的没准想大赚一笔，钱到手，即收手呢！这么想着，陈豪杰脸黑下来：你去跟她说，做品牌是我定的。

贺喜语气尽量平淡：好的爸。前几天，阿期专程赴港劝说叶馨菊，但不奏效。叶家态度是"不做贴牌散伙撤资，做贴牌合伙增资"，毫不通融。今天下午已有动作，撤走了部分流动资金。

什么？陈豪杰腾地从木椅上站起，瞪视贺喜。

贺喜温和地点点头：我猜其意，或在敲山震虎。

陈豪杰怒火中烧，在屋内疾走几步，转了个圈，顺手操起茶几上一只茶杯往地上猛摔，但听"啪"的一声巨响，玻璃碎碴儿溅得满屋都是，接着响起陈豪杰嘶哑的吼声：散伙？有本事她早散啊！不靠谱的东西！

夫人方珍从屋里跑出来，顾不上收拾满地的玻璃碎碴儿，趋前几步安抚老伴儿：好好好，别跟她一般见识……

陈豪杰对着门和墙壁，继续嘶吼：她那个资，早不撤晚不撤，偏这个时候撤，分明居心不良！

方珍好言好语：她撤资好啊，撤人更好，她连人带资早撤早好！一撤两清，一别两宽。

陈豪杰仍然大发脾气：当年不是她自己找上门的吗？不是她看上我家阿期，死乞白赖黏着，谁跟她合伙？现在赚到钱了，翅膀硬了，就闹散伙！良心被狗吃了……陈豪杰忽觉心口发堵，接着一阵锐痛，他猛地用手捂住心脏。

方珍有经验，一听老伴儿噎住了，便知他心脏不适，立刻哆嗦着两手，分秒必争地从固定抽屉里拿出"救心丹"，再转身倒杯水，叫陈豪杰服下，然后挽着他，慢慢坐到沙发上。这时才感到自己脚趾痛，低头一看，她穿着拖鞋的脚被玻璃碎片割划出血痕。她惊魂未定，管不了这么多了。

陈可铭听到楼下响动，紧急下楼到父母房间，推门箭步上前，扶住老爸，轻拍他的背。听老妈说老爸是为叶馨菊撤资的事生气，急忙安慰说：小菜一碟，掀不起大浪。爸，集团资金充裕，不会造成负面影响，您放宽心好了！不必理会姓叶的小人。

贺喜跟着好言劝慰：爸，阿期自有分寸，爸您别太担心。兄弟式合伙，仇人式散伙，也是时下常态，不奇怪。

脾气发过了，陈豪杰依然气哼哼的，喘气粗糙，坐在沙发上铁青着脸，紧咬着牙，懒得再出声。想起方杰历年来对叶氏及其家人的多方关照，也没落下个好，对方动辄以"散伙"威胁。尤其在时间节点上非常不妙，于方正电梯开局非常不利。他心情复杂，其中不乏惋惜、担忧、愤恨甚至颓唐，无以排解。

过了好一会儿，陈豪杰吃了药喝了水，心情平复下来。他转脸面对儿媳贺喜：阿喜你看，以前我说过，有人以为爱情和利益捆绑是灵丹妙药、济世良方，其实不然。爱和仇才是天然捆绑的。爱不成，仇成；爱成，仇消。

贺喜使劲儿点头：因爱成仇最伤人。这是爸的名言。

陈豪杰：叶氏在这个时候散伙撤资，意在掐我七寸，足见其小人嘴脸。这个局面固然对方正电梯不利，造成负面影响，但也倒逼我们，彻底进行资源整合及产业升级，没有退路。

陈豪杰对长子陈可铭说：这事要重新考虑一下。当前，方杰处于变局之中，各种力量要拧成一股绳。不可闹内讧，自乱阵脚。如果各搞各的，那就没有任何赢面，只能败北。所以，为挽留叶馨菊，方杰必须拿出更大诚意。

陈可铭：之前有过预案，给叶馨菊留了方正电梯副总裁位置。

陈豪杰点头：你们赶快研究确定，通知阿期，不要再拖了。

陈可铭：我明天落实这事。爸您放心。

7

上午，德福毛织厂厂长祝业祺办公室。

一大早，袁若德和袁甲芳即赶到毛织厂祝业祺办公室。祝业祺和代紫萱已在此等候，起身迎上前。

袁若德与代紫萱握手：回来了？还顺利吧？

代紫萱咧嘴而笑，说俏皮话：有老板罩着，肯定顺利啦！

袁若德朝祝业祺扬扬下巴，语调轻松：你祺叔当厂长了！现在毛织厂由你们两个主事啦！你俩一向儿配合得好，相信接下来会更加齐心协力，把毛织厂搞好。

袁甲芳见代紫萱眨眨眼睛，不太明白的样子，向她吐露实情：原厂长梁仁良目前仍在境外，归期无法确定，集团决定免去其毛织厂厂长职务，提拔祝业祺任厂长，你仍是副厂长。

代紫萱郑重点头：芳姑您放心！

袁若德：向你们通报个事。梁仁良出国前将毛织厂做了抵押贷款，他本人也没有如期回来。至于他回不回，什么时候回，都是未知数。这是绝密情况，毛织厂仅限于你们俩知道。

袁甲芳补充：阿美都不知道，你们不要在她面前提及。

祝业祺愣神数秒，手指沙发和茶几：嗨，老板们都站着说话，怠慢怠慢！快请坐！刚刚泡好的雨前茶，尝尝味道怎样。

几人在沙发上落座。袁若德无心品茶，立即开始听取汇报。

代紫萱：出差德国期间，我跑了四个城市，与多位老客商洽谈，通过他们引荐，又结识了一批新客商，拿回大额和小额订单各六张，未来14个月内，我厂生产将达到饱和。同时，我代表毛织厂盛邀新老宾客到中国广东省河埔市，参加一年一度的"河埔金秋国际毛衫节"，目前已有十来位客商明确答复，争取来年参加。

袁若德点头。

祝业祺：紫萱那一口顶呱呱的外语，不仅成就了她的招商业绩，还为毛织厂节省了翻译经费。我多次在厂里提出要求，叫年轻人多向紫萱学习，希望我们毛织厂多出几个代紫萱！

袁甲芳嘴快：祺叔你有没搞错？代紫萱不是你们毛织厂出的啊，是人家服装厂出的！祺叔你若有心，自己在毛织厂培养几个代紫萱式人才出来呗！那才算本事。

祝业祺眉开眼笑：芳姑吉人吉言！我就借杆往上爬了。我毛织厂复刻代紫萱，批量涌现人才，指日可待！

袁甲芳：好哇！借助"河埔金秋国际毛衫节"，毛织厂知名度加码，美誉度蹿升，订单如雪片飞来，成为正宗网红厂！当然，万变不离其宗，绕不开一个"钱"字。毛织厂资金问题呢，袁董正在想办法调剂，你们按部就班组织生产就好。

代紫萱：袁董，芳姑，给我们三个月时间，保障厂里流动资金不断线就好。我们将借"河埔金秋国际毛衫节"的辐射和影响力，收回部分货款，保持良性循环，加上采用其他有效措施，为毛织厂争取翻身机会，至少让厂子喘过气来，决不拖累集团。

袁若德和袁甲芳离开后，祝业祺和代紫萱关门窃窃私语。

代紫萱：祺叔，这款最亮眼的毛衫突出了两个古典、两个现代共四个崭新元素，综合效果非常好。接下来要安排加班了。

祝业祺点头：行，日夜加班赶单，保证按合同出货。

代紫萱：袁董看上去……我觉得他好像心事重重。

祝业祺一脸机密：唉，这段时间你不在，厂里出这么大的事，我是真急！毛织厂流动资金本来就不宽裕，现在要全部用以还银行利息。你拿回大单本是好事，但眼下买原料的钱都靠集团从别处调剂，下一步，连发工资都要借钱了。

代紫萱心情沉重：我管财务，没把好关。倒是发现了些蛛丝马迹，却拿不出防范措施，责任在我，我考虑欠周！

祝业祺：这事怪不着你。你分管财务时间不长，权力也有限。

代紫萱：祺叔，你说梁厂长胆子是不是太大了？

祝业祺：他一直想做金融，不想做工厂，说什么轻资产来钱快。袁董坚决不同意，董事会经充分酝酿也否定了梁仁良的方案。但他不死心啊，背后搞小动作，瞒天过海。

代紫萱：他这动作可不小，遗患无穷哦！贷款有多种方式，为啥偏拿毛织厂做抵押？这不把厂子往绝路上逼吗？银行利息拿什么还？他既没个交代，人也不回，这是安的什么心！

祝业祺：做金融跟做厂思路不一样。咱们做厂，有多少钱做多少事；做金融是加杠杆，有一百块钱要做一万块钱的事。

毛织厂如何摆脱困局乃至危局？成为压在祝业祺、代紫萱心头的石头。两人商量一阵，除了老规矩，想办法筹措部分资金外，还想到另一条路子——倡议全厂管理人员带头，三个月不拿工资或工资减半，以自愿为原则，逐一登记造册，待工厂资金形势好转后，定当足额补发。

倡议在发布之前向集团报备时，被紧急叫停。袁甲芳请示袁若德后，果断通知祝业祺，此倡议不妥，立即废止。

8

晚上，方正电梯建筑工地4号铁皮工棚。

7点，方正电梯领导小组成员齐刷刷围坐在4号铁皮工棚内，热火朝天的建筑工地此刻稍许安静，利用晚上开会已成惯例，多个具体事项都是在这个时间点研究决定的。

方正电梯两个试验塔均与新厂区同步开建，其中一个是自动扶梯试验塔，另一个是垂直电梯试验塔。

陈可期按事先拟好的议程，要求大家就垂直电梯试验塔高度问题统一意见。曲解先发言，刚说两句，会场就炸锅了。

曲解提议：规划纲要中的电梯实验塔高度为150米，后经重新检索查阅国内外文献资料，以及慎重考虑，我建议再增加30米或50米，使垂直电梯实验塔总高达到180米至200米。

众人面面相觑，大眼瞪小眼。紧接着，会场响起"嗡嗡"声，人们交头接耳，发出各种带了些惊吓的不解和质疑。

冼赫最直接的反应是，曲解吃了豹子胆？他立表反对，语带讽刺：曲博士，规划是你主持制定的，怎么又要变？

曲解态度坦诚：对不起！是我的失误。彼时我初来乍到，侧重点放在其他方面，对垂直实验塔高度的设计思想趋于保守。眼下，老板（陈豪杰）带领集团确立了新的战略方向，并将伟杰和奇杰直接并入方正电梯，格局宏大，志存高远。我们有必要领会集团战略意图，在垂直实验塔高度等系列关键问题上保持一定前瞻性、先进性。以方正电梯现有技术和技术队伍，建200米高的试验塔完全没问题。所以，我觉得现在修正还来得及。

我不同意！冼赫反对，态度非常坚决。

冼赫对曲解不满，越来越不满，肚子里憋了一堆气话。他心下暗忖，曲解一介女流，竟有这种好高骛远的毛病！此前，她把叶总拿回的贴牌大单推掉，那是已经到了手边的钱啊，她都不赚！现在又异想天开，无端端地要提高试验塔建筑高度。她装清高，博眼球，抢风头，闹得如此怪异。

曲解似乎猜到以总工程师冼赫为代表的相当一部分人会持反对意见，因而拿出足够的耐心，泛泛游说，慢慢解释。

曲解接着发言，大意是，按照普通逻辑，电梯运行速度越快，对其制造技术和所用材料的要求越高，对垂直试验塔的高度也相应要求较高。换言之，只有较高的垂直试验塔，才能承受试验电梯一定的高速，为高速电梯提供测试平台。因此，垂直试验塔建设高度不单纯是个高度问题，它还包括电梯运行的速度、持续运行的稳定性安全性等，它集中了电梯制造技术、安装技术以及对各种现代材料的应用技术等，标志着一个电梯厂家的综合技术水平及综合制造能力。在我眼里，它是方正电梯品牌质量的符号。

冼赫发言，语气沉稳，予人以深思熟虑之感：理论上说，先进技术，高端产品，无疑都是好的。然而，脱离实际则可望不可即。我们做厂，每一步都要脚踏实地，从现有技术水准出发，牢靠稳妥，量力而行。不能搞花架子，不能老想着冒尖，老想着出风头，尤其不能罔顾安全。当然我不是讲具体人，我是泛指。如果我们一步不慎搞砸了，就可能引发连锁反应，步步搞砸。那时我们岂不无地自容？这还是次要的，重要的是我们担不起这个责，承不起这个债，负不起这个罪。

总工程师的意见分量很重。工棚内静得掉根针都听得见。

曲解发言，不急不愠：关于垂直电梯试验塔高度，我及我的同业（包括欧美同学会）已反复查阅过国内外相关文献，即便180米、200米高度也仅位居中游，250米高度都是可行的。我们不能光看眼前，要看远一点，也不能光看国内，要往四大洋五大洲方向看，要有赶超行业大鳄的勇气。我们既然创建了方正电梯这个品牌，就要有品牌作为、品牌抱负。

杜仲低眉垂眼，不表态。其他人态度也不鲜明，看样子没什么人赞同曲解的意见，反对的倾向是明显的。或许，众人觉得一来夹在曲解和冼总之间很难做，二来200米高度有点吓人。

卢占祥发言，口气委婉：我个人觉得，还是严格按照规划纲要来建，不要改了吧！150米高的垂直电梯试验塔在国内已数顶尖水平，那些数一数二的电梯大厂试验塔也鲜见超过150米的。这个高度对方正来说，使用绰绰有余。

立刻有人附和：是啊！没人愿在这方面冒风险、强出头。

曲解：别人不建，不等于我们不可以建。我们方正电梯追求高精尖电梯产品，涵盖高起点、高标准、高性能、高品质。180米至200米高度的垂直电梯试验塔，方可与之匹配。

有人语带讽刺：曲博士的意思是塔高标志着先进程度，试验塔越高，电梯制造水平越先进，两者正相关，是这样吗？

曲解神态笃定：对。

曲解一再告诫团队：方正电梯要百尺竿头更进一步。然而，理解她的远大抱负和良苦用心者，或许有限，对于垂直电梯试验塔高度的争执还是达到"白热化"。

陈可期怎么也想不到，垂直电梯试验塔高度，竟然成了问题！两种意见分歧严重，针锋相对。这不是什么少数服从多数，而是很严肃的技术问题。他觉得专家们说得都有道理，各有各的道理，但相互之间严重对立，让他没法儿表态。最后拍板定夺的当然是他，但那只能在专家意见趋于一致的情况下。

曲解意识到陈可期的难处，同时出于对总工洗赫的尊重，她按捺着性子，决定让步。再次发言时，建议将电梯实验塔高度确定为180米，200米的高度不再提了。然而，还是通不过。

面对此一重挫，曲解倍感焦虑，倍感孤立。

9

从早到晚，广德集团员工宿舍楼尹擎、代紫萱夫妻房。

这天早上，代紫萱像往常一样起床走进洗漱间，刚拧开水龙头准备洗脸，忽然一阵肠胃翻搅，又一阵恶心，紧接着猝不及防地呕吐起来。尹擎在屋里听到动静，慌忙追过来，扶住妻子，连问怎么了。代紫萱摇头，她自己也不知道怎么了，大清早的，起床就吐，她从没经历过。尹擎轻拍她肩背，指望她慢慢缓过劲儿来，好受一点，谁知她吐得更猛了，恍若倒海翻江。尹擎紧张起来，立即拽住妻子一只胳膊，架在自己脖子上，欲送她去医院。孰料这一扯一架，呕吐忽然停了，不舒服感觉没影儿了。

两人四目相对，条件反射般顿悟：这是怀孕了。

代紫萱意外中夹杂着不乐意：哎哟！这咋办呀？

尹擎意外中夹杂着欣喜：哈哈！老婆你好棒！你真牛！

代紫萱转身走到房间，尹擎跟在她身后，两人在椅子上面对面坐下来。尹擎挠挠后脑勺，心中万分庆幸，嘴上忍不住说：我以为你是累着了，原来不是。嘿嘿……嘿嘿！

原来，代紫萱从德国回来后，一头扎进车间，紧锣密鼓地组织毛织厂全员加班加点赶单。她先后四次召集骨干研究改进生产流程，重新部署技术力量，细致分工，责任到人，对生产线的每个环节均实施严格把关，全力保证产品质量。同时，她代表毛织厂参与市里的毛衫节筹备工作，忙于各项琐碎事务，天天大清早出门，晚上八九点才回家。尹擎几次叮嘱她别太劳累，她总是莞尔一笑，轻言细语地说声没事儿，然后该忙啥又忙啥去了。

代紫萱低着头，不搭腔，脸上没半点喜色。

尹擎喜笑颜开，他是真高兴，同时想逗老婆开心：在我们村，谁家媳妇怀孕了，村民打照面时都不忘恭喜一声，我从小就知道怀孕是喜事，跟在大人后面上门讨糖吃，总能讨得到。

代紫萱不无懊恼：但现在不是时候啊！真不是时候！

尹擎：怀孕就怀孕了，啥叫"不是时候"啊！

代紫萱瞥尹擎一眼，神情颓唐：没钱。

尹擎不假思索：你放心！钱我来挣，我是男人我养家，保证你吃喝不愁，保证我们的孩子……

代紫萱不想听，尖声截断：我知道养家糊口没问题！但紫岚有病，我们能不管她吗？

代紫萱这一说，尹擎哑巴了。

两口子曾在网上查了资料，大致知道，一旦确诊为肾衰竭，那是不得了的事！需要定期做血液透析，花费不菲。而且，血液透析只是维持现状，治标不治本，对健康的每况愈下、不可逆，束手无策，发展下去就只能换肾了。这事简直不敢想，一想就心惊肉跳，时髦说法是"细思极恐"。概括起来有两怕，一怕危及生命，二怕花销无度。虽然找袁仁美借了钱，困境有所缓解，但那是表妹下一步的救命钱，只能备着，不敢花。

再者，毛织厂情况不容乐观。虽说有集团兜底，毛织厂不至于立马关门，但能撑多久呢？非要眼睁睁看着把集团也拖垮、大家树倒猢狲散吗？代紫萱与祝业祺商量，与其被动挨着，不如主动作为。为保厂，厂级干部及全体班组长不拿或少拿工资仍是优先选项。

尹擎知道妻子压力巨大，不再说什么，默默收拾东西。两人赶到职工食堂吃早餐，随后分头上班。

晚上回到家，洗漱完毕，两人并排靠床头坐着，"怀孕"仍是绕不开的话题。代紫萱显然已经深思熟虑，语气却还是试探性的：没有钱，孩子生下来也养不好。尹擎知道她的意思，垂着脑袋，闷声不语。代紫萱捅捅老公：你想个办法呀！

尹擎没好气：我有啥办法！说完出溜一下钻进被子，捂头睡了。

此后不止一个晚上，尹擎和代紫萱商量对策，夫妇俩结结实实发上了愁，硬是想不出接下来该怎么办。代紫萱多次伤心流泪，尹擎看了既心疼又不满，责怪她说：你这种不良情绪不是影响胎儿吗？代紫萱无言以对，但想开心起来，显然是不可能的。这天夜里，尹擎终于忍不住发了大火，冲代紫萱吼道：你是怀了孕，不是怀了定时炸弹！谁像你这样？

这话惹得代紫萱更伤心了，哭了一夜。黎明时分，她像等待宣判似的，哽咽着对尹擎说：你定吧！

尹擎鼓着一双红肿的眼睛：你自己都定了，轮得着我定？你从第一天起就压根儿没打算要，一天都没有好好养过胎！

代紫萱：对不起！那你的意思还是不想打（胎）？

尹擎：我没说不打……

10

黄昏，方正电梯建筑工地临时停车场。

陈可期钻进自己的座驾，准备驶离工地临时停车场。刚打着火，就透过玻璃看见曲解向自己这边走过来，忙摇下车窗，探出脑袋问：曲姐，找我吗？曲解抬腿小跑，朝陈可期这边赶过来。

陈可期知道曲解肯定有事，熄火下车。

曲解旁顾左右，压低嗓门儿：这里没人，有话跟你说。

两人面对面站在车前私聊。

曲解神色沮丧，眉宇间满是愁绪：可期老板，垂直电梯试验塔就按规划建150米吧，不再加高了。

陈可期掩饰不住欣喜：曲姐，你愿意让步啊？

曲解沮丧万分：不愿意。但是，闹掰不好，必须得让。

陈可期：我就知道，曲姐你宰相肚里能撑船。冼赫作为总工，他的意见有一定道理，亦有理论依据，不容忽视。

曲解苦笑：是啊！他是小方正老臣，不少人支持他。

陈可期：冼赫是阿菊（叶馨菊）的骨灰粉，以阿菊马首是瞻，这个谁都知道。所以，有些时候在有些问题上，他的出发点不一定是方正电梯哦。但尽管如此，我不希望你们僵持不下。

曲解：让你为难，我觉得很过意不去。

陈可期：其实，你的态度最让我踏实。这事就这样定了吧。

曲解心有不甘，重重地叹口气：如果把垂直电梯试验塔建设高度，当作个人或技术流派之间争高低的问题，那就错了。本质上，这是方正电梯的"定位"问题，是方正电梯厂含金量多寡的问题。不瞒你说，我非常遗憾！非常惋惜！我个人仍认为180米高度是比较合适的。唉，也许过不了三年五载，回过头来看，会为今天的选择后悔。

陈可期缓和气氛：有人对我说，要力谏曲博士放弃"高不可攀"的目标……

曲解苦笑着截住话头：180米而已，就高不可攀？

陈可期安抚：曲姐，你不要承受过大压力哦。

曲解：可期老板，另外还有件事，我想跟你私下交换意见。

陈可期耐心倾听：你讲。

曲解：董事长拟配给我股份，我暂时不能要……

陈可期摇头截断：NO！关于你个人持股的事，是老爸和董事会定的，是板上钉钉的。连我大哥都无权改变，我更无权过问。

曲解：你爸、你哥和你的心意我领了！不过请转达陈董……

陈可期再次截断：此事不必再议，议也白议。

曲解锲而不舍：可期老板，万事开头难。方杰二次创业，机遇和风险成正比。集团前期资金投入无疑是巨大的，应尽量减少资金支出及股份析出口子。再者，考虑到我个人无功不受禄，现在持股不是时候，缓缓再说吧！来日……

陈可期态度非常鲜明，一副不容置疑的语气：实话给你说，曲博士，你不要股份，不是谦虚，是推卸责任，是"甩锅"。股份是利益体现，更是利益绑定，产生一损俱损、一荣俱荣之效。换言之，责权利相互对应，干得好大家都有份，利益均沾；干不好大家都要担责，谁都难脱干系。你不要股份，深层动机无非是为你自己日后好脱身，但别忘了万有引力！

曲解张口结舌。这番话若出自陈可铭之口，她倒不会诧异。

陈可期沿着自己的思路，犀利补刀：你对于方正股份，不啻为新鲜血液；方正股份对于你，不啻为吸血鬼。

曲解头一回发现，自己看错陈可期了！以为他在许多事情上没主意、没主见、没主张，错！优柔寡断不是他的个性。

这时，曲解手机铃声响。她掏出一看，是陈可元打来的，对陈可期说：小元。

陈可期问：还有事吗曲姐？

曲解摇头。

那你们聊。明天见！陈可期说着，钻进车里，驾车离去。

手机里传出陈可元兴奋的声音：曲姐，祝贺你啊！

曲解惊讶不已：祝贺我？什么好事呀？

陈可元：我爸决定采纳你的建议！

曲解一时蒙圈——垂直电梯试验塔高度问题，这么快就反映到董事长那里去了？她试探着问：你说的是哪条建议啊？

陈可元语气亢奋，但不忘卖关子：我爸另有一番推动方正电梯发展的宏观考量。这回呀，他老人家铁心大施拳脚、大展宏图哦。总之，好事在后面！稍后我大哥会向你通报。

电话挂了。

11

凌晨，广府大街71号，德立技术大厦秦茱萸办公室。

后半夜，快1点了，一天的工作结束，楼里的灯光渐次熄灭。甘果、牛仔酷等先后离开实验室，莫如师打着哈欠，最后一个关闭电脑，关灯，起身回宿舍。

他经过秦茱萸办公室时，从门缝中看见秦茱萸坐在椅子上发呆，两眼钩子样盯着墙角，好像很难过似的。莫如师心下纳闷，经连续多日艰苦研发，多项数控技术成功在即，牛仔酷小组的精密机床减震压躁数控技术已成功应用于

"霸王床"，这是看得见的成果，看不见的、厉害的还在后面。总之，开心还来不及，怎么反倒弄成这种焦虑、纠结的样子？老大怕是纠结惯了。

莫如师轻手轻脚推门进屋，凑上前：老大，有事儿啊？

秦荣荑一动不动，神色木木的：没事儿，喝酒解解乏……

莫如师：呃，喝上啤的啦？你从来不喝啤的。肯定有事儿！

秦荣荑抓起一罐啤酒，递给莫如师：坐吧，正要找你。

莫如师接过啤酒一看，是本地产的百威，他顺手拉张椅子坐在秦荣荑对面，一仰脖，把半罐啤酒灌下去了。

秦荣荑强打精神：如师，技术瓶颈，纠结于某个点，摸不清重点，找不准突破点，另外还有个干扰点……

莫如师：老大，你已连续弄了几个昼夜，今晚需要补一觉，这才是要点。

秦荣荑语气伤感：哪里睡得着？唉，我把曲解弄丢了……

莫如师漫不经心：老大，你啥意思？你是说我准嫂子她……

秦荣荑使劲儿摇头：她不是你准嫂子了，永远也不是了。

莫如师"扑哧"一下咧嘴笑了，笑得只见鼻子不见眼：老大你搞笑！不是准嫂子就是嫂子了呗！有什么区别吗？

秦荣荑一脸懊丧和颓唐：实话告诉你，我跟她结束了……

莫如师两眼圆睁，盯着秦荣荑的脸：这话当真？你喝多啦？

秦荣荑没吱声儿，点点头，又摇头，不知否认还是默认。

莫如师立即反对：这可不行！把谁丢了也不能把我准嫂子丢了！老大，曲解是啥人？那是皇冠上的明珠！是人才中的人才！你不知道在洛杉矶、在硅谷有多少人追她吗？那帮人里你最幸运啦！你好不容易把她抢到手，怎能放手？她千里迢迢追随你，来到你身边，只差一纸婚书了，还丢什么丢……

秦荣荑何曾忘记，在硅谷那个高知圈子，女性少，男女比例是十比一，等于每个女性有十个男性追，何况曲解这样的秀外慧中者。他重新抓起一罐啤酒打开，高高举起，仰面朝天，"咕咚咕咚"地猛灌一气，直灌得肠胃一阵倒海翻江，连连打嗝，差点儿呕吐。莫如师急忙抢过他手中的啤酒罐，不让他喝了，但他还在做灌酒动作，嘴上喃喃自语：我没放手，但确实丢了……

莫如师见秦苿荑样子可怜，像是满腹苦楚，立刻端出两肋插刀架势：不可能！绝无可能！咱把她追回来！

一种深刻的孤独和绝望感，从秦苿荑心底升起，渐渐弥漫开来，很快加强为笼罩全身的一款无形枷锁。他疲惫地闭上眼睛，噙在眼眶多时的泪水冷不丁扑簌簌滚落。

莫如师极力猜度：莫非准嫂子她……她变心、她放手了？

秦苿荑摇头：不是不是！她还不知道……这事责任全在我！唉，感情上，我回不去了！像年龄回不去了一样。

莫如师真懵逼了：老大，原来是你丢曲解的？你成心啊？

秦苿荑不加掩饰：是我！怪我！唉，曲解无解……了。

莫如师：不是曲解无解，准确说，是你与曲解的关系无解。

秦苿荑压根儿没想过会弄丢初心初恋！刮台风那晚他喝高了，仅此而已，但其他细节不堪回首又不能不回首。彼时，完全没有情意氤氲、暧昧朦胧的感觉，完全弄不清是爱是欲，或两者本无边界，极似量子纠缠。他和她硬是在没有充分心理准备，更无预兆和预案的情况下，完成了一场"快闪"式颠鸾倒凤。长这么大从未体验过这种刺激。床单上的斑斑血迹让他惊慌失措，倒是陈可元先缓过神儿，扯起床单到洗手间做了"善后"处理。

爱一个，伤另一个——天定画等号，天定成正比，天定具有必然性！这个该死的悖论，简直就是颠扑不破的魔咒！

秦苿荑沉浸在愧疚中难以自拔。他想尽快找个时间与曲解见面，开诚布公，好好谈谈，请求她原谅，请求她放弃他，早日"止损"，重新寻觅幸福。她自身条件卓越，早在美国时追求她的人就不少。总之，多耽误她一天，自己就多一重罪过。

秦苿荑：怎么办？如师，你得帮我……想个办法呀！

莫如师猜也猜到了，有女孩飞蛾扑火，"迫害"老大，诱他上贼船。殊不知，老大这一上不要紧，立马被归入脚踩两只船之"渣男"类。莫如师很不高兴：原来你闷骚！这有啥办法？帮不了。

秦苿荑两眼圆睁：见死不救？

莫如师横秦苿荑一眼：死都死球了，还救什么救！

秦苿荑语气软弱：不是救我，是救曲解。

莫如师忽然翻脸：天底下还有哪个女孩比曲解好？天底下还有哪个女孩比曲解对你好？我不懂你！我鄙视你！

秦苿荑感觉走投无路：如师，曲解信你，你出面骂我一顿好不好？列举我的全部劣根，证明我不值她爱，叫她蹬了我！你跟她说，情感是宝贵资源，别浪费在秦苿荑身上了。

莫如师使劲儿摇头：我就骂你是人渣，她还是爱你。再说，她能容忍任何人说你一个"不"字？我对你还没开骂，她先把我骂死了。你咋有这馊主意？再说，我当恶人能让你解脱吗？

一阵静默，喘气不匀，屋里空气好像稀薄，令人有憋尿感。

莫如师使劲儿挠后脑勺：近虑费解，远忧无解。我倒有个办法，你干脆二话不说跟曲解扯证结婚拉倒，近虑远忧一并可解。

秦苿荑冷笑自嘲：扯证结婚？扯淡！结个鬼！

莫如师明白秦苿荑的意思。从对方角度，跟这个结那个不愿意，跟那个结这个不愿意。从他自己角度，跟这个结那个放不下，跟那个结这个放不下。华山一条路是跟谁都不结。莫如师替秦苿荑解嘲：不结婚也好，保持现状可能是最优解。

秦苿荑云里雾里：最优解？

夜半三更，两人都困了，话又不投机，莫如师起身想撤。

秦苿荑考虑到曲解几次开口请求支援，其中一次点了莫如师的名，他便产生了个想法，即商请袁若德老板同意后，委派莫如师小组带着最新一项专利技术，与曲解负责的方正电梯展开合作，具体合作方式、合作价位包括酬劳等，由双方商定——此举在广德开创了技术输出（有偿技术服务）先河，正中袁若德下怀，解决了部分资金，应了急。秦苿荑当时并不清楚，他只是一心一意想帮助曲解，即使不是为了摆脱自己"良心不安"的困境（此为后话）。

莫如师对老大这个想法倒很支持，郑重点头，表示明白。他突然想起另一件事，刻意压低嗓门儿：听尤其芬说，袁若德老板的女婿梁仁良卷款出境，逾期未归。

秦茱萸丈二和尚摸不着头脑：哦……咋回事？

莫如师一脸茫然：具体不清楚。阿芬不肯多说，还叫我保密。

12

上午，方正电梯建筑工地4号铁皮工棚。

果然如陈可元所言，好事在后面。

上午，陈可铭、贺喜夫妇抵达方正电梯，列席方正电梯领导小组会议，他们身后跟着奇杰通信设备公司总经理李才智。

会议开始，陈可铭向众人通报：经方杰集团董事会批准，撤销集团旗下奇杰通信设备公司，将其整体并入方正电梯。此事已完成向有关主管部门报备，相应手续也都办好。集团成立了由我本人领衔并直接操盘的统筹小组，督促两厂合并交接。奇杰通信设备公司科研大楼，将改作方正电梯总部大楼，五个工作日内移交给方正电梯。原奇杰通信设备公司总经理李才智任方正电梯董事副总经理，亦为方正电梯领导小组成员。

哇噻！在座者都有点意料之外的小激动，脸上洋溢着莫名欣喜，你看看我，我看看你，好像需要互相印证一下，这是真的吗？随后，工棚内响起嗡嗡声，依稀辨得出那是振奋和惊叹：啊，动作这么大！哇，方正电梯简直不要太爽！

陈可铭特别强调：这是方杰集团决策层殚精竭虑的结果。

工棚内安静下来，因为即将谈到具体事宜，人人屏息静听。

陈可铭继续通报：接下来，具体人事安排及其他相关事项将顺序展开。奇杰通信员工拟一分为三，包括方正电梯、佳杰五金、俊杰电子这三个厂。愿意去哪个厂，个人可提出意愿，将予优先考虑。上述工作由统筹小组总负责，具体事务由奇杰通信善后小组、方正电梯承接小组配合。

陈可铭顿了顿，面带微笑：关于李才智李总，我简单介绍一下。李总是方杰集团元老、股东，在河埔工商界是个厉害角色，业内名头很响哦！奇杰通信就是由他带人从无到有干起来的。今天我把李总带来并给你们留下了，从今往后，你们就是同事、同仁、同僚加同谋了。愿各位合作愉快！

全体冲李才智鼓掌。李才智微笑起身，向众人鞠躬致谢。

陈可铭接着说：奇杰通信设备公司科研大楼，是方杰集团重金打造的一栋六层高现代建筑，设计理念先进，内外设施高端，三年前投入使用。科研大楼四层至六层科研实验室（含精密仪器及设备）将完整保留，由方正电梯科研部门（现仅有一个小型技术团队）接管，其他楼层可作办公用房。还有诸多相关事项，都已安排了人手，各司其职，按规定走程序，保证顺利交接。

贺喜补充：交接工作有时间限制。原则上赶前不赶后，提前可以，延后罚款。我对两个厂的头头和善后及承接两个小组都说了，交接有误，双双认罚。开罚单我是不遑多让的。

陈可铭强调：对，谁误事，向谁追责。

贺喜面带微笑：虽然我身背骂名，什么"罚星""煞星""无喜可贺"，人人见我噤若寒蝉等，但我按章施罚从不手软。

陈可铭接话：你是"不罚不喜"嘛，大家都知道的啦！你替公司守财，替大家守财，当个"守财奴"没什么不好呀！

这两口子教科书式配合！惹得人们爆发出欢笑声，还有人放声大笑。这笑声，都是当着面的，权当是善意的吧。

贺喜接着通报：方杰集团与河埔市某银行达成战略合作，获得该行首笔

15亿元授信额度，方正电梯借此可以大鹏展翅。

工棚内出现小小骚动，人们抑制不住窃喜，互相交头接耳。

陈可铭摆手示意大家安静，接着说：这意味着……话说半截，戛然而止。他两眼往上翻，又往脚下看，再扭头左右扫视一圈：意味着你们在铁皮工棚开会，这是最后一次了。曲解博士有句话，她说呀，指挥机构不可以做流寇状。现在我骄傲地宣布，陈可期为首的方正电梯领导小组，洗脚上楼了！

人们会心地爆发哄笑，不约而同热烈鼓掌。

陈可期心情奇好，看谁谁顺眼，听谁说话都好听，鲜见笑容的脸上现出一抹抹柔和的光辉。最令他感慨的是，今天的方正，比之前的小方正，天上地下，不可同日而语。他突然显得口拙，从头到尾只说了一句凑趣的话：方正电梯由丑小鸭变白天鹅指日可待。不要引人羡慕嫉妒恨哟！

曲解同样心情激动，浮想联翩——

已经撤销一个伟杰建筑了，再撤销一个奇杰通信，两个曾经的方杰主业、盈利大户，齐刷刷并入方正电梯，这手笔不可谓不大！简直大动了干戈！方杰老掌门陈豪杰目光深邃，目标远大，颇具企业家气魄，令她钦佩！她提出的建议只是单纯为了扩大用地，陈豪杰却连地带人包括地面建筑（尤其是眼下急需的办公、科研用房）全都给了方正！陈豪杰不为快钱所诱，不为短利所惑，剑指百年老厂，领着方杰不惜血本，砸重金，落实锤，来真的！

这件事最大、最直接的受益者是陈可期。作为陈豪杰幼子，陈可期无疑是幸运的。在陈豪杰眼里，三名子女中的老二，显然是个性相对懦弱的一个，却仍不惜倾全力为他打造坚实的经济实体、阔大的事业平台！为子谋久远，莫如陈豪杰。

她想到自己，置身于这样一个大可作为的空间和平台，也属幸运。规划纲要通过了，扩大用地落实了，令她感觉得偿所愿，简直再无理由退缩。她当倾其所学，大展身手，带领团队放手一搏，力争尽快拿出漂亮的成绩单。又一转念，想到眼前面临的困难，她特别想与秦茱萸见面。一肚子的话，撑死她了！

13

凌晨，河埔市妇幼保健院。

晚上9点多，正在家中休息的袁仁美接到曹东风电话，告知新品下线，初步检验合格，估计达到一等品没有问题。袁仁美很开心，急忙更衣，欲赶往服装厂。

韦素见儿媳这么晚了还要出门，很不放心，坚决拦阻：哎呀，你这都临产了，不能乱跑了！这又黑灯瞎火的……

袁仁美嬉笑要赖：妈，我没事儿！服装厂新品下线，不亲眼看看哪放心啊！您先休息，别等我啊！您歇着吧，我快去快回。

袁仁美和曹东风站在一台机床旁边，信手拿出新品细看，边看边窃窃私语。生产该新品的机床应用了秦荢荭团队的自动控制技术，使产品质量上了个大台阶，成本降低，两人都非常满意。突然，车间主任在门口喊道：大家手头工作稍停！到厂门口紧急卸货……原来，一个集装箱的原料棉纱到了，要抢在大雨之前入库。

夜班员工纷纷向门外跑去。袁仁美见车间没什么人了，与曹东风咬耳朵：东风，关于新技术的应用，先不要向陈可元一方透露。

放心好了美姐！曹东风心领神会，认真点头，尔后提醒说：预报有暴雨，橙色信号生效。我先送你回去吧！

不用……话刚出口，前一秒钟还意气风发的袁仁美突觉下腹绞痛，她"哎哟"一声弯下腰，两手抱腹，一阵腿软，恨不能蹲下去……曹东风立刻从一侧紧紧挽住她胳膊，同时大喊"来人来人"！两个女工跑过来，从另一侧扶住袁仁美，尽力支撑她，这时看见有血水顺着袁仁美的裤腿流到地上，众人惊诧不已，有女工尖叫，还有人胡乱寻找类似担架、躺椅类的东西，好让她稍舒适地躺下或坐下片刻，车间乱成一锅粥。但没有任何东西能够支撑一个产妇的体重，只能争分夺秒地送她去医院了。十多个人围上来，轻手轻脚地抬起袁仁美，把她放进车内。

袁若德接到曹东风电话，与妻子常在情、亲家韦素一起赶到医院。此时袁仁美已被推进产房，袁若德一行人焦虑地在门外守候。

翌日凌晨5时许，袁仁美生下一个大胖小子，顺产。

小家伙早就被取好了名字，大名梁嘉兴，小名兴兴（夫妇俩早前拟定不分男女均冠此名）。于是，众口一词：小兴兴长得真好！兴兴是个小帅哥！

一个小时后，约莫清晨6时，袁若德接到秦茱萸电话，牛仔酷小组精密机床数控新技术TRR在"霸王床"经多次测试终于应用成功，能效提高四倍。其中的关键技术环节（减震压躁阀）因具突破意义，预期市场广阔。同时，莫如师小组的R31专利技术在前期通过专业评审、趋向圆满完成的基础上，将在15个工作日内获得有限市场许可。

袁若德很振奋，以命令语气说：好！我知道了。秦总，现在你的任务是回宿舍，睡觉！

14

晚上，太平街好鲜啤酒屋。

王祖望特意请牛仔酷宵夜，祝贺TRR数控系统新技术成功应用于"霸王床"，感激牛仔酷用科学方法梳理、提炼和总结"靓匠工艺"，决定配给他一辆工作用车。樊老靓、黄匠军、夏令及牛仔酷小组全体成员在座。

双方喝酒撸串，畅聊尽欢，一扫连日辛劳，气氛愈发融洽。

王祖望等人不仅对牛仔酷小组带来的TRR数控系统新技术佩服得五体投地，对牛仔酷本人更是千恩万谢，口口声声说他是数控方面的顶级专家，夸他年轻有为，前途无量，一大堆溢美之词，说了一遍又一遍，仍觉词不达意，只好拼命劝酒、陪酒，不醉不罢休。

牛仔酷：王老板不必客气。这次合作无疑是个双赢局面，我本人和我的小组，对于TRR数控系统新技术首次走出实验室即成功应用于"霸王床"，也感到兴奋。

王祖望举罐：这更好了！双双都有成就感，成就感爆棚！来来来，走它一个！今晚喝酒也要喝爆！

牛仔酷：老靓师傅辛苦！我知道，您亲自带人攻关，都睡到车间啦！佩服佩服！匠军兄也一样，把蜜月过成加班月，厂里人怎么说你来着？哦，"蜜月休老婆，枉为新郎官"。

哈哈哈！几人开怀大笑，兴致极佳。

樊老靓不擅酒，平时滴酒不沾，这会儿却主动端起酒杯，那里面盛了满满的31度"九江双蒸"：这杯我敬牛组长！

牛仔酷赶紧与樊老靓碰杯，双双一饮而尽。

樊老靓倍感欣慰，黝黑的面颊泛出亮光：还是专家牛逼呀！也就随便弄几下子，据说更换软件、修改程序啥的，具体我不懂，但"霸王床"硬是先给弄死，后给弄活，叫它死而复生之后，整个机床像新生了一样，听话多了！好用多了！那叫一个神奇！

王祖望：有专家在，我王鹅精密都横着走！

牛仔酷："靓匠工艺"功不可没！这是一次技术和工艺的完美结合。我是搞技术出身，此前对工艺了解不够，这次感受很深啊！单凭技术，没有良好的工艺，有时很难达到应有之效。

王祖望：好机床配好技术、好工艺，出好活，出绝活。

夏令特意谈起樊老靓身世，说他在机械行业浸淫半辈子。机械工艺是粗活，他的心却比头发丝还细，对工艺的研磨锲而不舍，热衷于精益求精。经多年磨砺，现已臻达炉火纯青之境。此后收徒黄匠军，倾囊相授。黄匠军和师傅一样热爱和痴迷工艺，得师傅真传，加上自身文化水平高，懂英语，可直接翻译外文资料，进而演绎了青出于蓝而胜于蓝的佳话。如今师徒俩各有绝活，互补性很强。两人在长期合作中建立起深厚感情，默契得像一个人一样，终于成就出一段难以复制的天作之合。

夏令这番话，令牛仔酷小组全体成员齐刷刷鼓起掌来。

黄匠军笑道：嘿嘿，我和师傅，都是那种"猪心一个眼儿"的人，除了喜欢琢磨工艺，没别的嗜好。

牛仔酷：你们是一对真正志同道合的师徒！难得难得！我和我的同事好生羡慕、好生佩服，要向你们学习。

牛仔酷建议将就BT工艺进行品名注册和专利申报。

此时天快亮了，王祖望站起来，郑重宣布两件事：一是翌日放假一天（这是公司成立以来的首个休息日）；二是公司为牛仔酷小组新购了一辆"飞度"牌小轿车，方便其上下班使用。众人"噼里啪啦"鼓起掌来。

这是一台新近面市的"飞度"牌小轿车，价值十万元。车极普通，代步工具而已，但对牛仔酷来说简直太实用了，它立刻就可用来供全组人员上下班。牛仔酷接过车钥匙，欣喜不已，嘴上喃喃自语：哎呀呀，王老板大度送"飞度"，万分感谢！

牛仔酷从王祖望手中接过簇新的车钥匙，很高兴，当场表示，定会助力王鹣精密生产制造出合格样品。众人热烈鼓掌，牛仔酷笑着补充：经请示，公司领导同意了——样品合格日，我组撤退时。不合格不撤！

15

晚上，深圳罗湖区群英路99号，万能猎服务社。

陈可元驾驶黑虎尚未在万能猎服务社门口停稳，等候多时的钱万已迅速拉开车门，登上副驾驶位。钱万急急火火，语气中透出幸灾乐祸：陈总，这回有好戏看了！袁家女婿捅出个大窟窿，广德掌门袁若德日子不好过，两周未曾露面……

陈可元目视前方不吱声儿，意思是抖干货，别卖关子。

钱万只好老老实实细说究竟：我刚探明，袁家姑爷梁仁良出走国外，逾期不归。原因嘛，主要是他以毛织厂做抵押，套现数亿元做商业贷款担保。这是一笔短期放贷，想神不知鬼不觉赚上一笔收手，孰料，放款容易回款难……他这波骚操作搞砸事小，直接拖累广德事大。总之，昔日广德巅峰不再。

说到这里，钱万瞥瞥陈可元，见她脸上毫无喜色，反倒显得心事重重，他急忙加以补充：梁仁良学金融出身，但实践经验欠缺，犯了低级错误，合同中的破绽被人利用。初步获悉，款放出去后很快被人转手，且已二度易手，复杂化了，估计收回无望……

陈可元质疑：此等重大事项，梁仁良在广德竟可擅自决定？

钱万：据说他老婆处处撑他，有此靠山，他有胆做任何事。

陈可元暗自思忖，广德与方杰一样实业起家、实业发迹，难道要转向了吗？袁家女婿万一接棒广德，将对方杰影响几许？

钱万：还有个花边新闻，堪称重磅！

陈可元一听"花边"两个字，花容失色：什么？

钱万低眉耷眼：德立技术第二期追加投资紧急叫停！

陈可元如释重负：投资的事，跟"花边"有啥关系？

钱万嘿嘿一笑：今天的主料是梁仁良卷款滞外不归，辅料是原定追加的

（二期）投资叫停，加个"花边"以示辅料不那么重要。

陈可元横钱万一眼：二期投资紧急叫停？

钱万点头如啄米，非常肯定的意思。

陈可元心生气恼：就这点儿虚"料"，还挟带一堆垃圾！

钱万赔着笑：你口中的垃圾，是广德惊天动地的大事！

陈可元想到秦荣黄，怕他有难处，一时走了神。

钱万观察陈可元脸色，开始满嘴跑火车，大肆兜售和卖弄：务虚者有个前瞻性，务实者有个滞后性。换言之，做金融的热衷于前瞻，弄个三五年或十年八年规划，往前走好几步，赚未来钱（近似期货思路）；做厂的往往滞后，因为自己要先掏钱购买原材料、组织生产、安排物流仓储等，卖出产品（产品抵达终端）后才能回笼货款。

听了这话，陈可元不禁瞥钱万一眼，心说这家伙肚里有点料水，回应不无嘲讽：未来没来，"未来钱"先来了！

钱万巴结道：是啊是啊，"未来"直接变现、提前变现，天下最美好的事情莫过于此，让人心痒难耐，嘿嘿。

陈可元：先人把"未来钱"攥在自个儿手里，这个确实诱惑，后人就焉知祸福了。金融玩得好造福，玩得不好遗祸。

钱万不无奉承：陈总高见！有钱万人抬，无钱万人踩，这是经济社会的普遍现象。这一现象折射出事物本质，那就是人与钱的关系千变万化，钱与人的关系千回百转，终究还是鱼水深情经典版，这个逻辑难以颠覆，先人后人概莫能免啊。

陈可元冲钱万翻个白眼：你套路深。

钱万咧嘴硬笑，摆手自谦：钱万不过小人物，小见识，小肚鸡肠，每每斗胆在陈总面前献丑，还望陈总海涵！

陈可元扬扬下颌：我海涵，你知无不言就好。

钱万口若悬河来了劲儿：嗨，袁家那姑爷生得高高大大，五官俊朗，一表人才，气质不俗，看上去特别精明能干。却原来，绣花枕头而已，中看不中用！办事不靠谱，胆子贼大。可惜了一个金融科班！研究生呢，白白占用教育资源。

陈可元诧异：哟，这么舍得给差评！袁家女婿得罪你了？

钱万笑道：与我专业相关，与我本人无涉。

陈可元淡淡地说：好吧，接着抖干货！

钱万辅以手势，像个行家里手：拿工厂做抵押，巨款外借，看似借期短，风险小，但做任何生意都有天规，只有最愚蠢的人才做得出罔顾天规的事。比如"覆水难收"，它就是个真理级天规。像袁家女婿这种徒有其表的人，很容易触犯天规。

陈可元腔调阴郁：好，此事到我这儿为止，不得外传。

一心邀功的钱万立马唯唯诺诺：我嘴巴铁紧，陈总放心。

陈可元深知，广德与方杰一样，追求世袭罔替，基业长青，恨不能千秋万代绵延不绝。拿工厂做抵押的做法违背这一宗旨，不会获得许可。袁家女婿难道不谙此理吗？袁家女儿会容忍老公搞自以为是那一套吗？即便如此，他俩加起来也不具备这么大权力。钱万抖的这种料八成是"水货"，可信度顶多25%。

钱万：不过，袁家有子，正在海外求学，袁家掌门亦值盛年，所以，眼前看广德大势不妙，综合看袁氏不可小觑。

这话倒客观。陈可元懒得再看钱万一眼，顺手从包里取出支票：八卦可以有，但非重点，技术情报才是急需。你懂的。

钱万双手接过支票，点头如啄米：我懂我懂！

16

上午，京墨大街49号，常掌柜中医馆"情理茶坊"。

清晨上班时间，陆续有人进入常掌柜挂号就诊。

常在情、常在理姐弟身着白大褂，前后脚地从外面走进药房，站在高大的药柜前各自抓着药。常在情藏不住心事，劈头就说：你姐夫这人，真是聪明反被聪明误！

常在理扭头看姐姐一眼：啥事儿被误啦？

常在情：你看，他费尽心机、不惜代价引进秦茱萸，栽培重用，恨不能把整个企业都交到他手上，由他全面打理。那份信任真是天下少有，就跟白捡个儿子似的！现在好了，秦茱萸被方杰的陈可元看上了！这下你姐夫悲催了！

常在理：秦茱萸有对象，听说姓曲……不是已经回国了？

常在情摇头：唉，现在年轻人哪管这个！反正没结婚，先下手为强呗！就算结了婚，还能插一杠子当小三、小四或小五。

常在理不大认同：悬乎！这事儿不好说。

常在情：你不了解陈可元。那小妮子能耐大着呢！给她看上了，我的天！那还跑得了？老鹰捉小鸡一个模样。

常在理：我说的是秦茱萸，未必就范。

诊所外面响起汽车声音，常在情：你姐夫到了，你们谈吧。

常在情一人值班，正常接诊。

袁若德闷头进入常掌柜，目不斜视，也不说话，径直走进"情理茶坊"，在自己的专座上落座，顺手烧水泡茶。全套茶具都现成，烧水泡茶只是惯性动作而已。

常在理脱下白大褂，招呼张雯，两人前后脚尾随进入。房门紧紧关闭。

袁若德与常在理、张雯夫妇在"情理茶坊"密谈。

袁若德眉头紧蹙：情况不是太好。

张雯有意轻松一下气氛，兜头调侃：姐夫，情况不好就是不好，什么叫"不是太好"啊？

袁若德脸上现出一丝苦笑：是特别不好。遭遇了极端情况。

广德意外遭受重创。袁若德陷入煎熬。他"吭哧"一阵，斟酌半晌，在不无尴尬的气氛中，将憋了半天的话相对完整地吐了出来：希望你们有个心理准备。比如广德万一情况恶化，还请常掌柜在资金方面做个后援，救个急。目前暂时按兵不动，要绝对保密。

常在理、张雯听闻梁仁良卷款出走，非常意外和震惊，同时替姐夫袁若德着急，为减轻其压力，夫妇俩当即表示，常掌柜随时可调集资金接济广德，力保广德经营万无一失，我们义不容辞。

离开常掌柜，袁若德心里踏实了一些。

常在理：姐夫您说个数。

张雯与老公一唱一和：是啊姐夫，您常说要同心同德。

袁若德细说究竟。梁仁良私自将毛织厂做抵押，贷款5.3亿元，加上其他杂项，总计近9亿元被他卷至国外。梁仁良滞留境外逾期不归，还搞人间蒸发，与家人断了联系。眼下困难在于，这事不敢跟阿美说，也不敢让亲家知道，只能悄悄化解。另外有人爆料，陈可元锁定秦荣英，两人可能已经生米煮成了熟饭。

此三件事的叠加，在袁若德、常在情夫妇心中掀起巨大波澜。关键是此时甚为敏感，女儿、亲家韦素就在眼皮子底下，要瞒住她们俩很难，却又不得不瞒。常在情几次在韦素那里试探口风，看看有没有梁仁良的任何信息，但不知韦素嘴紧，还是确实不知情，没有得到什么有用的线索。

张雯很不理解，语气犀利：阿美这门婚姻，明摆着有问题！

是啊！袁若德沉默。女儿跟着父亲在企业打拼多年，对父亲基本上言听计从。现在女儿大了，在婚恋问题上就由她自己做主吧。她已经过了女大当嫁的年龄，能找到她喜欢、她中意的人，也属不易。孰料，就是这一念之差，带来了一举失察。女儿的婚事，令夫妇俩喜忧参半。其中难言的苦涩，逐渐演变成日复一日的深长担忧。

女儿遇人不淑——天下父母之殇。唯愿上苍保佑，自家宝贝女儿袁仁美不至落此窠臼。

第四章

1

上午，芳菲大街31号，方正电梯总部写字楼（原奇杰通信设备有限公司科研大楼）。

方杰科技集团旗下奇杰通信撤销后，该厂科研大楼正式更名为"方正电梯总部写字楼"。方正电梯各业务部门陆续搬进楼里，办公条件大大改善，甚至十分优越，办事效率也高了。

这天，陈可期召集方正电梯规划建设领导小组及专家组头一次在新的总部写字楼位于首层的会议室开会。

陈可期：领导小组增加了李才智李总，领导力量加强了，今后大家按照分工，各司其职。今天的会专题研究电梯安装是否"外包"，这事亟须确定。若沿用惯例，现在就要着手物色合作方。

本来，这事无须讨论。陈可期知道，电梯制造厂家将安装这一块实施"外包"，即交由专业的电梯安装公司来做，在行业中是个不成文的惯例。总工程师冼赫就是这个意见。但曲解的意见截然相反，她说制造安装为一体，不可分，坚决反对"外包"。陈可期分别与他俩私下沟通过，但谁也不肯通融让步。陈可期无奈，只好把这事儿拿到会上讨论，让大家充分发表意见，选优汰劣。

领导小组和专家组成员先后步入内外簇新的总部大楼，围坐在窗明几净、设施高档的会议室内，每个座位前竟然还有杯热茶，本是皆大欢喜的时刻，谁知会议一开始，就因意见相左而激烈争论起来，针尖对麦芒，水火不容。一时间，会议室内硝烟弥漫，两种意见杠上，气氛僵硬，没有调和空间。陈可期万没想到，意见倒是"充分"表达了，混战也引发了。

按照分工，杜仲负责安装这一块，他主张将安装"外包"，理由是公司人手本来就少，自行安装会形成额外负担。日后随着公司产品成熟、产能增长、市场份额扩大，工作量剧增，倘若自行安装，海内外都需增加人手，战线拉长了，管理难度大。俗话说，将在外君命有所不受。外派人员工作好坏，公司本部看不见摸不着。所以，外派得不偿失，外包省心省力。

总工程师冼赫支持杜仲的意见，极力主张安装这一块实施"外包"，理由是电梯产品可以卖得远，生产厂家无法把手伸得远，链条拉得过长，增加管理成本，很不划算。

曲解反对"外包"，她面对杜仲强调：杜总，除了制造以外，安装是最重要的一环。安装技术是整个运载系统的关键。我们的技术人员一定要到现场量尺寸，所获数据（包括其他重要资料）一定要是第一手，而不是转手，更不是多次转手。

杜仲：曲总，您重视安装环节，反复强调"现场感"，我非常理解，却不敢苟同。俗话说"术有专攻"，现代企业分工越发精细，我们把安装外包出去，腾出精力专攻制造，专做产品，不好吗？

冼赫眉头紧皱，把手一挥，像赶苍蝇似的：什么"现场感"？那是文人杜撰出来的，我们做产品讲究实实在在。

曲解：不要把安装环节列入制造之外。它属于制造的末端环节，电梯安装之后投入正常使用，整个产品的制造才算完成。电梯产品的特殊性恰在于此，也是有别于其他产品之处。倘若"外包"，安装技术参差不齐，产品质量方面的问题（包括一些细枝末节之瑕疵）得不到及时发现和反馈，不利于整个制造链的优化。

冼赫：根据此前我们在香港的经验，无论做品牌还是代工，工厂生产能力通常饱和，无法额外承揽电梯安装这一块。"外包"给专业安装公司，安装质量好坏由他们负责，与厂家就无关了。

曲解针锋相对：但会累及口碑和品牌。做品牌有个基本理念，这就是提供全套解决方案，力争产品的全寿命服务。从设计、制造、监理、试验及安装维保等各方面均达到一定水准，保证产品在有效服役期（设计使用年限）内，正常运营，服务终端。

杜仲见总经理和总工程师两个人起争执，赶紧和稀泥：曲总的意思我理解，电梯产品直接面向消费市场，面向最终消费者，所以生产厂家要对市场做出快速反应。这个有一定道理……

冼赫对杜仲很不满，"气哼哼"地白了他一眼。

曲解："安装"外包"，令厂家无端端多了招标一环；安装公司之间因竞争激烈又往往展开价格战，令厂家良莠难辨。有鉴于此，我认为"外包"在风控（风险控制）方面不太理想。行话说，电梯安全"三分靠产品，七分靠维保"。维保工作做不到位，电梯"带病"运行，乘客安全无从保证。电梯安装作为产品和维保这两个环节的重要衔接，"外包"不可行。

冼赫耐着性子，娓娓道来：安装承接商是专业安装，生产厂家的安装只是辅业。由专业的人做专业的事，此为行业惯例。方正电梯理应重点抓生产，以及一切与生产相关的环节，这任务本身已经艰巨如山，哪能眉毛胡子一把抓！

曲解很不认同：行业惯例也不是绝对不变的。一个品牌电梯生产厂家，应把安装、维保做成自己的专业。

冼赫：没必要处处标新立异，搞"高大全"，产业链全覆盖。

曲解：方正电梯依托方杰庞大的业务矩阵，可将安装环节视作制造环节，视作出了工厂车间的最后一道工序，把包装这一块兜起来。这仅形成相对完整的链条，谈不上产业链全覆盖。

卢占祥装聋作哑，一言不发。他知道，领导小组和专家组支持"外包"者占压倒多数，自己不好公开违背，但他更不想违背曲解，他内心对曲解是很支持的。在他看来，曲解的雄心和抱负为方杰带来新气象，为方正带来新天地，跟着她干有奔头。

李才智初来乍到，不是特别懂行，没有发言。

会议室很安静，大家都感觉到曲解和冼赫两人针尖对麦芒，又杠上了，严重对立，磕磕碰碰谈不拢，一丝一毫的妥协迹象都没有。平时挺和气的人，一旦技术观点分歧，人就变了，脸就翻了，固执己见仿佛成了专家"专利"，剑拔弩张在所不惜。

冼赫的不满情绪强烈起来，几次开会研究问题他这个总工程师的意见都不占上风！曲解总想另搞一套，陈可期态度暧昧，他为此纠结很久了。这回，凭她曲解说破天，他也决不让步，非要揪住电梯安装外包这个"牛鼻子"，与姓曲的一较高下，吐口恶气。

曲解好像很有耐心，仍在那里喋喋不休：安装环节是方正电梯产品质量、品质保证的重要端口，也是制造企业与市场终端、消费终端建立直接联系的有效途径，可以获得第一手用户反馈，及时修正技术参数，使电梯产品更安全、更高效。安装"外包"弊大于利，不利于产品更新换代及厂家可持续发展。

冼赫一气之下不再做任何解释，甚至一句话也不说了。过了一会儿，他祭出撒手锏：现在说什么也晚了，合同已签。

陈可期大为惊讶，抬眼看着冼赫，想得到证实。

冼赫一本正经：叶总（叶馨菊）已代表方正电梯，在香港与一家长期合作的电梯安装公司签约。

众人面面相觑，又不约而同把目光投向曲解、投向陈可期。

曲解不动声色，要求撤销合同（另有一层意思她未当面挑明：不经过领导小组、不经过她这个总经理，可以擅签合同吗？叶馨菊有这个权限吗？企业管理显然有漏洞）。

冼赫脖子一梗：撤销合同要吃双倍罚金。

2

夜晚，河埔市妇幼保健院。

儿子平安生下来了！一团粉嫩的小东西！从头到脚该有的都有，健康完美，人见人爱。袁仁美带着浑身的疲惫，断断续续睡了几个相对安稳的觉，后半夜醒来，心情愉快，精神头十足。

病房内外夜阑人静。袁仁美斜靠在床上，给老公梁仁良发短信，先报平安后报喜，总之一句话，母子安康。

此前发过多条信息，一次也没收到回复。想不到，这次突然收到老公梁仁良的回信：老婆，你辛苦了！热烈欢迎我们的宝贝儿子梁嘉兴降临人世！热烈祝贺我升级当爸你升级当妈！我太激动了！我的人生太完美了！老婆，有你真好！有儿子真好！你要第一时间教会儿子喊"爸爸"啊！告诉他我爱他！另外奶水够不够？要不要我从这边买奶粉寄回？

袁仁美秒回：奶水充足！护士开玩笑说供两个婴儿吃奶都没问题。所以不需要奶粉，也不需别的，家里什么都有。

袁仁美再问：你怎么样？考察顺利吗？什么时候回来？

过了好一会儿，梁仁良没有回音。

袁仁美心情奇佳，又连发三条信息：阿良，儿子生得虎头虎脑，头发黑，眉毛浓，眼睛乌溜溜的，脸蛋粉嘟嘟的，身体肉乎乎的，看着特机灵，护士喊他小帅哥。以前我一人想你，现在是我和儿子两人想你了！

阿良，不出去这么一趟，不知道你有多菜！你还拖个啥劲呀！好歹回来呀！赶紧回来！现在马上立刻回来！

奇怪的是，梁仁良又没回音了。袁仁美不无纳闷，以为信号不好，还以为有时差，索性把手机放在枕边，耐心等待。还是迟迟收不到回复，袁仁美迷迷糊糊合眼睡去。天快亮时，梁仁良的短信终于出现在袁仁美手机屏上：老婆，你好好保重身体，带好我们的儿子！我这边很忙，每日联络客户到处跑，住的地方不固定，身不由己，电话不好打且话费很贵，与国内联系很不方便。总之一切尽在不言中。想你！爱你！

　　袁仁美两眼大睁，捧着手机把短信看了好几遍，内心渐渐释然。老公只身在外，人忙事多，大小事务都需要独自操办、独自承担，顾不上及时与自己联系也属正常，没必要太放在心上。此后两天，她计算时差后，择时打国际长途电话过去，前后打了十多次，却始终没能打通。

　　3

　　黄昏，芳菲大街31号，方正电梯总部写字楼陈可期办公室。

　　下班前，冼赫脚步匆匆走进陈可期办公室：阿期，你找我？

　　陈可期冲冼赫扬扬下巴，示意他把门关上。冼赫转身关紧房门，在陈可期办公桌对面椅子上落座。

　　陈可期迫不及待：阿菊啥时签的合同？我咋不知道？

　　冼赫神色机密，音量极小：没有签。我讹她（曲解）的！

　　陈可期释然，暗暗松口气，却气不打一处来：你们搞什么鬼！拿这事开玩笑？讹人欺诈一时爽，接下来怎么收场？

　　冼赫一脸委屈：叶总叫我讹她，我不能不讹呀！再说，这次安装"外包"合同，叶总确实准备签了，跟人家都谈好了。

　　陈可期面色铁青，嘴巴张了张，一时不知说什么好。

　　冼赫：以往很多业务合同都是叶总签的……

陈可期厉声截断：以往以往！现在还是以往吗？方正还是小方正吗？你是总工，连这个也搞不清楚？阿菊充其量是领导小组副组长之一，又不参与经营，她心血来潮，指鹿为马，东一下西一下，你跟她一般见识啊？

冼赫小声儿解释：阿期你骂我，怎么骂都行，但你别怪阿菊，她的出发点都是为你好，她想为方正多做点事，也是为了减轻你的负担。要不是冒出个曲解，半路杀出的女版程咬金，我们哪有这么多麻烦？我们不是被逼无奈吗？

陈可期仍想发飙，却一时找不到由头。

冼赫忍不住大肆吐槽，想通过陈可期向曲解施压：曲解那人性格不好，拧巴得很，霸道得很，死认死理，死不让步！越是在关键问题上越是蛮横、强悍，再加不讲理！跟她没法合作。这女人骨子里是男人，威猛如男……

陈可期诧异：威猛如男？不是吧！

冼赫摇头叹息：人家杜仲好心告诉她，外包是目前通行做法，有一定合理性，话没说完，曲解一句"别人可外包，方正不外包"，斩钉截铁把杜仲堵了回去，人家再也不吭声儿了。你说她这是什么做派？领导小组就是领导小组，不是什么"曲解团队"！不能容忍她搞"一言堂"、一手遮天。

陈可期苦着脸儿解释：哪来什么"一言堂"、一手遮天，危言耸听。垂直电梯试验塔高度，最后不还是你说了算嘛！

冼赫立马澄清：150米高度是她自己在规划中写的，不是我提的，更不是我说了算。她后来不知出于什么动机，又要加高，简直是野心膨胀无以复加！我忍无可忍，反对罔顾实力和现实条件冒险冒进，这才提出不同意见。

陈可期：冼总工，曲解直到今天仍坚持认为建180米或200米是最好的，仅仅为了尊重你总工程师的意见才妥协的。

冼赫语气冷峻：不是尊重我，而是迫于现实压力，领导小组没人同意她的意见啊！这不是我告她状吧。

陈可期拿出自己的手机，打开短信界面，摆到冼赫面前。这是曲解发给陈可期的一段话：阿期老板，安装外包给别人，就需要替对方培训技术工人，每到一个市场都要培训一批人，因为要按品牌规范安装，不能各搞一套。这叫尽义务增成本，简称"义务成本"。单纯从利他角度，这也无可厚非，但环节多、人手杂，安装质量不可控，将令品牌受损。

冼赫勉强看完短信，一脸不屑：老调重弹！死脑筋。

其实，冼赫对陈可期态度暧昧这点也非常不满。陈可期对技术不在行，却对曲解盲目迷信、盲目信赖，虽说态度并不鲜明，但支持曲解的倾向性是明显的。他有必要提醒陈可期，谨防被"外人"利用。这么想着，冼赫言辞恳切：阿期，此前我们在香港习惯小打小闹，是有点狭隘，但每一步都走得踏实，不会摊大饼，不会自吹自擂，不会弄得自己心惊肉跳。你看曲解跟我们是一个路子吗？好高骛远是知识分子的通病，她断难免俗，并且她这毛病似乎更严重。长此以往很危险！往轻里说把方正搅乱，往重里说把方正搞垮。今天的方正是脱胎换骨了，但它精髓还在，那就是脚踏实地。方正终归不是方圆，不是曲里拐弯那一套，没理由成为曲解好高骛远的牺牲品。这是我最担心的。

冼赫这番话，令陈可期一听就头大。因为他发现，冼赫与曲解两人好像完全不对付，不知是脾气不投还是芥蒂在心。后来发展到格格不入，几乎在每个重大问题上都毫不掩饰地唱反调。老话说这两人天生犯冲，时髦话说这两人不互撕不成活。他这个老板夹在中间很难做。为缓和两人关系，他愿充当和事佬，曾委婉提醒冼赫，对曲解还是多尊重些，不为别的，就为她是女士嘛！也曾委婉提醒曲解，冼赫是公司老臣，早在香港时就是技术支柱，遇事还是多听听他的意见。可是，这些"提醒"没人听得进，等于白说，两人关系始终疙疙瘩瘩，几乎每件事情都意见相左，每件事情都要争个上风。达不成一致，事情卡住，让人无奈。

本来，陈可期没必要过多参与具体事务，天大的事情，领导小组表决，少数服从多数，决策作出，悬而不决局面就不会出现。但陈可期偏偏是个心思缜密的人，热衷于亲力亲为，对琐碎小事也很留意。所以他天生焦虑，此时此刻更是纠结。

为息事宁人，陈可期将此事压了下来。

4

上午，齐贤路内街16号，袁仁美家。

袁仁美在医院住了三天，第四天一早带着儿子出院回家了。

婆母韦素兴奋得手忙脚乱，大事小事都想帮把手，抢着做。

袁仁美尚未出月子，她私下主导的一笔巨额贷款就要到期（梁仁良劝导妻子向两人结婚两周年纪念日献礼，以毛织厂做抵押）了，她忽觉还贷压力巨大。

在袁若德严令下，袁家上下将梁仁良的事向袁仁美和韦素两人瞒得铁紧。在集团内部，毛织厂的经营状况向秦茱萸及其团队瞒得铁紧，不愿引发动荡，使其分心。

这天，韦素与袁仁美婆媳夜话。两人所持态度都不是建设性的，不是互相体谅而是互相挑剔，倒是说了几句客气话，但十分虚伪。加上两人出发点不同，立场不同，价值观不同，看待事物的角度不同，完全谈不拢。

阿美，你最近身子骨虚弱，妈很担心！

韦素跟袁仁美商量，出了月子即可辞去月嫂：月嫂月嫂，就在月子里帮忙，出了月子就不用帮忙了。

袁仁美一听，立刻回绝：月嫂怎么能辞？兴兴主要靠她带。

韦素笑容亲切：不是有我嘛！还有你嘛！荷姨也能帮忙。

袁仁美：我要上班啊！可能喂奶时间都没有……

韦素抢着说：我可以抱他去找你呀！

袁仁美：但您不会开车……出门不大方便。

韦素不悦，脸色暗下来，心说废话，厂里那么多车。

话说不了三句，婆媳俩就呛上了，天天如此。其实谁也没刻意，要怪只能怪天意。

韦素不悦，沉下脸来，嫌儿媳说话轻飘飘的，不知柴米油盐贵，都是自幼娇生惯养惹的祸。她耐住性子，柔和腔调，吐出来的话却刀子样割人：没有我，你把兴兴交给谁带都行；有我在，为啥交给保姆带？我不是还没死吗？

妈，怕您太累啊！您年纪大了，辛劳一辈子了……

韦素毫不领情，打断袁仁美的话：你有那么好心，对我儿子、我孙子好一点就好了，不必顾及我。

袁仁美听出这话带刺，回呛道：好心不好心都不能顾此失彼，兼顾老老小小才算明智。一家人，哪能分亲疏呢？

韦素脾气上来了，端出婆母架势，直截了当：要么你带，要么我带，其他不做考虑。你选择吧！

袁仁美见婆母像发最后通牒似的，口气强硬，嗓门儿高，心里愈发不爽，眼睛挪向别处。她不屑于用同样高的分贝与婆母说话，那等于抬举对方。她喜欢的方式是听见了当没听见，不搭腔，大气不出，爱说爱吼随她便好了。这时电话铃响，袁仁美转身闪进客厅接电话，躲开了事。

巧的是，第二天月嫂患了感冒，韦素怕她传染给孙子，强行安排月嫂回家休息一周，又叫儿媳请假一天，在家带孩子。韦素自己戴了三层口罩，在一旁监督，指出儿媳的种种不是、不对，唠叨了整整一天。其间荷姨看不过眼，过来帮忙，韦素借故把她也支开。袁仁美手脚并用，忙中出乱，乱后接着忙，晚上腰酸背痛。

韦素在一旁逗着孙子：梁嘉兴！小兴兴！我的乖乖呀！你这名字多喜庆，多吉祥，喊着朗朗上口，闻之娓娓动听。

对梁仁良的逾期不归，韦素心中隐隐有些不安，袁仁美却非常自信，在婆母面前夸老公：他是做大事的人！对事物有超强的分析判断能力，拿捏得准。国际金融形势相对复杂，别说他，就是金融大咖也不敢掉以轻心。晚点回来就晚点回来吧，很正常。

韦素不无担忧地问：他人在哪儿，总该及时告诉家里一声。前几天听说他在意大利，这几天……

袁仁美不耐烦，嘴上应付道：放心吧妈！他自有分寸。

小孩哄睡了，韦素离开，房间内难得安静下来。袁仁美刚合上眼睛，曹东风打电话过来，他是依惯例准备向袁仁美汇报日常工作的，袁仁美趁机说：东风，正好我要找你。你看眼下这形势，还是人手紧缺啊！阿良远在国外，一时半会儿回不来，我考虑调你去毛织厂当常务副厂长，主持全面工作。你在服装厂的股份保留，统一归并到集团，百分之百保障。

不承想，曹东风竟不同意：不了，多谢美姐好意！我只适合服装厂，也只愿意干服装厂。毛织厂……曹东风突然煞住。

袁仁美诧异：毛织厂怎么了？

曹东风：没什么没什么！确实没什么！美姐，我对德来服装厂有感情，舍不得离开，我还是与它共进退、共存亡好了。

袁仁美嗔怪：共进退可以，什么叫共存亡啊？危言耸听！你真不想去毛织厂啊？

曹东风嘿嘿傻笑：是啊美姐！我就想跟着你干服装。

袁仁美感觉到曹东风在这件事情上态度直白，说话一点儿也不婉转，未留伸缩空间，可见他已深思熟虑。思忖片刻，袁仁美坦诚自己的想法：东风，你不去，我很失望，我指的是对毛织厂很失望。毛织厂现有的几个领导很不得力，阿良一直不看好他们，他们不但不能很好地配合阿良，还总是找茬惹事。

曹东风唯唯诺诺，觉得自己不便多言。最近以来，人们风传毛织厂"出事了"，到底什么"事"，版本各异，但都传得有鼻子有眼，听上去不像假的。无风不起浪。他体恤袁仁美尚在月子中，即使真有其事，也熬过这一段再说。

还有，祝业祺已经当上毛织厂厂长，梁仁良的毛织厂厂长位置已经被人顶替了，美姐连这事也不知道吗？

5

上午，方正电梯建筑工地，第二车间。

陈可期与曲解、冼赫、李才智、杜仲、卢占祥等人身着工装、头戴安全帽，并肩走在方正电梯建筑工地上，边交谈边向第二车间走过去，陈可期手机铃响。

叶馨菊从新加坡打来电话，告诉陈可期，新加坡一位合作多年、相互知根知底的铁杆老客户——新加坡MMD国际有限公司老板苏杭，听说方正电梯在内地建设新厂，大感兴趣，执意要亲眼看看。适值"广交会"下周开幕，他有意在参加"广交会"之前顺道前往河埔市，会见陈可期并参观方正电梯新厂。

陈可期喜出望外：好啊！欢迎欢迎！

叶馨菊接着说苏杭一行四人，翌日乘早班飞机，于上午11时许抵达香港赤鱲角国际机场。她本人将同机抵港，并全程陪同苏杭在方正新厂参观考察。届时，有望签订意向合同。

陈可期十分殷勤：好！你把航班号发过来，我叫冼总到香港机场去接你们，晚上请苏老板吃饭。

陈可期捂着手机走到边儿上，与众人拉开点距离，音量很小地说起悄悄话：菊，你最近还好吗？哦……那我太开心了！唉，这段时间你不在，我挺闹心的！

叶馨菊的声音绵绵软软、娇娇滴滴：假话吧？闹心是为了我吗？

陈可期信誓旦旦：我发誓不是假话！不为你为谁？当然，你回来我就不闹心了。

叶馨菊那边电话挂了，陈可期这边仍在喃喃絮语：你让我今夜无眠……你辛苦啊！等你！明天见。

挂上电话，陈可期脸上露出难得的笑容，转身向曲解等人通报情况：阿菊打电话说，有个老客户要来新厂考察。

曲解伫立原地，其他人也都围上来，站成半圆形。

冼赫兴奋：新加坡的苏老板，一向看重方正！

曲解欣喜：好事呀！现在就开始有客户上门了。

陈可期详细介绍：苏杭是叶氏家族引荐给我外公的，双方有多年业务来往，互相很熟悉。后来，苏杭手上订单越来越多，他便成为方正电梯头牌大客户。我自大学毕业进入方正电梯就开始与他打交道，长期保持良好合作。如今，方正电梯在内地建新厂，规模翻数倍，产能指数级扩张，更重要的是由代工转型为制造，自然引起他的兴趣，看来他是希望未来有更深入的合作。

曲解微笑：多亏叶总！她少不了在客户面前大力游说。

陈可期点头，不无嘉许：阿菊她那张嘴呀，喇叭似的，人到哪儿广告到哪儿，逢人必推举方正，恨不能满世界的人都认识方正。

一行人继续往第二车间走，边走边交谈。

曲解：现在来得正是时候！要好好接待他们。

陈可期：这样吧，我和李总、冼总工陪他们在新厂做"半日游"。晚上一起吃饭，你们几个都过来，跟他认识一下。

曲解：你叫客户大饱眼福，附带叫我等大饱口福。

众人"哄"地笑了。陈可期跟着笑，嘴上说：曲姐幽默！

李才智两手相搓：为了明儿的晚宴，我现在开始"轻断食"。

6

晚上，七仙女温泉酒店"山中山仙池"。

下午6时，秦荸荬收到季黄鹏短信：秦博士，今晚可拨冗与袁董一起泡温泉吗？"山中山仙池"需提前三天预约，我上周六约好的。

秦茱萸秒回：哦，老板邀约义不容辞。

其实巧了，秦茱萸此时正迫不及待地想与袁若德倾谈，重点是委派莫如师小组携最新专利技术R32支援方正电梯。

袁若德：我考虑，秦博士在佳杰老板陈可元面前好说话一些，这件事只好劳烦您了。

更巧的是，此事正中袁若德下怀，因他急需资金。他沉吟道：如果他们有心，又确实需要，可以考虑技术或专利购买。

秦茱萸摇头：专利技术通常无价，至少在其早期是这样。

袁若德心生感慨，专利技术才是硬通货啊！他低头思考一下，态度谨慎：有偿使用也行。价码可与对方协商。

秦茱萸眼睛一亮，不无欣喜：这办法好！嘿！

广德有意整体出让德来服装厂，商请佳杰接盘（增持控股也行），请秦茱萸出面联系陈可元。秦茱萸不大情愿再次卷入此类商务，何况还须主动联系陈可元，但老板托付，却之不恭，真是勉为其难。他点头答应了。

其间谈到技术成果，秦茱萸甚是开心，他兴冲冲地说：袁董，德立技术第二期追加投资方案，可以考虑启动啦！

袁若德：你放心！定会加快启动！

袁若德：战线长，业态杂，人手不足，对集团主营业务造成掣肘，这是很大的短板。我考虑，佳杰五金对德来服装厂有兴趣，不妨请其扩大股份，由他们控股算了，抑或整体收购。广德方面有意整体出让。对我们来说，彻底脱手是最好的。这件事还望秦博士出面，联络陈可元。

秦茱萸点头：我明白您的意思。

袁若德：该专利技术代号是什么？

秦茱萸笑道：R32数字新技术，简短好记。

这次谈话，谈成两件事。一是袁若德表示，广德有意整体出让德来服装厂，商请佳杰接盘（增持控股亦可）。

二是莫如师小组专利技术有偿输出（借给方正电梯）。

（袁若德为梁仁良的事保密，秦茱萸为陈可元的事保密。我们连人带技术，有偿借用他们一周。够意思了！）

（有偿使用一项重要专利技术，并在协议中列明，先使用后付款。该项专利技术在关键时刻能及时投入使用，令方正电梯如虎添翼，在多次竞标中均居领先地位，后发先至，后来居上，将其后发优势体现得淋漓尽致，在同行业中一骑绝尘。）

袁若德内心的焦虑到了顶点，内外交困，但他很有修养，在秦茱萸面前始终保持着从容。他严禁任何人向秦茱萸透露梁仁良及毛织厂情况，以免影响其技术研发。袁若德非常赞成，但一听"先使用后付款"心里"咯噔"一下，略有保留。这个微妙的表情恰好被秦茱萸看在眼里，立即改口：或先付款后使用，双方协商酌定。

袁若德点头：都好！都好！

泡了十来分钟，两人离池上岸，穿着白色的毛巾睡袍进入休息室，对坐喝茶。

虽未直接谈及自己与曲、陈两个女人的关系，但秦茱萸始终视袁若德为知己。袁若德对秦茱萸的支持历来是无条件的，这是两人关系的基调。虽各有心事不便明说，均显惴惴不安，但毕竟是投缘之人，喝酒聊天经常忘记时间。

秦茱萸此举是为了曲解，但最大受益者是方正电梯。

秦茱萸提议：技术的研发、应用和储备，构成完整链条，是很有必要的。我们目前在储备方面可以入手做了。比如，搞个技术储备库，以利于新技术归档、有序管理及期限内保密等。

袁若德一听，很赞成，脱口就说：好主意啊！

两人在昏黄的灯光中相视而笑，露出两口白牙。

袁若德陷入自己的思绪中，不无感慨，片刻之后拿定主意：高技术，高门槛，高壁垒，这是我做厂多年来望洋兴叹的。你刚才提到技术储备，我突然觉得，这一路走来像做梦似的。广德何德何能，咋就有了技术还有了技术储备呢？这不等于有了自己的技术高地、技术宝藏嘛！这不等于技术实力越来越雄厚吗？我看要立刻上马，列入预算。

袁若德当即决定正式建立广德集团核心技术储备库，由秦茱萸全权负责，尹擎协助，提供后勤服务及各类协调保障。预算单列，由袁若德直接向集团财务总监袁甲芳交办。

两人随后磋商和敲定了一些细节，包括在德立技术大厦顶层南向最西头，将现有两间面积较大的办公室腾出，按保密室规范改建成数字化微机房，含无死角电子监控及电子门禁，挂牌"核心技术储备库"，添置专业设备，配备专职技术人员，建成后立即开始正常化运作。日后可在经验基础上，视需求酌情增加其他功能。还包括制定保密条例，实施硬性规定，凡入库研发课题、原创技术等，均列入广德最高机密，登记造册，不外宣，不造势。重在自身应用，经批准可有偿技术输出。公司保留对泄密者追究刑责的权利。

两人离开"山中山仙池"，已是凌晨2点。

7

下午，芳菲大街31号，方正电梯总部写字楼。

冼赫早上就出发了。他受陈可期委派，专程赶到香港赤鱲角国际机场迎接苏杭、叶馨菊等人。久未见面的老熟人乍一见面，开心不已。一行人驱车由深圳过海关，向河埔市飞驰。

车至河埔市方正电梯建筑工地，陈可期、曲解等人已迎候多时。陈可期率先与苏杭热情握手，互相打量和问候，同现久别重逢之喜悦。随后，主宾双方相互介绍各自阵营的成员，苏杭见总经理是位女性，还听说是海归博士，很关注，在与曲解握手时特别致意：曲解博士，幸会！方正电梯人才济济！

曲解落落大方：方正电梯获苏老板青睐，非常幸运！

曲解又与叶馨菊握手，热情洋溢：叶总回来了！辛苦啊！

苏杭不顾舟车劳顿，茶也不喝，执意先到建筑工地看看。陈可期当然愿意满足客户要求。一行人直接到了建筑工地，在已建成和半建成的各个车间及其他要点走了一圈。

叶馨菊放眼一看，当场傻眼！但见方正电梯一期工程已经顺利竣工，包括四个主要车间和垂直电梯试验塔，再经三至四个月的设备安装调试，即可部分投产。一个电梯厂而已，搞得如此阔绰！规模宏大不说，还走高端路线，俨然一副现代化大工厂模样，雄心壮志撑破天的样子。她太意外了！想不到陈可期在内地的事业短短时间内即拥有了如此清晰的轮廓，这么快就步入了良性轨道，且发展势头肉眼可见之强劲！她很动心，觉得陈可期回内地发展还是蛮有前途的，至少在用地、用工等方面比香港强N倍，更不用说用水、用电了。

一行人转到方正电梯总部写字楼首层会议室，先看规划模型，然后播放视频短片，陈可期亲自向客户进行解说，顺带又隆重推介曲解博士，说规划建设纲要正是出自曲博士之手，不少重要事项都是由她主导的。比如，方正电梯试验塔的设计建筑居国际水平，垂直高度为全省之最。

苏杭一行均为电梯业行家，眼光专业、独到而又老辣，他们惊觉百闻不如一见：真是想不到啊，数日不见，方正电梯就鸟枪换炮了！实现了质的飞跃！与过去蜷缩在巴掌大的地方做代工、做贴牌相比，简直天上地下，不可同日而语。

苏杭扭头，悄悄向叶馨菊探问：方正电梯凭什么短期内壮大到这种程度？叶馨菊一时语塞。如果照实说，那当然是陈家老爷子出钱出地、出人出力啦！但这种为陈氏评功摆好的话，叶馨菊断不肯说。所以，这个问题她无法回答。

苏杭自问自答：拥有曲解这样的专业人才，当为要素之一。

叶馨菊赔着笑，违心地点头称是，心里却非常别扭。她对曲解这样的"专业人才"很不以为意，姓曲的号称"专业"，不就弄了个规划嘛，冼赫也会弄，换了别人同样会弄。要不是方正自有厚实老底子，凭她两手攥空拳，规划个屁呀！

叶馨菊对曲解的反感早就不是一天两天了，从她第一次见曲解起，就与对方不对眼，俗话说是不合眼缘。凭直觉，姓曲的"海龟"即便学历高，骨子里还是个"捞妹"！从美国那么远的地方跑到方正搵食来了！捞票抢金来了！

苏杭的同行人员半热心半调侃：乌鸡变凤凰这种事情，以前只是听说，今天亲眼所见！可见这片土地风水好！

苏杭转头问他的同伴：你们有谁被惊掉下巴吗？

有同伴回答：我摸摸下巴还在不在？

苏杭在众人的哄笑声中大发感慨：老实说，我被惊到了！方正电梯远非一个工厂的规模，简直是一个大型工业园区的架势，完全可能建成一个超现代化的超级工厂！这也彰显出你们的实力。照我看，方正电梯是转型蜕变、浴火重生的典范！

曲解：苏老板谬奖哦！多谢多谢！多谢苏老板抬爱。

冼赫：得到苏老板高度评价，我等备受鼓舞！

陈可期：方正电梯背靠方杰这棵大树，始有今天！

晚上，陈可期盛情宴请老客户苏杭一行，方正电梯高管悉数参加。席间，双方回顾多年来的紧密合作，憧憬未来的合作前景，兴致很高，交谈愉快。苏杭相当看好方正电梯，不仅当场下了意向大单（预订，届时仍需参与招投标，但凭借预订货单可享受加分），而且欣喜地接受了陈可期来年三月（九个月后）参加方正电梯新厂开业庆典的邀请。届时，双方将酌情正式签订相关领域系列交易合同，将合作引向深入。其中格外强调并附注了一项特别条款：双方传统交易中应用BT工艺的电梯零部件仍为首选和必选。

上述内容均以非正式洽商"会谈纪要"形式留底，双方签字。

陈可期小喝了几杯，像打了强心针，"换脸"了，招牌式的刻板面孔消失不见，整个人亢奋热情，额头闪现着光亮，嘴角流露出笑意。其他人也一样，在杯光交织间共同感受着意外惊喜来袭，恍若在春秋大梦中打赢了仗，班师凯旋，红旗招展。

曲解脸颊绯红，心里想的是一年多来的艰辛劳顿没有白费，方正电梯前期运作打牢了基础。但"BT"指什么，她不明白。

叶馨菊心情复杂，坐在酒桌旁稍显沉闷。

早先，听闻方杰集团拟将旗下奇杰通信厂整体并入方正电梯时，叶馨菊还不以为意，觉得这是陈家故意放风，向陈可期撒诱饵而已。孰料这事是真的，几乎一夜间就搞定了！落地了！偌大体量的奇杰通信（包括效益奇佳的伟杰建筑），仅经内部简略迅速的调整，就"呼啦"一下正式归并方正电梯了！叶馨菊从冼赫那里获得实信、亲耳听他说"千真万确"时，内心的震撼无以复加，半个多月没缓过神儿来。现在又亲眼看见方正电梯总部搬进簇新的写字楼内，不用钻工棚了，更觉难以置信又不能不信。

叶馨菊做一百个梦也想不到，陈家动作这么大！出手这么狠（阔绰到狠的程度）！往方正电梯砸金砸地砸财砸物不惜血本、不遗余力。结果真像苏杭说的，方正电梯蜕变涅槃，鸟枪换炮，乌鸡一夜变凤凰！其大发大旺的光明前景肉眼可见。

换个角度看，陈家一步步投喂陈可期，下套引其上钩，涉猎深，套路绝，可谓"兵不血刃"，名正言顺夺走（小）方正。接下来必会进行股权重组，方正电梯成为方杰旗下全资子公司，受方杰强力控制。陈氏言必称"让方正成为方杰大棋盘中的一枚重棋"，说得比唱得好听，实质是方正不再由陈可期和她叶馨菊独家掌控了，方正被"分摊"了！别说她叶馨菊，就是陈可期也需仰人鼻息、看人脸色了，他们俩在方正说一不二的历史，终结了。

可是，真要彻底舍弃方正电梯吗？她又纠结。眼见方正电梯潜力大、前景好、后劲足，很多人倾心向往，趋之若鹜，连她自己也是心痒痒的，焉能舍得下呀！再者，陈氏的目的不就是排挤她叶馨菊乃至叶家吗？假如她自己主动搞断舍离，岂不正中人家下怀！这口气也咽不下呀！

转念想到那个姓曲的，让她尤其不爽。总经理之位被她莫名其妙占据了，借助此一身份，她与陈可期走得很近，天天在陈可期耳边撺掇蛊惑。阿期简直被她洗脑了，变得心大大，眼花花，分分钟被她牵着鼻子走！在许多重大业务问题上两人一唱一和，连冼赫都被甩在一边。叶馨菊不止一次暗中诅咒：姓曲的"捞妹"纯属灾星祸水，不除不快！退一万步，她叶馨菊仍有撒手锏——她不走我走！以此要挟陈可期。

叶馨菊陷入极度郁闷。方正发展得不好，她肯定不爽；方正发展得太好，她同样不爽。她觉得自己越来越看不透、吃不准了。唯一能在天平中增加砝码、令她摆脱焦虑不安情绪的，只有她与陈可期的爱情了。这是她心里唯一的亮光，也是她愿意做出妥协和改变的唯一动能。

8

下午，河埔市繁华街道，袁若德座驾内。

袁若德的车穿梭在闹市中，在一个十字路口等红灯时，坐在后排的袁若德突然问尹擎：老祝说紫萱打胎了，咋回事？

尹擎往后视镜看了一眼，见老板两眼熬得通红，不忍心惊扰他，挤出笑容搪塞：嘿嘿，她说趁年轻，多干活多挣钱。

袁若德显然不悦：老祝可不是这样说的啊！他说紫萱背地里哭了好几回，分明不想打胎！是你的意思吗？

不是不是……尹擎急忙分辩。

袁若德老辣：那就是有别的事情……话没说完绿灯亮了，尹擎继续开车，按老习惯保持车辆匀速和平稳，同时摇头说没事。

袁若德语气有点儿凶：到前面找个地儿停下。

好！尹擎答应着，瞄准路旁一个拐角处，平稳停车。

袁若德很少批评尹擎。尹擎为人忠厚，处事稳妥，向他交办的事每每让人放心，但这会儿在车里，没外人，袁若德对尹擎不只是批评，更是严厉谴责：年轻人，该生孩子就生孩子，谁叫你们打胎的？如此轻率，不像话！再说，紫萱那是头胎，是精华，很珍贵，懂不懂？你不懂问我一声啊！

尹擎坐在驾驶位上一动不动，洗耳恭听。

袁若德：要说是你的意思，我也不信，你小子心肠没那么硬！再说你老大不小了，不是毛头小伙了，好不容易有了自己的孩子，怎会不想要？究竟啥原因，你给我说实话。

尹擎感觉老板对紫萱打胎的事很生气，专门过问，只好如实回答。代紫萱表妹丁紫岚当初不听劝，非要从德来服装厂辞职，跑广州去做所谓"专业模特"。不久前怀孕打胎，手术不成功，留下后遗症挺严重，一直治不好。医生说她这种情况导致了肾衰竭，治疗前景不乐观。阿美（袁仁美）听说此事，将私人的钱借给紫萱一部分。紫萱将这笔钱紧紧攥在手里，一分不敢花，她怕表妹后期治病花费大，开始拼命攒钱。她这人心重，习惯未雨绸缪，不愿沦落到山穷水尽的地步。所以，暂时不敢要孩子。

哦！袁若德很意外：肾衰竭？确诊了吗？

尹擎：目前是医生怀疑，医生说凭经验基本可以确诊。

袁若德：在哪里治疗的？怎么治的？有效果吗？

尹擎：她在广州某诊所和一家医院分别做常规治疗，维持现状，不见好转。最糟糕的是她本人不重视，对医嘱置若罔闻，没有很好配合，有时不吃药，有时抓起药来大把吞（用药过量），治疗时断时续。医生对她很烦，多次责怪她年轻不懂事。

袁若德思忖片刻，交代尹擎：这样，我请人帮忙联系广州南方医院，联系好之后，一旦有床位，你叫紫萱立即带她表妹去住院，先检查，后治疗。你跟紫萱说，有病要治，不可放任和耽误。我叫老祝给紫萱批三天假，把这事办好。

尹擎：袁董，这个这个……不太合适……

袁若德：怎么不合适呀？丁紫岚曾在德来服装厂工作过，是广德前职工。不是有个时髦说法吗？没有功劳也有苦劳。

尹擎磕磕巴巴：袁董您……我知道您您您……体恤下属，但丁紫岚她是冒失鬼，自作自受！我想……

袁若德截断：有病说病，不要说别的。不冒失那是老年人。后期治疗所需费用比较大的话，你可动用后备金，预算金额在80万元至100万元区间。

尹擎知道，自从梁仁良做金融失手，滞外不归，令毛织厂陷入困境，拖累集团大盘拮据，老板一直为此焦虑。眼下需要用钱的地方太多了！只有保持充分的现金流，企业才能维系正常运转，在企业最危急之时，老板袁若德都不曾起过动用后备金的念头。尹擎曾提醒过几次，老板都不答应，说是他可以想别的办法。此刻，却叫尹擎动用后备金，给一名前员工治病！尹擎眼眶湿润，笔直地坐在驾驶位上，一声不响，也不回头。

袁若德追问：你听明白没有？

尹擎固执己见：听明白了，但我不同意。实在不行，我可以向集团申报员工困难补贴，决不动用后备金！真到非动用不可那一天，先救厂！保住毛织厂，等于保住大家饭碗……

袁若德断然否定：不！先救人！申领员工困难补贴的资格还要过审，手续耗时，丁紫岚这病却拖不得了。

尹擎：紫岚一个人，毛织厂几百人，孰轻孰重我拎得清。

袁若德：要救急的只是紫岚嘛。不救，一个人的世界就垮了。

尹擎倔头倔脑：说破天我也不同意！

袁若德火了：你犟驴呀？我不在，后备金才由你说了算！

尹擎喘着粗气，短暂息声。

袁若德斩钉截铁：对生命危情坐视不顾，是涣散人心的行为，不符合广德的德行。人心涣散了，厂也保不住。去办吧！

尹擎下意识狠踩刹车，车本来就停着：紫萱也不同意……

袁若德安抚道：告诉紫萱，后备金属私款，仅在我袁若德名下，与公司无关，与家族也无关，你们不必有心理负担。

尹擎坚决提醒：可是袁董，搞小金库违法。

袁若德瞪眼：违哪个法？国法还是家法？

尹擎吞吞吐吐：当然家家家……家法。

按我说的办。开车！袁若德轻吼一声，再也不理他了。

9

夜晚，花茶街8号，陈可期家。

晚宴结束后，苏杭一行被安排在河埔迎宾馆休息，叶馨菊则回到家里，翌日一早将与苏杭等人同车赶往广州。

久别重逢，陈可期心情极佳。做爱缠绵倒在其次，更重要的是，叶馨菊此番带客户到来，意味着"撤股"之事不了了之。

叶馨菊温情脉脉，重修旧好，此前的种种不愉快好像早已忘诸脑后。她哕声哕气，就自己上次在气头上说的一些气话表示歉意，请求陈可期包涵、原谅。她抛出的诱饵极其诱人：叶氏原有的投资不撤，原有的主要技术骨干不撤，相反还要追加投资，这次"追加"将是几何级的，助推方正电梯上个大台阶。

陈可期很受用，也再次承受诱惑。他很需要资金，这个时候的一笔大资金无疑雪中送炭。资金是企业之"血"。做厂的人有个共同德行，这就是为企业输血比为他本人输血还令他激动感恩。加之叶馨菊复合的态度十分坚决，紧紧黏在他身边，寸步不离，什么分手、散伙之类，再也不用提它啦。

心情极度欢愉、身体极度快感之后，陈可期眼皮儿涩重，几乎头一挨枕头就能睡着，毕竟累了一天。叶馨菊两眼放光，不失时机地向陈可期提出两人复合之唯一条件——赶走曲解。

陈可期以为自己耳背，或叶馨菊口误，面色僵硬。

叶馨菊耐心解释：当然不是彻底赶走。有你爸陈豪杰罩着，肯定赶不动她。我不过主张"上调"，让她回集团总部，协助你大哥好了。脱离方正电梯，不再涉足方正电梯任何具体事务。

这下听清楚了，陈可期颇受刺激：菊……别这样！

叶馨菊振振有词：像曲解这样的海归大博士，委身于我方正电梯这个小庙，也太大材小用了！屈才了！委屈她了！只有到方杰总部更高点的平台，才利于她发挥更大作用。

陈可期当即摇头：这个我做不了主，是老爸定的。

叶馨菊口气蛮横：谁定的我不管！只要你陈可期和我叶馨菊想叫她离开，就一定有办法叫她离开。

陈可期的脑袋瓜摇得更厉害了：这个我没办法。

叶馨菊瞪起两眼，目光似刃：你真没办法还是假没办法？

陈可期：菊，技术方面，尤其前沿技术，一直是方正软肋。曲解来到方正，不是正好弥补我们技术上的不足吗？

叶馨菊：做厂要素多元，谁像你这样死抓技术不放？

陈可期：没有技术，遑论其他呀！就算没有曲解，高技术人才也不可或缺，我们还得花钱去招……

叶馨菊厉声截断：她那所谓技术又不是独门秘籍，掌握那门技术的人满大街都是，都烂大街了！我宁愿花钱重新招人，比她强的人多了去！

陈可期：你也承认咱们缺人，何必要赶走这个另招那个呢？

叶馨菊一听来了气：我跟她不对付，你不知道吗？

陈可期不愿直视叶馨菊，低着头，抿着嘴，一声不响。叶馨菊急欲赶走曲解，这事在他心里掀起巨大涟漪。自从叶馨菊完成部分撤资起，他就为两人间的情丝很可能就此斩断而伤感，尽管谈不上决绝。相爱不易，相守更不易。憋了半天，他终于小声小气地冒出一句：菊，咱们好几年的感情了！

叶馨菊面现鄙夷：有厂有钱，感情才值钱；撤开厂子和钱，感情一文不值。再说，钱为我独有，它不会跑掉；感情非我独有，它可跑可转移。我驾驭不了的事，决不能让它干扰我！

叶馨菊意犹未尽，抢着又说：感情是上层建筑，厂子和钱是经济基础。撤开厂子和钱，感情就如沙上建房，一点雨水就能冲跑沙子，再好的感情也经不起釜底抽薪，秒变神马浮云。

陈可期燃起希望：是啊！菊，工厂用人，是从工厂需要出发的，服务于工厂发展，跟你和我八竿子打不着。爱情不是用来做筹码、做交换的。只要咱俩情比铁坚，齐心协力做厂，什么沙子也掺不进呀！厂在情在，厂好情深。

叶馨菊懒得纠缠，急不可耐地自己道破天机：我给你说清楚，那个姓曲的，有她无我，有我无她！要么你赶她走，要么我跟你掰！她是雇员，我是合伙人；她有技术，我有真金白银；她是孤家寡人，我有厚实的业内人脉渠道。方正电梯此前诚然有一批老客户，但其中十几位核心客户均为我叶家人脉。复合一好百好，分手一了百了。这回要掰就是真掰！彻底掰！

陈可期恼怒：掰什么掰！这根本是两码事，别硬扯到一块儿。

叶馨菊破釜沉舟，坦诚中带有威慑：我已经第二次给你机会了，再一再二不可再三了。

面对叶馨菊的突然摊牌，陈可期忧心忡忡，好半天都没真正缓过神来。她直言要赶走曲解，逼他选边站，他觉得纯属无理取闹，无稽之谈。可是，奈何她蛮不讲理，分辩没用，斗嘴也没用，他索性不吭声了。

叶馨菊对陈可期再了解不过。他装聋作哑，不表态，这本身就是态度了，也就是铁心拒绝她了！她这次来，是带着最大诚意挽救爱情的，是以实际行动资助方正电梯的，他却没有表现出珍惜。她叶馨菊就这么一点小小的要求，哪怕他答应考虑一下也行，哪怕他想出别的变通办法也行，他都做不到！赶走姓曲的有这么难吗？没有姓曲的，方正电梯会垮吗？

叶馨菊心中五味杂陈，新仇旧恨叠加，感受到锥心之痛。她意识到陈可期变了！可能再也"捞"不回他了！两人的关系回不到从前，甚至就此结束了！不管她愿不愿意，这一事实都无法改变。她若对陈可期再抱幻想，就是天下头号傻逼。她叶馨菊不屑于做傻逼，即使为了那个鸟的爱情。

这是个临别之夜。翌日一早，叶馨菊将陪同苏杭一行去广州。叶馨菊自己不睡，也不让陈可期睡。两人先缠绵后斗法，再缠绵再斗法。陈可期不表态，叶馨菊不死心，逼问一轮轮，软硬齐刷刷。陈可期要么臭咸鱼不得翻身，要么死猪不怕开水烫，叶馨菊恨得直咬牙。牙快咬碎了，伤心伤到骨子里了，事情仍无丝毫"进展"。叶馨菊脆弱的内心很难再由强势外表掩盖了，但她不甘示弱，还是梗着脖子，留给陈可期专横跋扈、不可一世的样子。

两人没来得及合眼，天亮了。

要不是顾虑到答应了苏杭全程陪同，叶馨菊定会甩门离去。爱没了，恨无法剔除。不是复合无望，是复合个屁呀！

一直挨到早晨，两人强颜欢笑，陪同苏杭一行吃过早餐，热热闹闹寒暄告辞。就在登车前几分钟，叶馨菊仍抱仁至义尽心态，规劝陈可期答应"赶人"，虽说当着众人她不好直说，但暗示递出去了，陈可期心知肚明。让叶馨菊更想不到的是，陈可期仿佛变成宁死不屈的种，咬紧牙关未吐一言，连个头都不点。

10

上午，大背头小五金街，王鹈精密组件厂。

游海洋从北京发来电传：根据GGY项目中心要求，王鹈精密最新生产制造出来的样品，即将二度接受检验。本次检验完全按照欧盟标准，由项目中心指定两家相关机构同步进行，中国北京和德国各一家。

收到电传后，王祖望立即安排样品包装和发运事宜。

游海洋先后将样品送到京郊两家权威专业机构进行检验和复检，合格率均达100%且评价不俗。

OK！样品质量非常好，完全合格！游海洋很满意，伸出大拇指，多肉的脸上不时冒出笑容。其实，还有句话他忍住没说：品质出奇完美，好得超出我的意料！

一周后，*游海洋从北京发来电传：根据GGY项目中心统一序列编号，王鹈精密生产的样品被命名为"AQ五金铸件"。*

两周后，*游海洋从北京再发电传：AQ五金铸件被GGY项目中心要求就地量产。*

王鹈精密样品生产合格了！王祖望深深叹出一口气，还没来得及高兴，忽接客户电传：样品就地投入批量生产，按现有生产能力预估，约需时九个月。这两个重磅消息颇似王炸，炸得大背头小五金街王鹈精密组件厂在一派欢天喜地中一时手足无措。

原来，样品发往德国，受到王鹈精密的德国合作方之一（世界500强企业）的高度赏识，要求将该批样品就地投入量产。根据王鹈精密的最大产能估算，需时九个月。

看着电传，王祖望惊呆了——样品量产！天啊，好大个单！

夏令：老大，样品生产过关了，大家说话声音都大了，个个高声大气变了腔调，甚至想吼两嗓子，唱唱歌。要不干脆，组织全体去歌厅K个歌？就当慰劳大家。

王祖望瞪眼：K个屁！我不相信，不K能憋死？

王祖望此时心情复杂，喜忧参半。"霸王床"租期和牛仔酷小组聘期都将届满，再向广德续租如何开口？就算厚着老脸开得了口，人家答应续租的可能性也基本为零。上次续租已经非常勉强。可是，不续租，王鹣精密断无产能。退一万步说，就算人家同意续租，王鹣精密产能还是不足。唉！单子大，王鹣精密小啊！

11

上午，佳杰五金厂厂长陈可元办公室。

早上，陈可元刚走进办公室，手机铃响，她一看，是秦茱萸打来的，极度意外却闪电般接通：是你吗？有事吗？

秦茱萸：元老！不不不，陈总，今天真有事。

陈可元伶牙俐齿：请讲。

秦茱萸：我的车已在路上，15分钟后到你办公室。待会儿见。

秦茱萸主动上门，陈可元大为惊诧，带着兴奋往天花板翻看一眼，不假思索道：OK！等你。

挂掉电话，陈可元支走办公室工作人员，自己亲自泡茶，心下暗自思忖。前不久从钱万处获悉，袁家女婿卷款境外逾期不归，这事儿性质严重。做厂的人都知道，工厂的经营运作是个大系统，各环节繁冗复杂衔接紧密，最忌讳人和钱这两块出问题。人是咽喉，钱是命脉，牵一发动全身。一个人、一笔款的不当动向，足以灭掉一个欣欣向荣的厂，一夜间把有几十年历史的厂给彻底报销。她预感广德遇到梗了，弄不好栽在资金这一块。

尤其芬泊好车，向秦茱萸指指二楼，秦茱萸会意，径直上楼。

秦茱萸头一回来到陈可元办公室，顾不上打量别的，只看见陈可元一人杵在门口，用冷峻目光迎接自己。他强作镇静，以器宇轩昂之态回敬：怎么，仇人相见分外眼红？

陈可元"扑哧"一下掩嘴而笑，直笑得咳呛起来：这是什么风啊？把大博士刮进我寒门，让我受宠若惊！

秦茱萸依陈可元指引，走到会议桌旁，在陈可元对面落座。

两人对视数秒，心有灵犀，但觉一肚子话不知从哪儿开口。秦茱萸强迫自己摒弃杂念，语气温和：我受广德老板委托，特意前来拜见陈总，商讨德来服装厂相关事宜。

陈可元收敛笑容，正襟危坐，一展厂主架势，不怒而威：贵人登门必有贵干。但我仍需辨识一下，大敌入境，安的什么心。

秦茱萸向陈可元表达广德方面两个意向，具体方案也拿了出来：一是商请佳杰在现有49%股份的基础上，增持股份；二是全盘接收德来服装厂，价位好商量，可以双方直接洽谈，也可以聘第三方做综合评估后共同磋商。

陈可元听罢，心中暗忖，果然不出所料，广德遇到梗了！她不假思索，满口答应：这是好事呀！应该没问题！

这么爽快？倒像她八百年前就知道他此番来意，一直等在这里似的。秦茱萸始料未及：元老，这事正合你意？

陈可元摇头：不重要。

秦茱萸小心翼翼：这不是小事，望慎重定夺……

陈可元自我感觉超好，她简直佩服自己料事如神！朗声截断：秦博士开口的事，当然不是小事。但在我权限范围内的事，不需要理由，不考虑利弊，不计较后果，一切以成全你为要。

秦荣荑急忙摆手，神情严肃：不要不要！小元，不要这样！你还是与杰叔和铭兄好好商量下，看他们意见如何……另外，你得与佳杰同僚斟酌一下啊，综合考虑……

陈可元笑道：谢谢你，替我想这么周到！佳杰的事情我拍板，无须与任何人商量，规矩如此，事后报备不迟。

秦荣荑耐住性子：有没有听过这句话，叫公事公办……

陈可元伶牙俐齿：有没有听过这句话，叫天人合一。

秦荣荑大为困惑，心说元老的疯话让人琢磨不透。

陈可元含情脉脉：在我这里，公里有私，私里有公。天人合一就是公私合一，即天公人私合一。

秦荣荑内心泛出阵阵涟漪，把他应该说的也很想说的感谢的话全堵了回去。

秦荣荑：请允许我善意纠偏，这不是你的事，也不是我的事，是两个企业之间的事，是生意，是买卖，应遵循市场规则，不可以……（他把"感情用事"咽下，改口为）稀里糊涂。我呢，只是受人之托，帮人带话，此类事务我压根儿不懂，这个你知道。

陈可元浅笑：你说得没错，但我补充一点，两个企业之间的事因为有你我参与，也就等于是你和我的事了。你和我的事，稀里糊涂又何妨。

秦荣荑蹙眉：一码归一码，把事情弄得含混、别扭就不好了。

陈可元两手一摊：这有啥可别扭的？中规中矩，顺理成章，符合逻辑，符合利益，又符合心愿，三全其美。

秦荣荑拱手：那我先谢谢你了！

陈可元：成全你，是我的人生宗旨，没有之一。

秦荣荑愣怔一下，苦笑道：嘿，我的理解是黄鼠狼给鸡拜年。

陈可元：我这样的好黄鼠狼，百年一遇，你该庆幸。

秦荣荑：黄鼠狼有好的吗？百年遇不到，千年也没有。

陈可元：好坏不论，黄鼠狼只愿意和鸡进行量子纠缠。

秦荣荑定定神，从椅子上站起来：我先回去跟老板汇报，具体操作可由双方派人，选个时段共同磋商。告辞了！

陈可元跟着站起来，含情脉脉，睁大一双水汪汪的眼睛，近距离直视秦荣荑，往他眼睛深处看，类似于放电。

秦荣荑此次上门并非毫无戒备，却还是猝不及防地被陈可元电晕，他大脑空白，表情呆滞，举止机械，不知道自己是怎样跟元老挥手拜拜的，只记得夺路而逃。

12

晚上，齐贤路内街16号，袁仁美家。

韦素见袁若德手端一只陶瓷小盅进了门，热情招呼：哎哟，亲家公大忙人，还抽空亲自给女儿送饭啊！

袁若德笑道：嘿嘿，顺手端碗汤过来。兴兴睡了？

韦素：睡了睡了！刚喂饱，睡得香着呢。

袁若德：那好，我趁便跟阿美唠叨两句厂里的事。

韦素深明事理，说着话退到一边：好，你们聊你们聊！

袁仁美倚靠床头，伸双手接过老爸手中的汤盅：爸您坐！

袁若德一脸慈爱：你趁热先吃，咱边吃边唠，不耽误。

看着女儿用小勺子慢慢吃着鸡汤馄饨，袁若德心里很满足。他开始小心翼翼地与女儿交谈。他知道这次谈话很艰苦，因为牵涉到卖厂，但不谈又不行。

袁仁美面部肌肉扭曲：爸，您绕一大圈，原来是想卖厂啊！

袁若德强颜欢笑：不是不是！你听我说……

爸，此前您高调，连续出手几个大动作，像服装、毛织厂的机械技术改造，不带半点儿犹豫的，怎么忽然变了？收缩产能，析出股份，卖厂……您想过没，前脚踩油门，后脚踩刹车，企业震荡，人心惶惶……

袁仁美很痛心，为什么跟老爸越来越生分、越来越有隔膜、越来越想不到一块去了？是老爸变了还是她自己变了？她哑着喉咙诘问：究竟是什么人在你身边聒噪？我是否需要着手"清君侧"？

袁若德苦笑，试图将话题变轻松一点：没有一帮死党、亲信、心腹，怎么做事？怎么做厂？过去是一个好汉三个帮，现在一个好汉要三个核心人物、三层三圈次核心人物帮。你是女孩子，置身于制造业江湖，已非常艰辛，非常不易！爸爸不想让你把这辈子都搭上，想让你回归相夫教子、轻松快乐的日子。

爸，什么核心人物、次核心人物，没必要扯那么远。您养个"吞金兽"不要紧，却让广德失血至今！您有没有预测还将导致更严重后果？有没有想过立马止损？

袁若德：一个企业，没有核心技术是走不远的。

哎呀爸！我一听这话就烦！人人都把核心技术喊在嘴上，好像核心技术爆棚了！烂大街了！其实全是假冒伪劣唬人的。哪有那么多核心技术？核心技术谈何容易？即便一般技术，有些也是一两代人都搞不掂。

这是真理呀阿美！别一听就烦……

没听说卖厂是真理。为了保德立技术，推动二期投资落地，您不惜卖厂，做得这么绝！爸，您以前不是这样子的！

爸，世上真理千千万，全都抱在怀里也得喝西北风。咱是拿企业当饭吃的人，对企业有利才是真理，把企业弄垮就不是真理。上天揽月下海捉鳖倒是真理，咱又做不到。

袁若德面露笑容：有句话说得好，困难肯定有，光明在前头。

爸！袁仁美的眉头蹙得更紧了，老爸这种传统僵化的思维让她感到痛苦，当然，她只能耐住性子：不是所有困难都能克服。有些困难之所以是困难，就是因为它不可克服。相反，把企业"困"死的困难大把存在。

阿美，困难是生活和生产的伴生物，一个接一个，躲不开绕不过。哪些可克服，哪些不可克服，并不绝对。我主张克服一个是一个，即使不迎着困难上，也决不向困难投降。企业不克服困难没法发展，像人类不克服困难没法进化一样……

爸，咱能不喊口号吗？袁仁美说着扭扭脖子，好像不舒服。

爸，现在总体形势不明朗，咱还是适当保守一点，量力而为吧！我个人意见，鉴于德立技术短期内难出重要成果，现有成果难以推出市场套利，本年度研发预算可削减一半，二期投资亦可暂缓，这就便于我们腾出资金，在服装厂扩充生产线。服装厂发展势头不错，至少今明两年超级盈利。爸，您别忘了，咱广德据此起家。

袁仁美顿了顿：倒是毛织厂不让人省心。阿良在国外没回来，毛织厂由祺叔和紫萱负责，当然我不怀疑他们的能力，更不怀疑他们的忠诚，只是，祺叔已经不年轻了，紫萱呢，一屁股麻烦事儿拖着后腿，我自个儿又动不了！这"月子"坐得，活活把人急死！

袁若德冲女儿点点头，口气柔和：不急不急，安心坐你的月子。你身体养得好不好，直接关系到咱兴兴的口粮足不足哇！

袁若德貌似漫不经心，接着问：紫萱有麻烦事儿？

您不知道啊爸？紫萱她妹丁紫岚不是从咱这儿辞职去广州了吗？没多久就病了，前不久听说准备开始定期做肾透析了。

袁若德惋惜不已：肾透析？这么严重？年纪轻轻的，身体咋搞成这样？我听说过她打胎……

袁仁美：就是打胎打坏了！连续打，多次打，任谁也受不了。

两人不约而同地沉默下来，心情不无沉重。片刻之后，又回到老话题。袁仁美重申自己的意见，反对佳杰在德来服装厂增资扩股，乃至控股，更反对其买断德来服装厂。

袁若德：阿美，你别急着表态，考虑一下广德大局……

袁仁美眨眨眼睛，连声质问：爸，这是秦茱萸的意思吗？还是陈可元的意思？还是他俩联手，预谋蚕食广德？

袁若德：不是不是！跟他们没关系，纯粹是我的一点想法，目前八字还没一撇，这不跟你商量嘛。

爸，我知道，企业需要回血，但办法不是现成的吗？你可以让"吞金兽"（指秦茱萸团队）压缩开支啊！

袁若德不悦：给你说过多次，不要说人家是"吞金兽"嘛！

袁仁美抬杠：不说"吞金兽"，烧钱大户可以说吧？要不是他们占着茅坑不拉屎，怎会逼得您售卖工厂股权？

袁若德耐住性子，语气委婉：广德整体业态拟做调整，把重心放在德立技术方面，其他适当剥离，这是董事会明确了的战略方向。阿美，我知道你对服装厂有感情……

袁仁美完全听不进，摆手截断：别提感情，也别提战略方向。爸，此前您连佳杰参股都不乐意，现在竟想让人家控股！您这态度……眨眼间转变180度，我还真不适应！

袁若德张了张嘴，没出声儿。毛织厂被梁仁良做了抵押贷款，动弹不得，无法入市交易，能够变现的只有服装厂了，这话当然不能说。其实，就算毛织厂没被扣死，拿它交易变现阿美她也不会同意。

袁仁美心急火燎，慌不择言：爸，按照您的逆向思维和逆向走势，拱手让人家控股，甚至卖厂！我请求您不要动这个念头好不好？我宁愿您卖儿卖女卖孙，也不要卖厂！好不好？

这话说得！袁若德顿觉肝肠寸断。他咬紧牙关，忍着锥心痛楚，不置一言，任凭腮帮子上一小团肌肉上下乱窜。

13

夜晚，木棉红酒店大堂。

凌晨1时许，秦茱萸带着一身疲惫，上床躺下，忽然收到陈可元发来的微信：秦哥，我刚到木棉红酒店大堂，请你下来一趟。

秦茱萸头一个反应是出什么事儿了？他眨眨眼，按捺不问，草草应付：夜半三更发微，好似午夜凶铃。

陈可元：不是凶铃是吉兆！快下楼，你一定不虚此行。

秦茱萸：我睡了，天塌下来，你的吉兆也留待天亮再发布。

陈可元：骗人吧？你从来不会睡这么早。

秦茱萸使劲儿闭一下眼睛：拜托！看看表好不好？

陈可元有意搞恶作剧，不说实话，胡诌乱扯，语带央求：我是来向你请求辐射的！你好歹给点辐射……

秦茱萸：我辐射不了你。

陈可元：事关重大，需当面说清楚。不会超过十五分钟！要不我咬咬牙，保证不超过五分钟！

秦茱萸一口回绝：五秒钟也不行。明天再说，晚安！

陈可元软磨：我也累一天了，大老晚的匆匆赶来容易吗？现在我只身一人被黑暗包围，你心疼我一下不行吗？你屈屈尊，行行好，高抬贵腿，施舍给我几分钟不行吗？

秦茱萸睡意全无。老实说，他对陈可元抱有谢意。不久前自己突兀地找上门去，元老二话不说，当即对控股德来服装厂的事满口应承，倾力支持。这小妮子心意厚，人品不赖，虽说性子蛮横了点儿。只是，今天太晚了，弄出响动惊扰别人多不好，只能在心里对她说声抱歉了。

秦茱萸迟迟未回复，陈可元觉得有希望，撒娇：我规定自己等你两小时，就是说两小时之内见不到你，我不会离开。

秦茱萸装作不为所动，铁心不回复。

陈可元这才说出实话：我是专程来给你送合同的，关于佳杰五金全盘接手德来服装厂事宜。

这句实话不啻于撒手锏！秦茱萸不敢怠慢，一骨碌翻身下床，涩重粘连的眼皮儿陡地睁大。他扯过衣裤穿好，蹑手蹑脚下楼，横过马路，进入木棉红酒店大堂。

秦茱萸：送个合同，还要你亲自跑一趟？派人送不行吗？

陈可元：我派我自己送合同，有问题吗？

秦茱萸：送合同又不是偷鸡摸狗，何以选在半夜三更？

对不起！我工作繁忙。陈可元说着，扬扬手中文件：不好意思啊，我先斩后奏了。

秦茱萸从陈可元手中接过合同，动作木讷，没有任何积极反应。他与平常一样，谈起技术神采飞扬，谈技术之外的事一脸懵逼，远非口齿伶俐的陈可元之对手。他低头寻思片刻，支吾着向陈可元解释：你知道，合同的事不归我管，我只是中转一下。但你放心，天一亮我即向老板呈报。

我代表佳杰，已在收购德来服装厂合同上签字，现专程给你送来。待你方签署大名，合同正式生效。

签合同？秦茱萸一阵错愕，浑身的疲惫顿被惊飞。想不到陈可元手脚这么快！追得这么紧！好像她早就有意将德来服装厂"拿下"一样。

秦茱萸语带讥讽：签合同不需要半夜三更吧？

陈可元：我办事争分夺秒，拖泥带水不是我的风格。

秦茱萸接过合同文本，大致翻看一眼，粗略感觉严谨细致、无可挑剔，脱口说道：陈总的专业能力令人钦佩！

陈可元耸耸肩：令人如何无所谓，令你如何才是我关心的。

秦茱萸：令我佩服啊！真的，我很佩服。

秦茱萸表示，天亮即向老板汇报，研究后若无问题，就签字生效了。同时夸她：元老，你小姑娘家家的，却热衷做大事。

陈可元嘀咕：这也稀罕？古往今来多少大事都是小姑娘干的。

秦荣萸：元老不同，你是既热衷做大事又有能力把事做成。

陈可元抬眼，直勾勾地看着秦荣萸：你刚发现？

秦荣萸近距离凝视陈可元仰起的脸儿，无言以对。

陈可元：夸我没意义。你把我夸上天又如何？

秦荣萸：什么有意义？

陈可元：爱。

秦荣萸灵机一动：你这合同，能达到让人爱的程度，想必具体条款优惠幅度大。那就先谢谢了。

14

晚上，芳菲大街31号，方正电梯董事总经理曲解办公室。

连续两晚失眠，曲解眼圈都黑了。此刻早已下班，她仍在办公室忙碌。办公桌上的固定电话响铃，她拿起话筒。

包乐在电话那头热情洋溢：曲姐，今晚继续练车吧！我还坐副驾驶位，陪你到市内几条主要干线转一大圈，你顺便熟悉一下道路，多跑几趟，做到心里有数。

前不久，方杰集团给曲解配了台车，一辆白色的奥迪A4小轿车。陈豪杰亲自交代包乐，陪同曲解熟悉国内驾驶。

曲解：哦，今晚不行了，我还有事。要不咱明晚接着练好不好？谢谢你啊！总是利用休息时间指导我练车。

包乐：嘿嘿，陪曲姐练车我巴不得呀！你驾驶技术本来就不错，练了几回更纯熟啦！老板考虑你对国内交通规则不太熟，河埔市道路交叉口、立交桥又多，特意叮嘱我要保证你的安全。

曲解莞尔一笑：有包乐师傅保驾护航，我是一百个安全！

包乐：那好曲姐，你先忙，等下我来接你。

曲解：好，谢谢包乐！你两个小时以后过来吧。

放下电话，曲解用手机给秦荼茰发了条短信：人家是不期而遇，我是期而不遇。这等劣势何时休？

发完短信，她静静坐在桌前等待回复。但手机屏一直黑着，她直觉没指望短时间内得到回复了，索性把手机放在一边，起身走到窗前。面对窗外一片漆黑，伫立沉思良久。

连日来，曲解为电梯安装的事深感焦虑。方正电梯从厂房建设、设备安装、生产线调试到开工生产，环环紧扣，工期不等人，容不得半点延误，任何环节悬而不决都是误事的。电梯安装外包与否，事情不大，也不复杂，但两种意见却尖锐对立。根子上说，还是品牌理念不同，品牌抱负差异。

陈可期夹在两种意见之间，显然很为难，不敢迁就哪一方，不敢轻率表态，迟迟未能主持领导小组就此事进行表决。

这时，她突然起念，何不直接向总裁陈可铭报告此事呢！她可以从技术角度详细阐述电梯安装不宜"外包"的理由，详细列数电梯安装"外包"之弊，希望得到他的支持。

她返身走到办公桌前，拿起座机话筒，拨通陈可铭：总裁晚上好！我是曲解，有件事向你汇报一下。电梯安装环节太重要了！直接关系到产品优劣……她还没来得及展开说，陈可铭即在电话那头答复：曲博士，这方面我是门外汉喔！不敢班门弄斧喔！你还是多听不同意见，集思广益吧！特别是总工冼赫，在电梯行业打拼好多年了，实践经验丰富，是可资信赖的。阿期一直以来都很仰赖他，你也对他多予尊重和支持喔。

这话令曲解准备充分的汇报一下子卡了壳，她磕磕巴巴地表明自己的意见，语气很不自然：总裁，这不是尊重谁、支持谁就能妥善解决的事，需要尊重和支持的是科学技术本身，是终端客户。为品牌着想与为客户着想，是正比关系⋯⋯

陈可铭再次截断：这样吧曲博士，具体问题还是由你们专家组商酌后拿出意见吧。实在不行，打个报告上来，由集团董事会拍板。另外呢，贺喜从集团财务考虑，不同意方正电梯项目预算再有任何增加。这个⋯⋯谨供你参考。

曲解张了张嘴，很快又闭上——总裁，您是大当家，望您亲自定夺，不搞模棱两可——这话已冲到喉咙口，曲解强行把它咽下。

这时，电话那头传来陈可铭太太贺喜的声音：曲博士，我是贺喜。听你和可铭谈电梯安装，我就抢过电话。不好意思！

曲解热情：哦，贺总监！多天没见呀，你好吗？

好哇！老样子呗！贺喜在电话中径直对曲解强调：曲博士，这事总裁和我都知道了。不论你们如何选择，我的意见是，不可再增加预算，方正电梯考虑任何问题都要以此为原则。

曲解：好的，我明白。不打扰你们了。晚安！

放下电话，曲解一阵迷茫，更加焦虑。在她汇报之前，陈可铭显然已经听取了其他人汇报，对意见分歧十分清楚。陈可铭、贺喜夫妇似乎倾向于支持冼赫，对她的意见并不看好，也没打算支持她。这让她横竖无辙，倍感压力。

曲解心情郁闷，又想到秦茉荑。她坐在办公桌前，打开电脑，给秦茉荑发邮件：在线吗？可以眷顾我一下吗？

那边一如既往，没有任何动静。

她苦笑一下，自言自语：嗨，十之八九不在线！网上"相会"也这么难啊，连说个网语都得见缝插针。她索性在电脑键盘上"噼里啪啦"敲打一阵，给秦茉荑发邮件，倾诉心中所感：

　　茉荑，如今很多事都不再单纯，就技术谈技术显然行不通，还要附带谈人事、谈历史、谈社会以及世俗风情等等。大凡重要点的事情，不仅"人事"（含人情世故）在其中起着重要作用，而且事外有事，事内有事，大事套小事，事上加事。技术不再单纯是技术本身了，不再止于技术范畴了，非技术要素的参与势不可挡。多要素参与，相互作用，共同作用，似为时代特征。还是你说得对，不考虑项目预算可能站不住脚。那么，往后技术之路该怎么走呢？这是我的"痛点"，盼指点一二。

邮件发出去，曲解觉得心情轻松了些，起身走到窗前。

这时，她产生了孤注一掷的念头，即直接"上书"陈豪杰。但这样做合适吗？她忐忑不安。犹豫过后，她心一横，干脆一不做二不休了！主意打定，她急转身走回办公桌，又在电脑键盘上"噼里啪啦"敲打一阵，起草了一份致陈豪杰的邮件：

> 陈董，恕我唐突，现将一事直接向您汇报。
>
> 关于电梯安装环节，我主张产业链末端与客户链终端实现无缝链接，不同意按业内惯例实施"外包"，即将该环节推出去。但方正内部有不同意见，很难调和。此事还望董事长百忙中予以定夺。
>
> 电梯安装虽然不在制造范围内，脱离了车间生产线，品相完整地出厂了，对产品本身不构成直接影响，但它仍居产业链末端，没有脱离企业，更没有脱离品牌。每部电梯上面都有我们的商标，每部电梯都在做品牌传播。我们对每部电梯的每个环节（包括安装环节）负责就是对品牌负责。电梯安装得好坏，直接关系到客户安全。客户安全，品牌才安全。方正电梯有必要培养建设起一支技术和综合素质过硬的安装队伍，为客户提供最佳售前、售中和售后服务，提供全面的建筑运载系统解决方案，借此赢得客户，赢得市场，赢得品牌口碑。
>
> 非常冒昧，打扰您了。

邮件写好，曲解将其发给施润，请她翌日一早打印出来，呈报陈豪杰老板。

包乐已到楼下。曲解匆忙关闭电脑，熄灯锁门下楼。

15

晚上，庙前街小银翘茶餐厅。

小银翘茶餐厅灯光别致，乐曲撩人，暧昧气氛氤氲。施润宴请季黄鹏、黄匠军夫妇，小两口屁颠屁颠地跑来了。

施润笑道：一对鸳鸯来了！这边坐！

走在前面的季黄鹏忸怩甜笑：润姨！

施润：瞅着就顺眼！你们俩看上去咋这么般配呢？

跟在季黄鹏身后的黄匠军赶紧趋身上前：施董助，您好！

三人围着卡座面对面坐下，气氛亲切。

施润劈头就问：匠军，听说你们样品合格了？

季黄鹏惊讶：哟，润姨消息灵通！感谢润姨雪中送炭！连续两次追加，总共给了救命的450万元！您是王鹏精密的救命恩人哟！

黄匠军跟着拱手：多谢多谢！多谢润姨！

施润：借钱这事是老板决定的，我不过经个手而已，不管怎样能过关就好。想必你们很不容易，我知道境外项目吹毛求疵。

黄匠军直言不讳：是啊，也多亏了广德！他们组织专家为"霸王床"设计制造了一款附属装置，简称智能机械臂。这是新东西，估计其技术含量挺高的。"霸王床"一装上它，就特别好用，效能极大提升的同时，产品质量也大大提高。

施润佯作后悔莫及的样子，半开玩笑半认真：这么说，是"霸王床"的功劳哇！唉，当初，佳杰老板陈可元出于友情，毅然决定把"霸王床"卖给广德——不，不是卖，是半卖半送！现在看简直亏死了！知道它是宝贝也晚了。

季黄鹂笑道：润姨，懂技术它是宝贝，不懂技术它是废铁呀。

施润脑筋转弯快，一脸坏笑，借题发挥：所以呀，我们方杰特别看重技术、看重技术人才！今天请你们来，就是见证！

施润：我们老板陈可元多次交代，要把人才放在第一位。她说，像樊老靓、黄匠军这样的人才，是方杰培养出来的，他们对方杰有贡献、有感情，我们一定要不惜重金把他们请回来。当然，不回佳杰五金了，直接去方正电梯，我真心希望他们有更大的作为空间，更好的施展平台，更出色地释放才艺，带出更多徒弟。

说着话，施润从包里掏出一串明晃晃的钥匙，往桌上一拍，杵在黄匠军、季黄鹂夫妇眼前：这是一套两居室的商品房，陈可元老板送给你们的。她为你师傅樊老靓也准备了一套。

黄匠军、季黄鹂两人目瞪口呆。

施润接着说：这套两居室的商品房，位居市中心繁华路段，楼高九层，你们这套房在八楼，闹中取静，南向，通风采光一流，虽是二手房，但已重新装修，家私家电齐全。你们简单打扫布置一下，就可搬进去，经营自己的爱巢了。

小两口大为惊骇。黄匠军嗫嚅着说：不敢不敢！多谢多谢！我知道，老东家一向待我们不薄……但如今我们已经不是方杰的人了，这么厚的礼岂不受之有愧？车子领了，房子决不敢收！万望施助理体谅！

季黄鹂接着话茬，态度诚恳：承蒙陈可元老板抬爱，匠军和我感激不尽！但润姨您是知道的，匠军他没权做任何承诺，也帮不上方杰什么忙，纯属无功受禄。再好的房子，住在里面或难为情，或如惊弓之鸟，都不会好受。

施润"扑哧"而笑，眯缝的眼睛里透露出老辣眼神儿：年轻人，面皮儿薄啊！换了我，岁月风霜不少，识人度势不浅，别说给一套房子，给十套、二十套房子我也要！哪有不好意思这回事。有给就有收，有授就有受，愿打愿挨，谁欠谁呀！

黄匠军还是难为情，下意识地摇头：这么贵重的礼物，我们受之有愧……

施润截断说：不是受之有愧，而是却之不恭。陈可元老板一向器重技术人才和工艺骨干，对樊老靓、黄匠军师徒更是厚爱有加，无时无刻不盼着你们回归方杰。所以，她送你们新婚贺礼也不奇怪。

季黄鹏双手捧起房匙，看了又看，舍不得放下似的。

陈可元馈赠的房子，黄匠军起初不敢要，但他见季黄鹏特别兴奋，欣喜莫名，暗自纠结一阵，也就默认了。他们小两口婚后住的是广德集团员工集体宿舍，只有一间房，还是特殊照顾安排的，周边大都是单身员工、高低床，四人、六人住一间房，楼道西头有公用厕所和洗漱池。

季黄鹏喃喃自语：我俩挤在一群"单身狗"中间，确实尴尬。

施润笑容可掬：集体宿舍肯定不是长久之计啦，更不是"长久之居"。要是我，今天拿到钥匙，连夜搬进去，决不会拖到明天。

这话说得暖心。季黄鹏和黄匠军相视而笑，又不约而同把目光齐刷刷投向施润，发现此时此刻的施润非常好看，虽早已不年轻了，但人还是蛮漂亮的，尤其那张脸。

客气话说了个遍，也明明知道却之不恭，黄匠军、季黄鹏夫妇还是不敢要这套房子。施润不高兴了：你们如果不收的话，一来我回去不好交差，二来驳了陈可元老板的面子，这个后果恐怕……你们懂的。

话音甫落，施润伸手拿过自己的公文包，从中取出一份文件，杵在黄匠军、季黄鹏夫妇眼前：要说重礼，这才是！

这是一份草拟的合同：方正电梯五金件将全部交由王鹅精密承包——待双方将合作细节敲定后，正式签约。

黄匠军惊喜之余，一五一十地向施润表明实情：施董助，王鹅精密样品通过严苛检验，百分之百合格，已由第三方出具合格证书。客户非常满意，并再下大单：样品就地投入批量生产。日前，王祖望已专程赴京签约。

这回轮到施润吃惊了。季黄鹂见状，赶紧补充说：润姨，请帮忙向陈可元老板转达我们的感激之情！合作未来可期。眼下，王鹂精密投入样品的批量生产，预计工期九个月，之后全员移师海外，实施境外某项目分包合同。

施润脸上露出老辣的笑容：这么说，阿鹂嫁给匠军，不仅匠军洪福齐天，王鹂精密也跟着沾光啊！

黄匠军瞥瞥季黄鹂，满眼爱意，满心欢喜，回头冲施润傻笑：托了老东家的福！谢谢施董助！

施润调侃：怎么谢呀？

黄匠军窘迫，脸孔涨红，不知该怎么谢。季黄鹂替老公解围，拿起桌上的房屋钥匙，塞到黄匠军手里。

施润脸上露出笑容。为轻松气氛，她有意扯起了闲篇：阿鹂你说说，樊老靓、黄匠军师徒为何认定王祖望，铁心跟他干呢？

季黄鹂如实道来：樊老靓、黄匠军师徒的绝活是工艺，王祖望的理念是坚守工艺，以工艺为天，靠工艺吃饭。王祖望这个人，是个很有想法的人，加上见过点世面，有点人脉，在工厂历练多年，管理上有自己的一套。凭借这些根基，他想在打工生涯中放手一搏，实现鲤鱼跳龙门。他认定机器人代替不了工艺，机械手取代不了人手。或有部分替代，不可能绝对替代。"顶流"机械手无论怎样尖端、精密，也实现不了对所有制造环节及复杂工艺的大包大揽，人脑指挥下的人手永远是第一位的。总之，他认死了工艺，死认工艺，无工艺不可活，他就是这么个人，他身边那一伙人也是这样，离开工艺一切免谈。当然，更有不可道破的"天机"是，他们手上有"BT"。

施润点头表示明白：你说得对，哪个行当都有自己的门道。工艺这个东西，一般人还真不了解其中奥妙、其中真谛！

其实，"BT"这个话施润并没听进去，就是听进去也不懂。她不想让自己显得什么都不懂，就懒得问。

16

晚上，方杰集团专家公寓楼下，粤来粤顺茶楼。

接到冼赫打来的电话，曲解下意识看看表，差10分钟就10点了，这么晚打电话，定有急事：冼总工，有事啊？

冼赫：曲博士，不好意思，这么晚打扰你了。我刚到你楼下，粤来粤顺茶楼"粤来粤旺"包房，麻烦你下来打个照面。

曲解：业务上的事啊？明天到厂里谈呗！

冼赫打着官腔：今天不谈业务。曲博士，我受叶总（叶馨菊）委托，捎封信给你。

曲解穿戴整齐，"噔噔噔"下了楼，进入茶楼"粤来粤旺"包房。

冼赫急忙站起来，客气道：曲博士，请坐请坐！

曲解微笑道：晚上跑茶楼，冼总工喜欢喝晚茶啊？

冼赫殷勤：曲博士，要不要来点宵夜？你自己点，我买单！

曲解摆手，拉张椅子坐下：不要。我没有宵夜习惯。

冼赫赔着笑：是哦！我睡眠不好，通常也不喝晚茶。

冼赫把自己的黑色牛皮公文包放在膝盖上，慢慢打开，从中拿出信函样的东西。其实，叶馨菊没捎什么信，捎的是两只精美的信封。冼赫将它们放在桌上，并列摊开，杵在曲解面前。

冼赫一脸的郑重其事：曲博士，你从美国回来，进入方杰，包括方正，有一段时间了吧？想必互相之间，哦，我指的是你和陈可期、叶馨菊这两位老板之间，也都熟悉了吧。陈可期、叶馨菊是一对情侣，又是合伙人，此前，香港小方正（自从方正电梯迁回河埔市，香港原址就称为小方正）在他俩手下发展得不错。现在呢，方正为图更大发展，迁至河埔市。这本来是好事，但矛盾也不少，且层出不穷日益突出。尤其是陈、叶两位老板之间，多次起争执，一次比一次尖锐和激烈，叶总最近几次来河埔都是赌气走的。这种情况此前从未有过。不瞒你说曲博士，其中大都是因为你，导致他俩闹得不欢而散。要说因为你什么……

曲解很惊讶，秀目圆睁：这个我不明白……

冼赫：我个人理解啊，仅仅是我个人理解、个人猜测，因为你各种条件都太过优越，你的存在打破了某种平衡。

曲解心说优越不优越是我的事，怎么妨碍别人了？这啥逻辑？她下意识地摇摇头：怎么会这样？

冼赫：叶总极不情愿这种局面再继续下去，特意委托我来与你协商。她的主要意思是……她觉得你在方正屈才了，希望你去美国，追求更大的施展空间和更好的前程。

曲解听明白了，也犯傻了，脑子半天没转过弯儿。

冼赫为缓解气氛，笑着说：嘿嘿，老话说"功高盖主"。

曲解：方正刚起步，举步维艰，哪来什么功？

冼赫故作轻松，语气调侃：新话怎么说来着？才高盖主，颜高盖主，占了哪一条都盖主啊，结局只能是免谈、慢走不送。要是条条都占，那就轮到主人落荒而逃了。

曲解不由自主低下头去，缄默起来。

冼赫煞有介事：叶总强调说，像曲博士这样集才学品貌于一身的女性，恃才傲世，到任何地方都可以获得很好的发展，不必拘泥于河埔这个小地方，更不必拘泥于方正这个小企业。叶总怜才惜玉，决定资助你一笔创业费。如果你离开方正去美国发展，这100万美金支票请你收讫。

冼赫说着话，把其中一只信封往曲解眼前推了推。

曲解：河埔是大地方小地方，不重要。我从美国回来，为的是追随我男友秦茱萸。既然来了，没有理由再离去。

冼赫：如果你不愿意离开方杰（叶馨菊原话是"如果陈豪杰那老头子喜欢她"），那么，你回集团总部，跟陈可铭干吧！叶总将资助你一笔转岗费。

如果你保证从此不涉方正电梯一步，不插手方正事务，这100万元人民币支票请你收讫。

冼赫说着话，把另一个信封往曲解眼前推了推。

曲解认真注视冼赫：这是陈可期老板的意思吗？

当然不是——这话冼赫差一点脱口而出，却猛地咽了下去，他想到自己犯不着实话实说。他眨眨眼，抬头迎着曲解的目光：曲博士，是不是陈可期老板的意思，我不知道，但我们没必要为这点小事去惊动他。按我的理解，直白说吧，叶总不能容忍陈可期身边有你这样一位女性。

原来，冼赫之前与叶馨菊议论过曲解，两人对她都无好感。冼赫挑唆道：我知道你不待见曲解，她五次三番冒犯你，连我都看不过去。

叶馨菊摇头：冒犯谈不上，但地位不同，理念不同，目标也不同。更要命的是，有她在，陈可期有问题！

哦？冼赫闻言惊讶。

叶馨菊一阵伤感，忍不住发牢骚：我对陈可期越来越失望。以前他听他爸的，现在他听曲解的，唯独不听我叶馨菊的！他变了！不再对我言听计从了。

冼赫同情叶馨菊，言语间不乏安抚，同时继续挑唆：阿期老板没有变，对你还是一如既往。问题在曲解身上，她像根毒刺，扎在你和阿期老板之间。

叶馨菊扑闪着眼睛，大受启发：是啊！要恢复以前风平浪静的日子，只能驱离曲解了。你去跟她谈，好来好走，好合好散。

见曲解半天不吱声，冼赫脸上掠过得意神色，接着补刀，一语双关：女孩子嘛，小肚鸡肠总是有的，且花样繁多。如今热恋中的女人更是鬼精鸡贼，个个会玩"清君侧"哟！

见曲解依然不吱声，冼赫猜测她左右为难，语气中带了些幸灾乐祸：曲博士，我毫无保留地谈出个人的理解，完全出于好意，仅供你参考。希望你不要"曲解"，也就是别想偏了。

曲解：你的意思我明白，不会想偏。

其实，曲解已经释然。冼赫大晚上跑过来，是秉承叶馨菊授意，与她曲解摊牌，即俗话说的"私了"。她头回遇到这样的事，惊诧一瞬，冷静下来，感觉也不是特别费解。

冼赫注意到，桌上两只信封，曲解看都没看一眼。她是嫌少吗？绝无可能！她是嫌多吗？也无可能！唯一可能是她想在别的方面讨价还价。他大夸海口：曲博士，你还有什么要求尽管提出来，不必顾虑。能解决的，我老板叶总都会解决，她有这个能量。

沉默片刻，曲解直面冼赫，口齿清晰：冼总工，请转告叶总，她的心意我领了，谢谢她了！但我对节外生枝没兴趣。我有合同，我们按合同办吧！说完起身，头一扭，洒洒脱脱疾步而去。

目击曲解的举动，冼赫两眼发直——这个世界对钱不动心的人长什么样儿，他算见识了！

曲解的背影早就消失殆尽，冼赫仍盯着门口愣怔，不相信事情会变成这样。他仍抱着一丝幻觉，没准儿下一秒曲解就会返身回来！她是凡人肉身，不可能刀枪不入！当他最终发现这幻觉很可笑时，满脸沮丧，手忙脚乱地把桌上的信封卷进包里。

第五章

1

上午，五花马水库山庄水钻台1号别墅。

阳光明媚，绿草如茵。在水钻台1号别墅豪华大厅左侧套房内，陈豪杰、陈可铭父子例行公事，关门密谈。

谈到叶馨菊陪同新加坡老客户苏杭前来方正电梯新厂参观考察并签署意向订单的事，陈可铭寥寥数语，简略带过。

陈豪杰对叶氏不仗义曾经很生气，为了维持合作一直忍耐。孰料，姓叶的又热心为方正带来客户，这是唱的哪一出嘛？兴许她对方正还是放不下，那就安安分分大家一起做吧！只能说，她和老二陈可期是愿打愿挨的冤家。旁人旁观，一头雾水。

爸，您身体仍在恢复中，别再大事操心小事受累。陈可铭说着，故作诡异神色：我有好消息禀报，您一定开心！

陈豪杰呷口热茶：讲。

陈可铭脸上堆着笑，故弄玄虚：花边新闻哦！

陈豪杰忽闻儿子嘴里的"好消息"，原来是女儿陈可元与秦茱萸两人已

"修成正果"，以为听错了：什么正果……

陈可铭兴致勃勃，嗓门儿抬高：近来他俩走得很近，越来越近，生米煮成熟饭那种。时髦说法是两人"滚床单"啦！

陈豪杰不悦，脸色阴沉下来：乱搞！

陈可铭嘻嘻窃笑：人家是两厢情愿恩爱缠绵，不是乱搞。

陈豪杰呵斥：我从来教她自尊自重，没有教她妄自菲薄！谁叫她以身相许的？谁叫她生米熟饭的？谁叫她先斩后奏的？

陈可铭吓一跳，猛地愣住。

陈豪杰嘶哑着嗓子痛斥：在家是千金小姐，在外是做厂的人！要有身份、角色、扛担子意识！这些重要的东西都忘到爪哇岛去了？胡闹！真是白培养她了！

陈可铭万万想不到，老爸似乎觉得他女儿吃亏了，不但不开心反而发怒，赶紧好言安抚：爸，您别急，别当真，咱别刺激心脏啊。我胡掰的！开个玩笑哄您开心。实际上是有人八卦，指小元与秦茱萸两人很般配，已构成"事实婚姻"……

陈豪杰双眉紧蹙，厉声训斥长子：那八卦分明是谣言，你倒帮上腔了。八卦经你嘴就不是八卦了！就变味了！懂吗？人家八卦，你跟着八卦，以后靠谁出面靠谁说话，以正视听啊？

陈可铭频频点头：是是是！我不该跟着八卦。

陈豪杰真来了气：靠上床能搏来什么？浅薄！

陈可铭情知事情不妙，迅速做出反应：爸您别生气，就当没有八卦这回事儿。真实情况我也不知道，还得问小元。

陈豪杰蹙眉分析，老辣指出：那八卦兴许不是空穴来风。

陈可铭心下惴惴，生出莫名其妙的惆怅。起先以为老爸老封建，对婚前上床那一套不太认同，这会儿却真的不明白了，小元与秦茱萸的事，不是老爸应允、谋划并一手促成，以婚配联姻为目标的吗？事情促成了，怎么反倒要正什么"视听"呢！其实，这即使不是好事，也坏不到哪儿去呀。他不敢理论，只陪着小心。

陈豪杰耐住性子：我讲过多次，一个做厂的人，身背工厂如同身背大山，只要还有一口气，这座大山就推不掉，这与一个身上没有背东西的人是不一样的。做厂者有做厂者的宿命。当婚恋嫁娶与厂子利益相悖，而仍把婚恋嫁娶摆在人生首位的人，就不配做厂，更遑论什么"般配"。

陈可铭一本正经，语气严肃：这道理我懂。人有各种角色定位，但同具有自然人和社会人属性，两种属性的重负感都不可缺失。放心好了爸！您仔您女这辈子定将工厂利益摆在人生首位。

陈豪杰：不知天高地厚，肆无忌惮，这是败象！懂吗？

陈可铭唯唯诺诺，小声儿回答：懂一点。

陈豪杰双眉蹙得更紧了，简直恨铁不成钢：我们做厂，个人情感隐私必须纳入工厂整体利益之下，不可我行我素。不是说个人的事都是鸡毛蒜皮，但要避免人和工厂二元对立。

对！工厂利益至上，工厂利益大过天。陈可铭附和着说，然后起身给老爸续茶：爸，您喝点水！

陈豪杰知道儿子怕他着急上火，设法平息事态，于是很配合地端起茶杯，慢慢喝茶，平复心情，一时无语。

陈可铭为缓和气氛，嬉皮笑脸：爸，小元是当事人，我相信她有她的想法，她有她的分寸。至少目前看，曲解对小元构不成太大威胁了。这不是我们一直以来的目的吗？

哦？这话让陈豪杰眼睛一亮。秦茱萸既然和小元两人生米熟饭，表明他有可能愿意为小元放弃曲解；而曲解无力回天，想必会主动退出这段关系。这样看来确实对小元有利。但他转念一想，如今年轻人花样多，叹息一声，提醒儿子：生米熟饭谁都会，人家或许早于小元呢……生米熟饭同样可以鸡飞蛋打。

陈可铭跟着泄了气：可不！啥年代了，生米熟饭一钱不值。

陈豪杰冷静想了想，态度有所转变：也好，既然两情相悦至生米熟饭，那就结婚成亲好了。陈氏家风传统，讲究名正言顺，不做蝇营狗苟之事。不如将计就计，做戏做全套——你和小元正式与秦茱萸摊牌，明确告诉他，陈氏拟筹办婚事，越快越好。

陈可铭：明白！借这件事督促秦茱萸脱离广德，加盟方杰。

陈豪杰：不是督促，是逼迫，务必使对方就范。

陈可铭点头如啄米：明白，逼婚！

陈豪杰吐字清晰：两人婚配的前提，是秦茱萸必须离开广德，这也是他迎娶小元的底线。否则，小元没理由嫁给他。

陈可铭诧异不已，口齿不灵光：啊？爸您是说……

陈豪杰不悦，横长子一眼：啊什么啊！你以为陈氏嫁女无条件啊？我给你说，这事悬乎着呢！小元到底年轻欠考虑呀，如果秦茱萸坚持不离开广德，她怎么办？

陈可铭对老爸所设"条件"一时无所适从，这不把事情复杂化了吗？女方本来就是逼婚，还设前提条件，男方不更有理由拒婚了吗？他心里七上八下，坐在那里呆若木鸡。

陈豪杰沉吟片刻，赌气发狠：如果对方践踏底线，而小元硬要嫁，那她必须放弃厂子继承权，同时退出所有股份。她爱嫁鸡嫁鸡好了，爱嫁狗嫁狗好了，滚得远远的，我不管了！

陈可铭心底掀起狂澜。父亲这番密谈，足以颠覆小辈人的小乾坤啊！老实说，这样一搞就结局难料了。但眼前顾不上别的，安抚老爸要紧。他接着话茬说：爸，小元从小到大都听您的，从未拂过您的心意。您的教诲对她而言，那是甘之如饴。我猜，名正言顺地拉秦茱萸进方杰，小元八成是这个意思。

这倒是实话，陈豪杰听了很受用。他沉吟一阵，一拍大腿：秦茱萸看来是个重情之人，这就好办了。他重情，我重金——对重情之人施以重金，是方杰不宣之秘。

陈可铭观看老爸脸色：对重情人施以重金？

陈豪杰拧眉，一脸老谋深算：嗯，重金酬重情。我们不如立即上手段，双管齐下。你和小元正式与秦茱萸谈这个事，如果他在广德持有股份，方杰可以考虑替代其买断，让他无后顾之忧。他脱离广德、加盟方杰之日，就是他和小元大婚之时。

陈可铭小心翼翼：爸，婚姻是两个人的事情。小元百分之百听您的，对方不一定哦。我们设了条件，对方可能因此拒婚。这年头不是那年头，年轻人与您不是同一时代，情况大不一样……

陈豪杰驳斥：什么不一样？五千年都一样！万变不离其宗！

陈可铭摇摇头，不太认同：生米熟饭就算事实婚姻了，甩不掉了，那是过去式。现在，同居多年的，有孩子的，照样是一个屋顶下的两张皮，各是各，男不为人夫，女不为人妻，分分钟可以一拍两散，也没"善后"这一说。

陈豪杰无比坚定：前提条件不能变，底线不能变。在重金方面可以加码。

陈可铭毕恭毕敬：知道了，爸您放心。

陈豪杰最后交代：你记住，对重情之人施以重金，以重金酬重情，今后当成为方杰一大法宝。我们的目的是要人，要人必须不惜代价。若患得患失，就很难赢得人心。你考虑一下，列出具体条件，最大程度地优厚，优厚到不仅凡夫俗子难以自持，而且各种来路的大神大仙大咖大侠也没办法拒绝。

陈可铭心领神会：爸，我深以为然。您的核心意思，一是逼婚，二是设前提条件，三是重金酬重情。我逐一落实，您放心！

2

下午，广府大街71号，德立技术大厦马赛鹰办公室。

与女儿谈崩了，关系弄僵了，袁若德心情差到极点，睡眠严重缺乏。他走进马赛鹰办公室，一句话没说，静静地坐在沙发上，神情疲惫。

马赛鹰拿起桌上电话，拨通秦茉荑：秦总，袁董在我办公室，请您过来一下，有急事相商。

很快，秦茉荑推门进来。三人用眼神互打招呼，相对而坐。

袁若德嗓音涩重：秦博士，很可惜，德来服装厂的事黄了。哦，我意思是，维持服装厂原状，出让股份之事暂停。

秦茉荑大惑不解：哦？是不是合同有问题？

不是不是！袁若德摇头，急忙解释：不是对方的问题，是我们自己的问题。合同我看了，佳杰很有诚意。

屋子里一阵静默，偶尔能听见粗重的喘息声。秦茉荑想的是这事已与对方谈好，忽然有变，这下怎么向元老交代？

袁若德：广德食言在先，理应对佳杰老板陈可元表示谢意和歉意。赛鹰有个建议，有偿出借TRR数控系统新技术，权作"心理补偿"。据说TRR数控系统新技术适用范围广，尤其是重型装备制造厂家，对该技术求之不得。

秦茉荑点头，他当然知道，TRR数控系统新技术居行业尖端，属前沿科技，市场无疑是非常广阔的。

袁若德顿了顿，语气尽量平静：阿美对服装厂感情很深，不舍得撒手，眼下只能迁就她了。她刚生孩子不久，情绪不稳定。

秦茉荑知道，德来服装厂一直是袁仁美把持的，她不想把服装厂拱手让人可以理解。想不到的是父女俩的意见竟大相径庭！并且，这事儿显然顺序颠倒了啊，父女俩那边还没商量好，这边就跟人家佳杰谈妥了。

袁若德看出秦茉荑的为难处，委婉地说：秦博士，我们广德对佳杰老板陈可元是非常感谢的，她几次三番善意出手，考量广德利益，成全广德意愿，对广德有求必应。这次广德食言在先，怪对不住人家的。所谓心理补偿，不过是迎合对方需求，有偿出借乃至部分出售我方技术，达到互利而已。

秦茉荑不太明白的是，袁若德何以急于出售技术？联想到前不久他急于出售"霸王床"，此后又急于出让德来服装厂股份，德来服装厂在他那里犹如烫手山芋，急于脱手，恨不能整厂让渡给陈可元，现在又急于专利技术的有偿出让，说明什么？把最近一连串发生的几件事综合起来分析，秦茱萸终于一改迟钝，产生了直觉：广德亟须资金、亟须套现。

秦茱萸点头，表示听明白了，非常赞成。他从袁若德"心理补偿"这个说法中受到启发，条件反射般想到曲解。他很清楚，TRR数控系统新技术非常适用于方正电梯，出借后，"心理补偿"对象就首推曲解了，直接受益者也是曲解，因为方正电梯整个设备和技术这一块是她领衔、她主导的。终于有机会支持她一下，对秦茱萸来说正中下怀，他觉得心里踏实多了。

此事一举两得。在座三人达成高度共识。

袁若德心生感慨，为了套现，为了筹资，能想的办法都想遍了，最终发现，专利技术才是硬通货！走专利技术的路子才是正路。他无比欣慰地对秦茱萸说：秦博士，德立技术成立时间不长，成果卓著，你和团队专家们辛苦了！

马赛鹰：有秦博士，就有技术；有技术，就有金饭碗。

秦茱萸笑道：袁老板辛苦！马总辛苦！广德全员辛苦！

袁若德摆手：不！结果导向，我们还是以成果论英雄。

秦茱萸思忖片刻，坦诚道：进入广德之前，我们手中有些技术已属"半成品"，有了广德这个平台，这些"半成品"技术得到很好的孵化、催化，一举突破，获得定型。得益于袁董的眼光，始有今天这个相得益彰的局面。

袁若德神情凝重，开口有些艰涩，但语气中仍透着坚定：秦博士，不管有任何不可测原因，德立技术的二期投资款都将如期到位，你和团队专家们安心做研发就好。

马赛鹰：外围事务由我包了，全力做好保障工作。

秦茱萸垂着脑袋，淡淡点头。三人无须对视，心有灵犀。

关于TRR数控系统新技术的有偿使用事宜，袁若德授意马赛鹰负责与佳杰方面联系。

3

上午，芳菲大街31号，方正电梯董事总经理曲解办公室。

曲解戴上安全帽，准备出门，施润敲门而进。

施润从包里拿出文件夹：曲博士，陈董看了你发的邮件，很重视。除了口头答复，还有书面批复。

曲解惊诧：哟，润姨，劳您亲自送过来了！不好意思！

施润报以微笑。她首先拿出邮件打印件，递给曲解。曲解接过细看，但见上面有陈豪杰亲笔批复：品牌主张有胜于无。

曲解伸手握住施润的手：辛苦您了润姨！

施润感觉曲解的手热乎乎的，汗津津的，透着年轻人的活力。年轻真是好啊。她接着转达了陈豪杰的口头答复：不得内讧，耗费时间。我意由曲解自行拍板定夺。

陈豪杰一锤定音。曲解获得支持，喜出望外，语气有点小激动：哦……感谢感谢！感谢老板理解和支持！感谢润姨！

施润：老板批复的，你感谢我干什么？

曲解一脸俏皮状：润姨神操作，每每有成果。

曲解热情让座，施润摇头：你们忙，不打扰了。

施润前脚走，曲解后脚夺门而出，直奔工地而去。她想第一时间把陈豪杰老板的批复转达给陈可期及领导小组成员。

来到4号工棚，但见空无一人。咦？她诧异一瞬，反应过来，这会儿恐怕都在第二车间。她索性掏出手机，迫不及待地给秦茱萸发短信：说话方便吗？五分钟后我打电话给你。

短信发出去了，曲解盯着墙上的工程进度表，浮想联翩。陈豪杰老板对她曲解的无条件信任和支持，通过这件事表现得淋漓尽致，让她真切体验了一把方杰老掌门的明察秋毫！近段时间以来，她几次在重要问题上被迫孤注一掷，每次都迎来柳暗花明，实属幸运！可见方杰好风水！可见方正电梯好平台！她曲解不过一介女工匠，跟着沾光了，放开手脚干就好了！她憧憬着方正电梯的美好未来，多日绷紧的神经随之有所松弛。

三分钟过去，秦茉荑的电话打过来了：有何见教？

曲解：今天怎么这么顺啊！短信秒回，电话秒通。

秦茉荑：掐准你会来电，恭候已久！

曲解：假的吧？从无恭候先例！我掐准你有事。你先说。

秦茉荑：还是你先说。女士优先。

曲解绘声绘色：关于电梯安装是否"外包"的事，方正电梯领导小组意见不一、举棋不定。我为阐述个人意见，斗胆直接给陈豪杰董事长发了邮件，想不到陈老板很快做出批复，八个字——品牌主张有胜于无。陈老板是高人啊！

秦茉荑：听出来了，你很开心！当然，我也为你高兴。你前几天发来的邮件我看了，所遇问题很正常，沟通磨合必不可少，这个过程挺痛苦，却省略不了。

曲解沉浸在自己的思绪中：电梯安装不予"外包"，这事尘埃落定，毋须再讨论，毋须枉费口舌，真是太爽了！

秦茉荑：我现在给你锦上添花，但你不要笑岔了气呀！

曲解：好事快说，打什么预防针嘛！

秦茉荑：莫如师小组的R31智能控制专利技术定型了！

曲解惊喜万分：真的？哎哟终于定型了！热烈祝贺啊！辛苦这么长时间，殊为不易！赶快申报专利及投入应用啊……天大的好事！为这事笑岔气在所不辞啊！

秦茉荑信誓旦旦：首先支援你！你那里现在正需要。另外你也是知道的，R32专利技术与之同步启动，目前也接近完成。稍晚些时候，这两项技术实现交互衔接，接入你们方正的平台，在你手上即可大派用场、大放异彩了！

曲解语气振奋：这两项技术对方正电梯都是及时雨哟！但我想，为节省时间，最好成熟一项接入一项，不要等。另外，率先定型的R31，我在考虑，可否由方正买断，因为它就像为方正量身定做的。待我与陈可期老板及领导小组商量下。

为敲定合作细节，曲解提出择机见面，越快越好。

秦茱萸不好答应，也不好推托，含含糊糊，语焉不详。平时很少笑，这会儿从电话那头不时传来"哈哈哈"的笑声。

挂了电话，曲解没受秦茱萸笑声感染，反而恢复了一脸焦灼。

4

晚上，广德集团员工宿舍楼尹擎、代紫萱夫妻房。

代紫萱做了无痛刮宫（人工流产）手术后，休息了半天，又投入紧张的工作。她从欧洲带回来的大单，花样繁多，质量要求苛刻，她钉子般蹲在车间做"品管"（品质管理），一蹲就是一天。每天在工厂食堂吃饭，鸡蛋水果都不舍得买，恨不能省下每一分钱。

尹擎发现妻子眼角出现鱼尾纹，头上也有白头发了，很是心疼，叮嘱她说：赶单悠着点，别累坏身体呀！

代紫萱苦笑：累是累点，累坏谈不上。我没那么娇贵！

这天，尹擎刚领到薪水，二话不说就跑到菜市场买了只鸡，拎回家来，笑着对代紫萱说：拿去炖炖，我想喝鸡汤。

代紫萱一看，老公竟然舍得买鸡，立即不高兴了，大声埋怨：你咋买鸡呀？这么贵！乱花钱！你个大男人喝什么鸡汤？

尹擎赔着笑，轻言细语解释：冻鸡，不到一斤，是鸡摊上最便宜的！活鸡有二斤以上的，我没要。你吃点鸡肉补补呗！

代紫萱赌气：你买你吃！我不吃。

尹擎：你看你！没白没黑地干，工作强度大，又没很好休息，营养再跟不上……

代紫萱愤然截断：干活我乐意，那是我的快乐源泉！你乱花钱，只能让我烦躁郁闷！你说哪个好？

哪个都不好！尹擎也生气了，说着话，拉开家里的小冰箱，把冻鸡扔进去，"砰"的一声甩上冰箱门。

代紫萱扭身躲进里间刷牙洗漱，再也不跟尹擎搭腔了。

夜半时分，尹擎可怜巴巴地劝解妻子：别生气了，啊？气坏身体怎么办？你放心，我以后再也不买鸡了……代紫萱体谅老公心意，他其实是心疼老婆而已。她心一酸，扑在尹擎怀里哭起来。尹擎急忙劝解：别哭了别哭了……代紫萱是真哭，为自己忍痛打胎，为老公受到拖累，为表妹健康受损且不可逆地走下坡路，甚至为毛织厂前景黯淡，她都忍不住伤心伤肺伤怀。尤其为表妹身体状况日差而深感不幸，恨自己无力回天。

尹擎心里像刀割似的，眼眶湿润。搂在怀中的妻子十分瘦弱，近几个月掉磅好几斤。他想起冰箱里那只冻鸡，暗暗打定主意，明天说什么也要把鸡煲上，他亲自动手——她乐意不乐意不重要，重要的是她必须喝碗鸡汤，权当是为了他。

黎明前，尹擎不知道自己是怎么睡着和怎么醒来的，蒙眬中发现妻子不在身边。他猛地跃身而起，在黑暗中四处张望，不见妻子的身影。紫萱！他轻轻喊了一声，没人答应。他翻身下床，抓起手机，蹑手蹑脚出了门。夫妻俩心有灵犀，他感应到她的去处。

果然，在楼后僻静处一棵大树底下，代紫萱蜷缩成一团，坐在那里发呆。尹擎拉她回去，说外面寒气大，但她像中了邪，好劝歹劝，费老鼻子劲也劝她不回。代紫萱面对老公难掩愁容：我想过，就算我们十年不吃鸡，省下每一个铜板为紫岚治病，也不够啊！我们能坚持多久？弹尽粮绝那一天，治病费用无以为继那一天，总会到来。那时怎么办？看着她死吗？

尹擎无奈，半蹲半坐地挨在妻子身边，以手捂嘴对她耳语：袁董已托人联系好广州南方医院，很快将安排丁紫岚住院检查和治疗，并决定动用后备金，解决紫岚后续治疗的费用。

代紫萱鼓着一对肿眼泡，不认识似的盯着尹擎。

夫妻俩各自挪着两条沉重的腿回到家。尹擎忽然猛拍脑袋，懊悔不及，心里暗忖"糟了"！老板叮嘱过，后备金的事要保密。

5

下午，佳杰五金陈可元办公室，河埔市迎宾馆二楼凤凰厅。

陈可元在办公室审阅"佳杰五金控股或收购德来服装厂"的意向合同，感觉合同没问题，广德为什么变卦拒签呢？听说是因为广德大小姐袁仁美不同意，但袁仁美说话那么好使吗？正自纳闷，忽然收到钱万发来的短信，紧急约见。

陈可元短信回复：我正忙，脱不开身，另找时间吧！

钱万索性拨通陈可元电话，语气急切：不可不可！陈总，今天不是我一人，我还约了广德的人，马赛鹰马总……

陈可元顿起疑惑：广德的人？我说过要见广德的人吗？

钱万：没有。但事是广德的事。

陈可元很不满：我说过搞事情要向广德公开吗？

钱万：没有。但没有广德的人，事情搞不成。

陈可元恼火：这么说，你跟广德的人搞到一起了？你两头通吃呀？你到底是猎头还是中介？你捞过界了吧？

钱万：这不重要。重要的是广德作为我的"猎物"，不好意思，作为我的涉猎目标，我当然要深入虎穴。再者，猎头和中介业务交叉重叠，两者当可兼具，别说"通吃"，如今跨界打劫也稀松平常。陈总，您一定要来呀！过了这个村再没这个店。

陈可元颇不耐烦：都说过了，我没时间。

钱万：陈总，我用人格担保，您一定不虚此行！

陈可元鄙夷：人格？你以为我的支票是见人格就给的？

钱万不愠不躁：我的人格等值于您的支票。

陈可元卡壳。钱万这话有锋芒，猜他真有"料"。

钱万：马总他们已经到了市迎宾馆楼下，在那里等我。我无法跟您详谈了。您要信我……您就来。

废话！支票给了你，还要怎么信？陈可元狠呛钱万一句，接着妥协：这样吧，我叫周佛礼与你接头，他全权代表我。

钱万翻翻白眼，心说也行，他对着手机抢着说：恕我直言，恐有惊喜！话音甫落，他把电话挂了，随即发动自己的电单车，风驰电掣地赶往河埔市迎宾馆二楼凤凰厅。

周佛礼驾车迅速赶到。见了钱万，微笑着起身上前与之握手。两人并不特别熟络，但互有好感。钱万是周佛礼眼中的"伯乐"，对他有知遇之恩。周佛礼在钱万眼中则是科技界爆款，是制造业顶流人才，更是当下各厂家最抢手的"香饽饽"。为钓到这条"大鱼"，钱万费老鼻子劲了，最终"捞"到他当属幸运。两人顾不上寒暄，直接开始窃窃私语。

钱万凑近周佛礼耳根，小声儿透露：德立技术最新研发成功一款数控专利技术，非常棒！据我猜测，德立技术实际掌控人秦茱萸首先想到的优质应用厂家，恰是广德的老冤家——方杰旗下的方正电梯，否则他们不会将此信息向外透露一分一毫。不客气地说，这机会千载难逢。

周佛礼彬彬有礼：哦，他们是为该技术寻找买家吗？

钱万：不是。他们搞技术输出，有偿使用，而且对象厂家仅有方正电梯一家，其他厂家一律免谈。

周佛礼：为什么看中方正电梯？他们对方正电梯很熟吗？

钱万：从我掌握的线索看，秦茱萸与方正总经理曲解很熟。

周佛礼语气温和，意见尖锐：业内皆知，专利技术通常保密，尤其在尚未完成申报审批的情况下。他们为何故意向外放风？理由不难揣摩，那就是套现。假如真有套现嫌疑，这个专利技术的真实价值，相应就要打折扣了。

钱万摇头如拨浪鼓：R31数字控制专利技术无可挑剔！我咨询了几位相关专家，仅从外围了解，都认为很前沿、很珍稀！至于广德是否急于套现，这个不清楚。不过，往深处想想，真要套现怎么会拘泥于一个厂家呢？不合逻辑。

周佛礼点头，表示深信不疑：哦，这倒是。

马赛鹰迈出电梯，大步走过来。钱万笑着手指两边，殷勤介绍他们认识：这是马总，德立技术副总裁马赛鹰；这是周总，佳杰五金副总经理周佛礼。嘿嘿，依照行业惯例，对外叫副总裁或副总经理，内部叫副厂长。不管咋称呼，都是领导！

马赛鹰率先向周佛礼伸出手：周总幸会！

周佛礼：我慕名而来。马总，我受权代表陈可元老板，感谢德立技术贵人相助——有了先进技术首先想到我们。

马赛鹰：你们陈可元老板她在忙啊？

钱万像做抢答题：她开会！今天正好有个会。

说着话，三人移步至迎宾馆二楼凤凰厅，在咖啡桌前围坐。

马赛鹰面色稍许严肃：周总，我受德立技术秦茱萸博士委托，就有偿输出R31数字控制专利技术事宜，前来与贵公司面商。今天是专程来见你们陈可元老板的。但她没空，派周总你做代表，恰好你是这方面的专家，咱们一见如故，更好谈了。

周佛礼拱手示意：承蒙马总不弃，周某得以当面受教。

马赛鹰笑了：周总谦虚。钱社长说你是博士，有大学问！

周佛礼：在制造业闯江湖，马总是师傅！

几句客套话一说，双方感觉亲近，不拘泥更不对立了。

马赛鹰打开随身携带的黑皮包，拿出文件夹，取出一摞印有"绝密"字样的技术资料，递给周佛礼（打印件，非原件）。

周佛礼双手接过，就大致框架认真浏览了一遍。技术资料包括应用范围、适用设备、安装明细及使用指南等，图文并茂，通俗易懂，易于操作。周佛礼仅出于专业敏感，认为其中一些视频和图片是否非正常拍摄，需要拿回去辨识，还有些技术细节需要甄别。他小心翼翼地把技术资料放进自己的姜黄色皮包中。

马赛鹰：我这里草拟了一份数字技术输出合同。根据秦博士授意，广德秉持友好合作初衷，既然首选方正电梯为应用合作方，那就在合同（草稿）中特别列明，先使用后付款。

马赛鹰说着，双手捧出草拟好的合同，递给周佛礼。

那敢情好！多谢秦博士！多谢马总！周佛礼一边客气着，一边接过合同，大略看了看，立刻面露欣喜：我拿回去报陈总。待我方磋商及董事会批准后，即签名盖章，合同生效。

钱万在一旁热辣捧场：近年来，技术竞争很残酷哦，其惨烈程度一般人难以想象。有鉴于广德与方杰早年间曾为"至交"，保持着长期而又紧密的业务合作关系。R31数字控制专利技术输出价格非常友好，性价比超高！

周佛礼：关键是，R31数字控制专利技术成为通用型技术，但极适用于我们集团旗下的方正电梯，他们简直太需要了，而且太及时了！他们整个数字系统刚上马，正在建。

钱万口吐莲花：有需求，有供给，天作之合！

马赛鹰热情洋溢：周总，敬请转告陈总，欢迎贵公司老板及各位同仁拨冗到德立技术考察指导！

周佛礼：好啊！马总盛情美意，我回去就向陈总汇报。其实呀，我们对德立技术仰慕已久，早就想上门拜访求教取经啊！

三方心情愉快，握手道别。

6

上午，德来服装厂厂长袁仁美办公室。

出"月子"的第一天，袁仁美迫不及待地赶到德来服装厂自己的办公室，正式上班了。她一身职业装，恢复了以往的干练。

曹东风第一个敲门进入袁仁美办公室：美姐早晨！这就上班了？刚满月，多休息几天呗！你气色看上去蛮不错哟！

袁仁美调养得很好，面颊红润，双眸明亮，说话俏皮：还休息？成肥婆了！你知道我舅那手绝活，让我吃的喝的全都变成奶水，一次能喂饱仨婴儿呢！东风，你坐。

曹东风笑道：常在理大夫的中医推拿按摩，那是名不虚传！但你没必要急着上班，你在家其实也没歇着，说是坐月子，天天在电话里听汇报、做指示，对厂里情况了如指掌。

袁仁美：没有现场感，差好多呢！不在一线真是不踏实。

袁仁美与曹东风两人谈了谈服装厂近况，尔后一起去了二车间，与车间几位骨干研究工作。袁仁美忍受着乳房胀痛，不一会儿，溢出的奶水就把上衣濡湿了。中午10时许，婆母韦素抱着孙子梁嘉兴来到厂里，小家伙饿得哇哇哭。

袁仁美双乳胀痛，但仍惊讶：咦，家里不是有奶粉吗？

韦素：他不吃呀！碰到奶嘴就往外吐。

袁仁美更担心了：哎呀妈，您是怎么来的呀？

韦素：我打的呀！

曹东风：美姐，厂里有我，放心好了。你快带儿子回去吧！

袁仁美想了想，点头：那好，我先送他们回去。

第二天上午，袁仁美照常上班，径直来到服装厂二车间。

曹东风：美姐早晨！这么早咋又来厂里了？

袁仁美很得意：小家伙睡着了！

曹东风：等下睡醒了找不到妈，不是又饿得哭？

袁仁美：他睡在我车里呢！昨天晚上我想了个办法，请我婆母带我儿子跟着我的车，这样可以随时找我喂奶。

曹东风惊讶：哟，那婆孙俩不等于生活在车里呀！这行吗？

袁仁美：将就一下呗！现在到哪儿都得拖着小尾巴！

曹东风打趣：不是小尾巴，是小咬。

袁仁美脸上出现难得的笑容：可不！真是小咬！

就这样，袁仁美到哪儿，韦素就抱着梁嘉兴跟到哪儿，多数时间将袁仁美的车和办公室当成了家，真的像尾巴一样形影不离。这种四处奔波的日子一晃过去了半个月，很不安宁。

此前，袁若德、常在情夫妇不赞成辞去月嫂，打算外孙满月后月嫂改做家常保姆，帮助带孩子。但韦素坚持自己带，只好让步。常在情担心韦素辛苦受累，几次劝她不要跟车跑了，但韦素却很满意这种方式，她宁愿自己吃苦，也不愿让孙子吃亏。

韦素：亲家母你放心！带自己的孙子，一点儿不觉累。瞅着他一天天长大，我是乐在其中啊！黏住妈妈的最大好处是不会饿坏孩子。小东西饿不得，一饿就鬼哭狼嚎，一吃饱就咧嘴笑。

常在情又与女儿袁仁美商量，叫她每日定时赶回家喂奶，不要让老人孩子天天跟着车颠簸了。袁仁美何尝不想定时回来喂奶，但她显然做不到。厂里事情多，每天时间都不够用，不加班已经很不容易了。她对母亲说：妈，再熬熬吧！待兴兴满三个月，多少能加点辅食，不用全靠母乳，就好了。那时再说吧。

7

上午，广府大街71号，德立技术大厦马赛鹰办公室。

10时许，陈可元、何青黛、周佛礼一行三人如约来到德立技术大厦，马赛鹰、曹东风早已迎候在大门前。

周佛礼做双向介绍，众人握手寒暄。

马赛鹰：陈老板大驾光临，不胜荣幸！

多谢马总！陈可元说着话，转眼看见迎上前来的曹东风，立马打趣道：曹厂酒量不俗，上回大大领教！

曹东风笑得眉毛眼睛挤到一处：惭愧！陈总好记性哦。

一行人随马赛鹰来到他的办公室，见秦茱萸一人孤零零坐在那里发呆。陈可元走近，大方与他握手：秦博士久仰！你在等我们吗？

秦茱萸回过神来，匆忙起身：可不！有朋自远方来，不亦乐乎。

陈可元笑道：我们不是远方来，是近处来。

马赛鹰招呼众人围桌而坐，新泡的茶水冒着热气。

此前，获悉陈可元即将登门造访，秦茱萸有些忐忑不安。老实说，他本人对德来服装厂情况突变是怀有歉意的，感觉对不住元老，只是还没来得及与她沟通。今天她不请自来（马赛鹰事后说，出于客气口头邀请过周佛礼），也好，当面说清楚，顺便赔不是。估计她顶多发点牢骚，这事就过去了。

孰料，陈可元何许人也！提及德来服装厂，朗声一笑了之。她对广德出尔反尔的做派以及这种做派带给她的时间精力损失，并未在意，更不计较，没有半句怨言。秦荣萸盯着陈可元那张俏脸儿，心下暗忖：这小姑娘有颗大心脏。

其实，获悉广德放弃出让德来服装厂的打算，陈可元并不十分遗憾，她的本意也不是多么看好服装厂，纯粹是为了接近秦荣萸，不惜以各种方式向广德渗透而已。眼下，她更看重的是接下来的技术合作，以及借技术合作之梯向德立技术渗透。

没有什么开场白，双方客套几句后转入正题。

周佛礼站起来，举止颇为正式：承蒙广德厚爱，第一时间向方杰推出新技术，我代表在座的元老（陈可元），以及不在座的方正电梯老板陈可期，向德立技术各位方家并通过你们向广德老板，表示由衷感谢！

周佛礼鞠躬致谢，极尽虔诚。

马赛鹰笑道：周总你太客气了！请坐请坐！

曹东风满面春风，积极向陈可元示好：你们身份不简单哟！既是广德贵客，又是德来服装厂老板。秦荣萸博士团队研发出新技术，于情于理，陈总都是当然的首选合作方。

陈可元专注品茶，没看曹东风一眼，但神色柔和。

周佛礼拿出合同文本，一式两份，双手递给马赛鹰。

马赛鹰接过合同细看，上面有陈可期签字，还有方正电梯的大红印章，程序完备，顿觉安心。他自己留下一份，转手递给秦荣萸过目，另一份还给周佛礼。

关于有偿输出R31数字控制专利技术的事，这么简便、这么顺利就落下实锤了，中间没有任何疙疙瘩瘩及讨价还价，双方皆大欢喜。马赛鹰下意识地向陈可元瞥去一眼，心生感慨。一方草拟的合同，另一方居然一字未改，签名盖章，成为正式合同，即时生效。多亏陈可元！只有她具备这样的能量和本事。

此前，秦茱萸通过曲解的邮件了解到，方正电梯按照建设规划纲要全面上马数字技术建设，非常欣慰，尤为曲解感到高兴，决定启动对她的技术支援。适逢莫如师小组R31数字控制专利技术定型，他立即与袁若德商量，建议实施"有偿技术输出"，以利于德立技术"滚动发展"。袁若德获悉输出对象是方正电梯，有过一刹那的犹豫，转念又想到技术研发需要海量的资金，秦茱萸提出"滚动发展"，早日开始回血，是明智的。袁若德表示赞成，同时强调，此类事宜由秦茱萸全权处理即可。

秦茱萸：元老，你身为佳杰五金老板，怎么代表方正电梯？

陈可元存心逗他：你怀疑有诈？

秦茱萸茫然地摇头：有小小的蹊跷感觉。

何青黛眉飞色舞，口齿伶俐：陈可元老板是方杰集团董事会核心成员，排名前四，与她两个哥哥持平。眼下呢，她既为佳杰五金掌门，又是方正电梯大股东。我们那里有人形容她，怎么说来着？哦，小女子大黑马。

众人纷纷捧场：女中豪杰一枚！巾帼不让须眉！

周佛礼：陈总亲自将合同条款做了一处变更……马赛鹰闻言，很吃惊，赶紧翻看合同。周佛礼笑着说：马总你不用看了，合同文本没有动，陈总只是口头交代我们，将"先使用后付款"改为"先付款后使用"。支票我带来了。

周佛礼说着，动作优雅地从包里掏出支票。

明眼人都明白，陈可元这个变更非同小可！若非心怀善意，没人会这样做。马赛鹰对陈可元简直是刮目相看！内心赞叹不已——人家陈可元是小女子大黑马哟！

秦茱萸不紧不慢地说：这样吧，你们变更，我们也改动。

众人诧异，不约而同把目光投到秦茱萸身上。其实，秦茱萸早就打算派莫如师去方正电梯帮衬曲解，只是没有合适的由头。眼下机会来了！他蹙着眉头，把好听话说得特别凝重：元老有心，待人厚道，我们德立技术也要投桃报李，对不对？

马赛鹰抢过话茬：对！要报答元老的……友情价。

秦茱萸：我经慎重考虑，决定抽调精干力量，组成"莫如师技术援助小组"赴方正电梯，全面协助贵厂数字化建设，并在数字技术相关领域展开一系列阶段性合作。头一阶段的实际操作是在新落成的第二车间，进行为期三周的数字技术培训和为期两周的数字模块安装、调试及应用示范。上述内容在合同中未能详尽表述，十分抱歉！今天就以洽谈会纪要形式，把它敲定吧！

马赛鹰热烈响应：我举双手赞成！莫如师和他的小组惜时如金哦，但这个时间花得值！超值！

陈可元暗暗吃惊。秦茱萸何以对方正电梯建设进度了如指掌？肯定有人向他透露，那就只有曲解了，除此之外他不可能还有别的渠道。陈可元不动声色，语气轻松：很高兴，我们的合作又有新的推进，达成双赢。一直以来，方正都有意礼聘专家，想不到众里寻他千百度，蓦然回首，正在灯火阑珊处。

马赛鹰一激动，鼓起掌来，其他人跟着鼓掌，气氛热烈。

陈可元神反馈：我回去跟曲姐说，秦博士的技术辐射体现了深情厚谊，寸心无价，她不知有多开心！曲姐治下的方正电梯，必将为R31数字控制专利技术提供最好的应用平台。

乍听陈可元提到曲解，秦茱萸不无局促，立即板正面孔：元老，你真是个天才！硬把"技术辐射"高帽塞给我。

陈可元面对马赛鹰：马总，因专家和技术是捆绑借用，元老我出价优厚，这个你放心，希望能使广德老板和专家都满意。其他种种（假如还有的话）容当后报。我看多双方合作，相信没人敢看空。互惠互利，来日方长。好不好？

马赛鹰下意识点头，他对陈可元几乎到了言听计从的份儿上。

双方商定，下周一上午8点，陈可元与何青黛专程开车前来迎接莫如师和他的小组成员，到方正电梯操盘新技术合作。

马赛鹰：不用不用！哪用这么大排场，一辆车够了。

陈可元：排场当然要啦！莫组长坐我的车，专人专车。

马赛鹰：天哪，两位美女老板亲驾豪车前来接人，超抬举！我等受宠若惊！敢问陈总，认识莫组长啊？

陈可元抿嘴而笑：当然，一起跳过舞！不过别误会，他有自己的专属舞伴，我就没那份幸运了。

话音甫落，陈可元即起身，其他人跟着"呼啦"站起来。曹东风打算通报一下德来服装厂近况，陈可元冲他摇头：今天不了，改天。陈可元一行离去时步速很快，像来时那样卷起一阵风。

秦茱萸猛然想到要借机施惠曲解，冲陈可元背影喊道：莫如师小组去方正电梯多帮衬几天也行，你们酌定……

陈可元听得分明，没回头，钻进黑虎"呼"地一下跑了。

秦茱萸盯着黑虎屁股，心有不忿：个招魂鬼！

8

上午，毛织厂厂长祝业祺办公室。

吃过早饭，袁仁美驾车来到毛织厂厂长祝业祺办公室。这是她产后恢复工作以来，首次到毛织厂，也是自梁仁良卸任毛织厂厂长后她头一回来，为的是实地了解毛织厂经营状况。

祝业祺接到通知后，已提前做了准备，打算以最近一个季度的生产销售情况为重点，向广德集团副董事长袁仁美做汇报。关于梁仁良以毛织厂做抵押贷款的事，按袁董交代三缄其口。

袁仁美春风满面，向祝业祺伸出手：祺叔！

祝业祺急忙与袁仁美握手客套：阿美！哎哟，这才休个把月产假，人就长好了！比以前丰腴多了，圆润多了！

袁仁美：真的？我还以为变憔悴了呢！都不敢照镜子。

祝业祺：那可不会！我看你气色不错，精神抖擞……

话没说两句，副厂长代紫萱像风一样卷了进来，进门就拱手道喜：恭喜美姐喜得贵子！恭喜美姐心想事成求子得子！恭喜美姐家道昌盛人丁兴旺！恭喜美姐吉人天相洪福齐天！

这话把袁仁美和祝业祺都逗乐了，两人相视而笑，祝业祺冲代紫萱诘问：你把好话都说完了，让别人说什么？

袁仁美微笑着与代紫萱握手：谢谢紫萱！好久不见啊！

代紫萱两手握着袁仁美的手：美姐，我代表我妹丁紫岚和我们全家，感谢老板父女慷慨解囊，向我们普通员工伸出救命援手！

祝业祺摆着两只手招呼：都坐都坐！喝茶喝茶！

三人落座。袁仁美十分体恤：紫岚情况怎样？好些了么？

代紫萱知道袁仁美是来听取工作汇报的，不敢岔开话题，抑制着激动心情，语气平静地说：她好了，多谢美姐。

袁仁美感觉欣慰，点头：我就说嘛，那么好的一个女孩子！

祝业祺汇报：阿美，毛织厂推出的秋冬套装新品，在"河埔金秋国际毛衫节"名品展览板块大卖，卖至断货，目前厂里仍在组织加班赶货，连紫萱从德国带回来的单，都没来得及排期。

袁仁美：人手紧张，还是生产线饱和？

祝业祺：生产线肯定是饱和的，一直都是满负荷。德立技术目前也在为毛织厂加班，很快将装配"霸王系"中的两款数控新机床。那样的话，不仅生产效率倍数级提升，还有望提升中高端市场占有率，提高毛利率。

袁仁美勉强点头：嗯，高投入嘛，自可获取高溢价。

祝业祺：人手方面，阶段性紧张，但大家宁愿加班加点，我和紫萱也主张暂不增加人手……这时门外有人在喊厂长，声音很大很急，祝业祺立马起身，对袁仁美和代紫萱说：你们聊先！我去看看，处理一下马上回来。

祝业祺匆匆出了门。代紫萱好像逮到机会了，诚心诚意地向袁仁美表达自己的感激之情：美姐，千言万语表达不尽我们对老板您父女俩的千恩万谢！老板您父女俩是我丁氏姐妹的大贵人！大恩人！我和尹擎几次想上门叩谢，又怕打扰……代紫萱说着站起来，非常由衷地向袁仁美深深鞠躬。

袁仁美摆手：坐下坐下，坐吧！一点小事。

代紫萱轻轻坐下，又抢着说，袁董他真是体恤！没有袁董，紫岚她就没救了，她就完了……

怎么总是扯上老爸？袁仁美奇怪地看着代紫萱：你指何事？

代紫萱眉飞色舞，喜不自禁：袁董亲自过问紫岚的病情，又亲自托人，前后联系了广州两家最好的大型综合性三甲医院。结果呢，很快就传来两大喜讯，一是经广州南方医院组织专家会诊，确认丁紫岚此前病历中的"肾衰竭"系误诊，基于不合理的逻辑推断。最终查实，肾虚是存在的，不属肾衰竭，无须按肾衰治疗。二是丁紫岚确诊后，转入广东省中医院住院治疗。中医大夫用中药调理，不出三天，丁紫岚延续许久的不适症状（包括出血）就消失了，身体各项相关指标全部正常，一周后出院。

袁仁美得知真相，欣慰的同时又很犀利：这不闹了一把自欺欺人的乌龙吗？这不害人吗？幸亏纠正得早！

代紫萱边说边笑，始终合不拢嘴：是啊是啊美姐！你没见丁紫岚现在那副模样儿，精神状态恢复如初，人也生机勃勃，摇曳生姿，好像比以前更生猛了。她又操起模特儿本行，四处走秀。

代紫萱滔滔不绝：美姐，当初幸得你私人资助，帮助我们挺过难关。那笔钱我很快就会完璧归赵。

半天没插上话的袁仁美笑了，见代紫萱如此兴奋，委实替她开心，替她庆幸，嘴上客气道：这个不急嘛！

代紫萱感激涕零，每个细节都不漏过：美姐，袁董真是世界上最好的老板！当初紫岚被怀疑肾衰，可能要进行透析治疗乃至换肾，他知道我们没有这个能力，叫尹擎准备动用后备金。

袁仁美脸色变了：后备金？什么后备金？

代紫萱：我听尹擎说的，具体我……不清楚。

袁仁美脸色晦暗。丁紫岚原来系误诊，虚惊一场。谁知一惊刚平，另一惊又起。她头一回听说老爸有"后备金"，大为震惊。原来老爸背着她另有一手，在家里也搞"私募"，岂非另有所图？她不甘心被蒙在鼓里，决心把此事弄清楚。

袁仁美沉默半刻，果断起身：紫萱，我儿子和我家婆都在我车里，现在到点儿了，我得去给儿子喂奶。你们先忙吧！

代紫萱殷勤地陪着袁仁美下楼，见到她的宝贝儿子及婆母，热情打过招呼，目送袁仁美驾车离去。

祝业祺处理完琐事，赶回办公室，里面竟然没了人影儿。他大惑不解，咦，阿美呢？还没汇报完啊！

9

上午，芳菲大街31号，方正电梯总部写字楼。

这天是个好天儿，晴空万里。

一大早，陈可元和何青黛分别驾驶自己爱车，准时开到德立技术大厦，接上莫如师专家组一行四人，转道开往方正电梯总部写字楼。陈可期、曲解率方正电梯一众骨干在楼下列队迎接。

车刚停稳，莫如师就跳下车，兴奋地冲上前与曲解握手，咧嘴笑着与她打招呼：曲姐！

曲解上下打量莫如师：哟，才几天不见又长帅了！

莫如师羞赧中夹带着调皮：曲姐抬爱，弟不敢不帅！

曲解面对来自秦荣英团队的专家，格外亲切，尽展笑颜：大家早上好！欢迎各位专家莅临方正电梯！

专家中有调皮的，大大咧咧地说：为曲博士效劳，深感荣幸！

曲解转而介绍陈可期：这位是方正电梯老板陈可期先生！他是美女老板陈可元的二哥。

陈可期与许多人都是头一回见面，他面色板正，不苟言笑，只是随着曲解的介绍逐一与专家们礼节性地握手。曲解接着介绍方正电梯副总卢占祥、李才智及总工程师冼赫等。

陈可元、何青黛先后泊好车，来到众人面前。

曲解：感谢陈总百忙中亲自驾车迎客，一路劳顿！

陈可元：人我接来了，接下来的合作就是你们的事了。

何青黛打趣：我蹭专家的光，来见曲姐。

专家中有人调侃：老板兄妹俩是亲的不？

曲解笑答：嫡亲呀！一奶同胞。

有专家飙了句广东话：型男索女，难怪发达哟！

这一说大家都笑了，气氛轻松融洽。

陈可元：二哥，刚才我明明看见你和曲姐有说有笑挺亲切的，怎么见了我，亲切劲儿不翼而飞？

陈可期横老妹一眼：张牙舞爪如你，还配被亲切？

曲解替陈可期美言：阿期对你是面子严肃，里子亲切。

陈可元诧异，曲姐竟以"阿期"称呼二哥，可见他们熟悉到相当程度呀！陈可元不顾专家们在场，忍不住与何青黛互看一眼，两人"哼哈"坏笑。当然，她们擅长克制，尤其擅长变脸。陈可元秒变刻板，冲何青黛扬扬下颌：我们撤。

曲解急忙拦住：陈总，等一下！

曲解转身面对莫如师等人，热情洋溢：莫组长，各位专家，方正目前条件简陋，还望多多包涵。会议室在二楼，我们副总和总工先陪大家上去坐坐，喝点茶，介绍一下情况，顺便看看我们方正的一个短片，是根据规划纲要拍摄的。

说到这里，曲解抬腕看看表：稍后，阿期老板和我也会赶到会议室，我们一起研究接下来的工作方案。

莫如师：好的曲姐！听你安排。

卢占祥、李才智、冼赫陪专家们上了二楼会议室。

曲解向陈可期等人努努嘴，四人移步到楼前一处树荫下，周边是大片花圃，花红草绿，随着微风散发出清香。

曲解心情大好：感谢小元啊！出手动作迅速，效果奇佳！R31技术说借就借到手了，专家说请就请来了！

陈可元分辩：哪是我呀？明明是曲姐你有先见之明，早就瞄准了人家"广德黑科技"，我和阿黛不过跑跑腿而已。

何青黛笑着帮腔：完全得益于曲姐慧眼，我们哪敢贪天之功哟！

陈可期面对曲解：你表扬她（陈可元）干吗？一个好歹不识、软硬不吃、刀枪不入的角色，"刁霸蛮"名声在外。

曲解诧异：刁霸蛮？什么刁霸蛮？

何青黛一脸坏笑：嘿嘿！曲姐你不知道，陈总为什么有"元老"这个花名（绰号）呢？就是因为她为人处世，老到得不可思议！佳杰五金有谚——陈可元，刁霸蛮；颜值高，人难缠。

曲解佯怒：谁编的顺口溜？歪曲小元形象，不可以！

陈可元笑嘻嘻的，压根儿不在乎：刁霸蛮就刁霸蛮呗！有这标签，用来吓唬人超管用。

曲解释怀，跟着笑了，接着转入正题：莫如师小组携专利技术来方正，目前是权益性的，短期的。我考虑，不妨以此为基础，将方正电梯数字化建设分包出去，具体说是分包给德立技术莫如师小组。其实，秦茱萸博士团队任意一个小组，都有能力做技术承接。这件事需要进一步与广德方面磋商，若能谈成，对方愿意伸出援手，方正即有了强大的数字技术靠山，不仅相关难题有条件迎刃而解，而且能提升整个数字化建设水平，实现数字技术与产业的深度融合，这些都有保障。

曲解这番话，陈可期非常赏识，由衷赞同：对！曲姐的意见就是我的意见。"广德黑科技"咱们要盯紧！

陈可元：曲姐，你是说，由德立技术全面包揽方正电梯数字化建设从规划到实际操作全流程？

曲解点头：这是最理想的。

陈可元：关于R31，可否考虑下手砸金，将其买断？

何青黛：费用不菲哟！人家还不一定卖，那是专利……

曲解：不是不一定卖，是一定不卖。

陈可元眼珠子转了转，她知道广德陷入资金困境，这一点曲解不了解，于是很自信：金砸够了，不卖也卖。

何青黛撇嘴：重金之下也可能功败垂成呀！

曲解：莫如师小组不只有R31，还有R32。

陈可元大大惊异：真的？好哇，广德还给我留了一手……

曲解摇头：不是，R32暂未定型。我估计，最后定型和完成为期不远。但咱们即使买了技术，到哪儿去找专家呢？

几个人都陷入沉默。有些事可遇不可求。

曲解信心满满：还是分包划算，可操作性也强。远的不说，单说莫如师小组这两项专利技术捆绑使用，就不难设想，方正电梯必将因为前沿技术应用起点高，而跃升为业界顶流。

陈可期等三人全都瞪大了眼睛，痴迷地看着曲解。

10

下午，北京火车西站。

烈日当头，北京火车西站一带人群熙攘，大街上车水马龙。

王祖望专程赴京签约，拉牛仔酷同行。

抵京第三天上午，王祖望与游海洋顺利签约，下午即踏上返程。王祖望情绪亢奋，牛仔酷心情也奇好，恨不能一分钟也不耽搁，立马回到河埔市。两人赶到北京火车西站，人很多，买票的队伍排了老长。两人极有耐心，终于买到票，把票攥在手里，心里踏实多了。一看时间宽裕，两人在车站候车大厅一隅，进入一个小面馆。这时才发现饿坏了，每人一碗炸酱面，"呼噜呼噜"干光，又点了第二碗，"呼噜呼噜"又干得差不多了。

王祖望抹抹嘴，说话不紧不慢：原先我以为组装比不上原装，现在看来这个不绝对。牛组长妙手回春，组装胜过原装。

牛仔酷笑了："组装"这个概念不准确，最终比拼的还是"智造"。

王祖望点头，表示自己深以为意：牛组长，哦，我还是喊你阿酷吧，有个事我考虑很久，一直没机会对你说。

牛仔酷放下碗筷，大大咧咧：说呗！

王祖望试探着问：你在广德干得还好吧？

牛仔酷脱口而出：挺好的。

王祖望点头，话锋一转，神色诡异：听说袁氏家族内部不睦，女婿梁仁良是搅局高手，用我们当地土话说，那是搅屎棍！嘿嘿，最近呀，弄得广德上下鸡犬不宁。你听说没？

牛仔酷一脸茫然，摇摇头，意思是没听说。

王祖望：我与梁仁良不熟，但多少有些了解。他这人徒有其表，看着光鲜，实际没啥真本事，做事不踏实，眼高手低。他本身是入赘，却自视甚高，个性强势，喜欢搞搞震，摆明了要接班，要自己说了算。

牛仔酷摆出屏息静听的样子，没作声。

王祖望：袁家父女十分精明，多年来闷声办厂，迅速发家，做到今天财力雄厚，目标直指业内独角兽。谁知，咋就看走了眼，选了这么个女婿。弄不好，袁氏要乱套了。

牛仔酷咧嘴傻笑，不太上心，老板家的女婿关他啥事嘛！

王祖望转入正题：王鹣精密虽小，比不上广德财大气粗，但小有小的好处。在细分市场吃独家饭。

王祖望趁机游说牛仔酷不要留在广德了，出来与自己一起干，位居王鹣精密"当家人"。抛出两大诱惑，一是技术入股，做其合伙人（企业本身是全员持股，王祖望控股），股份占比仅次于王祖望；二是手持境外GGY项目分包合同（该项目体量超大，预计工期六年）。言下之意是仅凭这一锤子买卖，即可赚得盆满钵满，慢说第一桶金，第三桶金都妥妥赚到手了！届时风光回国，坐享其成，送自己一个财务自由的后半生。

牛仔酷：王总，我知道你待我不薄，我刚到王鹣精密不久，你就从公司不宽裕的经费中"抠"出十万块钱，买了辆飞度轿车送给我，方便了我们小组每天上下班。此举不仅激励我组加快工作进度，也增进了双方感情。王总，你对我们的好，你对我的好，阿酷铭记在心，

王祖望：哦，一点心意而已。区区小事不足挂齿。

牛仔酷沉吟片刻：我这人只会搞技术，不会搞别的。

王祖望：你来王鹣精密，我保证你只搞技术不搞别的。

牛仔酷态度诚恳：王总，不瞒你说，阿酷不才，却倾向于猫在一个地方，跻身一个团队死磕，很忌讳东一榔头西一棒子那种游击状态。当然，我一介书生，偶尔也会患得患失，但仔细想来，权衡得失太过的话，费时费力，伤神伤情。与其浪费这个时间精力情感资源，不如用来搞技术划算。

王祖望很包容：你对技术的专注执着，正是我最敬重之处。你来王鹣精密，你我并肩吃"老板"这碗饭，对你的技术生涯有百利无一害，换言之，两

者不是矛盾和对立的。

牛仔酷再次低头沉吟，片刻之后抬起头来，笑对王祖望：王总一片真心可对天啊！心意领了。我知道你很忙，别为我浪费时间精力了，我在这方面是烂泥扶不上墙。

两人态度都很坦诚，话不投机，但气氛融洽。

两碗面下肚，王祖望终于听明白了，事实上，牛仔酷婉拒王鹅精密的主要理由只有一个，那就是牛仔酷自博士毕业以来即追随秦茱萸，无论当初从美国回来还是如今在广德集团，秦茱萸在哪儿，他也会在哪儿。以前没考虑过改变，以后也不会。

王祖望沉默下来。他更加高看牛仔酷，觉得他人品靠谱，同时愈发为"挖"不动他而惋惜——与良将擦肩而不得，人生大憾。

眼见王祖望失望至极，牛仔酷有些不忍，掏心掏肺说：我们搞技术的，属于那种长命工夫长命做的人，不图"王炸""爆发"，不逞一时痛快。当然，对王鹅精密当另眼相待，因为我们有合作基础。

王祖望苦笑收场：我理解为你答应今后对王鹅精密有求必应。

牛仔酷认真点头：力所能及范围内。

结完账，两人各自拎起皮包向候车大厅公共座椅走过去。

牛仔酷：王总，接下来的样品量产，你做何打算？

王祖望：全靠"霸王床"了！舍此没别的路子。

牛仔酷：秦总已交代过，"霸王床"租赁不再续期。

王祖望猛地驻足：啊？别呀！租金方面……我们可以加倍！

牛仔酷摇头，接着透露说，"霸王床"租赁不再续期，主要是因为"霸王铣"数控机床参加河埔金秋国际毛衫节，在高端精密机械展示环节现场接单六台，后续订单预估将数倍于此。意思是德立技术眼下非常需要"霸王床"，没有提前收回，已属客气到家。末了补一句：还是王总你面子大！

王祖望大惊失色：啊？这不是要绝我吗？

牛仔酷：王总，何不考虑与广德合作？不需要九个月，最多三个月搞掂！对双方都好，皆大欢喜的事。

王祖望：唉，与广德合作当然好，但方杰我得罪不起。

说着话，两人找到一处空位，并肩坐了下来。

王祖望见牛仔酷大惑不解的样子，解释道：唉，说来话长，一言难尽。当初我带人从方杰跳槽出来，方杰对我不满，曾威胁我，不许与广德合作，以此作为不再追究和打压我的筹码。我立足未稳，经不起打压，只能答应啊！

牛仔酷：你们已脱离方杰，与谁合作他们管得着吗？

王祖望：除了广德，与谁合作他们都不管。

牛仔酷笑了：哦，这不杠精吗？杠上广德啦！

王祖望：我简明扼要梳理一下双方历史吧。方杰和广德两家曾经是同一产业链的上下游企业，后来有了竞争关系，成为竞争对手，再后来各做各的，相互切割，断绝往来了。但背地里还在竞争，方杰怕的就是技术力量流入广德。

牛仔酷对两大厂家的历史恩怨兴趣不大，他依照自己的思路，语气平和地透露：德立技术正在组织技术力量攻关，研制新的霸王系列，前景广阔。目前仍存在技术瓶颈，原因无非是时间紧，以及手头没有母机，因而形成掣肘。"霸王床"母机在王鹅精密这里，所以，亟须立即收回。我们小组回去以后任务很重，一天也耽误不起。

王祖望一听，条件反射般祈祷，"霸王床"千万别被收回。

不单王祖望，王鹅精密全体员工都对"霸王床"有感情。牛仔酷小组会同樊老靓师徒，在"霸王床"上进行了数百次试验和检测，以及零部件更新，其中百分之三十的组件由德立技术全新制造。尤其数字化中控系统，听说使用了新技术（TRR）。臻于匠心，反复打磨，终至跻身于当今科技前沿，迭代至高端数控机床。

牛仔酷顿了顿，语气依然平和，但每句话都挺"重磅"：即使这样，"霸王铣"机床以高质高价定位，推出市场试销，仍大获成功。另外还有个情况——没有靓匠工艺，"霸王铣"机床的质量就有欠缺——这是德立技术的商业机密，牛仔酷及其小组成员一律守口如瓶，王祖望无从知晓。

王祖望一脸错愕，眼睛睁老大——真是怕什么来什么哟！"霸王床"仿制版都这么受青睐，其母机岂不更是金贵！上次续租已很勉强，这回铁定要收回去做样板了。对于王鹅精密，那就真正掐脖子、断活路了！后果不堪设想。"霸王床"那家伙什儿，起初真没拿它当个事儿，甚至没正眼瞧过它，无非借用、过渡一下而已。孰料，它在牛仔酷手里一朝变利器，一举撑起王鹅精密的天！没有"霸王床"，王鹅精密这只羽翼未丰的丑小鸭早死几回了。王鹅精密命不该绝，正是仰仗"霸王床"的恩惠！如今的"霸王床"，依然是王鹅精密赖以为生的"镇厂之宝"。

最让王祖望后悔的是自己眼瞎，没远见，当初就是借钱举债，也该把"霸王床"买下来，而不是一味租用，还以为占了便宜。现在好了，王鹅精密还是王鹅精密，"霸王床"却不复当初，价格指数"噌噌"往上翻，想买也买不起了。

11

黄昏，芳菲大街31号，方正电梯总部写字楼。

夕阳从西边窗户透射进来，为美好的傍晚染上一抹秀色。

下午4点多，曲解正在车间忙碌，收到莫如师发的短信：曲姐，请拨冗给我几分钟好吗？我有话，想单独跟你说。

曲解回复：好的，下班前我去你们那边。

晚上6时许，曲解匆匆赶到方正电梯总部大楼，莫如师已提前恭候在实验室楼道的一个拐角，这里十分僻静。曲解一见莫如师等在这里，就猜到他有重要事情要谈，八成是技术方面的事。她热情打招呼：如师，辛苦了！今天累坏了吧？

莫如师与曲解面对面站定，精神抖擞：不辛苦！曲姐交代的事，我赴汤蹈火在所不辞！我最喜欢跟着曲姐干活啦！

曲解满眼赞赏：如师就是能干！这段时间辛苦你们了！

莫如师忽然有些扭捏：曲姐，可以跟你谈另外的话题么？

曲解扑闪着俏皮的眼睛，和蔼可亲：但谈无妨啊！谁让你是大名鼎鼎的莫如师莫博士莫组长呢！

几许羞涩的神情从莫如师脸上掠过，话音小得像蚊子"哼唧"：我仰慕你曲姐！我爱你曲姐！我爱你！真的……

曲解"扑哧"而笑，伸手摸莫如师额头：发烧了？黑色幽默？

莫如师毛遂自荐：在美国时我就喜欢你！其实我早就偷偷爱上你了！我对你一直都在暗恋、单相思……

曲解佯作生气：哪来这么多假话？放肆！

莫如师稳住神，把预先准备了几十遍的话，"吭吭哧哧"吐了出来：这个这个，曲姐你是否有感觉？若不嫌弃，小弟我愿做你男友，你一定要答应我……对我来说……荣幸之至！

曲解白了莫如师一眼：承蒙好意，我也荣幸之至哦！

莫如师咧开嘴，想笑又想哭的模样儿，"哼哧"好一阵才结巴着说：你的意思，我……我可以理解为你是同……同意的吗？

曲解觉得可笑，面带讽刺：想搞恶作剧，得有演技才行，眼高手拙就会弄砸。如师，别怪我没提醒你，你这玩笑开得太烂了！是否先跟你师傅秦茱英磋商一下？

莫如师唾沫星子飞溅：跟他商量？躲他还来不及呢！他是我情敌，我跟他要背靠背竞争，出其不意取胜啊！

曲解冷笑：多年的猪队友！好意思扮情敌？

莫如师：猪队友翻篇了！随着我成长，关系发展成情敌了！

曲解：摇身一变挺本事的！竞争明着来，别暗中使坏。

莫如师立马自我辩解，吐槽对方：他早知我爱你，就像我知他爱你一样。可是，我爱你远远胜过他！他是刻板的书呆子，是一根筋的理工男，是死钻技术牛角尖的老学究，还兼酒鬼，超级恶心！标准渣男！而我，没有任何不良嗜好，还比他年轻。曲姐，爱情面前人人平等，请不要剥夺我的机会啊。

曲解一脸嗔怪：咦，怎么越来越口无遮拦呀！你这不是开玩笑，是挑衅！知道吗？怎么，你俩闹矛盾了？

莫如师低着头：闹了。

曲解头一回听到关于秦荣黄的坏话，有些吃惊。不过，这坏话是从他最亲密的事业伙伴莫如师嘴里吐出来的，真实性存疑。今天是愚人节吗？别上他当哟！她手指莫如师脑门儿：在我面前装蒜，瞧你这花花肠子！小心将来找不到对象！

你就是我对象，曲姐！我倾心于你很久……爱你很久了……我定会给你幸福！我发誓……我爱你！真的爱……莫如师语无伦次，但主心骨是有的，曲解越是一味淡化，他越是一味强化。

曲解收敛客套，直视莫如师，语气真诚：如师，别闹了！你是秦荣黄的好兄弟，永远是好兄弟！我和你是好姐弟，永远是好姐弟！来，拉钩盖印！曲解说着，强行抓住莫如师的手与自己的手拉钩，嘴上振振有词：拉钩上吊，一百年不许变！

莫如师拼命眨眼，让自己的头脑做出反应，又逼着自己的嘴巴做出反应：你不承认，我也是你男友，大不了非正式而已。

凭女性直觉，曲解捕捉到极为精确的信号，那就是莫如师不像胡闹像动真情。她不禁暗暗吃惊，这什么情况？无端端的！如师哪根筋短路了？转念一想，还是否定了自己的猜测。定神再看莫如师，那副认真小模样儿煞是可爱，便逗他：行啊，非正式男友，这定位较有创意。要不咱俩签个合同？

莫如师哭丧着脸儿：曲姐幽默，但定位有误。去掉那个"非"字好不好？你怎么忍心让我当第二梯队？

曲解撇嘴：美得你！第八梯队也没你的份儿！

见莫如师把头垂了下去，真心难过，又很无奈。曲解像个老大姐似的轻拍他肩膀，温柔而又真诚：如师，河埔这边地杰人灵，好多女孩年轻，漂亮，有文化，专业能力强，个个秀外慧中！姐我负责给你物色一个出类拔萃顶呱呱的女友，好不好？

莫如师脱口嚷嚷：不好！谁也没你好！

曲解：我发誓，你未来女友各方面都出众，比我好N倍！

12

上午，京墨大街49号，常掌柜中医馆"情理茶坊"。

袁仁美窥知父亲背着自己留有"后备金"，很震惊。她私下估算这笔"后备金"数额应该不小。她对父亲早有成见，正好"后备金"的事被她抓住了。据此，她有理由与父亲开诚布公谈一谈——还有多少事瞒着她？她的知情权可以随意被剥夺吗？

女儿约谈，袁若德未敢怠慢，一上班就赶到这里。

父女俩相对而坐，气氛寻常，却各自在心里打着鼓，怀揣不同的预感和猜测——何事摊牌？有何目的？

袁仁美：爸，在利润尚无保障的情况下搞扶贫济困，对任何一个厂家或经济实体来说，好像都不太合适。

袁若德眼珠转了转，和颜悦色：阿美，你指什么？

袁仁美：听说您在银行存有"后备金"，这事儿尹擎知道，代紫萱知道，还有谁知道我不清楚，但我不知道。您瞒我瞒得够紧。可您想过没有，"后备金"的事终有一天会东窗事发？

袁若德面色凝重，没搭腔。他心下暗忖，沟通不够肯定要导致误会，但有些事情，沟通需要合适时机。

袁仁美：爸，我想知道，我这个女儿是不是您亲生的？您不会在某一天突然通知我，说我是捡来的，然后从银行保险柜中取出尘封30年的历史资料，证明我是被领养的吧？

袁若德笑容苦涩：编出这么诡谲的桥段，得多有才呀！

袁仁美非常委屈，满腹抱怨：爸，我17岁就跟您进厂，亦步亦趋，全力打拼，一天都不曾离开过，不曾歇过。我的青春年华全都献给了咱家的服装和毛织厂，助您成就了财富积淀和商业版图扩张。直到我结婚成家有了孩子，仍然跟着您干，甚至把老公也拉来跟着您干。但我为啥得不到您的欢心？得不到您的信任和尊重？我这个当女儿的为啥什么都得不到？

袁若德面容平静：你是广德的中流砥柱，自有担当啊！什么得到得不到的，顺其自然就好。

袁仁美显然思考了很久，义正词严：爸，我想知道，"后备金"是留给我弟袁仁贵的吗？以前你器重和保护阿贵，倾力培养他，不惜代价，我对此无话可说，换言之我是认同的，它符合传统文化。男尊女卑几千年了，不可能一朝即弃。您传子不传女，偏心眼，我睁只眼闭只眼就是了，一笑了之。但是，您现在又引进秦茱萸，把个八竿子打不着的人排在我和阿良之上！我就百思不解了。我怀疑，神秘的"后备金"，不是单留给阿贵的吧？

袁若德本想解释，"后备金"是依照有备无患原则，历年积攒而形成的。打算一旦引进科技人才，可用来搞技术研发。但他知道女儿还有话说，不想阻断其言路，没吭声儿。

袁仁美：爸，我很怀念以前咱父女从无嫌隙、工厂干得红红火火的日子。但您……自从您引进秦茱萸，引进以他为首的所谓"顶尖人才团队"，这日子就变味了，家庭关系也变味了，变得疙疙瘩瘩，别别扭扭。在家里，您不搞一碗水端平；在厂里，您亲疏不分。您这样做何以服人？何以让人同心同德？

袁仁美说着说着，开始发飙：爸，在您眼里，女儿是外人，女婿是外人，外孙是外人……既然是外人，就不需要知道太多，就不应为受排挤而感到委屈。这个道理，我今天明白了！尽管明白晚了，但明白比不明白好。嫁出去的女儿泼出去的水，这理念在您那里根深蒂固呀！可您明明知道那是传统文化中的糟粕，是落后和愚昧的代名词，早被现代人唾弃！

袁若德心里很不是滋味，但仍耐心倾听着。只要女儿愿意说，他就愿意听，无论多少愤懑、多少抱怨。

袁仁美：爸，我不知道还有多少事，您是瞒着我、背着我的。连我都瞒得这样死，更不用说阿良！您为了外人，机关算尽。这到底是什么意思？什么目的？

袁仁美情绪激动，不依不饶地连番诘问：还有丑话，我今天不得不说。阿良自从进入广德，一直不受重用，被压制着，其专业特长不受待见，更谈不上发挥，令他很憋屈，干得很不顺心。否则，他也不会另辟蹊径，追随他表哥涉足金融。换个角度说，他难道不是被逼走的吗？

这话说得很重，很伤人。尽管一听就知，这是偏激和情绪化的。袁若德下意识地点头，像是鼓励"知无不言，言无不尽"。

袁仁美：爸，我说句更不好听的，可以么？

袁若德：但说无妨，没必要吞吞吐吐啊！

袁仁美：我觉得，贪心不足蛇吞象，这是非常危险的。

袁若德低头沉思，仿佛陷入进退维谷的境地。

袁仁美见老爸袁若德闷坐在那里，哑口无言，她更觉自己这回说中要害了，点出问题实质了，捅破窗户纸了。她尖起嗓门儿，声调高亢而又凄怆：这个家，再这么搞下去，怕是真的拢不到一块，要散了！不是我要离心离德，是您逼我离心离德，像阿良被逼出走一样……我对工厂的贡献是否有意义、有价值，您看着办好了。我只关心这个账怎么算……

闭嘴！一声尖厉断喝从门缝儿爆出，茶坊门"咣当"一下大开，不知是推开还是踢开的，幸亏茶坊门厚重结实。

父女俩都被惊吓到了，齐齐扭头抬眼向门口望去。就见常在情"气哼哼"地站在门口，面目狰狞，像一头被冒犯而发怒的母狮，平时那副温婉恭良的医生模样儿不见了，犹如换了个人。

老袁，你走开！走开走开！常在情大声吆喝着，不由分说地赶袁若德出门，转眼瞪视女儿：阿美，我想不到你竟说出这种混账话！这个账我来跟你算！

袁若德赶紧站起来，向妻子连连摆手，似乎想按捺她的怒火，口气息事宁人：没事儿没事儿，算什么账呀！

常在情双眉皱成一团，咬牙切齿：叫你走开你就走开！

袁若德见妻子在气头上，悄无声息地起身，准备离开茶坊，行前仍不忘给妻子使个眼色。常在情知道，他那意思是无非是老两口心照不宣的"守口如瓶"之类，他多次强调不可透露半点口风……她冲他摆手，意思是别啰唆。

袁若德刚走出两三步，就听见茶坊门在他身后"砰"的一声狠狠关闭。

13

晚上，芳菲大街31号，方正电梯总工程师冼赫办公室。

下班了，方正电梯总部写字楼内由喧嚣渐渐安静。冼赫坐在办公桌前整理图纸，臭着一张脸，正在生闷气。

叶总（叶馨菊）不在，冼赫感觉日子很不好过。他的意见总是不被重视，曲解的意见总是被重视，匪夷所思！

曲解本是外来人，夹紧尾巴还来不及，她却"招摇"上了！仗着自己是个"海龟"，大小事务都要拿个主张，都要插手，都要她说了算。如果不是他冼赫从中挡一道，她还真是山中无老虎，猴子称霸王了！不单是电梯安装外包问题，她在许多问题上都与自己这个总工程师的意见相左。更奇怪的是，领导小组每次开会，不管研究什么事，他这个总工程师的意见都不占上风！这是中了哪门子邪气？一直以来，冼赫对此耿耿于怀。

冼赫对陈可期的暧昧态度也非常不满。他本身对电梯业务不甚懂行，却盲目迷信曲解，信赖曲解。虽说有时并不直接，但支持曲解的倾向性是明显的。这一点尤令冼赫不快、纠结。他冼赫再不济也是方正老臣，何以被新来的曲解压一头？他找陈可期谈过，列数曲解诸多不是，希望陈可期站在方正电梯的立场，明辨是非，不要偏听偏信，要搞"兼听则明"，但陈可期根本没听进去。要说谁给了曲解这么大面子？那还不是陈可期！

这时手机铃响，他抓起一看，是叶馨菊从香港打来的，立刻变得和颜悦色：嘿嘿，叶总你好！我是冼赫。

此前，冼赫已不止一次接到叶馨菊的电话，内容只有一个，那就是叫他即刻辞职返港，不得延误。他当时心里"咯噔咯噔"的，条件反射般猜测叶馨菊与陈可期关系不睦。心说这俩宝贝崩了？这可非同儿戏！不仅方正电梯堪忧，还波及方方面面。他内心祈祷：千万别介！老板私情每每关乎企业兴衰、左右雇员饭碗！

至于辞职，冼赫还没想清楚，也不大情愿，因此没有明确答复。他打算择机与叶馨菊好好商讨一下，劝她从大局出发，从长计议。因为从大局出发意味着大利益，从长计议意味着长期利益。可惜，叶馨菊本人近来鲜少在河埔新厂露面，也就一直没有机会跟她谈。唉，八成还是陈可期怠慢她了。

电话几次三番地打，冼赫都没有动静，叶馨菊凭直觉，知道冼赫有些摇摆不定。她这次致电，开口就向冼赫打包票：冼总工，你是方正重臣，我将亲自安排财会结算，对你的辞职补偿一分不会少。还有，若你成功游说杜仲、卢占祥等人以及其他技术骨干一起辞职来港，必有重奖。

冼赫苦笑：哦，叶总你不知道，杜仲、卢占祥是曲解铁粉啊！骨灰级死忠粉！不值得在他们身上花心思，花也白花。其他几个技术骨干倒可以考虑，我琢磨一下怎么跟他们谈。

叶馨菊：可以明确承诺，薪资可观，福利优厚。

冼赫：叶总你放心，我会抓紧与几位主要骨干谈谈。

叶馨菊：分步实施，你自己先回来，其他人网上联络。

叶馨菊催得贼紧，冼赫心里发虚。他比谁都清楚，陈氏家族为把方正电梯打造成旗舰工厂，集中资源，不遗余力，短时间内即拉开宏大建设框架。方正电梯依托母公司方杰集团，基础厚实，潜力巨大。单就其规模体量而言，远非香港小方正可同日而语，十个小方正加起来也难以望其项背，像他冼赫这样搞技术的，方正当为事业平台首选，哪舍得轻易弃之。

冼赫支支吾吾：叶总，你的意思我明白，容我通盘考虑一下，做些必要的准备……

叶馨菊截断：冼总工，你知道陈可期以前对我很依赖，什么都听我的，对不？现在倒好，一个字也不听了！这不是陈可期而是曲解的问题。有她从中作梗，陈可期变得越来越自负。我在方正不好过，你会好过吗？

这话勾起冼赫一肚子愤恨：可不，曲解擅搞妖言惑众哦！她不同意电梯安装"外包"，竟直接向董事长打小报告！忽悠到陈豪杰那里去了！她个搞技术的，还会玩江湖伎俩！陈董又不分青红皂白，轻易取信姓曲的。你说这女人是不是灾星？

叶馨菊：那你在方正电梯还有啥干头？业界都知，电梯安装自己干会带来无穷麻烦。姓曲的跟你不对付，一直压着你，大小事情都要听她的。这口气你咽得下吗？我都替你咽不下！目前她赖在方正，赶也赶不走，那就不如你先离开。你不在，等于斩断她的左膀右臂，叫她孤家寡人搞不下去，搞成烂摊子。

冼赫：他们最近从广德弄来一个专家组，搞数字技术……

叶馨菊截断，大肆挑拨：姓曲的跟广德之间的关系不清不楚，你不知道吗？他们绝对有独立于方正的利益。你夹中间，被人使唤，干活有份，分票子靠边，不是干吃亏吗？

冼赫脸色铁青，气哼哼的，一时无语。

叶馨菊：相信我，陈可期最终会把她赶走。那时你再回去！

听了这话，冼赫情绪有所改变：叶总，还是你想得周到！赶走曲解我再回来，方正重新回到我们手中，那就暴爽了！

叶馨菊不紧不慢，她知道自己的话是有分量的：目前先你回港，在我父母控股的工厂继续做总工程师，薪水高于方正电梯。下一步，我会考虑你技术入股事宜，做董事总工程师，不会亏待你的。回来吧！总之，我们要进退有据。

这下子，冼赫半点犹豫也没有了。回香港投奔老东家叶馨菊，比留在这鬼地方爽得多！进退有据，这才是高见！

冼赫重新在写字台前坐下，打算写封辞职信。又一想，反正要走了，写什么辞职信！薪水结算和补偿有叶馨菊罩着，吃不了亏。他顺手从桌面撕下一张长方形小纸条，写了寥寥几个字，意思是自己不干了，辞职。他还恨不能把"老子再也不忍受憋屈了！再也不忍受姓曲的排挤了"这话写上去。小纸条他也懒得上交，亦不让任何人转交，只用订书机压在写字台桌面，一声招呼不打，脚踩风火轮般卷铺盖闪人了。

14

中午，京墨大街49号，常掌柜中医馆"情理茶坊"。

关上门，常在情面孔板得铁紧，劈头盖脸地训斥女儿袁仁美：你怎么这样说你爸？这样不体谅你爸？你从小到大，都是你爸的心肝宝贝，他对你呵护备至，从没对你说过一句重话，为你的成长倾尽心血，爱你爱到骨子里……真是把你惯坏了！

袁仁美：妈，您这话不对！我纠正一下，我爸是爱"人才"爱到骨子里！我和秦茱萸那些"人才"比起来，又算老几？

常在情瞪眼怒喝：你放肆！

袁仁美见母亲真的生气，低眉奄眼不吭声儿了。

常在情：我告诉你，你爸对女儿的爱，老天爷都嫉妒！

袁仁美苦笑，笑得比哭还难看：妈，您啥时候变得……您在哪儿学得……这么肉麻呀！这个世界有谁爱我爱得老天爷都嫉妒？我真没发现。您太夸张了！哈哈！太搞笑、太滑稽了！

常在情瞥瞥袁仁美，女儿一脸轻浮，满不在乎的样子令她痛心疾首，摇头叹息：唉，你身在福中不知福啊！父母爱儿女是天性。儿女成人了，成家了，父母还在拼老命为儿女护航，总想为儿女的未来提供些保障。至于你感恩与否，那是你的事。

袁仁美：妈，我不是不感恩，只是觉得知情权不该被剥夺。

常在情：知情权？冠冕堂皇的！你是怕吃亏吧？

这话呛得袁仁美翻白眼。

常在情言之凿凿：厂子不需要攒笔钱以备不时之需吗？厂子转型不需要钱吗？一个人，一个家，一个厂，即使出自本能也会未雨绸缪。你爸建立"后备金"，无非是储备点救命钱，他"个体户"起家，对自负盈亏中的"自负"俩字，体验得刻骨铭心。你爸他，无非不满足于传统制造业，一心向高端先进的制造业迈进，他这辈子最大的心愿是拥有自有核心技术。这有错吗？就算一路坎坷，转型转得要死要活，但方向对头啊！

袁仁美觉得老妈说的是废话，以沉默做无声抗议。

常在情：你抓住"后备金"小题大做，是何居心？

袁仁美没想到父母原来穿一条裤子，铁板一块！哪怕面对亲生女儿，两人照样统一战线，固若金汤，水泼不进。她嘀嘀咕咕说：妈，我不是人才，不能为我爸带来"自有核心技术"，满足不了我爸的虚荣心。可我是你们的女儿啊！瞒我就是看不起我……

常在情气愤截断：考虑到你在孕期、哺乳期，你爸多次迁就你，不惜放弃自己的主张。若非为了你，这绝对难以想象。

袁仁美眨眨眼，咂咂嘴，满腹狐疑地看着老妈。

常在情：没谁看不起你，但你不能自视甚高。许多事情，我们是否告诉你，什么时候告诉你，告诉你到什么范围和程度，我们自己有权决定，并非由你主裁。你当女儿的，不了解，也不想了解你爸，只围着你自己和你的小家庭转！还煞有介事叫你爸一碗水端平，你配吗？你有这资格吗？你的责任是维护你爸，维护家族，而不是听信别人，闹分裂。

袁仁美拧巴着：我听哪个"别人"？谁是"别人"？

常在情毫不含糊：梁仁良。

袁仁美冷丁发现，母亲对女婿头一回直呼其名，此前从来都是唤他"阿良"的。她被戳到痛处，满腹委屈，对母亲的话非常不满：妈，梁仁良是我老公，是梁嘉兴老爸，他咋是"别人"？原来女婿在您眼里是"别人"啊？

常在情：我指的这个"别人"是相对你爸而言，你爸之外的任何人都可以称作"别人"，包括你和我。

袁仁美不禁悲从中来，为老公抱屈：可怜阿良，从来到咱家，就不想当"别人"，想当"自家人"，为融入家族血脉、家族企业和家族文化，他从未放弃努力。怎奈，我爸和您对此视而不见，只拿他当外人，令他跻身家族奉献家族之梦碎了一地……

常在情神情严肃，言辞犀利：你搞清楚，你爸就是家族，家族就是你爸，至少在他有生之年如此。想跻身于家族行列，只有一个门槛，那就是尊重你爸，不能另搞一套。这是家族硬杠杠，即所谓"底线"，不可挑衅，不可逾越。

袁仁美：妈，我爸他是人，不是神，是人总有缺点……

你闭嘴！常在情一声断喝，面容严峻得骇人，连嗓音都带着刺：你爸有一万个缺点，他仍是家族旗帜！

家族旗帜？天啊，闻所未闻！袁仁美内心震撼，呆呆地看着母亲。她发现，母亲不但口出狂言，而且固执己见。这哪里是一向儿轻言细语、温文尔雅的中医大夫常在情，简直变身为全副武装的战士！话不是说出来的，而是子弹般喷射出来的。

常在情扯开嗓子，一股脑儿连续吼：正是在他的旗帜下，才有所谓家族，也才有你！你自以为翅膀硬了，了不起了，自以为有老公做靠山了，想另起炉灶，与你爸分庭抗礼，你们这样做绝对为家族所不容！

袁仁美急于自辩，嗓门儿抬高，语速加快：妈，我从小就是爸的拥趸！过去是，现在是，将来也是，永远都是！可是爸容不得阿良，叫我怎么办？难道我要和我爸一样容不得阿良么？

常在情依然急吼吼地抛射愤怒：容谁不容谁，准绳也只有一个，那就是认同广德同心同德的文化。背着你爸搞事情，怎么容啊？动不动想易帜，是不成熟的表现！私心膨胀，不自量力。照镜子瞧瞧去，有这本事吗？我不得不告诉你，任何人想在广德易帜，乃至攫取广德，都是痴心妄想！

易帜？攫取广德？天啊，这种话也说得出来！给家人上纲上线！袁仁美一度怀疑老妈受了什么刺激。仔细品味，老妈这话分明直指梁仁良，袁仁美不禁有些心惊肉跳。母亲过激的表现令袁仁美恍若遭遇雷击，愣在那里不知所措。

常在情气结，机关枪一般"哒哒哒"地连续怒喝：你舅常在理早就点出你的死穴——你以梁仁良的是非标准为是非标准！是不是？当初，梁仁良克扣和截留原料供应商货款，拿这个钱去做非主营业务，你就应该预感到危机，就应该告诉你爸！可你是怎么做的？你捂盖子！拆东墙补西墙，用各种手段包庇他！你要知道你没有这个权力！事到如今，你还在搞云遮雾罩，混淆是非，离心离德。你刚才说你爸有缺点，这话没错，我看他最大的缺点是对你太过溺爱、太过纵容，惯得你自以为是，丧失敬畏之心。

袁仁美深深吁口气。老妈从未参与工厂事务，一笔笔旧账她咋都记着呢？她只好耍赖：您说的这些我可拎不清！

常在情厉声呵斥：你心眼针尖大，怎么拎得清？

袁仁美不认识了似的看着母亲，感觉陌生！她与母亲从无间隙，也无芥蒂，更无"积怨"啊！母女俩血肉相连，是天然"死党""死忠粉"！怎会冒出今天这种情形？袁仁美冷丁醒悟，坏了！不提梁仁良，家人至亲至爱；提及梁仁良，至亲变至仇。原生家庭和姻生家庭天然有矛盾，这矛盾形成屏障，两者断难水乳交融。

常在情坦言：有些事情，你爸和我在有生之年是不打算告诉你的，它极为私密，不需要公开。何时解密，你爸和我自有安排。这意味着我们没有从你那里得到回报的目的。

袁仁美看着母亲愤然离去的背影，怅然若失，目瞪口呆。

常在情骂女儿骂得很凶，但有件事始终咬牙憋着，把已到嗓子眼儿的、几乎要脱口而出的话强行吞咽下去——袁若德在女儿婚前特意为她买了保险，这是家庭绝密。既悄然保障女儿利益，又不至影响女儿女婿夫妻感情。可怜天下父母心！

出资人是父母，受保对象是女儿（待女儿有了孩子，受益人可随时更换为孩子的名字）。之后，女儿每年可固定领取一笔钱，以及一笔分红，延续一辈子。女儿女婿两口子过得好，父母最高兴；反之，过得不好乃至婚姻出现变化，带来无穷麻烦之际，保单对女儿就是个利益保障。因为保单不可以作为婚后财产分割给女婿。保单有双重作用，一来可为女儿提供现金流保险，二来可将保单拿到保险公司做抵押贷款，若信用良好，贷款额度可以是保额的数倍，缓解厂家遭遇的资金链危机。

常在理备了午饭，没人吃。气饱不觉饿，人都跑了。

15

下午，益利大街9号，方杰集团总部陈可铭办公室。

方杰总裁陈可铭召开集团各厂、各部门负责人及方正电梯规划建设领导小组联席会议。方杰董事长陈豪杰亲自与会。

这是一次非例行的紧急会议。

方正电梯总工程师冼赫辞职，这一突发情况，令全力加速建设的方正电梯直接面临人才危机，同时也搅乱了其开建以来始终保持着的相对顺利局面。陈可期沮丧不已，当即乱了方寸，不知所措。曲解及领导小组各成员同样感到意外和困惑。会议目的一是通报情况，二是紧急研究对策。

人人端坐，等待着有可能发生的"暴风雨"。唯陈可元慢悠悠喝茶，不大上心的样子。

陈可铭：冼赫辞职显然为叶馨菊遥控唆使，是她暗中"伸黑手"的结果，影响恶劣。这事其实早有苗头，阿期为挽留冼赫做过多方努力，对他很是厚待，也很迁就。然而，天要下雨娘要嫁人，我们还是徒劳，眼睁睁看着他回香港投奔叶馨菊去了。总工程师位置空缺，对方正是个大麻烦。节骨眼儿上出这幺蛾子，时机很不利，打击很致命。

陈豪杰也许是过于严肃，看上去脸色很差：长期以来，我们自诩重视人才，也做了些工作，但实际上呢，对高端专业人才的依赖程度严重认识不足，严重失策，没有预判，更没有预案，用你们的时髦话说是没有"备份"，没有"备胎"，满足于临时抱佛脚。现在好了，哪里有佛脚可抱？

陈可铭：就算抱个佛脚回来，也需磨合，并非立马可用。

陈可期懊悔不已：这事怪我！早就该入手配备副总工程师。

陈可元：爸，我有"备胎"，您放宽心。

此言一出，所有人的目光都循声投到陈可元身上。天啊，她说她有"备胎"，这事开不起玩笑哟！但见陈可元气定神闲，语气轻松，还带点讥讽得意：慢说走一个冼赫，走十个冼赫也无所谓呀！请便慢走不送！还是我妈那句话，谁爱走谁走。

陈可铭诧异，冲陈可元扬扬下颌：你说说看。

陈可元不紧不慢地从包里拿出一份文字材料，冲大家晃了晃：这是我弄的人才调整一揽子方案，上面详细列明相关技术骨干的学历、经历、技术等级和专业成就等，一目了然。

陈可元提出动议，谓之"人才布局四要点"：一是将佳杰五金副总经理周佛礼（数控机械专家，博士后，海归）调入方正电梯，接替冼赫，出任总工程师，即时生效；二是"武孔梯队"21人在德国进修已接近完成，将在3个月后学成归来，届时，一并由佳杰五金调整到方正电梯，充实人才队伍，加强技术力量，完善结构性技术岗位配置；三是车间主任汪雄壮当过厂长，素质全面，管理能力强，掌控一个车间绰绰有余，建议由佳杰五金调整到方正电梯最大的第六车间（即将建成）当主任；四是通过一家资深猎头公司（万能猎）在境外定向招募一位重量级人才，目前已有眉目，仍在穷追不舍中，若成功招揽，是方杰任何重要经理及技术职位首选。

偌大会议室鸦雀无声，人们在心里默默"消化"陈可元的动议，以及她煞有介事拿出的人才调整一揽子方案。这哪是仓促应变、临时应急呀？分明是蓄谋已久嘛！难道她早已料到冼赫会闪人？难道她早就暗自为方正电梯做人才储备？

陈豪杰不动声色，心说这丫头像我哟，坐怀不乱，有心机。

陈可铭想起来了，有个人是秦茱萸推介的，但强调说难度很大，自己一时也没顾上这个事：你是说项清楚？有把握吗？

陈可元：乐观估计八九不离十。

曲解惊讶：我没听错的话，是项清楚项博士吗？

陈可元目光炯炯，冲曲解点头：是！项清楚项博士。他若顺利入职方正，可任副总经理，当曲姐你的副手。

曲解认真直率：不，他的才学和专业造诣在我之上。

陈可元抛出的人才调整一揽子方案，当即成为会议亮点。众人在短暂的惊诧之后，一扫焦虑不安，个个如释重负。哦，万般无奈中还是找出了应急办法，可见天无绝人之路嘛！该方案涵盖了远在天边和近在眼前的，哪一个拎出来都是重磅。别的先不说，单是近水楼台的周佛礼，就立马可消解燃眉之急。

陈可铭对周佛礼和"武孔梯队"的情况十分清楚，只是一时没想到"好钢用在刀刃上"这个茬，也没想到陈可元这么"大方无私"。他带头向陈可元伸出大拇指，不吝溢美之词：得益于小元的远见，归功于小元的未雨绸缪，人才短缺危机暂时解除了。

陈可元不习惯被当面表扬，自嘲道：不敢！不敢……

陈可铭：这么完整的张罗铺垫，事先也没透露半点口风啊？

陈可元听出大哥的揶揄：事先？能应个急就不错了！我哪知冼赫要辞职？当我能掐会算？我不跟大伙儿一样手忙脚乱吗？

是啊！众人交头接耳附议，都觉得这事幸有陈可元兜底。

陈可期瞥瞥曲解等人，见大家似乎都赞成，不由松了口气。他忽然发现老妹陈可元鬼精鬼精的，为加持和助力方正，一次性隆重推荐这些宝贵而又亟须的人才，简直力挽狂澜！

曲解和杜仲、李才智、卢占祥等人也都深感庆幸。他们知道，没有比周佛礼更好的人选了！周佛礼与冼赫的技术水平、业务能力和专业成就大体相当，不分伯仲，但周佛礼更胜在年轻，年轻是资本，这种资本无价。周佛礼还胜在学历高、知识面广和专业理论强。无论从哪个角度讲，周佛礼都更胜一筹。

众人互相交换眼神，都有些感佩和推崇陈可元的意思，都有些惊讶于她竟有"这一手"、竟有"后手"的意思，不服咋地！尔后，众人竟然不约而同地将目光肆无忌惮齐刷刷投向陈可元。

陈可元被大家盯得发毛，翻着眼白问：你们看我干吗？

陈可铭笑道：你长得漂亮呗！

陈可期面色刻板：你白富美呗！

陈可元不屑：哼，少来！不拿我当幺蛾子就好。

陈豪杰凝重的面孔现出几许柔和：家中老幺（指兄弟姐妹中最小的）不出幺蛾子，我们拿什么对付叶馨菊的幺蛾子？

陈可元撒娇：爸，您真拿我当幺蛾子呀？

陈豪杰正式表态：小元提出的高端人才调整一揽子方案，我认为可行。该方案增量不多，主要调整存量。说白了，就是削弱佳杰五金，令方正电梯受益。可见摆脱人才困境是有代价的。接下来，谋求高层次人才增量，储备关键岗位人才，健全企业内部的人才培养机制，乃方杰当务之急。

一屋子人屏息静听。

陈豪杰：自从集团确定以电梯制造为核心业务板块，收缩其他产品线，小元即认清大局，顺应大势，带领佳杰五金率先转型，具有与她这年龄不符的远见和胸怀，实属难得！尤其是，小元汲取了王祖望等技术骨干集体跳槽重创佳杰的教训，上任伊始就大肆搜刮网罗顶尖技术人才，干得漂亮！

陈可铭带头鼓掌，与会者热烈响应，巴掌拍得山响。

散会后，陈豪杰与陈可元父女俩又闭门闲聊了几句，其中谈到秦荣黄时，陈可元顺带提到广德陷入资金困境一事。

陈豪杰摇头：别信他的！袁若德就是袁弱德，毫无厘头地示弱，老奸巨猾，我曾上过他当！你也要当心呀。

陈可元寻思片刻，表示认同：比之广德，方杰过于高调。陈氏家族个性张扬，不善示弱，只擅逞强。

陈豪杰：自身强，当然不遑多让。但强者也有弱项，认知和克服弱项，抵达强者恒强之境，这才是正道。

陈可元咧嘴坏笑：老爸成长了！

陈豪杰瞪眼：去！再长就长到棺材里啦！

陈可元收敛笑容，板正面孔：老爸错矣！有个严谨的现代生物科技成果，已获国际社会公认，这就是人到百岁之后，还有十年左右的成长进步空间。您还差得远呢！加油哦！

16

晚上，齐贤路内街16号，袁仁美家。

袁仁美与父母关系紧张。她将自己反锁在卧室内不吃不喝不睡，直接导致两天没奶。两种型号的吸奶器都吸不出奶水，用手硬挤，一对乳房都挤肿了，仍没奶，梁嘉兴饿得哇哇哭。

袁仁美闹绝食，韦素不知情，对儿媳突然莫名其妙不给孙子喂奶大惑不解，又不听劝，隔着门骂儿媳妇"不配当妈"。

自从上次骂过之后，婆媳关系就开始变味了。芥蒂埋在心里，不满挂在脸上，再也回不到原来相对单纯的状态了。

韦素对儿媳妇把自己反锁在房间里很不满，在门外大声埋怨：阿美，出啥事儿了这是？你是不舒服？还是不高兴？你倒出来说清楚啊！你自己不饿是吧？孩子饿啦！

屋里没有动静，一片死寂。

要说两人吵架，也不像，因为只听见韦素在门外吼一下叫一下的，门里的袁仁美并不出声，即使偶然出声，声音也不大。其实谁都不敢大声，怕惊动隔壁。两人就这样无声地杠上了。

韦素焦虑不已，在门外厉声喝骂：孩子不管啦？你不管孩子生孩子干吗？有你这样当妈的吗？这么忍心？这么狠心？你那心比石头还硬！你除了臭硬还有啥本事啊？你真有本事就不会拿孩子赌气！你个死心眼儿！你个蠢货……

孙子梁嘉兴确实饿坏了，哭得上气不接下气。韦素急得像热锅上的蚂蚁，手忙脚乱地给孙子冲奶粉。家中奶粉不缺，进口的、国产的各种牌子都有，但小家伙不吃，总是把奶瓶的奶嘴吐出来，然后接着哭，直哭得声音越来越弱、越来越小，好像没力气哭了。

韦素心痛如锥,说话腔调如泣如诉:阿美,你啥时候变得这么狠心啊?你以前从来没有这么狠心过啊!

韦素心急如焚,站在门外痛骂:你这么狠心的女人不配当妈!我儿子怎么瞎了眼,给我孙子找了这么个妈!我呸!

袁仁美突然回呛了一句:我儿子饿死活该,不用你管!

韦素气急乱骂:咦,你那金口还肯开啊?你没死在里面啊?我正要找人强行撬门!我给你说,离你儿子被饿死不远,离你婆母被气死也不远了!你想闹出人命啊你……

磨到后来,时至下半夜,韦素只剩下一句骂词了:袁仁美你个怪物!袁仁美你妖魔附身!你出来!你没死就给我出……出来……她打定主意,天一亮就抱梁嘉兴去医院打葡萄糖,想饿死我孙子没那么容易……

袁仁美心如刀割。其实她不是不喂,而是没奶。一是因为她绝食,二是因为她背着所有人痛哭好几场,直哭得奶"回"掉了。儿子梁嘉兴饿得哇哇大哭,她听得清清楚楚。真实情况是,娘儿俩演绎了一场24小时的"哭泣比拼和接力"。

多天以来,韦素嗅到袁家气氛不大对头,一直纳闷。

起初,韦素感觉怪怪的,亲家的气氛十分压抑,后来更是起了疑心:家里突然变得安静,人人缄了口,个个行色匆匆,无暇与她多说几句话,点头打个招呼便擦肩而过,好像看一眼都多余。除了儿媳袁仁美时不时逗弄孙子以外,这家人已多日不闻嬉笑打闹声了。怎么,老板做大了,不苟言笑了?近期太忙了,生活用减法了?以前不是这样啊!

袁仁美前天下午从外面回来后,就把自己关在屋里不出来了。荷姨从隔壁来过两次,喊袁仁美吃饭。韦素也多次敲门,说兴兴饿了,快给孩子喂奶吧!袁仁美一概不应。

韦素与荷姨面面相觑,不知是何道理,更不知如何是好。两人扒住门缝侧耳倾听,屋里一片死寂,像没人似的。

梁嘉兴哭闹不止,韦素手忙脚乱,先后冲了三个不同品牌、不同口味的奶粉，指望孙子能接受其中一款。不承想，小家伙很倔，饿死不吃的那种。韦素又冲了稀溜溜的米糊，小家伙仍拒。韦素慌了神，转身来到袁仁美房间门口，隔着门苦苦相劝，好话说了一大堆，可那扇门纹丝不动。韦素又颤颤巍巍地跑到婴儿房，抱起孙子，再返回袁仁美房门外，伴随着孙子的哭声，劝袁仁美给孩子喂奶。

从下午到夜里，韦素三番五次敲门，敲了十来二十次，门都快敲烂了，袁仁美就是不开门。

袁仁美这是闹的哪一出？自己不吃饭罢了，不给儿子喂奶她也做得出来！她肯定受什么刺激了，家中肯定发生什么变故了，不然好端端一个人，咋会妖魔附身？咋会变态？这事儿八成与儿子梁仁良有重大关系。难不成阿良他出事了？韦素不敢往下想，因为一想到这一块，就整宿睡不着。

眼见孙子梁嘉兴哭得撕心裂肺，几乎闭过气去，韦素头皮发炸，也差点儿撑不住了。她不是敲门而是以拳擂门，弄得整栋别墅"轰隆隆"乱响，像发生地震。她忽然意识到动静太大会吓着孙子，赶紧收住擂门的手，站在门外破口大骂：袁仁美！你那心是肉长的不？没见过你这么铁石心肠的女人！你心够黑！你心够狠！孩子哭成这样，你都不痛啊？你是梁嘉兴亲妈不？后妈都比你强！你自己变态就算了，给孩子喂口奶又不耽误你什么！你自己要死要活随便，不该拿孩子垫背！袁仁美你听好，我这就给你妈常大夫打电话！叫她来看看她外孙现在这个惨样儿！你妈她……要是忍心眼睁睁看着兴兴饿死，我也没意见！兴兴活活饿死我绝对没意见！

屋里仍没动静。袁仁美不会真要寻死吧？这个念头令韦素十分惊吓，再也不犹豫了，抓起手机拨通常在情，此时已是凌晨2点。

韦素：亲家母，你快过来看看吧！阿美她不给兴兴喂奶，已经十多……二十多小时了！孩子现在连哭的劲儿都没了……

常在情声音沙哑：亲家母，先给孩子喂水吧，喂水吧。

韦素头脑发蒙，使劲儿挟挤涩重的眼皮，喂水？亏她说得出！她还是个中医大夫！韦素终于醒目了，直觉袁家最近发生的一连串事情不简单！弄不好天翻地覆……这日子没法儿过了。

　　韦素与袁仁美因带梁嘉兴理念不同，还因其他生活琐事，矛盾不断，袁仁美脾气越来越暴，戾气越来越重。她不给孩子喂奶还有个不可忽视的原因，韦素先前提出欲回老家，袁仁美当然同意，但婆母原来是要带走梁嘉兴，袁仁美就气不打一处来了，觉得婆母不是发疯就是神经病。尽管韦素口口声声说不是跟谁赌气，老家空气质量好，生活节奏慢，更利于婴幼儿成长，袁仁美哪里听得进！哼，忽悠谁呀？做她的白日梦好了，休想！

第六章

1

下午，益利大街9号，方杰集团总部陈豪杰办公室。

施润轻轻敲门，侧身进入陈豪杰办公室，忽听"啪"的一声，陈豪杰把手中电传狠狠甩在桌子上，脸色铁青。桌上的茶杯被掀翻，茶水四溅，杯盖滚落到地上，摔碎了。

施润快步上前，手忙脚乱地收拾狼藉的桌面，嘴上柔声劝慰：别跟小人生气！气坏了身子，还是我们吃亏。

陈豪杰大光其火：叶馨菊下手太狠了！前段时间闹散伙，撤人撤资，现在又搞釜底抽薪，一招接一招！专打方正电梯七寸……

施润：陈可期他们来了，已经到了楼下。

陈豪杰缓和一下脸色，不无颓唐地在高背皮椅上坐下来，"气哼哼"直喘粗气。唉，姓叶的数度离间陈家父子，小动作频出，眼下又罔顾多年情分，唆使老客户撤单！方正建设如火如荼，突然被一盆冷水当头狠狠浇下……他又恼又蒙，恨不能破口大骂，这口恶气算是堵在胸口了。

爸！陈可期进门喊了声。曲解、周佛礼跟在他身后，轻手轻脚地走进，先后向陈豪杰打招呼：董事长早上好！

陈豪杰"嗯"了一声，冲他们点点头：坐吧。

这时，陈可铭臂夹公文包急急匆匆赶来。

几个人在陈豪杰办公桌对面椅子上落座，个个神色凝重，屋内气氛压抑。陈可期向曲解使个眼色，曲解立即展开手中文档，开始向陈豪杰、陈可铭父子汇报：董事长，总裁，方正电梯开业庆典按计划将在三周后隆重举行。但在此节骨眼儿上，方正电梯老客户苏杭自新加坡发来电传，谓之不能前来参加开业庆典了。具体什么原因没说，只是表示抱歉。阿期老板指示工作人员回电，大意是电传内情知悉，苏老板不能如期前来，深感遗憾。原先商定庆典期间正式签署订单合同事宜，有变与否，敬请及时定夺。对方仅以"此事后议"四字回复。

业内人士都知道，所谓"后议"，即以前说的不算数了，以后再说。"以后"是个无限期概念，说穿了就是变相撤单。

曲解顿了顿，接着汇报：当初，为了苏杭这批意向订单，方正电梯开业时间比规划建设纲要提前了三个半月，许多工作都用"倒计时"方法往前推，一些班组实施"三班倒"，昼夜赶工。总之时间超急迫，一天也未曾怠慢。可以说，开业庆典日期选择是为苏杭"量身定制"的，是跟着他的节奏跑的，为与他的时间周期相衔接，我们在进度方面尽了最大努力。

施润语气激愤：结果呢？没有下文了！当面承诺转脸就不算数了！这种出尔反尔的老客户，十足一个老狐狸！

曲解：是啊，我们不能惯性仰赖老客户吃饭！不能惯性仰赖老粉（丝）吃饭！客户主动把订单送上门，这条路世界500强或许走得通，方正电梯走不通，至少目前是条死路。接受人家"恩惠"和"赏赐"，就要听凭人家取舍，那订单想给就给、想撤就撤，厂家徒唤奈何。我们现在唯一能做的，就是苦练内功，技术取胜，品质取胜，品牌取胜，自我开拓市场，参与市场竞争——这是企业转型升级过程中的不二法门。

没人接话。理是这个理，但眼下怎么办？

陈可期向周佛礼扬扬下巴，周佛礼开始汇报：董事长，总裁，收到苏杭发的电传后，阿期老板立刻组织领导小组研究对策。经过条缕分析，我们重新制订了方正电梯开业庆典方案，主要修正部分是开业庆典时间后延，拟在第六车间竣工之后举行，其他未做大的改动。这是呈报董事会的"新方案"。

周佛礼说着，把"新方案"毕恭毕敬地放在陈豪杰桌子上。

其实，人人心里明白，这一切都是叶馨菊背后捣的鬼。她全然不念旧情，暗使阴招，痛下杀手，重创方正。合伙人散伙，由爱生恨，由恨结仇，杀伤力比夫妻诉讼离婚还烈。当着陈可期的面，不好直说，要说也是蜻蜓点水，轻飘飘的。

陈可铭：苏杭食言，方正被老客户耍了，这个不奇怪。我看，大凡叶馨菊经手操办的事，期望值都不要太高，不要指望她带来好运。我看还是曲博士曲总的思路对头，方正电梯品牌起家，品牌立足，品质取胜，起点高，格局大，这就注定它有本事闯江湖，它有本钱在市场较高低。我们有这个自信。

周佛礼非常赞同，立即接话：是啊，小家子气不适合方正，方正不需要拴在谁的裤腰带上。

施润跟着轻松气氛：方正怕谁？我们有的是真刀真枪！

陈可铭：人心不古，我们见识了。方正幸而有自己的建设纲要，旁门左道的东西不足以影响方正。目前看，撤人撤资撤单并非坏事，有些东西泡汤就泡汤好了，大可舍弃。爸您不用担心。

陈豪杰垂着脑袋，不无沉重地点点头。

陈可铭：任何订单流失都会造成消极影响，何况苏杭的（意向）订单是首单，事关方正电梯开局。但换个角度说，首单不等于"救世主"，方正不等于非得在首单这棵树上吊死。祸兮福所倚。我看就不必抢某个时间节点强行开业了。

周佛礼：总裁明鉴。开业延后情非所愿，但争取了几个月宝贵时间，被动变主动。比如，数字化应用这一块，第六车间高端设备性能测试这一块，都会从容很多，得以一步到位，不留手尾，全方位提升方正电梯整体制造能力。

陈豪杰听了这些意见，心情敞亮多了。随后，他一锤定音：好，同意新方案。现有建设速度和规模不变，发展节奏和方向不变，以第六车间竣工为开业标志。

返回路上，陈可期对叶馨菊怀有怨气，加上对方正电梯的担忧，情绪极度低落，脸色特别难看。

2

清晨，齐贤路内街16号，袁仁美家。

翌日一大早，常在理来到袁仁美家，轻轻敲门：阿美，开门！我是舅舅。我给你调理一下就走，十分钟够了。

袁家两代人关系紧张，陷入僵局。常在理上门探望、游说。

屋里没动静。韦素在一旁冷眼等着看笑话。谁都敲不开的一扇死门，你个舅舅就能敲开？真是搞笑。

不料，门"吱呀"一声开了。常在理闪了进去，反手把门关上。

常在理打量袁仁美，但见她蓬头垢面，形容枯槁，不由心疼：哎呀你看你！这还有点人样儿吗？

其实，常在理内心纠结，一直替袁仁美抱屈。近期发生的一系列变故，不单家人知情，连一些外人都知情，唯独袁仁美被蒙在鼓里。当然，袁仁美初为人母，需要有平和心态和良好情绪，家人为了保护她，维护她母子俩的正常生活，背着她扛下所有的事。按姐夫袁若德的意思，凡事有个时效性，拖一时是一时，多拖一天也好，对母婴都好。这本无可厚非，但对袁仁美并不公平，她是企业当家人，是工厂顶梁柱啊！

常在理听说袁仁美的婆母韦素对儿媳不满，态度强硬，令哺乳期的外甥女受了不少委屈。起初，韦素不知袁氏父女闹矛盾，天天骂儿媳不喂奶，被迫让孙子改吃奶粉。后来略知袁氏父女不和，仍不管不顾从中搅和。姐姐常在情和姐夫袁若德两人只有唉声叹气、暗自神伤的份儿，常在理心下很是不忿。他对韦素一向不大搭理，也没好脸色。

常在理为袁仁美做常规推拿调理，耐心劝解：你呀，压力过大，生理和心理都不平和，所以要卸载，尽快恢复到正常状态。婴儿的良好成长是按天算的，兴兴刚出百天，大意不得呀！

袁仁美：舅，我好担心！好怕……

常在理：怕什么？

袁仁美：怕阿良有不测。舅，您说他会不会遭人暗算？是不是有人给他下套了？有人想害他？

常在理断然否定：看你想到哪儿去了！莫须有！

其实，早在袁仁美生完孩子出院回家第一晚，就在夜半时分被噩梦惊醒。她忽地从床上坐起，喘着粗气，大睁两眼在黑暗中漫无目标地扫视，额头溽着汗珠——她梦见警方向自己通报说梁仁良已被人杀害。最吊诡的是，儿子出生三个多月了，梁仁良仍未回来！没有任何要回来的迹象。他甚至也不联系了，一个电话也没有，一条短信也没有，一个屁也没放！

常在理循循善诱，袁仁美多少受到些启发，冷静下来。

常在理说：你爸处处护着你，我是旁观者清哟！父亲对女儿的爱，是骨子里的、血液里的，是死心塌地的，是世上所有被称作"爱"的情感中最顶级的，没有语言可以准确形容。所有的赞美、颂扬之类能够说出口的词语，都词不达意，都浅薄。

常在理还说：父亲对女婿的爱，则是另外一种形式、程度和表达。换言之，父亲对女儿和对女婿的爱是有区别的，主要区别在于具有不确定性，不是死心塌地的。换言之，在父亲眼里，女婿对女儿好，才是好女婿，才配得到家族厚待，没有"对女儿好"这个前提、底线，就一切免谈了。要求父亲把对女儿的爱扩大或延伸到女婿身上，给予女儿女婿同等程度的爱，是不客观的。即便理论上如此，实际上也行不通。两个人就是两个人，不是一个人。

舅舅的话，袁仁美还真听进去一部分，她喜欢听的那部分。

她回顾与梁仁良结婚三年来，夫妻感情、夫妻关系以及两人不同的经营理念对企业的影响，不能说没有问题，她对老公的思维和行为也产生过疑虑，多有抱怨。但她又深感自己有责任保护老公，遇事要挺身而出，为老公开脱。世上没有十全十美的人。自家老公只能自己疑虑抱怨，别人疑虑抱怨就不行。自己与老爸一步步疏离，以至于反感，皆缘于此。现在老公不在身边，让她更加思念老公，也更加担心他在外面有什么不测。袁仁美是聪明人，她含蓄地对舅舅说：舅，舅妈您自己爱，别人无所谓爱不爱；我老公我自己爱，别人爱不爱无妨。

3

晚上，五花马水库山庄君临发廊及水磨台3号别墅。

莫如师专家小组顺利完成R31专利技术在方正电梯的应用示范，准备打道回府了。返回前夕，何青黛精心策划了欢送活动——"修理计划B"，颇受专家们欢迎。

首席理发师斌哥亲自率队迎在发廊门口，等待莫如师等大咖光临。双方热烈握手，这是第二次见面，俨如老朋友般。

莫如师：斌哥！多谢你老板安排的"修理计划B"。

斌哥有个特点，不笑不开口：莫老师醒目！我老板说了，感谢莫老师及专家小组对方正电梯的技术支援。

莫如师：同业互有帮衬，不足挂齿。来斌哥这儿才让人兴奋！

甘果：是啊！斌哥妙手回春，我们早盼着给斌哥"修理"了！

斌哥：为大师做形象料理，使之帅上加帅，我等很荣幸！

牛仔酷急不可耐：三天不修理就皮痒！如今多少个"三天"过去啦！还望斌哥修理的时候使狠劲、下狠手……

陈可元如约而至，将黑虎静悄悄地趴窝在德立技术大厦大门外的老地方。

团队成员都"做头"去了，秦茱萸借机脱离集体行动。他出了大门，疾步往右（与住处反方向）走了60来米，避开传达室和可能的耳目。陈可元驾驶黑虎从树影底下轻轻地驶过来，电动车门悄无声息地开启，秦茱萸低头弯腰钻了进去。陈可元猛踩油门，黑虎箭般蹿出，一路风驰电掣，眨眼间消失在黑暗中。

秦茱萸诧异：开这么快？救火呀？

陈可元目视前方，一本正经点头：救火！

车至五花马水库山庄水磨台3号别墅，陈可元熟练地以指纹开锁，与秦茱萸两人前后脚进入大门，再进入房间。陈可元细心地将两道门反锁，又致电水磨台服务总台：勿扰。

你后悔了？陈可元面对秦茱萸甫一站定，劈头即问。

秦茱萸摇头，直视陈可元双眸，严肃而又诚恳：没有！

陈可元扑闪扑闪眼睛，反应了几秒钟，扑到秦茱萸怀里。

秦茱萸轻轻拥抱陈可元，随后越抱越紧。

陈可元嘴上装矜持：我答应你啦？

秦茱萸闻言，下意识松开手臂，紧张地盯着陈可元的脸。

四目相对数秒，秦茱萸二话不说，激动地再次把陈可元拥抱入怀，吻她耳垂及后颈。两人正式开始"抱团取暖"。像所有热恋中的男女一样，两人热吻。分不清谁主动谁被动了。爱欲爆发，天昏地暗。两人不知怎么滚到床上的，干柴烈火，火烧火燎，合二为一，天衣无缝。此时此刻，整个世界多余，任何第三人多余，什么真爱假爱全是胡扯！全是笑话！去它的，滚犊子吧！

最高潮的时候，才会说最关键的话。

陈可元：幸福一回是一回，幸福死拉倒。

秦荣荑：又来了！能不能戒掉你那带"死"字儿的口头禅？

陈可元：我喜欢这字儿呀，累死了、饿死了、渴死了、烦死了……

秦荣荑摇头：那不是极致，是极端！是偏激！

陈可元反唇相讥：有区别吗？舒服死了、开心死了、爽死了……

热烈之后平静下来，两人心照不宣。私事私了，开谈正事。

陈可元：我注资参股的事，你跟袁老板说了吗？

秦荣荑摇头，犹豫不决：还没。这事儿不那么简单……牵涉到我和你……掺杂了私情，不纯粹是业务来往了。

陈可元：它本身不复杂。你把它看复杂了，它才复杂。

夜深了，两人洗漱完毕躺在床上，秦荣荑打了个哈欠，仍沉浸在快乐亢奋的情绪中，身体疲劳，却睡意全无。陈可元对秦荣荑是否"后悔"仍有点儿耿耿于怀，急欲打破砂锅问到底："龙翼"台风那晚，你到底酒醒了没有？你头脑是清醒的，还是懵逼的？

秦荣荑：老实说酒没醒，当然也没懵逼。我发现你的身体有些小颤抖，挺可怜见的！心疼你而已，以为你怕台风，下意识地搂住你想叫你别抖啦！并无他意。

陈可元撒娇：看看，老实招了吧？你这不是心疼我吗？我就嫁心疼我的人好了。

秦荣荑：好在，你那小颤抖很快就过去了，我也不心疼了。

陈可元：没有你我会继续小颤抖……我永远要人心疼。

秦荣荑：可惜，最心疼你的人不是我，比我心疼你的人多了去啦。所以，你并不需要我心疼。

陈可元低着头，咬着下唇不吭声儿。

秦茉萸扭脸儿瞥瞥陈可元，观察她的表情，对她不吭声儿感到不习惯：怎么，不高兴了？我说的是实话呀。

陈可元忽然意识到，太过强势可能是自己的糗点，兴许会把秦茉萸推远，嗯，得多多示弱！她愈发娇滴滴：谁不高兴啦？

秦茉萸双手枕在脑袋后面，面朝天花板，忽然有些感慨，故意叹气道：唉，我被嗜血蚊子亲密接触了！

陈可元始而一愣，随即反击：我被嗜血蚂蟥钻空子了！

秦茉萸悻悻然：咱俩都"被"了，岂不是老天爷搞恶作剧？

陈可元：最背的是我！我是背时鬼，背到家了！

秦茉萸斜斜地瞥陈可元一眼，诧异于她反应快捷，口气不无戏谑：我早就老大不小了，在美国结婚多好，还有你啥事儿呀？

陈可元：我宣布，你仍是自由的！我从未打算剥夺你的自由。

这话把秦茉萸噎得够呛，苦笑道：反正你也没拿我当回事儿。

陈可元瞳仁闪亮：你脚踩两只船，还嫁祸于我？

秦茉萸对这话很敏感：乱扣帽子是吧？谁脚踩两只船？

陈可元：你呗！你想跟曲姐结婚，其实是好事，什么时候都不晚啊！在美国在中国都行啊！不必给自己的人生留下遗憾。

秦茉萸猛地扭头，不认识似的紧盯陈可元：你什么意思？

陈可元口齿清晰：你想跟曲姐结婚什么时候都不晚。

秦茉萸瞪视陈可元：你推我？

陈可元坦然：你自己的事要我推吗？我推不推重要吗？

当然重要！非常重要！秦茉萸说着，气呼呼地猛然把陈可元推开，与她保持距离：我在你眼里可有可无？

陈可元：你吃着碗里看着锅里，还好意思问我？

秦茉萸：碗里锅里不都是你吗？阵地被你占领了好不好？

陈可元翻翻白眼：你这么紧张干吗？曲姐提不得吗？其实，曲姐我也喜欢！你以为就你喜欢啊？

秦茱萸不吱声儿了，心想别上当，谁知这话是真是假。

陈可元看出秦茱萸的心思，语气恳切：她很优秀！不论站在男人还是女人角度，这一点都无可否认。我喜欢曲姐是由衷的，不是为了说给你听。从我在美国第一次见到她起，就喜欢上她了。

秦茱萸对这话很受用，夸奖陈可元：你很善良！

陈可元直勾勾地瞪视秦茱萸，面孔凶巴巴：当然，这是以前。以后，你要敢去找她，用我爸的话说，看我不打断你的腿！

秦茱萸抬手捧着陈可元的脸，轻揪她脸蛋上不多的肉，咬牙诅咒：你这张漂亮脸蛋算是白长！翻手云覆手雨，面目可憎！

陈可元撒娇：我面目可憎？那不是你虐待的结果？

秦茱萸批驳：倒会反咬一口！你虐我还少哇？

陈可元耸耸肩：那就互虐啦……

秦茱萸扳住陈可元双肩，态度恳切：小元，我还没来得及与曲解谈呢！跟她分手的事让我很愧疚，深感对不起她。不过这件事一定要开诚布公，不可含糊，不可欺瞒。所以，咱俩的关系目前不可公开，你要答应我。

陈可元噘嘴撒娇：你没说爱我，我为什么答应你？

秦茱萸嘟囔：说过一万遍了……但他很快截住。说是多余的，做才是王道。两人再次在床上相互挤压，纠缠扭打。

颠鸾倒凤是个力气活儿，好在年轻有一身力气。嗨，再不及时开始标准动作、把自己和对方都弄得喘不过气来，就世界末日了。他和她都被"爱"撩拨得"恨"不打一处来，新仇旧恨同时爆发：相识恨太晚、上床恨太迟、鱼水欢恨太少、合二为一恨没个够……他跟她谈过牛顿的运动第三定律："对于每一个作用力，都有一个力量相等和方向相反的反作用力"。两人同步发现，二人世界之美及床笫之欢，都是这种作用力和反作用力共同起作用的真实写照。

爱上心头，恨意绵绵。两人都抱着更深入、更有力、更全面、更彻底占有对方和被对方占有的意愿和企图，动作力道很大，不留丝毫余地。娇羞和儒雅的面容都不见了，代之以疯狂乃至恶狠狠。此时此刻，爱和恨成了同一个东西，临界点消失。

最可恨的是爱愈浓，恨愈深，到了某个"境界"，忽然借助对方发现了事物真相：爱的授受是生命本源，爱就是命，命就是爱；有爱就有命，没有爱就没有命。"爱"这劳什子比命还长久，有时命都没了，爱还在。爱不肯湮没，化作幽灵，鬼魂般游荡。

陈可元咬住嘴唇，眼泛泪光，肺腑之言油然蹿出：幸福很简单，用爱来挥霍生命就好。生命不用爱来挥霍用什么挥霍呢？用爱来挥霍时间，时间有价值；用爱来挥霍生命，生命有价值。

她见秦苿荑闭着眼睛呼哧喘气，接着又喃喃自语：两个相爱的人带着恨意好好爱一场，幸福死了，拉倒了。

秦苿荑身体悸动稍稍平息，抬眼问道：你嘀咕什么？

陈可元重复：我说幸福死了拉倒。

两人静静躺着，四只眼睛盯着天花板，激情未消，各自心里七上八下，但身体很诚实——热烈过了，需要安宁。

陈可元大发感慨：比之爱在心里，发誓很肤浅哦！指天指地没用，诅三咒四也没用，那些表面功夫不靠谱，你最好别信。

陈可元拧着脖子，翻着白眼：看我干吗！我陈可元什么目的达不到，需要通过你？需要通过与你的关系？搞笑！

秦苿荑：这话唯心了！你想生孩子就得通过我。

现代试管技术根本不需……啊？陈可元猛然恍悟，脱口痛斥：谁给你生孩子？想得美……话音没落，她已被秦苿荑"连根拔起"，抱到床上了。

秦苿荑喘着粗气，仍没忘记舆论占上风：想得美，做得更美！是你说的美死了拉倒……两人缠绵悱恻，通宵未眠。

4

下午，翡翠巷6号，广德集团总部会议室。

季黄鹏牵线，王祖望得以专程拜见袁若德。

王祖望携樊老靓、黄匠军及夏令，向广德集团总部大楼驱车疾行，路上车辆不多，比预定时间早到了十五分钟。季黄鹏早已等在翡翠巷6号大门口，热情地将王祖望一行引入广德会议室。

王祖望一行不无拘束，轻手轻脚进屋，迎面看见会议室正面墙上悬挂着一块巨大的雕花玻璃框，框中镶嵌着遒劲有力的书法字，不由驻足细看：躬逢盛世，躬行德政，躬耕实业，躬奉同仁。

袁若德信步走进会议室，他身后跟着秦荼英、马赛鹰、莫如师及牛仔酷，众人鱼贯而入，与王祖望等人握手寒暄。不大的会议室顿时显得热气腾腾，亲切气氛弥漫。

广东人讲究好意头。好时机成就好意头。

王祖望不知道自己被幸运之神眷顾，此次登门恰恰赶上好时机——适逢双喜临门：王鹣精密样品通过严苛检验，百分之百合格，彻底过关了，这是他的喜；德立技术"霸王铣"数控机床参展"河埔金秋国际毛衫节"备受青睐，各类咨询频繁，索取相关材料者应接不暇，在高端机械分馆现场接单六台，后续订单纷至沓来，可以说大获成功，这是广德的喜。

王祖望从沙发上站起来，语气激昂地向袁若德报告喜讯：以"霸王床"为主流设备进行的样品生产，宣告顺利完成，经检验百分之百合格。我怀着激动心情，今日前来拜见广德诸位大佬，借此面对面之珍贵机会，谨代表王鹣精密，向袁若德老板及其麾下广德集团，向秦荼英博士及其麾下科技团队，表达最真挚的感谢！

王祖望说着，向袁若德等人深深鞠躬。会议室响起热烈掌声。

袁若德向王祖望摆手示意，嘴上说：请坐请坐！

王祖望重新落座，腰背挺直，口吐莲花：一直以来，广德集团秉承行业大佬的责任义务担当，帮助和匡扶弱小的王鹈精密，频伸援手，尽心竭力。王鹈精密样品不合格，唯有广德对我不歧视；王鹈精密赖上了"霸王床"，恨不能将其据为己有，唯有广德对我不嫌弃。没有"霸王床"及其后续搭载的智能机械臂、后续嵌入的TRR数控系统新技术，王鹈精密样品合格是不可想象的，是遥遥无期的。没有广德，就没有王鹈精密的起死回生，更没有王鹈精密的今天。袁老板和秦博士的大恩大德，牛仔酷组长的精诚指导，王某及兄弟们铭记在心，永生难忘。惭愧的是，短时间内无以为报。

袁若德微笑着说：王总客气了。

秦茱萸接话：新技术的首次应用是你们完成的，也有功啊！

王祖望时而谦卑恭敬，时而昂扬高调，不无炫耀。原来，王鹈精密与境外某客户正式签订战略合作框架，待完成样品批量生产后（预计九个月）即择机出境，参与施行某巨无霸项目的分包。换言之，王鹈精密实现创业初衷，赴境外参与项目，真的只剩下"最后一公里"了。

王祖望接着说：广德求发展，王鹈精密求生存，双方不在同一层级，相差数个档次。承蒙广德不离不弃，王鹈精密始有生存空间。我和我的员工都对广德大佬感恩戴德！袁若德老板厚德载物，河埔首善，接济同仁，福报齐天！

袁若德目光平和，表情含蓄，脸上看不出喜怒哀乐。

马赛鹰笑道：王总，赞歌就不用唱了，我们还是侧重厘清实际问题，侧重解决眼下困难吧。当初，"霸王床"搭载智能机械臂，没有额外收你们钱，费用全免哦！

王祖望愣了愣，立马明白了马赛鹰的言外之意，那就是王鹈精密在此前与广德的交往中捡了漏、占了便宜。这是客观事实，他无法否认，更无从反驳。他点头如啄米：是啊马总！广德大德！广德积德！王鹈精密感恩在心……

马赛鹰：样品合格了，大功告成，恭喜王总！恭喜王鹈精密！随之，"霸王床"外援任务完成了，该回"家"了。

不不不马总！王祖望抢着说，腾地一下又站起来，秒变三寸不烂之舌：我们今天来正是有求于广德，有求于袁老板！王鹅精密目前情况是更加离不开"霸王床"了！"霸王床"形同王鹅精密的命根子！恳请广德、恳请袁老板高抬贵手！袁老板是高人！是河埔市德高望重的大人物！万望袁老板帮人帮到底，最后一公里！广德对弱小企业从不歧视，从不嫌弃，经常出手相助，在业内有口皆碑！王某感激不尽！感恩不尽……

王祖望或因激动，或因过于渴望袁若德伸援手，显得啰唆。

他紧接着做了番解释。原来，王鹅精密样品合格，受到合作方（德国某客户，世界500强企业）高度认可，再下大单，即实施样品就地批量生产，同时，主动与王鹅精密正式签订战略合作框架，待完成样品量产后，王鹅精密全员择机出境，参与施行GGY巨无霸项目的分包。换言之，王鹅精密实现创业初衷，赴境外参与项目，真的只剩下"最后一公里"了。目前完成最后一公里的最大障碍是王鹅精密产能不足。

袁若德微笑着说：兄弟企业，兄弟情谊，互通有无是常理。那个"霸王床"，你们还需要用多长时间？

王祖望嗓门儿奇高：九个月！我保证决不超过九个月！

袁若德与马赛鹰互看一眼，心里都在打鼓，这么长时间啊！

马赛鹰：王总，不瞒你说，我们是愿意帮助和成全王鹅精密的，但"霸王床"亟须收回，这关系到德立技术的整个研发计划。不收回或晚收回"霸王床"，必然延误"霸王"系列的开发，两者呈悖行关系。尤其"霸王铣"下一步升级研制进程，一天都拖不起！拖一天损失一天！那种巨损、超损，没人能够承担得起。

王祖望一面点头表示明白，一面压住内心的惶恐不安。他转向袁若德，眼巴巴地看着他，继续恳求：王鹅精密的小命儿，就攥在袁老板手里了！您若不给机会，就必死无疑了……

马赛鹰态度强硬：无论如何，"霸王床"再续租九个月绝无可能。再者，我们的"技术力量输出"也不是无限制的，将很快设置一些必要条件，说白了就是要有门槛或壁垒。接下来，牛仔酷小组要如时回归，有重要任务。总之，秦博士的统筹计划，及一些具体安排，任何人都耽误不起。

刚才的从容神色从王祖望脸上倏地一下消失，代之以紧张、啰里啰嗦和语无伦次。他或因过于渴望袁若德伸援手，将最后抛出的一项交易性内容，表达得不得要领。仔细归纳，原来不外乎在前面两个意思（一是续租"霸王床"，二是续聘牛仔酷小组）之外，又增加了一个意思：王鹅精密将一份境外项目分包合同，按其总额向德立技术让渡50%，双方五五开，组建项目分包联合体。换句话说，就是我有块蛋糕与你分。

莫如师提醒：王总，听说方杰集团一直阻拦你与广德合作。

王祖望：天高皇帝远。境外合作不比境内，方杰鞭长莫及。

王祖望强自镇静：袁董，不瞒您说，王鹅精密因样品不过关而大难临头之际，是您慷慨伸援手！现在同样遇到阻滞，即产能不足！袁若德老板厚德载物，河埔首善，接济同仁，福报齐天！

黄匠军坐在一旁闷声不响，对王祖望的话却不感冒，心说什么叫阻滞？说白点呗，王鹅精密生死存亡成了问号。

王祖望站起身来，面向袁若德，双手抱拳，嗓音哽咽：王鹅精密弱小，王某亦是寒门，承蒙袁老板不嫌不弃，毅然出手相助，王某感激不尽……日后有机会定将报答！请袁老板受老弟我一拜！

王祖望腾地站起来，向袁若德拱手抱拳：感激之至！

袁若德善解人意，随之站起来，伸手与王祖望相握，笑容谦和：大家都是搞制造的，同一行当，谁没个急处难处？能帮把手且帮把手，湿湿碎啦，不足挂齿。祝你们样品量产成功！

袁若德与秦荣英、马赛鹰交换了眼神，终于点头。一是同意"霸王床"第三次续租，租期四个半月，租金不涨；二是同意牛仔酷小组第二次由王鹅精密重金礼聘，期限同样为四个半月。至于第三项，鉴于境外项目分包合同目前不在王祖望手中，而在王鹅精密合伙人李鹅（人在境外）手中，所以，双方暂且将此合作后置，达成口头意向即可，待王鹅精密完成样品批量生产，再行洽商。

双方当场签订了两份正式协议，一份是"霸王床"续租协议，另一份是专家续聘协议。一律维持原价，不做变动。

王祖望大喜过望，在座的王鹣精密成员个个都长舒一口气。虽说续租时间被拦腰砍掉一半，但至少眼前无虞了。况且人家不搞趁火打劫，价格一律维持原状，可谓仁至义尽。

在商言商。让王祖望等人万没想到的是，原以为境外项目分包合同是个挺粗大的橄榄枝，是个挺诱人的蛋糕，王鹣精密一直紧搂在怀，从未向外透露分毫。时至今日，厂子有求于人，这才小心翼翼拿出来，向广德重磅示好。这至少表明两层意思：一是王鹣精密知恩图报，无意白白占广德便宜；二是王鹣精密不是吃干饭的，看家本事还是有的。

结果呢，人家广德没拿它太当回事。

王祖望左思右想，觉得还是自己没有说清楚。境外项目分包合同就算是王鹣精密画的大饼，短期内吃不到嘴里，日后也能吃饱吃撑，越往后越能吃出其分量，是厂家真实的"衣食父母"。

5

上午，芳菲大街31号，方正电梯总部写字楼。

11时许，方正电梯首层会议室内人声喧腾，气氛热烈。

圆满完成在德国的进修，武孔率21名技术骨干如期回国。方正电梯为其举行欢迎仪式。曲解主持。

曲解手持简易麦克风，嗓音温润：大家上午好！"武孔梯队"入职方正电梯欢迎仪式，现在开始。首先请集团总裁陈可铭讲话。

陈可铭宣布：经陈可元举荐，方杰集团董事会研究决定，武孔及"武孔梯队"整体调离佳杰五金，编入方正电梯就职。武孔升任方正电梯技术部总监，同时申报高级工程师（依规走流程）职称，其他成员均安排在关键岗位，人均提升一级。

会议室响起热烈掌声，人人两眼放光。

陈可铭："武孔梯队"学成归来，立即被集团派了大用场，可见英雄不愁用武之地。各位同仁，人尽其才、大显身手的时候到了！

掌声愈发热烈，欢乐气氛升温。

武孔发言，进行汇报：按照佳杰五金老板陈可元的安排，我率领21名技术骨干赴德进修，现已完成学业，胜利归来。这是方杰"人才培优梯队"计划的首批成果，为后续员工培训模式摸索和积累了经验。我们全体学员非常珍惜这次宝贵的进修机会，在德期间，抓紧分分秒秒学习、考察和实践，收获颇丰，既开阔了眼界，又取到了"真经"。回来后，想不到我们离开时间不长，集团发生了天翻地覆的变化，方正电梯犹如大鹏展翅，腾空而起。老实说，我们舍不得离开佳杰五金，但对方正电梯又充满向往。集团这次内部调整，让我们感觉颇受器重，又因专业对口，整个团队士气高昂。我们一定竭尽全力，学而致用，在方正电梯撸袖大干，干票大的，不负老板抬爱！不负集团期望！

武孔发言抑扬顿挫，何青黛看在眼里，既高兴，又心下惴惴。她明显感觉到武孔变了！具体哪里变了一下说不出来，反正他那副牛逼哄哄小样儿！让她莫名其妙来气。

陈可元即席发言：今天是方正的欢迎仪式，我和何副总专程赶来，也是借机对大家表示欢送，就不另开欢送会了，两者合一，简化程序，意思表达到就可以了。集团统揽全局，将"武孔梯队"整体调离佳杰五金，编入方正电梯，这是英明决策，我们坚决拥护。佳杰五金将一如既往，支持方正电梯做集团"领头羊"，力挺方正电梯跻身行业龙头老大。当初，武孔梯队是优中择优遴选出来，保送境外培训的。他们高度自信、自觉、自律，圆满完成了进修学习任务，成绩不俗，极大提升了自身实力。如今，他们手持金刚钻，独撑一片天，一个顶俩、一个顶仨。对这样一支优秀的人才队伍，佳杰五金自然不舍，但不舍之中还有骄傲。比之方正电梯，无论从规模、行业前景及其他各方面，佳杰五金都是小弟，虽然厂子最老，却还是小弟，是老小弟。"武孔梯队"弃老奔新，进入方杰支柱领域，无疑高就啦！是金子在哪儿都闪光，香饽饽啥时都抢手。预祝武孔等21位兄弟在方正电梯大展宏图，让佳杰五金跟着沾光。

会议室再次响起热烈掌声，人们脸上洋溢着欢笑。

曲解：陈可元老板表达了对"武孔梯队"的依依不舍之情啊。其实，大家还是一家人，携手并肩，高度依存。欢迎仪式到此结束。方正电梯陈可期老板在工厂食堂举行欢迎午宴，聊表寸心，备有薄酒供各位小酌。请大家移步到食堂就座。

陈可铭、陈可元及何青黛分别告辞，说是有事，不参加午宴了，曲解和陈可期挽留无果。

返回路上，专职司机开车，陈可元与何青黛坐在轿车后排。

陈可元正襟危坐，表情严肃：阿黛，佳杰五金你来干吧！

何青黛漫不经心：这什么话！好像我没在佳杰五金干似的。

陈可元：我隆重宣布，拟提拔你任常务副总经理，佳杰五金这一摊子由你挑头，厂子就交给你了！你给我顶着。我本人退出……只是时间早晚问题，我的位置铁定是你的。

何青黛睁大眼睛：慢点！我没听懂，不行不行……

陈可元侧脸儿斜瞟车窗外：什么叫不行？我说行就行。你绝对胜任。其实，一直以来都是你们在管事儿，我基本上是甩手掌柜，占着茅坑不拉屎，不如彻底放手算了。先给你打声招呼，你有个心理准备。回去我就打报告，提请集团董事会审批。

何青黛惊得两眼圆睁：那你……你去哪儿高就？

陈可元面容恬静：什么高就？我卸任让贤，先解决你的问题再说。我多次讲，佳杰是你的根据地，这辈子别想见异思迁。你死也要给我死在佳杰五金！佳杰成全你"蜡炬成灰泪始干"。我也一样。谁让咱俩是手心手背、休戚与共呢！

听了这话，何青黛稍觉安心，善意提醒：人事安排不可心血来潮，不可因为拱手"出让"武孔梯队而心里发虚。

陈可元反唇相讥：你才心里发虚！两天不见面就打20个调情电话！现在竟然倒追人家武孔，沦落至此，不嫌悲催！

自从陈可元引荐，集团董事会决定，"武孔梯队"整体调离佳杰五金机械，进入方正电梯，何青黛确实有些心神不宁。这不仅因为随着武孔升职，两人"地位"颠覆，何青黛领导武孔的历史"被结束"，她赖以为傲的居高临下"资格"丧失，更重要的是，武孔那小子到国外开了眼界，回国内又开了眼界，该不会眼高心花，导致两人关系生变？这局面让何青黛略觉不爽。

此时此刻，何青黛懒得理武孔那茬，谁"倒追"他呀？去他的！她抬手把陈可元的身体扳正，与她四目相对，连珠炮般继续提醒：我说元老，别以为我会受宠若惊。实际上，我根本不堪此重负。我担心的是，你不会被秦哥迷住心窍吧？别跟我说，你想撂挑子走人，你想跟秦哥私奔……

陈可元没好气：鬼话！走什么人！还私奔呢，够浪漫的！我虽向往，但有红线——在工厂范围内私奔是可以的，由车间一私奔到车间二，由车间二私奔到车间三，而已。

何青黛愣了愣，咧嘴傻笑：咱俩生死有命，富贵在厂。

陈可元从包里掏出钥匙递给何青黛：阿黛，你那间办公室太小，早就想给你换一间。这是我的厂长（总经理）办公室钥匙，现在移交给你一套，指望你了！咱俩暂时合用一间办公室，我就等着日后被你扫地出门啦！

何青黛扬起两只巴掌挡住，拒接钥匙：不小不小！够用够用！

陈可元不由分说，硬把钥匙塞进何青黛手心。

何青黛撇嘴：跟你合用一间办公室，拍拖都不方便。

陈可元：我装有窃听器，说一句肉麻的话罚款100元。

何青黛第三次提醒：我说元老，你无非叫我两肋插刀，赴汤蹈火，这没问题。问题是你得考虑清楚。

陈可元气定神闲：我考虑得很清楚！我考虑得很慎重、很周全、很成熟！佳杰有你在，我永远高枕无忧——咋的，你不满意？

何青黛忧心忡忡：重用我，我感恩。问题是……

陈可元不耐烦地打断：你今天问题咋这么多？

何青黛深深叹口气：唉！你人在就行，不撇下我就行，管不管事儿都行。我以为你要去别处攀高枝呢！饱受惊吓，幸亏不是。其实，那姓秦的并不是什么高枝。算了算了，说了你也不爱听……行吧，佳杰五金由我坚守好了，老娘我拼了。

6

清晨，齐贤路内街15号，袁若德家。

大清早，袁若德的车刚启动，韦素从屋里出来，摆手拦车，笑容满面：亲家公，亲家母，早上好！

尹擎随即踩了刹车。袁若德迅速摇下车窗，与妻子常在情两人异口同声：亲家母早晨！

韦素：我呢，要带兴兴回老家去了，想先和你们说一声。

袁若德颇觉意外：回老家？怎么，这里住着不习惯啊？

韦素：不是不是！在亲家这里住着非常好，我早就习惯啦！

常在情：亲家母，既然来了就多住些日子，不要急着走嘛！

韦素：眼瞧你们工作忙，兴兴又闹人磨人，影响你们休息。

常在情：不，兴兴还是留下，孩子吃母乳比较好，阿美奶水又充足，还是多喂段时间……阿美年轻，奶一个孩子不成问题。

韦素：阿美奶水是好，但她是女强人啊！以事业为重，以厂为家，整日忙得屁股挨不着板凳，她啥都不缺，唯独缺时间。自从她闹过一次不给孩子喂奶，我强行喂兴兴喝奶粉，现在好了，兴兴适应了，他特别喜欢喝奶粉呢！

常在情：阿美她是忙，可以请保姆帮忙啊。

韦素：交给保姆带哪有自己带放心，还是自己来吧！你们甭操心，我带他回去住一段，等他长大点儿再带回来呀！

常在情依然挽留：亲家母，下个月18号，是阿美和阿良结婚三周年的日子。这个喜日子，咱要好好庆贺一下……

韦素：我就不等那个日子了！其实，你们也难得挤出时间。还是等兴兴长大点、好带点，咱们再庆贺不迟。

常在情还想说什么，袁若德拦住妻子，郑重表态：亲家母，这事您和阿美商量好的话，我们尊重你们的意见。

韦素很高兴：好好好！那我就先做些准备啦，你们忙吧！

双方都小心翼翼，谁也没提到梁仁良。

袁若德、常在情夫妇不知道的是，韦素留心在暗中察言观色，凭直觉，家中气氛不太正常，八成与儿子梁仁良迟迟不回国有关，估摸是儿子闯了祸。她找了个很好的借口，悄悄儿约见昔日学生季黄鹂。季黄鹂明白老师的意图，但袁若德老板有交代，关于梁仁良的事情不可以向韦素透露半分。季黄鹂很含蓄地推掉了约见。韦素一不做二不休，暗自约见昔日学生黄匠军。黄匠军设防不够，不小心透露了一丝丝口风。韦素连打听带猜测，笼统获悉儿子卷走毛织厂大笔款项。她反复猜测，儿子是投资失手呢，还是转入蓝君之手？总之，资金流入境外是很难追回的。最糟糕的是，儿子此举导致毛织厂经营困难，陷入危殆。

车子开出袁家院子老远，常在情才向丈夫透露：听荷姨说，韦素觉得没脸再待在袁家，上个月就说要走，还要带着孙子梁嘉兴一起走。阿美不同意她带走梁嘉兴，两人为此几度怄气，暗中闹过好几次，甚至互不搭理。后来不知什么原因，阿美让了步，同意她婆婆把儿子带回老家。

哦。袁若德拧着眉头轻轻哼了一声，若有所思。

常在情：真不知韦素是怎么说服阿美的，也不知阿美是怎么想的。她的真实想法对谁也不说。这孩子！打小她就心重。

袁若德脑袋仰靠在后座沙发背上，微合双眼，没搭腔。

其实，常在情对女儿的想法、做法清楚得很，说"不知"是为了宽慰老公袁若德，怕他分心劳神。韦素早先提到过想带孙子回老家，只是说说而已，并非真心，她知道袁仁美不会同意，此后再未提及。就是说，根本不存在韦素说服袁仁美的情况，是袁仁美叫婆母带其孙子回老家的。

常在情分析得相当靠谱。

袁仁美对父母的不满难以化解，怨气一天天严重，孬心眼也多了：你们不是不待见女婿吗？那好，外孙你们也别见了！你们就安心当你们的孤家寡人吧！日后膝下凄凉，活该！

这小念头有多歪！这小心思有多狠！常在情窥破，震怒中夹杂着哀伤——恩将仇报，父母之殇！家庭之殃！人生之悲！

唉，女儿变了！变得常在情不敢认。无人处，她含泪检讨自己这辛劳的大半生，何以得此报应？她生养女儿，是为了让女儿掉头来整她吗？她究竟犯了哪些错？其中哪些错不可饶恕？

袁若德仍不搭腔，一路上没再说一句话。

7

晚上，芳菲大街31号，方正电梯总部曲解办公室。

下班了，曲解办公室仍灯火通明，她召集的会议从下午开到晚上，逐一研究解决施工建设中的具体问题，与会的周佛礼、卢占祥、杜仲和李才智等人都没顾上吃晚饭。

周佛礼：仰仗于莫如师专家小组，方正电梯数字化建设这一块可谓一步登了天！我为什么不说"到位"而说"登天"呢？

在座者都把目光聚集在周佛礼这个新上任的总工程师身上。

周佛礼：首先，莫如师专家小组的到来犹如神兵天降，带来了西方发达国家最先进的数字经济产业化应用的平台模式。

李才智插话，大发感慨：可不！多亏人家广德秦博士伸援手！方正电梯哪能一次性请到这么几位数字技术顶尖专家？

周佛礼：其次，莫如师专家小组携带的R31专利技术，成功应用于方正电梯，令方正电梯得以跨越式、弯道超车式登上前沿科技一个大台阶。有这套专利技术加持，方正电梯未来30年的先进性得到保障。慢说河埔市，在省内国内都居领先地位。所以，我建议买断该技术。

卢占祥插话：鉴于他们尚未申报专利，价格应该好商量吧。

杜仲摇头：不是价格问题，估计广德不会卖。听说他们小组内部有严格的专业细分及合作框架，配合默契，天衣无缝。

卢占祥：我也听说了，他们搞的是配套和系统研发，手头的专利技术不止这一项。要卖，也不会单卖。

曲解：我同意周总工的建议。这回呀，R31专利技术在方正电梯的有偿使用，很难得，很适用，很成功。以此为基础，进一步就R31专利技术买断事宜进行友好协商，亦顺理成章。

众人顺势又谈到国内外数字经济发展大势，深感方正电梯赶上了这波潮流，搭上了数字经济快车。大家兴致很高，发言热火朝天。这时有人敲门。曲解抬高嗓门儿：请进！

包乐进屋，见曲解与周佛礼等人仍在商谈工作，笑道：又废寝忘食呀！众人向包乐点头打招呼。

包乐：曲姐，计划中今晚是我最后一次陪你练车啦！

李才智笑道：哟，曲姐出师啦！

曲解冲包乐扬扬下颌：阿乐你先坐！我们马上就完。

包乐会意，在一旁的沙发上默默坐下。

曲解抓紧时间，提出自己的一个疑惑：苏杭撤单之前特别提及"BT"，听他口气像是专门冲"BT"来的，几次强调"BT"为首选和必选。我不明白，"BT"是指某种工艺吗？

卢占祥点头：是啊！是佳杰五金特有的工艺，由一对名叫樊老靓、黄匠军的师徒独家掌控。不过，他们后来辞职了。

杜仲接上话茬：这事说来有年头啦！佳杰五金长期为香港小方正代工电梯提供零部件，因工艺好颇受客户青睐。可惜，那对师徒挟技自重，辞职创业，工艺也就被带走了。

曲解大惑不解：他们没有培养徒弟吗？

卢占祥：培养了，跟着走了，他们串通好一起走的。

曲解质疑：工艺有固定流程，厂里没有记载吗？

卢占祥摇头：没有，只言片语文字记载也没有。他们保密，不外传，吃独食。遗留下一个超级棘手的难题——人走工艺断。

李才智进一步向曲解说明情况：佳杰五金的陈可元陈总为啥放弃学业？就是因为他们十来个骨干集体辞职，没办法，只好辍学回来顶上去的。当时事发突然，怕佳杰五金出乱子。

曲解恍悟：哦，原来这样！

办公室内的气氛变得沉闷，人人都感觉很不轻松。

曲解：过往的事情，无解无奈都属正常。但涉及的问题若很要害，就必须认真研究解决。好工艺是看家本事，是金刚钻，决非可有可无，不能眼睁睁看着它失传。更何况，"BT"曾经是佳杰五金的核心竞争力，如今它依然在吸引客户。所以，我们不能轻易放手，任其旁落，要想办法把它追回来。

在座几个人互看一眼，不由自主摇头叹气，感觉人走工艺走，不好追，也追不回来了。众人七嘴八舌地告诉曲解，王祖望为首的一帮骨干离开方杰后，立马成立了一个叫"王鹣精密"的公司，据说有海外背景，包括人和资金，此后不久即承揽了境外项目，已俨然自成体系。据说陈可元想了不少办法，欲把樊老靓、黄匠军师徒追回来，但至今未能成功。

曲解抬腕看表：好，今天的会就开到这儿吧，研究确定的事请各位抓紧落实。阿乐你来得正好，我开车，你监控，把大家拉出去找地方吃饭，晚饭和宵夜合二为一。好不好？

众人欣然赞同，七嘴八舌说那敢情好，解决肚子问题体现了短平快。周佛礼得寸进尺：要不连明日早餐也一次性解决算了。

曲解关灯锁门，一行六人兴冲冲疾步下楼。

8

中午，齐贤路内街16号，袁仁美家。

头天晚上已经与亲家道过别，亲家安排周到。特意委派尹擎一路护送，送到家为止，韦素感觉心里特别踏实。眼下没有别的手尾，只剩收拾东西了。她一边忙着收拾，一边为孙子梁嘉兴东西太多而发愁。这时，袁仁美驾车载着母亲常在情一起回来了。

韦素见儿媳袁仁美又买了一大堆婴幼儿用品，摆满了屋子，不无担心地问：哟，登机时会不会超重啊？

袁仁美没搭腔，一阵风似的直接闪进自己房里。常在情趋身上前，抱起外孙梁嘉兴，与韦素客气话别。

常在情明知奉劝没用，还是忍不住遗憾地说：亲家母带孙子这一走，兴兴就要断奶了！唉，他还没满五个月。

韦素推心置腹：母乳喂养当然好，这个我懂。但阿美工作太忙，没日没夜的，经常弄得身心俱疲，一回来就瘫坐在那里不想动，身体严重透支。我把兴兴带回去，她也能好好调整一下，休养生息。现在条件好了，优质奶粉有保障，亲家母完全可以放心。

常在情点头：韦老师心疼儿媳妇！阿美有您这么好的婆婆，前世修福，三生有幸！我都替阿美庆幸。

韦素毕竟是当老师的，加上她深有感触：当妈的，对儿子儿媳同样心疼，不搞区别对待，才是真疼儿子。离间他们，就不是心疼而是加害了，害儿子、害孙子，代价巨大，相当不值。

常在情心悦诚服：将兴兴带回去，辛苦您了。

韦素：兴兴是我的心头肉啊！带他再辛苦，心里也甜呢。

儿子即将离开自己，袁仁美心碎。私下里，她抱着儿子梁嘉兴，躲在无人处哭过好几回，每回都哭得伤心动肝，以至眼眶红肿，用毛巾热敷也消不下去。当着人，她脸上挂着笑意；背着人，她眼中噙满泪水。那泪水总是不由自主夺眶而出，大串大串洒落。

其实，韦素刚来没几天，婆媳俩就正面冲突过一次。幸好当时梁仁良在家，他从中和稀泥，此事不了了之。如今，回想彼时情景，袁仁美倍觉孤独，暗自神伤。

那天，袁仁美追问款项，梁仁良旁顾左右而言他，神情伤感，两眼发涩：我问你，今天什么日子？

袁仁美歇斯底里：什么日子不日子，我没心情管！那笔款的去向你不说清楚，我在芳姑那里没法交代！

梁仁良慢慢仰起脸儿，一任眼中淌出泪水，嗓音颤抖：我们结婚两周年的日子，你忘了！你……忘得这么彻底啊！还有什么好说的？说清楚，你都不清楚我为什么要清楚？

袁仁美继续歇斯底里：这是两码事！你不要给我搅在一起！两周年又怎样？那笔款可以因为两周年就拉倒了吗？我倒愿意，袁甲芳愿意不？我爸愿意不？集团上下近千号人愿意不？

我看还是你袁仁美不愿意！你坚持要追那笔款，对不对？

一个声音从门外飘了进来，梁仁良和袁仁美都惊讶地张大了嘴，不约而同地扭头向门口看去，原来是韦素。只见她慢慢走进屋来，盯着儿媳袁仁美，目光犀利：仁美，仁良是你老公，不是你生意场上的竞争对手，更不是你的敌人，这是前提。企业款项千万笔，无论追究哪一笔，都不能撇开这个前提。刚才仁良说今天是你们结婚两周年的日子，就是提醒你不要无视这个前提。

袁仁美口气软下来：妈，企业经营也有前提，那就是所有账目要一清二楚。账目是死的，是不讲感情的，是六亲不认的。

韦素义正词严：账目是死的，管账目的人也是死的吗？人也六亲不认吗？如果仅仅因为追查某笔款的去向，就变成老公不是老公了，老婆不是老婆了，以敌意相对，以审判态度相逼，那我看你们可以一拍两散，直接去法院好了。

屋子里鸦雀无声。袁仁美垂着头，表情痛苦。

韦素：婚前，阿良为追求你倾其所有，抛弃就业新加坡的大好前途；婚后，为你们袁家旺财旺丁、光耀门楣付出巨大努力。他一片真心可对天！将心比心，你对他是一片真心吗？

韦素接着说：我理解的家，是奔爱而来的，是安放爱情的，是过有爱的日子的，是以爱情为主的感情生活根据地、大本营。

袁仁美吁口气，耷拉着眼皮儿，对婆婆简直懒得看一眼，更懒得理睬！

这么大年纪的人了，张嘴老调子，满口废话，还装时髦。

韦素知道儿媳不屑于搭理，也不指望儿媳搭理，她不疾不徐地说出自己想说的话：家庭是家庭，法庭是法庭。任何人在家庭中搞法庭那一套，张口逼供，闭口践踏感情，都意味着这日子已不可持续。这个你们认识不到吗？我的建议是，先把这个问题解决了，再去追查账目吧。

韦素斜视袁仁美一眼，起身推门离去。

往事历历。如今，梁仁良滞外不归，婆母韦素闹着要带孙子回老家，她徒唤奈何。舅舅常在理提议"先带一年"，她才最终同意采用这个没办法的办法。回头再与婆母商量，同意她带孙子回老家，时间以一年为限，袁仁美每月定期向韦素汇生活费。双方终于达成一致。

门外出现阵阵响动，荷姨抱着梁嘉兴与尹擎打招呼。袁仁美知道，尹擎来了，出发的时间到了，她将亲自驾车送婆母一行三人赶往广州白云国际机场。她习惯性地抬腕看表，距飞机起飞还有两个多小时，时间宽裕。她最后收拾起儿子的玩具，借以收拾心情，收拾表情，令自己的举止正常化。

9

晚上，丹参街荣记大排档。

李才智掏出"小霸王"车的钥匙：曲总，你的车坐不下，只能用我的车。你开还是我开？

曲解不由分说地接过车钥匙：我开。

李才智瞥瞥包乐，包乐笑道：自动波，一样开，曲姐没问题。

曲解驾车，包乐坐副驾驶位，调好导航，其他人坐后排，很快驶出厂区，切入市区主干道，向丹参街荣记大排档开去。

曲解好奇：那家大排档你们认识人啊？还是它有特色？

李才智：人倒不认识，但菜品味道不错，干净卫生，价格实惠，近年人气超旺，是我们这帮老食客的老据点。

杜仲扯着嗓子说：它是"君子"啤酒专卖档口，牌子货。

包乐："君子"啤酒是河埔市特产，颇受当地人追捧。像咱车里这几位，那是无"君子"不欢，不喝"君子"非君子。

卢占祥笑道：我酒量一般般，李总和杜总厉害。

包乐：曲姐，老板叫我明天撤回，今晚最后一次陪你练车了。

曲解目视前方：好！多谢包乐师傅！这段时间你辛苦了！

包乐：嘿嘿曲姐，您的技术早过关了，现在路也熟了，我已多余。再说有周总工他们陪着您，我也放心啦。

曲解笑道：这么巧啊！今晚大排档宵夜，就算"答谢宴"吧！正好人多热闹，倾情陪酒，包乐你多喝几杯"君子"。

"小霸王"拐过一个路口，包乐抬手指点着前方：过了德立技术大厦，往前300米就是丹参街了，荣记就在街口位置。

曲解两眼陡地瞪大，惊问：德立技术大厦？

包乐：右手边，楼顶有霓虹灯那栋，就是德立技术大厦。

车速慢下来。曲解向右边看去，下意识地向右打了指示灯。

坐在后排的周佛礼突发奇想：曲总，R31数控专利技术帮了我们大忙，有机会的话，向秦茱萸博士当面道个谢，下一步，我们打算买断该技术，也就好商量了嘛！

曲解亢奋：可以呀！那我们何不往德立技术跑一趟？

李才智提醒道：这个时间点，他们下班了吧？

曲解：他那团队没白没黑的，经常下半夜才离开实验室。

车至德立技术楼下，稳稳停下来。曲解拨通秦茱萸手机。

秦茱萸很惊讶：啊？什么什么？你在我们楼下？

曲解"咯咯咯"甜笑：我自己开车来的！拉了一车同事。

你自己开车？秦茱萸更惊讶了：你没……没啥事吧？

曲解：来看看你呀！我的同事想拜见你，当面向你道谢。要不，劳你移步下楼，接见我们大家一下？

秦茱萸迅速下楼，见曲解向他招手，副驾驶位车门洞开，包乐早已钻到车后排。秦茱萸上车，人未坐稳，周佛礼即抢着与他握手：秦博士，久仰！我是方正电梯总工程师周佛礼。

其他人跟着打着招呼：秦博士，久闻大名！今日得见实属幸运！

秦茱萸有些云里雾里，嘿嘿傻笑：你好你好！幸会幸会！

曲解按捺着兴奋，扭脸儿热切地望着秦茱萸：前面不远有个荣记大排档，咱们去那里撮一顿，外加喝点小酒，如何？

秦茱萸冲她点头：你不说，我还没发现，鄙人饥肠辘辘也！

包乐：天赐良机！曲姐"君子"伺候，秦哥果腹无忧。

秦茱萸：荣记我熟，"君子"也熟，但你们怎么跑这儿来了？

杜仲笑道：曲总练车今天出师，拣没跑过的地方跑一跑。

秦茱萸：哦，那你要注意安全！我是不敢开车的。

来到荣记大排档，几个人热气腾腾围桌而坐。

周佛礼笑道：今晚我做东。秦博士，咱们来白的还是啤的？

白的好了。曲解抢着说，同时向周佛礼递过眼色。

周佛礼大声应和：白的白的！老板，来瓶高度五粮液！

周佛礼：秦博士，R31数控专利技术仿佛为方正电梯量身定制的一样，用了才知道好！超好！方正产品的高良品率据此获得保障。我们第一、第二车间四条主要生产线全部应用R31数控专利技术，接下来，该技术将在全厂所有车间实施全覆盖。

秦茱萸：适用就好。莫如师算是尽了绵薄之力吧。

其实，周佛礼接任总工程师后第一件事，就是建议曲解买断R31数控专利技术，两人此前已多次商讨，共识多多。

周佛礼与秦荣英两人一会儿高谈阔论，一会儿交头接耳，大谈数字技术。周佛礼获悉莫如师小组R32数控专利技术即将"配套出笼"，兴奋得不得了，话头根本刹不住。

酒上来了，菜上来了，众人也都饿了，大快朵颐。

谈到购买R31数控专利技术事宜，秦荣英始终没点头，他本人不倾向于卖，但在这个场合不好明说。他给自己灌下满满一杯酒，笑着推托：这事要由广德老板袁若德定夺。

周佛礼热切地说：秦博士，不瞒您说，我来河埔时间不长，但闻您大名已久。方正幸运地请到莫如师专家小组，双方有了合作，此时向您表达崇敬及索求技术，或不那么唐突啦！我们回去弄个方案，买断R31技术，条件当极尽优惠。贵公司尽管开价。生意是可以谈的，技术也可以谈，互利双赢。

秦荣英：周总工是方家，慧眼识珠，真心抬爱，多谢了！方正电梯看好R31数控专利技术，购买意愿强烈，体现了民营企业的数字经济担当，也是对我们的肯定和鼓舞。我回去一定向袁老板如实转达。

曲解热情撺掇，火上浇油：各位，如果我们寄望于秦博士尽力促成这件事的话，今晚喝酒陪酒就要尽兴啊！

众人一哄而上，搬弄出各种"由头"轮番向秦荣英敬酒。

曲解再次撺掇：除了R31，还有R32，它们是配套的，是孪生兄弟，也是我们方正亟须的。所以，最好一锅端。

周佛礼多喝了几杯，说话高声大嗓：对嘛！好事成双！R32我们也要！万望秦博士不吝赐教！不吝赐技！

席间话题不断，气氛热烈，酒足饭饱。下半夜，宵夜终于结束，各自打道回府。人散了，秦荣英始觉落寞，暗自伤神。

一直以来，秦荣英都想找机会与曲解好好谈谈，终未如愿。这次意外"遭遇"，本以为能带来现成的机会，孰料，并不像包乐所言"天赐良机"啊！诸位同事在场，他完全没有机会与曲解单独说话，一句悄悄话也说不成。

有时无意间撞上曲解热烈的眼神，他条件反射般迅速躲避，假装没看见。这顿宵夜吃得他内心叫苦不迭，开怀畅饮挺爽的，又怕酒后失态。好在席间秦茱萸约曲解找机会单独见面，曲解高兴地答应了。

10

夜晚，翡翠巷6号，广德集团总部袁若德办公室。

袁若德把自己关在办公室内思考了一夜。

剥离德行物流，近期可套现救急，解决毛织厂流动资金，中期可落实德立技术第二期投资，远期还是追踪机械自动化、数字化科技前沿，掌握相关的哪怕是一鳞半爪的核心技术。

与女儿关系紧张，家庭内部闹得很僵，袁若德心情差到极点。

女儿是肯定要迁就的，这个绝无弹性。自有技术、核心技术的追求也不可变，这是他及其麾下广德认准的发展方向。

袁若德寻思着，追求技术尤其核心技术艰难曲折，多个因素不可测，各因素相互间的作用力不可测，结果也不可测。但做机械制造这一行，没有技术就没有路，有路也是窄路。仰人鼻息的路必定越走越窄，靠别人的技术更是走不远。我老袁在业内摸爬滚打几十年，硬是明白了这个理儿，所以值得搏一搏。做厂子，千百号人马，尽可能有策略些，不要碰得头破血流，当是应有之义，但要铁心，要死心塌地，破釜沉舟，不怕死去活来几回。

他必须重新进行战略思考，另寻对策。其实，能想到的办法都想了，能出手的动作都出手了，特别是R31等几项数控专利技术的"有偿使用"，解决了部分资金，为毛织厂解困救急发挥了很好的作用。但从长远看仍属杯水车薪。更严重的是，从下个月起，银行将冻结毛织厂部分资金，流动资金是工厂的生命线。怎么办？

受毛织厂拖累，广德集团现金流也日益吃紧。集团曾多方采取措施，毛织厂得以苟活了一阵，最终还是未能解除资金链断裂危机，这个很致命。如果找不到其他办法，毛织厂就真的山穷水尽了。这意味着广德集团最近十年是白干的，越干越亏，白白赔掉一个厂。

马赛鹰曾提议：凭借广德多年积淀的良好信誉，尤其是没有任何不良信贷记录，此时由集团出面，加大杠杆，是容易做到的。此方案遭袁若德否决。尹擎亦提出动用"后备金"，帮毛织厂渡过难关，也遭袁若德否决，他说不到山穷水尽，决不动用"后备金"。"后备金"不只保业，也是保命。

动脑筋动得太深，忘记了时间。袁若德在办公室思考了一夜，壮士断腕的想法逐渐清晰。天蒙蒙亮时，想法趋于成熟，他拿定主意——将德行物流剥离出去，让其独立发展。

这时有人轻轻敲门。

请进。袁若德应了一声，头也没抬。忽觉脚步声熟悉，猛地仰起面庞，见是尹擎：回来了？

尹擎手拎饭盒：嗯，后半夜到的。一路顺利，亲家母和兴兴平安到家，祖孙俩很开心。老家那边大体安顿好了，您放心。您又一宿没睡吧？吃早餐了。

尹擎说着，将饭盒一层层打开，小米粥冒着热气。

袁若德好像饿了，抓起一个包子，狠狠咬上一大口，美滋滋地吃起来，顺手又把小米粥端在手上。

尹擎咧开嘴笑：袁董，托您福，紫岚身体恢复得很快，她老想来河埔当面感谢您，说过几次了。她姐说您忙，不让她来。

袁若德抬眼看着尹擎：当初她想走，你们不让人家走，现在她想来，你们不让人家来。

尹擎抑制不住激动：我替她感谢老板了！

袁若德顿觉释怀。整夜面孔板得铁紧，这时露出一丝笑容：紫岚年轻，体质好，自有造化。

11

上午，鹦鹉酒店"粤川家人"贵宾房。

包乐驾驶宾利来到德立技术楼下。秦茱萸如约等在门口，三步并作两步钻进车里，包乐驾车风驰电掣般开往鹦鹉酒店。

进入"粤川家人"贵宾房，陈可铭、陈可元兄妹已经端坐在此。

秦茱萸劈头即问：何事这么隆重？杰叔他老人家可好？

陈可铭：他挺好！今天，我和我妹受我爸嘱托，代表他老人家与你谋面，恭请你加盟方杰，让咱们成为真正的一家人。

原来如此。秦茱萸大体上也猜到了，淡然一笑。

待秦茱萸落座，陈可铭拿出文件袋，从中抽出一份精心起草和印制的《秦茱萸加盟方杰集团协议书》，附带一份《入职合同》，递给秦茱萸：这是在我爸授意下直接对你发出的招贤令。

秦茱萸郑重其事地伸双手接过文件，低头认真阅看。

文件主要内容有三：一是秦茱萸加盟方式，包括持技术干股、做合伙人、法人或董事、股东等，由本人任选，形式不拘，完全遵从其个人意愿，支持其个人利益最大化。二是方杰拟设置"茱萸领航基金"，由秦茱萸实际掌控，实现资本和技术对接。三是方杰将建顶级实验室，百分之百交付秦茱萸主持。

文本最后还有一个条款附加：方杰求贤若渴，敬重科技大咖，对秦茱萸博士团队成员无任欢迎，鼓励更大范围的引荐，引荐成功将论功行赏；方杰专设项目经费，以才设岗，设课题组，支持和保护专家的专业研发方向及研发成果，全方位提供发挥专家专业专长的优良环境和事业平台。

文件内容简洁明了，表述清晰，秦茱萸几分钟内就看完了。

陈可铭：阿萸，一直以来，方杰都想为你建立基金。为恭候你（含团队）加盟，方杰集团表达了最高规格的尊崇，拿出超级诚意，赋予最大礼遇。

陈可元：秦哥，你及团队不是矢志于寻求颠覆性创新吗？不是专注于研发突破性应用技术吗？方杰成全你。不管从哪个角度讲，方杰都更适合你和你的团队，更有利于成就你的事业。

秦茱萸一脸严肃：曲解完全可以领衔你们的顶级实验室。

陈可铭同样严肃：今天不谈曲解。我爸的意思是，咱们若能谈妥并达成一致，最好今天签署文件。接下来，我爸还有新的考虑和安排，比如他要亲自会见你、与你深谈等等。

见秦茱萸沉默不语，陈可铭补充说：你先权衡一下，不能立马答复也不要紧，我们有足够的耐心，期盼和等待你的到来。

秦茱萸言辞恳切：多谢杰叔！杰叔提携后辈一向不惜代价，阿萸万分荣幸！但脱离广德不现实，没有可行性。对不起了！

陈可元睁大两眼：这么说，你不动心？你不打算挪窝？

陈可铭语气平缓：阿萸，方杰十年前即名列河埔市50强（指综合经济实力），更是全市首批达到百亿体量的企业，现已跻身全省50强。广德呢，直到去年才进入河埔市100强，与方杰显然不在同一个等量级，你搞技术研发所需的任何工作条件方杰都优于广德，方杰的实验室更是广德无法比肩。阿萸，好鸟择良木而栖。来方杰吧！这对你及团队手头正处于研发关键期的项目，也是很好的保护和推动。从长远发展看，你与方杰才是天作之合。

秦茱萸：铭兄，小元，我明白你们的意思。我一向敬重方杰，对方杰的综合实力和发展前景从无任何质疑，我这辈子都为方杰而骄傲——这是加盟方杰与否都不可改变的。

陈可元：我爸说，方杰只认秦荣萸，大门只对你洞开。

秦荣萸顿住，喉结滚动，语气艰涩，但还是老实直白地说：我进入广德的时间不长，但很认同它，任何理由离开它都不合适。实际上，我及团队对广德依存度很高，正全力以赴做手头项目。

陈可铭揭穿：阿萸，如果我没记错的话，你在美国洛杉矶机场打电话给我时说过，你回国的第一步，是以广德作为跳板……

秦荣萸：我承认，最初回来确实抱着以广德为跳板的念头，没有长期滞留的打算。但后来与老板袁若德交往，发现对方人不错，跳板念头也就打消了，铁心留下来。我觉得，双方信念趋同目标一致的话，是可以同荣辱，共命运的。

当初，袁若德在双方并不十分了解、合作尚未敲定的情况下，单纯为他秦荣萸的技术课题解急救难，毅然拿出200万美元。在遥远的异国他乡，这件事远非雪中送炭可形容，它是救命钱。对秦荣萸这群吃技术饭、拿技术当命根子的人来说，救技术就是救命。这件事他从未挂在嘴上，却是刻骨铭心。袁若德是个珍惜技术人才和技术成果的人。与这样一个人为伍，夫复何求？

陈可元心里酸溜溜的，说话阴阳怪气，乃至发出灵魂之问：袁若德的人格魅力吸引你了？你与他发展到同进退共生死程度了？你与袁若德的契合度，比与我的契合度还高吗？

秦荣萸垂着脑袋，无言以对。

陈可铭吐露机密：我可以明确告诉你，广德日子不好过，眼下面临资金短缺危机，与资金链断裂只隔一层纸。在今后相当长的时期内，这一局面无法破解。弄得好，广德挣扎于生死一线成为常态；弄得不好，广德分分钟可能破产倒闭。

秦荣萸结结实实吓了一跳：什么？广德资金链要断裂？

陈可铭、陈可元不约而同冲秦荣萸认真点头。

陈可元：当然，咸鱼也可以翻身，那就是大资金注入。

陈可铭补刀：别说大资金，小资金也没可能青睐广德这样的传统企业。如今大小资金一窝蜂地向新兴互联网公司倾斜。广德若要绝路逢生，可以加杠杆，这个就看他们与银行的关系渊源了。

陈可元再补刀：广德是买得起马，配不起鞍，实力支撑不起野心。袁家大小姐袁仁美，广德二号人物，一向不看好且非常排斥你及你的团队，这一点你没感觉吗？她认定德立技术是"吞金兽"，势必拖垮广德。袁氏父女为此闹得不和，关系紧张。

秦茱萸神情错愕，内心深感意外和不安。这几个重磅信息犹如重磅炸弹，炸得他如闻天方夜谭。他使劲儿眨眼，尽力平复心情，恍惚间突然想起什么，慢吞吞地说：资金链的事情我不清楚，但广德对德立技术的二期投资是按计划落实到位的，一天也没耽搁呀！这个是我经手的，铁板钉钉……

陈可铭和陈可元互看一眼，稍觉意外。陈可铭笑道：业界有些动作，是做给人看的。假亦真时真亦假，不足为奇。

秦茱萸点点头：广德资金不宽裕，这个能感觉到。我的实验室亟须一台欧洲纯进口顶级实验设备，早就看好了货，也列入购买清单，但价格昂贵，至今未买。

陈可元嘴快：那设备多少钱？

秦茱萸瞥她一眼，心想吓退她算了，苦笑着报了个数：那套实验设备总价匡算1.7亿元。嘿嘿，我说的是人民币。

1.7亿元？陈可元条件反射般睁大了眼睛，进而想到，秦茱萸对数控机床有着近乎疯狂的痴迷、缠绕。他手上若没有压箱底儿的绝活——技术研发项目，断不可能瞄上这么高精尖的实验设备！她不敢断定他是稀世之才，不敢断定他的研发项目有多大价值，但她相信自己的直觉——他不可多得！他的研究方向或将照亮机械制造业的迭代升级之路。迭代升级无止境，1.7亿元湿湿碎。

秦茱萸逗她：你愣什么呀？我没说叫你买。

陈可元回过神来，笑逐颜开：我没说要买。

陈可铭：坦率地说，你若真心为广德着想，可以用你的方式最后再撑广德一把，那就是率队离开广德，为其减负。

秦荣荑眨眨眼：这是叫我以背叛的方式撑广德一把了。

陈可元为大哥帮腔：背叛谈不上，换个战壕而已。分久必合，合久必分，三十年河东，三十年河西。识时务者为俊杰。如今情势是，广德江河日下，方杰欣欣向荣。

陈可铭立刻接住话头：小元说得对，你离开广德是为广德好。实话跟你说，资金链断裂是很要命的事，广德危如累卵。你是搞技术的，不必当苦行僧。好鸟择良木而栖嘛！

秦荣荑面现苦涩的笑容。仔细回想，近期以来是流露出一些蛛丝马迹，表明梁仁良的不良举止重创广德，但他坚信袁若德的方向选择没有错。为轻松一下气氛，他有意岔开话题：铭兄，要是换个角度，不讲经济实力单讲感情的话，两大集团都是良心企业，各有千秋，不差累黍。

陈可铭眨眨眼，意味深长：以前也许是，现在不是了。阿荑，讲到感情，小元对你是认真的。以她之真情，难道不可以增添方杰筹码，使你的天平朝方杰倾斜吗？

这话又把秦荣荑"将"住了，他尴尬一阵，脸上硬挤出笑容：业界有个行话叫先到先得。我进入广德，在小元的"真情"之前。

这话令陈氏兄妹犯噎，强烈感觉话不投机。秦荣荑对广德困境并不认可，也没有回心转意掉头东（加盟方杰）的打算。屋内气氛僵硬，起先的亲切劲儿一点点消失。陈可铭极度失望，下意识地垂下脑袋。他头一回发觉秦荣荑变了，变得这么一根筋！这么不念旧情！回去如何向父亲交差？

陈可元心揣小兔般七上八下，她体谅秦荣荑，又不愿违背老爸，两难之间难掩失落。她强打精神，向秦荣荑发问，直刺心灵：脱离广德这件事，你是做不到还是不愿做？

秦荣荑低头寻思，沉默好一阵。

陈可元殷切补充：假如你做不到，我们可以帮你，包括扫清外围障碍，你欠广德的，方杰帮你赎回，不论范围多广程度多深。假如你不愿做，我们有理由刨根究底问个为什么。

秦荼荑坐不住，站了起来：不用刨根究底，我把"底"亮出来好了——我留在广德是无条件的，与其他要素无关。当然也与你们——我的发小、同学、乡邻以及我的至亲至爱——无关。我倒有个设想，小元可以在适当时候考虑加盟德立技术。

陈可铭大为惊讶，心说真是匪夷所思，怕什么来什么！老爸陈豪杰给出"大门洞开，不入不嫁"八字原则，意思是秦荼荑不加入方杰，小元就没理由嫁给他。实质上是不能容忍秦荼荑把小元"拐"走，特别是"拐"入广德。

秦荼荑站在那里，兴致勃勃：铭兄你不知道吧？小元几次三番向广德伸援手，功不可没，她在广德深得人心、口碑爆棚哦！广德上下提起她，无人不伸大拇指，还有人捧她为"国民初恋"呢。小元冰雪聪明，又是学机械的，德立技术正是用武之地。

陈可元内心窃喜，这是秦荼荑就婚姻这一敏感话题首次吐露心声，此前他总是刻意回避。说一千道一万，婚配嫁娶就行！这是她陈可元的底牌。她笑盈盈地说：你站着干吗？坐呗！

秦荼荑冲陈可元耸耸肩，坐了下来。

陈可元：你娶我是为了让我到德立呀？

秦荼荑：你跟我不到德立到哪儿？

陈可铭狠狠斜瞪陈可元一眼，意思是轻率！谈婚论嫁老爸批准啦？这不应了老话，偷鸡不成蚀把米吗？陈可铭知道秦荼荑的话有戏谑成分，不必当真，但小元是真心求嫁！他觉得虐心，懊丧不已，眉头拧得铁紧。猛一抬眼，瞥见秦荼荑和陈可元四目相对，互递秋波，简直是……当着他的面搞琴瑟和鸣！他猛地挥手，像赶苍蝇似的驱离这一话题：此事不成立，不必做此幻想！

陈可铭清清喉咙，端出总裁架势，说话一板一眼，最后祭出力度空前的大杀器：阿荑，我爸说，陈氏乐见有情人终成眷属，将与你加盟方杰同步，重金嫁女迎婿。我爸还说，方杰集团将由陈可铭、陈可期、陈可元三对伉俪三分天下，不偏不倚。

听了这话，秦茱萸再次起身——他那副水泼不进的金刚不坏身此时变得柔软——无比郑重地向陈可铭、陈可元兄妹行90度深鞠躬。陈氏兄妹不约而同睁大眼睛，定定地看着秦茱萸，目光呆滞——像等待宣判似的。

秦茱萸面色平静，语气委婉：如果我觊觎财富，我们之间就没有朋友做了，这是我头一个意思。第二个意思，老话说精诚所至金石为开，我内心深受震动，深受感动。然而，我本顽石臭劣硬，只配被一脚踢开，不配陈氏抬举和器重！在我身上费心费力冤死了！我替你们不值，到此为止吧。

秦茱萸重新坐下，感觉好像意犹未尽，补充说：请转告杰叔，他老人家的大恩大德，方杰的深情厚谊，以及你们兄妹的掏心掏肺，我都心领了，感激不尽！永生难忘！眼下无以为报，未来效力有期。唯愿以后有机会涌泉相报。

话是好听话，但绝望情绪不可抑制地在陈可铭心里弥漫开来，他不由冷笑：你是不是觉得方杰庙小，加盟方杰委屈了？你是不是觉得曲解在方杰，你不好加盟方杰与她共事了……

秦茱萸诚惶诚恐：不是不是！铭兄，都不是！绝对不是！

陈可元心情复杂，眼里透着无奈和不甘：那是什么？

秦茱萸：我做不到与广德切割。这个决非戏言。

这态度够绝！陈可铭与陈可元对视，万分沮丧。

秦茱萸向兄妹俩行捣手礼：承蒙陈氏抬爱，有拂二位错爱，秦某惭愧万分！无地自容！万望铭兄和元妹包容海涵。

秦茱萸不忍心看着兄妹俩铩羽而归，再次提及一条高端人才线索，即项清楚博士，目前在德国。他特意强调：我将亲自与项清楚联络，游说他回国，加盟方杰。

12

夜晚，七仙女温泉酒店"山中山仙池"。

袁若德等四条汉子同泡温泉，意味着有大事协商。

袁若德将广德现状，尤其是梁仁良抵押毛织厂导致的后患，逐一详述分析后，主张壮士断腕，剥离物流公司。

袁若德含蓄地说了自己的想法：一直以来，德行物流都是广德集团的优质资产、盈利大户，割它比割肉还痛。但集团转型需要资金，做不到两全其美。阿蔷，请你体谅。

所有人都把目光聚焦在袁若德脸上。袁若德态度平和，语气中肯：阿蔷，你独立出去吧！德行物流由你买断……

瞬间愣怔之后，高蔷大摇其头：不不不……我不独立！

几个人心情复杂，坐在水池中纹丝不动。

高蔷不同意，使劲儿推辞，头摇得像拨浪鼓：做不了做不了！做不了掌舵人！我还不清楚吗？我高蔷天生不是那块料！

袁若德语带调侃：你没做过，怎么断定自己不是那块料？你肯做，就是那块料。凭你高蔷，还能不做它个风生水起？

高蔷很固执，态度坚决：是不是那块料，我都不做！

高蔷急了：老板，你搞剥离，剥别人好了，别剥我呀！谁愿做谁做，我不做！别推我！别把我往外踢！

高蔷黑了脸，吐出重话：我高蔷就是块黏皮糖，只会黏人！掰扯不开的！就是死也死在广德，死在袁董手下。

黎锦官：呸呸呸！不吉利，快把那臭狗屎（死）吐掉！

高蔷很听话，冲池外"呸呸呸"一阵猛吐，然后坐下来，装笑：这么干净的水，我哪舍得拉屎嘛！

黎锦官想活跃气氛，语气调侃，但他的话没把任何人逗笑：人是擅伪装动物，会装笑，也会装哭；会装死，也会装活。明明活不下去了，生不如死了，还装着活得来劲。明明活得来劲，还装着生无可恋。

高蓓补充：袁董如对我不满意，可以另请高人来主持德行物流，我裸退！我还懒得当"一把"呢，在集团给我分配个工作就行。

袁若德笑了：我对你不是不满意，是太满意了！德行物流是广德的盈利大户！你高蓓是广德的中流砥柱！

高蓓梗着脖子：那您收回成命，别打物流的主意了！

13

上午，佳杰五金厂副厂长何青黛办公室及陈可元车内。

早上刚上班，何青黛躲在办公室给武孔发微信，一句"武老板有空么"还没发出去，门外一丁点儿响动也没有，突然直溜溜地撞进个人来，直冲到何青黛鼻子尖。何青黛大惊失色，只差没有尖叫，两眼瞪得溜圆：哟！打劫呀这是？

陈可元冲何青黛匆匆说了句"跟我走"，旋即闪出门外。

何青黛来不及问去哪儿，三步并作两步跟了出去，上了陈可元的"黑虎"，才顾得上嘀咕：哪里失火了？

陈可元发动车子，顺手把一个牛皮纸文件袋扔给何青黛，何青黛一看：耶，又叫我陪你去见钱万！我看那小子线索有限。

陈可元语带讽刺：上班就关门，你八成又干坏事了。

何青黛狡辩：没干坏事啊！嘿嘿，当然也没干好事。

陈可元瞥一眼何青黛手机：不就发个"亲爱的早上好"吗？还要关门？以为人家武孔也像你一样，上班就黏糊啊？

这话正说到何青黛痛处，立马一脸的鸟气：自从元老你官宣，"武孔梯队"整体调离佳杰五金机械，进入方正电梯，姓武的那小子就蹬鼻子上脸了，跟我说话眼睛往上翻，好像他官升几品似的，我正寻思怎么收拾他呢！

陈可元冷笑：你心神不宁，原来为这个？

何青黛：这还不严重？

陈可元打官腔：还有更严重的，祝贺你！佳杰五金上报的人事安排意见，董事会批准了，正式任命何青黛为佳杰五金常务副总经理（常务副厂长）。我将择日在全厂宣布一下。

真的？何青黛条件反射：多谢董事会信任！多谢大老板（陈豪杰）赏识！多谢可铭总裁！多谢元老你……

陈可元：佳杰正式交给你了，你拳打脚踢，好好干就是。

有时候，好消息太好，能把人砸晕。何青黛难掩兴奋和激动，拼命压抑着，扭捏一阵，故作矜持：元老，短期内，我可是连升两级哟！有裙带关系味道，我怕人家不服。

陈可元：你干得好，人家自然服，这有啥好说的。再者，你哪里连升两级？之前你就是副总级别，来佳杰当副总那是平调。

恍若真的官袍加身，何青黛禁不住装腔作势起来：我太幸运了！回头我叫武孔请客，咱仨去撮顿大餐。

陈可元讥讽：撮大餐？便宜得你！以后够你忙的，估计连小餐也没空对付。你可别出岔子！弄不好让人看我笑话。

何青黛：哪能呢元老！有我在，你没任何笑话给人看。

陈可元：光你在不行，还得武孔在。

何青黛：我说"有我在"就包括武孔，他么，我的附属物。

陈可元"扑哧"而笑：在我这儿嘴硬！你就装吧。也好，哪天约上武孔，让我这个红娘一举宰俩，爽它一回！

何青黛：那我借杆往上爬——爽一百回也行！

陈可元目视前方，一脸严肃：方正电梯拟分批组织员工进行岗前精准培训，目前规划了四期。集团培训基地（原架给你厂）仍在建，所以将第一期培训地点暂定在佳杰五金。

何青黛脸上笑容倏地消失：方正在我厂搞员工培训？他们真会找地方！他们就是喜欢借鸡生蛋！谁负责？

陈可元：你呗！你的地盘，你让谁负责？除了住宿和师资由方正自行解决外，其他工作全部交由佳杰五金承担。你上任后立马接手这件事，做好相应的筹备、组织和服务工作。先后有几百人呢，吃喝拉撒事不少，要与方正通力配合。同时，你心里要有方杰这个大局，要有一盘棋的思路。总之，佳杰五金这一块今后由你说了算，官话说由你全权负责运作。

何青黛郑重点头：放心！我会竭尽绵薄为你分担。

车至一个街口戛然而停。钱万如约等在那里。陈可元摇下车窗。钱万嘴上像抹了蜜：美女老板驾到！万能猎蓬荜生辉！

陈可元嫌他啰唆，冲他喊：你上车。

钱万熟练而又迅速地钻进车后排，甫一坐定，车即开出。

何青黛秉承陈可元授意，将一个牛皮纸文件袋递给钱万：你收好！这是一单国际业务。

钱万打开文件袋，只看一眼即大惊小怪：哎呀！你们也找项清楚？怎么都在找项清楚？

轮到陈可元和何青黛诧异了：你认识项清楚？

钱万：认识他的人多啦！包括我，只是他不认识我而已。像他这样的业界大咖，大名如雷，找他、挖他的人多了去啦！你们现在才去找，怕是有点晚……确实晚了！我不敢保证他目前仍处于自由身状态。

何青黛这才知道，所谓"国际业务"，是陈可元依据秦茱萸给出的线索，欲从境外引进一个数控机械和计算机专业复合型人才，顶级专家，业界权威，知名大珈，名叫项清楚。此前已通过其他渠道"猎聘"，怕把握不大，又找上钱万，图个"双保险"。

对这样一个送上门的揽才大单，钱万本应狂喜，但当他从何青黛手中接过项清楚的相关资料，忽变缩头乌龟，想打退堂鼓。

陈可元撇嘴，对钱万这样的职业油子很反感，不强调难处就难索高价。她正色道：不晚不晚！我打听过了，他人在德国，回国事宜仍在计划中。当然你要抓紧，立即派人赴德。与项清楚接触，直接说是秦茱萸博士引荐的，想必项清楚会认真考虑。

钱万拼命抑制兴奋，压低嗓门儿：大牛！正宗行业大牛……实话告诉你，千载难逢，不二之选！真的，我不知陈老板你从哪儿搞到他的信息，更不知陈老板你竟然撞上如此大运……

陈可元斜睨他一眼，假装疑惑：多大的牛啊？

钱万信誓旦旦：绝对顶级！绝对原版！绝对抢手！要不是陈老板你撞了大运，有钱也找不到，找得着也请不到！

陈可元：我相信老话，重金之下必有勇夫。这单你不做，或没有把握做成，我这就去找别的猎头公司，咱们互不耽误。

钱万立刻咧开嘴笑，笑得比哭还难看。

钱万急赤白脸：看在陈老板你待我不薄的份儿上，我才百分之百向你透露实情，与佣金无关，你随时可以撤单啊。我并不是非要接这个单，因为不好做。项清楚这个人，业界享有盛誉，货真价实——哦，不能这么说，应该是名副其实。陈老板，要不要随你，你只要说个不字，下一分钟就要不到了。

陈可元低眉垂眼看着地面，脑袋瓜儿紧急打着转儿。约莫两分钟后抬头，用赌一把的眼神看着钱万：我没说撤单。

钱万：陈老板这么重视，我亲自赴德好了。不过……

陈可元并不信赖，语带贬损：不过什么？有困难吗？

钱万：困难大把呀！人家巨头出价，眼都不带眨的！方杰的价码……怕是难得与人家媲美，仅凭我三寸不烂之舌……

陈可元：这个你不用管。你只运用你的专业，做你的事。

钱万"吭哧"着，遮遮掩掩：嗯，不大好弄……

陈可元一眼看穿他本意：我再信你一回无妨。佣金方面，比此前多一倍。这么重要一个揽才大单——从境外挖回业内顶级专家项清楚，你务必保证，绝对不能走宝！

钱万脑袋瓜灵光，条件反射般意识到，哇噻！这个项清楚，身价比周佛礼高，连带着佣金也高！这单超划算。他经不起佣金诱惑，不吭哧不磨叽了，口齿清晰：我立马订机票，全力以赴。

陈可元点点头。钱万识趣地赶紧下车。

陈可元打着火，发动车子，正待踩油门，钱万刹那间又反悔了，变卦了！他猛然伸手扒住车门，一脸为难样子：陈老板，这事我当使尽浑身解数，但打不了包票哦！有几家独角兽企业早就盯上他了，真的！其中包括跨国公司、国际巨头，他们之间签订协议没有还是未知数……总之我得去跟人家抢！抢不抢得过人家，只能听天由命了！这事儿，老实说我打不了包票……

陈可元厉声截断：跟我打交道必须打包票！即便已签协议，你也要把它废掉！不管协议方是何种角色，你也要把他摆平。不然找你干吗？叫你听天由命？我刚才不是说了佣金两倍吗？

钱万愣了愣，还是一脸苦逼相，好像叫他去挖祖坟似的。

陈可元火了：三倍！听清楚没有……三倍佣金！

钱万犯了选择性耳聋，只听见三倍。没听见别的，激动得嗓音颤抖：好好好！陈老板牛！你太太太……太牛了！我钱万拼了！不搞到项清楚我无颜见你！我决不能……不不不能失信于你！

陈可元破天荒地给钱万戴高帽：牛的是你钱大侦探！万能猎大神！相信你能把项清楚弄到手！决不失手。

陈可元求才心切，不惜血本，给钱万三倍佣金（比之引进周佛礼）。重金之下，钱万手拍胸脯打了包票。

不知道钱万紧扒车门的手是他自己下意识松开的，还是何青黛按键并关拉车门甩掉的，黑虎呼啸而去。

14

夜晚，七仙女温泉酒店休息室。

袁若德：需要钱的时候，钱是硬道理。

马赛鹰幽了一默：有不需要钱的时候么？

众人互看一眼，会心而笑，没有不需要钱的时候。

黎锦官调侃：袁董意思是，感情是软道理。

马赛鹰：感情这个软道理，要向钱这个硬道理让步。

黎锦官笑道：可不！挟钱天子，令感情诸侯。

袁若德补充：既然是硬道理，我们考虑任何问题都得以它为前提，以它为纲，纲举目张。广德目前的处境证明一条真理，企业需要钱像人需要钱一样，吃饭睡觉拉屎放屁全天候。

为帮助高蔷，袁若德说服黎锦官做高蔷副手。

袁若德：如果资金方面有困难，你可以联合几名高管集体参股，设立核心股东。

高蔷低着头，眼也不抬：不是资金问题。广德未来怎样，我没能力预判，但人我会认，我只认我老板，就是你袁若德。

马赛鹰帮腔：是啊，剥离德行物流恐怕是下策。

黎锦官：阿德，要不重新考虑一下？高蔷、赛鹰和我还是跟着你干，咱哥几个打江山就在一起，现在企业做大了，怎好分开呀！

袁若德手扶额头，沉吟片刻：阿蔷你牵头，你控股，我和官叔、阿鹰都私人参股，你看怎么样？

马赛鹰：这办法好。企业结构变了，人还是在一起。

几个人商量着商量着，气氛就不对了，高蔷想起当年落魄时，袁若德仗义相救，借钱给他，还手把手帮他，他得以重整旗鼓，把濒临倒闭的物流公司拉出泥潭。那时他就在内心深处咬死一条：这辈子只认袁若德！此后，他名下的物流公司"傍"上广德这艘大船，从"三五个人七八条枪"做成一个中型企业，实现跨越式发展，他个人也才有今天。

往事历历在目，高蔷两眼湿润，脑袋垂得很低。他知道在座的几个人都眼巴巴地看着自己，等着自己表态。他强行保持镇静，清清喉咙，嗓音"刺喇喇"的：集团需要钱，我理解。出让物流公司，我同意。但我高蔷打死不独立！物流公司出让给别人吧，别考虑我。

屋子里安静得可怕，人人心头发沉。

大家都体谅袁若德，其实最痛心的是他本人。若非万般无奈，他决不会走剥离德行物流这一步。

马赛鹰想出好办法：要不这样，阿蔷你先做，以三年为限，三年后集团挺过这一关，你再把德行物流带回来！

高蔷表示自己一人罩不住，需要帮手。袁若德提出：官叔为人忠厚，做事沉稳踏实，经验丰富，给你当副手吧！

黎锦官：为广德分忧，义不容辞。一辈子如此，这次也不例外。我跟高蔷一起干。把德行物流养得肥肥的，再回来就是了。

黎锦官、马赛鹰与高蔷互动，告知真相：真的是暂时的，协助集团套现而已。

经过痛苦思考，高蔷同意牵头买断德行物流。马赛鹰表示，他将联络祝业祺等人利用个人贷款，购买德行物流股份。高蔷心里踏实多了：几个知根知底的老伙计倾其所有，利益绑定，自己还心虚个啥？定要放手搏一回。

高蔷流着泪说：待我财大气粗荣归故里！广德是我故里！

最好的支持、最大的信赖、最铁的关系是利益绑定。利益绑定比人生各种形式之绑定（比如婚姻绑定）靠谱得多。在座四条汉子对此心照不宣，这是在商界打拼多年的切身体验。

事是好事，话是好话，却觉胸口憋闷梗堵。

15

夜晚，沉香街27号，陈可元家。

陈可元穿着睡衣从卫生间出来，睡眼迷离，手机铃响。

何青黛打来的，腔调柔软：睡啦？

陈可元：差一点。你什么情况？说吧，短平快！

何青黛没头没脑冒出一句：关心下属，是领头羊必备素养。

陈可元没好气：关心个屁！武孔回来了，轮得着我吗？

何青黛声线温柔：帮人帮到底，最后一公里。

陈可元明白了，这是催她出面张罗摆喜酒呢！故意刺她：没说不摆呀！这两天不正忙嘛，你犯得着一天催三遍？美女，大白天大黑天都在想男人，没羞没臊……

何青黛截断：就算害羞害臊，也不敢贻误人生大事啊！

陈可元讽刺：摆不摆酒的，妨碍你们滚床单啦？

何青黛：哎呀你说点好吧！别这么荤！人家好端端一个黄花大闺女，良家小妹仔，待字闺中，明媒正娶的料……

陈可元眼皮打架：没人拿你当偏房啊！

何青黛：那就更要正宗设宴摆酒啦！在这方面，形式大于内容，彰显"结婚"与"滚床单"的本质区别，含糊不得。任何不受亲朋待见、没有亲朋祝福的男婚女嫁，都会很受伤。

陈可元哈欠连天，没耐心了：好吧，你们头天滚床单，我第二天就摆喜酒嫁闺蜜，高朋满座，我看谁敢不祝福……

何青黛语气殷切：别呀！我良家妇女，不领证决不滚床单。这是我守了27年的光荣底线，固若金汤，不能破。

陈可元"扑哧"而笑：凭你脸皮儿贼厚，谁信你那底线。

何青黛伶牙俐齿：跟你混，脸皮儿薄哪吃得开呀！

我呸！陈可元陡然抬高嗓门儿，气势汹汹：你那脸皮儿天生就厚好不好？不是跟我混厚的好不好？

何青黛：脸皮厚与意志顽强同义，怎么在你眼里如此不堪？

你发情了，荷尔蒙爆棚，别挑逗我！我睡了拜拜……陈可元挂掉电话，关了灯，一头栽到枕头上。

熟料，两分钟不到，何青黛敲门。

陈可元眼皮儿涩重，被迫起身开门，劈头盖脸发牢骚：可怜我一下行不？没见我心力交瘁……你良心大大地坏！

何青黛窃笑撒娇：把你瞌睡赶跑了？不好意思！其实我也不太忍心……说着话，何青黛爬上陈可元的床，摆明有事掰扯架势。

陈可元只好跟着上床，与何青黛并肩倚床头而坐，眼睛半睁半闭，张嘴打着一连串大大的哈欠。

何青黛：武孔那家伙现在变了！热衷浮夸，肠子花花，领证的事绝口不提！只占便宜不落实锤！这狗东西……

陈可元困倦猛袭，两眼紧闭：就为这事气急败坏呀？原来怕人家武孔飞了，怕夜长梦多，瞧你这点儿出息！明天我打电话给他，限期领证，领完证我立马摆酒。

何青黛兴奋：那太好了！有你撑我，那小子敢欺负我就瞎了眼了！他敢乱跑试试，看我不打断他的腿！

陈可元不禁偷笑：武孔能跑出你手掌？你太谦虚了！整天刀子嘴，打断人家腿什么的，唬谁呢？躲在被窝里还不知怎样心疼人家的腿呢！打断岂不更心疼了？

何青黛亢奋：还说我刀子嘴，你榔头棒子斧头嘴好不好？世上只有我知道，实际上你心地善良，做事周到。

陈可元眼神睥睨：这就擦上鞋了？唉，可怜我工作繁忙，身心俱疲，还得为嫁闺蜜操心。

何青黛翻白眼：酒还没摆，你操啥心了？白天你忙，晚上你困，我备受挤兑知道吧？我是谁？你陈可元唯一闺蜜！唯一死忠粉！抓住武孔，无非给你增加一枚死忠粉而已，对我而言，有他没他无关宏旨，谁稀罕他呀！

陈可元趁火打劫：既然这样，你和武孔的所谓"人生大事"随便打发一下算了，摆不摆酒、领不领证都无关宏旨。

何青黛急了：别呀！怎么绕一圈又回到原点了？我和武孔都是你手下悍将，你这个红娘看着办好了。

陈可元弄出爱搭不理的样子：你们自己勾搭上的好不好？我是"被红娘"，顺水推舟而已。你倒赖上我了！

何青黛抬杠："被红娘"也挺占便宜的，免费沾喜气呀！操办喜事心情爽，赠人玫瑰手有余香。

陈可元蹙眉：以前是我催促，现在是你自己急不可耐，搞笑不？前不久还嫌人家武孔这不好那不好，我以为你想掰呢！原来嫌武孔求婚不积极、不及时，叫我在他屁股后面推一把。是不是？天底下哪有你这样儿的，明明急着嫁人，偏说人不好！

何青黛气血饱满，精神头十足：我是急着嫁，但不等于武孔他好啊！老实说，武孔缺陷一大堆，全身都是缺点！他即便不是孬人，也与高富帅相距甚远，与我心目中的男神有天壤之别。我谨不因他或好或孬而选择不嫁而已。遇见他，就是他了。

陈可元睡意蒙眬，敷衍打发：行了，下嫁歪瓜裂枣委屈你了！你择吉日吧，喜酒我来摆。

何青黛喜出望外：君子一言驷马难追！亲爱的，你真好！

陈可元侧脸儿横何青黛一眼，不无感慨：人家是新官上任三把火，你看你，小肚小肠小心眼儿里全是催婚求嫁！你这么喜欢当新娘啊……

何青黛急匆匆表白：我也是新官上任三把火呀！第一把火是走明媒正娶之路，把自己正儿八经嫁出去。换言之，求嫁正是我新官上任第一把火。

陈可元张口结舌：你这……这是什么火？

何青黛嘴巴甜得像抹了蜜，唱歌似的说：爱情之火呗！还能是什么火。世上只有纯洁的爱情之火才是圣火。

陈可元讪笑：你啥时候变身纯情美少女，相信爱情并且爱情至上了？还"圣火"呢，谁新官上任烧圣火？

何青黛语气老到：圣火就是爱火，新官旧官都可以烧呀！当然，本纯情美少女不见得相信什么爱情，但我相信借力，相信"以爱借力"，借天道助人力。

陈可元揭穿："以爱借力"？听上去倒是蛮好听的，但又是啥新东西呢？说穿了还不是利用吗？

何青黛：借力包含利用成分，但"利用"本身不是贬义词。

陈可元恍悟：哦，你想洞房花烛夜、加薪晋职，两者同步，兼而有之，对不对？你可不"火"了吗？还真"火"啦你！那好，你"火"你的，别绑架我。

何青黛一本正经：给闺蜜的美梦加把火，是你的义务！再者，你闺蜜风光出嫁，你脸上有光，我这不给你长脸来着？

陈可元侧脸儿瞥何青黛一眼：你第二把火是早生贵子？

何青黛急赤白脸：不是不是！没那么俗。我的第二把火，是把方正电梯员工的岗前培训搞好。岗前培训分线上线下，双管齐下，我更倾向于线上，目前计划是线上占60%。

陈可元点头：你终于顾得上正经事啦！给你说啊，方正电梯员工的岗前培训非常重要，你一定要重视，一定要搞好。

我的三把火全是正经事！何青黛抢着分辩，郑重承诺：第二把火是中心之火，重中之重，我会把它烧得旺旺的。

陈可元横何青黛一眼，然后将后脑勺对着她，哈欠连天。

何青黛刻意压低了嗓门儿，但语气中有激昂意味，像发表就职演说：我的第三把火是广谱催婚催嫁。厂里现有近百名适龄（包括大龄）女工，都在我最近列出的黑名单上，我要把她们一个一个地移入红名单。第三把火与第二把火呈正相关性，相辅相成。我将利用方正电梯在佳杰五金进行员工岗前培训的机会，大肆联谊联动，牵线搭桥，推动沟通，扩展人脉，建立一种动力机制。

陈可元没了睡意，也不打哈欠了：慢点！什么动力机制？

何青黛口若悬河：爱情是动力是源泉，也是鼓舞人心的东西——这是我眼中的软性金刚钻。一个人没有动力源泉，精神头就不足，气血就不旺，生命就因缺乏滋润而显得干瘪，鲜少张力。一个厂没有动力源泉，就没有向心力，就拢不住人心，拢不住队伍，也就治不了厂。总之，没有动力源泉，再大的火也经不住时间湮灭，只会快速熄火！

陈可元耷拉着眼皮儿，不吱声，意思是叫何青黛接着说。

何青黛：像我这样不愁面包又积极求嫁者，才是标准的当代女性精英。新上任的老总新婚燕尔派喜糖，这是一把多么喜庆的"狗粮"！堪称正能量示范！佳杰五金由我主事，我大肆主张全厂适龄女工好好嫁人，择良木而栖；好好育仔，为后人搭建良木梯子。

陈可元下意识地点头，复述中医名言：正气存内邪不可干。

何青黛刹不住话头，照自己的思路侃侃而谈：我不会坐视大龄女工单着，我要亲自张罗，撒网揽婚，催婚催嫁。我主事的佳杰五金将营造什么景象呢？那就是青年男工女工群贤毕至，成群结队，"喜事"连连不断。工作时间内，车间和厂区倒是没有欢声笑语，但人们内心是喜乐的，干活是有劲道的，工作和生活目标是明确的。啥叫"心里美"？不就是爱和被爱滋润吗？缺失这种滋润，那还美个屁呀！我抓生产经营只会搞我自己的一套，上述路子就是辅助性法宝之一。当然，你要做典型推广，我是不反对的。

陈可元：上任几小时零几分，板凳没坐热，我就推广你？

何青黛难掩得意之色：你不推广我是你的损失，我独家独享一骑绝尘岂不更好？现在时兴"独角兽"。

陈可元："独角兽"是自称的？没有市场标准的？那好，自大自负，自吹自擂，自我标榜，你继续！

何青黛不遑多让，当真"继续"：结婚生仔，是一种广谱幸福，这种幸福无与伦比。有人因为它门槛低、太传统和不时髦而看不起它，乐于在这方面搞旁门左道、玩花样，到头来得不偿失。家中有了小生命，成长是看得见的，每天有意无意都在看。小生命的生机活力，以及纯真无邪美好向善，就是反馈给大生命、老生命的一种生命养分。换句话说，孕育小生命者，享有小生命反馈的生命营养。一个家庭没有后代，没有小生命，成长性为零，衰败性为百分之百。没有延续，没有可持续，是很悲哀的事情。

陈可元双目半闭，缄默无语，但还是竖着耳朵。

何青黛滔滔不绝：男大当婚女大当嫁是朴素真理。几千年的古老传统，正是几千年的古老智慧！古老学问！世世代代口耳相传，千年不竭！它历经几千年的逻辑传承和文明演绎，形成传统文化，具有灯塔意义和巨大能量，指引和护佑人类绵延发展，生生不息。有人怕嫁不好，怕遇人不淑，从而选择不嫁，这是很可悲的。当然，选择不嫁有各种各样的动机初衷，各种各样的复杂情况，其中的是非曲直断难尽述，无可厚非。但从本质上说，不嫁是反文化的，反人性的，既不利人（家人亲人）也不利己。没有什么比不嫁更愚蠢、更悲催的事了。要我说就仨字儿：何苦呢？

陈可元：好家伙，满腹经纶啊！以前从没发现你懂哲学、懂社会心理学。你在我这儿吹牛装蒜充大，没有奖金拿。

何青黛：凭我，犯得着充大吗？现在跟你讨论的不过九牛一毛，冰山一角。刚才说到哪儿了？哦，我个人觉得，晚嫁不如早嫁，因为晚嫁被动，容易嫁不好，而天底下没有比嫁不好更倒霉的事了。再好的女孩子，嫁不好也是背时鬼。

我看看，你的学问撑破你肚皮没有……陈可元说着话，动手去掀何青黛的被子，嘴上有理有据：幸亏我这个红娘，让你避免了霉运！避免当背时鬼。那我得狠狠宰你一回，不然亏大发了。

何青黛用力抓住被子，紧紧捂住：别宰了！没油水……

两人一个掀被子一个捂被子，嘻哈争斗一番。陈可元喘着气，再次恍悟：我当你一门心思催婚求嫁，其他诸事敷衍呢，原来你搞玄幻，弯弯绕，

"三把火"中塞私货、藏心机。

何青黛亢奋，一吐肺腑：求嫁并非爱情至上，而是基于对人生岁月的哲思。资深单身女——这个人生定位太单薄了。比如相对你吧，你就厚实多了。你当什么不当什么，都是老板，是陈氏家族核心成员，而"陈氏"是财富象征，是庞大家业代名词；我当什么不当什么，都是工薪族。你我身份地位上的性质差异是清晰的。每个人都想有所作为，但能不能作为是另外一回事。某些作为是有"资格"门槛的。像我这样没有资源，进而没有资格玩花样的人，老实本恪守传统，结婚成家，夫妻合力，才是人生上上签。有人看不起，觉得浅薄，但有人连浅薄的幸福也得不到。这是我27年的文化学识结晶加人生经验。

陈可元彻底没瞌睡了，撇嘴说风凉话：凭你，二十啷当岁，就好意思大言不惭，奢谈人生经验，稚嫩点吧？

何青黛板正小脸儿，一字一顿：当然不失浅陋，但仍是人生经验。好好嫁人，嫁个好人——这是我的人生信条，也是我对自己的忠告。不嫁人，不嫁个好人，那就一切无从谈起，意趣尽失。

陈可元来劲儿了：有人喜欢孤独寂寞呀！轻松洒脱没负担，人生江湖不深涉，与滚滚红尘打脱离，另一种活法而已，尽管非主流。你的人生信条我赞成，但是，人生坎坷，风雨难躲，无妄之灾防不胜防。百样人生，百种喜怒哀乐，自求多福吧！

何青黛：吹了大半宿，你明白我第一把火多重要了吧？它与第二把火、第三把火相辅相成。

陈可元：你体恤女工，想方设法帮助她们，这在你的"三把火"中有体现。我支持，你放手干吧！

何青黛：元老你心大！官话说是心胸宽广，思维开阔，这与你的综合实力尤其是雄厚"身家"相匹配。相对而言，有人心比针尖，气量狭小，屁大点事都想不开。照我看，大家闺秀与小家碧玉是不一样的，各方面都不一样，呈天壤之别。当然外表差不多，都是一个鼻子两只眼睛。男人偏在这一点上良莠不辨，悲催不？

不知道触动了哪根神经，两人兴致盎然，话题忽近忽远，有一搭没一搭地抒胸臆、扯闲篇。

何青黛瞥瞥时钟，差5分凌晨4点，亢奋终于消退，打了个大大的哈欠：亲爱的！先把我嫁了，然后好好嫁你自己！

16

上午，翡翠巷6号，广德集团总部袁若德办公室。

大清早，乌云笼罩，本来蒙蒙亮的天，忽然黑下来，越来越黑，比晚上还黑，接着暴雨如注。全市主干道所有路灯都亮着。

刚上班，毛织厂厂长祝业祺、副厂长代紫萱就冒雨赶到袁若德办公室，代表全厂管理层表示，三个月不拿工资。大家对毛织厂有感情、有信心，誓保工厂，共渡难关。

袁若德诧异：你们顶着暴雨过来，就是为了跟我说这事？

此动议被袁若德当场否决，他干脆利落地把祝业祺、代紫萱挡了回去：你们的心意我知道了，谢谢大家！但这种做法不可取，我不同意，我相信董事会也不同意。

祝业祺：老板，同心同德是广德的核心价值观。这件事您同意与否，都不妨碍我们依照企业核心价值观行事。

代紫萱嘿嘿一笑，露出满口白牙：是啊老板！毛织厂是您的，也是我们的，我们不仅有共同的宗旨和目标，还有共同的权利和义务，更有爱厂护厂的决心和意志。咱的举止从不对立，而是同声同气。所以，嘿嘿，您就同意了吧。

祝业祺：袁董，毛织厂实施技改以来，百分之九十的老机床脱胎换骨，效率提高一倍，眼见可以大干一场了，这个时候万万不可停产，我们手里有单，利润很快就上去了！只要解决部分流动资金，熬过眼下难关，毛织厂利润贡献一定名列集团三甲。

袁若德：有没有想过，你们这样做，必然闹得人心惶惶？

祝业祺和代紫萱互看一眼，不无困惑。

袁若德随即脸色一变，态度趋于严厉：此事到此为止，不得再提！谁若再提必以"扰乱军心"论处。

袁仁美获悉毛织厂管理层提出三个月不拿工资，立即判断毛织厂资金出了问题。她联系梁仁良表哥蓝君，诉说实情，蓝君打来了68万元，告诉她，这是梁仁良早期入股王鹏精密的款项（本金60万元，余为利息），此前由蓝君代持，现如数退回。

要在以前，袁仁美拿到这笔款，定会第一时间全数打入毛织厂，但这会儿情况不同了，她拿到钱，自己捂住，没吭声儿。正应了袁若德、常在情老两口对女儿的忧虑：婚前，袁仁美有个特点——谁对厂子好，她就对谁好。谁死认厂子，她就死认谁。谁对厂子不离不弃，她就对谁不离不弃。婚后，这个特点眼睁睁发生渐变，变得不甚鲜明乃至消失了。

第七章

1

黄昏时分，庙前街小银翘茶餐厅。

黄匠军、季黄鹂夫妇做东，为樊老靓庆贺生日，还请了王祖望、夏令，五人小聚。桌上摆了一瓶高度白酒"剑南春"。

菜品丰盛，气氛热烈，几个人轮番向樊老靓敬酒，表达生日祝愿，好听话一堆一堆的。樊老靓心情特别靓，脸膛儿红红的，几杯酒下肚，话也多起来，三句话不离本行：季董秘，王总及各位工友，感谢大家厚待我老靓！另外我还想感谢一个人，牛仔酷牛专家！没有他带领专家小组帮衬，BT工艺没有今天这样的完美！

王祖望解释：匠军和季董秘请了牛专家，他有事来不了。

季黄鹂做出漫不经心的样子：王总，方杰集团的施润正在隔壁包房宴客，她听说王总在此，想过来跟您碰个杯。

黄匠军立即帮腔：哦，这么巧？那就打个照面呗！

原来，季黄鹂两口子有个目的，想借此机会引荐施润与王祖望见面。

施润？王祖望眨眨眼，拧紧眉头，寻思着是哪个施润。

黄匠军：她是方杰集团董事长助理，王总肯定见过。

王祖望想起来了：哦，见过！没打过交道，不太熟。

季黄鹂：王总，我正式向你禀报一声……

王祖望急忙摆手：不敢不敢！季董秘有事，吩咐就好。

季黄鹂：施董助是我姑妈的合伙人，同为小银翘茶餐厅老板。我小时候就跟她认识，如今仍是我的忘年交好友。

哦！王祖望听明白了。他心情正爽，酒兴正浓，但仍有些犹豫：还是不见了吧！挺尴尬的，手脚不知往哪儿放。

季黄鹂：王鹅精密最困难时，是她伸手帮衬哟！我找她融资，人家当即决定拆借450万元。老实说，借钱给你这个急需钱的人，你是不是当场想给他磕头？是不是总想找机会涌泉相报？

王祖望不无虔诚地点点头，脸色渐趋晦涩凝重。

季黄鹂：虽说这钱不是施董助个人的（具体她不肯透露），但毕竟是她经手，她找来的。这钱借期不长且已归还，但当面道声谢不多余呀！下回再遇难处，有人帮把手就不难了嘛！

王祖望觉得这话有道理，同时他也没有理由拂黄匠军、季黄鹂两口子的好意，沉吟一下，点头默许。

在季黄鹂的引荐和陪同下，施润信步走进王鹅精密的生日宴包房，带进一股雍容华贵的气息。王祖望等人随即站起来，出于礼貌，向施润点头示意。黄匠军早已为施润准备好一杯酒，及时递到施润手上。施润也不客气，接过酒杯，笑盈盈地说：我就借花献佛了！接着把酒杯举向樊老靓：樊师傅，祝您生日快乐！樊老靓说了声谢谢，与施润碰杯，见她很认真地将杯中酒喝了，便把自己杯中的酒也喝了个底朝天。黄匠军为众人续酒的动作特别麻利。施润将第二杯酒举向王祖望：王总，祝你旗开得胜事业有成！王祖望积极响应，两人碰杯后各自一饮而尽。

季黄鹂趁机吆喝道：坐吧坐吧！各位随意！

王祖望手指黄匠军刚摆好的椅子：施董助，您请坐！

施润点头致谢，在王祖望身旁大方落座。其他人倒显得拘谨，酒意正酣的生日宴包房，此时安静下来。

施润笑容可掬：与王总及在座各位久违啦！今天见面，很高兴！听说，王鹣精密生产的样品不仅按欧盟标准检验合格，而且被要求样品就地实现量产，这就不啻于接了个境外大单啊！我代表方杰一帮旧同事，向王总及在座各位表示祝贺！

王祖望拱手：谢谢！施董助消息灵通哟！我也听说，老东家方杰大手笔兴建电梯厂，我等羡慕不已！

施润：王总提及方正电梯厂，正好，我有事与你相商。

其实，有啥可商量的！BT工艺本来就是佳杰五金的！但这话不能直说。施润虚于周旋：王鹣精密脱胎于方杰，历史上与方杰有着千丝万缕的联系，因大家始终在同一行当，未来恐怕也难脱干系。所以，要说方杰对王鹣精密毫无关注度，那是不客观的。何况今日王鹣精密在业界创下良好口碑，令人刮目。

王祖望：承蒙老东家不嫌弃，王某受宠若惊！

施润开宗明义：今天借樊老靓师傅生日聚会之机，我想表达一个美好意向，这就是，方杰拟与王鹣精密展开合作。

施润的言下之意很明显——堂堂方杰，放下身段。

施润抛出的橄榄枝极具诱惑力。那就是看好王鹣精密现有技术和工艺水平，盯上了AQ五金铸件——样品量产完成后，按同等规模继续生产，产品由方正电梯全包，有多少"吃"多少。总之，未来方向是AQ五金铸件由方正电梯国内总承销。

王祖望意外惊喜，须臾间展露笑脸，但还没来得及说话，樊老靓暗中扯扯他袖子，意思是你已答应与广德合作，不可食言。王祖望回望樊老靓一眼，点头表示明白，尔后还是抑制不住兴奋地对施润说：现在看来，两厂合作水到渠成。还是老东家知根知底。多谢老东家抬爱！

施润轻盈地从椅子上站起来，神态雍容典雅：我们两家的历史链接表明，我们本来就是一根绳上的两只蚂蚱呀！用文化点的话说，是同一产业链的上下游环节，相互依存。合作很对路！很合时宜！这样吧，我回去安排下，从陈氏兄妹中抓个拍板的，日后与你们签合同，好不好？我隔壁还有客人，告辞了。

为示礼貌，王祖望等人纷纷站起来。王祖望脸上堆着笑，客气道：施董助您忙先。后会有期！

施润像风一样旋了出去，从进门到离开不过十来分钟。

王祖望等人落座后，大眼瞪小眼，瞬间完成了用眼神交换意见。显然，这是个无心插柳柳成荫的"意外惊喜"！简直让人确信天上掉馅饼这种事情真实存在！人们常说没有免费的午餐，但现实情况是，免费的早餐和晚餐是有的。

王祖望与几名骨干商量后认为，这不失为一个优质"备胎"——王鹣精密在样品量产完成后，下一步仍需等待GGY项目中心做出安排（不排除其安排变来变去，此前领教过），与其傻呵呵地等待安排静候"发落"，不如就近接下方正电梯的单子，边做边等，是谓两条腿走路，两不误。

几个人都很高兴，纷纷举杯向樊老靓敬酒，说他生日是喜日，是吉日，为王鹣精密带来兴旺发达好意头。

双方没有经过例行的艰苦谈判，没有经过例行的讨价还价，相反，一开谈就发现双双具有合作意愿及合作条件，步调相当一致，利益完全互补，非常轻松愉快地就各种合作细节"一拍即合"。大致内容包括：品质是刚性的，对标"样品"，体现出王鹣精密的最高水平；产量是弹性的，能生产多少生产多少，不能生产即中止生产，由王鹣精密按自身产能及GGY合同要求而定。最后"兜底"的一条是，AQ五金铸件由方正电梯实施国内总承销。也就是全包了，有多少"吃"多少。

2

夜晚，沉香街27号，陈可元家。

晚上10点多了，陈可元拖着疲惫的身子回到"元屋"。洗漱完毕，换鞋更衣，敲响隔壁何青黛的门，已近12点：开门！

陈可元突兀的敲门声特别清脆，何青黛从床上一跃而起，三步并作两步扑到门口，打开门，故作惊讶：你受啥刺激啦？没看现在几点了？摆个酒席花不了你多少钱……

陈可元随手把一串钥匙扔在床上，嘴上说：房子搞掂。

何青黛真心惊讶：啊？哎哟天！这么快？

陈可元：集团员工公寓1101房。那栋楼位置不错，房子也还行，一大一小两间房，南向有阳台，厨卫齐全。简单粉刷一下，挂上窗帘，搞搞卫生，你和武孔带着他奶奶就可以入住了。

何青黛拎起钥匙，双手捧着，欣喜万分：元老，要不是你亲自张罗，我这事儿还真没谱！凡事你出面，那就不同了。我太感动了！我代表武孔和他奶奶向你致谢和致敬！

是啊，房子（尤其现房）来之不易，陈可元也感觉一块石头落地，稍事轻松。佳杰五金的员工宿舍楼早已住满，还有些工龄长、已达到分房标准的双职工（夫妻同厂）在排队等房。为优先解决何青黛、武孔和武孔的奶奶住房问题，陈可元专门打报告向集团申请一套住房，如愿获批。

方杰集团员工公寓是公司早年专为高管、高工、技术人员和15年以上工龄老员工兴建的，后来又在毗邻地块兴建了一栋专家公寓。两栋楼多年来有进无出，鲜有富余。1101房在员工公寓楼首层，即广东话中的"地下"，不知道为什么广东人将楼宇一层统称为"地下"，听上去有点儿怵，以为是不见天日的地下室，其实分明是在地面上。安排在此主要考虑武孔的奶奶腿脚不便。

身着睡袍的陈可元爬上何青黛的床：你打算啥时搬？

何青黛脱口而出：当然越快越好！我要争分夺秒呀！

陈可元幽幽地瞥何青黛一眼：看你那猴急样儿！搬离"元屋"像逃出牢笼似的，住不熟的白眼狼！

何青黛眉飞色舞，展臂比画飞翔动作，蝴蝶似的旋转到床头，跳上床，像以往一样与陈可元捂着被单并肩而坐：谁白眼狼啊？我白鸽子好不好？你不用损我，最迟一周之内，我就搬！咱俩双飞双宿、同栖一居的历史结束了，我白鸽子要单飞了！

陈可元口气酸酸的：单个屁！不就换成男人了吗？

何青黛嬉皮笑脸：双宿双栖双飞！亲爱的"元屋"，拜了！

陈可元嘴唇紧抿着，眼皮耷拉着，看上去不太开心。

何青黛佯装不悦：我说元老，你搞静坐示威呀？不管怎么着我也是乔迁之喜，你不要愁眉苦脸煞风景好不好？

陈可元愤而还击：你重色轻友，倒说我煞风景！咱俩同居这么久，也没居出感情来！我还舍不得你搬走，发愁你走了我怎么办呢……原来我是剃头挑子一头热！

何青黛故作鄙夷：我不是给你腾地方吗？没有我碍眼，只会方便你向双宿双栖双飞目标挺进呀！

陈可元：我像你呀？黏上男人就不放了，没出息样儿！

何青黛终于体谅到陈可元的心情，赶紧转移话题：你在方杰集团员工公寓安排的那个高管套房，条件确实不错，老人住还是蛮舒服的，武孔的奶奶一定会高兴。

陈可元：你们小两口住着舒服就行。

何青黛：咋这么酸？你不想让我嫁人，我可以不嫁呀！

陈可元：这个时候了，我不让你嫁你不得杀了我。

何青黛偏着脑袋，紧盯陈可元的脸，隐隐觉察到陈可元的异常，嘴上依旧轻描淡写：如今倒有个说法叫相爱相杀。

陈可元无心接话，不吱声了，窝在那儿像块木头墩。

何青黛听着时钟嘀嗒，寻找话茬：以前咱俩碰面就拌嘴，拌得火花四溅。怎么，这个良好习惯被你克服啦？

陈可元翻翻白眼，一脸鄙夷：以前有武孔吗？

何青黛嘻嘻窃笑：你提醒我了，拌嘴对象多出来一个。

陈可元：你跟武孔拌嘴拌够了，好意思在我这儿装清纯。

何青黛：这么说，我不是你的拌嘴对象了？你好歹也该通知我一下……陈可元截断：我呸！你得了便宜还卖乖！

何青黛不再兜圈子、扯闲篇了，一针见血：元老你有心事，瞒不过我的眼睛。赶紧的，如实道来！

其实也没啥。陈可元嘴上敷衍，神色却异常严肃，思忖片刻后，极端机密地向何青黛私下透露，欲拿1.7亿元入股德立技术。

何青黛惊得汗毛倒竖，头摇得像拨浪鼓，还惯性地蹬了一脚，仿佛一个急刹车猛地踩下去，拼命缓了缓神儿，说话像机关枪扫射：姑奶奶！你怎会有这种疯狂想法？绝对惊悚！绝对荒谬！绝对不可理喻！绝对行不通！除非你想陈氏爆雷……

陈可元被震得耳鸣，皱眉指责：你车爆胎了？

何青黛气不打一处来：你爆雷比我爆胎严重N倍！

陈可元：你嚷嚷什么呀？此事绝对保密！不可公开。

何青黛：这么大的事保什么密？我保证，五分钟不到人尽皆知。

陈可元勾着脑袋：我个祖宗！至少你那嘴巴能闭上吧！

何青黛手拍心窝，吐肺腑之言：不要以为，有情就有理，情理相悖的情况经常出现。一段感情，若只是单方面付出，终究会累。我们都没有高尚到付出一切不求回报的地步。即便你个人高尚至此，你身后的厂子呢？能为了情怀而改变它固有的逻辑吗？能为了情怀让它不按市场经济规律运行吗？

陈可元气定神闲：阿黛，我不认为有情就有理，与高尚也不搭界。你随意批判好了。但这笔款子给德立技术给定了！天塌下来也要给。你是我铁哥，当然要帮我。明天，你亲自去财务督促走账，加快流程。

何青黛急赤白脸：这事你请示没有？上面批准没有？

陈可元：我自己做主。

何青黛连珠炮般"拦截"：即便你做得了主，也得事先报备，哪能先斩后奏？不行！元老，被爱情冲昏头脑的事儿不能做！

陈可元瞪眼，咄咄逼人：不想让我给你摆喜酒了？

何青黛言辞犀利：一码归一码。公私分明是你的价值观。

见陈可元一时语塞，何青黛继续发射连珠炮：我说呢，为何赏赐给我一顶总经理官帽，原来方便你对佳杰下手！你把佳杰的钱掏空了，扔个空壳子给我，叫我做无米炊啊？你真舍得给闺蜜下套！你真忍心佳杰失血！佳杰是你立身之本，你别忘掉初心，搞垮佳杰对你没好处。

陈可元瞪眼反诘：谁把钱掏空了？这笔钱是集团要求入股方正电梯的，反正佳杰也留不住。再说了，佳杰真要没钱，你自己不会去找哇？你当老总了，融资就是你的工作。

何青黛：姑奶奶！这和融资是两码事。这1.7亿元该给方正就给方正，怎能任性挪用？方正是你老爸的心血，是集团领头羊，你硬把钱转走，连你二哥陈可期那一关都过不了！更别说你大哥、你老爸……还有曲解……九九八十一关呢！

陈可元冷着脸儿：关我自己过，不劳你费心。

何青黛脸红脖子粗，眼神打横：我不……反正我不同意！这1.7亿元你不给方正，我宁可捂死在佳杰。我当家才知柴米贵，我必须捍卫佳杰五金的资产，一寸不让！

陈可元翻脸，厉声呵斥：我需要你同意吗？

何青黛抬高嗓门儿：除非你撤了我……你开除我算啦！

陈可元：这事我交代过了，你敢不办，我当真除掉你！

何青黛梗着脖子：元老，你明明心系方正！秦哥可以夺爱，但我量他夺不去方正在你心里的分量！

陈可元秀眉深蹙，忧心忡忡，说话嗓音喑哑：那个……狗屁老客户撤单，方正电梯还真叫人捏把汗。

3

上午，上海外滩22号，业内传统的"上海高定周"开幕。

丁紫岚携带自己喜爱的几套服装新款，意气风发地来到上海。

她是应业界朋友之约，自费（以模特儿出场费做抵押）参与广州某支由多厂组合的综合模特队，前来参加服装展演的，一应相关费用均获五折优惠。此前她N次来过这里，熟门熟路。

为参加这次"高定周"，丁紫岚行前又和表姐代紫萱吵了一架。代紫萱为阻止表妹急了眼：医生叫你好好休息，不然很难恢复！

丁紫岚嘀咕：走个T台，又不累。

代紫萱威胁：你要是再病倒了，没人管你！

丁紫岚梗着脖子反诘：不是误诊吗？我从来没病倒过！

代紫萱讥讽：哟，你现在牛了？

此事幸亏得到姐夫尹擎支持。尹擎的意见是"对紫岚鼓励为主，不要动辄贬低、习惯性唱衰"。尹擎甚至直接找曹东风，索要服装新品板货（样板），并商定以出厂价拿货。曹东风借机打探：你小姨子还好吗？听说她身体好些了？

尹擎：康复了，没事了！谢谢曹厂！

代紫萱没好气地将服装板货交给丁紫岚，不忘叮嘱：这是你姐夫亲自找曹东风订的，年度最新款……

丁紫岚亢奋：姐，我别的本事没有，就会开拓市场。等我好消息！

上海外滩22号，是国内服装业的一个标志性地址，是高端服装定制界的王牌展示场所。多年来，这里定期举办高级定制服装展示周，简称"上海高定周"，更以标志性符号蜚声中外。能进入外滩22号T台走秀的，都是业界顶级服装模特队。

丁紫岚所在的模特队被安排在11点出场。她和队友9点就赶到后台化妆间紧张忙碌起来。这时，模特队领队带着一个人来找丁紫岚。丁紫岚应声跑出化妆间，只见领队身旁站着一个手拎服装专用拉杆箱的帅小伙，似觉面熟，又想不起在哪儿见过。帅小伙笑容亲切：丁紫岚！我在宣传海报上一眼就认出你啦！丁紫岚睁大眼睛：你……阿布都尔提？阿布都尔提点头如啄米：是我是我！两人握手。领队交代：紫岚，客商指名请你代言，手续已办妥，你们具体对接一下。说完离去。丁紫岚客气寒暄：阿布助理，你只身一人闯上海呀？阿布都尔提：不，我跟厂长一起来的。我们有套女装晚礼服，想请你帮忙展演，别嫌弃哟！

原来，阿布都尔提所在棉纱厂用自家原料，请人代工，生产制作了一个服装单品，专程来"上海高定周"试水，想请丁紫岚T台走秀。丁紫岚爽快答应了。她从阿布都尔提手中接过服装专用拉杆箱，进入化妆间更衣。当她穿上女装晚礼服走出化妆间时，阿布都尔提两眼发直：哦哟！太美了！用广东话说是"靓瞎眼"呀！丁紫岚笑答：这套服装确实美轮美奂，穿在身上还特别舒服！阿布都尔提：人美服装才美！模特儿带货就是不一样……带得好哇！贵小姐堪称带货王！突然有人插了一句，把两人吓一跳。阿布都尔提扭头一看，原来是厂长。他立即做双向介绍：这位是，新疆石河子泰戈棉纱厂厂长阿勒泰戈；这位是，来自广东河埔的美女丁紫岚。

丁紫岚见过世面，从容微笑：阿勒泰戈厂长好！幸会！

阿勒泰戈紧握丁紫岚的手：丁小姐！你很出众！什么衣服穿到你身上都好看，你这身材是专门为时装加分的。

丁紫岚略带羞赧：厂长过奖！人凭衣服马凭鞍。

阿勒泰戈：我看了阿布都尔提拍摄的"河埔金秋国际毛衫节"视频，研究了相关资料，感觉很好。我们呢，两个月后在深圳有一场商务活动，计划趁此机会，在完成深圳商务活动后立即转道河埔市，主要是考察市场。我们将你工作过的德来服装厂列为重点参观学习项目，你看能否帮忙联系一下？

丁紫岚：厂长您客气！厂家哪有不欢迎客户的呀！供应商不分天南地北，德来服装厂一概热情欢迎，历来如此。另外我表姐和表姐夫都在广德集团工作，阿布助理见过。

阿布都尔提：哦，原来那是你表姐和表姐夫呀！之前没说上话。

阿勒泰戈很高兴：那就一言为定，我们来日河埔见了。

"上海高定周"T台走秀，丁紫岚以曼妙身姿及专业猫步，出色演绎了新疆石河子泰戈棉纱厂出品的女装晚礼服，备受好评。

回到广州后，丁紫岚兴奋中带了些忐忑，致电尹擎：姐夫，我在"上海高定周"又碰到那个人了！尹擎：哪个人啊？丁紫岚：新疆客商啊！上次在"河埔金秋国际毛衫节"见过的那个。他们是做棉纱的，厂子规模挺大，我这里有该厂的全套资料。两个月后，他们在深圳有场商务活动，到时想顺道来河埔，参观德来服装厂。尹擎：这是好事呀！丁紫岚吞吞吐吐：姐夫，曹厂对我有点那个……成见，对我很不待见。你看，这事我跟谁联系呀？尹擎想了想：这样，我先跟季董秘说下情况，叫她打电话给你，你直接向她汇报就好，尽量详细点。需要袁董拍板的话，季董秘自会安排。

4

中午，广府大街71号，德立技术大厦楼下及陈可元车内。

1时许，短暂的午休时间，德立技术大厦楼内很安静。秦茱萸手机中蹦出陈可元发的微信：要事相告！速度接见！十万火急！车内密谈！我车已停你公司楼下老地方。

秦茱萸秒回：没空！有事用手机，语音或文字输入皆可。

陈可元发语音：事关德立技术发展走向！为防泄密只能面谈。

秦茱萸语音回复：你好奇怪哟！德立技术发展走向要你操心？

陈可元：需时十分钟，决不食言。

秦茱萸：鬼话只有鬼才信！不是套路就是坑。你动辄"召见"，煞有介事！可你想过没有，我凭什么被你呼来喝去？

陈可元态度冷静，语气恳切：我非闲人，无暇玩虚的。若没有要事，我大白天找你，说明我疯了。确实因公不因私，我以人格担保。这样吧，见面后你认为没有达到"十万火急"级别，或约见超时，咱俩从此陌路，永不相见！

话说得这么绝……秦茱萸心里嘀咕着，眉头拧成疙瘩。

陈可元：我的话没水分，全干货，句顶句。

秦茱萸迟疑数秒，忽然想起有件事需要及时知会方正电梯，即R31数控技术暂不考虑出售，正好可以通过陈可元转达。他脑筋急转弯：嗯……你等下。

工厂之间的事，确实不算私事，本可名正言顺地商谈，但秦茱萸和陈可元显然都顾及曲解的感受，不愿公开来往，秘密来往也力图短平快。秦茱萸下意识地往四周扫了一圈，披上外套，蹑手蹑脚下楼。所谓"老地方"指的是挂牌养护的一棵百年老榕树。对他来说"老地方"其实没多老，此前只去过一次，连熟门熟路都算不上。他放松神态，若无其事地踱着慢步，溜达着走出公司大门，再向右前方步行60米开外，在百年老榕树阔大密实的树荫下钻进陈可元的车。他在副驾驶位上还没坐稳，即蹙着眉头催促：说吧。

陈可元迎视秦茱萸，含情脉脉。

秦茱萸一看，她这样子压根儿不像有什么不得了的急事、要事，不过虚张声势而已。唉，反正他也习惯了，只能包容了。他定定神，语气由衷：小元，很惭愧！我去不了方杰，辜负了杰叔，辜负了铭兄，拂了你和全家人的好意！对不起啊！

陈可元坦然：你不来方杰，陈氏超级遗憾。但今天不谈这个，今天只表明我个人对你的尊重和支持。

秦苿荑面露淡淡笑容：元老秉性善良！

陈可元态度诚恳：我急君之所急，我忧君之所忧。

秦苿荑笑得咧开了嘴：元老少女纯情！

陈可元小脸儿绷紧，面孔板正，说话像打机关枪：你别笑好不好？你处境危急，知道吗？上回我哥说了，广德深陷资金链断裂困境，这是真的！广德出于种种顾虑向你隐瞒实情，但纸包不住火，是雷总要爆。有鉴于此，我决定向德立技术注资1.7亿元。你拿这笔钱，可以把上次你说的那款顶级实验设备买回来了。

什么？秦苿荑被惊到了：我晕！没弄懂你的意思。

其实，秦苿荑听得非常明白，陈可元嘴里的"要事"，原来是她打算帮他购买实验设备！他的惊讶在于数额巨大，没有吓阻元老！她竟有这么大的资金调度权限，让他瞠目结舌。

陈可元：我早就有意参股你掌控的德立技术，现在你恰好需要实验设备，我当然要出手。我是真的为你手头项目捏把汗！我那边已经开始走财会内部流程。今天先向你通报一下。

秦苿荑狐疑：你是说1.7亿元？元老有这么大手笔？

陈可元反问：低估我的能量？还是怀疑我的动机？

秦苿荑神色严肃：没有！从来没有！哪敢低估和怀疑你！相反，我是超赞！不过……这是真的吗？

陈可元不禁"扑哧"而笑，抬手掩嘴：你连真假都不辨，就说超赞，岂不自相矛盾？你那超赞是真的吗？

秦苿荑反应快：假的我也超赞！赞你画大饼，胆儿够肥。只是夸下偌大海口，营造荒唐谎言，以后咋收场呢？

陈可元双眼微合：我陈可元如假包换。

秦苿荑一想也是，陈可元啥身份？犯不着作假。

陈可元嘟着小嘴，身体向秦茱萸侧倾过来，秦茱萸张开两只大手掌，殷切地捧住陈可元的脸。两人闪电般热吻，又闪电般分离。显然都意犹未尽，秦茱萸伸手揪揪陈可元的脸蛋。

陈可元扑闪着眼睛：那咱说好了。你回去先通报一下。

秦茱萸仍觉得难以置信，但一脸开心：好滴呀！

陈可元直视秦茱萸，异常严肃：就算我注资，对你而言也是杯水车薪，你得有艰难过冬的心理准备，而且，一冬接一冬，冬冬难过，最终能否度得过，那就天知道了。

秦茱萸应付式点头，并不以为意，只专心考虑1.7亿元的事，因数额巨大而不无担心。陈可元年轻气盛，口气大，手大，出手就震撼！她这种行事风格不能说冒失，也不能说没风险。这么想着，秦茱萸语气涩重：小元，投资的事非我擅长，但我知道一着不慎即可能产生不良后果，对谁都不好。所以我跟你说啊，不要在感情中掺杂太多利益元素，不要将两者绑定。

陈可元撇嘴：绑什么定！重大利益当前，儿女情长显然微乎其微！再者，感情和利益天然交织、两位一体、密不可分。无须人为绑定，天然绑定就够啦。

秦茱萸不肯苟同：切割两者，是我的一贯主张。

陈可元毫不客气：老学究，落伍啦！生活就是利益，利益就是生活；利益大于情感，情感只是利益的一种，爱和被爱都是利益。现实生活中的现实利益无处不在。

秦茱萸愣了一下，故作淡然：我有权不与你持相同立场。

陈可元深情款款：互爱就是相同立场。

秦茱萸轻叹：我玩儿不过你……你行行好，把我甩了算了！

陈可元：那便宜你了。"行行好"不是甩，而是继续玩儿。

秦茱萸拉开车门，脚步极轻地下了车，回头对陈可元说：请转告方正电梯总工周佛礼，广德暂不考虑出售R31数控专利技术。

其实，还有层意思他没向陈可元透露。不单R31数控专利技术，广德所有专利技术都已入库，一律不考虑出售。

5

晚上，福寿花园B栋21楼2112号，王祖望家。

为庆贺牛仔酷小组第三次获得续聘，王祖望与老婆魏玲商量，设家宴款待牛仔酷的办法最经济。

魏玲请了假，在厨房鼓捣一下午，弄了一桌子菜，其中大盘硬菜就有四个，像当地特产焖炀豉油鹅、清蒸东星斑、白灼基围虾、腰缠万贯（豆角红烧肉的别名，肥瘦相间的长形肉块拦腰缠几圈长豆角），还有清炒时蔬等几个中小盘软菜，以及用整只乌鸡和少许高丽参煲的老火靓汤。

晚上下了班，牛仔酷如约来到王祖望家。

魏玲笑盈盈地迎前开门：牛组长大驾光临！请进！请坐！

牛仔酷一看，咋呼起来：嫂子，您弄了八个人的量啊！

魏玲：干活一人顶仨！吃饭一人顶八！不多不多。

王祖望是提前下班回来的，打下手帮厨，听见牛仔酷进门，赶紧洗手，怼上老婆的话茬：你也太抬举我们干活的人啦！一个顶俩也就算了，撑死顶仨，哪能顶八呢？

魏玲故弄玄虚：哎哟，你们干活的人原来这么斯文呀！吃饭这么秀气呀！那我撤掉两个菜好了……

王祖望从厨房冲出，拦住老婆佯动的手，两人像演双簧：别别别……别撤呀！一看满桌香喷喷，肚子就贼饿！牛组长，咱不耽搁，上！

牛仔酷很高兴：谢谢王总！谢谢嫂子！

王祖望拿出一瓶高度白酒剑南春：今晚总量控制，就这一瓶，没有备份，咱俩均摊，不得耍赖。

牛仔酷嘀咕：明知我不擅酒。顶多三七开！我三你七。

魏玲热情招呼：牛组长，今晚就你俩，没别人，你们慢慢吃，慢慢喝，慢慢聊，我就不陪你们了。

牛仔酷伸手替魏玲拉椅子：嫂子一起吃吧！我敬您两杯！

魏玲收敛笑容，换作一脸苦难深重模样儿：唉，我这个义务家庭教师到点了，要加班了。家里有两个"七八九，嫌死狗"（指儿子）不好对付！我加这个班还得拿棍子。说完，向牛仔酷点点头，转身到隔壁俩儿子的房间监督写作业去了。

王祖望极尽殷勤：牛组长，自从你带领全组来到王鹅精密，为王鹅精密发展做出很大贡献，功不可没。王某无以为报，只能以这杯薄酒，表达我的感激之情！我干了，你随意。

牛仔酷：王总客气了！

两人碰杯，双双做豪爽状，一饮而尽。

王祖望十分感慨：时光如梭！眨眼间，贵小组续聘时间就到期。全厂员工都怕你们撤离！舍不得你们呀！

牛仔酷：机械运转正常，生产步入正轨，总体情况不错，王鹅精密完全有能力如期完成样品量产。我组早就是时候撤啦！秦总口气尤其严厉，叫我们立即按期返回，一天也不可滞留。当然，幸亏你及时找了袁老板。袁老板对你们很体恤，很通融哦！

王祖望极度庆幸，自己灌了口酒，向牛仔酷透露实情：不瞒你说牛组长，方杰集团旗下的方正电梯你知道吧？他们主动找我，抛来橄榄枝——王鹅精密AQ五金铸件由方正电梯国内总承销。意思是他们统吃，有多少"吃"多少，全包！

牛仔酷眨眨眼，若有所思：哦，你别说，AQ五金铸件特别适用方正电梯这样的大型重装机械系统。

王祖望面色板正，使劲儿点头：这意味着，王鹅精密在保质保量保时完成样品量产后，可立马转战方正电梯大单。

牛仔酷嗓门儿陡然提高：王总，你这不是大发了吗？

王祖望撇嘴：哪敢大发？有口饭吃就很不错了。

牛仔酷探询道：方正电梯这个大单敲定了？

王祖望：意向达成，只剩下择机签约。对方放话，任何时候都可以签约。我则顾虑，王鹣精密下一步走向尚未确定。样品量产完成后，GGY项目中心对我们做何安排还不知道。

牛仔酷不无兴奋：这么说，方正电梯五金件国内总承包事宜，主动权在王鹣精密手里。AQ五金铸件成了香饽饽，有人牵头，有人兜底，王鹣精密进退自如，游刃有余呀！

王祖望摸摸后脑勺：可不！这种"突发"商机，我们也想不到。但问题跟着来了，软肋暴露——缺家伙什儿，产能严重不足。方正电梯真要"统吃"，这软肋就"卡脖子"了！一句话就是家底薄，没金主，买不起设备。

牛仔酷：你们选择轻资产这条路，看来也不好走喔！

王祖望大吐苦水：这路不是选的，是逼的。王鹣精密手握境外项目分包合同，随时准备出境，当下置办家当，日后必成累赘，买的时候就要考虑卖。所以，创建伊始就没有置办过坛坛罐罐，至今仍没这个打算。租借是唯一合适的路子。

牛仔酷摇头：光靠借不是办法。你们有境外合同是好事，但出境几经推迟，现在又有了方正电梯大单，可见变数很大。我倒觉得，你做厂，提高应变能力、及时做相应调整很必要，还是考虑买一台数控机床。

王祖望手挠后脖颈儿，一脸苦瓜相：我何曾不想买，没钱呀！我甚至想发动全厂搞"众筹"，但厂里清一色平头百姓，匡算还是买不起，当了裤子也买不起（没有抵押物，贷款难）。一分钱难倒男子汉，囊中羞涩的滋味不好受，我真受够了！要不是有"霸王床"，王鹣精密死几回了。你看，我王祖望还是命好！

牛仔酷故意撇嘴：命是好，运不济。王鹣精密这么需要"霸王床"，当初为啥不买下来呢？那时价平，现在价格翻倍了。你一味租借，临时抱佛脚，要不是袁董体恤，租价也早已翻倍。

王祖望对牛仔酷推心置腹：王鹣精密脱胎于方杰集团，白手起家，没有投资机械装备尤其是高档精密机床的资金。当初想的是，出境做项目捞到票子，回来再改租为购，置办家当，安营扎寨。

牛仔酷：你有十几个能工巧匠，尤其有樊老靓和黄匠军师徒这对宝贝，已经很了不起啦！否则，与皮包公司无异。

王祖望举杯与牛仔酷碰了碰，仰脖灌下去：你号准我的脉了！

牛仔酷同样神色机密，向王祖望透露口风：德立技术很快将推出"霸王刨"数控机床。眼下尚未最后完成，但可预见的是，其技术先进性无以复加，不仅提升了机床精密度，且整体提高了"霸王系"自动控制水平，堪称国内顶尖。

王祖望两眼睁老大：慢点慢点！你说什么，"霸王刨"？

牛仔酷专业推介：对，"霸王床"迭代，质量更优，性能更好，先进程度更高，操控更简便，可节省工时约三分之一。

王祖望一拍大腿：你爆这么大个瓜，馋得我流口水！

牛仔酷沉吟片刻，郑重建议：不用说，"霸王刨"价格不菲。你们最好及早下单，抢在第一时间（厂家向市场推新品有个"试水"期）购买一台，优惠幅度大，性价比高。

王祖望难为情：我可以卖房凑款，但你嫂子和孩子们住哪儿？

牛仔酷：你可以考虑联合方正电梯，他们既然下单……王祖望头摇得像拨浪鼓：这个暂不考虑！唉，个中复杂一言难尽。

说着话，王祖望用公筷将一只四寸长的大虾夹到牛仔酷碗里，牛仔酷夸赞：嫂子厨艺了得！我把明天的肚子都填饱算了！

王祖望继续斟酒、劝酒：广德黑科技了不得！老王我无比钦慕。牛组长，牛博士，为德立技术牛气冲天，干杯！

牛仔酷乐呵呵：王总，还是为王鹅精密获得大单干杯吧！

王祖望不吝吹捧：牛组长吃技术饭，走遍天下都吃得开！

牛仔酷笑喷，接着自嘲：天下？走不了！河埔市都走不了，顶多走走大背头小五金街，还不一定吃得开。

王祖望热络撺掇：牛组长，这里没外人啊！咱哥俩交情匪浅，尽管放开喝，喝酒说酒话，爽他一回。

牛仔酷真的来劲儿了，没说酒话，但接着爆大瓜，语气不无炫耀：还有盖帽的呢！德立技术后续将推出"霸王铠Ａ"，秦总亲自操刀，那将是整个"霸王系"的天花板，臻达国际顶尖水平。

6

黄昏，陈可元办公室，正官街茉莉花老人公寓。

下班后，武孔如约来到陈可元办公室。刚进门，就被从门后闪出的何青黛猛推一把，同时厉声断喝：跪下！

武孔一个大趔趄，险些摔倒，幸得陈可元一把拽住。武孔扶扶眼镜，站稳身子，冲陈可元咧开嘴笑：陈总，嘿嘿……

陈可元幸灾乐祸，又假装同情：你老婆擅长恶作剧，你要多加提防，不能每次都指望我救你。我提醒你啊，她是学机械的，那双纤纤玉手有"老虎钳"之誉。

武孔有恃无恐：有元姐做我靠山，谅我老婆不敢把我怎么样！话音未落，突然痛得跳将起来，手捂后腰，嘴上大叫：哎哟！

原来，何青黛在他后腰有肉的地方下死劲儿掐了一把，接着又钳子般狠狠揪住他胳膊上一块软肉，把那块软肉扯拽得老长。武孔护住腰护不住臂，痛得呲牙咧嘴，眼看何青黛再不放手，他就要在地上打滚了……陈可元斜何青黛一眼：放手！

何青黛毫无恻隐之心，哪肯放手，只是慑于陈可元的威严胁迫，老虎钳般的手稍稍松了一点。武孔本能地弹跳起来，彻底挣脱何青黛的钳制，撒腿蹦到陈可元身后，躲避何青黛如同瘟疫。他心有余悸，倒吸几口冷气：娶老婆……不娶老虎钳……

陈可元大笑：干脆，把老虎钳老婆休了，现在还来得及。

武孔在陈可元身后使劲儿摆手：不休不休不……休……

何青黛把1101房钥匙塞给武孔，嘴上还不忘发狠，义正词严：你武孔何德何能，平白无故得一套房子，连你奶奶都有了单间。我告诉你，你不下跪谢恩，休想住进去！

陈可元阻止：好了别闹了。你们赶快去公寓接奶奶吧！

何青黛驾驶白虎，载武孔赶到茉莉花老人公寓。武孔的奶奶一见何青黛，咧开没牙的嘴，笑出花样皱纹：阿黛，你来啦！

何青黛笑容亲切：是啊奶奶！今儿咱回家，我们来接您啦！

平时不觉得东西多，收拾起来才发现琐碎的日用物品不少。不一会儿，武孔和何青黛捆绑衣服和杂物弄得满头大汗。

武孔见何青黛有些走神，在楼梯拐角处故意逗她：你是不是说过，婚期可以无限期推迟？

何青黛斜他一眼，半天才反应过来：说过呀！

武孔：那我要是表示同意呢？

何青黛本来就忧心如焚，这下真的生气了，呛他说：我需要你同意吗？你同不同意又咋地？啥事儿受你左右？

武孔：我的意思是，恋爱期间的女人最迷人……推迟婚期的最大好处就是恋爱期延长，女人的迷人期延长……

迷你个头！超讨厌！何青黛凶神恶煞。

武孔这才发现何青黛确实心神不宁，八成心里有事，正在气头上，算了，别惹她了，闲下来再说。

何青黛搀扶武孔的奶奶走到车前，又是搂腰又是搬腿，细心安置她坐在"白虎"后座，叮嘱道：奶奶，您坐好喽，咱回家！

武孔的奶奶：好，我跟你们回家！

何青黛关好车门，向站在身后的武孔瞥去一眼，见武孔正在迎视她，立马扭脸儿看向别处，没有立马就走的意思。

武孔早就看出何青黛神色不太正常，欲言又止，拼命压制内心冲动。他箭步上前，语气关切：阿黛，有事啊？

何青黛心里矛盾得很，严重纠结。这个数字在她脑子里盘旋不去，怎么也甩不掉。她反复掂量陈可元的疯狂之举会带来什么严重后果，这后果是否不可收拾。她终于承受不了自我折磨，几经吞吐，含含糊糊地对武孔说出陈可元打算入股德立技术的事，说毕喃喃自语：小两亿元呢，真是要命！

武孔听得颇有些费劲，但终于听明白了，同样震惊。他认真寻思一阵，感觉非常不解。天底下真有这种胳膊肘朝外拐的人啊？资金流对方正电梯这样的初创实业来说，多么宝贵、多么稀缺！在任何企业中都居于"七寸"位置。大资金大发展，小资金小发展，无资金不发展，把资金给别人是助别人发展，这道理初中生都懂。陈可元老板冰雪聪明，何至于染指这等危险的"资金猫腻"！难道她与广德人有私交？她在广德有私利？

这事玩儿大了！真玩儿大了！何青黛下意识地摇头，目光垂直地落在地面上，越想越怕。她寄希望于某种外界的神秘力量，及时抑制陈可元的疯狂念头，巧妙阻止她先斩后奏，把控资金走向，免得到时候弄得骑虎难下。

武孔：我听你提过，她与广德某个技术大拿在拍拖……

何青黛急赤白脸：别扯没用的！现在谈巨款不谈拍拖。

武孔：事关动机分析，咋会没用？

何青黛：分析个屁呀！切断资金外流路径都来不及。

武孔转念一想，何青黛对整件事情的了解兴许并不充分，对老板真实意图不明就里，一切尚有待观察。他盯着何青黛那张因布满余悸而略显扭曲的面孔，委婉劝慰：你先别急。你看，你一急起来，形象蒙损，颜值降低，这是多少玻尿酸都挽不回的！

呸！何青黛凶神恶煞：你有资格嫌我颜值低？

武孔涎着脸，曲意奉承：不是！我有资格保护你的颜值。下月发薪，我给你买限量版兰蔻面膜和爆款香奈儿……

何青黛挥手打断，一脸鄙夷：又瞄上逾期尾货两折促销甩卖，你省了吧！

临上车前，何青黛不忘正色叮嘱武孔：刚才我说的事，绝对机密！你烂肚子里，不可向外透露一星半点！

武孔点头，貌似坚定承诺。

7

中午，方正电梯第二车间大门外。

周佛礼头戴安全帽，身着工装，站在方正电梯第二车间大门外，向路口张望，老远看见陈可元的黑虎风驰电掣般开过来，立刻迎上前。陈可元跳下车，两人握手。

周佛礼热情洋溢：陈总好！这么准时呀！

陈可元：你到方正当总工，时间不是金贵了吗？

周佛礼笑道：哪有你时间金贵呀！接到你电话我就候在这儿啦，等你大驾光临，分秒不敢怠慢。

陈可元没提秦茱萸：周总工，广德方面托我转告，R31专利技术暂时不予出售，说是以后有合作机会再行商量。

周佛礼一听，大失所望：啊？真的？这……这怎么办！

陈可元：方正不是有偿使用了吗？干吗买断？

周佛礼沮丧不已：唉，这里面名堂多啦！方正电梯亟须自己开辟市场，这条路堪比独木桥。无数对手在桥上刚碰刚、硬碰硬，最后只能一人过，其他人全得翻河里！若我们独家占有先进技术，具体说就是R31，即可凭金刚钻揽瓷器活儿，曲径通幽。

陈可元嘀咕：独家占有，这野心够大！

正说着话，陈可期、曲解和武孔等人从第二车间走了出来。陈可元愣了一下，转身想走，她不太习惯与二哥特别是与曲解不期而遇。说不上尴尬或局促，只是不自在，非常不自在……但晚了，曲解眼尖：小元！你过来了？

陈可元支支吾吾：哦……曲姐！二哥！你们……正忙呢？

曲解笑道：忙着等你呀！今儿有空过来看我们？

周佛礼：可元老板专程过来通知，广德不肯出售R31。

曲解无法置信：咦，他们没有答复我们啊！

周佛礼：他们委托可元老板转达，就是正式答复了。

曲解与陈可期互看一眼，带着失望和无奈。曲解心里隐隐犯疑，方正电梯的事情不直接答复方正，而通过陈可元转达，这是什么意思？但转念细想，似乎也没啥说不通的。一直以来，小元为方正电梯的事没少操心，加上她在广德服装厂有投资，她与广德走得近，也属正常。

陈可期眼瞪周佛礼，语气很冲：不卖？价格不合适可以谈嘛，谈拢为止，没必要故意拿捏我们。

周佛礼瞥瞥陈可元，摇头，这个问题他没法儿回答。

陈可元：卖不卖是人家的权利。广德有自己的利益考量，拿捏我们干吗？损人不利己，他们傻呀？

陈可期面呈招牌式焦虑：小元，据说你有意入股德立技术？

陈可元头摇得像拨浪鼓，矢口否认：没有啊！

陈可期：我听到点儿风，你那笔专款好像没打算专用。

陈可元不悦：你不是听到点儿风，你是抽风。

陈可期哑巴了。亲妹有外心，胳膊肘朝外拐，令他很生气。虽说是"小道消息"，但他自忖很靠谱，绝非空穴来风，本想"逮"住她兴师问罪，但苦于眼下没实锤，官话说是没证据。

曲解听得一头雾水，扭头问身旁的武孔：哪笔专款？

武孔与曲解咬耳朵：集团摊派款。

曲解恍然。原来，方杰集团摊派旗下各分支入股方正电梯，平均额度两亿元（自有及募集资金均可），上不封顶。风闻陈可元不服从集团安排，拟将佳杰五金自有资金1.7亿元入股德立技术。陈可期黑脸逼问的就是这件事。陈可元耍赖，一问三不知。

陈可期眉头皱得铁紧：佳杰五金入股款何时到方正账上？

陈可元答非所问：你放心，我会积极为方正融资。

曲解知道这兄妹俩都是脾气贼大的主儿，一个比一个轴，眼见两人要起争执，她赶紧打圆场，笑容可掬：小元是融资高手，出手就是大手笔。这个我们都知道呀！

曲姐，我有事，先撤了……陈可元明知事情不妙，心里发虚，气呼呼扔下一句话，转身想溜。恰在这时，周佛礼直着嗓门儿吼：真要入股德立技术，对方正电梯具有战略意义。

在场的人都被周佛礼惊到了，他这话让人耳目一新。

周佛礼力挺陈可元，替她解围，一脸严肃地接着说：我不是和稀泥。从技术和产品质量角度……两名方正食堂员工手拎数份盒饭大步走出工棚，高声喊道：老板，开饭了！

曲解招呼陈可元一起用餐：小元，正好赶上饭点，不妨屈尊体验一把，露营露餐，怎么样？这是方正员工食堂（在建，眼下是临时搭建棚子）的"战地野炊"，挺有特色。

武孔附和：曲姐领着我们常搞"就地解决"，吃饭短平快。

陈可元脑袋瓜儿灵活。1.7亿元资金用度尚未实锤，过早泄露必定炸锅；二哥陈可期虽有风闻，却未抓住把柄，此时与他闹翻得不偿失；周佛礼看问题角度及判断事物"观点"有新颖处，对她十分有吸引力；曲解盛情留餐，自己坚持要走就驳她面子了。再说，二哥瞎喷两句，自己就抱头鼠窜啊？岂不欲盖弥彰！倒不如大方逗留，磊落面对。如此想来，她还不走了！

陈可元面露笑容：那就恭敬不如从命了，曲姐！

车间大门前面，是数月前新铺的连片草皮，那草已长得郁郁葱葱。几个人走过去，在草地上围了个不太圆的圈，席地而坐。员工分头向众人分发盒饭，每人两盒。打开一看，有饭有菜，热乎乎的。曲解悄悄儿向员工交代加一个"硬菜"。几分钟过去，员工端来一大盘色香味俱全的番茄炒鸡蛋，还仔细在菜盘下面垫了两块砖。

众人边吃边说些轻松闲话，只有陈可期阴沉着脸，很不合群。

曲解：每每关键时刻，周总工就会来个一语道破天机。

周佛礼咧嘴大笑：曲姐谬奖。哪个"天机"轮到我道破呀！

武孔抬轿子：周总工是高人，审时度势，常有高见。

陈可元凑趣：高人高见，愿闻其详。

周佛礼不负众望，以R31技术为例，从技术层面大谈方正电梯与德立技术的高关联性、高依赖性，两者强强联手之必要性，甚至直言无论从哪个角度和维度讲，都是利莫大焉！

陈可期脸色渐渐和缓，冲周佛礼扬下颌，意思是继续。

周佛礼心领神会：重装行业离不开核心技术，尤其是现代科技前沿核心技术。方正做品牌，须独树一帜，在某个或多个方面具碾压性优势。没有核心技术，一切无从谈起。核心技术是起家依托，看家本事，发家必备。

陈可期点头，又冲周佛礼扬扬下颌。

周佛礼：方正电梯作为深耕精密制造"硬核"大产业中的一员，实现数字化、智能化是迈不过的坎儿。随着数字化在相关领域的渗透度不断加深，我们一个不留神、一次慢半拍，就会被竞争对手甩下几条街。幸运的是，R31数控专利技术好比天降"馅饼"，推动方正电梯率先应用前沿科技，为将方正电梯打造成数字化、智能化建设标杆奠定了基础。

陈可元：听周总工这么说，我才明白买断R31巨划算。难怪人家不卖——

广德断不肯向方杰让渡这个"巨划算"。

周佛礼：不难预见，由多项数字要素集成的R31，以及与之配套的R32，肯定是市场宠儿，值钱货。

曲解：接下来的R32，最低限度要保证方正有偿使用，以及莫如师专家小组技术示范。周总工，找个机会再跟他们谈。

周佛礼一脸为难：曲总，事关重大！还是您有面儿，最好您能亲自谈。像我，像武孔，给您当个跟班就好。

武孔使劲儿点头，使劲儿笑：嘿嘿，曲总出马一个顶仨！

陈可期催促道：周总工，你肚子里有料水，别藏着掖着，接着讲，抖干货，多亮些醍醐灌顶的东西！

周佛礼"扑哧"而笑，哪来的醍醐灌顶呀？这帽子也太大了！但他很快收敛笑容，继续侃侃而谈：数控机床是"工业母机"，实力象征。随着工业现代化的发展，制造业对机床的要求越来越高，越来越趋向于高精度、集成化、智能化。德立技术的R31、R32作为数字技术微小分支，恰好适应了这样一个技术趋势。它使冗杂的工作流程秒变简约，使生产制造全要素、全过程、全链条均以大数据呈现，进而实现可视、可追溯、可计算及可修正等。方正电梯若实现全产品线应用，将全面优化制造生态，具有突破意义。

众人直视周佛礼，兴趣浓厚。陈可期更是两眼发光，从周佛礼的思路中受到启发，把"讨伐"陈可元的事淡忘了。

8

上午，翡翠巷6号，广德集团总部袁若德办公室。

秦茱萸一大早打电话给袁若德，说有"重要情况"需当面汇报。袁若德稍觉诧异：哦，哪个方向的"重要情况"？

这下把秦茱萸问住了，他支吾着，说不清陈可元委托的事属于哪个方向，情急之下脱口回答：这事儿来自方杰方向，陈可元陈总等着答复，所以我不敢耽搁。

袁若德：好，我在办公室等你。

尤其芬驾车，秦茱萸风风火火赶到袁若德办公室，人未落座，一句话已汇报完毕：方杰陈可元欲以1.7亿元入股德立技术。

以1.7亿元入股德立技术？袁若德心里打着问号，手上忙着给秦茱萸泡茶，嘴上漫不经心：秦总你坐！你是说，金主来了？

秦茱萸端起茶杯，苦笑：陈可元就是喜欢搞搞震。

袁若德云淡风轻：此前，陈可元陈总已入股德来服装厂，现在又要注资德立技术，说明她很看好广德，殊为难得呀！

秦茱萸眨眨眼，点头认同：跟她打过几次交道后，发现她有个特点，就是手大！二话不说先砸钱！连续砸。

袁若德：人家有实力，有底气，当然大手笔。现在不是有个时髦说法吗？拿钱能搞定的事，都是小事。

秦茱萸再抖自己的发现：在她眼里，没有金钱砸不晕的人，也就没有她办不成的事，大事小事经她手必然事事圆满。

袁若德点头：这个观察很到位呀，秦总犀利！关于投资入股，是方杰的意思，还是陈可元麾下佳杰五金的意思，还是陈总个人的意思？就是说，1.7亿元金主具体是谁？

秦茱萸挠后脑勺，露出书生气：这个她没说，我也没问。

如果换了别人，尤其是广德的老人，袁若德一定会毫不客气地训斥和重申两点，一曰：这是著名的陈氏伎俩，砸金蛋在前，蛇吞象在后，你忘了吗？二曰：德立技术是广德核心资产，不允许任何外人染指，包括不对外引资，你忘了吗？但秦茱萸及其团队例外，不需要为此类琐事费神。袁若德倾力保护秦茱萸，严禁任何人向其透露梁仁良及毛织厂情况，以免对其造成干扰和影响。尽管如此，袁若德也想到，秦茱萸团队不可能完全没有耳闻，总会有意无意地撞到些蛛丝马迹。现在外面已有传言，说是广德资金链断裂，撑死熬不过半年。还有人恶意断言：遭女婿重击只是导火索，暴露了广德的外强中干，这回呀，怕是要走到尽头了喽！更有人妄言：广德行将就木，值得击掌相庆。

连日来，袁若德处在内外交困境地，但他没把焦虑不安挂在脸上，言语间一如既往地平和：秦总，你的意见呢？

秦茱萸哈哈一笑：投资我不懂。出于本能吧，我想，有人送资上门，犹如天降馅饼，免去了我们艰苦浩繁的"引资"工作。这笔钱，或可解决燃眉之急，也就是满足实验室购置高端设备所需。当然，我的想法很功利，哈哈！

袁若德：这想法很实在，实验室确实是这个情况呀！

秦茱萸接着讪笑，不吝自嘲：天下没有免费的午餐。从外面进来的钱，不管什么人什么钱，没有猫腻、没有花样，那是不可能的，其显性或隐性目的均耐人寻味。具体情形我不大懂，但企业之间没有慈善义务，这个我是知道的。

袁若德开怀而笑：哈哈哈！谁说秦总不懂投资？

秦茱萸大肆幽默：馅饼和陷阱，经常捆绑哟！

两人相互感染，气氛变得轻松。其实，秦茱萸对广德深陷资金链危机早有耳闻，曾不无担心，如果资金链真的断裂，必将导致德立技术事倍功半，几个已经看到曙光的研发项目可能前功尽弃，损失难以估量。他原本以为袁若德获悉有人拟投资入股，惊喜不已，孰料相反，他一丝一毫惊喜都没有，实际上是拒绝的。怎么会这样？有必要对一笔自动送上门的资金疑神疑鬼吗？他不太明白。1.7亿元，那是真金白银，拿到手立刻就可购买实验设备，为我所用，先把钱拿到手再说啊!

袁若德顾及秦茱萸面子,口气委婉:秦总,广德在资金方面暂时有些困难,但德立技术实验室的设备款很快就会落实,绝非遥遥无期。你放心啊!至于陈可元陈总拟入股德立技术的1.7亿元,还是老规矩,由广德董事会讨论酌定吧。

秦茱萸体谅袁若德的困境:好。袁董把关,游刃有余。

袁若德神色凝重,思忖一阵,对秦茱萸推心置腹:有个修正方案,纯属我个人意见啊,秦总你看能否提供给陈可元陈总考虑。德行物流正欲引进战略投资,建议对方参股德行物流,甚至可以考虑按现行估价,买断乃至收购德行物流。德行物流近年发展势头强劲,目前更是集团的头号盈利大户。

秦茱萸点头,觉得这也不失为一个好的接纳方案。至少,为1.7亿元找到"广德"这个好婆家,在陈可元那里也好交代了。

谈到最后,虽然没有表现出不一致,但两人心里都很落寞。

9

下午,深圳文锦渡海关。

陈可元早就知道母亲方珍有个小秘密——老都老了,还挺本事的,为自己"发展"了个闺蜜——私人医生张雯。

早年,从不在内地看病、一有病痛就返回香港诊治的方珍,某天突发不适,迫不得已就地就医,盲打误撞地闯入常掌柜中医馆看医生。第一次去,正是陈可元开车送的。

那天，家中只有她们母女二人及保姆，方珍突感腹部疼痛，在保姆搀扶下挣扎着从二楼下来。陈可元在一楼房间中戴耳机听歌，猛闻保姆拍门声，出门骇见老妈在沙发上蜷缩一团，冲过去搀住老妈，问明情况，又冲出去驾车，导航"最近的医院"。导航显示，京墨大街49号"常掌柜中医馆"最近。

张雯大夫接诊。她神态优雅从容，对病人亲切和蔼，问诊口气平实，像拉家常。备受惊吓和折磨的病人来到她面前，心神顿觉安稳，似乎有依赖了，不那么怕了。陈可元为母亲的急性腹痛忧心忡忡，甚至有些恐惧。母亲毕竟上了年纪，经不起风吹草动。但是见了张雯大夫，恐惧莫名其妙地一点点消失了。

张雯大夫针对方珍病情，制订了系统治疗方案，从根儿上调理治疗。经过几个疗程，神奇地将其缠绵多年的妇科老毛病治愈了。自此，方珍成为常掌柜中医馆的常客，也是老客户。后来才知道，张雯是学西医的，有博士学位，在老公常在理祖传的中医馆行医，实施中西医结合，形成独家优势和专业特色。方珍认定她"学贯中西"，医术高超，聘她为私人医生。

再后来，获悉"常掌柜中医馆"与广德集团袁若德有亲戚关系，更惊悉袁若德老婆常在情也在该中医馆行医，方珍一度退避三舍。囿于陈豪杰与袁若德在生意上的竞争关系、历史矛盾，以及其他诸多不利因素，方珍不得不回避常在情、常在理姐弟，回避广德方面任何人。然而，张雯大夫显然是方珍不愿离开也离不开的，尤其是她的理疗手法，不知得了什么真传，堪称独门绝技，令方珍简直"相知恨晚"。怎么办？方珍与张雯两人多次窃商，终于寻到变通办法，将治疗地点由常掌柜中医馆改为香港。张雯定期到位于香港新界弥敦道的方珍娘家老宅，为其做中医理疗和诊治。

这个约定张雯也很受益，可以顺便到香港购物。

陈可元：妈，为推动方正电梯加快建设进度、提升建设档次，方杰集团已在内部进行了两轮扩股融资。佳杰五金本来资金有限，我接手后还没缓过劲儿来，您帮我一把呗！

方珍：你那情况你爸还能不知道？他叫谁出钱也不会叫你出钱！你把心放肚子里好了。

陈可元：大哥二哥对我有怨气，只能拉款子回来堵他们嘴。

方珍蹙眉：我手里没钱。就是有，我一人也动不了。

陈可元：我没说要您的钱。您不是有个闺蜜吗？

方珍一听，"扑哧"发笑：这你也知道？嘿嘿，妈是老了，闺蜜还是有的。咦，你打起我闺蜜主意啦？

陈可元撇嘴：您闺蜜又不是大款，打她主意我还嫌累。我是为您着想，好不容易有个老闺蜜，关系牢靠点不好吗？

方珍：我闺蜜不用你操心！你忽悠我算了，别忽悠人家。

陈可元：您是方正老板他娘，您觉得方正及其股东能赚钱不？

方珍：废话！方正不赚钱，办这个厂干什么？

陈可元：妈，真正的闺蜜是同舟共济、利益共享的。您拉张雯大夫入股方正电梯，日后赚到钱，她念及这钱是通过您赚到的，心存感激，那您这闺蜜就铁了，就不是水中浮萍无根基了。

方珍：你要钱就说要钱，何来这些花言巧语。谁水中浮萍无根基呀？我们老闺蜜铁着呢！

陈可元煞有介事：妈，谁会反感锦上添花呢？您闺蜜当了方正股东，你们的关系就不是"铁"而是"血"了！血肉相连。

方珍思忖片刻，点头：主意倒是好主意。你咋不早说呀？

陈可元：早说不如巧说。说早了怕遭哄抢，说晚了怕抢不到。方正电梯目前刚启动内部募股，您闺蜜掐准这个时机入手，弄不好能当上原始股东——啧啧，多少人梦寐以求。我第一时间免费向您提供重要资讯，您给点小费意思一下算了！

方珍：拜托！你找我要钱，不是给我钱，还叫我谢你？

陈可元"扑哧"而笑：老妈这么醒目？我刮目了！

方珍撇嘴：我敢不醒目吗？那你忽悠我更方便了。

陈可元一脸委屈：原来您提防着我呢？天地良心！

方珍：跟年轻人打交道，尤其跟你这样的年轻人打交道，要打醒十二分精神！不然，被你骗得晕头转向还帮你数钱。

陈可元大惊小怪：哎呀妈！我怕了您啦！凭您这么精明，100岁也不会晕头转向！说不定，您骗我更拿手呢。

方珍：老的骗小的舍不得；小的骗老的，那可没商量。

陈可元：妈，您这教诲我可不敢苟同。

方珍：这不是教诲，是针砭时弊。

陈可元禁不住"咯咯咯"朗声大笑：妈！您也太潮了！

方珍斜女儿一眼，严肃制止：别笑！好好开车。

陈可元：妈，您女儿我，为方正电梯开源，四处奔波融资，这可是您亲眼看见的，对不？您女儿我，好歹也是您的贴身小棉袄，对不？不能白瞎呀！功劳苦劳不能不算数呀……也罢，接下来就看您和您闺蜜运气了。

方珍：谁说白瞎？你妈我，唯女儿马首是瞻。

10

晚上，流溪街慢闪酒吧。

太阳落山了，一天的忙碌将要结束，流溪街却别是一番景象。这里的一天有两次开始——早上太阳升起一次，晚上灯光亮起一次。华灯闪烁，人群熙攘，车辆穿梭，生意火爆。

袁甲芳致电袁若德，语气难掩兴奋：袁董，二手房市场行情不错，你交代的事基本办妥，部分资金已落袋！

原来，袁若德主持董事会拿出一个新方案，他亲自交代袁甲芳：除了保留秦茱萸团队两套住房及同层四套储备房外，大宝路21号整栋公寓楼在二手房市场挂牌出售。袁甲芳一听就不乐意，又不能与董事会唱反调，小声儿嘀咕：这事传出去可不好听！广德到了变卖资产的程度。袁若德笑了：嘿嘿，那就捂住，不要传出去。袁甲芳撇嘴：捂住？我没那本事。袁若德语气平和：去办吧！你那小算盘还是别打了，越打越觉得亏得慌。

袁甲芳嗓门儿很大，咋咋呼呼，袁若德被迫将手机离耳朵远一点：真没想到，那房这么抢手！这么快就能出手！哎呀我后悔死了！价位再高点就好了！我好傻！我真傻！傻透了……

袁若德静静地听着，一声不响。

袁甲芳意识到自己太情绪化，语调便缓和下来，不再那么刺耳：袁董，现在大宝路21号仍有三分之一储备房待售，其中楼层和朝向最好的房子有较大提价空间，我想暂时不卖了，待价而沽，下波行情来了再说。实验室设备款已经足够。

袁若德迫切想获得确认：设备款够了？

够了够了！绝对够了！袁甲芳像唱歌似的，接着想起来：刚才我路过流溪街，看见秦博士了……他没看见我。

袁若德：哦，他们几个人？都谁在一起呀？

袁甲芳：他一个人，没看见其他人。

挂了电话，袁若德赶到流溪街慢闪酒吧。他知道秦茱萸喜欢这里，觉得这地儿僻静，躲得开嘈杂，适合说点小话，谈点私密事儿。果然，进门就在灯光昏暗的角落，看到秦茱萸的身影。

秦茱萸面孔呆滞，陷入愧疚和自责情绪中无法自拔，兀自喝闷酒。袁若德突然出现，一声不响地在他对面椅子上坐下来，他也没多大反应，好像掐准袁若德会来，此时不来更待何时来？他淡淡地瞥对方一眼，点点头，算是打了招呼。

袁若德调侃：你不会在等我吧？

秦茱萸借杆往上爬：不幸言中。

袁若德拿起桌上酒瓶看了看，500克装的高度剑南春，故意贬损道：喝这个？不如跟我走，我办公室藏了瓶好酒！

秦茱萸苦笑：剑南春够好的啦！别人来蹭酒我还不舍得。

袁若德：嘿嘿！我来蹭酒你同样不舍得。

秦茱萸招呼服务员再拿个酒杯：你那酒量！我管你够。

袁若德趁机预约：小酌怡情，今晚咱俩不喝大。

秦茱萸叹口浊气：唉，压力山大，如同坐在火山口上。

袁若德：你看你，干喝酒，菜都没点，存心想喝大吧？

两人碰杯。袁若德招呼服务员来一盘油炸花生米。

冷酒下肚，热血上头。秦茱萸未加隐瞒，也没有丝毫犹豫，对袁若德如实相告，自己与陈可元"关系"上了！换句话说，是难脱干系了。他异常率真地坦承自己对"私生活"处理不当：两个女人，对我而言显然多了一个。

袁若德虽有耳闻，但从未与秦茱萸当面谈及此事。最初惊悉秦茱萸与陈可元有染，着实有些吃惊，随后又释然了，因为他对秦茱萸无疑是尊重、理解和体谅的。见秦茱萸纠结苦恼的样子，他口气淡然：那就做减法。

秦茱萸嗫嚅半晌，一脸苦涩：这减法难住我了！

袁若德：姑娘都是好姑娘。问题在于其中一位来自方杰。

秦茱萸惊诧：她来自哪里很重要吗？

袁若德见秦茱萸十分紧张，顿了顿，有意缓和口气：看从哪个角度讲。单纯从爱情角度讲，无足轻重。

秦茱萸当然明白袁若德的言外之意。所谓"来自哪里"是指一个人的背景，如今背景与前景一样重要。单纯爱情角度是个可笑角度。人类文明发展至今，纯净爱情已不复存在。他无法平复心情，头脑纷乱如麻，一脸垂头丧气：事实是我被温柔了……

嗯？袁若德眨眨眼，按捺着不安：这话几个意思？

秦茱萸自嘲：我被选择性温柔。陈可元彪悍，堵死了我的退路。更糟的是，我这草包基因里还有色胆包天元素。

袁若德摇头：你未娶她未嫁，于私愿打愿挨，于公不伤风化。这事与

"色胆包天"挨不着，淡化处理就好，并非多么棘手。你仍有选择权，别人剥夺不了。

秦茱萸咧嘴苦笑，举杯仰脖给自己灌酒。

袁若德：陈可元攻势强劲，由她闹好了，你当坐怀不乱呀！

秦茱萸愣怔一瞬，垂下脑袋：修身不够，惭愧！

袁若德：咱来点俗的——要说漂亮，还数曲解吧？

秦茱萸：陈可元是金主，无须靠美色。当然她也不丑。

袁若德逗他：这么说，陈家千金掏万金，砸得你犯晕？

秦茱萸喉结蹿动：不砸晕也被忽悠晕了。

袁若德紧盯秦茱萸：你喜欢她吗？

秦茱萸下意识地点头：她那烂脾气，比一坨狗屎还臭！

袁若德当然听得出来秦茱萸的话外音：她喜欢我，比我喜欢她更甚！而且她臭硬，咬死不松口那种。

两人又碰杯。袁若德心情有些复杂。他想到，曲解显然不占上风，那么，"最坏的情况"就是陈可元得手，把秦茱萸"拐跑"了。再转念一想，广德敞开大门，"迎娶"陈可元又如何？不妨让陈可元山寨一场"昭君出塞"好了！广德难道还怕她"掺沙子"吗？说不定，最终咽不下这口气的是陈豪杰。总之，此事仍具可变性，不如静观其变。他吁口气：姑娘两个，玉人一双，还真难为你。

秦茱萸万般无奈：已经愧对一个了，不可再愧对另一个。

袁若德单刀直入：曲博士那边怎么办？

这话问到了秦茱萸痛处，他非常自责：曲解……无解！她是很单纯的人，年龄也不小了，我无端端伤害她，陷她于纠结和绝望，对她挺残忍……不知怎样才能把她的痛苦减到最小。

袁若德支招：那就长痛不如短痛，别再拖累她。

秦茱萸抬手给了自己太阳穴一拳，力道挺大：已经拖累她了！我真不是东西！我昏了头！我浑蛋……我心如锥……

袁若德伸手去拦：现在检讨没用，先要解决问题。

秦茱萸认真点头：对！我会尽快找时间与曲解见面——虽然我现在很怕见她——开诚布公地好好谈，让她第一时间知情止损，斩断情丝，请求她原谅和放弃我，重觅幸福。她自身条件卓越，早在美国，追求她的人就很多。

袁若德点头：曲博士另觅佳婿，有了好归宿，你才能安心。

秦茱萸：袁董，凭你慧眼，能否就此事解惑把脉给建议？

袁若德态度坚定：我的立场是爱屋及乌。你中意哪个，娶哪个，我都无条件全力支持。你有幸福感，是我最满意的事。我笃信一条，幸福感缺失，人的创造力会打折扣。

秦茱萸举杯：袁兄，我敬你！敬酒先干——我喝三杯你随意。

袁若德静静地看着秦茱萸连续自灌三杯酒，趁势火上浇油：另外有个好消息，袁甲芳备足了实验设备款，采购事宜立马可落实。

秦茱萸大为惊喜，两眼放光：真的？实锤了？

袁若德同样亢奋：那还有假？我说过，不会因资金周转不灵对整个研发项目造成迟滞，令德立技术蒙受损失。

秦茱萸腾地站了起来：这下OK了！袁兄，我敬你！被敬者先干——你喝三杯我随意。

11

下午，泽兰街龙葵加油站后院茶室。

陈可元驾驶黑虎驶入龙葵加油站。车未泊稳，就有一名年轻女子（油站工作人员）迎上前来，与陈可元互递眼神，谙熟默契，完成"交接"。陈可元跳下车，一声不响地向后院茶室走去，年轻女子坐上黑虎驾驶位，把车开到预定位置，加油清洗保养。另一年轻女子跟进茶室，替陈可元泡茶。

陈可元独自一人在茶桌前落座，神情落寞。

年轻女子泡茶手法专业，兰花十指游刃在茶缸、茶壶、茶杯、茶碟、茶勺和茶漏之间，若行云流水，像茶艺表演似的，尔后双手掬茶：陈总，茶泡好了，雨前碧螺春，您请慢用！

陈可元勉强露出笑容，冲年轻女子点头：谢谢！

年轻女子退出。陈可元手机铃响，她拿起手机正待接听，突然"咣"的一声，茶室门被猛地推开，陈可铭现身，门神般堵在门口，瞪视陈可元：知道你躲在这里！知道你狡兔三窟！

陈可元惯以见多不怪著称，此时却禁不住错愕和生气：喝个茶而已，躲个鸟呀！我狡兔十窟八窟跟你有关系呀？

陈可铭黑着脸，厉声质问：你为啥不接电话？

陈可元见大哥口气冲，态度凶，与平日斯文沉稳模样儿判若两人，条件反射般想到，1.7亿元走漏了风声？这笔资金的调度去向真要爆雷炸锅？她赶紧冷静下来，收敛锋芒，瞬间完成"变脸"：我不是忙嘛！电话又多，几十个未接来电没顾上看，谁知其中有你来电呀！这不趁着加油，刚想坐下喘口气。

陈可铭：你干的好事！害得我一上午跑佳杰两趟……

陈可元微笑，嗓音柔和：我干的好事多啦！你指哪一茬？

陈可铭目光犀利：你别嬉皮笑脸！你避而不见，又不接电话，你什么意思？我是总裁你知道吗？不接总裁电话意味着什么？贻误商机与贻误战机同一个性质，可以拉出去枪毙！

陈可元暗自讥笑，嘴上调侃：你拉我出去枪毙之前，我请你喝茶。既然来了，坐吧，喝茶灭火，不耽误你兴师问罪。

陈可铭扭脸四顾，打量茶室：这里说话不方便，你跟我回去！

陈可元：哥，你放心，这里没有干扰，非常安全。

原来，陈可元18岁考取驾照后，就固定在龙葵加油站加油，与油站老板夫妇成了熟人。龙葵加油站是河埔市最早由私人经营的加油站之一，油品质量不错，服务周到。加油站后院有间老板自用的茶室，置有全套顶级紫砂茶具，内饰豪华，功能齐备，专人打理。说是茶室，实为会所，面积虽不算很大，"迷你"级，但吃喝拉撒唱歌跳舞全可搞定。该茶室自有私密性，除了老板夫妇陪客户饮茶兼谈生意，鲜有外人进入。陈可元不是此处常客，却是贵客，因为她有茶室钥匙，凡涉"商业机密"类的人和事，均可"占用"茶室。用她自己对油站老板的话说是"借贵方一块宝地不为落脚谋生，只为遮挡耳目屏蔽喧嚣，多谢关照"。

陈可铭当然知道龙葵加油站，只是不知道后院茶室。为找陈可元，他临时上了点小手段，这才把她"逮"个正着。他气哼哼地往里走几步，在茶桌前一屁股坐下，口气愤懑：我问你，入股方正电梯那笔款子，你挪用到哪儿去了？你是不是疯了？

陈可元将一杯茶推到陈可铭面前，稳稳坐着，不慌不忙。

陈可铭：挪用款项绝非小事，你想过后果没有？

陈可元心平气和：我的款子我有权支配，谈不上挪用。

陈可铭腾地站起来，居高临下，吹胡子瞪眼：方正本身盘子大，正处于高投入期，一直在多渠道募集资金，每笔资金都需用在刀刃上。佳杰五金不按集团计划入股方正，这搭错了哪根筋？叶馨菊撤人撤资撤单令方正受创，你陈可元要步她后尘吗？

陈可元仰脸儿看着陈可铭：哥，你既然已坐下，那就少安毋躁，我回答你的问题，否则没得谈。气势汹汹容易脑子短路，你是何苦？

陈可铭愣怔一下，重新坐回椅子上，尔后抓起茶杯，一仰脖，把整杯茶给自己灌了下去，也许好茶真能灭火。

陈可元：总裁，我提醒你，爸有话在先——你们兄妹仨掐架可以，撕破脸不行，这是陈氏一条重要家规。谁有撕破脸举动，一律视作冲我陈豪杰来的，其心可诛，严惩不贷。

陈可铭嗤之以鼻：我要你提醒？兄弟齐心，其利断金！

陈可元欠起身子给陈可铭续茶：那就别死磕了。多大点事呀！

陈可铭：当我喜欢跟你死磕？我一年都不想跟你打一次照面！听说阿期电话你也不接，把他气得不轻。他面皮儿薄，不像你，脸皮子比脚掌皮还厚！连他这样斯文的人，都忍不住爆粗口，骂你吃里扒外，骂你关键时刻搞分裂。

陈可元：二哥发飙不奇怪，他肚子里装不下二两事儿。

陈可铭：你想过后果吗？与阿期闹翻，与家族对立，众叛亲离，局面将不可控。这事我不敢跟爸说，怕他承受不了刺激。

陈可元云淡风轻：刺激老爸的是你，你就爱告刁状。

陈可铭很生气，嗓门儿陡然抬高：小元，爸一向高看你，对你抱有厚望……

陈可元打断：我没辜负爸呀！爸说过手心手背都是肉……

陈可铭同样打断：谁手心？谁手背？你拎清啊！爸指的是家人，不是泛指。人家德立技术实验室关你毛事？脚趾都不搭！秦茱萸跟你一毛钱关系没有！你在他心里一丁点儿分量也没有！你傻乎乎盲目撒钱，实验设备买回来人家会让你碰吗？

一毛钱关系没有？陈可元心下偷笑，懒得搭腔。

陈可铭很痛心：小元，识时务者为俊杰。上次咱俩正式找秦茱萸谈，邀他加盟方杰，拿出家族最大的诚意，但他拒绝了，且态度坚定。这标志着方杰挖角失败，也意味着你和他的事黄了！你咋还抱幻想呢？咋还执迷不悟垂死挣扎呢？你鬼迷心窍，患严重"单相思"，你太二（二杆子）了你！

陈可元反唇相讥：你才二呢！

陈可铭：你要是不二，就不会忤逆老爸。

陈可元瞪眼：谁忤逆老爸？我陈可元做事，全都秉承爸的旨意，按照爸的要求，一丝一毫不曾走样！爸多次交代，要笼络秦茱萸，促使他脱离广德加盟方杰，我每一步都是朝着这个方向走的。

陈可铭：以前是，现在不是了。

陈可元大为诧异，逼视陈可铭：怎么不是了？

陈可铭很不耐烦：我刚才不是说了吗？对方拒绝了，方杰失败了，事情性质发生变化了。爸有八字原则，"大门洞开，不入不嫁"。意思是秦茱萸不加入方杰，你没有理由嫁给他。秦茱萸离开广德加盟方杰之日，始为陈氏嫁女之时。

陈可元陡然色变，尖起嗓子吼：哥，这事你不可以胡编乱扯！啥年代了，还叫人家入赘，还搞倒插门！咱家缺人丁吗？咱家是绝户头（民俗指有女无儿家庭）吗？

陈可铭：小元我告诉你，这是爸的原话！爸有录音，你很快就会知道。我现在只是给你转述一下大概意思。

陈可元屏息静听，她知道大哥是个自重的人，不屑撒谎。

陈可铭：爸说，秦茱萸爱不爱陈可元，有个金标准，即加盟方杰与否。陈氏嫁不嫁女，有条红线，也是加盟方杰与否。踩陈氏红线（模棱两可）的人，不可以做陈氏女婿。

陈可元心情晦暗，坐在那里闷声不吭。

陈可铭：爸说，难道陈氏女婿可以放着自家厂子不做，去帮衬别人吗？难道叫我眼睁睁看着他拐跑我女儿、两人成双成对去帮衬竞争对手吗？天底下没这个理儿！除非我脑壳子有病。秦茱萸不离开广德加盟方杰，休想娶我女儿！

陈可元低眉耷眼，充哑巴，看上去一副垂头丧气的样子。

陈可铭：爸问过我，假如陈氏没有红线，秦茱萸和小元恣意完婚后，他仍坚持留在广德，你怎么办？你有招吗？我回答说就算我没招，小元也有招。这话让爸很不开心。爸的意思是拉你回头。爸说，儿女婚嫁本是好事，但好事要办好。如果办砸，就会陷方杰于偷鸡不成蚀把米、赔了夫人又折兵的境地。

陈可元木偶般坐在椅子上，像接受批判似的老实规矩。

你考虑好！立即悬崖勒马！陈可铭叮嘱，说完起身，头也不回地摔门离去。

12

晚上，南星街合欢电影院。

在合欢影院候影大厅，黄匠军和季黄鹏并排挤坐着，各持一桶爆米花和一瓶可乐，有说有笑，有吃有喝。

王祖望大步流星走进来：哟，这两口子够甜蜜的呀！

黄匠军和季黄鹏不约而同站起来，黄匠军憨笑，季黄鹏嘴快：王总，这么巧啊！您也来看电影？

王祖望笑容满面：我路过这儿，看到匠军的车啦！据说你们两口子一人一台车，小日子滋润啊！

季黄鹏赶紧解释：我那车是公司配的，油费也是公司出。

至于黄匠军那台车，他们就要小心搪塞了，幸好王祖望没问。季黄鹏打岔：您不是来喊匠军回去加班的吧？

王祖望摇头：哪能呢！周末了，难得轻松一下。

其实，王祖望是专程赶来的。此前，他与黄匠军商量，寻求租借"霸王铣"，还是得走季黄鹏的路子。黄匠军心照不宣，知道王祖望想找机会面见季黄鹏。这年头，约人见面，在哪里见，怎样见，都有讲究。找人帮忙办事更要备礼，至少也要备一份伴手礼。不然，对方心里咒你"免开尊口"，好路子就走成了"断头路"。唯有一个简便易行的办法可以"免礼"，那就是"偶遇"。他立马配合，把翌日晚上几点几分的电影票，发到王祖望手机上。王祖望很满意，叮嘱黄匠军：好，明晚我去电影院找你们。咱们不要弄得煞有介事，要尽量淡化，顺手牵羊最好。

连日来，王祖望百般煎熬。现在不愁单了，订单在屁股后面追着，愁的是产能。只要产能上去，哪里用得了九个月工期，五个月就能搞定！王鹅精密现有产能难以保证，更遑论扩大产能。说来真是难为了广德！人家早就要收回

"霸王床"，不论租金多高都要收回，几次差一点派人派车来拉机床。要不是袁若德老板看在樊老靓、黄匠军师徒的面儿上，看在王鹅精密确有困难的份儿上，百般体恤，亲自出面干预，"霸王床"早就保不住了。现在又想在霸占"霸王床"的情况下，另借"霸王铣"，那脸皮也太厚了！太恬不知耻了！欠人情比欠债还难受。这个破念头注定碰钉子，赶紧自我掐灭，何必自讨没趣。但是，念头掐灭了，问题没解决。他思前想后，最终想透了，除了租借"霸王铣"，还有什么办法？没有钱就没有办法，更没有好办法。

黄匠军暗示：王总你坐！电影还有25分钟开始。

王祖望顺势坐下，开门见山：季董秘，你是王鹅精密的家属，更是王鹅精密的功臣。我们每每仰赖于你，你从未嫌弃呀。

季黄鹏开心而笑：王总谬奖！你是有事吧？

王祖望艰涩开口：是，我们想租借一台"霸王铣"。

季黄鹏两眼睁大：租借"霸王铣"？那不可能。

王祖望眼珠一转，横下心来：季董秘，别怪老王我死皮赖脸，一条道儿走到黑，屡屡借鸡生蛋。租借是老办法，虽说已被滥用，但仍是唯一办法。希望托你贵手，帮我们租借一台"霸王铣"数控机床，租借时间不长，以四个月为限，租价可以提高……

季黄鹏大摇其头："霸王铣"不对外租借是公司规定的。王总还是放弃这个打算，要用只能买，还须预付定金。如果待"霸王铣"正式推向市场你再下单，那就不知排到猴年马月了。

王祖望面呈难色，显得万分不解："霸王床"不是借了吗？"霸王铣"咋就不借？我们可以提高租价。

季黄鹏浅笑：广德不在乎你的租价。

王祖望很难为情：不好意思！万望季董秘贵人贵手相帮！

黄匠军在旁边帮腔：王鹅精密一旦提高了产能，境外分包合同和境内大单均可推进，等于为"霸王铣"做了活广告。

季黄鹏瞥黄匠军一眼："霸王铣"是"霸王床"的第四代升级版，"河埔金秋国际毛衫节"仅推出模型，即接到两位数订单。

这话把黄匠军呛得没话说——谁稀罕你的活广告。

王祖望由衷点头：好家伙！青出于蓝胜于蓝，德立技术超级牛！巨牛！技术专利神手！什么先进机床都能造！季董秘，王鹅精密攀上广德大树，搭上广德快车，不是因为有你嘛！嘿嘿，德立技术大牛，捎带王鹅精密小牛，那简直再理想不过！

季黄鹂欲言又止。"捎带"得还少吗？"霸王床"没还，又借"霸王铣"，也太得寸进尺了。另外还有层意思，她一时没法儿跟王祖望说清楚。"霸王铣"内含新技术，具撒手锏性质，尚未申报专利保护，只能靠自我保护。目前采取的权益性办法是暗设机关，外人即使将机床大卸八块，破解也有难度。当然最根本的办法还是整机推向市场，不考虑对外租借。

王祖望见季黄鹂不接腔、不搭话，十分尴尬。他手挠前额，一脸可怜相，来了番自我解嘲：唉，没钱别说话，说啥话都不好听。有钱不用说话，一切迎刃而解！

这话逗得季黄鹂"扑哧"而笑，黄匠军也跟着笑起来。

王祖望趁机扯闲篇：匠军，前不久我听你说，广德袁老板很看好你和你师傅，曾邀请你们去德立技术带带年轻员工。当时咱样品没过关，我也没把这事放在心上。

季黄鹂：是啊！袁董很重视他们，一直都想找机会请他们到德立技术，为青年员工做工艺示范，这是最有效的传帮带。榜样的力量是……

王祖望灵机一动，下意识地截断季黄鹂：工艺示范？好哇！可以叫樊老靓、黄匠军师徒去广德学习取经。

季黄鹂：王总别糊弄呀！不是学习取经，是工艺示范。

都一样嘛！王祖望嘴上说着话，心下盘算，关系靠交往，不交往哪来交情呢？人情到了，租借机床就说不定有戏！他忽觉眼前豁亮，郑重其事道：季董秘，能否跟袁董说一下，我想派樊老靓、黄匠军师徒前往德立技术学习取经，见识一下"霸王铣"，时间是一天，不会影响贵车间正常生产。你看行不？

季黄鹂客气道：好，这事我回去跟袁董说说。下个月，德立技术安排"霸王铣"试机，你们可以派人观摩。

拜托了！王祖望说着，起身告辞。黄匠军、季黄鹂两口子异口同声留他一起观影，说来都来了，看场电影再走呗！

王祖望：在电影院浪漫是小青年的专利，我没资格啦！回家帮老婆弄饭，检查小孩作业，我晕着呢！

13

下午，香港新界弥敦道，方珍娘家老宅。

方珍在娘家老宅设置了一间理疗房，由她的私人医生张雯大夫为她定期做常规理疗。房内医疗设施不算完备，但很先进。

这天照例做完理疗，两人顺带着说些闲话。

方珍：辛苦了张大夫！累了吧？快坐下歇歇，饮茶！

张雯搓着自己的两只手，转脸问道：感觉怎样？

方珍：非常好！舒服多了。

张雯脱下白大褂，就近在沙发上坐下来。她确实有点累，额上渗出细密的汗珠。一直以来，张雯都很珍惜"私人医生"这个角色，尤其像方珍这样的老板太太、香港居民，可选择的医疗资源很广泛，但她认准和笃定选择张雯，多年不变，这份信任值得真诚回馈。她对方珍的理疗很上心，穴位按摩精准，力度在九分以上。起初，做全身推拿一整套动作下来，至少一个半小时，只按一个钟（广东话：一小时）收费。方珍渐渐体验到理疗带来的好处，要求加钟。张雯与她商量，认为一天做太多不见得好，过犹不及，最后确定的优化方案是：每次仍以一个半小时为限，连做三天，为一个疗程。再后来在方珍坚持下，每次推拿按两个钟收费。张雯亦不由自主地将每次理疗延时至一小时五十分钟。

时间长了，两人愈发熟悉，姐妹般相处，倾谈（聊天）至开心处，地北天南，想到哪儿说到哪儿，对爱情八卦最是乐此不疲。其中对子女找对象的事那更是操心得没完没了，很热衷对年轻人的对象及配偶评头品足，做"横向比较"。

方珍很少在聊天中涉及家族生意，一来她本人没有参与，二来张雯不是生意人。这天却例外，方珍有意引入生意话题，当然并非直截了当。她先是叹了口气，接着巧妙切入：一晃几十年过去了！孩子们长大了，我们也老了。想当年，我把老二阿期送到我爸妈身边的时候，二老开心极了！尤其我爸，欣喜莫名，把这个外孙走哪儿带哪儿，只差没绑在裤腰带上了。彼时情景恍若眼前。唉，我爸那么爱外孙，就是没享过外孙的福哦！

张雯：哦！我听你说起过。令尊和你家二公子感情好，自幼把他带在身边。你老公为此事纠结很久，主要是不舍得。后来，为成全岳父大人的产业之梦，才狠下心来将小儿子"外放"。

方珍：是啊！自己造电梯，是我老爸一辈子的梦想，培养接班人也以自己造电梯为目标。所以，这也成为我儿子陈可期的梦想。我老公上承岳父，下传儿子，算是承上启下。所以，从我爸、我夫到我仔，家中三代人都揣着这一个梦想。

张雯感慨：哦，三代人的梦想！

方珍：可惜呀，老爸没能实现梦想就走了。有句老话怎么说的？壮志未酬身先死……方珍说到这儿哽咽，十分伤感。

张雯：如今，梦想照进现实，令尊遗志有人继承了呀！你家二公子阿期，啧啧，一表人才，沉稳睿智，天生做大事的！方正电梯在他手里定能成就伟业！

方珍：千不该万不该，阿期和那个狐狸精叶馨菊弄到一起去了，把一切都搞糟了。一脚踢开自己造电梯的梦想，连代工也搞乱了套！她的目标不是搞好工厂，而是掌控阿期，进而掌控全部资产。阿期对她付出了真情，又有什么用？还不是打了水漂儿！真情打水漂儿看不见，比看得见的金钱打水漂儿更伤人。

张雯点头，深表同情：是啊！世间万物中，真情最珍贵。但真情并不必然被珍惜。情伤最伤人，伤人最深。

方珍丝毫也不避讳，对张雯推心置腹：唉，可怜阿期，与叶姓女友真是孽缘哟！关系好又好不到哪儿去，断又断不掉，纠缠不清。问题是，办厂理念不同，人生追求不同，这些骨子里的东西很难改变，不是仅靠卿卿我我就能解决的。唉，我担心的是拖累儿子，他爸担心的是拖累厂子……

张雯安抚道：珍姐放宽心！二公子多聪明的人啊！上次你说，他决心了断这个关系，厂子内迁恰是机会。这不显然是二公子深思熟虑的结果吗？这不及时止损了吗？日后，二公子给您找个好媳妇回来，珍姐必有后福，洪福齐天。

方珍对张雯这番话非常认可，跟着补充：阿期跟他外公一个模子，无论做人还是做事。他在外公身边成长，深得外公真传，一心要自己造电梯。他在这方面很自负，坚信能够造出来。

张雯真心捧场：方杰后继有人！方正前程无量！

方珍：要不，你投资方正电梯吧，当我们股东好不好？

张雯明白了方珍的心思，略显惭愧：珍姐好意我心领了！但珍姐你别看走眼了呀！像我这等小家小户，仅靠劳心劳力谋生，上不得台面啊！哪敢有做大企业股东的非分之想？

方珍：别这么说。朋友圈范围内门槛不高，千万元起步。

哦！千万起步呀？张雯很是惊了一下，门槛并非高不可攀。

方珍肯定地点点头：张大夫，咱是铁哥，你随意好了。

张雯振奋不已。在她看来，方珍只是年纪大了，其实并没有多少器质性基础病，她身体各项机能随年龄增长略呈规律性衰退，在正常范围内。但她格外注重养生保健，不惜为此花大钱，张雯因此而受益——有一技之长的人最渴望的是有用武之地，通俗讲是有大客户。一直以来，她对本市名企"方杰集团"都很敬重，很心仪。按普通逻辑，没有方杰就没有方珍这样长期稳定的大客户（病号），也没有如此优质的医患关系（相互需要）。

一小盅清茶喝完，张雯主意打定：多谢珍姐高看！多谢珍姐抬爱！多谢珍姐厚待！我对贵公子传承家业铁定支持，全力支持。先拿这个数吧。张雯说着，用手指标出数字。手势很清晰，一眼即可看出那是4600万元。

方珍展露笑容：那敢情好张大夫！你看多方正，说明你有眼光！你率先领投原始股，业内行话即为天使投资人。多谢你信任！陈氏决不会亏待你！阿期日后更会涌泉相报。

张雯：我看好方正只是随大流，没人看空方正吧？

方珍朗声大笑：有啊！叶馨菊。

张雯：珍姐，那我就当仁不让挤上方正这艘旗舰大船了！利益绑定，命运绑定，后半生也绑定了。方正电梯赚，我跟着赚；方正电梯赢，我跟着赢；方正电梯好，我跟着好。

方珍：张大夫不愧是有文化的人，说话办事有理有据。方正电梯得你力挺，真是阿期的福分！

张雯微笑着说：还不是珍姐看得起，我才跟着沾光。真要论投资，我哪懂啊，我和我们家那位都是一窍不通！

方珍面色严肃起来，像年轻人那样信誓旦旦：咱是多年好姐妹。我方珍以个人名义担保，你投的钱，两年内翻一倍。我说话算数，咱俩可私下签个协议（在你与方正电梯的正式合同之外）。这是少的，弄得好可翻三倍、五倍，上不封顶哦！

张雯乐了：珍姐，您只担保翻一倍呀？翻五倍担不担保？

方珍撇嘴瞪眼：你想得美哟！我有那么大本事？

张雯兴奋不已：珍姐没本事，谁有本事？珍姐本事不大，谁本事大？跟着珍姐，想不发财都难。所以我得寸进尺嘛！

说着话，张雯从沙发上起身，拽住方珍的手：走，咱出去找个地儿吃点好的，我做东，庆贺一下今天的里程碑式决定。

那敢情好！方珍立即响应，起身抓上外套，边走边嘀咕：还是我来，在香港这地头，哪能让你破费。

张雯像喝了酒一样亢奋：珍姐牛，方正牛，陈氏牛，我也跟着牛！今天说好我买单，让给我一个小牛的机会……

14

晚上，芳菲大街31号，方正电梯总部曲解办公室。

夜晚降临，曲解仍在办公室忙碌。她桌上除了一台电脑，还有个小型电子白板，那是每日备忘录，上面一条条待办事务记得密密麻麻。比之手机"备忘录"，白板备忘录更直观醒目。桌上还摊着一份《关于收购王鹣精密的建议》复印件。

电话铃响，她拿起话筒。陈可期从香港打来电话，语气亢奋：曲姐，我就知道你在办公室加班，晚饭又没吃？

曲解微笑调侃：吃过啦！你去香港那边怎么样？顺利吗？

陈可期：小元此前承诺的融资款，半小时前到账，4600万元。

曲解惊喜：哎哟！这么快！哪里打来的？

陈可期：张雯——据说此人为常掌柜掌门人常在理夫人。

曲解眨眼想了想，"张雯"不认识，"常掌柜"这名字倒不陌生，听说是本地一家中医馆。她故意逗陈可期：所以呢？

陈可期苦笑：所以，就由着小元她闹腾呗！

曲解：气消了？释怀就好。因误会而怄气可划不着。

陈可期：曲姐讽刺！不好意思，让你见笑了。

曲解：阿期老板，你是哥，大人大量，对不对？千万别再骂小元"胳膊肘朝外拐"之类，不只伤和气，还委屈她了！

陈可期支吾道：嘿嘿，我脾气臭，惭愧！

其实，陈可期很高兴。他想不到心高气傲的小元还真能"捞"到钱！她没别的本事，就是运气好，每每无心插柳柳成荫。但是，到手这点钱哪里够呀？骂是不用再骂，搞钱还得催她。

曲解：平心而论，方正电梯哪回遇到难关，小元不是义不容辞出手相助？咱们感谢小元都来不及。阿期老板，小元一直在挺你，在帮方正电梯，这个你心里要有数。

陈可期：曲姐海涵！阿期明白。香港这边诸事顺利，你放心。

曲解：你们兄妹同心，我替你们高兴。建议你改天请小元吃饭，隆重致谢，拉上我和卢总、李总、杜总及周总工作陪。

OK！陈可期满口应承，接着叮嘱：曲姐，你别忙太晚了！明天周日多睡会儿，不用那么早赶到公司。

曲解：好。等下我和李总他们碰个头，施董助下午打电话说她晚上过来，我们正好边开会边等她。你舟车劳顿，早点休息。

7点20分，李才智第一个来到曲解办公室，见她刚吃完一碗泡面，十分诧异：你晚上吃这个？

曲解手忙脚乱地收拾碗筷，笑着说：你看，多省事儿。

李才智：早说呀！我带一份饭给你，至少有个炒青菜。

曲解煞有介事：保持身材最好的办法，就是少吃。

李才智不无关切：即便少吃，食材也要健康。泡面油大盐重，既没营养又易长肉，这不适得其反吗？

曲解笑道：你别吓我呀李总！没听说吃泡面长肉的。你看，我桌子底下有一整箱呢，拿它充饥挺管用。

正说着话，卢占祥、周佛礼两人前后脚走进屋来，互相点头招呼后，各自落座。两分钟后，杜仲也赶到。

曲解指着桌上复印件，开门见山：关于收购"王鹅精密"，我已向陈董写了报告。若老板同意，我们即可研究实施方案，制定细则。今晚喊大家过来，想商量下与方正电梯极具适配性的BT工艺如何为我所用。除了收购"王鹅精密"，还有别的路子吗？请各位发表高见……话音甫落，曲解手机铃响。

曲解一看，是莫如师打来的，她向在座几人点头，立刻接听：莫博士晚上好！看见来电显示你的名字，就好开心！

莫如师嘴甜：姐，只要你开心，我就更开心了！

曲解心情奇佳，故意说话带刺：你一开心就更帅了，这可不行啊！过多吸引女孩子的目光，影响生态平衡。

莫如师在电话那头笑喷：吸引到姐的目光了？

曲解：当然！可惜姐不入流，在你那里排不上队呀！

莫如师好不容易止住笑：秦总叫我第一时间向你通个风，R32数控专利技术成形了，完全可以应用了！我私下给你个信儿啊，R32搭载R31，效果尤其理想，简直令人叫绝！

曲解由衷高兴：太好了！祝贺你莫博士！

莫如师：但公司决定不对外宣示，不让对外讲。

曲解：专利技术保密是行业惯例，你们公司的做法无可厚非。但如师你是知道的，方正电梯特别需要！特别需要！！特别需要！！！请转告你们秦总，请务必一如既往地眷顾支持兄弟厂家——方正电梯，助力其率先实现数字基础设施的集约化建设，推动其跻身于行业第一梯队。不胜感激！容当后报！

莫如师：明白。我个人理解，公司实施技术入库，不对外，可能基于价格考虑。前期，方正电梯有偿使用R31价格偏低，纯粹友情价，R32或许要走市场价了。姐，这情况你自己知道就行。方正电梯若想有偿使用R32，可以派人来谈。

曲解：好的，我们研究下，到时我亲自上门去谈。周总工正好在，他想跟秦总说两句话，你把电话转给他接听，方便不？

莫如师：秦总不在实验室，也不在宿舍，估计有事出去了。

曲解与周佛礼互看一眼，不无失望：哦，那算了。如师，你们宿舍的地址，你给我发个位置吧，我留着备用。

OK！莫如师爽快答应，接着又殷切地向曲解送上热捧：姐，冲你，我极端看好方正电梯，它标杆品质，不同凡响，必将成为行业黑马，出道即巅峰！亮相即高光！

曲解：哟，你这祝福够刺激！谢谢如师！仗你吉言，承你技术，方正有望一骑绝尘啊！希望我们保持合作，久久为功。现在呢，我的几位同仁都在，他们委托我对你表达敬意！表达谢意……莫如师调皮截断：姐，我只要爱意。

挂了电话，接着开会。

曲解：除了我和周总工，在座三位副总都是方杰老人，对王鹈精密相对了解，对其工艺BT也不陌生。新加坡客户苏杭显然是冲着BT工艺来的。我刚才重新看了苏杭来访时的"会谈纪要"，现在给各位复盘一下。

曲解拿起遥控器，她桌上电子白板显示："特别条款：双方传统交易中应用BT工艺的电梯零部件仍为首选和必选。"

李才智：长期以来，BT工艺都是电梯零部件制造的天花板。

卢占祥：这事提起来就痛心。BT工艺诞生在佳杰五金，是佳杰五金的财富，结果眼睁睁被人拐跑，活生生被人薅羊毛。

曲解皱眉：BT工艺是从佳杰五金流失的，理应物归原主。

杜仲摇头叹气：工艺在人手里，人不忠诚，一切为零。工艺与方正有缘，掌握该工艺的人与方正无缘，这不束手无策嘛。

李才智一针见血：掌握该工艺的人不是我们的人了，这个最要命。我们过了很久才拎清事情的严重性——项庄舞剑，意在BT。王祖望带走了人，也就攫取了BT工艺。

曲解：人是活的呀！活就意味着变化。

周佛礼慢条斯理：方正电梯很需要BT工艺，它对提升产品品质有利，是加分项。刚才李总说了，BT工艺是电梯零部件制造的天花板，谁应用BT工艺谁占优。那么问题来了，万一哪个厂家对BT工艺下手，实施垄断（收购、买断、控股等），即占上风。方正呢，在残酷的市场竞争中只能落败。

卢占祥：以前经常面临的抉择是，要人，要工艺，还是要产品。现在面临的抉择是，能否要到人？

曲解：对，这很关键。工艺诚然可以不断优化迭代，但目前为止，BT仍具有不可取代的地位。从大局和长远出发，全资收购王鹅精密当为最佳乃至唯一选择。这事要抓紧，不可耽搁。人际恩怨随时光的流逝存在可变性，任何芥蒂都不是永久的，纠缠历史老账没有意义。能合作就是伙伴，互利互惠就是朋友。

李才智：我同意曲总的意见，历史恩怨应让位于现实利益。方正是个崭新实体，清丽脱俗，理应拿出上乘的风格、风貌！

周佛礼：是啊！咱得大度海涵，装得下……

施润敲门，进门就道歉：曲总，不好意思，让你久等。

曲解急忙起身，热情相迎：施董助！您快请坐。

其他人跟着起身，客气地与施润打着招呼。

施润：你们在开会啊？

曲解笑道：开个小会，同时等您来指示啊！

施润从手提包里拿出文件，正是曲解的那份报告：陈董叫我来，当面向你转达他的意见。这是报告批复。

曲解接过批复件，陈豪杰董事长的批复映入眼帘：此事暂缓。

曲解转身将批复件递给李才智等人传阅，然后热情地向施润让座：施董助您坐！喝杯茶，刚泡好的普洱。

施润：不坐了。听说你们正在讨论这件事，此前也多次酝酿。那么，到此打住，不必再议。陈董目前的主要思路是按兵不动。换言之，要一手按住葫芦，一手按住瓢，两头按。当下（至少年内）除了内定标的外，不考虑其他收购项。

"内定标的"指哪个，施润没明说，尽管她本人已知"内定标的"指的是德立技术，但陈豪杰交代暂不公开。连陈可铭总裁都不知道，陈董这两天就此事"打腹稿"，尚未来得及与他谈，仅向施润透了点口风。

施润：陈董还特别交代，曲总的意见可保留，未来择机再进行权衡及商榷。好了，我的任务完成了。

施润客气道别，施施然离去，屋里几人面面相觑。

曲解抬腕看表，9点多了，宣布散会，同时还不忘鼓励大家：收购"王鹏精密"是臻达长久、一举两得的事，值得大促。当然，老板有老板的考虑，集团有集团的布局，这事今晚画句号。好事多磨，不怕反复。行了，今天就到这儿，各位辛苦！

曲解最后一个离开办公室。她熄灯锁门，下楼钻进奥迪，拿出车钥匙点火发动，忽见黄色油量指示灯亮，车快没油了。

15

晚上，齐贤路内街15号，袁若德家。

7点多钟，天已黑透，袁若德像往常一样下班回到家，进屋就躺到沙发上了。常在情问他吃饭没有，他懒得搭理，又问一遍，他不耐烦地喷出一句"不想吃"。

常在情走到院子里，打电话给常在理：你姐夫好像不大舒服，脸色差，话懒得说，饭懒得吃，没个精神头。

常在理：压力大呗！等下我过去看看。

常在情吩咐荷姨给袁若德煮了一碗葱花肉丝面，硬把袁若德从沙发上拉起来，嘴上连声数落：起来起来！随便吃几口。你啥年纪了？饥一顿饱一顿找病啊？你是找肠胃炎还是找胆囊炎？

袁若德慵懒地往桌上瞥了一眼，说是肉丝面，其实没见几根肉丝，葱花蛮多，看上去少油少盐挺清淡，倒是合他胃口。他端碗拿筷，自顾自大口吃起来，其吃相犹如已经饿了三天。

常在情：刚才还说不想吃，这会儿狼吞虎咽挺生猛。

袁若德：你们当医生的，不提病名就不会说话。我耳朵里被你灌满这个炎那个炎，没炎也炎了！能积点口德不？

常在情讥笑：原来你被吓住了！健康人还怕提病名？病名成千上万，提不提都真实存在，真正可怕的是病来如山倒。

袁若德蹙眉：跟你说了积点口德，你又冒出个"病来如山倒"！你呀，一天不提病名都做不到，我耳根能清静不？跟医生一起生活，活该被当病号。你咒我吧！我好端端的身体……

常在理来访，进门就说：中医治未病，防患于未然。嘿嘿，姐夫正气存内邪不可干，身体好端端谁咒不坏。

袁若德刚好吃完了面，把碗一推：在理来了！快坐。唉，你给评评理，我好歹也是半个中医……常在情"扑哧"而笑，急忙用手掩嘴：中医还有自封的？肠胃炎都弄不清楚。

袁若德：你看你看！张口肠胃炎，闭口胆囊炎，还有什么肺炎脑炎心肝炎牙龈炎，听多了，我就成半个中医了。

常在情严肃纠正：只有心肌炎、肝炎，哪有什么心肝炎？你不懂装懂，混淆视听，玷污我中医……常在理摆手：别上纲上线呀！半个中医嘛，半瓶子醋……袁若德反驳：谁半瓶子醋？你们姐弟合伙儿损我呢？常在情：哟，错了还不想纠正！

常在理笑而不语，心说这老两口还有闲心拌嘴。他放下背在身上的医疗箱，不无疲乏地在沙发上落座。常在情递给他一杯热茶，体恤道：你也累一天了，先歇会儿！

袁若德腰不好，常在理每次来都要给他调理一下。常在情也懂调理，袁若德嫌她手劲儿小，不如常在理按压力度大。

常在理呷了几口茶，小声儿透露：阿美疑心日重，正在私下打探德行物流剥离、毛织厂流动资金管控等事情。

三人都沉默了，意识到风浪已起，难以按压。

常在理：姐夫，隐瞒和迁就不是办法，必须将实情告诉阿美，彻底摊牌，刻不容缓。别再犹豫了，拖下去更不利。

常在情在一旁帮腔：是啊，已经很被动了，越瞒越被动。

袁若德：阿美她刚断奶，身体尚需恢复……

常在理忍不住截断，饶是一针见血：姐夫，能听句实话不？你溺爱阿美太过啦！捧在手心里怕化了，一个唾沫星子溅到她身上你都心疼，一味顾虑她在孕期、生育期、哺乳期和恢复期，袒护女儿没完没了，不惜代价。您对阿美呵护过度、迁就过头并非好事。

袁若德苦笑：心疼儿女，天下爹妈一个样。

常在情指责老公：你这心疼真是变态！直接导致了阿美的骄纵。她的骄纵反过来成为你的克星。

袁若德反诘：女儿是老爸的克星？这什么逻辑？危言耸听！女孩子一辈子能怀孕几次？屈指可数嘛。

常在情：要不是你从小惯着她，生生把她给惯坏，她找男人就不会那么随心所欲，嫁人也不会我行我素。

常在理接上茬：姐夫，像您这样目光远大，做事坚韧不拔的人，内心却藏着这么柔软的一块！

常在情叹气：但凡面对女儿，他那脑子整个就不好使了。

袁若德苦笑：我脑子哪有你脑子好使？

常在理：父母与子女的关系，是人文科学中最为艰深晦涩的课题之一，确定性差。尤其在子女成年和婚配后，这种关系从结构上说更复杂些，绝非哪一种力单独起作用，而是各种力都起作用。任何一种关系，都是一个角力场，八仙过海各显神通。

常在情：是啊！说来也怪，有些父母并未刻意教导，但孩子对父母很孝顺，很体谅；有些父母对孩子的教育引导处心积虑，孩子却不孝顺，甚至十分忤逆，不惜与父母作对。

常在理：父母对子女的爱，通常100%。子女对父母的爱，顶多50%。像阿美吧，自幼在"被爱"中长大，沦陷在溺爱及呵护中，鲜少体验"爱"。随着年龄增长，"爱"的能力形成并日益增强，乃至走进婚姻后"爱"在配偶身上天然迸发。她的这份"爱"并非如父母所愿，反哺式给予父母，而是给予别的对象物，首先是配偶，其次是子女。中国父母秉承五千年文化传统，对此是理解和接受的，认为符合大自然规律。换言之，父母对子女的爱，与子女对父母的爱，很难对接，很难换算，本质上是不对等、不对称的。父母对子女的爱是一厢情愿、死心塌地，子女却做不到。可怜天下父母心。

袁若德、常在情夫妇垂头坐着，心思沉重，缄默不语。

常在理继续夸夸其谈：婚姻本质是家庭和亲情关系的增减重构。所谓"直系"和"旁系"的分野，即主要以婚姻关系为标志，随婚姻关系而变。所以，这很难说是私事，除非撇开家族角度。

袁若德笑道：在理这话，在理。婚姻是家族的公事。

常在理：爱女心切，这不是弱点，也不是缺点，而是人性特点。但要有个度，泛滥肯定不好，量变到质变，那就分崩离析了。

常在情：阿美她想去欧洲，找回梁仁良。

袁若德使劲儿摇头：她目前状态，出去很不安全！

常在理：老话说，女大不中留，硬留结冤仇，这是指女儿当嫁则嫁。现在阿美要去找老公，当找则找，不必软阻硬拦。

袁若德摇头。对女儿的婚姻，他很少说什么，但内心感慨良多，也曾暗自反省。唉，父母子女缘分一场。

16

夜晚，泽兰街龙葵加油站后院茶室，大宝路21号。

这是一个超级忙碌的晚上，人人未肯消停。

陈可元与秦茱萸在加油站后院茶室面对面坐着喝茶，看似轻松，但这场谈话注定苦涩，两人心情都有些沉重。

秦茱萸深怀歉意：小元，对不起啊！德立技术暂不接受入股。难得你连日来煞费苦心，慷慨解囊，多谢了！

陈可元追问：为什么？是你的意思，还是袁老板的意思？

秦茱萸坦言：袁老板的意思就是我的意思。这没有分别，也不重要。重要的是，德立技术初创，定位有待明晰，业务有待优化，内部百事待举，暂不接受外部入股，是纯粹从自身角度考虑的。真要增资扩股，也是三年五载之后的事了。

陈可元：三年五载？黄瓜菜凉凉！买实验设备是你当务之急。

秦茱萸点头：嗯，你是急我所急，我有负你的美意。

陈可元低头沉吟一阵，仰起脸儿：我觉得吧，这事仍有商榷空间。亟须资金者没理由拒绝资金，我又不是高利贷。

秦茱萸郑重其事：袁老板委托我转达广德董事会暨全体同仁对陈可元陈总的由衷感谢，感谢你一直以来对广德的垂注、关切和支持。鉴于双方在德来服装厂的成功合作，出于对你的高度尊重和信赖，广德方面提出一个替代方案，这就是广德旗下的德行物流谋求独立，正欲引进战略主投资……

打住！陈可元毫不客气地截断，面现怒容：无论我本人还是陈氏，只青睐德立技术，只限定于对德立技术注资，其他方向一律不涉。

秦茱萸愣了愣，近距离扫视陈可元，见她小脸儿绷得紧紧的，态度坚决，他识趣地决定放弃该话题。

陈可元低头看着手中茶，像是排解心中块垒，喃喃自语：替代出资买台设备而已，无非加持德立技术，助力前沿技术研发，提升核心技术实力，皆大欢喜的事。广德并无损失，何以如临大敌？为何不能撇开世俗人情考量？要是相关各方均以技术突破为出发点、为目标，那该多好！

秦茱萸：那是理想王国，不是现实王国。

陈可元依然关切：设备总要买啊！你有别的好办法吗？

秦茱萸苦笑：没有钱就没有办法，更没有好办法。

陈可元一板一眼：广德袁老板不是痴迷技术吗？不是愿意赔本搞技术孵化吗？20年后才能成熟及发挥效用的技术他也看好，他也投资，貌似目光长远。可他把经营管理这一块放手交给女儿女婿，盲目性很大。尤其他那女婿，标准门外汉，对治厂一窍不通，胆子还贼大，捅的资金窟窿更大。袁老板可想过，他那厂子有可能活不到20年，等不到新技术应用并产生效益的那一天。

秦茱萸很不认同，使劲儿摇头：妄议别人不好。我没兴趣。

陈可元：你没兴趣？买设备你有兴趣不？这台高端设备直接关系你手头的技术研发，袁老板一拖再拖，奈何？

秦茱萸又露苦笑：咸吃萝卜淡操心，你能省省不？

陈可元卡壳了。过了好一会儿，她神色坚毅，自言自语：不行！他不投我投！这台设备我买定了，买回来放在我佳杰，你可以来佳杰使用。

晚上近10点，曲解从办公室出来，发现车没油了，想到白天加油的车经常排长龙，临时决定去加油，导航"龙葵加油站"。

她驾驶奥迪来到加油站，果见人车稀少，很庆幸。她兜了个圈，把车稳稳停在3号加油位，拉上手刹，准备熄火。突然，一辆黑虎从她车窗外掠过，径直驶入油站大门前，在灯光明亮处戛然停下，从驾驶位跳出一名年轻女子，原地站在车门旁，引颈向车后张望。曲解下意识地顺着年轻女子的视线瞥过去一眼，恰巧看见陈可元向这边走来。她会心一笑，小元的车！她也来加油了。

曲解正待摇下车窗，与陈可元打招呼，忽见有个人，不知从哪个暗处闪出来，向前紧走几步，与陈可元并肩。定睛一看，那是个年轻男子，有点像秦茱萸。她两眼大睁，想穿透黑暗，趁对方走近了几步，她看清了，是秦茱萸！

陈可元和秦茱萸两人在茶室谈完事情，走了出来。加油站一位年轻女子将陈可元的车停泊在老地方：陈总，全搞定（指的是加油洗车保养等）。陈可元冲她点点头：谢了！自己钻进驾驶室。秦茱萸竟然也熟门熟路，自行钻进副驾驶位。黑虎嗖溜一下蹿了出去，眨眼间开跑，不见了。

曲解木讷呆滞，阵阵犯傻，脑中闪出疑惑——他们这是去哪儿？这么晚了还有工作要谈吗？且两人单独谈？且不在办公场所而在车里谈？种种疑问恍若勾魂，不解不甘。

说时迟那时快，她不知哪根筋被上苍点拨，身子猛地一抖，战栗中打个激灵，鬼使神差一脚踩下油门，奥迪"嗖"地一下离开油站加油位，拐了个弧线，冲上公路。她没看车内还有多少油，只透过车前玻璃窗死盯没有尽头的公路上面某个莫名其妙处，不时点踩油门，持续加速，驾驶技术有如神助，悄无声息地咬上了前方不远的黑虎。这一追，就追到了大宝路21号。

黑虎缓缓停靠在马路牙子上。曲解没敢靠得太近，一脚急刹也停下来。她向周边睃去几眼，紧急观望，这时想起来莫如师发的定位点，正是大宝路21号，秦茱萸博士团队住宅楼。

黑虎停在那里纹丝不动。五分钟过去了，没人下车。

曲解屏息静气，仿佛呼吸是多余的，是可以取消的。

过了一个世纪那么长（其实不到十分钟），黑虎副驾驶位车门终于打开，秦茱萸下车，并顺手关闭车门。这时，似乎从车里传出声音，秦茱萸回头看了看，伫立在原地。

陈可元接着下车，蹭到秦茱萸跟前，与他脸儿对脸儿，眼睛直勾勾看着他，目光热热辣辣，嘴上凄凄楚楚：最后一次。

秦茱萸知道陈可元索吻无穷多，不忍拂她浓情蜜意，抬手点按她鼻子：你有无数个"最后一次"。

秦茱萸双手捧住陈可元脑袋，闪电般在她脸颊和嘴唇上啄了两下，动作行云流水万般圆熟，随即松开她，转身进入楼内。

陈可元追逐秦茱萸背影，撇嘴嘲讽：躲瘟疫也没这么快！

曲解顿如五雷轰顶。她没听见什么，却看得分明。

黑虎在夜幕笼罩下悄然闪离。大宝路21号恢复了沉寂。

曲解大脑一片空白，失魂落魄。秦茱萸与陈可元热吻！这不是幻觉，而是真真切切的现实。曲解确信自己眼睛没瞎，她倒希望自己眼瞎——只有眼瞎的人才不受这一"恶劣场景"污染。

短短十来秒、不到半分钟的视觉冲击，犹如毒刺，稳准狠地刺进曲解心脏，她的心脏忽而"嘣咚"狂跳，忽而停止不跳。

第八章

1

傍晚，西苑北街3号别墅，陈豪杰家。

晚饭后，陈可铭陪老爸陈豪杰"走聊"。

"走聊"是陈氏父子（后扩大为陈氏父女）两人在庭院内散步、边走边聊的一种工作形式。陈豪杰发明的，热衷多年。"走聊"更接近于动态形式的"碰头会"，很机密，杜绝第三副耳朵。针对厂务、家务中的重要事项所做决策，不少出自"走聊"。

陈豪杰淡淡开口：小元为什么给秦茱萸投1.7亿元？

陈可铭：她不知从哪个渠道获悉，秦茱萸早就看准一套原版进口的高端实验设备，亦列入购置清单，孰料广德资金链断裂。小元念及秦茱萸眼下急需，向他甩钱。

陈豪杰：哦，小元成了仗义女侠，她扮这类角色倒是一贯在行。你为这事跟小元吵架，不值得。

陈可铭仍生闷气：1.7亿元不是小数！小元她任性惯了，不能再纵容她了！这回，她不认错不回款，我决不姑息！

陈豪杰：你不知道吗？你妈与其私人医生张雯达成入股框架协议，是小元运作的，她成功为方正电梯融资4600万元。

陈可铭瓮声瓮气：知道。她搞点鸡零狗碎，堵堵别人的嘴，也就这本事了，到头来还是福利她自己。

陈豪杰：小元做这个事，不要孤立地看，要考虑背景。

陈可铭神情郁闷：她目前的背景、前景都是秦荣英，眼里只有秦荣英，一切都是秦荣英。由此派生出大点的背景是广德。我警告过小元，方杰没有替广德扛雷的义务，你陈可元没有扶持秦荣英的义务。她哪里听！

陈豪杰沉吟道：你分析一下那个大点的背景。

陈可铭：我们间接查明，袁氏赘婿（上门女婿）梁仁良以毛织厂做抵押，携款出走境外并滞留不归。袁氏女儿袁仁美对秦荣英博士领衔的德立技术一直有看法，嫌其烧钱，拖累广德，认为它是袁若德搞的"面子工程"，还对老爸重用外人、不重用老公一直不满。总之，广德内部嫌隙不小。

陈豪杰眼睛发亮：从这个背景中，你能否看出契机？

陈可铭低着头，没精打采。想到陈可元胆大妄为、独断专行，他就一肚子愤懑，觉得妹妹变态！明知财务有规定，不允许先斩后奏，她竟连"后奏"也省了，直接暗度陈仓把款子划走。若别人也像她这么干，硕鼠成灾，方杰不完了？幸亏她闺蜜何青黛无意间充当了"眼线"，他这个总裁才没被蒙在鼓里。他已交代贺喜，对佳杰五金财务要严密监督。当然，这些话不好当着老爸的面说。

陈豪杰语气平和：你没看出契机？我看出来了。

陈可铭敏感，猛地一惊，爸的态度不同于以往……

陈豪杰迈着四方步，喃喃有词：失之东隅，收之桑榆。

嗯？陈可铭诧异：爸，您是说东方不亮西方亮？

陈豪杰对长子陈可铭指点迷津：甘蔗没有两头甜，但不可能两头都不甜。所以，你不能袖手，还是要牢牢抓住甜的那头。

陈可铭口气苦涩：上次，我和小元秉承您"钱既给出去，人要挖回来"的旨意，正式与秦荣英谈了，结果他软硬不吃，没谈成。现在是甜的抓不住，只有苦的。

陈豪杰佯作不悦：看你，这就两眼一抹黑了？你与秦茱萸是同学，有六年同窗之谊，要把这个"历史资源"用于帮助小元。

陈可铭不以为意：他俩有没缘分，天晓得呀！我顶多从旁助助缘，作用也有限。其实我不乐观，我知道秦茱萸那人死倔。

陈豪杰对儿子的话不满，摇头否定，郑重提醒：听之任之太消极，有罔顾大局之嫌。你还是要多动脑壳子，多上手段！

陈可铭苦笑：爸，联姻就是最好的手段，还上什么手段？

陈豪杰瞪眼：现在不是联不了姻吗？

陈可铭知道自己无意中触碰到老爸的"痛点"，懊悔不已，赶紧脑子急转过弯来，自我"修正"：我原来想，他们两人的关系要顺其自然才好，我后来发现，这想法是错误的！就连家里的花草树木都要定期修剪，不可任其自然生长，那是野路子。

陈豪杰没作声，陈可铭跟着哑了。父子俩"走聊"只剩下走。

走了一段，陈豪杰轻轻叹口气：你呀，还是没参透这件事。

陈可铭心里不屑，嘴上应付：爸，等着您耳提面命呢！

陈豪杰：前阵子，我也为秦茱萸明确表态不脱离广德、不加盟方杰之事，纠结和气愤。突然获悉小元为德立技术砸1.7亿元，茅塞顿开。

陈可铭：哦！爸您洞察到什么？

陈豪杰：经冷静思考，我感觉小元乘虚而入是有胆识的。她最先获得信息，抢先出手，将1.7亿元砸进去。你想，德立技术迄今没有一项专利获批，脚跟未站稳，加上其母公司资金链有问题，缺了讨价还价的底气，这对我们不正是机会吗？一旦他们缓过劲儿来，我们就没有机会了。小元此举算不上大谋，却也歪打正着。

这番话令陈可铭一脸错愕，神情犯傻，爸是夸小元？

陈豪杰将自己深思熟虑的意见和盘托出：三十六计里面，是不是有个"将计就计"？我看，一不做二不休好了，借东风吧！以小元1.7亿元为首期入股款，或为定金，在此基础上追加资金额度，方杰收购德立技术。

陈可铭惊呆，张口结舌：收……收收购……德立技术？

陈豪杰神色诡谲：是啊！小元那1.7亿元入股资金，权当敲门砖，观察一下效果。这招成功当然好，万一不成，你随即加码，你这边后手要跟上，将德立技术包饺子、一锅端。

陈可铭脑袋瓜嗡嗡作响，一时转不过弯，但凭直觉，老爸的主张不可谓不英明！他心下戚戚，暗忖道，小元擅自挪用1.7亿元，不是应罚之罪，而是应奖之功？她瞎猫撞上死耗子了？

陈豪杰：此前我主张"钱给出去，人挖回来"，碰了钉子。现在我主张"钱给出去，公司买回来"。这回你要斗胆，拿出气魄，渗透买人、买技术、买公司三部曲。公司到手，人来了，技术来了，婚姻也来了！一举多得，志在必得。

老爸一席话令陈可铭茅塞顿开，他两眼发亮：老爸高见！为拥有一个人或一项技术，买断整个公司，这是业界惯常做法，我怎么想不到呢？尤其那个R31数控专利技术，为方正电梯急需，阿期和曲解他们搞有偿使用，效果奇佳。

陈豪杰向陈可铭面授机宜：这事你亲自主持，拿出方案后，正式向广德表达意向，提出要约——全资收购（买断）德立技术公司。比如，方案一：方杰出资20亿元，全盘收购德立技术；方案二：方杰出资10亿元，在德立技术持股49%。这是我的大致匡算，不作数，你就按这个逻辑去谈。当然，在与广德洽谈之前要做足功课，首先是迅速联系第三方，进行专业评估，厘清德立技术市场价，摸清广德底价；其次是筹集资金。我方出价诚非天价，却具天大诱惑。总之，这事不打太极拳，当机立断，速战速决。

陈可铭豁然开朗，惊诧之余不由窃喜：买断德立技术，方杰巨划算。爸，您这招具有颠覆性意义。

陈豪杰：世间万物，有价有市，你情我愿，皆可成交。

陈可铭兴奋中夹带着忧心忡忡：广德方面肯定不舍得割这么大块肉，肯定漫天要价，万一对方当真喊出天价……

陈豪杰截断：他敢喊价，你就敢应价！天价也考虑，血亏在所不惜！你拿出这个气势才能镇住对方。你抠抠搜搜，锱铢必较，人家反而敢喊天价——心理搏杀，在价格搏杀之前。

陈可铭深以为是，由衷点头：明白！

陈豪杰补充道：刚才我说了，广德没有喊天价的底气，这个要拿捏住。当然，姓袁的城府深，套路也深，情况复杂多变，你得多几手准备。总之，你必须赌这一把。

陈可铭郑重承诺：记住了！爸您放心。

陈豪杰先是循循善诱，接着定了调：你不要为难小元，相反要支持她。你越支持她，她越配合你——唉，女孩子家家的，偏偏遗传了我的个性，典型的吃软不吃硬。眼下非常时期，你是老大，要带好阿期和小元，他们是老天爷赏给你的至亲手足，你今生今世只有他俩，永远不会再多出一个半个来。我看这样，具体实施还是叫小元出面，原则上由她操作，有问题酌情处理，她直接对你负责。你总体把控，全权指挥。

陈可铭心悦诚服：知道了，爸您放心。另外我考虑，这次出手，毕竟资金量不小。曲解建议收购王鹣精密，可行性强，也要用钱……

陈豪杰截断：王鹣精密不值几个钱，技术设备都是广德的。

陈可铭摇头：不是呀！据说王鹣精密有一项独家工艺，运用该工艺生产的产品，海关免检。

陈豪杰：同时收购两家公司，动作过大。囿于方杰目前处于全力打造方正电梯特殊阶段，不适合搞鲸吞。为集中财力物力和精力拿下德立技术，我叫停了曲解，你不必有顾虑。

陈可铭顿觉轻松了些：哦，那太好了！

陈豪杰一脸老谋深算：对于秦茱萸，这是最后通牒，要逼他呼应方杰，推动德立技术整体挪窝。否则，后果他就自负了！方杰与广德，再怎么合作也不是一家，竞争是绝对要素，且没有止境。秦茱萸加盟方杰，他和小元就是良缘，否则就是孽缘。我陈氏之女岂能随便托付给有二心之人？

陈可铭：爸，我明白您的意思。这事非儿女情长，而是一次重大利益博弈，是在家族中实施的一场选择性"基因突变"。秦茱萸同样面临选择，孰去孰从，对他是灵魂拷问。

陈豪杰：这事很大程度上取决于秦茱萸追随袁若德的意愿，是否强烈到足够抵御方杰抛出巨大利益绣球的程度，此其一；其二，在利益天平上，小元是方杰最后的砝码。最终，方杰和广德谁处于上风谁处于下风，不好预判，但你要妙用小元与秦茱萸的亲密关系这一"人脉资源"，服务方杰的揽才战略。

陈可铭如醍醐灌顶，感慨万千：爸，您这回出手的是王炸！是雷霆暴击！我听了心头豁亮！长时间以来，为了秦茱萸，我们想了多少办法，却偏偏没想过对德立技术下手，真是失策！今天听您布局这档子神操作，方杰对秦茱萸及其团队的渴求，自此一了百了，还怕阿萸他不入赘、不入瓮吗？

陈豪杰：本质上说，小元需要秦茱萸；更本质上说，方正电梯需要德立技术。无论从个人还是从企业角度，抢滩德立技术都是方杰的上乘之选。这就是甘蔗甜的那头，抓住了，甘之如饴。

陈可铭心领神会，振奋不已：爸，仰赖您独辟蹊径，掌控方向盘，儿子有如神助。以前挖角，充其量只撬个墙脚；现在要连锅端，狮口大开，吞下整个德立技术，把那个顶级研发团队一网打尽。这招釜底抽薪，够广德吃一壶，叫他们遭遇五雷轰顶去吧。

2

晚上，广德集团员工宿舍楼尹擎、代紫萱夫妻房。

吃过晚饭，丁紫岚来到表姐家。这是广德集团员工宿舍楼，尹擎、代紫萱夫妻房是一房一厅结构，面积不大，很实用。

代紫萱和丁紫岚在吃饭的小方桌上对坐，小声儿说着家常话。尹擎忙毕手头杂活，用毛巾擦干手，也在小桌旁坐下来。

丁紫岚绘声绘色地讲述自己在"上海高定周"的情景，一脸兴奋，直言不讳：我越来越感觉到，客户（尤其大客户）看重的是厂际合作，像我这样的散兵游勇，资源单薄，能量小，不大受人待见。即便是临时拼凑、业态多变的草台班子，合作也很难成立。所以，再好的个人资源也需优质平台帮衬，互为依托。

代紫萱和尹擎互看一眼，齐齐点头表示认同。

丁紫岚接着对表姐和表姐夫正式提出，她现在不满足于时装走秀，想重回德来服装厂工作。

代紫萱和尹擎又互看一眼，心里琢磨着这倒是新情况。坦率讲，他们本能地支持丁紫岚重回服装厂的想法，更惊喜于丁紫岚的成熟，不再满脑子装着不着边际的幻想了……未及表态，突然一阵急促的敲门声，把在座几人吓一跳。瞥瞥墙上挂钟，已是晚上9点50分。门没锁，袁仁美赫然出现在门口。

尹擎、代紫萱两口子大感意外，好几分钟没反应过来，恍惚间，一下子弄不清这是自家门口，还是公司门口或工厂门口。

代紫萱：哎呀美姐！您咋有空来了？快进屋！快坐快坐！

袁仁美不遑多让，径直进屋，赫见丁紫岚也在。

丁紫岚站在屋子角落，惴惴不安，但嘴快：美姐好！

袁仁美自己拉张椅子坐下，尔后向代紫萱使眼色，叫她把门关上，接着又摆手，不叫她倒水泡茶。

尹擎笑容和煦：美姐，您这是搞的哪出微服私访啊？

袁仁美板着脸，端着架子：尹擎，我问你，毛织厂怎么回事？

毛织厂？尹擎摇头：我这里没有毛织厂什么信息呀！

袁仁美极力讽刺：老板叫你封口？

尹擎答非所问：提到老板，我当然对他唯命是从，不会背叛。

袁仁美尖锐拷问：那就背叛我了？

尹擎色变：不！你们父女在我们眼中只是辈分不同，只有大小之分，没其他分别！美姐对我们恩重如山，前不久还借钱给紫岚治病，我们无以报答，怎会背叛？那可天打雷劈！

袁仁美皱着眉头，面带不悦，嘴放连珠炮：借钱湿湿碎，且很快就还给我了，不必再提。紫岚身体康复，当然不用花大钱了，但你们两口子不是手头拮据，连头胎孩子都打掉了吗？怎么突然异想天开，提出三个月不拿工资，你们喝风啊？

代紫萱小声儿说：尹擎有份工资，我们够用了。

袁仁美一眼看穿代紫萱言不由衷：紫萱，你没说实话。

代紫萱旁顾左右而言他：美姐大恩大德，我和紫岚没齿不忘！

袁仁美对恭维话很麻木，她扫视夫妻俩，然后盯住尹擎：我问你，毛织厂高管数月不开工资，这事传出去外人怎么想？供应商怎么想？毛织厂从来无此先例！你们究竟什么意思？

尹擎"吭吭哧哧"，很难受的样子，但嘴巴闭得铁紧。

袁仁美目光灼灼：我再问你，为什么剥离德行物流？

面对袁仁美的质疑，尹擎只剩摇头的份儿，口齿不清地搪塞着：这个我不清楚，请美姐多多体谅。

袁仁美高度怀疑：这么大的事情你不清楚？蒙我是吧？

不是不是！美姐你听我说……尹擎急火攻心，前言不搭后语：不知道高蓄是否有意谋求独立，但老话说分家不分心，美姐您懂的……

袁仁美厉声截断：少扯！是不是为了套现？

尹擎哑巴了，躲着袁仁美的目光，不敢直视。

袁仁美抬高嗓门儿，字正腔圆，像发通告似的：尹擎我告诉你，德行物流作为集团子公司，我也有份儿！

尹擎明白，美姐这话是说给她老爸袁若德听的，不只是宣示权益，更是某种警告、某种抗议甚至某种通牒。他心情紧张，琢磨着此事的严重程度、棘手程度，一种深深的忧患泛上心头。他努力保持平和，脸上尽量不出现喜怒哀乐的影子，以职业性口吻打着哈哈：是啊美姐，我知道，知道知道！

袁仁美声色俱厉：代紫萱，你说！我只问你，毛织厂咋回事？德行物流咋回事？快说！

代紫萱被美姐指名道姓吓得不轻，脸孔涨红，使劲儿摇头。

袁仁美两道犀利目光近距离直刺代紫萱：紫萱你说不说？你不说，是想跟我结仇么？别怪我翻脸不认人！

代紫萱急得眼泪涌出来：别别别呀……美姐！美姐……

袁仁美咬着牙：我今天第一次进这个门，希望不是最后一次。

代紫萱抬手指着尹擎，声音微颤：他……他是老板身边人，我是他身边人，我们的嘴……不只属于我们。美姐你大人大量，体恤下属，你是大好人！你是我们的大恩人！我这辈子要死心塌地做好毛织厂，报答美姐……请你相信我！相信我们！

袁仁美很老到，两眼眯成一条缝：不能说？这么说就是有事了？这么说你们知情？这么说你们单单只瞒住我一人？

代紫萱傻愣，下意识瞥了尹擎一眼，尹擎同样目光呆滞。眼见袁仁美为了他们不说实话、不忠实、不可靠而生气，他们心里委实很不情愿，但又没办法，只剩下惊慌难过。

袁仁美极度失望，脸黑下来，低着头，耷拉着眼皮儿，停顿数秒，腾地起身，正待甩手离去，就听丁紫岚怯生生地喊了声"美姐"，接着"吭吭哧哧"：我……我想……我想回厂……做销售。请美姐不计前嫌，批准我回厂。

袁仁美见丁紫岚那副柔弱样子，不忍心不予理睬，同时也颇感意外，两眼圆睁：回厂？做销售？你这身体条件咋做销售？

丁紫岚胸有成竹，语气平静：我在广州结识了一些业内人士，有一定人脉积累，对服装销售有利。我的销售方式可线上线下两条腿走路，体力消耗不大，美姐您放心。

袁仁美老辣：体力消耗不大，心力消耗大呀。

丁紫岚绽开笑脸，笑靥如花儿：我年轻，不怕消耗。

袁仁美摇头：回厂可以，做销售不行。

丁紫岚急了：不是我冒失，眼下有人……愿意给我下单！您就同意了吧！求您了美姐！销售不成，我不拿工资！

袁仁美虎着脸儿：你也不拿工资？和你表姐演双簧呢？哼，你俩就算同样不拿工资，性质也不一样。

丁紫岚伶牙俐齿，面庞闪现青春光芒：美姐，您最关心体恤员工了！我总想对您报恩，但得有机会，这个机会抓不住以后就没了。再说，托您的福，我恢复得特别好！特别健康！丁紫岚说着话，做了个标准的模特儿亮相动作，举手投足十分优美。

袁仁美口气和缓了些：我知道你，想搞模特儿带货。

代紫萱替表妹争取：阿美老板，紫岚有心做销售，不如叫她先做个把月试试，不行的话，再叫她回车间。

袁仁美思忖一阵，点头，同时叮嘱：不要勉强啊！

美姐您太好了！太英明、太了不起了！丁紫岚欢快无比，恨不能跳起来，她起身上前，正儿八经向袁仁美行90度深鞠躬。

袁仁美受感染，忍不住笑了：小美女，你少来！

丁紫岚一脸调皮样：美姐您是大美女！公认的。

袁仁美收敛笑容，叮嘱代紫萱和尹擎：这事你们不用管，明儿我交代曹东风，将紫岚安排在广州办事处。

代紫萱和尹擎不约而同：好好好！谢谢美姐！

袁仁美转脸面对丁紫岚，语气亲切：广州办事处现有人员很得力，个个怀揣拳打脚踢的本事。你年轻，以后路还长，要多学着点。去了先熟悉情况，不懂就问。销售方面先不做定额，多做或少做一单，年内不计，待你适应了再说。

袁仁美说完，斜尹擎、代紫萱一眼，气鼓鼓地走出门去。

3

子夜，方杰集团专家公寓709房。

曲解被幻觉缠绕，没开车门，更没下车，在大脑一片空白的情况下，或受生物本能驱使，她竟然决定"原路返回"，并正确地按下导航键，驾车掉头，幸运地把车开回了住处，一路顺遂。她忘记自己是怎么回到709房的，仿佛一路有魔咒指引，她丝毫没有头晕目眩，相反，头脑更清醒，眼睛更有神，心底更亮堂。

直到上床躺下，卸下一身疲惫，丢掉一切惯性，她整个人才陷入崩溃，头脑中分裂出无穷多的念头，相互噬咬，激烈厮打，刀光剑影，血流成河，让她头痛欲裂。

过于巧合的事情，往往导致不幸。在特别渴望收获意外惊喜的时候，意外打击不期而至。曲解猝然撞上秦茱萸与陈可元在车外亲吻的一幕。这一刺激来得太过猛烈，曲解彻底懵逼。对方有多亲、有多腻，她就有多扎心、有多痛。

从周六晚上回到住处后，曲解就把自己关在房间里，一整天水米未进。她躺在床上，大睁着两眼，任凭脑海翻腾，想了很多很多。自她回国以来，往事一幕幕在眼前闪现，点点滴滴早有端倪，只是她太愚蠢，太迟钝。

她痛苦而又焦灼，满脑子各种不同想法打架，回顾自己回国以来，与秦茱萸很有限的几次见面，曾几次出现危局。她冷不丁地想起两件事，当时不觉得什么，现在回想起来始觉蹊跷。莫如师公然在自己面前贬损秦茱萸，同时向自己求爱，又想到有一次在餐厅吃饭，包乐说他无意中听到风声：陈可元与秦茱萸达成多项合作，两人交往密切，举止暧昧，关系不一般。曲解听后觉得好笑，这有什么呀？值得捕风捉影吗？

现在仔细回想，那天曲解与包乐在饭堂面对面坐着，各吃各的饭。曲解忽觉包乐神色有些诡异，目光游移不定，笑着问：阿乐，又有什么新发现？说来听听。

包乐嘿嘿假笑，欲言又止。其实，近段时间他听到些风言风语，开头不信，但越传越有鼻子有眼，别人都在传，只有曲解自己不知道，被蒙在鼓里。他很同情曲解，又很心疼她，她每天工作这么辛苦，这么尽心竭力，还有人忍心欺骗她！存心坑她！他忍不住向曲解透露了一点口风。

曲解知道陈可元一直努力促成方杰与广德的合作，这是非常有眼光的，是值得赞赏的，也是曲解自己的心愿。既然谋求合作，接触当然多啦！凭她对陈可元的了解，陈可元与谁都接触多，岂止秦茱萸？这个金窝窝里飞出的金凤凰，明明可以靠颜值吃饭，靠家族财富吃饭，甚至可以靠未来门当户对的婚姻吃饭，可她偏不！她选择靠自己的聪明才智，靠自己的劳动吃饭。多么富有才情、精明能干的一个人，硬把佳杰五金带得风生水起。在曲解加盟方杰后的多个关键时刻，都是陈可元在背后支持她，她对此念念不忘。就在前不久，陈可元还专程与自己谈过，关于方正电梯亟须技术支持的问题，绞尽脑汁地谋划着如何到德立技术"挖"技术、"挖"人才，"挖"一切可挖的。

究竟谁心里藏着歪歪肠呢？陈可元没可能。秦茱萸呢？他有可能么？忽然，曲解回想起前些日子莫如师求爱的情景，不由心里一沉：这是什么兆头？是偶然的吗？

曲解翻看手机短信，又打开电脑查找邮箱中的电子邮件，统计了一下，自己总共发了22个"想你"。秦茱萸大都没回复，总共只复了6个"早点儿休息""太晚了，明儿聊""今天累了吧？早点歇着"。她仔细琢磨着，心头忽明忽暗，显然，事情已经很清楚了，没什么可纠结的了！人家秦茱萸并没刻意瞒你，早把心思"亮"给你了，是你自己失察，你自己大大咧咧、稀里糊涂，怨不得别人。

外面的传言并非空穴来风。秦茱萸变心了吗？曲解被自己头脑中冒出的这个念头吓了一跳。

甘蔗没有两头甜，有认真的事，比如事业，就有马虎的事，比如爱情。

她是明白人，所以并不怨恨自己。

无论怎样想，怎样自我开导，怎样坚定爱情信念，否定无稽谣言，曲解内心深处还是蒙上了阴霾。这阴霾成为她的不可承受之重，为此而备受折磨。她叹息，难怪"生无可恋"成为时髦用语，一度登上年度热搜词榜。

起先以为他虚伪，后来发觉不是他虚伪，是自己愚钝。

曲解思前想后，权衡再三，尽管实际上已万念俱灰，但她打定主意坚强面对，不情绪化，不动声色。

她躺在床上，大睁着两眼，任凭脑子里各种念头打架。实际上，两人的关系在逐渐变味，早有端倪，但那些区区小事，她不认为能成什么气候。她亦曾有过淡淡的不祥之感，但那些小感觉，她不认为应该放在心上。这就是她的愚钝之处。现在好了，小事蛰伏酿惊雷，终成王炸。她终于要为自己的掉以轻心付出代价。痛苦中，她感觉一切都明白了。虽然明白晚了点，但明白比不明白好。既然及时明白了，就可以断定事情还不算太糟糕。因为从另一个角度说，坏事早暴露就是好事。秦荣莫脚踩两只船，这种人品不值得爱。唾弃还来得及，这就是幸运的事，是好事。两行热泪顺着眼角从面颊流下。别了，可怜的初恋！别了，可悲的青春年华！别了，可笑的错付了的爱！

凌晨4点，曲解起身伏案，打开电脑，在网上订购了一张由广州直飞美国洛杉矶的机票，办理了相关手续。她不打算声张，也不打算向任何人求助，只把自己反锁在房间里，一心想静悄悄地独自度过登机前的20多个小时。

星期天早上，包乐见曲解没来食堂吃早餐，以为她想趁周末多睡会儿，并未太在意。中午吃饭时又没见她人影儿，想到她工作忙，人很疲劳，索性替她打回饭菜，送到709房。

孰料曲解不开门，这可是从来没有过的事，只听见她在屋里淡淡地说：放门口吧。谢谢阿乐！

晚餐时，依然不见曲解身影儿，包乐又惯性地帮她打了一份饭，送到她住处。这时终于发现了异样——他先前送来的饭菜依然在门口放着，纹丝未动。

包乐诧异不已，守在门口不肯离去。其间不停地劝慰曲解，叫她开门，吃口饭，喝口水。曲解并不搭理，最后被迫说了一句，听上去有气无力：阿乐，你先忙你的去吧。我想好好休息一下。我的情况你不许对任何人说起。

包乐信以为真，答应说：好的曲姐！但他没有立即离去，在曲解门外静静守候。这时听到曲解分别给卢占祥和杜仲打电话，好像在交代什么事，又好像对他们的工作予以肯定，就听她说：哦，昨天上午已经发出邀请函啦？那好啊。特别是苏杭这样的老客户，提前40天发邀请函是稳妥的，表达我方诚意。好吧，总之你们要做足各项准备工作，保证方正电梯开业庆典如期举行。什么，要办得隆重热烈？那就更好。

随后，房里没有了动静。包乐开始着急，一口一个"曲姐"，喊着喊着都快哭了：曲姐，你不能这样啊，你要顾惜自己啊！

曲解一直在强行吞咽一颗大大的苦果，哪里还会饿！可这话没法儿跟包乐说。为支开包乐，曲解终于想出个办法。

过了0点，进入翌日，夜阑人静之时，曲解忽然喊了声阿乐……包乐立刻将耳朵紧紧贴住门：姐！我在。

曲解声气儿微弱得几乎听不见：阿乐，我觉得心前区一阵阵隐痛，你去帮我买点药好不好？

包乐急不可耐：好啊好啊！我马上就去买！姐，您要不要看医生啊？我开车带你去医院好不好？

过了好一会儿，没听见曲解回音，包乐急得恨不能撞门，忽然又听见曲解在唤他：阿乐……

包乐诚惶诚恐：曲姐曲姐！我在，您说！姐……

这回，曲解说话内容比较清晰：有两款特效药，最好能备齐，便于先后服用，一款是"救心丹"，本市药店有卖，另一款是"安宫牛黄丸"，本市没有，要到广州或香港才可以买到。

包乐听懂了，把药名重复一遍，确认无误后，隔门恳切叮嘱：姐，您等着，我这就去广州买药！不用去香港，不用过关，会快很多，您等着我啊！

门口三个盒子里装着我刚打的饭和菜，还有汤，您吃一点啊！姐，那我去买药了！

曲解心里非常感谢包乐，对他的态度却十分矜持，说话客套：麻烦你了阿乐！多谢啊！

包乐前脚走，曲解后脚搭乘的士，直奔广州白云国际机场。

曲解独自蜷缩在机场候机大厅的角落，心情极度颓唐、落寞，精神恍惚，大脑空白，整个人少了精气神，瘪了一圈。

临登机前，她惯性地强迫自己在心里过滤一下，看有什么遗漏的事，对公司同事有什么需要交代的。出自本能，她心里非常清楚，需要交代的事情实在太多了！让她牵挂的事情实在太多了！一时半会儿难以厘清。这时才发现，她根本无法专注思考，也无法进行任何有效梳理，只好作罢。

曲解黯然登机直飞美国。但去美国干什么，她并无路径，更无方向，只能走一步看一步了。

4

上午，德来服装厂电脑横机车间。

刚上班，袁仁美就来到服装厂电脑横机车间，扫视刺绣扎花和自动折叠流水线，与几位女工打招呼。随后又走到成品包装车间，逐项查看服装成品——最新款时尚内衣，直接接触皮肤类产品，一等品。低温水洗，悬挂晾干，中温熨烫，不可干洗，不可漂白或使用含漂白成分之洗衣用品……她眼盯这些熟悉得不能再熟悉的文字，感觉亲切无比。

曹东风推门进来，带进一股风，招呼也没顾上打，劈头盖脸地问：美姐，你同意丁紫岚重回服装厂？

袁仁美埋首看报表参数，头也没抬：是啊，怎么了？

曹东风转身把门关上，一脸气呼呼，语气急促：美姐，恕我直言，丁紫岚不可以重回服装厂！她想走就想走想回就回啊？凭什么这么自由？她在外面风流够了，竟然有脸回来！她品行不端，做人失败，员工早就对她议论纷纷，这个影响太坏了！我服装厂庙小，容不下她这尊大妖！再者，服装厂经营已经很艰难，再安个定时炸弹，早晚得爆雷。为一人，伤全厂，亏死了！

袁仁美先是诧异，随后息事宁人：东风，你情绪不对头啊！哪来什么大妖？还定时炸弹呢，危言耸听！不要随便说人家品行不端嘛，还有做人失败什么的，乱扣大帽子！

曹东风垂头嘀咕：不好意思！当初她走，伤了我心。

袁仁美：年轻人，不犯一百个错误，怎能从青涩到成熟？这样吧，你把她安排到广州办事处做销售，先别给她下定额。

啊？叫丁紫岚做销售？她能做什么销售？曹东风大为反感。

袁仁美：她自己要求的，叫她试试呗。

曹东风满脸鄙夷：做销售，还不下定额，她也太舒服了吧？咱眼睁睁看她只拿钱不干活？

袁仁美：东风，咱做服装，对美具有先天敏感性，人家买咱的衣服穿在身上首先得好看，丁紫岚恰是对这种"好看"的绝佳演示。人美衣服靓，这不是资源吗？你个人不喜欢而已，但为厂子着想，就不能对她弃如敝屣。

曹东风眉头紧皱：丁紫岚是美人坯子，但她不是跑路了吗？不是她弃德来服装厂如敝屣吗？她徒有其表，内心龌龊……

袁仁美截断：别这样说人家！她正是想用干活证明自己，才要求做销售嘛。不肯给年轻人留进步空间，说明你气量狭小。

曹东风发觉袁仁美主意已定，心情顿时灰溜溜的。唉，说一千道一万，啥理儿都是老板占，自己不如闭嘴了事。

袁仁美吁口气，谈及专业：东风你忘了，当年咱推出一款"夏季田园"系列女服，穿在丁紫岚身上，美轮美奂！那叫绝配！该系列经她走秀立马成爆品。老实说，"美"这种资源，悦人悦己，社会价值只会越来越高。人人爱美追星，是为了对标和模仿，让自己也美起来。爱美不光是拍拖求偶，这是浅层次，根子上还是人生价值追求，当然包括功利追求。

曹东风还是不同意接纳丁紫岚，且越想越气，撇着嘴补了一句：她表姐在毛织厂，叫她去毛织厂好了！姐妹花珠联璧合，毛织厂兴许还能多蹦跶几天。

袁仁美惊讶：你说什么？毛织厂多蹦跶几天？

曹东风气呼呼：反正流动资金枯竭，需要有本事的人力挽狂澜，免得拖累集团，靠集团在背后硬撑……曹东风冷不丁煞住，他突然想起袁董有交代，任何人不得背后妄议梁仁良及毛织厂。近来，大家都尽量对该话题三缄其口。完了完了！说漏嘴了……怪就怪丁紫岚！气死个人……

曹东风忐忑不安的样子，袁仁美看在眼里，不动声色，语气平和：毛织厂的钱去哪儿了？梁仁良拿走了？

曹东风惊讶不已：咦，美姐你知道啊？

袁仁美摆出毫不在意的样子：我知道不知道都不奇怪。

曹东风立刻与袁仁美有了共同忧患，觉得还是袁仁美更贴心，他喋喋不休，句句掏心：美姐，梁厂长拿毛织厂做抵押贷款，明摆着是嫌毛织厂投资高，利润低，费力不讨好，进而想放弃。梁厂长肯定有更好的路子。美姐，上次你好意提拔我，叫我到毛织厂主事，幸亏我没去。我还是适合做服装，也做惯了，在德来驾轻就熟。提拔的事儿，我不敢奢望。

袁仁美彻底愣住，两眼发直，沉浸在复杂的思绪中。

曹东风以为自己的话袁仁美听进去了，说不定会重新考虑丁紫岚的事，更加理直气壮：总之我不同意接纳丁紫岚，也是从维护服装厂的名声和利益出发。说实话，我讨厌有不良故事、自带负能量的人"二进宫"！对青年员工起不到好的引领作用。

袁仁美回过神来，含而不露，避重就轻，以委婉口气耐心相劝：东风，别这么偏执！这么夸张！紫岚好歹在德来服装厂干过，不仅做业余模特具有年龄、颜值优势，在横机技术上也是熟手，她回来从头干起，有啥不好？

　　曹东风态度决绝：服装厂不是收容所。她回来，我走。

　　袁仁美横曹东风一眼，正色道：看你！有这么不共戴天吗？得饶人处且饶人……话没说完，曹东风手机铃骤响，他看也没看，气呼呼地抓起手机接听：喂……哪里？

　　话筒中传来对方慢条斯理、温婉动听的声音：曹厂，你好！我是佳杰五金陈可元。

　　曹东风惊讶不已，冲袁仁美眨眨眼，下意识抬高了嗓门儿：呦，这不霸道女总裁吗？亲自打电话，曹某受宠若惊！有何吩咐啊？

　　陈可元：想约你老板袁仁美女士见个面。能赏光吗？

　　曹东风瞥一眼袁仁美，吞吞吐吐：美姐她……她正在我这儿呀……陈可元热情洋溢：你请她接电话。

5

　　清晨6点，花茶街8号，陈可期家。

　　天还没亮，手机铃骤响。陈可期眼睛没睁开，懒洋洋地伸出胳膊从床头柜抓过手机：喂……

　　卢占祥：陈董，曲姐飞美国了，她说不回来了，不要找她。

　　陈可期以为在做梦，明明听得清楚却以为听错了：什么？

卢占祥重复一遍：曲解博士辞职了，远走美国。

陈可期瞬间反应过来，从床上一跃而起，动作极猛，嘴上急吼吼再加气呼呼：辞职？谁同意她辞职了？去美国干什么？不回来了什么意思啊？曲总她……你别张嘴胡咧咧，到底咋回事儿说清楚！

卢占祥紧急辩白：我也不清楚！曲姐刚在机场给我打电话，详细交代了部分工作，另外说是……她此行美国纯属私事，登机后即关机（手机），任何人不要找她，任何时候不要与她联系。

电话挂了好一阵，陈可期都没回过神，这时手机又响，是杜仲打过来的，语气急促：陈董，曲姐在广州白云机场打电话给我，交代眼下工作，开业庆典的事，我向她汇报说各项准备工作都在有条不紊地进行，她挺满意的。可她接着说厂里的事以后不用找她了，我说曲姐我没听明白您的意思，她那头电话就挂了。我又拨过去，她关机了。

陈可期彻底呆了，斜靠在床上一动不动，像个木头人。

没有人像陈可期这样对近期连续发生的事一头雾水，阵阵懵逼，对曲解的出走行为更觉得不可理喻。他产生立即飞美、找曲解问个清楚的强烈念头——她挖了多大个坑啊！她害人害到家啦！她这是置方正于死地啊……可是，他一旦离开，方正电梯面临失控危局，弄不好就真的死翘翘了！

陈可期获悉，曲解没给任何人打招呼，甚至没让包乐开车送，自己打的到机场，登机飞美。在机场打电话叫卢占祥给他陈可期传个话：就此别过。这个突如其来的举动令他震惊万分，他瘫坐在床上一动不动，半晌回不过神儿，想来想去想不出所以然。

她这是什么逻辑？甩锅就是甩锅，什么就此别过？她这锅甩得不明不白、害人不浅啊！

前几天在上海，曲解好言安慰他，给他信心。回来后应她要求就电梯安装事宜召集会议，在会上，她的意见不占上风，但陈可期表态支持她，领导小组最终做出决定，电梯安装自己做，不外包，拟成立的"方正安装中心"已做好规划、编制和预算。没什么事不顺她的心、不遂她的意。她跟别人不打招呼，至少也该跟他陈可期通个气儿吧？他陈可期从来没有怠慢过她，想都没想过违背她的意愿。是她受了什么刺激，还是她故意刺激他？

陈可期对曲解的出走行为非常不理解，愤愤情绪难以自控，几次大光其火，在不同场合拍桌子踢板凳摔东西。

想到方正电梯乱成一锅粥，陈可期心情恶劣，在房间里走来走去，像个困兽。他觉得自己越来越弄不懂女人了。女人做人做事欠明智，看不清方向，拎不清轻重，辨不出真假。特别情绪化，特别不靠谱，不值得信赖。择女人做生活伴侣，将就一下算了；择女人做事业伙伴，即是天大陷阱，成事不足败事有余。男人信任女人，那是荷尔蒙作祟飞蛾扑火拿命作注以命去赌，不要命！

上午8点，陈可铭手机铃响，一看是陈可期打来的，刚接听即神色大变，明明听清楚了，还要急着确认：什么不辞而别？谁？

陈可期：曲解。她跑路了，飞美国了。

陈可铭在电话那头急吼吼地问为什么？出了什么事……陈可期把电话挂了，他自己一头糨糊，还有啥可奉告的。他两眼发直，半天一眨不眨，惊魂甫定的样子。随后，他的目光落入地面，死盯一隅，仿佛要将目光变成激光，把地面穿个洞。

6

上午，庙前街小银翘茶餐厅。

通过曹东风联系上袁仁美，陈可元很高兴。

自从秦荣荑表明德立技术拒绝外来资金介入，陈可元就知道这是广德老板袁若德的意思，她并不死心，决定继续争取，这才打起袁仁美的主意。她知道袁仁美排斥德立技术，巴不得借助外来力量挤兑秦荣荑。

为赴陈可元之约，袁仁美精心妆容，盛装包裹，尽力掩饰自己连日来的憔悴。诚然，她不知道陈可元葫芦里卖的什么药，但曹东风告诉她，陈可元在电话中言明，这是她精心安排的一个两人密会，没有任何第三者在场。这种极具私密性、排他性的会面形式，投射出规格档次的高端，袁仁美感觉很受用。

袁仁美一进屋，陈可元立刻起身迎上前，笑容和煦，举止谦恭：多谢美姐拨冗！妹仔我得缘相见，不胜荣幸！

袁仁美：承小元老板美意，岂敢怠慢！

陈可元开宗明义，为1.7亿元入股德立技术事宜进行游说。她表明，佳杰五金早就有入股德立技术的意向，主要是看好秦荣荑及其团队的技术潜力和发展前景，对于她本人倾情秦荣荑亦不隐瞒。

袁仁美一听，正中下怀：这不好事吗？何须密谈？贵公司完全可以直接与我爸或秦博士谈。需要我引荐的话，我来安排。

陈可元苦笑：不瞒您说美姐，已经接洽过、谈过了，意见也反馈过来，秦博士是倾向同意的，但令尊不同意。

袁仁美有些意外，人家来投资参股，又不是来借钱，有什么不同意的？此前人家参股服装厂，老爸不是极力促成吗？思忖片刻，袁仁美表示，她个人是赞赏和支持的，乐见其成。当然，她代理不了德立技术，这事儿仍需要她老爸拍板。

陈可元表示感谢：美姐远见卓识！小元佩服之至。可见，好事需要好人来办，好人才能把好事办好。

袁仁美被陈可元这话逗笑了：嘿嘿好人！小元老板不吝抬举。

其实，陈可元欲入股德立技术这件事，袁仁美看来大可不必讲很多理由，仅仅基于个人感情，她愿意投资入股就是正常的。早知她和秦荣荑是青梅竹马，风闻两人交好也不是一天两天的事了，发展到产生投资意愿，实属水到渠成。

陈可元起身，殷勤地端起茶壶为袁仁美续茶，实话相告：令尊袁老板不同意的原因，主要是想把这笔资金引入德行物流。听说德行物流已从广德集团剥离，独立出去了，正在实施战略引资。但是，我方只愿与德立技术合作，其他公司不在考虑范围内。所以，还望美姐多谅解、多包涵。

哦。袁仁美点点头。

陈可元推心置腹：美姐您是知道的，德立技术是令尊袁老板的命根子，不轻易让人染指。这个我理解。多年来，方杰和广德两大集团掌门互有成见、戒心乃至敌意，使双方合作有了羁绊。这些长辈之间的历史恩怨，与你我无涉，我们也没资格说什么。我唯一想说和能说的就是理解万岁！如今啊，我谨寄望于美姐您出面，看看有没有别的变通办法，玉成此事。

袁仁美秀眉微蹙，脸色暗下来。想到老爸对秦茱萸的偏袒，心情愤懑，又开始走神了。人家砸钱本是好事，却行不通，反倒需要变通，这不匪夷所思吗？在老爸看来，像陈可元这样的送钱者不好，不靠谱，防贼一样防人家；像秦茱萸那样的烧钱者才好、才靠谱，视其若子若嗣。为了秦茱萸，老爸端的走了邪火入了邪魔！这让她特别压抑，冥冥中老是感觉恶兆临头。

嗯。袁仁美继续点头。

陈可元眼神热切，口吐莲花：上一次，由美姐主导的德来服装厂股份让渡，创造性地完成了投石问路，成功恢复了方杰和广德中断已久的业务来往，小妹我深感幸运！目前德来服装厂发展势头良好，充分证明我们双方的合作具有强大生命力。

袁仁美频频点头，脸上流露出鲜见的笑容。

陈可元描绘美好愿景，秉承道义担当：美姐，小妹我本次欲参股德立技术，依然还是小试牛刀，本意还是表达我对广德的仰慕，当然也包括我对秦博士的仰慕。不好意思！方杰和广德两大集团如果能在我们小辈手中实现强强联手，也就不枉长辈对我等经年栽培所付出之心血了。

嗯。袁仁美深深点头，诚心诚意表达认可。但陈可元最后那句话，勾起了她郁结已久的心思，她对老爸的不满又增添了几分。

袁仁美一向儿无意纠结上辈人的历史恩怨，觉得那些东西早就该翻篇儿了！老爸开厂大半辈子，早已不再把面子看得那么重要，历史芥蒂真的已经放下了。事实上，这个问题随着时间推移早已淡化，不足挂齿。眼皮子底下最现实的问题是，不知道从什么时候起，她和老爸的办厂理念大相径庭了！两人以前从来都是一致的，说句不好听的，那才真叫沆瀣一气，现在却再也想不到一块儿去了。以前她什么都听老爸的，现在面临交班交棒，老爸却不听她的，不听也罢，还半路杀出个程咬金，老爸对外人倒是言听计从。

陈可元见袁仁美陷入沉思，立马联想到业界风传，自从引进秦茱黄，袁氏父女就开始有嫌隙了，果然不假！她识趣地闭上嘴，刹住滔滔话头，一声不响地往对方茶杯续茶，动作轻柔。

两人会见交谈很是愉快，不知不觉间，近两小时过去了。

袁仁美眉头紧锁，习惯性地吐着"官话"（企业内部统一对外的正式表述）：在老爸带领下，广德一贯重视研发，一心走技术道路，德立技术的创立，就是这种指导思想的体现。德立技术作为广德集团核心资产，守护严密，即使是我，要说服老爸网开一面也绝无把握。再者，单从时间上说也来不及了……

陈可元惊讶：时间怎么来不及？

袁仁美如实相告：为处理广德相关事务，我拟于近日出去（出国）一趟。不过，你放心，行前我力争把投资入股事宜办好。

陈可元眨眨眼，十分期待地看着袁仁美。

袁仁美显然比陈可元经验丰富，她脑袋瓜儿早就转了好几圈，拿出主意：这样吧，你先写个投资入股函，我在上面批示同意即可，这是第一步。第二步，你把款项打入德来服装厂。第三步，我叫服装厂财务在四个工作日内将该款转至德立技术。

陈可元脑子急转弯，稍许恍悟：哦……这办法……

袁仁美：从德来服装厂走账比较好操作。首先，服装厂我说了算，这事儿在我权限范围内；其次，你是服装厂股东，双方照章办理就好。所以，这条线便捷、牢靠并且合理。

陈可元表情夸张，下意识地伸出大拇指：哎呀美姐，你太牛了！你超级大牛！我真是服了你了！服了服了！

袁仁美郑重其事：我出去之后，你们即可启动转款事宜。操作完毕，再将这个批示件复印一份，以密函形式向广德集团报备。

两人越发投缘，一拍即合，继而互相赏识。

袁仁美趁机探问：你的那位青梅竹马，现在与你有发展吗？

陈可元面染红晕，含羞草似的连连点头，态度非常肯定。

袁仁美面现恬淡笑容，由衷表达祝福之心愿：好事理应好好维护、好好发展，修成正果才是王道啊！

陈可元心情大爽，咧嘴赔笑：美姐美意！小元不胜感激。

袁仁美话锋一转，郑重表态：贵公司入股我广德，也不是第一次了，双方通过德来服装厂这个平台，早已成为合作伙伴，这是不争之事实。本次再行入股，不管动机如何，不管成事与否，也不管性质是雪中送炭还是锦上添花，我个人对小元老板都是由衷赞赏的！非常愿意为玉成此事提供协助。相信我们的合作定能成功！

陈可元一展笑颜，嘴比蜜甜：美姐秀外慧中！大智大勇！与你这样的大家合作，没有不成功之理。美姐的抬爱令小元铭记在怀。待美姐归来，小元必奉重酬，聊表寸心。

7

上午，芳菲大街31号，方正电梯总部陈可期办公室。

陈可期没吃早饭，仓促地穿好衣服赶到办公室，叫秘书通知全体高管开会。他脑袋半蒙半清醒，恨不能立刻查明"真相"。关于曲解的"动向"，他预判有两种可能，要么是她本人临时有急事儿，处理完毕立即返回，这个可能性为90%；要么是发生了什么误会，她心里不爽，跑出去兜一圈散心，这个可能性为10%。也曾想过她是否铁心一去不复返？这个可能性为零，因为没理由啊！

人"呼啦"一下到齐了。陈可期黑着脸，不可遏制地大爆粗口：谁他妈背后使坏？谁他妈设局挖坑下套？谁他妈得罪了曲总？嗯？别让老子查出来，看我不拧掉他脑袋！他妈的决不轻饶！到底怎么回事？嗯？！有预兆吗？你们怎不说话？一个个都死翘翘了？

陈可期骂来骂去，连自己都骂：史上最差！史上最黑！史上最他妈浑蛋！最他妈不是玩意儿……我他妈背时鬼！我他妈瞎了眼！我他妈倒了八辈子霉……

一屋子人都低眉耷眼，不吱声儿，好像都在专心致志地聆听陈可期发泄式咆哮、骂人、大吐脏话，震得屋子里嗡嗡乱响。

不知道过了多久，陈可期停了下来，也许骂人骂累了。

杜仲赶紧息事宁人：待曲姐飞机落地，电话打通，问一问就清楚啦！这也不是什么案子，不需要侦破、揭晓、搞水落石出。

周佛礼：是啊，事情来得突然，需要冷静对待。当然，事情来得蹊跷，大家没有心理准备，一时情绪失控，在所难免。其实，谁不想骂娘呢？我也想。

周佛礼顿了顿，接着说：方正电梯开业在即，适值千钧一发之际，最怕出乱子。回头看看，方杰集团为方正电梯，小20亿元投下去了，这还是首期投资。河埔市政府数年前即号召工业企业转型升级，近年更是为扶持民企，尤其重装行业民企，屡落政策和资金实锤。我们方正电梯得以顺利开业启动，便得益于政府率先下单，预购两台电梯，拟分别安装于市广播电台办公楼及市商业大厦，这也等于为我们做广告。这份沉甸甸的信赖、实打实的扶助，我们怎可辜负！那是死也不能答应、不能容忍的。

武孔接着说：方正电梯第四期员工岗前业务培训已结束，等待上岗。原材料已90%到位，部分入库，目前各环节衔接紧凑，都在按照其内在规律和固有节奏运作，不好打乱。任何一个不起眼的小环节乱了，都将动一发牵全身，损失难以估量且不可挽回。所以说，现在到了节骨眼儿上！现在是节骨眼儿中的节骨眼儿……

陈可期黑着脸，抿着嘴，瘫坐沙发一动不动。周佛礼和武孔的话在他听来句句扎心。他忽觉胸口憋闷，喘不过气来。

8

晚上，京墨大街49号，常掌柜中医馆常在理夫妇家。

常掌柜中医馆三楼，是常在理、张雯夫妇的住处。

晚上，夜阑人静。张雯见老公常在理仍在为梁仁良逾期不归的事忧心忡忡，顺口问道：这么大的事，老这么瞒下去呀？

常在理：可不，瞒得这个费劲！你没见我姐夫那份煎熬。

张雯：不管怎么说，阿美她总得面对现实。

常在理叹息：唉，不是偏赶上她怀孕生子这茬嘛！当时只想瞒一天是一天。现在阿美恢复正常身了，也不用哺乳了，姐夫不知做何考虑。明天姐过来，我得跟她商量下这事。

张雯：与阿美摊牌是早晚的事，躲又躲不过。

常在理深以为然：是啊！不如坦诚相见，共同面对。

张雯趁机提及入股方正电梯事宜。常在理乍一听，本能地觉得不合适。刚才还在说梁仁良卷款跑了，广德要用钱的地方又多，怎能把钱投给外人？让别人发展壮大反过来碾压自己吗？

张雯兴致很高：当代理财是新事物，我们是否要懂一点才好？以前那种非白即黑的理念，已被时代抛弃。就像交通灯，不是非红即绿，中间还有黄。所以，咱还是要与时俱进。

常在理兀自摇头：别人的厂子，我们又不了解。

张雯：投资当然是投给"别人"，难道是我投给你吗？再说，这个"别人"不是外人，相识多年，厂子就在河埔市，还要怎样了解？我敢保证，我们的钱是安全的，是有利可图的。

常在理毫无兴趣：我不主张为图利，胳膊肘朝外拐。

张雯：我说你狭隘，没说错吧？什么朝外拐朝里拐，鸡蛋不能放在同一个篮子里，这是铁律，你不懂吗？尤其沾亲带故的，很难做到亲兄弟明算账，弄不好就碰一头包。换个角度讲，方正电梯收益好，我们借机狠赚一笔，对整个家族来说也是增量，可备不时之需。万一遭遇不测，比如不可逆的天灾呀、横祸呀，东方不亮西方亮，相互接济，才不至于团灭。

常在理苦笑着，摇摇头：我说张雯，咱可是头一回考虑把钱从银行移出来，你咋一夜间变身投资专家了？学问高深，研究精细，说起来一套一套的，涉猎广泛，包括经济学、哲学和社会学，你这不是复合型全才吗？

张雯：非也！我不戴你的高帽。我仅懂一点医学。

张雯接着补充：不过，如今就是傻子也懂得一切按合同办！白纸黑字，丁是丁卯是卯，他图发展，我图股息，双方愿打愿挨，没有情债掺杂，这是科学而又符合各方利益的。

常在理为妻子突然间的天花乱坠，忍俊不禁：情债？

张雯：欠了人情，就是情债，看似无形，咬人最狠。我听方珍说，在她们那个圈子，宁欠钱，不欠情。

常在理：滴水之恩，涌泉相报，这是中国传统文化遗产。

张雯：人文的东西往往浪漫，经济逻辑讲究量化。"滴水"是多少？"涌泉"是多少？欠钱好还，因为有个数字在那里，欠多少还多少；欠情不好还，因为一毛钱的情可以喊价100万元。

常在理翻张雯一眼：这是你跟方珍学的？

张雯不无得意：她提供了另一种思路，可以互补呀！

常在理还是纠结：你想过没有，广德遇到坎儿了，危机当前急需资金，我们在这个时候将资金投给别人，岂非落井下石？

张雯皱眉：什么落井下石？说得这么难听！在理，咱不能总是习惯于道德绑架，得懂点经济逻辑。一个家族，即便是"经济共同体"，也不可以搞得山穷水尽，即俗话所说不能把鸡蛋放在同一个篮子里。我们"常掌柜"立得住，广德就倒不了。

常在理眨眨眼，这话他爱听，最后那句说到他心坎儿上了。

张雯来劲儿了，由大夫变身老师了，诲人不倦：方正电梯作为陈氏旗舰，背靠方杰集团，拥有雄厚资源，即便我是外行，也非常看好它。咱搭上这趟快车，绝对稳赚不赔，弄不好大赚。那时，"常掌柜"实力增强，实现了年轻人嘴里的"财务自由"，即可翻手云覆手雨，"辐射"广德，顺手推广德一把，啥"坎儿"也统统荡平了它！

常在理讥笑：哟！以前没发现，你还有豪气干云的一面！

张雯眉飞色舞：你太太我，才华横溢！你慢慢发现去吧。

常在理想来想去，张雯的主意也没什么大问题。同时他也架不住妻子的热情游说，见解新颖，不忍扫她的兴，打击她的"现代理财"理念。他非常勉强，但还是同意了。

多年来，张雯和方珍的亲密关系，常在情、常在理姐弟都知情，一般不大过问。张雯偶然遇到些具体问题，姐弟俩都会出手，帮助张雯加强抓药配伍的针对性。张雯乐于接受中医的辨证施治，开给方珍的药方、理疗方越来越行之有效，医患关系自然而然地升格为闺蜜挚友。

常在理、张雯夫妇达成一致，决定以夫妻积蓄投资入股方正电梯，一次性拿出4600万元。这是夫妻俩的私房钱，与常掌柜无关，常在理也就没有将此事告诉姐姐常在情。

9

上午，佳杰五金厂会议室。

佳杰五金车间主任及技术员等共20多人，坐满会议室。

陈可元：各位，占用大家宝贵时间。今天我召集个小会——佳杰五金"诸葛亮会"，内容只有一个，为新近晋升佳杰五金常务副总经理（常务副厂长）的何青黛出谋划策，保驾护航。我特意请来方正电梯两位重量级大神周总工（总工程师）和武高工（高级工程师）回来，参加会议并贡献高见，大家欢迎！

与会者热烈鼓掌，把热情的目光投向周佛礼、武孔。

陈可元：一直以来，佳杰五金在方杰集团内部都是龙头厂家，在核心零部件生产中拥有拳头产品。近年来，集团实施转型升级，从一般机械制造向高端装备制造转型，从核心零部件生产向提供全套解决方案转型，以方正电梯为轴心，打造方杰旗舰项目，实现高质量发展。在此过程中，佳杰五金秉持传统优势，仍发挥着重要作用。

陈可元顿了顿，接着说：阿黛作为副总，早已在泰叔的信赖支持下，在全厂员工配合下，全面负责厂里工作，积累了丰富经验。现在，集团董事会提拔她任常务副总经理一职，实至名归。还望在座各位高人鼎力辅佐，共同赋能佳杰五金。

陈可元话音甫落，姚国泰副总经理第一个发言：阿黛科班出身，年轻有为，综合素质好，专业能力强，尤其擅长品控（品质控制）把关。为提高产品质量，她经常在生产一线与工人共同切磋，作风深入。她进厂伊始，就被集团列入重点培养的企业高管（高级管理者）名单，是技术、管理双料复合型人才。由她出任常务副总非常合适！相信她一定能胜任，带领佳杰五金更上一层楼。

汪雄壮副总经理（两个月前由车间主任提拔）接着发言：阿黛荣升常务副总，众望所归。第一表明方杰集团任人唯贤；第二表明佳杰五金始终在良性发展轨道；第三表明以何青黛为代表的年轻高管迅速成长成熟起来了。我和全厂员工一样，由此感到振奋，人的进步和工厂的发展并驾齐驱，前景辉煌！

周佛礼推武孔一把，嘴上嚷嚷：阿黛"上位"，你快祝贺啊！

周佛礼说完带头鼓掌，大家跟着"噼里啪啦"地猛拍巴掌。

武孔扭捏一阵，正寻思着向陈可元老板好好道个谢，忽然听见大门"吱扭"响了一声，陈可铭推门肃立，陈豪杰雍容迈步进屋，面带诧异：咦，我还没进门，你们就鼓掌？

众人一看大老板陈董来了，这可不多见，"呼啦"一下全都从椅子上弹跳起来，向陈董行注目礼。随着满屋凳子"叮咣"乱响，陈可元也条件反射般起身站立：爸，您怎么来了？

陈豪杰故意弄出懵懂样子：不知道啊！我怎么来你这儿了？

众人都被逗笑了。其实大家心里明白，陈董这是善意调侃，故作轻松，其实肯定是有事的，否则不会专门挑这个时候来。

姚国泰、何青黛等纷纷鞠躬致意：董事长好！总裁好！

坐坐坐，大家都坐！陈豪杰说着，自己先坐下来，因为他知道自己不坐，任何人也不敢先坐。其实，陈豪杰来佳杰五金的目的，还真不是大家心里想的那样，他一脸轻松模样儿，说话风趣，确实是为掩饰内心沉重，刻意装出来的。

陈可元：爸，您微服私访也没事先通报一下？

陈豪杰借题发挥：既然私访，就要出其不意，干吗通报？

众人围桌而坐。办公室一位女员工给众人泡茶。

姚国泰想当然地以为陈董是来听汇报的，信口谈起佳杰经营情况，他说陈总（陈可元）办法多、有招数，经营状况良好，人员相对稳定，但技术力量还是薄弱，尤其是重要技术骨干流失（他指的是周佛礼、武孔和"武孔梯队"调入方正电梯），非常惋惜。

何青黛笑着纠正：不是流失，是内部调剂。

姚国泰：对头！一盘棋思想我们还是有的！集团好，旗下子公司才好。下一步，集团决定以佳杰为基地，进行全员（含方正电梯）岗位技术培训，还望老板在资金方面给予倾斜。

陈可铭：泰叔放心，一定倾斜！包您满意，好不好？

陈可元敏锐地感觉到老爸此行有异，他平时很少搞"即兴闯入"式。她果断用眼神制止姚国泰，对老爸撒娇：爸，人家越忙，您越搞召见……

陈豪杰打断：不搞召见，能听到这么好的意见吗？

陈可元眨眨眼，变了口气：爸，您做指示吧！

陈豪杰摇头：今天就免了。

陈可铭小声对陈可元说：你这会改期，先散了吧！

陈可元立刻明白老爸和大哥有要事，立马宣布：今天暂时休会，大家各自先忙，何时复会，将提前通知。

众人散去。陈豪杰与陈可铭、陈可元三人关门密谈。

获悉曲解出走美国，陈可元稍觉意外，此事似乎来得快了些，但她冥冥中似有预感。见老爸和大哥神情凝重，陈可元故作轻松，笑容可掬：爸，您来佳杰不是为了找曲解吧？

陈豪杰：你先帮你哥，联系秦茱萸！

原来，陈可铭第一时间致电秦茱萸，但打了一早晨电话，都没找到人，手机倒没关，估计开启了静音模式。

陈可元拨通莫如师。通过莫如师，秦茱萸终于接了电话。

陈可铭语气急促不安：阿萸，曲解独自飞美国了，你知道吗？她跟你说了吗？你有她联系方式吗？

秦茱萸云里雾里：什么差事呀？跑那么远？

陈可铭：不是差事。她临走没跟我们打招呼……

秦茱萸：啊？不是差事，那她飞美国干什么？

陈可铭心情复杂：她说不回来了，我是间接听说的。

震惊之下，秦茱萸陡然扯开嗓门儿：什么？不不不……不回来是什么意思？她在方正不是好好的吗？

陈可铭试探性地问：你们俩……没事儿吧？

秦茱萸一问三不知：怎么问我呀？我能有啥事儿……哦，她没跟我说！我们很少联系，有关她的信息我孤陋寡闻。

挂了电话，陈可铭心说这下糟了！方杰不知情，秦茱萸也不知情，这就相当决绝了！这不摆明要决裂吗？

10

上午，广府大街71号，德立技术大厦实验室。

10点来钟，德立技术大厦实验室所在的整个第六层一片静谧，像没人似的，平时争相闪烁的电脑显示屏此刻一个也没亮。

袁若德在马赛鹰的陪同下，来到德立技术大厦六楼。莫如师刚刚接到马赛鹰电话，等候在电梯口。楼道很静，马赛鹰准备去走廊另一头喊人，袁若德伸手拦住，转脸小声儿问莫如师：还在睡？莫如师点头。于是，几人都放轻了脚步，生怕弄出响动。

众人蹑手蹑脚来到秦荣黄办公室，透过大门玻璃向里张望。就见秦荣黄蜷缩在墙角一张折叠床上，呼呼憨睡。袁若德忙以食指竖在嘴唇上，示意大家不要出声，然后又两手比画着，意思是顺便到甘果小组工作室看一看。

莫如师在前面引路，众人随行。刚走几步，迎头碰上从洗手间出来的甘果。甘果的眼睛是半睁半闭的，猛地撞见几个人，惊讶得两眼大睁。莫如师微笑哑语（嘴巴张合着，没声音）：袁董来看你们。袁若德与甘果握手，同样哑语：打扰你了甘博士！咱们去那边吧！甘果会意。几人悄无声息移步至走廊尽头。

马赛鹰问甘果：甘组长，你的人都在里面？都在睡？甘果混沌点头：在里面，在睡。马赛鹰又问：没吃早餐？甘果混沌摇头：没吃。马赛鹰：袁董来了解下情况。甘果彻底醒了，郑重点头。

袁若德：简单说两句就好。老马，去你那里。

一行人乘电梯下楼，进入马赛鹰办公室。

这时，袁若德手机响，季黄鹏打来的：袁董，德来服装厂销售代表丁紫岚想见您，她在总部这边等您两个多小时了。我叫她改日再来，她坚持要多等会儿，说是有新疆客商拟来河埔。

袁若德沉吟片刻：你开车送她过来吧，马总办公室。另外你通知曹东风，叫他一并赶来。

甘果汇报大致情况：自从德立技术在"河埔金秋国际毛衫节"机械板块推出"霸王系"精密机床，受到市场热捧以来，秦总带领团队全面加紧了"霸王系"数学模型实验。本来我们有分工，秦总独自研发的是"霸王系"压轴项目"霸王镗Ａ"，我组担负的是"霸王铣"升级版。目前"霸王铣"临近完成，但仍有两个瓶颈性技术难题。秦总放下手头的"霸王镗Ａ"，参与我组技术攻关。

连日来，为"霸王铣"自动控制技术攻关，设计制造搭载最新人工智能技术，攻克几项数控难题，秦总及我组全体晨昏颠倒，不眠不休，豁了出去。秦总在美国就有这习惯，每遇棘手难题，就在实验室"生根"，饿了叫外卖，困了席地而卧，几天几夜不离开。来广德后还是这么干，在实验室支了张简易折叠床。我们有样学样，各自备有折叠床，平时小憩及加班应急都用得上。秦总连续工作两昼夜没合眼，接着就在折叠床上昏睡近三天，今天恰是第三天头上。基本没吃东西，叫也叫不醒，像睡上瘾了。

马赛鹰补充道：除了地上放的一箱矿泉水在一瓶瓶减少，实验室陷入死寂。这是什么迹象？我真担心出事，寻思要不要去医院，莫博士也一度怕有人饿至虚脱。我们私下逮住甘组长探问，嗨，甘组长眼皮儿涩重，吐句"没事儿"，又去睡了。

甘果见袁董等人听得津津有味，知道他们想了解得更多，接着汇报：大凡涉及数学模型实验，必有一个特点，这就是思考的连续性，不能中断。正可谓上班思考，下班也思考；吃饭时思考，休息时也思考；睁开眼睛思考，闭上眼睛也思考。各种思路在脑子里往往同时涌现，许多不同想法在脑子里打转、打架。有时灵光一闪，想法清晰起来，就必须在头脑中牢牢地抓住，把飘忽游移而又不确定的东西稳住，把无形而又了无痕迹的东西固定住。这就意味着，需要往深处想，再往深处想，连续思考，再连续思考，从许多云山雾罩的大量思考片段中，抽丝剥茧般，从一团团迷雾中抽象出东西来。就是那么一丁点成形或成熟的东西，也许就是可资收获的东西。反之，如果人为地中断这个过程，把所思考、所计算的内容放在一边，过几天回过头来再接着想，可能就对前几天的东西看不懂了，不知道当时是怎么想的了。那就前功尽弃，又变成零了，要重新开始。不言而喻，这个损失很大。由于计算和思考的高度连贯性，需要一鼓作气、不能轻易中断这一特点，实验室的灯光经常通宵达旦亮着，熬夜是常态。

袁若德了解大致情况后，笑着对甘果说：甘博士，你们辛苦了！等下你回去继续睡，我们不再耽误你时间了。年轻人，觉要睡饱，像饭要吃饱一样，长期欠觉对健康不利。睡眠透支是后果严重的透支，再睡也补不回来。只能补一点是一点了。

袁若德特意吩咐：秦总也一样，让他睡，别惊动。在他床头放杯温开水，加红糖，每次上完洗手间督促他喝，喝完再睡。座机拔掉电源，手机调至静音，烦琐事务一律不得搅扰。马总，通知厨房，提高伙食标准，煲汤放人参，宵夜按正餐。暂定三个月。

马赛鹰：好，我立马落实……这时，季黄鹂敲门。

袁若德：今天就到这儿，散吧。

甘果、莫如师离去，马赛鹰冲门外答了句"请进"。

季黄鹂领着丁紫岚推门而进，曹东风也前后脚地赶到。马赛鹰招呼他们落座。袁若德惜时如金，示意丁紫岚：你说。

丁紫岚向袁若德深深鞠躬：感谢袁老板大恩大德！

袁若德：别这样说。你的情况我听阿美说过，有病不怕，要积极治疗。你年轻，身体底子好。现在恢复得怎么样？

丁紫岚：恢复了，痊愈了！幸得袁老板和美姐贵人帮衬！

袁若德很高兴：哦！痊愈——这是我今天听到的最美字眼！

丁紫岚落落大方，口齿伶俐：袁董，新疆石河子泰戈棉纱厂厂长阿勒泰戈及厂长助理阿布都尔提，对德来服装厂早有关注。阿布都尔提现身"河埔金秋国际毛衫节"时装秀现场时，我们头回见面，后在"上海高定周"又打过交道，得以熟识。他们这会儿在深圳，拟顺道来河埔看看，主要看德来服装厂。

袁若德冲曹东风扬扬下颔，征求他意见。

曹东风：无任欢迎！袁董您放心，我会安排妥当。

丁紫岚突然有点扭扭捏捏，怕自己要求太过分，又想勉力争取：袁董，您……您能拨冗……会会他们吗？

袁若德不假思索：没问题。他们大老远来，诸事优先。

丁紫岚高兴了，笑容灿烂：太好了！谢谢袁董！

袁若德：丁紫岚，看来你身体恢复得不错，要好好保持哟。健康为美丽加分，美丽以健康为基石。

11

上午，芳菲大街31号，方正电梯总部陈可期办公室。

陈豪杰携陈可铭、陈可元离开佳杰五金，来到方正电梯总部。

陈可期急忙从椅子上站起来，迎上前：爸！您咋来了……

陈豪杰摆摆手，在沙发上坐下来，向众人扫视了一圈，口气平和，一句话表明来意：该来该走，迟早要来要走。

陈可铭：老板（老爸）亲自来，是想当面听听大家意见。眼下，方正电梯厂建设如火如荼，已顺利完成投产过渡期，全面步入正轨，开局良好。很快，按计划在65至70天，与第六车间竣工同步，方正电梯将举行隆重的开业庆典。

陈可铭顿了顿，接着说：曲解身为方正电梯总经理，未知何故突然出走。在这个敏感的时间点，即节骨眼儿上，发生这样的事，我个人深感痛心和忧虑。往小处讲，直接伤害了方正电梯员工的感情，往大处讲，为方杰上下带来不小的困惑、压力和冲击。此事如何辨识和应对，相信大家有真知灼见，请各位出招。

周佛礼面色凝重：总裁，真知灼见不敢，愚见有三。一是曲总没有理由出走。无论方杰集团董事会，还是方正电梯领导小组，对她的工作全力支持，一路绿灯，方正电梯建设速度快、品质优、前景好，这是公认的。当然不是没问题，但困难重重可予克服，矛盾种种可予解决，鲜见不可调和者。二是曲总对方正电梯而言不可或缺。且不说她本人身为顶流专家、超级优秀职业经理人，单说她对方正电梯无论宏观还是微观的了解、洞悉以及走向把控，实施具体步骤所体现的综合水准，旁人很难企及。三是尽快把曲总请回来。虽说漂洋过海距离较远，但只要方正努力消除可能存在的误会，真诚请她回来，还是有办法的。

陈可期拧着脖子吼了一句：人是走了，天能塌吗？

他这一吼，把满屋子人吓一跳。

陈豪杰与陈可铭互看一眼，达成默契——阿期不谙实情，一肚子火，想发脾气，就让他发吧！别憋坏了。

其实，曲解负气出走，大家都感觉事态严重，但除了陈可期和周佛礼，其他人并不觉得太过意外，猜也猜得到，八成是个人原因出走！这事儿早晚会发生，当然越晚发生越好。

周佛礼忧心忡忡：走一个人，还真是塌一片天哟！

杜仲立即附和：是啊，曲姐是重量级复合人才，首屈一指，打灯笼难找！满世界难找！有她在，我们也更有信心一些。

卢占祥慢条斯理，吐字极清晰，那意思是为自己说的话负责：要说方正电梯有擎天柱，我认为非曲姐莫属。当然，我指的是总体规划、发展谋略及尖端技术应用等多个侧面，不包括投资。还有更重要的，曲姐她对方正电梯忠心耿耿……

狗屁！陈可期冲卢占祥瞪眼，截断他的话：分明吃里扒外，怎么在你嘴里成了忠心耿耿？有忠心耿耿跑路的吗？你说说，她莫名其妙跑路是个什么道理？那好，我也跑路，你也跑路，方正电梯不"死球"了？

屋里出现火药味，刹那间安静得出奇。陈可期一反往日之温和及慢条斯理，扯着喉咙说话，有歇斯底里的味道：她拍屁股走人是突然袭击式的，跟贼没两样。以前没发现，这人竟如此刁蛮！还说她能干，装模作样干个鸟哇？要走都走！要滚都滚！败家东西！自己找死还要拿方正电梯垫背！

陈可期当着老爸、大哥和众人的面发飙，这情形绝无仅有！场面立刻冷下来，众人面面相觑，暗自神伤。

陈可铭为缓和气氛，故作轻松：这点小浪，方正翻不了船！咱还是冷静分析，找出对策。方正电梯走到今天，基础牢靠，应该扛得住闪失。当然，容不得更多闪失了。

陈豪杰面色平和，语气俏皮：总裁，我有妙计呀！

众人目光齐齐投向陈豪杰——董事长发话表态，方向性的。

陈可铭笑着捧场：老板设"计"，没有不妙的！

周佛礼跟着捧场：是啊，老板妙计无出其右。

陈豪杰：其实，我赞成你们的意见，把曲解请回来。怎么请呢？我这里有个"二次迎亲"计划，该计划分两步走：一是立即派包乐赴美，力劝曲解回归；二是组成三至五人的迎亲团，赴美接回曲解，不排除我亲自参加，我已经有所准备。

众人立即领会了董事长的意图——对曲解不是骂是请。换言之，咒骂她之后还是要请回她。这一来。大家心里安稳多了，私下嘀咕的是：董事长明鉴！方正电梯哪能没有曲解呢？那不一切都乱了套？但当着陈可元的面，没人明说。

陈可铭知道，老爸与老妈已商量好（陈豪杰夫人方珍支持组团赴美，她有意趁便到美国为老公全面检查身体），两位老人蠢蠢欲动。他几次坚决阻止，奈何爸妈犯轴。此刻当着众人，他大摇其头：这个我不同意。"二次迎亲"没必要！

陈可期更是强烈反对，言辞激烈：爸，不是您想"亲"就"亲"的！撵在人家屁股后面大老远跑一趟，人家就跟咱"亲"了？这不自作多情吗？她开溜连招呼也不打，别说不认这个"亲"，就连在座的同仁友人合伙人都不认，咱还觍着脸迎什么"亲"？

陈可元一直稳稳坐着，低头不语，随大家说什么她也不插话，一副事不关己模样。这时突然开了口，语气挺冲：我一听"迎亲"这个茬就火！还"二次"！爸，亏您想得出！匪夷所思。

陈豪杰：咦，你们自己鲜有卓见，我出个妙计你们又反对，那怎么办？你们大伙儿拿主意吧！

没人拿得出像样的主意。人在气头上，啥主意管用呢？

陈可元摆摆手：天要下雨，娘要嫁人，随她去好了！

孰料，陈可元这话惹得陈可期勃然大怒，直着嗓门儿嚷嚷像打机关枪：你说得轻松不嫌牙疼！你当曲解是一般人，无足轻重啊？可有可无啊？方正电梯从无到有从小到大（几次扩展用地），她积极操持；做规划绘蓝图，她呕心沥血，反复优化方案；坚持走品牌之路，她鼎力促成；上数字技术及优化自动控制，她举措得当一样样拿下；未来参与投标，她精心策划……她介入方正电梯太深，手里掌握着从设计到生产到安装等环节各种要素匹配，特别是核心技术人才匹配，差不多掌握了方正电梯整体发展命脉……怎能因你个人好恶"随她去"？你替方正考虑过吗？

陈可期的态度让一屋人神情错愕，目瞪口呆。刚才还在骂曲解，现在又说曲解好话，这不是逻辑混乱吗？

其实，在座者谁都承受着打击。曲解悍然出走，把整个方正搅乱了！偌大个厂，倒不是说立马就没有懂行的、主事的人了，老板还在，领导小组还在，工程技术人员还在。只是，人心乱了！乱就乱在曲解为什么出走？是她的问题还是方正的问题——这个巨大谜团引发强烈压抑感，并且弥漫开来。

陈可元：二哥，你对我发火没用，又不是我让她走的。

陈可期眨眨眼：我哪里对你发火？我对我自个儿发火！

说着话，陈可期仍觉不解气，腾地站了起来，手指门外，仿佛遥指美国方向，不依不饶投诉：摊子拉起来千辛万苦，她倒是将手头事务交接清楚，铺垫好点再走啊，怎能昧着良心偷偷摸摸闪人呢？究竟是何居心？方正待她又不薄！方杰将最优资源向她倾斜！她将方正弄成半吊子，数据都在她手上，投下去海量资金趴着窝，她专挑这个时候冷不丁跺脚撒手开溜，像早有预谋，我严重怀疑她是挖坑设套来的！是作局来的！

陈可铭走到陈可期身边，双手搭他肩膀：坐下吧，慢慢说。

随着陈可期落座，屋里安静下来。陈可铭力挺陈可期：阿期说得对。曲解对方正电梯的把控是全天候、全要素、全方位的。方正这副担子一直由她主挑。现在，撂挑子的是她，损失的是方正。倘若由她这么闹，我们终究吃大亏。

陈可期语气中充满懊恼，只是没有捶胸顿足：唉，我陈可期眼拙，眼瞎，连累我陈氏家门不幸！如今这偌大个烂摊子叫我骑虎难下……换了任何人，这口气也咽不下去！

众人这才明白，陈可期不是要请曲解回来，而是找她算账。

陈可铭保持着惯常的头脑冷静：阿期，这不是你的错。大凡做厂，走点弯路，像引狼入室、养虎为患啥的，都难免嘛。但这话不可言之过早，那将失之偏颇。曲解有真才实学，对方正有贡献，这是实际行动检验过的，不好抹杀。

陈豪杰一小口一小口地呷着茶。本来，对曲解远走美国，他并不太过意外，相反，他朦胧预感会有这么一天。只是，眼下时机不对啊！越往后时机越不对。方正电梯这个巨无霸项目的推进正在节骨眼儿上，怎么能离开曲解呢？老实说，离开谁都行，唯独离开曲解不行。所有重大事项都是她参与拍板的，都是她经手的，她为方正立下汗马功劳，已俨然成为方正电梯的灵魂人物。方正一路走来，始终对她很依赖，且越来越依赖。

陈豪杰神态平和，说话声音不大，但自有分量：我的"二次迎亲"妙计遭强烈抵制，也罢，它只好胎死腹中了。曲解呢，方杰始终委她以重任，付她以重托，她不可能与方杰义断情绝，这事仍有回旋余地。包乐，你即刻买票飞美，今天出发，一定要找到曲解并恭请她回来。人回来，什么事情当面都好说。

董事长表了态，一锤定音，这事也就没啥可争论的了。

陈可元：首先声明，临阵换将不是我本意，纯属巧合。

见所有人的目光都投到自己身上，陈可元越发淡定从容，说话不紧不慢：我们做厂，和做人一样，不必在一棵树上吊死，哪怕这棵树再好，超级好，巨好。长江后浪推前浪，后来居上。方正电梯开建以来，我们通过猎头公司多方物色高端人才，小有成效，比如留德博士项清楚。我已将他的详尽资料呈报董事会，获董事会原则同意。两周前，猎头钱万与项清楚在德国正式签约。此事尚未公布，我先给大家打个招呼。

陈可铭借机缓和气氛，笑着捧场：小元有先见之明！

陈可元谦虚道：不敢！百无一用如我，用个人还行。

陈可铭继续插科打诨：能用人就不简单啦！前提是辨人客观，识人精准，看人不走眼。这里面功夫深了去了！

陈可元不屑：故意捧杀吧？你嘴里的我简直明察秋毫了！

众人皆笑，屋里气氛轻松下来，戾气、怨气渐渐飘散。

陈可元压轴发言，中气十足，满屋人就她一个神采飞扬：各位，项清楚已启程上路，不出意外的话，下周二可抵达河埔市。我意，曲解的方正电梯总经理职务可由项清楚接任。比之曲解，项清楚毫不逊色，准确说是有过之而无不及。

陈可元这段话语速快，信息量大，话音落了好一阵，屋里还是静悄悄的，只听见呼吸喘气声。除了陈豪杰和陈可铭，其他人面面相觑，项清楚是谁？

12

上午，京墨大街49号，常掌柜中医馆"情理茶坊"。

袁若德、常在情约女儿袁仁美商谈要事，不在家里，而在"情理茶坊"，这种情形已经久违了。

袁仁美很不情愿与父母正面相对，有啥可谈的？无话可谈。近段时间，一家三口人面对面坐在一起吃饭都不曾有过，电话也不打，有事托人带话。无须找借口，工作忙而已。

袁若德态度冷静，语气平和，将女婿梁仁良出境考察前拿毛织厂做抵押贷款的事告诉女儿，特意强调说毛织厂目前运营正常。

袁仁美头一个反应是对父母不满：为什么瞒我？

常在情：考虑你恰在孕期和哺乳期……

袁仁美厉声截断：借口！我是当事人！你们谁都不瞒，偏偏瞒我！这么长时间一直瞒着我！显得我呆头呆脑，你们什么居心啊？

袁仁美第二个反应是对梁仁良恨得牙根儿痒，心里咒骂：梁仁良你个狗杂种！竟敢背着我拿我娘家资产做抵押贷款，卷款私逃！梁仁良你王八蛋！不行你让位，你滚犊子拉倒，玩什么失联猫腻！你个天打雷劈的……

袁仁美第三个反应是为自己憋屈。老公胆大包天不是东西，老爸老妈遇事瞒着她，全都在骗她！她在自家工厂打拼这么多年，竟没有一个心腹，连个眼线都没有，出了事，只有她一人被蒙在鼓里。她太失败了！她巨蠢！她超级傻白甜！她袁仁美沦落至此，可见她没地位，没权威，居弱势地位，她白混了，让人看她笑话……袁仁美崩溃，双手捂脸嗷嗷大哭。

袁若德与妻子常在情相互看一眼，心里都很难受。

袁仁美抬起袖子往脸上抹了一把，拖着哭腔质问父母：爸，妈，你们想过阿良他只身在外的危险性吗？你们早一天告诉我，我也好早一天想办法，至少派人去找他呀！你们装作无事一般，瞒了这么多天，岂不是蓄意拖延，想看着他死吗？

常在情怒容满面：这什么话？你怎么能这样说！其实你爸和你弟一直在找！一直在用不同方式、途径去找。

袁仁美讥讽：不是没找到吗？有啥好炫耀的。

常在情：在你面前炫耀？你当梁仁良是谁呀？他是我们的女婿！是我们外孙的亲爹！我们难道不想找他回来？

袁仁美痛心疾首：妈！你们搞遥控，山高水远的，怎么能找到？真心要找，就得贴身去找、近距离去找啊！

常在情：去哪儿贴身找？什么地方距离近？有线索吗？

袁仁美转眼瞪视老爸：爸，您为德立技术不惜血本，为德立技术搞大换血，阿良却被排挤，他的出走难道不是您逼的吗？

嗯？袁若德被问蒙了，怔怔地看着女儿。其实，见女儿哭得伤心，他很心疼。突然被女儿诘问，他不敢相信这类尖锐、刺耳、扎心的话语出自女儿之口！这就是他亲生及给予了全部的爱、精心呵护培养了半辈子的女儿，对他战略意图的理解吗？

袁若德大为震惊，他绝对想不到女儿竟能说出"他的出走难道不是您逼的"这种话。女儿突然变得这样冷酷无情，让他不敢认。

袁仁美背朝父母，如泣如诉：凭良心说，一个女人没有男人行吗？一个幼儿没有父亲行吗？阿良是我老公，是我生命的另一半，你们要像对待我一样对待他，不要区别对待！拜托！

袁仁美说完腾地站起来，抬腿就走。

常在情断喝：你给我站住！

这声音如雷贯耳！母亲何曾发出过这样的狮吼？袁仁美受惊，大脑嗡嗡作响，小腿肚子剧烈战栗，定定地立在原地。

常在情同样站起来，手指女儿：我告诉你袁仁美，如果你还认我们是你父母，还认这个家，就老实回来，坐下说话！

袁仁美犹豫一瞬，猛地转身走回，使劲儿把身体砸在椅子上，低眉奉眼，谁也不看。

常在情连声发问，势若霹雳：我们如何对待梁仁良，要按照你的意志行事吗？你认为姻亲在血亲之上，爱情在亲情之上，全部人生取舍都以梁仁良为纲，我们也必须像你一样吗？你婚后增添了为人妻、为人母的角色，就不再为人女了吗？我们生养儿女，是为了培植对手、分裂家族、在代际间搞势不两立吗？你究竟识不识好歹？自从有了老公的爱，父母的爱就狗屎不如了？

声声拷问，直刺心灵。屋里静得出奇。

袁若德脑袋垂得更低了，好一阵缄默不语。

往事历历，袁仁美心潮起伏。婚后三年，历经种种磨合，虽说艰苦，但幸福蕴藏其中。要说她真正懂得"爱"，即拜这三年所赐。

梁仁良大学本科金融专业毕业，外语不错，身材高大，气质出众，外形很帅，第一次在飞机上见面，他一路都在用手提电脑写文案，深得袁仁美好感。后与袁仁美闲聊了几句，话题是金融，这一块恰是袁仁美短板，因而对梁仁良留下深刻印象。袁仁美在新加坡仅停留三天，梁仁良如约到袁仁美入住酒店拜访，两人一起喝咖啡饮啤酒聊了大半夜。袁仁美表示，梁仁良若在新加坡未能找到满意的工作，可考虑加入广德集团。梁仁良闻之窃喜，临别时互留了联系方式。

梁仁良应邀到广德集团参观，当即表达回国发展、进入广德集团的意愿。不久，袁仁美又到新加坡谈生意，梁仁良全程陪同，并通过亲戚帮忙，替袁仁美谈妥一个服装大单，令袁仁美满载而归。此事仿佛是梁仁良送上的一份入职大礼，他得以正式入职广德集团。他和袁仁美随即从热恋走进婚姻，婚后感情稳定。

梁仁良通过表哥蓝君，先后联系了新加坡和马来西亚航空公司下属两个机场，拉了一批地勤人员工作服装订单。此后德来服装与新、马两家机场建立了合作伙伴关系，单子越做越大，越做越高端，直至承接标准极高的空姐工作服。德来服装厂效益倍增。集团上下都认为梁仁良这个乘龙快婿出手不凡，后生可畏，有文化，有眼光，是块干实业的料。

在袁仁美的要求下，父亲袁若德同意女婿梁仁良由德福毛织厂厂长助理升任厂长。此前，服装和毛织两厂均由袁仁美担任厂长并亲自管理。梁仁良到毛织厂走马上任，风光无两。

有道是"好花不常开，好景不常在"。毛织厂由梁仁良接手后，适逢经济不景气，订单锐减，工厂吃不饱，后来发展到完全没有订单了，眼睁睁看着工厂月月亏损。因为不管是否有订单、有产出，工厂每天每月的花销是固定的，是不可少的。梁仁良束手无策，在不到一年时间里撤换了六名销售总监。副厂长祝业祺劝他不要这样频繁换人，梁仁良听不进，反而斥责道：有本事你自己上销售一线！就是在这种情况下，祝业祺带着代紫萱（兼翻译）赴欧洲招商揽客，拿回55万欧元订单。袁仁美出于私心，没有告诉老爸真实情况，只把功劳记在梁仁良头上。但袁若德知道，这笔订单来自祝业祺和代紫萱开发的客户。

常在情打破沉默：阿美，你爸最初得知梁仁良卷款出走，压力很大，连夜抓起电话，想第一时间通报你，又想到你正临产，怕影响你情绪，伤及母子健康，他硬把到嘴边的话吞进肚里。

袁若德摆手：这个，不说它了。阿美，今天把事情原原本本告诉你，是想跟你商量，找出妥当办法，把损失减到最小。

袁仁美心情复杂，脑子乱成一团糨糊，但有一点是清晰的，她要去找他！就是上刀山下火海也把他找回来！梁仁良再有错，她再不能原谅他，也不能失去他！儿子不能没有父亲！梁仁良必须是个囫囫囵囵的人，回到广德。人在，天塌不了，天塌也不怕。人不在，天是囫囵的又有什么用。此时此刻，父母说什么话也不重要了，她其实根本听不进去。她端出胡搅蛮缠嘴脸：爸，妈，实话告诉你们，如果女婿丢了，你们从此也就没女儿了！

这话刺得袁若德心痛。未待他做出反应，袁仁美又以悲怆嗓音发出最后通牒：爸，妈，找不到他，我也不回来了！他人要不在了，我也不活了！女儿我绝无戏言。

常在情怒不可遏：遇点事就寻死觅活，你疯了？

袁仁美心说是疯了。早在医院时就疯过一次！她连续两晚疯狂拨打梁仁良电话，却被近百次告知"您所拨打的电话号码是空号"。

常在情以硬制硬，再撂狠话：我给你交个底，梁仁良携款外出，这一步就错了，主动回来，承认和改正错误，则可自我救赎。不回来，就自绝于袁氏、自绝于广德。这是分水岭。梁仁良以怨报德，你爸和我仍不愿绝了他的路。只要他人尽快回来，其他一切都好说，既往不咎。真不识抬举，那就另当别论了。

13

下午，佳杰五金厂成品车间。

下午阳光炽烈，陈可元和施润分别驾车赶到佳杰五金，何青黛、姚国泰和汪雄壮等人站在成品车间门口迎接她们。

姚国泰喜滋滋地与施润打招呼：小西施（姚国泰多年来对施润的昵称）来啦！我们正在等你好消息呢！

施润：泰叔您别高兴，我带来的是坏消息。

姚国泰笑道：蒙我吧？嘿嘿，你的消息从来不坏！

施润指着她的车尾厢对何青黛说：阿黛，喊几个人过来搬。

何青黛：好的润姨！

不等何青黛示意，汪雄壮已转身进入车间去喊工人。

陈可元冷着脸，一声不响，径直往车间里面走，施润、何青黛和姚国泰跟在她后面，鱼贯进入成品车间，直奔7号工作台。

此前，施润已在电话中向陈可元通报了情况。施润代表方杰，在广州参加业界一个五金部件评展会，结果，王鹳精密生产的AQ五金铸件成为唯一获奖产品，佳杰五金送展的产品却籍籍无名。施润很震惊，也很不解，遂通过关系，弄到一套AQ五金铸件。陈可元叫她将该套件拿到佳杰五金，与自身产品做比对，搞清楚究竟孰优孰劣。

姚国泰指着某型号五金成品，对陈可元耳语：就是这款。

陈可元弯腰凑近，一边用手抚摸，一边仔细查看。

随着一阵熙攘声，工人们搬过来两个未开封的纸箱，上面赫然印着"AQ五金铸件"，王鹳精密制造。何青黛指挥工人将纸箱放上8号工作台，并用工具谨慎拆开包装。

施润与姚国泰窃窃私语：泰叔，咱佳杰参评的这款产品，总体质量上乘，工艺无瑕疵。但是呢，王鹈精密近期推出新品AQ五金铸件，硬把咱的产品盖了！您说怪不怪？

姚国泰：我们的产品一向达标，没发生过质量问题。

施润：问题是，有王鹈精密产品在，佳杰五金称不了第一。

姚国泰眉头拧成疙瘩：哦？以前从来没出现过这种情况。

施润：人家评委一眼就看出来啦！当然，是和王鹈精密的五金套件对比，才看出来的。

施润点头：达标没问题。我刚才说了，总体质量上乘。问题是王鹈精密压我们一头，他们的产品占了上风。

施润接着通报最新信息：从多个渠道获悉并确认，广德一直在暗中帮助王鹈精密，还派了专家驻厂，予以全方位技术指导。可以说，王鹈精密早已沦为广德附庸。

姚国泰：我说呢，王鹈精密的产品质量怎么可能超出佳杰。

施润说着，取出文件袋，将一摞子资料交给陈可元，陈可元翻阅后，转手交给何青黛，叮嘱道：你们研究一下。

陈可元面向施润：黄匠军和季黄鹏那边，有进展吗？

有。施润说着生起气来：我与黄匠军和季黄鹏当面谈了，方正电梯有意参股王鹈精密，这小两口还是蛮懂事、蛮配合的，但黄匠军回去向王祖望汇报，姓王的竟不同意！说什么……过去没有，现在没有，以后也不会有抛售企业股份的想法。

姚国泰很不爽：哟，猴王（王祖望外号）他横上了！

施润：小元，收购王鹈精密一事陈董批示暂缓，我们还需要与之保持联系吗？要不以后再说？

陈可元神色冷峻：不，继续保持联系。

施润点点头，心里仍不忿：提起王祖望我就有气！真想撒手算了，永不复见！

陈可元：收购暂缓，挖人撬墙脚不能停。BT工艺在那帮人手上，我们必须把掌握工艺绝活的人夺回来！这样吧润姨，你先把黄匠军盯死，还有他那个新娘子……叫什么名？

施润：季黄鹏，广德集团董秘。

哦！陈可元沉吟片刻：先以这两个年轻人为突破口。润姨，你只管下重手，不要舍不得掏口袋，账单由我付。

施润点头，先行离去。

何青黛和姚国泰陪着陈可元在几个车间转了一圈，跟部分熟悉的工人打招呼。但见工人操作机器设备熟练认真，生产秩序井然，陈可元感觉很踏实，她转头问姚国泰：泰叔，工艺上确实得加把劲儿，是否专门组织技术人员研究一下整改？

姚国泰：当然啦！我不相信猴王他能成精！从我这儿出去的，想盖过我！我这就找人搞工艺攻关！

陈可元看看表：泰叔辛苦！阿黛你们忙吧，我走先。

陈可元神色匆忙，疾步往外走。何青黛嬉皮笑脸拦住她，说有要紧事。

14

上午，德来服装厂厂长袁仁美办公室。

自从父母与袁仁美摊牌之后，袁仁美连续四天没有回家，每天吃住在厂里。多半时间猫在服装厂她自己的办公室，门窗紧闭。她不想见老爸老妈，其他亲朋也刻意回避，电话基本不接。

在厂里，她白天忙厂务，往死里累，晚上频做噩梦。

此前，舅舅常在理几次给她打电话，欲亲自前来给她做常规保健按摩，遭婉拒。第五天，她终于答应在自己办公室等舅舅。

一见面，常在理便发现袁仁美被折磨得不轻，人明显瘦了，脸颊瘪下去。唉，精神和感情折磨对人体损耗很大。

袁仁美频繁致电蓝君，蓝君又电话联系李鹈，获悉梁仁良目前有可能在意大利。他守在昔日客户做了抵押的一个葡萄园内。葡萄园主为躲他，大半年未归。

袁仁美原打算将蓝君退回的68万元打进集团财务，拿这笔钱去堵毛织厂的资金窟窿，至少保证毛织厂流动资金正常化。后来改变主意，她要拿这笔钱去境外寻找梁仁良。

常在理：不要不要！绝对不要独自出去，很不安全！不要一个没找到，另一个又搭上了！

袁仁美哪里听得进，她万念俱灰，铁心要走：舅，我想好了，梁仁良只要是个人，不是个鬼，我就得找到他，把他拽回来！哪怕五花大绑，也要绑个活的回来！叫他老老实实给我儿子当爹，其他全免！没他啥事儿，以后任何事情都没他的份儿！

常在理告诉袁仁美，袁若德拟组织一个由袁仁美带领的考察小组赴欧洲考察，委派黎锦官和毛织厂一位女工为考察组成员，那位女工有直系亲属在欧洲，有人接应会方便许多。

袁仁美觉得多此一举：寻夫就寻夫，何必拿考察当幌子？公私不分，劳民伤财！我自己的事自己搞定。

常在理恳切陈词：阿美，你什么身份？做厂的人！你屁股后面是工厂！你一举一动都与工厂有关，都有千百双眼睛盯着。大凡在厂内造成影响的事，就不是纯粹的私事了，即便是私事也影响深远不可小觑。这道理你比我懂啊！

袁仁美：我一个人独来独往惯了，不喜欢别人跟着我。

常在理：这不是喜欢不喜欢的事，由不得性子来。

袁仁美：我爸那点心思您还不知道，监视我行踪而已。

常在理断然否定：我看你爸没那闲心！阿美，你是聪明人。你想想，梁仁良丢下工厂不管，去境外捞钱，还切断了联系，毛织厂只能由你爸擦屁股。现在你又要去境外寻夫，服装厂还得由你爸擦屁股。换个角度说，你们两口子前后脚跑路，收拾残局安抚人心，维持工厂正常运转，徒增多少工作要做。你爸没有钢筋铁骨，只有一把年纪……

这话蛊惑，让人心酸！袁仁美半晌低头不语。转念一想，这怪谁呀？谁让老爸他不重视梁仁良的？放着现成的人才不用，非要重用一堆外人。梁仁良要不是被逼得没法，会滞外不归啊？

当然，她不能这样甩手就走，临行前，一些事情要处理。要不然她早就买票跑了，不会拖延这么多天。

袁仁美内心充满怨气：舅，您也知道梁仁良卷款出走，为啥不告诉我？见我傻子似的蒙在鼓里，您也忍心？

常在理毫不客气：忍心不忍心，都于事无补。

袁仁美：好歹也跟我通个气，别跟我爸我妈一样骗我呀！

常在理面色严肃，语带批评：通气又怎么样？除了徒增烦恼，百无用处！你挺着肚子，能跟着梁仁良跑吗？大人情绪糟糕能把胎儿养好吗？生下来个"小抑郁症"都有可能！你当生孩子稀松平常啊？那是女人的一道生死关。过了这道关，接下来要坐月子、喂奶，哺乳时间至少六个月，这一连串的事情别人可以弃之不顾，连我和你舅妈都可以不上心，唯你爸妈不能。

袁仁美不吭声儿了，垂着脑袋，边想心事边回味舅舅的话。

常在理：阿美，我提醒你，不要对爸妈耍态度。你知道他们俩心里有多难受？这段日子有多难熬吗？

袁仁美嘴犟：我还难受呢！我还难熬呢！

常在理怔怔地看着袁仁美，感觉外甥女婚后真的是变了！他忍不住说：你爸妈为了德立技术多个项目的研发，把棺材本都拿出来了……你得体谅他们，支持和配合他们啊！

袁仁美不耐烦，突兀地打断说：舅，我现在一听"技术"俩字就反胃！

您别跟我爸似的，离开"技术"便不会说话了，离开"技术"便不知还有什么东西值得开口了。他们跟着姓秦的跑，就像以后的日子不打算过了似的……可我和老公、儿子还打算过呀！

常在理：事实相反，你爸妈想让子孙往后的日子过得更好！

袁仁美：舅，不管梁仁良什么情况，我都不能没有他。

常在理：没人希望你失去他呀！爱是一种宝贵情感，你爸你妈都很珍视，很支持。哪有父母不希望儿女幸福的？

袁仁美摇头：儿女幸福在我爸妈眼里微不足道。他们满嘴假大空，专拣好听的说，口惠实不至。天天抱着人才、技术、百年基业之类概念，走火入魔，我不知道这日子怎样过。

常在理：绝非如此。你爸妈心心念念的是儿女。有一点你要明白，利益权衡不是钻到钱眼里，不是铜臭气，相反，利益权衡通常是以爱为出发点，以爱为归宿的。利益权衡失当，打击和损伤最大的正是爱。

常在理呷了口茶，接着说：你爸你妈不擅长与子女谈爱这个话题，我来跟你谈。爱是一种形而上的、提纲挈领的东西，相对抽象，像宇宙一样宏观博大宽泛。利益权衡则是具象的东西，渗透于生活的方方面面。比如，爱的对象的选择，就主要基于利益权衡。总归一句话：利益权衡也是爱。

袁仁美：舅，爱不爱的，我现在一点兴趣也没有。

常在理：婚姻诚然不是男女关系、人际关系的终极形态，但是，现实生活中的婚姻极其重要，堪称人生"头条"。好的婚姻，不单当事人幸福，且惠及家中老幼，三代人受益；不好的婚姻，不单当事人痛苦，且累及家中老幼，三代人撕裂。尤其像你这样开厂的人，婚姻不好的话直接殃及工厂。这个损失，这个代价，你估量一下，是不是核当量。

袁仁美：舅，您说我的婚姻是好还是不好？

常在理：有待观察。至少目前看不怎么好。私自抵押毛织厂，携款外出不归，毛织厂堪虞不说，整个广德集团都受累。

袁仁美：舅，阿良他不是携款不归，是追款！他做金融，像做任何行当一样会有失手的时候。他又不是神，做不到百战不败。难道他不想回来吗？

常在理毫不留情：说不定啊！他为什么要回来？

袁仁美两眼睁得溜圆：他……他当然要回来！这是他家呀！他那么渴望儿子！儿子出生后他还没看过一眼……

常在理语气淡淡的，话却很重：可以和你生儿子，也可以和别人生儿子，这有什么难的，只要有钱。

袁仁美心里发毛，使劲儿摇头，她想不到舅舅竟能说出这样的话！简直天方夜谭！可见长辈们都不了解阿良。

常在理仿佛看穿外甥女的心思，强调说：这不是天方夜谭，是活生生的现实。我的话你可以反感，但一定要听进去。

袁仁美索性破罐破摔：阿良爱回不回！随他便。这年头谁怕谁！谁离不开谁！少了谁地球不转？他不稀罕我和儿子，我和儿子还不稀罕他呢！这回，权当是个考验……

常在理：不要！人性经不起考验。

袁仁美恼火：那怎么办？那我怎么办？

袁仁美忧愤交加，决意出走，发誓不找到老公决不回来！见舅舅眉头深锁，万分焦虑的模样，袁仁美有气无力地解释：舅，别担心，别拦我。老公是我自己找的，既找了他，他就是我一半的命了。现在他跑了，等于我只剩下半条命了。这半条命，与行尸走肉无异。不能再这样不明不白地拖下去了！老公有难，我理应和他在一起。

常在理：你还有厂子！你多次说厂子是你的心血，是你的命。

袁仁美：是啊，我是有厂子，但厂子是我独有的吗？不是。唯老公是我独有。当然，我不找他回来，他也就不属于我了。

常在理：袁氏大家族，个个是你至亲，厂子为何要独有？

袁仁美：我指的是外人。天兵天将，不断杀进，我的份额不断被稀释、被摊薄，这样挤兑下去，厂子与我，命运不再相连。

常在理：厂子做大做强，离不开人才……

袁仁美摇头摆手：人才人才，我的耳朵磨成茧了。

常在理：有管理和运营经验的人都知道，人心浮动是大忌。阿美你想想，你独自出去寻夫，员工会怎么看？毛织厂梁厂长前脚走，服装厂袁厂长后脚跟着走，工厂扔下不管，这影响多消极！偌大的集团只有袁董这个光杆司令在撑门面，让你爸多被动！由此不难推断，工厂前景堪忧。

袁仁美顿生反感：这不胡乱猜疑吗？

常在理：首先是我们的举动，引发了胡乱猜疑。如果继续提供口实，岂不等于放任这种胡乱猜疑？

袁仁美带着哭腔：舅，昨晚我梦见梁仁良遇害了……

常在理嗔怪：怎么瞎说呀！

袁仁美梦见老公被关在门外，挨饿受冻，实难忍耐，透过门缝喊她：老婆！老婆！你听我说呀！你老公我为人本分，做事规矩，不抽不喝不赌不嫖，只是想依照自己的专业优长和人生理想做点金融而已，不至于罪大恶极吧？轻资产也好，重资产也罢，操作手法不同，发展渠道迥异，归根结底还是追求财富增值，本质上殊途同归。换言之，某些理念不合，总体目标一致，这个有怀疑吗？梦中的袁仁美发了疯，大吵大闹，胡搅蛮缠：没有怀疑！决不怀疑……为什么拦我？凭什么不让我走？我去找我老公，去找我儿子他爸，跟你们有什么关系？你们谁再拦我别怪我翻脸不认人……你们谁有资格拦我？全给我滚……

现在回想起来，老公临别说的话是那样语重心长：阿美，以后你是孩子他娘了，新生命对你的依赖是全方位的，所以你扛起担子！遇事要有自己的判断和主张，要有主见，自己拿主意，不能人家说东道西口沫四溅，你六神无主手足失措。

常在理：阿美，父母是人世间最温暖的港湾。这个港湾是爱的发源地，是爱的源泉。只有它能够为生命提供全天候呵护，为后代的人生提供全程护航，直到港湾自身消失为止。缺失了这个港湾，人生幸福至少缺失了一半。你的人生还很长，必将遇到很多过不去又必须要过的坎儿，每每碰得头破血流。等到有一天，你惊醒回眸，寻求真实平和、不那么惊天动地的幸福，才会回望你曾经拥有的港湾，才会回味港湾所给予你的铺天盖地的爱！

袁仁美心情沉重，脑袋垂得很低，但内心有所触动。

常在理：阿美，你和舅从来没像今天这样话不投机呀！看在我和你多年的甥舅感情的份儿上，我对你掏心掏肺了，不知你听进去没有，倘若你任凭自己心魔作祟，舅也无奈。谨望你好自为之，但看你今后造化了。

袁仁美继续沉默，一副死猪不怕开水烫的样子。

常在理起身告辞：阿美，就此别过。

袁仁美猛地站起来，趋前几步拦住常在理：舅！别生气呀！哎哎哎……舅您别走啊……

常在理心生绝望，虽然止住脚步，面孔还是板着。

袁仁美低着头，突然回味起舅舅刚才说的"你爸没有钢筋铁骨，只有一把年纪"，这话让她心酸。有时候，两人对话针尖对麦芒，不知道哪一方哪句话说软了，就起到软刀子效果，杀伤力超大。袁仁美仿佛被击中死穴，态度180度大转弯，嗫嚅着说：舅，我听您的……接受我爸的安排……

最后一分钟，常在理说服了袁仁美，她放弃独往独来的想法，勉强同意带考察组出去。换言之，看在舅舅面子上，她再接受老爸监督一次。

15

上午，西苑北街3号别墅，陈豪杰家。

吃过早饭，陈可元应召匆匆赶回家。她刚刚获悉老爸陈豪杰做出英明决定——在1.7亿元的基础上驴打滚翻倍注资，收购德立技术。她面色绯红，三步并作两步蹿上二楼，进入老爸书房，见老爸和大哥坐在桌旁对饮，边喝茶边等她，意识到这次正式谈话内容不俗，风一样旋在老爸对面椅子上坐下。

陈豪杰板着脸：曲解跑了，你不要高兴。

陈可元翻白眼：她爱跑不跑！关我毛事。

陈豪杰和陈可铭互看一眼，交换会意眼神，心下揣摩，在抢夺秦茉萸这场成人游戏中，小元兴许得手了，至少占了上风。

陈可铭讥讽：你巴不得曲解走了算了，不回来更好。

陈可元一本正经：这话荒谬！我陈可元是耍小心眼的人吗？我考虑的是兵来将挡，水来土掩，预留后手，走十个曲解也不怕。方正承受不起也决不承受用人方面的闪失。

陈豪杰语气严肃：今天不谈曲解，只谈秦茉萸。

陈可元喜笑颜开，兴冲冲地说：爸，您只管耳提面命，谆谆教诲，女儿我正襟危坐，认真聆听并坚决照办。

陈豪杰：小元，老爸真心成全你，祈愿你幸福。但是，不可能无条件地接纳秦茉萸为婿！那就意味着方杰还将倒贴一个。

陈可元：爸，感情的事，承受不了这么玄乎的"意味"！它有违人性。现在啥年代了，反人性的东西哪敢上大街，人人喊打呢。

陈豪杰直视女儿，一字一顿：人性有优劣，有善恶，这是事物的两面性。我们做厂，办实业，是很俗套、很琐碎而且很江湖的事。人性要不要讲？要讲，但单纯讲人性包括讲情怀，就会把工厂讲死。陈氏办厂起家，以制造为生，坚持工业逻辑、商业逻辑、公平交易逻辑乃至江湖逻辑，忌讳"倒贴"。

陈可元嘴巴像抹了蜜：陈氏洪福齐天，人丁兴旺，哪会倒贴！

陈豪杰：陈氏是不缺儿子，不因缺儿子才重用女儿。但陈氏家规是儿女一律同等。换言之，慢说我陈豪杰膝下仅得两子，即便我有八子，女儿陈可元依然雄踞家族事业继承者之列，天然占据九分之一份额，比之所有兄弟一个子儿不少。

陈可元故意打岔，尽显顽皮：九分之一？

陈豪杰毫不含糊：可惜我没有八个儿子。现实是，你和两个哥哥一样，每人三分之一。

陈可元故意大惊小怪：爸您一言九鼎哦！这是实锤吗？

陈豪杰郑重点头：实锤。

陈可元：仰仗老爸高瞻远瞩，女儿我就巾帼不让须眉了。

陈豪杰：小元，我再强调一下，秦荣萸脱离广德加盟方杰之时，即为你出嫁之日。这是条红线，绝无弹性，绝无余地。

陈可元撇嘴，嬉皮笑脸打岔：哎呀，就算我愿嫁，人家愿不愿娶还是问号呢，距离您那"红线"还有八竿子远！爸，您别操这份心了好不好？何必事无巨细都要亲力亲为呀？

陈豪杰极其严肃：这不是你个人的事，也不是小事，于公于私都超级重要！事关企业成败，事关家族兴衰。曲解出走，不只重创你二哥，而且重创方正。方正乱了，必然殃及方杰，方杰不可承受旗舰项目闹一出鸡飞蛋打，这个你懂的。

陈可元低眉耷眼：爸，您说了今天不谈曲解。

陈豪杰：顺带提一下，谁让你们之间有深度关联性呢？试想，曲解败走麦城，你陈可元难道不会遭遇滑铁卢？

陈可元：拿我与任何人类比都不客观，我不接受。

陈可铭：爸的意思是前车之鉴……

陈可元截断：你少啰唆！

陈可铭偏要"啰唆"：方正对曲解仍有巨大期待。

陈豪杰从儿子的话中受到启发：是啊小元，你引进项清楚是好事，但未必能轻易取代曲解。还是先观察一段，按老规矩，三个月乃至半年试用期必不可少。这话当众不好说，我只跟你交个底。

陈可元低垂的脑袋猛然抬起：那不行！我已经口头答应人家了。此人殊为难得！没有"总经理"职位，人家凭什么来？

陈可铭犀利质疑：这么说，你早知曲解要走？

陈可元脸颊憋得通红，气急败坏：我哪知道谁走谁不走？我是神啊？我答应项清楚任佳杰五金总经理，我自己卸任，过渡一下而已。谁知正赶上曲解跑路，这不撞上了吗？我先天下之忧而忧，临时起意，把项清楚让给方正。

陈豪杰眨眨眼，安抚女儿：总经理是一线总指挥，头绪纷繁，责任重大，与各方磨合需要时间，单凭专业对口技术顶尖，不足以担当此任。再者，一个人的实际能力，包括管理和运营经验，不是轻易能判断的，需要实践历练和检验。

陈可铭：我不是说不用他。只是考虑还未谋面，就安排总经理位置，唐突了些，恐有风险，阿期也未必同意。人先来，干个一年半载熟悉情况再说。

陈可元瞪眼：哥，我千辛万苦挖到的宝，你倒推三阻四？你不识货，别出声啊！方正急需人才，你去挖一个试试！项清楚留在佳杰五金好了，不去方正！

陈豪杰与陈可铭互看一眼，达成默契，语带嘉许：你这个先天下之忧而忧，我和你哥都很赏识，你也不止一次这样做了。顶尖人才引进不易，先引进来再说。做备选，未尝不可。阿铭，你跟阿期再商量下，看看怎么安排。

陈可铭点头：好。项清楚任方正电梯代总经理是可以的。

陈可元不吱声儿了，嘴巴抿得铁紧，再谈什么都点头敷衍。

陈豪杰态度趋于严肃：小元，我必须向你指出，你擅自挪用那笔钱（指1.7亿元）是错误的！轻率，不理性，缺乏风控（风险控制）意识。佳杰五金是你掌舵，但它不是独立王国。集团自有总账，由财务总监总控，其地位作用不可无视。你越权挪用款项，违背企业运营规则，逃避集团财务监管，犯了大忌知道吗？

这话令陈可元震惊，但她反应快：哦，我是欠考虑……

陈豪杰：你至少应与大哥商量，他同意你才能出手。你搞先斩后奏很爽，你大哥就被动了，你二哥的可选择余地也窄了。你这不是制造矛盾吗？我对你们兄妹三个素有要求，不许闹分裂！你拿我的话当耳边风啊？

陈可元不愿惹老爸生气，态度虔诚：我错了，我认罚！

陈豪杰：你自己也知道后果严重，随后积极融资，消除不良影响。你大哥二哥也都包容和原谅你，这回免罚。

屋子里沉静下来，静得压抑，喘气不畅。

陈豪杰语重心长：小元，你没有经历和体验过的事情太多了，正处于年少轻狂的人生阶段。老爸告诫你，不可轻易施惠于人、施恩于人，无论出于任何动机、为了任何目的。

陈可元缄默着、咀嚼着，认真点头。

陈豪杰：老话说，大恩养大仇，大利招大恶。这话你要记在心里，尽管你受年龄限制，不一定领会得了。

陈可元怔怔地看着老爸，领悟着老爸的护犊之心。他对子女倾囊相授，淬铁成钢，虽非箴言，却句句掏心窝子。

陈豪杰：收购德立技术，虽是从方杰延揽高技术人才这一整体战略出发，从方正现实需要出发，直冲秦茱萸及其团队而去，但老实说，这其中也有为你擦屁股的成分，是被动乃至被迫的……陈豪杰顿了顿，话没说完，陈可元振奋不已，得意忘形地插上话：我老爸就有这个本事——临危不惧，洞危觅机，转危为机。爸，您这个决定固然由多方因素促成的，但它无疑是英明和有远见的，是最优选。女儿我衷心拥护！我太佩服您了！

陈豪杰：此举能成功最好，但并无把握，袁头那一关不好过。这年头，有些事拿钱也办不成，还得看老天爷帮不帮忙。往好的方面想，收购成功，秦茱萸被网罗至方杰旗下，你和他自可修成正果。反之，你们俩的事也就无疾而终了。

陈可元先是不以为意，随后大惊失色：无疾而终？不可能！

陈豪杰冷着脸子：方杰和广德虽说不是世仇，但今生今世矛盾不可调和。秦茱萸不离开广德，你就不能把他当作自己人。

陈可元急眼：爸，秦茱萸不是自己人，还有什么人是自己人？

陈豪杰：男未婚，女未嫁，他凭什么是自己人？

陈可元心一横，"我们是事实夫妻"这句话脱口而出。

陈豪杰生气了：没有婚姻，何来"夫妻"？充其量同居而已。哪条法律保护同居？你觉得同居这名声好听、说出去光荣啊？

陈可元快哭了：爸，我是真的爱他！他也爱我……我们自己的爱情自己保护，不依赖法律保护……

陈豪杰瞪眼：放肆！你是未成年小姑娘啊？当今时代，还有不依赖法律的事情啊？

陈可元觍着脸，斗胆分辩：爸，我不想……爱被恨裹挟，情被憎包围。秦茱萸是搞技术的，不管他效力广德还是方杰，其前沿技术及研发成果都可为我所用，我用就是我的经济增长点。

陈豪杰：你说得对，秦茱萸是搞技术的。那就搞技术好了，不要搞技术之外的东西，不要搞婚姻。

陈可元再也顾不上腼腆害羞了，据理力争：秦茱萸效力广德，不是他的错，他是无辜的……

陈豪杰"砰"地把茶杯重重放在桌上，喉咙刺喇喇的，像胸腔之火向外冒着烟儿：无辜？他凭技术在两家横着跳，两家通吃，这不痴心妄想吗？告诉你，秦茱萸一天不脱离广德，就一天不可与方杰扯上关系，你就一天不能嫁给他。我方杰不接纳广德的人做女婿，永远不！

陈可元急赤白脸：爸，您这不啻于棒打鸳鸯……

陈豪杰不屑：鸳鸯？那种浅薄玩意儿值得你陈可元效仿？

陈可元秀眉紧蹙，张口结舌。

陈豪杰：我对你早有交代，这是一种刚性约束。谁让你生在陈家呢！谁让你在工厂机器噪声中长大呢！你啥角色？做厂的，那就要有角色担当，要比同龄女孩子更醒目。爱情可以朝三暮四七零八落，婚姻不可以，因为它关系到家族基因改良、子孙品性优劣，关系到家族基业传承。不要以为婚姻无门槛或门槛低，嘻嘻哈哈，随意践踏，丧失敬畏。它实际上是人生顶级严肃的事项，没有之一。拿婚姻当儿戏是幼稚和浅薄的，对人、对己、对长辈子孙都不负责任，是人生最劣之品行，会带来最差之运气，必付出巨大之代价。不要再提什么鸳什么鸯，让我作呕。

陈可铭、陈可元兄妹静静坐着，默默听着，大气儿不出。

陈豪杰呷了几口茶，清清喉咙，接着说：陈氏千金，方杰栋梁；金龟良婿，入赘始嫁。简言之，就是不入不嫁。

陈可元犟犟地说：爸，您有没搞错？咱家从来没这家规！

陈豪杰嗔怪：我的话就是家规，我刚才的话就是"新家规"。

陈可元急赤白脸，强迫自己把口气软下来：爸，您不能想一出是一出啊！此前您对女儿的婚事定下八字原则——方杰纳才，大门洞开——我铭记在心。现在怎么变了？

陈豪杰：八字原则没变，在方杰普遍适用、永久适用。现在新增12字原则，是因人而异，专为你量身打造。

陈可元嘟囔：今天一个原则，明天一个原则，变幻莫测……

陈豪杰厉声驳斥：世间万物都在变，我不可以变？

陈可铭急忙帮腔：小元，你要理解爸的苦心，不能由着性子盲嫁！老话说嫁鸡随鸡嫁狗随狗，这不适合你，适合你的是另一句老话，生是方杰的人死是方杰的鬼。

陈可元憋屈得快哭了：可是，我和他都没有退路了……

陈豪杰驳斥：你和他？尚未婚配，哪来你和他？

陈可元急火攻心，赌气道：那就不如不嫁！我不嫁就是。

陈豪杰手指广德方向：他秦茱萸死窝广德，我宁愿你不嫁！

16

晚上，太平街好鲜啤酒屋。

袁仁美约曹东风喝酒话别，她知道曹东风最爱喝罐装德国黑啤，点了一箱12瓶，两人不断举罐相碰。

袁仁美开门见山：东风，有几件事，公事私事都有，想当面交代，当面托付，趁便也喝点酒。今晚谁都不开车，放开喝。

曹东风：嘿嘿，你叫我坐网约车过来，我就知道要喝酒。

袁仁美：我过几天要走了，家里这摊子交给你。

曹东风：美姐，你真甩手就走啊？袁董同意你赴欧啦？

袁仁美面色阴沉：不需要他同意。

曹东风赔着笑：那就等你与梁总会合后，夫妻双双把家还。

袁仁美急于谈正事，无心扯闲篇：这几天你见我爸没有？

曹东风点头：见了。袁董严词拒绝，他说方杰陈可元1.7亿元资金入股德立技术的事，董事会已否决，无再议空间。

此前，袁仁美托曹东风带话给老爸：咱正缺钱，人家拿钱来，倒拒绝人家，这不是打肿脸充胖子吗？我们有了这笔款，不但可以赎回毛织厂，将其盘活，还可解救梁仁良，可谓一活俱活、全盘皆活。德立技术就算香饽饽，人家咬上一口，我们又能吃多大亏？双赢不好吗？把找上门的钱往外推，现实版脑子进水。这还在其次，更重要的是，广德与方杰的历史恩怨、上一代人的历史纠葛，不应再继续下去。格局太小，撑不起百年。东风，你把我这话原封不动转给我爸。

其实，袁若德听了曹东风转达的女儿袁仁美的话，当即苦笑着吐出四个字：冠冕堂皇！这个小梗曹东风没向袁仁美汇报，他反过来劝说袁仁美：美姐，动用你的影响力，说服陈可元老板避开德立技术不好吗？广德旗下其他厂家都欢迎她投资入股啊!

袁仁美知悉自己的话在老爸那里丝毫也不起作用,万念俱灰,哑着嗓子说:狗屁"影响力",能左右人家一两个亿巨款?人家投谁不投谁,只会基于自身利益考量,怎会听命于人?

曹东风哑然,意识到此事再无通融余地。

袁仁美:东风,这件事还有劳你出面,亲自办理。

曹东风手指自己鼻子,明知故问:我?美姐你指哪件事?

袁仁美直视曹东风,全盘端出自己的"曲线入股"计划:陈可元那笔款子,我打算通过服装厂走账,曲线接纳,先收入囊中再说。此事暂瞒我爸,亦不得向任何第三者透露一星半点,尤其要防着袁甲芳。你呢,会同服装厂财务,直接处理1.7亿元投资款的结转,务必保证该款项安全。

曹东风心下一惊,觉得事态严峻。袁董专门交代过,拒绝方杰以任何方式染指德立技术。美姐却持不同立场,急欲剑走偏锋,也就是袁董口中的"歪门邪道"。他曹东风该站哪边?容不得丝毫犹豫,他脑筋急转弯:哦……原来这样……

袁仁美:权且不从广德考虑,单为陈可元吧,她和秦茱萸是一对鸳鸯,咱们理应玉成此事。他俩走得越近越好,绑定不可分更好,我乐见其成。这个你懂的!

曹东风赔笑:那俩宝贝是真爱。尤其女方,不顾死活那种。

接着,袁仁美义正词严:成全陈可元和秦茱萸在其次,更主要的是,广德与方杰的历史恩怨,借以翻篇,为日后合作奠定基础。上辈人的恩怨,在我辈手中要结束掉,不留尾巴。当今世界合作是主流,强强联合是正道。企业间(尤其同产业链的上下游企业间)搞势不两立是最大的成本劣势。恶性竞争导致双输,良性竞争利于双赢。东风,你要跟上我这个思路。

曹东风点头,嘴上说"明白明白",心里感慨:美姐诚有弱项,但目光长远,行事笃定,绝非短视之辈,更非傻白甜。

袁仁美:这事我就正式委托你了,由你代表我,全权负责。你要上心啊！你只与陈可元保持单线联系，不涉任何第三人。

曹东风郑重应承：放心美姐！这事儿我一定办好。

袁仁美：据我所知，人家方杰杠杆水平持续处于行业低位，在企业综合评价体系中素有良好记录。我们广德倒好，原来跟人家是半斤八两，齐头并进，是河埔市机械制造业有名的"行业双殊"。现在呢，才几年工夫，两者拉开距离不说，广德倒成了资金饥渴型企业，真是匪夷所思！人家没轻看我们，打钱过来，对我们而言不是大旱逢甘霖吗？

曹东风不敢苟同：那钱非慈善，它是要好处、要回报的。

袁仁美眨眨眼：管它什么目的，钱在我手，归我用……

曹东风不无急切：那钱不是白用。美姐，不敢说对方用心险恶，但要有所提防。这笔钱我一定替你保管好，你放心！我想，这一定是暂时的，是权宜之计。

这话把袁仁美噎住了。她机械地举罐与曹东风相碰。

袁仁美掏出自己的座驾钥匙，交给曹东风，指明车辆停放在厂区，不放家里，由他保管，厂里有急事可以使用。随后又拿出一张银行卡，以及家婆韦素所在地址，请他帮忙每个月给儿子梁嘉兴寄生活费。

曹东风：美姐，下班前我刚接到通知，明天上午，袁董亲自召开家族及企业高管联席会，部署下一步工作及人事安排。

袁仁美有气无力，蚊子般"嗯唧"一声，表示知道了。老爸爱开啥会开啥会，关她啥事儿？她不回家，吃住在厂里，每天累得狗熊样，老爸老妈也不给她打电话，现在双方都到了托人带话的程度。关系僵成这样，她除了出走，别无二选。

近段时间以来，袁仁美的逆反心理越来越强，越来越认死理：老公梁仁良携款出走，逾期不归，与老爸为首的家族态度有关。不重视他，不重用他，他怀才不遇，自然一走了之。他不走谁走？那个秦苿荑会走吗？明眼人都看得出来，老爸重用秦苿荑，意在排斥梁仁良，因为梁仁良在老爸眼里是不堪做广德顶梁柱的。她袁仁美不信这个邪！但眼下时机不对，只能先缩缩脖子。她赴欧寻夫，大家眼不见心不烦好了。

曹东风神色沮丧：美姐，我无法面对丁紫岚！实际上也没合适岗位安排给她。我……我向袁董汇报了她的事……

袁仁美横曹东风一眼：你长本事了，点把小事也往上捅！

曹东风唯唯诺诺：没承想，我被袁董训了一顿，说我对青年员工太过苛求，不舍得伸援手，缺乏辩证和发展眼光。

袁仁美洞穿曹东风心思，毫不留情揭穿：你想钻空子，从我爸那儿取尚方宝剑，挡住丁紫岚。你成心啊！

曹东风硬着头皮来个死不认账：不是呀！哪敢呀！我眼窝子浅，不好意思！美姐，你的做法与袁董绝对一致，善莫大焉！改天我与丁紫岚好好谈，按你的意思办，你绝对放心！

袁仁美：厂里最近推出的那几个冬春两季时装新款，你先给丁紫岚准备几套。她以前积攒了些渠道，有办法带货，不妨先由她试试看。

第九章

1

下午，美国旧金山。

袁仁贵接到老爸袁若德的电话后，立刻开始寻找曲解。

根据秦茱萸、莫如师提供的几个线索，袁仁贵虽费了些周章，却还是找到了曲解。旧金山一家小旅馆是她的临时落脚点，她每天都会出一两次门，似乎正在联系旧友，也可能是在找工作。袁仁贵连猜带蒙，将了解到的大致情况传给老爸袁若德，袁若德转达秦茱萸，秦茱萸转达陈可铭。

包乐来到旧金山，第一时间敲响了曲解的房门。

乍见包乐出现在面前，曲解大为诧异，扑闪着眼睛，好几秒才反应过来。他乡遇故人，亲切感还是有的。但他这么快就毫无征兆地找上门来，简直与尾随跟踪的侦探无异，让她不免惊悚：哦……包……包乐！你……你咋来了？

包乐久别似的打量曲解，心怀庆幸，满脸笑容：姐！

曲解心惊肉跳一阵，终于平复下来，她将包乐让进屋，将唯一的椅子推给他坐，自己坐在床头。

包乐表明来意，并立即向曲解转达了陈豪杰老板的原话"有照顾不周之处，还望曲解博士海涵"。陈豪杰盛邀曲解速度回归，方正电梯部分改良措施有待她拍板，还特意提到王鹣精密，同意曲解提出的收购方案，他已指示相关业务部门与之接洽。

曲解并不动心，无意回国，坚拒盛邀。她几次对包乐强调，该话题免谈，否则就没机会，也没必要再见面了！

包乐一听就急了：那怎么行啊姐？好好好，我打住。

曲解向包乐透露，洛杉矶已有大学向她伸出橄榄枝，但她本人意愿还是进企业，研究机构其次，最后才考虑学校。目前小旅馆是暂住，找到合适工作后，再就近租房。

包乐：姐，您诚为香饽饽，但最适合您的还是方杰。

曲解：方杰是很好的企业，我对它心怀敬仰……

包乐下意识地抢着问：您离开方杰不是因为方杰的错？

曲解诧异：方杰有什么错？方杰有错没错与我没关系呀！

包乐：方杰全体都在检讨，到底什么事情开罪了您……

曲解面色严肃：绝对不是！我说过了，我离开纯属个人原因。

其实，包乐作为陈豪杰专职司机，长期贴身跟着老板，他对整个事情的来龙去脉是相对清楚的，对事物本质亦不乏洞见。他对陈可元与秦荣英的感情并不看好，并且为秦荣英选择陈可元、抛弃曲解感到惋惜。曲解是一个多么好的人，多么好的女人啊！她学识渊博，能力强，性格好，秀外慧中。不止他一人这么看，曲解在方杰许多人眼里都是瑰宝般的存在。眼下，他包乐何德何能，竟然与曲解两人在万里之遥的异国他乡面对面坐着，四目相对，鼻息相闻，这分明是老天爷的眷顾！老天爷赏赐！老天爷成全！

曲解见包乐半天不说话，故作轻松：看你，发啥呆呀！

包乐从意乱情迷中惊醒，嘿嘿一笑：姐，我心里不踏实。

曲解引开话题：我也有件事心里不踏实，你帮我分析下。收购王鹣精密受阻，据说是广德从中作梗，陈董（陈豪杰）才决定此事暂缓。这事本身不大，两家何以为此过不去呢？

哦哦哦……这个说来话长。包乐想不到曲解仍在为方正电梯的事操心。他故作深沉，有一搭没一搭地说起历史。

早年间，广德是方杰的下游企业，德来服装厂和德福毛织厂的机械设备包括相关技术统统来自方杰。后来呢，人家广德也想发展啊！那个袁若德老板一贯佩服和模仿方杰，亦步亦趋，想在技术上独立，想带领企业转型，往产业链上游走。这个，主观上没恶意，客观上也没伤害方杰，袁若德本人对陈豪杰也很敬重，无心开罪他。怎奈陈豪杰容不得对方有平起平坐之念，他眼中的广德只配老老实实给方杰当下游配套厂家。

陈豪杰发现广德竟然模仿方杰，自行创办德强五金机械厂，力图摆脱对方杰旗下佳杰五金的技术和设备依赖，大动肝火，毅然出手绝情之举：突然终止双方保持多年的业务合作，自此不与广德有任何来往，同时不许方杰任何人接触广德。不知道陈豪杰何以对袁若德抱有这么深的成见，铁了心与对方老死不相往来。

据说，方杰当年对广德的彻底切割，一度重创广德，令袁若德备受打击。但他不屈不挠，坚持走自强之路。很多"老方杰"都知道，袁老板那人是条硬汉，一直在储能蓄力，不仅创办了德强五金机械厂，更在德强五金机械厂基础上创办了德立技术公司。谁能想到呢，昔日光脚布衣大老粗，也搞起了前沿技术！

包乐：姐，不好意思，我太啰唆了！

曲解：这可不是啰唆！你说的这些情况像是历史典故，我这样外来的、后来的人，应该早了解、多了解。

包乐：姐，你别不爱听啊！我受陈豪杰老板嘱托，专程来美请你回去。我是打前站的，陈董说过几次了，他准备亲自来……

曲解慌忙截断：不要不要！千万不要！阿乐，谢谢你大老远跑来！今天咱在这里见面，完全出于我对你、对方杰的感激之情。不过，这应是最后一次了，以后不要再联系了。待熬过眼下这段艰难时刻，我会列出一份详尽的工作交接清单……

包乐十分为难：你不回去，我回去没法儿向老板交代呀！

曲解低下头，缄默好一会儿，重新开口：天时地利人和，方正电梯有很大的成长性，你们好好干吧！

包乐赔笑：天时地利人和？不尽然吧？那陈可元就算不上善茬，有违人和……

曲解摆手回避：不谈这个。

包乐盯着曲解的眼睛，发现"陈可元"三个字当真是她的梦魇。

曲解回避了包乐灼灼逼人的目光，又把头低下去。

包乐笑容和煦，语气恳切：姐，我无意擦鞋（拍马屁），只是实话实说。你不仅是技术大拿，各方面都是大拿。蚕食男人的作为空间决非你本意，但有些男人不争，很容易被你盖了，被你比趴了，这也是没办法的事。

曲解撇嘴：你这奉承，比擦鞋更厉害。盖谁不盖谁，那个毫无意义。方正电梯靠的是掌门人的远见和实力，靠的是优秀管理团队和优秀人才梯队，靠的是全厂员工的集体智慧。

包乐兴致勃勃，依然沿着自己的思路胡吹海侃：姐你说得对！但顶尖人才是稀世资源，并非一抓一大把。像你吧，分明是巾帼豪杰！把男人中的绣花枕头比趴一大片！

曲解秀眉微蹙：别这样说。阿乐，我记得有天你跟我说，外面疯传秦茉荑与陈可元接触密切，我当时没在意……

包乐诧异不已，曲解刚说不谈"这个"，现在却主动谈起"这个"，分明头脑错乱。他为曲解遭受强烈刺激感到心痛，赶紧息事宁人：姐，我那是吃饱了犯撑，八卦乱扯瞎开心。

曲解：那好，你继续八卦乱扯，让我也开心开心！

包乐急了：不敢！八卦都是不负责任的话，误人误己。

曲解点头，一脸大彻大悟：连你都不跟我说实话了！连你也蒙骗我了！所以呀，我只能来美国待着了。在哪儿不能谋生呢？

包乐赔着笑脸儿：姐，秦茉荑未必变心，其中或有误会……

包乐一口一个"姐"，喊得那叫亲！在曲解听来无疑是内心真情的流淌，是这个世界在此时此刻传递给她的唯一亲切的呼唤。但她还是略显不耐烦：对不起！我心情很糟糕！脑子里全是乱码。我甚至怀疑，我的人生方向错了。

包乐：区区秦茱萸，就干扰你的人生方向了？你替他吹牛吧！

曲解苦笑：区区秦茱萸……

包乐：给个实话，姐，你俩还有没有回旋余地？

曲解两眼盯着地面：回什么旋，还有意思吗？

包乐打抱不平：我倒要当面问问他，学富五车，挺有身份的一个人，为什么流于下三滥，充当现代陈世美？

曲解又苦笑：啥年代了，还陈世美呢！

包乐做笨拙手势：不管啥年代，都有黑包公刀铡陈世美！

曲解看着包乐凶巴巴的表情和恶狠狠的动作，有气无力地反问：人家不喜欢你而已，你就刀铡人家？

包乐"扑哧"而笑：看看，露馅了吧？舍不得吧？他背叛你，你还便宜他！还对他情意绵绵无尽期！瞧你这点出息！

曲解：爱是件魔幻事。两人中有一人不是真爱，真爱就不成立；有一人放弃初心移情别恋，真爱就不复存在。

包乐笑容满面，谈兴很浓；姐，你真纯情！你这么优秀，依我看，任何背叛的本质原因都是因为配不上你！

这话有奉承意味，曲解不为所动，也无心再闲聊了。她很快找了个理由，不失客气地将包乐打发出门。包乐临走很不放心，不忘向曲解投去钦慕、眷恋的一瞥。

一晃两天过去了。其间，包乐与曲解又见过两次面。曲解不愿驳包乐面子，对他十分客气，但明确表示不会回去，这态度一如既往，无任何改变。对方杰的种种善意举措只表示感谢，不予以考虑，当然更不采纳。其实她已经想得很通透，此事无解，更无优解，唯不了了之或可解脱。俱往矣！

包乐为劝返之事无丝毫进展而焦急无奈，坐卧不宁。正在这时（抵美第三天午夜），包乐在酣睡中接到陈可期电话：阿乐，我已到香港赤鱲角机场，准备登机飞旧金山。我私自出来，不要告诉我家人，以及方正任何人，也不要告诉曲解，你先稳住她。等下我把航班号发你，你接机。

2

中午，陈可元神色匆匆走出佳杰五金厂办公室，一身工装的何青黛从车间里追跑出来，老远喊道：元老等等！

陈可元回身看了一眼，脚步没停，边走边向何青黛打手势，示意她有事在电话里说。何青黛不依，向前猛跑，喘着粗气喊道：等下等下！真有事……得当面说……

说着话，陈可元已疾步走到自己的"黑虎"车前。

何青黛刚从武孔处获悉曲解跑了，直觉这下麻烦了，冥冥中又觉得不出所料。还听说陈可元物色到一个顶级专家项清楚，将顶替曲解的总经理之位，武孔和周佛礼对此都很不赞成。

何青黛追上来：我新官上任三板斧，重点瞄准项清楚！

陈可元蹙眉：咦，你消息灵通啊！

何青黛喘匀了气，抑扬顿挫，义正词严：元老，你既然让我全面接手佳杰五金，那我就有资格提出要求，这可是我迄今为止提出的唯一要求，也是我新官上任的重头戏——你把那个刚挖来的顶级专家项清楚安排给佳杰五金。

陈可元翻何青黛一眼，没好气：你癞蛤蟆想吃天鹅肉。

何青黛故作体谅：我知道你挖他不容易……

陈可元更没好气了，厉声截断：挖来项清楚首先是巧合，他在上家的聘期届满，对方尚未向他伸出续期橄榄枝；其次是方杰引才策略得当，凭借方正电梯的高成长性作为诱饵；再次是秦茱萸的面子。换了你佳杰五金？做梦去吧！用八台大花轿去抬，人家也不睬。

何青黛痛心疾首模样儿：元老，你把周佛礼、武孔都无私贡献出去了，项清楚不可再拱手让人了！弄得佳杰五金成了空壳子。刚才润姨说了，连王鹅精密的产品质量都在佳杰五金之上，气得我！我知道王鹅精密工艺占优，但佳杰五金机械设备占优啊！怎么也轮不着他王鹅精密高我一头啊！

陈可元眼睛打横：懒得跟你掰扯！你自己想办法。

何青黛语气委婉：我善意提个醒儿——佳杰五金是你陈可元的地头！你的发轫之处！你的立身之本！你的嫡系！也是你麾下我何青黛为首的佳杰五金员工的容身之所！

陈可元十分老成：会搞小山头了？瞧你这点儿出息！阿黛，你现在当头了，主事了，格局要跟着变。虽为一方诸侯，但不能太狭隘，要有大局观念。方正电梯是集团的旗舰项目，在你我心里的位置理应大于、重于佳杰五金。要我向你科普吗？大河有水小河满……

何青黛伶牙俐齿，痛加驳斥：大格局有你，宏观务虚有你，我干吗越俎代庖？我只管脚踏实地，微观务实，做好佳杰五金才是本分。你科普不科普，我眼里都只有佳杰五金。

陈可元憋住笑：微观经济学是你强项，以前我老抄你作业。

何青黛：看在你抄我作业的份儿上，把项清楚留给我！

陈可元断然拒绝：不可能！你别动这歪歪肠子了。

何青黛：我当务之急是盖过王鹅精密！没有技术大拿，怎么盖？只有项清楚帮衬，我才能组织技术和工艺攻关……

陈可元急着要走，伸手去拉车门：好吧，再挖到人才一定给你！

何青黛以脊背抵住车门：不要！就要项清楚。

陈可元蹙眉：怎么钻牛角尖呢？没有项清楚，地球不转了？

何青黛：地球它爱转不转！我有项清楚才转。

陈可元敷衍道：我保证，很快再给你挖个超过项清楚的。

何青黛死缠烂打：亲爱的元老，百年树人啊！人才不是水龙头，一拧水就来。我谅你三五年内找不到第二个项清楚！

陈可元一脸不屑：树人需百年，用人何需百年？人家"树"，我不"树"，我砸钱抢来用就好！这是我的"必杀器"。

何青黛急了：顶级人才不是现成的，很稀缺，你砸钱耍"必杀器"也没用！反正我等不及。你呢，别到时候悔青肠子！

陈可元：吃不着的肉烂在锅里，干吗悔青肠子？

何青黛直愣愣地看着陈可元，若有所思：哦，还是你格局大，把家族利益放在第一位！那我自愧弗如了……

陈可元窃笑：太假了吧！你从来跟我一个立场。

何青黛咄咄逼人：佳杰五金严重缺人才，你比谁心里都有数。当初你接手佳杰五金，不是因为人才骨干跑了吗？那种切肤之痛你忘了？现在好了，阵痛又落我头上了！你满子都是方正电梯！既然这样，你把我调到方正电梯吧，我早就想跟武孔在一起，我们夫妻双双……

陈可元瞪眼：我呸！

何青黛得意：你呸啥呀？我们夫妻双双……酸到你啦？

陈可元眼睛一横，口沫四溅：佳杰五金有你，比鬼神都犀利！还要什么狗屁人才？你给我拳打脚踢，全包就好！

何青黛：包个鬼呀！要个人才都不给！只给忽悠。

陈可元：我把周佛礼、武孔赶走，不是为了腾出空间给你？项清楚了不起是吧？在我眼里你在他之上！我再重复一遍，佳杰五金没我可以，没你不行！因为有你，我对佳杰五金才敢放手。你死也要给我死在佳杰五金！还夫妻双双呢，我呸呸呸！

何青黛：戴高帽没用！我又没卖给佳杰五金。

陈可元蛮横：你没卖是吧？我反正已经买啦！

何青黛抬杠：我签卖身契啦？拿出来看看！

陈可元翻白眼，一脸鄙夷：我买你，还要什么卖身契？我陈可元一言九鼎，不比卖身契管用啊？

何青黛：别人你可以买，我何青黛你买不起！

陈可元：你开个价试试？十个何青黛我也买得起。

何青黛冷笑：哼哼，强买强卖违法，谅你不敢。

陈可元真的酸起来了：你晚上跟武孔滚在一起违法不？你扯证啦？《民法典》你没读啊？小心我拆了你们……

何青黛一脸无所谓：拆呗！拆了武孔还有文孔。

陈可元仰天而叹：腻歪成这样！脸皮贼厚，重色轻友。

何青黛秀眉微蹙，终于转入正题：实话跟你说吧元老，退而求其次，你也不能让项清楚顶替曲解的位置……陈可元乍一听"曲解"两个字，立刻将右手食指竖在嘴唇上。这个动作提醒了何青黛，她立马噤了声。两人四只眼睛不约而同地往周边搜寻一遍，还好，没有闲杂人员在侧。陈可元打个手势，两人分别从黑虎两边钻进去，砰地关了车门。

何青黛：刚才说哪儿了？哦对，曲解前脚走，你后脚就安排人顶替她的位置，这不等于把她职务撸了且一撸到底吗？这不明摆着不想让她回来吗？就算你心里巴望着她不回来，也不能公开这么干，多少只眼睛看着呢！知道下面怎么议论吗？我简明扼要学给你。先申明，有些话很难听，我纯粹鹦鹉学舌。

陈可元心下诧异，何青黛这腔调，竟与老爸陈豪杰和大哥陈可铭如出一辙！她紧绷着脸儿不吱声，等着何青黛鹦鹉学舌。

何青黛传的大意是：不管项清楚是何方大牛，毕竟初来乍到，让他顶替曲解总经理位置，绝对是步臭棋，令曲解尚存的一星半点回归可能性霍然归零。莫非这正是陈可元本意？巴不得曲解不回来的人只有她了。堵前人的路，后人的路也好不到哪去。

陈可元：谁堵谁呀！有路大家走车，有水大家行船。跑路的又不是我，怎么骂我呀？抛弃和背离才不可接受！方正离开谁不能活了？铁打的营盘流水的兵，有出就有进。

何青黛：我知你心大肚子大，能撑船那种！做事豪气，不像我小肚鸡肠。但你是女人，天性中有小心思。

陈可元恍然大悟：你缠我半天，原来就是为了阻止项清楚顶替曲解的总经理职务！我还不知你那贼心鬼意！

何青黛推心置腹：元老，建议缓缓，总经理位置先不要动……

陈可元愤而截断：曲解跑了，没有总经理了，我二哥成了光杆司令，这局面他肯定搞不定，我考虑的是找人帮他。一台巨型机器不可一天空转，相应地，总经理位置不可一天空缺。我隆重宣布，这是对冲举措。何青黛你别坏我事！

何青黛感慨不已：你想帮二哥，这个我理解，但弄不好会帮倒忙……

陈可元忽然两眼圆睁，直勾勾地瞪着何青黛：你帮倒忙少哇？你还好意思找我，我正要找你算账！

何青黛诧异不已：咦，我找你汇报工作，还有好意思不好意思之说？你找我算账？什么账？年终奖金翻倍大涨？

陈可元咬牙切齿，兴师问罪：你干的好事！老实交代，1.7亿元走账的事，是不是你泄露出去的？

何青黛心里一紧，嗓音发涩：谁泄露啦？怎么可能！

陈可元用食指点着何青黛鼻子：心虚了吧？除了你，没别人！我还纳闷呢，我二哥是怎么知道的，还这么快！

何青黛瞬间慌乱，面颊绯红，但她很快缓过神儿来，因为"说辞"早已备好：你老板当大本事也大了，凡事想当然！那笔款子是我负责没错，但我方经手的至少有三人，加上对方财务人员，好几双手参与操作。财务有规范，我何青黛搞不了一手遮天！

陈可元诡谲一笑，宽宏大量：成也萧何，败也萧何。这次就免追究了，免责了，下不为例……

何青黛听了这话，顿时松弛下来，硬着头皮继续抵赖：你搞冤假错案，跟我没关系！

陈可元翻白眼：还嘴硬？我这就把武孔拎来，人赃俱获！

何青黛死磕到底：他敢乱说，我撕烂他的嘴！

陈可元：露馅了吧？我还不知道你，嘴越硬心里越有鬼。

何青黛：我经手的事无端泄露，愧是有一点，鬼是没有的。

陈可元坏笑：凭你脸皮八丈厚，还知道"愧"为何物？

何青黛跟着坏笑，眼神睥睨：那就愧也没有，鬼也没有。

陈可元不再介意此事，变得眉飞色舞：没想到，我1.7亿元设备款歪打正着，正好对应老爸谋略，符合老爸的战略方向。接下来，方杰要干票大的——收购德立技术。

何青黛惊得张大了嘴，难怪陈可元的态度180度转弯，原来她挪用1.7亿元，集团不予追究了，相反，还"挪用"到点子上了。

陈可元意犹未尽，清清喉咙，夸夸其谈：咱俩偷偷摸摸、蝇营狗苟行事，却起到抛砖引玉的作用，冠冕堂皇地派上大用场！我老爸那韬略了得呀！他从更长远的目标进行战略部署，将1.7亿元巧妙转为首笔投资入股款，拟收购德立技术，夯实方杰根基。就像我家院子里那棵大香樟，地面部分生长缓慢，很不起眼，地下部分却长得飞快！它拼命汲取土壤营养，往深处扎根，其庞大根系在地下延展长宽数十米。照这架势，老爸带领方杰直奔百年无虞。

何青黛：这是无心插柳柳成荫呢？还是背水一战？

透过车窗，陈可元眼望远处，目光空灵，面色凝重，答非所问：此举定生死！不成功则成仁。

何青黛感慨，方杰又有大动作了！这无疑让人振奋，同时又迷惑，什么叫此举定生死啊？定谁的生死？工厂的还是个人的？难不成是定爱情的生死？天哪，不成功则成仁……

陈可元仍沉浸在自己的思绪中，语气果决武断：基业长青，永续经营——这是刻在我家三代人（含外公外婆）骨子里的东西，也是我陈可元的信仰，不可亵渎。你何青黛，也要把这种信仰给我刻在骨子里，亵渎信仰永远不是你我选项。命中注定，这就是你和我的生命图腾。

何青黛怔怔地看着陈可元，咀嚼她嘴里吐出的这些狠话。

陈可元目视正前方：听懂了？你下车。

3

上午，翡翠巷6号，广德集团总部会议室。

袁若德召开各厂负责人联席会，部署下一步工作及人事安排。秦茱萸、袁甲芳、马赛鹰、尹擎、曹东风、祝业祺、代紫萱、高蔷、季黄鹏等与会。

此前，袁若德力挽狂澜，快刀斩乱麻，早就做出妥当安排，其中包括组织一个由袁仁美带领的境外考察组，一行三人，赴欧洲考察（顺带寻找梁仁良）。考察组成员是他特意委派的黎锦官和另一名有直系亲属在欧洲的毛织厂女工。

袁若德私下向黎锦官交代了另一项秘密任务：依据现有线索，考察王鹈精密在德国的合伙人李鹈，如有可能，邀请她回国参访广德集团，为下一步谋求境外项目的合作打基础。（境外项目合作，王鹈精密与广德一直有约，虽未签文字的东西，但双方老板在洽谈中红口白牙当面说的。）

袁若德几次交代黎锦官做好出境找人的准备，叫他先搜集线索，叮嘱他说：梁仁良不仅是我女婿，还是广德集团高管，是毛织厂前任厂长，所以，不论从哪个角度讲，都要把他找回来，不能任凭他失联而不管不顾。至于袁仁美，要等她情绪稳定些，再把实情告诉她，她终会明白老爸一系列举措蕴含的一番苦心。

近期，袁若德经过深刻反思，意识到，随着子女进入婚姻，"家族基因"开始演变；随着代际人口的不断增加，"家族基因"必将实现突变。他必须识变、顺变、应变，力挽狂澜，快刀斩乱麻，在变和不变这两者之间寻找平衡点。

袁若德拿出早已拟定好的应急处置计划，做出妥当安排。他在会上当场宣布，任命曹东风为德来服装厂厂长，任命祝业祺为德福毛织厂厂长（此前已宣布），任命尹擎为集团物资采购供应中心代理总经理，任命德行物流老板高蔷为广德集团高级顾问。

袁若德头一回在公司会议上正面提及梁仁良，大意是：为策安全，袁若德指定黎锦官做联络员，全权配合袁仁美，争取在意大利与梁仁良会合。袁若德特意对黎锦官交代，要求他当面转告梁仁良：人回来，一切都好说，一切都好办，公司对梁仁良既往不咎。越早回来越主动，晚则被动。

袁若德抬高嗓门儿，语气激昂：企业的永续发展，是一个有相当高度的战略目标。任何人——我指的是广德高管——达不到这个高度，就不配继续坐在现有位置上。当一天和尚撞一天钟，即使这一天把钟撞得再好，广德也不待见这样的人。不考虑明天，不谋划未来，说好听点是推卸责任，说不好听点是行尸走肉。企业落到推卸责任的行尸走肉手里，不是全体员工及家属子女的悲哀吗？

袁若德扫视众人，激情放言，为会议收尾：实践证明，有危难，就有机会。东风和业琪，你们两个是老厂副、新厂长，我对你们放心加放手。还有尹擎，你们仨今天正式走马上任。首先祝贺你们，其次拜托你们！广德基业就靠你们一手一脚去打拼了。好，今天就到这儿吧。

曹东风：袁董放心！我们德来服装定要一步一个脚印，落实责任到人。

祝业祺：感谢袁董栽培、信任和重用！德福毛织厂定要转危为机，永续经营。

袁若德扫视一下会场，接着说：今天除了阿美的工作交接事宜，其他择时再议。好，今天就到这儿，散了吧。

众人起身离座。袁若德向秦茱萸招招手。秦茱萸走近，两人面对面站着。袁若德告诉他，从莫如师那里得知曲解独自飞美国后，立即致电儿子袁仁贵，叫他放下手中一切，全力寻人，现已与曲解联系上了，人平安无事，叫秦茱萸放心。

秦茱萸闻言，大大松一口气。此前，他自接到陈可铭电话，惊悉曲解飞美，情绪冲动，心下猜测曲解肯定是听到什么风声了，他一度想请假赴美找回曲解，当面向她解释。可是，手头研发项目已到节骨眼儿上，万一中断，就有可能前功尽弃。他一时不知如何是好，纠结万分。

秦茱萸勉强露出笑容，自嘲道：嘿嘿，一觉醒来，人不见了！

袁若德同样松了口气，调侃道：嘿嘿，一觉醒来，人找到了！

正说话间，袁若德手机铃响，他一看是尤其芬打来的，立刻接听：袁董，方杰的陈可元来了，一行三人，现在就在集团大门口呢，叫不叫她进啊？

袁若德顿了顿，小声说：你领她们进来吧，直接到会议室。

挂了电话，袁若德对秦茱萸说：方杰的陈可元来了！

嗯？秦茱萸睁大眼睛，与袁若德两人你看我、我看你，均觉意外，同时又百般寻思和猜测来者来意。

袁若德扭头向门外喊：阿鹏，喊一下马赛鹰和袁甲芳，叫他们赶紧返回会议室。

4

下午4时许，旧金山国际机场，陈可期抵美。

包乐搭乘的士迎接，一路介绍曲解情况。

包乐拿出钥匙，递给陈可期：你住的宾馆房间已安排好，距曲姐不远，她暂住一家小旅馆，正在四处寻找可租住的房子。

包乐事先给曲解打电话，告诉她陈可期来了，自己正赶赴旧金山机场接他。晚上最好一起吃个饭。曲解同意见面。

陈可期为阻止父母"轻举妄动"（前往美国"二次迎亲"），他搞先斩后奏，包乐前脚走，他后脚就订了飞美机票，到了香港机场才打电话交代卢占祥，在他登机后再代他向老爸和大哥报告。他不顾一切地追到美国，是为了找曲解算账。

在异国他乡一间小旅馆的小房间内，曲解对自己的"前任老板"陈可期开门相迎，没有寒暄，也没有点头招呼，气氛极度郁闷。房间太小，没有多余地方可坐。陈可期、包乐和曲解三人只能围着小桌坐下来，面对面。

几天来，陈可期憋着一肚子气。当然，气归气，恼归恼，恨归恨，陈可期还是顾及情面，没有见面就黑脸开骂，尽管他那张脸冷若冰霜，铁青铁青的，贼难看。

陈可期从随身行李中掏出一个精致纸盒，"啪"地扔到桌上。包乐定睛一看，这是河埔市特产——名为"松子杏仁酥"的一款点心。包乐最先发现它是曲解最爱，尔后透露给陈可期。

曲解低眉耷眼，声音小得像蚊子：对不起！阿期老板，我很抱歉！方正建设如火如荼，节骨眼儿上你竟能抽身，难为你了！

陈可期：别说没用的。你把烂摊子扔给我，自己跑美国逍遥，难道想看着方正电梯死吗……

包乐急忙阻止：别这样说阿期……陈可期恶狠狠地瞪着包乐：你给我闭嘴！

陈可期开始当面"清算"，一声声质问，直抵曲解软肋：我请问你，到底是何居心？当初，是谁嚼着三寸不烂之舌，跑到香港天天游说，叫我把工厂迁入内地？当初，是谁不自量力，利用制定规划纲要之机，故意把方正电梯弄得"高大上"，导致规模庞大、占地庞大、目标庞大乃至骑虎难下？当初，是谁利用我父亲陈豪杰的信任，篡位揽权，利用总经理职务排斥异己，碾压不同意见，搞你那套大杀四方？如今，在方正上下围着你转，一切大主意都仰赖你拿的时候，你毫无征兆地甩手开溜，令方正电梯猝不及防，群龙无首，几近瘫痪，损失无可估量！

曲解坐在那里像个石雕，嘴上轻声说：接着骂，继续。

陈可期无可抑制地痛加数落：我想知道，我前世欠过你吗？我跟你有冤有仇吗？你不辞而别是什么意思？什么动机？什么目的？你就是要走也罢，千不该万不该选在这个时候！你存心叫方正电梯虎头蛇尾、半途而废呀？搞垮方正对你有多大好处？你堂堂一个博士，做人这么无情无义！做事这么见不得人！

曲解：我难辞其咎！你接着骂，继续。

陈可期：你搞"断舍离"，是存心看着方正电梯江河日下直至"报废"，还是想让方杰巨额投资打水漂儿？

曲解有点坐不住了。陈可期抵美，她没有感觉特别意外，让她惊异的是陈可期来意不善，满怀敌意，像万里追捕似的，见面就罗列罪名，劈头就抛出这么尖锐冷酷的话题。她很是不悦，板紧面孔犀利回怼：我个人走留，能导致方正电梯江河日下？能造成方杰巨额投资打水漂儿？你太抬举我了！

陈可期粗暴武断：方正死活系于你一身。就这么简单。

曲解：方正未必像你说的那样脆弱。你贬损方正没有意义。

陈可期：我贬损方正，有你打压方正厉害吗？咱们有合同，你擅自退出是违背合同的，将面临巨额罚款，罚得你倾家荡产。

曲解冷笑：尽管罚好了！我没家也没产。如果靠罚我能让你们发一笔横财也好，我没意见。你们可以走了。

陈可期被噎得说不出话来。但他不服，猛然想起什么，立即反击：你说过，在河埔是同源，在旧金山是异源。

曲解闻言一惊，沉默下来。自己这话被陈可期记住了？他还真有心。瞥瞥他那晦暗的脸色，她知道自己甩手一走，把方正电梯那么大、那么复杂的摊子扔给他，厂务纷乱成麻，确实让他难以招架。他说话难听，但对某些事不明就里，没法儿怪他。

陈可期伸手挠挠后脑勺：早期，我对方正若即若离之时，你与方正早已融为一体！你为方正付出的心血比我多，你对方正的感情比我深，你对方正寄予的期望比我高，以为我不知道吗？方正里里外外都有你的影子，你的痕迹无处不在。

见曲解仍不吱声儿，陈可期愈发强烈地要与她一探究竟：有道是初心不可泯灭。当初，是你告诉我，一个厂，一砖一瓦、一镙一钉建成，每块砖瓦每根螺钉都浸透了心血汗水。做厂的人，视厂如家，视厂如命，甚至觉得厂比家和命更宝贵。你还口口声声说，方正电梯要在一张白纸上画最新最美的图画，这话我听得耳朵起茧了。总之，方正电梯是你参与孕育的，规划方案是你拿出来的，它从无到有是你经手的，你真忍心抛弃？我怎么不相信呢？

曲解垂着脑袋一声不响，现在说什么都是苍白的。

陈可期满腹牢骚和怨艾，兴许憋得太久，变得滔滔不绝：方正电梯从设计方案到建材、设备采购及人才引进和培训等等，虽说拍板的是我，但基本都是按你的意见定的，实际操作也是你亲力亲为的。你举重若轻，以远见卓识把方正电梯带上正轨，未来必定带上巅峰。方正电梯眼下已到投产前夕，你撒得了手吗？你是领头雁啊，扔下群雁不残忍吗？

曲解头一回发现，平时寡言少语、闷葫芦似的陈可期，竟然可以一鼓作气说这么多话！也许他真的受了刺激，竟然可以竹筒倒豆子般吐出这么多肺腑之言、独到见解！

陈可期把想说的话说了，好像轻松了，语气没那么冲了，连音量都小了：你也知道，陈氏为方正电梯砸下重金，先后并入两家子公司，可谓不计成本、不惜代价。这一切，在你眼里都没价值吗？这个我是不信的，打死也不信！

曲解嗓音喑哑：曲解微不足道，夸大个人作用是狭隘的。方正有周佛礼、卢占祥、李才智、杜仲和武孔他们，团队力量很强。阿期你是当家人，拍板决策理应从全厂大局考虑……

陈可期又来了气，粗暴地打断说：你曲解就是大局！你是我的大局！你是方正的大局！除了你还有别的什么鸟大局？你看你，你这个大局在节骨眼儿上莫名其妙跑路，你不狭隘？那你就是别有用心了。我有理由认为你是蓄意的！曾经视你的到来为雪中送炭，孰料你却挖坑使绊。今天才明白，原来你挖坑叫我跳！设套叫我钻！你这坑太深了！你这套路太狠了！真是活久见！

包乐坐在一旁惴惴不安，眼见陈可期和曲解没有一个客气的，相反，态度一个比一个强硬，话越说越重，脸越气越白，"局势"剑拔弩张。他事先买了泡面放在桌边，没人看它一眼。他脸上堆着笑，瞅准空当儿从中斡旋：姐，嘿嘿你别介意啊，阿期老板在气头上，他其实是真心劝你回去，方正电梯真的离不开你。

曲解直面陈可期：我同意在这里与你见面，是因为方正电梯确实有些事情需要当面沟通。另外我不打招呼就走了，有失礼貌，未尽责任，我现在正式向你道歉，对不起！

话毕，曲解站起来，向陈可期深深鞠躬。

陈可期依然板着脸，肚腹一鼓一鼓的，像怄了气的癞蛤蟆。

包乐陪着欠起身子：姐，你坐你坐！

这时，陈可铭打来电话询问情况，陈可期走到屋外，反手带上房门，叹气道：她不回，也不说原因。活见鬼！

陈可铭：退而求其次吧！你跟她说，方杰拟在美国设立研发中心，恭请曲解博士主持。你呢，对她不单许以高位、高薪，还要特别强调方杰一向求贤若渴！如今留贤不惜代价！

陈可期压根儿不赞成大哥的提议：馊主意！设研发中心有什么用？漂洋过海这么远，远水不解近渴。她也未必愿意。

陈可铭：眼下不是没"近水"吗？缓冲一下，按我说的试试，或可远水变近水。她当真铁心不回，那就再说吧！

挂了电话，陈可期心下戚戚，重新回到小桌前坐下，直白透露：曲姐，我哥刚才打电话告知，方杰拟在洛杉矶设置办事处，是专门为你量身打造的，由你主持。如此诚意，苍天可鉴，请勿推辞。

果然不出所料，曲解当场婉拒：方杰错爱，我担当不起。

陈可期看着曲解，眼神夹带恳求：曲姐，再考虑下吧……

曲解不为所动：既然离开了，就彻底离开吧！有道是"覆水难收"，何必再留下牵绊，徒生苦恼。谢谢了！我将尽快列出工作交接清单，好吧？我再说一遍，你们可以走了。

曲解两次下逐客令，陈可期迈着沉重的双腿，携包乐离去。

翌日一早，包乐陪陈可期吃早餐，陈可期一句话没有。包乐小声询问：阿期老板，下一步怎么安排？

陈可期内心纠结，一宿没怎么合眼。他不远万里追到美国，徒劳无功。昨晚是一场灵魂吐槽，他本人可谓推心置腹，能说的好话坏话都说了，能用的办法都用了，全不奏效！他发觉曲解刀枪不入，谴责没用，劝返无效，即便拿绳子把她绑回去，也只绑个躯壳。看她那样子心如死灰，声称不会再返回方杰，甚至不会再踏上河埔那块土地。这种僵局他黔驴技穷收拾不了。他没耐心再磨下去，心一横，算了！一了百了拉倒吧！

陈可期叫包乐先期回国，语气刻板：你立马买票，赶快回去。我爸身体不好，身边不能没人，熟悉他的人才好照顾他。你出来这些天了，一点儿也不惦记他老人家呀？

这话说得包乐无言以对。他点头如啄米：好的好的！

包乐舍不得离开曲解，但陈可期命令他返回，他不能不返。他心情矛盾，极不情愿地答应购置翌日返程机票。

陈可期想了想，又交代包乐：还是得细谈一次。昨晚时间仓促，我态度不好，太急躁。待会儿，你再约下曲解。

上午10点，包乐电话告诉陈可期，曲解拒绝再谈，她说一来没空，二来无意义，还说不要再见面了，大家都不愉快。

陈可期怒不可遏：怎么没意义呀？方正电梯很多具体事务需要跟她对接！重要事情都是她经手的，她不交代清楚，别人没法接手，大家都不知怎么办，岂不乱上加乱？！

5

上午11时许，翡翠巷6号，广德集团总部会议室。

陈可元持函来访，同行有项清楚、周佛礼及杜仲。尤其芬引路，陈可元一行来到广德集团总部会议室。

早已站在门口的袁若德老远就向陈可元伸出手：哪阵风啊，把方杰大千金吹到广德来了，让我处蓬荜生辉！

陈可元伸双手与袁若德相握，毕恭毕敬：袁董您好！久仰！

众人站在袁若德身后，异口同声：欢迎陈总大驾光临！

陈可元很会揣摩：秦茱萸知道曲解飞美国了，肯定接受不了，不说受多大的打击，至少他不会高兴。携项清楚现身，自会冲淡许多不愉快。果然，秦茱萸神情晦暗，甚至面无血色（实际上是在实验室连续熬夜），见到项清楚，意外惊喜之下展露笑容。

秦茱萸与项清楚热情握手，半天没松开。其他人都轮流打过招呼了，他们俩还在互相凝视，小声儿寒暄。

袁若德：哦，你们认识呀？

项清楚这才腾出手来，与袁若德热情相握：袁董您好！久仰久仰！我跟秦博士……嘿嘿，我是资深茱萸粉。

袁若德热情让座寒暄：方杰好风水呀！群贤毕至！

坐下来细聊，大家方知秦茱萸与项清楚原来是校友，不同届不同班不同专业，但属同行业。两人交集不多，但彼此关注对方的研究动向及成果，相互赏识。

为尽地主之谊，袁若德毫不吝啬地夸赞方正电梯：关于方正电梯的基建规划及已经完成的首期建设，河埔市建委（市建筑委员会）已向全市发了快讯通报，谓之方正电梯起点高、标准高、格局大，打造了"工业上楼"新范本，形成多维度数据新参数，可供全行业学习、参照及借鉴。

其实，自从方正电梯厂项目上马，袁若德就一直在密切关注。方杰创办方正电梯厂，是为实施技术升级产业转移，追求高质量发展。这个动作很大，后续还会有更多大动作。陈豪杰这老东西，人老心不老！还在谋划方杰百年！"技术升级"之路无止境，广德和方杰两家企业殊途同归，又挤到一条道上去了……

项清楚：方正电梯创建伊始，即立足于打造现代工业高标厂房。从空间标准、生产配置、企业服务、环境支持四个层面创新突破，深度思考未来工厂的新形态、新格局、新需求，向尖端制造型企业发力，志在做重装行业领头羊。企业成长性十足，按照企业发展规律和现代工业逻辑，未来数年保持高速成长无忧。另外建有产研复合型的产业大厦，形成工业总部，打通科研与生产价值链两端，颇具战略眼光。

陈可元适时从公文包里拿出一份函件——《合作邀约》，双手捧着，递给袁若德。袁若德礼貌地接过来，摊开在办公桌上细看。

方杰"合作邀约"函提出两项动议：一是方杰全资收购德立技术，出资额高出市场评估价若干；二是方杰谋求控股德立技术（股份占比51%以上）。附议是：方杰欲达成方正电梯与德立技术强强联合，这是基本面。若上述动议无法达成，佳杰五金将终止与德来服装厂的合作，从该厂退股撤资，以收缩资金面，向方正电梯这个点聚集。

在座者先是有些目瞪口呆，接着开始不忿。方杰这是吃了豹子胆？德立技术一贯不许他们染指，他们倒想一锅端。

袁若德：敢情好！请问陈可元陈总，这是你个人的意见，还是令尊或令兄的意见？

陈可元似乎早就预料到袁若德会问到这个问题，面带浅笑，神情淡定：陈氏全票赞同。

哦。袁若德点头，若有所思，其实这话他并不信，不全信。

袁若德：新方案非常诱人。由此可以判断，方正电梯的技术路径是清晰的，合作是有诚意的……注重开掘后期升值、潜力升值。气魄大，胃口也大。

陈可元笑着插话：方杰诚意苍天可鉴呀！

袁若德点头：是啊！像陈总你这样年轻的企业家，能有这样长远的目光、这样高的学历，有文化，那就是不一样。不过呢，要说德立技术，眼下规模小，资历浅，相关技术仍处于初始研发阶段，总之时机尚未成熟，广德方面对此暂时不予考虑。

周佛礼：方杰诚意已经最大化。上述两项动议若能达成一项，都是互利双赢。反之，就只能按附议了，方杰橄榄枝失效。

陈可元笑着补刀：深度合作无望的话，那就不如不合作。

秦茱萸终于开口：两个极端，不太好吧？

陈可元听话听音，判断自己的1.7亿元已进入德来服装厂账户的事，袁若德并不知道，她乐得只字不提。但是，袁老板对其麾下的德立技术，对外人讳莫如深。不管什么人提及德立技术，他都会巧妙地把话题岔开。想到此，她心情有些沉重。

袁若德：如果我没记错的话，令尊陈豪杰有句名言，在行业内广为人知。他说不是什么东西都可以分享、共享。在大街上就能看到，人人将口袋里的钱捂住，没人当街掏出来与人分享。

陈可元态度非常恳切：袁董所言极是，我爸所言也极是。不是什么东西都可以分享。强强联合与"分享"不是同一概念，而是交易基础上的1+1大于2。

袁若德碍于情面，表示同意研究。

临别，项清楚带给秦茱萸一个信息：两周后，有个行业观摩会在美国旧金山召开，会议规模不大，会期两天，其间包括两个重头戏，一是哈佛教授，二是在硅谷某前沿项目的现场观摩。参会范围是业内人士，参会原则是自发自愿、自费自理。

秦茱萸闻讯很振奋，他正想与自己的导师及昔日同业碰头，借以别开生面，寻求技术瓶颈的突破。通过现场观摩学习，同业间的不同见解碰撞，无疑能触发灵感，受到启发。

袁若德支持。当即交代马赛鹰：不要指定人员了，秦苿英愿意带谁就带谁，他有充分权力。硅谷在人们脑海中早已不仅是个地名，它是世界性的先进技术中心，先进技术自这里诞生、磨合及成熟，它是一个先进技术流转中枢。

收购德立技术，对陈可元而言，是不成功则成仁的事。走出广德总部，她压力山大，感觉被逼到墙角喘不过气来。她心中暗暗发誓：但求成功不求仁。

6

晚上，美国旧金山某旅馆曲解住房。

包乐敲开曲解的房门，自行在椅子上坐下，向她道别：姐，我机票买好了，明儿一早走。

曲解点头，客气地递给包乐一瓶矿泉水：一路顺风啊！

包乐双手接过矿泉水，直视曲解，语气格外诚恳：姐，如果你确定不回方杰的话，我愿意退票，追随你留在美国。

瞎说！不要！曲解斩钉截铁地拒绝。

包乐执迷不悟：姐，你不回，我也不想回！我一个人回去，那不是铩羽而归吗？老板会怪罪于我的。

在美国短短几天，包乐对曲解很照顾，跑前跑后，尽心尽力，曲解对他很感激：这几天辛苦你了阿乐！你来美国出差，已尽到责任。我的事与你无关，谈不上什么铩羽而归。

曲解顿了顿，予包乐以善意提醒：阿乐，纵使你其他方面很优秀，但你这个患得患失的毛病也让你失分。你在方杰干得好好的，不要受我影响，回去要继续踏踏实实干。

包乐愤愤不平：你看阿期，那天晚上说话多难听！

曲解淡淡而笑：我不辞而别，他当然生气。另外他本身压力大，说些气话可以理解，他是直性子，不计较他了。

包乐既安慰曲解，又仗义执言：那些难听话你别放在心里就好。你对陈家忠心不二，陈家对你却薄情寡义。

曲解阻止：阿乐，别这么说。陈氏待人不薄。

包乐横眉怒目：夺人之爱，决不厚道。

曲解面容平静，话音不无苦涩：能夺走的爱，就不是爱了。爱与厚道没什么关联，横刀夺爱也不能与薄情寡义画等号。再者，个别成员也代表不了陈氏。

包乐言辞犀利：陈可元不是一般人，是陈氏小当家。

曲解沉默了。包乐当然知道，曲解对男人女人的话题从来不感兴趣。他瞅准机会，猛然跃身，展臂熊抱曲解，在心脏狂跳和剧烈喘息中倾吐心声：姐我爱你……早就爱……

包乐临回国前夕，欲表白曲解并与她生米熟饭。为此，他已处心积虑多日。尤其陈可期追到美国来之后，他洞悉曲解对陈可期的不可或缺，觉得自己的机会不多了，再不下手就晚了。为夺得曲解——这机会于他是百年不遇——他不惜铤而走险。他面部肌肉抽搐，内心挣扎得很厉害，但最终无可控制地选择先斩后奏。

曲解万万没想到包乐会来这一手！眼前的包乐变成另外一个包乐，这不是她认识的包乐！她不顾包乐突袭式的熊抱令她喘不过气来，仍保持着强大气场：包乐！考验人品的时候来了。陈氏待你不薄，若你良心没被狗吃掉，理应知恩图报。

包乐也没料到，曲解对他的表白丝毫不买账，更不吃"爱"这一套，拼死抵挡和反抗。包乐喘气不均：我从未愧对方杰呀！

曲解：你欺辱身为方正总经理的我，不是愧对方杰吗？

可是姐，你现在已不是方正总经理！包乐说着，两手更加用力，将曲解拦腰抱起，冲前两步，把她和自己都摔到床上并且自占上风，用整个身体压住她，用双手摁住她，然后对她掏心掏肺：姐，你出走是对的，我支持你！你不要再对方杰抱幻想了！我的老东家陈豪杰别的都好，就是为人绝情，好没人性……

闭嘴！曲解霹雳般怒喝一声，把包乐吓一跳，瞪眼看去，曲解因气愤而面孔扭曲，正凶巴巴地瞪视自己，说话咬牙切齿：谁说方杰老板陈豪杰没人性？为了二子陈可期的回迁，他倾其财力，耗尽心血，这是一个父亲的舐犊之情……

包乐激动异常地截断：那是他亲儿子！可你呢？跟他没血缘关系，他只会利用和榨干你，就像利用和榨干我一样。姐，相信我！这个世界最爱你的人是我！我对你的爱慕任何人都比不上……

住手！曲解再次厉声断喝，依然声若霹雳，惊得包乐傻愣在那里，手脚全木掉了，呼吸也快停止。

曲解怒不可遏，加上距离太近，她那尖锐到刺喇喇程度的嗓音，割得包乐耳根子疼：非礼不是爱！你好端端一个人难道甘愿堕落吗？你今生今世还想见我吗？我警告你包乐！你再不收手，再敢造次，今天就是我们最后一面了！

包乐：对不起姐！咱不是最后一面，我要天天跟你在一起！你无论如何是我的！你永远是我的……我真的爱你！

曲解使劲儿挣脱：我是你的或不是你的，不重要……

包乐歇斯底里：怎么不重要啊？一个天上一个地下啊！

曲解：重要的是你自我玷污，把路走歪、走岔了！我和你的关系性质变了，覆水难收，今生今世终成陌路！

包乐：专家也是人，姐你不能只解行情、不解风情啊！

曲解怒骂：包乐你疯了！你滚！你滚开……

包乐两眼充血：姐，我要你！死也值！

曲解好不容易才在包乐的重压下喘过气来：你的目的一定不是为了死，

而是为了活得更好。你以为占有我可以活得更好，这是误区！我明确告诉你，不会更好，只会更糟。

姐，从第一次见面起，你对我就是个勾魂摄魄的存在……我对天发誓，我这一辈子没爱过别人，只爱你一个！呜呜呜……我爱你呀我真的爱……你……包乐哭出了声。

曲解直视包乐的眼睛：爱一个人的首要表现是尊重……

包乐"扑通"跪在曲解面前，涕泪横流：姐，我尊重你！我爱你！你是知道的！嫁给我吧！没人比我更爱你！没有你我不能活！我真的不能活！我不想活了……至少，今天晚上你是我的！我死而无憾……曲解不顾刚才被包乐碾压得浑身酸痛，硬撑着从床上翻身坐起来，一口大气也顾不上喘，猛地向门口扑去。说时迟那时快，包乐见曲解想跑，迅疾站起，一把扯住曲解的手，再次把她扑倒在床上，强行剥扯她衣服。

曲解挣扎着：包乐你住手！我要喊人了……只要我喊出去。你就完蛋……我不想看见你玩儿完……包乐猛地捂住曲解的嘴，然后用身体紧紧地压上去，对其一阵狂摸乱吻。混乱中，床头墙壁上一处电灯开关被碰开了，房间顿时大亮。

包乐受到惊吓，以为有人进来了，慌乱中下意识地停止了动作，曲解趁机一使劲儿，把毫无防备的包乐掀到一边，疯了似的冲向窗户，连声大喊"来人啊！来人啊！救命啊……"包乐箭步上前，展开双臂从后面箍住曲解，猛地把她拦腰抱起，第三次按到床上，用两条腿钳子样夹住她，用手掌捂住她的嘴。曲解张口就咬，包乐的手一躲开，曲解就狂呼"放开我！你滚……"嗓音凄怆悲凉。

包乐眼神中透射着只有荷尔蒙爆裂才会出现的癫狂，嘴上喃喃自语：姐我爱你我真的爱你啊……你为啥不明白！我今天一定要你！你是我的……他根本没顾及早已被咬伤的手，下意识地将手挪开，用自己的嘴加上半个脸颊狠狠堵上曲解的嘴……让她咬！咬死也不撒……忽听"咣当"一声，门大开，陈可期冲撞而进，他身后站着一名手提一大串钥匙的男服务员。

包乐像抽风一样，整个人滚落在地，蜷曲一团。

陈可期气得脸色发青，但他头脑保持着冷静，对服务员摆摆手：好了，这里没事了，你回去吧。

服务员退出房间。陈可期急切地询问曲解：你没事吧？

曲解披头散发，衣衫不整，下意识地摇摇头。

陈可期语气平和：时间不早了，你好好休息。

说着话，陈可期扭头狠狠地瞪包乐一眼，冲他扬扬下颌：你先出去！包乐从地上爬起来，趔趔趄趄跟跄几步，屁滚尿流地闪到门外。陈可期跟着走出，轻手轻脚地返身带上曲解房间的房门，又用力推一下，确认门已锁好。

7

下午，京墨大街49号，常掌柜中医馆。

适逢张雯出诊，上门病人少，常在情、常在理姐弟密谈。

常在情：在理，跟你商量个事。有无余款接济你姐夫？

常在理：哎呀姐，你晚一步！张雯她刚把钱投了方正电梯！

常在情万分惊诧：方正电梯？怎么投它？投了多少？

常在理嗓音暗哑：她不知咋就心血来潮，听信方太方珍谗言，看好方正电梯。4600万元……这是我俩全部积蓄了。

常在情若有所思，喃喃自语：哦，张雯她跟方杰老板娘熟悉，她们一直都有来往……难怪她把家底都端出去了。

常在理眉头紧皱：姐夫需要接济？姐，到了什么程度？

原来，德行物流剥离之后，广德资金面依然紧张，短暂的缓解未能从根本上堵住过大的资金缺口。常在情将老公袁若德的焦虑看在眼里，决定自己出面求助弟弟和弟媳，帮助广德渡过难关。

常在情语气淡雅：还不是阿良抵押了毛织厂，其他没啥事。开厂，做生意，资金周转不灵光很常见的。

常在理：不用瞒我，你不说我也猜出七八分。姐，咱不怕有事，怕的是互不信任，藏着掖着，拧不成一股绳，于事无补。

自从获悉外甥女婿梁仁良抵押毛织厂、携款不归，常在理便对姐姐常在情一家的处境忧心忡忡，对外甥女袁仁美更是心痛和惋惜。他知道姐夫袁若德一直在融资，只是不知道融资效果如何。眼下，姐姐把主意打到娘家人身上、打到自己身上，可见广德资金短缺情况并无好转，可能更严峻了。他希望姐姐跟他说实话。

常在情思忖片刻，果决地说：这样吧，在理，你把我在常掌柜的股份全数析出，我只要现金，给老袁救个急。

常在理一听就反对，断然否定：这怎么行啊姐！你那份是父母留给你的，不能随意动用！旁人尤其不可染指。

常在情不无沉重：这什么话！你姐夫是什么旁人？

常在理面色严肃，一字一顿：姐，要我跟你"普法"吗？父母与你我是血亲，他们留下的遗产与姻亲无涉。你又不是不知道，爸妈生前一再交代，常掌柜为你我姐弟两人共有，不涉任何第三人。张雯都没份儿，常爽也没份儿。

常在情低头寻思着，平静地说：在理，你把我的股份析出后，常掌柜自此归你一人所有。我来上班，拿工资就可以了。

常在理急了：姐，咱能不能先不打常掌柜的主意！姐夫那里资金缺口是多少？你告诉我，完全可以另想办法嘛！

常在情觉得心里堵得慌，很不好受，嘴上说：但凡有办法，我自己会想，何用你想！现在问题是没办法。广德这缺口，即使张雯不把那4600万元投方正电梯，也于事无补。

常在理倒抽一口冷气，面色凝重。

常在情：你姐夫这人啥都好，就是宠溺女儿这条，真是够呛！他自己也知道把女儿惯坏了不好，但他很难自控。

常在理同样为此焦虑，犀利指出：太过宠溺，就把爱透支了！导致最后没有爱，因为爱已变异和消解，冷漠及怨恨倒占了上风。这很悲催，是亲人之间最不愿看到、最不可承受的。

常在情：是啊，什么东西都有个恒定的量，不是无限的。唉，再说呢，阿美她婚后简直变了个人……

常在理拧着眉头：姐，你还指望阿美像小时候那样黏你呀？时过境迁啦！成年后的女儿，最不方便向母亲倾吐的就是幸福感。母女诚然是血亲，但人家夫妻有了孩子，是姻亲加血亲，谁更亲呢？所以，你教育阿美要注意方式方法，别再当面训斥了。她和阿良的夫妻关系，你也别妄加评价了。

常在情铁青着脸，与女儿袁仁美生的这场气，一时半会难消！

常在理：夫妻之间的幸福感越强烈，夫妻之外的幸福感就越式微，越无足轻重。我发觉，婚姻带来的幸福感好像有"副作用"——客观上生分了母女情，甚至生分了夫妻之外的任何亲情。

常在情不以为然：怎么有这种悖论？

常在理：婚姻这件事情，分水岭般地将人生划为前半生与后半生。前半生的幸福直接系于父母，后半生的幸福直接系于伴侣。说句不好听的，这时有没有父母，对子女的幸福生活又何妨呢？阿美婚后与你和姐夫对话少了，尤其不喜欢听你琐碎唠叨，即使不嫌弃也是一味搪塞，更懒得与父母说什么心里话。父女母女间的强烈眷恋和依赖一点点流失，直至消失殆尽。

常在情觉得这倒是个理儿。她长吁短叹，一脸无奈。

常在理深表同情：姐，接受现实吧！

常在情、常在理姐弟相对无言。沉默一阵，常在理突然有了主意，语气坚定：姐，有办法！大不了咱拿常掌柜做抵押贷款……

常在情一听就摇头，断然否定：不可！常掌柜受之父母，常氏祖传，你我无权拿它做抵押！不要动这个念头。

常在理斟酌片刻，胸有成竹：姐，自从常、袁联姻，广德成败兴衰就是家族核心关切，牵一发动全身，攸关整体利益。协助广德解除危机、渡过难关，是族人当下最要紧的头等大事。常掌柜做抵押贷款，额度不菲，"过桥"或临时周转都很管用。救一下急而已，届时可回收，并不等于拿出去即消耗殆尽，这是不会违逆父母及祖先意愿的，姐你放心。

常在情忧心忡忡：我知道你想一次性解决问题！你总是想得美！还没跟张雯商量吧？她未必跟你想的一样。

常在理大大咧咧：她那里我做工作，包我身上，没问题。

常在情摇头：没这么简单。

8

下半夜，旧金山某旅馆陈可期租住的房间。

包乐灰头土脸，乖乖跟在陈可期身后，横过马路，来到陈可期自行租住的老式公寓房。

原来，陈可期把宾馆房间退掉了，径直来到曲解租住的旅馆对面，重新租了房。晚饭后得闲，他横过马路，来到曲解住的旅馆，准备约曲解翌日好好谈一次。不管她回不回去，方正电梯的工作都需要有个交接，重要事项得一条条捋清，避免疏漏。不承想，正撞上包乐在曲解房内苦苦纠缠、图谋不轨。

包乐对房内亮晃晃的灯光非常不适应，好像自己被剥光示众一样。他浑身战栗，好几分钟过去，才真正回过神。他做一万个梦也想不到，好端端一桩美事搞砸了！他沮丧至极，以后怕再没机会了……其实只要再给他十分钟……

面对陈可期，包乐终于意识到，事情性质变了，不单丢人现眼，更是铸成大错！他由沮丧变成懊悔，跪地求饶，声泪俱下：我这回来美国，陈董交代不惜代价请回曲解博士，我以为不惜代价是指各种手段都可以上，包括坑蒙拐骗。实在不行……我把她鸟了，她是我的人了，既成事实了，她不得不跟我回去……我领会老板意图有误，我该死！我有罪……

陈可期从牙缝儿里挤出几个字：你个流氓！

包乐恸哭，撕心裂肺表白：不不不呜呜呜……我不是流氓！我爱曲姐……我爱……她！我真的爱她！我一直都爱她啊……从她来到方杰第一天起，我就爱上她了！我开车送她往返香港十多天，每天聊得很开心，她对我无话不谈。后来我教她开车换舵位（从右驾驶位换左驾驶位），带她熟悉路况，很是知心……

陈可期愤恨至腮帮子肌肉抽搐，牙齿咬得"咯咯"响。但他还是掌握住分寸，控制住情绪，紧握着的双拳渐渐松开。

包乐拼命洗刷自己。他觉得所谓"强暴"既然未成事实，那就能够抹掉。他鼻涕一把泪一把地说：这个世界，没人比我更爱她了！她早晚会明白这一点……阿期，不信你问曲姐！我一直仰慕她、爱她，也向她表白过……但她那时心里只有秦苿荑……现在她被甩了，遭失恋打击，十分脆弱……

谁？谁甩谁了？陈可期猛抬嗓门儿，厉声喝问。

包乐口沫横飞：广德的秦苿荑，秦博士。秦苿荑博士甩了曲姐，我的机会当然来了……我不忍心看她痛苦……我想她早晚会接受我……她知道我爱她……

陈可期嗤之以鼻：先不说你！先说为什么甩？

包乐细说实情：曲姐当时从美国回来，是为了和秦苿荑结婚的。不幸的是，小元夺爱，曲姐遭受失恋打击……

陈可期猛地截断：你说什么？哪个小元夺夺夺……夺爱？

包乐：你妹陈可元。小元也爱秦苿荑呀！两人腻在一起，或被曲姐窥知，颠覆了她与秦荣荬的爱情。这份爱情，在曲姐心中是圣洁的，从未动摇过，一丝一毫也没有。因此，小元的插足……不不不，不是插足……是秦荣荬脚踏两只船！

包乐想到陈可元也得罪不起，有些语无伦次：我意思是曲姐她……没什么心理准备，类似于晴天霹雳那种，陷入痛苦深渊。我很怕她出事，这才挺身而出，我是仗义的人……阿期老板，你不了解曲姐此刻的心情，她想死的心都有……

陈可期这一惊非同小可，原来竟有这种事情！自己一直被蒙在鼓里，像个大傻帽儿！糊涂透顶！他沉默下来，垂着脑袋，半晌不语。静心回想，往事历历，确实有些蛛丝马迹，但自己一向为人淡漠，对旁人的个人生活从不上心，对曲解更是从未过问，没有为她设身处地想过。此番，他心怀悔意，不远万里追到美国，不分青红皂白找她"算账"，向她索赔，简直无稽之至！陈可期内心泛起愧疚，自己显然错怪她了。

再看眼前的包乐，陈可期怒不可遏，下意识地攥紧拳头：因为曲解失恋了，所以她必须被强奸，你是这意思吗？

包乐固执道：不是不是……不敢不敢……我自作多情……曲解这样优秀的女人不该被男人抛弃，我作为男人……我是真心想抚慰她的！我是真心想予她以爱，疗她情伤的……

陈可期语带鄙夷：她爱你吗？

包乐垂头丧气，无言以对。"她"是大活人，他不敢说假话。

陈可期咬牙切齿：强奸是犯罪！包乐，你乘人之危，往曲解伤口上撒盐！你自己说吧，罪该几等？怎么处理？

包乐抬手"啪"地狠狠给自己一记耳光：我该死！我罪该万死！我再也不敢了！阿期老板，你大人不记小人过……

陈可期懒得再看包乐一眼，冲他断喝：滚！

包乐犹豫一瞬，还是将心里话向陈可期兜出：我想起来，曲解提到BT工艺，这是她在美国向我咨询的唯一事项。她建议收购王鹅精密，陈董拦下未批。她很焦虑，说是即使放弃收购，方正也务必请回那对师徒，拿下该工艺，这话她重复了好几遍……她对BT工艺念念不忘，骨子里还是放不下方正。

包乐说完起身，佝偻着身子夺门而去。

强奸未遂本可定罪，但曲解不予起诉，此事作罢。

9

下午，广府大街71号，德立技术马赛鹰办公室。

5点，尹擎驾车，载着袁若德和袁甲芳驶向广府大街。

在车内，袁甲芳小声儿向袁若德汇报，昨天刚发现，德来服装厂账户上趴着1.7亿元，来源不明，款主不明，用途不明。

袁若德闻言震惊。他冷静下来，陷入沉思。德来服装厂一直在女儿袁仁美的掌控之中，她一贯搞小圈子，弄独立王国，袁甲芳经常拿她没办法。这件事绝非曹东风所为，背后定有隐情。眼下，方杰公然杀上门来，张开血盆大口，以"强强联合"名义，要吃掉德立技术，吃不掉就控股。联想到德来服装厂账户莫名其妙趴着1.7亿元，事情似乎明朗些了——陈可元及其背后的方杰，在操弄一盘以广德为对手的诡棋。

袁若德授意袁甲芳暂不予追查，免得打草惊蛇，但自此要盯死这笔款子，掌握其流动方向或用途。

车至德立技术，袁若德、袁甲芳步入马赛鹰办公室，秦茱萸刚好匆匆下楼，季黄鹏也驾车赶到。几人落座，马赛鹰习惯性地端壶泡茶。

季黄鹏附袁若德耳畔：袁董，丁紫岚想见您。刚才在总部，她也不上楼，在大门口干等一个多小时。我下楼才看见她，她说找您，我叫她搭我的车过来了。

袁若德：她人呢？叫她进来呀！

丁紫岚蝴蝶一样飘进屋，笑逐颜开：袁董您好！我的一个新疆客户给您发了邀请函，盛情邀请您前往考察。

丁紫岚毕恭毕敬地用两手向袁若德递上大红的邀请函。

袁若德接过邀请函，未及细看，丁紫岚已蝴蝶一样飘离。

袁若德转身回屋，立即开会：利用下班前这点时间，开个碰头会，就方杰提出的收购德立技术动议，商量下如何回函。

马赛鹰很生气：方杰那老家伙（陈豪杰）就是靠并购起家的！曾在两年内发起过五起并购，这事在河埔市都是出了名的。他但凡手里有点钱，就去买人家的厂子，目的就是将人家手里现成的顶尖人才、先进设备及核心技术据为己有，砸钱搞掠夺。

袁若德淡然：既然砸了钱，就不算掠夺，交易而已。

马赛鹰愤愤不平：这年头，有钱没钱的癞蛤蟆都想吃天鹅肉！看见天鹅肉就胃口大开，嚣张至极！

尹擎戏谑：可不！河埔市有钱的癞蛤蟆，非方杰莫属。

袁若德：并购又不违法，无可指责。

马赛鹰：哼，把主意打到我德立技术头上了！手伸得太长！不自量力！对这帮明目张胆打劫的家伙，我们决不客气！

袁甲芳：德行物流正在引资，已向他们做了通报，但他们表示没兴趣，不考虑，就是一口咬死德立技术。他们还煞有介事地找了第三方，对德立技术做出价值评估。

马赛鹰：可以呀，在评估价基础上翻100倍，我们愿意考虑。

袁甲芳笑了：马总尽说气话。这事不必当真，也不需拿到董事会讨论，口头搪塞，明确回绝，就行了。

马赛鹰：不好好回敬他们一下，这口气难平。

秦茱萸不明白大家对这件事为什么如此不忿。起先，他对陈可元提出的动议并没上心，只是本能地感觉方杰收购德立技术的意图很有些"斗胆"意味，即使谈不上蛇吞象，也颇具狂犬吠日天方夜谭之意。他将此事汇报给袁若德后，就继续钻入自己的技术研发，把这事儿抛诸脑后。此刻碰头会，他才知道陈可元的动议果然遭到强烈反对。他凝神想了想，认真表明态度：资本诚然可以呼风唤雨，技术当然不会拒绝资本，但在这件事情上，方杰作为邀约方，显然高估了自己，低估了别人。

在座几人感觉是这个理儿，不由点头。

马赛鹰忍不住继续发感慨：许多"合作"是以"吃掉"为目的的。所以，现实中的合作往往难看，远非听上去的合作那么好听。

袁若德：季秘书起草了回函，你们看看，还有啥意见？

季黄鹂将打印好的回函（草稿）递给马赛鹰，几人传阅。

广德集团回函：承蒙方杰集团暨陈可元老板慧眼高看及不吝抬爱，向德立技术发出合作邀约，德立技术受宠若惊。然公司资历尚浅，羽翼未丰，与"强"不搭界，更不具与方杰"强强联合"资格，非常惭愧！唯愿日后发展前景光明之际，力攀高枝，再议合作事宜。谨借此机会，再次感谢方杰集团暨陈可元老板！

10

傍晚，旧金山海边小餐厅及海边沙滩。

包乐搭上返程航班，陈可期松了口气，但大哥陈可铭的电话刚拨过来，陈可期的气又不打一处来，冲大哥发脾气：小元咋回事？为什么插足别人？

陈可铭：哦，这事一两句说不清楚，你回来再说。

陈可期：原来你知道这事呀？就我一人被蒙在鼓里？

傍晚，陈可期约曲解一起吃晚饭，曲解很爽快就同意了。她是真心对陈可期表达谢意。不管包乐动机如何，不管是不是误伤，总是给自己造成危难。幸运的是陈可期出现了！老天爷啊，他不早不晚地出现了，他为救她而出现！他的出现为她的人生筑起一道防护堤，避免了一次恶劣后果。不过，一肚子感谢的话，她没轻易说出口，打算以后有合适机会再说，怕的是陈可期趁机劝她返回方杰，那就会使自己再度为难。

在海边一家快餐店，两人面对面坐在一张小桌旁。

曲解：昨天多亏你！谢谢你！

陈可期对曲解失恋的痛苦十分理解和同情，加之牵绊其中的恰是其妹陈可元，他自己也就有了愧对曲解的成分，于是，倾谈中小心翼翼，面带歉疚：我从阿乐嘴里刚刚知道，原来是小元她不懂事，她胡闹，她伤了你……我回去就找她算账！

曲解摇头苦笑：谁胡闹啊？算什么账啊？

陈可期：不算账，不知轻重。那我先跟你算账吧。你遭失恋打击，扔下企业就跑。我还遭失恋打击呢，我咋没跑？人人遭失恋打击人人都跑，工厂还不死翘翘了？

曲解：阿期，对不起！我承认……此事我处理得轻率。

陈可期：你该不会假失恋之名，行毁灭方正电梯之实吧？

曲解本能反驳：这什么话？我在你眼里这么恶毒？

陈可期：那就回去！你一天不回，方正电梯就一天危殆。

不！我不可能回去，回不去了！曲解一口回绝。她转念想了想，口气软了些：既然你来了，我简单与你交接一下，特别是方正电梯诸多大事、要事、非办不可耽误不得的事项……

打住打住！陈可期截断，一脸不耐烦：我没心思听你说这些！此前听得够多的了，我从头到尾都听你的，却原来是一场骗局！现在好了，你全身而退，方正半途而废，我还嘚瑟个啥玩意儿呀！

曲解不认识似的看着陈可期，这是什么话！

陈可期仰着脸儿，眯着眼儿，噘嘴“嗯嗯嗯”吹起口哨，那口哨声抑扬顿挫，变出各种花样，十足一个街头小混混模样儿。

曲解：陈可期！你少来这一套。你身上没有纨绔子弟的味道，你也不是破罐子破摔的人！你装什么呀？

陈可期漫不经心，刀枪不入：方正电梯是死是活无所谓啦！去他的啦！反正有经理人，老杜、老卢还有老周等，让他们干去呗，干成啥样是啥样，有啥大不了的嘛！

两人闷坐，再无共同话题。

曲解想起一个埋在心底很久的问题，趁机发问：阿期，你爸妈那么爱你，你却不喜欢和他们生活在一起……我不明白你跟爸妈之间有什么解不开的疙瘩，或有别的什么矛盾恩怨？

陈可期急忙摇头，这一摇，把眼泪都甩出来了：没有啊！真的没有！爸妈对我只有恩，没有怨啊！其实，我跟爸妈没有任何实质性矛盾，只是从小没有生活在一起，有种无形的隔阂而已，这种隔阂说不清道不明，理不出什么名目，却实实在在地存在。跟兄妹也一样啊，打小没在一起玩过，长大后也没别的兄妹那么亲近。当然，根脉意识还是固有的，表现方式不同吧。

曲解回想起来，第一次陪陈可期见长辈，听他喊“爸”“妈”挺拗口的，就像使劲儿憋出来似的，僵硬，苦涩，不得不喊的那种。当时就不无纳闷儿，怎么这么别扭。原来，时间久了不在一起，确实影响感情，不管是什么关系。

陈可期：相比而言，我对外公外婆感情更深，交往更亲近。外公那人，天生巧思加巧手，有“制造”情结。他一直都有“自己造电梯”的念头，兴许，这是他最大的梦想吧，到死都未曾泯灭。其间也曾付诸实施，没有成功。那时我大学还没毕业，外公叫我参加由他亲自主持的一个试验小组，进行多项技术攻关。在此基础上，鼓足勇气，集中资源，斗胆试产了一台电梯，小型的，可供八层楼使用，结果不行，失败不说，还险些酿成事故，很是后怕。究其原因，主要还是缺乏技术人才。一个厂，技术实力不够是最大的软肋。后来，因资金耗不起，万般无奈，被迫下马作罢。我呢，见外公年迈，而自己无论技术还是管理都接不上手，很焦虑，难过了很久。

曲解轻轻吁了口气：不摆脱"代工"宿命，你恐怕心有不甘。

陈可期点头：知我者，曲姐也。

曲解不无感慨：由此可见，你爸与你外公想到了一处！一伺时机成熟，即果断实施资源对接，将"自己造电梯"梦想照进现实！对你而言，上两代人合力栽培的大树，好乘凉啊！当然，这"凉"也不好乘，担子更重，责任更大。这是你家三代人的接力传承，挺沧桑的，也挺厚重。依我看，你是负重乘凉。

负重乘凉？陈可期眨眨眼，恍悟道：哦，有凉叫我乘，也就有重叫我负，是这意思吧？我曾因失败而心里有阴影、有刺痛，多亏你来了！拔剑相助，帮我剜刺……我一直对曲姐你心怀感激！你说长痛不如短痛，这话我铭记在心。

陈可期想到从外公到老爸，两代老人尽毕生心血，带领家族跻身于现代制造业，为后世子孙打下一个良好平台。现在眼看要毁在自己手里，不禁悲从中来，神情哀伤，喉头哽咽：你不回……我回去不知怎么跟老爸说……

曲解愿意让他哭出来，除了递纸巾，一句也不劝。

吃完饭，结了账，两人走出餐厅，顺道在海边漫步。刚走到一棵椰子树下，周佛礼打来电话，报告说苏杭发函，邀请方正电梯参与投标。陈可期颇不耐烦，顺口吼道：投个鬼标啊！不投不投！你现在就答复他。说完"啪"地挂掉电话。

曲解很关注，下意识地问：投标？在哪里？

陈可期没好气：苏杭，言而无信那个！现在想起方正来了？哼，假模假样不守信，动辄食言，懒得理他！

曲解瞪大眼睛：咦，为啥不理他？可以参加投标啊！

陈可期犹豫着，眉头皱成疙瘩：周佛礼说，苏杭发函来了，代表新加坡发标方邀请方正电梯参与本轮国际投标。我想，方正初出茅庐，不敢胃口过大，先打开国内市场再说。

曲解摇头：不对！哪个市场成熟，哪个市场有条件，就先攻哪个市场。不必固守老秩序，不必僵化，要自信啊！再者，产业是有圈层聚集效应的，不与大佬结合进不了圈子。人家邀请参投是个机会，你为啥不敢投呢？

陈可期：那你说中了，你不在，真是不敢投。

曲解不悦：别找借口！投标不是哪一个人的事。

陈可期赌气：要投也不在苏杭那里投！我方正求不着他。再说了，我现在弄得一头包，压根儿顾不上考虑投标。

曲解耐着性子：投标这件事要优先考虑。早晚都得投，晚投不如早投，要早筹划，早下手，缩手缩脚是大忌。

陈可期转脸看着曲解，一脸狐疑，她对方正电梯都甩手不管了，何以对投标如此热心？这态度让他意外，且琢磨不透。他灵机一动，来了句灵魂拷问：你关心方正？

曲解尴尬而笑：条件反射而已。

陈可期揭穿：暴露了吧？就知道你放不下方正！

曲解不予纠缠，沿着自己的思路：以投标为抓手，以中标为龙头，采用倒逼方式，一切迎刃而解。即便如你所说，方正现在一头包，但只要中了标，不管大标小标，即刻一马平川。

陈可期：投标易，夺标难！依方正目前情况，中标概率低，十有八九竹篮打水一场空，劳民伤财，信心受创……

曲解瞪大两眼，对陈可期怒目而视：我最恨唱衰方正！

陈可期低眉耷眼，不吱声儿了。

曲解意识到自己态度过激，立马调侃式地检讨道：不好意思！我"原形毕露"了，对不起！其实我想说的是，如果中标，一炮而红，这叫开门红！方正电梯日后必将声誉鹊起。底子打好了，根基牢靠了，接下来的路就好走了。所以，头炮打响是很重要的，对方正电梯未来有引领作用。

陈可期不以为意，态度冷淡：听你话音，好像方正一投必中似的。天底下哪有这么好的事！你别忽悠了。

曲解好言相劝：不投，怎么知道行还是不行？对方发函邀约，这机会不能白白放过呀！绝对把握当然没有，有五六成把握即可一试。研判踏准大势的话，往往事半功倍。方正要建立对投标的信心，你对投标要有信心。方正一定能夺标！

陈可期：你不在，方正处于阴霾之中，基本乱成一锅粥，各车间一盘散沙，各生产线兀自沦陷，我即便有心也无力。

曲解面色和蔼，语气坚毅：既然投标，就要抱定夺标信念，不遑多让！用广东话说就是志在必得，不可患得患失。对企业而言，中标是硬道理。你只要有心，就一定有力。

陈可期似乎被逼无奈，一脸的半死不活样儿，说话有气无力：行吧，你回来就投，你不回来不投。

曲解断喝：这什么话！那是工厂，不是你演儿戏的舞台。

陈可期也急了，反唇相讥：你才演儿戏呢！那么大个厂，抵不上一个秦茱萸！秦茱萸比方正重要多啦……

曲解卡壳，秀眉微蹙，她现在听不得"秦茱萸"三个字。

话一出口，陈可期就后悔了，他瞥瞥曲解，赶紧言归正传：以前你说过，我们唯一能做的是练好内功……

曲解打断说：投标与练内功不矛盾！投标就是内功啊！

陈可期面露难色，本能地摇头：可是，闯国际市场，竞争对手都是跨国公司，世界500强，业内大鳄。

曲解以足够的耐心，一字一顿地发出尖锐之问：阿期你想过没有，建厂和开拓市场同步，从建厂第一天起就应考虑投标，一回不投两回不投，形成惯性，回回不投，那是什么景象？看见对手强大就夺路而逃，夺标的决心气势先就自我卸掉了，那是什么结局？是对手强大可怕，还是夺不了标，没米下锅没饭吃可怕？

陈可期倒抽一口冷气：嘿嘿，姐你别玩恫吓呀……

曲解似乎发觉自己说多了，低头想了想，还是欲罢不能：本来我操这份心也多余，但今天巧了，听说苏杭来函邀请投标，我觉得错过可惜。阿期，方正投标与否，不是看对方强弱，这不是出发点。方正投标是基于方正必须投，不能不投。所以，对手再强大，方正也得迎上去，不能退缩！

陈可期面色僵滞，他很想在脸上挤出点笑容，却挤不出。

曲解苦口婆心：阿期，我知道你喜欢宽松，不太习惯自我苛刻、自我逼迫，但你既然做厂，就得遵循做厂之道。勇于开拓市场，积极参与市场竞争，这是做厂的不二法门。诚然困难很多，这个要正视，但办法总比困难多一丢丢。我最后向你建言：要么不做，要做就得霸王别姬背水一战，不能优柔寡断。

这番话陈可期完完全全听进去了，只是最后建言一句中的"最后"两个字叫他心里发毛，他急急火火地亮明态度：行吧，方正电梯作为业界后起之秀，志在参与。

曲解严肃纠正：不是志在参与！是志在必得，志在夺标！

陈可期怔怔地看着曲解，感受着她的女汉子般的意志。

曲解沉浸在自己的思绪中：如果确定投标的话，作为配套措施，收购王鹅精密以大幅提升自身工艺水平，就显得特别必要和急迫。这对方正是个捷径，换言之，是捡便宜、捡漏。我早说过，方正非常需要樊老靓、黄匠军这样的工匠！需要以他们为代表的工艺。不是一般的需要，是极端需要！百分之百需要！非要不可！

陈可期热血上头，大受鼓舞。他拿出手机，拨通周佛礼，情绪激昂语调坚定：立刻答复苏杭，方正电梯拟应邀参与投标。呃呃，你等下，曲姐也在这里。

曲解接过陈可期递过来的手机：周总工你好！我是曲解。

周佛礼按捺不住兴奋：哎呀曲姐！你好你好你好……这几天你不在，想你啦！大家都想你啊！你什么时候回来？

11

上午，广府大街71号，德立技术大厦一楼金属切削车间。

"霸王铣"试机即将开始，德立技术的科研人员和工人们都集中在一楼，德来服装、德福毛织两厂的机械工程师、技术员包括维保人员都来了，现场热气腾腾，人气爆棚。

经季黄鹂运作，王祖望委派樊老靓、黄匠军师徒到德立技术学习取经的事得以落实。黄匠军眼尖，还没下车，就透过车窗玻璃看见德立技术大厦正门上方巨大的电子显示屏上，滚动播出一行红色楷体字标语——热烈欢迎樊老靓、黄匠军师徒前来德立技术传经送宝。他很诧异，忐忑不安，扭头悄悄问师傅樊老靓：不是说好前来学习取经吗？怎么变成传经送宝了？

樊老靓会心而笑：袁若德老板是聪明人，谦虚又低调。

黄匠军恍悟：袁老板这是有心抬举我们！

事实恰如樊老靓所说，袁若德听了季黄鹂汇报，正中下怀，叫马赛鹰向樊老靓、黄匠军师徒发出观摩"霸王铣"试机的邀请，借机进行工艺交流，并将此项活动主题由"学习取经"改为"传经送宝"。

这时，忽见德立技术大厦正门上方电子显示屏又出现另一标语——热烈欢迎新疆石河子泰戈棉纱厂贵宾莅临广德考察指导。

樊老靓和黄匠军互看一眼，哦，今天还有别的客商到访。

原来，丁紫岚头天晚上专程到深圳迎接阿勒泰戈厂长一行，翌日一早即驱车赶往河埔市。在路上，丁紫岚详细介绍德来服装厂情况，阿布都尔提眯着眼睛问：你不是离开那间厂了吗？丁紫岚笑答：我又回去了！做销售代表，工作地点在广州。阿布都尔提显然很高兴：那好，以后我们业务联系就紧密了！丁紫岚接着谈到广德方面对本次参访活动的安排：季董秘叫我们先到集团总部，董事长在那里恭候。阿勒泰戈脱口说：感谢感谢！我知道董事长工作是很忙的。丁紫岚：可不！董事长与您会见洽谈后，要立即抽身赶往德立技术，陪同一对师徒观摩"霸王铣"试机，另外他今天要参加三个会。阿勒泰戈一听，顿感兴趣："霸王铣"试机？我们可以观摩吗？丁紫岚：您想观摩呀厂长？阿勒泰戈：是啊！我们眼馋！可否安排先观摩后洽谈？丁紫岚拿出手机：我跟季董秘联系下。

马赛鹰、牛仔酷、莫如师等人早已等在大门口，陪同樊老靓、黄匠军师徒走进车间，工人们列队迎候，气氛热烈。

马赛鹰先向大家介绍来自王鹅精密的樊老靓、黄匠军师徒，热情洋溢：各位工友，来自兄弟厂家王鹅精密的樊老靓、黄匠军师徒，河埔市工艺大拿，机械工艺方面的拿手绝活，在业内闻名遐迩。今天呢，他们前来观摩"霸王铣"试机。袁董指示，试机结束后，还有个"传经送宝"专题活动，师徒俩将现场演示及传授靓匠工艺。我们有幸观赏学习，值得珍惜。借此机会，我谨代表德立技术向樊老靓、黄匠军师徒表示衷心感谢！

众人热烈鼓掌。马赛鹰接着请樊老靓给大家讲几句。

这时，袁若德、季黄鹏、丁紫岚陪同阿勒泰戈厂长、阿布都尔提厂长助理赶到德立技术。见马赛鹰正在讲话，一行人没有声张，放轻脚步走进车间，站在人群后面静听静观。

樊老靓面带微笑，谦和地说：承广德袁若德老板厚爱，以及德立技术马总、牛组长关照，我和匠军受王鹅精密王老板委托，特意前来德立技术学习取经。热烈祝贺"霸王铣"试机！德立技术，如雷贯耳呀！前有"霸王刨"蹚路，后有"霸王铣"迭代，我们对"霸王系"慕名已久，万望各位同仁不吝赐教。

黄匠军补充道：我们亲眼见证了"霸王刨"在"河埔金秋国际毛衫节"一炮打响！想不到这么快又有了后来者居上的"霸王铣"！

众人来到"霸王铣"数控机床前，驻足围观。马赛鹰和牛仔酷分站机床两边，共同揭开蒙在"霸王铣"上面的大红绸，崭新锃亮的"霸王铣"靓睛眼般地亮相——哇！众人惊叹！近百双眼睛聚焦。站在近处的樊老靓看它的眼神犹如热恋中人看见定情物，他甚至忍不住伸手抚摸"霸王铣"上方一个小尖角，像抚摸心爱物。

试机开始前，牛仔酷做了简要介绍："霸王铣"数控机床的诞生，标志着我们的多项数控专利技术得到成功应用，具高性能、高精度及操控简便等特点，为接下来的"霸王系"奠定坚实基础。

黄匠军嘴快：牛组长，你们还有更厉害的？

牛仔酷：真正拥有自主知识产权、百分之百原创，升级迭代的数控机床——"霸王镗A"，正在秦茱萸博士及甘果小组孕育之中。

樊老靓冲牛仔酷伸出大拇指：了不起！真了不起！

牛仔酷亲自操作演示。机床运行平稳，齿轮咬合流畅，控制性好，功能强劲，除了五金机械自身发出铿锵有力的声音，杂音为零。众人目睹试机成功，围绕机床交口称赞。

樊老靓眼馋，禁不住说：王鹅精密要有台"霸王铣"就好了！

牛仔酷热情洋溢：你们可以买一台嘛！

马赛鹰：老靓师傅出面，出厂价再打七折，卖给你们一台！

黄匠军兴奋得躁动起来：我师傅面子大！超值钱的面子！

樊老靓：多谢马总给面子！嘿嘿！嘿嘿……

在马赛鹰主持下，接着开始工艺操作演示环节。

樊老靓、黄匠军紧密配合，得心应手。原材料进入机床，即与机床环环相扣，齿齿咬合。高大粗笨的机床变得灵动温柔，犹如巧妇手里的绣花针。经过流水般的精细裁剪和打磨，粗糙坚硬的原材料变成精美光润的五金件。

众人热烈鼓掌，既赞叹"霸王铣"，又钦佩"鬼手靓"。

樊老靓："手感"这个东西，难上台面哟！它鲜有高深理论，常靠口口相传。但它客观存在，是机械工艺的重要环节，直接关系到产品质量。我和匠军幸得牛组长帮助，他用科学方法对我们多年来的工艺操作经验进行系统梳理和提炼，冠之以"BT工艺"，可复制，可传播，为整体工艺水平的提高贡献了蓝本！

樊老靓掏出的肺腑之言引发共鸣，众人再次热烈鼓掌。

黄匠军接话：现在做许多事情都需要手感，离不开甚至倚赖手感。在医院做外科手术缝个针需要手感，洗牙清除牙结石需要手感；在体育馆打个乒乓球、羽毛球也需要手感；在电脑键盘上打字，手感好也比手感差的人打得快、敲得准。

众人深有同感，纷纷点头，交口称是。马赛鹰补充道：现在有些年轻人做事浮皮潦草，不想花心思，更不想花工夫，只图短平快，以为世间万物都已"现代化"了，依靠按钮，一键秒杀，两键搞定，顶多三键拉倒了！事实上未必呀！大家看看樊师傅、黄师傅这两双手，操弄刚硬机械像揉面似的，游刃有余！其灵敏娴熟准确程度让人叹为观止！你们说是不是天下奇手？

众人齐吼：不是！

马赛鹰吓一跳：嗯……怎么不是呀？

众人又吼：不是天下奇手妙手！是天下鬼手！

马赛鹰释怀，悻悻然笑道：这不一个意思吗？

有人大声说："鬼手靓"师傅，把您的"必杀技"传给我们呗！

樊老靓嘿嘿憨笑，一脸谦和：过奖过奖！不好意思。小时候人称我小榆木疙瘩，成年后人称我老榆木疙瘩，意思是不开化……黄匠军接上话茬：我师傅最痴迷的是用机器制造机器零部件，他进厂当学徒第一天起，这方面被上天点化啦！

有位青年员工说：上天咋不点化我呀？

另一位青年员工抢着说：你运气不佳呗！

众人哄笑。有位员工补刀：你那狗屎运，上天不怜悯。

在人群外围角落，袁若德悄然与阿勒泰戈厂长等人握手告辞，赶赴某个会场。阿勒泰戈等人目送他离去。

黄匠军谦虚道：我师傅和我只是热爱而已，多年醉心机械已成陋习。今儿在马总、牛专家和各位工友面前班门弄斧了！

牛仔酷摆手：这可不是陋习，正是我们要学习之处。

马赛鹰：只是热爱而已——大家注意"热爱"这两个字，我认为这就是真经了！产品质量要上去，热爱是真经！产品质量上不去，爱得不够是原因。干一行爱一行，没有爱，哪一行都干不好。所以，我们要经常自省，爱得够不够？

有员工吼道：肯定不够啦！这个"爱"是怎样爱都不为过的。

马赛鹰点头：你这说法到位。没有爱，哪有技惊四座！

新疆客商原本是考察德来服装厂的，观摩"霸王铣"试机后，顺便又增加了一项安排，即参观德立技术。袁若德特意指示：除了曹东风、丁紫岚外，马赛鹰和莫如师亦全程陪同新疆客商进行业务考察。孰料，阿勒泰戈和阿布都尔提来到德立技术，好像一见如故，当即"抛锚"了，不走了，围着一台台大型机床转来转去，反复看，反复问，大量索取相关文字资料，表现出浓厚的兴趣，仿佛那冰凌凌的机器有了温度，变成热腾腾的活物。技术参数方面，但凡不涉密，莫如师不厌其烦地予以诠释。

无心插柳柳成荫。新疆石河子泰戈棉纱厂一次性订购"霸王刨""霸王铣"各四台，当场付了定金。

阿勒泰戈厂长临别之际，打电话给袁若德：袁董，我有两个心愿，想直接对您表达，一是非常感谢贵方的信赖和厚待！二是热望您拨冗回访。石河子市是新疆重要产棉区，又是中国纺织服装行业翘楚，2010年被评为"中国棉纺织名城"。石河子经济技术开发区是我国西北地区最大的综合纺织园区，棉纺织产业规模居新疆各地州市第一，这也正是泰戈棉纱厂所在地。

12

下午，旧金山某旅馆陈可期租住的房间。

周佛礼致电陈可期，告诉他，方杰集团总裁陈可铭不同意方正电梯参与新加坡投标，理由是太匆忙了，条件尚不具备，曲解又不在，许多棘手问题解决不了，等于打无把握之仗。

陈可期不悦：早晚要投！对不对？晚投不如早投。这事我已决定，你们不用再向集团汇报。给苏杭发复函没有？

周佛礼：发了发了！前天就正式发函答复他了。

陈可期：好吧，总裁那边，我自己跟他说。

周佛礼欲言又止：不过，厂里一面倒地不看好本次投标……

陈可期：谁呀？谁不看好？为啥不看好？

周佛礼：管理层多数人都不看好，都认同总裁的意见。

陈可期很生气：一窝子胆小鬼！你呢？你本人意见呢？

周佛礼毫不犹豫：我支持曲姐！支持新加坡投标！

陈可期：你整理下大家的意见和想法，择要发微信给我。

刚挂掉周佛礼电话，手机铃又响，杜仲打来的：陈董，关于新加坡投标事宜，我考虑还是直接向你汇报一下想法比较好。

陈可期略觉不耐烦，但他隐忍未发：杜总你讲。

杜仲：投标的事情不可操之过急。按业内老规矩，开张要讨个好意头，图个吉利。方正电梯刚建成不久，尚未步入正轨，准备不充分，贸然出手投标，绝无中标把握。结果呢，必然是头炮打不响，打成哑炮，达不成"开门红"效果。这种局面，对内影响士气，对外让同业看笑话，人家会说这就是方杰集团盲目扩张的下场。虽然你已决定投标，也答复苏杭了，但我还是愿意保留自己的意见，我的想法谨供老板你参考。

好，我考虑下。陈可期嘴上这么说，心里却很不痛快。

没过一会儿，卢占祥的电话又打进来了，听他那口气，忧心忡忡：陈董，老话说，吃不穷，穿不穷，算计不到一直穷；人不穷，志不穷，关系不到一直穷。方正目前是个新生儿般的存在，说不好听点就是只丑小鸭，羽毛未丰，在国内都没打开知名度，更没打响名头，遑论国外。所以，咱们关系不到，人脉不到，时机不成熟，轻举妄动显然不智。再者，方正跟招标方扯不上半点实质性关系，人家会关照方正吗？那个苏杭是什么好鸟？当初他食言，放我们鸽子，这回莫非还想骗一把？恕我直言，苏杭背后有叶馨菊。

陈可期"嗯"了一声，心绪复杂，很不是滋味儿。

卢占祥顿了顿，接着说：投标容易，夺标难。倘若贸然出山，首次投标即遭惨败，对方正来说不啻于当头一棒。出师未捷身先衰，不死也要脱几层皮，往轻里说信心重挫，往重里说几百万元打水漂儿。这种负面影响很难消除，会直接导致客户流失、市场份额减少。照我看，零业绩都比败绩好！

陈可期又"嗯"了一声，等着卢占祥继续"放炮"。

卢占祥意识到自己太过情绪化，缓和了语气：陈董，老实说新加坡投标不是坏事，也不是说百分之百不行，只是眼下天时地利人和方正一样不占！曲姐要在，那就另当别论啦！至少不会像眼下这样心里没谱，发虚。可她不是不在吗？

陈可期强打精神：好，我考虑下。

挂了电话，陈可期一屁股坐在沙发上，还没顾上喘几口粗气。手机铃又响，是陈可铭打来的：阿期，你叫方正参与投标？

陈可期：是啊！苏杭发来邀请函……

陈可铭声若霹雳：苏杭是只老狐狸，你不知道吗？他啥时候对方正安过好心？他叫你投标你就投标，这么言听计从？这么莽撞？你对困难估计不足，搞以卵击石不智……

陈可期想起曲解的话，她说困难肯定有，把握肯定没有，但试水是必须的。敢于迈出投标这一步，至少可以证明我们的自信建立起来了，我们的高起点、高标准和远大目标建立起来了。曲解这番话他非常认同，于是对大哥呛白道：我知道困难！但没困难要我们干啥？我们每天不解决困难光吃饭拉屎呀？

陈可铭近乎咆哮：投国际标远不止困难一说。你想，世界500强当道，行业大鳄环伺，有方正的位置吗？这不明摆着中标胜算小，败走麦城概率大吗？咱在国内市场还没排上名，不知算老几。就算初生牛犊不怕虎，也不可自投虎穴找死呀！

陈可期板着脸，一声不响，任凭大哥的声音发自万里之外，仍震得他耳朵嗡嗡作响，耳膜疼。

陈可铭语气很冲：做厂的人，崇尚开门红，忌讳开门黑。所以，第一仗一定要打有把握之仗。我不同意本轮投标不是惧怕投标，而是怕首战出师不利，对内带来挫败感，对外带来负面效应。你不能想一出是一出！要有自知之明，量力而行，懂吧？

陈可期讥笑：懂。方正电梯羽毛未丰，太冒失不好。

陈可铭：眼下有多少事压在头上，投标慌什么？急什么？谁规定我们首次投标非新加坡不可？方正电梯来日方长，投标机会大把，完全可以从容不迫，你要稳住阵脚，练好内功，从长计议。

陈可期草草应付：哥，你的意思我明白了。

陈可铭：我警告你，有些错误一次也犯不得！那将无可弥补，无可救药，不可收拾，不可饶恕！你懂的。

陈可期揶揄道：你警告我多少回了，也不多这一回。

陈可铭：爸的意思，叫你赶快回来！还有，第六车间竣工仪式马上要举行了，这么大的事，你不在场像什么话？万一引发负面猜测，对方正很不利！好，挂了，立马回来！

从下午到晚上，陈可期在旅馆房间内连续接了12个电话，拨打回去9个电话，收阅和回复短信几十条。他觉得头脑发涨，纷乱如麻。事实上他承受着巨大压力，犹豫不决。集团和方正管理层都不赞成新加坡投标，谓之没把握，耗时耗力耗财，少说两三百万打水漂儿，劳民伤财不划算。只有曲解力主投标，赞成曲解意见的也只有周佛礼一个。他陈可期如何是好？参与本轮国际投标，理由只有一个；不参与本轮国际投标，理由有100个。他陈可期从来没有"力排众议"的经历，更没有这方面的胆气。

此事难以定夺，总要定夺。老天爷，帮帮忙吧！

经过长时间纠结和思考，陈可期心一横，倾向于无条件支持曲解，参与新加坡投标不变。他口风甚紧，对灌到他耳朵里的种种不同意见，一个字也不打算向曲解透露。只是考虑到周佛礼的意见，即准备工作较仓促，时间上是否来得及需慎重考虑，他决定将这一情况告知曲解，当然，语气是云淡风轻那种。

陈可期抬腕看看表，已经是晚上10点多了，他硬着头皮拨通曲解手机：曲姐，不好意思打扰了！你还没睡吧？

曲解：没呢！

陈可期吞吞吐吐：周佛礼说，参与新加坡投标的准备工作相对烦琐，尤其标书制作……要组建专业团队，临时找人很麻烦，还不定能立马找到。他说……就怕时间不赶趟。

曲解似有预感，紧急思考，一时沉吟无语。

陈可期小心翼翼：我叫他们……抓紧再研究下……

曲解神色坚毅，态度果决：为争取时间，就地取材、就地生产！明天咱俩分工，我去找人，拉队伍，把制标小组建立起来。你去找地方，争取后天开工！总之，先抓紧做标书，其他方面跟着抓紧点，方正参与投标兴许赶趟。

陈可期惊喜莫名，两腿连蹬带蹦，从沙发上弹起来：啊？你说什么？在美国做标书？这……真的？你你你……决定了吗？

13

晚上，京墨大街49号，常掌柜中医馆三楼。

常在理很糟心，果然被姐姐常在情说中，张雯反对以常掌柜做抵押贷款。他耐着性子，力图说服妻子：你要知道，这不是扶危济困，而是一时周转不开，两者性质不同。

张雯十分理智：事物性质同或不同，急需资金都一样。

常在理：应个急而已，我相信很快就可能解除抵押。

张雯冷脸相对：那没准儿！你相信不相信都没用。

常在理：你再考虑一下，姐和姐夫的事我们不能不管。

张雯态度坚决：你想贷款我管不着，但不能拿常掌柜做抵押。自从我嫁到常家，自从我们有了孩子，常掌柜就是我们一家三口的根据地、大本营，多年来，我们赖以为生，赖以为业。要不是考虑常掌柜后续发展、传承有人，我根本就不会强迫女儿常爽学医！你知道她不喜欢学医，是我们硬逼她进入医疗行业的。

常在理：怎么扯到女儿身上了？她学医是家长引导的，不错，但最终还是她自己决定的。

张雯：既然咱家两代人投身医疗，常掌柜就是我们的人生事业平台，是我们的饭碗。你把它抵押出去容易，万一收不回呢？咱一家三口岂不与难民无异。这后果你想过吗？

常在理一面苦笑，一面苦口婆心相劝，提醒妻子不要把应急措施看得太过严重。他自顾自说得天花乱坠，指望妻子改变主意。

张雯：老实说，相对于方正电梯，我对德立技术并不看好，尤其对其现状，越来越不看好。

常在理大为惊讶：方正电梯？咦……张雯，你明知方杰与广德是竞争对手，怎么长别人威风灭自己志气？

张雯推心置腹：在理，咱得反思自省！你看，广德两个弊端非常明显，一是家族两代人不和，两套做派，离心离德；二是引进科技人才后内外不分，谁是核心层谁是非核心层，界限模糊，未来会很麻烦。弄不好的话，德立技术竹篮打水一场空。

常在理张口结舌，他头一回听到妻子这样评价袁氏。

张雯头脑冷静，说话不疾不徐：你说，是一损俱损、同归于尽好呢，还是有损有不损、有死有活好呢？

常在理瞪眼：你是咒德立技术死吗？

张雯撇嘴：咒什么呀！我是医生，不是医死。我的意思是差异化发展，保存实力。总之，最好的情况是保证一方伸手拉一把的能力，保证另一方有依有靠，不至濒临绝境；最坏的情况是同归于尽。你和我能做的，就是不让最坏的情况发生。

常在理：你看袁衰袁氏，脚踩袁氏，还想扮救世主……

张雯打断：在理，咱俩都是搞专业的，仁心仁术悬壶济世。人生追求有限，岁月静好，已经很了不起了，别再作了。姐夫的生意你不要插手好不好？你又不懂，何必帮倒忙。

常在理急了；一个人，还有头痛脑热之时，一个厂，怎会没有应急周转之需？这么简单的道理，你硬装不懂！算了，我懒得跟你啰唆。常掌柜为常氏祖传，我有权处置，你反对也没有用。我不过知会你一下而已，不是征求你的意见。

这话把张雯彻底惹火了，亮起嗓门儿吼：常掌柜我有份儿！不是你一个人说了算！当年，要不是你拿常掌柜做诱饵，我都懒得嫁你。我学历比你高，名头比你响，婚后对常掌柜的贡献比你大，你休想一手遮天！

张雯！常在理直呼妻名，咬牙切齿：你堂堂一个博士，竟如此小肚鸡肠，我真是看走眼了！你的份额我会找机会析出还你，决不欠你！但你阻碍抵押贷款，办不到！

张雯声色俱厉：你看走眼？我还眼瞎呢！你眼里只有你姐、你姐夫，有我吗？

见妻子脸色煞白，她很少这样动气，常在理口气软下来：当然有！不单眼里有，心里更有！雯，你是有文化的人，你明明知道，于我而言，我姐、我姐夫和你，这三者非亲即爱，亲爱兼具。怎么说到钱，这种关系的性质就变了？你这什么混乱逻辑？

张雯：你拿常掌柜做抵押贷款才是浑蛋逻辑！你真这样做，常掌柜就撕裂了！从此势不两立！

常在理讥讽：这事从你嘴里出来，成阶级斗争了。

张雯眼泛泪光：你都奔五的人了，还犯心血来潮的毛病。你把老窝端了，以后我们人老珠黄干不动了，喝西北风去啊？

常在理：抵押贷款不是赌博，更不是赌博输光了！只是缓解一下资金压力而已。你放心，面包会有的，牛奶也会有的！

张雯冷峻如冰：那是你做梦。梦里啥都有。

夫妻俩大半夜谈不拢。任凭常在理按捺着性子，几度提醒自己要讲理，不要斗狠，话拣软的说，磨破嘴皮子，奈何张雯铁了心，始终就是"不同意"三个字，打死不松口。常在理终于忍不住了，他急火攻心，怒生胆边，指着妻子鼻子撂狠话：张雯！你……你讲不讲理啊？你真要杠上啊？要杠大家都杠！常掌柜中医馆是常氏祖传，与你无关！你搞清楚！你要不是嫁我，根本没资格在此落脚谋生。你同意不同意算个屁！

张雯扭头就走，"噔噔噔"走到隔壁房间，"咣当"甩门反锁。

一向和谐的常在理、张雯夫妇头回闹矛盾，便闹得不可收拾。两口子陷入"冷战"，宁可闹崩也不妥协。

两周后，张雯赌气飞英国，直奔女儿常爽处，何时回来存疑。

14

晚上，旧金山滨海大道五街图书馆B37室。

曲解决定亲自操刀，制作标书，把陈可期高兴坏了，立刻发回电传，告知老爸和大哥，他决定接受苏杭邀约，参与新加坡本次国际投标。曲解领衔，在旧金山组建制标小组，就地制作标书。

看了电传，陈豪杰感觉老二陈可期决心很大，决定支持他。

陈可期在旧金山滨海大道五街图书馆租了房子，这是一个近30平方米的独立房间，桌椅板凳配置齐全，网线通畅，光线充足。

晚上，陈可期与曲解同往图书馆查看。曲解看了很满意，觉得实用就好。曲解告诉陈可期，她邀请四位旧同事帮忙，这四位旧同事又分别延聘了自己熟悉的几位专业人才，总共九人，自带设备（电脑等）。就地成立一个制标小组不仅可行，且比预想顺利。

陈可期兴奋不已：曲姐英明！建议制标小组加上我好不好？总共9+1人。这一人滥竽充数，但我想不会白充数。另外，我立马叫周佛礼配合你，把相关材料打包寄过来。

曲解点头。沉吟一会儿，很认真地说：旧金山这地方相关参考资料齐全，这条很有利，在图书馆查资料也更便捷一些。标书制作有整套规范，保密性强，包括手机每天需专人集中保管，房门紧锁，外人不得出入，专人持钥匙等。现在房子搞定了，如无变化，明天下午2点人员集结，工作展开。费用方面你考虑没？

陈可期：费用我搞掂！一切后勤供应外围保障统统由我负责！我打算在旧金山多待几天，给你打下手，你和制标小组专家安心制标书就好……你看，我说滥竽充数不会白充数吧！

曲解调侃：咱这制标小组规格很高啊！由陈可期老板亲自承担服务保障

工作，我们的标书质量没理由不杠杠的呀！

曲解带领制标小组在滨海五街图书馆某独立房间连续泡了14天。专家们每天早上8点来钟陆续进馆，晚上12点离馆。吃饭由陈可期亲自安排，多为送餐。除了一日三餐还有宵夜。

第14天晚上（实为第15天凌晨），标书制作完成。陈可期热情洋溢：各位辛苦了！祝贺大家！今天时间已晚，人也高度疲劳，立马回去洗洗睡。明天上午再集中，按曲解要求，将部分保密资料分类，或销毁或打包带回。中午我设便宴犒劳大家！

翌日中午，陈可期在旧金山某酒店设宴，犒劳曲解和制标小组专家。席间，陈可期频频向众人敬酒：各位专家大咖辛苦了！感谢各位的辛勤劳动！这份标书，无疑为方正电梯参与投标提供了强大底气和动力，为方正电梯"旗开得胜"赋能。一旦中标，方正电梯对在座各位大咖仍有重酬。我先干为敬！

制标小组成员纷纷祝愿方正电梯大吉大利大旺，大展宏图。

曲解惊异发现，阿可期应酬交际很有一套，并非不善言辞。

陈可期举杯：借此机会，我代表方正电梯，向在座各位专家大咖郑重发出邀请，无条件欢迎各位加盟！不敢说方正电梯前程似锦，敢说的是，方正电梯不吝为各位提供最好的用武之地和成长空间，不会亏待各位，我陈可期决不食言。眼见为实，欢迎各位方便时前往方正电梯参访考察！这样吧，我喝三杯，借此为证。

满座皆欢，开怀畅饮，"多谢多谢"的声音不绝于耳。

餐毕，热情送走曲解的旧同事，陈可期与曲解移步至酒店大门外的一棵椰子树下。陈可期告诉曲解，方正电梯第六车间竣工，两周后将举行交付使用仪式。曲解很开心，唯有一事放心不下，即收购王鹅精密的事不顺，一再延误。其实，曲解坚决主张投标是有底气的，早在她到美国之前，秦荣英曾向她介绍过王祖望团队的独门工艺，她闻之大喜，认为可将其团队整体引入方正电梯，当时这一切还未来得及操作，此后又听说广德集团阻挠……她知道，两大集团曾以合作为初心，是多年的事业伙伴关系，后分道扬镳，在业内早已不是秘密。她不明白的是时隔多年，如今方杰收购王鹕精密与广德有什么关系，广德为何从中作梗，觉得这是个谜。

曲解：陈、袁两家到底有啥梁子？啥过节？这样老死不相往来？时过境迁啦，方杰与广德的关系缘何还是这么糟糕？

陈可期：这也是我们兄妹仨青少年时期的疑问。我记得有一次，我爸妈到香港外公外婆家，我悄悄问过我爸：方杰与广德到底有啥梗？有啥坎儿？您给我说说呗！别叫我老是一头雾水！我爸很不情愿地说：历史恩怨错综复杂，一言难尽，不提它了。后来从我哥和我妹嘴里，我大体知道了事情原委。起因很小，微不足道，但历史恩怨这个东西，影响还是蛮大、蛮深远的。

陈可期侃侃而谈：我当小孩那会儿，大人们都没有"品牌"概念，但德来服装厂产的"秀木"牌服装却老少咸宜，知名度高。不知道是否因为这名字好听好记，反正"秀木"牌服装成了市场紧俏货。我爸陈豪杰很受启发，将佳杰五金的纺织机械以"参天"为名推出市场，此后的参天牌电脑横机横空出世，横扫机械类市场，一度供不应求。发展到后来，我爸希望锦上添花，有意将"秀木"品牌从广德手中购过来，合成为"秀木参天"品牌，追求更大市场。孰料遭对方婉拒。我爸不死心，多次商谈，指双方合作多年，有感情基础，知根知底互有帮衬。奇怪的是别的都好谈，唯独"秀木"品牌不好谈、谈不拢，以至发展到不可谈、提不得的地步。

陈可期顿了顿，接着说：我爸无奈，恨恨地骂上一句"广德那袁头，不自量力"，此事也就作罢，再无下文。谁知时隔不久，我爸又为品牌的事烧脑，对"秀木参天"四字痴迷到走火入魔程度。他退而求其次，提议将自家"参天"品牌友情价卖给广德，权作善举，成人之美，孰料袁若德毫不领情，婉拒受让。这一来，我爸彻底心凉凉，从此与袁若德绝交，停止一切业务合作。两人至今不来不往，我爸也不许后辈人与对方有业务交集。

哦！原来这样。曲解点头。

陈可期接着说：我哥曾劝喻老爸，木秀于林，风必摧之，我们不要他的"秀木"也罢，不妨以"大树参天"为品牌。但不知何故，老爸就是痴迷于

"秀木参天"，对其他字眼很排斥。我妹陈可元也劝老爸，指"秀"和"朽"同音，意头不好。我爸驳她说，"死"和"是"还同音呢，不用"是"字，我们还能说话吗？难怪你们满嘴"耶耶耶"（英语：是）的，真是鸡同鸭讲！

曲解：第二代接手的方正电梯，理念上与前辈或有不同。

陈可期心意拳拳：曲姐，回去吧！方正电梯是你的心血结晶，你参与了它的孕育，你主导了它的全面建设，目前的发展态势足可证明，我们此前的选择是正确的，发展势头看好。这一切，难道可以随着你的失恋而随手扔掉吗？你……

曲解截断，一口咬死：打住！不可能再回去了。

这话太绝！直戳人心。陈可期好不容易才吁出一口气来。

其实，曲解思考良久，始决定亲自操刀制作标书。一来，她对自己擅离职守感到愧疚，仅赔礼道歉显然不够，她想用最实在的方式为方正电梯做出补偿，这样自己良心也过得去了。二来，只有她出手，可替方正电梯解决燃眉之急，假如方正夺标成功，即可步入良性发展正轨。这是她乐于看到的。

曲解淡然一笑：临别之际，能够力所能及助推方正一把，是我心愿。咱们就事论事，你别想太多。

陈可期固执：没想太多！只想一件事，方正没你不行。

曲解精心指点：阿期，开标之际，你必须亲自到现场，亲自了解和把握相关情况。这项工作非常重要，老板不可不察。

陈可期絮絮叨叨：我也失恋过，跟你一样懵逼，憋屈得要命，心灰意冷，冷到冰点。后来怎么着你猜，我的经验是为这事痛不欲生是傻逼。失恋不等于天塌，只要天没塌，那就够牛逼！

曲解"扑哧"而笑，以手掩嘴。陈可期此前像金口玉牙似的，寡言少语，谈吐吝啬，用词小心。这会儿可能是高兴，又喝了酒，满口懵逼傻逼牛逼的一整套时髦大白话！她语气委婉：今天你也累了，早点休息吧。晚安！

陈可期神情落寞，直愣愣地盯着曲解背影，目送她转身进入旅馆大堂，闪进电梯。

15

下午3时许，泽兰街龙葵加油站后院茶室。

陈可元约见王祖望，施润、汪雄壮陪同。三人提前来到龙葵加油站后院茶室，在茶桌前对坐饮茶。

陈可元手机响，陈可铭拨来的：在哪儿？说话方便吗？

陈可元颇不耐烦：龙葵加油站。没外人，你讲！

陈可铭：关于收购德立技术，广德的答复有玄机……

陈可元没好气地截断：口头答复不作数，别理它！正式回函再说。

陈可元嘴上这样说，心里却有强烈的挫败感。

陈可铭：爸说了，等对方回函要到猴年马月。"拖"字诀是袁氏的惯用伎俩，实际等于变相拒绝，你得有这心理准备。当然，允许观察，因时代不同，年轻人上来了。爸还交代，收购王鹈精密的事可以上手运作了，越快越好。

知道了！陈可元含糊答应一声，就要挂电话，陈可铭抢着说：你等一下！阿期几次打电话来催，为利于投标，最低限度也要拿下王鹈精密AQ五金铸件的合同。

陈可元不胜其烦：知道了！说完啪地挂了手机。

施润和汪雄壮互看一眼，发现陈可元心情不好，都不出声儿，各自低头饮茶。陈可元确实在气头上。她万万没想到，广德竟耍"拖"字诀，让她热脸贴个冷屁股，岂有此理！这还是其次。令她更受打击的是，项庄舞剑意在沛公——方杰收购德立技术有个"附加值"，即她与秦茉黄的"关系"——收购成功"关系"成功，收购失败"关系"失败。大哥说广德的答复有玄机，不幸言中。广德把"不确定性"玩弄于股掌，当皮球踢来踢去，指不定包藏什么祸心，"拖"字诀简直比直接回绝更可恶！

施润抬腕看表：到点了。我去迎一下，引个路。

施润说着起身离座。她走到加油站前院，引颈张望，恰见王祖望驾车疾驰而至，在施润面前戛然而停。黄匠军、季黄鹏分头从车内跳出。施润冲王祖望抬臂遥指一处停车棚，意思是那里有空位。王祖望隔着玻璃向施润点头，驾车驶向停车棚。

季黄鹏笑盈盈的脸上洋溢着热情：润姨！您今天真漂亮！

施润很高兴，故意翻白眼：小嘴够甜的！见面就恭维。

黄匠军与施润打招呼：施董助，您好！

施润冲黄匠军点头，伸臂揽着季黄鹏肩膀，悄悄塞给她一张卡，与她咬耳朵：这是油卡，它只认车牌号。你和匠军在龙葵站加油、洗车及保养，两年内免费。两年后，润姨再给你续期。

啊？季黄鹏惊喜莫名，紧紧攥着油卡：多谢润姨！

王祖望泊好车，大步流星走过来。施润与他握手，笑容亲切：王老板，你们很准时呀！好，跟我来。

施润领着一行人来到后院茶室。陈可元一改往日矜持，站起来，笑容可掬地向王祖望伸出手：王老板，别来无恙啊？

王祖望礼节性与陈可元握手：晋见老东家，不敢称恙。

陈可元一笑泯恩仇：时间不长，即今非昔比物是人非呀！

王祖望赔上笑脸：托陈总的福！王某感激涕零。

陈可元手指汪雄壮：这位是方正电梯第六车间（即将竣工）主任汪雄壮，他是原架给你五金货架模具厂厂长，河埔人。

汪雄壮与王祖望握手：王老板好！请多赐教。

王祖望面对汪雄壮，变得口若悬河：汪主任你好！听口音就知你是本地人。我老乡厉害哟！市工业局前不久发了简报，方正电梯第六车间拥有多项创新、多项第一，软硬件设施一流，人才更是顶配，堪称现代工业模板。这种"三高车间"让我等好生羡慕！它必将成为我市制造业的天花板。

陈可元诧异："三高车间"？有这说法？

汪雄壮笑道：王老板指的是高起点、高标准、高投入。

王祖望：其实何止"三高"，掐指细数，恐有五高八高。

汪雄壮：过奖喽！前不久市里搞评比，王鹣精密AQ五金铸件力拔头筹，祝贺啊！王老板治厂有方。

王祖望谦卑：不敢不敢！偶然撞上大运而已。

施润把季黄鹂、黄匠军推上前：这位是广德集团董秘季黄鹂，这位是她老公，也是王祖望老板的爱将黄匠军。

陈可元与黄匠军、季黄鹂夫妇握手：我知道你们是新婚。也没早点告诉我，不舍得让我吃喜糖沾喜气呀？

黄匠军羞涩而笑：陈总垂注，不胜荣幸！

季黄鹂落落大方：陈总你好！久闻大名，今睹芳容。

陈可元打量季黄鹂：这不金屋藏娇吗？季董秘原是白富美！

黄匠军：她不是白富美，是白痴，不然不会嫁给我。

这话惹得众人大笑，笑得季黄鹂抬不起头。

全体落座。陈可元开门见山：王老板，润姨跟我说，王鹣精密AQ五金铸件工艺出色，颇受好评，自然也获方正电梯青睐。

王祖望毕恭毕敬：老东家看得起，王某不敢怠慢。上次与施董助谈过，待王鹣精密完成境外项目量产大单后，即开始为方正电梯生产AQ五金铸件。施董助还口头承诺，方正电梯未来可实施该套件国内总承销。老实说，王某受宠若惊。

陈可元：现在情况有变。随着方正电梯第六车间竣工投产，需要立即购置AQ五金铸件。合同我带来了，即时可签。

王祖望颇觉意外，低头想了想：两"单"同步，恐有困难。

陈可元盯得很紧：什么困难？缺资金还是缺人手？缺资金我解决，缺人手汪主任帮忙。你只管开口。

王祖望不敢说实话，他缺的是设备，具体说是缺"霸王系"机床。但"霸王系"来自广德，他哪肯透露自己与广德有瓜葛。嗫嚅一阵，他婉言推辞：陈总好意王某心领。但王鹆精密条件有限，是块提不起来的臭豆腐！囿于产能，方正的"单"只能延后，还望陈总体谅……

陈可元断然否掉：不能等！第六车间要按期投产。其实，我们的想法是方正的"单"优先，这也是今天的主要议题。

王祖望更吃惊了，暗自叫苦不迭。方正的"单"不但不愿延后还要优先，这怎么可能？完全做不到！没等他做出回应，施润在旁补充：陈总拍板，比我们上次谈妥的价格提高两个点！

王祖望使劲儿咽口唾沫，把目光投向黄匠军，黄匠军也正直愣愣地看着他。黄匠军清楚，按王鹆精密目前产能，两"单"同步都难，更遑论"优先"。可是，对方撒下大饵，诱惑难以抵挡。

王祖望"吭吭哧哧"：我明白！我们回去想想办法……

说着话，王祖望瞥瞥季黄鹂，这一眼瞥得意味深长。

陈可元慢慢呷口茶，一脸善解人意：我看得出来，你的难处诚如你所说，产能不足。既然如此，我建议你考虑另一条路子，将王鹆精密整体并入方正电梯。这样的话，不仅产能大幅飙升，AQ五金铸件还可在最短时间内实现市场全覆盖。

施润又补充：我们本来是一家，未来还可以是一家，打断骨头连着筋。方杰不会亏待你，定以最高性价比让你满意。

王祖望听明白了，面露笑容，当然他笑得比哭还难看。"并入"是好听话，实际是收购、兼并及鲸吞。他稍作寻思，冲陈可元拱手抱拳：陈总不嫌弃，王鹆精密幸甚！但陈总太过高看、太过抬举，让我惭愧！你看，我直冒冷汗。

陈可元戳穿他的假象：愿意还是不愿意，直说。

王祖望稍显局促：王某不才，但从无卖厂打算。一来拉起个厂子不容易；二来它不值钱，卖不起价。我的想法是，王鹆精密力争跻身于老东家供应商之列，这于我们是莫大的荣耀。

陈可元碰个软钉子，面不改色心不跳：到底是男子汉大丈夫，执着于自己做（自己当老板）。但我仍认为，再好的产品也讲市场机遇，世上何事抵得上来大钱、来快钱爽呢？

季黄鹂有心打圆场，笑着插话：陈总伸出的橄榄枝超级有诚意，含金量超高。以王总的能量，大可两头通吃呀！

这话看似捧场，其实是对王祖望的暗示。王祖望当然听得出来季黄鹂的潜台词：由她牵头，广德伸援手，满足两个"单"的套件需求问题不大，丢掉方正电梯这个大客户才是因小失大。

陈可元沉吟片刻，单刀直入：听说你们用的是"霸王床"？

本来还有句"你答应过我，不与广德合作"，但陈可元瞥瞥季黄鹂，把已经到嘴边的后半句话咽了下去。

王祖望心里猛一"咯噔"，脸色煞白。他情知瞒不过，干脆老老实实，竹筒倒豆子：是啊！为生产样品，临时租借广德的"霸王系"。谁承想，租金奇贵！他们借机大肆薅我羊毛。

陈可元与施润互看一眼，互掩心中鄙夷，姓王的小人得志，装傻充愣，得了便宜还卖乖，这德行！

陈可元蹙眉："霸王系"？没听说过。你指什么？

王祖望冲黄匠军扬下颌，黄匠军会意，立刻做详尽介绍："霸王床"在租借给王鹣精密之前，德立技术专家曾将其大卸八块，破解其奥秘，认为提升其性能有很大空间。他们委派牛仔酷专家小组到王鹣精密，为"霸王床"加装了他们自己研制的"机械臂"，尔后应用某专利数字技术，使"霸王床"在自动控制方面达到顶尖水平，彻底实现升级迭代。与"霸王床"改造同步，德立技术自行研制的"霸王刨"，在"河埔金秋国际毛衬节"大放异彩，订单可观。前不久，我和师傅应邀到德立技术观摩"霸王铣"试机，此为第三代机床，优越性极为突出。"霸王系"即上述机床的统称。

黄匠军说到这里，忍不住加油添醋：自从"样品"生产合格后，王鹣精密就好像黏住了"霸王系"，将其他牌子的机床（含附属设备）基本舍弃，因其性能差，效率低，用起来不顺手，不敢保证套件品质，弄不好还砸牌子。

王祖望：原先以为组装比不上原装，其实这个不绝对。

黄匠军：是啊！"霸王床"经改造已上几个档次，但与德立技术后来研制的"霸王刨"相比，还是被比趴了！更不用说"霸王铣"，差距拉大，已属不同等量级。

陈可元面带笑意：汪主任，你的"霸王床"原来是宝贝疙瘩！它繁衍出多个子孙，还后来居上，青出于蓝而胜于蓝。

汪雄壮重重叹口气：唉！技术不在我手，活该我充冤大头！

施润：汪主任走宝，王老板获宝，你们真成冤家了。

陈可元眯缝着眼睛：消仇解怨，化冤为缘，如何？

季黄鹏由衷赞赏：陈总高人高见！王鹈精密有今天的发展成果，正是"结善缘，促合作"最好的佐证。

季黄鹏这话在王祖望听来，又有暗示意味。

为谋双赢局面，双方达成高度一致——王鹈精密将方正电梯的"单"优先排产。以此为开端，AQ五金铸件由方正电梯全包，先期国内总承销，后期国内外总承销。王祖望承诺，最快15天、最迟20天，正式签署供货合同。

陈可元：这事由汪主任负责跟进，想必王总会提供方便。

王祖望：放心，王鹈精密全力配合汪主任。

16

午夜，广府大街71号，德立技术大厦秦茱萸办公室。

12时许，秦茱萸忽见袁若德提着酒上楼来了，脸上露出些许笑容，那笑容一看就苦涩：嘿嘿……袁头今儿有空？

袁若德晃晃手中酒瓶：陪你喝点儿，这个空是有的。

说着话，袁若德向外走廊方向扬扬下颌，秦茱萸会意，起身离开电脑桌。两人前后脚走到外走廊拐角处，这里摆放着一个椭圆形茶几和两只圆凳。袁若德变戏法似的从衣兜和裤兜里掏出几个塑料袋，里面分别装着油炸花生米、潮州卤鹅掌和一只硕大的酱肘子，以及一次性杯碗盘子及刀叉筷子等。

两人落座。秦茱萸帮着拆食品包装，袁若德把酒斟上。

秦茱萸习惯性地端起小酒杯在鼻子底下闻了闻，对他来说闻酒也是享受。他深深地嗅着，抿抿嘴唇：香！真香！

袁若德举杯：来，干了！两人碰杯后各自一饮而尽。

袁若德说明来意：你呢，很快要赴美，我呢，也马上要去新疆，有个合同需要我去处理一下。今晚，算是行前小酌吧。

原来，自从项清楚透露，美国硅谷将有一场观摩考察活动，多位重磅人物包括秦茱萸的导师都将莅临。秦茱萸获此信息决定赴美，正在紧锣密鼓地做准备。

秦茱萸有些意外：去新疆签合同？非要您亲自去吗？

袁若德点头：是啊，临时定的。这一块此前都由阿美（袁仁美）负责联系，现在阿美不在，对方只认我了，我去合同才好签，顶级优惠价才好拿。这是德来服装厂一名业务员，叫丁紫岚，前后花了大半年时间，锚定的一个大客户。

秦茱萸：难怪人家说，老将出马一个顶俩、顶仨！

袁若德："霸王"系列尤其是"霸王刨"，对方很感兴趣。所以，我准备带莫如师同行，他的专家身份对方很看重，希望能现场帮他们解决些技术问题。你看怎么样？

好哇！好事来着！秦茱萸脱口而出，不假思索地表示支持：莫如师是"霸王刨"机床核心技术主创，有他在，对"霸王刨"机床的专业推介非常有利，进而有利于机床销售。这么说，你去新疆任务还挺重。全部搞定要多长时间？

袁若德：原则上签了合同就返回。不过既然去了，尤其那家纯棉面料（坯布）供应商是头一回谋面，几个重要环节免不了讨价还价，顺利的话七八天吧，不顺利就难说了。除了莫如师，跟我去的还有代紫萱、丁紫岚，她们是表姐妹。

秦茱萸不无忧虑：你不在，我觉得河埔这边有点儿群龙无首。

袁若德：放心！有马赛鹰、祝业祺、尹擎、高蔷等，还有阿芳（袁甲芳）、阿鹏（季黄鹏），他们都有经验，没问题。

秦茱萸沉吟片刻：我争取早去早回。

袁若德：不急！万里迢迢去了，时间上尽可能从容些，踏踏实实办你的事，不要想着短平快。

秦茱萸苦笑：我回来早晚影响不大，唯愿你早点回来。你在，我不管人飘在哪里，心里都踏实。

袁若德举杯，与秦茱萸相碰，各自一饮而尽。两人都有说不完的话，还是心里话，只能尽在不言中了。

袁若德知道，曲解负气出走，秦茱萸深深自责，连日来心情晦暗。所以，不仅支持他赴美，还叫他带一名助手，一路有个照应。

袁若德笑容可掬：曲解远走高飞，别说你，连我都有点心绪不宁，怕曲解想不开。你趁这次赴美参加论坛，顺便看看她，跟她好好谈谈，道个歉啥的，求得她谅解，帮她解开心结，进而劝她返回。你这次出去够忙的，论坛聆听，观摩考察，拜见导师，寻求帮助，请导师在课题库范围之外解惑答疑等。放心去吧！待诸事圆满，达成心愿，再回来。

秦茱萸二话不说，把刚刚满上的一杯酒仰脖灌了下去。

袁若德继续倒酒：今晚放开喝，一来压压惊，二来冲击一下你连续加班熬夜的节奏，你那弦绷得过紧，不太好。

秦茱萸：不就一瓶酒吗？哪能放开喝？

袁若德笑了：总量控制。这一瓶主要是你喝，我滥竽充数做样子的，我没酒量没酒胆你是知道的嘛！

秦茱萸眉开眼笑：你不需要有酒量酒胆，有酒就行。

袁若德：霸王硬上弓，陪喝出奇功。不瞒你说，跟你对饮，我的酒量酒胆也上来了！未来仍有"量变到质变"的空间。

秦茱萸失声哑笑：不妙！有了斗酒对象，好酒要开抢了！

袁若德趁机宽慰他说：我想，曲解在美国硅谷找工作应该是有便利条件的。所以，先不说安身立命，单说安全，你不必太过担心。

秦茱萸点头：对某些企业来说，她是稀缺人才，易地立足对她不难。但近年竞争激烈，越来越多有思想、有技术的人到硅谷创业，越来越多有钱的人到硅谷找思想、找技术。所以，硅谷那个地方，如今也是鱼龙混杂，竞争激烈。

袁若德：你这次赴美参加论坛，顺便向曲解解释一下也好，道个歉也好，若能劝她返回方正就更好了。据知，陈氏家族对曲解很器重，非常希望她回来。

秦茱萸又点头：是啊，杰叔很着急，曾想亲自去美国找她，还听说可铭他弟，就是主持方正的那个陈家老二，已经去了洛杉矶。当然，恳求曲解谅解并回头，不是容易事。

袁若德笑了：这么说，解铃还须系铃人。

秦茱萸苦笑，端起酒杯一仰脖，给自己灌了整整一杯。

袁若德不擅酒，却很擅长借着酒劲儿推心置腹。一两杯酒灌下肚去，肺腑之言就吐了出来：早年，我热衷于建立自己的资本版图。后来做厂时间长了，学精明了，认知"升华"了，哈哈！我觉得一个真正做厂的人，应该热衷于培植和引进人才，创建自己的人才版图，不间断地开发"人才版图"升级版。

秦茱萸点头认同：兴厂办实业，首先是对人才的开发，其次是，最终还是对人才的开发，这是开发新产品的基础。

袁若德：你这回出去，看看能不能在那边物色些理工类人才，尤其顶尖人才、复合型人才，多招几个！原则上不限额，你把关就行。我叫财务给你备了专款，明天阿芳会与你衔接。

秦茱萸笑了：我就知道你有任务给我！怕我闲着。

袁若德故作得意：你们几次打报告说，从目前项目研发的需求出发，德立技术人才队伍亟须加强，我都记在心里呢！这也正是我的运筹帷幄方向。哈哈！

秦茱萸：你是老板，在识人用人方面造诣深厚。

袁若德笑了：造诣谈不上，血泪体会有一点。

两人谈到秦茱萸带谁同行问题。此前，马赛鹰私下向袁若德提出，最好安排他跟随秦茱萸赴美。袁若德明白马赛鹰用意，摇头否定：不必。秦博士人品没问题。马赛鹰坚持道：秦博士人品我不持疑，但最终靠不靠谱，要靠"人品"，比如"人品+机制+监管+激励"等。袁若德断然阻止：不要。对秦博士，我信奉用人不疑。

袁若德阻止马赛鹰赴美，却提请秦茱萸带甘果一起去。

秦茱萸犹豫：多去一人多一份开销，还是我自己去吧。

袁若德：这个开支不必节省。带个助手对你方便很多，对甘果本人也有好处。你上次不是说了吗，甘果比你更需要借参加论坛之机晋见他的导师，解惑答疑，这对他很重要。

秦茱萸：袁头真是体恤。但没人体恤你哟！我指资金方面。

袁若德"扑哧"笑出声：秦博士，你的脑力是珍稀资源，最值得体恤，我最舍不得滥用。相比之下，资金不是问题，湿湿碎啦。这样吧，我先撤，你好好睡上一觉，让连轴转的大脑休息一下。养精蓄锐在先，瓶颈攻克在后。

秦茱萸颇受感染，很兴奋，咧嘴开怀大笑：你是嫌我不懂吧？我通知你，湿湿碎我是懂的！

袁若德含笑起身：好，咱们回来见。

第十章

1

清晨，西苑北街3号别墅，陈豪杰家。陈可铭陪老爸在院子里"走聊"，陈豪杰刻意谈及人事安排。

大清早，空气清新，陈可铭陪老爸在院子里散步。这是陈豪杰每日早餐前的常规动作，陈可铭除了偶然多睡了会儿，陪不了，多数时间陪老爸"走聊"都是日常必修。

陈豪杰：其实呀，早在香港做心脏搭桥手术后，我已开始考虑退休。年岁不饶人哟，身体也不给力，需要未雨绸缪。好在你们兄妹仨成长起来了，方正电梯也已基本走上轨道，让我欣慰。我的董事长职务移交给你，手续进展如何？

陈可铭：此事重大，按照您的要求严谨操作，未敢懈怠。目前流程基本走完，手续大多已完备，仅余扫尾部分。

陈豪杰：这事要抓紧，优先办理，办完后立即公布。

陈可铭郑重点头：好。爸您放心。

陈豪杰：你和阿期、小元商量下，到时搞个交接仪式。仪式嘛，意思意思，对内是责任加身，对外是宣示，要正规搞。

陈可铭：爸，按您的意思来，我们定把它搞好。

陈豪杰：世事无常，人际变化也无常，这是曲解跑美国后我经常想到的问题。我呢，算不上功德圆满，但身体既然不争气，不如早些退下来，和你妈一起享几天清福。

陈可铭神色严肃：爸，医生说您的身体没什么不得了的问题，您别唱衰自己。当然，平时要好好保养，不能太过劳累。

陈豪杰：谁让咱做厂呢？考虑问题得优先从工厂角度出发。你正式上位，标志着方杰领头羊年富力强，大展宏图的新征途自此开始。我一再强调，厂子发展到今天，要走现代企业之路。家族企业尤其要规划好企业股权结构。下一步，你组织厂内智囊专题研究下，吃透合理的股权结构精髓，弄个方案出来。

陈可铭一脸凝重地点头：好，爸您放心。

陈豪杰笑容和煦：你接棒接得好，你弟你妹接棒接得好。眼下，方杰在你们手上奔百年而去，我说不定真能多活几年！

陈可铭从上衣口袋里掏出一张纸：阿期昨晚又发来电传，说标书弄好了，让我们抓紧配合，有两件事催得很急。

陈豪杰驻足：哦，什么事？

陈可铭随之站定，展开电传纸，小声儿念道：

曲解领衔，在旧金山组建制标小组，就地聘请专家，经14昼夜连续苦干，标书大体制作完成。制标小组随后解散，仅留下三名专家协助曲解做收尾工作。因其中部分内容仅呈粗糙框架，所以仍须紧锣密鼓加以完善。曲解希望（我无条件赞同）与德立技术和王鹣精密这两个兄弟厂家展开深度合作，推动方正以捷径方式跨越两条鸿沟。首先是莫如师小组的R31、R32数控专利技术，堪比方正电梯的独家"秘籍"及"千金方"，丢掉这一块，方正将无"方"可言。其次是王鹣精密的AQ五金铸件，其工艺水平不说登峰造极，也足以令其他厂家难望项背，堪比方正电梯的独家"金刚钻"。上述内容亟须锁定、落地及全面办妥。若能如愿，对标书而言是重磅加分项，有利于夺标，更有利于方正电梯长远品牌效应，望总裁明鉴。

陈豪杰背着两只手，陷入沉思。陈可铭提醒：爸，湿气大，咱别站着不动。陈豪杰点头，与陈可铭继续走聊。

陈豪杰：电传给小元看了吗？

陈可铭：我叫人印了一份，给她送过去了。

陈豪杰：看来阿期在美国还算顺利。他想投标，积极主动做标书，曲解也肯帮他，这是好事。不过，业内大鳄环伺，竞标态势残酷，你提醒他一下，对此有心理准备。

陈可铭：好。阿期他们寄望于联合另外两家厂，引其强项，当作方正投标的利器法宝。想法是好，就怕万一谈不成。

陈豪杰斩钉截铁：叫阿期赶快回来！不要再以任何由头滞留。

陈可铭点头：好，我马上复电，叫他速回。

陈豪杰：电传提出的两件事，谈成谈不成都要抓紧谈！退一步说，即使中标可能性接近于零，方杰也要动用资源，不惜代价，全力支持方正。你跟小元商量下，叫她想办法。

陈可铭：收购德立技术一事怕要泡汤，小元心头蒙上阴影。我见她这几天情绪低落，一天到晚耷个脸。

陈豪杰：姓袁的耍太极拳不奇怪，他惯用的手法就是模棱两可，耗住对方。他忌讳和防备方杰不是一天两天了，谁让方杰和广德两家技术升级同质化，互不服气，导致积怨过深呢？嗯，我早料到会有这局面。

陈可铭点头，眼神黯淡，心情不无沉重。

陈豪杰老谋深算，胸有成竹，嗓音竟有些亢奋：你们不要灰心，初谈不成还可复谈，直线不成可走曲线，见招拆招嘛！比如，可以委托第三方代行收购、代行持股等。德立技术就是个滑溜溜的泥鳅，也有办法抓住它嘛！委托第三方虽说费些周章，仍是有效之路。这事你自己操作，我叫施润配合你。先不要给小元说。

陈可铭眼神陡然一亮。这时听见保姆喊：老板吃早餐了。

父子俩掉头，慢慢向房内踱去。

陈豪杰最后交代：最新人事安排在方正电梯开业典礼暨第六车间竣工仪式上正式宣布。

2

晚上，京墨大街49号，常掌柜中医馆VIP诊室。

袁若德趴在床上。他翌日去新疆出差，临行前，感觉腰部酸痛，常在理给他做保健按摩。

常在理：去一趟新疆，单程要飞六个多小时，下来再坐几小时的车，一路颠簸，你这腰……我看经不起这样连续折腾。

袁若德：唉，老腰老毛病！反正一贯不好，懒得管它。

常在理：你不管它，它就折磨你喽！最近疼痛频率增加，说明腰肌劳损发展了，严重了。

袁若德"扑哧"而笑：经济没发展，劳损发展了！

常在理：丁紫岚拿到大单是好事，也不过是个单嘛，服装厂眼下并不缺单。还是派人去吧，你别亲自去了。

袁若德：不止这个单呀！丁紫岚引进的新疆客户很不一般！目前看，他们与德来服装和德立技术都具有合作意愿及合作条件，尤其对"霸王系"机床感兴趣，已经派技术员过来看了，发现双方互补性很强。且不说新疆市场前景广阔，单是该客户，处在扩张期，待建新厂，拓展空间很大。我这次去，弄得好的话可能机床超过服装，成为重头。这对广德具有革命意义。

常在理：业务开拓到新疆了，可见"霸王系"影响力巨大！但愿你新疆之行马到功成。回来后，即可着手"吃掉"王鹣精密。

袁若德点头：实现并购的话，还真要趁热打铁。

常在理：你两手准备吧！万一谈得不顺，早点回来。

袁若德看看表：在理，可以了，不止20分钟了。

常在理加力按了几下，停住动作。顺手从衣架上拿过袁若德的衣服，递给他，嘴上说：你最近状态比较差，我弄了新方子，再煲剂药试试。我连夜煲，明儿一早送过去，你带在身上。

袁若德边穿衣服边摇头：不用！连夜煲你不睡觉了？明天给人家开方子眼睛都睁不开！回来再煲，没问题！另外我跟你讲，你们两口子一向恩爱，琴瑟和鸣，你不该把弟妹气跑……

常在理一脸不在乎：这年头，什么都怕就是不怕人跑。

袁若德：张雯在那边怎么样？

常在理：跟常爽在一起，爽着呢！

袁若德点头：她们娘儿俩也有小半年没见面了。

晚上11点半，袁仁德离开常掌柜中医馆，尹擎驾车送他回家。没承想，王祖望及黄匠军、季黄鹏夫妇三人正等在家门口。

3

傍晚，南星街合欢电影院三楼潮汐食府。

下班了，莫如师匆忙下楼，钻进尤其芬的车：咱去哪儿？

尤其芬撇撇嘴，含羞带嗔：保密！

莫如师冲镜做鬼脸：我猜，肯定去找好吃好喝的地方。

尤其芬笑了：聪明！现在是饭点嘛。你忙一天饿了吧？

莫如师：不饿。跟你在一起，秀色可餐！

尤其芬笑容很甜：今晚务实不务虚——大老板请客。

莫如师无比惊讶，紧盯尤其芬：啊？哪个大老板？

尤其芬：看你紧张的！又不是不认识。陈可元陈总。

莫如师沉思片刻，小声儿问：哦，陈总请你呀？

尤其芬：请咱俩！主要请你，他们一直很感谢你。

莫如师狐疑：阿芬，咱俩拍拖，没有向外人公开吧？

尤其芬一脸清纯，夹带着些骄傲：当然没有。是陈总问我，我告诉她的呀！人家老板没啥架子，为人很好。上次她来广德，我到大门口迎接，就那短短几分钟，她都不忘加我微信。

莫如师不吭声儿了，两眼透过玻璃，笔直地瞪视正前方。

尤其芬侧脸儿看看他：怎么了？你不想见她？

莫如师：不是，我饿了！肚子咕咕叫，两眼冒金星。

尤其芬忍不住"扑哧"而笑：刚才还说不饿，眨眼就饿成这样？

莫如师若有所思：秀色诚可餐，美食价更高。

车至南星街合欢电影院。尤其芬泊好车，领莫如师上三楼，来到一家小食店门前，但见门楣上方有"潮汐食府"几个大字。

何青黛笑容满面地迎出来，与两人握手：欢迎莫组长大驾光临！好久不见啦！上次见面还是在斌哥那里搞"修理"。

莫如师微笑：何总好！确实久违了，我和兄弟们又邋遢得不像话，早盼请斌哥"修理"呢，这回要上狠活，大修。

何青黛拍拍尤其芬肩膀：别担心，修不坏。

尤其芬：我知道呀何总！现在男生也热衷形象料理。

进入小食店包间，顿觉万籁俱寂，与外面万花筒的喧哗景象截然不同。

见陈可元独自一人静静地坐在那里，莫如师老远隔桌向她伸出手：陈总好！

陈可元迅速起身，礼貌地与莫如师握手，语调亲切：莫组长携女友赏光，我很开心！

莫如师和尤其芬异口同声：谢谢陈总！

何青黛热情招呼：各位请坐！坐吧坐吧！

偌大房间仅坐四人，显得空阔、安静和私密，还显得尊贵。

何青黛：今天啊，陈总请莫组长和女友阿芬小酌，为的是聊表心意。前不久，在莫组长无私帮助下，R31数控专利技术在方正电梯获得成功应用，直接拉动其制造水平上一个台阶。我们没能以好的方式表达感激，陈总一直过意不去，今天稍作补偿吧！

何青黛说着，从包里取出一个印制精美、系有粉嫩蝴蝶结的大红纸袋，递向莫如师：这是陈总送给你和阿芬的小礼物。

莫如师迅速起身接过纸袋，局促道：这……不好意思……

陈可元露出淡淡的笑容：些少手信，不成敬意。

莫如师有些诚惶诚恐：陈总客气了！协助方正电梯应用R31技术，是秦哥和公司安排的，对我而言就是分内的工作。

何青黛优雅地打了两个往下按的手势：莫组长，坐坐坐！

莫如师勉强坐下来。何青黛笑着说：陈总与我们是同龄人，在情感表达方面是同频共振的。听说莫组长和阿芬拍拖，想给你们锦上添点花，方便以后蹭你们的喜酒喜糖。

听了这话，莫如师下意识地与尤其芬互看一眼，羞涩而笑。

何青黛冲莫如师扬扬下颌：打开看看。

陈可元送给莫如师的小礼物是合欢电影院双人套票，有效期两年。两年内除了电影任看，还包含在影院自营的餐饮店（分布在影院内一楼至三楼）任食任饮。凭此套票，一应费用全免。

何青黛：恭喜你们！但愿套票有效期还没过，喜酒已经摆上。

尤其芬脸色绯红，羞答答地说：多谢陈总！多谢黛姐！

莫如师：选这么浪漫的地方吃饭，陈总别出心裁哟！

何青黛示意服务员可以上菜了，尔后转脸面对莫如师：要说浪漫，你可不知道高手是谁！就是这家小食店的戚老板。

莫如师和尤其芬不约而同睁大两眼，热切地望着何青黛，你那意思是有故事吗？陈可元在旁笑而不语，低头品茶。

何青黛趁着空档，眉飞色舞煞有介事地抖料：

这个戚老板，潮汕人，来河埔市做生意好几年了，在南星街合欢电影院开小食店也已有三年多，主打潮州菜。且不说菜品地道，单说他本人的察言观色功夫吧！陈可元仅来过一次，戚老板也只漫不经心搭讪了一句：靓妹在哪里做？陈可元随口回答说在佳杰五金厂。戚老板即不动声色地记住了。其实不用"人肉"，仅通过一般性常规渠道，依厂名顺藤摸瓜，他就把陈可元的基本情况弄个八九不离十，进而确认她是"贵客"。翌年元旦，戚老板拨通陈可元手机（天晓得他怎样弄到号码的），亲自邀请她来"尝鲜"。当晚，陈可元带了厂里一帮年轻人过来宵夜，惊讶获悉，戚老板竟然专门为她辟出一间包房，装修高雅，内饰温馨，最绝的是四壁均为隔音墙（内嵌现代隔音材料），隔音效果极佳。陈可元当然不会辜负他，不仅自己光顾，还介绍不少朋友（即后来被冠以所谓"高净值人群""新经济阶层人士"的那些人）来此消费。戚老板不屑于抱怨什么生意难做啊，什么获客成本高啊，他只会想办法。

莫如师由衷感叹：陈总魅力无人能及呀！另外呢，戚老板是正宗生意人，生意人自有生意人的办法，充满生意智慧。

陈可元：阿黛扯远了啊！浪漫高手远在天边近在眼前……

啊？几个人你看我，我看你，总共四人，谁是浪漫高手？

陈可元不动声色：阿芬呀！

尤其芬惊得险些从椅子上跳起来：不是不是……不是我……

陈可元：上次在鹦鹉酒店狂蝶迷你歌舞厅搞联谊，莫组长和阿芬的交谊舞跳得那叫棒！盖了所有人的风头，成全场瞩目的焦点。看看，一场舞会，搞定我们莫大组长，浪漫不？

尤其芬尖叫：哪敢呀陈总！您才是全场瞩目的焦点！

陈可元：你俩从那以后暗生情愫，迅速发展为恋人，对不？

莫如师替尤其芬解围：其实，我自看见阿芬第一眼起，就"触电"了！当然，后来跳舞，更被电晕了。

陈可元：如今漂亮女孩，个个会放电哟！

尤其芬羞红了脸：没有没有，不是……没有放电……

陈可元：不是放电胜似放电。你羞涩迷恋清纯可爱的样子，你不谙世事不懂设防的样子，在他的眼里就是电呀！

尤其芬脸更红了，红得直发烫，低着头不敢看人。

莫如师：那是一场"定情舞"，全凭陈总美意成全。

陈可元转入正题：莫组长领衔的R31数控专利技术，在方正电梯的应用非常成功，我们对莫组长也非常感谢！眼下，方正电梯正在筹备国际项目投标，同时也是从方正电梯长远建设出发，我们寄望于在此前合作基础上进一步加强合作。方正的设想是，连同尚未应用的R32数控专利技术一起买断，你们可以先开个价。

莫如师：哦这个，我回去向公司汇报……请示集团领导……

陈可元：莫组长，方正的举措，对你和你的专利是个保护。如今，数字技术发展日新月异，迭代非常快，也许不用很长时间，你的R31、R32即被别人更好的专利技术取代，这个不难预见。而你与方正电梯绑定就不一样啦！你本人及你的小组，可在10年乃至20年内按比例收取专利费。换言之，就是业内常用的期权方式，将技术转化为资本，保障你的合法利益。

这个蛋糕真大！这个大饼真大！莫如师无疑是明白的——陈可元承诺，方正将给予他期权，依年份按比例分成，使他个人及他的小组共享方正电梯发展红利。

见莫如师低头沉吟，陈可元接着说：专利是你的，我想知道你本人的态度。当然，我还会分别与秦博士和袁董洽谈，我相信他们都尊重你的意见。所以，还请莫组长在袁董面前多多美言。你们专家的建言献策，袁董是很重视的。其实，这是双赢的事，不存在惠此伤彼要素，应能达成共识。

莫如师：嘿嘿，陈总高屋建瓴喔！有远见。

陈可元对"吹捧"之言没感觉，换句话说就是不吃这套，她一本正经，相当严肃：如果他们不支持你的意见，那你也可有备案，干脆离开德立技术，来方杰好了！任集团首席科学家，或者来方正，随你挑。我们的大门永远向你和你的小组敞开。

这话有离间意味，莫如师明显感受到了。当然他是理解的，不牟利，不为商，商人自有商道。他低头想了想，委婉回答：陈总诚意十足，所提出的主张清晰明确，如师愧对陈总高看！我呢，回去再考虑下。

陈可元：当然。莫组长尽可充分权衡，无须立马表态。

菜上齐了，潮州菜色香味俱佳。主客举箸交杯，尽欢而散。

返回的路上，莫如师坐在副驾驶位上一声不响，思考良久，语气沉稳地对尤其芬说：事情本身也许不是坏事，陈总本人也许并无他意，但由我莫如师开这个先例，即以个人（或小组）名义接受兄弟公司的期权，怕是不妥。

尤其芬面现愁容，边开车边问：那怎么办？

莫如师神情严肃：合欢影院的"双人套票"要退回去！理由是我没有时间，真的！今天为了陪你，我开天辟地头一回"耍酷"。此前，我恐怕有十年八年没进过电影院啦！

尤其芬翻莫如师一眼，撇嘴道：跳舞那回，不算"耍酷"呀？

莫如师：那是集体行动，主角是秦博士，我随大流。

尤其芬很为难：退回去，理由是有，也确是有实情，但同样驳人家陈总面子呀！以后还能见面吗？更别提合作啦！如今人情薄，一丁点儿芥蒂、嫌隙，都能弄得老死不相往来。

莫如师：听我的，别顾虑那么多。套票在你我手上只能是摆设，浪费资源。再说它太贵重，我们消受不起！

4

晚上，齐贤路内街15号，袁若德家院子。

尹擎开车从常掌柜中医馆回到齐贤路，袁若德家的大门还没开，就见几个人影在大门外晃动，有人慌忙从台阶上弯腰起身，拍屁股掸裤腿，汽车大灯一照，个个站得笔直。

尹擎扭头对坐在后座的袁若德说：王祖望！叫他进去不？

袁若德神情憔悴：来都来了，当然进。还有谁？

尹擎：季董秘和她老公。

袁若德下车：原来是王老板啊！进屋进屋。匠军也来了！

王祖望拱手作揖：不揣冒昧，搅扰袁老板，请多包涵！

尹擎操控电子门锁，大门徐徐开启。

袁若德陪客人步入院子。王祖望十万火急的样子，使劲儿摆手：不进屋了！在院子里说两句就好！

袁若德随和地点点头。季黄鹂和尹擎急忙地进屋搬椅子、拿茶具，张罗着烧水泡茶，尹擎顺手打开了周边几盏灯。巧的是这晚的月亮又大又圆，银辉泻地，映照得满院亮堂。

袁若德向王祖望和黄匠军让座、让茶。众人围着小茶几相对而坐，倒也惬意。令漏夜登门造访而稍显局促的王祖望，顿觉心安。他煞有介事地拿出一个纸质文件袋，双手递给袁若德：袁董，我听季董秘说，您将赴新疆进行业务考察，我有朋友多次往返新疆，这是他做的"新疆攻略"，我拿来供您参考。

袁若德笑着接过文件袋：王老板有心！谢谢了。

王祖望：敢问袁董此行新疆约需多长时间？

袁若德：短则个把星期，长则两三周，视情况而定。

王祖望没敢耽搁，直奔主题：袁董，我不揣冒昧，唐突登门，还是那一个目的——恳请您帮忙！王鹈精密一贯仰赖您！你不出手，我寸步难行！嘿嘿，不好意思，我们赖上您啦！

袁若德淡然：别客气！王老板，有事直说。

王祖望嗫嚅片刻，硬着头皮，狮子大开口：我们迫切需要倍数扩大产能，想再次续租"霸王床"，还想租借一台德立技术新近推出的"霸王铣"。我老王得寸进尺，敬请袁董海涵！

哦。袁若德轻轻颔首。其实他已猜到一半——"霸王床"租期届满，无非想再次续租。却原来不只想续租"霸王床"，还瞄上了"霸王铣"。他拧眉思忖片刻，叫季黄鹏联系马赛鹰。

季黄鹏拨通马赛鹰后，袁若德接过手机：睡啦？

马赛鹰：没呢！睡了也没关系，爬起来呗。

袁若德：王鹈精密老板王祖望在我家，你过来下。

马赛鹰：好！我马上到。要不要喊上秦总？

袁若德脱口而出：不要。

马赛鹰迟疑：王祖望那块的业务支持，都是秦总布局的。

袁若德拧眉，沉吟片刻。秦茱萸正忙于关键技术攻关，那是他手头的一项压箱底技术，非同小可！他为此殚精竭虑、晨昏颠倒已经相当长一段时间了，身体透支，这会儿不好再搅扰他了。袁若德果断说：先别影响他休息，抽空再向他汇报。

王祖望：袁董，前不久，老靓和匠军到德立技术学习取经，满载而归，对"霸王铣"赞不绝口，说得我心痒痒的！

袁若德："倍数扩大产能"？听王总口气，又接大单了？

王祖望扭扭捏捏：嘿嘿！囿于产能，处处作难。我们也就认个死理——有单接，有工开，有利润进口袋，即王道！

王祖望把话说一半留一半。王鹈精密计划两条腿走路：一鼓作气完成样品量产，然后正式接单，为方正电梯生产AQ五金铸件，同时待机出境，实施GGY项目分包合同。换言之，只要解决产能，王鹈精密进退有据，游刃有余，全盘皆活。所谓"解决产能"，说穿了就是仰仗广德的"霸王系"。

其中有两个小梗：一是与方杰的"合作意向"按双方约定不可公开，这层意思也就不好向广德透露。二是万一按照甲方要求确认出境，王鹅精密即需兵分两路，国内业务也就完全依赖广德了。总之，目前形势充满不确定，只能走一步看一步，看不了三步。

季黄鹏笑道：王总为产能不足发愁不是一两天啦，现在更是愁上加愁。因为牛仔酷专家小组前脚走，王总后脚就"双喜临门"，一是产品获得欧盟认证，二是接到样品量产大单。

马赛鹰的车驶进院子，泊好车走过来，王祖望等起身迎接。

王祖望拱手：马总辛苦！搅扰了，多包涵！

马赛鹰瞥季黄鹏一眼：王总情报了得！掐准袁董明天出差。

王祖望故作轻松，不无诙谐地打个响指：我今晚来堵袁董的门，堵对啦！王鹅精密寻求深度合作，时间不等人哟！

其实，王鹅精密想租借"霸王铣"，马赛鹰是知道的，季黄鹏之前已私下找过他，从中斡旋。马赛鹰自然心动，收租金又不是什么坏事。但他没有当面答应季黄鹏，没有明确表态。他对季黄鹏替王祖望说情不满，觉得这事应该由王祖望亲自求上门来。他把自己砸进椅子里：深度合作？说来听听。

王祖望有备而来，表述条理清晰：首先，感谢袁董！感谢秦总和马总！感谢广德！我深知，我们两家实力不对称，所谓"深度合作"实属妄言。谨为高攀广德大树，我就斗胆了！深度合作分两个层次，一是GGY项目分包合同五五分成；二是王鹅精密让渡20%股权，也就是以私募方式达成合作。

院子里十分安静，众人不约而同陷入短暂思考。

马赛鹰：王总苦心孤诣，弄出这么个"深度合作"，想把我们带沟里呀？牌子是王鹅精密的！我堂堂德立技术，要给你个半年前还生死未卜的小厂做嫁衣吗？真是反过来了。

尹擎帮腔：王总，叫德立技术捡你剩下的订单、给你代工？

不敢不敢！王祖望连连摆手，面色机密，嗓音陡然压低：不瞒您说马总，王鹣精密混得好，是给德立技术争光的。随着境外分包合同的实施，"霸王系"出口可期。

袁若德眯着眼：客观地说，迄今为止，获得欧盟认证的部件及组件生产商，河埔市除了王鹣精密找不到第二家。除了AQ五金铸件，河埔市找不到第二个畅销海外的同类品牌。

马赛鹰：是啊，王总又忽悠！王鹣精密咋说也今非昔比。

抬举抬举！王祖望拱手抱拳，满脸恭敬：获得欧盟认证的是王鹣精密，而王鹣精密仗恃的是德立技术。没有德立技术友情租借"霸王床"在先，为"霸王床"装配智能机械臂在后，更兼委派牛仔酷专家小组临场指导和特许应用TRR数控专利技术，王鹣精密啥也不是。袁董抬爱，广德善举，王某没齿不忘！

袁若德笑道：王老板过谦。

王祖望依然毕恭毕敬：袁董人品顶呱呱，王鹣精密全员对您佩服得五体投地！您挽危槛，济苍生，造福当地，泽被后人，功德无量，必有福报。王鹣精密这是遇贵人了，走大运了！据此，我王某才有"深度合作"非分之想。

袁若德淡然摆手：半夜三更的，你来我这里唱颂歌，足见王老板心情很靓啊！想必募股价位也是友好的了。

马赛鹰：你那20%的股权，作价多少？

王祖望喊价2.6亿元。他特意强调说这是单对广德定向募股。广德之外任何厂家都不止这个价，至少翻一倍。

马赛鹰惊掉下巴：王总，你这不是杀熟吗？

王祖望：不是不是！绝非杀熟，是不熟不做、不熟不靠。广德乃本土大神，我们早就像本市众多小微厂家一样有心投靠，承接德立技术溢出效应。倘若我靠得上，得益于两个不薄，一是广德与王鹣精密缘分不薄，二是袁董待我王某不薄。

黄匠军憨笑着插上话：假如王鹣精密身贱资浅，卖不出价格，怕是广德更加看不上眼。嘿嘿！

众人你看我，我看你，冷场。只好喝茶，茶是热的。

袁若德：这样吧，我意分两步走，第一步先合作赶单，这是当务之急；下一步再就合同分成及股权分置洽商。

王祖望赞成：好好好！分步实施好！更稳妥一些！

马赛鹰：王总，你今晚所做口头承诺，要算数哦！

王祖望点头如啄米：当然当然！绝对算数！

袁若德冲马赛鹰扬扬下颌，两人起身走到院子另一角落，低声商讨。尔后，两人回到茶几旁，重新落座。

马赛鹰口述，季黄鹏用手机录音，之后转文字，又飞快地复制粘贴编辑，整理出如下条款：

经袁若德董事长特批：1. 同意续租"霸王床"，租期、租价不变；2. 以七折优惠价（低于出厂价15%）向王鹣精密出售"霸王刨""霸王铣"各一台，可赊账50%，期限一年；3. 一年后，上述两台机床由王鹣精密酌情处置，可付清全款后留用，亦可由广德原价收回；4. 德立技术派两名青年员工师从樊老靓，时间原则上是半年（可灵活变更），该两名员工享王鹣精密员工同等待遇，学费全免。

袁若德阅后点头。季黄鹏随即转发王祖望。王祖望浏览一遍，起身离座，伸出双手与袁若德紧紧相握，表达感激之情。

袁若德淡然：同业嘛，惺惺相惜而已。哪个厂家不曾遭遇财务拮据呢？帮个忙救个急，缓冲一下，不足挂齿。

王祖望转身紧握马赛鹰的手：感谢马总！早先的"霸王床"租价，那根本不叫"价"，距市场价十万八千里！一直不变……

马赛鹰露出鲜见的笑容：袁董为人厚道，你不知道哇？

王祖望仍有自己的小算盘，即看中牛仔酷小组及其TRR数控专利技术，指望通过私募合作有所渗透。他进而提出：可否再加一条？牛仔酷小组继续向王鹣精密提供必要的技术支持。

马赛鹰断然拒绝：这个没可能。牛组长日程已排满。

王祖望不再坚持：好吧，总体上谈妥了！超级棒！

袁若德：意见相左之处，可以再谈。我出差期间，由马赛鹰马总负责就此事与你接洽，另外我叫袁甲芳协助。

这一晚，双方在院子里坐到凌晨4点。

5

下午5时，德来服装厂厂长曹东风办公室。

曹东风正与厂里几个人商量业务，手机铃响。他瞥见手机屏显示"陈可元"三个字，忙把几个人打发了，还叫人带上房门。

陈可元打电话给曹东风，要求他把德来服装厂账上的1.7亿元转入德立技术。她郑重其事地说明，选择这个时间点转款，是事先与广德集团副董事长袁仁美商妥并经她同意的。

曹东风惯性答复：哦……好的陈总！我交代财务去办。

陈可元：曹厂，你看今天能办妥吗？

曹东风抬腕看表，十分专业：今天有点晚，估计银行下班了。明天吧，我叫财务（泛指会计或出纳）早点办……陈可元截断：那你抓紧！最迟不超过明天中午12点。

曹东风未及反应，毕恭毕敬：好的陈总！

电话挂了好半天，曹东风仍坐在椅子上发愣，直觉转款这事有蹊跷！陈可元突然很急，还限定了时间，说是"事先"已与袁仁美商妥，可那是几个月前，能精确到"中午12点"吗？

本来，为德来服装厂账上秘密趴着1.7亿元的事，曹东风一直惴惴不安，像头顶上压着山，脑壳子疼。是美姐安排和交代的，这个不错，但美姐有权瞒着她爸，他曹东风没权瞒着董事长啊！几次到集团开会，他都琢磨着如何向袁董汇报这事，但最终慑于美姐日后怪罪，没敢张嘴。眼下，陈可元要求立即将该款转至德立技术，那不等于这笔款项公开了？上面追究下来，慢说董事长，就是财务总监袁甲芳那一关他都过不了。在他想象中，袁甲芳定会点着他鼻子臭骂——嘿嘿，没把我这总监放在眼里哟！这么大笔款子你小子也敢私下窝藏，擅自结转？曹东风反了你！

　　德来服装厂的账，他曹东风作为厂长理应负全责，任何过失都得记他头上，他难辞其咎。美姐诚为他顶头上司，但他敢透过于美姐，把一丝一毫的责任推到美姐身上吗？最糟糕的是眼下美姐不在，鞭长莫及，没人在风雨欲来之际予他以引导，更没人做证和分担。他曹东风吃不了兜着走，岂不够他受？

　　无奈之下，曹东风灵机一动，决定拉大旗作虎皮——这件事唯一的挡箭牌，只有袁甲芳了。

　　曹东风拨通陈可元手机：陈总，我刚才打电话交代财务明天转款，这才知道，集团财务总监袁甲芳早已暗中盯上这笔款子啦！她一口咬死——该款不经过她，任何人不许动。

　　电话那头的陈可元显然意外：哦？这事她怎么知道？

　　曹东风硬着头皮：她一向手长，在广德财务遮天蔽日。

　　陈可元不想叫曹东风心里犯猜忌，语气淡然：既然她已插手，就没必要瞒她了。你先转款吧，之后再向她汇报。

　　曹东风十分为难：陈总，厂里财务是双重领导，行政上归我管，业务上归袁甲芳管，她交代的事，没有哪个会计出纳敢违背。

　　陈可元沉吟片刻：这事，季黄鹂能帮上忙吗？

　　季黄鹂？曹东风无比震惊，怎么扯上季黄鹂了？她季黄鹂要知道不等于袁董也知道了吗？美姐再三交代要绝对保密，包括不向袁董报告。美姐和我曹东风说好的，天知地知你知我知。

曹东风磕磕巴巴：她？她不不……不知道这事！

陈可元半提醒半质疑：季黄鹏是董秘，这点事也办不成？

曹东风出于本能，也出于实际，语气相当果决：这忙季黄鹏肯定帮不上！有袁甲芳在，任谁都不行。

电话挂了，曹东风松一口气，心情仍然烦躁。季黄鹏怎么掺和进来了？她的工作和权限范围与此事八竿子打不着。他曾有过一闪念——对方竟想利用季黄鹏达成转款，难不成季黄鹏被其搞定了？但他很快打消了这个不靠谱的念头。呸呸呸！瞎胡想！他告诫自己，不可犯晕犯浑。季黄鹏何许人也？没有相当可靠的忠诚度，董事长会把她留在身边？没有百分之百的信任，董事会能选她当秘书？所以，理论上她不容置疑。

厂里早就下班了，周遭静谧下来，曹东风仍在办公室呆坐。1.7亿元……1.7亿元……该怎么办呢？捂是捂不住了，扔又扔不出去，既不敢扔，也不知往哪儿扔。这笔款子不是小数，对他是个烫手山芋，他个人没有任何好处，白白惹一身腥，白白担一份责。

就在曹东风困兽般长时间滞留办公室时，为打款之事难以摆平而糟心时，桌上手机铃响。他下意识地瞥一眼墙上挂钟，已是晚上9点。

季黄鹏：曹厂，在哪儿忙呢？

怕谁来谁，这下完了！曹东风清清喉咙，故作轻松：哦，季董秘！我在办公室。这么晚有事呀？尽管吩咐。

季黄鹏：听说，方杰的陈可元陈总，向德来服装厂打进一笔款子，这笔款是美姐授意你接纳并代管的？

曹东风：是啊季董秘！嘿嘿，这事你知道啊？

季黄鹏：听说美姐与陈可元达成口头协议，在特定时间内将该款转入德立技术，用于购买试验设备，这事你可做证。

曹东风急切否认：不可不可！我不在场，做不了这个证。

季黄鹏顿了顿：曹厂，陈总原意，是将1.7亿元做研发专款，转入秦茱萸个人名下，用以支持他及团队技术研发。这个无须做证，广德上下对秦茱萸博士团队都是无条件支持的。

曹东风唯唯诺诺：对对对！无条件支持……

季黄鹂：款子在你手里哟！

曹东风听出季黄鹂的言外之意——这事他曹东风难脱干系，他不用装傻充愣一问三不知，眼下只有一条路，那就是好好配合，叫他把款转到哪儿他就转到哪儿。换言之，倘若不里应外合把这事"圆"了，他在秦荣莫那里也不好交代。

季黄鹂：总之，这事是阿美老板早前安排的，你先打款吧！

曹东风又拿出撒手锏，语气非常诚恳：季董秘，你是知道的，集团旗下各公司财务，充其量只是相对独立，基本由财务总监袁甲芳说了算，不经她点头，一分钱都休想进出。方杰陈总打进的这笔款子，也早就被袁总监盯死。她这一关不是不好过，是过不了。硬行"闯关"也行，那就大白天下了，违背美姐"该款私密"的本意。我想，上面怪罪下来，怕是谁也洗刷不了。

季黄鹂咬着牙：袁董已点头，你打款吧。其他以后再说。

话音甫落，季黄鹂不由分说挂了电话。

啊？袁董已经知道此事并且同意转款？曹东风一下傻眼了。季黄鹂的话还能有假？曹东风深信不疑。如果他想求证，办法倒是有，拨通袁董手机，直接请示就好。但曹东风哪里敢？这不直接驳季黄鹂面子吗？打人不打脸哟。比之季黄鹂，他曹东风算老几？得罪谁也不能得罪她呀！

曹东风内心煎熬。他当然不知道，陈可元孤注一掷，暗中加紧渗透，决意强行入股，使她成为德立技术事实上的股东、合伙人，造成既定事实。但季黄鹂这个电话，换言之季黄鹂插手此事，令曹东风心生逆反——就算要转款，慌什么？那钱能飞吗？从德来服装转到德立技术，不过从左边口袋转入右边袋手，早天晚天没区别，为何限定"明天中午12点"？他不能对季黄鹂松这个口，坚决不能。

6

下午4时许，上海外滩22号。

"上海高定周"即将盛大开幕，年度最耀眼服装云集。主办方应部分参展商要求，特意安排了几场小范围彩排。

华灯闪烁，T台周边人头攒动，服装界顶流人士济济一堂。

新疆石河子泰戈棉纱厂厂长阿勒泰戈、厂长助理阿布都尔提专程赶到本届"高定周"，与上海本地一个合作厂家（其采用原料为泰戈棉纱厂的棉纱坯布）携手推新品。他们还应邀带来自己厂里2名女员工，参加服装周一个综合模特表演队，以突出维吾尔族服装特色。不巧，两位新疆姑娘中的一位飞抵上海后有些水土不服，展演前开始闹肚子，一下子病倒了。阿勒泰戈及合作厂家负责人为此都很着急，也很无奈。

这天下午，阿勒泰戈和阿布都尔提早早来到彩排现场，坐在T台下面。彩排错过一场就少一场，阿勒泰戈心神不宁，眼神游移。忽然瞥见侧面不远处坐着一位姑娘，正在聚精会神阅看手中一份宣传海报。从侧面打量她那窈窕身材、靓丽容颜，估摸她是做模特这行的，加上她现身"高定周"，不难猜测她是业内人士。嗯，八九不离十！阿勒泰戈灵机一动，叫阿布都尔提前去招呼一下，与那姑娘商量看，能否帮忙救急，参加T台走秀。

谁知，阿布都尔提弯着腰，放轻手脚（避免影响他人）蹭到姑娘身旁，甫一打照面，还没开口，两人立马热情地握上手了！那姑娘紧接着欠欠身，示意阿布都尔提在其身边落座。阿勒泰戈目瞪口呆，怎么，他们认识？随后大喜过望——能搭上话就好！美女出山，我们新疆维吾尔族服装有望靓丽登场！

乍见阿布都尔提，丁紫岚意外中夹带着惊喜：咦，阿布都尔提！你咋来"高定周"了？我没记错吧，你们不是做棉纱吗？

阿布都尔提眉宇间透着自信，显得特别帅气：嘿嘿，我们泰戈以后不只做棉纱了，我们还要向产业链上下游扩张！目前处于蓄势待发阶段，所以我们来到上海，到"高定周"试水探路。

丁紫岚释然：哦，原来这样。那好那好！

阿布都尔提说明来意，手指不远处：我们厂长在那边。

丁紫岚顺阿布都尔提手指的方向看去，但见阿勒泰戈半抬起身子向他们摆手。丁紫岚浅浅一笑，点头示意。

丁紫岚体谅阿布都尔提和他厂长的难处，当即满口答应。其实，她当时身体虚弱，状态不是很好，医生再三叮嘱她不可过于疲劳，她本次只身前来"上海高定周"，纯为观摩。但一说上T台，她就亢奋了，把其他所有事情忘诸脑后。好在前期休整了一段，为此刻的"满血复活"打了底。

说上就上。丁紫岚跟着阿布都尔提往后台更衣室走去。

过了一会儿，阿布都尔提回到阿勒泰戈身边，两人窃窃私语。

阿勒泰戈高兴得抓耳挠腮：我说是哪位小姐姐呢，原来上次见过！丁紫岚这姑娘急人所急，犹如仗义女侠！

阿布都尔提：她是T台走秀"老资格"啦！经验丰富，我们合作厂家的维吾尔族服装由她展演推介，真是再好不过。

阿勒泰戈十分感慨：这事挺巧妙嘛！不不不，不是巧妙是幸运。丁紫岚这样的"资深秀女"可遇不可求！有她为我们的服装新品赋能，天助我也！

阿布都尔提：我去河埔市，在当地一次国际毛衫节看过她T台走秀。就是那一面之交，我窥见丁紫岚她是真心爱美！真心热爱演绎美！后来她在电话中多次跟我提及"上海高定周"，我得知这是她的梦想。据悉，经她展演的几款时装曾风靡上海滩。

两人并排坐着，边说话边向T台聚光灯照耀处引颈张望。

7

晚上，河埔市海芋路景天公寓601号，季黄鹏、黄匠军入住快满半年的新家。

下班后，季黄鹏和黄匠军先后回到家。两人像往常一样心照不宣各自忙乎，季黄鹏系上围裙，在厨房煮饭炒菜，黄匠军拖地擦桌子，兼做其他杂项。新人崇尚有品质的新生活，包括起居规律，饮食健康，环境卫生，关系和谐等，喜欢有条不紊，不喜欢凌乱。新家新宠新人生，满屋温馨。

季黄鹏、黄匠军夫妇住进来两个月后才知道，这是陈可元假施润之手，秘密送给季黄鹏、黄匠军夫妇的"新婚贺礼"——位于海芋路景天公寓六楼的两居室小套房，房子不大，功能齐备，全南向，公寓地下两层是停车场。此地距王鹅精密不太远，但与广德方向相反，正好利于避人耳目。

两个菜很快就炒好了，季黄鹏顺嘴喊了声"开饭"，又转身盛了两碗白米饭端上桌，饭菜一起冒着袅袅热气。黄匠军立刻洗手拿筷子，嘴上哼着小调子。两人脸儿对脸儿坐下来，享受一天中最难得的轻松快乐时光。

黄匠军发现异常：咦，今天没做汤？你最拿手的……

季黄鹏有气无力地打断：没做，凑合一下吧。

黄匠军兴致勃勃夹一大筷子西红柿炒鸡蛋，囫囵吞进嘴里，一句口头禅"好美味"正待蹦出，忽觉不对劲儿，嚼了两下，确认不是好美味而是没味。他不无狐疑：咦，这菜太淡了吧？

是吗？季黄鹏很意外，自己也夹一筷子西红柿炒鸡蛋放嘴里，惊叫道：哎呀没放盐！我忘放盐了。

说着话，季黄鹏一脸扫兴。黄匠军笑着打圆场：没关系呀，我有办法！加点生抽（酱油），照样"好美味"。

黄匠军去厨房拿生抽，季黄鹏懊悔地把筷子往桌上一拍，起身离桌，一屁股坐到沙发上，饭也不想吃了。

怎么了阿鹂？黄匠军凑近，把自己也甩上沙发。

季黄鹂脸难看，话难听：姓曹的鸟人，不知死哪儿去了。

黄匠军眨眨眼：姓曹的？哦，你是说德来服装厂那个厂长？

原来，两天过去了，1.7亿元毫无动静。三天、四天又过去了，曹东风还是没转款，人也不露面，电话也不接。

季黄鹂暗生气恼，在心里咒骂过很多回：曹东风这孬货，拿我的话当耳边风！这回我可看透他了！哼！别叫我逮着机会，不狠狠收拾他才怪！叫他哭爹叫娘后悔去吧……

黄匠军关切道：那人不好说话是吧？你别跟他一般见识。

是啊，骂有鸟用！季黄鹂一会儿气哼哼地咬牙切齿，一会儿萎靡无奈深深叹气。她本来不想把这种坏情绪带回家里，可她压力太大，简直扛不住了。几天来，不仅施润几次三番电话催促，叫她"不择手段不惜代价逼迫曹东风把款转出"，连陈可元也亲自打电话来催，明确要求"务必不要拖到明天"，可见事态何其严峻！

黄匠军安抚道：姓曹的疑心重，怕担责，并非不买你的账。

季黄鹂越想越气，脸色发青。她季黄鹂的电话，曹东风竟敢不接！现在不是她"逼迫"曹东风转款，而是曹东风快把她逼疯。今天是第五天，大凡是个正常人，再怎么忍耐也到了极限。

就在刚才下班之前，季黄鹂又先后接到陈可元和施润的电话。陈可元说她改变主意，这笔钱不转德立技术了，不转给任何人了，而是直接取出——打回佳杰五金账户，还给陈可元，完璧归赵。

季黄鹂非常意外，但很快头脑转弯，在电话中爽快答应：好的陈总！我明天亲自去德来服装厂找曹东风，叫他把款还给你。这钱是你的，还给你理所当然。

这边电话刚挂，那边施润的电话又打进来：阿鹂，姓曹的没把你放在眼里啊！你叫他转，他偏不转，他仗谁的势力？他后台是谁？你不知道，陈总为这事气得七窍生烟！也怪我，大意失荆州，没在姓曹的身上下功夫，早点买通他就好了。

季黄鹂诚惶诚恐：润姨，这事哪能怪您呀？姓曹的软硬不吃胆儿肥，就是仗着美姐，他是美姐的大红人儿。眼下美姐不在，他还傻逼充牛！充成牛鬼蛇神。我也才发现这是个小人，不治不老实，正寻思找机会收拾他呢！

施润：阿鹂，关键时刻，你可要有自己的主心骨哟！现在顾不上收拾姓曹的，他狗仗人势由他去吧。相反，还得哄着他点，掐准他到底吃软还是吃硬。总之，督促他把1.7亿元人民币完整地打回佳杰，物归原主，是当务之急，其他都不重要。

季黄鹂郑重承诺：我明白！这事我一定搞定。

季黄鹂口中的"明白"，当然是施润的言外之意——你季黄鹂现在派上用场了！重要关系要用在关键时刻，养兵千日用兵一时。

挂了电话，施润立刻将佳杰五金开户行、地址及账号发至季黄鹂手机。季黄鹂回复：收到，润姨您放心！

黄匠军感觉妻子确实遇到棘手难题，很体恤地给她倒了杯水，递她手上。季黄鹂心绪纷乱，正好想喝口水平复一下。她见黄匠军也无心吃饭了，索性把事情原委（大多情况听闻于施润）简单告知老公，让他知情，一起想想办法也好。

陈可元自从获悉德立技术实验室紧缺一台关键设备（此类精密设备在国内是空白，完全依赖进口），对秦茉萸及甘果小组的研究项目造成严重拖累，就决定"插手"这件事，用广东话说是"帮把手"。可是，德立技术杜绝外人染指，账户控制严密。只要袁甲芳不同意，这笔钱就打不进去。而袁甲芳肯定不同意，还会实施"狙击"。后来，陈可元走了袁仁美的路子，将1.7亿元"曲线"打进德来服装厂账户，伺机转入德立技术。她的最终目标当然还是秦茉萸。

眼下，陈可元认为曲线转直线的机会到了，决定"动用"季黄鹂这个"关系"实施转款。陈可元还替季黄鹂准备了一套"笼络"曹东风的说辞，大意是：美姐与芳姨（袁甲芳）关系不睦，走账不想通过她。所以临行前交代我，务必协同曹厂办妥这件事，同时授意我不得向任何人（含袁董）透露此事。

季黄鹏当然知道，假袁仁美之名是个很好的借口，尤其在袁仁美身处境外这个当口。然而，要绕过袁甲芳这道关卡，麻烦不小，甚至可以说基本没可能。这事显然沾上邪气——有钱，成了见不得人的事；给钱，成了苟且偷摸的事。她夹在中间，也要暗戳戳诡谲行事，否则一样见光死。

陈可元猜到季黄鹏有畏难情绪，为她打气：季董秘，你一口咬定"美姐行前安排交办事宜不敢不执行"，就不会出差错。施润紧接着在一旁帮腔：我就不信，袁仁美压不过袁甲芳！

黄匠军恍悟，感叹道：陈总有心！她是真爱秦博士。

季黄鹏语带讥讽：爱是真的，企业竞争也是真的，真刀对真枪，说不残酷才是假的。唉，我裹挟其中，又遇上姓曹的那个拧巴种，我是真背，真倒霉，真惨！

是啊！黄匠军对妻子的忧愁感同身受——她能为了陈总与曹东风翻脸么？她不压住曹东风，这笔款子能让陈总如愿么？万一动静闹大了，惊动各方，就更不好收拾了。更别提，广德还有个人对该款虎视眈眈，那人是袁甲芳。

黄匠军：明早上班你若给曹厂打电话，语气要平和，情绪要淡化，公事公办态度，别啰唆，免得引他猜忌。

季黄鹏点头：嗯，我有分寸。

夫妻俩为此事纠结大半夜。

8

上午，方正电梯第六车间西南操场。

一大早，方正电梯第六车间西南操场花团锦簇，彩旗招展，高音喇叭滚动播放着最新流行歌曲。

9点半，陈可铭主持的方正电梯开业庆典暨方正电梯第六车间竣工投产仪式正式开始。他首先宣读了参加庆典的各界人士及同业嘉宾名单，向其表达由衷敬意和热忱欢迎，接着说：现在请方杰集团创始人、董事长陈豪杰先生致辞。

陈豪杰西装革履，亲自出席庆典，为其站台，并且致辞。他的开场白很简短：各位嘉宾，各位同仁，大家上午好！今天，我们在此隆重举行方正电梯开业庆典暨方正电梯第六车间竣工投产仪式！值此高光时刻，我最想说的一句话是，大家辛苦了！

话音甫落，鞭炮骤响，群情激奋，掌声热烈。

陈豪杰说话声音不大，但借助麦克风，显得清晰流畅：河埔市提出，提高全市数字经济总量是近年工作的重中之重。那么相应地，方正要在数字技术应用方面力拔头筹。目前来看，我们确实先走了一步，这一步走对了！

此前，方正电梯各车间试产的不同规格用途的几部电梯样梯，经过权威检测，获得业界好评，其中两部垂直电梯已投入商用。在此基础上，方正电梯面积最大、设施最先进、数字化程度最高的第六车间顺利竣工，并且通过了验收，即日起正式投产，体现了方正电梯基础设施建设的现代化水平。这是个标志性大事，标志着方正电梯首期建设全部顺利完成，标志着方杰集团转型升级、高质量发展获得阶段性成功。

第六车间外观宏伟，内饰现代，机械先进，功能齐备。我谨希望，它能成为青年员工的心水工厂，乐于在此就业及奉献青春才智。按整体规划，方正电梯二期建设随后上马，仍有第七、第八车间待建，任重道远啊！希望各位同仁努力工作，创造良好业绩，奉献家国，惠及一方，为大家带来福祉。

掌声雷动，群情欢欣，彩旗猎猎招展。

方杰集团董事长助理施润，代表方杰集团董事会宣布：方杰集团创始人陈豪杰正式交棒——长子陈可铭任方杰集团董事长兼总裁，次子陈可期任方杰集团副董事长兼方正电梯总裁，女儿陈可元任方杰集团副董事长兼佳杰五金总裁。原架给你五金货架厂整体并入佳杰五金，不再由集团代管。

鞭炮再次骤响，"噼里啪啦"地足足响了五分钟，烟雾缭绕。

气氛愈发热烈。方正电梯员工大都是年轻人，其中更有相当部分是职校、技校毕业的学生，他们初出茅庐，一身小老虎劲头，再经岗前培训，俨然就像一个个小栋梁。此时，他们身着统一服装，头戴统一工作帽，在各班组负责人带领下，列成整齐方队，精神抖擞地参加竣工仪式。竣工（乙方）意味着开工（甲方）。一俟交接手续完成，员工们即可奔向崭新工作岗位。上岗意味着施展才华，还意味着起薪计奖，这是最值得开心的。

新任董事长兼总裁陈可铭讲话：各位工友，大家上午好！

陈可铭顿了顿：方正电梯第六车间是方杰重点投资方向，是核心资产，亦是毕全集团之力，精心打造的专业制造12米/秒超高速电梯的现代化车间。它作为独立综合车间，面积最大，生产设施最先进，数字化程度最高。依托工业互联网平台，第六车间打数字"组合拳"，32台精密数控机床全部安装数据采集模块，实现了机床联网、能耗监测及车间透明化管理等。它所分布的四条智能生产线都有"大脑"——运用R31、R32专利技术配置的智能芯片，能识别定制工艺、自我调节升降高度适应装配。其先进性体现在既能降低工人劳动强度，又实现人机和谐作业，生产效率和产品质量"双料"提高。眼下，首批次高端设备已安装就绪并调试完毕，其他附属设备很快也将进场安装，日益完善。全员岗位和技术培训业已完成，今日正式上岗。"提质增效"是大家心心念念、嘴上天天喊的，如今在第六车间即将实现！得益于数据的直联互通，全厂（含第一至第五车间）生产态势及海量数据在第六车间可一目了然。

众人热烈鼓掌！锣鼓群配合掌声喧嚣一分多钟。

陈可铭：第六车间竣工投产，是全厂技术人员和工友，尤其是曲解专家团队（这九个字是陈豪杰亲自加的）花费最多心血汗水、耗费最多时间精力的车间。我代表方杰董事会，向各位专家、全体同仁及工友表示热烈祝贺和衷心感谢！

仪式结束后，宾客自有人招呼和接应，工人们进入车间，奔向各自的岗位。陈可铭劝老爸回去休息，陈豪杰执意要在车间外围到处走走看看，陈可铭只好陪着老爸"视察"。

陈豪杰：新来的项清楚，不知道工作上手没有？

陈可铭：项清楚由阿英（秦茱萸）引荐，肯定是靠谱的。我和小元都读过项清楚发表在国际顶尖专业刊物上的论文，研究过他的履历，确信他是业内顶级专家，行业大牛。当然，他不如曲解知根知底，与方正的双向磨合仍需时日。

陈豪杰难得地露出笑容：有眼力见儿！小元这点与秦茱萸相仿。没见她费什么力气呀，就把项清楚弄到手了。

陈可铭跟着笑：小元为揽项清楚，找了个挺管用的猎头，还不惜血本砸重金！她就爱搞"重赏之下必有勇夫"的老套路。

其实，陈可铭有所不知，重金和勇夫有时也不灵光。猎头钱万算不上勇夫，也没有三头六臂，只是通过其耳目捕捉到一条不大靠谱的线索——曲解是项清楚的初恋，后因秦茱萸的出现，才致项清楚初涉情场即败走麦城。钱万第一时间将此信息通过越洋电话告诉陈可元，陈可元当即指点迷津：这线索不够！你要搞"线索+"。钱万问加什么？陈可元答：加两条，一是靠谱的猜测——旧爱仍痴情，魅力还在；二是靠谱的实情——曲解仍单身，机会还在。钱万恍悟，借此大肆游说。但最终哪一点打动项清楚，就不清楚了。

父子俩以第六车间为圆心，边走边看边议，一直转到待建的第七、第八车间工地，不知不觉间转了一个多小时。陈豪杰意犹未尽，话很多：方杰在向重型装备制造转型过程中，切身体会到人才延揽和储备十分紧迫。方正电梯现有人才保有量远远不够！像秦茱萸及其团队，甚至王祖望手下那些人，都是方正极端需要的。你要逮住这个重头，加大力度充盈"人才库"。

陈可铭深深点头：我明白！爸您放心……这时，陈可铭手机铃响。他接完电话，兴奋不已：爸，施润与王祖望洽谈两个小时，很有收获。刚才小元也已赶到，证实双方谈成了！敲定了主要条款。现在就等我去签字盖章，立马生效。爸，得益于您的先见之明！

陈豪杰抬头看看天色，见西南方向开始有乌云卷过来，湛蓝的天空变得灰蒙，点头道：你快去吧！我就近再转转。

陈可铭叮嘱：爸，您别转远了，我给贺喜发了定位，她现在开车过来接您回家，很快就到。我签完合同后赶回家吃饭。

陈豪杰摆摆手：好，你赶紧去吧，签约要紧。

陈豪杰心情兴奋，但其中也夹杂着复杂成分，不爽之处很多。近段时间，他时而为方正电梯第六车间顺利竣工感到欣慰，时而为曲解不辞而别，老二远赴美国去找她而心绪不宁。方正电梯虽有周佛礼、武孔等一班骨干顶着，正常运转无忧，小元又及时请到一个海归，但他们怕是难以取代曲解。总牵头的海归项清楚号称顶级专家，怎奈他初来乍到，全面熟悉情况还需假以时日。另外还有个糟心事，多少年过去了，广德老袁头还像当年一样不识抬举，排斥任何合作方式，把德立技术当宝贝疙瘩私藏，紧抱不放。

不多会儿，陈豪杰接到施润电话：老板，汇报两件事，一是阿期电话告知，包乐已从美国返回，航班明天凌晨抵达广州。二是刚收到最新消息，王鹕精密合伙人李鹕所在公司中标境外一个大项目，拟在国内寻找合作方。据悉，广德对此觊觎已久，他们早就有心联合王鹕精密进军国际市场。

陈豪杰接了这个电话，似有不祥之感。方正近期糟心事很多，但愿王鹕精密不要搞什么幺蛾子！他双眉紧蹙，有些神不守舍：哦，曲解情况怎样？阿期什么时候回来？

施润：他没说，我也不好问。

陈豪杰：王鹕精密的事我知道是曲解交代武孔办的，你先与武孔沟通下，再把这事通报给阿铭和小……小……小元……

好的，董事长放心！粗心的施润挂掉电话。

陈豪杰只顾讲电话了，没留意脚下是一个斜坡面的小坑，小坑中是一堆尚未清理的建筑垃圾，他一个不小心被铁碴儿子绊住脚，趔趄两步身体失衡，摔倒在地，额头太阳穴位置恰巧磕上一块铁器锐角。他微弱地挣扎两下，意识尚在，力不可支。他张嘴喊了两声，但厂区一带噪声大，没人听见，陈豪杰随即昏迷。

数分钟后，贺喜驾车赶到，举目四望，到处看不到人，她还以为弄错了地方，无头苍蝇似的原地打转，脖子伸老长，赫见不远处有个凸起物。她跑过去一看，天啊，正是家公！他躺倒在低洼的小坑里，双目紧闭。"爸……"她惊叫着扑过去，跪在陈豪杰身边，抱住他的头：爸！您怎么啦？您醒醒啊……

贺喜惊魂甫定，掏出手机，颤抖着手指拨叫陈可铭。话筒中传来"你所拨叫的电话正在讲话中"，她把电话扔地上，发现自己满手是血，她崩溃大哭，两手哆嗦，连声号叫：爸！您醒醒啊……您不能啊您醒醒啊……

9

上午，德来服装厂厂长曹东风办公室。

翌日一早刚上班，季黄鹏就拨通曹东风手机，语气温婉曼妙，听上去像调情：曹厂早上好！又在日理万机呀？

曹东风大出所料，季董秘没生气啊？还以为她要兴师问罪呢！他很开心：我正襟危坐，等候季董秘电话指示。

季黄鹏忍不住揶揄：不是"指示"过了吗？至今已是第六天，没见动静啊！曹厂贵人多忘事哟！

曹东风早就备好说辞，嘿嘿赔着笑：季董秘交办之事曹某哪里敢忘！财会方面多有制衡，万望季董秘体谅！

季黄鹏腔软话硬：拖了这些天，我觉得怪对不住陈总的，都不好意思接她电话了。不管咋说，人家也是德来服装股东，是广德合作方。由于你态度怠慢，陈总甚至考虑从德来服装厂退股撤资。后果挺严重的，这个责由谁担呀？

曹东风受到惊吓：不是不是！不是我怠慢！我绝对无意拖延！季董秘你看……曹东风伸出手指，正待罗织几条客观原因。

季黄鹏截断：曹厂，陈总理解你的难处，又考虑到美姐此刻不在厂里，遂决定不再难为你啦！就是说，这笔款不必转入德立技术了，而是原路打回佳杰五金，退还陈总。

曹东风大大发愣：啊？退……退退退还陈总……

季黄鹏耐心补充：陈总的意思很明确，她这笔款项原是支持秦茉莫博士购买实验仪器的，现在考虑手续烦琐，不如采取其他便携方式，不再拘泥过往老路。当然，她仍将支持德立技术，这个一如既往。此事她择机直接与秦茉莫博士联系。

曹东风：哦，好的好的……感谢陈总……

季黄鹏不想听曹东风啰唆，再次截断：你抓紧时间划账退款吧！今天上午落实，不要再拖了。我把开户行、地址及账号发给你，请仔细核对。

电话挂了，曹东风这才发现自己冒出一头冷汗。

这笔款子被"玩"得太过分了！简直拿他曹东风当白痴——她陈可元的钱走我的账，明目张胆，毫无忌惮！想来就来，想走就走，何等自由！明明是没有任何正当性可言的暗箱操作，却弄得冠冕堂皇，好像谁给了她特权一样。

曹东风兀自嗟叹，别人可以见机行事，他曹东风不可以。钱进来，是美姐当面交代的；钱出去，没人当面交代。就凭她季黄鹏一个电话吗？即便她贵为董秘，也不能与美姐相提并论。他心里打定主意：美姐没交代，这款不可以打出去。

原想这个钱秘密来、秘密走，进出皆保密，现在弄得恨不能尽人皆知。

他是不幸卷进来的，不求有功，但求无过。他当初没有上报，已经留下"小辫子"，此刻也就不能动，绝对不能动！这是他唯一能守住的底线了。他不能一步走岔，步步走岔，往绝路上走。

纠结半晌，曹东风心生一计。他给季黄鹂发了条微信：季董秘，你发来的开户行、地址及账号收到。按财务相关规定，请季董秘出示袁若德董事长的书面批示件（囿于董事长人在外地，无法亲笔签名，加盖私章代替签名也行）。人在江湖身不由己，曹某机械行事，万望季董秘明察和体谅！

季黄鹂看了微信，气得脸孔涨红，头皮发炸。曹东风这是抽了什么风？他还真杠上了！把钱死死捂住！秘密趴在德来服装厂账上的1.7亿元，成了死钱！它的主人想转，转不动；想取，取不出。如今真是邪门！不管什么钱，进去容易出来难。

季黄鹂打电话给施润，如实说明情况。

施润透露机密：你知道吗阿鹂，这笔钱，陈总另有用途。首先是AQ五金铸件国内总承销，目前正在紧锣密鼓敲定合同细节，接近完成；其次是收购王鹅精密，这个严格保密。我考虑到事关你和匠军的未来，先向你透个风。在这节骨眼儿上，你必须把1.7亿元尽快取出，好不好？有办法吗？

季黄鹂：办法当然有，只是……我下不了这个手。

施润：再不下手，就没有机会了！就打草惊蛇（袁甲芳）了！蛇出动，咱没辙，这事彻底凉凉。

下午4点，季黄鹂驱车来到德来服装厂厂长曹东风办公室。坐在办公桌前的曹东风一看季黄鹂来了，事先一点招呼没打，顿时手忙脚乱：哎哟，季董秘大驾光临！有失远迎，不好意思！

季黄鹂无数次想冲曹东风发火，无数次想把袁若德批示件"啪"地猛拍在曹东风桌子上，再甩几句重话，如"难辞其咎"什么的，然后扭头就走。当然，她最终压制了自己，打消了那些气头上想法，整个人看上去没有任何一点脾气。她笑盈盈地从公文包中拿出批示件，那上面盖有袁若德私章，不急不恼，语气亲切：曹厂，袁董有批示，打款吧！辛苦你了。

曹东风双手捧起批示件，迅速睃上几眼，点头如啄米：好的好的季董秘！还麻烦你亲自送来……甫抬头，正撞上季黄鹂犀利的眼神。曹东风有点儿错乱，咧嘴嘿嘿傻笑，未及再开口，季黄鹂已优雅转身向门外走去。她那顶呱呱的纤秀背影，稳当当的傲然脚步，展现出破釜沉舟模样儿，予人以威慑。

季黄鹂其实心虚，只是外人看不见。她答复施润说有办法，其实哪有什么办法？只能拿"孤注一掷"当办法。她冒天下之大不韪，擅自动用袁若德私章，逼迫曹东风立即将1.7亿元转至佳杰五金账上，这无疑是严重违规且瞒天过海。又能瞒几天呢？早晚要穿帮。她驱车驶离德来服装厂时，心情很不好。

曹东风不敢不答应，但他事先留了"后手"——打发服装厂会计回东北老家接孩子去了。为不辜负美姐，也为自己规避担责，他要继续耍赖拖延时间。那钱分毫没少，他充其量当个"老赖"，老板还能怎样发落？拖到袁董从新疆返回，那就谢天谢地！

10

中午10点半，大背头小五金街陋室香茗。

第六车间竣工投产仪式一结束，陈可元立刻拉上李才智和汪雄壮（事先已与两人打过招呼），按施润发的地址设定导航，驾驶黑虎向大背头小五金街王鹅精密厂疾驰。

此前，施润与王祖望已经谈了两个多小时，作为前奏，取得一定成果，除了价格没谈拢，其他都谈得差不多了。此刻，施润和王祖望等人掐准（投产仪式结束）时间，站在工厂大门外等候陈可元一行。

陈可元的黑虎呼啸而至，主宾握手寒暄，陈可元等人被客气地迎进陋室香茗——王鹈精密厂业务洽谈室。

双方参加正式洽谈的各有四人，方杰是陈可元、施润、李才智和汪雄壮；王鹈精密是王祖望、樊老靓、黄匠军和夏令。众人依序分别坐在长方形桌子两边，每人面前都摆着一杯热茶，揭开杯盖，茶香四溢。

陈可元和颜悦色：王老板，咱们是第几次面对面了？

王祖望嘿嘿一笑：但愿以后面对面次数更多。

陈可元开宗明义：听说你要提价，我想知道理由。

王祖望收敛笑容：陈总，AQ五金铸件刚刚通过欧盟认证。你是知道的，这意味着该套件拥有了广阔的欧洲市场。

陈可元：施董助与你洽谈在先，你通过欧盟认证在后。

王祖望：是，我正是考虑到这一点，所以涨幅有限。

陈可元面色平静。此前，她听施润说王祖望突然要提价，一度气得跳脚。后与李才智、汪雄壮等人商量，认为可以接受。换言之，可不可以接受都得接受，小不忍则乱大谋（所谓"大谋"是下步收购王鹈精密）。她与施润等人交换眼神后，端杯喝茶。

樊老靓一脸憨厚：据李鹈从德国发来的电传，AQ五金铸件在短短数天内风靡欧洲十多个国家！预计将在相当长时间内供不应求。这对王鹈精密可是大喜讯！我们原先还备有铺货费，现在看，哪里还用铺货，已有中间商开始囤货啦！

陈可元敏感：李鹈？哪里的？

樊老靓：王老板的至交、合伙人，王鹈精密联席董事长。她人在德国，王老板与她里应外合，王鹈精密这才越做越强。

黄匠军将妻子季黄鹂事先替他准备好的套话，和盘托出：业内有句行话叫"高买高卖"，方正电梯有理由基于AQ五金铸件的高质高价而体现"方正"的品牌价值，提升品牌形象。这符合双方利益。

陈可元对樊老靓、黄匠军师徒更加刮目。她不吭声儿了，意思明摆着，她放弃了就王祖望无端提价提出异议的打算。她顺便来了句调侃：你们师徒俩就一个意思——人抬人高。这句老话的下半句是"人踩人低"，她没说。

汪雄壮：我老乡够牛哇！王老板，我是头一回来，感觉你这里稍显简陋，要不要考虑挪个地方？比如，进驻方正电梯工业园区。我们那里大把地方，随你挑，任你选。

李才智：是啊！王鹣精密位居陋巷，与大名鼎鼎的AQ五金铸件不匹配。若来我们方正工业园区，综合条件优越，三年租金全免。正好，陈可元陈总在座，这事她点头就行啦！

对方抛出的橄榄枝，无疑是极具诱惑的，王祖望却不为所动，他将率队出境，犯不着去方正工业园。他无求于人，端出一副"市场嘴脸"，坐在那里不说话，不苟言笑，刻板如雕。"市场嘴脸"在生意场上倒是常见，不足为奇。无非是将一切人际关系都归结为标准的买卖关系、交易关系，互不相助，互不相欠，互不相爱，互不相杀，任何情感元素都是狗血驴屁屎壳郎。

樊老靓憨笑补台：嘿嘿，谈妥一项签约一项，慢慢来。

李才智：也好，今天先就谈好的事项签约，其他再说。

王鹣精密开价（含提价），方正不打折扣，这件事就算谈成了——方正电梯所需五金件，由王鹣精密总承制，实行独家专供。王鹣精密AQ五金铸件，由方正电梯国内总承销。

王祖望眼神酷酷的，因无情而酷：可铭总裁任何时候来都可立马签约，人到约签，这个我担保。

施润脸泛红光：可铭总裁现在不只是总裁了，是方杰董事长兼总裁。上月月底已生效，半小时前才官宣。

王祖望脑子转弯快：哦，这对方杰来说众望所归呀！

陈可元示意施润致电陈可铭，施润拿着手机走出门去。

陈可铭接到施润电话，获悉陈可元与王祖望已谈妥，双方达成一致，急匆匆赶到，拟代表方正电梯与王鹣精密签订合同。

王祖望悍然提价，此举令人不快。屋里气氛沉闷，几个人脸色都是乌青乌青的，与陈可铭的满脸春风形成反差。

王祖望见陈可铭进来，条件反射般起身站立：陈总裁好！

陈可铭大咧咧伸出手：唔，又见面了老王！

王祖望拱手抱拳：祝贺陈总裁荣升！恭喜陈总裁接棒！

陈可铭：谢了！你老王更值得祝贺，搞出了AQ五金铸件，声名大噪！这不，我们都慕名追到你这儿来了。听说你跟小元、施董助谈得不错，我就不重复了。咱们直接走程序吧！日后有机会再坐下来海聊，合作未有穷期。

夏令把一式六份合同摊在桌面上，陈可铭和王祖望分别签名盖章。当最后一枚大红印章盖下去之后，众人鼓掌。

放下签字笔，陈可铭面对众人说：我打个电话先。说完拿着手机走到屋外，见四下无人，他第一时间拨通远在美国的陈可期：阿期，AQ五金铸件搞掂了！合同签了！

屋内，陈可元手机中传出嫂子贺喜战栗的哭腔：小元，爸摔倒了……摔晕了……你快来！快快快……可铭在哪儿？电话打不通……呜呜呜……你们快来呀……天呐……

陈可期兴奋的声音从大洋彼岸传进陈可铭手机：太棒了！这一条落地太及时了！我们的标书绝对上乘！哥，咱们两头都没有白忙乎，没有白辛苦……陈可元冲出陋室香茗，一把扯住站在屋外拐角处的陈可铭袖子：嫂子说爸摔倒了……快……

11

下午，旧金山曲解租住房屋。

标书制作完成，制标小组随之解散。曲解与陈可期商量后，仍留下三个人，协助她做标书最后的增删修改，以期完善。为节省开支，她坚决要求退租图书馆，陈可期起先不同意，认为这点费用不必节省，但拗不过曲解，只好由着她。

四个人挤进曲解租住的房屋。

曲解叮嘱大家：标书这个东西，在规范性方面要求极端严苛，任何一丁点差错都可能前功尽弃。比如，少盖一个章，漏写一个日期，甚至错一个标点符号，都可能当场被宣布为废标。所以我们越是做到最后，越要精细再精细，不容有失。

几位专家一致点头认同，对工作条件简陋也没什么怨言。

工作氛围好，曲解很开心。她和一名助手端坐电脑前，逐字逐句审阅标书，尽管此前已经分头审阅过不少于八遍。另外两名助手在一旁做打印、装帧和其他杂项的准备。收尾工作确实烦琐，木椅和床上都摆满纸张，狭小的房间内没有声响，却一片紧张忙碌。

晌午，一阵"砰砰砰"的敲门声打破寂静，门并没锁，陈可期"咣当"一下撞进来，他急促的脚步卷进一股热风。

曲解等人被这突兀的响动吓一跳，扭头向门口望去。

陈可期闪身进屋，绅士风度不见了，兴奋得手脚不知往哪儿放，还就地蹦了个高：曲姐！我哥……哦方杰总裁陈可铭，与王鹈精密老板王祖望签订了正式合同，刚签的！方正品牌电梯产品全部采用王鹈精密制造的AQ五金铸件！该套件在国内省市评比中独占鳌头，在国外已通过欧盟认证。这一条可以正式列入咱们标书了！

曲解也十分惊喜：真的？你哥厉害哟！

几个人正在兴奋地议论着，这时又有人敲门，陈可期叫的五份外卖送到了。

陈可期：来来来！今天的午饭就地解决。我点了三文鱼，还有黑椒牛扒，我要好好犒劳曲姐和各位专家！要不要来点啤酒？

众人异口同声：不要！我们这儿没人喝酒。

五个人只有两只板凳，曲解招呼其他人坐在床沿上。不知道是真的饿了，还是陈可期买的鱼和牛扒太好吃了，众人"稀里呼噜"开吃，大快朵颐。趁着吃饭，曲解挺认真地宣布：老板体恤，弄了这么多好吃的，大家吃饱点啊！这两天要连续加班，因为时间已经很紧迫了，得争分夺秒。

陈可期：我完全赞成！辛苦各位！我将为大家……话没说完，陈可期手机骤响，他一看是大哥陈可铭打来的，赶紧放下碗，腾出手，接听电话。手机中传出陈可铭怪异且含糊不清的声音，大意是父亲陈豪杰正在医院ICU抢救……

陈可期没反应过来：什么什么？ICU？

陈可铭在电话中也是语无伦次：爸在抢救……在ICU抢救……意外摔倒引发心梗……你快回来……电话挂了。

屋里人全都愣了，曲解更是惊得睁大了双眼。

一分钟不到，陈可期神色大变，手中筷子也不知怎么掉地上的。他像没头苍蝇样乱转，往东走两步，往西走两步，屋小挪不开身，他的脚不停撞上凳子，直踢得凳子"叮里咣当"。

陈可期决定立即回国。他第一时间打电话订购返程机票，随后抽身冲出屋去，脚步踉跄。

12

凌晨4时许，河埔市中心人民医院。

贺喜从车间喊了人，将陈豪杰紧急送到河埔市中心人民医院。

陈可铭、陈可元赶到医院，赫见父亲躺在急救床上，陷入昏迷状（实际是弥留状），扑通跪倒在床前，失声痛哭，边哭边喊：爸！爸！呜呜呜……您醒醒啊爸……医护人员拉开他们，不由分说地将陈豪杰推往ICU病房。

一点点小疏忽、一丝丝未留意，酿成大错。陈可铭捶胸顿足，悔恨不已：怪我怪我！呜呜呜……我要在您身边……您不会有事……呜呜呜……是我被俗务绊住误了时辰……

陈可元像遭了雷击，木偶似的傻在那里。

陈豪杰在方正电梯新厂区意外绊倒摔伤至昏迷，导致心梗，当时他身边没人，送院有所迟滞，贻误了最佳抢救时间，即黄金"七分钟"。他在市医院ICU病房躺了十多个小时。挨至凌晨4时05分，病床旁的监测系统显示屏全都成了直线，陈豪杰呼吸、心跳都没有了。实际上，他在建设工地倒地昏迷后，眼睛再也没睁开过，嘴巴再也没张开过。临床上叫"心梗猝死"。

方杰科技集团创始人陈豪杰溘然长逝。

临终前，陈豪杰老伴儿方珍及儿女们（缺老二）都围在身边。方珍坐在一把藤椅上，悲不可抑，老泪纵横。陈可铭、陈可元分别肃立在侧，涕泪横流。其他一些至亲围在床前，个个泪如泉涌。陈可元终于绷不住，扑在父亲身上放声大哭，直至晕倒，昏迷20分钟。陈可铭呼叫医护人员对妹妹进行施救。

陈可铭安排工作人员把老母亲方珍送回家，并着人贴身照顾她，又通知何青黛，请她找人照顾陈可元。大体安排得差不多了，他自己坐在父亲床边，握住父亲一只手，在心里与父亲对话，一吐肺腑：爸，您放心！您交代的事情，儿子都明白，必定不折不扣去做……您的话儿子铭记在心，永志不忘……

可是，爸，您怎么忍心在这个时候撒手？把这么大的摊子、这么沉的担子压在儿子头上？您确信儿子能扛住吗？

陈可铭使劲儿往脸上抹了一把，免得泪水模糊了自己忧伤的眼睛，他无限依恋地看着父亲静态的面容，继续向父亲掏心掏肺：儿子知道，最近以来您忧思深重，我其实每分每秒都恨不能守在您身边。您预感方正困境影响深远，多次向我指明，方杰近年押宝方正电梯，倾其所有，投入巨大。家族基业能否长青，成败在此一举。倘若方正电梯不成功，就势必拖累方杰，引发多个方面深不可测的危机，损失无法估量……

陈可铭耳畔响起父亲的叮嘱：你们生在陈家，是陈家的机器铸造业养活了你们，培育你们长大成人。用机器铸造机器，是你们兄弟妹三人的宿命。重资产，重担当。这些不是我赋予你们的，是历史车轮、生命轮回将你们送上这个位置。

陈可铭耳畔继续响着父亲的叮嘱：当然你不用怕！有一条护身法宝，那就是兄弟同心其利断金。可铭你是老大，要切记，你们兄妹仨任何时候、任何情况下都要联手，不要分手……这不仅因为你们是手足，更因为你们是做厂的人。做厂的人是什么人？是视厂如命的人，是没有厂就没有命的人，是既有精神思考深度，又手脚并用身体力行的人。工厂生产线一环套一环，联系紧密，经不起分裂。同样原理，你们手足分裂，等同于身首分裂——人和厂都将没命。你们看到了，论做厂，外公外婆一辈子不够用，老爸老妈一辈子也不够用，你们这一辈子同样不够用，需要代代相传。有基业百年意识才配做厂，否则趁早与工厂打脱离。

陈豪杰对于基业传承忧思很深。对于自己百年之后，他一直在做精心设计、精心安排，不仅早已留下遗嘱，处处规范，而且在平时也常常对子女苦口婆心。譬如他说：把孩子养育成人，是很不容易的；把人培养成人才，更不容易。业创起来了，像孩子生下来一样，要避免夭折和陨落，要一代一代人接力。在我陈氏，长辈为后辈耗尽一辈子心血，目标只有一个，那就是基业长青，永续经营。这是必然抉择。

譬如他还说：作为父亲，我极端重视儿女的个人幸福，作为工厂主，我又极端苛刻地要求儿女为家族基业长青担责。两者并不矛盾，尽管也有牙齿咬舌头的时候。但凡出现不可兼顾之时，毫无疑问要牺牲前者，这个没得选。幸福不是抽象的，是大千世界中的具体事物之一。幸福不是孤立的，它与世间万物紧密关联。没有农民种粮食，没有工人纺织做衣服被褥，各类本事通天的大V就得饿死冻死，幸福更没影儿。陈氏基业不存，陈氏族人即与幸福不沾边儿了，绝缘了。脱离客观环境、条件和前提侈谈幸福，就是海市蜃楼，不是住人的，连猪狗没法住。

陈可铭喉咙哽咽至发痛，一阵痛过一阵，直至痛彻肺腑。

陈可铭心里默默发誓：爸您放心！我们定要像您一样，以毕生精力传承家业！光大方杰！把方正做好……

13

上午，大背头小五金街，王鹣精密组件厂。

王鹣精密员工一早上班，迈进厂门都惊呆了，还以为走错了地方。抬头一看，巨大横幅映入眼帘：热烈祝贺AQ五金铸件列入海关免检产品名录！

原来，样品投入批量生产，分数个批次出口后，以优异品质获得海关免检，王鹣精密产生质的飞跃。借此契机，王祖望做出战略修正，确立了自主发展方向，以大背头小五金街为生产基地，境内境外双管齐下，不再为追项目搞一锅端（全员出境）。

头天下班前，即晚上6点差5分，夏令取回海关函件。内容是，王鹣精密批量生产的样品——正式定名为"AQ精密五金套件"，被中国广州黄埔海关、中国深圳文锦渡海关、中国东莞虎门海关列入"免检产品"名录，还有其他几个海关也在审核流程中，有望很快获批。

王祖望得悉喜讯，立即叫夏令聘请广告公司，连夜布置条幅及宣传画等，意在第二天上班给员工一个大大的惊喜。他自己则一夜没睡，也不困，两眼炯炯有神，在沙发上坐到天明。

果然，人人兴高采烈，同声欢呼，王鹣精密陷入欢乐的海洋。

王祖望语气亢奋：各位，我宣布，以AQ精密五金套件获得海关免检为标志，王鹣精密迎来蝶变，进入爆发元年。首先，我们应该感谢谁啊？

众人异口同声：感谢牛仔！感谢酷哥！感谢牛组长！

人们大声喊着，聚拢一处，不由分说地把牛仔酷抬起来，抛向高处。牛仔酷仰面朝天，嘴上大喊：哎呀别呀！别抛售我！

人们齐齐发力，嘴上像喊号子似的：牛仔酷哥！上！牛仔酷哥！上！牛仔酷哥！上……

牛仔酷挣扎：不上了！晕了晕了！还是下来好！落地舒服……

人们哪肯罢休，七嘴八舌又喊：那好，换一个！

众人把牛仔酷小组成员挨着个儿向高空"抛售"了一遍。

原来，在TRR数控系统新技术率先应用于"霸王床"的同时，德立技术专为"霸王铣"研制的附属装置同样获得成功。不出所料，经牛仔酷小组精心操作验证，该附属装置适用整个"霸王系"机床。

凭借精密机床，保证了量产的良品率。

自从搭载了德立技术最新研制、内含数项前沿科技的附属装置（俗称智能机械臂），"霸王床"即摇身蜕变，演绎了现实版鸟枪换炮，形成一台超大体量、超级智能的联动子母机，技术先进，功能齐全，性能稳定。牛仔酷小组成员手把手地教会黄匠军和夏令，他们两人已经掌握全套操作流程，能够独立操作。

闹够了，牛仔酷宣布：还有个好消息呢！近期以来，秦苿荑博士携甘果小组全力攻关，专为"霸王铣"（包括"霸王床"）研制的附属装置——智能机械臂，即将完成。该附属装置应用世界前沿人工智能和数控机械技术，至少实现两轮迭代，直逼世界顶尖机械设备功用。可以预测的是，该附属装置一旦投入车间生产一线，对原有机床"霸王床"形成巨大加持，效率翻番，市场前景不可估量。

啊？王祖望等人惊得张大了嘴巴。

樊老靓：这消息，广德一丝风儿都没透啊！

牛仔酷：即将完成，尚未完成，仍有一段艰苦的路要走。

噢！众人表示理解，同时也怀着殷切的期望。

AQ五金铸件是王鹈精密应用独家工艺、先进机械设备生产制造的高端五金类产品，亦是王鹈精密的看家产品。现在好了，AQ五金铸件在获得欧盟认证基础上，又被海关列入"免检产品"名录，意味着王鹈精密又多了一块金字招牌。

王祖望：老话说术有专攻。王鹈精密不贪大，不求全，小而专，弱而精，深耕细分市场，这条路是走对了。

牛仔酷：是啊！有强电，就有弱电；有大厂，就有小厂；有虚拟，就有实体。各走各的路，各赚各的钱，各谋各的生，各求各的发展。既相悖又并行，既各自独立又相互依存。

老话说，大路朝天，各走一边。互不滋扰，互不倾轧。

此时此刻，王祖望感慨万千：对大背头小五金街，我和我的团队终究难以割舍。它算不上福地，却是王鹈精密的起家之地，亦是TRR数控系统新技术的成功应用和验证之地，是AQ精密五金套件海关免检产品的诞生之地、发轫之地，是一块旺地。在这里，王鹈精密必将运用后发优势，生产出更多、更优秀的系列五金产品。

王祖望兴奋异常，把普通话说得抑扬顿挫，听上去挺带劲儿：王鹈精密继续以项目为纲，但不会在一棵树上吊死。好，大家回去干活，夏令已经订好餐位，中午全体出去撮它一顿！

全体欢呼。别看王祖望今天话多，真正鼓舞人心的只有"撮它一顿"这句话，这话任何时候都不过时，都是爆款。

14

凌晨，旧金山某旅馆陈可期租住房间。

陈可期躺在床上辗转反侧，焦虑难眠，父亲的身体状况让他揪心。熬到后半夜，他使劲儿闭着眼，还是睡不着。

北京时间凌晨4时15分，陈可期手机铃响，他猛地抓住手机并咕咚一下翻身下床，大哥陈可铭沙哑着喉咙告诉他，父亲陈豪杰没有抢救过来，撒手离开了我们。

陈可期两腿一软，抓椅子没抓住，烂泥般轰然倒地。他全然崩溃，但没哭，脑子里仍有个清晰念头——机票还没拿到手，噩耗先至……不可能！这一定是噩梦不是噩耗……

凌晨6时许，曲解接到周佛礼电话，惊悉陈豪杰病逝，如遭雷击。她定定神，立刻拨打陈可期手机，电话拨通了，但对方不接。她索性冲出房间，横过马路，赶到陈可期住处。

曲解怕惊扰他人，不敢把敲门声音弄得太大，但敲了半天，始终敲不开。她将耳朵贴在门上倾听，确认陈可期在房间内。她对着门缝急促喊道：阿期，我是曲解，你开门！

房门纹丝不动，屋里没任何动静。她再敲门再喊，还是没动静。这下她急了，对着门缝吼：阿期！你再不开门我报警了……门忽然开了，陈可期杵在门前，像棵枯木桩，神情魔怔。

曲解有意缓和气氛：我搞错了！报什么警，还以为在国内。

悲痛中的陈可期浑身战栗，憋了几分钟，终于"哇"地哭出声来：呜呜呜！爸……您怎么舍得走？怎么舍得扔下我们？您不管我们了？您怎么能在这个时候走？我们怎么办？方正怎么办……

陈可期崩溃，喉咙里不断发出呜呜哇哇的声音，像个大男孩，不知怎么腿又一软，趔趄几步跪倒在地。曲解急忙趋前拉扯他，但哪里拉扯得动！反倒扯得两人都歪倒在沙发上。陈可期屁股一挨沙发，就势伏在膝盖上，正式哭起来，哭得稀里哗啦。

这会儿，曲解眼里的陈可期像个可怜虫。他为丧父，为自己的"小世界"坍塌而恸哭。一个成年男子，通常会把悲伤强行压进心底，忍不住哭几声也很快作罢。他呢，好像铁了心要大放悲声，哭出他心中所有的郁结，哭出他不可承受的命运之殇，哭出人生悲凉。他那一声声腔调粗糙刺耳的"男式哭泣"，恍若一记记重锤敲击着曲解的心弦，恍若一把把钝刀切割着她的神经，令她脉搏跳动加剧。她咬着嘴唇，透过迷蒙泪眼盯着陈可期后脑勺，内心涌出无限悲悯，体内升腾起一腔巾帼血性……有我在，任他哭吧！

陈豪杰的猝死，让曲解切身体会到世界之阔大，生命之渺小。斯人长逝，现象上看是个意外，本质上说不是意外。是人都要"走"，人"走"都不意外。但在遥远的异国他乡得悉亲人离世，打击是毁灭性的。她强行止住泪水，平息心脏的嘣咚狂跳，脑子里冒出清晰念头：人在什么时候受"教育"最深，以至幡然醒悟呢？新生命降临、老生命离世之际——这是天然的生命教育、人生教育。敬畏和珍惜生命，是老天爷教会的，是大自然教会的。生老病死是人类的"天然教育课程"，是一切教育的活水源头，是自然法则对人文法则的强力灌输、绝对规范和永恒制约。

最初的惊悸过去之后，陈可期木然的大脑恢复了正常意识。他脸部肌肉抽搐，嘴唇发抖：曲姐，我胸口憋闷……喘不过气……

曲解：你昨晚一夜没睡吧？这样，我扶你到床上躺一下，你现在需要休息……陈可期没出声，那样子像是默许。

曲解架起陈可期一只胳膊，使出全身力气，帮助陈可期支撑起双腿，从沙发上站起来，往床头挪过去。但陈可期像扶不起来的烂泥，只趔趄两步，就重重地瘫坐到地毯上。他拿曲解的肩头当攀扶物，挣扎着想爬起来，怎奈两条腿像得了软骨病，身体还没站起又软塌塌地坠下去。曲解恨不能将他两条胳膊都架到自己肩膀上，连拖带拽，终于把陈可期"搬"到床上。

陈可期脸色铁青，双目紧闭。他意识到自己形象猥琐，一躺上床立刻背过脸去。他是真的被悲伤击垮了，浑浑噩噩，精神颓废，看上去一副生无可恋的模样。他急于回国奔丧，其他一概不闻不问，他甚至忘记了身边的曲解，即使偶尔能感觉到她在自己眼前晃，也无力搭理。

曲解坐在椅子上喘气。恢复了力气之后，她起身给陈可期倒了杯水，又想着怎样给他弄点吃的。但她无论怎样招呼陈可期喝点水、吃点东西，陈可期一概不理。

时值中午，曲解自己也没吃早餐，肚子"咕咕叫"。她下楼到隔壁不远处买了两份麦当劳，拎回陈可期房间。

陈可期依然像死了样，躺在床上一动不动。

曲解坐在椅子上，面对陈可期的背，暗自叹气。想到陈豪杰为方正电梯呕心沥血，想尽一切办法、尽其所能地为其配置资源；想到陈豪杰对科技的重视，对子女无尽的爱，以及对她曲解的器重，慷慨地给她这个外人配股……往事历历，不胜枚举。

思前想后，曲解不禁动了恻隐之心，觉得自己应该回国，向杰叔做最后的告别。当然，避免陈可期路上出意外，也是她的考量之一。她临时决定与陈可期同机回国，一路好有照应。另外，回去后顺便将方正电梯重要事项和其他相关事宜做些交代及了结，免留或少留遗憾，自己也问心无愧。待参加完杰叔葬礼及完成相关事项之后，自己再做打算不迟。

曲解轻言细语，话却犀利：阿期，你不吃不喝，也要起来上个厕所，证明你身上的生机活力还在。你是痛，不是病，更不是废。我的理解是，你在悲痛中蛰伏。

听了这话，陈可期终于转过身来，转得不无艰难。他有气无力地瞥瞥曲解，以一对红肿眼泡对着另一对红肿眼泡。

曲解：你很虚弱，先把这杯水喝了，我有话跟你说。

陈可期显得老实听话，慢慢坐起来，斜靠床头，端杯喝水。

曲解眼睛看着地面：人哪，不是为悲伤而生，但生来必有悲伤。在漫长人生中不曾尝试过悲伤，这样的人是没有的。怎么办呢？化悲伤为动力——这不是好听话，是人类必修课。

陈可期竟然轻轻额首，好像听得进曲解的话了。

曲解一字一顿，极其认真：我修正了自己的想法，决定和你一起回国，向杰叔告别。机票我已补订，其他一应杂务也妥当处理了。你吃点东西，四小时后我们出发去机场。

啊？陈可期闻言惊诧，将信将疑：真的吗？你确定？

十分钟以前，陈可期还在哀叹自己命不好、运不济，处处不顺，前景灰暗，找不到机会一吐心中块垒。父亲猝逝，他这当儿子的生理和心理都被掏空一大块，再无什么人生意趣可聊，也没什么未来可憧憬，只有一万种烦恼，把人往生死不明之境拖拽。

此刻不是"十分钟以前"了。曲解的决定，唤回了陈可期身上的活泛气儿，整个人摆脱了要死不活的样子，眼里闪现出光亮。他嘴上没说啥，内心千恩万谢。他知道曲解这个决定，不是简单地陪他陈可期回国奔丧，也不是简单地对他陈可期放心不下，更广义也更本质地说，她对方正放心不下。这是曲解的天性使然。她什么天性呢？唾弃虎头蛇尾，追求善始善终。

曲解：我们抓紧赶路，向杰叔告别要紧。

15

下午，新疆石河子泰戈棉纱厂。

袁若德一行（高嵩、莫如师、代紫萱、丁紫岚）五人飞抵新疆石河子花园机场。厂长阿勒泰戈及厂长助理阿布都尔提到机场迎接。双方像老朋友相见，笑容亲切，热情握手寒暄。

阿勒泰戈：欢迎袁董光临！广德各位贵宾辛苦了！

袁若德：阿勒泰戈厂长，咱们一见如故啊！

代紫萱：劳驾厂长亲临机场迎接，我们太受宠啦！

阿勒泰戈：我是来接你们回泰戈的！接你们回家的！希望你们喜欢这里，宾至如归！

阿布都尔提与丁紫岚握手：果不食言，紫岚真的来啦！

丁紫岚笑靥如花：早就想来，看看你和你们厂嘛！

驱车两个半小时，迎宾车队从石河子花园机场来到泰戈棉纱厂。此时已近黄昏，老远就看见地平线映现出三栋工业厂房高大雄浑的轮廓。进入工厂大门，从车窗玻璃往外看，三栋厂房分别涂装 A、B、C 三个巨型红色字母，依序整齐排列，房顶的红瓦在阳光迂回映衬下显得特别鲜亮耀眼。

高嵩惊叹：哇！谁家盖厂房，那房顶会用瓦呀？太奢华了！阿勒泰戈厂长，您原本是建写字楼，后来改建厂房的吗？

阿勒泰戈：不是哟！原本就是建厂房。但高总你挺聪明。

莫如师凑趣：这不是世界500强吗？山寨版吧？赝品吧？

阿布都尔提：泰戈棉纱厂目前是新疆同业50强。我厂胜在占地面积大，厂房宽裕，原料就地取材，即顶级长绒棉。阿勒泰戈厂长的建厂理念是高起点，他说起点低的话宁愿不做。

众人纷纷点头。其实，大家心里都明白，"高起点"绝非空谈，他的底气是资金雄厚，这一点无须说破，点到即可。

阿勒泰戈：现有的三栋厂房，各高五层，但桩基都是按七层设计的。每层楼面积在8200平方米左右，员工总数基本保持在300人上下。目前投产的仅为A栋厂房，B、C两栋厂房暂时空置。

袁若德：阿勒泰戈厂长雄心可鉴。贵厂必定后来居上！

阿勒泰戈笑道：袁董吉言！借助广德实力加持，我们有条件地不断上台阶。这个，我越来越有信心。

一行人下车。工人已经下班，喧嚣了一整天的厂区趋于宁静。阿勒泰戈厂长的意思是进厂认个门，然后转道去不远处的招待所下榻及进餐。袁若德打听到厂里有人值班，便执意要先到车间看看。于是，众人顾不上先放下行李，直接进了车间。

泰戈棉纱厂A栋厂房灯火通明。阿勒泰戈陪同袁若德等人乘电梯上到五楼，再从五楼一层层步行下楼。阿布都尔提充当解说员，将车间每一层的功能布局做了详细介绍。

袁若德等人边看边听，边走边议，赞叹不已。尤其对其原料——细嫩柔滑的长绒棉爱不释手。当然，该厂弱项也逃不过他们的专业眼光，如纺纱机床相对陈旧及其他不尽如人意之处。

行至三楼，莫如师指着一排纺纱机床：这个可做数字化"技改"，花费不大，耗时不多，至少能先进两代。

高啬笑着说：我们这位莫博士呀，够挑剔的！

阿勒泰戈：没有没有！莫博士高见！我们苦等广德大神莅临指导，已经有很多日子啦！对"技改"更是翘首以盼。

阿布都尔提笑道：这批机床买的时候挺先进，孰料眨眼就落伍了。一来我们眼界不够宽，二来工业装备科技发展快。尤其数字技术应用，我们慢了半拍，亟须迎头赶上。这也是B、C两栋厂房暂时空置的主要原因。泰戈厂长坚持宁缺毋滥。

当晚，阿勒泰戈厂长在园区内一家著名餐馆为袁若德一行"接风洗尘"，用当地名优特产烤全羊宴请广东客人。获悉袁若德等人无一擅酒，遂以两瓶低度"马奶子葡萄酒"应景。

阿勒泰戈打开话匣子：我们最初的业务考察目标是德来服装厂，想不到首次进入河埔市，竟有这么巨大的收获！承袁董友情安排，我们得以观摩"霸王铣"试机，并顺带考察德立技术。哎呀，这一考察了得！我发现，广德竟然别有洞天！

阿布都尔提笑着接上话茬：回来路上，厂长不住感叹——万里寻它千百度，蓦然回首，它在灯火阑珊处！嘿嘿，对正处在扩张期的泰戈厂而言，那叫一个得来全不费工夫！

阿勒泰戈兴奋举杯：天作之合——天底下真有其事！珠联璧合——此为真实写照！袁董，广德贵宾，我先干为敬！

双方热烈交谈。袁若德从中获悉，原来，阿勒泰戈不满足于只做棉纱，早就计划向产业链上下游其他环节扩张。他们前次已与深圳某私募基金签订合作框架协议，引进相应资本，拟将B栋工业楼建成服装车间，将C栋工业楼建成床品车间。自河埔返回新疆后，阿勒泰戈立即启动工厂扩张计划，目前已完成工商变更等相应手续，将"泰戈棉纱厂"更名为"泰戈长绒棉织造厂"。这样一来，工厂功能扩展，智能制造内涵突出，产品线更趋丰厚高端。

袁若德沉吟片刻，语气慎重：你们有最好的长绒棉，这个优势要把它最大化，加上精密机床和先进工艺，即可制作世界上最好的服装。首先好在它适合人类皮肤，利于身体健康，其次好在它穿在身上挺括有型，耐洗耐磨。克服一般棉织品易起皱褶的缺点，美观漂亮，当然，款式能否迎合及引领潮流，还要看设计。阿萱（代紫萱）是学设计的，毕业于江汉纺织大学服装设计系。她在担任车间主任和毛织厂副厂长之前，一直是德来服装厂首席设计师。她在这方面也许能给你们提供些参考意见。

阿布都尔提举杯站起来：紫萱姐，咱是校友哦！我敬你！

代紫萱惊喜：哎哟，阿布大兄弟！你也是江汉纺织大学毕业的？我太开心了！不用说，你是我母校的高材生！

阿勒泰戈笑道：他是我厂文化水平最高的人哦！江汉纺织大学机械设计制造及其自动化专业硕士毕业。但愿你们年轻人有共同专业基础上的共同语言，还有干出一番事业的共同抱负。

莫如师：这么巧啊！难怪我发现，你们多有共鸣。

丁紫岚和表姐不约而同地起身，一起与阿布都尔提碰杯。

代紫萱笑容谦和：虽是校友，我略逊一筹。我是服装设计本科，阿布大兄弟是硕士，学历更高，专业更牛！

阿布都尔提：我听紫岚说过，表姐代紫萱经工厂一线历练，早就在多个专业方向拳打脚踢且多有建树啦！

阿勒泰戈：早先，我们在项目选择上有点盲目。比如想上高端产品，没有首先考虑人才技术欠缺所形成的掣肘，倒是抢先购置了一条生产线。结果呢，致该生产线在车间蒙尘。

阿布都尔提：此前，我们在服装和床品两者间彷徨，做哪个更适合我们呢？始终摇摆不定。现在明确了，有现成的服装人才、服装机械设备和服装厂模板，当然上服装。

阿勒泰戈用食指点着自己脑袋，兴致勃勃：我这个头脑现在很坚定，不会再犹豫、再摇摆了。以高端定制服装闯上海滩，在丁紫岚小姐喜欢的"高定周"占有一席之地，以此为跳板，撬动潜质，勇闯国际市场，这是我的梦想。

袁若德：你们已经有一条床品生产线，不要轻易放弃吧？

阿勒泰戈睁大眼睛：哦！袁董意思……我们可双管齐下？

袁若德很肯定地点头，胸有成竹的样子。

双方谈兴越来越浓，但时间不早了。阿勒泰戈举杯站起来：后天，即九号，是我厂计划中举行换牌仪式的日子（厂名更改后更换厂牌）。适逢袁董及广德贵宾莅临，我深感荣幸！

16

晚上，河埔市西郊芳草绿墓园。陈豪杰灵堂。

晴天霹雳！父亲陈豪杰猝然去世，对陈可元造成巨大打击。她在父亲灵柩前涕泗滂沱，长跪不起，整整一天一夜过去了，谁也劝不住。不知道她哪来这么多眼泪，从早流到晚，把她从小到大流过的眼泪加起来，也没有这一天流得这么多。

陈可元与父亲陈豪杰感情极为深厚。她从小就是父亲的小尾巴。因为交给谁带父亲都不放心，一定要自己带在身边。一天看不见她，就觉得这一天过得不好，这一天少了什么，为此心情恶劣，乃至捶胸顿足。方珍领教了几回，索性把女儿扔给他，自己不"插手"了。"你爸再忙也把你拴在裤腰带上"，这是方珍的口头禅。

眼看陈可元快支撑不住了，陈可铭叫来救护车，医护人员好说歹说加上点强迫，欲把她抬上担架，弄到医院去。谁知她竟有力气撒泼，瞪着一双血红的眼睛，凶神恶煞般大吼：谁敢碰我？贱人！我咬贱人不留情！果然，谁搀扶她她咬谁，加上她披头散发，像疯子一样。人们发现她近乎癫狂魔怔，没人敢接近她了。后半夜，她终于昏倒在地，被家人紧急送往医院。

陈可铭神情憔悴，他强忍悲痛，亲自安排医生给陈可元注射了镇静剂，还再三叮嘱周围的人不要对她生拉硬拽。在医生允许的情况下，众人赶紧把陈可元抬进车里，拉回家，怕她醒来发脾气。回到"元屋"，抬进卧室，趁她没醒，勉强给她上了点滴（葡萄糖注射液）。众人这才忧心忡忡地散去。

何青黛从佳杰五金宿舍又搬回"元屋"，陪伴在侧，寸步不离。有她在，陈可铭将医护人员都撤了。另有几位旁系亲属获准依次进入，时不时地协助照料陈可元，还安排了专人送饭。

陈可元在卧室躺了两天，不吃不喝，不说话，也不哭，拒绝就医，拒绝任何人劝她"动"她。

父亲的去世意外过头，父亲的遗嘱同样意外过头，两者产生叠加效应，令陈可元濒临崩溃，心如死灰。

爸，我知道您放不下方杰，放不下方正！您有那么宏远的规划，正待大施拳脚，一步步往上走。您壮志未酬啊，怎可猝然间撒手而去！您是多么不甘心啊！全家人同样心有不甘！老天爷不长眼！陈可元泪流满面，濡湿大片枕巾。

陈可元撕心裂肺地哭喊：爸！您这么爱女儿，百般成全女儿的爱情，怎么可能……爸您别呀……您别走……但父亲听不到了。

那是一次再普通、再寻常不过的父女交谈，陈可元没有上心，更没引起足够重视，以为只是插科打诨轻松一下而已。事后回想，爸为那次谈话显然思考了很久，准备充分。

陈可元极度悲伤。尤其在她获悉老爸陈豪杰已与大哥陈可铭商定，在陈可元1.7亿元基础上，一不做二不休，全资收购德立技术。策划非常周密，算盘打得非常好。可惜，人算不如天算。先是1.7亿元被对方拒收，接着自家发生巨大变故，全资收购也就无从谈起，不了了之。所有的事情都发生在节骨眼儿上，功亏一篑！陈可元为此痛惜不已。

您多次说"敛财"和"集智"并举，集团在广揽顶尖人才之后要搞个"民营智库"。我当时讥笑您有创意，还说自古代以来帅才都配军师。您说军师哪能跟智库比，再好的军师也远不及智囊团。您是潮爸，紧跟时代。眼下，您不缺顶尖人才了，智库雏形有了，您的憧憬和安排即将成为现实……想到这里，陈可元懊悔得肠子都青了，满脑子乱码再现。

仿佛在一夜间，陈可元转换了角色。她不再仅仅是原先那个小姑娘了，她属于工厂、属于工业了。作为工厂主，她与佳杰五金、方正电梯，与重装备制造业乃至民族工业从此难解难分了——这是她从老爸手里接棒而来。这个角色定位，是历史赋予她的。需要她在个人问题上慎重考虑甚至重新选择。

何青黛起先还好言好语相劝：元老，人家背后送你三个字，你知道是哪三个字吗？以前我懒得告诉你，现在我告诉你吧，每个字都是孬字——刁霸蛮。两天两夜过去，陈可元像死在床上一样，何青黛急了，快崩溃了，突然发飙：元老你绝食呀？你愚昧到这个程度啊？至于吗？你瞧你这副德性！人见人厌……你瞧你这副死人相，人见人躲……你要是患了绝望症，跳楼得了，别在这儿挺尸呀！

陈可元小脸儿卡白，毫无血色，眼皮儿像用针线缝住似的，又像用万能胶水粘住似的。

何青黛口沫横飞：元老你辜负你爸！你爸看到你这个样子，该有多失望！肯定骂你个不成器的东西！骂你个扶不起来的阿斗……方杰有多少事等着你做！还不赶紧爬起来！你哪有资格躺平……哎呀元老我说话你听见没有？你逼我发疯是吧……

陈可元躺在床上纹丝不动，屋里一片死寂。

何青黛继续凶陈可元，一套一套的：你要再这样不吃不喝，我警告你，我走啦！真走，一去不回头！咱俩缘分已尽，你要死要活随你便好了，我没有陪葬义务。姑奶奶我热爱生活！我和我家那口子恩爱甜蜜，感谢生活还来不及！我们计划生三个孩子，我们拥有无尽绵长的幸福小日子……你好自为之……

陈可元依然没有任何反应，像被打了高剂量麻醉药。

何青黛面目凶恶，胡言乱语：杰叔尸骨未寒，你就敢躺平！你休克了不要紧，厂子要不要跟着休克？你忍心看着杰叔一辈子的心血就这样玩完吗？你这样做分明是对杰叔不满！对杰叔不恭不敬！你原来是个不孝女、败家女！你凭什么这副德性啊？近万人的几间厂子，生生被你搞死！你怕是要青史留名了……

何青黛又气又急，口吐狂言，话怎么难听、怎么刺激、怎么扎心她就怎么说，甚至把两人学生时代共同的口头禅搬了出来：不幸，我遇到了你！然而，陈可元像刀枪不入的木乃伊。

元老你个小祖宗啊！你搭个腔啊！你哼一声啊……何青黛一屁股坐在地

毯上，两手捶地，号啕大哭。

不知道过了多久，何青黛骂累了，哭累了，仰面朝天躺在地毯上，摊开四肢，眼瞪天花板，心里恨恨地说：你躺平好了，老娘也躺平了！装死谁不会？老娘比你装得有水平！哎呀老娘歇会儿……人想死就死，天想塌就塌，爱咋咋！

又不知道过了多久，死寂的屋里忽有微弱声音发出，天啊，那是从陈可元嘴里发出来的：阿……黛……给我口水……

何青黛惊诧莫名，屁滚尿流地从地毯上爬起来，扑到陈可元床边：你要喝水？来了来了！这就来了！

陈可元眼皮儿抖动，看得出来她在使劲儿眨，想睁开肿得老高的眼睛，想看清眼前的人影儿，梦呓般说出一句完整的话：你说……是天妒豪杰……天妒方杰吗……

何青黛端着水：不是不是！绝对不是！一代豪杰岂容天妒……

何青黛把装了温开水的水杯放在床头柜上，和颜悦色，口气柔和，连哄带劝：元老你喝水吧，我扶你起来。咱要多喝几口水，然后我跟你说，有几件要事……

陈可元乖乖地让何青黛扶起来，依床头歪坐着，眼睛仍未睁开，但闭得不那么紧了。何青黛直觉陈可元的肩膀后背又轻又薄，只剩骨头架子和一张皮。她手忙脚乱地扯被子，帮陈可元盖好腰腿，又拿枕头塞进她后腰，搂着她的肩膀，给她喂水。陈可元好像连张嘴的力气都没有，费半天劲儿才喝进去两口。何青黛不屈不挠，硬把小半杯水给她喂了下去。

何青黛终于大大松了口气，将悬到嗓子眼的心放回肚里。回想两天来的种种糟心和焦虑，她复又气得要死，说话带刺：你这小命儿还要哇？我以为不要了呢！要不是大哥请来护士，强行给你吊瓶输液打葡萄糖，连抢救用的强心针都已备好，还有大把救心丸救心丹，你离呜呼也不远了！还喝水呢，喝个屁！

第十一章

1

黄昏，沉香街27号，陈可元家。

黄昏时分，陈可铭驾车赶到"元屋"，脚步匆匆地进了门，与陈可元商量举行葬礼日期和参加葬礼的人员名单。

陈可元斜靠在床上，身子软塌塌的，面色蜡黄。陈可铭问她感觉怎样，哪里不舒服。陈可元目光空洞，蚊子样哼唧：我没事。

陈可铭扯一把椅子，坐在陈可元对面：小元，你要正常吃饭，知道吧？阿期最晚后天可以赶回来，他说葬礼日期和参加葬礼的人员名单由我和你两人全权确定，他无条件同意。

葬礼日期确定后，接下来就是确定参加葬礼的人员名单了。陈可元从陈可铭手里接过草拟的名单，大致看了一遍，发现名单上没有秦茱萸，大光其火，质问道：怎么没有秦茱萸？

此前，秦茱萸两次打电话给陈可铭，一次是安慰他节哀，另一次是恳请参加杰叔葬礼，向杰叔鞠躬致敬并做最后的告别。陈可铭压根儿不同意，不便明说，推托道：我跟小元商量下。

自从秦茱萸正式拒绝方杰发出的加盟邀约，陈可铭即彻底灰了心，觉得这事拂了老爸的心意，深替老爸难过。同时，他对秦茱萸也产生深深的不满。秦茱萸确实变了，变得铁石心肠不可理喻。那个袁若德不是他什么人，广德也不是什么巨头公司，他竟死心塌地为其效力卖命，其中或有隐情猫腻不可告人？唉，人心不可测量！同学、老乡、恋人之心，均难脱"人心"窠臼，不可测量且捂不热。陈可铭与秦茱萸的同学之谊不说彻底了断，也再难维系。

　　陈可铭知道，陈可元对整个名单并不特别在意，她关心的只是秦茱萸。沉默一阵，他瓮声瓮气地说：迄今为止，秦茱萸没有答应脱离广德，更没答应加盟方杰。他以什么身份参加爸的葬礼？

　　陈可元气急败坏：他……他是我男人！还要什么身份？

　　陈可元觉得，不管秦茱萸脱离广德加盟方杰的可能性是0.1％还是99％，仍有空间，仍可力劝，父亲的葬礼排斥秦茱萸，陈可元不能接受。她三把两把撕扯名单，使劲儿摔到地上，面色凶巴巴，嘴上恶狠狠：你存心跟他决裂？你想叫我也跟他决裂？

　　陈可铭急了：问题的根子不是决不决裂，而是秦茱萸是否脱离广德加盟方杰！你要不是脑子进水，就不会本末倒置！

　　陈可元蛮横：你没征求我的意见，凭啥名单上不写秦茱萸？你才本末倒置！我叫你不写贺喜，你同意吗？

　　陈可铭摊开两手：我这不是来征求你意见吗？

　　陈可元眼睛一翻：那好，你把秦茱萸名字加上。

　　陈可铭：不可能！爸早说过，秦茱萸一天不脱离广德加盟方杰，就一天不能以自己人视之、待之。

　　陈可元冷笑，笑得比哭还难看：自己人？秦茱萸不是自己人，还有什么人是自己人？贺喜是自己人吗？

　　陈可铭小心翼翼：你别胡搅蛮缠！秦茱萸不是方杰的人……陈可元猛地截断大哥的话：我再说一遍，他是我男人！

　　陈可铭脸色凝重，语气安抚：小元，这几天你身体虚弱，需要冷静和调养，别动肝火了。以前爸经常夸你冰雪聪明，我也知道，其实你心里比谁都有数。秦茱萸是你男人，却不是你一辈子的配偶。亲人们祈愿你有个一辈子爱你的丈夫，仅此而已。方杰这么大，缺谁不行呢？力主秦茱萸加盟方杰，当然首先是有利于方杰，其次对他和你个人也有好处、有保障，爸的苦心仅此而已。

这话不无震慑。陈可元内心痛楚，一时无言以对。

陈可铭：小元，你不是仅凭一己之力，你背后有强大的方杰。方杰几次三番向秦茱萸伸橄榄枝，力度空前，对他的礼遇可谓登峰造极。秦茱萸屡次拒绝，没有丝毫回旋余地。可见广德挡道，方杰入不了秦茱萸的法眼，奈何？以我对他的了解，我确定，他不爱你。这个很残酷，却是唯一真相。

陈可元鄙夷：他对我爱或不爱，要你来确定？

陈可铭顿了顿，神色严峻：秦茱萸诚然优秀和不可多得，诚然是专业顶尖的稀缺抢手货，但他不珍惜你，不珍惜你的感情，不念方杰诚意，方杰也就没必要谋求他加盟了。

陈可元蛮横加赌气：我不在乎他是旷世奇才还是街头烂仔，我只在乎他是我男人！哥我警告你，你没权堵死我的路。

陈可铭：你警告我没用，但不能与老爸的意愿相悖。

陈可元拧着眉头：秦茱萸以我男友身份参加父亲葬礼，不违背任何人的意愿。哥你从中作梗，出于什么阴暗心理？

陈可铭：你爱的人不爱你！这才是真正的阴暗。人家英国王子为爱情宁愿放弃江山，秦茱萸连个广德都不愿放弃。孰爱孰不爱？

陈可元一脸厌烦，嗓门儿尖厉凄怆：他爱或不爱不重要！我自己爱或不爱也不重要！我曾经以为这些是重要的，现在不然，现在重要的是他必须参加父亲的葬礼！

你这不胡搅蛮缠吗？陈可铭本能地感觉陈可元不可再受刺激，再受刺激就不是装死而是真死了！她前几天的状态令人恐怖，家人担惊受怕不说，传出去对整个集团的影响也不好。他暗自吁了口气，语气柔和：小元，单方面的爱是很悲催的。哥希望你要像止损一样止爱，止爱就是止损。

陈可元呛白：哥你想过没有，你本来就有做事太绝的毛病，你这毛病会葬送小妹我的幸福！你可以轻易放弃你的同窗秦茱萸，全世界都可以放弃他，我陈可元决不放弃！

陈可铭腮帮子上一小团肌肉上下乱跳，坐在那里喘粗气。其实有啥事是他未曾想过的，他太了解秦茱萸了，早就对他加盟方杰不抱任何奢望。怎奈小元对秦茱萸始终抱幻想，不到黄河心不死，不撞南墙不回头，这个时候不用指望她脑子清楚。他掐指算了算，离葬礼还有好几天，口气软下来：这事等阿期回来，还要听下他的意思。我呢，重新打印一份名单，权且加上秦茱萸的名字，等下叫人送过来。但这仍不是最终确定的名单，仍需秦茱萸表明态度。结果如何，看你造化了。

陈可铭站起来，从上衣兜里掏出一个高内存U盘（手机电脑两用），杵在陈可元眼前：你自己听吧！说完把U盘轻轻放在床头柜上，转身匆匆离去。

U盘内容，是陈豪杰对女儿陈可元恋情的一段谈话录音：

识人、选人和用人，是艰深课题，有时甚至是生死选项。看错人、选错人、用错人，是工厂大不幸，更是人生大不幸。秦茱萸一天不加盟方杰（前提是脱离广德），就一天不可与方杰扯上任何关系，就一天不可以自己人视之、待之。我陈氏永远不接纳与方杰保持距离的人做女婿。

听了录音，陈可元崩溃——已经崩溃几回了，不在乎多这一回。她做梦也想不到，老爸把父女俩近年来的谈话，尤其是她离开学校进入工厂之后的几次"走聊"都录了音！那本是一些很普通、很随意、很矫情的父女闲谈，断断续续不成系统，即兴的东西占了多数，琐碎拉杂的生活意趣充斥其间。即便她有些想法与老爸相左，她也习惯在老爸面前扯皮要赖撒娇，从未正面抵触，也未刻意吐几句正经算数的话。她惯性以为来日方长，重头戏在后面，眼下无足轻重。孰料，她无心，爸有意。爸也许仅为日后有个念想，但录下音来即成永恒。如今，老爸的话都是"遗言"——无可更改。

陈可元心有不甘，但已麻木。

2

晚上，新疆石河子泰戈棉纱厂招待所。

袁若德等人下榻处是一栋两层高的楼房，离棉纱厂员工公寓不远。阿布都尔提告诉客人：这个小小的招待所，是去年为接待南来北往商务人士而专门兴建的，总共28个标间。房前的院子很开阔，既可停车，又可散步聊天。但晚上温度较低，大家习惯猫在屋里，不像广东，晚上是户外活动高峰。

袁若德收到袁甲芳发的微信：有空致电，有要事相商。

袁若德披上厚厚的外套，独自走出房间，下楼来到院子。

石河子的夜晚确实很"冻"，比之白天恍若两个不同季节。但只要穿得厚一点，在户外转转，倒也格外舒爽。抬头仰望灿烂的星空，脚踩空辽寂静的大地，令人心旷神怡。袁若德暂时顾不上其他，匆匆用手机拨通袁甲芳：阿芳，是我。

袁甲芳的电话汇报简明扼要，主要有四件事。一是方杰创始人陈豪杰病逝，据悉是出了意外，摔跌所致；二是陈可元要求退回先前打入德来服装厂的1.7亿元，曹东风将此款扣住，借口美姐没交代，这钱他不敢动。此事季黄鹏插手，要求曹东风退款，曹东风顶不住压力，悄悄来找我，我跟曹东风想的一样，叫他捂死这笔钱；三是王鹈精密的AQ五金铸件被海关列入产品免检名录，这下他们牛逼了！以前资金状况一直糟糕，靠揩广德油水过活，现在三台"霸王铣"也买得起；四是马赛鹰起草的德立技术与王鹈精密共建联合体，共同承接GGY项目分包合同方案，已获对方答复，完全无异议，等你回来签字生效。

袁若德沉吟片刻：阿芳，等下我复你电话，半小时后吧。

挂掉电话，袁若德在院子里踱步思考，脑袋垂得很低，浓眉紧锁。陈豪杰病逝太突然了！那老爷子一向儿身体还行，除了心脏不太好，其他没什么大病。怎么摔一跤人就不行了呢？真是让人困惑！人生苦短啊，他心情不无沉重。转而想到王鹣精密的AQ五金铸件获得海关免检，值得庆贺……这时手机又响，他一看，是黎锦官从境外打来的，赶紧接听。

黎锦官嗓音亢奋：袁董，梁仁良有线索了！阿美持续不断地联系阿良表哥蓝君，最终还是蓝君给出了线索，原来他就在……藏匿在本市……老天爷呀真不容易！哎呀一言难尽……

袁若德心里猛一振奋，语气却冷静：阿官，你慢慢说。

黎锦官：已经与他本人联系上了，明天我们将驱车前往他目前的秘密住址，那地点比较偏僻，总之很快能与他会合。

袁若德很满意：嗯，阿官，干得漂亮！你告诉阿美，接下来的行动还要小心，不可大意，没见到人之前一切都不算数。你们自己也要注意安全，始终聚在一起，决不可分头行动。

黎锦官：放心放心！我们会谨慎行事。

挂掉黎锦官的国际长途电话，已是晚上9时，袁若德转而拨通袁甲芳，详细交代：一是按常规，以广德集团及袁若德个人名义向陈豪杰敬献花篮，表示哀悼，应邀派人（你代表我去）出席陈豪杰葬礼，备礼金慰问家属，礼数要周到。二是立即将陈可元的1.7亿元无条件归还给她，打进她本人指定的账户。告诉曹东风不可怠慢，不得有误。三是启动德立技术与王鹣精密建立联合体的程序。这事此前已有部署，马赛鹰和季黄鹏自会照章操作，具体相关事宜你配合他们就好。

挂掉袁甲芳电话，袁若德转而拨通马赛鹰：马总，秦荣萸携甘果赴美，行程定了吗？

马赛鹰：本来已经定了，现在看要推迟。秦总已叫人安排退票，准备参加陈豪杰葬礼之后重新确定行程及购票。

袁若德：哦，他还没出发，那正好！我考虑，由牛仔酷小组携"霸王系"机床参与联合体。你跟秦总商量下，看是否可行。

马赛鹰：好，明早一上班我就找秦总，转达您的意见。我个人绝对赞成！德立技术与王鹚精密组建联合体，以GGY项目中心分包合同为抓手，顺势"走出去"，这一步可谓神机妙算！有利于"霸王系"机床开拓国际市场。

袁若德：你跟牛博士研究一下合作细节，以便推动落地。

马赛鹰：好！放心袁董！您在新疆顺利吧？哪天回来？

袁若德：基本顺利。重要的是，来新疆实地一看，始知有很多不谋而合之处，双方合作空间可能超预期。当然，许多事需按常规走流程，急不得。何日返回看情况吧！

马赛鹰亢奋，嗓门儿陡然高到震耳：啊？超预期？哎呀老板出马，就是不同凡响哦！新疆气候与广东不同，您注意劳逸结合。家里有我、芳姨及尹擎兄等，您不用太操心。

挂掉马赛鹰电话，袁若德手机又响，他顾不上手机已发烫，急忙点开，原来是王祖望用微信发到他手机上的短视频。

王祖望为示好广德，叫人设计了一个迎接"霸王铣"新花样——王鹚精密举行隆重的"接驾"仪式。把车间前面的院子布置得花团锦簇，"霸王铣"数控机床披着缀有晶莹亮片的大红绸布，矗立在院子中央。王祖望领着全体员工围着机床摆各种姿势拍照，人人喜笑颜开，个个拿"霸王铣"当老伙计一样，冲其拱手作揖，好像"霸王铣"很吃这一套似的。

王祖望在视频末尾附言：袁若德大佬，广德各位仁兄，"霸王铣"一周前在我厂正式投产，运行超好，效率奇佳！预计样品量产可节省工时一半以上。它太先进了！堪称现代数控机床经典！"靓匠工艺"与它亦堪称绝配！它能够为最仰慕它、最需要它的人所用，全拜袁董和广德之大恩大德！来日，我们必将知恩图报！恭祝广德兴隆昌盛！恭祝袁董洪福齐天！王鹚精密全体同仁敬上。

袁若德回复：祝贺王鹚精密AQ五金铸件获得海关免检！预祝联合体合作成功！回见。

3

晚上，沉香街27号，陈可元家。

9点来钟，秦茱萸心急火燎地赶到"元屋"，看望和安慰陈可元。此前他听闻陈可元悲伤过度，卧床不起。

何青黛：元老，秦茱萸秦博士来了！

秦茱萸疾步走到陈可元床前，嗓音嘶哑：小元，我来看你……

陈可元肿得很高的眼睛突然睁开一条缝，挣扎着爬坐起来，一头扑进秦茱萸怀里，大放悲声，伤心欲绝。

没有任何东西能够减轻痛苦，除了爱。

没有任何东西能够减轻死亡恐惧，除了爱。

人在最痛苦的时候，一切来自身外之抚慰都显得有也不多、无也不少，只有爱恋之人那爱的怀抱，才无可或缺。

只有爱能够协助人们躲天灾避人祸，只有爱能够疗疾扶伤解痛救人，只有爱能够让身体栖息，让心灵慰藉，让灵魂不再游荡。爱是人类抵御一切痛苦和灾难的唯一至尊法宝。

秦茱萸深知，陈可元彪悍、辛辣及执拗倔强的劲头，是她秉性中最突出的部分，无以复加。他试着安慰她：小元，你承受不了残酷现实，只能对自己残酷，以此残酷压彼残酷，这个我能理解。但是，生命经不起自我摧残，希望你振作。

陈可元泣不成声：秦哥，我失去了最不能失去的……我失去了依靠……

秦茱萸双臂有力，紧紧搂抱着陈可元瘦削的身躯，这动作无疑在告诉她，别怕！我是你的依靠。

陈可元：你不来方杰，怎么做我的依靠？

秦茱萸：小元，现在是非常时期，我们不谈其他话题……

陈可元急眼：这不是什么其他话题！我爸临终有要求……

秦荬荑哑然，看着陈可元发愣。

秦荬荑：项清楚带回来一个重要信息，我导师主办的研讨会将在美国硅谷举行，内容契合我目前的项目。我原拟赴美参会并买好机票，但现在悲痛突发，杰叔的葬礼我不能缺席，我想当面向杰叔道声"走好"，这个更急迫，更重要。总之，缅怀他老人家的恩德，我发自内心。

陈可元惊异，一双红肿的泪眼陡然睁大，本能地连发三问：去美国参加研讨会？这个时候？你是为了找曲解吧？

秦荬荑有点蒙，下意识连发反问：找……曲解？什么意思？你是说……她也参加这个研讨会？

陈可元方知秦荬荑对曲解出走美国一事不完全知情，他如今的境况，两耳不闻窗外事，一心闭门搞研发。她有些后悔，不该贸然提及此事。为做掩饰，她拿毛巾使劲儿擦眼泪，挡住眼睛里的任何情绪流露。

陈可元抬起泪眼：我抢着告诉你，是真心成全你。你去美国找曲解吧！你真有本事，就把她带回来，方正确实离不开她。其实，你们和好如初，再续前缘，我并非不愿意看到。

秦荬荑：不去了，机票已退。

陈可元趁热打铁，语气殷切：我爸他老人家的遗愿你一定不会违背！那就是离开广德加入方杰！秦哥，这也是我这辈子对你的唯一要求，除此以外，永远不会再有别的要求了。答应我，秦哥！

秦荬荑当然明白，眼下，广德和陈可元成为天平的两头，孰轻孰重？他再次被逼着做出选择和回答。秦荬荑俯身看着陈可元：你现在要好好休息，先别想其他……

陈可元：你答应我，我解脱了，才谈得上休息。

秦荬荑故意打岔：你提点别的要求吧，我答应你。

陈可元：你有没有想过，如果你拒绝方杰，等于放弃我？

秦荬荑摇头，态度非常明确：不等于。风马牛不相及。

陈可元小脸儿绷得铁紧，神色出奇严肃：我不得不告诉你，在我的人生观里，它们不可分。方杰是我的命。希望你尊重这一点。

秦茱萸语调沙哑：我尊重你的人生观。

陈可元眼眶溢满泪水，说话带着哭腔：方杰是你的，你是方杰的，好吗？诚如你是我的，我是你的一样，好吗？

秦茱萸垂下脑袋，沉默片刻，表达清晰：比喻没有意义。

陈可元泪流满面：你爱我吗？

秦茱萸一手搂着陈可元的腰，一手抚着她后脑勺：爱！

陈可元哽咽着问：你爱方杰吗？

秦茱萸沉默一瞬：我不认为，世上有与爱你画等号的事物。

陈可元抹一把眼泪，语气斩钉截铁：方杰是我的命。希望你尊重这一点。方杰是我的全部！就像你是我的全部一样……

秦茱萸善意提醒：你多次说方杰是你的命，我非常理解也非常尊重这一点。但我想，不可轻言"全部"……那个太唯心了。

陈可元语气蛮横：以前不可以，现在可以。

秦茱萸：如果非要说全部，方杰是你的全部，我对此不持异议；而我，决不是你的全部。

陈可元难掩失望：一直以来，我都视你为我的全部。

秦茱萸推心置腹：小元，爱情捆绑不了别的太多的东西，婚姻也承载不了别的太多的东西。爱情和婚姻最大的附加值，始终只能是爱情和婚姻本身。

陈可元很烦，发出最后通牒：方杰不是火坑，你不必畏方杰如虎。相反，方杰是英雄用武之地，人才络绎不绝。如果你不想葬送爱情，方杰当是你最后的归宿……你别无他选！

秦茱萸故作轻松：我本愚钝，不识抬举，没想过要做更多选择。但你说的最后归宿……恐怕不是。

陈可元：开百年厂家，做百年企业，这是我的宿命，是我的生命图腾。为它而生不是我选择的，但我必须选择为它而死。

秦荣黄：你的选择我非常理解，由衷赞成。而且在我看来，你是自愿而不是无奈地做这种选择。

陈可元：自愿是派生的。主观意愿是客观条件的衍生物。

秦荣黄低头思索，嗓音暗哑：我非常赞赏你的生命图腾，但也仅止于此。我没有能力成全你，请你原谅。其实，没有我，你一样优秀，可能更加优秀；你一样图腾，可能更加有声有色。

陈可元：没有你，我的人生意趣丧失一半，"优秀"从何谈起？你不必忽悠。说白了你不是没能力，是没意愿。

秦荣黄：你刚才说过，意愿是衍生物，微不足道，改变不了什么。再者，意愿以能力为基础，没能力也就没意愿了。

陈可元内心绝望，却仍不甘：我爸跟我说，资本是胆小的东西，不确定性更是它脆弱的死穴。所以，我需要确定性，我需要从你这里得到确定性。

秦荣黄低着头，沉默良久，好不容易才抬起头来，就像他那个头千斤重似的。他定定地看着陈可元，语气极为诚恳：小元，我愿意给你确定性，包括婚姻，因为我确定，我爱你！

陈可元静静地看着秦荣黄，温馨的目光中透出等待后续答复的耐心。秦荣黄同样深情款款，眼睛一眨不眨地凝视陈可元。两人四目相对，都往对方眼睛深处看。秦荣黄语气艰涩：但是，不包括脱离广德，因为我确定，自己无法脱离广德。

陈可元急了：你不答应脱离广德，就没有合适身份参加我爸葬礼。你作为广德的一员，会被拒之门外。

秦荣黄语气沉重：杰叔他……仍然活在我心里。

陈可元内心绝望，眼泪再次"唰"地涌出。秦荣黄见状，用手替陈可元抚拭泪水，孰料泪水越抚越多，他心疼地把陈可元的脑袋紧紧搂在怀里，他自己的泪水也在眼眶中打转。

秦荣黄意识到自己在这个时候须振作，不能垂头丧气。生老病死说来寻常，每分每秒都在发生，但对个人和家庭来说往往是个严峻关口，弄不好会在亲情中伤及一片。靠什么度过这个严峻关口？唯有爱！爱是人性首义，爱之暖流是滋润和支持人生的利器法宝。唯愿自己能以爱给予小元以力量、以支撑。

秦茱萸用手抚摸陈可元的头，极尽温柔：小元，你尝试一下，分分心好不好？咱们换个角度唠叨，也许……陈可元断然拒绝，直着嗓子痛加讨伐：不！你不答应我，就不用指望减轻我的痛苦。广德为缠住你，滥施魔法，不择手段，我恨广德！

秦茱萸一脸蒙，哑巴了。

激愤之下，陈可元口无遮拦：我至今都不明白，以你陈氏准女婿的身份，为何死心塌地替方杰的竞争对手效力？你在广德没有爱，为什么黏在那里不能自拔？方杰有我，为什么唤不来你？我严重怀疑你的性取向！你告诉我，你喜欢女人吗？

秦茱萸喉结耸动：我爱你！这就够了。

陈可元步步紧逼：爱我就来方杰！

秦茱萸捧着陈可元的脸，与她鼻息相闻，极度掏心：小元，值此非常时刻，咱不要因为情绪把事情复杂化好不好？你连发三问，涉及生物学、细胞学、人类学、社会学、哲学、法学等，这种多要素组合的灵魂拷问，我很难回答。可以肯定的是，我无论怎样回答都不及格。人有自然属性和社会属性，社会属性意味着人要讲道义良心，这是人品根基，是人际关系根基，是事业和爱情根基。

陈可元翻白眼：脱离广德不等于没有道义良心。

秦茱萸不吱声儿了，他不想与陈可元这么杠下去。

陈可元抽泣，做出艰难退让：我要我的厂，我要我的人，区区意愿，苍天可鉴。其实我可以等，或有转机……

秦茱萸使劲儿摇头：此事没有余地，没有弹性，没有空间，没有等待价值。小元，有些空想梦想幻想不切实际，放弃吧！

陈可元：别把话说那么绝嘛！此一时彼一时嘛……

秦茱萸：我百分之百确定，任何捆绑均无意义且不会成功。小元，你现在身体虚弱，咱不谈这个话题好吗？

陈可元眼泡红肿，泪痕未干。她奋力睁大双眸，瞪视秦茱萸：我最后再问你一遍，方杰，你来，还是不来？

秦茱萸不想欺骗，不想贻误和伤害对方，肯定地摇头。

陈可元眼神凌厉：说话！来还是不来？

秦茱萸音量很小，口齿清晰：不来。

屋子里的空气似乎凝固。陈可元仰脸儿吁口气，无限悲凉：天要绝我……元老自此丧失元气，活力不再。

秦茱萸：不要胡说！我的元老决不会丧失元气。

陈可元憋了半天，最后吐出一句：我好累……你走吧。

秦茱萸觉得自己确实应该走了，再待下去对两人都是折磨。他慢慢起身，轻抚陈可元肩膀，极尽温存：好好休息！好好调养！身体要紧，尽快恢复。改天我再来看你。

陈可元泪眼蒙眬，看着秦茱萸怏怏离去的背影，心在战栗。秦茱萸铁定不会离弃广德，她陈可元铁定左右不了他的意志。

夜阑人静。陈可元摸索出枕边一份新打印出来的"陈豪杰葬礼参加人员名单"，纤细的手指一直在哆嗦，抖得厉害，不听使唤，最终还是画掉了"秦茱萸"三个字。

葬礼前夕，秦茱萸接到陈豪杰治丧小组通知，他没能进入陈豪杰葬礼参加人员名单，原因不详。

秦茱萸和甘果的飞美机票已经退掉，他决定重新购票。

4

新疆石河子泰戈棉纺厂厂前大草坪。

上午9时39分，新疆石河子丽日蓝天，绿草如茵。

泰戈棉纱厂在工厂大门口操场（草坪面积占三分之二）上组织了隆重的换牌仪式——摘下满载历史痕迹的"泰戈棉纱厂"牌子，换上披戴大红花及大红缎带的簇新的"泰戈长绒棉织造厂"厂牌。锣鼓喧天，鞭炮齐鸣，员工欢天喜地。

袁若德一行受邀参加换牌仪式。阿勒泰戈厂长特嘱袁若德在换牌仪式上讲几句话，袁若德几经推辞，没有推掉。

阿勒泰戈厂长发表了热情洋溢的讲话：

尊敬的袁若德董事长，尊敬的广德贵宾，各位同仁，各位工友，大家早上好！今天，是我厂的里程碑日子——"泰戈长绒棉织造厂"正式挂牌。大家渴盼的工厂升级换代，终于有了良好开端！

"泰戈长绒棉织造厂"脱胎于"泰戈棉纱厂"，改动不大，地别天差，标志着泰戈转型升级迈出重要一步。我们不再仅仅做棉纱、仅仅做原料供应商了，而是提升定位，向产业链高技术环节迈出重要一步——以优质棉纱织造服装成品及高端床品。这意味着泰戈将直接面对客户端，拥有自身客户群，占有独立的市场份额。我们志在复刻"上海高定周"，打造出富有新疆地域特色的"新疆高定周"，产品覆盖国内外辽阔市场。

前不久，我们在广东河埔市广德集团观摩了"霸王铣"精密机床试机，参观考察了德来服装厂和德立技术公司，大开眼界，对包括"霸王铣"在内的整个"霸王系"叹为观止。这些拥有独立知识产权的柔性设备、精密机床和数字化智能生产系统，实为业界翘楚。

我们看到，德来服装厂导入了大量数字化技术和手段，感觉整个工厂与数字化融为一体，自然和谐，动静交融。比如电子管理板（生产看板），通俗讲即电子屏幕。车间和办公室都有规格不等的大屏、巨屏，比如松布指令大屏、定胚指令大屏、裁剪指令大屏、成定指令大屏等。各种生产指令的下达，各车间生产进度的上报，哪个班组当值，生产效率怎样，以及其他相关动态、相关数据等，都在大屏上实时滚动更新，清晰显示，一目了然。德来服装厂数字技术要素浸润深厚，俨然是先进的数字化工厂。

这几天，我和袁董及广德贵宾们进行了非常深入的洽谈，我们谈得很好，似觉相见恨晚。袁董决定，将广德旗下"盈利模范生"德来服装厂，以五折之价整体转让给我们，包括它最先进的一条生产线、"霸王系"机床及附着其中的先进技术等。同时，还将委派一批技术骨干支援我们，直到我们真正掌握并熟练运用新机床、新技术为止。

袁董表示，广德旗下德立技术公司将在风靡市场（实际为脱销）的"霸王系"机床基础上，为泰戈长绒棉织造厂量身打造更先进的精密加工机床。换言之，泰戈长绒棉织造厂将成为德立技术公司新产品的应用基地。再换言之，我厂有了设备和技术"双靠山"，硬件软件兼优，得以实现由初加工向高技术精加工转型升级，必将强势崛起，独占鳌头。袁董表示，德立技术自主研发制造、具国内顶尖水平的高端精密机床"霸王镗A"，一旦定型并投入量产，首批机床将第一时间交付泰戈，为泰戈全面赋能！

此前，我们囿于人才和技术欠缺，多方面受掣肘，难得施展。现在，有技术大腕——德立技术为合作伙伴，就今非昔比啦！德立技术将在现有"霸王系"精工母机基础上，全面应用前沿数字技术和自动控制系统，为泰戈建造（定制）两条全自动控制闭环生产线，从棉纱到服装、到床品均为一条龙生产。令脱胎于"泰戈棉纱厂"的"泰戈长绒棉织造厂"华丽跃升，占据技术制高点，晋升为纺织行业龙头。届时，说它是独角兽亦不算夸张。

鉴于彼此拥有巨大的合作空间，接下来，我们仍有些重要的合作方向待商待谈，仍需对合作方式、互补渠道和业务模板进行顶层设计，双方都对未来极具深度和广度的合作抱有殷切期待。

感谢袁董厚爱！祝愿我们两家兄弟厂紧密合作、比翼齐飞！

人们自发地长时间鼓掌，笑意盈盈，场上气氛灵动活跃。主持人对着麦克风朗声宣布：下面，欢迎广德集团创始人、董事长袁若德先生讲话！台下掌声再次掀起热浪。

袁若德没有讲话稿，只打了腹稿，儒雅从容，感情真挚：

尊敬的阿勒泰戈厂长，尊敬的各位工友，大家好！

今天，是泰戈长绒棉织造厂华诞大喜日子。我和我的同事有幸参加这一隆重庆典，深受鼓舞和感染。

新疆石河子人杰地灵，出产天下最好的长绒棉。广大消费者对长绒棉纺织品交口称赞，谓之"我爱长绒棉，温柔如初恋"。德来服装厂生产制作的品牌服装，曾在相当长时间内采用泰戈棉纱厂以优质长绒棉生产加工的棉纱、坯布。我们对世界顶级原料新疆特产长绒棉顶礼膜拜，将此前鲜少谋面的泰戈棉纱厂同仁视作友商。从今往后，我们将成为全方位合作挚友。

德来服装厂上马数字技术改造并非一帆风顺。上还是不上、立刻上还是以后上？意见分歧且严重对立。有人不理解搞服装的有什么必要搞"数字"，两者一听就不搭界，纯粹花里胡哨赶时髦。有人说服装是古老传统行业，千百年来没有"数字化"，服装还是服装。还有人说工厂生产靠的是机床设备日夜轰鸣连轴转，靠的是员工舞剪刀踩踏车（缝纫机）一手一脚地干，数字技术能帮工厂提质增效吗？有人诘问：到处是数字显示屏，在车间干活谁有空看屏幕？还有人尖锐质疑，上数字技术不是叫我们下岗吗？总之，觉得"数字化"多此一举，花冤枉钱。

斗转星移，科技发展日新月异。我们引进专家团队后，颠覆了原先小打小闹"技改"思路，对现有生产线进行全面彻底的数字化改造，致使老厂换新颜。具体说，我们运用数字技术（其中顺手牵羊地突破了几项长期未解决而又亟待解决的关键技术），将平台服务与行业需求深度融合，形成系列可视化产品。包括服装设计数字化、工厂管理信息化、生产自动化、营销网络化等。如今，数字技术在德来服装厂得到深度应用，生产线自动化水平大幅提高，在依据订单细化排产、打通瓶颈工序、提升产品品质档次和附加值等方面，提供了坚实保障。

阿勒泰戈厂长目光前瞻，胸襟宽广，勇立潮头，站在时代高度，在信息化浪潮中抓住机遇，将数字化建设与工厂建设同步，立志成为制造业数字技术领跑者，坚定不移地创建数字示范工厂。他多次表示，纺织行业是民生基石。近年随着产业升级步伐加快，在激烈的市场竞争中不断迈向中高端。泰戈长绒棉织造厂理应发挥后发优势，精准定位，积极应用数字技术最新成果，依靠自动化、智能化生产设备、互联网以及物联网运用等，改变生产和管理方式，增强发展后劲，提升我厂未来数年，甚至数十年的竞争力。

我们对阿勒泰戈厂长深表敬佩。同时，我们有信心通力合作，双向借力，准确地把握纺织行业的产业定位和变革方向，推动行业高端化、智能化发展。其中包括，运用信息化手段梳理业务、固化流程，实现设备互联，应对多样化需求，优化工业参数和质量监控系统，实现数字化决策。将泰戈长绒棉织造厂打造成数字化应用标杆和纺织制造标准平台。

合作靠诚意。有诚意始有祈求中的风调雨顺。

衷心祝愿泰戈长绒棉织造厂作为行业后起之秀，后来居上一鸣惊人！

5

上午10时，芳草绿墓园。

陈豪杰葬礼在霏霏细雨中低调举行，葬礼大厅一派肃穆，哀乐低回，其间几次插播陈豪杰生前喜爱的曲子《厂家春秋》。

河埔市总商会代表、河埔市重型装备制造产业协会代表、方杰集团员工代表、部分社会贤达及陈豪杰生前好友近200人参加了葬礼。方珍携儿女及族人向陈豪杰遗体告别。

陈可铭、陈可期、陈可元兄妹三人陪同母亲方珍站在大厅前面。他们一色黑服套装，胸前别着一朵白花，人人神情忧戚哀伤。

人们冷不丁地发现，曲解的身影赫然出现在方正电梯职员代表中。

袁若德送的花圈摆放在灵堂醒目位置。广德集团及旗下每个厂都分别送了花圈，它们摆放在灵堂次醒目位置。

陈可铭代表陈氏家族、陈豪杰至亲致悼词，这是整个葬礼唯一做了安排的内容，其他环节都属自发自愿，没有刻意做要求。

陈可铭喉咙不爽，声带发哑：

> 各位亲朋，今天，我们在这里深切悼念和缅怀方杰科技集团创始人、董事长、河埔市重型装备制造产业协会副会长陈豪杰先生。他的辞世，使我的母亲方珍女士失去了几十年相濡以沫的丈夫，使我和可期、可元兄妹三人失去了敬爱的父亲，使方杰集团失去了创始和掌舵人，带来不可弥补的损失。对他最好的怀念，就是继承他的遗志，实现他的遗愿——把以方正电梯为代表的方杰科技集团建成百年老店。

致辞完毕。人们自动排列成稀疏的队伍，向陈豪杰遗体告别，随后与陈豪杰亲属握手，表达安慰。

陈可元憔悴虚弱，状态不佳。人们知道的是，父亲猝逝对她打击很致命；人们不知道的是，对她造成致命打击的事不止这一件，用雪上加霜都不足以形容。短短几天工夫，她整个人变了样、脱了形，更准确地说是半死不活。尽管提前打了强心针，她仍在葬礼现场悲不可抑，再度晕厥。

很快，一辆救护车呼啸而至。

葬礼结束，陈可期与曲解随着人流走出大厅，项清楚、周佛礼等迎上前，几人默默握手，未著一言。

6

子夜，广州白云国际机场，秦荣英、甘果飞美。

秦荣英没能参加陈豪杰葬礼，非常难过，一度心情恶劣。无奈之下，他叫甘果重新购买了飞美机票。

广州白云国际机场，马赛鹰、尹擎、季黄鹂等人为秦荣英、甘果送行。

在机场，送秦荣英赴美，季黄鹂从马赛鹰与秦荣英交谈中获悉，广德和王鹅精密将组建联合体，参与GGY项目多个分包合同。相关协议已起草好，待双方分头审核完毕即开始走流程。袁董交代这事由马赛鹰、牛仔酷负责。长期以来，袁董对BT工艺心心念念，现在有了机会，当然要抓紧。袁若德从新疆回来后，立即启动联合体事宜。

在国际出发厅内，秦荣英和甘果与马赛鹰等人握手道别。

马赛鹰：祝你们顺风顺水！盼你们凯旋！还盼"霸王镗A"在你和甘果手

上早日光荣诞生！袁老板叫我转告你，有朝一日，广德要举行隆重盛大的庆典，祝贺"霸王铠A"华诞！

秦茱萸笑了：定有那一天。到时我们共庆"霸王铠A"华诞！

尹擎笑容憨厚：袁董说，回来时他还来机场迎接您二位。

秦茱萸交代牛仔酷：公司技术这一块由你全权负责，其他方面要好好配合马总。

牛仔酷点头：放心好了！你怎么交代我怎么做就是。

秦茱萸携甘果如期登上飞往美国洛杉矶的飞机。

7

下午5时，西苑北街3号别墅，陈豪杰家。

陈可铭在父亲陈豪杰遗留的书房内召开家务会。

方珍和律师已提前进入书房，陈可期、陈可元相继赶回。这是陈豪杰身故后，家人头回聚首议事，个个面色凝重。熟悉的房屋变得陌生，空气稀薄，仿佛凝固了一般。

陈可铭：本次家务会内容就一个，由律师宣读遗嘱。

近年来，陈豪杰为自己安排了一项特殊工作，也就是自他66岁那年起，开始"文字建档"——将自己与儿女们的重要谈话（多为"走聊"形式）录了音，制作了录音带。他甚至煞有介事地为录音带拟定了题目《吾爱儿爱女可铭可期可元存念》。后随科技进步，陈豪杰又以录音带为母本，先后刻录制作成光盘（光碟）和U盘，严实包裹，锁进一只紫檀小木箱，郑重交给妻子保管。

方珍对老公托管之物很上心，加以"套锁"，把已经上锁的小箱子再锁进保险柜。她知道这是重要文档，内容大致了解，但没看过原文。再后来，陈豪杰着人将上述光盘和U盘整理成文案，又将音频和文牍一并在公证处做了公证。

陈可铭脸色凝重，真成当家人了，什么事情都觉沉甸甸。陈可期垂着脑袋，喉结滚动。陈可元十分虚弱，强撑着靠在沙发上。谁能想到，现代父母都成了"潮人"，陈豪杰如是。他精心制作的谈话录音（光碟U盘等），成为他遗物中的一部分，更成为重要遗嘱。可见他非常重视、热切期盼子女得到父辈真传。

方杰集团法务部律师，拿出厚厚的文件袋，里面装有多只U盘，以及做过公证的录音文件。律师宣读遗嘱：

（一）可铭可期可元，我是你们的父亲，亦是方杰创始人。

这就注定我与你们要有所交接，有所传承，为儿女和企业长远计。

我们父子、父女间的多次谈话，我都录了音，制作成光碟及U盘，借助现代科技使之得以保存。它们是我最宝贵的精神财富，亦是支撑我后半辈子的力量源泉。我希望它也是你们的精神财富，因为这是两代人的心灵对接，充满了对厂家、对生活、对人生的真切感情、深入思考和顿悟觉醒。

时代在演变，长辈将作古。留下点什么对你们有用？我为此日思夜想。

（二）阿铭我儿，你做厂，难免有竞争，每天都要与不同方向的人和事交手，纷繁复杂，辨清敌友是人生首要课题，是必修课。

人说没有永远的朋友，只有永远的利益——这话只说对一半，即利益永恒这一半，另一半则说得不对。有没有永远的朋友、永远的敌人（泛指对手）呢？我认为是有的。有人一辈子是朋友，有人一辈子是敌人。一辈子，对一个人来说算得上永远了。唯愿我儿分清敌友，与一辈子的朋友相知相交相守。

这人呐，走着走着就散了。唯有工厂可依可傍。为什么呢？因为它是实体平台，恒定性相对好。若经营得法，像海绵一样吸引人力智力财力，汇聚能量，吃透行业规律，合法依规不逾矩，为其打造一条"护城河"，就能创造财富。

我很忌讳在我百年之后，方杰随我消失，方正品牌随我消失。我希望的是我不在了，方杰还在，方正还在。可铭我儿，方杰指望你们传承，全靠你们了！你要带好弟妹，共同护航方杰。爸寄望于方杰方正在你们手中发展壮大。

方杰百年，方正百年，这是我的夙愿，也是我的遗愿。

这个遗愿是我全部遗产中最重要的部分。

（三）阿期我儿，你自幼在外公外婆身边长大，两位老人生前将全部的爱给了你，身后将毕生创造的财富留给了你。

爸妈同样爱你。虽然离得不远，但你毕竟不在爸妈身边，所以，你的一举一动，都深深牵动着爸妈的心。你每有丁点长进，爸妈都开心得睡不着觉；你偶有坎坷失意，爸妈都忧心得吃不下饭。

阿期我儿，在老爸看来，没有好伴侣，是人生最大的悲哀！伴侣不好，不如没有，没有伴侣都好过有孬伴侣。我儿阿期是这个世界上最好的孩子，理当有好伴侣相配。爸这辈子都在为你祈福。

一桩好婚姻，夫妻恩爱幸福，子女成长顺利，老人跟着欢喜。从这个意义上说，好的婚姻三代人受益，不好的婚姻三代人受伤。所以，人生大于爱情。有人鄙视婚姻，视婚姻如儿戏，弃婚姻如敝屣，这不是人间正道，而是鬼道——祸及族群中的男女老少，贻害无穷。

曾经，我和你妈为你选叶馨菊作为女友而忧心忡忡，但嘴上不便说，不敢过多干涉。就算我们自以为良药苦口，儿子也未必听啊！弄不好更加逆反。所以，我们对此保持缄默，只从外围做各种实际打算，替你撑腰。可见我们也有私心哟，生怕哪一点做得不好让儿子疏离。子女对父母的疏离，是天下所有父母不可承受之痛。

（四）小元，你是爸妈的乖乖女，但你生在陈家，今世注定你不得享有普通版男欢女爱，你的婚配天然与陈氏利益高度捆绑。你和你哥一样，此生任何事情，都须以陈氏利益最大化为目标，没有别的选择。

人世间，情感最美好，又最多变、最不靠谱。此类不确定性太强的东西，你不要青睐，更不要买单。我对你这番告诫，是不愿看到每一代人都为此交学费。具体说，秦茉莫是否爱你，是否真爱，这就是试金石。

录音中传出陈可元撒娇的声音：试过人家多少次，还要什么试金石呀……秦茉莫为推动方正电梯产品线自动化不遗余力，刚刚协助方正完成两项重要技术应用，直接带来良好效益。方杰受益，感激不及……陈豪杰截断：给了票子，不就两讫吗？何来感激？

陈豪杰：金钱改变事物属性、改变事物性质。对金钱作用和地位的任何高估都不为过，低估则愚不可及。

陈可元继续撒娇：爸，怎么我觉得像背后捅人家刀子似的。

陈豪杰语气严厉了几分：啥叫捅刀子？你见过吗？没见过。为啥没见过？因我陈氏一贯奉行温良恭俭让。看来这样做也有弊端，导致你心太软！真要红刀子进白刀子出，你得瘫到地上。

陈可元不敢撒娇了，没了声音。

陈豪杰：家族企业，靠血缘和亲情维系，少不了儿女情长，搞不得六亲不认。但同时更需要建规立制、画红线，逾越者非斩即罚。亲情和铁规，两者对立统一，不可或缺。没有亲情不成家，没有铁规不成厂。所以，陈氏女婿，宁缺毋滥。

小元，娶你门槛高！这是上天的旨意。还是我那句话，大门洞开不入不嫁。这个"入"不是简单入赘，而是加盟方杰，为方杰贡献才智。

小元，爸在遥远天国为你的幸福祈祷！但愿有人视你若宝，待你如初，爱你入髓，疼你入骨，你的深情不被辜负。

（五）十根手指伸出来有长短，但陈氏后人责权利分配一碗水端平。

公司股份已经分好，将在方正电梯第六车间竣工仪式上正式公布，所有相关手续也一并完成。对此，儿女们由衷表示感恩、敬畏、接纳及配合，我和你们的妈妈老怀甚慰。

可铭可期我儿，可元我女，亲爱的孩子们！爸爱你们——假如我在弥留之际、奄奄一息之时，还能吐出最后一句话，那一定就是"爸爱你们"这四个字了。这是我一辈子的，也是最后的心声。

因为你们，我对这个世界眷恋不舍，对生活眷恋不舍。我的孩子是多么好的孩子啊！我和你们的妈妈以你们为荣，为你们骄傲。今生今世最幸福的事，是我与孩子们的深度绑定。我最大的渴望是上苍能够眷顾你们，渴望你们好运。我到了另一个世界，仍会虔诚为你们祈祷。

阿铭，阿期，阿元——爸谢幕了，你们的人生大幕方兴未艾！

长江后浪推前浪，你们一定能够随着滚滚向前的历史车轮，在当今这个伟大时代创造辉煌。方杰方正在你们手上定能永续经营，基业长青。

遗嘱宣读完毕。房间内安静得掉根针都能听见。

宣读的遗嘱有五份，另外有两份没有宣读。全部制作了复件，完整分发给三兄妹。遗嘱中有相当多的情感部分，温情脉脉，随着陈豪杰所做的"公证"，亦成为具有"法律效力"的内容——对兄妹手足情起到超强的黏合剂作用，同时也具有相应约束和制衡。

陈可铭挑头，兄妹挨个儿郑重表态，对父亲陈豪杰嘱托和安排的大小事项均无异议，百分之百顺从，不打折扣照做。全过程平静，全体无异议——三兄妹不约而同地选择这种方式，向爱他们的父亲做出爱的回应，做最后诀别。

方珍叫子女们留在家里吃晚饭，但三兄妹都忙，说声"妈您自己吃吧，下次回来陪您"，"呼啦"一下跑得一个不剩。

8

晚上，新疆石河子泰戈长绒棉织造厂招待所。

袁若德第二次接到黎锦官打来的国际长途，说见到梁仁良了！过程相对顺利，目前他和阿美夫妻团聚。

袁若德终于放下心来：阿官，拍视频了吗？

黎锦官：拍了拍了！等下挂了电话我立即发给你。

袁若德：你叫阿良把视频转发给他母亲韦素看看，免得她担心。

黎锦官在电话中直叹气：好，知道了！见了阿良，唉，我这心里真是难过！好端端一个人，竟然变得让人不敢直视！他形容枯槁，瘦一大圈，脸颊凹陷，不成人样儿。据悉遭人设套，曾两次遇险。讨债本身就是往人家枪口上撞啊！对方明摆着不想还钱只想灭口。他以为凭一己之力既能把钱讨回来，又能躲避对方陷害。如果不是我们这回千方百计找到他，后果难料。

袁若德：你们要24小时在一起，不可分开行动。另外，立即离开当地，就近赶往英国。抓紧购票，不要公开。

黎锦官除了汇报基本情况，还请示下一步的工作安排，主要包括有关人员的分工、去向等。

袁若德指示：总的原则是破财消灾，不搞面对面追债了，回头拟采用其他方式，人先脱离险境。阿良他人到安全地方，你的任务就完成了，即可独自返回。随行女工休完假后也自行返回。

黎锦官急切追问：阿良呢？阿美呢？

袁若德答复：他们就自便了，何去何从由他们自己决定。当然，梁仁良不必再回广德，广德没有他的位置。董事会决定，将他原有职务和所欠债务一起勾销。

黎锦官惊诧，怕自己听错了：这个……这个……确定了？

袁若德不悦，语气严肃：还要我重复一遍吗？

黎锦官"吭哧"着，脑子里条件反射般想到梁仁良不回广德，阿美怎么办？他急忙又问：那……那那那阿美呢？

袁若德答复：她觉得哪里好就去哪里。

黎锦官大惊失色，这什么话？自己的女儿，叫她哪里好去哪里？当然家里好、父母身边好、广德好啦！黎锦官不甘心这么模糊抽象，紧跟着追问：阿美她可以回广德对吧？她继续……

袁若德截断：广德也没有她的位置，顶多有她的饭吃。

黎锦官震惊不已：袁董……这个这个……阿美还是继续做服装厂吧……袁若德厉声截断：服装厂卖了，不复存在。

黎锦官哑口无言，话筒中传出粗糙的喘息声。

袁若德：阿官，你明确告诉他们，广德没有他们的位置了，现在没有，以后没有，永远没有。

黎锦官急了：袁董，这个人事安排只是临时性……的吧？

袁若德口齿清晰：不是。我从新疆回去后，立即将这一内容列入公司章程。你听清楚了吗？你重复一遍！

黎锦官使劲儿挤眼睛，说话不利索：这个这个……我一定明明明……明确告诉袁仁美、梁仁良，广德没没没……没有他们的位置了，现在没有，以后没有，永远没有。当当当……当然，他们回来有他们的饭吃……

袁若德准备挂电话了，黎锦官抢着说：袁董！您不好把……把把把……把自己的女儿除名！这些年，阿美她劳苦有功……

袁若德不悦：阿官，你今天吃多了？

这话是暗语，亦是袁若德年轻时的口头禅——"吃多喝多不好，胆肥话杂惹祸"。

黎锦官忙不迭表态：没有没有！我没吃多，你放心，我明白你的意思！这事我搞定。

袁若德：今后，他们与我袁若德有关系，与广德没关系。

黎锦官仍禁不住怦怦心跳，拎着手机发愣。袁董将这事定调了，定性了，没有余地了！天王老子来也没法子，他黎某还啰唆啥。

袁若德耐着性子，对黎锦官也对自己发出警告：离心离德原因是多方面的。首先，折射厂家自身的问题。所以我们要检讨，找出和克服薄弱环节，把工厂做好，臻达高质量发展，才是硬道理。其次，阿良阿美开了个坏头。骨干分子都这样，多米诺骨牌效应就随时可产生，员工忠诚度亦可灾难性下降。

黎锦官由衷点头：说得是。那就很难收拾了！

袁若德：他们身为家族成员，理应忠诚度最高。事实上，家族成员进出自由，喜欢且有心做可进，不喜欢且无心做可出，有过勉强吗？从来没有。唯身在其中，败坏其中，不可容忍！

电话挂了，黎锦官仍心潮起伏。他进而寻思，袁董这是摆明了要跟自己的女儿女婿决裂，不原谅他们，不姑息他们，不寄望于他们，不再资助他们。父女亲情血浓于水？扯犊子吧，过眼烟云矣，充其量是曾经血浓于水。此前有多紧密，此后就有多疏离。彼一时此一时也。唉，搞成这样怨谁？他不知道。他知道的是自己追随几十年的老伙计袁若德，容不得离心离德，怀揣反离心离德之计，做法不容置疑。

9

晚上，方杰集团专家公寓709房。

下飞机即参加葬礼，时差没有倒过来，曲解感觉疲劳，回到住处，简单洗洗，正待躺下，陈可期敲门。

陈可期：曲姐，不好意思！没让你好好休息。

曲解：你来了正好，我不用专程去向你道别了。

陈可期神色严峻：道别？什么意思？

曲解：去洛杉矶的机票我已预订，后天即可成行。这套房子我明天叫人收回，还有其他移交手续这两天也抓紧处理一下……

陈可期猛喝一声：退掉！

曲解吓一跳，睁大两眼，不认识似的看着陈可期。

陈可期面孔板得铁紧：我说的是退掉机票！不是退掉房子。

曲解反应过来，苦笑着说：老板发威，确有威力！你不会以为我还是你员工吧？你不会以为你的管辖权无限大吧？

陈可期蛮不讲理，粗暴截断：我说退掉就退掉！

曲解耐住性子，温言软语：阿期，你没从丧父之痛中恢复过来，我理解，不跟你计较。如果我抽身而去难为你了，那我先对你说声对不起！老实讲，项清楚来了，我是真的放心了！此前对方正电梯诸多相关事务总是惴惴不安，有些放不下，现在好了，没什么放不下的了，也没必要再插手了。我已多余，不必再杞人忧天，可以踏踏实实去寻找我自己的位置、谋求自己的事业、安排自己的生活了。真的，我现在坦然和轻松多了！

陈可期诧异：你知道项清楚？

曲解：那是大牛！谁不知道？机械行业出身的计算机、大数据、自动控制和人工智能专家，复合型高技术人才，不可多得。他非常有料！方正引进项清楚真是太及时了！具有标志性意义。实话告诉你，三个曲解抵不上一个项清楚！

陈可期：你对他这么熟啊！你们同行业？早有交集？

曲解淡淡一笑，岔开话题：对方正而言，引进高技术人才算不上前瞻，换言之已经滞后了，所以需要加大力度。

陈可期使劲儿摇头：NO！有你在，方正何来滞后？

曲解：这话不对。山外有山，天外有天。

陈可期梗着脖子：你这样的高技术领军人才，可遇不可求，哪个山外的山、天外的天也没法与你比肩。

曲解惊讶，陈可期啥时候开始嘴巴变利索的？成雄辩家了！

没人接话，屋里没了声音，气氛尴尬沉闷。

陈可期摆摆手，像要把项清楚的话题甩开，自己拉张椅子一屁股坐下：我来，是想跟你商量……

曲解摆手截断：我都要走了，还跟我商量啥？建议你与项清楚、周佛礼他们……

陈可期武断：我焦头烂额，无意与你争辩，只恳请你帮人帮到底。

曲解耷下眼皮儿，不吭声了。

陈可期心情复杂，压力山大，脸上的刻板一如既往。他见曲解缄默，懒得搭腔的样子，便开始自说自话，像在会上发言似的：新加坡投标还算顺利，但能否中标没把握，不到最后一刻无法揭晓。目前形势不明朗，也不乐观，我们得做两手准备。第十二届中国国际电梯展（廊坊）即将开幕，方正电梯必须去参展，发展客户，寻求合作。用土话说找订单就得"扫街"（对沿街商家逐门逐户派发广告），到廊坊就是"扫展位"。

曲解：廊坊参展很有必要，也是不可或缺的铺货途径。我觉得你做两手准备挺好的，双管齐下，东方不亮西方亮。

陈可期纠正：不是我，是我们。你别指望撒手不管！

曲解不耐烦：我就不插手了！我说过……

陈可期：是你叫我投标的！你说"找米下锅"是当务之急……

曲解没想到陈可期会这么说，很生气：你赖上我了？

阿可期一脸的死猪不怕开水烫：我可不赖上你了嘛！

曲解更生气了：那你出去吧！我不想跟无赖说话。

陈可期终于忍不住大光其火：我焦头烂额你可以不管！但你想想，方正电梯首次在国内外众多客户面前亮相，丑媳妇见公婆，决定命运的时刻到了。无论是新加坡投标，还是廊坊国际电梯展参展，都只有两个结果，要么旗开得胜，要么铩羽而归。假如，我是说假如啊，方正出师不利，在一个乃至两个方向均铩羽而归，你不觉得你曲解是罪人吗？

曲解瞪眼反诘：这什么逻辑？你铩羽而归，我是罪人？

陈可期：方正是你执掌的，功和罪都得算到你头上！

曲解抛狠话：荒谬！方正老板是你，当家人是你，责权利三位一体，哪一条也难脱干系！休想独吞功和利，推诿罪和罚！要当缩头乌龟……当初就不该建方正电梯！

陈可期：方正电梯是你要建的！我不是听信了你的谗言吗？直到今天，我都是你的影子，追随你的脚步而已。

曲解讽刺：你倒谦虚！听信我这个雇员马仔的谗言？多谢你抬举！也好，现在我要走，不再应聘效力方正，这就是我的谗言。你听清楚了？待我明天办完离职手续，咱们两讫。

陈可期愣怔片刻，垂头丧气，嗓音与念悼词无异：包乐参加完我爸的葬礼，就辞职了，他是流着泪走的。

曲解甚觉意外，心里很难受，忽然有一股子树倒猢狲散之悲凉，下意识地追问：你没挽留他吗？他去哪儿？

陈可期瓮声瓮气：哪里留得住！他决定离开河埔市，回老家另谋发展。集团按企业章程相关规定，给了他较为丰厚的补偿，我以方正电梯名义额外给了他一笔创业资金，听说我哥嫂也私下给了他资助。他回去不管做什么，营生都不会太差。

曲解点头，自言自语：我相信方杰会一如既往，好生待他。

陈可期：当然，这个你放心。

冷场半晌，气氛僵持，陈可期感到阵阵窒息。他忽然脑子急转弯，腾地一下从椅子上弹起来，嗓音发涩：曲姐，对不起！阿期心里对你充满感激，但说话不好听，刚才说的都是混账话，都是狗屁话！我乌鸦嘴！我向你赔罪！

陈可期向曲解深深鞠了一躬。曲解懒得理他，看也不看他一眼。陈可期自觉无趣，重新坐回椅子上。没了唇枪舌剑，屋里自然安静，气氛更尴尬了。

两人各揣心思，各想心事。

陈可期从包里抽出一张彩色印刷宣传单，递给曲解。

曲解没好气，勉强把宣传单接到手上，随便看了几眼。

宣传单内容一目了然：第十二届中国国际电梯展览会将在河北省廊坊国际展览中心拉开帷幕，会期三天，近500家企业参展，汇聚全球一线电梯品牌。展会涵盖电梯、扶梯、自动人行道及相关设备、部件和智能建筑设备等电梯相关产品。同时，电梯领域的新材料、新设备、新工艺、新技术也纷纷参展亮相。

陈可期：该展览会两年一届，规模逐年扩大，现在已是具有国际影响力的行业盛会。该展为方正电梯首次亮相提供平台。我斗胆恭请曲姐出山……劳您大驾……

曲解像没听见，一声不响，觉得与己无关，懒得答话。

陈可期：眼下就这局面，急需兵分两路，一路去新加坡，一路去廊坊，如果我能一人分两半，身首两处，就不麻烦你了。

这什么话！曲解一脸不高兴：你嘴上能不能积点德呀？你身首两处……跟我有关系吗？我专业能力有限，你另请高明好了。

陈可期：你不是专业能力有限，是对专业爱得不够。

咦，这话说得！曲解内心触动，忽然对陈可期刮目。

陈可期态度恳切：曲姐，别忘了，你是方杰首席科学家，这是方杰为你量身定制的职位，也是方杰历史上绝无仅有的顶级配置。这个位置别人剥夺不了，你自己也推脱不掉。你曲解天生就恨不能在脑门上镌刻"爱岗敬业"几字，别人看不到，当我也看不到？阿期我不会说好听话，但我心里对你充满感激。

曲解缄默了。她思前想后，满腹纠结。方杰集团创始人陈豪杰猝然辞世，令方杰遭受重创，自然也殃及方正，令人痛心。在陈氏家族面临打击的敏感时刻，她自顾自一走了之，有悖常情常理，显然不合适。即使她最终要闪人，也不该在这个时候。方杰没有亏待过她，老掌柜陈豪杰没有亏待过她，她也不忍心愧对方杰。

更重要的是，她头一回发现，在举家悲伤意志消沉的气氛下，在企业危难之际，陈可期像变了个人！在葬礼上，陈可期喉结黏滞，腮帮处一小团肌肉上下蹿动，面对陈豪杰遗像发誓：爸，我一定要把方正电梯建好！完成您未竟的事业，不负您的厚望。这一幕为她亲眼所见。葬礼之后，他第一时间出现在方正电梯第六车间，锚定生产一线不挪窝。他以前不太能扛事儿，身上多少带了些富二代公子哥之类的无形标签。虽然算不上纨绔子弟，但与"穷人的孩子早当家"也大相径庭，就是说差得远。孰料，他身上的无形标签说消退就消退了，仿佛一夜间成熟了，表现出前所未有的坚强和担当。丧事办完，他即强忍悲痛，决定启程新加坡，拜访老客户苏杭及亲赴开标现场。他骨子里的男人气，他对方正电梯的极端上心和执着，是她以前鲜少见过的。

曲解转念又想，新加坡投标是她主张和推动的，标书是她主导编制的，理应坚持到开标。在能否中标令人忐忑不安这节骨眼儿上，她抽身而退显然不甚仗义。方正电梯的当务之急远不止"找米下锅"，还有对王鹅精密的收购，对R31、R32专利技术的买断，对计算机领域人才缺口的弥补等，甚至包括员工队伍的机制性培训和再培训、员工宿舍建设及员工食堂扩容等，一系列问题都贻误不得。虽有项清楚坐镇，但他对多个方向的人和事尚不熟悉。

曲解仍没好气，暗暗嗟叹，但终于不再沉默：现在不是谁感激谁的问题，也不是争功诿过诳论是非的时候。眼下要紧的是，方正上下必须齐心协力，共克时艰，打造良好开局，凸显后发优势。我曲解并非绝情寡义，决不愿辜负杰叔生前对我的信任和器重。倘能力所能及帮你一把，推方正一把，自会欣慰。但是，这不等于轮着你来颐指气使、指手画脚！

陈可期有些小兴奋，嘴唇哆嗦：哪敢哪敢！曲姐，你知道我是在求你！你你你……你同意了？我知道你仗义……

曲解心事重重，垂头嘟囔：还是难脱干系……我真背……

陈可期敏感：你说什么？

曲解：投标是我主张的，所以该我担责到底，我不是背时鬼吗？被方正电梯绑架到啥时候是个头？我自找的，活该呗！

陈可期：背时鬼是我！曲姐赏脸，从不嫌弃。你说过，方正必须先天性具有后发优势，后来居上，后发先至。我爸、我哥和我，都拿这话当方正座右铭……怎奈方正多灾多难，举步维艰，劣势多过优势……

这什么话！曲解不悦，甚至恼怒，脸扭向一边，背对着陈可期。

陈可期吁口气：如今老爸撒手，方正命悬一线……

怎么越说越难听？曲解真火了，嗓门儿抬高：谁跟你说方正命悬一线？谁跟你说方正劣势多过优势？莫名其妙！

陈可期哑巴了，面色阴郁，心里却"咯噔"一下闪现亮光——曲解她听不得谁咒方正、听不得谁说方正不好。

其实，曲解心里已打定主意。为了日后不留遗憾，她决定答应陈可期的请托，在开拓市场方面尽把力。横在眼前的新加坡开标和廊坊参展这两步棋，不说走好，至少走完，为方正电梯日后步入正轨、正常运转打下基础，再谋划她个人的去向不迟。那时她没有心理包袱了，不亏谁不欠谁了，一别两宽也就坦然了。她耷拉着眼皮儿，哑着嗓门儿：为实现杰叔他老人家遗愿，我略尽绵薄吧！也算为你陈可期最后一次两肋插刀。

曲解知道陈可期专业知识稍有欠缺，对方正品牌在产品性能、产品标准上的独特优势把握不够精准，推介难以到位，在商务洽谈中难免吃亏。廊坊参展由她带队比较稳妥，这个显而易见。她口中的"两肋插刀"即为此意。

真的？陈可期拼命压抑激动，站起来，使劲儿甩个响指，面孔朝天，眼瞪天花板，强行恢复平静，嘴上喃喃，慌不择言：曲姐，方正电梯必定要报报报……报答你！你真好！你最好！方正电梯有有有……有你就好……

曲解身心疲惫，硬撑着问：去廊坊哪天出发？

10

上午，新疆石河子泰戈长绒棉织造厂，厂长办公室。

九天过去了，袁若德一行要打道回府了，当晚的航班。

阿勒泰戈厂长在隔壁会议室参加一个短时电话会议，厂长助理阿布都尔提在厂长办公室为客人泡茶，桌上摆着一大盘鲜嫩欲滴的马奶子葡萄。众人闲坐，谈笑风生。

袁若德煞有介事：阿布助理，我们总共来五个人，你们看上三人，还有一人（指高崙）将与你们长期合作，你们没看上的就剩我一个，我撤得灰溜溜，心理不平衡哟。

众人哄笑。阿布都尔提趁机揶揄道：袁老板，我们很同情你呀！要不你也留下，别回去了！在石河子踏踏实实住下来吧！

莫如师：对呀袁董！您不是爱吃烤羊肉吗？

袁若德：当然，我还爱喝羊肉汤呢！石河子的羊汤最正宗。

莫如师：那不正好！干脆，您也乐不思蜀算了。

代紫萱：如今，大江南北哪里都吃得上新疆羊肉，我们河埔也能吃到。袁董其实是舍不得撇下我们。

阿勒泰戈推门而进：我们小庙迎来大和尚，蓬荜生辉嘛！

袁若德等人纷纷站起来，目光聚焦于阿勒泰戈，意思是电话会议开完了？

阿勒泰戈笑着摆手：袁董坐坐坐！各位请坐！我那边会一结束，掉头就往这边跑，听见你们聊得热闹。

高崙：厂长开会回来了，咱不搞小热闹，要搞大热闹了！

阿勒泰戈坦率道：你们不知，我在会上着急呀！会后一分钟也不想耽搁，三步并作两步跑回来，凑这个"大热闹"！

人人脸上挂着笑意，同时正襟危坐，等着搞"大热闹"。

阿布都尔提故意泼冷水：嗨，别热闹了，赶紧签字画押吧！你们照镜子看看，每人脸上都憔悴不堪呀！

原来，袁若德与阿勒泰戈等人昨晚彻夜长谈，均未合眼。

阿勒泰戈厂长落座后，双方按计划签订协议。阿布都尔提早已将相关文件一摞摞整齐码好，将签字笔和印章等备好配齐。

协议主要内容有：

一、经双方友好协商，广德集团（以下简称广德）与泰戈长绒棉织造厂（以下简称泰戈）结成全面商务合作伙伴，展开全方位深度合作，首期合作计划五年。

二、广德旗下德立技术公司全线产品及配套设施、附属先进控制技术和控制工艺，优先投放和应用于泰戈——包括先进数控技术研发新成果、先进数控机床制造新产品。泰戈有权按需提请某个"具体项"独家有偿使用。双方商妥后落实，上不封顶。

三、组建"广德驻泰戈协调小组"，代紫萱任组长，成员有莫如师及其领衔的专家小组、曹东风、尤其芬等。代紫萱留疆工作期限一年，其他人两年。

四、委任丁紫岚为"广德驻泰戈特派联络员"，工作年限机动。

五、德来服装厂经营权转让，泰戈为受让方。德来服装厂整厂打包，长途迁徙，易地新疆石河子，融入泰戈长绒棉织造厂。泰戈委任曹东风担任常务副厂长，为期三年。下一步（两个月后）将由曹东风带队，挑选九名熟练技术工赴新疆石河子，参与泰戈新厂建设。

六、德来服装厂"德来"品牌注销，由"泰戈"品牌取代。

七、双方"物流板块"由高啬负责运营。

八、泰戈将委派首批18名员工到德立技术参加技术培训。后期员工技术培训将常态化，根据需要持续不定期实施。

九、双方协调发展，比翼齐飞，为提高中国纺织制造水平而努力奋斗。其他未尽事宜，在彼此尊重基础上同商共决。

袁若德和阿勒泰戈代表甲乙双方签字。

全部手续履行完毕。会议室响起热烈掌声。

阿勒泰戈面对丁紫岚：从今往后，你就是泰戈厂的人啦！从生产端到零售端，十分仰赖你这样的人才呀！

丁紫岚微笑道：谢谢厂长高看！

阿布都尔提兴奋不已：有人才，尤其有莫如师、丁紫岚这样的顶尖人才，就能撑起泰戈一片天！能撑起我们厂长的野心……不对！能撑起阿勒泰戈厂长的雄心！

阿勒泰戈笑容满面：为驰援泰戈，实现互通互助和双赢，袁董对人才骨干精挑细选，我看了名单很感慨，个个都是精兵强将，也都是袁董的爱将！袁董您这是硬生生割爱呀！

袁若德一脸沮丧：我自己也想留下，但厂长没看上我！

众人哄堂大笑。

原来，泰戈方面强烈要求留下两个人，一是莫如师，二是丁紫岚。莫如师是专家，对方指名要他无可厚非。丁紫岚呢，在对方看来不是专家胜似专家。她的身材具超模特质，翌年"上海高定周"开幕，将由她代表泰戈长绒棉织造厂参展，包括T台走秀及"模特带货"等多个环节，助推泰戈实现开门红。丁紫岚本人也有留下意愿。袁若德还是不放心，除了询问代紫萱意见，还打电话给尹擎，说厂家很看好，很器重丁紫岚。尹擎表示同意，并感谢袁董对丁紫岚的支持和重用。袁若德特意叮嘱丁紫岚保重身体。

傍晚，阿勒泰戈亲自送袁若德等至乌鲁木齐地窝堡国际机场T3航站楼。随袁若德踏上返程的有莫如师和高茜（有工作需交接），代紫萱和丁紫岚这对表姐妹则留下，等待与曹东风对接。

袁若德与阿勒泰戈紧紧握手，依依惜别。

阿勒泰戈：有机会，一定引荐秦茱萸博士来石河子看看。

袁若德郑重点头：处于研发后期的"霸王镗A"，只差最后临门一脚，就看秦茱萸博士团队那项压箱底技术的突破程度了。

阿勒泰戈和阿布都尔提不约而同：我们翘首以待！

11

下午5时，五花马水库山庄水钻台1号别墅。

陈可铭和项清楚静静地站在别墅门口，不时往前张望一下。

稍后，两辆路虎越野车一前一后飞驰而至。

陈可元驾驶"黑虎"，后排坐着蓝君和季黄鹂；何青黛驾驶"白虎"，后排坐着贺喜和施润。众人下车。施润疾步趋身上前，为蓝君引路。陈可铭、项清楚分别与蓝君握手。

陈可铭：欢迎蓝总莅临！蓝总辛苦！

项清楚：蓝总亲临考察，方正蓬荜生辉呀！

蓝君不苟言笑：多谢陈董！多谢项总！

陈可元揽着季黄鹂肩膀，向陈可铭介绍：季黄鹂，我朋友。

知道知道！季董秘辛苦！陈可铭说着，转身冲蓝君做出"请"的手势。众人簇拥在后，步入别墅一楼会议室。

季黄鹂扯扯陈可元衣角，意思是自己任务完成，该撤了，剩下的事情就看你们方杰跟人家怎么谈了。陈可元抓住她的手不放：不要！等下我哥宴请蓝君，你当然要参加！

原来，陈可元从季黄鹂处获悉，蓝君和李鹅是王鹅精密最大股东，王祖望作为应聘高管，受让了部分股份，占股约在10%。于是委托季黄鹂，邀请蓝君考察方正电梯。季黄鹂臆测，此举为的是吸引犀利牛基金对方正电梯的关注，无可厚非，因而不曾怠慢，紧锣密鼓地与蓝君展开联系。此前，她跟着梁仁良与蓝君见过一面，后来保持了短信（微信）来往。季黄鹂一口一个"君哥"，用语亲切。方正电梯在新加坡投标，也是季黄鹂率先向蓝君通报的。至于考察方正电梯，蓝君起先态度含糊，没推辞，也没多大兴趣。陈可元不容对方推搪，嘱季黄鹂：告诉他，请他来，就不会让他白来——佳杰五金拟向犀利牛基金注入两亿元。季黄鹏将此"料"通报给蓝君，蓝君当即购买机票，"应邀"前来方正电梯考察。

在会议室落座后，双方喝茶客套，循例开始播放题为《方正雄风》的系列专题片及第六车间生产线运作短视频。蓝君看得很专注，很入神。他在工厂已经实地考察了大半天，此时再看一些经典影像及翔实数据，对方正电梯建设历程、科技成果应用及未来目标展望等有了相当深刻的认知。

晚餐前，安排了短暂休息。蓝君趁机走到别墅外面，在一株高大的香樟树下拨通李鹅手机，用手捂着送话器，小声交谈。

李鹅：你发来的电传我看过了。方杰的方案（收购王鹅精密）本身倒是不错，但与广德的方案（与王鹅精密组建联合体）相比，孰优孰劣，我们仍需权衡。

蓝君：考察之前我也这样想。来河埔看了之后，我确信，方杰旗下的方正电梯实力不俗，潜力巨大，比预料好很多，与之合作相当靠谱。至于是不是上上选？一时半会儿还难说。

李鹅和蓝君都知道，广德旗下的德立技术公司拥有顶尖专家团队，在人才和技术方面实力雄厚，合作价值超高。一直以来，广德对王鹅精密鼎力扶持，频施援手，给予多方帮助。早在王鹅精密初创时，广德即有意将其收购，碍于王祖望有顾虑（迫于方杰压力），一直未能奏效。广德不计前嫌，仍对王鹅精密有求必应，双方关系密切。这些要素不能不考虑。眼下，广德在搞自行研发和生产制造"霸王系"精密机床，方杰在搞品牌创建，生产制造方正电梯，他们都需要BT工艺。这局面显然对王鹅精密极端有利，无论向前向后、向左向右，都可谓上选。现在问题是只能二选一，那么，哪个方向占上风？哪个方向稍逊？

李鹅有些举棋不定：方杰和广德总体上势均力敌，我们选谁不选谁，得慎重，不容有失。走错这一步，怕日后悔之晚矣。

蓝君赞同：嗯，两难之际，稳着点好，不搞快刀斩乱麻……季黄鹏在不远处向蓝君招手。蓝君挂了电话走进别墅。

6时30分，陈可铭在水钻台1号别墅宴请蓝君。

本次宴请规格很高，五花马水库山庄顶级奢华餐厅，首席大厨，飞天茅台酒，菜品、饮品、果品大都选用进口的，包括俄罗斯鱼子酱、西班牙火腿、澳大利亚生蚝、法国鹅肝酱及依云矿泉水、智利车厘子等，本地名菜只有一款：河埔豉油鹅。

蓝君似有酒量，但架不住众人"围猎"，在座者挨着个儿地向他敬酒，他来者不拒，很快就喝过量了，从脸到耳朵再到脖子红彤彤一片。当然，这是假象，真相是脸再红头脑也清醒。这不，他端杯站起来，开始回敬：这杯酒，我敬在座四位美女！

项清楚逗趣：何以只敬美女不敬帅哥呀？

蓝君：项博士你不知道啊！昨晚我一下飞机，看到接我的人全是美女，顿时目眩神迷！我是一路沐浴香风进入河埔的。

陈可铭：这不稀罕。你到街上看看，满大街都是美女。

蓝君摇头：NO！接我的四枚顶级美女，大街上可没有！

陈可元使眼色，"四枚顶级美女"齐刷刷站起来，走到蓝君身边，团团围住他，举杯敬酒。蓝君晕乎乎，来者不拒，心甘情愿猛灌自己，还不忘自我造舆论：受宠大乐！不干不敬！

贺喜跟着凑上前：昨晚我也要去接你的，车坐不下，我被挤下来了。现在我敬你一杯！补偿一下昨晚的遗憾。

这话一听就假，戏谑拱火，为让对方多喝一杯而已。

蓝君未必当真，貌似当真：这个这个……这个酒要干……

瞅个空当儿，季黄鹂与蓝君两人窃窃私语，谈及梁仁良。

蓝君透露：我们联系不多，但阿良他本人安全无虞。

季黄鹂接着打探：资金能追回来吗？有损失吗？

蓝君神情黯然：钱肯定追不回来了，损失不小，元气大伤。

未知何因，蓝君本次考察没有通知王祖望，季黄鹂有心想问，是否安排与其打个照面，蓝君却起身离座，去了洗手间。

蓝君在洗手间内给李鹨发微信"既往不作数，过眼烟云。叫王祖望向方正和广德同时发布求购信息，价高者得"。他动作神速，发完微信兴致勃勃走回餐桌旁，一副继续大快朵颐的样子，嘴上还含糊嘀咕：现在靠数字说话、靠数字决策。接下来喝酒要量化，以杯数论诚意……

宴会气氛轻松欢快，持续到晚上10点才结束。

凌晨5时55分，蓝君被手机铃声惊醒，李鹨的电话来了：同意方杰集团全资收购王鹨精密方案。

早晨一上班，陈可元即派人，帮助蓝君将机票做了改签，还是当日航班，由白班改为晚班。上午10时整，蓝君来到益利大街9号陈可铭办公室。在陈可元、项清楚、贺喜、施润等人见证下，陈可铭代表方杰，蓝君代表王鹨精密，双方正式签订方杰集团全资收购王鹨精密的合同。

12

下午，新加坡某宾馆国际会议厅开标现场。

早在上午10时许，陈可期携项清楚、卢占祥和武孔，一行四人即已飞抵新加坡樟宜机场。新加坡客户苏杭在机场热情迎接，双方握手寒暄。苏杭执意做东，款待陈可期一行，强调说为尽地主之谊，已在某酒店做了安排，该酒店与开标酒店相邻。

盛情难却，陈可期勉强同意共进午餐，尽管他们完全没心思吃应酬饭。席间，苏杭热情洋溢，反复强调参与投标的必要性和重要性，同时解释自己鼓励方正电梯参与公平竞争，是出于友商之间的历史情谊，出于对方正的高度信任，他本人对方正有信心。

陈可期等人很安静，好像没什么话说。

苏杭接着介绍：本次招标项目总投资额高，建设费用预算充盈，价格友好，利润匡算可观，因而成为香饽饽，在整个建筑市场异常抢手，吸引了多个国际大鳄，竞争激烈程度已臻白热化。

陈可期与项清楚等互看一眼，人人神色严峻。其实，他们四人从下飞机起就一律将心提到嗓子眼儿了，七上八下，忐忑不已。此刻不是什么有信心没信心的问题，而是刺刀见红——等待招标方宣布成败的问题。苏杭说了什么，无关轻重，更无关宏旨，他们从头到尾也没怎么听进去。

中午1点半，陈可期等直奔开标现场。

似乎经过了漫长无尽的煎熬，人变得极度神经质，脆弱不堪。

下午3时整，新加坡某宾馆大会议厅，开标现场。主办方宣布：方正电梯中标！

那一刻，陈可期兴奋至差点儿失控，激动地站起来，照准卢占祥肩胛猛擂一拳，毫无防备的卢占祥向后一仰，差点儿倒地。陈可期又挥拳去擂项清楚，项清楚机敏地闪开了。陈可期左腿抽筋，右腿打颤，整个人在抖，趔趔趄趄站立不稳。

对这个突然到来的"巨大胜利"，他没法儿适应，甚至疑窦丛生：是主办方搞错，还是自己耳朵听错、眼睛看错？他压根儿没想过、完全没想过、彻底没想过"中标"。他此番亲赴开标现场，见识一把，体验一把，全然是为了借鉴人家经验，谁中标就对标谁、学谁，研究人家中标"路数"。一旦他积累了经验，冶炼成"老江湖""老码头"，日后再赴任何开标现场都不会紧张和惧怕了。总之，为方正长远发展计，他必将万死不辞！直到武孔扑上前与他拥抱，直到卢占祥、项清楚也先后扑过来，四个人紧紧抱作一团，陈可期才不再蒙圈，头脑由眩晕变清醒，确信方正中标！

陈可期终于抽出身来的那一刻，他条件反射般掏出手机，手指战栗着，拨通曲解，语无伦次：天大喜……讯哦！我亲眼……我眼见为实！方正巨大胜利！曲姐你劳……劳……劳苦功高！曲姐……姐你辛苦……曲姐还是你顶！顶顶顶……

电话那头传来曲解平和的声音：你是说中标了？还是……

对！巨大胜利……陈可期紧咬"巨大胜利"几个字，其他话都不会说了。电话那头追问：喂，喂喂……说话呀！陈可期想回答，但喉头哽住，哽得死死的，发不出声。

项清楚拿过陈可期的手机：喂，曲解你好，我是项清楚……

曲解焦虑截断：哦……项总！阿期老板咋回事？那边出啥岔子了？

项清楚：好事呀曲解！方正中标了！

曲解惊喜：啊？哦！好好好！祝贺你们！祝贺方正！

项清楚：曲解，你们在廊坊顺利吗？注意劳逸结合哟！阿期老板嘱我和老卢、武孔立马返回河埔主持生产，他本人另有安排。

13

晚上，七仙女温泉酒店"山中山仙池"。

汪雄壮盛情邀请王祖望及王鹅精密全体泡温泉。

季黄鹂受托做联络人，一通电话巧嘴簧舌：王总，汪雄壮你知道呀！早先那个架给你厂的老板，那台趴窝不会动弹的"霸王床"就是他的。人家现在是方正电梯第六车间主任。他代表方杰邀你带兄弟们泡温泉，清一色男性，保护隐私很周到哦！

王祖望对此很不适应：唉，我们干活的哪有那雅兴！

季黄鹂察觉王祖望不大乐意，软中带硬：王总，泡温泉泡的不是雅兴是生意，泡温泉要看跟谁一起泡——你比我懂。时间地点我告诉你了，这个面子好不好驳，你自己看着办。

电话挂了半天，王祖望还在发愣。

王祖望最初接获王鹬精密被方杰揽入囊中的信息，内心五味杂陈。他心里明白，有季黄鹂在，广德不会得手，他不禁为广德老板袁若德感到悲哀。当然，换个角度说，鹬蚌相争，渔翁得利。王鹬精密出售价远超估值（溢价将近一倍），受益匪浅。另有件事让他闹心，樊老靓不同意被方杰收购。这几天想方设法说服他，但他不松口。泡泡温泉也好，清除疲劳，态度兴许能软化。

"山中山仙池"绿波浩渺，水汽氤氲。晚上8点半，王祖望带领王鹬精密员工如约赶到。见汪雄壮已等候在此，拱手作揖：多谢汪主任美意！难得难得！托福托福！

汪雄壮与王祖望热情握手：王总，你们很准时呀！

王祖望笑道：为赴汪主任之约，我等跑得比兔子还快！

汪雄壮：附近八个温泉池，我包了七个。大家可自行选择。

王祖望向众人摆摆手，大声说：现在开始自由活动，自由泡温泉，想咋泡咋泡！泡个痛快！泡完之后，11点，全体在此集合，汪主任在七仙女酒店为大家安排了宵夜。

人们四散开去，各自找池子下水。汪雄壮和王祖望共泡一池。

王祖望：汪主任，我带弟兄们投奔方杰，望您多担待！

汪雄壮：以后咱是同事了，少不了相互帮衬。其实，你王总在方杰大名鼎鼎，人脉广，根基牢，实力厚，又把个王鹬精密搞得风生水起，我老汪还指望你多关照呢！

王祖望卖关子：河埔市小微厂家如汗牛充栋，钱没赚到就自生自灭的不在少数。王鹬精密能脱颖而出，无非仗恃独门秘籍BT工艺而已。凭此看家本事，王鹬精密具有不可取代的特性，以及不可撼动的市场地位。我们这帮人也就不是白吃干饭的了。

汪雄壮：我听说，BT工艺出自樊老靓、黄匠军之手，师徒俩效力方杰多年，早在方杰时就拥有该工艺。

王祖望使劲儿摇头，坚决否认：那可不是！你别听一些鸟人瞎掰。老兄，咱一线干活的都晓得，最初哪有什么像样工艺，谁在乎这个！干活而已，熟练工而已，连技术工都够不上。给你说实话，是广德派出的专家发现的。发现师徒俩工艺有特色，进行针对性研究梳理，形成"靓匠工艺"。再后来，倚赖牛仔酷专家小组持续跟进，秉持现代工业理论，糅进精密机床前沿操控技术，几经疏导完善，提炼升华，才最终构成系统完整的BT工艺。

汪雄壮抬轿子：说你人脉广吧，果不其然！玉成此事，正是得益于你与广德交情深厚嘛！

王祖望摇头："交情"是个无用功！不念交情者大有人在。

汪雄壮知道他指的是樊老靓，那老家伙冥顽不化，确实令人沮丧。两人商量着把樊老靓、黄匠军喊过来聊聊。

樊老靓、黄匠军听到招呼，从旁边一个温泉池中走过来。

樊老靓心下明白，方杰开出的条件不可谓不优厚，简直优厚过头！王祖望怦然心动，可以理解。黄匠军更不用说，他早就配合妻子季黄鹂在暗中推动这件事。人往高处走，无可厚非。但樊老靓不肯接受这种诱惑，不同意被方杰收购。

樊老靓瓮声瓮气：不巧的是，我们已与广德谈妥，双方成立联合体，共同承接GGY项目的分包合同。事已至此，为何改弦更张投靠方杰？再说了，此前获得的欧盟认证及海关免检，难道不是仰赖于广德"霸王系"数控机床吗？没有袁董，王鹅精密走不到今天。没有牛仔酷专家小组帮衬，靓匠工艺永远是土玩意儿，难得升华为BT工艺并据此申报专利，AQ五金铸件也成不了一众厂家争抢的香饽饽。

这话说得！王祖望和黄匠军互看一眼，沉默。

其实，樊老靓这话此前也说过，表达清楚了，此刻当着汪雄壮的面，他不想再多说。他的意思是王鹅精密一路走来，靠陈可元半卖半送给秦荣莪的"霸王床"，靠牛仔酷小组运用TRR数控系统新技术改造"霸王床"及研制成功智能"机械臂",靠广德发现"靓匠工艺"并派专家参与梳理和提炼其巧夺天工部分,形成理论认知并申报专利,靠秦茉莫博士团队耗费大量心血,在"霸王床"基础上实施迭代性技术升级,研制成功"霸王系"精密机床,在"河埔金秋国际毛衫节"获市场青睐,在供不应求情况下赊账支援我们一台"霸王铣"。往事件件桩桩摆在眼前,无须良心发现。广德就组建联合体事宜与我们洽谈四次,合作条款日趋完善,双方都很满意,协议也已打印好,只等双方法人择日签字盖章拍板成交了……

王祖望很不耐烦,抬高嗓门儿,听着像撒泼耍赖:做项目,大资本好过小资本。所以我呀,别的没学会,只学会一条,那就是在资本面前闭嘴!闭嘴就好。

他这话是冲黄匠军说的,却是说给樊老靓听的。

樊老靓想不通,王祖望过河拆桥还有理。他深深叹气:我一把年纪了,属年龄高文化低弱势群体,许多事情云里雾里,后知后觉。对祖望和匠军,我一向尊重、依赖和寄予厚望。但是,辜负广德永远不是我的立场,这一点是清晰和坚定的。

王祖望急了:老靓,实话跟你说,这不是你,也不是我能左右的,是王鹅精密老板(指蓝君和李鹅)综观全局后做出的抉择。生意场变幻莫测,没必要死钻牛角尖……

樊老靓:钻不钻,我心里这个坎儿都过不去。

王祖望正色道:师徒分手,伤及BT,后果极其严重。弄不好自砸AQ五金铸件招牌,损失无可估量。

樊老靓:明知不可为,却又须为之。难苟同,没办法。

黄匠军感伤:师傅!您我师徒胜父子……

樊老靓:匠军你年轻,前程大好。师傅与你就此别过。

汪雄壮受陈可元之托,施压王祖望,叫他"务必留住樊老靓"。然而,诱惑和规劝均无果。樊老靓去意已决。

泡温泉回来第二天,樊老靓不想夜长梦多,从王鹅精密辞职。

14

下午，廊坊国际会展中心4号展厅。

廊坊国际会展中心大厦门楣正上方，悬挂着巨大横幅——中国廊坊国际电梯博览会。大厦周边到处是迎风招展的彩旗，大串大串的彩色气球点缀着空间，各种彩色广告和招贴画铺天盖地。大厅里面，各参展企业打开自行携带的各种视听设备，在允许分贝内争先恐后发出自己的声音。到处是热气腾腾的景象。

为提前布展，曲解携李才智、周佛礼、杜仲及产品设计研发和市场销售这两个部门的骨干，一行17人抵达河北廊坊。安顿下来后即开始昼夜不停地忙碌，一直忙到五天后开幕。

两年一届的廊坊国际电梯展盛大开幕。开幕式隆重热烈。

杜仲从车里搬出两摞文字资料，挤在潮水般涌入展厅的人群中。李才智在不远处等他，举臂朝他喊：呢度（广东话：这里）！杜仲终于挤到李才智身边，两人边分搬资料边大声说话。一位女士上前搭讪，彬彬有礼：请问你们是讲的粤语？

李才智礼貌地冲女士点头：对，我们讲的是广东话。

彬彬有礼女士：你们知道广东河埔市吗？

李才智和杜仲互看一眼，都笑了：我们就是河埔的。

彬彬有礼女士显得很惊喜：哦！你们来自河埔市？这也太巧了！我想打探一下，你们是来参展还是观展？

李才智手指前方100多米处：我们是参展厂家，展位在前面。

彬彬有礼女士顺着李才智手指的方向看了看，很感兴趣，转身招呼几步开外的一位外籍男士。那位正在观展的男士转身走过来，彬彬有礼女士与他窃窃私语几句，接着向李才智表示想去他们的展位看看。欢迎！李才智说着，和杜仲一起走在前面引路。

走到展位跟前，迎面看见曲解和周佛礼正在回答客商咨询。李才智介绍说：这位女士是曲解博士，我们的领队；那位男士是周佛礼博士，我厂总工程师。

曲解闻言，转身走过来。

彬彬有礼女士立刻向曲解伸出手：你好！

曲解热情回应：你好！

彬彬有礼女士从包里掏出名片递给曲解，曲解接过名片略看，那上面印了几排德文，其中有两个黑体汉字——李鹅。

曲解客气道：哦，李鹅女士，幸会！

曲解没有名片。李鹅问道：请问您的名字是哪两个字？

杜仲抢着回答：曲高和寡的曲，解决问题的解。

李鹅转用德语对同行的男士介绍曲解，意思是曲解领着广东河埔市一家电梯厂，前来廊坊推销电梯，具体什么牌子尚不清楚。曲解在一旁听得分明，当即用德语向对方说明："方正"是电梯新品牌，由方正电梯厂制造，在本届廊坊国际电梯展隆重推出，质量非常可靠。

李鹅大为惊异：曲博士熟悉德语？

曲解点头：英语更流利些。

李鹅忽觉与曲解有点心照不宣，一些国际通用专业术语用英语表达更趋准确。她马上改用英语，介绍自己的同行者：这位是我的老板及合伙人。中文名游海洋，德国某公司股东，业界顶级专家。

曲解礼貌地与游海洋握手：游海洋先生，方正电梯欢迎您！

曲解接着用英语逐一介绍自己的同事。

李鹅冲李才智和杜仲笑道：李、杜两位副总，刚才忘记介绍自己啦！

游海洋：据我所知，河埔市并非传统工业市，与重工业似乎不搭界。我想知道，贵厂是做电梯代工吗？

游海洋竟然一口汉语！众人顿觉亲切，尽管他语带轻浮。

李才智笑答：游海洋先生真是中国通啊！河埔市位居东江口东岸，河网密布，历史上是农业大县，可谓水乡粮仓。改革开放以来借地利之便，走上工业化道路，"制造之城"声名鹊起，目前正向"智造之城"转型。方正电梯厂应运而生。

曲解补充：方正电梯厂是正宗电梯制造厂家，"方正"电梯品牌从设计到安装，享有100%自主知识产权。方正不做代工。

游海洋耸耸肩膀，意思是可惜，"方正"这名头闻所未闻。

曲解心下猜测这是哪里来的"神秘客"？好像对河埔市有所了解，但对河埔市新冒出来的电梯厂不感兴趣。她有心推介方正，客气地打探道：两位老板远道来廊坊，不是仅仅为了观展吧？

李鹈和游海洋互看一眼，貌似紧急交换意见。李鹈随即打着哈哈：来展会嘛，首要目的当然是观摩学习。

曲解笑容满面，但目光犀利：其次呢？

李鹈应付道：顺便考察电梯，也是此行应有之义吧。

其实，李鹈与游海洋正是为GGY项目，专程来中国廊坊考察电梯，为电梯选购探路的。换句话说，他们手握一个巨无霸项目中的超级订单。当然，他们瞄准的始终是国际大品牌，对其他品牌电梯一般不予考虑。仅因捕捉业界新技术、新产品及新风向是当今潮流，所以不排除有意外发现。

周佛礼从旁边走过来，恭敬地将方正宣传资料分递给两位客商。李鹈和游海洋接过资料，只略瞄一眼，就不看也不问了。显然，方正电梯入不了他们的法眼，场面不无尴尬。

李鹈彬彬有礼地岔开话题：你们来自河埔，让我感觉亲切，我们有厂子在河埔……

李才智惊讶：哦？哪家厂？

李鹈：王鹈精密组件厂，老板叫王祖望。

周佛礼惊叫：哎哟！王鹈精密？这也太巧了！我们有合作。

李鹈一听，怦然心动，转身附游海洋耳畔，用德语小声嘀咕道：他们与王鹅精密有合作关系。我知道，他们习惯于凭借关系稔熟打天下，以此开拓市场及维护客户黏度。

游海洋闻言，始终冷着的一张面孔松动下来，不那么僵硬了。他兴许真是"中国通"，对李鹅的看法并不认同，他耸耸肩：NO！有合作关系不等于靠关系吃饭。王鹅精密是不靠关系吃饭的。

曲解在一旁又将两人对话听得分明，用德语对两位客商说：对客户黏度起决定作用的终究是产品质量，不是关系。

李鹅和游海洋惊讶，不约而同地循声看向曲解。

曲解微笑着做出"请"的手势：请两位稍稍移步，到展位后面小坐，我们有陈年普洱茶，从河埔带来的。

李鹅和游海洋欣然点头，随曲解等人来到展位后面。

这是个十来平方米的小空间，摆着两张圆桌和数把椅子，周边是高大的铁框架子，上面裱糊着巨幅广告招贴画，像薄薄的墙壁，阻隔着外面的喧嚣，显得相对安静。

坐下一谈，立马相互"认识"了对方。原来，李鹅是王鹅精密的老板之一，游海洋是李鹅的老板之一。王鹅精密脱胎于方正电梯的母公司方杰科技集团，该集团曾是王祖望的老东家。这一来，双方的历史渊源和隶属关系基本上捋清楚了。

周佛礼介绍说，王鹅精密是方正电梯的重要供应商之一，其生产的AQ五金铸件，为方正电梯率先采用。李鹅听了很高兴，她当然不是对方正电梯来了兴趣，而是感叹王鹅精密在这么短的时间内拥有了这么大的市场覆盖能力！

曲解补充说：方正电梯在刚刚结束的新加坡国际电梯招标中力拔头筹，一举中标。这其中包括但不限于数字专利技术、AQ五金铸件的应用，以及其他多个优厚条件的托举。

这一重磅消息令李鹅发愣，转而与同样有些发愣的游海洋大眼瞪小眼，不知做何反应。

曲解不动声色，语气淡然：方正电梯老板陈可期由新加坡转道北京，将于明天晚些时候赶来廊坊。

游海洋向李鹈抛个眼神，意思是可以考虑将方正电梯列入备选名单。他转而面向曲解：OK！时间合适，我们只需略加等待。请曲博士考虑，安排我们与你老板会见，这有利于双方协调立场，有可能的话，建立业务联系甚至草拟一份合作备忘录。

协调立场？合作？曲解等人互看一眼，不约而同猜测，这场邂逅难道有料水？这场萍水相逢竟能促成重量级业务？

15

晚上，翡翠巷6号，广德集团总部。

周末傍晚，季黄鹏引咎辞职。

辞职前，她连续两个晚上辗转反侧，彻夜难眠。往事历历，一幕幕在脑海中涌现。她瞻前顾后想了很多，内心充满矛盾。从个人情感上说，季黄鹏对广德、对老板袁若德充满不舍。袁董为人厚道，做事勤恳，品行为人称道，是一个凝聚力很强的老板。但从公司发展上说，季黄鹏却充满隐忧。

梁仁良、袁仁美夫妇先后跑了，何时回？未知。张雯也因用常掌柜抵押贷款问题与老公常在理闹翻，甩手不干了，赌气到英国女儿处栖身。秦荣英远走美国，同样令人震惊。他这一走还回来吗？万一他不回来了，他手下那些人必然也待不下去，短暂凑合待着也不安心，德立技术弄不好就成空架子了。重金引进人才，尤其是"顶尖科技人才"，这也许没错，但需量力而为。"招贤引智"是个系统工程，找人不易，识人不易，用人不易，留人更不易。稍有不慎就吃不了兜着走，即便万般谨慎，也有力所不逮之虞、看走眼之虞。

袁董太执着于"吃技术饭"了，太偏执于拥有"自有技术"了，别出心裁地创建"专利技术库"，想据此拉动公司高质量发展，为此不惜孤注一掷，简直有赌注意味。研发中心投入巨大，谁能保证它不打水漂儿？这种极端做法——投入和风险成正比——会有好结果吗？连他自己的女儿女婿都对此存疑。

家族内部不和，女儿女婿与袁董想不到一块儿去，一心一意另立山头，另寻发展之路，给这个家族企业带来巨大隐患。在袁仁美眼里，秦茱萸是眼中钉，生生挡住了梁仁良的"鸿图"路径。袁家姑爷与整个"德立技术"格格不入，乃至发展到针尖对麦芒的地步，否则何至于卷款出走，险些葬送毛织厂？

她曾经坚信，有袁董在，就有定海神针，广德就有希望。后来，她动摇了。作为公司董秘，她深谙公司的痛点、硬伤乃至"死穴"。即便看在袁董面上，她也不想再把自己搭进去了，觉得"风雨同舟"价值不大，"三十六计走为上计"。

天色很暗，季黄鹂由老公黄匠军陪着（在楼外等待），悄悄来到集团总部写字楼内，进入自己的办公室。她四处扫视，目光留恋，将一帧嵌着自己与袁若德、袁仁美父女合影的镜框抚拭干净，装进手提包，再把一串钥匙放在办公桌上，然后走到袁若德办公室门口，对着门深深鞠了一躬，把辞职信塞进袁若德办公室门缝中，眼含热泪，喃喃自语：袁董，谢谢了！对不起了！

季黄鹂的辞职信装潢精美，制作考究，体现了她的复杂心情，包括恋恋不舍、愧疚抱憾和义无反顾等。

袁董，对不起！您多次跟我说，忠实可靠是董秘的基本素养，同心同德是广德的企业文化精髓。我愧对您、辜负您了！我恨自己不仁不义、不德不馨！我不配做广德董秘！尽管我无限热爱这一岗位。掏心窝子说，我曾想一生一世跟着您，一生一世效力广德。但这已成泡影，我咎由自取。

像我这样没资源、没后台、没本事的人，特别需要钱，需要财富自由，需要改变人生轨迹。您待我不薄，但我仍需用几十年时间打拼，按部就班的人生想想都累。人生有很多偶遇，可遇不可求。突然有个让我少奋斗三十年的机会，犹如改变命运的天梯，在我眼前昙花一现，我只能抓住并攀上它了！

袁董您说过，有些机会是双刃剑，所谓双刃剑就是有良锈。一个人的机会，以重创一个厂为代价，等于一方登天梯，以另一方下地狱为代价。这种机会对人性是严酷考验。您的话言犹在耳，我一直将其奉为圭臬。怎奈我出身卑微，天性亦卑微，自知机会不多，只能逮住一个是一个，为机会不惜自我作践，把您的话抛诸脑后。

袁董您还说过，广德做到今天要诀只有一个，那就是同心同德。广德永远不搞兄弟式进入、仇人式散伙，这话我铭记在心。但同时我认为打断骨头连着筋，血浓于水，内外有别。我曾提醒您对美姐要更加宽容，她的地位作用举足轻重。她若离心离德，您将众叛亲离，这是我最不愿看到的。若能最后一次向您谏言，谨望您在美姐和秦茉萸之间保持平衡。

袁董，请原谅我！我没有什么野心，只是前路茫茫，我不想一辈子混迹打工层，不想两辈子（我和孩子）生活在社会底层，不想穷哈哈、苦哈哈地过日子，并将这种日子过到尽头。

袁董，感恩您一直以来对我的信任、器重和栽培！您永远是我的恩人。我永远记得您的好。您多保重！

真要离开了，季黄鹂的泪水"扑簌簌"滚下，两腿沉重，迈不开步子。广德在她心里没有仇，只有恩，但她没脸啊……人没有什么也别没脸！她是绝对留不下了，再不情愿也得走。本来，她是断不肯背叛广德的，最怕把"仇人式散伙"定格在自己身上，怎奈她终究做下龌龊事儿，广德人能不戳她脊梁骨吗？

黄匠军在公司大门外等候妻子。见她泪水涟涟，走路磨蹭，忙趋身上前搂住她肩膀，柔声安抚：好了好了！别难过了啊！事情过去了，咱快刀斩乱麻，不拖泥带水。

季黄鹂哽咽：情感上过不去，良心上也过不去……

黄匠军：这事无关人品和情怀，生存法则使然。

倚靠在黄匠军胸前，季黄鹂内心再起波澜——她对自己昔日的老板袁若德敬重人才、敬重技术（含工艺）之品行再清楚不过，对广德无私向王鹣精密伸援手的全过程再清楚不过。没有广德，王鹣精密不知死过几回了。

季黄鹂泪眼婆娑，一步三回头，离开广德。

16

晚上，廊坊街头，陈可期向曲解求婚。

夜晚的廊坊街头，风不是很大，但很硬，吹在脸上刺喇喇的，吹在身上凉飕飕的。不像广东一年四季吹微风，很柔和（台风除外）。

晚上8点半，李才智和杜仲簇拥着风尘仆仆赶到廊坊的陈可期，走进廊坊国际会展中心4号展厅，曲解在方正电梯展位后面等他。

李才智：曲姐，你要汇报情况是吧？那我和阿仲先去酒店安排一下。阿尔卡迪亚国际酒店距廊坊国际会展中心300米左右，步行约十来分钟。等下你们谈完了，直接来酒店就好。

曲解点点头，转身招呼正仰着脸儿四处观看展位的陈可期：阿期老板真是不辞辛苦！赶这么远的路，还非要先看展位，后到酒店休息。快坐快坐！喝点儿茶，歇歇脚。

陈可期：方正展位这么醒目，肯定招眼吸眼球！

曲解笑容满面：你现在感觉良好，看什么都顺眼呗。

陈可期：明天上午与李鹍和游海洋洽谈，确定了？

曲解：确定了。他们为了与你洽谈合作——具体什么"合作"两人守口如瓶——特意将自己的行程推迟了一天。

陈可期：商务合作又不是暗箱操作，干吗故作神秘。

曲解接着详细谈了谈李鹍、游海洋与王鹍精密的商业关系。

两人说着话，天色已暗，会展中心晚上9点闭馆。两人收拾手机、钥匙等零碎物品，走出展馆大门。

廊坊街头华灯闪烁，凉风习习，两人并肩走上人行道。

陈可期一如既往地刻板：曲姐，我来廊坊，是专程向你求婚的。嫁给我吧！

曲解结结实实吓一跳，顿足，仰脸儿，眼睛睁老大，直视陈可期，以为听错了。同时她知道，自己眼睛睁得再大也看不出什么。陈可期鲜有表情，哪怕内心风雷激荡，脸上也平静如水。就是俗话所说七情六欲不上脸，面孔永远是大理石状那种人。曲解头一回发现，陈可期这副静态的、雕塑般的五官轮廓，独特，安稳，英气袭人。此刻他静静地俯视曲解，等待她答复。

曲解语无伦次：你……你你你不要开这种玩笑……你不是擅搞恶作剧的人……你来廊坊是见客商的……这很重要……

陈可期异常严肃，说话斩钉截铁：不是！不重要！我来廊坊是向你求婚的。曲姐，我是你迷弟。嫁给我吧！

曲解苦涩中带着讥笑：中个标而已，至于受这么大刺激吗？

陈可期：我近期是受了不少刺激，但中标轮不上。

曲解：你是为了方正电梯，向我求婚吗？

陈可期：对。你也一样，你是为了方正电梯同意嫁我。

曲解鄙夷：我没说同意嫁人，更没说同意嫁你。

陈可期：说没说，形式而已，无须拘泥。问题实质是方正离不开你，你离不开方正……

曲解愤懑截断：谁说我离不开方正？你别自作多情！更别强加于我！你过于自恋……

陈可期此刻的伶牙俐齿前所未有：这还用说吗？你是工学博士，方正就是为你量身打造的施展平台、用武之地。方正离不开你，你当然也离不开方正。这就是事物的两面性，互为表里，相辅相成。这也决定了我非你不娶，你非我不嫁。

曲解嗔怪：这是什么强盗逻辑？太势利了！

陈可期：求婚这事儿，本来就是求利，难道还会求损吗？

让曲解惊诧的是，此刻的陈可期相当冷静，两人说着话，他还不忘伸手往酒店方向指了指，示意曲解往前走，不要停在路上。

曲解：中标了，你向我求婚；流标了，你向我求离婚。

陈可期：荒谬！中标或流标，与爱情婚姻无涉。

曲解：怎么"无涉"？没有方正，所谓情呀爱的从何谈起？

陈可期：那你说对了！方正嘛，你我爱情婚姻的源头活水。你不觉得方正早就在充当我们俩的媒人吗？你不觉得方正是我们俩孕育的孩子吗？你不觉得方正是我们俩爱情婚姻的基石吗？我向你求婚的底气正是来自方正。我本人魅力有限，方正魅力无穷。所以，向你求婚的是"陈可期+"。

曲解半晌不作声，突然蹦出一句：谁稀罕"陈可期+"！

陈可期脸孔板得铁紧：据我所知，你跟我好像没仇。

曲解面现错愕：仇？怎么又扯上仇了？

陈可期越发强硬和武断：没有仇，那就爱吧！

曲解好气又好笑：非此即彼，非白即黑，"幼稚+"！"瞎掰+"！

陈可期：同样逻辑，你不反对，就是同意。

曲解抿紧嘴唇，"一派胡言"没说出来，"你豪横你的，别来惹我"也憋回去了——暴批示爱者，似乎不必。其实也没用，示爱者被"爱"烧昏头脑，是不讲理的。

陈可期：曲姐，你为方正呕心沥血，你辛苦了！我很心疼你！我为你的辛苦付出取得显著成效而高兴！我为你骄傲！请允许我对你表达谢忱。并非为谢而爱，但"谢"不可少。

曲解："谢忱"我领了，可它与爱……是一回事吗？

陈可期无比严肃，郑重其事：我嘴里的谢是爱的代名词，它意象永恒。谢谢你同意嫁给我。

甩下这番话后，陈可期撇下曲解，夺门而进。

李才智等人窝在阿尔卡迪亚国际酒店大堂内的沙发里，已等候陈可期多时。不知道陈可期对众人吼了句什么，几个人挤眉弄眼一哄而起，狂奔出门，围着曲解咋呼：派派派……派糖！

第十二章

1

上午9点整，廊坊阿尔卡迪亚国际酒店咖啡厅。

陈可期、曲解等人来到李鹈、游海洋下榻的阿尔卡迪亚国际酒店。李鹈、游海洋已在咖啡厅恭候。

头天晚上，陈可期接到大哥陈可铭电话，得知方杰成功收购王鹈精密。早上，他把这个消息告诉曲解，曲解大觉意外，同时也很庆幸。其实，陈可期将大哥陈可铭电话的内容，只向曲解吐露了一半，另一半守口如瓶。大哥告诉他，在方正发展的关键时刻，老妹陈可元充当了黑马，冷不防斜刺里杀出（收买策反季黄鹏，令其暗中作祟，透露广德商业机密），使广德起草并经多轮协商，终获王鹈精密认同的组建联合体要约，于正式签署前夜功亏一篑。就此，小元为方正电梯赢下一个大筹码，即将BT工艺、AQ五金铸件据为己有，实施市场垄断。挂了电话，陈可期内心夹杂着亢奋和诧异，辗转难眠。他大半夜都没有想透，陈可元这番神操作究竟为了谁？她从曲解手中抢走秦茱萸，又暗中下手向广德打闷棍，置秦茱萸与广德一损俱损的关系而不顾。最终，方正成功"摘桃子"，成为最大受益者。相比之下，广德鸡飞蛋打前功尽弃。难不成，陈可元与曲解不谋而合？

众人寒暄，相互介绍，尔后落座。李鹈和游海洋不约而同地打量陈可期，两双眼睛像透视似的，想把陈可期"看穿"。

李鹈眉飞色舞，嘴甜如蜜：陈总原来是大帅哥一枚。

陈可期淡笑：中标了嘛，人也精神了。

游海洋：方正电梯在新加坡本轮国际招投标中力拔头筹，李鹅女士和我深感兴趣。特别是获悉方正电梯采用王鹅精密AQ五金铸件，使我们今天的首次谋面，简直有一见如故之感。

李鹅：老实说，方正电梯本次中标似有侥幸成分……

NO！陈可期毫不客气地截断李鹅的话，竖起食指左右摇晃，雄辩滔滔：新加坡参投固然是方正电梯首标，但旗开得胜一投即中，实现开门红，这一切绝非偶然。方正电梯宛如一匹黑马，"先天性具有后发优势"（曲解语），凭借高技术奠定的高起点，筑就高门槛，在强手环伺的电梯行业杀出重围，臻达一骑绝尘之境。使新品牌成功跻身于老行业并屹立顶流，傲视群雄，一览众山小！

曲解温婉附和：李女士，游先生，不瞒你们说，我们手上是有撒手锏的。一是采用了（莫如师小组）R31、R32数控专利技术，二是采用了糅进BT工艺的AQ五金铸件。上述顶尖数字技术和压铸控制工艺的应用，凸显电梯制造的高水平。三是AQ五金铸件产自本地，运费豁免，少了此项开支令总成本低廉。

李鹅和游海洋互看一眼，轻轻颔首。其实，李鹅刚才被截断的话头正是为王鹅精密的AQ五金铸件评功摆好。她略加思忖，换了话题：GGY项目中心注重从内部价值去评估投资标的。

游海洋：价值评估有很多切入点。我们通常选择的切入点之一是投资标的商业竞争格局，即公司自身的商业壁垒。因为一个公司的护城河即商业壁垒，基本上能够决定它的业绩驱动后劲及发展前景。陈可期先生刚才提到高门槛，我非常认同。

曲解点头：生产技术门槛越高，突破越难，商业壁垒就越高，公司业绩驱动能力也越强。像国内有些中医秘方，一传就是几代人；像国外有些藉藉无名的小公司，仅凭收取几项核心专利的专利使用费，就发展成为跨国公司，收割百年。

李鹅老话重提，似乎不吐不快：BT工艺（俗称靓匠工艺），即体现在AQ五金铸件中的压铸工艺，是樊老靓、黄匠军师徒享有专利权的独家工艺干货，具有相当高的品牌价值和市场认可度，以及不可替代性。据此看家本事，王鹅精密为自己拼下一方立足之地。谨希望贵公司予以珍惜。

游海洋激昂跟进：OK！王鹅精密运用顶尖精密机床及一体化压铸工艺，将数个关键零部件一次压铸成型。AQ五金铸件获欧盟认证后，即在欧洲市场开挂，现已风靡欧盟半数以上国家。最新消息是，AQ五金铸件在国内进入海关免检名录。所以，祝贺你们！方正电梯慧眼识珠，拥抱王鹅精密。

周佛礼用英语搭话：最了解、最看好、最不可或缺AQ五金铸件的，正是方正电梯，双方早已水乳交融、密不可分。

陈可期先声夺人：方正电梯上述成绩的取得，基于方杰首席科学家曲解的远见卓识。没有她的坚定执着，锲而不舍，一往无前，很难想象方正能有今天……

曲解截断陈可期话头：陈总，跑题了！方正电梯下一个目标，是眼下考虑重点。

不知不觉间，双方都感到有眼缘，说话还算投机。

李才智透露：方正电梯新加坡中标的消息一经公布，短短几天，国内外大大小小的电梯订单纷至沓来。

李鹅跟着透露：我们来廊坊，当然也有项目考察目的。

众人的目光"唰"地投在李鹅身上。陈可期和曲解互递一个会心的眼神，他们知道，此前谈了很多，双方态度坦诚，但大都不能算数。眼下，算数的来了！

曲解精明提示：李总看上去心情不错哟！

李鹅温婉一笑，郑重其事：收购王鹅精密，将BT工艺纳入麾下，是方正电梯的明智之举。二者融为一体，可谓天作之合。我想，这可能使方正电梯境外项目中标率自动提升50%。

众人暗自眨眼，琢磨着李鹅的话，一声不响。

游海洋汉语流利，语气略带亢奋：境外某巨无霸项目中的顶级电梯大单，有望落子方正！至少，方正铁定能够获得项目中心青睐，投标机会跑不掉，当然，眼下只是我们的一厢情愿。

这么重磅？乖乖！憋到现在才说。

陈可期：方正初出茅庐，离不开李总、游总鼎力提携。

李鹣从沙发上站起来，向众人示意：我去打个电话。

李鹣打完电话，回到原座，迎着众人探询的目光，她神态笃定：GGY项目中心高层初步答复，同意面谈。

陈可期向曲解瞥去一眼，曲解轻轻点头，报之以默契——收购王鹣精密，原来还有个无心插柳的收获，这就是与李鹣、游海洋里应外合，联手搏击国际市场，形成巨有利的条件。陈可期当即决定借东风，做出应急安排。他携曲解、周佛礼，一行三人暂不回河埔，从廊坊取道北京，直飞德国汉堡（连翻译也省了）。李才智、杜仲带领其他人返回河埔市。

游海洋一改刻板面容，笑意盈盈，说话也没那么严谨了：GGY项目中心高层愿意与你们会见，当面磋商，说明方正入了人家法眼。如果双方谈得好，项目中心有可能派出考察团，抵河埔市方正电梯厂实地考察。如果考察得好，此事即见曙光。当然，仍需参加严苛的国际招投标环节，这个无一例外，但方正电梯将获得至少两个关键加分项……

李鹣显然不想让游海洋说得太具体，摆手截断：请陈总按GGY项目中心要求，将所有相关资料备齐，包括文字和电子版，一律要双份。

陈可期：我代表方正电梯，衷心感谢李鹣女士、游海洋先生倾情引荐，给予多方指引！二位是方正电梯的贵人！

李鹣调侃：曾几何时，"贵人"这顶桂冠，尚勉强可戴。自从近日完成了收购兼并，强强"联姻"，方正电梯与王鹣精密合二为一，"贵人"就被"同仁"取代啦！

众人释然，发出善意笑声。可不是嘛，陌生人秒变合伙人了！素昧平生秒变利益攸关方了！

曲解：同仁共襄盛举，力促在座各位成为赢家。

廊坊之行，开启了方正电梯大满贯式"爆发"，全员陷入忙碌。

2

子夜，翡翠巷6号，广德集团总部袁若德办公室。

袁若德返回河埔后，即着手部署德来服装厂撤销、拆分出售及后续的异地合作办厂等事宜，涉及人员及结构调整，头绪繁多。尤其是陈可元在德来服装厂的股份如何处置，需要派人与她本人协商，以她的意见为主。这天，他与曹东风、马赛鹰、袁甲芳、莫如师、尹擎及刚从境外返回两天的黎锦官等人，开会至深夜。

子时1点多，袁若德忽然接到儿子袁仁贵打来的电话，语气夹带着兴奋：爸，秦哥听说您由新疆回河埔了，很高兴，他说希望您好好休息几天，劳逸结合。

袁若德面露微笑：你秦哥、甘哥他们还好吧？

袁仁贵：秦哥托我转告您，拟应用于"霸王铠A"精密机床的甘果小组代号R33数控专利技术，为业内人士看好，有只基金（境外）欲出资买断，估价在两亿元至三亿元之间。另有两家科技公司也看中了，亦打算出价。秦哥、甘哥现在正与其中一方谈判，谈了好几个小时，仍在谈。叫我先跟您吹下风，征求您意见。

袁若德思忖片刻，斩钉截铁：阿贵，转告你秦哥，这事他做主，由他进行专业评估后全权酌定。但要问我个人意见，一如既往，那就是不卖，依惯例回来入库。日后要卖，也是卖完整的"霸王铠A"。"霸王系"品牌价值及市场潜力巨大。听明白了吗？

袁仁贵：听明白了！明白明白！

马赛鹰在一旁抓耳挠腮：乖乖！豪卖两三亿？

莫如师小声儿答腔：仅为一个很小的技术分支。

袁仁贵：秦哥的意思是先用于缓解广德资金困境，下一步再考虑……

袁若德严肃截断：不存在资金困境，暂时的头寸紧张已解除。转告你秦哥，我们在新疆有了长期合作伙伴——新疆石河子泰戈长绒棉织造厂，德立技术将与其展开深度合作，包括进行技术和产品输出及提供全套解决方案。首批"霸王系"机床定金已收，资金富余。听明白了吗？你重复一遍。

知父莫如子。袁仁贵对老爸的话领悟又快又准，复述得八九不离十。接着又说：爸，秦哥说他们仍需在美国待一段时间。

袁若德：没问题！你好好协助他们，像跑腿办手续电话联络等杂项，你多担着点儿，秦哥吩咐的事你要落实到位。

袁仁贵：好的您放心！秦哥多半时间被人缠着，甩都甩不开。有时他也缠人家，忙得脚不沾地，确实需人帮把手。

袁若德：阿贵，把你自己账上现有资金悉数划出，给你秦哥、甘哥他们用。你先维持一段，芳姑稍后会想办法给你解决。

袁仁贵语带调皮：悉听遵命，勒紧裤腰带就是。爸您放心。

挂了袁仁贵电话，会议还剩最后一道议程：正式接纳樊老靓进入广德集团。袁若德曾当面叮嘱樊老靓：老靓，重活你别干了，不要累着。你只管指导培养年轻人，带出几个、几十个"樊老靓"，那功劳就大了！樊老靓报以微笑，但摇摇头，没答应。

广德原拟委任樊老靓担任集团工艺技术顾问，对青年员工进行传帮带，提升整体工艺水平。后根据樊老靓本人"适合到基层，不必浮在上面"的意愿，拟安排他出任德立技术第三车间主任。樊老靓考虑再三，还是辞任，坚持要让位给年轻人。

樊老靓"只尽绵力不担职"，令马赛鹰一度无奈。袁若德坚持认为，樊老靓理应有自己的传人！马赛鹰将袁董这话转达樊老靓，樊老靓态度终于松动。后经协商达成一致，德立技术专设"工艺攻关小组"，暂定四名成员，樊老靓接受了组长一职，专司带徒。

袁若德交代黎锦官：明天你去买两只豉油鹅（河埔名优特产），加上我从新疆带回的葡萄干，我们先去登门看望一下老靓。

会议结束，众人起身离座，弄得椅子"叮咣"响。时至半夜三更，任何一点响动都听得分明。马赛鹰愤恨中不无悉落：嘿嘿，方杰动用各种手段血腥收购王鹈精密，却无法完整获得BT工艺，这不憾事一桩吗？

3

晚上，陈可期设宴，为曲解和廊坊参展的17人庆功。

曲解诧异：庆功？哪来的"功"呀？

陈可期固执己见：顺利参展就是功，首次参展就是首功。

曲解点头：你想庆就庆吧。其实，值得庆的是中标啊。

餐前，陈可期对表舅李才智说，他向曲解求婚成功。李才智一听很高兴。两人私下嘀咕一阵，决定将此事公之于众。

餐厅摆了两大桌，每桌摆放着一瓶千克装红葡萄酒。

众人坐得好好的，陈可期忽然站起来，走到曲解跟前。曲解诧异地扭过脖子，抬起头，冲陈可期仰起脸儿，本能地有所防范，心想当着这么多人的面，别搞事情呀！

陈可期兴奋得脸孔涨成猪肝色：表舅，各位同仁，我求婚成功了！曲姐……曲博士她……她不反对嫁给我！按我的逻辑，不反对就是同意！恳请各位祝福……

餐桌爆掌声。不知谁编的，也不知谁领的头，大家异口同声吼出顺口溜：曲姐当嫁小迷弟！迷弟娶姐好中意！

一瞬间，曲解意乱情迷，但她灵光一闪，快速反应，当面揭穿：他陈可期是为方正电梯向我求婚的，是为方正电梯找老婆的，他太违心了！太委屈自己了！大伙儿说对不对呀？

众人齐吼：不对！

陈可期得意：你看，大家都知道，方正电梯是你和我的鹊桥，方正电梯是我为你准备的彩礼。换句话说，方正电梯它就是个炼狱，你和我也逃不出去啦！

陈可期居高临下近距离凝视曲解，嗓门儿粗重：曲姐，今天我正式娶你——我是来通知你的。虽然远离河埔，眼下办不成（结婚）证，但形式为内容服务，先圆房后办证也行。

这话把曲解羞得头都抬不起来，脸"唰"地红透，恨不能钻地缝。这个陈可期！自己没羞没臊，也不给别人留面子。

陈可期：今晚这顿工作餐，是为大家庆功的，各位辛苦了！我呢，顺便把它当作小小的喜宴吧，请各位分享喜酒喜糖，见证我和曲解的幸福时光。

李才智举杯：按理说，阿期和曲姐应搞一场风光大婚，但他们俩都不愿搞，也没时间精力，算了。我们明天就要兵分两路了，借今晚工作餐顺手牵羊！恭喜阿期和曲姐情定廊坊！

众人"噼里啪啦"鼓掌，七嘴八舌乱吼，怎么起哄怎么来。

周佛礼接着举杯：恭喜恭喜！曲解很传统，是美德化身；又很新锐，不囿于旧窠。恭喜曲博士觅得如意郎君！风光出嫁！恭喜阿期老板！有眼光，有艳福，抱得美人归！

杜仲由衷地说：有了一对情侣领头雁，方正电梯鸿运当头！

曲解满脸红彤彤，连耳根都是红的，仿佛喝酒上脸，又仿佛喝高了，其实她滴酒未曾沾唇。任凭众人起哄，纷纷表示庆贺，她简直躲无处躲！这是为大家庆功啊，她当然不能起身离去扫大家的兴。她只剩下招架的份儿，应付得很不自如。

周佛礼等人分别拿出临时制作、新颖别致的贺卡。

周佛礼的贺卡写着：

幸福真谛：你情我愿男婚女嫁，两情相悦白头偕老；

养生秘诀：在纷繁复杂的人际关系中沐浴一缕爱；

美好生态：期解联姻奏新曲！

杜仲的贺卡写着：

喝喜酒吃喜糖，方正上下喜洋洋；

郎哥帅玉女良，美好姻缘呈吉祥。

李才智的贺卡写着：

厂人合一瑞气氤氲，三代传承时光如梭；

制造为生永续经营，期解联姻珠联璧合。

曲解心里暗暗叫苦：天呐！阿期把这事吵得地动天摇。

正在闹哄哄之时，远在河埔的项清楚用手机发来了微信：

上联：曲解正解，工学博士秀工坊；

下联：曲解优解，工科大业铸工匠；

横批：曲高和众。

4

晚上，齐贤路内街15号，袁若德家。

袁仁美给父母写了一封信。

所谓"信"，比便条还短，寥寥数语，一看就是很不情愿的，或许迫于某种压力而写。信中说，爸妈，你们不可能一辈子把女儿拴在裤腰带上，我也不想一辈子陪你们做厂。你们把厂看作命，我只把厂看作厂。我的人生当然由我自己做主。老实说，没有广德，我也过得很好。但我的婆母韦素思维固化，大事小事都不敢试水、不肯换挡，还极力反对我们这样做，不断向其子梁仁良施压，力主我们回广德。她手段很多，重在攻心，其中包括为阿良和我专作一首打油诗，教她孙子梁嘉兴熟练背诵，动辄在电话中强行朗读。现将该诗转发如下，你们看着办好了。

《咏荷》
——致爱子梁仁良、爱媳袁仁美

韦　素

碧波之上舞蹁跹，

芙蓉出水寓箴言；

千古泥土陪衬荷，

始有今日并蒂莲。

青翠欲滴赛神仙，

叶绿花红造新篇；

没有泥土哪有荷，

同心同德是真颜。

（注释：箴言指"出淤泥而不染"。）

袁若德和常在情都知道，亲家韦素一向钟情于"荷"，原因之一是其过世的老伴儿（梁仁良之父）名叫梁山荷。

袁若德嘱老伴儿常在情给女儿袁仁美回信。

常在情用手机微信，做简短回复：

阿美，来信收悉。你过得好，爸妈很欣慰。未来的日子，你们要靠自己了，你们完全有能力经营自己的美好人生。你爸说，任何人，不论起点高低背景强弱，都要自强自立，舍此则没有鸿运，没有福报，没有幸福。

亲情珍贵，血浓于水，但不可用以挟持谋利。

你爸和我都老了，但不等于必然要立马退出历史舞台。何时退出呢？说不准，兴许一息尚存就不会退出吧！我们有广德，有常掌柜，以及由广德和常掌柜作为平台和品牌而吸引凝聚的员工，其价值无可比拟，在你爸和我眼里至高无上。为了广德和常掌柜，我们二老都变得惜命惜时，每日掐算时间精力的分配，不敢有丝毫懈怠。对世间其他珍宝倒是看淡了，即使不看淡也无暇顾及。能为广德和常掌柜多服务一天，都是我们的骄傲。

爸妈爱你们！为你们祈福！

袁仁美收到老爸老妈的回复后，与父母再无联系。

后来得知，梁仁良、袁仁美夫妇到了新加坡，投奔梁仁良表哥蓝君。他们过得怎么样不得而知，也没人提起。

5

午夜，方杰集团员工公寓1101号，何青黛、武孔夫妻房。

何青黛在睡梦中被锐响的手机铃惊醒，陈可元打来的，劈头就甩出一句悲怆加莫名其妙：别了，阿黛！

睡眼惺忪的何青黛两眼倏地睁大：什么……

武孔被惊醒，但他极度困倦睡不够，眼皮儿抖几下又合上了。

陈可元：没有我，你当好自为之。你今生定有福报。

何青黛心脏"嘣咚"狂跳两下，急不可耐：什么什么……

陈可元：佳杰五金你要做好，你知道它是我的心肝儿。

何青黛霍然产生不祥预感，掀被坐起：什么什么什么……

武孔眼睛睁开了，扭头转身，一脸狐疑地看着妻子。

陈可元口齿清晰：不要找我！

何青黛彻底清醒，严肃回绝：我没听懂！不懂你意思……

陈可元：你明明听懂了！记住我的话——不要找我！

何青黛拖着哭腔：不可以……绝对不可以……绝对不！

陈可元：你给我闭嘴。阿黛，亲爱的！你要好好的，你和武孔都要好好的，来日子孙满堂。祝你们幸福！

电话挂了。该号码自此注销。

何青黛悲从中来，号啕大哭。武孔似乎听到一二，只是不敢相信，紧盯着何青黛的脸问：陈可元怎么了？她出啥事了……

何青黛热泪横流，喉咙哽痛，使劲儿摇头，说不出话。被武孔逼问急了，咬牙吐出几个字：元老……跑路……

武孔也爬了起来，坐在床头，伸手搂住何青黛肩膀，默默安抚她。此时已是早晨5点半，两口子也不敢躺下睡了，因为6点10分就要起床，7点半赶到厂里，立马就要拳打脚踢投入紧张的工作，最近这段时间天天如此。尤其武孔，每天忙得四脚朝天，像打仗似的。其实也不止武孔，整个方正电梯乃至方杰集团，从上到下，从下到上，忙得人仰马翻。

原来，GGY项目中心派出庞大考察团，抵河埔市方正电梯厂，考察了整整24天。考察完毕，陈可期与曲解、周佛礼一行三人应约再度赶赴德国汉堡，与GGY项目中心正式签署合同。

GGY项目中心有关负责人表示，我们需要一个责任感恒强、发展后劲恒强以及技术壁垒高的厂家，方正电梯如是。

方正电梯实现大包大揽——承制GGY项目中心旗下某摩天大厦48部电梯，其中高速电梯22部，超高速电梯4部，其余为普通电梯。该48部电梯技术标准高，安全要求高，用料甄选严苛，全部为个性定制，规格尺寸不尽相同，形态样式迥然迥异，突出"颜值"担当。工期设置严苛，制造复杂程度可谓空前。与之相应的是，该项目总体利润相当可观。

武孔陪着何青黛，任凭内心波澜翻滚。两人依偎在床头，呆呆傻傻坐到6点10分。

6

晚上，河埔市大宝路21号，秦茱萸宿舍。

秦茱萸、甘果从美国回来了，同时请回了甘果的导师及其助手，协助攻关"霸王镗A"。

经过在美国近20天的高强度协同、闭门攻关，终于迎来柳暗花明的一刻：秦茱萸领衔、甘果辅助的代号R34数控专利技术（"霸王镗A"项目中的技术分支）突破瓶颈，研发成功！其中，在智能控制压铸系统自动化方面获得的细微突破，高度迎合了市场需求，使市场价直接坐火箭上蹿，翻了两倍多。

倒过时差，秦茱萸先后给陈可铭和所有他认识的人打电话，熟悉和不熟悉的电话号码都被他打爆：小元呢？

获得的答复一律四个字：不知道啊。

不久，秦茱萸收到项清楚转来的一张手写便条：

秦哥，我的爱！你骂我"元疯子"，不幸骂对了，我天生是疯子，不是什么正常人——没有你，我还是我；没有厂，我会疯掉。一个厂子，不是简单的面包、利益问题，它涵盖人文和自然的方方面面，穷尽人生智慧。我家两代人做厂，我与工厂的生命脐带，今生今世是割不断了。做厂是我的人生信仰，必将贯穿我的全生命周期。做厂是我的人生信仰，兴许贯穿我的全生命周期。既便有了你，有了爱——爱得欲仙欲死，也未能把我从疯魔的"厂妹"宿命中拖拽出来。

我爸有个锥心之问：秦茱萸看不上方杰，能看上你陈可元吗？

秦哥，我的爱！你是真的好！我是真的爱你！爱你到地老天荒，这个打死都变不了。但"看不上方杰"几字，刀剐我心，我不能接受。你和厂，原本大可融为一体，我当兼得，怎奈这事在我手中搞砸了。为什么搞砸？却原来，我的世界里还有另一个最爱——我的厂。我爱厂胜过爱你！方杰利益最大化是我不二之选。你不愿像我一样爱"我的厂"爱到骨子里，就不难为你了。你自然成为鱼和熊掌中我选择舍弃的那一个。老实说，我对你不愿加入方杰从未怨恨过，但对钱解决不了、爱也解决不了的事情无比绝望。

爱本纯洁，经不起各种世俗的琐碎杂务玷污。但我做厂，热衷技术角力，挫败和压倒竞争对手，成了"自古华山一条路"。方杰吃掉王鹅精密是我的杰作。我无意辩解洗刷，更不卖乖求你谅解。表白很苍白，行动最直白。我与你的关系，"互掐"压制了相亲相爱；竞争取代了琴瑟和鸣。这个我刚弄明白，也是惊心动魄之彻悟。

爱本柔弱，经不起匡算、概算、运算和精算，然现代爱情是必然要掂量、比对、计算和算计的。"算法"渗透下的爱情体无完肤，"爱情算法"更是当代人的梦魇。适配度高低，精算见分晓。爱要随时依据"算法"修正，随时为爱之外的事让路。可见"爱"这劳什子，没用，过时了。

你别找我，更别等我，不值当。我此去是嫁人的。我当然早有备胎，且不止一个（也就这点本事了），你该不会惊讶。他们都是妥妥的技术男，擅长在比武场（市场）上与业内人士一较高下，获我赏识，得我青睐。若你好奇，实话告诉你无妨，我的大、中、小学同学李上江、王下河、张东湖、罗西海——他们当中的一个。凭我火眼金睛，当然是最拔尖的一个。

除了嫁人，我此去是创办新厂的，主业仍是包括电梯在内的重装（重型装备）五金配件。拜你所赐（你当然是为了曲解，我乐见你善待她），方正电梯建立起一套庞大而又精细的数据体系。同时，我潜入莫如师专家小组，将其中两位专家揽入我麾下，R31、R32数控专利技术已全面为我所用。经我后续组织策划研发，上述技术得以结构重组再上台阶，演化升级为电梯问世160多年来的一项颠覆性技术，价值连城！直接成就了方正电梯在资本密集型基础上走向技术密集型发展之路。我胸无大志，腹无良谋，却无限痴迷于拥抱制造业前沿新技术，它们是我永远的新宠、永远的爱！我容不得别人（哪怕是你）甩我几条街，我就要甩别人（包括你）几条街！用钱解决不了、用爱也解决不了的事，曾令我绝望；如今我要用技术，一扫天下平。

我的技术进步收益将与你分成。是你的，还你。

其他你不感兴趣，我便不赘述。

你带给我的一切，都镌刻在我的生命中——它不再继续，但永恒。你说过，"爱已根植于心，无可撼动"，如是，就让它根植于心好了，它的自生自灭宿命无人能敌。给你写便条纯属多余，意义归零。但有些话不吐出来我会憋死，不憋死也憋出内伤。谢谢你读我。

陈可元

公元2016年1月